中国小说学会

2022 年度

好小说排行榜

Mini-story

Short story

Novella

Novel

Web fiction

中国小说学会 编选

中国兴化市委宣传部 承办

作家出版社

图书在版编目（CIP）数据

中国小说学会2022年度好小说排行榜／中国小说学会著 . -- 北京：作家出版社，2023. 12
ISBN 978-7-5212-2583-9

Ⅰ. ①中… Ⅱ. ①中… Ⅲ. ①小说集 – 中国 – 当代 Ⅳ. ①I247

中国国家版本馆CIP数据核字（2023）第213199号

中国小说学会2022年度好小说排行榜

编　　者：中国小说学会
责任编辑：向　萍
助理编辑：陈亚利
封面设计：杜　江　李　娜
出版发行：作家出版社有限公司
社　　址：北京农展馆南里10号　　邮　　编：100125
电话传真：86-10-65067186（发行中心及邮购部）
　　　　　86-10-65004079（总编室）
E-mail:zuojia@zuojia.net.cn
http://www.zuojiachubanshe.com
印　　刷：唐山玺诚印务有限公司
成品尺寸：185×260
字　　数：831千
印　　张：39.25
版　　次：2023年12月第1版
印　　次：2023年12月第1次印刷
ISBN 978-7-5212-2583-9
定　　价：128.00元

中国小说学会2022年度中国好小说评委会

评委会名誉主任：

冯骥才（天津）中国文联副主席　中国小说学会名誉会长

评委会主任：

吴义勤（北京）中国作家协会副主席　中国小说学会会长

评委会副主任（以姓氏笔画为序）

李国平（陕西）评论家　　谢有顺（广东）教　授

评委会成员：（以姓氏笔画为序）

王秀涛（北京）评论家　　王金胜（山东）教　授　　王春林（陕西）教　授

刘永春（江苏）教　授　　刘　畅（上海）教　授　　刘海涛（广东）教　授

江　冰（广东）教　授　　安殿荣（北京）评论家　　许苗苗（北京）教　授

李　莉（湖北）教　授　　李晓东（北京）评论家　　李　敏（河南）教　授

杨晓澜（湖南）评论家　　杨　辉（陕西）教　授　　肖惊鸿（北京）评论家

何　平（江苏）教　授　　何向阳（北京）评论家　　宋　嵩（北京）评论家

张元珂（北京）评论家　　张丽军（广东）教　授　　张学昕（辽宁）教　授

张　涛（吉林）评论家　　陈振华（安徽）教　授　　林　霆（天津）教　授

岳　雯（北京）评论家　　周新民（湖北）教　授　　赵利民（天津）教　授

郝敬波（江苏）教　授　　段守新（天津）评论家　　施战军（北京）评论家

洪治纲（浙江）教　授　　贾梦玮（江苏）评论家　　夏　烈（浙江）教　授

晓　华（江苏）评论家　　杪　椤（河北）评论家　　崔庆蕾（北京）评论家

曾　攀（广西）评论家

2022中国小说排行榜

小小说·微型小说排行榜

1	《见过鲁迅的人》	韩　东	《芙蓉》2022年第3期
2	《玉兰探照》	陈　毓	《芒种》2022年第3期
3	《十八岁的李响》	蔡　楠	《天池小小说》2022年第7期
4	《泥蛋糕》	曾　颖	《金山》2022年第2期
5	《我是通信员》	瓦　四	《北方文学》2022年第1期
6	《无痕》	袁炳发	《作品》2022年第3期
7	《苏奴的飞行》	扎西才让	《百花园》2022年第6期
8	《72层砖的墙》	莫小谈	《啄木鸟》2022年第6期
9	《你是一棵吉祥草》	安　谅	《海燕》2022年第1期
10	《书中人》	熊仪婕	《微型小说选刊》2022年第18期

短篇小说排行榜

1	《兰亭惠》	潘向黎	《人民文学》2022年第3期
2	《飞来飞去》	东　西	《收获》2022年第5期
3	《宋骑鹅和他的女人》	徐则臣	《花城》2022年第1期
4	《白色猛虎》	金仁顺	《万松浦》2022年第1期
5	《我的太太变成了鼠妇》	朱　婧	《青年文学》2022年第8期

6	《通古斯记忆》	王啸峰	《钟山》2022年第4期
7	《公司有规定》	周瑄璞	《人民文学》2022年第2期
8	《月光下的黄羊》	房 伟	《当代》2022年第1期
9	《我们聊聊科比》	王威廉	《北京文学》2022年第2期
10	《呼伦贝尔牧歌》	海勒根那	《民族文学》2022年第5期

中篇小说排行榜

1	《白釉黑花罐与碑桥》	迟子建	《钟山》2022年第3期
2	《从前的初恋》	王 蒙	《人民文学》2022年第4期
3	《五湖四海》	王安忆	《收获》2022年第4期
4	《棣棠之约》	孙 频	《钟山》2022年第4期
5	《中关村东路》	秦 北	《当代》2022年第5期
6	《浮图》	葛 亮	《十月》2022年第3期
7	《美味佳药》	杨知寒	《山西文学》2022年第4期
8	《流淌火》	李司平	《民族文学》2022年第7期
9	《明日派对》	周嘉宁	《十月》2022年第1期
10	《王不见王》	杨少衡	《湖南文学》2022年第3期

长篇小说排行榜

1	《千里江山图》	孙甘露	上海文艺出版社2022年4月
2	《秦岭记》	贾平凹	人民文学出版社2022年5月
3	《野望》	付秀莹	北京十月文艺出版社2022年5月
4	《不老》	叶弥	江苏凤凰文艺出版社2022年7月
5	《拖神》	厚圃	作家出版社2022年1月

网络小说排行榜

1	《老兵新警》	卓牧闲	起点中文网
2	《一剑独尊》	青鸾峰上	纵横中文网
3	《从红月开始》	黑山老鬼	起点中文网
4	《公子凶猛》	堵上西楼	中文在线
5	《星门：时光之主》	老鹰吃小鸡	起点中文网
6	《折月亮》	竹已	晋江文学城
7	《黎明之剑》	远瞳	创世中文网
8	《我们生活在南京》	天瑞说符	起点中文网
9	《大明第一狂士》	龙渊	掌阅小说网
10	《月球之子》	是童童吖	番茄小说网

目　录

长篇小说评论

网络小说评论

小小说·微型小说及评论

序 言

新时代的新文本和新形象
——中国小说学会2022年度好小说·小小说综述

刘海涛

　　10篇上榜小小说的作者，既有获鲁迅文学奖的名家（韩东），也有正在高校就读的大二女生（熊仪婕）；既有从事小小说创作三十多年的老"专业户"（安谅、袁炳发、蔡楠等），也有凭着高质量的作品第二次上榜的作者（陈毓、莫小谈）。他们用新的小小说文体理念和艺术方法，创造了许多新形态的文本，抒写了新时代的新山乡巨变，塑造了党史军史里的英雄人物；深刻地探索着人性的深层内涵和普通人的美德与品性，展现了新时代中国小小说创作的"攀登"态势。

　　网络文学中的"穿越手法"在新文本小小说创作中有两种形态：蔡楠的《十八岁的李响》，是历史人物穿越进现实生活中；熊仪婕的《书中人》，是书本人物走入了现实人物的精神世界里。前者塑造的历史人物是党史和军史里的英雄。李响实际上是故事讲述人"我"的爷爷，他从遥远的抗战烽火中走来，竟然想跟着"我"要到延安南泥湾去做科技投资。用虚幻和写实相结合的穿越手法来写党史故事，显示了这一批有着三十多年写作经验的"小小说专业户"，仍焕发着不断创新小小说文本的初心和努力。后者讲述了一个文学作品中的男主角与现实生活中的女主角"她"，如影随形、相伴一生的超现实故事。这个瑰丽浪漫、想象奇特的写意故事，用新颖的文本形态，奇幻的写作手法，给读者带来一种新的文学体验。

　　10篇上榜小小说中也有采用现实主义写实手法来精彩讲述中国故事的优秀作品，他们将现实主义写实做了有新意的改造，把传统小小说中特有的欧·亨利式的意外结局法、跨界隐喻的象征法和意识流心理呈现法，用得圆熟巧妙，与写实题材的文学叙事精准合缝，展现了小小说特有的创作方法经过创新改造后，涌现出强大的文学功能和独特艺术魅力。

　　袁炳发的《无痕》抓住人物有特征的动作和语言，用对比和突转的小小说手法，含蓄地写活了我们生活中那种外表和内心、假象与本质构成反差的类型人物。安谅的《你是一棵吉祥草》写一个企业高管在退休前后情感变化的日常生活，机智地设计了故事的核心细节是吉师傅种的吉祥草，将这样一种不起眼的普通小草比喻为故事主角吉师傅，使日常生活的故事和人物形成艺术升华。扎西才让的《苏奴的飞行》是写人的情绪情感在某种特定环境里发生突变的心理型小小说。作品没有了直观的动作性和戏剧性很强的情节，只用抒情的诗化语言叙述了苏奴的情感变化。苏奴的情感突变，有着深刻的概括性和鼓舞人心的正能量。

10篇上榜作品创造的小小说人物和以往的小小说人物相比，更是采用了人物独特反常的故事情节和体现时代精神的人物性格的"暗示性描写法"，创造了一批新时代的小小说新人。

陈毓的《玉兰探照》写农村外来工进入城市后，从生活情调到内心意识所发生的蜕变。新进城的农民外来工也有着自己的审美意识和工匠精神，这就从人的内在精神的角度写出了农民工的新生活、新工作和新情趣。瓦四的《我是通信员》，用小小说的写实方法来写党史和军史里的英雄人物。一个抗战英雄在脑梗失忆后，唯一能记起的就是年少时参加抗战当通信员的经历。围绕着这个记忆被唤醒的核心情节，抓住人物的几个特征性很强的动作和神态来讲述，创造了一个抗日英雄晚年的传奇。莫小谈的《72层砖的墙》用反常描写和隐性叙事的方式，创建了一个体现时代精神、充满正能量的文学立意。在农村脱贫攻坚的决战中，需要建设和谐氛围的法制社会，需要协调因各种利益而起的纠纷，提高人的素养以适应山乡巨变的新时代。那个出场不多的村主任调解乡村矛盾的工作艺术，再现了乡村新人的精神内质，这也是用另一种形式来书写新山乡巨变的小小说。

上榜小小说的精短文本中，还有创建了多层多义的、具有深刻的体现社会主义主流价值观的主题；不仅让小小说的故事情节有突变和意外，而且小小说的创意形成也有突变和意外。曾颖的《泥蛋糕》的结尾，出现了两个意想不到的补叙，让人联想到缺失了父母之爱的乡村留守儿童，将来究竟怎样成长才能走出大山？小小说的创意质量是小小说的灵魂所在，机智地运用各种文学手法来提炼和表达高质量的文学创意，是小小说创作提高水平、攀登文学高峰的正确路径。

新时代的中国小小说创作要攀登新的文学高峰，需要努力提高小小说的创意质量，需要创新小小说的写作方法和文本形态。而锤炼小小说讲故事的技巧，创新小小说的叙事方法和叙述语态，则是小说名家和小小说"专业户"们在攀登文学高峰时必须要落脚踏实的第一个台阶。韩东的《见过鲁迅的人》是2022年以来，小小说故事讲得有趣，人物形象生动鲜活，作品创意丰富深刻的一个中短篇名家的优秀作品。这篇内涵深刻和多义的作品，用小小说悲喜剧交织的叙述方式和幽默语态，讲述了二十世纪一个老年知识分子的特有个性和命运。含蓄地概括了人性深层的物欲和爱欲，在改变人们的个体行为和深层欲望时，所能达到的可能性和巨大力量。中国小小说作为新时代的一种文学创意艺术，正随着时代变迁和文学转型越来越发挥着强大的"文艺轻骑兵"的审美功能。

见过鲁迅的人

韩　东

顾旦子见过鲁迅。他是一个见过鲁迅的人。每次说起来，大家首先提到的就是这件事，似乎顾老这一辈子只有这件事值得一说。他本人自然是引以为傲，逢人便讲。如果不是他说见过鲁迅，别人又怎么可能知道呢？

他的专业是美术史论，这方面顾旦子倒不以为然。还有一件奇怪的事，顾旦子的粉画是一绝，即使是在民国那一拨人里也画得相当不错。可后来他竟然不画画了，搞起了美术史。你大概也看出这人的轴来了吧：明明是美术史权威，却只提见过鲁迅，明明是绘画天才，却要搞什么美术史。

他的另一件超尘脱俗的事只有我们这些圈内人知道，属于隐私级别。我们这些圈内人又是谁？他的学生，或者曾经听过他的课，那也是他的学生或者学生辈吧。

我要说的是他迎娶新师母的事。

顾旦子这辈子只有一个夫人。新师母其实也是一个旧人，只不过被顾旦子保护得很好，连我们这些学生辈也没听到过任何风声。更可能的情况是，年轻时顾旦子和新师母有一小腿，后来就隔绝了。在新师母和老师母之间，他选择了老师母，就这么过了一辈子。

但当年，顾旦子想必是有一个誓言的，对新师母发过誓：这辈子我一定要把你娶进门。情到深处大家都会这么说，情淡或者离别后，谁也不会当真的。可顾旦子的确不是一般人，几十年下来不忘初心，老了老了居然要兑现这不靠谱的誓言。

总之退休以后他就开始安排——也许是偶然和新师母再相逢了，想起了这件事，谁知道呢。反正，新师母没有嫁人，或者嫁过人又落单了，并且无子女。顾旦子这头紧锣密鼓地筹措，我们见到他时他都不怎么提鲁迅了。终于一切安排妥当，和老师母办了离婚、扛住了子女们的轮番叫骂，就在那栋他住了几十年的老房子里迎娶了新师母。

什么，他应该净身出户，把老太太赶出家门太不人道？我还没有说完呢。顾旦子把单位分的一套大房子给了老师母，给自己和新师母留的那处房子又小又破，不安排好老师母他也不会走出这一步啊。顾老可不是现在那些渣男，人讲究着呢！

迎娶新师母那天我们都去了，终于看见了顾老心心念念的新师母。穿一袭白裙，从老房子里不无阴暗的深处走过来，我的天哪，就像是一道光，把我们晃得不行。当然不年轻了，头发也花白了，但那气质，难怪顾老会在所不惜。大家高兴啊，开心啊，顾老的嘴巴都笑歪了。顾老的歪嘴上叼了一支香烟，这没有什么奇怪的，他已经抽了五十年了。让人不解的是，那支烟没有点上！

我们慌忙掏出打火机，要给顾老点烟。所有的人都掏出了打火机，要帮他点上。打火机都已经打着了，举在顾老周围，就像每个人都举着一根蜡烛。火光映红了顾老皱巴巴的老脸，他这么一转头，看了新师母一眼。只见新师母微微摇头，说了句："吸烟对身体不好。"顾老闻言，把手一扇，所有的打火机都熄灭了。

"吸烟对身体不好。"新师母的声音不要太好听，放了任何人都会遵命的。那声音具有灭火之功效，轻轻的、脆脆的、柔柔的、坚定的，说不怒自威有点过了，但说让人骨酥肉麻也不对，也太极端。总之那声音难以言喻，我学不好。为了能再次听见新师母的声音，我们又打着了一轮打火机，新师母又淡淡地灭火。最终顾老也没有抽那支烟，但烟也没有从他的嘴上拿下来。

顾老和新师母婚后的日子没的说，幸福二字而已。可好景不长，大概两年不到吧，顾老就生病住进了医院。所以说，这烟轻易不能戒，尤其是抽了很多年的人，生理上已经适应，每个细胞的运转都需要尼古丁，猛然戒掉不崩盘才怪！顾老抽了五十年，有五十年的烟龄，为了这份迟到的爱真是不计后果啊。

即使在病床上，顾老仍然叼着一支没有点着的烟，歪嘴仍然在笑。以前，他的嘴是不歪的，就因为嘴角总是叼着一支烟，娶了新师母心里总是乐开了花，无时无刻都要笑，嘴巴上两块肌肉向不同的方向牵动，久而久之嘴歪就固定了，成了永久性的了。直到这时也没人敢去点那支烟，还是新师母在一边抹着眼泪说："点上吧。"

前往探视的我们立刻会意，甚至也没问要点什么——不用问就立刻明白了，早就在那儿等着了。六七只打火机同时打着，火光映红了顾老骷髅似的脸。他一阵颤抖，不是因为激动，而是不知道该去就谁的火。

顾老抽完了他一生中最后的那支烟，完了说，"我吃烟了"。吃这个字太传神，顾老根本不是抽烟，而是把那烟吃进了肚子里。吃完之后病房里烟气全无，我们举着的打火机这才熄灭。

这像什么？就像顾老迎娶新师母，相隔几十年，一直挂在心上，这烟两年没抽了，一直叼在嘴巴边。终于抽上了，就安心了，陶醉了，可以去死了。顾老对新师母的爱就像他对香烟的瘾，终于满足了，值得了。

所以才会有另一种说法，顾老走得太快不是因为戒烟，而是破戒。那件事想必戒了几十年，一旦再婚那还不得找补回来？我部分赞同，但也不完全如此。破戒有害健康，突然戒烟同样也对健康不利，两种有害和不利加在一起，夹击之下顾老这才扛不住的。如果说顾老之死仅仅是因为破戒或者开戒，因情纵欲，我觉得就有点太那个了。咱们可不能以小人之心度君子之腹呀。

这倒让我想起一件事，鲁迅也是一个烟鬼。既然顾老见过鲁迅，那就肯定和鲁迅一起抽过烟！一想到他俩在一块儿抽烟，我就非常激动，画面立刻就出现了。

顾老见先生的时候应该还年轻，八成还不会抽烟。先生从听子里取出一支香烟自己点上，然后将装烟的听子递给顾老（那会儿应该叫小顾）。先生并没有让小顾非抽不可，这只不过是他待客的一个习惯动作，可小顾面对偶像，崇敬之情爆棚，又怎么可能拒绝呢？怎么可能说我不抽烟？于是也从听子里抖抖呵呵地取了一支烟点上了。顾老抽烟因鲁迅而起，这真是太有意思了，太不可思议了。一支烟的传递，犹如薪火相传……

唉，不说了，这样的人现在已经没有了。我们的时代里没有鲁迅，连和鲁迅一起抽过烟的人也都死光了。顾旦子三十几年前就已经去世，遗孀也就是新师母，如果活着也快一百岁了吧。我得打听打听，找个机会去探望一把。

轻与重的较量
——评《见过鲁迅的人》

杨晓澜

在小小说写作整体比较暗淡的近几年，一批写中短篇小说的作家开始涉猎这一领域，如石钟山、津子围、房伟、王威廉等，给该领域增加了一抹亮色。写诗出身的韩东，近期创作了系列优质小小说，《见过鲁迅的人》可谓代表作。

小说给人一口气读完的快感，从标题到结尾，吸引力十足，尤其展现的"轻与重的较量"，让作品意味深长。整体上看，小说讲述的腔调、气息、口吻是松弛、幽默、轻盈的，作者以和老友喝茶聊天似的节奏，流水般地，将顾旦子的精彩人生静泻。一开头，就写出顾老的不一样，他是"见过鲁迅的人"，且明明是美术史权威，却只在乎"见过鲁迅一事"，明明是绘画天才，却要搞美术史。更让人惊讶的是，人近黄昏，他却和多年相扶相持的老师母离婚，迎娶了旧人新师母，还为之戒掉抽了五十年的香烟。两千多字的篇幅，把一个知识分子的丰满形象塑造得活灵活现。小说写出了当下中国小说难得的幽默性，可诙谐的叙事背后又有沉重的观感，结尾"我们的时代里没有鲁迅，连和鲁迅一起抽过烟的人也都死光了"一句，让人感慨这个时代的变化与坚守。顾旦子是可爱的、有味的，更是悲剧的、酸楚的。他世俗地活着，需要香烟、事业及爱情，对自己有严格的道德自律；但他又理想地活着，渴望灵魂的自由，为寻求爱情不惜与亲友撕破脸皮。容量小而意蕴大，叙述的轻与反思的重、世俗的轻与精神的重，共同构成了作品的底色。

玉兰探照

陈　毓

"张兰，你看，这是厨房。"

张兰在移动的手机屏幕里就看见那厨房。她看见一块小狗瓷砖，当即喊肖大佐把镜头转回去，却仍只看见一片瓷砖上有个小狗图案。

"这是啥讲究？"她问肖大佐。

肖大佐说，这叫不对称美。

自从进了城后，肖大佐说话跟在村里是很不一样了。

张兰现在也进了城，她往后也会和自己在村里不一样的。

为和张兰视频，肖大佐这一天等得心急。但心急没用，张兰一早就要赶到东城小区，接送那家的孩子去幼儿园。送过孩子后即刻返回，顺路买好粥铺的包子和豆芡饭，送到这家爷爷奶奶的餐桌。然后再赶紧下楼，买菜，回来把午饭给二老做好。两位老人的午饭时间严格，十一点半准时开饭，这倒给张兰留下二十分钟，可以叫她赶回出租屋，弄好自己和儿子的午饭。匆匆吃过饭，她要再次返回，把两位老人吃过饭的厨房收拾干净，之后，去幼儿园接回孩子。晚饭她不用管，由年轻的女主人回来做，他们要在晚餐桌上团圆。

张兰收拾好厨房，下楼带走垃圾。把垃圾分类到垃圾桶后，她会伸个腰。脚步缓下来，目光缓下来，她的手臂、肩背、目光都是向下的表情，她觉得这样舒服啊。

肖大佐就是在这时接通了张兰视频。早上出门的时候他就嘱咐过，必须在这个时间段，如错过就没机会看了。

昨儿下午，肖大佐遵照工长安排走进新苑小区，为一户人家铺地板。他走进房间，对照清点了木地板的型号和数目，准备干活儿。

他一抬头，看见一棵开花的树，其中一枝花，从敞开的窗子探进来，阳光打在洁白的花朵上，一朵朵花，像明亮的灯盏，把肖大佐的眼睛照亮。真是美呆了。肖大佐嘟哝。此刻，他还不认识玉兰花。但他确信张兰要是看见这花会很高兴，要是张兰和他能在这座城里拥有一间这样的房子，多辛苦他都愿意，张兰也愿意。他骑上电动车回家的时候想的是，如何让张兰看到这些花。

尽管很细致，肖大佐还是在午后铺好了地板，只等和张兰视频完，他就能把钥匙交还给工头。

　　肖大佐给张兰看的，正是这家的厨房。肖大佐并不直接给张兰看那树花，他要酝酿高潮。但张兰却迷上了那块狗狗瓷砖。肖大佐把镜头移到那枝伸进来的花枝上，给张兰看每一朵花，张兰果真大喊小叫。张兰喊："玉兰花，多好看的玉兰花，你快闻闻，保准闻见荷花的香气。"肖大佐觉得张兰真好笑、真可爱，他把鼻子凑近花，闻了闻，还真闻到了荷花的香气。

　　张兰嘱咐肖大佐后退，她要看清那间有玉兰花的房子的整体模样。肖大佐于是向前向后，向左向右，把那间有玉兰探照的厨房呈在张兰眼前。张兰赞美女主人的眼光，说青色窗帘好看，尽管她叹息在厨房安窗帘实在是浪费钱。趁着这欢喜，张兰索性放开，她指挥肖大佐，把每间房子都照给她看看，于是张兰赞美地板，张兰赞美客厅，张兰赞美门廊，张兰赞美那个小小的房间。张兰和肖大佐争论，小房间会住这家人的儿子还是女儿。最后她索性说，这户人家肯定有个儿子，和他们的儿子一般大，都上三年级。肖大佐忍住笑，也不和张兰争，他想张兰也许是对的，张兰很多时候都能预测对一些事情，但愿张兰这次也对。就像他确信，这家的女主人既美丽，又会过日子。男主人长相也好，很爱家庭。这家有个儿子，正像他们的儿子一样，上三年级，没准还是一所学校呢。

　　肖大佐不由得和张兰一起在电话里笑。这一天，他们真是高兴啊。

　　肖大佐打点工具箱的时候忽然想到一枚钉子，他几次三番看见那枚细长的钉子，他想不清这枚钉子会在哪道工序里用。但此刻他却找不到那枚钉子了。他把垃圾袋打开查验，仍不见那枚钉子。他担心钉子被嵌进木板，他回忆最后看见钉子的时间段，恰是在他就要完工的时候。那，钉子去了哪里呢？他蹲下，检视最后铺的那几块地板。他轻轻叩击，用手掌一一地抚摸，看哪里有异样，之后他"嘿"了一声，当即出了一头细汗。他迅速揭起最后的一块地板，他看见，那枚细钉嵌在那块地板和墙的缝隙之间。肖大佐舒了口气。

　　留一枚钉子在不该有钉子的地方，多不完美。

　　幸好我找出来了，我纠正了错误。

　　肖大佐扣好那块被自己揭起来的地板后，心里那个美，那个舒坦，那个对自己满意啊。

　　他提着垃圾，倒退着出门，把门轻轻锁好。

庸常与诗意的反差构成别一样魅力
——评《玉兰探照》

江 冰

陈毓的作品总给人一种期待。她能从平庸寻常的生活中发现诗与远方。

底层人的日常生活，时常被生存所困扰。城里务工人员劳动的强度、居住的环境，不免艰难困苦，但作者却能从他们心灵中发现对美德与美的向往。庸常与诗意的反差构成别一样魅力。

细节成为《玉兰探照》的关键所在。作家善于将平常打工人的内心美，凝聚到一个焦点上，并让其熠熠生辉。

比如白玉兰花。世上写花的文章多如恒河之沙，但作者的笔下却有独一份合乎底层务工夫妇心意的表达："其中一枝花，从敞开的窗子探进来，阳光打在洁白的花朵上，一朵朵花，像明亮的灯盏，把肖大佐的眼睛照亮。真是美呆了"。

比如一枚小小钉子，成为男主人公品德的写照。作品节奏的把握、细节的呈现、平凡事物的连接，仿佛不经意间构成作品成功的有效路径。

质朴、朴素、朴实，呈现出笔下人物的美好心灵以及对美好生活的向往。同时，我还看到作者的心理位置，并非向下俯瞰，而是同心交流。因此平等，方有真实与真情。

陈毓的作品，时常把城乡差别的思考放在不大篇幅中去思考，无疑增加了作品的深度。但是，作家并没有因为思考的哲理色彩影响到作品的感性氛围，而是通过一些精彩的细节——如此跃动画面来传达城市、乡村于转型社会中的犹豫和彷徨。毫无疑问，这也构成中国当前社会的一个特殊情景：发人深省，意味深长。

十八岁的李响

蔡 楠

说实话，我比较讨厌李响。我这些天很忙，正忙一件大事。我越忙，他越来添乱，冷不丁就会出现在我的办公室，还一直蹦来跳去的。他耳不聋眼不花，就是说话含混不清。我就讨厌他这一点，有话就说，说完就走不好吗？还有，我怕他蹦来跳去的，他要是摔坏了，我可没时间送他去医院。李直也没时间。李直比我更讨厌他。

于是我想赶他走。我泡上一杯茶给他端过去，他却轻飘飘地躲开我，像个气球一样飘到了窗户前。我赶紧关严了窗户，我真怕他飘出去。

我把茶水送到了他的嘴边，说，喝点儿茶吧，喝了茶哪里来的你就回哪里去，我明天还要出门呢！

李响就把一杯茶喝光了。喝完茶，他不蹦不跳了，稳稳当当地站在了那里。

我知道，茶水冲掉了这些年堵在他喉咙里的东西，他的声道开始通畅了。我拿出一把宜兴紫砂陶壶，又拿出一罐好茶，一并递给他，说，你可以走了。

李响却没有要走的意思，他把东西扒拉到一边，说，我不是来要东西的，我想跟你出门，一起去南泥湾！

我吃了一惊，他怎么会知道我要去南泥湾！我赶紧去扶他，我怕他说胡话犯病啥的。我把座椅搬了出来，放到他的屁股底下。他却不坐，腰板挺直了盯着我，大声说，李游，你说，到底带不带我去？

我去是有项目做，你去干什么？

我给你当向导，我熟悉那里，我在那里打过仗！李响一字一顿地说。

快别说你打仗的事了，你当年是瞒着父母偷着跑出去的，连新婚十天的媳妇儿都瞒着。知道李直为什么讨厌你吗？就是因为当年你偷着离开家。

我那不是偷着跑出去，而是当兵抗日去了。贺龙在冀中打了齐会战斗，大获全胜，部队需要补充兵员，我就跟上队伍走了。李响争辩着。

那你打仗了吗？

打了，不过……

李响这回坐下了，他的眼神有些黯淡。他缓缓地说，我跟上队伍走的第三天，就在石家庄附近的陈庄和鬼子打了一仗。可还没冲锋，我的腿就中了一枪，后来腿瘸了，我就当了炊事员。

我扑哧一声笑了，刚喝进去的一口茶差点儿喷出来，问，那后来呢？

后来我参加了百团大战，跟着部队去了晋西北，再后来就去了延安。说到这儿，李响的眼神突然有了光芒，慢慢地说，我是跟着部队一瘸一拐地来到延安的。那时候，我和战友们都觉得这回可有仗要打了，我们得保卫延安啊！可是……上级却让我们去南泥湾种地了。

你是说，你去南泥湾开过荒？怎么这些年没听你说过呢？我觉得李响的话有点儿离谱。

这有什么好炫耀的，我在老家又不是没种过地！再说了，你和李直哪里关心过我啊，啥时候耐心地听我说过话啊？

李响说得对，我和李直确实不大关心他。他十八岁就扔下媳妇偷着跑了，李直出生的时候都不知道他爹是谁。李直和他娘在动乱的时光里能熬过来就不错了，哪里还会关心他！

李响叹了口气，接着说，你们不关心我，可我惦记你们！原来我想打完鬼子就回来，后来我又想等南泥湾的地种好了再回来，可南泥湾很难缠啊……

你就别找理由了，你根本没想过要回来！我对李响喊道。

别……别瞎说，我不是那种人。那时候的南泥湾确实难缠，天寒地冻，荒无人烟。部队开拔到那里，啥都没有，我当炊事员还不知道吗？红米饭、南瓜汤，那是后来才有的。挖野菜也当粮，可是大冬天的到哪里去挖野菜啊？反正，炊事班里也没饭可做，我就拿起做饭的铁铲，穿着单衣，去开荒了……

听到这儿，我不说话了。听李直讲过，他两岁的时候，县上的干部把李响的包裹送回来时，里面确实有一把铁铲，不过铲子只剩了个破片片。

见我不说话，李响来劲儿了，说，你相信我说的是真的吧，那就带我去吧！

我凑近李响，把他抱住了。他的身体很轻，我知道我抱住的不单是李响，还有李响的故事。我决定带李响走，不乘飞机了，我要亲自开车去南泥湾。

李响跟着我来到了南泥湾镇，却蒙了。他怎么也找不到当年开过荒的地方。他不吭声了，任由我给他当向导。

我开着导航，带他去了三五九旅旅部旧址、南泥湾垦区政府旧址、党徽广场、稻香门广场，还带他去了南泥湾风景区，参观了南泥湾特有的民宿……

看，我就是在这里开过荒，还在这里住过！李响在一个被改造成农家院的窑洞前站住了，大呼小叫起来。

我知道，我应该办我的大事了。

我走进窑洞，一群人早已等在那里了。这些人是南泥湾开发区的领导，我从电脑包里拿了一份签好字的合同，说，这是我们公司引进的石墨烯技术，现在我把它无偿献给南泥湾，用上这种材料，不仅窑洞加热快，而且也非常环保。再有，我的集团公司想捐赠一批环保充电车，方便南泥湾的旅游，第一批已经在路上了……

办完这件大事，我回头再找李响，却看不见他的踪影了。

这下我可急坏了，弄丢了李响，我没法向我的父亲李直交代，他正在家辛苦地帮我带孩子。

我猜到李响可能去了哪里。我急匆匆赶到九龙泉烈士纪念碑前，果然看到李响一动不动地站在那里。确切地说，是他的名字嵌在了纪念碑里。

这时，我听到了导游的讲解：李响，河北雄安人，曾经创造一天开荒四亩的纪录，他用铁铲和镢头连续开荒一个月，最后累倒在了地里，那年他只有十八岁……

我的眼泪急速地涌了出来，我大声喊道：爷爷，你的孙子来看你了！

评《十八岁的李响》

刘海涛

　　2022年小小说新文本的诞生来源于作家们引进和试验了新的创作方法。网络文学中的"穿越手法"在小小说创作中的成功实践，出现了"穿越小小说"的新形态。蔡楠的《十八岁的李响》，描写了历史人物"穿越"进了现实生活中，创造了一个新颖奇特的超现实文本，实现了一种别具一格的小小说创意阅读。

　　作品塑造的历史人物是党史和军史里的英雄。李响实际上是故事讲述人"我"的爷爷，他从遥远的抗战烽火中走来，竟然想跟着"我"到延安南泥湾去做科技投资。在这个魔幻过程中，故事讲述人用"折叠叙述"的方式，将李响瞒着父母和新婚十天的媳妇去当兵走向抗日前线、参加百团大战后又到南泥湾开荒种地的故事，均做了细致的铺开叙写。直到故事结束，讲述人才回到今天的现实："我"在九龙泉烈士纪念碑里找到了爷爷李响的名字。通过导游的讲解才知道，"我"的爷爷李响在南泥湾创造了一天开荒四亩的纪录，最后是累死在地里的。这是个在小小说中很少出现的、不是在战场上而是在经济建设中献身的英雄。

　　这篇作品的故事形态是"常态＋变形"的组合，属于小小说魔幻式文本的先锋创作。创造非正常的"变形"形态，也是刷新小小说阅读新奇感常用的方法。小小说在有限的文本叙述时间里，描述一种超现实形态的生活，给读者提供一种新奇的阅读感受，这是目前这一批有着三十多年写作经验的"小小说专业户"们的创新探索和大胆试验。蔡楠长期坚持小小说魔幻文本的创作，用虚幻和写实相结合的穿越手法来写党史故事，显示了作家仍焕发着不断创新小小说文本的初心和努力，开拓了一条用小小说的现代先锋手法将红色资源改造为文学资源、讲好中国故事和党史故事的创新之路。

泥蛋糕

曾 颖

灵儿觉得自己长大，是在她十岁生日那天。

那天，爸爸妈妈连电话都没打一个回来，只有奶奶临出门时把一个煮鸡蛋放在她的书包里——这是山里娃们生日的标配，也是与平日唯一不同的地方。

走在上学路上，灵儿的心，从没有过地凉。平时就崎岖而漫长的路，找碴似的变得更加腻滑。她眼前总闪过电视上城里孩子过生日的画面，一大群欢快的人和精美的礼物，围着那个满脸幸福的孩子，点蜡烛、唱歌、切蛋糕、欢笑……

灵儿不敢将自己想象成那个孩子。她只希望自己生日这一天，爸爸妈妈能回来，如果再带一件新衣服或一套彩色铅笔，或者一个蛋糕，哪怕是最小最小的那种，她都会高兴得疯掉。

但这些场景，如同卖火柴的小姑娘划起的火光中的幻影，瞬间就被一次滑倒撞得烟消云散。这似乎再次验证了奶奶常说的那句话："东想西想，吃了不长，我们这样的人，做梦除了伤自己，就再没有别的用处了！"

奶奶这句话，是针对爸爸妈妈外出打工说的，但此时此刻用在自己头上，却十分贴切。坐在湿滑的地面上，一股沁骨的凉意，由下而上，让她的每根头发尖里，都充满了沮丧。

学校和家，都一样遥远，她两头都不想去，不想让奶奶和她唯一的同班同学，看到自己狼狈的样子。于是索性站起来，往路旁树丛中的小道走去。这条道她见过几百遍了，通往哪，她并不知道。

穿过竹丛，沿着一条不太明显的小道往前，是一条小溪，小溪往上一百米，便是一处并不太深的小潭。周围是树，并没什么人，她决定去那边把裤子洗洗，晒干再说。

裤子洗好，晾晒在小树上，她选一块石头坐下，把脚放进水里。

水凉凉的，沙软软的，偶尔有小鱼银亮亮地从她的脚边穿过，风柔柔地由远及近，抚过竹枝和树巅，把一丝丝山林的清香，铺洒在她的头和脸上。

她闭上眼，用力地吸了一口气，然后长长地呼了出去，仿佛要把一切的不愉快，都吐出去。

这时，半空中，缥缥缈缈传来许多人的欢笑，有人开始唱生日快乐歌，杂乱的笑闹被他一带，变得整齐高亢，在树和山之间飘荡回旋，如一群欢快的鸽子。

她知道这是那个害她摔跤的梦的延续，她本能地摇头，想把它们驱散。

但歌声像一群顽皮的蚊子，你一驱，它就散；你一停手，它就又聚在一起，还故意使坏地唱得更响。

努力了几次，她决定放弃。

偶尔做一次过生日的梦，应该不算过分的吧？

她这么想着，突然就来了精神。她决定再把梦做大一点，给自己做个生日蛋糕。

河边被水泡得软软的黄泥，倒是做蛋糕的好材料。她挖了一大捧，放到一大片芋子叶上。用黄泥和菜叶做饭菜过家家玩，是熟悉而久远了的游戏。而用它做蛋糕，还是头一次。蛋糕在电视和书上看到过，知道它是圆圆的，表面是白色或棕黄色，顶层有各种水果和糖球，还有写着漂亮文字的卡片。

这些东西的替代品，都不难找。黄泥做蛋糕坯，石灰做奶油，树上的野山桃，田里的小番茄，崖壁上的青花椒，还有小溪里的石头，白色的、青色的、红色的，大大小小，形状各异，放在生日蛋糕上，像有生命一般地鲜活美丽起来。

蛋糕做完，放到阳光下，既漂亮，又感觉像少了点什么。对，卡片，还需要一张写了字的卡片！

她从书包里拿出平时不怎么舍得用的水彩笔，撕下一页软面抄的纸，在上面认认真真地写下几个字：

祝我生日快乐！

这时，整个山林，都唱起歌来。

歌声由弱到强，由悠扬到高亢，直至如漫天的大火，一直烧上云霄。

她觉得，从那一刻起，她已不再是个孩子。虽然此前很久，爸爸妈妈爷爷奶奶早已不把她当成一个孩子。

她把蛋糕放到山崖的一棵树下，像放一个祭品，提起裤子，背起书包，大踏步往山下走去。

在学校的路口，她看到她唯一的同班同学，也是同桌，那个老是上课嚼米的小男生，手里捧着一个烤红薯，红薯上插了支小红蜡烛，远远看到她，欲言又止。

她知道那是送给她的。

如果是两小时之前，她会感动得眼泪哗哗的。但现在却不会了，因为她不想再为了一个别人随时都可以吃到的小蛋糕，感动得昏天黑地，她要开始一种新的生活……

这是多年后一个叫娜娜的陪酒女酒醉之后向客人讲的她朋友的童年故事。

但大多数人都不相信。

评《泥蛋糕》

徐晓华

　　《泥蛋糕》是一篇内容丰富的作品，写得既熟悉又陌生，既在读者的预料之中又在读者的想象之外。

　　从开头看，这好像是一篇关于乡村留守儿童的作品，小姑娘灵儿过十岁生日，在外打工的爸爸妈妈连个电话都没有打回来，只是奶奶在她书包里放了一只熟鸡蛋——"这是山里娃们的生日标配"，说明这是乡村的普遍现象。然后是灵儿把自己与城里孩子作对比，作品似乎要沿着乡村贫困、城乡对比的路子走下去。接着作者点出了安徒生的童话《卖火柴的小女孩》，当读者觉得小说要让灵儿做梦，要让现实与梦境做比以突出灵儿的不幸时，灵儿却用奶奶的"我们这样的人，做梦除了伤自己，就再也没有别的用处了"而否定了自己……

　　到这时，小说才进入了故事的主体，灵儿在胡思乱想时滑倒了，于是跑的小潭边洗衣服，这时，被灵儿否定了的想法又顽强地回来了，她听到了甩不脱的生日歌，她决定给自己做一只泥蛋糕！作品接着就是对灵儿如何做泥蛋糕的详细描写，从细节到心理，作者对读者的心理把握得很准，看上去只是人物给自己做了个假蛋糕而已，但对人物来说却是非常重要的一个仪式，而且，这个仪式不仅是她给自己过了一次生日，更重要的是她长大，她再不需要别人了，大人给她过不过生日不重要了，城里孩子比自己过得好不好也不重要了，灵儿终于懂得了幸福是可以通过努力得到的。现在的"蛋糕"是假的，是泥做的，以后的"蛋糕"就是真的了。人就是在这样的一次次具有仪式感的生活中偶然长大的。果然，当她的同桌用一个插着蜡烛的烤红薯想祝她生日快乐时，灵儿拒绝了……

　　正当读者以为小说就是这样时，意外又出现了，原来这是人物多年前的回忆，是一位陪酒女向客人讲的她朋友童年的故事。原来，人物的命运并没有因那个仪式而改变。

　　就是这篇末一振使作品的意义又一次产生了变化，这样的反转又反转的构思，让主题得以升华。

我是通信员

瓦 四

他是孤儿，十岁那年抗日战争爆发。

一天晚上，八路军路过年圩，开饭时他可怜巴巴地站在旁边看。排长看他饿极了的样子，就拿块馍，盛碗稀饭给他。他吃完后说，我爹娘都死了，叔叔，你就领着我和你们一起打鬼子吧！我腿快一定能跟上你。

排长答应了他。

到了部队，他成了通信员，很多次重要情报都能凭着他腿快提前送到。

离休后，一次脑梗死，住进重症监护室，但他奇迹般地挺了过来，记忆几乎全部丧失，言语迟钝，走起路来东倒西歪。

一天傍晚，老伴儿扶着他在小区走动，他看到一个小朋友往垃圾车倒垃圾，一不小心洒得满地都是。小朋友一转脸瞥见一位爷爷正在扫垃圾，便对着他喊："爷爷，能不能帮我扫扫垃圾。"

"扫扫"这是排长的命令！当年部队每到一个宿营地，排长就喊："通信员！"然后指着宿营地说："快去把地扫扫。"

他精神一振，立正站好，行个军礼道："是！"

他一听"扫扫"二字，脑子似乎清醒了，那一边活动不便的胳膊、腿也轻松了很多，似有使不完的劲儿。打这天起，他一看到垃圾车过来，便迟缓地行个军礼，然后拿起扫帚……

他病后还喜欢追电视剧，特别是抗日剧。也不知道他是能看懂那些电视剧，还是瞅着那些炮火连天的很热闹。有一天，看到电视剧中战士夹着炸药包，匍匐向前去炸小鬼子暗堡的场面，呆滞的他仿佛接通了强大的电流，神经终于被震醒了，他突然站起来大喊一声："英雄！大英雄！！"

有一回，他和小孙女一起比赛剥花生，一阵雄壮高昂的国际歌声传来，他顿时一震，花生落在地上。他缓缓地庄严地站起身，扯扯衣襟。此时，他那冷峻的脸上又突现出征时无所畏惧的神色，那坚定的目光，正气凛然，他昂首挺胸，老泪纵横，朝着歌声传来的方向走去……原来电视正在播放一组战争年代的入党宣誓场景。他激动地拉着老伴儿的手说："我从今天起就在党了，我要为党的事业奋斗终生。你也要做好妇救会工作，争取早日入党。"

他终于记起当年入党时的情景。是的，是这样一面鲜红的党旗，是这样一间低矮的茅房，是这样一个风寒的雪夜，他和两位同志在党旗下庄严宣誓。老伴儿一时也受到了强烈的感染，惊喜交加，泪花闪闪。入党宣誓的那个雪夜，正是眼前这样的情景，他的神色、他的言语和动作，一模一样！

他一个劲儿对儿子、儿媳和小孙女说："我现在是共产党员了，你们也要跟共产党八路军走。"这不是当年他跟兄弟姐妹们说的话吗？老伴儿心里又悲又喜，一时心潮翻滚。

一天，吃过早饭，老伴儿带着他到菜市场买菜，忽然发现前面围了一堆人。他硬是要挤上前去看，只见一个中年男人抓住一个小青年不放。小青年见对方不肯松手，拿出匕首，对着中年男人就是一刀。他火了，怒眼圆睁。妈的，这不是还乡团的黑八吗？他大喝一声："黑八，你个狗娘养的，敢来这儿欺压百姓！"

他咧咧歪歪扑向那家伙，大叫道："看你往哪跑！"

那家伙一愣，反手就是一拳，打得他天旋地转，脑子里像插进了一把尖刀，他觉得轰得一炸，周身闭塞的经络突然全部打通。绝不能放走"黑八"，他一咬牙，爬起来抱住那家伙的大腿，任凭那家伙拳打脚踢也不松手。

围观的人群被激怒了，大伙儿冲上来抓住了凶手。

人们扶起他，安慰他，夸赞他。

一名民警过来问："爷爷，您贵姓？是哪个单位退休的？"

他威严地告诉那名民警："我是通信员！"

历史与人心的回响
——评《我是通信员》

杨晓澜

　　阅读主旋律题材作品，最担心的是没有文学性、艺术性，《我是通信员》让人惊喜，不仅语言精到传神，而且用细密的针脚、动人的故事、多维的视角书写了一段难忘的历史，讴歌了一名普通又伟大的人民英雄。

　　小说的叙事是高超的，密不透风，细腻鲜活。一个十岁的小孩，因父母饿死，跟着过村的八路军成了部队的通信员，自此这一身份就永远嵌进骨髓深处，即使脑梗死、记忆全部丧失，但只要进入与通信员有关的境遇，就条件反射般的清醒过来。小区清扫垃圾，让他想起排长的命令，精神为之一振，一看到垃圾车过来，就行军礼帮忙；电视剧中战士炸碉堡的情节，让他一下便接通神经电流，欢呼大叫；入党宣誓的画面，让他忘记了正在剥花生的手活，点燃为党奋斗终生的薪火相传；面对歹徒的匕首，他不惧牛死，勇敢向前。作者通过一个又一个慢镜头，步步推进，从历史深处，延展到当下生活；从平凡人生，透露出博大情怀。小说写出了历史的回响，抗战的岁月刻骨铭心，革命的日子至死难忘，铭记历史才能珍惜当下。历史的钟声永远敲击在时代和世人心灵。小说也写出了人心的回响，一段历史不仅书写以前的生活，更锻造一个人的品格。作为一名党员和战士，无论年龄是否变老、生命是否消亡，通信员的职责永不会变，那种敢于牺牲和无私奉献的精神永不会变，展现了对信仰的坚定和追求，更体现了人性的善良和美好。

无 痕

袁炳发

在深圳开完笔会，我最想见到的是朋友大坤。

大坤来深圳十多年了，一直没有谋面的机会。

他是我在老家县城飞翔文学社的好朋友。我至今还记得大坤朗诵高尔基散文诗《海燕》时一脸的豪迈与激情。

我从手机里调出大坤的手机号，拨了过去。

电话接通后，听出大坤的语气很兴奋：是炳哥呀！到深圳了？妈呀！你不会是从天上掉下来的吧？我现在东莞桥头镇谈个合资项目，明天就过去看你。

临放电话时，大坤又补充说：明天早饭后我就过去，你一天都不要安排别的内容，都交给我了。

我说：好！明天见。

第二天刚吃过早饭，我就接到大坤电话：炳哥，下楼吧，我到宾馆大厅了。

走出一楼电梯，我一眼就认出了站在大厅中央的大坤。大坤上身着白色丝绸对襟盘扣衫，裤子是青色的直筒宽大、裤脚口收紧的那种灯笼裤，脚穿北京布鞋，板寸发型，单手持珠，拇指上下掐捻。

大坤的旁边还站着一个细柳高挑个儿的哥们儿。我和大坤拥抱之后，大坤跟我介绍旁边的那个哥们儿：这是长脖鹿（姑且这么称呼），我的司机，也是咱东北的哥们儿。

我马上和这哥们儿握手。

大坤又说：炳哥，你没发现他脖子很长吗？

我看了看细高挑，初次见面，不敢乱开玩笑，便摇摇头。

我见大坤这身行头，就问他：大坤，你现在玩武术了？

大坤掐捻着佛珠，看了眼细高挑说：长脖鹿，你告诉炳哥我现在玩啥！

长脖鹿凑近我，说：炳哥，坤哥现在玩石呢，玩大发了，连香港、缅甸仰光等地的玩石高手，都知道坤哥是赌石界的"黄金眼"。

我用惊异的目光看了眼大坤，他此时正微笑着看我。

大坤说：炳哥，一会儿我带你去个园子赏石，如何？

我说：好，客随主便！

说完，我们向外走。大坤带我走向停在门前的一辆路虎揽胜，长脖鹿在前面小跑着给我们打开了车门。

车子开出了市区，大坤头往后一仰，实惠地靠在座背上对我说：那些年真犯二，还整什么文学社，什么泰戈尔、雪莱，现在一想脸都红。不过也没什么，每个人都年轻过。

对大坤的这番话，我很不爱听。这倒并不是因为我现在每天仍然和泰戈尔、雪莱们厮守，我总觉得人的志向选择不同，这与犯二、年轻无关。

但我没有反驳大坤。

车行一个小时后，就到达了大坤说的这个园子。园子大门古式风格，门上方刻有两个大字：粤园。

购票入园，里面很大，占地面积有七百多亩，风格近似苏州园林。依山傍水，并且建有亭台、曲廊、荷花池、洲岛、桥堤等景观。

步入一处长廊，廊两侧木拓上放着各种形状怪异的奇石。

大坤给我介绍了一些石的种类：菊花石、水晶石、木化石、玉石、灵璧石等。大坤说：这些石都是有灵魂的。我们赌石的人，有时是把命赌在这些石头上的。

我们在连接廊柱的一块厚木板上坐下来。之后，大坤说：赌石的人擦石不算什么，主要在切石。用我们行话讲："擦涨不算涨，切涨才算涨。"一刀瞬间暴富，一刀也可倾家荡产。玩的是刺激，但其中也不乏胆识和智慧，尤其是面对那些上百万的造假原石，更要机智灵活，会躲会闪。

我听后，倒吸一口冷气，问大坤：这个行业也能造假呀？

大坤冷冷地说：这年头连媳妇都能是假的，还有什么不能造假？

在园子里逛了一上午，晌午，大坤说：走，我们出去吧，去吃饭。

出了大门，我看到了"粤园"两个字，便把手机递给长脖鹿，说：给大坤我俩合个影，留个纪念。

大坤立即摆手制止，对我说：干我们这一行的，从不与人合影照相。

我问，为什么？

大坤想了想说，人永远坚硬不过石头！

这个理由有些牵强，很明显是托词，我有些不悦，十多年未见，好朋友一起合个影，多正常的事啊。

我像从前那样开玩笑似的说：别扯了，是不是怕卖假石犯事，警方能找到你的图像资料？

我的话音刚落，大坤就对我一句暴吼：不懂我们这行的规矩，就别乱放屁！大坤的这一句吼叫，让我的嗓子似乎一下被什么噎住了，半天无语。接下来的气氛有点儿不尴不尬。

在园子附近，有一家莆田海鲜酒店，大坤带我们走了进去。他点了很多道海鲜。因为我刚才的那句话，大坤的脸色一直阴沉着。我们吃饭时，谁都不言语，大坤一直用筷子头一下一下扎着螃蟹的盖，气氛很沉闷。

这顿饭的主菜我大多没记住，只记住了喝的两种汤——虫草汤、鲍鱼汤。

评《无痕》

刘海涛

　　《无痕》采用现实主义写实手法来精彩地讲述中国故事，通过常规的写实性的特征材料来透露人性深层的隐蔽世界，较好地发挥了小小说在某一生活聚焦点上写出人性深层内容的艺术功能，含蓄地写活了我们生活中那种外表和内心、假象与本质构成反差的类型人物。大坤与"我"是多年前共同爱好文学的朋友，他到深圳十几年后做起了"玩石"的业务。"我"在深圳得到了大坤热情大方的款待。但大坤不愿和"我"照相合影，"我"的一句关于"怕卖假石犯事"的玩笑话，竟让老朋友突然翻脸。这个小小说的突变情节和人物突兀失态的原因，作者用了小小说留白的手法隐去了描写和讲述。但读者至此可以想象出了这个十几年不见的好朋友，他追逐名利的人生轨迹和深层隐藏着的真实本性。作者在一个故事场面里揭开了人物的双重人格，对这一类表里不一的人物做出了精准的艺术概括。

　　《无痕》展现了小小说特有的"反转+空白"的经典写法。从大坤对"我"极度热情到结尾时大坤对"我"的一句玩笑话的勃然大怒，这就是"情节的反转"。这样的反转，使读者在对故事事件的正常阅读和感受时，突然进入了反常的令人震惊的状态，这种情节瞬间突变、陡然反转的结尾是小小说文本常见的结构规律。而故事情节突变、反转之后，故事讲述人退隐到幕后，不做任何的主观解释和评价，让读者展开想象，追寻突变产生的原因，理顺正常与反常之间的因果情节。这就是小小说留白式结尾产生的文本效果，小小说创作特别需要这种情节结局的"留白"。文本的阅读魅力就是由这个"留白"制造的。"反转+留白"的故事结局，是情节性小小说最基本的构思方法。优秀的小小说就是像《无痕》这样的，将"反转和留白"叠加使用，营造出体现小小说审美规律的阅读效果。

苏奴的飞行

扎西才让

苏奴要从甘南到云南去，一周之前就从网上订了机票。

本来他想坐火车去，这位守旧的诗人觉得在铁轨上行走，每时每刻都在地上，心里踏实，但他那上高中的儿子说："阿爸，你跟不上这个时代的发展速度啦！现在，坐现成的飞机，嗖的一声，就到了想去的地方，又快又安全，谁还坐那乌龟一样慢腾腾的家伙呢？"苏奴想说："你小子懂个屁，我正想在漫长的旅途中消化掉心中的块垒呢。"想归想，他却没说出口，也没反对儿子的建议，还是订了机票。

苏奴去云南的原因，是嫁到那边的妹妹突然得了重病，也许担心自己剩下的日子不多了，就想见家人一面。临死之人远隔千山万水打来的电话，仿佛就是亲情的召唤，使得苏奴对妹妹多年的怨恨之情竟在瞬间就消散了。

挂了电话后，他有点儿恍惚，很不相信：连高中也没读完就跟着来自云南的虫草贩子私奔的女孩——他的高鼻深目、性格倔强的妹妹，真的将要离开这个世界了吗？

从甘南前往兰州的途中，在大巴上，他始终沉浸在一种浓浓的悲伤中。从吃惊到不相信，到接受那声音羸弱的妹妹命不久矣的现实，他整整用了三天时间。

当他从大巴上下来，走进宽大的中川机场，按照儿子教他的办法笨手笨脚地从取票机上拿到那张薄薄的机票时，那消散了的悲伤又从心底泛了上来。

他为妹妹的命运悲伤，也为自己，为机场里的其他人。他认为，机场里这些密密麻麻的人当中的一部分，肯定也是像他这样，要去遥远的地方看望即将离开世界的人。

这想法越来越坚定，以至于当他排队过安检口时，始终觉得身前身后的旅客都走在通往另一个世界的路程中。过了安检口，也许就是那个自己不可掌控的完全陌生的世界了！

等到他在候机厅里变得越来越焦虑时，开始登机了。在他眼里，检票员就像引领他走向中阴之路的使者。

当他进入完全封闭的机舱，找到自己的位置坐下来，在胆战心惊中系好安全带，把身体紧紧地捆在位置上以后，他的悲伤竟莫名其妙得减弱了。

飞机驶上了跑道。天空不晴朗，甚至可以说有点儿阴沉，这使得苏奴的心情有点儿悒郁。

他的位置靠窗，当飞机在跑道上越来越快地滑行，继而飞速爬升时，他感觉到心脏缩成一团，胸闷气短。

这是他第一次坐飞机，按说应该有种莫名的兴奋，可妹妹的病情严重地影响了诗人的情绪，他感受不到一丝喜悦。

到平流层以后，他终于恢复到在地面时的那种还算比较舒适的状态。窗外的景致，仿佛积雪皑皑广阔无垠的南极，雪地上有规律地铺满雪橇滑行过的痕迹。整个雪原空无一人，看起来是那么空旷，让他感受到了无边的寂寞。幸亏机舱里还有三百多名和他一样沉默的乘客，这种由寂寞生发的大众都有的孤独感，才没有那么强烈。不过，这寂寞感和孤独感，在不知不觉中，竟然稀释了他的悒郁，让他的心情有所好转。

等飞机终于抵达云南上空，雪原渐变成"棉花堆"后，"棉花堆"之间的空隙里，断断续续露出了或多或少的蓝天，也露出隐约可见的地面上的景色：山像红铜，林木和绿地是斑驳的铜锈，房舍像极了顽劣的孩子随意搭建的积木，堆砌在沟沟坎坎里，虽被随意丢弃在草丛中，却与自然融为一体，又和谐，又好看。

这时，他心中的诗性苏醒了。他陡然发现，视野中的大自然，真的是伟大的雕刻家，每时每刻都在打磨着自身，创造出了这么壮美的景色。在这样广阔盛大的美景里，人类的存在，虽然显得特别渺小，但对人类自身而言，又是那么重要。而人类的生老病死，在大自然面前，虽说轻如云朵，甚至比眼界中那银线一样的长河里的浪花还要碎小，似乎完全可以忽略不计，但依旧是不可忽视的。

这样想着，那种对每一种生命的热爱，就像心湖里的风波一样被鼓荡起来了。突然之间，一道闪电照亮了他，他心里升起对人间万物的悲悯情怀。

他有了一个决定："妹妹哪，等我见到你，我一定想办法让你振作精神活下去，一定要活下去！"

苏奴被自己的决定给弄激动了，他摸出一支笔，在手心里写下一首小诗：

　　　　我眼前的世界啊，你是如此壮美，
　　　　假若心中有爱，谁愿意舍得放弃？

评《苏奴的飞行》

刘海涛

扎西才让的《苏奴的飞行》是写人的情绪情感在某种特定环境里发生突变的心理意识型小小说。作品没有了直观的动作性和戏剧性很强的情节，只用抒情的诗化语言叙述了苏奴的情感变化。苏奴准备乘飞机从甘南去云南，看望已病危的妹妹，一路上，心情极为悲伤和抑郁。但他在飞机上看到雪原的壮阔美景时，他的诗性突然苏醒了。他觉得在如此广阔壮美的大自然里，人类一切的生老病死轻如云朵，比长河里的浪花还要碎小，内心陡然升起了对人间万物的悲悯情怀，于是在自己的手心里写下了一首关于爱人和爱世界的小诗。作品渲染和书写的苏奴这种情感突变，有着深刻的概括性和鼓舞人心的正能量，面对今天多灾多难的世界，人们应该要以爱心、宽恕和悲悯的情怀来看待人生的苦难，这种心理型小小说文本抓住人性中看不见的情感波动来反映生活和时代，创造了一种抒情性较强的小小说审美文本。

这种"心理+现实"的新形态小小说文本，是抓住了故事人物在特定情境中的某一点心理情绪，突出、强化故事人物的这一点具有特征性又体现正能量的心理情绪，完成了一次文学的优雅的诗化叙事，给读者提供了启迪和共鸣。故事人物在现实生活中遭遇的种种矛盾和困惑，感受到的悲伤和痛苦，以及在人生中与天灾人祸相撞而产生的情感意识，都可以在小小说精短的篇幅里完成一次心理情绪情感的文学叙事。这样的心理意识流小小说，将出现一种和传统的故事情节型的小小说完全不同的阅读感受。特别是当这种特征性较强的内心情感能够概括人类的一种具有正面审美价值的心理意识时，会引发读者的情感共鸣和理性思考。《苏奴的飞行》作为扎西才让系列小小说中的一篇，成功地写出了人在情感困境中的改变和升华，对心理意识型小小说的创作来说是一次较为成功的艺术创新。

72层砖的墙

莫小谈

"1，2，3，4……"猴子盯着面前的那一堵墙，数墙砖，总共72层砖。再往上是电网，交错着几条高压线。

耳目发现了猴子的异常，转头向我报告，说："猴子有阴谋。"我请耳目坐下说话，他咽了一口唾沫说："队长，我怀疑猴子要越狱。"

"越狱？"我不禁惊出一身冷汗。

"是的。"耳目怕我不信，又说，"队长，猴子每天放风时，都会盯着院墙看，嘴里还不停地数着数。"

"数什么？"

"数墙上的砖。"耳目说，他特意留意了一段时间，并随着猴子的目光转换着视角，结合猴子的口型，他断定是在数墙上的砖层。

我随即查阅了猴子的档案——故意伤害罪，刑期两年半。

猴子伤害的是梁大佐，他的邻居。梁大佐家建房，将一溜儿院墙垒到猴子家的宅基上，他哪肯让步，一来二去，两人就杠上了。族里人出面调停，梁大佐就胡搅蛮缠，前三皇后五帝地往前翻旧账，把祖上八辈的破事儿都抖搂出来，歪理摘下一箩筐。族人们一时也捋不出眉目，只好撂下。难怪，当事人都化骨成灰了，谁还能说得清。

案发当日，梁大佐酒后装醉，跑到村头跳脚骂娘。猴子是孝子，听不得这话，于是冲出去朝梁大佐头上擂了一拳，耳膜穿孔，是轻伤。梁大佐这回可逮住了理："我梁某人被猴子开了瓢，以后还咋在溱水河一带混？"横竖就那一句话，"不和解，公事公办，判他几年是几年"。

猴子憋着一肚子气，悻悻地进了监狱。

按说担这罪名的人不会干出啥大事儿，用"过来人"的话说，"三两场雪的事儿，打几个激灵就过去了"。但既然得了线报，作为监区队长，我还是做好万分警惕，于是打电话向猴子的村主任了解情况。村主任说："猴子是泥瓦匠，常年垒房砌墙，前段时间右脚还在工地上受了伤，平时走路看不出来，就是掮不了大力气。"村主任以为是为猴子减刑，就使劲儿美言，说猴子是个老实人，被捕时说的"出来就给姓梁的放血"那句话是气话，不能当真。

听完村主任的介绍，我心中大体有了尺寸，但村主任口中的"老实人"不能当作排除他预谋越狱的依据，老实人往往办大事儿，何况他还说过"给姓梁的放血"的话。

我想，是时候会会这个"老实人"了。于是，我把猴子叫到办公室，开门见山地问他会啥手艺，他嘟哝半晌才说会砌墙。我压着嗓子，故作深沉地问他会不会爬墙，他不假思索地说："会，从小就会，村里人谁还不会爬树翻墙？"

"你是泥瓦匠？"

"是。"

"砌过墙？"

"是。"

"砌墙用砖不？"

"用。"

"一块砖有多厚？"

"五分半吧。"

"那砌一堵72层砖的墙，有多高？"

"加上沙灰，差不多四米吧。"

"加上电网呢？"我追问他。

猴子好像意识到什么，头上一下子沁出汗珠。我又问他，想家不？他说想，紧接着就使劲儿摇头，像拨浪鼓似的："不，不想，不想家。"

我起身离座，故意在他面前踱步，找一个恰当的时机，抬手指着窗外的高墙问他："你想没想过，不走大门，从那里爬墙出去？"猴子急了，他一边擦汗，一边不住地赌咒发誓，说自己从没动过翻墙的念头，否则天打五雷轰。或许，他认为赌咒是自证清白最好的方式。他终究是个"老实人"，绕了一百圈也没有卡到正点上，无法证明自己不具备越狱的基础。其实，我内心早已有了基本的判断，村主任不是说了吗，猴子的右脚因伤掏不了大力气，连走远路都费劲，怎么可能会越狱？但我需要他给我一个合理的解释，为什么每天要数墙砖。

"我不是在数砖。"猴子说，"我是在数天。"

"数天？"

"是的，在数天。"猴子说，他是泥瓦匠，当然对墙砖很敏感，刚转到我监区的那天，他就发现高墙上的砖共有72层。从那天算起，离他刑满释放整720天。"我就天天数砖，每隔十天就用目光在一层砖上刻个印记。"猴子说，等把72层砖全刻完了，他就可以晒大墙外的太阳了。

这次谈话使我彻底排除了猴子的"越狱"嫌疑，但也同时发现他的另一个心结，令猴子始终耿耿于怀的还是梁大佐，说他姓梁的侵犯我家宅子，还跳脚骂娘，兴他欺负人，就不兴我反抗？"盖在我家的那一堵墙还在，堵心，咽不下这口气。"猴子说这话时，满眼仇恨。

从那日起，我觉得如何让猴子顺下这口气，非常重要。当然，这难免会费一番周折，不过没关系，我已经交给村主任操办了。具体操办的细节如何，村主任没说，我也没有问，只知道猴子出狱时是梁大佐过来接的，他还为猴子准备了一身新行头，从头到脚，全套都是新的。猴子起初不要，大步朝前走着，梁大佐就一路小跑紧随其后，一直哈腰追在他的屁股后面。两人拐了个弯儿，走出了我的视线。

后来，我曾偶遇过一次猴子，问他现在忙啥呢，他说岁数大了，早干不动泥瓦匠了。聊到健康状况，他说现在身体不错，脚伤也慢慢好了。我打趣他，能爬墙不？他咧嘴嘿嘿一笑说："能爬也没墙爬了，大佐在我回家之前就把那堵墙拆了，如今两家小院拢成一个大院落，孙辈们满院打圈跑，敞亮得很呢。"

《72层砖的墙》的三面墙

——评《72层砖的墙》

江　冰

　　《72层砖的墙》不是莫小谈的最佳作品，但保持着他近年微型小说创作探索的相似风格。他的作品，没有一眼看穿的格局。常常是在咫尺篇幅中，力图展现更大的世界，一种曲折入微的叙述，让他的作品超越平凡。

　　微型小说（小小说）其主要文体特征，就是篇幅小。如何在小的天地中腾挪跳跃，力争写出更丰富的内容，让人读后有回味、有反思，这是莫小谈近年小说创作着重进行的艺术探索。在他有关佛教禅意一类的作品中，有很大拓展。

　　《72层砖的墙》读之有趣，作者营造了三面墙：院墙、心墙、牢墙，并逐渐把三面墙拆去，获得一个敞亮的人生。作品水到渠成，写出乡村农民精神境界的提升。文有趣，题有益，不失为一部上佳之作。

　　莫小谈的作品，开卷读罢，常使人陷入沉思。他的作品不是一眼见底的一潭清水，而是蕴含了深刻哲理，引人遐想的叙述空间。作者试图表达什么呢？他没有明说，任由读者去想象。虽无曲折离奇情节，却于玄妙而不玄幻之间，得意而不明言。或许，这正是莫小谈作品的独特魅力所在。

　　"蝉鸣空桑林，八月萧关道。出塞入塞寒，处处黄芦草。"莫小谈或许也借三面墙布了一个迷魂阵，虽阵容不大，格局却是不小。

你是一棵吉祥草

安　谅

巩总巩老兄又病了，据说这次病得不轻。

明人接到老友苏江的电话，听此一说，随口问道：你没去探望他？

苏江重重地叹了口气：我没有难题，找你干吗？巩老兄又犯牛脾气了，怎么都不肯见人。

原来你不是通风报信，而是让我来当援兵呀。明人调侃了一句，说，那明天正好周六，我抽空去看看他。

估计不行，你最好和他太太先挂个电话，免得赶过去吃闭门羹。

明人想，还不只是这个电话，这两年疫情防控，进入医院探望十分严格，好在今早刚做过核酸检测。

他连忙与巩总太太周老师先通了一个电话。周老师说，老头子病情还算稳定，只是心情不太好。什么人都不愿见。至于你过来，我想，你们是老朋友，好朋友，他或许不会不给面子吧。她把病房号告知了明人。

第二天，明人去了医院。本以为马上能见到巩总巩老兄的，医护人员却说有客人在探望，得等一会儿。周老师也发来微信，请明人稍候，说老头子谈得正欢呢！

又过了一会儿，周老师打来电话，连连致歉，说客人刚走，请他立即进去。

明人在洁净宽敞的楼道里，与一位瘦小的老头擦肩而过，很是脸熟。但见那人笑微微兴冲冲地走了过去，他迟疑了一下，没打招呼。

病房里，巩老兄半倚在床头，穿着病号服，挂着点滴，面容消瘦，但嘴角边还牵着一缕淡淡的微笑。见到明人进来，坐起了身子。明人连忙劝他别动，他握着巩老兄的手掌，就有一种心酸。当年巩老兄真是一位虎将，浑身就像有使不完的劲儿。每次见到明人，宽厚的手掌，温暖而有力道。现在，握在明人的手心里，瘦弱而又软软的。

巩老兄气色还不错。周老师说，今天是这段时间老头子最高兴的一天，也是他第一次破天荒同意友人探望。

明人简单问询了病情，随后仗着他与巩总曾经同事一场，又是好朋友，便换了口气，开起玩笑：听说你不肯见人，我昨天一晚都心神不定呢，怕来了，被拒之门外。没想到，今天还真把我晾在一边了呀！是谁这么有魅力呢？

巩老兄笑了：你还吃醋呀，我老婆都不吃醋。说着，露出一丝坏笑。

周老师在一旁也笑了，嗔怪道：你这一说，不是把明人往沟里带吗？

不是，不是，是和明人开个玩笑，谁让他先开玩笑的呢？巩老兄嘟囔着。

明人要的就是这个气氛，巩老兄憋得太久了。不过，是谁让巩老兄第一个同意探望，又令巩老兄心情明显好转，这还真让明人好奇和揣测。

你知道的，就是那个姓吉的。巩老兄说。

我们叫他吉祥草的那位。周老师又补充了一句。

哦，怪不得这么面熟，是他呀，刚才与我在楼道擦肩而过的小老头！

那小老头，明人虽只见过一面，但他与巩老兄的缘分，明人记忆深刻。

还是好几年前，巩老兄退休了。一下子从忙忙碌碌的岗位退下来，他还真不适应。更难受的是，原来前呼后拥和他讨热络的人，这些日子差不多都不见了。他知道职场人走茶凉的铁律，但这茶凉得这么快，他是真的没估计到。

不多久，他就病了一场。不严重，感冒引起肺部发炎。打点滴时，老单位来了一位办公室负责人，说代表领导和公司来看望，带了一篮水果，还有一个信封，是慰问金一千块。说有什么困难，尽管说。前后满打满算，就坐了二十分钟，然后说单位还有公务，就匆忙告辞了。之后，除了明人、苏江等三四位好友，也没人来看望。明人和苏江还在相关朋友圈发了巩老兄生病的情况，也有意让大家抽空去看望看望，有不少人关心问询，也有人给巩老兄发了微信。但真去医院看望的，寥寥无几。周老师说，人家都太忙了，老头子也不是什么大病。不过，与巩老兄的交谈中，明人感觉到巩老兄对此是很在意的。

那次康复后，明人在路口的街心花园与巩老兄夫妇碰到了。巩老兄精神好多了，脸色还带一点愉悦。周老师说，他刚碰到一位单位老职工，挺高兴的。喏，就是那位。

不远处，一个瘦小老头，穿着灰色的工装，正骑上一辆三轮摩托，笑眯眯地，向他们挥手，准备离开。

巩老兄也向他挥了挥手。

周老师说，他们刚才在路旁观察绿化带里的花草。那一地的细长条的草，一团一团地匍匐在地上，让道路四季常绿。他们却叫不出名来，正猜测着，边上一位瘦老头叫了老头子一声：您是巩总呀！我，我是养护公路的，我技校毕业就进了公司了。当时您就是公司团委书记，给我们新员工还上过课呢！

巩老头不认识他。这也难怪，公司是个大集团，有好几万人呢！

您带了我们这几十年，也幸亏有您，公司发展很快。我们最基层的职工，都记得您的好！

瘦小老头说着，脸上洋溢着由衷的笑容，敬佩之情油然而生。

巩老兄高兴了，这是他退休以来最高兴的一次。一位不熟识的基层职工对他这样评价，他兴奋难抑。

贵姓？那瘦小老头回答道：免贵姓吉。

哦。吉师傅。

你们刚才在说这草的名字吧？这草叫吉祥草，很普遍的，又名紫衣草，是多年生常绿草本植物……虽不起眼，花也不艳，但绿化效果很好。吉师傅如数家珍地说着。

吉师傅，吉祥草。周老师说，老头子后来一路嘀咕着，精气神出乎意料地好转起来。

这次大病，老头子坚决不让任何人来看。但昨天我对他说，你和吉师傅要来看他，他竟立马答应了。吉师傅一到，他精神来了，和吉师傅好一顿聊，你看看，他都神清气爽了。

巩老兄嘿嘿地笑着。

数周之后，巩老兄出院了。他和太太亲自下厨，烧了几个家常菜，款待吉师傅，明人和苏江作陪。

吉师傅再三说，不敢当不敢当。

巩老兄说，你吉师傅，就是一棵吉祥草，来，我敬你一杯！

评《你是一棵吉祥草》

徐晓华

《你是一棵吉祥草》是一篇温暖的作品。

作品聚焦的是当下很有普遍意义的现象，就是退休领导干部如何对待自己的退休生活，如何处理好退休前后的人际关系，尤其是如何处理好自己的心态。这样的作品以前也出现过，也已经形成了不少模式和套路。所以，这类作品的成功与否就是它如何写，如何与此前的已经形成的模式有多大的差异或突破。

作品写得相当耐心，先从侧面描写开始。人物次第登场，先出场的是明人与苏江，但他们显然不是故事的主角，主角是他们电话讨论的那个还没出场的老领导，他们嘴里的"巩老兄""老头子"，可见在领导没退休之前他们上下级的关系是不错的。他们讨论的内容是老领导又来脾气了，不肯见人。然后小说通过补叙交代了老领导退下不久受到的势利场上的前恭后倨。这是小说的小铺垫。

去不去见领导，领导让不让见都成了难题。明人和巩总的夫人周老师通了电话，果然，老领导还是不想见人，但是因为是老朋友，或许会给个面子。事情在明人去医院看望老领导时发生了转机，领导不但愿意见面，而且已经有人见在了前面，时间还相当长。这一位就是与明人刚刚擦肩而过的小老头，是一位普通的园林养护工。这样，小说开始了又一次补叙，巩总是几万人的大领导，自然不认识普通的园林工人，但这位姓吉的师傅却认识他，因为在巩总的带领下，公司发展很快，工人们也得到了好处，他们记得巩总。

小说到此，主题才出来了，原来是写普通工人的情谊的，又是写领导在位时如果求发展，为大家谋幸福，即使退下来，人们也会记得他。小说拐了几个弯，为的是这个。

于是，接下来的大团圆就自然了，作品所有的人物在老领导家聚会了，主要人物变成了吉师傅，他被称为"吉祥草"，虽然是园林绿化常见的植被，却给生活带来了吉祥。

小说终于将读者担心落入俗套的作品写出了新意。

书中人

熊仪婕

好像除了读书，她再没有什么别的爱好。

那是一个下午，闷热的空气裹着阴云徘徊在她的窗前，看着她把书翻到下一页，这原本是一部平平无奇的言情小说，出自平平无奇的作者之手，讲着平平无奇的剧情。

"好像除了读书，他没有什么别的爱好。"

这是描写男二的第一句话，也是让她的眼睛再也离不开这本书的一句话。

后来，她看着男二暗恋女主，看着他的纠结，看着他的痛苦，看着他的温柔，看着他的成全，她看着看着，发现那个平凡如她的男二静默地坐在她的身旁。

"你为什么这么爱女主啊？"这是她第一次开口和他说话。

"嗯？我也不知道，不过，她已经结婚了，她以后也和我无关了。"温柔的男孩把视线放在窗外，却还是耐心地答复她。

"那你以后可以喜欢我吗？"她突然发现，表白也不是那么难。

男孩有些惊讶，转头看向那个捧着书的她，投向自己的眼神里没有玩笑，而是对幸福的期许。

她那样认真，就好像这是一件很平常的事，就好像他真的存在一般……

"我，我先考虑一下吧。"他被她热烈的目光暖得有些羞涩。

书里的人真的可以存在吗？如果不行，那他为什么这么真实呢？

这已经是三个月后了，她早就习惯男二时时刻刻待在她的身边了。他们会在吃早饭的时候闲聊，吐槽一下娱乐新闻，再念叨叨昨天的烦心事，又或者下午坐在咖啡馆里一起看书，然后埋怨一下无厘头的剧情，最后因为都忘记带伞而一起淋着雨回家。

她躺在床上，听着耳机里的音乐，轻声念道："今天是我们在一起的第三个月。"

"怎么？想要什么礼物吗？"他转过身来仔细端详着她的面容。

"我想要你一直陪着我。"

这一次，他没有说话了，他知道，生活终究要带她走。

"请新娘入场！"

她穿着洁白的婚纱走上红毯，脸上带着恬淡的微笑。

她环顾四周，看见男二穿着正装，站在欢腾的人群中微笑着鼓掌，看着她的眼神就如同当初表白的她。

他看着新郎为她戴上了那枚闪耀的戒指。

"我以为你不会来。"

"你最美的一天，我可不能错过。"

时光兜兜转转，她忙碌在生活里——工作、孩子、父母，她见到他的次数越来越少，但她知道，他始终在。

终于，时间开始慢下来了，四季的白雪终究凝结在了她的头上，岁月带走了她的很多，现在，甚至要带走她的丈夫。

苍老的男人躺在病床上握着她的手。

"这么多年，辛苦你了。"

"说什么呢，这都是应该的。"

"其实，有件事我一直没跟你说……我看到你的第一眼，就知道我们是同一种人。"

她眼里似乎多了些笑意。

"所以我想啊，既然都是孤独的灵魂，为什么不在一起取个暖呢？"

她被逗笑了，皱纹拉扯着眼角，湿润的眼里倒映出这个与她相伴半生的人。

"跟我说说，你的那位吧。"

他们聊了一整晚，像是为了弥补新婚之夜的无言。

时间敲响了钟，她放下洁白的花。

在一个温暖的午后，她捧着书躺在摇椅上，享受着偷来的时光。阳光哄着她轻轻入睡，似乎只是一小会儿，她感觉有双手轻柔地落在她的膝上，她睁开眼，看见了那个失踪了很久的家伙。

她埋怨道："你舍得来了？"

他只是微笑着蹲在她的膝前。

"这么久都没有消息，偏偏现在来。"她瞥了一眼他，收了收自己的小脾气。

"对不起，我迟到了。"他还是和以前一样，慢吞吞的温柔，不过眼里有些哀伤。

"你还是和以前一样呀，哪像我这个老太婆。"她老了，老得走不动，跑不动，只能慢慢等着被赶出时间。

"没关系，在我眼里，你一直没变过。"他握住了她爬满皱纹的手。

她看着被握住的手，静默了片刻，抬头注视着他，笑得甜蜜。

"带我走吧。"

"好。"

她在他的搀扶下，身体逐渐变轻，她离开了摇椅，离开了衰老的躯体，年轻的她沐浴在暖阳下闪着光，跟着她不存在的爱人跑出了这个世界。

"放心吧，在另一个世界我来陪你一生。"

好像除了读书，她和他再没有什么别的爱好。

如真如幻书中人，恩恩爱爱过一生
——评《书中人》

江 冰

这是一篇有奇幻色彩的作品，但其表达似乎又是真切而真实的。年轻的女子在书本中发现她的情郎。她把这个情郎当作一生的爱人。

有趣的是，她并没有因此耽误现实生活的幸福。书中人与现实人之间并没有撕裂，而是交相呼应，相得益彰。

年轻的作者用青春的笔法，完成了一个书中诗意的美好描述。

在年轻人看来，也许日常生活中最美不过是男女爱情。而书中人携带了这样的一种美好而珍贵的感情。

书中人的三次出现，十分自然且美妙，这是作者的巧妙构思，以此而卓越不凡。

第一次是在她读言情小说时，女主人公直接表白，书中人表示同意，他们成了精神上的恋人。

但作者又很巧妙地处理了世界与虚幻世界人物的关系。在现实人穿上婚衣出嫁时，书中人远远站着向她祝福。

从此，没有来打扰她的现实生活，直到现实人老了，又变成孤独一人之时，书中人再次出现，并将她再次引领到书中的美好境界。

妙还妙在作品最后一行收尾：好像除了读书，她和他再没有什么别的爱好。

给这个现实人一个准确的定位：一个时常沉浸在书的世界的读者——美好的情感贯穿她的一生。妙在虚幻与现实自由出入，没有太多的违和感，反而在特殊的艺术处理中，将人与书的美好联系展示得那般明朗而美丽。

现实人与书中人的连接，不但在现实世界，还延续到未来世界，似乎永无终点。如此，书中的诗意上升到无以复加的地步。文学艺术的夸张与强化，让作品境界得以升华。

短篇小说及评论

序 言

时代潮涌下的情感律动
——中国小说学会2022年度好小说·短篇小说综述

安殿荣

没有特别宏大的叙事，但却指向了人心更为幽微深邃的地方。这是我对"2022年度好小说"短篇小说上榜作品的一个总体印象。这十篇佳构就像是用蛛网缠绕而成的小小捕蝶网，以严密编织的短小篇幅，放大了主人公在当下的生存境遇和内心活动，形形色色的人物在各种关系的牵扯中立体鲜活，扑面而来。他们是替儿子小心翼翼表达歉意的父母，是在中美两地飞来飞去的儿子，是无性婚姻中的夫妻，是恪守公司规定的快递员，是刚刚出狱的牧人……从他们身上，我们可以窥见一个家庭的面貌，感受一个城市的脉动，甚至聆听到一个时代的足音。

文学是现实的一种表现，也是时代的一种反映。婚恋关系是时代变革中的前沿话题，在作家们的笔下多有呈现，单从婚恋观的变化上，就可感知时代之变。在潘向黎的《兰亭惠》中，儿子顾轻舟抛弃了即将要成婚的外地女友，选择了相貌平平的富家女，这让顾新铭夫妇对心仪的准儿媳心怀愧疚，决定以一次宴请将原本不体面的事情做个体面的收场。有意思的是，在这个文本中，本地郎与外地媳妇之间的障碍不是来自父母，而是出于他们自身——女友努力上进的样子让顾轻舟望而生畏，他更愿意舒舒服服地度过下半生。小说结尾顾新铭夫妇一边回忆自己没有物质加持的纯粹爱情，一边细数儿子找个上海本地姑娘的种种好处，默认了儿子的选择。作家很敏锐地捕捉到了当下部分年轻人的"躺平"心态，而埋伏在背后的复杂因由值得我们去关注和思考。房伟的《月光下的黄羊》有两条感情线索：一条是作为游客的"我"和安筠，恋爱多年，却始终无法步入婚姻；一条是作为向导的老韦，离婚后害怕失去自由，不敢面对阿依仙的感情。在沙漠历险时，黄羊的出现引开了狼群，使"我们"死里逃生，也促使"我们"正视自己的内心，懂得了放手和成全。朱婧的《我的太太变成了鼠妇》用冷静的笔触，一点点揭开平静婚姻之下的残酷真相。小说以男性的视角打量女性，让丈夫以俯视的姿态去探究自己的太太：她在家里保持着无可挑剔的端庄柔顺优雅，与童年相册中那个活泼自在阳光的女孩判若两人。鼠妇更是一个残酷的比喻，丧失自我没有温度无法交出真心的婚姻，无异于坟墓一座。

亲子关系也是作家高度关注的话题。金仁顺的《白色猛虎》将母子两代人的爱情故事放置到同一个文本中，一段正在萌发中的爱情和一段失败的婚姻形成比照。母亲冷眼观察儿子与上司的姐弟恋，眼见着儿子恋爱后与自己的关系越来越疏远，内心从失落到悲伤再到绝望，难以抒发的忧伤情绪层层叠加，将一位单身母亲的内心困境泼洒在耀目的阳光下。王威廉的《我们聊聊科比》是在父子之间展开的故事。球星科比意外坠亡事件，使儿子开始正视死亡的话题。小说讲述了在升学和生存压力下，个体的迷茫和惶恐。王啸峰的《通古斯记忆》将少年臆想的情景与现实生活糅合在一起，以略显奇幻的方式引领读者进入了少年的世界。父亲的离去是难以接受的事实，少年也因此陷入了自言自语、胡思乱想的病态，以幻想的方式极力弥补缺失的父亲形象，并在一种"通灵"中完成了对父亲的寻找。

短篇小说家擅于钻探生活背后的真相，对人心人性进行深挖。徐则臣的《宋骑鹅和他的女人》引发关于什么是好人的思考。生理上的缺陷和婚姻中的难言之隐，使宋骑鹅和他的女人做出异于常人的选择，读罢，却也让人生出理解之情。评价一个人向来是件复杂的事，难以简单地用好或是坏来定论，有时也要综合考量身处的社会环境甚至是国际环境。东西的《飞来飞去》由一个普通的探亲故事引发了关于道德的审判。故事发生在疫情之下和国际关系的微妙变动中，从大洋彼岸飞回的儿子在亲友眼中渐渐褪去滤镜，母亲为使儿子得到解脱偷拔输氧管，使儿子被亲人误解，陷入谋害母亲的舆论风波。每个人都想占据道德制高点去审判他人，也就有了偏狭恶意的揣测。"这边午后，那边凌晨"，是客观存在的时差，也喻示着难以破除的误解和隔阂。周瑄璞的《公司有规定》讲述的是"我"与快递小哥之间发生的故事。作家选取了一个有些"黏"的快递小哥，由他的不懂变通写到其他快递员的圆滑世故以及他们紧张的工作状态，将一个行业的生存压力形容尽致。尽管快递员已成为人们生活中不可或缺的重要角色，但他们在用户眼中究竟是工具还是活生生的人？小说中的"我"在有意接近和温暖那个快递小哥，但却始终保持着居高临下的姿态，还固执地把他的名字苏小朋叫成苏小明，这个细节的设置可见作家的用心良苦，似在期待一种平等的对话。

海勒根那的《呼伦贝尔牧歌》写一个因失足入狱的人，在他出狱后，如何在亲人的关心下，在对美好往事的回忆中，憧憬着令人期待的爱情，重新燃起对生活的热望，使他内心的忧伤悔恨，在草原明媚坦荡的调子下，一点点融化。整篇小说在两个男人的对话中展开，有如蒙古长调一般悠扬辽阔，又深沉宽广。"牛仔帽"作为一个被蒙古族奶奶收养的汉族小孩，得到过最无私的爱，小说既写了民族团结的故事，又用古老的民间传说书写草原上纯粹唯美、扎入大地的爱情，也寥寥几笔就写出了乡村振兴中的苏木新貌。

作家们在故事的讲述中，展现了不同地域的风貌，赋予小说不同的气韵，也使人感受到不同地域文化对人物的塑造。比如《兰亭惠》写出了上海的小资腔调，将顾新铭这对夫妇既善良又精于算计，既要表达愧意又要保持体面的细密心思展露无余；《宋骑鹅和他的女人》氤氲着运河上的水汽，增加了主人公的神秘色彩；《月光下的黄羊》进入了广袤热情的新疆大地，戈壁大漠中美的流逝，震动和启发了处在情感困境中的人；《呼伦贝尔牧歌》展开的是一幅草原春景图，写出了浩荡春风中草原上的勃勃生机……总体来看，这十篇小说塑造了血脉丰盈的人物形象，触及了深刻的时代话题，对人心的深度开掘，也为读者审视自己的生活提供了丰富的内心镜像。

兰亭惠

潘向黎

　　兰亭惠是一家在市中心开了二十年的餐厅，专门做粤菜。

　　粤菜在上海人心目中一向有地位，其他菜系走马灯似的此起彼落，粤菜始终稳稳地占据人气榜前三甲。广东人到底会吃，而懂经的上海人到底也多。和它并列冠军的是川菜，本邦菜只能是探花。说起本邦菜，上海人的叫法也有意思，鲁、川、粤、苏、闽、浙、湘、徽八大菜系都明确说出地名，唯独上海菜，偏偏不叫"沪菜"，叫作"本邦菜"。说什么在上海话里"本邦"就是"本地"的意思，其实多少透出了大上海各省交汇、八面来风的派头。各菜系都是前辈，名声也响，但毕竟都少不了到上海滩来争一席之地，而上海菜，就在家门口做大做强，"本邦"二字，表面上本分低调，但这份气定神闲、好整以暇，不经意间就衬出了别家的劳师袭远。

　　正因为上海滩是这样各菜系兵家必争之地，加上上海市中心高昂的店铺租金，一家餐厅开了二十年，这可不是一件容易的事情。想了解一家餐厅的口碑，要到手机里"大众点评"之类的 App 上查看？老上海人可不是这样做的。在老上海人心目中，即使是陌生的餐厅，只消把它的地段和开了多少年头说出来，就已经是不着一字尽得风流了。若不是菜式、服务、环境俱佳，有一批老客人追捧，新客人也不断慕名而来，是很难做到屹立二十年不倒的。

　　所以，兰亭惠这样的餐厅当然可信。但也有缺点，就是价格的门槛稍高。订餐软件上显示：人均四百五十元，那大概是家族聚餐或者比较随便的同事聚餐吧，实际上，如果是请客，人均五百元至六百元才够像样。要是上燕鲍翅参，人均就会很轻松过千。

　　就这样，兰亭惠的十个包房还经常是满的，不预订很难坐进去。顾新铭和汪雅君事先订了一个小包房，等他们五点一刻到了兰亭惠，跟着服务员来到包房门口，一抬头，见这个小包房名字叫作"鸿运当头"，不约而同地站住了，汪雅君说："不好意思，能不能换一个包房？"服务员有点奇怪，用对讲机和不知道什么人商量了一下，说："其他包房客人还没有到，我们调整一下，可以的。"于是服务员带他们到另一间，他们一看，这间叫作"清风明月"，互相交换了一下眼色，顾新铭说："就这间。"

　　于是，这对五十多岁的上海夫妻，就在颇有名气，颇有门槛的兰亭惠里的一个叫作

"清风明月"的小包间坐了下来。包间里的布置自然是中式的格调，红木或者仿红木的桌椅，青绿山水瓷餐具，同款的瓷筷搁上整整齐齐地排着两双筷子，一双是红漆木筷，一双是黑檀木的。旁边有沙发、茶几和衣帽架。难得的是，这里的沙发坐上去有足够的硬度，不颤颤悠悠，靠垫也够饱满，很得力地支撑起整个腰部，不露声色地让人坐得既松弛又不累腰。这才是真的让人坐的，而不是摆出来让人看的沙发。真正好的餐厅和过得去的餐厅，差距往往就在这些细节上。

服务员先送上来两个放在影青兰花瓷托里的热毛巾，然后给每人斟了一杯茶，看汤色，应该是普洱。然后把一大本黑缎封面沉甸甸的菜单递了过来，含笑说了声："两位先看看，需要点菜的时候按一下呼叫铃，我们马上来为你们服务。"就先出去了。

好餐馆就是这样，不急，总是给客人留余地。这个余地，既是心理上的礼遇，也是做生意的技巧。寻常日子难免忙碌，进了餐厅，先让人休整和放松一下，从容之后才能进入"吃饭"的状态，在对的状态下再点菜，点菜的人也愉快，餐厅也愉快——因为心情好的人往往会点更讲究的菜。另外，经过二十分钟以上的等待和喝茶——尤其是消食去腻的普洱茶，再看那些撩人食欲的照片，食欲更容易旺盛起来。过去有个口号叫作"多快好省"，那么这时候点菜，容易点得多、点得快、点得好，唯独不省。

喝了一盏茶，汪雅君略带愁容地说："我们要不要先点菜？"

"先点。等她来了好说话，你说呢？"

"也是。可是……"

"你担心什么？"

"不要我们菜点好了，结果她不来哟。"

顾新铭停了几秒钟，说："不会，她会来的。"

顾新铭就按了呼叫铃，这回进来了一个领班模样的人，态度更加殷勤得体，一副见多识广的样子。于是双方有商有量，顾新铭一口气点好了冷菜、按位上的汤、小炒、主菜，汪雅君刚想问"是不是差不多了"，只听领班说："再加一个蔬菜，差不多了。你们才三位。"顾新铭说："好，要不要甜品？"汪雅君说："我不要了，容易胖。"顾新铭就说："那就先这样，等一下客人到了，再让她看看要什么甜品。"领班说："这样最好了。"就出去了。

静了一会儿，汪雅君说："现在是五点四十，时间还早……约好是六点。不过幸亏我们到得早，不然只能坐那间包房，就蛮尴尬。"

顾新铭说："这种时候，请客的人一定要早到的。事先电话里、微信里再怎么说，总不如自己来看看，七七八八、边边角角有什么问题，到了才能发现，也才来得及调整。"

汪雅君说："还是你有经验。这些地方，听你的总没错！"

顾新铭看了妻子一眼，心里觉得舒坦多了。在这种时候，如果只是说一句"对呀"或者"还真是这样"，却忘了赞美男主人，那只是及格。大部分上海女人都不会只是及格，她们会明确归功于丈夫——不过，大概率，她们只会说前一句，但是他顾新铭的太太还会加后面一句。一个"总"字，与其说是在一个很长的时间跨度中认可和抬举丈夫，不如说更多的是显出一个妻子对丈夫的欣赏和信赖是长期的，近乎"始终不渝"的意思了。

不管怎么说，自己选人的眼光比儿子强多了。

服务员轻轻敲了两下包房的门，然后打开，司马笑鸥到了。

司马笑鸥长得眉清目秀，小巧白皙，介于职业和休闲之间的米色套装显得她身材苗条且气质大方。城市里白领女郎从大学毕业到三十五岁是看不出年龄的，要不是顾家夫妇知道她今年二十九岁了，猜测她的年龄是困难的。

顾新铭和汪雅君都站起来迎接她，态度热情而有轻微的不自然。不自然并不是因为热情是假的，而是因为想充分地把热情表现出来，却要把热情背后的愧疚藏起来，可是彼此都知道这愧疚就是热情的一部分来源，所以很难藏得天衣无缝。而且，似乎也不应该把这份愧疚藏得天衣无缝？不好拿捏。毕竟面对这种局面，他们也没有经验。

司马笑鸥的脸色比想象中的要好，她似乎不是来赴这样一个滋味复杂、注定不会轻松愉快的宴会，而是参加一个商谈合同具体条款的工作晚餐。表情的主调是礼貌，还有着理智的清醒和一点不那么在意的清淡，还有一丝不易察觉的戒备——似乎在防范谈判对方在表面友善之下的算计。

"小鸥来了，快坐，快坐！"

"路上顺利吗？服务员，倒茶！"

"顾伯伯好，汪阿姨好。"司马笑鸥说，表情和声调都很正常。

三个人坐在旁边的沙发上，喝了几口茶，这时候冷菜上来了，汪雅君说："我们边吃边聊？"

顾新铭让汪雅君坐了主位，然后自己和司马笑鸥分坐在她的两边。这个他们事先没有商量过，就自然而然这样坐了——因为这样，便于汪雅君就近给客人布菜和倒饮料。

桌上的冷盘有四个：一个冻花蟹。一个卤水小拼盘。一个四喜烤麸——这是本邦菜。兰亭惠也有几个融合菜，多少有几个本邦菜和川菜的菜式，四喜烤麸是上海家常菜，本来上海人下馆子不会点这个，但是做起来挺麻烦，现在许多人也都偷懒在餐厅里吃了。一个桂花山药泥——山药泥自然不成形，为了好看，用模子压出了一朵朵花的形状，上面浇了糖桂花和蜂蜜，雪白的花朵上面有两种深浅不同的黄色点缀，看上去精致讨喜。卤水拼盘是在六种里面自己选的，他们选了卤水掌翼和猪利——广东人真有趣，为了讨口彩，猪舌永远叫作猪利，因为"舌"谐音是"蚀本"的"蚀"，而"利"就是"一本万利"的"利"了。

汪雅君看着猪舌，心想：名字叫得好听有什么用？有些事情，蚀就是蚀，亏就是亏。就拿小鸥来说，恋爱了两年，然后分手，两年的青春，伤透的心，怎么看都是女孩子蚀本呀。

上海话猪舌也不叫猪舌，而叫门腔。顾新铭心想：如果真是吃什么补什么，那今天自己和汪雅君确实应该多吃门腔，变得会说话一些，才好。

世界上，人和人的关系不但最复杂，也最难以预料。就说眼前的司马笑鸥吧，和他们是什么关系呢？两年零一个月之前，他们就是陌生人。两年前，她成了他们的儿子顾轻舟的女朋友。一年半前，她和他们正式见了面，他们也都认可和喜欢这个女孩子。半年前，他们已经把她当成了自己的准儿媳，高高兴兴地谈论起婚房和婚礼的问题。那个时候，是他们和这个姑娘的人生轨迹最靠近的时刻，几乎再进一步就成为一家人了。但是三个月前，顾轻舟突然说和她不合适，死活分了手。于是现在，他们其实已经没有关系了。

不要说司马笑鸥，就是汪雅君和顾新铭都觉得非常突然和难以接受。顾新铭对太太说："大概儿子看上别人了。不然不会这么绝情。"汪雅君说："小鸥这么好的姑娘，这死小鬼还要哪能？""哪能"是上海话，"怎么样"的意思。顾新铭说："我找他谈谈。"

他找了一个中午，特地到顾轻舟的单位门口，和儿子单独吃了一顿午饭，然后傍晚回到家对太太说："看样子，只能让他去了。"汪雅君说："那么他是有别人了吗？""可能吧，但好像没那么简单。他反正拿定主意了。"汪雅君不接受："这是什么话？我找他谈！"顾新铭说："你是他妈妈，你和他谈可以，但是你不要激动。"汪雅君血压有点高，控制血压的药又时吃时不吃。

当天晚上母子谈话很快进入对抗模式。顾轻舟喊："她爱不爱我，你比我清楚？"汪雅君说："就是比你清楚！你这个没良心的！你要是看上别人就承认，不要敢做不敢当！"顾轻舟气势低了一些，说："我要怎么和你说呢？我们这一代，和你们不一样，大家都是脑子很清醒，在做一个选择。""那你为什么不选择小鸥？她哪一点配不上你？""她好多地方都比我强，问题是这一点你们知道，她自己也知道，我们在一起我有一种学渣被要求上进的感觉，我不喜欢。""你不爱她！如果你爱她，为她上进上进有什么问题？啊？""是，我发现我不爱她，按照你们的标准，我可能从来没有爱过谁。""你！你不要和我要无赖哟我告诉你，我直接怀疑你有问题，你是不是有新的女朋友，把人家肚子搞大了，所以要急吼吼和小鸥分手，赶紧去娶人家？""拜托，老妈，这是二十世纪的故事了好吗？我遇到更合适的，换个女朋友也很正常，但是因为你说的这个结婚，你觉得我会那么土吗？""你！"汪雅君有点头晕，顾新铭赶紧进来把母子分开了。

花了两三个星期，夫妻俩终于弄明白了，顾轻舟确实有了新的女朋友。这位是正宗上海人，李宝琴，二十五岁，大学本科学历，小公司文员，工资只拿来自己吃饭和零花的，父母是挣足了钱退隐江湖的生意人，所以这姑娘的名下，有价值两千多万元的房子一套，地段好，房型好，保时捷一辆，结婚时还有丰厚的嫁妆。唯一缺点是，这姑娘年轻而不貌美，长相乏善可陈，开足了美颜也很一般。夫妻俩一致认为：完全不如司马笑鸥。不漂亮不说，这种家庭出来的，就是个地主家的傻闺女，娇气加刁蛮，已经够顾轻舟受的，而且什么也不懂，什么也不会，其实是没法一起过日子的。顾新铭说："结婚是终身大事，可要选对人。"顾轻舟说："都说结婚选对人，可以少奋斗二十年，如果选她，我可以少奋斗三十年。"夫妻俩一起失声说："你真的要选她？"顾轻舟说："如果结婚，我就选她，可是我还不一定想结婚呢。"汪雅君说："你到底和小鸥有没有谈恋爱啊？现在有没有爱上别人啊？我怎么听来听去，都没有什么感情呢？"顾新铭说："儿子，我也不是很明白，不过作为老爸，我要提醒你，婚姻对男人也是大事情，你要理智。"顾轻舟说："你们两个人商量好了再来和我搞脑子，好不好？一个要我讲感情，一个要我讲理智。就很搞笑。"

汪雅君觉得头晕，只能坐下了："儿子，不要说人家小鸥想不通，你总要让妈妈理解你呀。哎哟，我怎么会生了你这么个儿子！"顾轻舟听见母亲带了哭腔，停住了要离开的脚步。顾新铭说："你和爸爸妈妈好好谈谈。不管选哪一边，另一边至少不要出人命。"顾轻舟转过身来，带着不耐烦和无奈说："出什么人命啊？你们不要以为司马笑鸥爱上了我，她也是在可能的范围里选中了我而已。如果有更好的男人出现，她一样会头也不回走开的，你们不知道吗？"顾新铭说："可是你们互相选中了，对方没有改变心意，你改变了呀。"顾轻舟说："因为李宝琴出现了，而且她主动追我了呀。"汪雅君说："你有女朋友，她怎么可以这样？""奇怪，为什么不可以？如果谈恋爱了就不可以换人，那为什么要谈恋爱？都相个亲，然后直接去民政局好了！你们讲点道理好吗？"顾新铭问："她能让你要和小鸥分手，说明你动心了，那么你看上李宝琴什么呢？是她家有钱吗？"顾轻舟说："在有钱的家庭长大的人不一样，她做人不那么起劲，不会什么都很在乎很紧张，也不要求我上进，大家在一起很轻松，可以一起享受人生。另外，他们家有钱，也是个优点啊，结婚的房子、车子都是现成的，将来我不用按揭，你们留着钱养老，有什么不好呢？我就想不通，你们到底生什么气？！"顾新铭说："人生哪有这么便宜的事情？儿子啊，你太年轻了！"汪雅君说："没有爱情的婚姻是不道德的呀，儿子。"顾轻舟像听到好笑的段子那样，一下子笑了起来："你的老校长恩格斯说的，对吗？"就再次转身走了。汪雅君对着他后脑勺喊一句："她父母有没有文化？还宝琴呢，不知道这是《红楼梦》金陵十二钗的一个吗？那种家庭、那种长相，怎么好意思叫这个名字！"顾新铭说："好了好了，名字不是重点，至少没有叫宝钗吧。"汪雅君说："哪怕她叫林黛玉，我也不要！我就是认定了小鸥做儿媳妇！"

外面的防盗门咣当一声关上了，顾轻舟出去了。顾新铭说："看来他是真的拿定主意了。"汪雅君说："我反对！我们怎么对得起人家小姑娘？怎么向人家父母交代？谈得好好的，该做的、不该做的都做过了，然后莫名其妙就分手？人家肯定要骂我们上海人没家教不像样，说这家父母都睡着了吗？儿子这样也不管？"顾新铭叹了一口气："我知道你反对，我也反对呀。我当面和他说了：爸爸妈妈都喜欢小鸥，你要分手，她伤心，我们舍不得，你放掉了她也很难再找到这么好的了，希望你珍惜。其实你和她结婚，是我们家高攀，要不是你是上海人，有主场优势，估计你打破头还娶不上人家呢。他说：不是你们要和她结婚，是我在选人过一辈子好吗？当初你们谈朋友，你们结婚，我干涉过吗？"汪雅君忍不住笑了，然后笑容一敛，更生气起来："这什么话？！他跟谁学的，三十岁的人了，讲话这副不正经的腔调！"顾新铭长叹了一口气，说："你也知道他三十岁的人了，所以，我们反对也反对过了，后果自负的警钟也敲过了，没办法了。"汪雅君一时不知道怎么回答，愣了好久，茫然地问："那么哪能办？"顾新铭说："让他去！"汪雅君想了想，也说："烦死了，让他去！让他去！"

上海话说"让他去"的发音很像普通话的"娘遗弃"，最后的一个字唇齿摩擦得厉害，听上去咬牙切齿，有愤恨，有无奈，更充满了鄙视和不屑的味道。

司马笑鸥是贵州人，大学考到了上海，从此留在上海打拼，如今在一个大公司里有一个很不错的位置，年收入比当公务员的顾轻舟丰厚。她皮肤雪白，五官立体而精致，虽然一米六二的身高不够高挑，但依然算得上是个漂亮姑娘，而且一看眼睛就知道很聪慧，智商情商双在线的那种。接触下来，明显要比顾轻舟成熟，有一种离家早的人特有的懂事和干练。顾轻舟虽然比她大一点，但从小到大没有离开过上海，其实反倒是温室里的花朵。司马笑鸥对未来的公公婆婆也是要温度有温度，要礼数有礼数。过年的时候，在回贵州之前，小年夜先请吃饭，双手送上一盒茶叶(是顾新铭喜欢的正山小种)和一盒燕窝，一看盏形和成色，汪雅君就一边惊叹一边笑着责备："哎呀，你这戆小姑娘疯了吗？这个太贵了！自家人，一定要送，也送点碎的吃吃好了！"初六，一回上海就来拜年，再送大冬天里最好的鲜花和进口车厘子。去年，连他们两人过生日也有表示，顾新铭生日收到一个精致的栗子蛋糕，汪雅君生日收到一瓶法国大牌的面部专用精油，司马笑鸥说可以滴两滴在面霜里，加强对面部皮肤的保养，又不麻烦。汪雅君惊叹说："真是用心啊！精油滴在面霜里头，我还没有这样讲究过呢。"顾新铭开玩笑说："人家小姑娘出手这么大方，你不要开心得太早，你等着，以后他们房子的首付你是跑不掉了！"说这话的时候，汪雅君刚洗完脸，先不回答，从容地用无名指轻轻地往眼睛下方点上几点芝麻大小的眼霜，用无名指轻轻地抹开，然后用三个手指弹钢琴一样点匀了，才说："你以为吓得死我啊？不是准备好了吗？首付我们来，按揭让他们自己来。过两年要是生孩子，正好我们也退休了，可以帮他们带。"顾新铭说："还是要请个阿姨的，不然你吃不消的。"汪雅君说："嗯。都这么晚了，睡觉吧。你怎么还在喝茶？"顾新铭说："这是小鸥送的茶，还没喝透，不能浪费。"

那时候，这两个人，第一次有了要做公公婆婆的感觉，第一次以满意、喜悦、期待的心情准备迎接一个家庭新成员加入。当然，上海家长在孩子婚嫁时必须拥有的万事俱备、运筹帷幄的骄傲感，他们也有了。

而现在，把他们联结在一起的顾轻舟不在这里，他甚至都不知道父母要请司马笑鸥吃饭。只有他们三个人——一对心愿落空，还要来对曾经的准儿媳道歉、安抚的夫妇，以及一个因为受了伤害而随时可能拂袖而去的女孩子，坐在这个包间里，面对着四个冷盘，虽然是兰亭惠的招牌菜，但是看上去总是冷冰冰的。

"小鸥，吃呀，吃呀！"汪雅君用公筷往她碟子里搛菜，注意把每样菜摆放得整齐，互相之间保持距离，免得串味。

顾新铭看见汪雅君用调羹舀了一勺混合了金针菜、香菇、黑木耳、花生的烤麸往司马笑鸥的碟子上送，突然脸色一凝，眉头皱了起来，坏了！百密一疏，自己犯了一个错误，这道菜不该点。"烤麸"除了是上海家常的冷盘，也是过去上海人婚礼上必备的一道菜，因为，烤麸的谐音是"靠夫"，结婚后凡事依靠丈夫，"夫"能够一辈子"靠"得住，这是新娘一方的强烈心愿，往往也是新郎新娘两家的共同心愿，因此"四喜"是例行的口彩，"烤麸"(靠夫)才是真正的祈愿和祝福。司马笑鸥是被分手的，对她来说，顾轻舟根本靠不住，所以今天的席上出现这道菜，就大大地不妥了。顾新铭此刻只能舒开眉头，装出若无其事的样子，心里安慰自己：司马笑鸥毕竟是外地人，又年轻，应该不知道上海人这些"老法"的规矩和说法，如果真是这样，那就太好了。对天发誓，今天，他们夫妻两人可是世界上最在乎司马笑鸥情绪的人了。

司马笑鸥慢条斯理地吃了一朵山药糕、一片卤水猪利、一个冻花蟹的蟹钳——蟹壳事先都是夹破了的，所以用筷子轻轻拨几下，四分五裂的蟹壳很简单就脱落了，一点不费事就可以吃到完整的蟹肉了。兰亭惠就是兰亭惠。最后是四喜烤麸，司马笑鸥没有吃，不知道是不喜欢吃，还是知道那个说法所以拒绝碰它。汪雅君这时候也发现问题了，看了顾新铭一眼，整整齐齐的衣服下面，两个人身上都出汗了。

这时候汤来了。一人一盅橄榄瘦肉螺头汤，打开汤盅盖，就闻到香味。"小鸥，喝汤！"喝一口，又清鲜又甘甜，连这三个没心思真吃饭的人也觉得味好到熨帖。"这道汤清热解毒、润肺滋阴，对人很好的。"顾新铭说。他真心希望，这道汤，或者说这种心理催眠，能在上海凉爽而干燥的秋天，从嘴巴到喉咙再到五脏六腑，为遭遇感情挫败的女孩子提供一点帮助。

三个人静静地把汤喝完，居然没人说话，好像突然一丝不苟地遵守起"食不言"的古训似的。

然后上了牛排。虽然每人一份，这个牛排小得出奇，只有成年人手掌心大，还比手掌心窄，但是服务生上菜的时候，领班特地进来介绍了一下："这是和牛牛排，请趁热用。我们的配方是专门研制的，所以建议贵宾自己不再加任何调味，就这样享用。"看了这个阵仗，自然知道这道菜身价是高的，再一看上面的雪花纹，用刀一切感觉到那种质感，就知道不是骗人的，切一小方放到嘴里，果然是和牛。顾新铭说："是和牛，和我在日本吃过的差不太多。"汪雅君问："这不是日本来的吧？听说国内没有真正日本进口的和牛。"领班笑了一笑，说："请三位吃起来，边吃边听我说。如果有人说他们端出来的是日本进口的和牛，您不要相信，我们这是澳洲和牛。虽然不是日本进口的，但也是正规渠道的，而且是真正的有等级的和牛，像今天这个牛排，绝对是M6-M7等级的，绝对香，雪花分布很好，也不会太油。"顾新铭点头说："我刚才一吃，就知道不是日本和牛，不过东西是好东西。我就喜欢你们这样，有一说一，不要吹，不要浮夸。说的人踏实，听的人也踏实。"领班说："我们也最欢迎您这样的客人，见多识广，上海人叫'懂经'，而且又客客气气。"顾新铭说："哈哈，您客气，您客气。你们会做生意！"

领班说："欢迎您多来！这是我的名片。"司马笑鸥没说什么，只是娴熟地用刀叉把小小的牛排切成四五块，然后一块一块送进嘴里，同时似看非看地听着，但她明显比刚进来的时候松弛了，神情深处的那一丝戒备也找不到了。

领班走后，汪雅君对司马笑鸥说："这牛排还不错，就是太小了，你年轻，可以多吃点肉，要不要再来一份？"

司马笑鸥说："不用不用，我不减肥，不过也要控制体重的。"说完这句话，她脸上有了一点笑的影子。

"是啊是啊，你们这一代比我们好，从小有控制体重的意识，所以身材比我们这一代好多了。"

"哪里，阿姨您和顾伯伯都保养得好。"司马笑鸥一半被迫一半真心地说。其实这话本来是真心的——她过去和顾轻舟说过，上海人到底不一样，你爸爸妈妈身材、风度都很好，打扮也很得体，可是今天不是说这种话的心情和氛围，却又出于场面需要不得不说，于是一句真话刚说出口，就死了一半，好像是不合时宜的恭维。当她自己意识到连说一句真心话都这么尴尬，不由得叹了一口气。

顾新铭和汪雅君几乎同时叹了一口气。顾新铭有点可怜汪雅君，于是决定自己先开个头，他记得读过一本《如何进行有效沟通》之类的书，里面说，在面对容易引发争执和不愉快的谈话时，一定要用"我""我们"来开头，哪怕不得不说"你"，也不能说"你怎么生气了"，要说"我觉得你好像生气了"；不能说"你误会我了"，要说"我不是这个意思，但我表达得不好，好像引起你的误会了"。总之是要主动担责的意思。于是他说："小鸥啊，伯伯和阿姨也不能做什么，今天就是想请你吃个饭。"司马笑鸥浑身微微一震，马上垂下了眼帘，好像不愿意让人看见她的眼神。

汪雅君赶紧说："我们心疼你，可我们也插不上手。你也知道，孩子大了，爹妈简直成了弱势群体，根本管不了。你相信我，要是打他能把他打听话，我早就打得他趴下了。"

司马笑鸥似笑非笑地说："还不至于。"这句话有点微妙，是说顾轻舟罪不至此，还是说自己不至于沦落到这一步，要男方的家长用暴力来逼迫男朋友留在自己身边？汪雅君和顾新铭对视了一眼，顾新铭不开口，汪雅君只好继续说："小鸥啊，我们都很喜欢你，真的，已经把你当成……家里人了，弄成今天这样，我真是万万没想到啊！我们心里也很难过。"司马笑鸥嘴边浮起一缕似悲凉似讽刺的笑容，说："对不起，让你们操心了。"顾新铭马上补救，说："千万别这么说！是我们对不起你。你是个好姑娘，你做得都很好，都是顾轻舟不好，他这个人不成熟，完全拎不清，不知道自己几斤几两，不知道如何珍惜感情，也不知道该如何选择人生伴侣，他将来肯定要后悔的。"他想了想，一咬牙，把最严重的一句说出来了，"是我们教子无方，对不起你。"汪雅君也说："我们真的很内疚，都没脸见你。"

只听司马笑鸥一个字一个字地说："都是成年人，哪怕是犯罪，也是自己进监狱，哪有株连父母的？这事和你们没关系。"两个人听了这句话，抬起了头，看见她喝了一口茶，稳住了气息，继续说："何况，谈恋爱，本来就是两种结果，要么结婚，要么分开。你们放心，我不会去纠缠顾轻舟，将来他和别人结婚，我也不会去砸场子的。"

两个人心头一宽，同时又一酸：已经没有希望成为儿媳妇了，依然有这样的态度，可见过去的种种懂事不是假的，真是难得的好姑娘，可惜江湖一去深似海，从此彼此是路人。汪雅君说了出来："我们知道，你是个明事理、重情义的姑娘。顾轻舟配不上你，真的，你也许现在不相信我的话，过几年，就会觉得我说的是对的，到那时你还会庆幸没有嫁给他呢。"顾新铭喃喃地说："确实，你样样比他强。是他没福气，真的，是我们顾家没福气……"

司马笑鸥不知道是被打动了，还是触动了心事，低着头，好一阵子没有声音，然后，她好像下了决心似的，缓缓地抬起头，说："我这些天是很难过。但你们知道我心里最过不去的一个坎，在哪里吗？""你说，你说！"夫妻俩争先恐后地说。让司马笑鸥在他们面前倾诉一番，这是他们请这顿饭的最大希望啊。

"他可以和我分手，什么理由都可以。两个人在一起，要两个人都愿意，分手就不一样，只要一个人想分手，就只能分手。他可以不爱我，可是他不该说我不爱他，他说我只是快三十岁了，急着想找个人结婚、在上海安个家。我不是！我受不了他这样冤枉我！"

顾新铭说："这个他说得完全不对！"汪雅君说："他胡说！你只当他放屁！"

司马笑鸥说："我对他说，你不能这样说我，除非你从来没有爱过我。然后你们知道他说什么？他说：你们女人真奇怪，反正就这样了，爱过，没爱过，有什么区别？"她的眼圈和鼻子都红了，但是没有让眼泪流下来。

夫妇俩都沉默了，因为真的不知道说什么。没想到儿子如此现实，如此狠绝。同时也深深感到了自己立场的尴尬和语言的无力。

"伯伯，阿姨，谢谢你们这么接受我、疼爱我。我不知道他在你们面前会怎么说，我今天来，就是想告诉你们，我是真的爱过顾轻舟，是真的看上他，我也说不清为什么，我就是爱他这个人，想和他在一起，想和他白头到老。他要分手我没办法，可为什么我的感情还要被这样否定、这样不在乎？现在我也看明白了，我不是他要找的人，他也不适合我，所以，分手就分手，总比以后离婚强。"司马笑鸥的脸色苍白，嘴唇也失去了血色。口红已经在吃饭过程中消失了，所以现在是真实的唇色。但她始终没有流下来一滴眼泪，倒是汪雅君眼泪汪汪了。

好在装在青绿山水大瓷盘里的清蒸珍珠斑上来了。平时请客，点一条笋壳鱼或多宝鱼也就是了，但是今天，顾新铭觉得一定要珍珠斑。普通石斑鱼也很鲜，肉质也够弹牙，但是珍珠斑的嫩，是超乎一切石斑鱼的，价格也是超乎一切普通石斑鱼的，所以——今天必须要珍珠斑。顾新铭说："你给小鸥搛点鱼肉，这是珍珠斑，好吃，又不会胖。"汪雅君用不锈钢长柄调羹，一下子拨下来一大块雪白的鱼肉，放到司马笑鸥的碟子里。司马笑鸥慢慢吃掉了。

然后又上了一道脆皮百花鸡、一道黑松露汁烩鲜鲍、一道锅烧杂菌豆腐、一道白灼西生菜。

这时候顾新铭用另起一段的口气，说："小鸥，人这一辈子，总会遇到一些不开心的事情，也只能面对。我们呢，真的很喜欢你，也知道你一个人在上海，虽然事业有成，但是毕竟没有亲人，我们希望，以后像朋友一样来往，你如果遇到什么事情，自己解决起来有困难，只管来找我们。商量商量啊，需要我们出点力啊，我们都很乐意。"

司马笑鸥显然没想到他会这样表态，迟疑地说："这个……不用了。"

汪雅君说："小鸥啊，你如果不嫌弃，就把我们当成亲戚吧！我们是小老百姓，你知道的，他在出版社，我在学校里，都快退休了，但我们总归这把岁数了，好歹算是长辈，你有需要的时候，要想到我们，碰到为难事情了，不要一个人撑，发个微信、打个电话告诉我们，好不好？"

司马笑鸥愣了一会儿，脸上有混合着惊讶、委屈和感动的神情掠过，然后恢复了平静，说："好的。谢谢。"她的双唇恢复了一些血色。

汪雅君说："对了，甜品刚才还没有点，小鸥，你看看你想吃什么？流沙奶黄包？陈皮红豆沙？燕窝蛋挞？天鹅酥？他们的甜品也很不错的。"

"不用了，阿姨。"

"吃个甜品吧，心情会好。"

司马笑鸥幽幽地说："心情，总要让我不好一段时间吧。整件事情，我也只剩这个可以决定了。"

汪雅君要说话，顾新铭用眼神阻止了她。这顿饭，司马笑鸥的情绪就像退潮的大海，虽然还有一浪一浪地往回卷，但是总体是浪越来越远去，海面越来越平静了。这下子回浪有点儿猛，也只能等它自己下去，这时候不能乱说话，如果说错一句话，岂不是前功尽弃？这女人，就是性子急！

最后还是汪雅君做主，选了冰激凌，顾新铭从来不吃甜品，于是她和司马笑鸥一人两球冰激凌，慢慢地吃着。第一球冰激凌吃完的时候，汪雅君说："小鸥，阿姨送你一件礼物，是我们做长辈的一点心意，希望你收下。"她从背后的手提包里拿出一个红色的丝绒盒子，打开，里面是一个老凤祥金手镯，没有花样，光面的一条，看上去有点像藤条做的，出人意料，有古朴的感觉。

司马笑鸥睁大了眼睛："阿姨，您这是做什么？太贵重了！我不能收！"

"你听我说，我们上海人家，孩子大了，总归要买个手镯的，是为了保值，所以都不讲时髦，就是买老凤祥的。这是我去年买的，当时觉得足金手镯比较土，你肯定不会戴，也就是给你压压箱底，所以给你选了这个实心的。"

司马笑鸥说："手镯还有实心的？"

顾新铭说："虽然是实心的，但分量不重，也就五十克，你看，标签还在，也没多少钱的。你收下吧。"

司马笑鸥说："我心领了，但我还是不能收。"

汪雅君说："这是我心里想着你买下来的，不可能以后去给别人，所以我一定要给你，你也一定要收下，听见没有？你不要多说，你就收下！"语气里有伤感，也有赌气。顾新铭知道，这是妻子本色出演，一定会有效果的。

果然，司马笑鸥听出了这语气里的真实感情和江湖义气，终于慢慢伸出了手，接过那个丝绒盒子："那我收下了。谢谢阿姨，谢谢伯伯。"

司马笑鸥吃第二球冰激凌，心想：这么好的一对父母，如果能是自己的公公婆婆，该多好！本来就应该是的！这个镯子，本来是他们给自己的结婚礼物，谁知道突然一脚踩空，什么都变了……又想：连他们都这样对自己，可见顾轻舟是何等无情、何等过分！最可恨的，他变心不要紧，还要把过去的感情说得一文不值……一想到这里，忍了整顿饭的眼泪涌了上来，来势汹汹，在失控之前，她猛地站了起来，匆匆地说："我先走了。谢谢伯伯阿姨！再见！"就推开门走了。夫妇俩追到包房门口，只看见她纤细的背影飘一样消失在走廊尽头的光影中。

顾新铭拉拉汪雅君，两个人回到餐桌前，坐下来。一坐下来才觉得非常疲惫。

顾新铭说："有点累。"

"我头痛。"汪雅君说。

"都老了。"顾新铭说。

"想想当初，我们什么都没有，还不是照样结婚、生子？哪有这么复杂？"

"是啊，你当初那么漂亮，怎么就那么傻，我什么都没有，就嫁给我？开头还是和我父母挤在一起，后来单位总算上了末班车分了房子。你跟了我这个穷人，这三十多年，真是不容易。"

汪雅君白了丈夫一眼，说："不要说得那么作孽相，我们的房子涨了多少倍，你怎么不说？再说你也不差呀，兼职啊，股票啊，拳打脚踢，这三十年可没少挣。关键是你的心思都在家里，嫁给你这种男人，心里踏实，夜里也睡得着。"

顾新铭得到妻子的赞美，心里甜丝丝的，说："是你不容易，当年那么相信我，嫁给我这个穷小子，和我白手起家。"

汪雅君看看丈夫几乎全白了的两鬓，不由得伸出手去，拍拍丈夫的手臂，说："还是你好，当初选中我就是我，三十年来一心一意的。不像某些人，本事嘛没有，还要那么花！"

顾新铭说："他拎不清！他以为人生这么便当啊？往往是越想走捷径，越会走弯路的。"

汪雅君说："就是呀。一开始如果不是真心看上这个人，以后有点风吹草动都过不下去的呀。现在这些年轻人，真不知道在想什么！他们懂什么？一辈子长着呢。"

顾新铭转移话题说："不过，你也不要光生气了。如果——我是说如果啊，他一定要和那个小李结婚，也不是一点优势都没有。"

"什么优势？就有钱啊？一个一米八的男子汉，怎么可以想这样当小白脸吃软饭？"

"他们房子和车都现成，确实省力很多，不过关键还不在这里，关键是，我问清楚了，对方父母没读过大学，早婚早育，现在女孩子的父亲才五十岁，母亲还不到五十岁，而且又在上海，将来他们生孩子，不要说坐月子，就是帮忙带孩子，女方父母应该也靠得上。"

汪雅君眼神闪了几下，然后沉默了，顾新铭知道她在心里盘算，一时不知道该说什么。半晌，只听汪雅君长叹了一口气："没劲！你说，是我的儿子要谈婚论嫁，怎么说也是喜事，怎么我这心里就这么不痛快呢？"

顾新铭也长叹一口气："我和你差不多。大概我们都落伍了，都是老人类了！"

汪雅君说："那我们真是选对人了，不管新旧，夫妻最要紧是两个人谈得拢。"

顾新铭看了看妻子，他发现曾经是班花的妻子，不知何时，双眸不再如水清澈，眼角也出现了细密的皱纹，像开片瓷器上的裂纹。

顾新铭说："不管了，我们好久没有两个人出来吃饭了，今天就当我们的二人世界吧。"

"是啊，这么好的地方，刚才吃得没滋没味，菜都凉了。"

顾新铭说："现在帮儿子擦好了屁股，接下来我们放松，慢慢吃！"

"你说得这么难听，好像我们刚才在搞危机公关一样，我可是真心的。为什么一定要送她那个手镯？让她派用场的。我们对人家说得好听，什么'你有困难来找我们哟'，这就是嘴巴上讲讲的，一点都没用的！人家小姑娘也是要面子的人，以后无论如何不会来找我们的。她一个人在上海，还是给点东西傍身吧。给她那个，是个足金的，分量也有了，平时放着呢，保值；万一碰上难处，拿出来，总还可以抵几个月房租。"

真是一个好女人！顾新铭想。他突然有一点站起来拥抱一下这个女人的冲动，这是一种他好久没有体会到的感觉。当然作为一个上海人，这种外露的方式，是和他们绝缘的，即使在四下无人的包房里，他也不会这么做。就像在上海话里面，根本没有"我爱你"这句话一样。

他特别温润地看了看妻子，好像想用眼神抚平她眼角的细纹似的。然后高声唤："服务生，来一下！把菜都拿去热一热！"

精神的多维与文化的多元
——评《兰亭惠》

曾　攀

潘向黎的短篇小说《兰亭惠》（《人民文学》2022年第3期），将叙事空间设定于上海市中心的一家粤菜餐厅，夫妇俩顾新铭、汪雅君与儿子的前女友司马笑鸥之间的情感试探／博弈耐人寻味，生活表层下、饮食文化里，都充满着隐喻。三个人的餐桌，你来我往之间，在平静的生活表面，是人情与人世的平衡对弈。小说一路写得情真意挚，老两口看似极念旧情，为儿子的移情别恋充满愧疚，最后却急转直下，将夫妇俩为化解危机的"公关"意图显露出来，揭开了人性之真实和世间之隐微。小说里的男性是否真的抛弃旧爱、老夫妇是否真诚致歉赔礼、司马笑鸥是否真正接受道歉笑泯恩仇，这几个既是人物主体关系的谜面，同时也意味着小说的情感伦理。正是这样的不确定性，将情感的认知与认同引向了暧昧难料，就像小说中所言："世界上，人和人的关系不但最复杂，也最难以预料。"但是无法预料并不代表不去触碰，恰恰相反，这正是小说进场的时候。

《兰亭惠》写人物的左右为难、尴尬遮掩也好，写彼此之间的微妙摇摆、各安心思也罢，又或是跳出来凸显城市的世俗与人性的幽深，小说的叙事往往显得张弛有度，而且难见臃余和赘述。一方面，老夫妇的赔罪劝解显得宅心仁厚、情真意挚；另一方面，他们身上小市民的那种考量思虑也是显而易见的。图穷匕首见的一刻自然令人大吃一惊，甚至乎叙事者如揭示某种现实般地指出"就像在上海话里面，根本没有'我爱你'这句话一样"，这当然是一种小说式的戏谑和反讽；但是话说回来，确乎一切都情有可原，再世俗甚至市侩，也绝非恶毒阴险，也许世间的情分、情感也多是如此，现实的度量、心理的博弈，在一个成熟的市民社会中是不会缺席的。当然并不代表作者对此不持保留和批判。

小说家弋舟2022年的一部短篇小说《德雷克海峡的800艘沉船》，虽为短制却交织多重的线索，非常考验一个作家的结构能力和叙事功力。从德雷克海峡到兰亭惠餐厅，人世间多有情感的失衡和内心的裂变，人的悲欢各不相同，却时时处于交互之中，如何自处、如何他顾，这是老问题，也是新动向。但是多元的文化理解，以及多维的精神触角，则有助于穿越那些幽暗的场域，再造生命之图景。

飞来飞去

东 西

1

深夜，熟睡中的姚简被手机的铃声吵醒，同时被吵醒的还有他的夫人。他带着不祥的预感接听，果然，听到的是一串哭泣。这在他的意料之中，又仿佛在他的意料之外，心里紧张悲伤之余竟然还夹杂着一丝丝不那么体面的解脱。他需要确认，哪怕是明知故问，于是，便在姚久久一时半会儿尚不能中断的哭泣中很不礼貌地插了一句"到底怎么了？"，似乎还抱着出现奇迹的幻想。"叔，奶奶上呼吸机了。"姚久久一边哭泣一边说。不是最坏的消息，他想，但愿没那么糟糕。他详细地询问母亲的症状后挂断电话。夫人问："怎么办？我们一起回去吧。"姚简说："疫情这么严重，回国的航班几乎中断，去哪里搞机票？"夫人说："再难搞也得搞，你妈可就你这么一个后代。"

姚简在网上查询航班，找到一趟从纽约直飞广州的，立刻就订了三张。但第二天航空公司来电，说："疫情原因，航班取消，要不要订一周后的？"姚简在网上又搜了一遍，没找到直飞的，便续订。可第三天，航空公司又来电，说："一周后的航班也取消了，要不要续订半个月后的？"姚简想你这是在开玩笑吗？半个月后回去，加上二十来天的隔离，我还能见到活着的母亲吗？他拒绝了续订，开始托熟人找关系，高价求购飞回中国的机票，包括但不限于直飞。

等机票期间，他每天都跟姚久久视频通话，每次通话他都让她把手机视频凑到母亲的面前。"妈妈……"他在视频里呼唤。不戴呼吸机的时候，母亲的眼睛会努力地睁开一道缝，吃力地盯住视频，一点一点地舒展面肌，试图给他一个好脸色，但舒展着舒展着，眼看一丝笑容就要浮现却突然一动不动，仿佛静止一般，虽然还有舒展的企图却已经没有了舒展的能力。而大多数时间里她都在昏睡，无论他怎么呼唤她都没有反应，就像地面呼唤发射到外太空的失灵的探测器。

一周后，母亲的病情略有好转，能对着手机视频说话了，但每说几个字便停顿一会儿，仿佛挑重担的人需要歇气。她说："仔呀，妈想让你赶紧回来，但又怕一时半会儿死不了。每次我病重你都回来，可每次你回来我都没死，你飞来飞去的都飞累了。要不再观察几天？看看病情走向，如果实在挺不住，我再让久久通知你，你再回来不迟。"其实，她何尝不想让他马上回来，而他又何尝不想立即回去。

又过了十天，他买到一套高价票，该票先由纽约飞伦敦，再从伦敦转机飞上海，然后从上海转机飞N市。他把这套机票打印出来放在客厅的茶几上，一家三口像饥饿时盯着面包渣一样，谁也不吱声。夫人想我是第一个必须放弃回去的，因为我跟婆婆既无血缘关系又无共同的文化背景。儿子想我出生于美国新泽西州，不是奶奶带大的，即使我回去也不是她最大的安慰。

"那么，只能是我一个人先回去了。"

"请代我向妈妈问好。"

"告诉奶奶，我非常非常爱她。"

"谢谢。"

2

姚简隔离完毕，姚久久把他从宾馆接到医院。他踮脚走进病房，看见母亲静静地躺在床上，鼻孔插着输氧管，脸庞比视频里的至少瘦一圈。他俯身把脸贴到她的脸上，轻轻地叫了一声："妈……"她嘴唇嚅动，眼睛微微一睁，想举手却没有力气举起来，两行泪从眼角艰难地沁出。她等久了等累了，还在他隔离期间就昏睡过去了。

面对没有声音的母亲，他很不习惯，像走错了地方似的。以前他每次回来，耳朵里、房间里、走廊上、轿车内，到处都是她的声音："过得好不好？""累不累？""想吃点什么？""怎么瘦成这样了？"一连串的问句像叮叮当当的打铁声此起彼伏，根本没给他回答的机会，仿佛问只是为了问而不是为了要他回答。他把姚久久支开，一个人坐在床边陪护。真安静，现实中的声音都消失了或者说被他屏蔽了，过去的声音争先恐后："别哭，爬起来。""加油，你会考上的。""留学？那是妈妈梦寐以求的事。""但是，你吃得惯西餐吗？""虽然我不适应洛莉，但只要你喜欢就行。""姚旺长多高啦？""你爸走了，就剩下我了。""美国，我去那地方干什么？人生地不熟的，除了给你们添累，弄不好还给你们添堵。""妈理解，你只要一年回来看我一次就行。""不寂寞，妈有妈的生活。"

经过一阵回忆的轰炸，他出现了暂时失聪，就像飞机降落时因气压改变而出现的暂时失听，世界又安静下来。仿佛是为了配合听觉，窗外的光线一抖，突然暗淡，就像被谁动了亮度开关。走廊外的花圃，怒放的鲜花因光线的忽然暗淡反而凸显它们的艳丽，有三团红，三团黄，还有两团紫，远远地看着就觉得香。他下意识地抽了抽鼻子，觉得不对劲，竟然闻到了一股朽味，以为是下水道或过期食物发出来的，但经过仔细检查才发觉朽味来自母亲的身体。

他很生气，打来半桶热水，先用香皂把毛巾洗干净，再用毛巾给母亲洗脸，抹身子。抹身子时，他才知道母亲的瘦超乎他的想象，瘦得身上的骨头都硌他的手了。瘦是因为她长期患病，但她的指甲为什么会那么长？说明姚久久没有尽到护理的责任，竟然不给母亲勤剪指甲，简直是……他想骂人，但话到嘴边却很绅士地咽了下去。他从床头柜里找出指甲剪，一边给母亲剪指甲一边问："久久多久给你洗一次澡？"母亲没反应，他知道她不会有反应，但这并不妨碍他的自言自语，也并不妨碍他把一年多来想跟她讲的话讲一遍。

傍晚，姚久久来了，她带来了晚餐和母亲的干净衣服。晚餐是给他带的，母亲已经断食，全靠输液维持生命。他没食欲，坐在一旁看她给母亲换衣服。他说："你没闻到奶奶身上的气味吗？"她说："这叫老人味，老了你也会有。""也许吧……"他岔开话题，"要是当初她跟我去美国，哪至于这样，没准连这个病都不会得。"

"到了美国就不生病了吗？"

"那倒不是，也许那边的环境对她更有利……"

"不可能，"她给母亲换上干净的衣服，"看看你们感染新冠病毒的人数，就知道奶奶没跟你去多幸运。"他震了一下，没想到她从这个角度思考问题，更没想到她把他划为"你们"而不是"我们"。他不想默认，也想把憋了又憋的话痛快地说出来。他说："你多久给奶奶洗一次澡？"

"天天都洗。"

"多久给她剪一次指甲？"

"天天都剪。"

明摆着的谎言她却振振有词，好像撒谎的是他，甚至还让他产生了羞愧。他本想用外交辞令，但看着她那副抵赖的模样，顺嘴说了一声："Shit!"也许是美剧看多了，她竟然听懂了，把被单重重地一抖，坐在床边生气，说："叔，你是不是一直怀疑我没有好好照顾奶奶？"他当然怀疑，但他一直没捅破这层窗户纸，直到现在也还在犹豫要不要捅破。"如果你怀疑，你可以另外请人。"还没等他想好词，她先说了。"每月一万元人民币，相当于你们大学里四级教授的工资，难道你就不想挣这个钱吗？"他也下意识地把她划为"你们"。

"我宁可不挣你的钱，也不想让你怀疑；你也不要因为有几个钱，就学美国欺负我们。"

"我欺负你了吗？"

"怀疑就是欺负。"

"那你干吗撒谎？你明明没有天天给奶奶洗澡，却说天天都给她洗；明明没有天天给她剪指甲，却说天天都给她剪了。"

"奶奶这身子骨，经得起天天洗澡吗？再说她的指甲长得那么慢，有必要天天都剪吗？你不了解实际情况就不要满世界指手画脚。要说撒谎，你们美国人撒得更厉害，你们说伊拉克有化学武器，结果找到的却是洗衣粉。"

他无法辩驳。谁告诉她的？他想，当一个护工不看护理手册却天天刷短视频的时候，你就不容易反驳她了。他很想说美国是美国，他是他，但显然她不会同意他的这种切割，在她的意识里他早就等于美国了。他说："那么，我给你买的轿车呢？本来是想让你方便接送奶奶，但你却拿来做网约车，天天接单挣外快，竟然把奶奶一个人晾在病房里。"

"谁告诉你的？"

"你说呢？"

"真没想到，我对奶奶那么好，她还跟你告密。"她回头看了一眼床上的奶奶，轻轻骂了一声，"叛徒。"

"简儿……"母亲忽然醒了，仿佛是被姚久久骂醒的。姚简走到床边，俯身捧住母亲的手。母亲吃力地断断续续说："别怪久久，是我叫她去做网约车的……"说完，她又昏睡过去，醒来好像就是为了帮姚久久洗白。

3

病房断断续续来了一些客人，都是姚简昔日的同学与旧交。"你还好吧？"他们反复询问反复打量，充满了对姚简的关切与担心，饱含深深的同情，好像身患绝症的是他而不是奄奄一息的母亲。但是，也有不这么问却仍然想表达这层意思的，比如大学同学张文垂。

"哈哈，老同学……"张文垂声音洪亮，戴着两层口罩走进来。

姚简赶紧起身朝他伸手，但他没接他的手掌，而是用手肘碰了一下他的手肘，生怕握手又得洗手。姚简还在愣神，张文垂已经从床底拉出一张凳子坐下，并指着旁边的凳子说了一声"Please"，好像他是这个房间的主人而姚简是来客。姚简会心一笑，慢慢坐下，发现张文垂的印堂，准确地说是口罩以上的面部闪闪发亮，由此推断他气血充沛心情舒畅。他说："快撑不住了吧？"姚简蒙圈，想他怎么会用这么不礼貌的语言来问候母亲，难道是为了表示两人的关系非同一般？他不想回答却又怕失礼，便很不情愿地说："目前还算稳定，但不知道能撑多久。"

"再这么发展下去，死定了。"张文垂说。

姚简心头一堵，说："抱歉，你是指我的母亲吗？"

"No，No，No，"张文垂赶紧摇手，"我说的不是伯母。"

"那你说的是谁？"

"你就别装啦，我说的是……"

姚简想说"我没装，我真不知道你说的是谁。"，但他像憋屁那样把这句话憋回去，觉得辩解会让他以为他虚伪。如果这是他们做同学那些年的暗语，而自己又偏偏忘了，那岂不尴尬？于是他笑了笑，摆出一副释然的表情。幸好张文垂没追究，而是转移了话题："我知道你在那边混得不好，但前几年我即使想帮你也使不上劲。""还行吧，我觉得……"姚简支支吾吾，仍在揣摸张文垂的言外之意。

"你看你，还在打肿脸充胖子，老弟我现在可是能帮你了。"张文垂拍了拍胸口。

姚简又被他说迷糊了，不知道他要帮他什么，也不知道自己需要他什么样的帮助，眼下除了母亲病危这个难题，他几乎没有别的难题。张文垂看他没有领悟自己的暗示，便直接问："你一年的收入是多少？"

"不多，也就十来万美元。"姚简说完立刻后悔，觉得这个数虽然打了折扣，却还是怕对张文垂形成刺激，于是马上补了一句："不过，这是税前，你知道美国的个人所得税极高。"没想到张文垂一拍大腿，说："Out了，像你这样的人才，在国内年薪至少一百万人民币。""真的？"姚简惊讶，觉得张文垂还是一如既往地喜欢吹牛。但似乎是为了证明自己不是吹，张文垂掏出手机，用免提跟西江大学吴校长通话，说要给他推荐人才。吴校长问推荐谁？他说普林斯顿大学化学系的教授姚简。吴校长感叹，说确实是个人才。张文垂问他愿不愿意引进？吴校长说引不引进还不是你一句话吗？你说引进我们就立即办手续。张文垂说像他这样的专家年薪是不是应该百万？住房是不是应该不低于一百六十平方米？家属工作也应该一并安排吧？虽然张文垂使用的是问句，但在姚简听来却句句都像命令。果然，吴校长说当然当然，此外还有一笔不小的科研启动经费，还有安家费。张文垂挂断电话，说："过去我不在这个位子上，不知道人才有多奇缺，那么老同学，这事就这么定了。"

"啊……"姚简一脸的诧异，"这么快就定了？"

"这是我一贯的办事风格。"张文垂想摘下口罩，但摘了一半又重新挂上。

"文垂，这么大的事我得慎重考虑，而且还需要跟夫人、孩子商量。"

"有啥好商量的，难道你仇恨钱？"

"那倒不至于……"姚简说完就想，他不是来看望母亲的吗？怎么突然就扯到了人才引进上？我没跟他说过要引进呀。张文垂似乎看出了他的疑虑，说："你现在就给嫂子洛莉打个电话，要不我先把她引进了再引进你？"姚简摇头，说："别，你先把引进的速度降一降，你嫂子是学美国历史的，把她引进发挥不了什么作用。"

"让她改学中国历史，让她知道我们的历史有多悠久，多博大，多精深。"

"关键是我都适应了那边的生活，况且，当初我那么渴望出去，现在一听说这边有钱就屁颠屁颠地回来，别人怎么看暂且不说，自己都觉得斯文扫地、满脸通红。"

"不怪你，当年我们支持出去，现在欢迎回来。"

"请给我一点时间吧。"姚简犹犹豫豫。

"你就是爱面子，放不下身段，不愿意接受我们强大这一事实。"张文垂不耐烦了，起身徘徊，忽然灵光一闪，指着床上说，"难道你就不想回来陪陪母亲？她可是为你奉献了一辈子。"

"当初就是她劝我出去的。"

"现在她的态度变了，不信你问。"张文垂走到床边，提高嗓门，"伯母，你想不想让姚简回来工作？"

"想……"母亲回答，调门还挺高，"那么好的条件，为什么不回来？"

"我说对了吧。"张文垂一击掌。

姚简羞愧地低下头，他没想到母亲竟然醒了，竟然听清了他们的对话。先不说自己回不回来，但至少"回来"这个议题让母亲的心情有了好转。

4

一天，姚简在给母亲洗脸时，她突然把毛巾推开，说："你服侍我这么久，是不是烦了？"姚简说："你给我尽孝的机会，我高兴还来不及。""那你能不能回来工作？"母亲认真地看着他，目光里有一丝久违的明亮。姚简不敢回答，生怕影响她的情绪。他想，不是说回来就能回来，就像移栽的树，已经把根扎在新的环境，要想再移栽一次谈何容易。但母亲没有放过他，说："只要你回来，我至少还能活十年。"姚简想如果你能再活十年，那我就是绑架也要把你绑架到新泽西州去，就怕你活不得那么久，就怕你连现在的清醒都是回光返照。

"知道我为什么不愿意跟你出国吗？"母亲突然问。

"你说你不习惯那边的生活。"姚简说。

"那是托词，真实的想法是为了给你留一条后路。"母亲忽然压低嗓门，警惕地看着门口，好像这是一个害怕别人听到的秘密。

"你想多了。"姚简故意提高嗓门。

"但从目前的形势来看，我给你留的这条后路留对了。简儿，实话告诉我，你在那边自在吗？晚上敢上街吗？小偷是不是很多？他们歧视你吗？你是不是买枪了？姚旺没吸毒吧？洛莉没出轨吧？一想到你在外面被人欺负，一想到你每天都过着提心吊胆的生活，我就整晚整晚地睡不着，后悔当初把你送出去，你看你，都瘦成啥样了……"母亲一旦有了精力就会毫不吝啬地用来唠叨，这是姚简熟悉的模式，却不是他熟悉的内容。他觉得奇怪，仅仅一年多时间不见，母亲竟然生出了这么多担心。过去，她可从不担心自己在外面的生活和工作，难道是越老越敏感或是越病越糊涂？为了让她放心，他卷起衣服露出腹肌，说："这不是瘦，是结实，我每天都健身呢。你看你，都瘦得只剩下骨头了，还好意思说我瘦。"母亲露出一丝笑容，是事实被所爱的人揭穿后开心加尴尬的那种笑容。

"老房子我一直给你留着，新房子也给你买了一套。"母亲说。

"去年回来，你不是催我赶紧把房卖了吗?"姚简说。

"卖了你住哪里?"

"我又不是经常回来。"

"你那个张同学不是说要把你调回来吗?"

"前天，吴校长找我谈过引进的事，我已经拒绝了。"姚简觉得有必要跟她说实话，否则会增加她无端的期盼。

她叹了一口长气，仿佛在为他也为自己惋惜，她说:"你连房子都没有，你住什么地方? 晚上睡桥洞吗?"说着，她的眼眶忽然湿了。她不停地抬手抹泪，悲伤得像个孩子。他说:"请你放心，我在新泽西住的是别墅。""你的别墅是租的，我这个有房产证，有房产证的住着才像一个家。"她似乎又回到了清醒状态。他说:"我买得起别墅，只是不想买而已，租来住更划算。""又骗我，物价那么贵，你买得起个鬼。你骗别人也就算了，怎么连妈都骗?"她好像又糊涂了。

"我没骗你。"

"你骗我，你一直都在骗我。你骗我说你生活幸福，有房有车有钱，可我一眼都没看见。其实，你什么都没有，一点都不幸福，你就像莫泊桑小说里的叔叔于勒。你骗我说不想回来工作，其实你想回来，只是放不下架子。"

"我的状况我清楚，你不用担心。"

"你不清楚，你好糊涂……"

沉默。他不想跟她争执，知道再怎么争执也改变不了她的看法，因为她似乎在绝症的基础上又叠加了阿尔茨海默病。也许是说累了，也许是对姚简深深的失望，她突然感到胸闷，就不想说话了。护士给她插了输氧管，她安静地躺在床上，她的安静让姚简好一阵不适应。深夜，姚简感到困倦，便伏在床边打盹。醒来已是凌晨四点，他抬头一看，母亲没了呼吸，输氧管已从鼻孔拔出，被她的右手紧紧地攥着。

5

处理完母亲的后事，姚久久开车送姚简回家。车上，姚久久说:"叔，我知道是你偷偷拔了奶奶的氧气管。"姚简气得面红耳赤，心脏差点停摆。他舒了一口恶气，说:"你的想法比蟑螂还脏。""不只我，所有的亲戚都这么认为。"姚久久双手握着方向盘，仿佛握着真相。"我为什么要拔她的氧气管? 难道我就不希望她活得更久一点吗?"姚简按下车窗，急迫地呼吸着外面的空气。

"因为你不想飞来飞去，不想影响你回美国挣钱，不想再支付护理费。"

"停车。"姚简近乎呵斥。

姚久久把车"吱"地停住。"从今以后，再也不要让我见到你。"姚简指着姚久久的脑门一字一句地说完，才打开车门钻出去，"嘭"地把门摔回来。"忘恩负义，我跟你绝交，我们全家都跟你绝交。"姚久久撑了一句，"呼"地把车开走，好像车比她还生气，好像车不是姚简给她买的。姚简愣住，不明白为什么会有这么多的误解？去年回来时不还好好的吗？他孤独地站了一会儿，百思不得其解，便朝家的方向走去，一边走一边想还有谁能相信我？白小鹃，他突然想起了他的初恋女友。

他约白小鹃在茶庄见面，等待期间，他隔着落地玻璃窗看了好久的草坪和湖水。草不是当年的草，水也不是当年的水，但他假装它们还是当年的，只承认周围的树长粗了，长高了。"我知道你的婚姻不幸福。"忽然传来一个女声。他扭过头来，看见白小鹃坐在对面，脸上还是当年那种高高在上的表情，好像她是上帝专程派来俯视他的。虽然他反感这种俯视，却又不得不承认因为她的漂亮而稀释了对她的反感，就像在硫酸里加碱稀释其伤害性。没想到她还保持着当年的脸型与身材，皮肤依然白里透红，就连眼角和脖子也没什么皱纹，也许是因为一直单身，也许是因为注重保养，她看上去显得比实际年龄至少年轻十岁。他一边观察一边想，她怎么一落座就说我的婚姻不幸福？是掌握了确凿的证据抑或是猜测？洛莉不是挺好的吗？她既有事业心也有家庭责任感，平时说话轻声细语，哪怕我说了不对的观点她也总是无条件地先说"OK"，然后再找机会解释。她懂得管控情绪，从来不跟我发生因文化差异而引起的冲突。她就像我的胃，知道什么时候做中餐，什么时候做西餐，什么时候下馆子。如果硬要说我的婚姻不幸，那也只不过是在白小鹃说出来的这一刻我脑海突然产生的一个概念，因为我从来没质疑过婚姻的幸福。

"你母亲住院后，我常来陪她聊天，她有时喊我小鹃，有时喊我洛莉，有时还喊我儿媳妇。"白小鹃说。

"对不起，她的记忆出了问题。"姚简说。

"也许这是她的真实想法，在她的潜意识里一直反感你跟外国人结婚，尤其是……"没等白小鹃说完，姚简赶紧打断："我母亲跟洛莉的关系很好。"

"那都是装出来的，她每次看见我，就会把洛莉的照片从手机里调出来进行比较，天哪，洛莉怎么胖成那样了？"白小鹃得意地看着姚简。姚简说："女人嘛，还是丰腴一点好，尤其是到了一定年纪之后。"

"丰腴？"白小鹃张大嘴巴，"那也叫丰腴？叫臃肿好不好？"

"这和婚姻幸不幸福有关系吗？我就喜欢丰腴的。"

"当然有关系，她之所以臃肿是因为有压力，是因为你没有给她幸福，或者说她没有从你这里感受到幸福。"白小鹃一套一套的。

"你说得对。"姚简决定妥协，这几天经历了太多的争论，他不想在离开前再争论一次，于是把茶杯小心地推到白小鹃面前。虽然喝茶能降躁（即降低狂躁），但白小鹃只抿了一口，显然茶量达不到降躁的效果。果然，白小鹃又发话了："姚简，你好可怜。"

他假装没听见。白小鹃盯着他，就像狙击手通过瞄准镜盯着目标那样，盯得他的脸一阵阵辣。他扭过头，回避她的目光。她说："像你这样的成功人士，竟然连一个情人都没有，好可怜。"

"这恰恰证明我对洛莉的忠诚。"他感到自豪。

"既然你忠诚于她，那干吗还要约我出来？"

"想找你说说话。"

"你想说什么？"

"有人说是我拔了母亲的氧气管，你认为我能做出这样的事情吗？"

"我听说了，亲人群里都在传。"白小鹃迟疑了一会儿，"如果是二十年前，我认为你绝对不会做这种没良心的事，但现在我完全不了解你。再说……你母亲的病一会儿好一会儿坏，这几年你飞来飞去的确实也挺辛苦。这么跟你说吧，我不敢肯定你会拔她的氧气管，但至少你有过拔她氧气管的想法。"

"糟糕，我以为你最了解我，没想到你并不了解，谁会相信我俩曾经在一张床上睡过？"姚简低下头，感到失望。白小鹃感叹，说："姚简，环境会改变人，况且你出去了二十多年，况且西方根本就不讲中国的孝道，你们对生命的理解完全跟我们不同。"

"可我跟你还是一样的。"

"不一样了。"白小鹃伸手在姚简的下巴上撩了一下，姚简的身子本能地往后一躲。白小鹃说："你一躲，就说明你不相信我，语言很狡猾，身体很诚实。既然你都不相信我了，凭什么让我相信你？"

姚简无语，嘲笑自己竟然想从抛弃过自己的女人身上寻找安慰，简直就像幻想病毒自行消失那么幼稚。当初，他们也没多大的矛盾，她踹掉他仅仅是因为不同意他出国留学，怕他被洋妞勾引。他忍不住重新打量白小鹃。她看见他抬起头来，忍不住又伸手撩了一下他的下巴，他又本能地一躲。她说："你看，想重新建立信任有多困难，当初我摸你的任何一个地方，你不仅不会躲反而会迎难而上。可是现在……"

"现在我已经有老婆孩子了。"

"想不到你们美国人这么保守，姚简呀姚简，无论一个人或一个民族，如果不开放，那就会憋死。难道你不想从我们当初失败的恋爱中吸取教训吗？"

"吸取教训的应该是你。"

"哼……"白小鹃说，"除了对你深表同情，我真没办法救你。"

6

姚简飞向新泽西州，于上午十点回到自家别墅。一放下行李，洛莉就问："亲爱的，这几天你看社交媒体的亲人群了吗？"姚简说："没看。"洛莉说："他们怎么那么邪恶?"姚简问:"谁邪恶?"洛莉说:"你的中国亲戚,他们说是你拔了母亲的氧气管,让她提前死亡。"姚简说:"那不叫邪恶,叫误解或误会,你用词重了。"

"可他们都在污蔑你。"洛莉气得满脸通红。

"他们照顾母亲那么多年,蛮辛苦的,批评几句也是为了宣泄情绪,过一段时间就风平浪静了。"姚简解释。

"我讨厌他们拿母亲的生命来编故事,都是些什么物种呀?"

姚简听得不舒服,便提醒洛莉:"亲爱的,请注意你的语言,我们和他们是一样的。"过去,只要姚简一提醒,洛莉会马上说"Sorry",但这次她竟然没说"抱歉",说明她骨子里仍然潜伏着天生的优越感,哪怕她平时没有表现,但在不经意间会猛地跳出来。

傍晚,姚旺黑着脸从大学回来了,一进门他就说:"爸,你的亲戚为什么总是用恶意揣测你?"姚简说:"我的亲戚不也是你的亲戚吗?"姚旺说:"什么狗屁亲戚,我已经在网上跟他们开骂了。"姚简心里一沉,后悔没在"亲人群"里及时屏蔽姚旺和洛莉。他怕矛盾升级,劝姚旺停止骂战。姚旺说:"可是我气得肺都要炸了。"姚简说:"一个人成熟的标志就是能控制脾气。""在谣言面前你不用控制,"洛莉从厨房冲出来,"我支持你骂他们,儿子。"姚简一拍餐桌,说:"你们想没想过明年我们还要回去过清明节?还要跟他们打交道,还要拜托他们照看好爷爷奶奶的骨灰?"洛莉和姚旺沉默了,他们用同情的眼神看着他。姚简发现他们的眼神和回国时亲人们看他的眼神相似。

深夜,姚简偷偷打开手机,翻阅"亲人群"里的信息,看见上面全是"阴谋论"。姚久久说她半夜送夜宵,发现叔叔偷偷拔掉奶奶的氧气管,于是赶紧冲进去制止,但已经来不及了。姚简想她什么时候送过夜宵?我从来都不吃夜宵。姚老大,也就是堂哥,姚久久的父亲,他说他调看了医院的监控,确证婶婶的氧气管是堂弟亲手拔掉的。姚简想他们家不就是想多挣一点护理费吗?但也犯不着这样污蔑陷害。表弟说表哥既有作案的动机也有作案的时间,还有作案的环境。姚简想这个表弟是著名的"啃老族",在母亲病重期间他连看都不愿意看一眼。姨妈每求他来看一次,他就跟姨妈收一次出场费。除了真正的亲戚,群里还多了一些不认识的人,他们都是姚久久拉进来的。他们不摆事实不讲道理,只是一通乱骂,而姚旺早在几天前就跟他们撑上了。群里塞满了不干不净的语言,每隔两三行就有人问候别人的祖宗。这个"亲人群"是几年前为了方便沟通由姚简建的,现在不仅不能在上面友好地沟通,反而成为相互仇恨的场所。姚简很失望,他的手指悬在屏上许久许久,终是下定决心按了下去,就像按下武器的开关。从此,这个群被他解散了,彼此眼不见心不烦。

但是,姚简仍然心事重重,他的脑海时不时会冒出关于氧气管的各种说法,有时候他竟然怀疑母亲的氧气管真是自己拔掉的,甚至会给这种想法配画面,越配越觉得真实。这种想法就像一块创可贴贴在他的脑海,怎么撕也撕不掉。一天午后,他靠在客厅的沙发上打盹,突然梦见了母亲,这是母亲逝世后他第一次梦见。母亲不停地抹着眼泪，说："简儿，氧气管是我自己拔的，你受委屈了。"姚简一个战栗，忽地惊醒，放声大哭。这是母亲逝世后他第一次痛哭，仿佛要哭出全部的悲伤和思念。哭罢，他算了算时差，发现母亲在梦里出现的时间正好是一个月前她离开的时间。

　　这边午后，那边凌晨。

心灵的隔阂与沟通的虚妄
——评《飞来飞去》

周新民

东西是一位善于书写人性隐秘的作家，《飞来飞去》体现了他的写作特长。《飞来飞去》要表现的是人与人之间难以逾越的隔阂。东西的笔锋像一把锋利的解剖刀，在文化、亲情、爱情、友情的剖面，游刃有余地游走，把人与人之间无法化解的隔阂剥离出来，令人唏嘘不已。

小说的主人公姚简是一位美籍华人科学家，在美国普林斯顿大学化学系工作，有令人羡慕的工作、家庭。因为母亲年事已高，这些年一直在中美两国之间飞来飞去，着实辛苦。疫情期间，母亲身染重疾，住进重症监护室。姚简再次飞回中国，在病房陪护母亲。正是这次回国，把人和人之间无法化解的隔阂暴露得淋漓尽致。

首先，中美两国之间的文化差异带来姚简和妻子、儿子之间的隔阂。妻子洛莉是美国人，姚简和她过着相敬如宾的生活，倒也幸福。但是，对于婆婆的病重，洛莉在情感上并无太大的痛苦。当姚简料理完母亲的丧事回家后，她从骨子里暴露出来文化上的优越性，让姚简感到透骨的悲凉。这对相敬如宾的夫妻，日常生活中尽力避免因文化差异而产生冲突。但是，这次因为母亲过世而引起家族成员之间的纷争，让洛莉直言相告，无法理解亲戚对于姚简的误解。而在姚简看来，洛莉以文化优越性的目光审视中国人的生活，自然无法明白中国人骨子里无法割断的血脉亲情。在姚简看来，所有的误解最终会烟消云散。而妻子、儿子对待亲戚简单、粗暴的态度，让姚简格外不舒服。文化差异带来的隔阂，最终横亘在这对相敬如宾的夫妻心中。

其次，即使是亲密无间的亲情，也会造成无法化解的隔阂。姚简的母亲住院，一直是侄女姚久久在照顾。在姚简和姚久久之间，也会因为立场不同而造成误解。这种误解既有经济上的考量，也因面对客观事实二人不同的理解而造成。姚简的母亲无法面对儿子的劳累，夜半时分拔掉氧气管而离世。姚家亲属一致认为独自看护的姚简最有拔掉氧气管的"作案"动机与条件。因为，他们认为姚简这些年一直在飞来飞去，非常辛苦。但是，他们只是从各自的利益出发来看待姚简，无法理解姚简对母亲深深的爱。最后，即使姚简和母亲之间感情深厚，也有难以逾越的隔阂。母亲总认为儿子在美国过得不好，甚至偷偷给儿子买了房子，希望他回国工作。而姚简已经习惯了在美国的生活，并无回国工作的打算。母子之间的隔阂源于母亲对于儿子在美国生活方式上的误解。姚母甚至为了不给姚简增加负担而自愿拔掉氧气管，以生命作为代价来减轻儿子的负担。即使这样深深的母子之情，依然无法填平彼此因为隔阂带来的鸿沟。何况其他隔着一层的旁门亲属呢。

姚简和白小娟本是感情深厚的情侣，只是女方因为不愿意姚简出国留学而最终选择分手。分手后，二人仍然保持了相对和谐的情感关系。白小娟常来看望姚母，而姚母从情感上一直把她看作儿媳妇。但是，姚简和白小娟之间也有无法逾越的隔阂。她同其他人一样，也认为是姚简拔掉了母亲的氧气管，至少具有这样的心理动机。她甚至认为姚简的婚姻生活不幸福。这一切都根源于白小娟与姚简之间曾经的爱情已经变质。爱情会变质，隔阂就会产生。

姚简和张文垂是好朋友，友情真挚，这是肯定的。他出于对老同学的关心，积极主张把姚简作为人才引荐回国。当姚简拒绝后，张文垂把其中的原因归结为姚简无法正视中国已经强大起来的事实。张文垂一如既往的办事风格和武断的判断，不顾及姚简已经成家的客观事实，忽视姚简得照顾到家庭成员之间关系和未来发展的考量。姚简和张文垂之间的友情，仍然难以化解二人之间的隔阂。

《飞来飞去》对隔阂无处不在、难以化解的事实做出了精妙的叙述。东西的笔触在文化、亲情、爱情、友情之间游走，把现代人因为隔阂而带来的生存的孤独感淋漓尽致地表现出来了。不过，《飞来飞去》要叙述的仍然是人性的温暖。亲情、友情、爱情带给人的温暖，是小说叙述隐藏的基调。各种隔阂的产生原因归根结底还是基于他们对于姚简的关爱。人性的温暖和隔阂，共同构成了人性的复杂性。这应该是《飞来飞去》最终要表达的深层意蕴。

宋骑鹅和他的女人

徐则臣

　　沿运河上行的驳船都不搭载她。一个女人，挺着个大肚子，上船不吉利。还带着个四岁的小姑娘。宋骑鹅的老婆，我们都认识她。小龚装着手里的那根烟没抽完，车停在码头边不动，一手装模作样地搭在方向盘上，以为我没看见，又悄悄续上一根烟。我懒得说破，也盯着那女人看。我想小龚跟我一样都有点惋惜，一朵鲜花插在了牛粪上。她男人，宋骑鹅，一年前因为强奸罪被判了，关在淮城的监狱里。整个鹤顶都知道这事。不是因为宋骑鹅强奸，而是因为宋骑鹅家里有个如花似玉的老婆还去干这种事，大家想不通。又一个船主上上下下打量过她，还是拒绝了。

　　"第几个了?"

　　"什么，仝所?"小龚一愣，脸立马红了。这很好，说明他还年轻。二十嘟当岁，多好的年龄啊。"第五个。真可怜。"

　　"事不过六。"我把脑袋搭在座椅后背上，闭目养神。

　　两分钟后，小龚说："仝所，第六个了。"

　　"去问问。"

　　小龚已经跳下车。又两分钟，小龚回到车门前，说:

　　"她要去淮城。到看守所看宋骑鹅。"

　　从鹤顶到淮城，47公里，再拐去看守所，20公里左右。

　　"油够吗?"

　　"足够，仝所。绰绰有余。"

　　我犹豫了一下。她挺着个大肚子。哪里不太对劲儿。

　　"让她们上车吧。"

　　这段时间除了在所里处理公务，闲下来我就会到外面跑跑。警员小龚主动请缨开车，他说从小就喜欢军绿色的吉普。要做好一个所长，待在派出所里处理案子固然重要，四处走走看看更重要，你地盘上的人和事弄明白了，你就可以科学地预判，阻止众多事件的发生。这话不是我说的，版权在我的前任老刘。他做所长时，一年有八个月时间在路上，鹤顶的犄角旮旯儿都留下了这辆旧吉普的车轮印。事实证明他是对的，在全县乃至全市，鹤顶都是犯罪率最低的乡镇。其他乡镇的所长都羡慕他，这刘头，整天在外头瞎鸡巴跑，麻烦事就是不找他。老刘退休的时候跟我说，一般人我不告诉他，就一句话：治病不如防病。我信老刘的，绝对的经验之谈。接了老刘的班，伤痕累累的吉普也继承下来，第二天我就坐着上路了。不到一个月我就把整个鹤顶转遍了，每条巷子都钻过。不过没关系，再来第二遍。还会有第三遍、第四遍，直到我也退休，把这条经验传给我的下一任。

宋骑鹅的老婆和女儿坐在后排的两个座上不说话。感谢的话刚上车就说过了。我从车内后视镜里看见这女人的左嘴角有颗痣，相书上说，这样的女人招人疼，洋气一点的说法是：有风情。说谢谢时她的嘴巴稍稍有点往右歪，一口南方口音。我们都知道她是宋骑鹅当伙计的船主的女儿。能把船老大的漂亮女儿搞到手，这小子还是挺有点手段的。

没到午睡的时候，小丫头很精神，两只大眼睛经常往后视镜里看，弄得我和小龚瞟一眼后视镜都像做贼。要是一路都不吭声那就太怪异了，我问宋骑鹅的老婆：

"宋骑鹅在里面还好？"

"嗯。"她扫了一眼后视镜，"五个月前去看他，胖了。"

五个月前？我突然明白为什么有点怪了，我想小龚一定也清楚。宋骑鹅是13个月前犯的事，折腾来折腾去，抓到了判完了已经过了一个月。满打满算，在里面也有12个月了。我记得这么清楚，是因为那会儿我刚从警校的所长班进修回来。也是像现在这样，我们开着车穿行在鹤顶的大地上，老刘坐在副驾座上侃侃而谈，开车的是我。老刘把案件的来龙去脉向我一一道来，希望我接手所里的工作后，也能火眼金睛，像米袋子里拣沙子一样，把坏人给揪出来。上任后我又请老刘喝了顿酒，过了八两他的舌头大得不行，但还是清晰地说："完美收官，完美收官。"他对这个案子相当得意。

一年了，她的肚子竟然大了。看样子没八个月也得六七个月了。据我所知，以现有的法律，这一年里她应该没有机会在看守所里过夜，宋骑鹅更不可能溜出来。那么——小姑娘打了个尖厉的喷嚏。小龚扭头告诉她如何摇上车窗玻璃，窗外的野地里草木葱茏。我这一边是运河，水面上游动着一支26艘驳船首尾衔接在一起的船队。

"见到爸爸想说什么？"小龚问小姑娘的时候瞥了我一眼。我笑笑。

"说爸爸我要有个弟弟了，"小姑娘轻声说，有点害羞，"也可能是妹妹。"

"森森，别乱说。"她妈说。

"对不起。"小龚咧咧嘴。

车里再次陷入沉寂，但这辆早该退休的吉普隔音效果极差，轮子底下崩出一颗石子的声音都听得一清二楚。还有风吹动河边芦苇叶的喧哗，以及穿行在芦荡间的各种鸟叫。离中午越来越近，气温在攀升，沉默的不适感消失之后，我也感到了午休提前来临的昏沉。我摸出一根烟，在右手拇指和食指、中指之间捻动，头一回闻到了干烟丝的香味，慢慢就闭上了眼。

可能十来分钟，也可能只有几秒，宋骑鹅老婆突然开口。我睁开了眼。

"到了那里，能等我一会儿吗？"她说，但口气完全不像在征求我们的意见，"就10分钟，顶多20分钟，说句话我们就出来。"

大老远跑过来就为了说句话？小龚看看我，我正掩住嘴想打个哈欠，忍不住了。

"我就问他，想不想要这个孩子。"她应该在拍自己的肚子，嘭嘭。

那个哈欠打到一半，生生憋了回去。我被噎得眼都瞪大了。小龚这一次没看我。我咳嗽一声说：

"可以。"

看守所没想象的那么荒凉，起码在那周围你能找到两个小馆子和一家招待所，零零散散还有几十户人家。在看守所门前停下，下了车，宋骑鹅老婆背上包，牵着孩子走了几步停下来，把孩子丢在原地，一个人走回来，隔着车门对我说：

"这孩子不是他的，所以我要问问他。"

然后转身去牵孩子的手，往看守所大门走。她的表情无比平静，就像在跟外人展示一件衣服，如果她男人不能穿，那就把它扔掉。小龚对此颇为吃惊，这话她都敢说。我笑笑，这正是这女人的聪明之处。她在我们眼前挂了根胡萝卜，只要我们有了好奇，就会敞开车门坐等他们回来。但现在首要的任务是抽上根烟，然后找个地方吃点东西。

两根烟之后开始吃饭，很简单，就是一碗面。吃完了大汗淋漓。20分钟过去了。我让小龚别着急，哪怕只说一句话，前前后后的路要走，程序得合法，哪是你一路小跑就能直接冲到目的地的。

"那，仝所，"小龚说，"当年宋骑鹅的案子到底是怎么一回事？"

我让饭馆老板结账，再来两笼包子、两瓶水，给宋骑鹅妻女备着。回到车上，我跟小龚说起上﹒个惊动了鹤顶的春天，那会儿他还在警校等着毕业。

故事开始时，小鬼汉里的芦苇已经铺天盖地。小鬼汉，听名字就知道不是个讨喜的所在。这是一片生在鹤顶段运河边上的芦苇荡，浩浩荡荡几百亩，到晚上风起苇尖，阴沉喧嚣如有十万伏兵。冷兵器时代和抗日期间，据说每一丛芦苇旁边都曾缠绕过一具尸体。鹤顶人都很少去，进去了绕不晕的也没几个。有一天下午阳光大好，一个打野鸭的划了小船进去，在曲里拐弯的芦苇丛中发现一条小船，船上有个四肢被捆绑起来的年轻女人，眼睛蒙着，嘴里塞了一条毛巾。打野鸭的救了她，然后陪着去派出所报了案。

那女人29岁，两天前搭了一艘运木头的船，打算到淮城去坐火车。中午跟船上的人搭伙吃午饭，他们一定要让她喝酒，她就喝了两小杯。只记得饭后头有点晕，等醒来，已经在芦苇荡里的小船上了。四肢被捆在一起，看不见，也喊不出声。那时候几点根本不清楚，只听得鸟叫越来越稀薄，天也越来越凉。幸好船上留了床被子，她一直往被子底下钻。不仅仅是因为冷，还因为芦苇荡里涌动的声响。习惯了声响之后，更让她恐惧的是突然出现的寂静，以及静默中陡然响起的凄厉鸟鸣。作为女人，她不需要并拢双腿就知道自己被强奸了，而且不止一次。

她不记得运木船的编号，连船的特征也说不出个所以然来。这很正常，运河上的货船长得都差不多。但她记得船上有四个男人。一个50多岁，络腮胡，是船老大；四个人口音都不一样。姓孙的女人能提供的信息就这么多，她的背包也不见了。

说实话，这样的案子让人挠头。水上的流动性太大，很多人真就是一去不复返。那段时间老刘掉了很多头发，脑门上精心保存的那一撮也被他焦虑时不小心揪没了。老刘得意处，首先在于他的判断比较科学：如果绑架和强奸者在运木船上，他们一定会回头，把受害者留在小鬼汊里，为的是再干一次坏事，否则没必要；他们将很快出现，要不受害者很可能会饿死在小鬼汊，也有可能出现其他危险或者被发现，他们对自己的时间有足够的自信；第三，嫌疑人中应该有熟悉小鬼汊的，照打野鸭的描述，藏着孙姓女人的小船停在一处十分隐秘的芦苇荡里，一般人没这本事。鉴于此，老刘从河道管理处拿到了前几天经过本地的所有运木头船只的记录，让警员在鹤顶的码头守着，相关的船只逢过必查。他自己跟往常一样，坐着吉普满鹤顶转悠。

老刘跟我说，他不是瞎转悠，他把鹤顶吃水饭的人家都反复查看了个遍，跑船的、打鱼的、水上养殖的、码头上跑出租带货的，一个没落下。他确信有鹤顶的"内鬼"。

两天回来三艘运木船，经受害者指认，一艘镇江的船被扣下。船上只有三个男人，口音不同，没一个是本地的；船老大的确是络腮胡。但三人坚称他们只有三个人，也从没见过受害者，更不可能跟她一起吃饭。络腮胡说，长途跑船谁会让一个陌生女人上船？祖宗的规矩不能坏。麻烦来了。

老刘问受害者："确定四人？"

"确定，"受害者说，"那一个比他们都白，也比他们胖。"

"口音呢？"

"跟你们有点像。我对声音不是很敏感。"

跑船的胖的不算少，但白的不多。风吹日晒，白面团几年也得变成荞麦色。老刘突然想起昨天中午，吃过饭他一个人从所里出来，沿运河街溜达，看见一个白胖脑袋从一扇院门里露出来，嘱咐闺女注意脚底下，别被石子绊倒了。那时候运河街的水泥路面只修了半截。小姑娘答应着，还是蹦蹦跳跳，没走多远，踩到一颗圆溜溜的石子上，一屁股坐到地上。老刘顺手扶起她，问：

"这是要去哪里啊？"

"买酱油呀。"小姑娘张开双臂，神气地比画，"我爸带回来一条这么大的大鱼，做红烧鱼给我吃。"

老刘记起了宋骑鹅的名字："你爸骑着鹅抓到的鱼吗？"

"不对，我爸是坐在船上抓到的。"

白白胖胖的宋骑鹅刚回来。他让警员把宋骑鹅带来，跟受害者和三个嫌疑人对质。宋骑鹅与三个嫌疑人声称相互不认识，他也没见过受害人；但受害人确定宋骑鹅就是她在船上看到的那个白胖子。她说，喝完第一口酒，宋骑鹅的脸就红了，因为人白，皮肤过敏就更显眼，她不会看错。

"这好办，"老刘说，"上酒。"

宋骑鹅端着粮食大曲的手开始哆嗦，嘴凑在杯口迟迟不喝。这已经足够了，他的脸慢慢红起来。不是难堪的红，是过敏红，闻着酒味都不行，肥白的腮帮子上红色呈块状分布。老刘一拍桌子，大喝一声：

"宋骑鹅，招了吧！"

宋骑鹅看看那三个人，他们拿白眼珠看他。宋骑鹅说："我不认识他们。"

"宋骑鹅！"老刘又大喝。

"我认识他们，"宋骑鹅低头说，"他们不认识我。"

先笑出声的是脸最黑的汉子，他说："你他娘的宋骑鹅，你这叫什么屁话！"

接下来船老大和瘦麻秆伙计也笑起来。

瘦麻秆说："算了，别为难骑鹅兄弟了。"

船老大先用眼神询问他们俩，然后问："决定了？"

黑脸和瘦麻秆咳嗽一声，响亮吐出一口痰："多大事！兄弟，想说啥就说啥吧。"

宋骑鹅斗争了足有一分半钟，脸越涨越红。我回到所里后，据老刘和当时在现场的同事转述，宋骑鹅憋得嘴唇和两腮直抖，突然抓起酒瓶子，咕咚咕咚一口气灌下了半瓶，呛得一串咳嗽。咳嗽停息，他用衣袖抹抹嘴，说：

"跟他们没关系，我干的！"

黑脸和瘦麻秆相互看对方，一块儿笑起来，瘦麻秆笑得拍起了大腿："就你，宋骑鹅？你行吗你？"黑脸也说："兄弟，你确定？"

络腮胡一人给了他们一脚，板着脸训斥："正经点，这是派出所！别瞎放屁，要拿事实说话！"他转向宋骑鹅，"骑鹅，你照直说。"

"是我干的！"因为绷着脸，宋骑鹅的腮帮和嘴唇反倒不抖了，"我一个人干的。我没听你们的劝，下了船还是把她弄到小鬼汉了。"他笨拙地转过身，指向受害者刚才站立的位置，为了避免精神上再受刺激，我同事已经把她带离对质现场。"我强奸了她！强奸好多次！我有罪！我认罪！"宋骑鹅哭起来，嘴越咧越大，身体慢慢委顿到审讯室廉价的地砖上。

沉默。

后来，船老大、黑脸和瘦麻秆逐一走到他跟前，语重心长地拍了拍他肩膀。

"这么顺利就破案了？"小龚问。

"你要多复杂？"

"没别的疑点？比如——"

"这就是结论。"我深吸一口烟，吐出三个套在一起的烟圈。受害者是外地人，案子拖久了对谁都不好。"你知道什么样的结果才是最好的，小龚？"这个问题对小龚显然过于唐突。当时老刘问我，我也蒙。所以我跟老刘一样，半分钟之后自问自答："凡事莫要节外生枝。"

一个小时后，宋骑鹅妻女从看守所大门里走出来。母女的脸上都看不出鲜明的表情，好像她们只是例行去了趟杂货店。小龚把包子和水递过去，她们狼吞虎咽地吃。天早过午，该饿了。

车启动，我们往鹤顶走。有一段路况不好，小姑娘在颠簸中睡着了。从后视镜里看，宋骑鹅老婆也闭上了眼。但我一直琢磨什么时候开口合适，有些问题真是想不通。小龚也是，我们俩的目光好几次在后视镜里碰了头。午后气温迅速上升，夏天似乎要扑面而来。几乎在我又一次看后视镜的同时，宋骑鹅老婆睁开了眼。她说：

"他同意了。"

小龚问："同意什么？"

"要我肚子里的孩子。"

"哦——"小龚的声音长得百感交集。

"他，不能生。"

我把脸转向她，但转到一半就停住了。不能生不意味着他就得要别人的孩子。

"我跟他说了，如果他不要，我就跟别人过。怎么不是一辈子？"

"他就答应了？"小龚插了一嘴。

小姑娘的脑袋磕出一声响，吧嗒一下嘴又睡了。她把女儿往怀里搂了搂。"这个也不是他的。"她的脸上依然风轻云淡。

如果真不能生，这也不意外，但我还是把脸彻底地转向了她。

"他不行。"说这句话时，她正看着窗外一棵棵倒退的杨树，眼睛里显得白多黑少。我干脆直说了：

"还是不太明白。"

"他一直，不行，但他是个好人。"

"一直？什么时候开始？"

"认识他的时候。他给我爸打过几年下手。我爸是船老大。"

我等她继续说。

"我家就我跟我爸，我妈早死了。习惯了把船当家，岸上那个房子我们很少住。我知道他喜欢我，我爸也希望我俩好，让他做上门女婿。我爸说，水上的饭吃不了一辈子，你身子骨再硬也硬不过水。但他不行。真不行。我也没办法。后来，我遇了事，你知道的，好几个人。跑船经常会有这种事，天长日久在水上，一个个早憋红了眼，二两猫尿一下肚就成了畜生。我怀孕了，谁的种都不知道。信了几个江湖郎中的野方子，也没打掉。

"肚子一天天大起来。坏事传千里，半条运河上的人都知道了。他还想着我。我还是不同意。是你你也不答应。当然他也没明确说出来，就是对你好，好到招人烦。我家的船没多久出事了。我爸喝高了，把别人的船给撞了。你真得信命，船走得好好的，怎么就冲上去了？把人家船撞坏了不说，把人一船货也给弄沉了。赔得吐血，我们家船整个搭进去也填不上那窟窿。他把所有的积蓄都给了我爸，条件就一个，我跟他。没了船，我就跟他来鹤顶了。"

"去年那个事，你怎么想？"我试探性地问。

"还能怎么想？"她说，"想干他还得有那能耐。但他哭着喊着非要认，我有什么办法？"

"没别的原因？"

"你什么意思？"

"随便问问。你可以当作没听见。"

她两个嘴角一翘，竟然笑了。"我怕什么？一个守活寡的，破鞋一只。"她的眼里猛然放出肆无忌惮的精光，"过日子不就那么回事嘛，有什么不敢说的？敢做，我就敢说。那段时间我跟别人好了，后来留下了这个种。"她又拍起自己的肚子，"他自己过不去那个坎，我也使不上劲儿。过日子，就这么回事。能给我根烟吗？"

我扭着上半身，指指正在瞌睡的小姑娘和她的肚子。

"都习惯了。"她接过烟，自己点上。吸第三口，呛着了，眼泪流出来的同时，她哭起来。

"对不起。"我不好意思地转过身。

"没事。你是警察，你想问什么就问什么。"她响亮地抽动鼻子，尽量把烟雾往车窗外吐。"平常他们都在我背后指指戳戳，没一个敢光明正大问的。想说我都没机会说，憋死我了。你只管问。"

"抱歉，我就是职业病。那姓孙的女人，藏小鬼汉，跟宋骑鹅有关吧？"

"这我真不知道，也没问过。我就知道家里少了一床被子。"

"姓孙的女人说，还有人给她送过一次吃的。"

"我相信。"她说，"他是个好人，人义气，菜做得也好。"然后停下来，很长时间没声音。我扭过头去看她，那根烟早就抽完了，她在一声不吭地哭。见我看她，她又抽一下鼻子，用右手拇指掸掉眼泪，"不想说了。"

现在路面平整，旧吉普跑得也平稳。小姑娘睡得很沉，妈妈给她调整了一下睡姿，让她汗津津的脑袋枕在自己腿上。小姑娘咕哝了一声。

一直没说话的小龚问："她说什么？"

"说她爸是世界上最会讲故事的人。"宋骑鹅的老婆说，"说梦话呢。"

隐秘世界敞开的方式
——评《宋骑鹅和他的女人》

郝敬波

到《宋骑鹅和他的女人》，徐则臣的"鹤顶侦探"系列小说已经有四个短篇了。运河边的鹤顶小镇、芦苇荡里的小鬼汉、派出所的仝所长是该系列小说的鲜明标志。《宋骑鹅和他的女人》中尽管也有案件的侦探情节，但与上一篇《船越走越慢》不同，侦探情节已退到幕后，而女主人公的一个生活场景被推到了前台。小说叙事一开始就能迅速"揪住"读者的心，并在故事结束之后释放出更多的想象空间，从而形成一种强烈的艺术感染力。这是"鹤顶侦探"系列中别具风味的一篇。

小说叙述了一个非常精致而意味深长的故事。仝所长带着警员小龚在运河边巡逻。女人"挺着个大肚子"、带着女儿在搭船，去淮城监狱探望服刑的丈夫宋骑鹅。女人上船不吉利，没有船主愿意载她们。宋骑鹅的女人长得如花似玉，整个鹤顶都知道宋骑鹅一年前因强奸罪入狱。仝所长、小龚送母女去淮城，车上的对话揭开了隐秘的事件。女人此行是问宋骑鹅是否愿意要肚子里的孩子，然而问题是孩子并不是他的——带着的女儿也不是他的。当然，宋骑鹅知道这些。探监回来的女人告诉仝所他们，男人同意要肚子里的孩子，而且还不经意地说出宋骑鹅"不能生"，"他一直，不行，但他是个好人"。这当然也说明了她男人的强奸案并不成立。女人说话时掉了眼泪，到她说"不想说了"的时候，小说的叙述也结束了。这是一个典型的短篇情节，它不能随意"抻长"，这符合短篇小说的文体属性。无疑，故事让人印象深刻，女人的行为是出人意料的，是有悖伦理的，监狱中男人的"同意"显然也是有违常情的，而这一切都能在小说的叙事中自然、自洽地展开。正是在这个充满张力的叙事过程中，宋骑鹅的女人鲜明、独特的形象被迅速立了起来。这是徐则臣的高明之处。

宋骑鹅的女人的探监是小说叙事的主线，另外还有一个线索，即宋骑鹅的故事。女人说出了宋骑鹅之前在船上做伙计以及他们俩结合的经历，仝所长给小龚讲述了宋骑鹅"强奸案"的侦破和处理过程。通过这两个层面的叙述，没有露面的宋骑鹅这个"好人"形象也立了起来。于是，一表一里，一明一暗，一远一近，一虚一实，一个女人和一个男人的形象被清晰地描绘出来，并与运河、芦苇荡、小鬼汉、货船、跑船人、警察、吉普车、监狱等环境元素一起，构成了一个色彩丰富斑驳、风格沉郁粗犷的具有历史意味和现代气息的生活画卷。

更为重要的是这幅画卷中没有绘出的东西，即小说没有写出的内容。它们才是水面下的巨大"冰山"，构成了这篇小说的思想深度和审美意蕴的根基。这些内容包括：宋骑鹅为什么能容忍自己的女人生下别人的孩子？宋骑鹅为什么要为几个外地跑船人"顶罪"？警察明知宋骑鹅案有疑点为什么不继续调查？女人明知道丈夫错判为何还能平静接受？这些疑问都留给读者丰富的想象空间，也是小说延展的叙事空间。但是，这些疑问并不构成解不开的"悬疑"，小说叙事把疑问的答案成功地引向"生活"，也就是说我们可以用"生活"的某种钥匙打开种种疑问，正如宋骑鹅的女人所说："过日子，就这么回事。"

宋骑鹅和他的女人的"日子"是小说所要展开的世界。这是一个隐秘的世界，它在运河岸边，在诡谲的河汊中，在斑驳的船板上，在每一个陌生而熟悉的跑船人身上。这个世界也属于我们，属于历史。这样的"日子"在历史的长河中犹如过往的一条条船，但充满了偶然性，男人和女人的命运就在偶然性中起起伏伏，隐现着一个个或尊严或卑微的内心。徐则臣要告诉我们，敞开这个隐秘世界的方式只能是讲一个故事，而且讲故事的人不能用那种貌似伦理、公平的口吻。宋骑鹅会讲故事，因为小说最后他的女儿说"她爸是世界上最会讲故事的人"。或许这是女人跟宋骑鹅过日子的理由，是他们隐秘世界存在的证明。——这也是这篇小说虚构的意义。

白色猛虎

金仁顺

他们差不多是最后出来的。齐野推着行李车，车上有两个拉杆箱，加上一个双肩包，边走边扭头跟身边的女人说着什么。她穿了件白色紧身T恤，前面印着几个黑色英文字母，下身穿条牛仔裤，背着帆布双肩包，脚上是双帆布鞋。

有人拉着拉杆箱在后面急匆匆地奔跑，在出口处朝着齐野他们直撞过去，齐野把女人拉到怀里躲避，那个人一边冲他们点头表示着歉意一边毫不减速地拉着箱子继续往前冲，齐野看着他的背影说了句什么，环住女人的手在她肩上拍了拍，验过行李出门后，齐野朝接人的人群里扫了一眼，动作一下子僵硬了。

齐芳举起手，挥摆了几下，看他们走到近前。

"跟你说了不用接的，"齐野说，"我们都定好专车了。"

"你坐你的专车，"齐芳说，"我开车在后面跟着你们。"

"你好，"女人笑了，朝齐芳伸出手，"我是杨枝！"

杨枝的手跟她的名字一样，肌肤柔嫩，但骨节分明，软中有硬。

"欢迎来长白山。"

这些年齐芳在机场说的最多的就是这句话，针对不同客人，汉语英语韩语日语，切换自如，流利至极。

"很高兴。"杨枝说。

三个人一起往外走，齐芳想，"很高兴"是指什么呢？很高兴见到你？还是很高兴来到长白山？还是说她现在的心情？之前齐野说她在国外读完了高中、大学、硕士才回国的，"很高兴"只是她的口头语？她如此揣摩一句口头语是假意还是真心是不是有病？

"我们真的叫了专车。"快走出大厅时，齐野对齐芳说。

"谁拦着你了？"齐芳沉下脸。

"跟专车司机说一声儿我们有车接就好了啊，车费照付。"杨枝拍了拍齐野，南方口音软软糯糯的。

出门后齐芳径自往停车场走，听齐野在身后打电话退专车，行李车发出"咔嗒""咔嗒"声响，她的心里疙疙瘩瘩的。上一次齐野回来的时候，她来机场接他，一米八五的大个子从出口奔出来张开双臂抱住了她，"芳芳，想死你了！"

"别整没用的，"她把他推开，"啥时候领个女朋友回来？没有漂亮的丑的也凑合啊。"

"女朋友分分钟换一个，老妈才是常青树。"他搂住她的肩膀，跟她撒娇，"今天晚上我要吃烤肉！明天吃紫苏汤年糕，榆黄蘑菇馅儿饺子，野生蓝莓给我买好了吧？多多益善啊——"

她打开车门上了车，杨枝坐到了后面，齐野开后备厢把行李放好后，也拉开后车门。

"你坐前面陪陪妈妈吧。"

"巴掌大的地方，坐哪儿不是陪？"齐野边说边上了车，在后视镜里对齐芳笑笑，"是不是老妈？"

"说谁老呢？"齐芳瞪了他一眼，发动了车子。

要说老，杨枝倒是有点儿，34岁了。齐野跟她说找了女朋友的时候，说她如何酷，如何聪明，如何漂亮，如何阅历丰富、年轻有为；时间长，她品出不对劲儿来，"阅历丰富"是几个意思？另外，再年轻有为，大学生或者研究生能是高级白领，在事务所的位置举足轻重？在她的追问下，齐野才承认杨枝34岁，是他当实习生时的顶头上司。

齐芳把车停到客栈门口，让齐野和杨枝先下车。齐野把行李箱拿下车后，她把车开进车库里。走回来时，发现杨枝站在客栈前面，用手机拍照。

客栈的外墙是青砖，上面涂着白色油漆，涂得不厚（人工费越来越贵，最近三年都是齐芳带着张嫂李嫂自己动手，每次都预备涂三遍，最后都是涂两遍将就了），偏冷的灰白色在下午的光线中，透出抹橙红色的调调，大门右边用几块带皮的桦木板拼接出一块招牌，上面是黑色铸铁的几个字——

"白色猛虎"。

"名字很酷！"杨枝笑着说，"怎么起这么个名字？"

"——就随便那么一取。"

客栈装修的那一年冬天，镇上一共没多少居民。齐芳把齐野安顿在市里亲戚家，独自在山上，每天整这整那，忙得不可开交。那年冬天雪多，小雪天天都下，大雪隔三岔五，铺天盖地，齐芳有几天感冒窝在家里没动，等病好些了想出门，门已经推不开了。她走到三楼，费了好大劲儿打开一扇窗户，往下一看，大雪把半栋楼都埋进去了。客栈变矮了，再往远处看，整个镇子都被埋进了白茫茫中。

雪淹没了所有。天、地、云、风。只剩下了白和冷。风在雪面上刮过时，会打起一个个旋涡，雪沫儿扬起又落下。

她给林场场长打电话，说客栈被雪封住了。

他也被封在家里，闲着没事儿，两人在电话里聊了半天。他说以前也遇上过这么大的雪，"那会儿我还是青头小伙儿，刚成了林场正式工，得意得不行。那年冬天，我在林场值班，刚入冬那一个月没觉得怎么着，冷是肯定的，零下四十多摄氏度，大烟泡儿风能把我这样的大老爷们儿卷飞。有一天晚上下大雪，冬天日头短，睡得早，半夜里我们几个突然就醒了——屋外的风刮起来时像哀嚎声，撕心裂肺的，那天晚上的风里还夹杂了别的声音，以及气息，说不清道不明的。我们把屋里能搬动的东西全撂到门口儿堵着门，围在火炉边儿上坐成一圈儿，一边烤着火一边打着哆嗦：我心里这个憋屈啊，刚有个正式工作，美了没几个月，命就要没了，我没孝敬过爸妈，也没娶媳妇儿呢，这辈子活得太窝囊了。我们听着外面的动静，守着炉子不敢动也不敢说话，坐了好几个小时，最后困在椅子里睡着了。天亮后推开门一看，屋外的雪地上，有好多脚印，一圈儿又一圈儿，岁数儿最大的老陈腿一软坐在门槛上，说，妈呀，这是东北虎啊！"

而且不是一只，他们确定不了东北虎是因为风雪太大，借用房子来挡风；还是闻到什么味道把他们当成了食物。它们没撞开门，但雪地里冻的几只鸡、一头猪被它们发现了。它们吃光抹净，走了。接下来的两个月林场值班职工们只有白菜土豆可吃，但他们仍旧庆幸不已。

"东北虎是吧？"放下电话，齐芳对着窗外的白色喊，"来啊！谁怕谁?!"

她站在窗口，不到10秒，身上就被寒风打透了，但她持续对着白色世界喊叫："来吧，来啊！谁怕谁?!"

寒冷在长白山的冬季是看不见的固体，喊声刚发出去就被撞得稀巴烂。喊叫的碎片儿和寒风雪屑混在一起，反打回来，让她脸颊生疼。她关上窗子，在客栈里走来走去，像个困兽，不，她就是困兽！没到半分钟她又推翻了这个想法，不，她不配，她最多是个蛐蛐，在笼子里面转圈圈儿，叽叽咕咕，哭哭啼啼。

"来之前我上网查过这个客栈，"杨枝指了指门口的招牌，"是网红打卡地呢。下面还有很多留言，什么'不入虎穴，焉得虎子?'，什么'威虎上山'，女孩子自称'虎妞'，男人说自己是'虎兄虎弟'，可热闹了。"

"年轻人喜欢搞事情。"齐芳笑笑，推开门，示意杨枝进来。

"老妈，"齐野把拉杆箱放在门厅，自己钻进吧台里面，在电脑上查找空房间，"我看'美人松'被预订了，不是让你给杨枝留着吗？"

美人松是客栈里最贵的套房。旅游旺季时，一天的费用是888元。齐野订了机票后，齐芳一早在网上把这间房挂上了已预订，昨天一对情侣跟她商量只住一晚上她都没给。

"是给杨枝预留的，"齐芳说齐野，"你的房间也收拾好了。"

齐野顾不上拿行李，先拉着杨枝在客栈里转来转去：客栈一楼一进门是前厅吧台，往里面走分别是客厅、餐厅、小酒吧和厨房。客厅里摆了三组沙发，落地窗对着外面的广场，广场依湖而建，湖水幽蓝黑绿，湖边树林郁郁葱葱如一块海绵，时不时地，飞起些鸟儿来，羽毛斑斓，惊飞了在广场上啄食的鸽子，湖面如上古宝镜，白天鹅和黑天鹅脖子弯成半个问号，悠游游走，鸳鸯在湖畔不远处耳鬓厮磨。穿过过道往里面走是餐厅，整面墙的落地窗，窗外的那片树林仿佛巨幅天然油画，除了白桦树外，大部分是岳桦树。山里的树绿得纯粹，新生的叶片嫩黄或者浅红，蜷成小小蜗牛的样子，高山树种树干坚实而纤细，五六十年的树瘦瘦一根，根系却是个巨大的爪子，在地下拼命地抓挠、纵深，抵御15级的大风对它们是家常便饭，25级的风能把整个客栈刮成碎片，能把树拦腰折断，却拿地下的大树根爪子毫无办法。厨房摆着两张能容纳20个人吃饭的长桌，吃饭、喝咖啡和喝酒，都在这里。厨房是开放式的，岛台和壁炉是前年客栈二次装修时添加的。齐芳在岛台和壁炉之间放了把自己专用的沙发椅，忙活累了，她喜欢坐在这儿喝茶，落地窗外的景色随着季节变换，春绿秋红，夏凉冬暖，山中日月如一段段哲思。

客栈是用石头、水泥、钢筋加固、垒盖起来的（花光了齐芳离婚时拿到的钱，银行贷款十年才还清），二楼和三楼是客房，大大小小加起来有15间房。三楼上面加盖了120平方米的房子，一个客厅加上两间各带卫生间的卧室，是齐芳和齐野的家。其余的200平方米阳台，春夏秋三季是空中花园，冬天如果放任大雪不清扫，几天就会把整个房子埋进去。齐芳带着张嫂李嫂在阳台的雪里面挖过地道，但大部分时间，她们及时把雪清扫成一个个雪堆，再把雪堆堆成一个个金字塔。每年冬天都有些艺术家在镇上搞冰雕雪雕，齐芳曾想找人雕个狮身人面像，但费用太高，就作罢了。

齐野带着杨枝四处参观，边走边介绍，杨枝听得津津有味。然后他们各自回房间淋浴换衣服。晚餐是每次齐野回来必吃的烤肉，三楼阳台上，齐芳早早地准备好了木炭、新鲜玉米，山药和带皮土豆也早就洗干净，用锡纸包好了待用。

齐野带着杨枝上来，杨枝换了条墨绿色长裙，头发松松地挽了个发髻，穿了双夹趾凉拖，妆容精致，端庄大方又风情万种，齐野看着齐芳的目光落在杨枝身上，冲她挤了下眼睛，用口型说：我女朋友漂亮吧？

"去厨房里拿酒，"齐芳对齐野说，"想喝什么拿什么。"

齐野答应一声转身下楼了。

"这里太美了。"杨枝在阳台四周走了走，"我在朋友圈儿里发了几张照片，好多朋友以为我去了欧洲。"

"客人们都这么说，"齐芳说，"好多人来了就不想走了。他们觉得长白山很神奇，也很神秘。但他们只是这么说说，真正留下来的很少。"

"美是用来膜拜的，注定是寂寞的。"杨枝吟诗似的说，在齐芳身边坐下，"小野刚来公司的时候，话特别少，我们都以为他无比内向，有一天公司加班结束去吃烧烤，大家闲聊说起旅行，提到长白山，他就跟换了个人儿似的，手舞足蹈，说山、说树、说动物植物，说你，还有'白色猛虎'，话匣子打开，跟滔滔江水似的，拦都拦不住。"

齐野提着个篮子上来了，听见杨枝最后的两句话，笑了。

"你还不是被我说动了心？"

他把篮子放到她们面前，里面有冰镇啤酒、红酒和白兰地。

"公司里的人知道你们的关系吗？"

"——不知道。"齐野说。

"有人可能会猜到些。"杨枝说。

齐芳用镊子翻了翻木炭，烧得正是时候，她把烧烤架支起来，把穿好的牛肉串儿摆上去。

"当地的黄牛肉，"她对杨枝笑笑，"小野最喜欢了。"

齐野以前回来，总是一手握着串儿，一手举着啤酒瓶仰着脖子"咕咚""咕咚"，嘴里吵吵着"大口喝酒大块吃肉，人生豪迈！"这次他吃得很斯文，细嚼慢咽，啤酒倒在杯子里喝。他知道齐芳在盯着自己，转开目光不与她交汇。杨枝在齐芳的介绍下，用紫苏叶片和野菜叶加上蒜片儿辣椒段儿，卷着烤肉吃。

吃完饭张嫂李嫂上来收拾，杨枝说回房间回几个电话和邮件。

齐芳和齐野回了"自己家"。

齐野说吃了烧烤身上有味道，又冲了一次淋浴，出来时见齐芳坐在客厅，手里端着杯茶，他在齐芳对面的沙发上坐下。

两个人沉默了一会儿。

"杨枝挺好的，"齐野说，"除了年龄，她几乎没有缺点。而且年龄这事儿也分怎么看，按社会标准来说，她还很年轻。"

"她是你领导，又比你有钱，别人背后会怎么说你？傍富婆？还是抱大腿？"

"她算什么富婆？我们是姐弟恋。再说了，你是客栈老板娘，长白山金香玉，我凑合凑合也算富二代，谁傍谁啊。"

"女人老起来很快的——"齐芳顿了顿，"我离婚那年就34。"

"你离婚跟年龄没关系，你遇上的是个混蛋！"齐野犹豫了一下，"——田大雨最近联系你了吗？"

"——联系你了？"

"嗯。"

"——说什么？"

"他说他生病了，很重，问我能不能去看看他。"

"——你怎么回的？"

"我说你哪位？打错电话了。"齐野说，"然后我就把他拉黑了。"

一个半月前山上春光如同滤镜，随手一拍都是美景，整个镇子水绿水绿，桃花李花粉白粉白，客栈远看像是银子盖成的；客人多时，齐芳把茉莉花茶叶直接扔进杯里，冲上热水，得空"咕咚"几口，那天客栈里面就她自己，花香和春风潮汐般一波又一波地从窗子里涌入，春天轻盈而繁盛，齐芳拿出功夫茶茶具，给自己泡了一壶存了20年的班章。那还是刚开"如意居"时，她去云南进货时买的。

门被推开，风铃响的时候，她刚喝了一口，感慨20年的时光，发酵了茶的甘甜，浓郁了茶的香气。

她放下茶杯，刚站起身，来人已经进来了，很瘦，戴着帽子，捂着口罩，穿着薄羽绒服，走近时，身上有股奇怪的味道。

齐芳心里"咯噔"了一下，开店久了，什么事儿都经历过，这是来了硬茬儿？来人摘下口罩，叫了她一声"芳芳"，她眨了眨眼睛——

她从未想过田大雨会变成这样儿：皮包骨，脸色黑黄，眼睛四周青得像被人打了，脸颊凹进去，鼻子眼睛显得特别大。

"——你生病了？"

"肺癌晚期，撑不了几天了。"

她一时不知道说什么好，让他坐下，拿了个杯子放到他面前。

"咱俩离婚时你骂我做了亏心事，不得好死。"田大雨笑了笑，"让你说着了。"

"恶有恶报。"

话语涌上田大雨的嘴边，但随后而来的咳嗽声把他的话吞掉了，他转过身去咳嗽，声音大得吓人，他的身体内部变成了风箱，呼啦呼啦地响，背对着齐芳的肩胛骨隔着羽绒服支起来，仿佛两个翅膀要从他身体里面展开。

好几分钟后他平息下来，转身看着齐芳："我都快死了，你就不能客气点儿？"

"你以为你死了就完事儿了？想得美！我爸在地底下等你呢，还有赵小环。你们两个狗男女欠的账，地上地下连本带利，一分一毫也别想少。"

15年前齐芳妈妈生病住院，她去医院陪床，饭店忙，她把放寒假的齐野送回娘家，让他跟姥爷做伴。有天晚上齐野闹着要回家取寒假作业，齐芳爸爸拗不过他，打车去齐芳家里取，一开门，撞见床上两个人。老爷子一股气上来，脑血管迸裂，送到医院时，人已经走了。

齐芳手持菜刀满大街找人，就想砍死这对狗男女，杀人偿命！整整两天两夜，她不吃不喝不睡，在"如意居"和所有她能想到的地方翻找这两个冤家，派出所的两个警察寸步不离地跟着她，第三天的时候，齐芳满嘴火疱，嘴唇开裂，嗓子哑得说不出话来，她在"如意居"门口的马路牙子上坐下，整个人都虚脱了。

警察把齐野（那会儿他还叫田齐野）带来，齐野眼睛红肿："姥姥一个劲儿地问你去哪儿了，姥爷去哪儿了？"

"姐，"刚认识两天的女警察劝她，"你杀了那两个王八蛋容易，但杀人得偿命，这孩子没爸没妈的，以后怎么活？还有你妈，现在还在医院住院，你忍心留下老的老小的小病的病？"

齐芳扔掉菜刀，把齐野抱进怀里，放声大哭。

一个月后齐芳妈妈也走了。临走时，她握了握齐芳的手，她的手瘦得皮包骨，"握"也是象征性的。

"芳啊，"她看着女儿，过了好久，眼泪从眼角流出来，"芳——"

老太太咽了气，那滴眼泪凝固了似的，挂在她脸颊上。

齐芳盯着那滴眼泪，在床边坐了很长时间。护士提醒她再不换衣服人就硬了，她才起身去取寿衣。

"半个月前，田大雨死了。"齐芳看着齐野，"他留了张卡，里面有一百万，说是给你结婚用。"

齐野嘴唇半张，说不出话来。

第二天早上杨枝先下楼吃早餐。她的T恤是紧身弹力的，胸部像藏着两颗果实，当她走动，或者做某些动作时，腰会露出来一截儿，白腻润泽。她边喝咖啡边跟加拿大中年夫妇聊天。他们很高兴遇上语言交流如此顺畅的客人，问了一大堆问题。

"从长白山流下来的那条河叫什么？"杨枝替他们问齐芳。

"白河。"

"山是白色的山，河是白色的河？所以名叫白河？"

"这么说也行，"齐芳想了想说，"一年之中有半年，河是封冻的，冰雪是白色的；其他季节瀑布和河流远远看上去也是白色的。"

加拿大人又问，他们昨天上山，看到岩石上面长着很好看的花朵，越野车开得太快了，他们看不清花朵具体的样子。

"野花很多种，他们看到的可能是高山杜鹃。"

"这里有雪莲吗？"

"没有。有一种冰凌花，春天的时候开在冰雪里面，黄色的花瓣是透明的——"

齐芳从手机里找到照片，给他们看。

"这么娇弱，"他们一片惊叹声，"却开放在冰雪里！"

"美强惨！"刚从楼上下来的齐野看一眼照片，笑着说，"最流行的。"

他坐在杨枝身边，和加拿大人互相问好。

他们聊得那么愉快，齐芳把新鲜玉米磨碎煮粥时，给加拿大人带出来两份儿。上桌前，每碗粥里洒了几粒松子仁。

齐芳昨天订了温泉鸡蛋，鸡蛋是当地散养的本地鸡下的，在温泉水里面煮熟，蛋清是透明的，蛋黄是溏心的。她装了一小筐送到桌上。

"哇哦！"他们纷纷发出惊叹声，"太美味了。"

"这里有黑松露吗？"

"不知道——"齐芳说，"这里有松茸。稀少，很珍贵。"

"昨天晚上他们闻到烧烤的味道了，"杨枝扭头问齐芳，"他们问今天晚上可以在楼顶开烧烤派对吗？他们可以付费。"

吃完早餐，加拿大夫妇去大峡谷地下森林，齐野杨枝去看天池。几个人换了衣服背着双肩包出门，在门口互相告别。

"小野这女朋友，"张嫂打量杨枝，"性格挺好的。"

齐芳最不相信性格。当年的赵小环就是因为性格好，才被她挑出来，在饭店做最让人眼热的收款员，厨师满头油汗，服务员跑断腿，她坐着收款，工资不比别人少一分。饭店里忙起来从早到晚，她让赵小环三不五时地去家里做做保洁，照顾下齐野。可赵小环是怎么回报她的?

　　齐芳按杨枝嘱咐的,把晚上阳台办派对的消息写在黑板上,支在门口处,客人进出时一眼就能看见。

　　当天晚上客栈里有一半客人来参加阳台派对,加拿大夫妇穿上了西装和低胸碎花裙子,几杯酒下肚,笑得很大声。杨枝穿了一件抹胸小黑裙,腰细得像个漏斗,裸露的肩背奶油似的,男人们的目光时不时地粘在她身上。

　　齐野楼上楼下来回好几趟,把酒水饮料拎上来,再把空瓶收拾进空箱里搬下去。没活儿的时候他也拿了瓶啤酒,站在栏杆边儿往远处看。杨枝走过去跟他说了几句话,还用手在他头发上揉了揉。

　　墨蓝天幕上星星亮晶晶的,既近又远。音乐声欢快悦耳,有几个人手里拿着酒杯摇摆着跳舞,笑容灿烂,越来越多的人从座位上站起来,跳起舞来。

　　派对持续到半夜才结束,杨枝回了房间,齐野帮齐芳她们把阳台清理出来,把餐具酒具送到楼下。齐芳和张嫂李嫂在厨房一边清洗餐具一边准备明天早餐的备料,回房间都快一点了。齐野坐在客厅玩手机,听见她进来抬起了头。

　　"你怎么在这儿?"齐芳有些意外。

　　昨天半夜她听见齐野轻手轻脚地开门、关门。她在监控屏幕上看着他穿过二楼走廊,走到最南侧的"美人松"套房门口敲了敲门,杨枝穿了一件吊带睡裙,把齐野让了进去。

　　"——等你啊。"

　　"想喝茶吗?"

　　齐野摇摇头,收起手机。

　　"——田大雨这笔钱,赵小环知道吗?"

　　"他们早就离婚了。"齐芳叹了口气,"我也刚知道。"

　　跟齐芳离婚后,田大雨带赵小环去了南方,开了家餐馆。赵小环以前眼热齐芳是老板娘,住大房子,有车开,在店里呼风唤雨,她如愿以偿后,才知道老板娘意味着什么。前两年她嫌辛苦哭哭啼啼,天天抱怨,田大雨被她哭烦了就一巴掌抡过去,打得她闭嘴。她开始藏心眼儿,收银的钱一半掖进了自己的小金库,再后来她遇到一个油嘴滑舌的帅哥,跟他走得头也不回。

　　"遭报应了。"田大雨太瘦了,笑起来时满脸皱纹动起来,更像哭。

　　"他怎么没回来找你?"齐野问。

　　"拉不下脸吧。"

　　她接到电话后回去参加葬礼。以前的公公婆婆还活着,见到齐芳哭得稀里哗啦,把她弄得泪水涟涟。他们哀求齐芳,让他们见见孙子。

　　"'三七'的时候,你回去一趟吧,上个香,烧点儿纸,"齐芳说,"也看看爷爷奶奶,80多岁了,怪可怜的。"

"如果他没留这笔钱给我，你还会让我回去吗？"

齐芳自己也想过这问题。答案是不知道。

"你有了这笔钱，是不是可以考虑找一个正常的女朋友。"

"杨枝怎么就不正常了？我跟杨枝在一起是我高攀她——"

"高攀容易摔下来，所以让你找个正常的。"

齐野看着她，叹了口气，"——我不想跟你吵架。"

"好像我想似的——"齐芳转身往自己房间走，她六点不到就起床，忙到这个时间，后背酸疼，腿像灌了铅，"你要去找杨枝就大大方方去，别偷偷摸摸跟搞外遇似的。"

"谁搞外——"

"客栈里到处是监控摄像头。"

"——我已经25岁了！"

"可不，你都25了。"

第二天他们一起下楼吃早餐。

"早安呀。"杨枝对齐芳露出笑容，她的牙齿整齐漂亮，白得像刚下的雪，跟齐芳打招呼的同时，冲正吃早餐的加拿大夫妇摆手。

"早！"齐芳也笑笑。

齐野像跟谁生着闷气，没帮忙往餐桌上拿东西，一屁股坐在杨枝身边。

齐芳也没像前一天那样，给他们额外准备小灶儿。齐野坐了一会儿才反应过来，自己去取咖啡面包。他把东西摆上桌的时候，杨枝正跟加拿大夫妇聊天，有些意外地抬头看了看他。

齐芳给自己煮了杯咖啡，坐在她的"专座"上，看着落地窗外的树林，把咖啡喝完。开客栈，当老板，听着很酷；只有她自己知道有多累。干不完的活儿，操不完的心，每天晚上临上床前，腰都僵得跟块钢板似的，她花了十年还完银行贷款，又攒了三年的钱，前年重新装修了客栈，刚装修完，就闹了疫情，好多店铺撑不下去，关门大吉，齐芳算是幸运的，好歹没有贷款压力，能够撑到疫情消停，游客回来。

早餐吃了一个多小时，加拿大夫妇退房离开，杨枝和齐野送他们到门口，四个人互相拥抱，依依惜别，仿佛他们才是亲人。

把他们送走后，齐野和杨枝回房间换了衣服出门去原始森林"林中漫步"，齐芳在楼上库房听见齐野跟张嫂李嫂说下午回来。

"美人松"房里，齐野比前一天小心多了，一些物品没再大咧咧扔在垃圾筐里，被褥也整理了一下，杨枝的衣物还是有些乱，出来玩儿，居然带了两个大拉杆箱，客栈衣橱被塞得满满的，拉杆箱里仍然有至少一半衣服没挂起来。鞋子也有四五双，洗护用品七七八八，都是大瓶，排成了一排，护肤品化妆品浴室里房间里到处都是。小客厅茶几上也堆得满满的，电脑、平板电脑，以及几本书；杨枝还带了茶叶茶具，几盒吊耳咖啡，但都没用。她更乐意喝店里提供的饮品，直言没想到会这么好。

齐芳在房间里寻找齐野的痕迹，几乎没有，至少能放到台面上的东西，没有一样是他的——

房门被房卡刷开，发出"嗞——"的一声，齐野走了进来。看见齐芳，吓了一跳。

"你怎么在这儿?"

"——你说呢?"齐芳扬了扬自己戴着胶皮手套的手。

齐野脚步僵硬地走进来，在拉杆箱里面翻了翻，拿出个眼镜盒，"我来取杨枝的墨镜。"

齐芳把垃圾袋系紧、收好，扔到门外。换了另外一副手套收拾卫生间。

"——我回来收拾就行。"齐野一脚门里一脚门外，看着齐芳，"你放那儿吧。"

"你是就收拾这一个房间，"齐芳直起腰来，问，"还是帮我收拾所有的房间?"

"你抬什么杠啊?"齐野变了脸色，"我哪儿惹着你了?"

"你这话儿说的，"齐芳冷笑，"就好像你以前不知道我打扫客房似的? 怎么了? 不好意思了? 你不用不好意思，走的时候付房费就行。"

"我爸不是留了卡吗?"齐野转身往外走，"你从卡里扣。"

齐芳手里的抹布扔出去打到门框上，"留了张卡给你，他就又变成你爸了?!"

门外静了静，然后是齐野下楼的声音。

齐芳浑身发抖，做了好几个深呼吸才平静下来。她收拾完二楼所有的房间，把需要洗的床单被罩扔进洗衣机清洗，毛巾浴巾扔进另外一个洗衣机清洗，又把仓库收拾好才下楼。

"小野想吃蘑菇馅儿——"张嫂正和着面，抬头看她一眼，"——怎么了?"

"没怎么啊。"她从她身后过去，倒了杯水。

"儿大不由娘，跟孩子较什么劲?"

"就是，"李嫂也劝她，"小野是男的，这种事儿上吃不着亏。"

下午有两个韩国女生和一个澳大利亚中年男人入住。他们在餐厅里跟杨枝相谈甚欢，晚上的阳台派对也得以继续下去。旁边旅馆的客人看到他们这边热闹，也跑来凑趣，虽然折腾了些，但收益倒很可观。

"你这未来的儿媳妇儿，脑袋瓜儿真好使。"李嫂说。

"卖了小野，小野还得谢谢她，帮她数钱。"

接下来几天齐野大部分时间都在杨枝房间里待着。每天下午杨枝来餐厅喝茶，跟齐芳聊天，他有时候帮张嫂李嫂干点儿杂活儿，有时候出门跟朋友见面。

齐芳自己烤点心，烘焙的香气经常把客栈里的客人勾引出来，他们下来点杯咖啡，或者要壶茶。

"这是我想象中的生活，"杨枝说，"不紧不慢，岁月静好。"

齐芳煮了一壶咖啡，用玻璃茶具沏了壶菊花茶，血菊是当地的，小小的花头，入水后一朵一朵活了过来，茶水（或者说花水）冶艳无比。她们坐在沙发椅上，面对着玻璃窗外的树林，雨中的树木绿如新翡，通透、干净，开着的窗里，空气中流荡着植物鲜嫩的气息。

"我会想念这个地方的，'白色猛虎'。"杨枝望着餐厅落地窗外的风景，隔着一层玻璃的森林，几近魔幻，雨停的时候张嫂李嫂带着篮子出去，一个小时就能拣回满满一筐的蘑菇，最近几天的食谱一直有蘑菇汤和蘑菇馅儿饺子。

"一想到明天就回去了，怪舍不得的。"杨枝笑着说，"我现在理解为什么每次提起长白山，小野就一副打了鸡血的样子。"

"你们可以再来。越来越多的客人喜欢冬天来这里了，虽然冷，但冰雪漂亮，山上雪大，有时候一下一整天，客栈快被雪埋到看不见了，网上订房的客人经常找不着门。客人里面，年轻的大部分是来滑雪的，年纪大的是来泡温泉的，一来都能住个十天半月的。壁炉里面的火炭不断，烤松子、榛子、核桃，还有地瓜土豆，整个客栈香喷喷的。"

"听着都让人流口水，"杨枝笑着说，"冬天我带着欢欢乐乐来。"

"来这里的人都欢欢乐乐的。"

"——欢欢和乐乐是我的孩子。"

齐芳的笑容定在脸上，举到嘴边的茶也忘了喝。

"我结过两次婚。欢欢是女儿，今年7岁，乐乐是儿子，今年5岁。他们各有各的爸爸，"杨枝笑了笑，"——我就知道小野不会把这些事情告诉你。"

"——我就说嘛，"齐芳喝了口水，仍旧觉得嗓子干得厉害，"你这么漂亮，聪明，优秀，怎么可能——"

这些年齐芳开店，阅人无数。杨枝是个厉害的。温柔起来，嗲嗲的调调能哄得人骨酥肉烂；认真起来（齐芳听见她在网上安排工作），领导的架子端得又稳又高；又是个贪玩儿的，疯闹起来不管不顾，烟酒都上手。齐野跟在她身后，就是个小迷弟。

"小野以前没正经谈过恋爱，喜欢他的女同学有过几个，他跟我吧啦吧啦地讲，听着挺热闹，但转眼就凉了；遇上你，他什么都不跟我说，我知道这回他是真动心了。"

"小野来我们公司应聘实习生，我觉得这小孩儿跟别人都不一样，气息清新，眼神儿干净，其实他的业务能力不太好，但我仍然把他留下了。"

"那天晚上他给我打电话了，高兴的啊，"齐芳说，"说能进这个事务所实习，即使留不下，以后想找个工作也很轻松。那天他跟我说主管是个女的，气质好、气场大、气势足。我还逗他一句，领导这么多气，你以后不得变成受气包儿?"

"我没想到会跟他变成现在这种关系——"杨枝看着齐芳，"他就像个小老虎似的，让我招架不住——"

"你会和小野结婚吗? 还是，只是跟他谈场恋爱?"

"你希望我们结婚吗? 还是，希望我们只是谈场恋爱?"

他们走的那天天气晴朗。

齐芳开车送他们到机场，第一次，她希望齐野快点儿走，早点儿走，飞机千万别停航，别延误。

离开前，杨枝结了这几天的房费。

齐芳跟她在吧台前面争执了半天，"你是小野女朋友，是我们家的客人。"

"如果我住他房间，我就不会结账，"杨枝笑着说，"但我是住了你们最好的套房，我是客栈的客人，账是必须结的。"

齐芳说不过她，最后给她打了个七折，收了她五千块钱。刷卡的一瞬间，她觉得她输了。

车上，杨枝坐在副驾驶位上，跟齐芳聊了几句对长白山的印象，对"白色猛虎"的喜欢。到了机场，齐野忙着打开后备厢搬运行李，她对齐芳轻声说："我会对小野很好的，你放心吧。"

齐野找了个行李车把两个拉杆箱放上去，齐芳跟他们挥挥手，正要开车离开。齐野叫了一声："妈!"

齐芳愣了愣。

杨枝冲她摆摆手，推着行李车先进候机厅了。

齐野绕到齐芳车窗外，脸都憋红了，"能不能把——田大雨那个卡给我?"

齐芳看着他。

"借我也行，我以后有钱了，会把钱还回去——"齐野低头说，"——过几天是杨枝生日，我想给她买个包。"

齐芳拿起自己的包，从夹层里面拿出张卡，随手扔出窗外，"密码是你身份证最后六位"。

她一脚踩上油门，车子忽地窜了出去，一辆刚停下来的车跟她的车差点儿撞上。

"你有病啊你——"那辆车的司机揿头骂她。

败家玩意儿!

啥也不是!

山喜鹊，尾巴长，娶了媳妇儿忘了娘!

齐芳骂个不停。踩着油门时，她觉得自己精神油耗在更快地消失。15年前，齐野还小，需要抚养，但现在他不需要她了，他有了杨枝——性感上是女朋友，年龄上可以当姐姐，阅历上能充任妈妈——她算什么呢?"白色猛虎"和长白山金香玉不过是齐野跟人聊天时的一个噱头，一个逗趣?

齐芳抬头看着公路的前方，天蓝得像块冰，云彩丝丝缕缕，寒烟似的从冰面上掠过。她想起小时候看过的一个电影，一个医生在阳台上对一个男人说话，语调平稳而魅惑，"多么蓝的天啊，一直朝前走，你就会融化在天空里——"

她把油门踩到底，就会融化在天空里，融化在蓝色里。

齐野乘坐的飞机像只银鸟飞过这同一片天空，落地开机时，他会接到消息，然后立刻再回来：他会难过，会后悔，但同时他也会觉得解脱，她和客栈就像一个被废弃的茧壳，遗留在长白山上，变成他的过去和记忆，它们在他的生命里所占的比例会越来越小，直至缩成胶囊——

　　齐芳的思绪回到了35年前，她是高一女生，一心想考个好大学，窗外的秋蝉叫声响亮，她的同桌田大雨才高一，个头儿就蹿到了一米八，在操场上打球打到上课铃响才冲进教室，他拉开她身边的椅子坐下，她为他那一身汗味儿皱起眉头，他冲她呵呵一笑，棕色的脸孔上，一口牙齿白得耀眼——

　　阳光如一柄利刃，朝汽车穿刺而来，白得耀眼！

"精致"是怎样炼成的
——评《白色猛虎》

段守新

金仁顺的每一个短篇小说似乎都在向人们展示着什么叫作"精致"——精美,工巧,细致,乃至可以到极致。《白色猛虎》从整体上讲,没有什么大的事件,大的跌宕或转折,但是读起来,却又让人不由自主地屏气敛声,在它不动声色的琐碎细微的日常性叙事下,分明有着十足的心理戏,十足的戏剧张力。

小说写的是长白山一家民宿的老板齐芳,与她的儿子齐野及其女友杨枝之间一系列明明暗暗的冲突或较量。这种冲突或较量,从开篇的接机始而到结尾的送行终,一直都在进行。齐芳与齐野的母子矛盾,往往表现为大大小小的直接性的冲突,比如接机的问题,接纳杨枝的问题,以及给杨枝买生日礼物的问题,等等,我们可以看到,齐芳作为母亲的控制力,在(自以为)已经长大成人,有了独立意志的儿子那里,正在无法遏制地丧失。尽管她很难接受这一点,却又无可奈何。

而她与杨枝的矛盾,则主要表现为一种隐性的、含蓄的较量。作为一个阅人无数的社会人,"长白山金香玉",齐芳在这场较量中,同样也是一败涂地。在杨枝临走的前一天,这种女人间的"暗战"终于达到了它的高潮:在一次看似平平淡淡的聊天中,杨枝突然告知齐芳,她曾经结过两次婚,并且有两个孩子。事实上,不只齐芳为此感到猝不及防,包括我们读者也很难判断,这到底是杨枝漫不经心的行为,还是蓄谋已久的摊牌。不过,这对她来说其实也无所谓,因为对于齐野的选择天平,她显然是胸有成竹稳操胜券的。

金仁顺写女人间的心理角力,并不需要深入她们的内心世界,几句简简单单的对话,就足以把那种绵里藏针的氛围呈现得异常精彩:

> "你会和小野结婚吗?还是,只是想和他谈场恋爱?"
> "你希望我们结婚吗?还是,希望我们只是谈场恋爱?"

看着是云淡风轻，内里却是你来我往，刀光剑影，有着丰富的心理内容。金仁顺大学学的是戏剧文学专业，这里确实能够看得出她的精湛的台词功力。

正如小说中所提及的那种开在冰雪里的冰凌花，齐芳其实也是道地的"美强惨"，她能在逆境中苦苦打拼并闯出一片天地，显现出现代女性刚强自立的一面，但是，她的这种女性意识并不是一种完全化的现代意识，至少在儿子身上，她还存留着大量的传统母性的依赖感和控制欲。她之所以与儿子及其女友产生那么多冲突或较量，除了不满于二人在年龄、职位上的差距——这里同样有旧观念在作祟——或许在未曾觉察的无意识层面，还有一种来自母性（尤其是单亲母性）的占有欲和排他性：她忧虑杨枝将全面抢走儿子的心。然而，这又实在是一场力量悬殊的争夺战，在"性感上是女朋友，年龄上可以当姐姐，阅历上能充任妈妈"的杨枝面前，她注定以惨败而收场。

金仁顺一般不对她笔下的女性人物进行叙述干预，少有评论，也少有解释。她通常所做的，是把她们转化为视角人物，让她们的感知和心理做自我呈现，在相当程度上，她将评论和诠释人物的权利交给了读者。这种客观化的处理方式，再加上人物本身所具有的复杂性，致使我们对齐芳的看法和态度，会出现一种奇特的含混（并不是混乱）形态：既有一定的距离感，又有一定的共情，而反过来说也同样成立。这种含混和不确定性的形态，甚至一直保持到了小说的结尾——惨败和愤怒之下的齐芳似乎有自杀的冲动，以此惩罚儿子的"忘恩负义"，但这种冲动却又很快为清醒的理性所替代，因为她知道她死后不久就会被他遗忘，"变成他的过去和记忆"。接着，她还想起了自己青春年少情窦初开时的样子，而这是否又昭示着某种基于同理心的谅解的可能？事实上，直到小说结束的最后时刻，我们仍无从得知齐芳的结局到底是什么。然而，我们并不会为此感到不满或遗憾，因为在叙事戛然而止的地方，审美的深度仍在延伸，它积极召唤着我们的思索与探究投入其中。

《白色猛虎》是一篇通体精致的小说，它的精致不只表现为文字的精美，叙事的精巧，对人物的心理、言语、行为和细节的捉取的精准，同样，也不应忽视那些被刻意呈现的优雅迷人的物质性存在：风景、美食、咖啡、茶、衣饰、派对或者室内装修。无疑，对于熟悉金仁顺的读者而言，这些都是她的小说里惯常出现的"固定装置"。此外，尤其需要指出的是，金仁顺在这篇小说里对"白色"意象的大规模渲染——从杨枝一出场的白色紧身T恤到"奶油似的"裸露的肩背，从客栈外墙的白色油漆到"白色猛虎"的名字，从冰天雪地到长白山和白河，从桃花梨花的粉白到"白得耀眼"的牙齿和阳光——几乎到了铺张的程度，这在素以叙事的克制、内敛为美学特质的金仁顺手里，确实不多见。白色本属于中性色调，但在金仁顺的处理下，明显带给人偏于清冷的感受，这大概不只符合在地的地域特征，更重要的是，它呼应着人物的某种心理情绪；一如"白色猛虎"作为小说的题目，不只是因为它是故事的发生空间，也是因为它投射着人心的恐惧以及意欲。而在结尾部分，这种"白色"意象的经营甚至以一种高频的方式密集出现，先是"齐野乘坐的飞机像只银鸟飞过这同一片天空"，再是齐芳的回忆里高中生的田大雨冲她呵呵一笑，"一口牙齿白得耀眼"，接着又是"阳光如一柄利刃，朝汽车穿刺而来，白得耀眼！" 意象的转换，带动并映射着齐芳的意识流动和情绪起伏，特别是最后两段，往昔与当下两种不同的时空仿佛电影镜头，高曝，快闪，叠合——曾经的青春，爱情，现实的失落，感伤，以及某种可能的危险，如此高烈度地被聚合在一起，它所产生的巨大的艺术冲击波，将我们不由分说地裹挟其中：近于目眩神迷，却又惊心动魄；似有千言万语，却又一言难尽。

我的太太变成了鼠妇

朱　婧

姗姗而来，全身披着白纱，就和她的心灵一样纯洁

她的面容被面纱遮住，然而在我的想象之中

她的甜蜜和善良使她的整个人都焕发出光芒

她的面容是如此清晰，如此快乐，没有任何一个人能够及得上她

——弥尔顿《梦亡妻》

　　我曾经非常喜爱鼠妇，在红砖平房背阴处，搬开地砖，挪动花盆，把鼠妇一只只从湿润的泥土里翻捡出来，放在掌心，用手指拨动它蜷缩成团的身体，看着它难以翻身的拙笨姿态，让我乐此不疲。那时候，我不称呼它为鼠妇，它在我口中的名字是西瓜虫，潮虫是被使用更多的称呼。如果你看过一本名叫《地下100层的房子》的书，那本书里，地下有一整层就属于潮虫，它们会将自己团成保龄球，让同伴扔出去。鼠妇是忠厚的游戏对象，它没有让人生理不适的黏液，黑色硬壳使它不至于太过软弱，它也不会对我产生任何威胁。我曾经是那样热爱鼠妇，究竟从何时起变得疏远了呢？如今的我别说是鼠妇了，对各种生物都感到厌惧。从某种意义上来说，我已经把自己封闭在围城内了。我的太太变成鼠妇后，我能感觉到围城在微微震颤。

　　我的太太和我通过相亲认识，第一次见面是在我工作的写字楼附近的茶餐厅。那种餐厅一度非常流行，宽敞皮革座椅相对，柔和吊灯悬挂，古典主义静物画装饰，提供简单西式餐食和中餐，后来却逐渐消失，仅存的几家也成为遗迹一样的所在。第一次的见面，她最吸引人的质素是一种幼态，或者说是直率的眼神举止带来的一种气质。这种气质后来成为年轻女性追求的风尚——白瘦幼的审美标准化为种种细则：让眼角微微下垂眼圈微微发红的无辜感泪眼妆，甚至在耳垂、锁骨扫上淡淡腮红制造娇羞感。我以为我可以一眼看穿她的穿矫揉造作，我以为我从平庸之辈中走过，才会如此强烈地被她吸引。

　　我大概只在儿童那里见到过那样透亮的眼神，她的一切都显得如此坦白。她并非不美丽，而是那种端正的美丽超越了性别，很难说能唤起欲念，但又如此可亲，带着毛茸茸的现实感。那张可爱的面孔在对面，她旁边是另一张和她一般可爱的，甚至更可爱一

些的面孔。同我的太太并排坐着的人是她的发小，他们从幼儿园到高中都同校，大学也在同一个城市。沐的母亲是太太的母亲的牌搭子，太太的父亲和沐的父亲是高中同学，两家一贯要好。太太和沐最终长成了姐弟一样的伙伴，太太本科毕业后的第一次相亲，沐陪着她过来，漂亮的两个人坐在那里，像双生子一般亲密，看向我的眼神，也并无冒犯的意味。

太太的大学专业是幼儿教育，从本城一所著名的师范学校毕业。那所学校很漂亮，黄墙红瓦，绿色梁柱，春之关山樱、绣线菊和紫藤，夏之绣球、木槿和合欢，秋之木樨、野菊和银杏，冬之郁香忍冬、吉祥草和茶梅，四季植物和着风声奏响不同乐章。校园内猫咪傲慢自在地行在路上，挂在树上，追着鸟雀，扑着昆虫。这些景象，在太太婚后随手涂抹的画儿上能见到。只是她用iPad的Procreate画的那些画儿有着工业化的质感，更像照片，或许天然材料才更适合表现天然对象。天然，正是天然让我的太太成为这个时代弥足珍贵的良才。在南方小城的丰足家庭，在四季自然和父母的爱意中长大，到中等城市完成她的大学学业，见识和欲望调配得恰到好处。她没有经历过混沌和肮脏，对动物友善，对儿童和老人友爱，相信爱能战胜一切。如果不是毕业后和我立即结婚，太太大概会成为一所不错的幼儿园的老师。一般幼儿园的带班老师中，会有一位成熟的老师作为排名第一的老师，排名第二的老师多数是刚毕业入职的。她们往往穿着色彩清淡质地柔和的束腰连衣裙，头发清洁蓬松，长度刚刚到肩膀的位置，牙齿洁白，笑容明朗。若路过一间外观可爱的幼儿园，我仿佛能看见我的太太站在门前迎接孩子们的样子，那形象我是那么熟悉。因为结婚后，我的太太以这样的形象在我下班到家时，打开门迎接我走进玄关。可是，我的太太没有一次能真实地站在一所幼儿园面前，去做一位被爱的老师。

因为她在我们的婚礼上点头承诺，应许做我的妻子。她披着长长的头纱从通道的那一端向我走来，穿过缀满茄紫马蹄莲、紫丁香和粉色火鹤花的花架走向我，手捧着由荷兰绣球、银莲花和紫红色芍药组成的手捧花。头纱边缘精致的蕾丝花边娇柔地衬住我的太太毫无瑕疵的面孔，她微微仰起头看向我，她是我见过的真实的人类中最美丽的一个，毋庸置疑。

婚后我对太太提出不要出去工作的要求，她连软弱的抵抗也没有。她从学校离开就走进家庭，做了我的妻子。我一度相信她喜爱这种没有压力的生活，比起那些同她一般年纪朝九晚五在通勤的地铁和办公场所里日夜消磨青春的女性，她很早就可以从容地出没于这个城市最好的消费场所，她买东西之前不需要小心地询问价格或者翻取标签，她的天真和骄矜不需要受到现实的破坏。她回报予我对于家的热爱和投入，她很容易建立起一种让生活流畅到丝一般滑顺的日常，她给了我美丽舒适的家。

沐送给太太一只小狗作为结婚礼物，那是一只白色巨型贵宾，鼻头湿润，杏仁状的眼睛、略窄的头骨和钝感的眼神如购买它的人一般，并不显得聪明。沐和我们差不多的时间结婚，也是通过相亲。像太太和沐这样美丽的人，在结婚这件事情上几乎不用表现出太强烈的意愿，他们只需要顺着命运的水流抵达一个结果，因为总有另一方会比他们更渴望。沐是经济专业的名校毕业，不过他早早离开证券公司，去了一间与证券相关的报社工作，拜访广告客户，投放资讯信息，做一些离专业不远的低竞争性工作。男性的美丽造成的脆弱感和优柔寡断的气质在他的身上一览无余。回想相亲日，他站起来同我握手，坐下来倾听我和太太的对话，眼神流转不多，却自有一份滞钝的诚实。他明确自己在现场的责任，试图时时警惕，但无法掩盖自身的局促。面对同性的我，他仅仅处理好无所不在的被比较的压力就已经不易，更难说去保护身边人。面对这样的对手获得的胜利甚至是寡淡无趣的，我在太太赞美和仰慕的眼神中起身，去取车送他们回去。她和身边人亲密无间的场在那一刻被破坏，她逐渐脱离，试图独立，我看到她身边人不可掩藏的失落。我走出餐厅，隔着落地窗回头看他们，我看到太太与他热烈对话，欢悦的神情，我看到他把目光投向我，却很快移开。

如果去看太太的童年相册，很难把她同今日站在我面前的优雅女士联系起来。她那时更像一个男孩，精力充沛，自由自在。她在公园里的秋千上，荡到很高的位置，她甚至不是坐在上面，而是站在上面，用小小的身体迎接清风和晨光。太太小时候也喜爱过鼠妇，在家中小院子里，她一只脚踏上花坛边缘，拿住小铲子，聚精会神在泥土里翻捡。春天从江岸的丰茂草坡上往下滚；夏日午后跟着大孩子们骑自行车在小城的窄巷中穿梭，停下车，黏糊糊的手接过推着冰棍箱的老头递过来的一根牛奶棒冰，是她最快乐的事。那个老头，把另一根递给了她身边同样晒得黑俏的沐。沐还会和她一起，在公园的碰碰车上，在湖面的鸭子船中，在生日宴的蛋糕前，甚至，他们俩一上一下挂在公园的滑杆上。那些影像留在了他们的家庭相册，成为我无法触摸到的太太的一部分。

那只狗在我们的屋子里住的时间很短，仅仅三个白天和两个夜晚。我进屋的时候，那只狗取代太太站在玄关的通道迎接我，在射灯柔和的光线下，白色的细卷毛发呈出凝脂般的蜡色，并着它略微呆滞的表情，不像活物，却似画中物。太太刻意让它单独迎接我，它却没有迎上来，转头离开，觅着太太的气息向厨房去，绕在她的脚旁。太太走出来，它跟随着，太太的表情里有希望也有请求。当晚，太太在客厅给它放好了窝和食盆。睡前，它发出啾啾的叫声，用爪子挠动我们的卧室房门，迫切地要求进来。太太出去安抚它，在客厅陪了它好一会儿，待她回到卧室，它又坚定地跟过来，持续地挠门。最终，太太把它的窝拿到了我们的床边，它爬进去很快安静了。在被送过来之前，它已经在宠物店寄养了一周。沐认为它长大些，习惯好些，太太照顾起来会轻省一点。他一并买好了它的卧具、食物和玩具送过来。可它到底年岁还小，脾性又懦弱胆怯，换了新的环境，总想和我们一起睡。只是对我来说，不耐烦的直感盖过试图理解的意愿。第二天晚上，我坚定地同太太说让它睡在阳台，把阳台的门锁上。它的应对之道是在阳台发出凄厉的叫声，它的声音虽然不大，却相当尖厉。物业接到邻居的投诉，深夜按响门铃请我们务必处理好阳台上的狗。太太一边道歉，一边解脱般地打开阳台门，它似一道白光闪入室内，她把它抱在怀里，抱到我们床铺的角落。这是它第一次，也是最后一次和我们睡。我看着太太抱着它的样子，才发现这只据说是巨型贵宾的小狗，蜷缩在我的太太瘦到手肘突出的怀抱里，也只是那么小的一团。她们两个从客厅的楼梯走上来，走进主卧，像两只孩子气的幼兽。太太的宽大的白色棉质睡裙，被从露台吹进的风鼓起来，她们好似驾着云朵浮上来。

曾经，如果有人问我男女之间有无另一种情谊，我会觉得可笑。但是，在我太太和沐这里，我承认我的恶意毫无必要。不仅照片记录的两家人共同的旅行和饭局，还有无数我无法和她共同经历的时刻，皆能看到对方的影踪。他们的照片被小镇照相馆放大挂在橱窗；他们一起上过地方新闻，因为被选去中学新校区奠基礼上诗歌朗诵。令我记忆深刻的却是一件小事。太太和沐所在的小城中学安排过一次学农活动，其实也就是乘巴士到离小城不到一小时车程的乡村观览。"那景象并不陌生，"太太说，"春天从位于小城边缘的中学骑车十多分钟就能看到郊区的油菜花地，黄色蜜蜂和白色蝶子都是常见的。"可那次的特别之处在于，他们要好的几个人离开旅行巴士驻留的主干道，顺着灰白色石子混合的岔路前行，道旁是水杉，两侧尽是农田。他们走上田埂，直走到田地中间的阔道，两边有沟渠。沟渠尚湿润，但不见多少水，土壁上可见一个个孔洞，旋入不可知的幽深。这对于没有农事经验的他们来说是陌生的，他们猜测着，那是龙虾的洞穴？还是螃蟹的？还是黄鳝的？并没有一个明确答案。蛇是在那时候出现的，起先是一条，细长的，横在道路中间，接着另一条靠近过来，身体团起，两条皆是泛黄的土色，灰扑扑不起眼的模样。他们三五个人停住脚步，却没有一个打算后退，他们就静待着蛇，蛇也全不顾望他们。"然后呢？"我问太太。"然后蛇散了，游入了沟渠，我们继续往前走。看到蛇的关键是，不要让它离开你的视线，就不会害怕。"太太这样说。经历了蛇之冒险，上车晚了的他们坐在了最后一排。沐和太太，恰好在座位的中间，直面着过道，沐微微侧身护着她。一点残余的兴奋过去，车内谈闹声渐渐平息，睡眠之神悄然张开羽翼覆上在暮色中摇晃的车厢。太太睡着，梦的结界开启，她的头靠上了沐的肩；也许，是沐用手托着她随着车厢节奏点顿的下颌，像护着宝石。

送走这只狗，她只花了一天时间。我离开，再回家，她摆好餐桌，端上晚饭。狗已经无踪迹，仿佛从未存在过。这一天，我的太太是这样度过的。她送我出门，买了火车票回到距此一个半小时车程的她的家乡小城。她背了一只布包，过安检的时候，把狗的头略略往包里按了一按，让它隐没其中。十年前火车站的安检比较宽松，没有人特别留意我乖巧的太太和那只乖巧的狗。她把那只狗拜托给了沐的一个亲戚，那个亲戚在一个老旧小区开了一间超市，有足够空间养育那只狗，那只狗有它自己的命运。她乘当天的火车回来，去菜场买菜，做饭，等我回家，一如往常。我的太太没有告诉我，在火车上看着车窗外掠过的风景时，隔着布包摸着狗温热身体的触感，以及把它交给他人离开时，它是否又曾尖厉地叫唤？她如何回应它热切的眼神？后来，太太会定期购买猫粮，喂养小区里的野猫。她在固定的几个地方放了食盆和水盆，每日去添加更换。不多久，她就几乎认得了小区内所有的野猫，我们下楼散步的时候，她能指着某一只，说出细微的特征。但她不给它们取名字，只以特征称呼，她说名字是区别家猫和野猫的关键，情感不可过溢到给野猫取名。

"看到蛇的关键是，不要让它离开你的视线，就不会害怕。"我娇养的妻子离开了紫马蹄莲、紫丁香和粉色火鹤花装饰的婚礼，黑色的婚车在细雨中载着她返回我们的新居，雨滴在车窗疾速漂移。下车时，婚纱的裙摆被轻轻提起，我看到她纤细的鞋跟、紧绷的小腿，美丽又脆弱的景象闪现。胖胖的五福奶奶，燃起线香绕着她的周身游走，祝福她富丽而多产。她走向她未来的家，白色蕾丝的手套包裹着她的手，像等待拆开的礼物，被交代在我的手掌，我感觉不到她的温度，也感受不到任何力量和回应。我不曾知道，也不曾想过，她是否害怕。

她很快习惯了一个贤良妻子的角色。每天下班回到家里，她一定做好了饭，端上餐桌。她也一定洗过澡，吹干了头发，穿着清洁的衣衫，总有馨香。新烘干的毛巾叠放齐整，卫生间的地面干燥，连一根头发都没有。她需要计算好我回家的时间，提前做好饭菜，在饭菜不至于冷却、我也还没有到家的短暂空隙，迅速地洗好澡，吹干头发。她没让我看到过狼狈，她总把事情做得好像天生就该那样。或许为了方便，她结婚后不久就将头发剪成了短发，只超过耳朵一些。夏天的夜晚，我们在小区附近沿着江岸的公园骑车，穿着宽松T恤和短裤的她像个男孩，平时收敛起来的生命热量此时闪现。她喜爱将车蹬得飞快，冲在前面，远远回头看我，复又继续向前；通过减速带时，她灵活地站起身来避开颠簸；有时她停下等我，与我并行。路灯下的树影在她的身上移动，我看见她的背影、她的侧脸、她剪短的黑发、她动辄露出的精巧耳垂，蝉鸣吞没了无声无息的闲静光阴，我们似乎可以这样无穷无尽骑行下去。

婚后的第二年，太太第一次怀孕，只是五十天后她失去了那个胚胎。我把装有机票和酒店确认单的信封放在她枕头下面，带她外出旅行。一年半后，她第二次怀孕。那次怀孕异常艰难，发现怀孕时在五月，胚胎的数值不甚理想，她每天早晨步行去社区医院注射黄体酮。六月时，她的背部突发了带状疱疹，孕期不能用药，只能自行恢复，病期被延长，神经痛并着渐生的暑热折磨着她，她多数时间只能趴在床上。夏夜，她解开连衣裙背后的衣扣，敞露那处尚在炎症发作的伤口；肩胛之上，她柔弱的脖颈在床边低垂，似已不能负担更多一点的重量。夏日之夜，有如苦竹。整个六月，病症未愈，对于她腹中胎儿的命运我们或多或少已有所准备。七十天的时候，那个曾经有过胎心的胚胎停止了发育，在B超的照片里，能看出如幼芽一般的手脚形态。太太第二次失去孩子。她背上留下了一个淡色瘢痕，偶尔的神经痛还会造访她。

我认真和她谈过，也许我们未必一定要有一个孩子。那几年，我密集地安排两人的旅行，我带她去主题乐园，参与人群中的歌舞狂欢，守候城堡上的激光投影和盛大烟火。我带她去海边酒店，清晨和傍晚同她赤脚在湿软的沙滩走过；在下午热乎乎的海风里，团在沙滩椅上玩着手机游戏的我，偶尔看向她，看着她在一旁看小说的专注神情。在海岛的时光，我骑摩托车载她去路边摊吃辛辣有味的食物，去周末集市买手工制品。

那些旅行照片上的她，笑容总是倦怠，不经意就呈现出圣母像一般的哀伤表情。

我们回到家，希望从生活被中断的地方接续，重复的日夜看起来波澜不惊。破绽从哪里出现？也许是某次，我进入那间我几乎从来不去的储藏室取某个东西。家中所有的物件在用完之前总会补上，新的卷纸、新的牙膏、新的洗发水、新的电动牙刷头，还有新的毛巾、新的床品、新的锅具、新的餐盘，总是崭新，总是有序。我进入储藏室，看到分类整齐的备用物品，归置在一个个贴着标签的储藏箱。走到更深的搁架处，我看到的是一个个纸箱，里面堆放着大量家中从没有出现过的品牌的日用品、清洁用品、洗护用品，大多是小包装，一看即是试用装，数量上来说，支持一个小型便利店的货架足矣。我在那些物品的包围里深深困惑。过了几天再去看，这些箱子减少了一些，又增添了一些。仔细检视，种类之繁多超过我的想象：卫生棉、须后乳、牙膏、面膜、洗衣皂、柔顺剂、垃圾袋、鞋刷、沐浴球、花洒、防雾霾口罩、麦片、蜂蜜、全脂牛奶、姜茶、洗手液、代餐粉，甚至停车牌、HDMI连接线、USB分接器、烤箱烘焙工具套装，最多的依旧是各种的护肤品、洗发水、护发素和沐浴露的试用装，各种品牌的化妆镜、化妆包。揭秘过程丝毫不复杂，只消在夜间等太太睡着以后，打开电脑，点进她常用的购物网站，点开订单记录就可以看到，我的太太以几乎免费的价格，购买过老人运动鞋、男士钱夹、手机壳、豆浆粉，用一元买到枕头，九元买到夏被。再翻检门厅入口处的抽屉里存放的快递单，可以看到定期往那间被送养了小狗的小区超市邮递物件的底单。我的太太，用她VIP客户的身份申请大量试用装，用网站发放的各种代金券以极其低廉的价格买来大量品牌用以商品推广的试用品、网站用以增加用户黏性的惠利商品。这些对于她来说毫无用处的东西，被她拿来送给他人。那些低价订单，夹杂在太太为我们日常生活精心挑选的固定品牌的消耗品的订单里。一页页翻下去，好像翻不尽，记录的是她Price Hunter的履历。一个是连厨房剪刀都要精挑细选的她，一个是像开玩笑一般买了十套一元一套的指甲刀套装的她。那种套装每天只有两个时间点发放大额优惠券，每天只可以领一次，我的太太必须每天准时领到优惠券再下单，连续十天，才能完成这样的订单记录。储藏室里的这一箱箱东西，都是她这样买来的。我不知道她独自在家的时间，花费了多少在这些事情上。每日回家，开门迎接我的永远是馨香轻盈、游刃有余的太太，她拥有克制的美德。

生活展露的细小破绽，打破了完美，却有真实的留痕。也许是再一次，我提前回来的时候，家中一切如常，只书房里两台电脑虽然关闭了，机箱依然是温热的，放在一旁的两台笔记本电脑也是如此。太太在做什么事情需要同时用四台电脑呢，任何一种电脑游戏，需要组队，需要刷分的，都会需要她执行这样的操作。她从不爱玩游戏，可如果这些事情，是她智慧和能力的另一种明证呢？我知道她在无意义地消耗时间，累积毫无价值可言的物品。是何时开始，持续了多久？我无法开口和太太正面交谈，更不觉得她需要帮助。我以为以她的克制警惕，让生活回到正常的轨道并非难事。我猜想她只是在尝试，她已经解锁了厨艺软件上的一道道复杂菜式，攻克了各种各样的甜品的制作方法，也许她只是在制造和尝试新的目标。

只有我的太太在家时，她在做什么？她是怎样一个人？她曾经的生命能量，在被压抑消减后，残留的部分是否变成幽暗的气团四处奔走？如果我打电话告诉她我刚刚下班准备开车回来的时候，已经在楼下的车库了，如果我在她毫无准备的时候，敲响家门呢？可是，即使知道所有，我还是无法打破那道界限。她在婚姻里造像，我以为守住那座像就是守住了家。说话很重要，说话比性重要，可是我们始终没有办法说话。我看到从容自在地说话的太太，只有那一次，隔着落地窗，我看到她对着沐热烈陈说。我很难道出真心，那好像是一种软弱的证明，而她似乎在把自己培养成一个理想的妻子的时候，首先学会的是沉默。

我们依然亲密，我总是准时下班回家，周末的时间多数陪她；我在情人节给她订花，在纪念日给她礼物；我们不知不觉分了房间睡，以作息不同为理由，她习惯更晚睡，也需要更早起来准备早餐。我是在同她结婚的第七年，有了第一个女朋友，后来又有了另一个。在太太变成鼠妇的时候，我正交往的女朋友，是交往时间最久的一个。在一年前的马蒂斯展上，我在一幅或许不是最出名的画作前停留了很久，久到成为我的现任女朋友的人，以为我感兴趣，主动上前来帮我讲解。不过她并不知道，完全不懂美术的我当时只是发觉画中的沙发和我家中沙发的配色恰好一致而已。这个女朋友是和太太不同类型的女性，她高中开始在国外念书，拿海外护照。从头发到牙齿都精心打造，从衣衫到包袋都是名牌物件。第二次同我见面，在我送她回家车停在地下车库时，她通过健身房锻炼和有机饮食严格管理的身体，就矫健灵活地从副驾驶位滑入我的怀里。她志在必得，我来者不拒，彼此心知肚明，共襄盛举。我赞美她的康健和自信，这些我的太太很难再有的美德。

一个证券投资的标志性人物，在前一年的冬天死了，这一年股票交易市场腥风血雨，类似十四年前。二十世纪九十年代中后期，那些早年富人在做交易，斯人或逝，交易记录还在，数据分析人性依然有效。贸易利润流被贴现，金融杠杆撬动了超前消费。这个过程类似恒星塌缩，偶尔耀眼。我的太太在我不知道的地方长大，也许也身陷更深的幽暗，而我在另一种游戏中已经能找到让自己轻松的方法，只消维持一个体面的外观。我的太太在吃饭的时候，会突然和我讨论一些无关的问题。她告诉我，她去商场购物，看到名店门前永远排着等待入场的队伍，她从人群中走过，看到不同的面孔拎着不同的——她能清晰读出来品牌名并猜到大致消费额的——购物袋。她问我："人们的生活真的如此富足并且满足吗？"

也许是我，一直试图把她隔绝在根本不存在的幻景中。沐在离婚的进程中，他同妻子分居已经一年。我知道这件事，并非太太告诉我，我甚至不知道他们什么时候恢复了密切的联系，婚后因为世俗的理由他们早已疏远，尤其，当沐轻松地获得麟儿而太太长久地陷入生育之苦后。我知道此事是因为沐的妻子滋扰的电话打到了太太的手机上，我看到太太强烈震惊的表情。我太了解，看起来在家庭生活中如此从容的她，在面对外部世界时的不堪一击。可以说是一种易感，不善处理，易受打击，挫败感进一步加剧了她的恐惧。电话再一次打过来时，我替太太接了，简单言语来去后果断拉黑了号码。沐最终娶了一个颇有家产的女性，但无意外，对方和对方家庭的强势让他的婚姻生活过得并不愉快。分居后他同太太说起过自己当年的软弱，后悔于那点想在婚姻中获取捷径的贪心。强者节节胜利，软弱者大概会尸骨无存。他回旧居接孩子时，手机被妻子拿走了，于是她的电话打到了太太这里，对方警告太太不要冒犯他人的婚姻。我告诉太太不可以指望其他人像我一般理解她和沐的友情，她只是一如既往地沉默。时间好像又回到相亲日，他们俩并排坐着，可怜可爱的一对，他们都是那么美丽而无用的人，他们都只能仰仗更强大的人，抑或顺从地走进谎言的牢笼。

太太离开学校，离开家，来到这个我为她而设的新居，做了我的妻子，整整十年后，她变成了鼠妇。为什么我的太太变成的是鼠妇？不是一只夜莺、一朵玫瑰，或者一只松鼠？她同时拒绝看到、听到、说出，以鼠妇的姿态。当她变成小小的黑色一团在我的掌心时，我不厌恶也不嫌弃，我是害怕童年时期荒诞的恐惧会跟上我，害怕回到只有我了解的生命早期的恶战。从暮色四合的田野，走到灰色碎石子铺就的乡间小路，无名的怪兽渐渐跟上我。道边所有的房屋合谋一般在这一刻同时紧闭，我越跑越快，它越追越紧。幽蓝色的风景从我的耳边掠过，道路上凸起的坚硬石子透过薄薄的鞋底一下下重击我，心脏剧烈跳动的声响占据我单薄的胸腔。我跑进自家院落，撞开没有锁的屋门，冲进一片黑暗，我用力合拢门扇，背靠着门滑落在地。这房屋内，没有一点光线和声音，父母还没有从田野归返，这古老房屋内与我同在的，只有世代祖先的幽魂。我生活的真相还没有复苏，但已凭一己之力摆脱了巨大的恐惧，获得安全，却陷入孤岛一般的至深的幽暗和孤独。我的太太，在我的手心变成了鼠妇的那一刻，提醒着我从没有能够真正逃离那样的时刻。

回到世纪初那个小城十字路口的照相馆，太太穿着海军服、斜斜地戴着海军帽的写真照片被放大展示在橱窗里，近旁是她亲爱的友人。十四岁的她露出七颗牙齿的笑容，在十年以后将我一击即中，我从来没有停止过热爱那张面孔。许多次，她在我的面前，坐在床边叠衣服，一时抬头，目光迎上我，她递来一朵温存的笑容，我恍惚回应，一瞬间的心惊，一瞬间的心疼。那是我们婚姻的第七年，我已经迷途，却无法知返。

评《我的太太变成了鼠妇》

何　平

《我的太太变成了鼠妇》发表于《青年文学》2022年第8期，先后被《思南文学选刊》（2022年第5期）和《长江文艺·好小说》（2022年第12期）转载，并入选多种年度选本。

小说写妻子从婚后就开始做全职太太，"她给了我美丽舒适的家""每日回家，开门迎接我的永远是馨香轻盈、游刃有余的太太"，他以为妻子乐意做一个贤良妻子的角色，直到几次偶然发现才得知，妻子在家独处时是"在无意义地消耗时间"。男性虽然发现妻子身心之困，但他未试图重建家庭关系，而选择从婚外亲密关系获得纾解和满足，却无疑让妻子陷入更孤立无援的境地。小说结尾回到了妻子的十四岁，曾经有无限可能的女性最后走向了令人伤感的一种人生，在时间的对照记中构成一种反思的顿悟。小说选择男性叙事视角，以日常和节制的调性，讲述了当代女性的变形记。潮虫般无力反抗的"太太"，没有正式的名姓，却是男性叙述主体喜爱的形象。虚构作品中的"爱意"并非真的立足于正义，这是朱婧擅长处理的谎言与幻象。"看不见妻子"是一种幻象，看"妻子像鼠妇"是另一种幻象，其中虚构的社会功能指向却更加明确。小说为不被看见的女性找到了一种绝妙的隐喻，她们在幽暗处消耗着自己的生命能量，领受一切，无法被理解也难以去言说。

"我的太太"的生命轨迹不是向着光亮奔赴——"如果你看过一本名叫《地下100层的房子》的书，那本书里，地下有一整层就属于潮虫"——反而是向黑暗的深渊坠落。小说的说者是"我"之"他"，被说的"她"，是一个失名者，一个被讲述的人。"她"只有一个被用"我的"定义的通用名"太太"。虽然事实上，还是不忍，还是谨慎地使用男性的"物权"来指认"我的太太"；但也是事实，这是我们世界许多女性的境况，被"他"讲述、定义和确认属权。

小说冷静和肯定地"说"沉默无声的她，说她的透亮、坦白、可爱、贤良，"她没有经历过混沌和肮脏，对动物友善，对儿童和老人友爱，相信爱能战胜一切"。然而，她是有一个史前史的遗址，被"我"考古的史前史——"如果去看太太的童年相册，很难把她同今日站在我面前的优雅女士联系起来。她那时更像一个男孩，精力充沛，自由自在"。从史前史的自由自在到"我见史"的温顺之间发生了怎样的变化？请注意！女性的精力充沛和自由自在导致她易性而"更像一个男孩"。这是否意味着我们习焉不察地以为女孩不应该精力充沛和自由自在？性别之分对应着他者的想象，有时是自我的人设。而且，她是如何被驯化、被谁驯化的？或者用小说中的词"工业化"，如何"工业化"的？（"她用iPad的Procreate画的那些画儿有着工业化的质感"）女性的"工业化"是"我的太太"一段脱落和消失的历史，也是现时代每天无数次发生在女性身上的。写出当今时代女性"工业化"的事实，这或许是《我的太太变成了鼠妇》的意义之一。因而，她和"我"的婚姻只是一次工业流水线的转场。小说里，自以为是、霸道的叙述者"我"，本来可能是中国现代小说有自我检讨能力的男性启蒙者，翻转成被物化女性的塑造者。"太太离开学校，离开家，来到这个我为她而设的新居，做了我的妻子，整整十年后，她变成了鼠妇。""我"为她而设，她被幽闭成为一个pricehunter。小说的结尾，"我"意识到"怕"，是利我的，而不是为她的，对她现在的处境，甚至吝施同情。故而，十四岁的她昔日重现，我们能确信这是人性的微光吗？以朱婧小说一贯的迟疑、犹疑和怀疑，是不信有迷途知返、改过自新之说的。一定意义上，朱婧怀疑男性自省和涤新，也是冀望一种新的未来。

朱婧受到的文学教育会告诉她：文学是可能逼近真相和抵近真理的力量和道路。但是，那种文学大词典的词汇表不属于她的小说，她的小说一直使用着她私人的小词汇表。她的小说如果也有想象和虚构中的逼近或者抵近，那可能只是事件、事实、常识，甚至更微小的场景和细节。已然细小了，还如藏身长空白日的树荫下的安静流水。与其说朱婧的这篇小说在证实女性命与运可以被说出，不如说是在证伪。而反复地说，反复地证伪，对于朱婧而言，是证实的必由之路。最终能否证实？需要多少次的证伪才能证实？这不是写作者所要考虑的。写作者唯一能做的就是"说"吧。顺便要提及的是，在当下很多小说中，家庭成为我们时代的密室，对朱婧而言，家庭是时代敞开的最前沿，也是她查勘时代的辽阔田野。

通古斯记忆

王啸峰

我曾是一个人见人爱的街头美少年。小学三年级时，就有女同学往我课桌里塞纸条。穿着长袖白衬衫的我，从座位上一跃而起，双手将纸条交到老师手里。老师笑眯眯地看着我。我愤怒地将手指向我的同桌。

到了初三，我各方面情况发生难以想象的变化。同时，我喜欢上了班长。别人再怎么吵闹，她总是静静地坐着。穿着黑裙子，扎一条长辫子。看人时，大眼睛里带了问号。我没跟她说过一句话，却似乎被她拷问了无数遍。我决定表白。想来想去，也用了三年级时我那同桌女孩的方式。递完纸条后，我害怕她上课时突然站起来。那堂课，我主动站起来回答老师所有提问，全是答非所问。每次站起来，我的膝盖都会碰到课桌下沿，在老师、同学迷惑的目光中，我渐渐找到自信。

我已经一米七八。高高瘦瘦的，被风一鼓动，可以飘下一个楼层。等我从楼梯上转回来，课桌洞里多了一张纸条，是我折成三角形的那张粉色蜡纸。她的那句回答，像谜一样。

"我再也不能把你当弟弟看待了。"

失魂落魄地走在弹石路的小巷里，我有生以来独立完成第一次爱情思考，很不顺利，心里七上八下，各种可能在云上飘，伸手够到的都是虚的空的。那句话在我脑子里过了千百遍。

吃好晚饭，我抄起夹着粉色纸条的作业本奔出家门。母亲在身后喊："去哪里啊？还要去裁缝店量衣服！"我头都没回。

春风甜得发腻，我忍不住咳嗽几声，声音在小弄里回荡，惊动了金合欢树上的几只鸟。

高大围墙把四幢三层黄色小楼团团围住。我只见过她从大门进出。骗过门卫视线难度不大，里面毕竟只是国营大厂的宿舍楼。

我站在瑞香花丛边张望一扇扇窗户，浓香袭来，恍若仙境。白天平淡无奇的窗户，被橘黄色灯火点亮，显得每家都温馨动人。我徘徊着，模模糊糊浮起一些不愉快的事情，不由得心里发酸。

"小伙子，你找谁呢?"

循声回望，一个中年男人站在我身后。他语气柔和，面带笑容。

"我找黑牡丹，啊，不对，是马丽丽。"

黑牡丹是班长的绰号。

"这么巧啊? 跟我来吧。"

他手里拎一只黑色人造革包，把包往上微微一举，指挥我爬楼。

他带着我一口气登上三楼，进到最东面的屋子。与其他人家不同，马丽丽家的灯装在墙壁上，可能是灯罩的原因，微微发红。中年男人进门叫"丽丽"。没有回音。过好久，马丽丽才出现。红光下，她瘦了一圈，有棱有角的地方全都隐入黑暗。她没说话，甚至没朝我们这里看一眼。

一位中年妇女快步走出来，一个小女孩紧跟着。

她解下围裙，取下门背后的蓝色布袋。

"我去上班，吃的在桌上。"

她绕过我时，似乎微微用手拨了拨我胳膊，与菜场、商场里两个陌生人挤在一条狭窄通道里做的动作几乎一样。

她们坐下来吃饭。中年男人很客气地请我也坐下。我赶紧摇手，表示早就吃了。吃饭时，小女孩回过头来望了我一眼。

马丽丽洗碗的时候，中年男人拉开黑包，用舞台上才有的声音说:"我们来玩个魔术吧!"

小女孩已经转进里间。马丽丽正在擦干碗筷，甩了甩辫子，没有任何反应。

观众只有我一个。中年男人取出一副扑克牌，在小方桌上洗牌。他两个小拇指高高翘起，越洗越快。然后，他面带羞涩，腾空洗牌，失去支撑的扑克牌仍然有秩序地一张张交替插入。一分钟前，我注意力还在马丽丽那边，这时完全转到扑克牌上。洗好牌，他对牌吹口气，以类似女声的音调说声:"走!"牌像风箱般拉伸、缩短。我看到A、K、Q、J那些大人物雄赳赳地迈开大步走在空中广场! 随着他一声令下，牌被他拍到手中。慢慢地，他摊开手掌，牌却不知去向。他对我眨眨眼，向空中喝道:"来!"一副扑克牌又整齐地回到他手心。

我惊讶得合不上嘴，不过只有我一个人拼命鼓掌。小女孩从里面出来，冲我做了个"嘘"的手势，"不要吵闹!"

马丽丽晾起抹布，"快去做作业!"

"我早就写好了。"小女孩钻进房间。

马丽丽拿起扫帚打扫卫生，扫帚从我脚边滑过，我变成矗立在房间里的一根柱子，

中年男人拍拍我的肩。我跟他坐在门口两只小竹交椅上，风有时送来瑞香花香，有时是公共卫生间的臭气。

马丽丽往外清垃圾的动作很大，仿佛我俩都在清理范围内。

远远地，街面上传来母亲喊我的声音。我看了看小方桌上的闹钟，是时候去裁缝店了。

我拿起本来打算作掩护的作业本。我暗自佩服自己，在粉色单面蜡纸背面，预先写下了明天约她见面的时间、地点。

她正在擦桌子。我犹豫着把粉色蜡纸先装进白衬衫口袋。

中年男人对我努努嘴，还用眯缝眼猛地眨了几下。

抹布在三角形粉色蜡纸前停了下来。中年男人把头转向门外。我像装炸药包的战士，拉了引线就要撤退。我快速跑向楼梯。不一会儿，陷入昏暗沼泽中，亢奋、惊奇两种情绪在我胸口对撞。楼道通向逃遁之路。我扶着墙在黑暗中试探着落脚。每走一步，都像踩在棉花上，我不由得怀疑这幢建筑的水泥是不是没干透。

母亲在沈裁缝店门口等我。她带了一块红布料。狭长店铺被多只白色荧光灯照得雪亮。沈裁缝老婆正在飞快地踩缝纫机，他妹妹在为一条裤子扦边。

"这面料真叫好呢！"沈裁缝细声细语的。

母亲看看沈裁缝裁剪台上堆成小山的面料问："比起这些面料来好在哪里？"

"除了中间几块重磅真丝料，其他都不如这个。你的是最新涤纶产品，做出来的衣服特别挺括，不起皱。"沈裁缝双手飞舞着皮尺，像《化蝶》里的梁山伯。

我敏捷地跳开来，他量了个空。

"我不做新衣服，更不做红衣服。"

母亲料到我的反应，柔声地说："沈裁缝都说了，这料子多好啊！"

"要做你自己做！"

我跑到街上，跟在店门口的母亲大声吵闹。

几个邻居开门走了过来。

母亲突然抱着红布料坐到小方凳上哭了起来。皮尺在沈裁缝手里卷了松，松了卷。他老婆停下缝纫机，蹲在母亲身边递上手绢。

母亲从不跟我明说任何事。

我游走在街头巷尾。那些喜欢我的街坊们传谣给我，我表露出惊讶与愤懑的神情，他们非常满足。沈裁缝是跟我说话最多的人之一。

他的街头新闻多，焦点在案件和侦破上。"前面十六号大院子里住着一个单身老姑娘，姓冯的，你知道的吧？"

我点点头。

"她前阶段带回来一个男人，对邻居说是远房表哥。邻居们眼睛盯着、耳朵竖着，就盼着冯姑娘小屋子弄点火光、响声出来。但是，两个人进屋后，就像石子掉进井水里，除了关门声，死寂一片。昨天天还没亮透，一群警察打开小屋，把那个男人带走了。据说是个杀人通缉犯。"

听得我心里毛毛糙糙的。

"最有意思的是冯姑娘。睡眼惺忪的邻居们惊讶地看见她穿戴得整整齐齐，头发梳得油光笔直，一点没有惊慌的神情，似乎她一直在等待这件事的发生。男人被扭着走出门时，对冯姑娘笑笑。冯姑娘把右手搭在门框上，像目送去上班的丈夫。有个邻居告诉我，冯姑娘那天清晨穿的那件网格浅灰色收腰上衣特别有气质，早这样的话，就不会拖成老姑娘了。其实，邻居们弄倒了。冯姑娘的气质是被某种东西'吊'了出来。"

我不太明白"某种东西"指什么，感觉既可怕又渴望。

最近一次，他跟我说，从女人穿着可以看出很多东西来。他一双小眼睛眨啊眨。"比如一个女人正在谈恋爱，你说她会穿什么样的衣服？"

我按照电影上学来的回答他："时髦的款式、鲜艳的色彩。"

"错！迎合男人的口味。"

"该怎么迎合呢？"

"问我啊！我们这行从古至今都是最懂女人心。"他指指电视机。"那天晚会翁倩玉唱歌，她头插羽毛，身穿羽衣，唱到高潮时，双手挥舞，像飞上天空的鸟。男人对得不到的东西，特别喜欢、向往。"

我听得有点烦。"你还没回答我的问题呢。"

"好比汽油浇在木头上，衣服是助燃剂。"我追问了一句："冯姑娘表哥长什么样？"他摇摇头，扔下我去裁剪。

我没离开裁缝店，母亲被几个妇女搀扶着回了家。我翻弄着棉布、麻布、的确良、丝绸等面料，延续上次的话题，只是具体到关于衣服款式和色调等。我俩聊到很晚。他对街巷里每家发生的事情，都能说出几句评语。我拐弯抹角地提到了马丽丽。他马上接嘴，那家三个女的衣服都出自他手。

"大女儿眼睛特别大，喜欢穿黑裙子。"他双指捏滑石，其他三指做了个放大的姿势，同时瞟了我一眼，"照我说，红衣服才好，既喜气又辟邪。"

我没问中年男人的事情。他也没提到。

突然，两台机器都停了下来。他大大地打个哈欠，眼里充满泪水。我还是不想回家。

寂寞空荡的小弄堂里，几个家庭的悲欢离合冲撞着我单薄的胸膛，冷风吹来，令我汗毛凛凛，心跳加快。

鬼使神差地，我又转回黄色小楼旁，百无聊赖地抚摸着瑞香花瓣。此刻，无数花粉正朝我鼻腔奔涌而来。突然，我看见中年男人靠在围墙上抽烟。见我过来，招手、掏烟，发我一根。

烟在我喉咙口转了一圈，又辣又冲。我试着喷出一个烟圈，却不成形。

厚厚云层挡住月亮，他用中指弹出手中烟蒂，一点亮光画出一道弧线。"明天要下大雨。"

他话音虽是本地口音，尾音却拖着怪腔。

"你是马丽丽家里人吗？"我实在没什么好搭腔的。

"怎么说呢？这事情有点复杂。我姓顾。"他无奈地笑着，低头又点了根烟，"你以后想做什么？"

我体育各项成绩都很好，特别是中长跑，不过想做专业运动员年纪已经大了："跟体育相关的工作我都喜欢。"

顾叔好像一眼看穿我："你的虚荣心在作怪呢。比如你现在跑在队伍最前面，是为了吸引马丽丽目光。今后呢，你还想吸引王丽丽、张丽丽。"

"不是的！"好在他看不出我脸红，"其他科目和事情让我烦躁，不知所措，不知怎样去应对。我只喜欢体育，在场地上，在跑道上，身体和脑子都轻松自由。"

"你说得有点道理。不过，心里有了疙瘩，还是要主动去解决。"说完，他转过围墙，消失在大门里。

我琢磨着他的话，穿小弄回家。

打开门，母亲坐在饭桌边。饭桌上摆着那块红料子。

我直接走向自己狭小厢房，被母亲喊住。

"把今天的药吃了。"

我最讨厌那些药丸，伪装成漂亮的粉色糖丸样子。

母亲拉着我的手，让我坐下："没人害你。这药会让你改掉自言自语、胡思乱想的毛病。"

我看着母亲网格浅灰色外套，想起沈裁缝的分析，"冯姑娘也穿同样的衣服"。

母亲不解地看着我："什么冯姑娘？"

猛地，我看到母亲身后闪出一条黑影，高大得将我俩都罩在黑暗里。

看我惊恐的样子，母亲回过头，站起身，走到五斗橱前，摘下父亲的像，轻轻拉开第一个抽屉，摆放进去。

我快步走过去，拉开抽屉，把像重新挂起来。

母亲又开始啜泣："三年就可以不挂的。现在五年都过了。"

我抓住药丸，用力扔向窗外，没什么可以束缚我的思想。

跨进自己小房间前，我不由得转过头来看了母亲一眼。她鬓角花白，额头上皱纹又多又深。我心一软，差点说出一些安慰她的话。可我咬牙忍住了。

我洗脚躺下。小弄里老是传来窸窸窣窣的声响。我在小板床上翻来覆去睡不着。透过天窗，我看到月亮从云层里钻了出来。看来顾叔的预言大可不必当真。

早上起来时，母亲正用脸盆在接房顶漏下的水。小弄里雨声一片。我心中叹息，糟糕！与马丽丽的约会看来要泡汤。

母亲不动声色地端来粥、乳腐、酱瓜、白煮蛋，小心翼翼地跟我说："等雨小点，我把布料交回去做。"

我不声不响地吃完早饭，拎书包、撑伞扎进雨里。

教室里，我尽量在马丽丽眼前晃，做各种夸张动作，甚至发出奇怪的声音。可她没看我一眼，表情就像木偶娃娃，可爱却没感情。无声、无动静像巨石压迫我胸腔，心脏受不了，太阳穴也一鼓一息的。

中午雨小点，我翻墙出学校，漫无目的地在街头巷尾走着晃着。

下午快放学的时候，我从睡梦中醒来，抬头看看自说自话的老师，各做各小动作的同学们。突然，我发现马丽丽的位置空了！

我坐在最后一排靠后门的地方，趁老师板书，一转身溜出教室，奔向马丽丽家。

雨还在下，瑞香花气被压得很低，甚至我眼里都流出那种怪异的气味。黄色小楼的楼道里还是昏暗难辨。我冲上顶楼，敲了好几次马丽丽家门。没人。用手一推。门竟然开了。我跨进右脚的时候，喊了声："有人吗？"没人回应。我不敢深入，就在门口小竹交椅上坐下。万一马丽丽回来，我能第一时间见到她。

眼神一晃，顾叔出现在我眼前。他对我耸耸肩，在另一只小竹交椅上坐下。风中雨腥味强烈，雨丝从楼道破损窗户里溅入。

"马丽丽一直跟我作对。还带着妹妹一起。"顾叔说话带着火气。

"她下午课上到一半，人去哪里啦？"

顾叔笑起来像古装戏里的奸臣："嘿嘿，你这么关心她啊！"

我把凳子往前移："你做了什么？"

"这么大的雨，淋在身上够受的。对吧？小伙子！"

我觉得他话里有话："别废话，马丽丽到底怎么回事？"

"从前，在一个寒冷的冬天，赶集完回家的农夫在路边发现了一条蛇，以为它冻僵了，于是就把它放在怀里，让它苏醒过来……"

我阻止了他拿腔拿调的讲述："你说恩将仇报的故事干什么？"

"原来你知道这个寓言啊？"顾叔转过头，脸上带着轻浮表情，"说得好，继续说下去！"顾叔甚至抬起了一只手，做了"请"的手势。

我警觉起来。可脑子似乎有点不够用。

"这里、那里！房子、家具、家电、锅碗瓢盆等等，你所看到的全部，都是我的！没有我，她们只能蜷缩在棚户区的破房子里。给她们吃、住、学习，现在倒好，根本不把我当回事了。"他一手拿过黑皮包，空手伸进去，拿出来的是零钱、奶糖、饼干、蜜饯、金币巧克力，一把接一把扔出来，堆在我脚边。渐渐地，那些甜蜜的东西，有诱惑力的东西，离我的手、嘴和脑子越来越近，曾有一瞬间，我想抓起它们当中的任何一件，但是，一个声音在我脑海回荡："坚持住！再饿也要挺住。"

顾叔抓一大把往我手里塞，脸上带着神秘微笑，我想到了马丽丽。我应该向她学习，眼前这些东西分明就是陷阱！我不能分神，要保持脑子清醒。"你到底是什么人！"我大叫着。

"我一直在你身边，从来都是，今后也是！"顾叔又玩起纸牌，一张张花花绿绿的牌跳着舞登场，"五年前那个周日，你们一家三口，踏着春日晨曦，带着面包、水果和汽水，转了两趟车来到山里。啊！那时节梅花、桃花、樱花都开了，还有金边瑞香。你母亲把大塑料纸铺在梅林边的草地上。阳光下，你父亲脱下棕色细纹灯芯绒外套，跟你比登山速度。你们几乎同时到达山腰的迎客亭。远处湖面上的金色涟漪让他感慨万千。'大自然主宰着我们的一切！'他说了这句话，对吧？"

我的心脏像被什么东西击中似的，狂乱抖动起来，第一次，我主动想起那些粉色药丸。

"你跟着父亲回到草地，一家人开心地野餐，真是幸福啊！"顾叔叙述变得缓慢，"下午变天了。山里风大起来。你们赶到郊区公交站的时候，雨滴飘落下来。破旧公交车很挤。很多无座旅客。你父亲站起来，把位置让给一位白发老太太。你头靠车窗迷迷糊糊睡着了。"

我像听故事般认真，一些光影透过浓荫密林投射到我脑子里。

"咔嚓！"顾叔右手从头顶往下斜劈，"一个惊雷打在公交车附近。狂风暴雨中，车大灯只能照出前面十多米。车子发出呻吟，在蜿蜒山路上缓慢行进。突然，车前方迎面驶来一辆农用三轮摩托车，驾驶员发现时，几乎马上撞上车头。正在此刻，又一个雷落在附近。驾驶员往外急打方向盘，车子哀嚎着翻入山谷。"顾叔用"嘘"结尾，手从上到下画了一条抛物线。

我心脏猛地停摆，眼前闪现出三四个顾叔，我不知道去打哪个。我平时打架这么出色，同学们都让我冲在第一个。可今天，我只能颤颤巍巍伸出手，像个软蛋、尿包。

远远地，从寂静的深处，爆裂出光与火，吞噬着原野、森林，甚至岩石，惊人魂魄的震荡让我浑身战栗。冲击波让我每根汗毛竖起，灼热与极寒同时抵达五脏六腑，震碎了每根血管，麻痹了每根神经。

我把双手紧紧捂住双耳，坐在小竹交椅上，闷着头，只听到自己急促的呼吸和心跳。

好不容易，我把注意力拉回到马丽丽身上。

她该不会跑去我昨天与她约定的地方吧？昨晚，顾叔朝我使个眼色，我才放的粉色蜡纸，难道被他做了手脚？

我焦急万分，站起身，膝盖、大腿上的零钱和零食哗啦啦地掉落一地，我踩碎了金币巧克力，踩烂了陈皮和橄榄，拼足全身力气将顾叔拱翻在地，楼梯上充满了食物的气味，扑克牌飘满每个台阶。

那是一个刚修葺一新的古典园林。圆洞门还用几块旧门板挡着。我清晨长跑时，看着这个废园一天天变新。我认为马丽丽会喜欢。

我轻轻移开旧门板，钻进园子。我沿回廊朝里走。雨水打在水池里，红鲤鱼张嘴浮到水面呼吸。约会地点我选在后院六角亭。那天我晃到后面，工人们正在挂亭名牌和对联。不知怎么的，记性很差的我，牢牢记住了"长守亭"名字和"笔墨今宵光更艳，梨花带雨晚尤香"的对联。粉色蜡纸上，我生怕奇怪的书法一时蒙蔽马丽丽眼睛，故意把"长"字写成"長"。

后院传来说话声，我暗中使劲，悄悄地加快步伐。天空暗了下来，预示着一场暴雨即将来袭。

"长守亭"里空无一人。我身体紧贴后厅墙壁，透过七彩玻璃窗往里张望。长窗前，班主任和马丽丽并肩站着，紧盯长守亭。

班主任白白胖胖的手上拿着一张纸，粉色蜡纸！此时完全摊开着，我的秘密完全暴露在她眼前。不由得一阵愤怒涌到胸口，她是物理老师，常拿我的试卷作"示范"。

"现实世界只有三个维度，加上时间轴，也就四个维度。这位同学倒好，说远远不止三个维度，那我要请问你，你说四维、五维、六维呢？"

我一本正经地把手指向脑袋。"很简单啊，我睡着了就全看见啦。"

我刚说完，大家都拍桌子、凳子大笑。我觉得他们才可笑。同时也发现，只有马丽丽严肃地盯着我看，没笑。

我盯着马丽丽的背影看，惊奇地发现，长辫子里藏着一张脸。有点像我，有点像她。盯得时间久了，那脸上的嘴开口跟我说话，我怕其他同学听见，左瞧右看，同学们在看小报、手抄本、明星照，没人听老师讲课，更没人注意我们。那张嘴跟我说了好长时间，好多东西我都忘了，到后来我"哦哦哦"的声音惊动了老师，老师让我站到走廊里。令我惊讶的是，我还是能够听到那张嘴源源不断说出来的话。下课后，我迎面碰到马丽丽，她还是以独有的空洞眼神看着我。我想告诉她一些真相，从她背后那张嘴得来的信息，可我不敢。我花了几天时间找了包括沈裁缝在内的街坊、同学，我的"感应"得到基本印证：她的遭遇和境况与我竟然如此相似。这也是我敢递给她粉色蜡纸的原因。

我不知道粉色纸条是怎么落入班主任之手的。从马丽丽镇定地望着长守亭，不时与班主任交谈几句看，主要原因看来在马丽丽自身上。我低估了她，还是她与长辫子里的那张脸闹了矛盾？

就像刚才推倒顾叔，奔逃出马丽丽家一样，此刻，我选择决不逃遁！

我从墙角转出的角度，斜对着长窗。马丽丽眼角扫到我，惊呼起来。班主任把胖胖的身子挡在她前面。

这是干吗？难道班主任认为我要伤害马丽丽？马丽丽也是的，很正常的事情，非得搞成这么难堪。我不由得想起顾叔的那句话："根本不把我当回事！"

我把手伸出来。班主任护着马丽丽往后倒退一大步："你要干什么？"

其实我只想拿回属于我的粉色纸条。在这个大雨即将落下的黄昏，我想亲手终结一段走入歧途的情感。

然而，我的手还在不自觉地往前伸。班主任大喊一声："来人呐！"

后厅里高大的刺绣屏风后，转出四五个高大男同学，猛地向我扑来。一股气憋得我眼前漆黑。

我醒来时，几个女声叽叽喳喳吵个不停。

"你看看！小小年纪写出这么露骨的话来。"

"不可能，这不是他写的。我了解我儿子！"

"您不要不信了，这真是他今天早上放在我课桌里的。"

"反正我就是不信。"

粉色纸片在她们手里迅速传来传去，像击鼓传花，三个人都怕黏在手上。

我从床上直起身。她们传来传去的那些信息与我脑子里的记忆都匹配不上。我伸手抢过粉色纸片。脑袋"轰"的一下差点爆炸。熟悉的纸片，陌生的话，我使劲揉眼睛，再睁开。"我再也不能把你当弟弟了"无端消失了。取而代之的是大大小小的几行字，我一个体育生，根本没有水平写出这样的诗句献给心爱女孩。可这些话看上去有点眼熟，我拍脑门想着。

突然，我跳下床："是他！一定是他。"

天早就黑了，雨还在下。我往弄堂深处奔去，三个女人在后面喊着追赶我。我好像一直在等这个时刻，浑身的热量在大雨里散发殆尽，脑子的热度也在下降。如果铺一条笔直的跑道在我脚下，我会一直奔跑，直到我倒在地上。雨水和着泪水，湿透了我破旧的衣服。

我熟门熟路地冲进黄色小楼院子，门卫根本拦不住疯了似的四个人。我们像一列火车，驶进高高的隧道。隧道里空无一物。

我愣住了。那是一套空房子！

呼哧、呼哧，后面三个女人上来了。

"你跟妈妈、妹妹一起住？"我转头问马丽丽。

"是的。"

"她们人呢？"我自觉问得很奇怪。

"她们当然在家呢。"

"为什么不在这里？"

"为什么要在这里？神经病！"她的回答充满戒心。

母亲拉住马丽丽，在她耳边低语一声。马丽丽眼睛斜向一边，不再看我。

我却还不罢休，冲她一笑："那顾叔呢？"

马丽丽刚要回答，母亲对她使了个眼色，她不响了。

"我不会记错，我已经来了两次。顾叔都在！下午他还给我零钱、糖果、零食、金币巧克力。堆得这么高！"我用手在膝盖上画了一条线，对着母亲，我一字一句地说："顾叔还说到五年前我家的郊游和那辆破旧公交车。"

母亲按住我的双手。"别急别急，深呼吸！"她一只手已经伸进口袋，似乎犹豫着要不要给我加一粒药。

班主任捋一下刘海。"我到丽丽家去家访过，她们家在边上一幢一楼最西面。"

我茫然地望着班主任。"那顾叔呢？"班主任耐心说："你说说那位顾叔是什么样一个人呢?"

我注意到,经过刚才一阵喧闹,门卫和一帮闲人围在了房门口。

"顾叔四五十岁,瘦小头发少,头顶几乎全秃了。眼睛小,皱纹多。说话像女人,跟唱越剧差不多。他抽烟,还会变戏法。他把一副扑克牌在空中拉来拉去,一副牌像在跳舞。"

门卫和围观的人互相看看,露出惊奇表情。

母亲走上前,轻声打着招呼,门卫他们几个嘀嘀咕咕与母亲交流着。

"肯定是他!顾叔改了我写的内容。这不是我写的。我只写了第一句话!后面的都是他模仿的。"

"哪有模仿得这么像的?明明是一个人的笔迹。"粉色纸条在他们手里传的时间就长多了。

"等等!这内容好眼熟啊!"门卫突然喊叫起来。

狭小的门卫室挤满人,门卫解开旧报纸上的细麻绳,一张张翻找。白炽灯下,各种形状脑袋的影子映在报纸上,分食着一条条新闻。

"有了!在这里。"门卫指向法制版上的头条通迅。通栏标题威严醒目:严厉打击刑事犯罪,净化我市安居环境,他把手指移到左下方,大声读了起来:"我市刑满释放人员顾某,借居表妹家,表妹是一纺织女工,离异,育两女。顾某以零钱、小零食、演小魔术等为诱饵,多次猥亵两名未成年女孩。顾某擅长写字、写诗,经常给大女孩写露骨的情诗。"他深深吸口气,准备冲刺般,吸入浑浊空气,然后以刺耳高音朗读起通信里转借的几句。

与粉色纸条上写的一模一样!

大家鼓噪起来。

"这个小朋友见的原来是个犯人啊!"

"犯人文学水平倒还不差呢!"

"什么来着,你看,报纸上说了,那几句情诗是引用外国人的!"门卫大声朗读起来:"我喜欢你是寂静的,仿佛你消失了一样。好像你的双眼已经飞离远去,如同一个吻,封缄了你的嘴。"

人群里响起口哨声。"哎!怪不得报纸上说那个大女孩还迷上罪犯呢。"

"喂!你再找找有没有更多细节?"

门卫耸耸肩,把脸转向我,语速慢得像电影转速出了问题:"上个星期,他被枪毙了。"

几乎所有人都从我身边退了一步。母亲上来紧紧抱住我双肩。

"请原谅他!不过他跟'枪毙鬼'没有任何关系,我保证!"母亲跟大家解释,用了一个在太阳穴转圈的手势。

大家喋喋不休时,从雨里冲进一个人。

"我找到了！"马丽丽浑身湿透，手里拿了一张破烂布告。摊在报纸上，是顾某的布告。

"每天下课，他都跟着我。他以为我不知道。不过每次我进院子后，他也就不跟了。他就在弄堂里走来走去，我通过我家西窗看得很清楚。这张布告是上周贴出来的，他站在布告下看了好多次。"马丽丽的声音变得柔和细腻。

母亲眼泪出来了。"请大家不要怪他。要怪就怪我吧。"

天空中有了闪电和惊雷。门卫室的灯泡忽明忽暗。

我眼前出现破旧公交车里的灯泡，忽闪了几下全灭了。我在滚动，大家都在滚动，玻璃碎了，大小不明的各种东西掉下来、砸过来，惨叫、尖叫、哭嚎充斥黑暗空间。突然，车子静止了，声音隐遁，我保持腾空的姿态。安静得让我害怕。"啪"的一声，车子撞在硬物上，再次弹起。就在我将要被甩出车窗撞向岩石的时候，一个闪电亮起，把车厢照得像雪夜。猛然间，一个身体斜插过来。我重重地撞在这个身体上，而以身体挡住车窗的他接连被岩石撞、拖、拉。一片黑暗。似乎我又见了光，有光束在晃。我趴在山坡上一处柔软草窝里。我被抬上担架，鼻子里充满烟草味，这是父亲的气息。啊！我的父亲。

班主任长叹口气，打散我眼前的场景。"没事了，大家散了吧！"

门卫借了两把伞给我们。母亲跟我撑一把。班主任临走时对马丽丽挥挥手，马丽丽犹豫了一小会儿，像只小猫似的跳到班主任伞底下。

走到弄堂里。马丽丽对母亲说："您不要怪他，我都明白了。他都是为我好，替我防备着呢。"

母亲也安慰她："是呢。事实上，他很简单，爱憎分明，不是好就是坏。"

我看看母亲，猜不出这是表扬我，还是埋怨我。

班主任把粉色纸条还给我，回手将白色布告纸撕得粉碎。"一切都被安排好了，没什么可改变的。"

母亲跟班主任和马丽丽道别，带着我向沈裁缝店走去。拐过街角的时候，我瞥见大黑伞下一胖一瘦两个女人，正默默注视着我。我心里一酸，赶紧别过头。

大雨天的晚上，裁缝店没有客人。沈裁缝跟着收音机哼唱："我本真心托明月，谁知明月照沟渠。泪似湘江水，滔滔不断流。愁似秋夜雨，一点一声愁。"

我们收伞跨进店门，沈裁缝一激灵。

"红布料还给我吧，不做了。"母亲收起伞，有点抱歉。

"哎呀。"沈裁缝把收音机关了，说话声音更细更尖。"我都开好片了啊！"

"刚才我想通了，真的不做了。你看，现在他穿这件衣服不再显大，合身了呢。"母亲边说边用手帕擦眼泪。

沈裁缝跟着叹了口气。"这也是我做的呢。好多年前，我刚在街上把店开出来，他爸把当时流行的棕色细纹灯芯绒面料交给我。手一摸，顺毛一片亮，逆毛一片暗。可你看现在!"他抓住我胳膊,抬到灯光下。"绒条都磨没了!"

绒条被磨平的地方,已经薄得像一层纱。透过薄薄的纱,我看到了一片白色光亮。

光亮中,父亲正向我走来。我等得眼睛酸了,眼泪出来了。他却还在走过来的路上。我可以望见他的眼眉,叼在嘴边的香烟还在冒烟。渐渐地,那片光亮越来越强,白得耀眼,父亲在光亮中微笑。那微笑使得光更加暖和。父亲与光融为一体。他真的走了。

母亲回头对沈裁缝说:"麻烦你跟他说一声,那事就算了。以后我们还是不要再见面了。"

我脱下棕色细纹灯芯绒外套,拉住母亲的手。"给我做一件红色外套吧。"

创伤、记忆及其救赎
——评《通古斯记忆》

张丽军　　胡　跃

文学中的创伤书写并不鲜见。一百年前，鲁迅在《狂人日记》中展露了一位"迫害狂"的内心世界，早期伤痕文学、反思文学展现了十年浩劫带给一代人的心灵创伤，前者如刘心武的《班主任》，后者如古华的《芙蓉镇》。而王啸峰的《通古斯记忆》借助阴郁传奇的灵异画面构建记忆迷宫，营造出别具一格的审美韵味。小说以伤感、阴郁的笔调叙写了一个少年遭受车祸后与众不同的精神世界，展现了灾难性事件给个体造成的心灵创伤。

小说以第一人称叙事，通过非线性的方式还原了少年记忆中的一个个场景，感伤、写意的叙述里混杂着氤氲和鬼魅的气息，就像隔着一团迷雾，若隐若现、似真似幻。故事始于少年不知所起的一场暗恋。情窦初开的少年给心仪的班长马丽丽递去了一封情书，在收到一句不明所以的回复后，少年不由自主地来到了马丽丽所在的小楼，并被热心的中年男子顾叔带去了女孩的家。看似平常、普通的家庭，却让人感到隐隐的错位和不对劲。微微发红的灯光，隐在黑暗中不说话的马丽丽，对少年置若罔闻的一家人，还有乐此不疲表演魔术的顾叔……迷离、诡异的氛围不禁让人联想到蒲松龄笔下瑰异奇谲的聊斋世界。顾叔无疑是一位神秘莫测的人物，他神出鬼没，总在少年迷惘伤神的某个时刻出现，他洞悉少年的隐秘心事，甚至能精准无误地复述五年前少年父亲车祸死亡的画面——这一度让少年陷入可怕的梦魇和记忆的黑洞。少年的情书最后被老师、家长发现并缴获。在此，小说设置的悬念也终于水落石出：原来一切都只是少年的臆想，所谓的顾叔其实是猥亵少女的变态狂，早在一个星期前就被枪毙。

记忆的捕捉与呈现在王啸峰的笔下显得迷离奇幻、真假莫辨。街角巷弄流传着冯姑娘的流言传说，母亲却矢口否认此人的存在；马丽丽辫子后藏着一张会说话的人脸，可所有人都看不见；天旋地转与安详平静的画面在少年的脑海不断切换、闪回、重叠……小说以意识流、空白省略、时空并置的手法展现记忆时空的错乱和灾难场景的延宕，让少年受伤的内心抽离出一个他者，呈现自我分裂和双重对话。一切看似异乎寻常、虚实难分，但在创伤经验的语境下，却又充满真情实感，读来合乎情理。灾难现场的悲惨情境如何？小说家并没有极力铺展描绘，而是将笔端伸至幸存者的内心世界和自我空间，展露个体的伤痛体验和生命不可承受之重。少年在真实与虚构的记忆中逡巡，然而我们在枝丫丛生的遮掩之下，看到了人性深处的隐秘情境和心灵的伤口与疤痕。

光与影是小说中反复出现的一组意象。因为光的照射与遮蔽，就有了显露与隐藏的分别，有了真相的掩没与幻影的闪现。王啸峰借助晦暗不明的画面布景展现少年内心的困顿与恍惚，思维的混乱与记忆的欺骗。当少年落入记忆迷障之时，周围的人与物都笼罩在黑暗之下：马丽丽"有棱有角的地方全都隐入黑暗"，整个楼道"陷入昏暗的沼泽中"，"昏暗难辨"。而光的照射则让一切的虚妄与幻境隐遁消逝，露出世界的真相。小楼里的万家灯火温馨动人，时时提醒少年家庭破碎的事实，"狭长店铺被多只白色荧光灯照得雪亮"，明晃晃的裁缝店里，敏感脆弱的少年正和母亲争吵不休。强光之下，得见本真现实。

同时，光的出现又如神启，多了救赎的寓意。小说结尾，少年走出生命的幻象，透过父亲遗留下的外套"看到了一片白色光亮"，光亮中，离世的父亲面带微笑魂兮归来，直至与光亮融为一体。显灵的父亲已然化为光之本身，照进少年的幽暗之心，点亮灵魂之光。回忆与幻境、苦难与耽溺，少年的故事昏暗、阴翳，内里却包藏着希望的核心和再生的可能。

《通古斯记忆》令人好奇的当然是小说何以如此命名。1908年，位于西伯利亚中部的通古斯地区发生了一场神秘的大爆炸，巨大的火球从天而降，熊熊烈火将广袤的原始森林吞噬殆尽。据专家称，通古斯爆炸的能量约等于落在日本广岛那颗核弹的1000倍。不难推知，那场灾难性事件给当地人的肉体和心灵带来了何种重创。王啸峰可能借题名隐喻少年内心遭受的心灵创伤。经历车祸，失去父亲的少年有幸脱险存活，但过去的创伤记忆在他心中却犹如一道无法填补的天裂。恰如北野武所说："灾难并不是死了两万人这样一件事，而是死了一个人这件事，发生了两万次"，我们不能不为少年混沌的时空记忆心颤，并感叹生命的无常，个体存在的苦痛。当然，小说并没有停留在浅薄的人道主义关怀上，渺小卑微的受难者或许生之艰难，但一样有爱的能量和向上超越的勇气。这些能量、勇气与生命的灰暗底色交相辉映，构成最为真实，也最为动人的生命图景。

公司有规定

周瑄璞

早上八点多，我正准备出门，电话响了。

"我是来取退货的。"一个年轻的声音说。

"稍等十来分钟，我去上班，给你带下去。"

"好，我就在附近，你下来打电话。"

女人出门总是难的，中年妇女更是麻烦，从开始换衣服，到真正出家门，没有十分钟走不利索，有时到电梯口还要折回。妆扮好一切，背上包包，拿着原封包装的三件裙子，分量还不轻，在电梯里给快递员打电话，说我马上下楼，你到小区门口吧。他说好的。

出了小区门，左看右看，近看远看，没有一个快递员的身影。给他打电话，他说："我就在你小区门口啊。"

"可我没看见你，马路对面也没有，你到底在哪个门口？"

"就是药店对面，有银行的这个门口啊。"

"那不是我小区门口。算了，你站着别动，我走过来，反正我上班要路过那儿。"

向北走几十米，果然看见一个矮个儿敦实的小伙子，二十岁上下，一张新鲜的圆脸红润天真。我说："你怎么跑到这个门口？不是按订单上的地址来的吗？"

他一脸蒙，看看小区里边。"这不是区政府家属院吗？"

"这是区政府家属院，可我不在区政府家属院啊。订单上清清楚楚写的我家小区的名字，你黏啥呢？"

他脸上立即呈现出与黏字挺般配的表情，又看看手机上的订单。嘿嘿一笑，知道自己跑错了地方。

话说这个万能的"黏"字，发"然"音，是"陕普"里使用率极高的一个字，每个西安人都说过别人"黏得很"，意思大概是糊涂、错乱、不清醒、不灵活，说白了就是笨，相当于上海人的拎不清、北京人的傻帽儿。它另有一个意思是纠缠、胡闹、霸王硬上弓，不合规定强行做事，但不是本文所指之意。

我将东西交给他，说："这是我要退换的三件裙子。"

"我这单子上显示是两件。"他说。

"退的两件，换的一件，共三件。"

"我只能按单子规定，收走两件。你看，两件蓝色裙子。"他让我看手机。

"这三件都是同一个品牌，从一个库房里发出。退两件，换一件，我订单上都给他们标清了，三件一起退回，他们收到后将其中一件给我换大一号寄来就行。"

我讨厌事情出岔子。现在是上班路上，他只收两件，那我就得将那件换号的拿到单位，或者再走回去，放到家里，那又得浪费十分钟，而我是个爱惜时间的人。总之两种情况都挺麻烦，于是让他一定将三件拿走。那小子赌气般地说，我得看看。打开包装，把三件连衣裙数了两遍，嘴里嘟叽，明明订单上是两件，你却非得给我三件。

"都拿走就是，没有问题的。"我强行交给他，"快递费多少？来，加个微信，给你转钱。你新来的吧？我好像没有你微信。"我扫他，他通过，说二十元。他的名字后面，跟着电话号码，是快递人员的标准格式。我给他转了钱，彼此各走各路。

前天想在网上买条春秋连衣裙，挑来拣去，看中两个款式，一个只有蓝色的鱼尾裙，另一个一蓝一紫的喇叭裙，我拿不定主意，要蓝的还是紫的。为了减少来回对比调换的麻烦，我决定下单购买三条，寄来后试穿，至少留下一条，其余的一条或两条寄回。在这个网站买过几次东西，都是让同事帮忙下单，因为要注册会员、捆绑银行卡，这些程序对我来说很是烦琐，不愿意花费时间去弄，而同事在此网站是注册会员，我买东西只需把链接给她，她来帮我操作。于是我让她下单三件，到时退掉裙子的钱会回到她卡上，而我只给她转实际购买那条的钱就行。

裙子到了后，蓝色鱼尾那条干脆就穿不进去，不知道使用的哪个星球的号码，而那个一蓝一紫的款式，明明也是按照我的号码买的，却穿着有点儿紧，胳膊箍着，肚子绷紧。明白了，这个牌子做衣服以省料子为原则。我选中紫色，换个大一号的。看来并不是我想象的只把不要的一件或两件寄回退货那么简单。于是昨晚又请同事帮忙在网上退换货，标明紫色的换成中码，另两件退掉。

此网站服务还真是好，一大早就有快递人员收货。这样的话，三天后出差的我，说不定就能穿上号码合适的新裙子。

晚上七点多，厨房里一派繁忙，炉火熊熊，我正在炒菜。女儿打开厨房门，手机递给我，有快递员说："我是负责来换货的……"油烟机轰轰响，后一句没听清，只道是新裙子送来了。服务还真是好，退的还没收到，新的就给寄来了，或许是同事信用记录好，可以给先寄来？我赶忙关火，下了楼去。小区门外却仍然没有快递人员身影。我打电话问，他说，在小区里，刚给一个人把大箱子送到单元门口。

我又进到小区，在门内见到昨天那个小伙子，手里拿个包裹。我伸手去接，他也向我伸手："你退的那件哩？"

"退的那件？交给你了呀。"

"你啥时交给我了？"他睁大眼睛问。

"昨天早上，八点半，在北边那个小区门口，三件一起给你的呀。"

"我没见到你的东西。"他脸上表情更认真了。

"怎么能没见，咱俩微信都加了，你是不是叫苏小明？"

"苏小朋。"

"不管叫啥吧，反正是你有点儿黏，那条裙子昨天已经给你了。来来，我找出昨天的快递费转款记录给你看。"我俩说着，一起走出小区，来到他的小车旁边。"你看，这是你不？"

他仍然一脸无辜的样子。"不行，换货要拿回旧的，给你新的。这是公司的规定。"

"可是旧的我昨天早上给你了呀。"

"你不能昨天早上给我，你应该现在给我。"

"可是你昨天早上没有说这么明白呀，你只说订单上是两件，我以为订单没搞清呢。你要是昨天早上告诉我这是两个渠道，我也就不会硬要把那个给你了。"

他站在小车旁，呆愣愣一会儿，看看我，看看手中包裹，突然双脚跺地，躬腰向前，像大笨鹅一样扇动双翅。"少一件东西，我要赔钱的呀，这是公司规定。"他痛心疾首，双手拍打两腿。

"没有少呀，那件已经寄回库房了，公司凭什么扣你钱？"

"哎呀，你不懂，姐我给你说啊。"

"你应该叫我阿姨。"

他一屁股坐在自己敞开门的小车上，短胖的手指滑动手机："你看啊，我把这件裙子给你，我必须再拿回去一件交给公司寄回，否则就是货物丢失，得扣我的钱，这是公司规定。"他鼻尖冒汗，快要哭了的样子。

"货物没有丢失啊，规定是死的，人是活的，我再让同事跟网站联系，让他们那边告诉你们公司，说收到了三件，不就行了？"

"不行，我今天必须拿回去一件裙子。"

"那你这件先不要给我，你拿回去，等事情搞清楚再给我送来，这不结了？"

"不行，我拿回去就得寄走。而这是你的快递，得交给你，你要在单子上签收。"

"那你就给我呗。"

"可我拿不回去东西，要扣我钱。"

"你这啥公司？这么不讲理。得，得，我正做饭呢，你要么把这条裙子给我，要么先拿回去，就这么简单，你决定吧。"

他又愣怔了一会儿，灯光里，一张圆脸现出悲壮的神情，把软乎乎的包裹拍到我手上："你拿走吧。我回去先跟领导汇报下，看咋办。"

我上楼回家，刚炒好菜，还没有端上桌，他的电话又来，一个不是他的人问我事情经过，口气挺像小班长的样子。我说千真万确，昨天当面交清三件。那边人声嘈杂，许多人在说话、走动，忙着装车、运货，传来那小子沙哑的哭喊声："现在要让我赔钱哩!"好像是他夺过了电话,大声问我,你这条裙子多少钱?我说,四百多。他说,妈呀这么贵,多少天白干了,我说,不会让你赔钱的,我会跟那边落实清楚。当发现拿电话的又换成了小班长时,我说,先别下结论,不能随便扣钱,等我问清楚再说。一时间,我家的晚餐也成了一场打闹似的,八点还没吃到嘴里,我得尽快让那个惊慌失措的孩子稳定下来,顾不上吃饭,给他发了条短信:放心吧,无论如何,不会让他们扣你钱,实在不行,损失我来承担。他回复两个字:谢谢。

饭后,立即呼叫同事,让她联系那边客服,确认一下收到的是三件。

那条失控的裙子,已经走上了一条不归路,在那个由无数人交接传递的运送带上,现在不知走到了哪里。

第二天晚上,同事语音告诉我,那边库房确认,收到的是三条裙子。明天业务经理会给我打电话,确认一下事情经过:因为他们有明确规定,退货是一个单子,换货是一个单子,现在两个单子要对到一起才行。

第三天上午,没有接到电话,下午我要去机场,还是没有电话,而我害怕飞到天上的时候,他们来电话,于是又语音同事,能否把客服电话告诉我,我给打过去。同事说,她没有客服电话,是网站QQ联系的,他们会打过来的。过一会儿,接到一个电话,却是快递公司的,用十分规范的语音和措辞,先说一串订单号,好像我能记住那串号码似的,并说此次通话会被录音,然后问我事情经过。我讲清楚之后,对方问当时快递员是否提醒过我他只能收走两件。我简直怀疑这一切是由机器或电脑在控制,而处在链条末端的苏小明小朋友,反而成为最没有发言权的人。也不知跟我说话的这个女声是人工合成还是真实的人,我强调快递员提醒过我,而我不是快递专家,不懂得你们的业务流程,我的理解是三件一起寄出更方便,硬要交给他的。总之,这件事已经落实清楚,那边收到了三件,所以不能随便扣快递员的钱。那不知是人还是机器的女声,发出珍贵的笑声,说,没有要扣他的钱,只是要把事情经过落实清楚,证实他按照公司规定,当时提醒过你。

我过了安检,正在向登机口走的时候,终于,卖衣服的客服来电话了。如此这般跟刚才那个电话同样的开头,我又说了事情经过,她也亲口告诉我,库房收到的是三件裙子。我说,那请你跟快递公司那边说一下,不能处罚快递员。那同样不知是人还是机器的女声说,抱歉,这个不属于我们的业务范围。挂了电话。

而这所有的来电,都是受程序操控的一个指令,如果程序继续下指令,还会不会有第三个、第四个人来电话,询问我事情经过,而她们得到的声音是:对不起,你所拨打的电话已关机。在这个由无数人接力参与但不允许有多余感情溢出的链条上,必须有一个人明确地告诉苏小明:不会扣你的钱。那么让我来用一个非程序操控的真实的声音,给那孩子打个电话:

"苏小明。"

"苏小朋。"

"嗯，不管你叫啥吧，我告诉你，事情搞清楚了，不会扣你的钱。不过你下次得注意，脑子不能再黏，要明确告诉顾客，这是两个单子，两条通道，不能一起寄。"

"嗯，知道了，谢谢你。"

过了几天，晚上八点多，他打电话说有我快递。我下去取的时候，小车停在路边，他正坐在敞着门的车斗里。车内空着，看来是货物送完了。他将快递交给我，说，那件事要谢谢你。

"不客气，我说了嘛，不会扣你钱的，看你吓的那样。不过你那天确实没跟我说清为啥不能一起寄。因为你自己没搞清楚，如果你明白业务，那么就算我一起给你，你可以寄走两件，留下一件第二天再寄呀。我说你有点儿黏吧，你还不信。"

他低头对着手机，突然一笑，似乎认可了自己的黏。

"为啥总是晚上来送，都几点了，还不下班？吃饭了没？"

"没有上下班时间，反正得把货送完。"从此他对我的友好表示是，电话里告诉我快递的内容。

"你的一箱水果，给你放西门柜子里了。"

"你的一个小盒子，北京来的，不知是啥东西。"

"你给娃买的辅导书到了，方便来西门取一下不？"

"娃的课外书到了，给你放柜子里。"

花样还挺多，大概他认为娃们的课本是学校发的，而但凡自己买的，都是复习资料课外读物之类。总之，只有孩子和学生需要买书，大人是不用读书不必买书的。

那天他又说："你给娃买的课外书，给你放西门柜子里吧？"

"不用放，我再有二十分钟到家，直接给我就行。"

"一箱子，挺沉的，你拿不动，放柜子里，让你老公回来拿。"倒挺会关心人。

那天下着冬季里的第一场雪，他又来电话："有两箱水果，你推个车车，来西门取吧。"我在门卫那里推个车子出去，他在纷飞的雪花里站在自己的小车旁边，三个大纸箱已经放在地上。见我出来，连忙搬起一个放到车里，直到把三个纸箱全部放好，高高地堆起，说，我帮你推到单元门口吧。我说不用，然后问他，你有小刀没？他说有。我说，拿来我用下，包装打开，给你拿几个橙子。他靠着自己的小车厢，坚硬的线条突然柔软，只用一条腿站立，另一条腿打弯在前，脚尖点地，轻轻晃动，好像已经吃到了橙子似的，有些甜蜜而害羞地说，那多不好意思，你掏钱买的。但脸上表情分明是，他那快乐的小刀已经在车厢里跃跃欲试了。我说别客气，南方新来的，给你几个尝尝。他立即伸头进去，从车里拿出小刀，推出刀刃，走过来利落地把最上面的一箱划开胶带。我分两趟拿了六个放进他车里，他嘴里直说，哎哟太多了，拿两个就行了。脸上是开心的笑，像个孩子一样帮我推着小车，上缓坡送到单元门口。

上班或者买菜，常看见他的身影。停在小区西门或南门，与那些货物"厮守"，扫描、搬动和分拣；抱着摞得老高的包裹，挡住了脸，小心地拧着脖子上台阶，走进菜鸟驿站；或者站在他的小车旁翘首以待。他比别人上班早，比别人下班晚，晚上八点多，还能接到他的电话。我叫他苏小明，他说，苏小朋。我说，你该叫我阿姨。他龇牙一笑，说，叫姐显得你年轻嘛。他努力做出走向社会了的成熟的样子。

有天晚上快九点，他发来微信：亲，现在说话方便吗？我刚忙完。我语音直接问，你干吗？他惊吓地说，哎呀发错了，对不起发错了。

有一次，我要从单位寄几本书，给他打电话，请他到城墙内来取一下。平时我都是叫另一个公司的快递员小高，价格便宜一些，苏小明的快递公司，起步价稍贵，但服务很好，我想到这孩子怪不容易，照顾他一单生意。不想人家却说："城墙内不属于我管，你在手机上下单，公司会指派快递员过去。"

"我下单地址还是我家，应该属于你。"

"公司有规定，不能跨区揽件。"

"相当于让你帮我把一箱子书从城墙里运到城墙外，再从我家小区门口发货，怎么就跨区了呢？"

"姐，你听我给你解释。"

"烦人，再见。"我挂了电话。解释啥呢，没时间跟你闲扯，看来你这孩子不是一般的黏。于是给小高打电话，立即来了，不也是家里单位都可以吗？人家怎么不怕跨区揽件？一堵城墙就能阻隔你来取件吗？话说这个小高，三四十岁，几年来一直由他来取我的快递。在他之前是他表弟，守时、温柔有礼貌的一个男士，说一口标准普通话，每年春节发信问候，"感谢对我事业的帮助"之类一长串。很多日子里，我想到他的"事业"二字，便挺受感动，一个人可以把自己从事的职业变成令人尊敬的"事业"，可不是闹着玩的。后来表弟回老家开展快递业务了，将他表哥小高介绍给我，我总是不断往外邮寄签名书，尤其新书出版后，几乎每天都有，还常常超重，快递费动辄几十元，可能在他们眼里，我也算是一个重要客户吧。过年的时候，小高也会发来一串问候语，竟然还有红包，点开一看，二点二元。哈，开心笑纳，给他回发一个十六点八。小高的孩子已经从老家接到城里上学，有时请他来取快递，他会说，晚一点儿可以吗？我现在到南郊接娃去。或者说，这地址就在我娃学校旁边，我下午接娃时给你捎去。我也就直接给他微信转钱，不管他是否拿回公司下单，因为下单走流程的话，明天才能送到。

还有两次，临下班时让小高到单位取快递。他请我坐上他的小车，把我送到小区门口。两人并肩坐在一起，我的头发都飞舞起来，感觉小车随时会散架，一再要求，开慢点儿开慢点儿，安全第一。他说，放心，车技一流。说这话的气派，很像是电影里开豪车的男主角。我们的业务是靠抢时间得来的，速度不能慢。他的声音被气流撕成碎片，在空中飞舞。小高是个业务娴熟、聪明灵活的人，有时候我下楼早了几分钟，站在路边等待，感觉他的电动车像是飞机刚落地一样，滑翔而来。他从来不说公司规定这样的话，或许多年以前，踌躇满志地投身于快递事业时说过？有一阵，他照常来取件，拿到东西时说，我给你转到另一家公司吧，同样送到的。我也没有在意。几次之后才告诉我，他已经到那个"另一家公司"上班了，原来要在我这里平稳过渡。

无论如何，快递员成为我们生活中密不可分、不可或缺的重要角色。小区门口、单位门外、快递柜前、菜鸟驿站、大街上、小巷里，都见他们的身影，骑着走着蹲着拿着抱着捧着等着，与小车和货物长在一起，和"事业"二字紧密相连。有一天晚上，我路过苏小明的快递点门口，几十辆小车安安静静挨挨挤挤地停在黑暗里，像一群乖孩子。白日的喧嚣完全退去，所有的货物一扫而空，每辆小车的主人不知去往哪里。或许有家的开上小车回了附近自己的家，而小车停在这里的主人都是单身青年，公司提供住处，他们就在卷闸门里面统一入睡了。明天天不亮，他们从四面八方汇聚在这里，将货物装满自己的小车，用年轻的身体，沸腾起新的一天，将汪洋大海般的货物，变成一簇簇浪花、一滴滴水珠，输送到每个人的手里，而我们每个人都是这货物链条上的一个环节，不能出错，否则麻烦大大的。而小高那样的年纪，是否已经意识到自己体力不再充沛，有了某种危机感？大太阳下，我看到一个瘦弱干枯的年轻人，低头蹲在一个单位的门口扫描货物，汽车擦着他的衣服缓慢通过，他浑然不觉。他占地面积如此之小，呈现出极其温顺的姿态，像一张小纸卷，可以卷一卷装入口袋里似的，那样子好像从来没有年轻过。他蹲得那么投入，快要融化在地面，整个人仿佛只剩下花白头发的、小小的、万分专注的脑袋。

苏小明也是少白头，有一少半头发是白的，但他毕竟年轻，还没有被这项事业搞憔悴，尽管白发但不显得沧桑。我暂时还想象不到他有朝一日会被快递业务消耗成什么样子，他和自己的事业、公司还在蜜月期呢。

有一天我去菜鸟驿站取快递，排队的人挺多，两个工作人员繁忙地在狭窄深长的小屋里拿取货物。苏小明横着身子坐在门口的凳子上，很占地方，满脸沮丧，工作人员顾不上理他。他看到我在排队的人里面，像见到了亲人，伸着脖子说，哎呀姐，你小区一个女的，咋是这样的人哩，我回回给她送货上门，就今天一天忙不过来没送，人家就把我投诉了，要扣我五百块钱哩。我说，你出来说出来说，坐那里头，碍人家事。他站起身，挤出来，小屋里立时通畅了。他站到我旁边的台阶上，鼻尖冒汗，眼里闪着泪花，又把刚才的话叙述一遍。

我说："你好好跟她说说，让她把投诉撤了呗。"

他说："人家不理我，打电话不接，敲门也不开。"

"不可能吧，肯定你哪里没做好，让人家生气了。我们小区的人，都是很讲道理的。"

"哎呀真的，你去问她，我回回都给她送上门，就今天实在没空，放快递柜了，就投诉我。"

"我又不认识她，到哪里去问？怎么，快递还送上门吗？你咋从来没给我送上门过？只给她送，看把毛病惯出来了吧。"

"有一个预约处理提醒，姐你下次预约的话，我就送到你家。"

我取了快递，问他："那你坐这里干吗？他们又解决不了。"

"心里着气，扣五百块钱，几天白干了，干脆，休息。"他跟在我身旁，一直送到小区门口，委屈似乎还没诉完，依依不舍地停在门外。我说，也好，休息半天吧。我对他的遭遇无能为力，只是安慰一下。

我走在小区里，在手机上看他说的那个预约提醒，点来点去，点出他的画面，有评价，有投诉，还有给快递员赠送礼物，礼物下面一行小字：您的赠送将直接进入快递员账户，公司不扣取任何费用。我想，如果投诉的话，下面是否也会有一行小字：您的投诉已经受理，公司核实后将从快递员工资扣除五百元。同小区那女人，也真够狠的，手指一动，苏小明五百元没了。赠送礼物有送香甜、送美味、送温暖，图案分别是一点八八元的蛋糕、五点八八元的桶装面、十点八八元的围巾。我的手指在三个图案下徘徊一番，点下一点八八元的送香甜，多少是个心意，让那孩子心里好受些。

过几天，早上八点，电话响，又是苏小明。

"姐你给娃买的书到了，小区西门。这回少，就两本，你能下来取不？"

"你放柜子里吧，我一会儿下去取，这是要拿到单位的书。"

"疫情原因，西门柜子封了，用不成。现在统一都放南门柜子，那我给你放南门吧。"

"那不用放，我二十分钟下去，你应该还在附近，到时联系，你再给我。"我想，凭借着六个橙子、一个香甜的交情，他不管在几百米远的什么地方，开上他快乐的小车给我送过来，不是碎碎个事吗？

我在电梯里给他打电话。

"你现在在哪儿？"

"还在小区南门。"

"给我把书送到西门吧。"

"哎呀姐，我走不了。"

"怎么走不了？开上你的小车，半分钟就过来了。"

"不行，东西会丢的。"

"东西在你车上，你开着车，怎么会丢呢？我着急上班呢，你给我送过来一下呗。"

"哎呀真不行，公司有规定，东西丢失我要赔呢。麻烦你自己过来取吧，要不我一会儿给你放南门柜子里，你下班回来再取。"

"算了算了，我过来取，真是的。"

惜时如金的中年妇女，疾走如飞，三分钟来到小区南门。见他的小车停在外面，地上摊了好些东西，大的小的、盒的袋的、横的竖的，这些天天来了去了无有穷尽，跟他有关却又无关的包裹，他与它们命运相连心手相牵。他低头蹲在那里，对着这个扫一扫，拿起那个看一看，搬起一个放到另一个上面，像孩子摆弄积木。在送出去之前，每一个都是他的重要财富，是他亲亲的宝贝，不能有任何闪失。

我走过去，说声哎。他拿起地上那个白色气泡袋子，手机扫了一下，递向我。

我劈手夺过，佯装生气："开上车过去，半分钟的事儿，这个小忙都不帮，非得我吭哧吭哧走过来。"

"哎呀姐，人货不能分离，公司有规定。"他丢给我一个闪电般的笑，转回头去，又对着地上一摊宝贝，不再理我，完全不像得过我六个橙子、一个香甜的样子。那万般投入的表情，似乎任天大的事发生，都不能让他离开他心爱的货物。

我边走边撕开包装袋，心里说，小子，你信不信把你写进我小说里？

走近"熟悉的陌生人"
——评《公司有规定》

卢　翎

　　《2022—2023年中国快递物流行业发展现状及典型案例研究报告》中的相关调研数据显示，2022年中国消费者最常用的快递下单方式，占比最多的是微信小程序，最常使用快递物流方式是普通快递，占比为53.3%。等快递、收快递、发快递成了中国居民的每日必备。快递员成为居民生活中密不可分、不可或缺的重要角色。他们身着色彩鲜艳、醒目LOGO标识的工作服，骑着电动车，穿行于大街小巷，迅速地将各种物品送到千家万户或者带向四面八方。小区门口、单位门外、快递柜前、菜鸟驿站都能见到他们的身影。快递员成了我们每天都在打交道却不甚了解的"熟悉的陌生人"。以坦诚对话的姿态、怀着深深的敬意，短篇小说《公司有规定》带我们走近了"熟悉的陌生人"。

　　小说主人公苏小朋是一位快递员，"一个矮个儿、敦实的小伙子，二十岁上下，一张新鲜的圆脸红润天真"，"开上他快乐的小车"，"用年轻的身体，沸腾起新的一天，将汪洋大海般的货物，变成一簇簇浪花、一滴滴水珠，输送到每个人的手里"。他勤快且认真，所有的包裹，"跟他有关却又无关的包裹，他与它们命运相连心手相牵"，送出去之前，"每一个都是他的重要财富，是他亲亲的宝贝，不能有任何闪失"，"上班或者买菜，常看见他的身影"，"扫描、搬动和分拣，抱着摞得老高的包裹，挡住了脸，小心地拧着脖子上台阶，走进菜鸟驿站"，"他比别人上班早，比别人下班晚，晚上八点多，还能接到他的电话"。"公司有规定"，是他的口头禅，也是他的工作态度，即使失去了"我"这个大客户，也要一丝不苟地执行"公司规定"："哎呀姐，人货不能分离，公司有规定。他丢给我一个闪电般的笑，转回头去，又对着地上一摊宝贝，不再理我，……那万般投入的表情，似乎任天大的事发生，都不能让他离开他心爱的货物"；比起业务娴熟、聪明灵活的快递员小高，他有点"黏"（陕西方言，发"然"音，有糊涂、错乱、不清醒、不灵活的意思），却"黏"得可爱、可亲。……如同一幅幅生动的速写，小说呈现出快递员们日常辛勤的劳作、快乐的忙碌。

　　作家还设计了一系列小误会、小纠纷、小事故，如退换裙子、"跨区揽件""差评"

事件等，在处理这些小"事故"过程中，我与苏小朋"肝胆相照"，真挚地关心彼此：面对公司规定，"我"挺身而出（"放心吧，无论如何，不会让他们扣你钱，实在不行，损失我来承担。"），为苏小朋"排忧解难"；寒冷的冬天里，"六个香甜的橙子"是"我"诚挚的友情；遭遇差评被处罚后，"我"的劝解和"一点八八元的送香甜"，"多少是个心意，让那孩子心里好受些"。而"我"也时时收到他"友好的表示"："你的一箱水果，给你放西门柜子里了"；"一箱子，挺沉的，你拿不动，放柜子里，让你老公回来拿"……借此，我们真切感受到苏小朋的辛酸、委屈，感动于他的憨厚、勤勉、真诚、善良。

因为了解，所以作家常常被那些陌生的、忙碌的身影感动："在茫茫人海中，在川流不息的人群中，他们只是些微不足道的身影，我看到一个瘦弱干枯的年轻人，低头蹲在一个单位的门口扫描货物，汽车擦着他的衣服缓慢通过，他浑然不觉。他占地面积如此之小，呈现出极其温顺的姿态，像一张小纸卷，可以卷一卷装入口袋里似的，那样子好像从来没有年轻过。他蹲得那么投入，快要融化在地面，整个人仿佛只剩下花白头发的、小小的、万分专注的脑袋。"这感动中其实也包含着一份敬意，"很多日子里，我想到他的'事业'二字，便挺受感动"，"一个人可以把自己从事的职业变成令人尊敬的'事业'"。

快递服务作为一项门到门、桌到桌的精细化快捷物流递送服务，自1980年代以来，在中国发展迅猛，伴随着电子商务的高速发展，中国快递业也进入了飞速发展的"黄金时代"，2014年中国快递业跨入百亿件时代，快递业务量达140亿件，居于世界首位。这辉煌的业绩正是苏小朋、"微不足道的身影"们以近乎虔诚的劳作与付出铸就的。从这个意义上来看，小说致敬每一位勤勉的劳动者，这份致意使2022年的小说中涌动着令人感动的温暖。

小说密切贴近生活，有着浓浓的烟火味，它是家常的，却有着直抵心灵的力量。周瑄璞就是一位手执魔棒的"魔法师"，不起眼的小物件、平淡无奇的日常生活经她的手"点石成金"，成为"动人的诗篇"。它体现出作为小说家的周瑄璞敏锐把握生活的能力、情感能力与出色的艺术表现力。

月光下的黄羊

房 伟

一

那是几年前的旧事了。我和安筠在乌鲁木齐转机，遇到航空管制，等了许久，顺利登机后，又飞了几小时，才到了库尔勒。老韦已靠在北京越野吉普上，等得不耐烦了。新疆太大，飞都要这么久。我和安筠在机场门口，一通乱拍照，发朋友圈。老韦翘着胡子，说，内地人，高楼大厦挤惯了，到了"撒着欢"活的地方，傻了呗。

我们和老韦不熟。他和我的同学是好友，我们也是第一次见。同学拜托老韦照顾我们。他这些天正好没事，陪我们在南疆转转。老韦是文联干部，父亲是哈萨克族，母亲是汉族。他有点凶，五十岁出头，身板强壮，浓密的短髭，喜欢叼着黄杨木烟斗。老韦学摄影出身，也兼做导演，还是探险家，他刚给单位拍了纪录片，领导让他在家休假。

闲着就难受，我前世肯定是头野驴，跑着才能活。老韦搔着短发，自嘲地说。

我们哈哈大笑。不知为何，来了新疆，心一下就宽了，说话声音都大了，嗷嗷的，带劲。安筠休闲装打扮，围着纱巾，戴着路易威登的墨镜，还涂了防晒霜。这会儿，她也不管太阳毒了，爬上了老韦的吉普，打开顶棚，催促快些上路。她上车时还不小心蹭了保险杠。老韦的吉普，保养得油光水滑，经过多次改装，有些张牙舞爪。老韦赶紧过去，摆弄半天，轻轻地摸着烤漆，心疼地说，车可是我老婆，闯沙漠，上天山，漫漫长夜，全靠它哇。安筠赶紧道歉，老韦没发火，只不过盯着安筠，看了会儿，小声对我说，你的妞可真靓。我白了他一眼，表示对这样的恭维，早已麻木了。

来南疆之前，我们做了"攻略"。博斯腾湖、罗布人山寨、库尔勒铁门关，这些地方都必须去，阿克苏的英买力、库车，还有塔里木乡，都是老韦推荐的。安筠想去小河五号墓地，那里有神秘的"楼兰公主"，老韦也曾参与小河墓地的发掘。老韦磕了磕烟灰，把烟斗放好，发动吉普，摇着头说，那是沙漠，不是闹着玩的。再说，那里现在归军区管，为了防止游客干扰，小河已被列入军事管制地。安筠不服气地噘着嘴，说，你怎么能去？老韦挺着肚子说，我是谁？我是中国最高资质的探险导游！余纯顺知道吗？那是我朋友！

我越发觉得，老韦有很多神秘的地方。

老韦开车，和他的人一样，狂野彪悍，速度吓人。他多才多艺，会汉语、维吾尔语、哈萨克语、蒙古语等多种语言，民歌唱得好，肚子里的故事多，路上，给我们讲故事、唱歌，倒也热闹。安筠对他很好奇，问这问那。

我问，老韦，给单位拍的啥片子？

老韦说，无所谓的，几天就搞定了，主要拍了自己想拍的。

安筠说，拍了什么？

老韦丢过来一摞照片。都是天鹅，黑天鹅，火红的喙，黑亮的羽，有的交颈欢唱，有的独自觅食，背景是春天的、雪水融化的天山。

黑天鹅原产澳洲，天山可不常见，爱上它们，我吃了好多苦。老韦喃喃自语。

安筠惊叹着，太美了！一切是大自然的恩赐。

安筠很矫情，外加小白领绿茶气质，不知咋的，我打心眼里腻歪她的做作浮夸。可我不得不承认，老韦是个有魅力的老家伙。

安筠似乎对老韦更感兴趣，又问了很多白痴问题。老韦瞟了我一眼，有一搭没一搭地，和她聊着天。我索性闭嘴。他俩越聊越投机，老韦的语速越发快了，简直有些滔滔不绝。

老韦说，他拍了很多照片，也拍了半小时长度的纪录片。他窝在天山一个帐篷两个多月。晚上寒风刺骨，躺在睡袋里，也难以入眠。白天阳光还好，就是山风太大，手和脸都皲裂了。老韦还说，黑天鹅求偶，特别浪漫，既会交颈鸣唱，还会以喙相碰、以头相靠，在天鹅两喙相碰时形成爱心形状。他拍得热泪盈眶……

嫂夫人不管你？你不用管孩子？我冷不丁地问了他一句。

老韦猛地打住，脸憋得通红，半晌才说，我们没孩子，去年春天，我们刚离婚。

老韦像被针扎破的气球，精气神全没了，也不说话，自顾自地开车。安筠投来幽怨眼神，埋怨我破坏了氛围。我心里有气，我是"正牌男友"，她倒好，认识一个男人，不到两三个小时，就熟络得吓人。看着老韦吃瘪的样子，我不能再痛下杀手，也就此打住。

新疆的路太长，地方太空旷，开上半天，也遇不到一个人、一辆车。老韦的车速飙得快，开得倒平稳。沙漠公路在孔雀河边，两边的沙枣树、胡杨、巍峨的天山、透着黄色的塔里木沙漠，默默地向后飞速倒退，甚至容不得挥手告别。晚上九点，天还亮着，大团大团火烧云，在天边徘徊，映红了我们疲惫的脸。

老韦低声吟唱，少数民族语言，曲调听着熟。他的声音不大，沙哑浑厚，带着点哭腔，旋律很优美。歌声伴着我们一路西去，向着预定休息地。我没打断他，静静地听着，安筠捅了捅我的腰，小声说，《一朵玫瑰花》，哈萨克民歌。

老韦偏偏头，若有所思地说，年轻那会儿，我就想当"阿肯"，在弹唱会上出风头，唱歌、跳舞、喝酒、吃肉，还有美丽的姑娘。

他又用汉语唱起：

> 那天我在山上打猎骑着马，正当你在山下歌唱，婉转如云霞，歌声使我迷了路，我从山坡滚下，哎呀呀，你的歌声婉转如云霞……

<h1 style="text-align:center">二</h1>

接着几天，大家都玩得高兴，小小的不愉快，也烟消云散了。老韦大大咧咧，但也会照顾人，他带着我们在博斯腾湖乘船，在附近的少数民族小酒馆吃饭，特意买了正宗"五道黑"鱼。湖水清澈，才养得鱼汤鲜美。小酒馆门面不大，后院飘着牛羊肉香味，门楣上写着几种文字，桌子板凳油腻腻的，歪歪斜斜，像喝醉的酒客。

小酒馆客人不少，汉族和少数民族都有。我和老韦喝了不少伊犁特曲，出门一阵狂吐，吐完接着又喝。老板四五十岁，也和他熟悉，特意给我们送上大羊肉串、羊排和抓饭。新疆羊肉又嫩又软，不膻，说是"大羊肉串"，因为那串简直太大了，一串能顶上海的五六串，嗞嗞冒油，让人垂涎欲滴。我吃了一串又一串，吃得口滑，又要了一大盘羊排。抓饭也棒，羊肉和米饭混合着浓郁香气，葡萄干、胡萝卜、圆葱的搭配，爽口去油腻，让人爽心悦目。只是"羊肺子"，我吃着不习惯。据说是将羊肺洗净，将和好的面用水洗出面筋，呈糊状加油和盐，灌入面肺，扎紧气管，在水中煮。我咬了口，荤香气顶到喉咙，有点受不了。

喝酒！南方少爷，到新疆熏陶一下，才有男人气概。老韦坏坏地笑着。

我也不打怵。虽说我是IT男，在苏州长大，但父母都是山东人，酒量是遗传的，我还不相信，二十多岁小伙儿，会怕老头。几圈酒下来，问题来了。老韦不是喝酒，简直是向嘴里"倒酒"，又急又快，好像那只是几杯凉白开。

我吐过了两次，只能甘拜下风。

我趴在桌上休息。安筠和老韦划拳，她酒量太小，老韦意犹未尽，把老板扯过来，大家继续喝。老韦喝酒，还夹杂着唱歌，引发了老板的感慨。俩老男人都是哈萨克，来了个歌曲对唱。老板娘听到歌声，从后厨跑来，载歌载舞助兴。很快，被欢乐氛围吸引，我和安筠也加入了。老板索性在后院点起篝火，很多酒客跑出来，在落日余晖下，喝酒、跳舞、唱歌。

小酒馆变成欢乐海洋。他们有的唱《玛依拉》，有的唱《阿拉木汗》。店里伙计拿出不少乐器，有热瓦甫、冬不拉、那各拉鼓、都塔尔，这些东西，我都不认识，都是老韦告诉我的。看着伙计轻车熟路的架势，载歌载舞吃饭的场景，他们肯定经历了不少次。

老板娘岁数不小了，扭动着粗粗的腰肢，有着说不出的自信和活力。

这在大上海，几乎不可想象。大家都端着，扮演高等文明人。安筠的脸上，此刻涂了不少油脂，衣服也脏了，她牵着一个小男孩的手，跳得起劲，毫不在意。在上海，她走到哪里，都保持优雅姿态，人多的地方，就戴口罩，对理财客户她也这样，虽然满面春风，但如果有人挨着她，她就客气地用英文说，请保持社交距离。

醉眼蒙眬之际，几个鬼鬼祟祟的少年，偷偷溜走了，想必没付账，跑得慌慌张张，磕磕绊绊。我告诉老板，老板笑着说，几个小巴郎子，认识他们的，别说扫兴的事啦。

古来圣贤皆寂寞，惟有饮者留其名！老韦突然吟出两句诗。

老韦别转，想阿依仙了？老板打着酒嗝，醉眼惺忪地说，怂货！

我扶着老韦。他从怀中掏出两个物件，摔到我的手里，说，兄弟，好朋友！礼物送给你和女友。

我映着火光，仔细看去，是黄褐色的物件，煞是好看。

老韦晃着脑袋，说，我打的野狼，在天山上，狼肉被这酒馆老板吃了，狼皮送了领导，剩下些零碎。狼后腿膝盖骨叫"狼髀石"，这对"狼髀石"送你们了。

干啥用的？我问。

辟邪呢，老韦有点撑不住了，喃喃地说，让你们腿脚强健，跨越千山万水……

我赶紧致谢，心头也一热，这粗豪汉子，也是重情谊的男人。

还有呢，老韦凑近我的耳边，小声说，只能和自己的至爱分享，它象征爱情永恒呢，一只狼，只有两块不离不弃的"狼髀石"。

老韦嘟哝着，重重地倒在地上，打起鼾声。我强撑着，和老板把他搬进酒馆，歌舞盛宴，才慢慢散去。我问老板，阿依仙是谁？

老板大着舌头，只是说，老韦，就是团疯火！女人爱他，也受不了他。

我要是女人，丈夫几个月躲在天山，拍天鹅、喝酒、睡帐篷、不回家，我也受不了。

阿依仙究竟是谁？我不死心，继续问。

老板吐出一连串白色酒泡泡，沉沉地合上眼皮，不再搭理我。

我把另一个"狼髀石"给了安筠，这才发现，骨头中央钻了小孔，拴着细红绳，正好挂在脖子上。"狼髀石"是黄褐色的，想来常被把玩，有些"包浆"的滑润感。

安筠接过"狼髀石"，不挂上，只拎在手上，慢慢转着，醉醺醺地说，给了我不能反悔，将来有了新欢，再和我要，那可不行，进了我的账户，就是我的财产，是投资，是收藏，还是理财，我说了算。

我苦笑着说，随便你吧，一切看你的决定了。

三

我们准备去阿克苏。春天快过了，夏天要来临。这时的新疆最美了。车开累了，停下休息会儿，公路边撒出一线尿，浇着露着浅草皮的地面。我们尖叫、咒骂，和曲折顽强的胡杨成为朋友，偶尔路过的、远处的红狐狸，呆呆地看着，好像我们是怪异的野兽。

蓝天、白云、青草，寂寞广大的天地，不用考虑那些烦心事了。

西安交大毕业后，我去了上海的手游公司，打拼了六年，熬夜加班是常态，工资涨了几位数，但房价飙升速度更吓人，浑身肥肉也跟着"繁衍昌盛"，足足长了二十多斤。安筠在金融机构，搞风险投资，挣钱和我差不多。她面容姣好，身材修长苗条，属于出去吃饭，很长面子的女友。她刻意节食，每周去健身房，学普拉提和现代舞。私教课一节四百多，一年四五万块。我不让她去，可耐不住她撒娇。她在单位不吃食堂，每次都点高档外卖。高级化妆品与名牌包，没钱多买，总要有几个装点门面，服装也要牌子货，A货是不可能的。那帮女同事，个个都是火眼金睛，穿得差点，就被她们嘲笑。

杂七杂八，她的工资剩不下，还要我倒贴很多。我索性将大部分积蓄打给她，让她攒着，结果是，她比从前买得更多了，特别是"双十一"这样的"砍手节"，让我噩梦连连。

我们这样晃着，眨眼到了三十岁，这才发现，早先潇洒没买房，如今要结婚，才后悔了。安筠就不想结婚了，她说，目前状态挺好，两人都不累。她依偎着我，拍着我日渐隆起的小肚子，说，人家不想你太辛苦嘛。

她拒绝见我的父母。母亲有些担忧，说，你们和结婚有什么不同？你的钱，都给她花，又没有婚姻约束，小心当"备胎"。安筠这种细腰丰胸、大长腿的性感妹子，走到哪里，都引人注目。她有个上级主管，说是带着她投资，打电话的暧昧语气，能酸出柠檬汁。她在健身房也没少惹事，常有帅哥或有钱男人搭讪，说的是塑形马甲线、人鱼线的"健身梗"，要不就是投资理财、融资上市这样高大上的事。也有男人送她礼物，她还和人家吃过饭，却差点"吃了亏"。不是我小气，谁看着女友和别的男人暧昧，都受不了。我说，你不要对男人"媚笑"，让人家误会。安筠委屈地说，没"放电"，他们就是垂涎我的美色。

这样的争吵，次数多了，我们都很疲惫，也想过分手，可五六年的情感，说分就分，有些舍不得。这次新疆之行，也是对彼此最后的考验吧。

阿克苏在西汉被称为"始墨国"，也叫"水白城"，现在是兵团驻地。靠近市区，道路两边小商贩多了，老韦停下车，买了小白杏、香梨和哈密瓜。新疆日照时间长，水果特别甜，我们这段时间，没少吃。进了阿克苏，整洁的街道，满眼绿色植物，让人感到舒适。我们在稍事休息后，又赶往阿克苏地区的新和县和库车县。新和县街头，非常热闹，我为母亲买了羊毛织成的深红色毯子，安筠买了维吾尔族女式挎包。那些商贩，有的汉语不熟练，比画着和我们说。东西挺便宜，我都不好意思还价。

买得很"热情"，很快我们拿不动了，丢在吉普车上，回库尔勒想办法托运。

临近中午，吃点米肠和烤馕，我们开始向库车进发。烤馕又咸又香，闻着还有奶味。我们上了路，才发现带的水不多。老韦自从那天宿醉之后，人又委顿下去，情绪不高。我猜想，可能又触动了伤心事，也不好问。

大家恢复了沉默。走了一段，实在无聊，我开始说起"库车"。我不是文史专家，这方面的知识，都来自百度大神。但当我知道，库车是传说的"龟兹"古国，还是精神一振。库车是西域古乐舞发源地，也有著名的库车清真大寺。相传，唐玄奘西游，也曾路过此地。跑了半天，我有些疲惫，讲着故事，有些打盹。安筠还是兴致勃勃。

库车的西域风情更浓了。安筠买了十几个"吐哈齐苏甫"，维吾尔语意思是"圆形肥皂"。这是一种圆鼓鼓的肥皂，拳头大小，散发着点膻味。老韦告诉我，这是羊尾油做的，洗衣服不伤手，对滋养皮肤有好处。可这东西太占地方，老韦的车快塞不下了，我忍不住劝安筠少买点，她说，反正都要托运嘛，我要送闺蜜，健身教练也不能忘。我还想劝，安筠有点不高兴了，我只能将话吞咽回肚子。

安筠就是这样。她要干的事，五马八牛也拉不动。

我们在库车大巴扎上转来转去，转眼几个小时过去了。安筠又盯上了英吉沙刀。小刀做工精美，精致可爱，吃饭时用它切割牛羊肉，肯定非常舒坦。可这东西不能上飞机，办理邮寄业务，也非常麻烦。安筠还要买十把，说要给她公司的男闺蜜同事，连带那个色鬼上司，一人一把。卖东西的老汉很高兴，看到大生意上门，主动降价。

我想了想，还是说，别买了吧，不好带。

安筠停下动作，气愤地看着我，眉毛抖着。这是她发火的前奏。她说，都和老汉谈好了价，怎么能不买呢？想想办法，总能运回去的。

我说，一个女孩，要这么多刀子干什么？别找麻烦。

安筠的脸色由青转白，愤愤地说，我拿自己的钱买！不就是嫌弃我爱买东西？有话直说，别拿刀子说事。

争吵突如其来。这些天，愉快的新疆之旅，让我们仿佛忘记了彼此的分歧，重新变回相亲相爱的情侣。可是，生活就这么阴险，总在不经意处龇出獠牙。我们吵了一路，刀子还是买了，后来证明，我的说法是对的，刀子的确不好邮寄，最后只能都送给了老韦。

老韦也不劝，饶有兴趣地看着我们。我们吵完了，他默默地带着我们向回返。

安筠又发神经，非要去克孜尔千佛洞。我们原计划第二天去，顺便去温宿天山托木尔峰。安筠的心血来潮，让我更加不满。我说，快下午了，我们到达都天黑了，难道在外面露宿？安筠毫不示弱，说，天似穹庐，以天地为家，这才能体验大自然的神秘浪漫。我说，我很累，再说也危险。安筠冷哼了几声，说，你们这些都市 IT 男，都是宅居动物，你肚子上的肥肉，都赶上孕妇了。你看人家老韦，那才是强健的纯爷们！

老韦赶紧摆手，说，小夫妻吵架，别捎着我。

你别胡吣，谁是他老婆？安筠气得拍着车，让老韦停下，说是要撒尿。

老韦停下车，安筠气哼哼地爬下，躲在车后面草丛，哗啦啦地撒尿。我和老韦到了远一点的地方。他给我烟斗，我不会抽，又塞来一根雪莲香烟。我平时不抽，可不知为何，那一刻，我的眼圈有点红，毫不犹豫地抓起烟，点燃，被呛了一大口。

男人离不开女人，老韦悠悠地说，可在一起，彼此又会厌烦。

老韦从怀中掏出银边小酒壶，抿了一小口，我想提醒他，开车不喝酒，喝酒不开车，可还是忍着没说。老韦慢悠悠地讲起他和"阿依仙"的故事。

老韦和妻子结婚多年，开始两人都疯玩，没要孩子，三十多岁，想要了，却发现要不上了。老韦的老婆是少数民族舞蹈演员，比他小五岁，身材保持得挺好。老韦是野驴性子，喜欢冒险，一年时间，总有大半在外，要不就睡在单位，和一群朋友喝酒唱歌。老婆和单位一个三十多的男人好上了。老韦对妻子有感情，他憋屈，也曾想拿刀杀了那人，后来想想，自己也不对，可对是否离婚，他也拿不准，直到遇到阿依仙。

阿依仙是巴州的小学音乐教师。他俩在一台晚会上相识。老韦唱歌厉害，他说，要不是读了大学，他定会成为"阿肯"。阿依仙也能歌善舞，俩人一首接一首地对唱，从《喀什葛尔女郎》到《草原之夜》，从《玛依拉》到《达坂城的姑娘》，把整台晚会气氛推向高潮，傻子也能看到这俩人眼中迸发出的"十万伏高压电"。

我的心，都被她唱得化了，老韦眯着眼，喃喃地说，她就是仙女。

你们在一起睡了？我问。

老韦难得脸红了一下。那是"水到渠成"。阿依仙已结婚，还有个四岁的小巴郎子。她回去后，毫不犹豫地离了婚，还追到了老韦单位。老韦承认，这些年，他也有过艳遇，但这次的确动了心。恰逢妻子要离婚，他真考虑和阿依仙结成夫妇。

你为何不行动？我接着问。

我和老婆在一起，毕竟二十年了，二十年时间，就是两块石头靠在一起，也磨得光滑无比了。老韦叹息着。

难道没有其他原因？我不太相信。

当然，我也不想再被管住，老韦干脆地说，我快老了，不想被老婆孩子困在家里，只想死在美丽的天山，我要拍出最美的天山的图片，让世界记住天山，也记住我。

这对阿依仙来说，有点残忍。她为了爱情，放弃了所有。我猜想，那对"狼髀石"，肯定是想给阿依仙的，不知为何，却给了我和安筠。老韦还说，陪我们游历南疆，也是为躲阿依仙。她现在疯了一般，要找到他。他心里很矛盾，对于再婚的问题。

安筠撒完尿，见我们聊兴正浓，自顾自地在车上打盹。老韦唱起歌：

人们都叫我玛依拉 / 诗人玛依拉 / 牙齿白，声音好 / 歌手玛依拉 / 高兴时唱上一首歌 / 弹起冬不拉，冬不拉 / 来往人们挤在我的屋檐底下。

远处，几只黄褐色身影，飞速在草丛中奔跑、隐没，露出几道闪电般的痕迹。

我猛地起身，要拿石头打，被老韦制止了。老韦说，那是塔里木野兔，哈萨克语叫"火焰"，人们在野外看到它，会摆脱噩运，迎来新生机。

啥好事？从新疆回去，我们就分手，我有些沮丧，我和安筠的事，也讲给了老韦。

还有挽回余地，"狼髀石"，她没还给你呀。老韦眨着眼说。

四

我和安筠闹别扭，互不理睬，老韦给我们牵线，过了大半天，我们才勉强搭话。又玩了几天，转的地方差不多了。安筠突然提出，还没去过沙漠，想去看看。

英买力附近就靠近塔克拉玛干沙漠。老韦对是否带我们过去，有点犹豫。我们丝毫没有野外生存的训练。但安筠嚷着要去，说不到沙漠，不能叫去过南疆。没办法，老韦决定带我们去塔里木油区附近的沙漠看看。

从沙漠公路一路行驶，景色渐渐荒凉，绿色减退，黄色一点点地冒出来，慢慢地侵蚀了整个世界。坐在车里，满眼的苍黄，细细的沙子，也从门缝挤进，钻进我们的头发和耳朵。安筠再次包裹严实，可神情颇兴奋。

公路走到尽头，我们终于踏上沙漠，软软的，上下颠簸，被黄色包围，陷入一种大自然的严肃冷漠。看向远方，胡杨林畔，孤零零的井架子，是石油井队的，也是我们的路标。

安筠在沙漠疯狂扭动，尖叫，把墨镜狠狠地丢在沙子上。她也有很多压力要释放。无尽的荒凉，我们如此渺小。没人在意我们。老韦递给她水，她也不喝，只蹲在沙上哭泣。

我开玩笑说，美哭了？这可遂了你的心愿。

安筠没回答。我们在沙海走了一会儿，天色渐暗，老韦说，沙漠有些地方，导航效果差，要早点赶到附近的县城。我们回到车上，吉普车一路向西，车开了大半个小时，安筠突然冒出一句，我们分手吧。

我蒙了，什么情况？分手不能这时提吧，太煞风景了。

我强忍愤怒，冷冷地问她为什么。安筠说，她认识我时，年龄太小，现在她清楚自己想要什么。我给不了她想要的。我说，你想要啥？安筠继续说，万总比她大二十岁，但成熟稳重，事业发展前景广阔。他答应给她套现房，在松江大学城，一千多万，房产证写她的名字。万总带她看过房，而且，他正在办理离婚手续。万总为了她，也牺牲了很多。

是那个"色鬼老总"。我扯着头发，眼泪在眼眶打转。我太相信她了。她和万总肯定不是一天了，之所以讲出，看似无意，也是思虑再三。在新疆摊牌，比在上海闹起来好。等我回去，该吵的吵完了，自然回归冷静务实。但我算什么？六年时间，感情、还有我所有的金钱。这些也许都不能衡量。

老韦开着车，有些尴尬，咳嗽着，这更引爆了我的情绪。我明白，她就是要当着别人，把事情讲出来，虽不给我留情面，但我碍于外人在场，也不能太过分。可我也是人，也有七情六欲和尊严。我恶毒地咒骂她是绿茶婊。安筠不甘示弱，讽刺我没本事，没钱，只有大男子主义。我们彼此伤害，都朝对方七寸打着，鲜血淋漓。

安筠大声说，就喜欢和老万做爱，他的活儿比你好。我再也不能忍，伸手打了她。这是我第一次打她，也是最后一次。如此突兀，又如此自然。我们早上还在宾馆酣畅淋漓地做爱，相约回去后结婚。不到一天，世界全变了。难道是沙漠的缘故？

我们的撕扯，影响了老韦。吉普车撞到胡杨树根上，彻底熄了火。

老韦撅着屁股，修了半天，也没鼓捣好车，就拍着车座，狠狠地骂娘，我们顿时也"熄了火"。老韦担心地说，鬼地方，晚上危险。我们离县城数百里，走回去不现实。他拨打电话，却被告知，晚上有狂风，沙漠能见度低，救援队不敢贸然开进，只能等天亮。

我和安筠有些心虚。老韦阴着脸，从车上搬下小帐篷，分给我俩两把狗腿刀。他寻找地势高的地方，有些许枯草和胡杨，安置好帐篷，将吉普挡在前面。帐篷很小，我们三人挤在一起，我和安筠只能脸对脸，互相搂抱。我呼吸着她身上的芳香气味，也只能忍受。

火烧云退却，墨色天空，藏着无尽神秘。狂暴的风来了，像成千上万的人呼喊，风刮起树枝、沙砾，敲打着帐篷，发出"啪啪"怪响。帐篷气温骤降，冷得打牙。帐篷摇摇晃晃，仿佛大海孤舟，随时会被巨浪颠覆。我感到安筠在瑟瑟发抖，心下叹息，搂紧她，轻轻拍着她的肩膀。安筠开始抗拒，后来顺从了。她的泪水，大滴大滴地，滴落在我的怀里。

我听到她的嘴里，默默地念着什么，似乎是"对不起"。

想起我们平时的百般恩爱，我的心软了，可此情此景，还让我说些什么？

我们会死吗？安筠颤声问。

老韦叹息着，说，沙漠凶险，早告诉过你们。

你不是探险家吗？我说。

老韦自嘲地说，你们不是哇，我一个人，怎么也能活下来，你们这些城市娃，哪见过这些。

安筠抽泣着，声音越来越大。我也懊恼，糊里糊涂地，置身险境，我也是鬼迷心窍，陪着安筠发疯。我这些年习惯服从安筠的命令，如今这个地步，只能挨着，乞求老天爷。

情侣埋黄沙，死得其所，可怜我老汉当"熄灭的灯泡"，陪你们死，老韦幽幽地说。

安筠猛烈挣扎着，喊叫，要挣脱我的怀抱，从帐篷逃走。我努力安慰她，埋怨老韦说，别吓她，没被风沙淹没，倒被你吓疯了，跑丢在沙漠里。

老韦冷哼几声，说，女人嘛，就这样。你这家伙，活该当"绿帽大头"。

我有些恼怒，也无可奈何。老韦塞来两个木片，让我们握着祈祷。是黄杨木切开的，上面有暗红色，似经文的东西。老韦说能辟邪。我们只能听他的，默默祈祷着。

时间过得太慢。我几乎是听着风声，一秒秒地数着时间。狂风仿佛无穷无尽，不一会儿，我们的帐篷周围，积了不少沙。老韦努力从缝隙中把沙子向四周推。我和安筠也帮忙。不知多长时间，风渐渐小了。我们累得精疲力竭。

老韦掏出小酒壶，抿上几小口，又让我们喝点，驱赶寒气。他又开始小声哼唱。我问他唱的什么。他说，哈萨克称呼死亡为"阿尔热瓦克"，送葬仪式叫"加纳扎"，他会唱送葬歌，有的歌词是从巴塔诗歌中演化来的。

我们真要死了？安筠带着哭腔。

体验一下死亡感，有何不好？老韦说，也许我们今天就死，也许，我们都是幸运儿，明天就会获救，最起码，挽歌能让你更加善待生活。

我侧耳听去，老韦第一遍用哈萨克语唱，又用汉语唱了第二遍，听着是：

> 群山绵绵，如骆驼的峰冢，黄沙漫漫，如哭泣的野风，百灵飞走了，喜鹊
> 号叫悲恸，孤独的白鹰，再也等不到伴侣的爱情！

歌声悲怆，有无限感慨和伤感。我联想到自身，不禁潸然泪下。

风一点点地小了，似乎要停了，我心头一喜，刚想探出头，到帐篷外呼吸新鲜气息，老韦扯住我的胳膊，沉声说，我去拿些引火之物，必须点起火，你守在这里。

我奇怪地问，这是为何？

老韦又问安筠身上带着英吉沙刀没有。安筠掏出两把，老韦打开，让安筠一只手拿一把，用来防御，狗腿刀太沉，女人舞不动。

我们被老韦如临大敌的样子搞蒙了。老韦紧张地说，有狼，可能早盯上我们了。

五

我们点燃篝火，材料不够，把安筠买的东西填了进去。好看的维吾尔族花布袋，胡杨木雕人偶，还有罗布山寨的木质碗和筷子。羊尾油做的"吐哈齐苏甫"，可派上了用场，正好辅助燃烧。老韦说，火堆不灭，狼群不敢靠前。

熊熊篝火燃烧，在漆黑夜色中，格外显眼。我说，没看见有狼啊。

老韦不答，只是让我侧耳听。火光闪亮，我仔细听，果然在远处，依稀有动物低嚎的声音，时断时续，时隐时现，并不明显。

我说，你真灵，这么远都能察觉到。

老韦"嘿嘿"笑着说，多年野营经验换来的，我和狼群没少打交道。

老韦饶有兴趣地问我，狼群扑来，你会独自逃命？我说，肯定逃不走，不如大家死在一处。安筠虽和我摊了牌，毕竟是"前女友"，我拼命也要护她周全。

老韦欣赏地说，好汉子，咱们该结拜"阿哈印"，男人就要有气概。

离婚想必也要很大勇气吧？我问老韦。

老韦拨弄着篝火，说，从前，他有自制火药枪，现在只能用夹子了，否则根本不怕几只狼。狼他可打过好几只。橘红色火光，映衬着天幕，极目处，点点星光，我这才发现，风停了，天幕澄净透亮，星光灿灿，月亮仿佛一块圆香帕，又大又亮，散发着诱人的金黄色泽。它映射着荒凉沙漠，越发让人感到自然的伟力与人生无常。

我从未见过如此的月亮。我赞叹着。蓦地，远方似乎有生物在迅速接近。我爬起，一通乱喊，胡乱舞着刀。野物在不远处停下，怔怔地看着我。安筠的哭声更大了。

老韦凑近篝火，点着烟斗，美美地抽了口，笑着说，傻小子，乱喊啥，别惊了神物，看到它，是上辈子的福气。你小子要走运喽。

我擦了擦眼睛，仔细辨认，是一头美丽的黄羊。月光下，它身材修长，黄褐色毛发，又细又软，细弯的尖角，像一对可爱的兵器，白绒绒的尾巴，轻轻地抖动。最美的是那双眨动着的大眼，忽闪忽闪，善良，纯洁，有着无限高贵的东西……

我屏住呼吸，不能移动分毫，许久，黄羊消失了，远方的狼嚎也消失了，世界回归了宁静。老韦长长地舒了口气，说，安全了。我有点怀疑，这就完事了？可看着老韦肯定的目光，也没说啥。安筠受了惊吓，有些发烧，吃了药，沉沉地睡去。老韦去车后座，摸出两瓶伊犁特曲，还有些牛肉干，我们在篝火旁，吃喝了起来。

黄羊引走了狼群，老韦解释说，这是它第二次救我了。

老韦说，他多次遇险，最凶险的是两次。一次在小河五号墓地。两块黄杨木片是墓地辟邪之物。回去的路上，他差点被风沙埋葬，成了第二个"彭加木"。他三天没吃东西，一天没喝上水，凭着毅力和野外生存能力，最终走出险境。

第二次遇险，是我自己"作"的，老韦苦笑着，我当时想死。

那时老婆出轨，老韦又遇到阿依仙，特别烦闷，冒险二进罗布泊。戈壁、荒漠、巨石、无法预知的野物，还有无边无沿的死寂。神秘磁场干扰，让他的卫星电话失灵，他凭着经验，靠着星星辨别方位，第三天，他断粮了，凭着直觉，他感到一群狼远远跟在他的后面。

害怕吗？我问他。

不怕是假的，老韦说，第五天晚上，他又渴又饿，睡在一道窄窄的山梁。那是牧羊人常走的小道，仅容一人通过，两旁是陡峭山脊。晚上山风寒彻骨，他怕掉下去，把自己捆在道旁一棵树上，手里紧紧握着狗腿刀。他设计好了，这里是一夫当关万夫莫开，狼只能一只只地扑上来，他只要杀死几只，堵住小路，后面的狼，只能干瞪眼。

你和狼搏斗了吗？我说。

它们在山路底下，聚集成一团，不断嚎叫，扰乱我的心神，老韦说，狼是狡猾的动物，它们在寻找时机，等我疲惫大意，再冲上来。我紧张万分，丝毫不敢合眼，和群狼对峙了一夜，奇怪的是，第二天早晨，我迷迷糊糊醒来，狼群撤走了。

野狼被你吓退了？我笑道。

怎么可能，老韦又说，天亮后，我到了山脚，才发现一只黄羊剩下的毛发和污血。狼群发现了它，吃掉了它，又看到我不好对付，才放过了我。我用尽所有力气，将黄羊剩下的部分埋了，立起一个小圆坟，坟头的小木牌，是用刀削的胡杨木，上面写着我的名字。

为什么这样做？我不太理解。

黄羊是代我死的，老韦说着，眼圈湿润了，哽咽着说，人要信些什么，才会懂得放手成全，为了别人，也为了自己。

我没再问。老韦断断续续地说，他获救后，在月光下，对着两只牧羊犬，说了一夜话，喝了一夜酒，也哭了一整夜，想着那只黄羊。老韦承认，他当时发誓，如果那只黄羊再救自己一次，他就娶阿依仙为妻，生孩子，挣钱，再不去冒险了。

那晚我也喝醉了，也痛哭流涕，我仿佛也看到那只黄羊，月光下，它迈着曼妙的舞步，独自舞蹈……

六

我和安筠返回上海后，我查了不少资料。南疆野生动物很多，有黑鹳、天鹅、马鹿、野狼、野驴、塔里木兔等，但黄羊现在难见了。由于人类的捕杀，它越走越远，只能在最荒凉的、人迹罕至的地方，才能看到它的身影。如此说来，我们是幸运的。

安筠嫁给了万总。他们的婚礼盛大而隆重。我将剩下的那块"狼髀石"送给了安筠，并祝他们幸福。我不再熬夜加班，也常去锻炼身体，体重减了下来。半年后，我遇到了张茜。她在杨树浦的一所小学当英语教师。她长相平常，但性格温和，对我父母非常好。我们在元旦结婚了，并商量着，还要再去一次南疆。

我给张茜讲了老韦的故事。她非常惊叹。她问我，阿依仙长什么样子？

我拿出了一张照片。这是一年前，老韦寄给我的。照片上，一个俏丽瘦削的女人，幸福地依偎在老韦身边。她的皮肤有些黑，眼睛却又大又亮，仿佛曾在哪里见过。

照片后面，有老韦写的一行粗犷的钢笔字：感谢黄羊。

"黄羊"的救赎
——评《月光下的黄羊》

刘　畅

　　近年来，房伟一直关注当代人的情感状态，《小陶然》《爱情买卖》《九三年》等作品从不同角度展现日常生活中形形色色的情感冲突。《月光下的黄羊》（《当代》2022年第1期）是这一系列小说中较为独特的一篇，作者将故事放置于神秘浪漫的新疆，书写了当代人在情感困境里寻求心灵归宿的一段奇妙历程。

　　小说中的"我"与女友安筠，是在大都市里为生计奔忙的普通白领，两人的恋情早已在时间和生活的磨砺下趋于疲惫，去新疆旅行也就成为他们试图挽回这段感情的最后考验。伴随他们踏上这段旅途的探险家老韦，同样深陷情感旋涡：有过一段婚姻的他经历了妻子的背叛，又与有夫之妇阿依仙相爱，但当阿依仙离婚后，因害怕再次被婚姻所困，不得不怀揣象征"爱情永恒"的狼髀石逃避阿依仙。而在这段旅程开始后，老韦将狼髀石赠予"我"，可吊诡的是，作为爱情象征的狼髀石却一再见证了爱情的破裂：安筠突然自曝出轨的行为，使"我"和她顷刻反目，毫无顾忌地向对方施以语言暴力，"彼此伤害，都朝对方七寸打着，鲜血淋漓"。于是，在这三个人物身上，读者自能看到，对情感的麻木、背叛、逃避分别缠绕着他们，无论是老韦对两段情感经历的叙说，还是"我"与安筠在旅途中突如其来的撕扯，无不赤裸裸地呈现了当代人苍白、脆弱的精神世界。

　　作者让这三个为情所困者走进荒漠，又让他们坠入暗夜、风暴、狼群所构成的重重危机之中。举步维艰的处境，消弭了"我"和安筠的撕扯，也让"我"抛下对她的恨意，不禁发出"拼命也要护她周全"的宣言。正因为有了这样的转变，黄羊的出现才显得顺理成章。在老韦的叙述中，"黄羊"无疑是一个具有救赎色彩的意象，曾以自我牺牲为代价拯救了被群狼包围的他。而作为拯救者的黄羊再度出现，不仅意味着"我"们这一行人生死危机的解除，更意味着其苦闷的心灵有了救赎的可能。在这个故事里，三个人物的苦恼在很大程度上源于他们各自陷入无从选择的情感困境，由此深感心灵的疲惫、迷惘：老韦在自由和爱情之间徘徊不定，辜负了阿依仙的一片深情，而自己也只能四处逃避；"我"和安筠则在"爱"与"不爱"之间犹豫，以致在情感危机到来时相互撕扯、伤害。所以，"月光下的黄羊"打动"我"和老韦的，是其所象征的无私、甘于牺牲的理想状态，就像老韦所说："人要信些什么，才会懂得放手成全，为了别人，也为了自己。"在小说结尾，老韦回到阿依仙身边，而"我"与安筠终于和平分手、各自成家，所折射出来的便是这种"懂得放手成全""为自己，也为别人"的价值观，正如作者在创作谈中写道："日常生活中，我们越来越制囿于各种利益纠葛与情感的困境，我们习惯当'吃瓜群众'，惯看离婚、分手导致的'致命撕裂'，嘲弄那些名人或普通人情感破裂时暴露出的人性丑陋，而那种洒脱磊落的胸怀，对美的执着，对爱的珍重与怜惜，对情感的真诚与诚实，也许正是我们当下社会匮乏的精神。"

　　基于这一情感问题，小说构设出"都市"与"新疆"的对照。生活在都市的"我"和安筠，或许就如同众多都市男女一样，终日汲汲于物质需求，在平庸、琐碎的生活里磨灭本真的情感。他们深陷高房价、高物价和消费主义所织就的层层罗网，逐渐丧失了对婚姻的渴求，只是在惯性作用下不咸不淡地维系着彼此的关系；而当更大的诱惑到来时，被物欲所裹挟的安筠便甘愿抛开这段感情，投入年长20岁的万总怀抱。显然，在他们身上，作为其生活场域的"都市"负载着当代人情感生活的梦魇，是致人困顿、迷失的所在。与之相对，小说里的"新疆"俨然成为作者心目中的理想之地，就像他自己所说："神秘浪漫的新疆，成为我反思当下都市生活的参照。"这片尚未被都市文明完全浸染的土地，蕴含着炽烈、真诚的情感，就像阿依仙之于老韦，"为了爱情放弃了所有"；也蕴含着雄浑宏阔的自然之美，让人们在"寂寞广大的天地，不用考虑那些烦心事了"。正是在这样的环境里，作者才会写到"月光下的黄羊"，让这一充满梦幻色彩的生灵指向了一种原始、本真的生命状态。因此，从某种意义上说，"黄羊"正是对都市人心灵的一重返照，让人们看到了心灵超越的可能。

我们聊聊科比

王威廉

"科比死了。"他说。他的嘴巴噘着，嘟嘟囔囔又说了些什么。我说，你说什么呢？他说，科比死了。我说，我知道了，就是那个打篮球的NBA明星吗？他说，是的。他的眼睛看着我，神情有些呆滞和失落。我低头把沙发上的衣服拿起来，然后拿在手中，有些张皇失措。平时，都是肖佳，他的妈妈，在做这些事情。我和他除了把衣服胡乱丢在沙发上，很少把衣服从沙发上捡起来，放到对的地方去。你很喜欢这个叫科比的球星吗？我有些心不在焉地问道，我怎么从来都没有听你谈起过他呢？

"因为爸爸你从来都不喜欢看体育节目，跟你说了也白说。"他的话与其说是责怪，不如说是委屈。我不喜欢体育节目，怎么就会让他委屈了呢？我一时想不大明白。他坐在餐桌前，一动不动，像个木偶一般，面前的面包还是老样子，还有两只不安分的鸡蛋，只要有一点点触动，它们就会从光滑的桌面滚到地上。

"你写完作业了吗？"我也不知道为什么，条件反射似的，嘴里跳出这句太无趣的话。其实，这并非我的本意，但是，在这样的情况下，我似乎没法用别的话来回应他，因为我不想让孩子失望，我不想在孩子心中降低我作为家长的权威。仿佛在这样的责问当中，我就会重新获得我那自以为是的家长权威。

果然，他的神情变得更加沮丧了，两种不同的沮丧交织在一起，让他的行为变得有点别扭。他想用筷子夹起鸡蛋，却怎么也夹不住。他说："还没有。"我说，现在都几点了，你还来得及应付吗？一般情况下，他倒是不会欺骗我，要是面对他的妈妈，他肯定说他写完作业了。他说应该来得及。我说，你不会去抄作业吧？他说那不会。"你抄过作业吗？"我问。他鼓着腮帮子吃饭，一时沉默了。我看他的样子，心里有些过意不去。我像他那么大的时候不也抄过作业嘛，可我不能告诉他。我装作不经意地问他："那他是得什么病了？"他愣了下，抬头望着我："你说科比吗？"我点点头说："是的。"他说："科比不是得病死的，他的飞机掉下去了。""太惨了。"他补充一句。

他去上补习班了，剩我一个人待在家里。我拿起手机，这才看到各大网站的显要位置都在推送这条新闻，这的确成了这个时刻地球上最大的事件。我点开新闻后，看到了很多细节。科比和他的第二个孩子吉安娜，以及另外七个人，他们乘坐的直升机坠落到了山崖下，随即燃烧起了熊熊大火，无人生还。

"真是太惨了。"我想到他刚刚说的话，心里不由得也感慨了一遍。

我不喜欢篮球，不喜欢球类，可何止是球类，我几乎不喜欢任何体育运动。但我也知道一个NBA的超级明星意味着什么。在我小的时候，同学们喜欢的是那个外号叫"空中飞人"的迈克尔·乔丹，他们说他可以在空中走三步。我没有看过他的比赛，但关于空中走三步的意象倒是植根于心底，不曾忘记。我试着在空中迈出步伐，但准确地说，我只走了一步半。我从不因为自己的挫败，就怀疑别人。不，我从不，我知道迈克尔·乔丹肯定可以，一点问题也没有。问题是迈克尔·乔丹还活着，可比他年轻得多的科比却死了。属于我的那一代人依然可以肆无忌惮地谈论迈克尔·乔丹，而我儿子这一代人却不得不谈论一个悲剧。我坐在餐桌前，面对着空碟残迹，尤其是那一堆碎裂的蛋壳，竟然发起了呆。我应该找个时间，比如他今天补习回来要是不忙的话，跟他聊聊迈克尔·乔丹的事，聊聊空中三步走什么的。我从来没有跟他聊过这些，也许我应该跟他聊聊，就像跟朋友一样，他会感兴趣的。就算他不感兴趣，至少让他觉得他爸爸不像他印象中那么刻板。

微信响了，我以为是肖佳的信息，肖佳六点钟就出门了，那会儿我和儿子还在睡觉。但不是肖佳，是微信的新闻推送。新闻几乎是一切软件的必备功能。在那一堆新闻当中，当然包括科比的死讯，我已经了解了（显然太不够了，我还会继续去了解吗？也许我需要儿子的动力），但还有更多的新闻，尤其是那个陌生病毒的新闻。我差点忘记那个病毒了。那个病毒在另一座城市里开始蔓延，导致那个城市三天前已经被封城了。虽然我没有任何亲人在那座城市里，但我还是感到了某种特别的担心。这种担心里面，当然不乏有着怕它传染出来的恐慌，但也有着对那个城市中的人感同身受的东西。这种情形让我想到加缪的小说《鼠疫》，上大学的时候我读过那本小说，至今已经过去二十多年了，我已经基本上忘记了那本书中的内容，只是隐约记得里边也有被封城的事实。我总想着最近是否再拿出来读一读。

我已经很久没有阅读过正经的文学作品了，说起来我的工作还是有些文艺色彩的：我经营着我们这座小城里最好的电影院。尽管不大，永远比不上一线大城市，但它是我们这座小城唯一一所拥有IMAX放映系统的电影院。我有时一个人坐在里面，欣赏着那种震撼的视听音效，深感骄傲，仿佛这项技术是我发明的。我做好了在这个春节加班的准备，去年的业绩至今让我兴奋。电影院是前年搞好的，但一直亏损，直到去年春节，我才终于尝到了甜头。科幻大片《流浪地球》成了去年春节的爆款，直到深更半夜，还是场场座无虚席。但是谁能想到呢，今年快过年的时候，病毒却开始肆虐了，不管多么不情愿，影院都得关闭，这样的公共场所简直是病毒传播的化学器皿。我懂，我说过，我读过《鼠疫》。因此，我不得不在家里，独自度过余下的春节假期。

就在前天晚上，我们一家三口吃了个年夜饭，打开了寂寞太久的电视，看了春晚，吃了饺子。昨天，大年初一，我们一家三口在家好好聚了一天。好久没有整天时间聚在一起了，大家都有些兴奋，话越说越多，直到说到了陌生病毒，气氛才有些冷却。要高考了，儿子主动提出大年初二他就要去补习，这是好事呀，我和肖佳当然支持。肖佳轻描淡写说，她明天就得去上班了。对于她，任何时候去上班，我都不会吃惊。但我知道，这次的情况有些特殊，我心里一揪，嘴上反而连半个字都说不出了。她在医院上班，只是个普通的护士，我经常劝她辞职，我不想她那么辛苦。但我的劝说无效，她每次下班回来居然可以做到如沐春风，犹如度假归来，还继续收拾打理我们父子弄乱的一切。我不知道她是如何做到的，我问她，她笑而不语。但是，她收拾房间的时候，我简直像个被当场逮住的罪犯，极为局促不安。其实，一开始我会主动收拾房间的，但在她眼中，永远是不合格的。然后，我便逐渐不思进取，任由她惯着了。

"做惯了这些事情，顺手罢了。"她朝我笑了一下，"最近有啥好电影，帮我留意着。"

"这个你放心，给你放专场。"

"不，我喜欢跟大家一起看，热闹。"

"行，给你找个热闹的午夜场。"

"最好是爱情片，年轻人爱看的。"

"小年轻们拥抱在一起，亲亲热热的时候，看你怎么办。"我揶揄她。

"那可麻烦大了。"

她笑了起来。我们笑了起来。那曾经是我们的梦想，可我们谈恋爱那会儿，没什么像样的电影院，只能在大街上溜达。过去的美好永远留在我的心底。此刻，我们的谈话是一场心照不宣的虚构，似乎病毒并未肆虐，影院照常营业。

他们都去忙他们的事情了，只剩下我了。比起医院的压力，比起高考的压力，我这个暂时不能放电影的事情简直算不得压力，只是一种强迫休假。我当真从书架上找到了《鼠疫》，然后泡了一壶茶，坐在窗前，逼自己读进去。读了一会儿，我的心又开始嘀咕，贷款该怎么办？如果情况一直这样下去，我能撑多久？我不敢去想。我继续读，书里写人们忙忙碌碌，永远都是为了发财，人们因此而厌倦，并让自己习惯。我就是厌倦而习惯的那类人吧，这就是写我的，我得认。热爱电影是我的梦想，赚钱也是我的目的。我希望生意能大好，能赚大钱，让肖佳踏踏实实辞职，或者有能力支持她做别的工作。

读了第一章，我就困乏不堪。好久没读书，读书的速度降低许多，竟然两个小时过去了。我去厨房里打开冰箱，把剩下的饺子放进微波炉热了下，简单吃了，便躺下午休。动物一般的生活，动物一样的幸福。我做了一个梦，梦见自己在片场指挥拍摄一部科幻片，扮演外星人的演员竟然就是外星人，真正本色出演。我不慌不躁，淡定指挥着外星人。醒来后，我先是发愣，后来乐不可支，一个人傻笑了挺久。

下午我没能继续读《鼠疫》，长期感染我的那种浮躁的感觉，沉渣泛起，让我坐不住了，我必须要行动起来。但我能做点什么呢？不如就做饭吧。能做上一顿美食跟亲人分享，也是一种人生享受。我戴上口罩，据说那种陌生病毒会靠空气传播。我来到楼下的商场，看到门口在推荐土猪肉，肉摊背后张贴着一个巨幅广告，画面上站着一头壮硕的黑色土猪，下面写道：

"我们是没有打抗生素的猪。"

不知道有多少人留意过这个广告，但是这则广告让我觉得很不舒服。那个"我们"的口吻非常诡异。既然是"我们"了，那我们还要吃掉我们中的成员吗？如果那个"我们"的范围很小，仅仅指的是猪类，但是作为猪类的"他们"又如此宣称，好让"我们"更加放心地吃"他们"？吃就吃吧，还要让动物心甘情愿，这种感觉很别扭。我没有买它，从那堆红色的肉块前边迅速掠过。我得承认，如果没有看到这个广告，我大概率会买一些土猪肉。不知道是不是因为我电影看多了，我对生活中的细节充满了敏感，觉得到处都有戏剧性。而那些戏剧性多多少少会影响我的判断与选择。

商场里人不算多，但商场坚持开业。电影院不开业其实不影响生活，但商场不开业，我们就得喝西北风了。我小的时候，一到春节，所有商铺都关门了，街上反而没有平日里热闹。这样想着，我对商场充满了感激之情，很多商品在我眼中忽然就变成了艺术品。我好不容易参观完这场大型的艺术展，买了一堆有用没用的食品与用品，回到家中，感到了一种虚无的疲惫。我呼叫智能音箱，让它随便播放一点什么流行歌曲，它用机器的匀速腔说："好的，主人。"然后，意想不到，响起的竟然是罗大佑的嗓音，这可不是什么当下流行的歌，流行于我小的时候吧，甚至比我小时候更早的时候。那旋律太熟悉了，我的脏腑像拳头那样攥紧了，等待着唱词的袭击：

"亚细亚的孤儿在风中哭泣，没有人要和你玩平等的游戏。每个人都想要你心爱的玩具，亲爱的孩子你为何哭泣？"我忍不住跟着哼唱起来。"多少人在追寻那解不开的问题，多少人在深夜里无奈地叹息，多少人的眼泪在无言中抹去，亲爱的母亲这是什么道理？"

我忽然觉得脸颊有些冰凉，用手一摸，竟然是泪水。我已经忘记了自己多久没有哭泣过，但是，让我没想到的是，当我哭泣的时候，我却没有意识到我在哭泣，更不知道自己为何哭泣。

就这样发发呆，恍恍惚惚的，突然发现时间已经五点半了。儿子怎么还没回来？这个时间点他早就应该回来了。就算他还想在外面逛荡一下，他肯定会跟我发个信息的。我对他的管教一点儿也不严，但凡他的要求，我不能说都满足，但基本上不会反对。因为他的妈妈太忙了，有时没法及时看信息，因此我们定下了规矩，他每天必须把行程提前发给我。我给他发了个信息，让他看到信息后回复我，我怕他现在正忙着解题呢，也许是一道很难的数学题，已经到了关键的环节。我还记得，那些自己以为能够解开的难题，是最为耗费时间的。也许到最后，题也没能解开，还不如那些一眼看上去就不会的题，那些题被远远绕开了，不敢去触碰。

半个小时后，我把菜都洗好了，切好了，他还是没回我。我直接打电话给他了，电话是通的，但就是无人接听。我着急了，我打电话给补习老师，老师说他早就走了。我心中一沉，"噢"了一声，却还没有忘记祝老师春节快乐。老师说："别说什么快乐了，只要大家都能平平安安就好。"我说是的，一点也没错。挂完电话后，我准备问问肖佳，但马上意识到，不行，这会让肖佳着急的。问问他要好的同学？我倒是存了几个号码，但这大过年的，这样问来问去，对孩子也不好。我只得又给补习老师打电话，询问我的儿子最近有没有什么异常状况。老师愣住了，沉吟半天说："异常情况真没有，一切都很平常，或者说很正常，他的进步很快，悟性很高……"我说："谢谢老师，都是您的功劳，今天他有和您聊天吗？比如科比？"老师的语气不平静了："科比？你是说打篮球的科比？没有没有，聊他干什么？我们聊的都是学业，都是干货，不闲聊。"我说："我知道老师您很专业，那就不打扰您了。"老师说："你等等，他今天临走的时候突然提到了莫比乌斯圈的问题，莫比乌斯圈你知道吗？就是正面和反面是处在同一个平面的，我不知道他为什么突然会问这个，因为这个虽然也是数学，但跟最近的学习内容是无关的呀。"我喃喃道："莫比乌斯圈。"老师说："你们当家长的现在可不能松劲啰，最后一百米，要冲刺好，可不能再去关心什么科比了。"我认真地说我知道了。

我突然有些生儿子的气。就像老师说的，这都什么时候了，还敢开这种玩笑。我不知道为什么他不接我电话，联系到早上的表现，他是有一些不太对劲的东西。我觉得还是跟科比之死有关系，但我也不知道关系在哪儿。难道这个孩子真的特别喜欢那个生活在遥远美国的篮球明星吗？他又不爱打篮球，为什么会喜欢一个篮球明星呢？也许，他在那个篮球明星身上寄托着一种情感，而这个想象中的亲人突然过世了，他陷入悲痛而不能自拔？情况会那么严重吗？可我们对孩子又了解多少呢？在我们小的时候，不也有各种不切实际的幻想和情感，以及某些诡异的心灵寄托吗？就像那个《变形金刚》里边的机器人"擎天柱"，曾经就是我的偶像，现在想来都好笑。

难道出事了？我早就否定了这个念头，因为他的手机是通的。这个孩子有这个毛病，遇事喜欢把自己包裹起来，属于"蜗牛疗法"。就在不久前，他跟我大闹过一次。不算大的一件事：我逮住他吸烟了，我狠狠批评了他，仿佛我从未吸过烟。他认错了，并让我不要告诉妈妈。可我没忍住，还是跟肖佳说了。肖佳的反应之大出乎我的意料，她竟然气哭了，用泪眼望着儿子，一句话也不说。他扭头不看肖佳，使劲瞪着我，眼神里的憎恨犹如滚烫的炭火。我又火了，心想你还要造反了？我也瞪了过去，还没来得及说话，他便摔门跑出去了。我赶紧去追，可他已经没有了踪影。我真担心这小子，赶忙给他拨电话，可他就是不接。我变得极为懊恼。我打破了和他之间的"男人协议"。吸烟，从成年人的视角来看，又算得了什么呢？我冷静下来，思考道，我不应该只盯着他吸烟这件事本身，更应该关心让他吸烟的真实动因。有的人是架不住狐朋狗友的带动，便一起吸上了；有的人是心事重，需要吸烟来缓解情绪。以我对他的了解，他大概属于后者。

后来的事实也证明了我的判断。他那天离家出走后，居然一个人躲在学校的操场上哭泣。这是他后来亲口告诉他妈妈的，然后肖佳转述给了我。我没想到我的儿子，一个男子汉，也会表现出这样的脆弱。他不像我小的时候。我小的时候，遇到问题似乎不会哭泣，而是会钻进游戏厅打游戏发泄，会在溜冰场里对着漂亮的女孩子吹口哨，完全是老师最为头痛的那种坏孩子的模样。我的儿子不会去那样的场所，他厌恶那样的场所。他是个乖孩子，下学后都会直接回家。我一度有些担心他，觉得他会不会有些孤僻？担心他以后不懂得怎么与人相处，变得很难融入这个社会。

但是，他母亲坚持说："我宁愿他现在这个样子，哪怕一个人待着，我也不希望他跟那些坏小子混到一起去。"

"他可以不跟坏小子混，但他可以跟那些好学生，或者是普通的学生一起多玩玩，不要显得那么孤单。"我说。

肖佳白我一眼："玩什么玩？现在孩子和我们小时候不一样，有时间玩不如多去参加补习班，竞争多大呀。他这样多好，不会被别人带偏了，一举一动都在我的眼里，我心里觉得踏实。"

"你这样不好，不利于他成长。"我说出这句老生常谈之后，像弗洛伊德那样对她进行了精神分析。我说："这反映出你的母爱是有些自私了，具有绝对的掌控性，只要他在你的掌控之中，他做任何事情，你都是可以接受的，这样长此以往，一定会造成严重的后果。"

"什么后果不后果的，"她往脸上贴了面膜，像是面具人一般面对着我，"老娘可管不了那么远。"

我忘不了肖佳那个样子，她偶尔犯起浑来，我也拿她没脾气。对此，我也想清楚了，这只能让我确认我一直爱着她。我从不相信爱一个人也爱对方的缺点之类的鬼话。当你爱一个人的时候，你对对方的缺陷只能转过脸去。但对方如果非要让你正视，你要么会不知所措，好像对方突然变成了陌生人；你要么会大发雷霆，觉得对方冒犯了你，成了你的仇敌。而如果你觉得无所谓，那说明你可能不爱对方了。

可这个臭小子今天是跑到哪儿去了？不理他了！我吃饭，自己吃。新买的那堆菜，看来也派不上用场了，哪有心思细细料理。我打开冰箱，看到了剩饺子，中午已经吃过一顿，现在还有七个。热一热，继续吃吧。但是，我胃口全无，而且发现自己如此虚弱，几乎浑身都在不规则地微微颤抖。不是因为身体里没有热量，而是因为某种焦虑，太多的焦虑，我没法告诉其他任何一个人。我不能再增添亲人和朋友的焦虑。我忽然像是机器人接收到信号一般，径自走出厨房，穿上外套，走出家门。我要去寻找我的孩子，我的脆弱的孩子，他也许正在这座城市的某个角落里哭泣。

城市不大，但对于一个渺小的人来说，依然大得如大海，寻找便是大海捞针。可我儿子不是针，我儿子被某根看不见的针给刺痛了。我能慰藉他的疼痛吗？冷风吹在我的脸上，我的颤抖没有加剧，反而平息了。我觉得自己变轻了，轻飘飘的，像是失去了存在的根基。街上人影稀少，就连平日路上没完没了的汽车，都要过上好一会儿，才从我身边掠过。这真是一个冷清的春节。微信新闻提示，那个未知病毒的感染人数相较昨天，有了极为可怕的暴涨。跟我的印象不同，病毒更喜欢冷，而不是热。在寒冷中，人变得瑟缩，而病毒开始活跃，一退一进，只能节节败退。

　　我心里慌乱，不知去哪儿，东瞅西望，好像儿子会藏在某个角落，就像流浪汉那样。但脚步自带导航，我这才反应过来，我是往他的学校走去。走去他上次哭泣的地方。上次他自己一个人在校园的角落里哭泣，因为我批评了他；这次，我要能找到他，我会陪着他。我会心平气和地告诉他，现在是非常时期，不能再乱跑了，感染了可怕的病毒怎么办？我知道这病毒是通过呼吸道传播的，匆匆忙忙间，竟然还没忘在口袋里装两个口罩。肖佳戴口罩回家的时候，问我有没有体会到医务人员的好。我拍拍她的肩膀，说：“这点好太小了，想到你会越来越忙，越来越危险，这点好又算得了什么呢？”但肖佳不同意，她说：“不是这点儿，是很多，我在用专业知识来保护你们。”当时我不以为然，但现在才发现她说的一点儿也没错。我是身在福中不知福。

　　路上已经有人戴着口罩了。我还没戴。冷风袭面，鼻腔有点儿疼，戴上口罩至少可以让脸部温暖一些，但一想到口鼻被遮盖，我就觉得窒息。我已经很压抑了，病毒还有说不上来的可怕东西，正在抽空这个世界里的氧气。我用力呼吸着冰冷的空气，让白色的雾气从嘴中喷出，我这是在确认自己还活着。我这是在确认，这世界还遵守着基本的物理规律，还没有乱套，还有救。我已经戒烟许久，这个行为给我带来了那种久违的快感，类似吸着某种无害的香烟。路边出现了一家明亮的便利店，我犹豫了一下，还是走了进去，买了一包烟。准确地说，是一包红双喜。不是什么好烟，但包装喜庆，总是能多多少少对冲一下吸烟时的负罪感。往外走的时候，我突然想到，我还需要一个打火机。我已经不是那个随身带着打火机的瘾君子啦。我在挑选打火机的瞬间已经想好了，等会儿我找到他，我一定跟他好好聊聊天，聊聊科比，以及别的很多事情，比如为什么我不爱打篮球，也不喜欢看别人打篮球。最重要的是，聊的时候，我会给他发一根烟，给他点上。然后，我们一起吞云吐雾，天南地北胡侃。哈，这种行为可不像是一个好父亲，但今晚，我不想当他的父亲了，我想当他的朋友。

　　校门紧锁，我吼了两嗓子，但没有保安出现。不等了，来吧，翻过这个铁栏杆，老胳膊老腿了，但经验依然保存在记忆中。我甚至对自己恨恨地说，老子在读书的时候，没少翻这玩意儿！可我在下滑的过程中，裤子被勾住了，显然撕了个口子。顾不上那么多了，起跳，站在了校园里，像个贼。我向操场走去，太黑了，今夜没有开灯，谁敢独自待在这里？我打开手机的灯，在黑暗里挖了个大窟窿，窟窿以外的地方更加看不清了。我喊了一声儿子的名字，又喊了一声，连回声都没有，那声音被窟窿吞了。我关了灯，愣愣地站在黑暗中，只有天空有些暗光，铁蓝色的微光，几颗依稀的星如弹孔。突然，天空有强光照亮了我的眼睛，随即一声声爆炸响传到了我的耳朵里。原来是哪里放烟花了。毕竟还在过年呢。烟花一朵接一朵，把黑暗的天空炸开了花，我没心情欣赏，赶紧四下张望，操场上空无一人，平时流窜的野猫也没影了。我继续喊他的名字，并且跑了起来，边跑边喊。突然，一切重归于黑暗。我几乎本能停下了，仿佛那黑暗是坚硬的。

我恍然想起去年的大年初二，我们一家三口是在一座海岛上。那个海岛很大，叫南澳岛，自成一县，北回归线从岛上穿过，因此，岛上还专门立了个北回归线纪念碑。我们坐在纪念碑下的石台阶上，据说晚上十点的时候，就会有人放烟花。这不是什么硬性规定，就是有人喜欢放烟花，形成了一个小传统。十点的时候，儿子还专门对我说："十点了。"我们抬着脑袋，像原始人期待神迹那样望着天。果然，烟花在天空爆开了。尽管是小型的烟花，但我们还是开心极了。每天晚上都放烟花，让每个夜晚都变成节日，这是一种什么样的生活呢？这就是幸福吗？廉价吗？也许，但很美，确实很美。尤其看到儿子的脸被烟花照亮的时刻，他的脸已经像个成年人那样棱角分明了，但还透着单纯与稚气。青春就是暧昧，正如这烟花的朦胧之光。烟花冷寂后，我带着儿子去沙滩上散步了，退潮了，退得很远，我们在沙滩上向海的腹地走去，突然，大海一个反击，飞扬而起的浪花把我们的衣服给打湿了。我站住了，而儿子继续往前走，在浪花里尽情玩，蹦着、跳着、喊着，得意忘形。我看着他，意识里再无其他，觉得自己也在那里蹦着、跳着、喊着，得意忘形。

手机突然响了，在操场上手机铃声显得格外单薄。陌生的号码，还是赶紧接了。对方是个女人，说她是肖佳的同事，然后说，你儿子在医院呢，但肖佳正在手术室，出不来，你能来接儿子回家吗？我愣了一下，说："他怎么去医院了？为什么不接我电话?!"声音之大，出乎我的意料。我赶紧向对方道歉，说自己快急疯了，这会儿在学校里找他呢。

"您这下可以放心了，赶紧过来吧。"对方温柔地说，"我们也不方便问孩子发生了什么，看上去他心里有事。"

"好的，我马上到，谢谢您！"我差点带出哭腔。

我简直连滚带爬翻越了校园栏杆，这时背后有束手电的光照着我，我看到了自己扭曲的影子，同时，听见了保安严厉的质问声："什么人？干什么的？"

"我来找我儿子的，他是这里的学生。"我头也不回，挥手拦车。

"神经病吧！这是大年初二，神经病！"

"对，我是神经病！"我毫不犹豫地喊道。

他愣住了，我没听见他再骂我了，我在他的手电光照耀下钻进了的士，向医院驶去。的士司机从后视镜不时看我，也忍不住问我怎么回事。

"我真的在找儿子，他今天去补习班后还没回家呢。"

司机听我这么说，猛踩油门，车子飞跑了起来。

"儿子在医院呢？"他问。

"在。"我说，"但他没受伤，他妈妈在那儿上班。"

"嗨。"他松了一口气。

"但他妈妈并不知道。"

"啊？"他半晌没说话，车速也没降低，过了会儿，他感慨地说了句："现在的孩子呀，搞不明白。"

"我很想搞明白。"我说完，又问他，"你知道科比吗？"

"打篮球的那位？"

"对。"我叹息。

"他今天出事了。"司机说，"太惨了。"

"是的，太惨了。"

"你平时看篮球吗？经常看科比？"

"做我们这行的，没时间呀，可我能听。"他腾出右手打开了广播，一阵"嗞嗞啦啦"的声音后，中年男低音开始解说某场比赛。"听听他们打篮球也很精彩的。我儿子喜欢 NBA，什么科比，什么湖人队，什么小飞侠，都是听他说的。"

"你儿子多大？"

"十五岁。"

"我儿子十八岁了，还喜欢这种东西。"我口气中有着不自觉的抱怨。

"三十八、四十八岁的人还喜欢呢。"

我被司机怼得说不出话来。我还是被自己的偏见给束缚着，某些时刻，我也厌恶这样的自己。但很多时候，我会忘记自己的这一面。

车到了医院门口，我跟司机连说了几声感谢，能在大年初二跑出来开的士的人，肯定有他的无奈和隐痛。

我跑进医院，奔向了刚才电话里约好的五楼护士站。远远就看到一个护士朝我招手，她戴着口罩，完全看不清她的表情。我跑到她面前，她没什么客套，直接说："我是经常看肖佳发的朋友圈，才在走廊上认出他的，包括现在一眼认出你。"肖佳是一个喜欢发朋友圈的人，只要一家三口聚在一起，哪怕就在家，她都会特别兴奋，拍拍照，发发照片。我和儿子对她的这种行为一开始经常抗议，我们可不愿意让人看到我们在家邋里邋遢的样子。后来，我们也习惯了。吃饭前，手机镜头先吃；忙忙碌碌的时候，她突然拿手机拍我们，我们也像是什么都没发生。我们成为她单位的"名人"是意料中的事情。

"他……人呢？"我朝她勉强笑了一下，赶紧问。我忘记了自己也戴着口罩，对方也看不清我的表情。

她朝我走近了一步，压低了声音："里边呢。"我看清了她的眼睛，那眼神示意我不能轻举妄动，或是不要暴躁。我读懂了。

我蹑手蹑脚往门口走去，仿佛儿子在熟睡，不能惊醒他。我看到他了，他坐在那里，书本在面前的桌面摊开着，他正在学习，还在用笔写着什么。这个情景与他在家毫无二致，但与周围的环境格格不入，我心底反而更没底了。

我站在原地用指关节敲敲门框。儿子扭头看到我，轻轻叫了声："爸。"

"哎。"我答应着，这才走向他，直至把手放在他的肩膀上。

我的手感到他的身体战栗了一下，也是，我上次跟他这么亲昵的接触都不知道是什么时候的事了。他的身体随后陷入了僵硬，这种僵硬仿佛会传染，我的手也变硬了。

"你没事吧，来这儿是找你妈？"说着，我的手就下意识地缩回来了。

"我，我就是想来这儿看看。"他的身体依然僵直。

大年初二，还这么冷，你想来这儿看看，看什么呢？我在心里对他说。我的手插到口袋里，摸到了香烟。这要是户外，没准我就真拿出来给他了。但这是医院，我扭头看了看门口，只看见了肖佳同事的背影。她的白大褂让她显得瘦小，像是在一个布袋里挣扎的小生物。

"你想看看你妈妈？你知道你妈妈非常忙，她在手术室里，你见不到她的。"

"我知道。"他沉默了一会儿，突然站起来了，看着我说："我不是来找我妈的。"

"那你……"我后退了半步，有些紧张，不知道他想干吗。我的心跳加快了，我惧怕他说出一些让我难以接受的秘密，但我又期待着他快点说出。

"我想看看，"他的声音忽然颤抖了，有种奇异的尖细，"我想看看……太平间。"

"孩子，你真吓到我了！"

"我想看看死人。"他的声音变大了，一种难以抑制的悲伤与恐惧让他的脸扭曲变形，"我想看看人死去了到底是怎么回事。"

肖佳的同事应该听见了这边的动静，我眼角的余光可以看到白大褂逼近了门口，但我不能扭开我的目光。我盯着我的儿子，我知道他陷落在一个巨大的凹坑里边了，我得全神贯注地陪着他，并想办法把他从那个凹坑里边给拽出来。

我和儿子的目光对接在一起，但他的目光是飘忽的，犹如冬日的寒雾。我被他的目光给笼罩了，似乎看不清他了。我努力朝他看，眼睛都酸涩了。忽然，我搂着他，自己都没意识到发生了什么便哭了起来。这是我第一次搂着他这样哭泣，作为一个父亲，我全然顾不了许多了。我听到他也哭了起来。肖佳的同事从外边把门关上了。在医院里，哭声是最常听见的一种人类声音，只不过有时是因为刚刚来到这个世界，有时是因为刚刚离开这个世界，有时是因为茫然失措。我们茫然失措吗？当然。可我们比茫然失措的病人更加茫然失措，因为我们不知道自己为何要茫然失措。

"儿子，别哭了，我们聊聊科比。我想和你聊聊科比，今天早上太匆忙了，没来得及好好跟你聊聊。"

我的话几乎是非理性的呢喃。我控制着自己的身体，让它平复下来。但我的儿子停顿了一下，继续在哭泣。我想，让他好好哭吧，哭够了，他会跟我聊聊科比的。只要他肯和我聊，我就能把他从那个凹坑里给拽出来。与此同时，也很有希望把自己给拽出来。

一种哲思性、反思性的当代写作
——评《我们聊聊科比》

陈培浩

在我看来，《我们聊聊科比》写的是一种反思性、哲思性的小说，王威廉的小说拥有一种特殊的能力，能不露痕迹地穿透当代生活表象，进入对当代生命困境的凝视和反思。

马丁·布伯在《我与你》中有一个很有意思的观点："我–它"说出的是经验和对象的世界，而"我–你"则是关系世界。此种二重性才构成了人生的整体。《我们聊聊科比》中，作为父亲的"我"不懂体育而令儿子颇感委屈，儿子的委屈来自父亲将他置于"我–你"的关系之外，一个他认为极其重要的对象，或一种经验内容，在他与父亲之间，无法分享，无法传递。他委屈意味着，他尚有期待，尚未绝望。现实生活中，我们早已对形形色色的交流隔绝习以为常，甚至不再对无从交流感到难过或委屈了。某种意义上，《我们聊聊科比》是关于交流及其困境的小说。小说通过一个并不复杂的故事去凝视并反思当代世界、生活中横亘在交流中的障碍。

《我们聊聊科比》虽短，却充满了密集的当代经验细节，由此洋溢着一种当代感和当代性。小说中，"我"妻子是一个活泼、乐观的护士。忙碌的工作并未磨损她的生活热情，她的生机勃勃，也使她较难发现当代生活内部的精神暗礁、褶皱和伤痕。"我"和儿子属于那种敏感、多思的人，并不能毫无障碍地融入当代生活的热浪中。比如"我"就经常对形形色色的广告语感到不适，"我"无法过一种随流从俗、无所用心、不加审察的生活。《我们聊聊科比》令人称道之处便在于，它的当代性不是表现为对当代生活细节浮光掠影的搬运和截取，而是对当代精神内在艰难性的思索，从而体现了一种内在的当代性、深度的当代性，或者说反思性、哲思性的当代性。

小说有几个细节可能被读者轻易放过，却是作者用心良苦的设计。比如，"科比"在小说中就不能被随便替换为另一个明星。小说中，科比关联的不是明星性、观赏性或奋斗性，王威廉看到的则是科比之死所投射的与时代同构的不确定性。谁能想到，正当盛年，无病无痛的科比，会因自己的私人直升机失事而匆匆离开人世。最诡异的是，究竟是因为飞机故障还是因为操作失当造成的事故，我们无从得知。科比之死，如此骤然，令人怅然！更重要的是，这种不确定性并不是孤立的，而是深植于当代经验内部的，它具有普遍性、弥散性和典型性。

小说另一个容易被忽略的设置，是"我"的身份。"我"开着全市唯一一家IMAX电影院，科比去世，正逢武汉遭遇疫情，一种巨大的不确定性袭击了武汉甚至全国。疫情期间，电影院行业是与这种不确定性迎面相逢的行业之一。但是，这仅是现实的层面。作者更深沉的关切，其实是疫情及不确定性的生活对当代精神的内在影响。这是何以要将"我"写成一个开电影院的人的原因，因为开电影院不是一种普通的营生，还有一种内在的精神寄托。电影院是现代最有典型性的共同体生活方式。在电影院观影，带有某种"我-你"的交流形态。"我"与儿子的交流困境和电影院的现实危机，在小说中其实是呼应的、同构的。

这篇小说看似简单，却巧妙地内嵌了一个宏大的精神话题，即全球化和单边化的纠缠和悖论：一方面全球化早已是我们无法抗拒的命运，因此科比之死蝴蝶效应般地引发了"我"儿子的心理危机。但另一方面，单边化又成为另一股当代世界潮流。不仅民族国家在单边化，主体的精神也越来越单边化，而陷于封闭和自锁之中。王威廉忧思的是：不确定生活不仅损害我们的生活品质，更伤害了当代主体内在的空间，造成当代生命的内在蜷缩甚至塌方，造成了"我-你"关系的破产，这无疑是每个当代精神主体都在面临的困境。由此，"我们聊聊科比"不是一个简单的具有独特性的题目，而是作者向每个深陷于"我"危机的主体发出的召唤，让我们重建"我-你"的生命交流。

呼伦贝尔牧歌

海勒根那（蒙古族）

那两匹马，一红一白，一前一后，一会儿后面的追过前面的，一会儿又并辔而行。马背上的人也随之并肩而行。

刚进六月，连绵的丘陵草原已绿得沁人心脾，那种一目九岭的重峦是摄影家们所喜爱的。昨夜刚刚下过一场透雨，空气好得没的说，春风空阔而浩荡，万顷草香从春风里倒出来，正沿着草地、山坡、沟壑，四处流淌，迎面扑入鼻孔，就会被那稚嫩的草香熏晕，熏醉，熏出一把鼻涕眼泪。这样的天气难得极了，阳光明媚又不耀眼，像泉水一般清凉，又长着细小而柔软的天鹅绒羽。而天是深蓝的，是画家用纯粹的油彩涂上去的，被雨后舍不得离去的一簇簇青灰色的云朵拥挤着，像海的波澜一样涌在天空。而最接近那些波澜的，是远处丘陵峰顶之上的一排排高大突兀的金属物，正在阳光下闪闪发亮，那是一杆杆风力发电机，像极了高耸入云的银色风车，并且随着丘陵的跌宕起伏而错落有致，使得这片丘陵草原看上去更为瑰丽。此时行在其间，似乎感觉蒙古族人的细长眼睛有点儿不够用了，不能再贪婪地多装些景色。

那两个牧人打扮的骑手就在这壮美的丘陵间爬上爬下。

"这么多年，还以为你不会骑马了呢，没想到你还真行！"说话的是骑红马的汉子，宽肩厚背，短粗的脖子缩在一字型肩上，他戴着老式前进帽，帽遮压得很低，一双豹子才有的赭黄色眼睛眯成一条缝隙。

"不会忘记的，骑马就像吃饭一样，多少年也不会忘。"白马背上的汉子顶的是温州产的那种塑料编织的牛仔帽，帽檐下面，一张乌铜色的脸像刀削一般棱角分明，一圈黑胡子连着双鬓。与骑红马的汉子相比，他更精瘦些，却是那种日行千里的马才有的结实。

"该把胡子刮一刮，把头发理一理才是。"前进帽说，"这个样子，巴德玛都认不出你了。"

"你又没提前说，我洗了脸就算不错了，我可快一周都没洗脸了。"

这会儿，空中不知悬停着多少只云雀，叫声一个比一个嘹亮，把两个汉子的耳朵都灌满了。两个粗声大气的汉子不得不再提高些嗓门，你喊上几句，我再喊上几句。

一条村村通公路像铁灰色的蛇盘旋在丘陵间，忽左忽右，一会儿又被丘陵遮蔽了，不时有货车呼啦啦驶过。临近公路的一顶彩条布帐篷里拴着五六匹马，靠路边的牌匾上写着"巴尔虎骑马场"。

"那是做什么的?"牛仔帽问。

"你说的是那个拴马的地方? 那是招揽游客骑马的，这会儿游客还没上来。等七八月份，一百匹马也闲不住。"前进帽说，"现在咱们呼伦贝尔旅游很热，旺季大客车都得排队。"

牛仔帽沉默了一会儿，摸出兜里的矿泉水灌了两口。

"这些年变化大着呢，嗻，邻近的满洲里城里，建的都是俄式洋楼，前些年贸易火的时候，满大街都是俄罗斯人，也有外蒙古人。等过些天我休假，带你和巴德玛去城里喝几杯。"

"阿哈（哥哥），先别想那么远好吧，连人家的面都没见到呢。"

前进帽乐了乐。此时两人正爬上一道矮山梁。两匹马都是一顶一的好马，肌肉紧致得犹如石碌，皮毛像锦缎般油滑闪亮，随着颠簸像波浪那样涌动，爬坡上岗如履平地。此时两匹马生龙活虎地打着响鼻，飘散着瀑布似的鬃尾，与马背上的汉子一样亲如兄弟。俩汉子则歪斜着身子，懒在马背上，随着马的步伐晃来晃去，这种骑法有点儿养精蓄锐的意思，假如一个人久不吱声，那一定会嘟噜起一串鼾声。

"再往前面就是呼伦湖了。"前进帽说，"过去这里可是弘吉刺部落的营地，成吉思汗九岁的时候就是来这儿相的亲，半路遇到孛儿帖姑娘的阿爸德薛禅，便做了他的乘龙快婿。咳，对了，巴德玛家的阿爸也和她一起放牧呢，我们没准会在呼伦湖边遇到他，那可是吉祥的征兆啊!"

"快别开我的玩笑了。"牛仔帽的脸再红也看不出什么来，他笑了笑，表情里却隐藏着几丝忧郁，"你确定巴德玛想见我? 当年她可是对我有着怨恨的，况且我也不是当年的小伙子了，而是刚刚释放的……"

"咳咳，今天咱不说那些。对了，巴德玛那儿，我已经和她说过你好多次，上次在甘珠尔庙遇到她，她还主动提起你，盯着我问东问西的，她还在关心你，这是她的眼神告诉我的。我说你一切都挺好，出狱后，村委会给盖了新房，村集体还以苏鲁克（代管畜群）的形式赊给了十几头牛和一群羊，人也今非昔比了，也不喝酒，一天到晚只知道干活儿赚钱，一门心思致富呢。"

"我可没你这个第一书记说得那么好，不过说真的，我已经十多年不喝酒了，年轻时总因为喝酒闯祸，我要长这个记性。"

"蒙古族男人不酗酒就不叫什么喝酒，那只是就餐的饮料。"前进帽笑笑，"都（弟弟），那时你年轻气盛，就像匹争强好胜的烈马，动不动就和人动手，比谁的拳头硬。不过，你倒是从来不欺负弱者，专门和那些臭鱼烂虾或者欺负别人的劣狼过不去。"

"我和他们打架，七八个人一起都不是我的对手，我照例打他们个屁滚尿流。那时我真是浑身有使不完的劲儿，抡扇刀打牧草可以一连抡上十几天不知疲惫。我也能吃能喝，一个人一顿能吃掉小半只羔羊，喝光塑料壶里所有的酒……你还记得吗？那年呼伦贝尔那达慕上，一百八十多个博克手（摔跤手）里，我夺了魁，还赢得了一峰骆驼、十只羊呢。"

"还不是额么格额吉（祖母）把你喂养得好，总拿你当两个月的失孤羊羔嘛！"前进帽又笑。

"奶奶是世界上最心疼我的人，可我对不起她……"

"那时，每次你和别人打架回来，老人家又气又恨，拿着烧火棍狠狠地打你的屁股，可回过头来看你哪儿受了伤，又心疼地把你搂在怀里，又擦盐水又涂'马粪包'的，整夜不睡地看护你……"

"是啊，额么格额吉把我从小养大，她明明知道我不是她的亲孙子，是她从海拉尔医院门口捡来的孩子，我听别人说，包裹我的襁褓里有纸条，上面写的是汉字，是我的汉文名字和出生日，可额么格额吉从来都没和我说过这些，她生怕被我知道我是她抱养来的。我四五岁的时候，她还让我裹她干瘪的奶子呢，虽然那里早已是干涸的河床没有一滴奶。现在你瞧我的模样，小眼睛高颧骨，长得越来越像她老人家了。"

"你喝了呼伦贝尔的水，吃了这里的牛羊肉，晒了草原上的太阳，当然要长成牧人的样子，都，你的性格更像个蒙古族汉子，人们常说的'一方水土养一方人'，就是这个道理。"

"我还会唱蒙古族歌呢，还记得奶奶教的那首长调吗？那首呼伦贝尔牧歌还是奶奶的阿爸的亲身经历呢。"

"我当然记得，那个爱情故事凄美得让人落泪，奶奶总在睡前讲给我俩听——'阿爸'年轻时，给一个大户人家放马，那年春天他在牛泉和冷泉边游牧，遇到了一个总驾着牛车来打水的叫作道丽格玛的姑娘，她是另一户大牧主家的雇工，除了放羊之外，每天有干不完的活计。先前，年轻羞涩的'阿爸'还不敢靠近她，不敢和她说话，只远远地望着她轻盈远去的背影，心早被姑娘掳去了。后来是道丽格玛姑娘主动接近的'阿爸'……"

"我怎么觉得这段有点儿像我和巴德玛。"

"接下来更像呢。"前进帽打趣着，接着讲，"那年春天，一个牧马人和一个牧羊女就像天上的两只云雀那样相爱了。'阿爸'流连在牛泉和冷泉边，帮道丽格玛驮水、起圈、剪羊毛……'阿爸'每次骑马来时，人马未到他的歌声就到了，道丽格玛和年迈的父母亲相依为命，她家又小又旧的蒙古包坐落在牧主家的夏营地里。'阿爸'骑马站在对面的山坡上，冲着姑娘家的毡房唱长调。他会的歌儿多着呢，能装满九辆勒勒车，一首接一首，直到心上人听见歌声远远地迎面跑来。"

"她手里一定挥舞着头巾，白色的羊绒头巾……"

"这个奶奶可没讲。"

"不，是我想起了巴德玛。"牛仔帽神情迷离着。

"后来的故事就悲情了……"

"阿哈你接着讲啊，我好久没听这个故事了，想听呢。"

"我不讲了，讲了心里会难过的。"

"那我来讲吧……后来两个相爱的人终成眷属了，贫苦人也有了家，一对恋人在姑娘家的蒙古包旁扎了同样的毡房，毡房后面唯一的一辆勒勒车的箱子里，装的是道丽格玛的嫁妆。两个相爱的人啊还没缠绵亲昵够呢，管旗章京前来征兵，'阿爸'只得与新婚妻子作别。送'阿爸'走的那天，道丽格玛跟着骑兵队伍小跑着，不断嘱咐丈夫别忘了写信，早点儿平安回来。她在马蹄掀起的尘烟里追出好远，直到马队将她抛在身后，她又跑到山岗上去泪目瞭望……'阿爸'去了远方，头两年还有鸿雁传书，等后来战争爆发，'阿爸'越走越远，便和道丽格玛断了音信。等他有一天历经九死一生终于回到草原，竟找不到自己的家了——牧主家的夏营地还是那个夏营地，可他所熟悉的那两个又小又旧的蒙古包却没了踪影，更不见朝思暮想的爱人和她的双亲。他以为他们转场走了呢，骑着快马还未到牧主家，半路遇到了老羊倌阿拉木斯大叔。老人见到'阿爸'，抓住他的马缰绳就老泪纵横了，原来道丽格玛和双亲已葬身于去年春天的一场草原大火……"牛仔帽不再讲述了，瘦削的脸抽动了几下，眼前一片朦胧。

"后来'阿爸'是在一片蒙古包的圆形废墟和灰烬里找到亲人的遗物的。那是他俩的定情信物——一枚镶嵌着呼伦湖岸蓝玛瑙的戒指，是'阿爸'亲手打制的。'阿爸'无家可归了，魔怔了似的，没黑没白地去到他和妻子最初相恋的牛泉和冷泉边，那种痛心的思念化作了泉水般的歌声从心底流淌出来……"

"是啊，奶奶没事总哼起那首牧歌，声音又软又悠长，好似风吹锦缎那样，可真好听，里边的忧伤像雾似的，又像长长的鞭子抽打在心上。"说着话，前进帽轻声哼起了歌儿——

> 我离开湖边来到新的草场，
> 可是我的马群不肯吃草，
> 捧起盛满奶食的碗，
> 可是我却无法下咽，
> 我到处去寻找你的踪影，
> 我的心永远都无法安稳
> ……

"这歌儿让我想奶奶了，可我却没能为她老人家尽孝，我在监狱里每天晚上都会梦见她。阿哈，说到这儿，还得谢谢你，是你一直替我照顾奶奶！"

"别说这些客气话，你的额么格额吉也是我的奶奶，谁让我俩是从小一起长大的好伙伴儿呢！还记得小时候我阿爸阿妈在苏木（乡）忙工作，就把我送到额么格额吉的蒙古包里。阿爸年轻时在额尔敦苏木下过乡，当时就住在奶奶家，奶奶也胜似他的额吉。他对奶奶说，这匹小马驹子就交给您了，把他和您的马驹拴在一起放养吧，让他也尝尝牛粪的味道，在草地里多打几个滚，见识见识狼长什么样，否则在城里只知道看《猫和老鼠》，闻汽车的臭屁味儿。奶奶右手把我搂过来，左手搂过你，眯起眼睛上上下下地看，满是皱纹的嘴巴都合不拢了。两匹马驹子进了蒙古包可是要翻天的。我俩挤在一张床上睡，整天打打闹闹，玩呀乐呀，弄得所有家什和锅碗瓢盆都挪了位，就差把蒙古包顶掀翻了，可奶奶一点儿都不怪你我，还抿着嘴笑个不停。她老人家一辈子没儿没女，所以喜欢孩子，怎么看怎么喜欢。等到玩闹累了，奶奶才重新将家什和锅碗瓢盆一一归位，然后变着花样给我们做好吃的，什么羊肉面条、巴尔虎馅饼、布里亚特包子、俄式列巴，就着山丁子、稠李子果酱，还有奶茶，真是好吃极了！"

听到这儿，牛仔帽落下了眼泪，雨点儿似的啪嗒啪嗒的，挂在胡子的尖梢上，"可惜，奶奶临走时我都没能送上一程，我真不孝。"

"老人走得很安详，那些天我一直守在她身边，邻居们也在。奶奶生前做了太多善事，草地上的孩子有几个没受过她的百般呵护、吃过她做的美食？包括当年那些城里来的知青，天天长在奶奶家，奶奶对他们就和对自己的儿女一样，吃的用的穿的，老人家倾其所有。"

"是啊，后来好多知青返城了，还会偶尔回来看望奶奶呢。"

"奶奶临终时说，她要回到草原上去。依照老人家的遗嘱，我和乡亲们把瘦削成小女孩儿似的她用被子包裹了，放在勒勒车上。那天是我赶的车。那会儿正是春天，山坡上的雪都化了，偶有残余也变成煤黑色，软塌塌的。裸露的草地湿润着，一片金黄中还看不出什么绿色，可浩荡的春风已裹挟了小草的气息，它们新发的嫩芽，正努力隐藏在去秋的枯草里。送行的人们赶着勒勒车沿着车辙走啊走，而奶奶躺在车上就像睡了那样，她也一定闻到春天的气息了，听到云雀和百灵子的欢叫了……到达胡拉尔山一处阳坡时已接近傍晚，穹庐似的天空布满了杏红色、粉紫色、赭石色、青蓝色的云彩，山脚下刚融化的胡拉尔河淙淙流淌，额么格额吉就在这里'安身'了，从勒勒车上轻轻地滚落下来，蜷卧在那片宁静的山岗上，太阳最后一抹光就照在那儿……"

牛仔帽沉默着望向远处，山坡那儿正有成群的马儿和牛羊忙不迭地埋头食草。那寸把高的鲜嫩且茂盛的青草是大地历经一个漫长的冬季孕育的，是长生天对牲畜的犒劳。这个季节母畜的奶水也最为充盈，而那些欢叫连天的白羊羔、活蹦乱跳的黄白花牛犊，还有或棕或红或黑的四处撒欢的马驹，正你一帮我一伙儿，把绿意盎然的草原点缀得越发生机勃勃。

前进帽长叹了口气，说："瞧见那些小畜了吗？人和它们一样，也是一辈一辈传下来的。再说，奶奶最见不得我俩不开心，她看到你我这个样子一定会摇头生气的。"他停顿了一会儿，"还是说说巴德玛吧。应该是你出事之后的第三年，她才嫁的人。那时你的案子还没落听。她最后一次来找我，打听你的消息，因为人们都传说你的案子很重，出不来了。我不忍心欺骗她，只能告诉她。巴德玛听了，满脸的失望和哀伤，她打马走远的背影失魂落魄的，打那以后就失去了她的音信，直到有一天听说她与一个巴尔虎小伙子结了婚。这个也不能怪她，是你伤了她的心，如果没有后来的事情，你俩肯定是棒子也打不散的一对鸳鸯。"

"也许命运就是这么安排的，听说巴德玛已经是两个孩子的额吉了。"牛仔帽眼神怅然，"她现在怎么样？"

"岁月对谁都是公平的，不会落下一个人。巴德玛的容颜当然也会变。自从丈夫去世后，她一个女人家拉扯两个孩子长大，里里外外都是她，可想而知她有多么操劳、多么辛苦。可她的心一点儿没变，她的性格也是。"

"她的丈夫是怎么死的？"

"巴德玛生下小儿子的那年秋天，那时已经时兴捆草机了，那个巴尔虎男人和他弟弟去打牧草，不小心被捆草机的绳子带了一下。弟弟在前面驾驶室里，回头不见了哥哥，下车去找也没找见，最后在草捆里发现了他，他已经和草捆在一起了……"

"捆草机？这样的事故多吗？"

"嗯，每年草原上都会因为这个伤人。"

"机械上应该设有风险防控装置。"

"对了，你对机械在行，没事研究研究，没准能行。"

"我在里面也做农机修理，试试吧，不能总让机械伤人。"

"那些年，巴德玛好不容易供两个孩子去镇上读了中学，阿爸又因风湿病瘫痪在床了，为给阿爸治病，巴德玛家成了典型的贫困户。这几年好了，她所在的嘎查（村）一直把她列为重点帮扶对象，驻村工作队帮阿爸办理了慢性疾病本、大病医疗保险，又协调北京义诊的专家给老人家治病，直到他老人家能拄拐下地走路。为了使巴德玛尽快脱贫，工作队还帮她跑来了贷款，买了五十只基础母羊，牧忙季节帮扶干部一起上门帮工，巴德玛有了奔头儿，干起活儿来也起劲儿。这不，牧闲时还给镇上的一家外贸公司做民族服饰呢。"

"你们工作队真没少给牧民做好事，连相亲的事都管了。我就说你一大早牵马来找我，不会只为和我赛马。马背上的感觉真舒服，我可十多年没骑过马了，小时候我们俩天天在一起骑马放牧……"

"是啊，都，我很想和你找找少年时的感觉，让你看看我这个驻村干部还没忘本，还会骑马，还和牧民一样。"

"你不会忘本的，就凭你还没有忘记我。谁忘本你也忘不了。阿哈，记得你接我出狱的那天，我还以为奶奶不在了，自己像'阿爸'那样无家可归了呢。进了嘎查你指着新房子给我看，说这就是我的家，我当时想，一定是你这个做第一书记的为照顾我'以权谋私'了，后来才知道，那一排新建房都是政府给老百姓盖的，当时我的眼泪就止不住流下来了，为了不让你看到，我背过了脸去。那天，你们工作队还给我拿来了米、面、油、土豆、大白菜，这些我都记得，一辈子也不会忘。从那天起，我就想，我一个大男人决不会成为贫困户，我有手有脚的，绝不会拖村委会的后腿!"

有一只鹰在低空盘旋。临近正午了，太阳开始变得热烈了，细密的汗水从额头鼻尖冒出来，像清晨草尖挂的露珠。前进帽抬头望了望，原来那些流云已聚拢到另一方泼墨挥毫去了。两匹马还没有半点儿疲倦，嚯嚯地从丘陵的半坡处绕下来。眼下是一片开阔的再无遮拦的草地，一直延伸到天际。东南方向的一侧铅色浓重，似云非云，似雾非雾。前进帽伸马鞭指了指，说:"瞧，那儿就是呼伦湖，我嗅到鱼腥味儿了。"

"这么说快到巴德玛家了?"

"那还远着呢，过了呼伦湖东岸，还要走几十里路。"

"阿哈，还记得我俩是在哪儿见到的巴德玛吗?是在阿拉坦额莫勒镇上，她和阿爸去卖羊毛，我看到她第一眼就像被主人牵走的马那样，魂就跟着她的身影走了。要知道我可是一头没人能驯服的野狮子。后来我从收购站打听到，她的家在甘珠花嘎查。第二天我就骑马去了那里，沿着乌尔逊河找到了她家。"

"后来你喝多酒后动不动就骑着马跑到巴德玛家的敖特尔（放牧场）去。"

"去是去了，我可没耍酒疯。"

"巴德玛都嗅到你歌声里的酒味儿了!这么说，一定是奶奶讲的故事影响了你，和当年的'阿爸'一样，你骑马跑上几十里路，然后也要站在姑娘家对面的山坡上唱歌，唱那首奶奶教会的长调。见到喜欢的姑娘，你这头野狮子比'阿爸'还羞怯几分，要不是姑娘像道丽格玛那样到山坡上寻你，你还不敢靠前一步呢!"前进帽哈哈大笑。

"那个傍晚真让人难忘。巴德玛快马奔向我，等她提着鞭子从马背上跳下来，我以为她要抽打我赶我离开呢，可她却反手把鞭子搭到马背上，挑着眉眼问我叫什么名字，为什么总跑到这儿来唱歌，是要唱给她家羊群听的吗。我一时紧张得不知怎么回答她，只有挠头的份儿。见我一副尴尬相，她止不住咯咯地笑了，等她笑够了直起腰来，对我说，你唱了那么久的歌儿一定口渴了，到包里喝碗奶茶再唱吧。我大脑一片空白，跟着她走下坡岗，两条腿像别人的一样。她家那几条牛犊一般高的牧羊犬冲我吠叫，被巴德玛呵斥到一边去。我进了巴德玛的毡房，端奶茶碗的手抖成一团。巴德玛又捂着嘴笑，她笑起来真好看，圆圆的脸蛋儿就像贴上了两片晚霞。她的头发乌黑乌黑的，梳着两根又长又粗的辫子，说话时总把一根辫子甩到后背去。那天晚上她的阿爸阿妈很晚才放牧回来，我和巴德玛说了一星空的话，我至今还记得她的笑声，又甜又爽朗，像含了稀米丹（稀奶油）和蜂蜜似的。

"后来，我几乎一有空闲就去巴德玛家的营地，我帮着她起羊粪砖、修理羊圈、网围栏，和巴德玛一起去乌尔逊河边用水车拉水。有时她故意把水泼到我的脸上，把我弄得像落水老鼠似的，然后咯咯地大笑，我抹一把脸没事人一样。等回去的路上，我赶着牛车专挑有石块或有坑洼的地方走，这样水车里的水就会不时迸溅出来洒她一身。她一路惊叫着，笑着，捶打我的后背，那年轻的时光可真难忘啊。

"可是你知道吗，阿哈，我那时只知道想她，一分钟不见她我就受不了，像丢了魂儿似的。每天睁开眼睛，脑海里都是她的身影，我就拼命干完自己家的活计，然后策马去她家营地。见了面，我又忘记说那句最想说的话，说出来也怕她拒绝。那句话对我来说太重要了，有生以来从没和谁说过。我不说，比我大两岁的巴德玛也羞于说，每次听到我的马蹄声，她就急切地从蒙古包或营地里跑出来，放下手里活计向我使劲招手，或者挥着白色的羊绒头巾，对，像云朵一样白的羊绒头巾，迎着我跑过来。她的两根辫子飞舞着，那个样子真像一匹小马，那是我的小马，我的爱……

"那次我在镇子上，与两个欺行霸市的牛贩子打架，一个家伙被我打歪了鼻子，另一个的眼睛成了乌鸡屁股。待我飞身上马逃掉，却不敢回额么格额吉家，怕她知道我又在外面惹祸，就一路跑到巴德玛的营地去。那会儿天都黑了，我敲了巴德玛的包门，她见是我，忙不迭地让我进屋，给我煮面条熬奶茶，却忽然发现我额头那儿爬着一条蚯蚓状的血流。这可把她惊吓到了，问我到底发生了什么。我瞒不住她，和她说了实情。巴德玛帮我剪了伤口周围的头发，拿出医药包为我处理了头上的伤口。做这些时她挨我那么近，我都嗅到她的体香了，有股奶子的清甜，又像六月青草的气息。我禁不住把头依靠在她的怀里，她就轻轻地抱住了我的头。我一个大男人竟像羊羔那样乖顺了。那是母性的怀抱，像奶奶的怀抱一样温暖，但比奶奶的年轻，柔情似水，让我融化。巴德玛后来和我说了好多话，劝诫我以后不要再做傻事了，有的是说理的地方，遇到不公平或看不下的事儿，可以去找工商所派出所，不能动不动就使拳头逞能，那样早晚有一天会把自己害了。她说，你都是二十岁的小伙子了，已经不是无知少年，你想做个浪子吗？总惹是生非让额么格额吉为你操心，整天为你担惊受怕，你觉得心里过得去吗？那天巴德玛说的话我听进了一些，可我更愿意迷失在爱情的醉人芬芳里不作任何思想。那天我吻了巴德玛，我俩都不太会，只是胡乱地亲了又亲。我还想有别的举动，但被她拒绝了，她附耳对我说，等提亲后才行……那天晚上，我和她拥在一起入眠，听着她睡梦中细微而香甜的呼吸，觉得自己忽然长大了，要娶一个女人为妻就应该好好做人，日后不能再好勇斗狠了。

"我和奶奶分得的草场少，发展畜牧受限，我决定到镇子上开个农牧机修理部。你知道我打小就对机械感兴趣，记得你阿爸送给奶奶的收音机和电视机都被我拆了个稀巴烂，当时恨不得把里边说话的小人儿统统掏出来。不过，这些盒子最后还是被我完好无损地组装上了。等上中学的时候，我更是利用寒暑假的时间一头扎进各种修理部当学徒，所以农机方面基本懂个大概。我一边开着修理部一边学习技术，白手起家，生意做得很有起色。那段时间，巴德玛一有空闲就来看我，我和巴德玛就像奶奶讲的'阿爸'的爱情故事那样，相互想着恋着。那会儿的我每天精打细算，准备再多赚些钱就去巴德玛家提亲……

"可是后来……后来我是怎么学坏的呢？有一段时间巴德玛的母亲病了，她好久没来找我。镇上一帮小野马驹子却来找我了，他们听说我能打架，特意来'会'我。我的拳头当然不是白给的，征服他们没得说。野马驹子们心服口服，就推举我为'老大'。原来他们在镇子上也是分帮分伙儿的。我那时年轻气盛，虚荣心作祟，早把巴德玛的话忘在了脑后，稀里糊涂地当了他们的'头儿'，天天和他们花天酒地鬼混在一起，修理部的生意也荒废了。与之相比，整天满身油污做一个搬搬拧拧的修理工太枯燥无味了。记得巴德玛后几次来找我的时候，我不是酒醉不醒，就是在和那些弟兄们吃五喝六。我也不再关心巴德玛，她母亲病重几次到医院我竟没去看望，秋天打草季节我也没能帮忙。我成了一个没心没肺的'混球'。直到那次'舞厅事件'，我们和另一伙野儿马子们在小镇的一家舞厅火拼，两败俱伤，我没处躲藏，又跑到了巴德玛家。巴德玛没有把我拒之门外，但她不再像红彤彤的火炭那样对我了，脸上总似秋天枯黄的草原蒙着一层霜雪。可我没有扪心自问，却对巴德玛抱怨起来，甚至和她无端地发火，大吵特吵。就在这时，一个叫索道的小子找到巴德玛家营地向我通风报信，说对方还要约架，一决胜负雌雄。这次要动马上的功夫，地点选在乌胡尔图汗山，那里据说曾经是成吉思汗和札木合'阔亦田之战'的对战之地。巴德玛刚巧端着牛粪走进毡房，听到了这些混账话怒不可遏，挥起马鞭驱赶索道，待他骑上马背还使劲抽打他的马，那马慌不择路地跑掉了。巴德玛这才一屁股坐在毡房外，把头埋在膝间失声痛哭。她骂我是个走路没有影子的人，除了豺狼没有别的朋友，迷途的羔羊迟早要被风雪埋掉……如果我就此收手，巴德玛或许还会原谅我，时间的风还会把沟壑抚平。可我鬼迷心窍了，一股争强好胜的血在我的血管里奔突，仿佛自己就是年轻时的成吉思汗，就要为胜利者的'荣光'而战。忘乎所以的我没等第二天天亮就从巴德玛家偷偷溜了出来，抓了一匹骟马向灰暗的天边驰去……后来的事不说大家也知道，是巴德玛报的警，我们两伙儿坏小子刚从乌胡尔图汗山探个头，就被抓获了。出事的那会儿，我第一个想到的是奶奶。我想我真是不孝，她老人家该多么失望，她的心会疼的；然后我就想到巴德玛，我想我完了，我再不会见到她了。"

有那么一阵儿，前进帽和牛仔帽不再言语了，俩人皱眉眯眼作沉思状，又仿佛无所想，只是被明媚的草原景色晃得睁不开眼睛。

"现在，一切都过去了，你犯的错也受到了该有的惩罚，不是吗？都！"前进帽点了根烟抽。

"可我不能原谅自己，十多年来我的内心一直充满悔恨。"

"人不能总活在过去，就像太阳总会在黑夜后升起一样。都，知道吗，我之所以要陪你走一遭，就是想解开你心里的疙瘩。一切都重新开始了！"说着话，两匹马爬上一片缓坡，等人和马从坡顶露出头脸，前进帽就兴奋地喊起来："你看，你快看！"

好家伙，原来是一片浩浩渺渺的大湖出现在面前，仿佛是突然从草原上冒出来的一般。那种铁灰色的无边无际的水面正像大海一样荡漾着，一浪跟着一浪拍打着湖岸，而它的更远处却是一片宁静的幽蓝，分不清水和天的界线。两个汉子勒马驻足，听着满耳的湖鸥和各种水鸟的叫声，嗅着潮湿扑面的带着鱼腥气的风，一时间只有静静瞩望的份儿。

"它还和我小时候看到的一样，没有变化。好像湖水更清澈了！"

"是啊，前些年它的四周都是旅游点和偷捕的渔船，现在都被拆除、清理了，而且全面禁渔了，所以，这片大湖又恢复了原来的模样，有道是'绿水青山就是金山银山'！"

"阿哈，我想和你赛马，我们兄弟俩就像少年时那样赛一次吧！"

"真有你的，我刚刚也这么想！"前进帽从肩上摘下军用水壶，举起来晃了晃，里面有液体唰唰地响，他吧嗒吧嗒嘴，"知道这里装的是什么吗？"

"什么都瞒不过我这个猎狗鼻子，我嗅到它的味道了，可我早戒了酒。"

"今天破例，都，今天我就要你和巴德玛说出那句话！"

"不喝酒我也能，我不是当年那个羞涩少年了。"

"那就更应该喝点儿，我还想听你对着巴德玛家的敖特尔唱歌呢！"

"原来你为了这个。"

前进帽哈哈大笑，双脚一磕马镫，红马立刻精神抖擞起来，牛仔帽也勒正了马头。其实两匹马早不耐烦了这不紧不慢的节奏，听得一声尖如鞭鞘甩出的口哨，便撒开了四蹄，伴着一阵震天动地的足音，恍若被巨大的旋风刮走了似的，两匹马眨眼间跃下丘坡，驰向一马平川的草原，后面唯余滚滚烟尘和俩汉子呼啸般的吆喝。

风渐次分开，向身后疾去，牧草是被风带走的箭镞，密集地分射向两边，四面的丘陵也随着飘扬的马鬃依次飞去。大地颠簸得恍若大海，而马上的两个汉子一如在大海中驾着起伏跌宕的海舟乘风破浪。他俩将双腿直直地站立在马镫上，这样身子就更高出了大地，然后伸展开手臂就像伸展开翅膀，俩人你一声我一声地欢呼。胯下的马也受了主人的感染，咴咴地嘶鸣。这个架势远远望去，仿佛那不是牧人与马，而是两只翱翔啸叫的鹰。

这会儿，红马上的汉子取了酒壶狠灌了一口酒，有几许清洌从嘴边泼洒出来，在空中散成落花，再随手扔给同伴儿。那酒壶没有拧盖，翻了几个筋斗却一滴不洒，只是角度偏高。牛仔帽就从马背上一跃而起，仿佛是从云朵里抓到了它，屁股还没落在马背上，酒已咚咚入口。两匹马越发狂飙，身后的烟尘直扯到云天，而马背上的汉子则像燃烧的两团火，火苗左冲右突，蓬勃乱窜。此时白马已把红马落下十几步远，牛仔帽仰头喝掉半壶酒后，看都不看，反手丢给红马，那壶侧落到红马的胯下，触到了牧草的尖梢。前进帽不慌不忙，海底捞月般探身向下，一个斜翅将酒壶提在手中，也不起身，一脚别着马镫横于马的一侧，把那壶竖叼在嘴里。

"阿哈，你真能！"牛仔帽喊着，索性摘了帽子像飞碟那样抛向远山。

"你也是，都！"前进帽也撤了帽子，他的前进帽在空中飞翔时有点儿失衡，像野鸭子那样扑棱棱的。

"阿哈，我还要去镇上开修理铺！"

"你能！我赞成！"

"奶奶会保佑我们的！"

"奶奶还要你娶巴德玛呢……"

接近黄昏的时候，那两匹马来到了乌尔逊河岸。那河从贝尔湖迢迢而来，像一条灰蓝色的长不可及的飘带，将呼伦湖连接起来，呼伦贝尔草原因此得名。巴德玛家就在乌尔逊河的入湖口。此刻金子般的夕光正笼罩在这片丰美无垠的草原上，那像马头琴曲一样低缓的草地深处，一座蓝瓦红砖的新房舍正静静地矗立在那儿。它的旁边是洁白如蘑的蒙古包，一缕歪歪扭扭的炊烟袅袅地从那儿升起，一直爬到蓝天上。房舍的旁边是整齐划一的羊圈、彩钢房的牛舍、机井闸杆和牛羊饮水的水泥槽；房舍的后面，七八个勒勒车连成一串，洋铁皮箱体像镜子那样反射着太阳的光芒。离居所不远处，一群圆滚滚的绵羊、山羊仿若珍珠般散落开去，又似一大片白云缭绕在那里；与羊群掺杂一处的是十几头乳牛，远远望去，像极了绣在绿毯上的黄白相间的花朵。而这番景致都被蜿蜒的乌尔逊河围绕着，左段堆满了碎银，右段闪闪烁烁，再往夕阳处却是水天一色的玫瑰红，一直红到天边。这番景致仿佛是为了陪衬一个扎着白头巾的女人，她的身影是闪现的，就像一场盛会的主角会在最后登场。她站在乌尔逊河边，站在羊群和乳牛之间，遮目向这边张望。她看到了不远处高坡上的红马和白马，以及红马和白马背上那两个汉子，隐隐约约地，她还听到了源自其中一个汉子的歌声——

> 我离开湖边来到新的草场，
> 可是我的马群不肯吃草，
> 捧起盛满奶食的碗，
> 可是我却无法下咽，
> 我到处去寻找你的踪影，
> 我的心永远都无法安稳
> ……

没错，那是她熟悉得不能再熟悉的牧歌！女人先是怔了一下，随之记忆被轻轻唤醒，就像春天被风轻轻唤醒，晚霞和流云也被唤醒，在她的头顶旋转开来。长生天也旋转开来，好似巨大而深邈的罗盘。女人呆呆地伫立在那儿，忽而听到一对云雀在空中婉转啁啾，仿佛与那骑马的汉子赛着歌喉……

高唱草原牧歌，创新草原叙事
——评《呼伦贝尔牧歌》

李　莉

　　《呼伦贝尔牧歌》是蒙古族作家海勒根那创作的结构精美、意蕴丰赡、温情四溢的短篇小说。作者以一万余字的篇幅、对话体结构、草原风光画背景，多声部讲述人的叙事方式，将三代人的情与爱置设于历史、现实与未来之时空，展示了额么格额吉（祖母）的宽厚仁慈、"阿爸"的纯真爱情、巴德玛与弟弟"我"的成长，以及哥哥与驻村工作队带领嘎查（村）人战胜贫困的历程。小说将个人情感与历史变迁以及新时代脱贫致富的宏大主题交融于兄弟俩悠闲轻松的回忆与展望，穿插着悠长绵远的蒙古长调，给人前景亮丽之力量、心旷神怡之美感。

　　小说展示了草原壮美的地理景观。草原美景已有无数作品描绘过：当代脍炙人口的经典歌曲如《草原上升起不落的太阳》《呼伦贝尔大草原》等都有赞美。茫茫草原、蓝天白云、马儿奔跑、鸟儿飞翔等成为经典的草原意象。文学作品中，从北朝民歌《敕勒歌》中的"天苍苍，野茫茫。风吹草低见牛羊"，到端木蕻良的《科尔沁旗草原》、玛拉沁夫的《茫茫的草原》、张承志的《骑手为什么歌唱母亲》等，都不同程度地展示了草原的浩瀚、壮观，草原人民的善良与勇敢。

　　作为草原精品，呼伦贝尔是上天赐予人类的神奇珍宝。要超越之前关于草原的经典叙述，需要作者有非凡的勇气和智慧。

　　海勒根那不落窠臼。他在小说开篇设计了一组蒙太奇画面——一红一白两匹前行的马率先映入作者阅读视野，随后才见马背上的人。两组动态镜头映现之后，作者并不着急交代其去向，按住人物行动键以设置悬念。笔锋调转描摹静态景观，纵情抒写一长段草原风光：时值六月，草原最迷人的季节。阳光明媚，空气湿润，深蓝的天空下云朵飘逸拥挤，嫩绿的草原上清香四溢，静景烘托马背上两位骑手的浪漫自得。蓝天绿草红白马，一幅色彩醒目的草原风光画！既有粗线勾勒，又有局部细描，一下子抓住了读者的心。

　　进入一片奇异的阅读情境，读者自然有期待视野。作者放弃常规的陈述，采用对话交流叙述故事（中间偶有简单交代，结尾有简短陈述）。两位骑马人（骑红马的哥哥戴前进帽、骑白马的弟弟戴牛仔帽，两人无血缘关系，感情却胜似亲兄弟）充当叙述主体，以聊天方式展开情节。

讲述从眼前开始，前进帽哥哥夸赞牛仔帽弟弟时隔多年（因打架坐牢十多年）仍有精湛的骑术，弟弟为沿途所见的村村通公路、呼啦行驶的货车、巴尔虎骑马场等新景象惊讶，这些展示新时代主题的事物意味他们的生活环境在发生巨大改变。哥哥逐一解答弟弟的疑问，同时告诉他此行目的——去呼伦湖见巴德玛，并许诺过几天再带他们去繁华的满洲里市区喝酒。两人且谈且走，见景说情。哥哥从所经地方联想到历史上成吉思汗9岁路过此地的相亲故事，认为当日的行动有"吉兆"，以此增添弟弟的信心。弟弟得意自己年少时的强壮力量，哥哥借此引入额么格额吉（祖母）对他的养育之恩。祖母一生无儿无女，视"我们"这些淘气孩子如亲生，待当年插队的知青也和善仁慈。两人共同回忆从祖母口中听来的"阿爸"故事（祖母的阿爸）和蒙古长调。"阿爸"凄美动人的爱情写就了那首"呼伦贝尔牧歌"。于是，"阿爸"故事从祖母之口转移到哥哥，哥哥讲述一段后又巧妙地把话题转交给弟弟。一个人的故事由祖母、哥哥、弟弟三人分头讲述，构成了文本的复调。弟弟以为自己和巴德玛分分合合的情感经历类似"阿爸"，但他比"阿爸"幸运。"阿爸"新婚不久就被迫当兵，返回时心爱的妻子已死于大火。弟弟因为意气用事，不听女友巴德玛劝阻，打架滋事坐牢。巴德玛另嫁他人，孩子年幼时丈夫却不幸被捆草机误伤致死，家庭陷入困境。扶贫工作队出谋划策，帮助她成功脱贫。巴德玛自强不息的故事再次激励了弟弟，点燃了他对新生活的信心，对两人情感和好充满期待。小说主旨由此凸显。

整体看，《呼伦贝尔牧歌》视野开阔，视角多维，意境雄浑，情感温暖，主旨鲜明，叙述精当，诸多技巧浓缩于一个短篇，彰显出作者在小说叙述上的匠心与慧心。

中篇小说及评论

序　言

在历史与现实之间
——中国小说学会2022年度好小说·中篇小说综述

崔庆蕾

从题材而言，中国小说学会2022年度好小说榜单中的十部中篇小说可谓丰富多元，既有对历史之幽深的观照，亦有对现实之丰饶的书写；既有对改革等宏大主题的艺术处理，亦有对人性情感等精神内面的勘探呈现。但作为一门关于"人学"的艺术，这些作品无一例外都通过对"具体的人"的观照来呈现作者对不同主题的理解和思考，以对人的书写来照亮人物以及人物所处之现实之历史的隐秘之地，实现了米兰·昆德拉所说的对于"未知的存在"的发现。

"历史"作为一个特殊的"容器"，历来为小说家们所青睐。借助于"历史"来展现历史之繁复或人物之多面是常见的叙事模式，但"历史"往往又不是纯然时间化和封闭性的，而是具有与现实对话或者隐喻的能量。中篇小说榜单之首的迟子建《白釉黑花罐与碑桥》即是这样一部优秀的寓历史与现实于一体的佳作。作品通过一个巧妙的历史与现实的对话结构展开叙事。故事的主体为宋徽宗在"靖康之变"后幽居北地的一段历史，借助于"我"月夜漂流不幸落水后的特殊状态，在似幻似醒中抵达了历史深处，想象与构建了宋徽宗的一段生活史，展现了一个集政治身份与艺术天赋于一体的历史人物的精神内面。与此同时，现实之中"我"的种种困境与历史人物形成了呼应，困境之中共同凸显的是人性的温暖与光华。

与迟子建站在此岸遥想历史人物不同，王蒙《从前的初恋》、王安忆《五湖四海》与孙频《棣棠之约》观照的是更为近距离的当代历史。《从前的初恋》讲述20世纪50年代青年人的爱情故事。小说着力表现了一代人的爱情观、人生观和价值信仰，主人公刘夏成为特定时代青年的一个典型代表。尤为值得一提的是，该作品与其代表作《组织部来了个青年人》形成了巧妙的呼应，将其被压抑着的爱情叙事充分展开，敞开了一代人的情感世界。两部作品互为镜像、互相照耀，是一部兼具当代性与历史性意义的重要文本。

王安忆的《五湖四海》是一部书写改革开放发展史的"大部头"中篇小说，通过一个家族的发展史映射出改革开放几十年的宏阔历程，重构并审视了个体与时代的复杂关系。主人公张建设是一个伴随着改革开放一路同行、成长的典型人物，在他由水上而至陆地，由乡村而入城市，到终至成为富甲一方的成功者的过程中，与改革开放之后历次政策调整恰到好处的合拍是其成功的密码。张建设就是改革开放政策不断落地生根、引领时代和人民前行的具象化代表。他的生命史生动诠释了改革开放这一宏大主题和社会变革如何落地、如何行动、如何春风化雨、催生万物的历史过程，这一人物也因此具有了特殊历史内涵的象征性，成为具有典型性的新人物形象。同样在改革开放所开启的历史征途之中，孙频《棣棠之约》关注的是一代知识分子的精神变迁，《棣棠之约》以文人知识分子为人物主体，书写他们在几十年间命运的颠沛流离和精神的坚守，主人公戴南行是一代知识分子的精神化身。

相比悬置于时间之中的"历史"，"现实"具有更加可感的切身性，这种切身性一方面由作家的直接体验而升华成经验，提供了叙述的便利，但同时也因为经验本身的局限性而对叙述形成了制约，更加考验作家进行艺术处理的能力。中篇小说榜单中有两部作品近距离观照当下现实，分别是杨少衡的《王不见王》和秦北的《中关村东路》。前者是较为常见的官场题材，书写了当下官场生态的复杂性，这种复杂性一方面指向围绕权力展开的政治斗争，另一方面指向干部自身在权力结构中干事创业的复杂性和难度，比较真实而深入地呈现了当下干部的生活和工作状态。后者是较为少见的科技创业题材，讲述了科技领域的创业者如何顶住压力，在被外国公司几乎形成垄断的科技领域开创本土品牌的故事，作品洋溢着一种昂扬的创业精神和自尊品格，是当下小说创作中较为少见的一类作品。

对人性以及人的精神内面的书写是小说永恒的主题，而情感无疑是展露不同精神纹理的绝佳场域。葛亮《浮图》、杨知寒《美味佳药》、周嘉宁《明日派对》与李司平《流淌火》均可归入这一类型，但在切入和表现方式上又各有不同。《浮图》具有鲜明的地域色彩，讲述了人物在我国福建、香港及英国等多地的游走，以及在多种文化中形成的价值观。小说叙事节制优雅，围绕主人公连粤名的不同生活面向次第展开，既勾勒出一个小人物的生命史，也呈现了一代南渡之人的精神史。《美味佳药》写几个年轻人的生活，他们因为成长中的不幸经历而在精神上处于颓唐状态。他们的偶然相遇除了相互之间获得心灵抚慰，也在精神上形成了向上提振的效果，避免了继续向着深渊滑落。小说带着一种冷峻而压抑的色调，呈现了青年一代精神世界的复杂性。《明日派对》饱含着青春的张扬与迷茫，在世纪末的情绪里，一群逸出社会常规秩序的青年人聚在一起，在热爱与自由的旗帜之下，寻找人生的理想之地。作品写出了一个群体的精神纹理。《流淌火》写青年人的精神创伤，尿床成为一个巧妙的隐喻，成为内在创伤的一种外化形式，作品揭示了真正的救赎并非依附于某个个体或者某种情感，而是在爱与奉献中才能获得。

综观中篇榜单，可以清晰地感受到当代作家对于现实、历史的深切注视与思考，展现出积极的介入姿态，而在这一过程中，对于各类主题处理的不同方式又显现出作家们不同的艺术风格，展现了当下小说写作的多样化和丰富性。

白釉黑花罐与碑桥

迟子建

楔　子

又来了个姓赵的。

他四十上下，黑红粗糙的脸，平头，额头有颗斑驳的黑痣，穿一身不大合体的藏蓝色西装，红领带，紫袜子，黑皮鞋。为来鉴宝特意刮过胡子吧，唇髭间泛着收割后的青光。他怀抱一个半尺来高的三足龙纹云鼎，说这是西周的青铜器，当年宋徽宗被金人所掳带到三姓的，他的远祖是宋徽宗后人，所以这宝贝在他家传了好多代了。

我懒得多看一眼那明显造假的玩意儿，鼎上的龙纹张牙舞爪，粗鄙不堪，这可不是西周的线条，我毫不客气地对他说："东西不必放下了。"

他细长的眼立刻瞪成圆眼了，半是威胁半是乞求地说："您不仔细瞧瞧？也不问问我姓啥？"

"你当然姓赵了。"说完这句话，我见他手上毕露的青筋，瞬时瘪了下去，而先前它们血脉偾张，像一条条奔向猎物的蛇。

我眯起眼，享受南窗送来的金子般的阳光，这是西周的阳光，北宋的阳光，也是今朝的阳光，无须鉴定，千秋万代。

那人咳嗽一声、叹息一声，再咳嗽一声、叹息一声，最后"唉——"地长叹一声，绝望地走了。他走得深一脚浅一脚的，脚步声杂沓不堪。一个人泄了气，腿脚就不利落了，再加上他穿的新皮鞋，与那身别扭的西装一样，显然是急就章，与他的脚怎能合拍。

我从哈尔滨到依兰两天了。退休这五年，我驾驶一台越野吉普车，在黑龙江各地寻古探幽，也发挥专业优长，免费给人鉴宝，渐渐地在民间有了些名气。因为经我鉴定为真品的一些私人藏品，得到了国家级文物专家的认可，拥有宝物的主人一夜暴富。

我不做文物贩子，这倒不是怕违法，而是我资金不够雄厚。我只购藏经济能力承受得起又令我心仪的器物，比如金代的双鱼花枝铜镜、清乾隆年间的粉彩山水画盘、明代的青花瓷碗以及民国的各类酒壶。

当收藏成为一种热潮时，各地的古玩市场也悄然兴起，抱着捡漏心理的收藏爱好者成为这里的常客。但摊主们兜售的器物，十之八九都是赝品。而之前在穷乡僻壤，有些宝物真的不为人识。有农人用明代万历年间的花鸟漆盘去盖咸菜坛子；还有人把辽代的上马酒壶给小孩子当尿壶。细究起来，这样的人家祖上没有不发达的，而后辈又没有不落魄的，以为自家不曾拥有稀罕物。

爱好收藏的，最痛心的就是逢着心爱之物却无力纳为己有。比如我曾在阿城乡下一户人家，见到一个盛黄烟叶的罐子竟是金代的白釉黑花罐，其器型端庄古朴，色彩典雅高贵，釉面似有月光隐隐浮动，就像个穿着丝绒旗袍的气质美女，在勾人魂魄地望着你。罐身的牡丹与枝叶勾勒得富贵又妖娆，像是要从罐子中飞出来爬上谁家的窗棂，为这罐子平添了一份浪漫，让人怦然心动。见我要出高价收购这个罐子，老乡顿悟此非浊物，连说这是他心肝，陪他大半辈子了，不卖。几个月后我再去，房屋还在，但主人已不知所踪。

我已是第三次来依兰了。因为北宋的赵佶赵桓二帝曾被囚于此，这当年的五国头城里，不仅流传着很多关于他们的传奇故事，前来鉴宝的人里标榜赵姓的也不少。仿宋徽宗赵佶的书画作品，一如陈年枯叶，有点收藏风就飞出来了。

还记得我第一次来，有个酒气熏天的男人，拿着一页泛黄信笺，愣说是宋徽宗写给金高宗的密信，价值连城，给他两万他就出手。见我不理，他抖着信笺说，瞧瞧这有筋无骨的瘦金体，只有他妈的不爱江山爱花鸟的徽宗才写得出来啊，你看走了眼，可别后悔呀。我抢白他，花鸟不是江山吗？而我第二次来，有个肥胖的自称姓赵的艳服女人，绣着一方褪色的粉绸，说这是徽宗皇后韦贤妃用过的。而这次竟有人仿造西周的鼎蒙我，委实让人不爽，这分明是嘲弄我的专业才能。

其实我这次来还是有收获的，得了一盏曾任依兰镇守使的抗日名将李杜将军的台灯，要知它照亮过多少黑暗的夜晚啊。李杜因尊崇李白杜甫，把原名李荫培改为李杜。他的二夫人王者培在东北很有名气，是个舞刀弄枪的女侠，传说她爱上了李杜将军，但李杜有夫人，于是刁难她，说除非你打下城门塔上的鸽子，才会考虑。王者培手持双枪，砰砰两声，一双鸽子自塔顶坠下，成了她婚礼的爆竹。此行我还得了一幅曾任依兰道尹的莫德惠的字。日本侵占东北时，莫德惠正在苏联，他闻此消息，放声大哭。清末依兰城门上"东北重镇，中外通衢"的横额，就是莫德惠题写的。

依兰山岳环抱，多有庙宇。这里水系纵横，除了浪漫汇合的牡丹江和松花江，还有散发着竹笛般清音的倭肯河和巴兰河。来这儿的游客，看山有山，观水有水，寻古有古。依兰在金朝设路治，称胡里改路。乾隆年间，这里就是著名的通商开放市场，有大码头，商户林立，贸易繁荣。光绪年间设依兰府，后为依兰县。它别名"三姓"，源自满语"依兰哈拉"，满语中依兰为"三"，哈拉为"姓"，当地不少百姓还习惯叫它的老名字。而不管历经了哪朝哪代的风云变幻，依兰最为世人所知的，还是徽钦二帝在这里"坐井观天"的囚禁岁月。

送走最后一个鉴宝人，我正打算出旅馆寻个吃杀猪菜的地方，林蓓来电，也不问我在哪儿，张口就发脾气，说你快滚回来吧，我可受不了你妈了！

林蓓比我小九岁，是我现任妻子，已是一家企业的副总了。她年薪比我高，长相不俗，自我们结合，母亲一直看她不顺眼，觉得我找了个跟王姝同路的女人，好不到哪里去。

王姝是我前妻，貌美如花，性格活泼，在一家医院做护士，女儿十岁时，我发现她和一个有家室的官员有染，于是提出离婚，王姝欣然同意，我们平分财产，女儿共同抚养，也算分得寂静和体面。

被戴过绿帽子的男人再找女人，总觉是走夜路，有姿色的都觉得是鬼，让人脊背发凉。

我是在一个朋友的聚会上遇见林蓓的，她鹅蛋脸，黑黑的眼睛，剑眉，红唇，一头秀发，身形高挑，衣品极好，举止得体。朋友说她刚离婚，前夫是搞动力学研究的专家，出轨女博士，林蓓一怒之下离了婚。我想我们有相似的情感经历，再组家庭，定会彼此珍惜。但母亲见她第一眼就不喜欢，说你当自己是拎着金箍棒的孙猴子啊，怎么又招了个妖精来家？但我迷上林蓓，不顾母亲反对再婚了。林蓓那时是企业的中层干部，常陪老总出差，母亲说她一准是跟别人撒野去了。婚后林蓓才跟我说，其实她是个丁克，前夫本来也是，说好了不要孩子一起走到底的，可婚后他就改主意了。前夫出轨，也是想刺激她主动离婚，好再婚生子。林蓓说她之所以婚前没说，是因为坚信我这样有襟怀的人文学者，不在乎这个，再说我有孩子了。林蓓虽然给我戴了人格的高帽子，但我依然不爽，觉得她心机重。母亲知道林蓓不想生孩子的坚定意志后，气得大病一场，尽管不喜欢她，但还巴望着再得个孙子呢。

林蓓性格强势，业务能力强，人脉广，一路升至副总，风光无限。我们在经济上各自独立，她的钱主要消费在奢侈品店、美容院、高端餐厅和海外游，而我乐意把钱用于收藏、购书和国内自驾游。林蓓过了五十岁后，气质大不如从前，也许是企业复杂的人际给折磨的。她打电话时，我常听她对张三说李四的坏话，转而又对李四说张三的不是，简直是个面具女王。还有她近年睡眠差，大把掉头发，黑眼仁少白眼仁多了，她跟我说话翻眼珠时，感觉她眼里堆着肮脏的雪。

母亲一直怀疑林蓓在外面有人，所以只要我离开哈尔滨，她就把保姆打发走，要林蓓回她那儿住，名曰陪伴，实则监视。这不林蓓控诉，大中午的母亲让她回去喝人参乌鸡汤，说是入秋后得补了，不然缺营养，头发掉光了，人家还以为她儿媳妇要去当尼姑。我明白母亲并不是真的关心林蓓的身体，她就是要占据她的午休时间，因为母亲跟我唠叨过，她听说出轨的上班族，通常是利用午休时间，在快捷酒店或办公室鬼混，晚上回家跟没事人似的。

无论是前妻王姝还是现任林蓓，我都无感了，相信她们对我也一样。我现在的家，就像一个开放的码头，为着利益，什么船都可以靠港。王姝退休后常带女儿过来，她鼓励我收藏，不是欣赏它们独有的文化价值，而是为着我们的女儿着想，说这是软黄金，能做女儿的传家宝。这话对自甘放弃生育后代的林蓓来讲，字字诛心，所以林蓓喜欢挥霍钱财，反正无人继承。林蓓一身名牌地走出家门时，我总觉她像稻草人一样，身上没有血肉。

挂断林蓓的电话，我没心情去寻杀猪菜馆了，想着旅馆斜对面有一家砂锅豆腐店，随便对付一口算了。

依兰晚秋的风儿与哈尔滨一样，由润而滑的丝绸感，蜕变为凉而硬的金属感了。没有都市高楼的层层阻隔，风儿更自由也更凌厉，吹得人睫毛呼扇。小城依山傍水，草木气息浓，汽车尾气少，空气清冽干净，让人神清气爽。我进了小店，点了一个排骨豆腐砂锅，两张葱油饼，全部消灭掉，只觉身体动力无穷，很想出去撒撒野。刚好有食客在讲巴兰河，说这段去那儿看五花山的人不少，我便想去巴兰河景区转转。

主意已定，我赶紧回去退房，驾车奔向巴兰河。

我的背囊中备有常用的急救药品，还有指南针、防水火柴、手电筒、望远镜、搪瓷杯和水果刀等野外生活工具，以及瓶装水、食盐、糖果、压缩饼干等。对爱读书的我来说，包中还少不了一两本书籍。

出了旅馆向西不远，是一条商业街，城镇化改造中，很多地方的房屋被粉刷成一个颜色，比如土黄色，依兰的这条街就是这样。这颜色在我记忆中，仿佛火车站专有。好在土黄色的建筑物上，有五颜六色的牌匾，无论冬夏都绚丽夺目。超市、银行、浴池、药房、烧烤店、冷面馆、渔具店、鲜奶吧、佛事用品店、理发店等依次排开，这生活的花朵，即便是在新冠疫情中，也不凋零。

快出城时，见到一处建筑工地上，两台挖掘机正在作业，一个工人在瓦砾中叼着烟撒尿，他旁边站着一条摇头摆尾的黑狗。这路段大货车和摩托车明显多了起来，它们体积不同，气势却一样，跑起来蛮气十足，这都是路上的祖宗，我小心翼翼避让着，到了哈肇公路才松口气。而上了依兰旅游公路，那就是走上幸福大道了，路况很好，车少人稀，风景也美，我把车窗摇下，听着原野的风声。

依兰旅游公路有三十多公里长。中秋和国庆将近，正是游客青黄不接的时节，往来车辆极少。夏候鸟大都迁徙了，偶尔从草丛飞起的一两只禽鸟，也都飞不高。它们有的是因出生晚，体力不行，难以展翅高飞，有的则是因伤或衰老得飞不动了，还在北地苦熬。命好的在落雪前挣扎着南飞，或是被候鸟保护站收留，命差的就葬身于寒流，那丝绸般的羽翼就此在天空消失。当我放慢车速，贪婪地呼吸着山野清风的时候，一只成年苍鹭忽然从水边半青半黄的草中拔头而起，它栽楞着翅膀，飘飘摇摇地跟着我的车子飞翔，随时随地要栽倒在地的模样，一看就是受了伤。

我最不喜欢的鸟儿就是苍鹭了，不是因为它嘴长脖长、细脚伶仃，一副刻薄相，而是因为母亲常把我跟它类比。苍鹭捕食时会像岩石一样，待在一个地方久久不动，静待猎物，所以当地人也叫它长脖老等。它不挑食，撞上什么就吃什么。母亲说我在婚姻上就是个长脖老等，不知道四处寻觅好姑娘，傻呵呵地撞上王姝就娶了王姝，撞上林蓓就娶了林蓓。所以每次路遇苍鹭，我都会加快车速掠过，仿佛是甩掉了母亲的嘲笑。

我到巴兰河景区时是午后三时，太阳已向西了。在一座挂着红灯笼的山庄停下车，我跟庄主说想租个橡皮艇漂流，留着一撇小胡子的他瞪着我说："兄弟这是啥时候啊，都快下霜了，还上水里整啥浪漫！"

我说那你还守着这山庄干吗？

他又瞪了我一眼，说："收秋啊。"

我以为他在附近种植了庄稼，再交流才明白，这两年因疫情，山庄一关再关，游客锐减，生意难做，就巴望着中秋和国庆假日时，来看五花山的人带来个小高潮，收个游客的秋。我问他这两个节日的客房预订情况好吗，庄主害了牙痛似的抽着嘴角说不咋样，预订中秋节的只有四间房，还都是普通间。国庆节的稍好一些，两个小套房都订出去了，普通间也有五间。他说要是搁前些年，这儿的客房闲的时候少，可现在整座山庄，只有五个客人。三个年轻的是来拍五花山的摄影爱好者，一对老夫妻是银婚旅行，他们消费都不高，实在没啥赚头，勉强维持员工开支。

我好说歹说，庄主就是不肯租橡皮艇给我，说早过了漂流季了，今年水又大，后天就是中秋节了，万一我有个闪失，他们踩了假日游安全的地雷，那可就遭殃了。他建议我住下，可以出去转转山，看看奇峰异石。他说当年跟宋徽宗发配到依兰的九个侍女，因不堪金兵凌辱，在巴兰河投水而亡，魂灵化作秀丽的山峰，离这儿不远，日落前可探寻一下。有人说男人看了这九女神峰，会交桃花运呢。

我没有好气地说："交桃花运的男人哪个不被桃花水淹死！"

庄主哈哈笑着拍着我肩膀说："兄弟这是蹚过桃花水受过伤啊。"

见我对九女神峰不动心，庄主又说这附近还有蘑菇，可挎个篮子采山，用自己采来的蘑菇，去厨房做个鲜蘑炒白菜片，再弄个清炖细鳞鱼，来上一壶老酒，这个夜晚就是仙女来陪，咱都不干！

巴兰河景区的山庄还有不少，可是日色渐暮，我还想趁亮出去转转，再说庄主是个有趣的人，所以不想再寻别处，先办了入住。

我肩挎背囊出门的时候，庄主嘱咐我注意野兽，天黑了就回来，别往密林中走，万一碰见黑熊，这家伙冬眠前正要储存能量，我这么大块的优质蛋白，它是不会放过的。

秋风是大自然的调色师，巴兰河两岸的山峦和原野，被它点染成了花园。杨树的叶子黄了，但它黄得参差，土黄、鹅黄都有，不像白桦树跟个富翁似的，披挂着满树金币似的金黄叶片。柳树叶子的颜色最丰富了，半青半黄的有，半红半粉的也有。最红的要数柞树了，它那蝙蝠似的叶片油红油红的，像上了蜡。落叶松的松针就两种色，落地的是深褐色的，还在树上的是浅黄色的。只要一阵风吹过，你看林间吧，简直是天女散花，斑斓的秋叶满天飞。但这样的绚丽，是大自然的回光返照，因为秋叶终归飘零，褪掉颜色，成为腐殖土的一部分。我踩着林地厚厚的落叶，感觉是踏着油彩前行，脚下流光溢彩的。

庄主诳我，这时节哪还有蘑菇啊，我不止一次以为发现了榛蘑，可凑近一看，总是落叶，榛蘑和落叶在长相上酷似。兜兜转转了一小时，只找到几个半干的桦树蘑。我爬到半山坡时，太阳开始下沉了，仿佛一个气韵饱满的歌者，一旦它开嗓，晚霞就缕缕飘出了。我掏出望远镜回望山庄，想看看沐浴着夕阳的它，是否成了金殿，这时我意外地发现了一条船。

这条船停泊在山庄东侧的一棵大杨树旁，面向巴兰河。船是木船，不是那种为游人预备的橡皮艇，也许是山庄员工用来捕鱼的？要知道住进这里的游人，谁不渴望灶上的河鲜呢。这条黑黢黢的船，在我眼里比任何一道晚霞都绚丽，再次点燃了我漂流巴兰河的热望，而我有数的几次漂流，都是在日光里。想想太阳落了山，避开庄主和游人，悄悄推船入水，来一个月夜的漂流，独享一条河，听水声、风声和落叶声，该多享受啊。

锁定了船的方位，我不再登山，而是席地而坐，目送夕阳。秋天的太阳落得就像疾驰的车轮，滚滚向前，一刻钟左右，大半个身子沉下去了，再七八分钟，夕阳完全不见了，它在最后时刻留下了对天空的热吻，玫红与金黄的晚霞弥漫在西边天。但这是黑夜最觊觎的吻，用不了多久，它们就会被吞噬。

山庄客人少，不必在意会撞上花前月下的人。所以太阳一落，我就起身下山，一直到巴兰河畔，只碰见个忙活着往洞里藏松子的松鼠和几只被我惊飞的苏雀。晚霞消散，夜色渐起。那条船半新，还有腥味，看来是打捞河鲜的船，船桨不像我想象的怕客人乱用而藏在别处，桨就在船舱贴心地放着，而且船尾接近水面，我毫不费力地推船入水，开始漂流。

入水后我才发现船在山庄的下游，所以更不用担心庄主会看见我了。我摇船离岸时，感觉是个成功逃学的孩子，直想放声歌唱。山庄灯火"旺盛"，可等我划了一段，在河流转弯处回身遥望时，山庄的灯火就像一团渔火了。

巴兰河是由山泉水汇聚而成的，非常清澈，虽然夜色迷蒙，但在水浅处，还能隐约看见河底的卵石。河道初始宽阔，大约十五六米宽吧，但转了两三个弯之后，它忽然收紧了心，河面变得狭窄起来，也就六七米的样子，伸出手臂能抓到岸边的柳树探过来的枝条。水流变得湍急，我努力保持着平衡，不让船过于摇摆。

船行七八里后，月亮升起来了，照得巴兰河像大地的闪电似的，瞬间亮了起来，猛然间觉得河上鱼群飞舞，仔细一看，却是形形色色的落叶。落到水里的叶子，不甘命运的，可以随着巴兰河汇入松花江，心性更高的，没准还能汇入黑龙江呢！

月亮初始光华满面，但它在夜空没骄傲多久。当船行至一处宽阔的水域时，天突然阴了起来，月亮被云彩遮住了。先是片状云像羽毛似的撩拨月亮，也顺带给它们点染了春心，令片状云红了脸庞。但随着铅灰色的块状云堆积而上，月亮逐渐沦陷，挣扎着发出微光，最后被浓重的乌云彻底埋葬了，河面骤然黯淡了，风也起来了。山里的天气就是这样，几分钟前还云淡风轻，转瞬却是狂风暴雨。

先前漂流时，我还嫌夜晚太过恬静，波澜不惊，少了刺激。现在狂风一起，两岸的树疯狂摇曳，呼啦啦作响，像一颗颗手榴弹，要炸毁这暗夜似的，再加上野鸟惊叫，暴雨如注，河面雨雾蒸腾，波涛翻卷，小船剧烈颠簸，我立刻兴奋起来。

可这激情没有持续多久，雨越下越大，河面一片模糊，分不清哪儿是岸，身上阵阵发冷，我打算结束这冒险的夜漂了。我吃力地辨认着方向、寻找上岸之地时，船被一个大漩涡击打得侧翻，船舱进水了，这让我分外紧张，因为我并不会水，如果没有了船这双脚，我在河里就失去了心脏。

我渴望闪电的出现，这暴雨的先遣军，是天空的手电筒，会让我在瞬间辨明哪儿适合靠岸。可是闪电是夏天的轻骑兵，到了秋天就偃旗息鼓了，不再亮剑。我睁大眼睛仔细观察，发现眼前是墨色和灰青色交织的色团，我判断出大面积的墨色是岸，而呈带状分布的灰青色，则是河流。只要朝着墨色方位，感觉船不太颠簸时，说明那是水流相对平缓的河段，就可靠岸。

然而船侧翻时涌进的河水与持续的暴雨倾入，使得积水已没过我脚踝，船开始渐渐下沉。当我意识到不妙时，也不管身处什么样的河段，赶紧朝着浓重的墨色划去。

在我努力靠岸的过程中，船又雪上加霜地"咣当"一下撞上了什么，这让我肝肠欲裂，头晕眼花，跟着似有一只大鸟掠过，它的翅膀扫着我的额头，像是重重地给了我一拳，生疼生疼的。我想鸟儿飞去的方向一定是山，山就是岸，而那是墨色区域，我判断的方向应该没错。可是风越来越大，船像是被撞傻了，原地打转，剧烈摇摆，只两三分钟，就彻底倾覆，把我抛入冰冷刺骨的巴兰河。

上半夜：白釉黑花罐

救我上岸的是个四十多岁的男子，他相貌平平，刀条脸，八字眉，小眼睛，扁平鼻，目光黯淡，面无血色，穿一身铁灰色的衣服，黑胶鞋。我睁开眼睛时，已在他的窝棚中了。松木杆搭起的窝棚像个大斗笠，扣在巴兰河畔，一团月亮似的火，在窝棚中央发光发热，像一颗勃勃跳动的大心脏。

他对我说的第一句话是，来了。

我躺在一堆干草上，问坐在火堆旁的他，这是哪儿？

巴兰河啊，他说，你在河里翻了船。

我说知道这是巴兰河，可这是哪一段呢？我说出了投宿的山庄名字，问这里离那儿有多远。

他说巴兰河就像一个人的身躯，缺了哪段都没好活的，所以河流是不分段的。至于我提到的山庄，他从未听说过。

我说看来你不熟悉巴兰河景区，你是过路的渔人？

他告诉我他是个窑工，祖上就是干这个的。

我说依兰这地方还有烧窑的吗，我怎么没听说过？那你是给建筑工地烧红砖的了？

他用看待俗物的眼神，同情而又失望地扫了我一眼，说他是烧瓷器的。

我想他这是守窑场的了，刚想打听这里几孔窑，烧窑的土黏性大，从哪儿运来，成品的瓷器又销往何处，窑工站起来，或者说从我面前升起来。我不算矮，但他比我还高出一头呢，似乎要把窝棚给戳破了！他走向一口草编的箱子，取出一套藏青色衣服，嘱我换上，说要出去看一下窑火，一会儿回来给我煮点吃的。

我望着窝棚顶那个苹果大小的圆孔，它既可走烟，也可瞭望天光。看得出夜色沉沉，雨还没停，因为火堆时常发出吱吱的叫声，那是圆孔坠下的雨滴，牺牲于烈火的声音。

我脱下湿衣服，换上他给我的那套。衣服叠得整整齐齐，散发着淡淡的香味，好像由女人打理过。上衣是对襟的，裤子是散腿的，料子像棉又像麻，轻极了，软极了，干爽又妥帖，穿上很合体，像是专为我预备的，因我没窑工那么高，也比他胖，显然不是他的衣服。我从脱下的上衣闻到淡淡的盐味，从裤子嗅到了令人沮丧的骚味，看来我拼命挣扎时没少流汗，而且吓尿了裤子。

那条翻了的船漂哪儿去了，我该怎样跟庄主交代？夜漂时我将背囊搁在舱里，船出了事故，它自是不保，里面的救急物品，此刻已成了河里的怨鬼。我记得只有手机不在背囊，放在了上衣口袋，连忙将手伸向那儿，可是我没摸到硬的东西，却摸出一条柔软的小鱼，因为上衣的布料密闭性好，兜里还存着一汪水，尽管小鱼气息奄奄，尾巴却还像将尽的烛火一样，吃力地摇摆着。想想这条莽撞的小鱼误入口袋的网叫人怜惜，窑工救我一命，我理应救它一命，我捧着小鱼走出窝棚，顶着细雨，把它放归巴兰河。

窝棚搭在岸边的柳树丛中，距巴兰河也就八九米，如果没有那团火透出的微光，我可能没有勇气走向巴兰河了。河对岸是黑魆魆的望不到边际的山，哗哗的流水声听起来像野兽发出的饥饿的叫声。

我给小鱼放完生，回去时窑工已坐在火堆旁的木墩上，专心致志地煮着什么了。窝棚里弥漫着一股奇异的香味，像肉香鱼香又像花香果香，总之是复合香味，强烈撞击人的嗅觉神经。

我坐在窑工对面一截磨掉了皮的圆木上，望着火堆四周那圈不规则的青石，说你围挡这圈石头，是怕火蔓延烧了窝棚吧？窑工点点头。我又问这些石头是从巴兰河取来的吗？窑工说河里的石头不适宜围火，它们被河流冲刷后会有空隙，遇热可能爆炸，所以这些石头都是从山上采来的。窑工这样说让我心安许多，巴兰河的石头，在我眼里已是地雷了。

窑工煮好了吃的，拿出一只粗瓷新碗，说是单为来客预备的，先给我盛上，又拿出一只旧碗，给自己盛上。他端给我，说趁热吃吧，你这一路过来，也是辛苦。我端起那碗像汤像茶又像糊糊的东西，迫不及待地喝起来。怎么形容它呢，它不像食物，而像凝聚的光，入口后身上立刻暖了不说，先前灰暗的心，忽然间明媚起来，人在瞬间变得愉悦。我对窑工说，我从未吃过让人这么高兴的东西，它是酒吗？窑工说，你说它是啥就是啥。

我问他有手机吗，我想借用一下，给家里报个平安。

窑工意味深长地看了我一眼，说你到了这儿，还用报平安吗？

我说倒也是，现在家里很少用固话了，我妈和我老婆的手机号码都存在手机里，你就是借给我手机，我也拨不出号，只知道她们一个是移动的，一个是联通的。不过我还能记起我妈的手机号尾数是99，她想活得长久嘛，我老婆的号码尾数是88，她这个做企业的，身上每个细胞都做着发财梦。

发完牢骚，吃完东西，我觉得身上暖洋洋的，有股说不出的幸福感，特别想听听窑工的故事，我问他祖上从何时开始烧窑的。

他放下瓷碗，双手合十，循环摆动，作出前浪推后浪的手势，说他曾祖的高祖、高祖的高祖、再高祖的高祖、再再高祖的曾祖、再再再曾祖的曾祖，是相州很有名的窑工，他烧的瓷器，整个相州都在用。

他这连环套似的高祖和曾祖，简直是迷魂阵，立刻把我绕迷糊了，我说那得好几十代了，不是干到古代去了吗？

他没理我，说就这么说吧，他远祖是给宋徽宗烧瓷器的，你总该知道这个喜欢写字画画的皇帝吧？

我说黑龙江人谁不知道徽钦二帝——赵佶和赵桓呢？依兰是他们当年"坐井观天"之地啊。

我好为人师地跟他说，提起坐井观天，并不像后世有人理解的，徽钦二帝被金人投进井底囚着，实际上这个"井"，是地窨子，地窨子知道吗？是半地下的窝棚，这里大半年的冬天，冒烟泡儿一刮，人会被冻僵的，地窨子北面封堵，南向开矮窗，能见天光，抗风抗雪，那时老百姓多住这样的屋子。而到了夏天，徽钦二帝住的是四合院。我说这番话时，显然把窑工当成了外来的。

窑工用手指弹了一下瓷碗，它发出一声明丽的叫声，让我疑心瓷胎中藏着一只夜莺，他说地窨子谁不知道呢。窑工问我，你知道他们是怎么到的五国城吗？

我说徽钦二帝从汴京被俘北上，先抵达的是燕京，就是现在的北京，之后再到上京，也就是如今的阿城，最后又从上京被发配到胡里改路的五国头城，人们习惯叫它五国城，就是依兰了。我说在上京，金主竟让徽钦二帝穿孝服，拜祭金人祖庙，封赵佶为昏德公，赵桓为重昏侯。

窑工叹息一声说，宋太祖灭了南唐，不是也封李煜为违命侯么。

我说是的，还有传言说宋徽宗是李煜转世的呢，两个皇帝结局惊人相似，且艺术成就都高。不过颇具讽刺意味的是，把侮辱性封号送给徽钦二帝的金熙宗，最终被自己的堂弟完颜亮刺死，也被降封为东昏王。完颜亮篡位为帝，他骁勇过人，才华盖世，我喜欢他的两首咏雪词，"天丁震怒，掀翻银海，散乱珠箔。六出奇花飞滚滚，平填了，山中丘壑"，气象浩茫不是？还有"锦帐美人贪睡，不觉天孙剪水，惊问是杨花，是芦花"，又柔肠百结不是？但金史对这个海陵王评价不高，他嗜杀好色，说他"三纲绝矣"。一般人能够记得他，是因他将国都从上京迁到燕京，成为入主北京的第一个王朝，不过完颜亮结局也不好。

窑工对我欣赏完颜亮的词显然不忿，他先是说，这样的人哪有好结局呢，之后吟哦："春花秋月何时了，往事知多少""问君能有几多愁，恰似一江春水向东流"，说这才是千古流芳的句子。窑工谈吐不凡，我怀疑他并不是干力气活的。他用木棍拨弄了一下火，很奇怪的是，他的脸庞遇到火光，不是红了，而是青了，像抹了一层水泥。他说徽钦二帝被俘到北方的路线，你说得不差，但你知道他们到了五国城，还剩多少人吗？

我说那时行路靠的是车马和步行，据说一行三千多人从汴京出发，最后到了五国城，只剩几百人了，被金兵打死的，以及冻死的、饿死的、病死的、自尽的都有。就说这巴兰河吧，传说宋徽宗的九个侍女，不堪金人凌辱投河了，她们死后化作了秀丽的山峰，我要是去看九女神峰，还不至于在巴兰河翻船吧。

窑工说那是传说吧，能活到五国城的，哪会轻易就投河呢。

我说倒也是啊，嫔妃们随着徽钦二帝被押解到这儿，谁人不是庶人？她们自知来后没有好命，想死的在汴京就死了。史载徽宗帝到了这儿，除了被金人霸占的嫔妃，他依然拥有皇后和妃子，徽宗一生有八十多个孩子，在五国城不是也得了六子八女吗？

窑工说是啊，要说金人对徽钦二帝也算优待，虽然他们失去自由，但吃喝不用愁，也有杂役侍奉着。北宋亡了，徽宗第九子赵构建立南宋，金人可拿徽宗钦宗做人质，要挟南宋割地。

我说是啊，女真人可是绝顶聪明的。

你是女真人的后代？窑工问时，目光泛着寒光。

女真人，那是多少辈子之前的事儿了，我是满人。

祖上是，就是。窑工这样说的时候撇着嘴，似乎对我不认祖有些不齿。

那您祖上来自中原，一定是汉人了？

窑工说他祖上从汴京跟徽宗帝到的五国城，自然是汉人了。他说这话时，眼睛忽然变得明亮、清澈和温柔，他也开始回归正题，给我讲祖上烧窑的故事。

跟着徽钦二帝来到五国城的，除了他们的皇后、嫔妃、杂役，还有道人、僧人、石匠、花匠、画工、织娘、窑工等。宋徽宗钟爱艺术，他所藏的字画和历朝文宝，被俘时多为金人劫掠，这对徽宗来说，跟失去江山一样令他痛心。徽宗钦宗被俘，史称"靖康之耻"，而能忍下奇耻大辱的人，自不是凡人。窑工说徽宗的不凡在于，他这颗心是肉做的不假，但滋养这团肉的血脉，是笔墨纸砚，是五色斑斓的颜料，是能让泥坯脱胎换骨为精美瓷器的窑火，甚至是花香鸟鸣和月光星光。他带来这些身怀绝技的匠人，就是带来了血脉。尽管他不再享有锦衣玉食的日子，但有了这些，还能活下去。

我插言道，其实金熙宗和完颜亮，包括他们的叔父金兀术，也都崇尚汉人文化，他们押解徽钦二帝北上，从中原带来这些匠人，也有借鉴他们优良技艺的意图吧。

窑工说那是自然，好东西谁不稀罕。

窑工说他祖上到了五国城，因是匠人得到优待。与其他男性俘虏被编入兵籍、集中在巴兰河畔不同，他和徽宗钦宗以及皇室的人，住在靠近胡里改江的地方。

那时金人所用的瓷器，多来自现在的河北和辽宁一带，以白瓷、黑瓷和酱釉瓷为主。这些碗盘、瓶罐、灯盏等瓷器的胎骨较为笨重，杂质多，瓷化一般，釉层较薄，不够均匀，是日常所用的粗瓷，跟北宋官窑的那些精美瓷器相比简直是天壤之别。金人喜欢汉人的瓷器，勒令被俘的窑工烧瓷。就在巴兰河畔，当年有七孔窑。烧窑用土，一部分取自巴兰河畔黏性较大的滩地土，一部分取自东山北角矿化的灰土。从中原来的窑工，在瓷器的刷花和刻花上，技艺高超。汉人相对比较喜欢花鸟人物的装饰，金人虽也对植物情有独钟，但偏爱描画动物，窑工说他祖上烧过一窑的碗，专为金兵用的，碗壁描画的都是奔腾的马。

我说那你祖上烧的瓷器，徽钦二帝能用上吗？

窑工说他祖上是窑工的头领，每年总会有那么一两次机会，见到徽宗，当然金人不会让他主动拜见的。金人从皇帝到小卒，都知道被俘的这个亡国之君懂艺术，所以对他也算宽待。

窑工说他祖上有时故意烧坏一两窑的瓷器，说是只有徽宗明白症结在哪儿，求见徽宗，加上给通融此事的金人一点贿赂，事情也就成了。窑工说他祖上觐见徽宗时，总要带两三件烧坏的瓷器，以示请教，见了徽宗长跪不起，徽宗也不唤他起来，因为除了跟他一起被俘的人，没谁跪他了。

金人崇尚黑白色，罐子和瓶子白釉黑花的居多，但无论材质还是纹饰，都不够精良，而汉人窑工烧制的白釉黑花器物，在保持金人瓷器古朴粗犷的基础上，施以温润的釉色和细腻灵动的纹饰，所以巴兰河窑烧制的瓷器，那时很为人们喜爱。

窑工说他祖上携带烧坏的瓷器时，总要夹杂一件私藏的精美器物，徽宗见了，欢喜又怅惘。欢喜的是饱了眼福，怅惘的是这样的器物，必须尽快砸烂毁掉，以免引起麻烦，因为金兵一直看守着他，他只能留下那些有缺憾的器物。

窑工说他祖上说徽宗曾慨叹金人也是懂得美的，黑白色是万古不朽的颜色。

徽宗曾让窑工的祖上偷着给他烧过三件器物。一个是带老虎图案的瓷枕，因为他总做噩梦，据说虎能辟邪，远离噩梦。窑工说他祖上烧虎枕时，为了让徽宗能用上，只得往残次了烧，枕窝凹凸不平，釉色深浅不一，老虎的样子倒是栩栩如生。徽宗枕了这虎枕，据说睡得踏实了些，噩梦少了，但境遇的噩梦却是无法摆脱了。

我说那个噩梦他怎能摆脱？宋徽宗一直幻想南归。"彻夜西风撼破扉，萧条孤馆一灯微，家山回首三千里，目断天南无雁飞。"这是徽宗在五国城写的诗，有研究者依照"破扉"二字，说徽宗的住屋四处漏风。其实这是与汴京皇宫东京城做的一个心理比较，在富丽堂皇的宫殿面前，柴门小院无疑是破的。

窑工说这倒也是，徽宗忘不掉东京城，唤我祖上烧的第二件器物，就是在一只梅瓶上给他呈现皇宫的建筑。我祖上说这可难坏了他，虽说他几次进宫，但那一重又一重的殿堂，他又不是都去过，只能凭印象勾画。徽宗那时爱去的是延福宫，写字、画画、赏舞、弄琴、夜宴，延福宫的东、西门上"晨晖"和"丽泽"的名字，也是徽宗起的。但徽宗跟我祖上说，梅瓶上不可缺垂拱殿，至于延福宫之类的，皆可省略。而垂拱殿是听政之地，他以前并不醉心的地方。窑工说他祖上最后以大庆殿与垂拱殿为主体，在一只青灰的梅瓶上再现了昔日皇宫风貌。为了使它留得下，只得往瑕疵品上做，最终瓶身歪斜。徽宗看到那只梅瓶，见殿堂倾斜，老泪纵横。这只梅瓶他送给了儿子，钦宗看到熟悉又摇摇欲坠的殿堂，也是泪水沾襟。

我说是啊，金兵南渡黄河时，徽宗匆匆禅位于长子，可是钦宗在位仅一年零两个月，就亡了国啊，也不知徽宗传的是皇位还是火坑。

窑工似乎对这句话很反感，蹙了蹙眉。

为了缓和气氛，我说其实您祖上应该烧一对梅瓶，除了皇宫，再描绘一下徽宗在位时建的大花园，据说园子亭台楼阁，奇花异草，鹿鸣呦呦，水声潺潺。但金兵打来，这座花园成了宋兵抵抗的营地，他们拆屋烧火，杀鹿为食，大花园就此毁了。

窑工说，你还嫌他们流的泪不够多吗？他起身出去，我想他这是又去看窑火了。

一刻钟后窑工回来了，我小心翼翼地问，这窑里烧的什么器物，何时出窑，我能否一饱眼福？

窑工冷冷地说该让你看的，一定看得到。

我明白他没说出的下一句是，不该你看的，就别惦记着。

窑工接着讲他祖上给徽宗烧的第三件器物。说他祖上最后一次见着徽宗，是徽宗驾崩前一年的春天。徽宗大约明白称帝的九子康王赵构不会全意与金人斡旋，让他和钦宗归乡，虽说赵构的生母韦贤妃也被掳，但他是无用的了，而钦宗是徽宗长子，康王还是忌惮的。徽宗开始筹谋后事，他悄悄交给窑工祖上一把牙齿，有六七颗，这都是他来五国城后掉的。严寒的冬季少见果蔬，再加上心情沉郁，未老先衰，他掉齿很厉害。窑工说那些牙齿残缺不堪，有的发黑，有的发黄，虫蛀蛇咬一般，但徽宗视若珍宝，这是他唯一能牢牢在握的骨肉啊。他请窑工祖上研磨了这些牙齿，施釉时兑进去，烧制一只白釉黑花罐，还特别叮嘱，这只罐子不能落入金人手里，他的骨头难以归乡的话，有朝一日这只罐子回到汴京，也算归乡了。

我知道北宋官窑瓷器，在色彩调配上，有时为彰显皇家富贵色，会将上好的玛瑙、翡翠和玉石，研磨成粉入釉，烧出的瓷器釉色温润明亮，艳而不俗，尤其那花朵般绽开的开片，若是釉里含了这样的成分，有玛瑙成分的开片像是夕阳下的山谷，有翡翠的像是一池荡漾的碧水，而如果那玉石是白色的，开片仿佛就有月光浮动了。但在釉料里添加牙齿粉末，前所未有，或许只有徽宗想得出来。

窑工说牙齿粉末兑在白釉里，烧制白釉黑花罐，一定是徽宗深思熟虑的。一是这罐子大抵是金人所用器物的形制，在五国城不招人眼；二是黑白色高贵肃穆，适宜安放灵骨；三是牙齿粉末兑进白釉不显眼，能完美地融合。

徽宗将那把牙齿给了窑工祖上后，还说他未登基时曾到过相州，见过窑工祖上一家，他父亲是窑工，母亲是远近闻名的织娘，貌美如花，都是身怀绝艺的人，所以他得了天下后，下旨将他们一家从相州迁到汴京，专为皇室做事。可惜这个令人惊艳的织娘，生子不久就死了。徽宗嘱咐这只罐子烧成后，不可再来，要把白釉黑花罐当命看着。如果他薨了，他能够回到汴京，就把它埋在汴河畔，此外，嘱咐他不可与女真人结亲。

我说看过史料，当时跟着徽钦二帝北上的汉人，有不少与女真人通婚的。人们说这一带的姑娘漂亮，与基因改良有关呢。

窑工没搭理我，继续讲故事。他说也怪了，他祖上在石头上研磨徽宗那几颗糟烂的牙齿时，空中不断有鸟儿飞过，那正是夏候鸟北回时节，鸟儿多也自然。但有一只天鹅，却把叼着的一只蚌壳丢了下来，恰好落在石头上，蚌壳张开后闪闪发光，里面竟有一颗圆润的珍珠！这颗珍珠不是纯白色的，而是微微泛粉，仿佛浸了血。窑工的祖上喜极而泣，他将这颗珍珠和牙齿一起研磨了做釉料。

白釉黑花罐进了窑后，几乎每天一场雨，雨后必现彩虹，横跨窑上，就像给这泥壶似的窑加了一条七彩的提梁。七天之后，这只罐子同其他器物一起出窑了，罐子没有瑕疵，白釉润泽，釉色均匀，泛着微光，似乎能照亮黑夜；黑花枝繁叶茂，细腻油亮，每朵花蓬勃得似乎带着响声要从罐子中飞出来，实乃绝品！窑工说他祖上珍藏起这只罐子，遵照徽宗嘱托，没有和女真人结亲，但徽宗第二年归天后，他祖上也无法南归了，永久留在北地，白釉黑花罐只得代代相传了。

我说徽宗不是魂归故里了吗？宋高宗赵构最终和金人议和，南宋以割地和处死抗金名将岳飞为代价，让羁留北地的赵构生母韦皇后得以护送徽宗棺椁离开五国城回到他朝思暮想之地。金人也给徽宗改了封号，追封为"天水郡王"，钦宗为"天水郡公"。

窑工哼了一声，又拨弄了一下火，火光跳跃，可他的面色却越发青了。而且让我惊异的是，我并没见他往火里续柴，可这团火一直在燃烧，好像拨火棍隐藏着一座柴山。

窑工说看样子你是个文化人吧，应该知道金人虽不像后人说的那样，在宋徽宗晏驾后，把他炼成了灯油，用于金兵营地的照明，但他确实被火烧了，韦皇后护送的棺椁，其实只是几截烂木头，并无灵骨。他慨叹徽宗圣明，他的灵骨就像他的字画一样，最终还是以艺术的方式流传。

我问那只白釉黑花罐去了哪里？

窑工晃了一下身子，看一眼火，再看一眼我。

如果窑工所述故事不是虚构的，我大胆揣测，他那不知多少代前的祖上，那个由美丽织娘生下的孩子，跟着徽宗来到五国城的窑工，是徽宗的骨肉。宋徽宗是个风流皇帝，与李师师的传说自不用说，如果当年北宋的相州真有那样一个美丽织娘，叫徽宗动了心，他又怎么可能不揽美人入怀呢？徽宗一生有八十多个孩子，除此之外，没纳入宗室的子女也有，窑工所说的远祖，如果不是徽宗与织娘的儿子，徽宗不会把自己的牙齿给他，也不会嘱托他将来把这只罐子埋在汴河旁，更不会要求他不可与女真人通婚。

我不敢把这种揣测说与窑工，怕他羞愤。

窑工沉默片刻，忽然把目光移到我身上，说你真的想看那只白釉黑花罐？他说这话时，带着颤音。

我迫切地站了起来，拱手作揖，说实在太想看了！

窑工起身示意我坐下，让我闭目片刻，说如果我擅自睁开眼，非但看不到白釉黑花罐，很可能就此失明。他这话把我吓得不轻，再顶级的文物，也抵不过拥有一双凡眼，感知这大千世界的色彩。

我坐下后紧闭着眼，就像一只长脖老等，雕塑似的一动不动。我感觉身前的火更旺了，有炙烤的感觉。听不到窑工的脚步声，但感觉他离开了，因为有一股微风从耳畔拂过。大约一刻钟后，我的耳畔再次感到微风拂过，跟着传来窑工的声音，说睁开眼吧，只许看，不许问。

我是个胆小鬼，怕眼睛瞎了，窑工说完这句话，我又等了十几秒，才缓缓睁开眼。窑工坐在我对面，隔着一团火，默默举着白釉黑花罐。可人的火一定懂得我的心意，火苗瞬间收回金红的舌头。

那个罐子怎么说呢，第一眼看，我就有眼熟的感觉，无论器型还是花朵和枝叶的纹路，都像刻在记忆中似的，可一时又想不起在哪儿见过。在火光的映衬下，罐身的白釉仿佛巴兰河水在如歌流淌，梦幻般的黑花牡丹则如振翅的蝴蝶。白的白出了水似的，黑的黑出了油一样，真是摄人心魄。什么叫一眼千年？你看了这只罐子就懂得了。遵照窑工说的，我不敢发声，目不转睛地看，可最后我越看越朦胧，原来泪水已盈满眼眶。

窑工可能察觉到我无声地哭了，他捧着罐子走到我面前，轻声说你闭上眼，闻闻它吧。

我再次合上眼，闻到了罐子泛出的一股淡淡的黄烟味，这味道立刻唤醒了记忆，怎么与我在阿城乡下看到的农人家的白釉黑花罐一个味道啊。我很少为美而打寒战，因为世上让人惊悚的美罕见，但这次我打寒战了，而且一发不可收。

窑工在我打寒战的时候，捧着罐子走了。等我再睁开眼睛时，他手中的白釉黑花罐不见了，它从哪儿来又去了哪儿，我一无所知，而窑工又坐在了我对面，就像我刚见到他时一样。火光龙蛇一样起舞，可他的脸仍是青的。

窑工对我说，除了白釉黑花罐，徽宗帝还有一件宝物在民间流传，这个故事的专有权不在他这儿，如果我想听，得去下个渡口。

我问，是什么宝物？

窑工没告诉我是什么，只说能讲这个故事的人，离窑厂也就三里路，他可以带我去，问我是否愿意。

我说当然了。

窑工说，那你去那儿，要换回自己的衣裳吗？

我说自己的衣裳被火烤干了，当然要换回了。

窑工又问，那你带着这只碗过去吗，你已经用了它。

我说天下何处无碗，留着给来这儿的人用吧。

窑工说那我先出去，等你换完衣裳，咱就上路吧，记得路上不要和我说话，以免惊着夜鸟。

我换回自己的衣裳走出窝棚时，雨已停了，月亮悬在中天，莹白光洁，丰腴动人，照亮了巴兰河。窑工在前引路，我跟在后面，我们沿着巴兰河畔的蜿蜒小路，走了大约半小时，终于看见一座透着光影的棚屋。

窑工说到了，你自己进去吧，我回去看窑火了。

就在窑工转身踏上回程之际，我忍不住在他背后问了一句，您姓赵是吧？

窑工像被雷击似的摇晃了两下，没有回头，也未回答，继续走他的路。他踉跄的步态，使他的背影看上去就像变幻的音符，在深秋的夜晚，弹着迷离忧伤的旋律。

下半夜：碑桥

一进棚屋，先闻到一股浓烈的腥气，一个女人正坐在火炉旁用刀刮鱼。听见我进来，她漠然抬了一下头，懒懒地扫了我一眼。

她看上去个子不高，圆脸，淡眉，细长的眼睛，微塌的鼻子，嘴大，龇着两颗大板牙，可以说有点丑。棚屋中央吊着一盏油灯，她手上的鱼鳞闪闪发光，好像手在下雪。她的年龄难以判断，看她半白的头发，你可以说她五六十岁了，可看她的脸，额头和眼睑无一皱纹，双颊也不塌陷，皮肤紧致，像二三十岁的女子才有的。尽管她看上去很健康，又有油灯和火光映着，但脸色发青，倒像个陶俑。

她对我说的第一句话是，你没带碗来，拿什么吃饭？

我说碗放在窑工的窝棚中了，我怕有人像我一样落水，上岸后没个喝热汤的东西。再说了，手掌合起来就是一只碗。

她发出一阵奇怪的笑声，说你还穿着自己来时的衣裳？

我说你怎么知道的？

她再次发出一阵奇怪的笑声。这笑声怎么说呢，有点像看穿谜底后得意的笑声，又有点像走投无路、茫然四顾的苦笑。

我说窑工叫我过来，是来听故事的。

她继续刮鱼，垂着头说她知道的故事比巴兰河底的石头还多，不知我想听的是哪一块？

我说想听宋徽宗的故事，窑工告诉我除了白釉黑花罐，徽宗还有一件宝物在民间流传。

女人"噢——"了一声，说这个故事很长，都后半夜了，你既来了这儿，天亮前得把你渡到对岸去，这个故事能不能讲完两说呢，你能接受没尾巴的故事吗？

我点点头，说快十月份了，天亮得不早了，现在是下半夜，什么故事四五个小时也讲完了吧？再说我没想渡河啊，对岸是哪儿我也不知道，我去那儿干吗。天亮后我去寻公路，在公路上截个方便车，回我投宿的山庄。

女人说你不想渡河，来这个渡口就是为了听故事？

我说当然了。

她说那得等她刮完了鱼再说，有两个要渡河的等着吃鱼呢。

我问他们在哪儿。

她抬了一下头，淡淡地说还不是渡口。

我说夜半三更的，怎么还有人渡河？

女人不语，加快了刮鱼的速度。我仔细看鱼，发现它们是一个品种，身形粗短，圆脑袋，黑眼睛，蓝鱼鳍，红尾巴。我叫不出鱼的名字，它们看上去肉质肥厚，想必味道一定鲜美。

我环顾棚屋，发现它与野外搭建的棚屋只开两扇窗的不同，它在东南西北各开了方形小窗，北窗和东窗有些黯淡，但南窗和西窗透着朦胧的月影，让我以为镶的是毛玻璃。待走到南窗，用手轻抚，才发现这是鱼皮窗。鱼皮虽薄，但韧性十足，它纹理细腻，手感滑润，感觉浮在上面的月亮流着蜜。

女人见我对窗子感兴趣，问我，见过这样的窗吗？

我说只在书里见过，据说宋徽宗冬天住在五国城的地窖子里，所用的窗纸就是鱼皮做的。风雪夜夜吹打，发出的声音就像瓷器碎了，加深了徽宗的漂泊感和孤寂感。

女人说宋徽宗住的屋子，最初窗纸用的不是鱼皮，后来他到五国城的第三年涨大水，住屋进了水，不得不暂时迁到巴兰河畔的一个高岗上，她曾祖母曾曾祖母的曾曾祖母、再曾祖母的曾曾祖母、再再祖母的曾曾祖母的曾祖母，总之好几十代前她的祖上，是胡里改江流域鱼皮工艺高手，她做的鱼皮筏、鱼皮衣、鱼皮碗、鱼皮箱、鱼皮窗远近闻名。徽宗在她那儿初见鱼皮窗，爱极了它。水灾过后，徽宗带回鱼皮窗纸，镶嵌到窗上。

说起水灾，女人慨叹那时的五国城没什么堤坝，三年五载就会涨场大水，她说你不是读书人吗，没在书里看到过这事？

我说倒是知道东北过去流传着"狗咬奉天，火烧船厂，风刮卜奎，水淹三姓"的谚语，这个三姓说的就是五国城。这里是三江汇合处，四周高，中间低，人等于住在釜底，夏季雨水旺时势必遭殃。

啥叫狗咬奉天？女人饶有兴致地问我。

我走向她说，努尔哈赤逃难时被围困在草丛，追兵放火烧他，这时一只黄犬，突然冲入草丛，它吸足了河水，将水吐在努尔哈赤身上，熄灭火焰，使他得救。可努尔哈赤得了天下后，封赏时遗落了黄犬，奉天城的狗都为它鸣不平，夜半狂吠，搅得努尔哈赤不得安宁。他想来想去，原来是忘了黄犬的救命之恩，赶紧封它为守护神，自此努尔哈赤才睡上了安稳觉。

女人看来不相信这个故事，她嘀咕一句，进了狗嘴的东西，吐得出来吗？

她的话对这类传说可谓是一针见血的批评，我暗自笑了，赶紧给她讲火烧船厂的故事，目的是引她如此臧否。我说吉林在旧时称船厂，做工的都是流放犯，受尽了监工的折磨。有个不堪凌辱的流放犯，有一天杀了监工，官府便砍了他的头。工友们把流放犯埋在船厂的高岗上，当夜风雨大作，电闪雷鸣，流放犯的坟，忽然窜出个大火球，飞到船厂，将它烧了，传说是火神爷为流放犯鸣冤。

女人终于刮完了鱼，她用一把干草擦了刀，缓缓起身对我说，火神爷要是抱打不平，不该烧船厂，那是人活命的东西，该烧的是还活着的黑心监工和官府里治流放犯死罪的人。

她这一起身，我发现她比我想象的还矮。她把刮好的鱼放进一个大瓦盆，转身舀了水缸的水，洗净鱼，把它放进灶上的锅里，再将洗鱼的污水泼到棚屋外。她做这一切的时候干净利落，甚至有点愉悦，因为她轻轻吹起了口哨。

女人泼过污水回来，看了看锅里的鱼，复又坐下，指着她对面的一只草蒲团，唤我也坐下，说现在可以给我讲徽宗留下的另一件宝物的故事了，起头还得从鱼皮窗说起。

徽钦二帝被囚五国城的第三年夏天，不是涨大水了么，他们的住屋淹了，墙壁湿淋淋的，像是挂满了泪，火炕的灶眼浸在水里，也没法生火，只得转移。女人说她那几十代前的祖母，就叫她舒氏吧，那年十七岁，刚好和她父亲游猎到巴兰河畔。

我插言道，那他们是女真人了？这一带曾有海西女真和野人女真，他们是哪一支？

女人用刀子似的目光扫我一眼，似乎带着"嚓嚓"的响声，我感觉脸皮就像她先前刮着的鱼鳞，生生被揭掉了，疼极了！她直言你这是哪辈子的说法？

我意识到那时应该还没这说法，连忙说对不起。

女人说你们这些肚子灌了墨水的人，就是好画圈圈，咋分？你能让谁少胳膊缺腿？女真就是女真嘛。奚落完我，她气顺了，接着讲故事。

女人说舒氏母亲早亡，她自幼跟着父亲过着居无定所的渔猎生活。他们春夏秋季打鱼，冬季上山打野兽，他们用制作的鱼皮制品和获取的名贵兽皮换取生活日用品。虽然风来雨去，日子过得也还不错。徽钦二帝因水灾转移之地，刚好是那年他们的打鱼之地。

打鱼人夏季住得很简单，就是这种用松木杆和树条子搭建的棚屋，外面抹一层混合了干草的泥，防风防潮又防雨。棚屋南向开一扇小窗，用鱼皮做窗纸，东向开一扇小门，野兽就是靠近，也伤害不了人。而他们夜晚用来照明的，是青石凿就的熊油灯。

徽钦二帝喜欢五国城的春夏，因为熬过冬天，他们不必穿那膻烘烘的羊皮袄，也可去院子走动了。但因为有金兵把守着，他们也走不远，只能看看院子的树和花草，还有飞来的蝴蝶和鸟儿。风和日暖的时节，他们就更梦想回汴京，那里的日头暖和的时候多，有暖日头的日子才好过啊。

这场大水让徽钦二帝转移到一处金兵营地，这里没有院墙，面临巴兰河，徽宗给了金兵看守一些酒钱，获得短暂的自由，能到树林走走，还能到河边和打鱼人说说话。

据说徽宗遇见舒氏，是个雨后的黄昏，天空出现了双彩虹，看守他的金兵因为打了一只野兔，正吃野物纵酒狂欢，根本顾不上他。

徽宗走出营地，到了巴兰河畔。他发现河边有个蹲伏着的梳发辫的女子，穿着月光一样颜色的长衣，紧裹臀部，正在洗着大张银白的东西。那时双彩虹已有一道隐遁了，另一道依然像条彩带环绕着，仿佛是给天下所有女人预备的发带，所以徽宗觉得这个女子很美。待他走到近前，舒氏听见脚步声回过头来，徽宗看见了他在宫中从未见过的女人的脸，首先是肤色，不是那种没有血色的白腻，而是黑红色的，像熟过头的李子，而她的嘴唇跟红牡丹一个颜色，格外娇艳。她的额头有点鼓，所以眼睛显得幽深，鼻子微塌，像一片开阔的浅滩。她五官平凡，但眼睛闪烁着与众不同的光，焕发着一种特别的美。

舒氏见了徽宗问他是谁，但徽宗没听懂，她说的是本族语。舒氏意识到他是汉人后，改用汉语问他是谁。徽宗说他住在高岗的营地，从城里来躲水的。舒氏笑了，露出一口窑实雪白的牙齿。徽宗没见过牙釉质这么好的女人，闪着丝绸一样的光泽。徽宗暗自感慨，这姑娘的嘴里燃烧着怎样的窑火啊，才冶炼出这比瓷器还要精美的牙齿。

舒氏站了起来，徽宗除了为她的气质所动，还喜欢她穿的及膝长衣，它色泽微黄，质地柔软而光亮，袖口、襟口、托领上镶嵌着花朵纹路的图案，前胸和后背则是大团大团的云纹图案，徽宗想，怪不得刚看到她时觉得云彩落在了她后背上。后来徽宗知道，这是鱼皮衣。

舒氏在河水中洗的是桦树皮，她说要给自己做条桦皮船。徽宗不知这种树皮能当造船的材料，很是吃惊。舒氏说经过处理的桦树皮，不仅能造船，还能写字画画，当纸用呢。徽宗正要问她有没有现成的桦树皮可让他写字，一只黑狗远远跑来，对着徽宗狂吠，跟着黑狗急急走来的，是个手握鱼叉的老汉。

他是舒氏的父亲，长方脸，宽额头，眼睛不大，头发稀疏，脸颊的皱纹就像泥地的车辙一样深。他满怀敌意地看着徽宗，大声跟女儿说着什么。舒氏先是喝住狗，然后告诉父亲，这人是来躲水的，住在高岗的营地。当然这是之后舒氏告诉徽宗的，当时他们的对话他一句都听不懂，舒氏的父亲只会讲几句汉话，凡是他肯定的人和事，他只会说个"好"，反之则是"不好"。

舒氏的父亲望着头发稀疏花白、缺了好几颗牙、目光浑浊、一脸倦怠的徽宗，说了句"不好"，吩咐女儿回去做晚饭。

舒氏带着黑狗走了，最后那道彩虹消失了。舒氏的父亲接续着洗桦树皮，徽宗问了他很多话，他们从哪儿来住在哪儿？巴兰河的鱼哪一种最好吃？山上那种像蓝色铃铛的花儿，多长的花期？还有那一个立在水边的长脖子大鸟，叫什么名字？舒氏的父亲对所有的问题，只回两个字"不好"。

徽宗帝什么女人没见识过？可那个夜晚，他想了舒氏一夜。她笑起来露出的那口雪白的牙，是他来到五国城后，看到的最明亮的景象。跟着徽宗一起被俘的嫔妃和宫女，有病死的，有给金人做奴的，还有被金兵霸占的。更令徽宗痛心的是，有的被投入了"洗衣院"，那跟进妓院没什么两样，能留在他身边的没几个女人了。随徽宗来的郑皇后，受尽折磨已殁，好在还有韦贤妃伴他左右。但在躲水的那段日子，韦贤妃得了湿疹，最怕见风，整日待在营帐中，徽宗难得一个人出去透气。

金兵知道徽宗是插翅难逃，但生怕他万念俱灰，万一在树林用裤腰带勒死自己，或是投了河，他们损失了这个可以从南宋赵构手里争取最大利益的至高法器，等于丧失土地，自己也会掉脑袋，断不敢掉以轻心了。徽宗再出营帐时，他们就监视着。但看押他的金兵很快发现，徽宗去巴兰河畔，不过为了看舒氏，这让他们又松懈了。而舒氏的父亲得知徽宗是个亡国之君，再见他时，又总有兵卒尾随，自家女儿是安全的，对徽宗再无敌意，反而和舒氏一样，对他多了一份同情。他们请徽宗来棚屋喝茶，吃刚捕捞上来的鲤鱼做的杀生鱼，当然还有酒。就在舒氏父女的棚屋里，徽宗看到了令他无比动心的鱼皮窗，他说那是上天赐予的纸，太阳和月亮是这纸的天然画笔，把最美的影子印在上面了。

讲故事的女人铺垫了很多，还没进入徽宗留下的另一件宝物，可我不敢贸然打断她的话了。她讲到这里时，起身看了看煮的鱼，从两只摆在灶台的碗中取出一只，说其中一人喜欢吃嫩的鱼，火候到了，先端一碗给这人送去。我注意到那碗和我在窑工那儿用过的一模一样，无论形制还是色泽，应该是一孔窑烧出来的。

女人出了棚屋送鱼的时候，我很好奇锅里的鱼，因为敞锅煮着，却没有蒸汽旋起，好像锅底的柴始终没把它煮沸。待我起身凑到近前，发现锅里的水，竟像丰水期的巴兰河水，喧嚣沸腾着，那些鱼却没一条离骨脱刺，依然头是头、尾是尾的，在沸水中自由地游弋，这令我吃惊不小，难道它们还活着？

我以为女人送一碗鱼，十分八分钟也就回来了，可是半小时后，鱼皮窗上的月影位移了，她才神色黯然地两手空空回来。我问那只碗呢，她说渡河的人不带碗过去，拿啥吃饭？看来她已把一个人送到对岸了。

我很想问她，是什么人在后半夜渡河，那人去的地方没人烟吗，为什么要带一只碗？但我转念一想，黑夜发生的事情，往往是不可言说的，何况我还期待她快点切入正题，不然天亮前就听不完这个故事了，我还想在太阳升起后回到山庄呢。

不等我催促，女人坐下来，我也坐回草蒲团，故事又像星星一样在黑夜中闪烁了。

舒氏见徽宗随手折根柳枝，就能在巴兰河畔的沙地上画出栩栩如生的花鸟，便把熟好的桦树皮裁成画纸，用鹿筋穿起来，送给徽宗。

其实涨水转移时，即便一片混乱，看守徽宗的人没把别的东西带来，纸张、笔墨、砚台却是一样不少呢。因为都知道徽宗是书法和绘画的天人，他的字画不仅金熙宗和完颜亮欣赏，军中将领也视若珍宝，求之不得。看守他的金兵随便求徽宗写个字，描画一朵花或一只鸟，都能去市面换钱。所以监管他的人也形成恶习，手上不宽绰了，就想方设法讨要字画，得到了两眼放光，待徽宗和和气气，有求必应；得不到就百般刁难，春光大好却限制他出门，把三顿饭减为两顿，不给他烧开水泡茶，污损他的衣物，将鸟粪撒在纸上，夜半砸铁惊扰睡眠本不好的徽宗，等等。

自古以来好人的好心眼，多半是相似的，可恶人的恶点子，却是五花八门。徽宗喜洁，爱惜字纸，被逼无奈，只得硬着头皮，潦草写上几个字，或是画上一只呆头呆脑的鸟、一朵傻里傻气的花儿。

话说徽宗得了舒氏送他的桦树皮本子，如获至宝，金兵带到营帐的笔墨，也就派上了用场。徽宗为了换取更大的自由，给看守他的人都画了一枝花，所以徽宗再去看舒氏时，只有一人远远跟着。

舒氏的父亲哀怜这个曾经的人上人，所以见着盯梢的金兵，总会以酒肉款待，这样徽宗可以看舒氏怎样做两头尖中间宽的柳叶形的桦皮船。徽宗很吃惊桦木做成的船架上，将桦树皮一张压着一张覆盖上，只用木钉和鹿筋线连缀，再刷上一层松脂，船就做成了。这船轻巧极了，有股桦树皮特有的清香气，徽宗特别想乘它下一回水，但它是舒氏为自己量身定做的，只容一人，所以徽宗只能眼巴巴地看着舒氏驾着桦皮船在巴兰河捕鱼，感觉她仿佛骑在了一条大白鱼的背上。

徽宗还喜欢看舒氏用染色的鹿皮给鱼皮衣的下摆和领口镶上花纹和云边。而她用的染色颜料，都来自山里，是花花草草和植物浆果的汁液榨取的，这让徽宗佩服得不得了。

徽宗就用舒氏制作的颜料，在桦树皮本子上画画，他把在山上见到的花草和野鸟都画上了。舒氏父女看了，赞叹他长了一双神手，好像能读懂花鸟的心思似的。

舒氏调制的颜色令徽宗无比喜爱，那朱红色艳而不俗，是野草莓和红百合混合成就的；金黄色明亮而不刺眼，是由金莲花和黄花菜榨取的；淡紫色温暖雅致，它用的是马莲花和蓝靛果的浆汁；墨绿和浅绿是最养眼的，它们是从各类青草和树叶中提取的。

最神奇的是什么呢？徽宗说他在汴京时，可用玉石和珍珠粉做颜料，舒氏说这有何难，巴兰河有玛瑙石，把它研磨了还不是一样？还有山上风化的石头，有赭黄色的，鹅黄色的，还有深青色和淡绿色的，打成粉末，不都是好颜料吗？

徽宗一听高兴极了，可舒氏的父亲不高兴，女儿为了给徽宗做植物颜料，总是贪黑，觉也睡得少了，如果再采石做颜料，更别想睡囫囵觉了。父亲埋怨她时，舒氏说水灾过后，这个浑身捆扎着无形绳索的人就会走了，看他衰老成这样了，估计也熬不到回汴京的那一天了。这个夏天宁可少打些鱼，也要满足一个爱写字画画的老人的愿望，舒氏的父亲感动于女儿的善心，便不再说什么了。

舒氏父女养了一条狗，还养了一匹栗色马，迁徙时用于驮运物资。舒氏的父亲心疼女儿，亲自骑马上山，采来可以做颜料的石头，日夜帮着研磨。徽宗得了这珍贵的颜料，就在桦树皮本子的花朵和河流上，再点缀上石粉，那画就仿佛有了光，更加美了。

徽宗感念舒氏父女，说桦树皮本子上的画，他们随便选，想留多少张就留多少张，这个拿到集市上，比打鱼换的钱多。舒氏说这画好是好，但桦树皮是引火材料，遇火就着，哪怕画中有千万条河流，也救不了花鸟，逃不出灰飞烟灭的命。

徽宗立刻联想到纸上的字画，感慨说纸也是火的俘虏，金兵打入汴京，最令他痛惜的，是他珍藏的历代字画，有的被卷走，有的被焚毁，说到这儿徽宗满眼是泪。

舒氏安慰他，说她倒有个主意，他们的祖先，把画都用斧凿，刻在岩石上，将泥土和兽血混合的颜料涂上，再涂上天然植物胶。岩画不怕烈日暴雪，不怕火烤雷击，上面的鸟儿都拥有铁一样的翅膀，花朵也拥有铜铸似的花瓣，日月就跟天上的一样了，万古长青。

徽宗就跟舒氏父女上了山，先观摩了两处岩画。他发现岩画中动物图形居多，再就是日月、花草和作法的巫师。说来也是奇，徽宗四处撒目他中意的岩石时，一天日落时分，在西山半山腰，发现了一块特别的岩石。它不像其他岩石连成一体，而是独立着，从乱石中凸起，颜色也和它周围的不一样，不是赭色和浅灰色的，而是深青色的，像是被谁切割过，看上去像书也像碑。

徽宗一眼相中这块岩石，他仔细看它的纹理，发现它本身就是一幅画，从中看得出云海、江河、房屋、动物和花鸟。徽宗觉得这是上苍赐予自己的一块身后可立在墓前的碑，他说看到它，自己的骨头可能要扔在五国城了。

接下来的日子不用说了，只要不是刮风下雨的日子，徽宗就跟着舒氏上西山，这里离金兵的营地也不远。那块青石能看出图形的地方，舒氏帮着徽宗，只是用凿子加深印痕，保留它们天然的纹理，云彩还是云彩，花朵还是花朵，河流也还是河流。最终徽宗只在空白处描画了一枝蓝铃花，一棵松树，一只大鸟，然后精心雕刻出来。蓝铃花是巴兰河寻常的野花，蓝紫色，像一串小铃铛，风吹它时，仿佛花儿在铃铃响，徽宗喜欢这花儿。松树和大鸟是咋来的呢，那段涨水，江河水浑，自古浑水好摸鱼啊，鸟儿一群一群地飞到巴兰河，吃得那叫一个美，羽毛都跟缎子似的，光光亮亮的。可是有一只大鸟落单，它不和其他鸟一起在河边捕食，而是独自待在西山。徽宗当时发现那块青石时，它就站在侧向的一棵松树下，面向落日，好像夕阳是它的美食。之后徽宗每上西山，它总像侍卫似的，在那棵松树下立着，一动不动，也不怕斧凿的声音，徽宗就把松树和鸟，刻在青石上。你知道那是只什么鸟吗？

女人讲到这儿问我，起身去看锅里煮着的鱼。

我说能像岩石一样立着的鸟儿，是苍鹭，这儿的人都叫它长脖老等。我这次来依兰的路上遇见一只，它栽楞着膀子跟着我的车，一看就是受了伤，迁徙不了了。

你没停车救它？女人歪头问我。

我摇摇头，告诉她因为母亲嘲笑我在爱情上像只长脖老等，逮着什么吃什么，所以对它有怨恨，没搭理它。

女人扫我一眼，说不救生灵的人，要是生灵救了他，岂不白活一世？说完拿起另一只碗，说火候和时候都到了，她得把另一人渡过去。女人盛了鱼往出走的时候，叮嘱我不要偷腥，她很快就回。

人的好奇心能产生无穷的创造力，造福苍生，但有时好奇心也是万恶之源，容易把人引向深渊。

女人不让我偷腥，可我偏偏在她出了棚屋后，起身走向灶台。锅里剩下的几条鱼，依然跟它们下水时一样姿态优雅地游着，而且它们变了颜色，蓝眼睛，绿鱼鳍，鱼尾则是明黄色的。最让人抵御不了的诱惑是，这鱼散发的奇异香气，撞击心扉，麋鹿被烹制的香气也敌不过它。没有筷子没有碗，我眼疾手快地在一条鱼将尾巴摆出汤面的时候，拽着鱼尾，将它从滚沸的汤里捞出，站在灶旁享用美食。我先吃头，继而掉过来吃尾，最后吃鱼身的时候，感觉它已经成了一块软糯的蛋糕，我甘之如饴。

这条鱼吃得我想哭，它美得无法形容，而且我没吃到任何一根刺和鱼骨，没有遇到抵抗的鱼肉，沦陷的注定是食客。我意犹未尽，正犹豫着是否偷吃第二条的时候，女人突然回来了，她跟窑工一样，走路几无声息，我赶紧手忙脚乱地坐回去。

您这么快就把客人送走了？我有些结巴地说。

女人说外面月色正好，巴兰河风平浪静，渡船好撑，客人又急着走，所以顺风顺水过去了。

她像上次出去一样，没有带回碗来，想来又把碗给了乘船的人。我觉得这碗颇为诡异，这是船家推销给客人的碗么？是不是加在船费和饭钱里了？我刚想委婉问她，女人俯身看了看锅里的鱼，说你偷吃了鱼？我不好意思地抿嘴笑了，这是我上岸后第一次笑。小时候我偷吃糖果被母亲发现时，也是这样笑的。

女人说你偷吃了东西，更得把你送走了，你也没碗，送不送得过去两说了。

我说我不渡河，听完故事等天亮了，我就回山庄去。

女人看了一眼鱼皮窗上月影，说时候不早了，得抓紧给你讲故事。

那块青石有了自然的山河和云影，又有了刻上的松树和花鸟，徽宗觉得它既是能经风雨的作品，也可作他的碑了，所以在青石背后，刻了个不大不小的瘦金体的"佶"字。他称霸天下时人们避他名讳，谁敢称"佶"？所以徽宗即便不刻"赵"字，汉族人看到这块青石，也会想到他。徽宗画的桦树皮画，他只留了一张，余下的都送给舒氏父女了。除此之外，他还多写了几幅字赠予他们。徽宗唯一的请求是，看护好这块青石。

秋天水撤了，徽宗离开营地。舒氏父女送给他两张鱼皮窗纸，徽宗回去后就使上了。传说有月亮的晚上，徽宗从上面看得见月影，还能从月影里，朦胧瞅见舒氏的脸。徽宗喜欢上了舒氏，要搁在汴京，他相中的女人，哪个敢不从？可是在西山，他和舒氏单独在一起，想轻抚一下舒氏的脸都没可能。传说有一回他丢下凿子，手刚伸出，那站在松树下的苍鹭，就飞起来落在他和舒氏之间，像一堵墙挡着，徽宗再不敢造次。

舒氏能骑马，懂狩猎，会打鱼，独自穿行在山河间毫无惧色。女人说徽宗离开时，站在巴兰河畔仰天长叹，一个女人都如男人般英武的王朝，那股凛然决绝之气，岂是沉迷于花前画坊的他所能抵御的，蒙受靖康之耻，似也是必然的。

徽宗死在五国城后，巴兰河边的西山上，这块碑就像不倒的月份牌，岁岁年年伫立着。从舒氏这代开始，家族一代又一代的人，无论游猎到哪儿，不忘护卫这块碑。几百年的风霜雨雪，让青石上的天然纹理和雕刻痕迹都减淡了，但你仔细看，还是能看出山水花鸟，看出瘦金体的"佶"字。直到了清咸丰年间，有一年巴兰河涨水，把一座木桥冲毁了，复建时人们想造一座稳固的石桥，石匠去山上采石时，发现它是天然的桥墩，就把青石搬运到山下。

从那以后，依兰这地方，别的河流到了夏季，三年五载的，像松花江、牡丹江、倭肯河，该涨大水还是涨大水，但这块青石碑做了桥墩后，简直是定海神针，巴兰河风平浪静的，别的河流遭遇枯水时，它也依然丰满，融冰后永远利于灌溉，两岸庄稼丰收，牛羊肥壮，人丁兴旺。更奇的是，这块青石碑的桥墩，月亮好的夜晚会发出光亮，夜航的船家都把它当作灯塔。人们认为这是祥瑞之光，所以求婚求子求财的人，恶疾缠身渴望起死回生的人，为讨吉利，都爱在月圆时分划船穿越这个桥墩朝拜。那个"佶"字因为刻在青石下方，终年浸在水中，亲吻这个字的，是游鱼和水草，这个字得了清流，也算脱了俗。而那些山河和花鸟图案，也大都处于水面下。只有雕刻的鸟的翅膀，完全浮出水面，有人说那是自由的象征，也有人说是飞黄腾达之意，所以服刑者亲眷和求官的人，也来朝拜。

女人停顿片刻对我说，听说品行不端的人朝拜这个青石桥墩时，船到近前会突然起漩涡，让你不能靠前，甚至把船掀翻，但心地善良的人，尤其那些淳朴的相貌如舒氏的女子经过桥墩时，它会泛着温柔的光，流水也会发出悦耳的声音，像是谁在抚琴而歌。

我按捺不住，急急地问，这座桥在哪儿？叫什么名字？

女人说这座石桥就在巴兰河上，离这儿不远，一百多年了依然稳固，人们还在用它。因为传说这块青石桥墩是徽宗给自己刻的碑，所以人们都叫它碑桥。

能带我去碑桥看看吗？我热切地说。

你已经看过了，女人起身说，你不记得自己在巴兰河撞上青石碑了吗？

难道是我犯了错，所以桥墩没发光，才翻了船？我这样问她的时候，忍不住浑身哆嗦，因为我意识到眼前这个看似活生生的人，拿着无形的绳索，要把我捆绑到另一世界。

女人比我矮，可她突然起身，往棚屋外拽我的时候，力大惊人。我顺从于她，没喊饶命，只问她舒氏最后怎样了。

女人说天的黑脸皮就要变白了，不能再给你讲了，你要是能渡过去，见着舒氏自己问吧。开头我问你能不能接受没尾巴的故事，你不是点头了吗，你说哪个故事不残缺呢？

我机械地跟着女人到巴兰河畔时，意识到死神降临，血液仿佛凝固了，身体像木头一样僵直，任她摆布。女人把我带到一条幽蓝的船上，将我戳在船头，就像稻草人一样。她则在船尾，低沉地说着我完全不懂的话。之后船像是被岸给烫着了，"嗖"的一下，离岸而去。我见巴兰河就像一张巨大的鱼皮窗纸，颤颤地印着最后的月影。

我不知自己将被渡往何方，岸越来越远，水越来越长。

还是楔子

我苏醒的时候，首先感知世界的不是眼睛，而是耳朵和鼻子。也就是说，我的听觉和嗅觉依然敏锐，并驾齐驱冲在前面，视觉神经也许倦怠了人间风景，尽管我想努力睁开眼睛，可眼皮沉重得就像棺盖，怎么也掀不翻它，我就在枕头上晃悠脑袋，希望能助我拔出视觉的泥淖。我听到"哗哗"的雨声，看来外面雨下得很大，还闻到来苏水的气味，证明我此刻在医院。

有脚步声盖住了雨水，想必是个壮汉进来，那脚步声"咚咚"的，像在擂鼓，铿锵有力。跟着是"咣咣"的跺脚声，好像谁要在地上刻上一连串的惊叹号似的，一个男人惊喜地叫骂着："妈的你个死人，脑袋能动弹了，我就说阎王爷见你岁数不大，饭没塞够呢，不会要你吧！你还算甜和人，醒得正是时候，今儿八月十五，我能轻松喝口酒吃块月饼啦！"他接着"大夫大夫"地叫着出去了。

脚步声弱了，雨声又像春日的青苗似的，喜人地冒了出来。急雨转小雨了吧，雨声"沙沙"的了。

这人出去不久，我终于睁开了眼睛。开始感觉到的是白花花的一片，好像世界撒满了盐，又像铺遍了雪，更像飞满了谎言。很快这白色被身体的阳气给驱逐殆尽，视线中的东西逐渐变得清晰，我能看见自己躺在泛黄的白床单上，盖着浅蓝色的被子，穿蓝白条纹的病号服。左侧床头柜上摆着一台心电监护仪，右侧立着白色点滴架，上面吊着一个空瓶。窗子在右侧，努力望去，可见窗台摆着两盆茂盛的绿萝。而当我努力坐起来，发现窗外雨中的树，还挂着几片枯黄的叶子，好像在告诉我你还阳了，我们却要去了。

我住在一层，从水磨石地面、陈旧的窗户以及斑驳的墙面上，看得出这是一所简陋的乡镇卫生院。虽然未见阳光，但这是人间无疑。

两个男人一前一后走了进来，前面的五十上下，中等个，不胖不瘦，黑红的脸，小眼睛，头发乱蓬蓬的，右耳吊着一只松松垮垮的白口罩，穿一件很旧的棕色单皮夹克，皮面磨得多处泛白，像是长了牛皮癣。他叼着一支没冒火的烟，指着我说："这么快自己能坐起来了，真行!"听他熟悉的声音，我明白这就是先前进来的人。他身后跟着一个穿白服戴白帽和浅蓝色医用口罩的医生，他又矮又胖，走路呼呼直喘，谢顶，看上去年纪不小了，他指着穿皮夹克的男人问我："认识他吗?"我摇摇头。

穿皮夹克的男人说："大夫，我昨儿把他送来就说了，我不认识他，可你们不信!妈的这世道救了人，咋这么爱遭怀疑!"男人长吁一口气，对我说他叫王骏，骏马的"骏"，不敢说是我救命恩人，因为是一只受伤的长脖老等，先发现的我。他先嚷着让我赔他名誉，再嚷着让我赔他烟钱，说我昏迷的这十几个小时，他在卫生院外抽了四包烟，自己都快被熏成腊肉了。他说很想现在抽支烟庆祝一下，但在病房抽烟会被罚款，所以只能干叼着过过瘾。

原来这是中秋节的早晨了。

医生问我："你是哪儿的人?"

我说是哈尔滨人，退休后没啥事，前几天驾驶一辆越野吉普车出游，先是到了依兰，然后去了巴兰河景区，入住一个山庄。过了漂流季，可我想下水，庄主不同意，我见一条船停泊在岸边，便偷船夜漂，后来下了雨，我在河上什么也看不清，模糊中仿佛撞上桥墩，之后被一个窑工救上岸，他在上半夜给我讲了一个故事;下半夜出了月亮，窑工又把我送到摆渡人那里，听了另一个故事。窑工是男的，摆渡人是女的。

王骏害了牙疼似的"嘶嘶"叫着说："依兰过去是打狐狸部的天下，你这是遇见狐狸精了吧，这一带哪有烧窑的? 还有现在公路铁路这么发达，谁还走水路啊，多少年都没有摆渡人了!"

我激灵了一下。

王骏告诉我，他是大货车司机，常年带着媳妇跑运输。昨天上午他们拉着一车秋白菜去哈尔滨，途经巴兰河时，他老婆发现一只长脖老等跟着车，好像腿脚不利落，飞得颤颤悠悠的，没过多久跌落在公路下，他老婆说它一定是受伤了，于是喊他停车。

王骏说这只长脖老等，是我真正的救命恩人。他老婆快接近它时，它突然又哆嗦着低飞了几米，把她引向河边草丛。她过去一看，除了长脖老等，还有一个人躺在那里，虽然我脸色灰青，一动不动，但她用手在我鼻子下一试，还有气呢，于是喊他过去。王骏背着我，他老婆抱着长脖老等，回到车上。

他们先救人，把我就近送到一个镇子的卫生院。王骏说他没想到我身上没有任何可证明身份的东西，没有手机和身份证，没有一分钱，裤兜只有湿透后干成一团的纸和两根牙签。他们判断我是溺水后被冲上岸的，医生怀疑我是自杀或是被害，先报了警，派出所来人对王骏做了询问笔录，在我没有苏醒前，他不得离开，住院押金都是王骏垫付的。而那车秋白菜，只好由他老婆一人运往哈尔滨。

王骏说好在他老婆能干，驾驶技术不错，跑长途时他们经常轮流开。但万分倒霉的是，她平安抵达后，刚卸完货，就赶上哈尔滨来了疫情，现在城区全员核酸检测，老婆和车被困在那里，住在小旅店，今年中秋节只能望月团圆了。王骏苦着脸说天公不作美，这阴天下雨的，估计月亮也难见。

我连声对王骏说对不起，先前他嚷着我赔他名誉和烟钱，那是他的幽默，我更应赔偿他爱人因疫情人车被困在哈尔滨的间接损失。我表达这样的心愿时，王骏一撇嘴说："我要是接受了你这样的赔偿，我老婆还不得骂死我！她心眼好那是出了名的。我刚才打电话告诉她你醒了，她刚排队做完核酸，喜得直说今晚要多吃一块月饼！"

我愧疚地说："都是我害得你们中秋不能团圆。"

王骏说："团圆又不在这一日，明年不是还有八月十五吗？你知道我老婆最担心啥吗？她怕你醒来后会失忆，我一会儿得告诉她，你知道自己姓啥、住哪儿、开啥车，脑袋一点都没短路！嘿，老天爷真是保佑你，让你遇见她，遇见长脖老等，万一我一脚油门过去了，你遇着这样的天气，没吃没喝的，在野外失了温，就得玩完！"

夜漂时我卸下背囊，这是最大失误，里面准备的一切急救物品，想必都付诸东流了。王骏掏出手机，让我给家里报个平安，可亲人的电话都存在我手机里，没有一个号码我能记全。而我离开手机绑定的银行卡，也无法偿还王骏帮我垫付的医疗费。一部手机不见了，生活居然半停摆了。

医生让护士给我送来一份白米粥和一碟咸菜，嘱咐我少量进食，我来自哈尔滨，可是属于疫区来的人，院长不在，他有责任督促我把十四天内的行程回顾一下，做个登记。

王骏说我醒了，派出所也解除了对他的怀疑，他本应赶到哈尔滨去，老婆一人带着台大车在外面，他还是不放心。只是现在进哈尔滨要持24小时内核酸阴性报告，这乡镇卫生院做不了，他还得去依兰做，最快四五个小时出结果，再加上去哈尔滨的路程，估计折腾到那儿，也得后半夜了。

王骏长叹一声说："算了算了，一个人过个清静的节也不赖！还有老婆把受伤的长脖老等托付给我了，我一直守着你，顾不上这只鸟，现在得打听一下，附近哪儿有野生动物保护站，早点送过去。"

王骏出去了，医生也出去了。

吃过粥和咸菜，我感觉身上有了力气，可以下地走了。虽说腿依然发软，感觉是踩在棉花堆上。

我住在抢救室，对面是医生办公室。我一出来，就见那位医生敞着门，正给一个干瘦的佝偻腰的男人看病。他见了我摘下听诊器，先是嘱咐我戴上口罩，说是病房床头柜的抽屉里备有一沓，然后问我，写完十四天内的行程了吗？我说没有纸笔，请帮我提供一下，我到院子转转回来就写。

医生说："王骏在太平房看鸟呢，你得好好感谢他，真没见过这么好心肠的大货车司机呢。"

我反身回抢救室取了口罩戴上，走向院子。

太阳还没露头，但雨停了，空中堆积着深灰浅灰的阴云。太阳怎会死呢，可阴云一直妄想着做它的裹尸布。

卫生院是栋长方形的砖瓦结构的平房，院子也是长方形的，栽种着七八棵杨树和柳树。院子东侧有个花圃，花儿多半枯萎，只有两株黄色菊花，挂着几朵将落未落的花。菊花的边缘像被烧焦了，已然惨淡，花心强撑着，但颜色也不鲜亮了。花圃前有个破烂不堪的长椅，还有两个污渍斑斑的圆形石凳。

院子西侧是座砖木结构的小房子，人字形屋顶下，有一块白底黑字的匾，上面的"太平房"三个字，居然是瘦金体的。这房子清灰水泥涂抹的墙面，对开的铁皮门，矮矮趴趴，像个门岗。门开了一扇，我进去时，王骏正在喂长脖老等。

太平房大约五十平方米，正中央有两张光亮的木板床，大概是停尸的地方，床前各置一个黑黢黢的瓦盆，看来是烧纸用的。因为屋子只开了一扇西窗，窗口很小，天又阴着，所以里面昏暗不堪。

受伤的长脖老等蜷缩在西窗的墙根下，见到我伸了伸脖子。我不确定它是不是我没有救助的那只，如果是的话，它的善行对我来说，是卡在我喉咙的一根永久的刺。我不知是否应该感激它，因为在医学意义上我失去知觉的那个夜晚，我的思维从未有过的活跃，我在上半夜看到了精美绝伦的白釉黑花罐，在下半夜听到了凄美的碑桥故事。如果夜能更长一些的话，我也许还能见到更绮丽的风景。

我不知眼前的长脖老等是不是宋徽宗刻在青石上的那只，它的眼神仿佛活了千年的样子，是那么的笃定安详，好像深藏着高山和大河，我和它四目对视时，被它的气质打动了。

王骏依然是把口罩吊在一只耳朵上，他说你刚缓过阳，不该戴口罩，本来气就不够使。见我走路有点哆嗦，他以为我除了身子虚，也是因为进太平房有点恐惧，便安慰我说医生告诉他了，这太平房利用率很低，因为附近乡镇的老人死了，亲属们习惯在家停尸，然后再送火葬场。进太平房的，大都是活到中途出意外而没抢救过来的，一年没几个。所以昨天没地方安置长脖老等，医生就想到了太平房。王骏说在医生眼里，太平房和产房没啥区别。

这只长脖老等伤在右腿，裸露的伤口像片玫瑰花瓣。王骏说这不像在岩石擦伤的，倒像是中了偷猎者下的铁丝套，它奋力挣脱时伤及皮肉。王骏说它实在聪明，知道跟着人类的车子求救。而它不仅自救了，还救了我。只是它将来被送到保护站后，虽能保命，但一个冬天被迫做了留鸟，明年即便好了伤，野外生存能力降低，秋天能不能南迁，成不成老鹰嘴里的食物，也两说呢。

王骏慨叹完，他手机的视频铃声响了，王骏说："是我老婆，你刚好认识她一下。"他说着接通视频。

透过手机屏幕，我见一个穿红花毛衣梳齐耳短发的圆脸女人，笑微微地面对我们，她问王骏："你干啥呢？"

王骏笑呵呵地说："你救的人和鸟都在太平房呢，我先给你看看长脖老等吧。"他把画面切到鸟身上。

女人说："看上去不精神啊，得早点送到保护站。"

王骏说："是了，我刚打听好了，下午就送走。"然后将画面切到我身上。

女人看着我说："人比鸟精神啊。"她笑了起来。

我刚说了一句谢谢，女人就说有啥谢的，你得感谢长脖老等，不是它发现你，你早没命了。女人说王骏告诉她了，我家人的电话都在手机里，想不起来了，她说如果我愿意，可以把家址告诉她，她上门报个平安，反正做完核酸也没啥事。我心想林蓓哪会像她这样，时刻惦念自己的丈夫，我就是失踪一周她也未必感知到。而母亲则不一样了，只要是传统节日，我在哈尔滨都会陪她，在外地则必给她打个电话问安。要是今晚她没接到我电话，再打过来无法接通，非得急死不可。我也不客气，拜托女人去南岗邮政街我母亲家一趟，报个平安。女人说刚好她住在海城街的一家小旅馆，离那很近，让我把详尽地址给王骏，他微信给她，她即刻出发，到时让我们母子视频一下。

四十分钟后，我和王骏刚要离开太平房，他爱人发来视频讯号，说已到我母亲家。八十多岁的母亲防疫意识真强，武装到牙齿了，不仅戴着口罩，还戴着一个护目镜，这使她看上去怪里怪气的。她见着我先骂了一句"瘪犊子"，说疫情期间她本不该让外人进的，可听说我漂流翻了船，手机不见了，只好冒险给人开门。她警惕性极高，见王骏在我身边晃悠，问他是谁，我是不是遭绑架了。我说当然没有，这两个人是夫妻，我的救命恩人。

我让母亲把医疗费帮我先给女人，母亲斩钉截铁地说："没门，你肯定是遇到诈骗的，受到要挟了，我给你报警，你告诉我在哪旮旯？"真让人哭笑不得。

我只好退而求其次，让她把林蓓电话给我，母亲又骂我一句"瘪犊子"，说你就知道惦记媳妇！母亲说林蓓一清早给她打电话，她今儿出不来了，因为小区有确诊患者的密接者，人都给圈在家里隔离，两天才能出来买趟菜。

母亲教训我说："你一天就知道在外逛游，还有心思玩水？也不知林蓓是不是一个人隔离在家，她给我打电话时，我咋听见好像有男人的咳嗽声呢？"

我说真有男人代替我在家咳嗽，我情愿在外当个散仙。

母亲撇着嘴，再骂我一句"瘪犊子"，说你不怕绿帽子压扁脑袋呀。王骏和他老婆听后，齐声笑了起来。

母亲年轻时是演驴皮影的，也就是皮影戏。行当使然吧，她爱操控人，喜欢发号施令，父亲唯命是从，他也是因迷恋母亲塑造的角色而爱上她的。所以父亲去世的时候，母亲在殡仪馆给他做告别仪式，就是请她的几个老伙计演了一场父亲最爱的皮影戏《鹤与龟》，因为这是出动物寓言轻喜剧，参加葬礼的人被剧情感染，笑声不时泛起，父亲就踏着母亲为他营造的笑声上路了。

父亲走后，考虑到母亲年事已高，我请保姆前去服侍，可母亲很快给打发了，说她能走能蹽的，屋子本就不大，不能再多个放屁的人。待到近几年她记忆力衰退，几次忘关水龙头和燃气阀，她哀叹着岁月不饶人，自请了保姆，声言要在有生之年，花掉自己所有积蓄，不给后人留半个子。唯一带不走的是房子，她早已更名到我女儿名下，为此母亲还刺激过林蓓，说你要是养活个儿子，这房子我就留给孙子了！林蓓嗤之以鼻地说，哪座房子最后不是坟墓呢？母亲气得直捶胸，讥讽道："照你这么说，你妈就不该生你不是？"我永远记得林蓓听后非但不恼，还动情地拥抱了母亲，说："您真是我妈，我就这么想的。"

母亲见王骏和登门报信的女人一脸忠厚，说的不像是排演过的，而我状态自然，终于相信他们不是骗子。问清他们帮我垫付的医疗费数额，她即刻付给女人，还多拿出两千，让她通过王骏转我，说一个大男人在外身无分文，寸步难行，不过她声明这钱我得还她，看在我是她亲儿子的份上，利息她就不要了。

钱的事情交涉完，母亲说她早晨接到一个陌生男人来电，他说你儿子的电话怎么打不通，只好找您了。他手里有件宝物，人都说是金代的，好像跟宋徽宗有关，想请你鉴定一下真伪，他出鉴定费。母亲责备我不该把她电话告诉给外人，未等我解释我从未泄露过她电话，母亲又说，别以为宋徽宗当年在咱这儿被囚了几年，就谁都能捡着宝贝，做梦去吧！

母亲对宋徽宗的画不屑一顾，收藏在辽宁博物馆的《瑞鹤图》和北京故宫的《芙蓉锦鸡图》她都看过，说那画中品而已，布局乏力，也不脱俗。尤其是《瑞鹤图》，群鹤弯着脖子飞翔，缺乏气韵。而且群鹤之下的宫殿看不到底部，等于失去根基，颇不吉祥。她说要说那时期的画儿，还得是王希孟和张择端的。但宋徽宗的书法她认为绝了，空灵深邃，每一笔都含着泪似的，像是一出生就活了一辈子的人的笔力，笔笔如柳又笔笔如钢，旷世难得。

母亲叮嘱我与所谓的持宝人打交道要小心，这里骗子很多。

与母亲视频通话结束后，医生见我状态不错，准我出院。这样中秋节午后，我和王骏带着长脖老等离开卫生院。

王骏说你死里逃生，大过节的，天又这么凉，咱得吃点好的和热乎的。这样我们寻了一家小馆，吃热腾腾香喷喷的羊蝎子火锅。刚踏进店门时，店主见王骏抱着长脖老等，以为我们是来私卖野物的，两眼放光，说正愁八月十五没野物下锅呢，连问多少钱。王骏瞪着眼说："我看你像野物！"店主再不敢提这茬。

王骏酒量一般，只喝了二两烧酒就兴奋异常，我遵照医嘱滴酒未沾。酒是话篓子，大多人喝多了话就多，王骏也不例外。他告诉我他老婆是后找的，他总跑长途，前个老婆在家太寂寞吧，跟一个开杂货铺的好上了。王骏说老婆的私人领地被别人侵占，他这辈子不想再碰了，立马离婚，他们唯一的男孩归他，由他母亲照看。

王骏说现任老婆比他小五岁，极其善良，本来许了一户人家，但快结婚时发现得了子宫癌，虽是早期，但得摘除。手术后恢复不错，但她没了"育儿袋"，那家解除了婚约。王骏说他有儿子了，不在乎传宗接代，就娶了她。婚后她一直跟他跑车，车上备有炊具，在各个高速路服务区，老婆给他做饭的情景，是大货车司机最为羡慕的。王骏说人也真是怪，他跟前个离了，但她日子过得不如意时，他也心焦，毕竟她是孩子的生母啊。再说他和她婚内时，在外有时十天半个月见不着老婆，也曾在高速路服务区的小旅店接受过找上门来的服务。王骏慨叹说生为女子不易，好像女人天生就得是贞洁的，男人胡来后只要对家好，一切可以忽略不计了。王骏说现任和前个老婆处得不错，两人一起赶过集呢。唯一让他难受的是已上初中的儿子不认后妈，她对他一万个好，也换不来一个好，她常偷着哭，这两年也常咨询做试管婴儿的事情，让他心惊肉跳的。因为他这岁数不想再要孩子了，再说做试管婴儿遭罪又烧钱。

我苦笑着说："我现在的老婆也是后找的，我也被戴过绿帽子。"

王骏哈哈笑着拍了下我肩膀，说："难兄难弟啊。"

从小馆出来，我雇了一台破烂不堪的私家车，先和王骏送长脖老等。这家野生动物保护站在山中，规模不大，有两头黑熊、一头驼鹿、几只狐狸和狍子以及形形色色的鸟。它们非瘸即瞎，或是伤了翅膀，看了让人难过，是极难回归大自然的动物了。

接待我们的人六十上下，一嘴黄牙，说话南腔北调的，不像本地人。他按照惯例做完登记，动员我们认领这只鸟，支付饲养费，他们可定期把长脖老等康复的图片发给我们。见我们犹豫，他鼓噪说断掌的黑熊，是某某老板认领的；那只瞎眼的狐狸，是个患癌的女士认领的。他们认领了这样的动物，发财的发财，康复的康复。

王骏问那一个月得多少钱啊？

工作人员说这只长脖老等伤在翅膀，相当于一辆汽车马达坏了，治疗和饲养费，一个月少说得四百块。它今年就得在黑龙江过冬了，你们可以先捐半冬的钱，三个月，一千二百块，我可以开收据，还能盖红章。

王骏表情复杂地看了我一眼，先给长脖老等拍了段视频，再拍了几张照片，说是留个念想。

母亲借给我的两千块，因我手机和银行卡未恢复，王骏只得给我现金，我在羊蝎子小馆花掉二百三，雇车用了四百，如果再支付一千二，所剩无几了。我跟工作人员说，我先捐六百，余下的看它的恢复情况再说。

工作人员大喜过望地说："六百也中，我一眼看出你是个好人！"

我数出六百块，递给工作人员时，王骏突然拽住我，说他需要现金，让我串给他，他用微信转账给对方。工作人员眼巴巴地看着那六百现金，虽不情愿，还是加了王骏微信，接收了六百块。谁想他开完收据，却说忘了公章在另一个同事那儿，锁在抽屉里，这人回城过节了，他也不好撬锁，所以无法盖章了。我嘴上说着没关系，但心里觉得六百块钱事小，可他的言谈举止，让人对这家保护站缺乏信任了。我要来他电话，说未来会和他联系的。

出了保护站，我和王骏仿佛参加完好友的葬礼，有股说不出的沉痛，上车后并排坐在后面，彼此无话。偏偏赶上我雇的司机是个直筒子，他嘲笑我们："你们也算吃了半辈子的盐了，咋这么幼稚？把长脖老等送到这儿，等于献上了八月十五的大餐，我敢保证，你们前脚走，后脚人家就会拿刀抹了它脖子，炖了下酒！"

王骏轻轻拍了一下我的肩膀，说他也有这个担心。一般的保护站，是不会强求爱心人士认领野生动物的。所以他留了一手，给它拍了视频和照片，还用微信转账，留下捐款记录。

王骏说人没有长得一个模样的，鸟也一样。隔个十天半月的，他会和工作人员视频一下，看它是否活着。见我不语，王骏又说："你先捐了六百，眼下它的命是没问题了，保护站得留着它，继续让你捐钱。可是如果你一直捐，我最担心的是，明年它伤好了，可以南迁了，也未必给它放归自然。最让人不敢想的是，万一没伤再给它弄伤，继续钓好心人的钱，我们反倒是让它受折磨了。"

我说先别把事情想那么坏，这一带我常来，如果这家做事不规矩，我会把它解救到另一个地方，我承诺会尽快。

王骏说那就妥了。

但司机听后不悦，说："你们给一只鸟随便撒六百块，我这一趟往返，少说也得两百公里，大过节的谁爱出车？我最开始要五百，你们非砍下一百，难不成我还不如那只鸟？"

我可不想司机中途撂挑子，赶紧说："师傅咋也比鸟金贵啊。"忙从口袋抽出一百，探过身子，把它放到副驾驶座位上。

司机歪头看了一眼粉红色的百元钞，像看着一块可人的蛋糕，眼神立刻温柔了，说："那就谢谢大哥了。"

送完长脖老等，我又把王骏送到一家服务区旅店，他说和老婆约好了，她拿到核酸阴性报告后，明早驾车离开哈尔滨，去那儿接他。想起他刚跟我说过的在高速路服务区做过的龌龊事，他下车时我忍不住在他肩上狠抓了一把，有点警示的意思。

王骏一脸坏笑地说："抓我啥意思，不想让俺好好过节不是？"他嘱咐我手机恢复后，别忘了加他微信，他会把长脖老等的消息发给我。

与王骏分手后我倦意袭来，一路昏睡到山庄。

暮色渐浓，雨又来了。我走进山庄时，庄主正和一个客人搭讪，他见了我像鹅一样"啊啊"大叫："老天爷啊，你可回来了！"

原来，我当夜未归，他还以为像我这种自驾游的人，去别处耍了，并没在意。第二天上午还不见我影子，而他发现我的车子却还在停车场，感觉事情不妙，于是调取山庄外的监控录像，发现我去了河边，而那儿的一条渔船不见了，断定我是偷船漂流了。想着我在哪儿平安上岸后，就会回来的，所以没有报警，一直等到现在。

我跟庄主连声抱歉，说那条船撞散了，我会赔偿的。我没回房间，而是要了一把伞，先去了停车场。我的越野吉普与我相依为伴，在外就是我流动的家，我迫切地想看到它。可是停车场的几台车，全都是陌生的，我返身去问庄主，我的车怎么不见了？

庄主瞪大眼睛说："这咋可能呢，昨晚我还看到了呢。"

我说那你看看监控，谁动了我的车子。

庄主一龇牙说："真是不巧，昨天我调取完监控，系统就失灵了，这大过节的，杂事一堆，还没顾上修呢。"

庄主的话让我觉得自己的车子跟我一样出了事。

我要求庄主报警的时候，他提出来可以让保安先带我在附近找找，说是以往也发生过类似的事情，有时附近村镇淘气的半大小子，会趁人不备潜入山庄，撬了客人的车子开出去，耍够了再扔在山庄附近，这样客人找得到，除了浪费点汽油，也没啥损失，所以都不会报警，而我驾驶的越野吉普车，是他们爱下手的目标。

庄主的话更让我觉得他知道我的车在哪儿。

在庄主的安排下，山庄保安嘟嘟囔囔的，很不情愿地骑着摩托车带我去寻车。天已黑了，雨还没停，风起来了，我的雨披被风掀起，脊背阵阵发凉。摩托车灯照着前方的雨，亮闪闪的，仿佛大把大把的伤心泪。车行四公里左右，在一片开阔的杨树林中，我发现了自己的车。车门和后备厢均被撬了，那盏我收来的李杜将军的台灯被砸烂了，莫德惠的字也被撕碎了。见我痛心不已，保安鄙夷地说一盏破灯和一幅破字，有啥稀罕的？我骂他你懂个屁！想着他没有拐弯，一路径直把我载到这儿，我认定他和庄主是损害我车的同谋，怒不可遏，一把将他按倒在地，骑在他身上，威胁道："你不说实话，我就让你过不去八月十五！"保安吓得嘴都哆嗦了，连说大哥对不起，这一切可都是庄主让我干的。

原来庄主发现我偷船失踪后，很快有人在下游发现了那条被撞坏的船，还有人陆续发现河面的漂浮物，手电筒、药品等。就在山庄附近的柳树丛，也发现漂来的一本被泡烂的书，庄主由此断定我是死了。一个入住的客人在他这儿发生意外，无论如何都是灾难，会面临意想不到的官司和赔偿。这两年的疫情本来就让从事旅游业的人难挨，再不能雪上加霜了。因我不是网上订房的客人，所以庄主只要把我入住登记的纸页撕掉，再把近三天来山庄的监控删除，将我的车神不知鬼不觉地移出，我的死就跟山庄无关了。

保安说车子是庄主让他撬锁开出来的，庄主许诺他，车上有啥值钱物就拿着，算是报酬。结果他一分钱也没找到，只发现了一盏旧台灯和那幅看起来像从废纸堆找出的字，他一时冲动，拿它们撒气了。保安说他可以赔我一盏新台灯，至于那幅字，他可以求他儿子的书法老师写幅新的给我，你要啥字就给你写啥字。

我松开保安，欲哭无泪。那本漂到山庄柳树丛的书，是宿白先生新版的《白沙宋墓》无疑了，这是此行我带的书。

保安瘫在泥水里，瑟瑟发抖。我将他拉起，说你回去吧，就跟庄主说我找到车，直接开车回哈尔滨了。

保安站起来，摇晃了几下，乞求我不要告发他，他若丢了这个饭碗，一时还没有好的去处，家里老人看病和孩子上学的钱，都会成问题。我答应他此事到此为止。

我踏上自己的越野吉普车，待保安驾驶摩托车远去，才缓缓启动。

后半夜雨停了，月亮却没出来，我本想开到依兰，可是走到中途，燃油耗尽，只得停在半路上。其间有车辆经过，我也下去求救，但没有车子停下来，这更让我觉得遇见王骏夫妇是多么神奇和温暖的事情。

两日后我回到哈尔滨，因所居小区还没解除封闭，便去了母亲那儿。母亲见我憔悴不堪，赶紧让保姆给我煲鸡汤。她说这岁数的人了，以后就长点记性吧，别心血来潮做危险运动了。当晚我还和林蓓通了电话，讲了此去依兰的遭遇，她却当神话来听，建议我去看一下精神科医生，说她可以帮我网上预约。

半个多月后，我身体完全恢复，身份证、电话、银行卡等信息也恢复，于是驾车第四次来到依兰。

参观五国城遗址的这天雨雪交加，几无游人。园内的靖康之变历史展室和仿造徽钦二帝生活的地窖子，都不是我感兴趣的。

五国城遗址围墙一角，有两方躺倒在荒草中的二龙戏珠石碑，也叫九孔透龙碑，这才是我此行最想看的。这是四年前从老牡丹江大桥水下打捞出的两块石碑，属于官至三姓副都统、二品大员的墓碑。据史料记载，从1743年开始设立三姓副都统后的近170年间，历史记载的副都统就有五十位。凡副都统退休后，会被召回京颐养天年。能在地方立墓碑的副都统，都是任期未结束就故去的人，或病或是意外。据说二十世纪六十年代末牡丹江大桥初建，工人在就地采石时发现的。那年代的碑都被当作"四旧"，无人保护，所以他们就拉下山，做了建桥材料。而拥有这种墓碑的人，通常是任职期间功勋卓著者。

望着这两块面貌苍苍的石碑，想着它们曾做了牡丹江大桥的基石，半个世纪来在波涛中渡着往来的人，我不由得想起女人给我讲述的宋徽宗碑桥的故事，感慨万千。细雨夹杂着斑驳的雪花，落到二龙戏珠石碑上，是那么的美，又那么的凉。就在此时，王骏通过微信，转我一幅照片，是野生动物保护站的工作人员发给他的。

救了我的长脖老等，在铁丝网围起的棚屋里，如灰衣骑士，站在一根像是被熊啃得齿痕斑斑的枯木桩上，醉心地望着什么。它的黄嘴巴比之前娇艳了，肩上的棕栗色蓑状长羽也格外有光泽了。我想知道它如此痴迷地在看什么，将它目之所及的角落局部放大，竟在墙角的一堆干草中，发现一只眼熟的白釉黑花罐。

温暖的叙事
——评《白釉黑花罐与碑桥》

崔庆蕾

　　自步入文坛伊始，迟子建就显示了她在长中短不同小说门类创作上的均衡性和全面性。其近年来的创作更是如此，在长中短不同门类上都有佳作推出。2022 年发表于《钟山》杂志的中篇小说《白釉黑花罐与碑桥》更是显示了她在中篇小说创作上的纯熟，发表之后备受好评，荣登年度好小说中篇榜单的榜首。

　　《白釉黑花罐与碑桥》是一部构思巧妙的作品。通过"文物"这样一个既凝结着过去又置身于当下的叙事装置将历史与现实这一看似分开的两域有机接通，形成了一个历史与现实的对话结构。在小说中，现实人物与历史人物通过幻象与转述形成对话，现实与历史产生了奇妙的共振，在时间之河的两岸，不同人物在不同的生命境遇中感受到相似的情感震撼。

　　小说由"楔子""上半夜：白釉黑花罐""下半夜：碑桥""还是楔子"四部分组成，实则为"历史"与"现实"两个有机部分。"现实"部分为"我"作为一个文物收藏者在现实中的漫游与寻找，生活的寥落使我更醉心于对心仪的文物的探寻，而对文物的探寻实则为对历史的一种切近与拥抱。"历史"部分为宋徽宗在"靖康之变"后幽居北地的一段历史生活，在极度困窘的生活中，宋徽宗通过瓷器与碑桥，仍然找到了生命的寄托。两部分内容看似截然分开，但通过"文物"这一具体物件巧妙地连接起来。"我"在月夜漂流的偶然落水，则提供了一个绝佳的契机，使"我"在似幻似醒中抵达了历史深处。

　　小说的两部分内容虽区隔在时间的两端，但其实有着内在的相通。两部分的主要人物"我"与宋徽宗均处于一种生命的困境之中。"我"在现实生活中遭遇了情感的背叛，整体生活处于一种寥落的状态之中。因此，"我"将生活更多寄托于个人的兴趣爱好，在漫游与寻找中安放自我。而宋徽宗在遭逢历史巨变后，往昔繁华一朝散尽，故土亲人流离失散，人生瞬间跌入黑暗深渊。生活的寥落与困顿成为历史人物与现实人物共同的心境，这也成为小说的一种"出发点"，即，历史人物与现实人物如何获得抚慰与救赎？

　　恰恰迟子建的叙事带有一贯的温暖特征，她极善于在一种日常化的叙事中探寻人物的精神与困境，并提供一种温暖的、温情的抚慰与观照。在这部中篇小说中，作者秉持了一贯的温暖的叙事风格和立场，对于历史人物以及现实生活给予温情的抚慰。在小说中，宋徽宗在极其艰难的境遇中借助白釉黑花罐的烧制将自己对故国故土的思念之情熔铸为具体的历史遗产，虽然他已难在有生之年重回故土，但作为一个颇有艺术禀赋的国君，以自己的牙齿粉末融于白釉黑花罐无疑是一种颇具想象力和艺术感的方式，将他对故国的情感永久储存。而他与舒氏的相逢，更是使他的艺术才华在逼仄的生活中得到了发挥的空间，使寥落的生活焕发出新的光彩，那一个倾注了自然馈赠与他的艺术心血的碑桥既是他留给后世的一件艺术作品，也是他生命的纪念碑。由此，一段悲怆的历史和悲剧的人物获得了新的生命力和体温，那个在大历史中苍凉落幕的人物获得了心灵的抚慰。

　　这种温情的态度和目光同样照耀在现实之中。"我"在落水之后，生命陷入危急之中，那只曾被我忽视的长脖老等成为挽救"我"生命的关键，它引领王骏夫妇发现了"我"，这对夫妻非常善良，不惜牺牲自己的利益，挽救了"我"的生命。"我"被这对夫妻的善良所打动，与他们成为好朋友，并一起把长脖老等送到了野生动物保护站。作品中，王骏夫妇就是善的化身，他们的善意不仅挽救了"我"，也改变了"我"。作品中的人物大都充满了善意，对他人和生活持有一种善良的暖意。这种暖意既在宋徽宗所寄身的历史中流淌，也在"我"所在的现实中游动。它们构成了这部作品的一个总的基调和立场，即，温暖的、有情的氛围。这其实也是迟子建一贯的温暖现实主义的创作风格，这种风格使她的作品总是充满抚慰人心的力量。

　　可以说，在这部中篇小说中，迟子建通过历史与现实的相互勾连映照，使历史与现实形成了一种奇妙的交响，并由此显示了历史与现实之间的某种统一性，历史与现实并不是截然分开的，而是有着内在的共通性。而她在叙事中所贯穿的"有情"的态度和温暖的立场使作品形成了一种动人的氛围，使历史与现实均有了自身的温度。

从前的初恋

王 蒙

缘 起

从前，有这么两个孩子，一个是男孩儿，一个是女孩子儿。

他们是唱着"我们的青春像火焰般地鲜红，燃烧在布满荆棘的原野，我们的青春像海燕般地英勇，飞翔在暴风雨中的天空"长大的。

他们也都曾唱着"兄弟们向太阳向自由，向那光明的路"向着高压水枪与刺刀冲锋。

从前，就是说七十多年以前了，一次，曾经，仍然，最初的，爱。

后来，他，也就是我，找到了曾经写下的这一段故事，稿纸已经变黄、变脆，文字依旧完好。

二十世纪五十年代，文具店的蘸水钢笔、稿纸、骆驼牌与北京牌墨水，还有少年王蒙的写作，经受了相当长期的考验。倏忽一别，六十六年。

为它写下三首七律诗：

往事深情恋逝川，稚文六十六年前。钟声荡漾黄昏夜，口号高扬碧落天。一笑一颦全历历，初肠初意俱端端。少年挥洒多雄论，鲐背重温更俨然。

陈迹苍茫两万①天，关山踏遍人翩翩。初温犹热暖米寿，往事无常思百年。感遇柔情称进取，应无俗态益欣欢。屈指九旬读少作，一词一字亦涟涟。

一切悉熟自在身，少年英气正纯真。青春万岁犹回味，组织新人继沉吟。往事如歌声未老，今宵说梦语何亲！为有文学多记忆，风风雨雨砺初心。

但想不起写作的确切时间。应是一九五六年稿吧，根据是一九五六年一月

---

① 两万余昼夜，指六十六年的时间。

全国主要出版物由竖排改为横排，而作者书写使用的是那一年市场开始提供的大张单面横写500字型格纸，此前的稿纸都是折叠双面竖写小张的。这一年公布了首批简化汉字，文稿上写的却是大量不规范的民间简体字。

如果确是一九五六年，那么有趣之处在于，它与同年的《组织部来了个年轻人》，互通互生互补互证同胎同孕异趣。

给过一家刊物，回答是"不拟用"，退还。然后六十六个春秋来去，从北京西四北三条（报子胡同）、北新桥到乌鲁木齐南门、团结路，到伊宁市解放路、新华西路，到北京前三门、北小街、奥森公园……经过了"日月推移时差多，寒温易貌越千河"（引自旧作）的迁移，许多东西都丢失了与淘汰了，此旧稿却完整地、寂然冷然地保存着，坚守着，与我为伴，我再没有翻起过它。它与我共度了两万多个不平凡的日夜，比我本人更静谧、耐磨、沉得住气。

它是我的纪念和从前，直至今日。

至于文稿内容，写的是七十多年前的事。七十年后心血来潮，打开，热气与稚气腾腾。它是往事，是昨天，比昨天远，但比前天近。仍然保留着笑容、多情、歌曲、好梦，包括"最宝贵的"（一九七九年我的复出小说的题名），包括一条条大义凛然，永生永世，天地人心，必须、笃定、坚决、当然。

我尽量少动原文，原汁原味。日记体，是因为一九五六年前的五六年，我确实坚持写过详尽的日记。此后小说写多了，公务事务也大增了，日记基本失守失踪失忆，写也不成样子了。小说与公务事务，对于日记，是推动也是妨碍。不太忙也不太不忙的人可以试着写点小说，不然就写点日记手记，留点印迹。

到了一九五六年，写作此稿时，参考了抄录了移用了几年来的"非虚构"日记，包括某些日子的天气标记，应该都是有根据的。从前的真实日记，写在三十二开横线笔记本上。在《组织部……》轩然大波之时，我写下了孪生的《初恋》。

往事如烟？非烟？那么请问：你是谁？你是不是文学地写了下来？你生活得很急很热，你写得很动情很火，晾了一点一个甲子，它仍然乒乒乓乓欢蹦乱跳。文章何处哭秋风（李贺）？如火如荼势如虹，且掬黄河泼大墨，文心文气岂雕虫！

1951年12月23日　星期日

再有一个星期，光荣的、伟大的、深沉的一九五一年就要过去了，时间如飞，小心自己不要落在时间的后面啊。

到了冬天，到了新年，我就想起雪，白白的、可爱的雪，雪使世界庄严而纯洁。今年寒冷偏偏来得晚，一场正经的雪还没下呢。

一九五二年我就年满十八岁了，的确，年龄自有它的真理，我从来没有像现在这样深切地感觉到，我已经大了，我已经是一个年轻力壮的小伙子，我有多少力量、又有多少幻想啊。

从前我为自己年龄太小而羞耻，好像一株小树，没有发育好，就生长到伸展到风暴里去了，结果年龄妨碍了我的工作，这样一说，我觉得自己不免失笑于众。众精灵、老干部，革命与战争培育出来的精明与犀利的一代，他们怀疑地打量我并且信且疑地询问我的岁数，当别人窃窃私语"团区委来了一个小娃娃"的时候，当我不能参加某些正式党员的会议的时候——我入党三年多了，岁数不够，还没有从候补党员转正，我总羞愧于自己为什么小，如果大一点，就更可以有所作为了。

现在呢，不再想这些，没有人怀疑我不是二十多岁。区委书记老伴，办公室的老田大姐，从一开始一直称呼我为"老刘同志"，工作里，我已经显示了一点点沉着与老练。本来嘛，成为脱产干部已经三年了。

环顾四周，朋友、亲人们，也已经有了许多变化。爸爸和妈妈离婚了，这很好，也很不容易，结束了旧社会遗留下来的几十年的残酷和痛苦的变态，固然还有尾巴。最近几个月，我首次在家里感觉到了平静和幸福。姐姐从学校出来，走上了工作岗位，她变得沉稳而且严肃。上次她批评我不该对一些不那么重要的事情兴奋与入迷：滑冰、小说、唱歌、欣赏风景……说话也不应该动不动夸张激动。她提出要把更多的精力集中到工作和学习中，对极了。她还告诉我，她已经有了一个男性好朋友了。

过去我觉得，她虽然比我大一岁半，可是是我帮助她在政治上"进步"起来的，而最近，我越来越感觉到，许多地方，是我需要向她学习了。

还有学校里的一些同志，中学的团总支干部们，我与他们的亲密，超过了与本机关的同事们。说实话，他们身上的担子够重的。一个中学生，每天七节课，团区委给他们布置了繁重的任务。就说两次军事干部学校招生吧，他们下了课后与校长们一起做新生审查工作，同学们对他们的要求又特别高，一次早操缺席，同学们就会说他们是"带头作用不够"。结果呢，一个学期结束了，他们的考试成绩比一般同学还要强，甚至于，他们学会的新歌与集体舞、新诗与新知识，即使是读报，也比其他同学们读得更多。

市委领导彭真同志说了，大讲学生党员干部的负担如何如何繁重，是没有意义的，前所未有的繁重任务，你靠谁去呢？只有一个办法，要吃点苦，必须加油努力。

市委领导的指示让新民主主义青年团的干部惭愧而又振奋。

我常常回忆今年年初参与的中学生党员积极分子培训班的情形，这些孩子们自我检查起来，比谁都沉痛，眼泪会在检讨会上流下。不，这是保尔·柯察金式的对自己的苛刻与无情。他们如果发现自己身上有一些不利于党的缺陷，他们会万分痛苦。高兴的是，培训班结束后，他们一一入党了。小李还送我一本"革命日记"，其实是我应该送他们一点什么纪念品的。我也怀念参军上了干部学校的同志们，前天，收到建群的信，他们马上要开赴朝鲜前线了。而省立高中的地下党第一支部书记，参军以后立即保送到沈阳的空军学校，他将驾驶着战鹰在蓝天白云中万里飞翔，与敌人短兵相接，瞬时胜负存亡生死立现。我羡慕他们，也祝福他们。

我们这里的张昌，常常嬉皮笑脸地叫他们"小干部"，我不喜欢。老有老的伟大，小有小的庄严，不容亵渎，不容轻薄。

我自己呢，不知道从哪里说起。我们的书记黎银波近来几次颇有深意地对我说："你很不错，你真的大了……"可以想象，比我大十七岁，抗日战争前"一二·九"时期就参加了地下党的她，对于火爆的小人儿刘夏有多少期待。

一年当中有多半年我参加全区的一揽子中心任务，没有更多的时间取得她的理解与指导。但是她的敏锐与友情，她对旁人的观察深度，使我相信她永远了解着关注着指引着我。

我爱一揽子的突击任务、中心任务，它像火焰一样地把干部把群众燃烧起来，平常想做而没有做成的事情，一下子就做成了。

我也怕这一类工作，一开动，我就必须连基层的党支部带团支部一起抓。有个别党支部的老爷故意找我这个毛孩子麻烦。"立仁"厂的支部书记不执行区委的指示，我与他吵了一架，我很难过，虽然区委领导支持了我，但我仍然长久地不安。我们毕竟是团结起来到明天的最后斗争中的战士，英特纳雄耐尔，等待着我们一道去实现。

……朝天每日地开会、写材料、谈话、听报告、读文件，但是一年过去，我好像更爱玩了。对不起，正是玩——让我真切感动地体会到，我们用双手正在建立着的新生活的幸福。有时候周六开了一晚上会，我仍然愿意在会后用十分钟走到近处新盖好的电影院的门口看看。美艳的灯光照耀着鲜明的影片广告图片，图片上的中苏影星与散场后走出来的欢喜的人群，脸上仍然停留着关注、沉醉、迷恋与感动，我分享他们的兴奋与满足。我觉得如此轻松快活，生活给我们的不仅是压弯脊的任务加任务。我还爱音乐，一唱起歌来就进入了一个远远更伟大与悲壮的殿堂，更辽阔与深沉的世界。

"我们生在美丽的祖国原野，我们生在劳动战斗的地方……"

这是《人民日报》上刊载的歌颂斯大林的歌。我喜欢这两句歌词的情调。

（插话：后来不喜欢斯大林了，一直喜欢从前歌颂斯大林的歌曲旋律与歌词。）

这一年，我看了许多小说，普希金的诗，巴甫连科的《幸福》，法捷耶夫的《青年近卫军》。也许我还不能够充分理解它们，但我是忠实的，我爱书，我要按照书本来做。我坚信生活应该像书上写的那样美好，那样崇高而且纯洁。如果还没有完全一样的美好纯洁，那就正是对于革命与日常工作的期待。我不满足自己，我想的是对自己的全盘重塑和推进，我要的是近卫军队长奥列格，队员万尼亚、邬丽娅，和《幸福》里的伏罗巴耶夫式的人格、品性、美好与圣洁的精神世界。

天啊，我写了那么多，每天记日记，记得多，做得不够。

我必须结束日记了，我还要赶写原教会学校现第九中学教徒们对于教会自传、自立、自养三自革新运动的反映材料。

后来想到了的是

革命高潮的特点之一是革命群众革命志士的年轻化、低龄化，咸与革命，不分老幼。影片《小兵张嘎》《红孩子》《闪闪的红星》，演唱、歌剧、连环画等艺术形式中表现的《刘胡兰》《鸡毛信》《王二小》，已经脍炙人口。同时党在国民党统治区的中学里也发展建立了地下组织，包括一个学校的数个平行党支部与党的外围组织"民主青年联盟""民主青年同盟""中国青年激进社"。为了迷惑敌人，隐蔽自己，故意弄出了些翻新的花样。但地下革命组织力量的分布是不均衡的，有的学校革命力量雄厚，如北京的河北高中，从"一二·九"运动时期就有了不容小觑的革命力量。有的学校反动政治背景强大，如军阀政客张荫梧担任过校长的北平四存中学，还有洋教会学校、专业学校，基本上没有革命力量的种子。再有就是，学校中，学生中的地下党员，远远多于老师中的地下党员。

北平是和平解放的，最初一两年，各校大体由原班人马留守管理，同时，在各校积极建党建团，起初也是学生中的团组织建立与发展更迅速。青年喜革命，革命育青年，三番五次后，青春燃火焰！这样，该时期的中学，大量党的任务，很大程度上通过各级团委团总支团支部代为至少是配合协助进行。中学生参军、参干、南下到新解放区，一直到参加五一、七一、新中国成立各种纪念庆祝大典活动，中学师生这一群体的组织工作，许多是由团委系统运作的，直至此后逐渐向各校派遣了领导干部，改造了原来的中学格局，取消了私立、教会学校，实现了从男女分校到男女合校的转变，中等学校党政系统健全有力了，上述模式，乃告结束。

1952年1月2日　周三　晴

有七个学校送来了自制请柬，请我去参加他们的除夕晚会，结果没有去成，那天晚上，区委书记召集全体干部，传达区各界代表会议①决议，中心是反贪污的问题。

今天报纸上刊登了毛主席在中央人民政府新年团拜会上的讲话，毛主席特别强调：

---

① 在全国尚未建立正规的各级人民代表大会与政协会议的时候，有些地区先期举行了各界代表会议，履行人民参政议政职能。

现在开辟了一条新的战线——"反对贪污、反对浪费、反对官僚主义"的战线。

新的一年是在紧锣密鼓的备战气氛中到来的。

1952年1月31日　周四　晴　风

我又被抽调到区节约检查工作组，与区委组织部、宣传部的联系学校支部的同志一起，抓本区中、小学的"三反"运动。

今天晚上，我受命去旁听了男二中节约检查委员会①负责人与查办重点人物廉维仁的谈话。廉是留用旧总务主任，有名的"三只手"，几天来检查账目中发现疑点四十余处，说是竟有购买坤袜的发票混在体育用品支出项目中。他们的谈话进行了四个小时。廉维仁谈笑风生，若无其事，后来进入具体账目质疑，他竟然装聋作哑地推托什么"年老昏聩"。我实在忍不住想插几句嘴，揭露一下，想起了领导的叮嘱，贪污浪费发生在我们机构的内部，开始揭盖子恰如京剧《三岔口》，几只手在黑暗中摸索攻防试探发力，作为区委干部，要从倾听各方、观察分析、调查研究做起，切不可凭借主观印象，轻易有所倾向地表态。而我的在场，我的全无表情，我的认真记录，我的莫测高深，已经是推动运动进展与获胜的一个因素了。

参加完这次谈话，夜里十一点半，接着参加了校节委会碰头汇报，直搞到次日一点多。

从学校出来，迎面大风，街灯吹得抖抖颤颤，明明灭灭，沙石打脸堵嘴，我穿着的旧军大衣一吹即透，前胸冰凉，这才想起，没吃晚饭，饿呀，嘴一动，吞进去的是大口冷气。更蹬不动自行车了，只好下车推着走，瑟缩地弯腰，把上身弯到车把上，一步步地艰难移动。

街上稀稀拉拉地走过一些人，他们竖直拉紧了大衣领子，用手捂着嘴说话，随风送来一些声音，好像也是在说什么："老虎""坦白""攻守同盟""斗争会"。中华人民共和国成立两年三个多月，毛主席屡次敲响了贪污腐化、脱离群众、蜕化变质、重蹈覆辙的警钟。一九五二年一月，全国五亿多人口，有一亿在反贪污。

有的商店仍然灯火通明，隐约听见人声嘈杂，门口停着汽车，是叫违法资本家胆寒的工商检查组乘坐的。这边的运动叫"五反"："反行贿、反偷税漏税、反盗骗国家财产、反偷工减料、反盗窃国家经济情报"。我们那边的"三反"，则是"反贪污、反浪费、反官僚主义"。两大战场，相呼应，相配合，相促进，连成一片、惊天动地。

古老的封建社会，贪污中饱已经是千年万人痼疾，看来是有一拼。

---

① 在用搞运动的方式推动社会改革时，各单位会成立临时的领导机构，其用意包含了让原有的领导成员接受运动的临时班子领导，发动群众对他们进行检查考验。

大风里我默默地向同道的同志们致敬，我们是友邻部队。我也默默地想念朝鲜前线的同志，向吕建群小鬼致敬，他们会比我们艰苦得多。

于是我的冻饿似乎给了我一点安慰，我并没有在五十年代的艰苦奋斗中只知享受北京的舒服日子。我有了劲，把自行车推进了区委会。

回到我的办公桌前，桌上有同志们给我留下的馒头与熬白菜。碗底下压着一张纸条，上写"你母亲来电话，说你好久没有回过家了"。老天，我是该看望老娘亲啦。

饭菜已经冰凉，办公室的炉火，剩下星星余温，我拿起饭菜走到廊子上，看到秘书室里开着明晃晃的灯，便走了过去。

秘书室里生着一个特大号日式"新民炉"，我将拿过来的菜碗放到炉盘上，把馒头烤在炉边，拉过一把椅子，坐下，唏嘘着烤手。区节委会秘书室的同志还没有睡，与我聊天。身上的寒气渐渐消失在懒人的暖意里，哈欠于是连连袭来。这时我听见一声快乐的孩子气的叫喊：

"刘夏同志！"

我揉揉眼睛，转过头，从大文件柜后面看到了一个女学生，她个子不是很高，我看到了她天真的目光、浅浅的酒窝、永远的笑容，和最能表现出她的良善、朴素、稚气与纯洁的上唇微凸的紧兜着的小嘴。我认出了这是女六中高中一年级的党员，学生会主席凌蕊园。她的略显肥大的供给制干部通用的所谓苏式系带"列宁服"，并不能遮蔽她活泼伶俐的身躯。她叫着我的名字，他乡遇故知般地向我伸出手，她一边笑一边急急地说："记得我吗？认出来了吗？你怎么这样晚才过来？"

我不解地问："你……怎么……在这里？"

她说："区委调我来，利用寒假期间到节委办做统计员。已经搬来两天了。他们说这几天你都是早晨七点钟就走了，晚上十二点才回来。你可真忙啊！"

她说我真忙，我欢喜，除了旧中国遗留下来的垃圾废料，新中国的每一个成员，谁不是在与时间赛跑，在与时间拼命呢？

"你也忙啊，都快午夜两点了。"

"我其实没事。大家都不睡觉，我也不想睡觉。我帮着黄大姐整理简报。"说着她看到了炉盘上的菜碗，她说："这样热怎么能热得了？"她到文件柜中拿出了自己的白底红花的搪瓷缸子，不管我的阻止，把熬白菜倒进去，挑开炉顶中间的圆盘，把搪瓷器具放入火炉，立即，冒出了白菜的热气与香味。

不眠之夜咏叹调

这是什么样的美好？这是什么样的热潮？这是什么样的奋斗？什么样的青春，什么样的咏叹调？

每一刻钟都要推进局势，每一刹那都要争分夺秒，两三天可以完成一周计划，我们确立了方向目标！

时间、时间、时间，时间属于作为，时间属于热血，时间属于激情、理想、冲锋、奔跑，时间属于智慧，时间属于经验总结，改进，再改进，调理，也有微调，时间属于真正的、深沉的、严肃的头脑！

人类浪费了太多的岁月，阶级社会野蛮，丛林法则消耗，小农意识愚昧，历史从今夜，开始上道，生活从今晚，全新创造！幸福从今夕铺染，大楼从今晚建高！血汗哺育鲜花，口号夹杂欢笑，不眠的是从未有过的心愿，不眠的是美梦正在成真，比奇妙还奇妙，每一颗心都在发光发热燃烧跳跃！为了救中国只能拼死拼活，梦也要梦中国的伟大复兴起跑，读读《红楼梦》就知道了，寄生的懒惰的消费的麻木，只能靠铁与血的人民革命扭转面貌。

……不仅仅是七十年后的咏叹，更是七十年前活报。我曾入迷于青年艺术剧院的建院剧目《爱国者》，我常常感动于另一篇文学叙事作品的命名："战火中的青春"。啊，战火，啊，青春，青春在战火中光热燃烧。我也要写党委会里的青春，青春在党的拼死拼活、日理万机、开天辟地、重塑广宇中发功出力成熟欢笑。

早在写作《初恋》的同时，我尝试了话剧的写作。又入迷于契诃夫的《万尼亚舅舅》《三姊妹》与《樱桃园》的烦恼，而且我痛感生活到处提供着舞台的氛围、角色的对白、戏剧的激情、舞美的魅惑与感动的功效。我的话剧第一幕写的是加班加点的不眠之夜，办公室，紧急的汇报与通报，请示与批复，钟声响了，电话铃响了，暗藏的敌特露出了马脚。一位少年制止了阶级敌人的阴谋，天快要亮了，郊区的鸡啼传到城市，风雨如晦，五更鸡叫。又一个不眠之夜推动了生活的进展，又一个不眠之夜战胜了敌对的军统、中统、蓝衣社、CC系、中央情报局、一贯道。还有圣母御使团和所有的坏蛋，七尺男儿经历了重生，生活经历了创意，国家经历了水涨船高，霞光万道。

我觉醒于革命再革命的机关，可不是等因奉此的干瘪的衙门。这里应该是何等浪漫，何等献身，何等摩顶放踵，何等呼风唤雨，何等改天换地，何等旭日东升，何等社会主义、共产主义、集体主义、大爱无疆、英特纳雄耐尔，在最后的决战斗争中，我们一夜未眠，又一夜睁大了眼睛……

我的话剧第一幕稿，曹禺老师看了，他请我到家里吃了午饭，为我的没有后文的第一幕叹气把头摇。

后来就有了组织部的故事和故事以后的故事，延续着，再延续着，很长见识，很好了，我的文学生涯陆陆续续，突然掀起波涛。

她扶着我的椅背，解释说："都在开夜车，我也不愿意一个人去睡。"

在我们旁边打着算盘的老周指着她吓唬说："这小人儿好不听话，现在不注意养精蓄锐，等忙起来你想休息也不可能了……"

我拿起半边热半边凉的馒头就着已经烫嘴的菜吃了下去，脑中浮现了她去年暑假在初中毕业生的联欢大会上讲话的情景。她现在穿着白衬衫、灰色系带列宁服与藏蓝裙子，她的样子像是素有作报告经验的干部，她信心十足，声音洪亮，她喜欢说："这样，我们……那么，我们……"

我想起来了，这是个特殊的学生，上小学时就加入了"民联"，一进中学就入了党。一九四九年秋天，团中央根据中央的指示建立少年儿童队（后改名为少年先锋队），她担任女六中首任"少儿队"大队长，她在中山公园音乐堂全市的第一个建队大会上，在军号声中上台领到了红领巾与大队长的三道杠袖标，当场佩戴。后来当选初中部学生会主席，再后来是高中部学生会主席，再后来兼任团总支副书记，再再后来兼任党支部委员。这样的党、团、队、学生会贯通的学生干部，似乎再没有第二个人。

当然，一年后，她不兼任少年儿童队的"干部"了。

为什么要把她调到区委来呢？这里并不是适宜中学生度寒假的地方，虽然她是党员，而且我知道她比我大一岁，但是我认定她还是孩子。不，不要和我比，我不是，我没有童年，没有少年，我只有革命，再革命，革一辈子命的命。她应该在冬天与她的同学同伴一起到什刹海冰场滑冰，或者靠着火炉去读《把一切献给党》与《卓娅和舒拉的故事》，她应该参加青年宫的合唱团舞蹈队，她应该与女生们去跳房子、踢毽子、抓子儿……我甚至想给区委区政府提意见，对于使用学生党员的寒假时间，要慎重。

她从我的表情上看出了点什么吗？她说："我们支部还有两个同学调到区工会参加'五反'去了，工人们发动起来，揭发老板的罪行。是我们自己要求的，我们给支部写了几次信，要求参与运动，接受阶级斗争的教育。"

我嗯哼了一下，说："该休息了。忙起来，够受的！"

她睡去了，我没有睡。我打开日记本，现在已经是三点过一分了。是的，现在，已经不是一月三十一日，而是二月一日了。日记中的许多今天，应该写作昨天了。《国际歌》里唱的是"团结起来到明天"，现在，当然就是明天。啊，明天你好！

1952年2月3日　星期日　晴

昨天晚上，本来要在七点钟，去市委汇报，后来汇报改在九点，我"轻闲"地与小周、小李唱起歌来。我们唱影片《幸福的生活》的片尾曲——《幸福之歌》，"不在那遥远的彼岸，不在汹涌的波涛那边，我们的幸福和我们在一起，就在我们美丽的祖国"。世界上还有更好的歌词吗？

最初大家都唱第一部，后来小周唱一部，小李唱二部，我唱三部。我们的三重唱唱得很完美，每唱完一遍，就自我鼓掌。也许主要的不是歌，而是影片，是影片反映的二战后苏联哥萨克人集体农庄的生活。每唱一句，就可以联想到无数美丽的画面，联想到赛马、大西瓜，女主席毕百灵，女子群舞《红莓花儿开》……于是我们忘记了贪污分子和不法奸商，浸沉在幸福的憧憬里。这幸福对我们，好像还有点陌生，但是唱歌的时候我们觉得，再开一个夜车，再在寒风里往市委跑一个来回，等次日早晨，太阳一出来，所有的憧憬，就都会实现了。

凌蕊园胆怯地推开门，我们停止唱歌，招呼她。她说："我被你们的歌声引来了，到这儿第一次听见唱歌。"我说："其实也常唱，只是最近，没有时间。"她眼珠转了转，问："为什么你们这样忙?"小李反问："谁又不忙呢!"我补充说："忙里偷闲，唱点歌，那是最好不过，时间充裕，老唱，又有什么意思?"她点点头，主动地说："让我跟你们一起唱吧。"

她唱了。唱得很拘谨，嗓子有些放不开，声音发颤，一丢丢沙哑。也许她不是个善于唱歌的姑娘，但我听了舒服，她的歌声里有内在的激情，过多的热情压迫着她，使她反倒唱不痛快，这是一种沙瓢味儿的嗓音，听多了，不知为什么，我觉得你会落下泪来。

远还没有尽兴，小周小李就走了，他们得去基层。凌蕊园对我说："你们真好。"我问："好什么?"她说："……又忙，又唱歌。"我说："那你别上学了，和我们一道工作吧。"她问："你们要吗?"

我不明白，她说话的声音为什么这样动人，比唱歌更好听，不是朗诵，胜似朗诵，不是话剧对白，胜似对白。

后来她参观我的办公桌。看见玻璃板底下压着的姐姐的相片，赶快把目光离开那里。她非常敏感，不看男生珍藏的女生照片。我说："这是我姐姐。"她一怔，大吃一惊，眼睛一眨一眨，思索着说："她也姓刘，嗯，不，她是你妹妹。她才十九岁。"我问："你认识她吗?"她说："当然了，五〇年，她在高二，我在初二，我们一起参加过关于保卫工作的学习。"我听说她认识我姐姐，挺高兴，再告诉她："她真是我姐姐。我只比她小一岁。"她不能理解地问："那你多大了呢?"十九减一，我难道还要计算吗?我不好意思地说："虚岁十九岁。"她坐到椅子上："我以为你至少二十二了，这么说，你比我还小……"

我那时脸红得很厉害，不希望再对我的岁数研究推敲下去，她却又问："你为什么那么小?"这一句问话让我的心都融化了。我吐吐舌头："这话怎么回答?"她笑了，用手指敲一下额头："我是说，你为什么这样小——做了干部、领导?"我简略地回答："需要嘛。"又用话岔开，"唱歌吧。你独唱一个吧。"

她深思着，好像没听见我的话。她托着腮，脸上突然出现了迷惑和忧郁的色彩，眉头微皱，又放开，我仿佛听见她自言自语："我真差……"

过了一会儿，她转头微笑着望向我，我再要求："唱歌吧。你独唱一个吧。"

她定了定神，答应了。

她说:"我唱一个德国民歌,是讲一个童话……"于是,她用近似朗诵的歌声给我"讲":

> 谁知道很古老的时候,有雨点样多的故事。
> 这寂寞而幽静的莱茵河,飘荡着清凉的晚风。
> 美丽而又鲜明的落霞……

我才被她的歌声吸引,她忽然停住,小声说:"不,我不唱了……"我看看她,脸色不太好,我慌忙问:"你不舒服吗?"她摇头。我给她倒了一杯水,她推开了。

秘书室黄大姐,隔着院落叫她的名字,她说"得干活了",就跑出去。才走了几步,又回来,"刘夏,我想起来,能借给我一本书看吗? 小说,不要太厚的。"

……今天下午难得有空,我回家了,恰恰姐姐也在。我问起凌蕊园,姐姐说:"她很好。"又说:"挺懂事的。"又说:"她特别随和,跟谁都处得来。"又凌乱地说:"她朴素,真正的朴素,无论是穿衣服,无论是说话,无论是做事情,都没有一点点矫饰……她参加革命很早,一九四七年上小学的时候就加入了民联,但她从来没有表现过自己。我很少看见这样朴素的女学生。"姐姐已经不是学生了,就用过来人的口气评论她。

我静静地听着,觉得姐姐说得很对,我希望她再多说一点,我情愿一小时一小时地听她讲凌蕊园的事情。但她没有再说。

晚上,我带弟弟去什刹海滑冰场,他是第一次去,我是第三次去。冰场真是个火热的地方,冬天是不敢进冰场去的。在灯光底下,在红红绿绿地飘扬着的围巾当中,连日睡眠不足的疲劳,被互相追赶的滑行与外刃兜圈除去了,我劲头十足地学着滑冰。跌了再爬起来,手套湿透了,汗水也湿透了内衣,人人都像火车头一样地喷着热气。弟弟学得很快,眼看就要超过我了,我觉得自己有一点笨拙。

1952年2月9日 星期六

一星期匆忙地过去,"三反"运动进入紧张激烈的阶段。星期一,团市委给中学生团干部举办了一个报告会,由市店员工会领导章纯久讲资本家进攻的各种事实,他讲得好动人啊。今天,《人民日报》上登出了章纯久因受贿被开除党籍的消息,他原来是一只小"老虎"。所有听过他报告的人都怔了。

正像秘书室老周预言的,凌蕊园最近是"想睡觉也没有时间了"。她做统计工作,等各基层的数字报上来,再统计全区数字。基层的报上来,往往要到每晚八时以后,她连续几天都是早晨四五点才睡下。我每天晚上开会回来,总去看看她,怕打搅她的工作,就站在旁边,烤一烤火。我本来十分粗心大意,那次却"指导"了她,她复写表格的时候，只用了一个大头针——把日式美浓纸与复写纸叠起来，最多一次可以复写四到五张，复写过程中，靠下面的几张纸很容易歪斜滑动走形，我告诉她，应该两边都用大头针别死。她感谢我。

前天夜里我把一本苏联小说《少年日记》拿给她，我说："书是拿来了，怕你没有时间看。"她说有时间。

（插话：少年日记最难忘，少年心事仍牵肠，少年情节全无影，少年记忆仍堂堂。）

1952年2月10日　星期日

今天一天没有休息。

我常想：我并不羡慕别的年轻人，甚至包括苏联的年轻人的美好愉快生活，人应该美好，人应该愉快，又不单单是美好，不单单是愉快，人还需要艰苦，需要挑战，需要咬牙，需要坚忍，需要逢凶化吉，遇难呈祥。我没有少年时代，十一岁作为"进步关系"，即尚无组织身份的革命人，与本市地下党建立了固定联系，十四岁加入了党，不久就参加了工作。这种早熟也许是可爱的，我也曾为之骄傲称意，或者，也许是艰难的、过分的；会有各种人戳你的脊梁说这并不可取。但这已经是事实，是历史，是从前，也是后来：各有各的命，各有各的百味杂陈，各有各的得失苦乐。我什么也不换！我就是我，不是吹着口哨、哼着歌曲、梳着发型、穿着皮夹克、吃着馆子的他她你您。我愿意这样生活，从自己有思想，就全部献身在改造生活的伟大事业里边。我喜欢提前、努力、加油，预先做到旁人认为我做不到甚至是不能尝试的事情。

以后呢？将来呢？现在的世界是现在不是将来，现在的中国需要的是苦战。等生活里没有了地主、联合国军、五毒俱全的资本家与贪污分子，等中国的经济走上富裕……后来的少年们就会获得真正日益轻松的幸福与发展了。

我把这个意思讲给凌蕊园，算作对她那次问我为什么那么小的答复。她同意我的话，后来说："可是你太瘦……"

1952年2月12日　星期二　大雪

昏昏一觉醒来，到处白得耀眼，大雪无声无息飘飞，无声无息抹去了大地上一切杂色。

早晨，骑车走过大街，雪花温存地触摸我的脸；晌午，斗争会开得正紧，雪花轻轻地敲打窗户；半夜，拖着疲惫的步子回机关，雪花清凉地挑起精神。最后我们都睡了，雪仍然下着下着，不辞辛苦，覆盖黄河长江……

1952年2月13日　星期三　雪

早晨，起了一阵风，太阳露出头来，人们从屋里走出，眯起眼睛，紧接着阴云漫过来，雪下得更大了。

今天进行第一阶段的工作总结，节委办公室主任表扬了我，说我了解情况细致，发现问题及时，我高兴。饭后我到秘书室去看凌蕊园，她正在灯下读《少年日记》，黄大姐在一旁打毛衣，问我："来找小凌吗？"我说："不，我来找你。"她挤一下眼说："我有什么好找的。"我提出一个要问的事由，她草草回答了一句，就开始数毛衣的针数，同时比画着对我说："小凌这个同志真好，她来秘书室几天，人人都说她好，没有一个人不喜欢她。"她还要说下去，凌蕊园跑过来制止了。

凌蕊园向她问毛衣的打法，我无事可做，看看火炉里的火烧得不旺，就拿起烧火棍起劲地通火。哗啦啦，天呀，我把炉箅子捅歪斜了一点，燃烧着的红煤落到了铁盘上滚动，我非常惶恐，凌蕊园熟练地用通条棍把箅子自下而上地端起，恢复到了原来的位置，又向上抬了抬，火炉转危为安。我按她的指导，添了些小块的煤。

我说："我们出去溜达溜达好不好？"她有点迟疑，我又低声请求，说，"走吧。"

（插话：我已经想不起来了，后来许多年过去了，她说，我的那两个字"走吧"，说得非常委婉，腹腔共鸣深沉诚挚，无与伦比。

似乎一辈子，我的喉咙里再没有出现过那样动人的发声了。）

我们穿过区委大院的后花园。那边有一个小侧门。花园里新安装了一副双杠。走过那里，我突然心血来潮，我说："你不是说我太瘦了吗，可是我会练双杠啊。"于是我掸掉了双杠上的雪，在上边做了几个悬垂举腿动作，然后曲臂直臂前后悠甩起来。我极力并直腿，挺起胸，摆正姿势，避免横向摇动，尤其是从双杠上一跃而下，发挥出了我双杠运动的最佳水平。她淡淡地说："挺好的。"我也就安静下来了。

推开侧门，胡同里静悄悄，一个戴大毡帽子的老人推着一车冻柿子过来，车上点着的电石灯摇摇欲灭。我请小凌先出门，我挨着她也走了出来。我买了两个柿子。上半年我们改供给制为包干制，每月除了饭费以外我还有七块多零花钱。我把柿子给了她一个，她笑了，说："好，我拿上，回办公室再吃。"

我闻到了雪夜的一种醉人的气味，清爽而又洁净。有雪花本身的潮湿，有从人家烟囱里飘出的木柴与炭火气息，似乎也有晚饭的暖和与亲切。吃饱晚饭和为次日的早饭午餐准备好了食材的人是多么有福气！还有小凌的发香，似乎混杂着颜色深红的中华药皂的香药气。我还感觉到了一种能够把所有的这些冬天的抵御寒冷的生活味道糅合起来活跃起来的类似早秋的莲荷的味道，我相信它是从天空降落下来的，只有雪天才闻得见。或者，对不起，不好意思，会不会它是从小凌的身上散出来的香气呢？啊，我脸红了，心跳了，我低下了头。

"你在……"她可能觉得我有点不对劲，她有点奇怪。

"下雪的晚上，有一种芳香，在我们身边。"我说。她没有出声。

"你疲累了吗？你好像不太想说话了。要不我们回去？"

她摇摇头说："今天接到了电话，我叔叔被开除党籍了。"

什么？我本来应该大吃一惊，但是在运动的高潮里，听到点事情，我没有大惊小怪。发生了任何事情也许都不足为奇，你只消弄清，它是怎么发生的，为什么发生的，往下该怎么样发展。

过了会儿她告诉我，她叔叔在上海工作。原来是新四军的干部，他们的联系有限，然而她的上学，她的一家走向革命，她从小学时代就加入了党的外围组织，这一切都决定于叔叔的存在、叔叔的信仰、叔叔的言说。她说："我一直认为，他是最好的、最了不起的人物，他对我特别好，那个德国歌也是他教给我的……那时我觉得，一个共产党员，几乎就足以拯救与改变大半个世界。然而，世界的改变不是一劳永逸的，改好了，如果不注意，也许又变回来。前一个月已经听说他在'三反'运动里暴露了问题，我很苦恼，现在，现在说是查出来了，他……贪污了抗美援朝的捐款。"她说不下去了。

我们都皱起了眉。她难过地问："这是可能的吗？他原来那么好，后来，那么坏了。他曾经在我的日记本上题词，他题写的是：百炼成钢，学习刘胡兰、赵一曼、罗莎·卢森堡、卓娅。他是这样题写的呀！"

我没有说话，我知道用不着对她讲阶级斗争的规律、与腐败分子的界限；我也不想说，现在政治运动正处于如火如荼的高潮当中，而一个人犯了错误，到底问题有多么严重，现有的揭发材料是不是全靠得住，这需要到运动后期慢慢做出冷处理。她的话也触动了我的心，有些人，有些事情，让我心头流血。幸福的暖心的生活里，也有冷水浇头与针刺心窝。

我们一起缓缓走到胡同口，看到路灯下面打冰出溜的孩子，凌蕊园想往回走了，我的目光扫过滑倒在冰上的孩子。我说："人人都在成长变化，有的人会变好，有的人会变得不太好，还有人会变坏。屈原的诗说：'何昔日之芳草兮，今直为此萧艾也？岂其有他故兮，莫好修之害也。'——从前的香草，变成了后来的臭草，谁让他们不注意自己的修养呢？我们也不能放松自身，不能学坏人坏样子……"

"芳草，经过了各种风雨云雾、虫灾蝗害，能保持住少年时期的纯洁与忠诚？这并不是一件容易的事情。'三反'运动让我们懂了许多，不要以为革命的道路笔直平滑，不要以为明朗的天空下边没有阴暗的坑洼。"

她站住了，睁大了眼睛，看着我，她的两眼上蒙着一层悲哀的光泽，她激动地说："刘夏，你说说，我能吗？我能永远保持你说的那种纯洁和忠诚吗？"然后她咬紧嘴唇，转过脸去。

这时，我才知道她叔叔的事对于她的刺激有多么大，甚至于也可以说是打击有多么沉重。我站立在她的对面，看着她，紧握住她的手，我说："你怎么了，你怎么会这样提出问题？我们有一颗真正的共产党员的心，我们什么都不怕。如果有缺点错误，就一定能够改正。生活中的一切曲折，比如你叔叔的情况，考验我们，教育我们，冶炼我们。我们更有经验，也有决心，迎接一切风浪。你的叔叔，就是你的叔叔嘛，他做的事他负责。如果他确实是对不起党，对不起人民，对不起妻子儿女后人，我们要从他的身上吸取教训……但是你无论如何，仍然要等一等，看一看。"

她慢慢听着，呼吸，吐出的气凝聚成一朵朵的白雾，她想说话没有说，向前走。登上区委会大门的石阶，她用一部分手指了一下我的手，她说："谢谢。"

我们走进院落，她要回秘书室，我要到团区委。我向她挥手说"再见"，在雪花中感到了从未有过的温暖，也有些微的忧患。党内查出了贪污分子，这不奇怪，为什么是纯洁的凌蕊园的叔叔呢？我其实也别扭。我没有注意到黎银波同志正在我们的办公室门口注视着我们，我走过去，她说："都在一个大院，各进各的办公室，还要说'再见'吗？"她笑了。

我脸红了。

1952年2月15日　星期五　晴　（中午记）

为什么我这样骄傲、幸福？起床的时候恨不得喊几句口号，庆祝充实忙碌工作日的开始。

走路的时候，我向阳光下的白雪致意赞美，多留几天吧，暂时先不要化成水流。

在学校里，许多人向我打招呼。校长主任老师同学，都认识我，都知道我对于他们学校，不是完全不相干与不重要的，我是他们知道的人。

回到机关，一连接了好几个电话，有许多事情人们要问我，我要回答他们并且再问他们。和人和生活和工作和大事小事国家社会市委区委，我都连接得非常紧。

除了我，还有着多少个这样的十八岁、十九岁、二十啷当儿岁的快乐光明、天马行空而又脚踏实地、吭哧吭哧的青春吗！

1952年2月15日　（夜，补记）

我好像有了一种神奇的充溢的力量，在紧张的工作生活里，不觉得一丝疲劳。而且，我盼着做更多更多的事情。

从明天，每天清早，一定要跑步做操，把又冷又新鲜的空气大口吞下去。我要买几个笔记本，一本记时事摘要，一本贴剪报，一本记读书心得，一本记对于任务、政策、方法、作风的感想与体会。再买一本呢……我要试着，在上面写几首诗。我早就想写诗了，老是不敢，再不写，实在是辜负了生活，辜负了我自己的蓬勃兴旺，噌噌噌地向前，四面笙歌，八面来风，感动与情愫如浪涛起伏涌动。

> 我想出去走走逛逛，我觉得
> 不如坐下来整理我的思想；
> 我想与同龄友人通个电话，
> 又觉得不如先读完报上的文章；
> 我想到雪地里多跑八百米，又觉得
> 不如写下这一天的感想；
> 我想重新听一遍王昆、楼乾贵，
> 却又想不如干脆自己高歌引亢。

天啊，我的诗是不是太小儿科了呢？

如果，一个人打开自己的心灵，常受感动，多思索，就会发现那么多好事情，新鲜而又有趣的事情正等着他去做，去写，去唱，去喊，那就做去、喊去吧！如果发愤做到了能做的一切，也许，也许他成了一个——英雄。

1952年2月19日　星期二

明天，所有的学校都要开学了，据说，开学头几天还不能上课，大家忙于"三反"，许多事情还没有准备好。我问凌蕊园："什么时候走啊？"她说："还不知道呢。"我告诉她，学校不会马上上课，心里希望她多留几天。

报上又刊登了美国军队在朝鲜和我国东北散布细菌的消息。大家气愤极了。护士学校全体团员给团区委来信要求去前线，参加抵御细菌战的工作。有一个孩子，带头写了血书，有二十多位同学咬破了中指在血书上签名。银波同志和她们谈了话，劝她们安心学习，听候祖国的召唤。她们对于帝国主义的仇恨，移山倒海。

1952年2月21日　星期四　晴　小风

她走了，也没有告诉我一声。

晚上回来，银波同志把我的《少年日记》拿给我，不需要说什么，我只是连忙点头。又不由得愣了一下，女六中不是二十五日才开始上课吗？

我翻开书，夹着一纸小条：

我走了，再见。书还没有看完，先不看了，谢谢你。
区委会真是个伟大的、难忘的地方。

蕊园，午后

我一遍又一遍地看着这两行字，从这几十个字里，感觉到她的亲切、成熟和朴素。还有，我能不能说呢？我深深地有了一种感觉叫作亲近。亲近，就是又亲又近，在中国共产党一个大城市的区委会里本来也不会有陌生与遥远，工农劳动大众的特点正是联合起来，亲近如一人。我仿佛听见了她淳厚的声音，仿佛看见她热情而礼貌地向我伸出手。我感觉到了，她丰富的毫不做作的内心情绪的流露，这流露又是有分寸的。而且，她的纸条的字迹有一种中学女生少有的干练劲儿。于是我忽然想到，许多地方，我要向她学习……

教育局指示各学校尽早上课，银波同志说，这次运动以后，学校青年团的工作要更围绕着学好正课与建设调整学校的党政领导班子进行。团中央一位副书记指出，团在学校的工作，不要捣忙。捣忙？不太懂他的江苏宜兴吴语。似乎是说团的活动不要干扰学校的教学秩序。我不太舒服。我的思想，同时正围绕着那张小条飞快地旋转，恍惚中听见黎银波同志的这么些话。

但是我仍然明白，由学生团总支管那么多事，出头露面那么多的时代，快要过去了。

1952年2月24日　星期日　（早晨）

这个世界有了一个笑容，到处是她的喜兴。这个世界有了一个声响，到处是她的声音。这个世界有了灵巧与清澈的目光，到处都有对你的关注。这个世界每天唱二十四小时歌，苏联、德意志民主共和国、瞿希贤、马可。睡梦里也响起了歌声，你的、她的、我的歌声。世界人间天下家国主义，一切都变得更加美丽、温柔而又正义弘扬，德行高尚，强大辉煌，礼花绽放。

1952年2月24日　（深夜又记）

几天来，无论什么时候，都想着凌蕊园。

我想她。在火一样的"三反"运动中，我们的心不知不觉地连在一起。饭后三言两语，午夜短促问候，成为艰苦的生活里最宝贵的相互鼓舞和慰安。而我们之间的了解，

中篇小说及评论　227

也好像超过任何长期共事的朋友。她走了，就走了吗？我们长久地见不到面，她念书，我工作，"因公联系"的时候握一握手，是这样吗？

我有许多好朋友，他们比我年龄大得多，而那些年龄相仿的，我往往觉得他们太小孩。凌蕊园是我有生以来，第一个同辈的最好最好的朋友，我们可以挽着手参加生活与战斗。谁也不知道，这种对于朋友的想念，不，不说"想念"，就说想吧。想比想念这个词淳朴亲热得多，它有多么甜，又有多么苦。

"我想你了！"一声呼唤与多方的回应在世界上回荡，天开了，云散了，红日高照，万花千草，都在成长开放，所有的河流，发出了哗哗啦啦的奔流的轰响。

1952年2月25日　星期一　大风

我打开日记本，坐在写字台前，钟摆嘀嘀嗒嗒，把时间送走，大风在窗外狂叫，我的心像风下的海洋一样波涛万丈……

我明白了，我明白了！

我真傻，到今天才明白。我害怕，我还可能再多糊涂几天。刘夏同志，无论如何，你要平静一点，慢慢地讲……下午在长安大戏院，参加了全市中学教员控诉贪污分子大会，当场把二中的廉维仁逮捕了，同时，宽大了几个坦白自首的贪污分子，"免于处分"。会后，不知道为什么，我没有和别人一起坐电车，我独自在寒风中回去。我已经预感，有许许多多的事情在等待着我。

会开完是七点钟，虽然全市都处在"三反""五反"的紧张斗争里，长安街的夜晚仍然有一片太平繁华的景象。道路做了新的整修，马路牙子换了一色的预制件产品，国营商店和合作社的门面也开始了金碧辉煌的装备。长安大戏院旁，是首都电影院，新片子开始预售票了，排队买票的人竟站了一里长，笑声此起彼伏。我匆匆提着书包走过，路灯把我的影子一时送在前，一时送在后。我向红绿色彩霓虹灯"首都"两字看了一眼，叹了口气。挺想看一次电影，已经一个多月没进电影院了。这时又想起了一直萦绕在心里的凌蕊园，对了，与她一起看一场电影该有多么好！如果和她一起看场电影……

还没想下去，这幸福已经使我受不了了。我愿意提前几小时去排队，买两张三角钱一张的，二楼前排正中最好座位的票。我们坐在一起，聊一聊学校里发生的事，灯黑了，我感觉到她的呼吸和目光，我能不能拉住她的手？新片开始映出，我们与影片里的主人公共同经历愁苦与快乐，我们都平心静气地看着，我懂，你应该比影片的角色更加耐心，你已经是年轻的老干部了。

我将因为她在身边而看得更感动，更入神。我的胸膛里有担忧也有祝福，有期待也有坚决。结束了，片子最后是幸福与平安，掌声中丝幕落下来，绒幕也落下来。我们走在长安街上，"长的是长安街"，《人民日报》上刊登过一首这样的诗，第一句就是：长的，是长安街。人们将会在长安街的漫步中谈电影、谈生活、谈前进、谈朝鲜战争。我的幻想入微，就像真的和凌蕊园看了一场电影，然后走在长安街上。我的脚步变得轻快，我的眼神变得明亮。

这是为什么呢？我想着的老是凌蕊园。凌蕊园，我轻轻念了一下这三个字，马上笑出了声。

"你……"

好像忽然一个人闯来告诉了我，四顾无人，血液流动得更快了，我也想到，那么自然地，一点没有准备地想到："我……"当那个字一从心里出现，当我再次自言自语，听到那个"啊——咿"字，眼泪哗地涌了出来。

不知怎么，我马上想到了我的童年，没有幸福的童年时代。想起了有一次，父亲和母亲打了架，地上倒着破碎的家具，父亲在冬夜穿着一身薄衣服走了，母亲伏在枕头上呜呜地哭，姐姐吓得缩在橱柜后一动不动。

我也想到了一个又一个冬天，在六七级西北风里，在北平街头冻死的饿殍，和"叫街"的乞丐，拿着石头砸着自己的胸口，哭诉着走投无路的悲哀，如果迎面看到一位有钱人走来，叫街的乞丐突然拿出一把刀，把自己的脸孔割上一道，满脸鲜血地跪在"行好的老爷太太"面前，哭诉着"有剩的给一口吃吧！"用他们职业化的口音调门发声，听起来却像是"人眼扭是秤嗯横迪，给一寇迟拔……"

我的童年没有和睦和温暖，没有温饱和游玩，我从小就知道了人生的艰难和人与人间的残酷，我多么渴望着真正的忘我的爱……在落华生与冰心那里，隐约有一丝丝爱，在巴金那里，有火一样的爱，在鲁迅那里，有痛苦与坚毅的爱。

紧接着，也许是同时？谁知道那一刹那，万种心思的出现次序呢？三个星期以来，和凌蕊园相处的记忆，像闪电一样迅速地从心中展示，相见、白菜汤和大火炉、瓷缸子、歌——东北风，莱茵河寂寞而幽静，颤抖和微哑的嗓音，第一次散步，胡同口打冰出溜的小孩子，直到最后"告别"的纸条，她在条上写："谢谢你"，她的署名并没有写姓……十八年来第一次有女生给我写信只签名字，没有写姓，这很重要，我要为之泪下。

二十几天来，我们在一起时，她说的和我说的每一句话，她唱的和我唱的每一首歌，她的和我的面部闪过的每一个细微的表情，都留下了痕迹。我们一起坐过、走过的屋子和街道上的每一个物件，我都能不差毫厘地全部回映清楚，像一个大合唱，像一组镜头与画片，像一阵又一阵雪与雨，包括"三反"和"五反"，总结材料和数字统计，还有深夜不眠的温暖与活力，直至契诃夫与他的妻子莫斯科大剧院的巨星克尼碧尔，都深深印在心里，永远不会被无情的岁月消磨。契诃夫终于与克尼碧尔结婚了，却没有足够的时间在一起，三年后，契诃夫病逝。

她呢？她，我觉得她也对我好，这个发现或者说这个判断给我难以形容的骄傲和喜悦。她难道不是关心我吗？她问我为什么那么小，说我"可是你太瘦"，她的在场见证了我的存在、我的年轻幼小、我的绝非肥头大耳的傻瓜、我的聪明、我的思索、我的瘦削、我的革命加多情气质。再想下去我微微有点害羞了。我第一次知道，一个美丽的姑娘的抚爱是多么动人，多么令人眷恋，多么使灵魂变得崇高而且丰富，一句话，她证明了感动了我的存在，她是我活过不平凡的少年时代的见证与标志。

我也能使她骄傲的！我还很幼稚，没立过功劳，不怎么光荣。我的上衣缺两个扣子，头发老是梳不顺。实在算不上什么，不，我还远远不是我自己，远远就是还差个十万八千里。但有了她就一切不同了，这与四年前的入党一样，开始了我的新生命。我有许多惭愧，只是决不气馁，我相信我的忠实、我的聪敏、我的深思、我的力量，对不起，力量有待于爱情与理念的发动。爱情是情，也是理念，是理论和信念，最见一个人的高尚还是卑微，诚挚还是奸诈，智慧还是愚笨，鄙俗还是高洁。

从西单走过天安门，到了东单，再从东单走到东四，到区委会了。我不回去，我又从铁狮子胡同向西走，那条路两旁长着高大的洋槐，很安静。我踏着积雪，走来走去，重新想起那已经想过的事情，想了又想，想了还想。

在雪后的北京大街上走路，是这样开心，还觉得自己有点神气，叫什么来着？昂首阔步，精神十足，路通千里，四面八方，时间是我们的，年龄是我们的，事业是我们的，美梦是我们的，北京市、一二三四五区、路灯和交通红绿灯、汽车站和商店的招牌，都是我们的。你好，白雪；你好，北京；你好，爱的梦；你好，长安街、东单、东四三条、六条、八条、铁狮子胡同……你好，主要是你。欧薮喽密奥（意大利语）——我的太阳！

1952年2月26日　星期二　（早晨记）

一个人，在古老美丽新生的北京市城区大道上，在雪后走上三小时，谁能有这样的豪兴和诗意，这样的眷恋和温暖，这样的如歌的行板？

然后躺下，做了一夜的梦。

梦见在大森林里开庆祝"三反"胜利大会，贪污腐化一扫而光，光明灿烂，日月经天。

我问银波同志，这是什么地方？她说，这儿是热带。我看见了大象、犀牛、孔雀、群猴。梦中断了，又看到了小学五年级的级任（班主任）刘老师，他的脸上贴着橡皮膏。我当时很清醒地想起，他是在日本宪兵队的虎口里被害的。他怎么来了……我在冰场上滑冰，滑得非常快，于是围上一圈游人，欣赏我花样滑冰的技巧，凌蕊园却没有来，我哭了。用手揉着眼睛，有人掰开我的手，一看，是凌蕊园，她穿着桃红色的裙子。我说："天这样冷，穿裙子行吗？"她说："天冷什么？现在已经是春天了。"我回头，果然看见如茵的绿草，听见小溪淙淙的流水声。这时我飞起来了，怎么搞的，我会飞了呢？我长出了翅膀，穿过树林，穿过山岭，穿过月光，穿过快乐的风，穿过歌声，是马可的《我们是民主青年》，是歌剧《刘胡兰》里的"交城的山来，交城的水"。是"东北风啊，刮呀，刮呀，刮晴了天啊晴了天"，是"天翻身来地打滚，仇人今天见了面"，我飞到了战火纷飞的前线，"我们是投弹组，战斗里头逞英豪"……我飞翔着穿过了交响乐伴奏的大合唱，苏联《共青团员之歌》："听吧，战斗的号角发出警报，穿好军装，拿起武器……亲爱的妈妈，请你吻别你的儿子吧……"

一觉醒来，做过那么多梦。这使我有点激动，又有点不安，也许还有点惆怅，有点忏悔。

一代人，活得这样足实，这样热火，这样飞翔，我相信，我们相信，我们永远相信！

1952年2月26日 （晚上记）

一晚上有些忧郁，我好像变了，整天发狂地想着，想着梦，想着"三反""五反"，想着会议，想着苏联、市委和华北局，到处是她。我相信她也做了梦。我的少年时代就这样结束了吗？在大合唱中？结束得这么早！不，我不怕，我经历的是少年的爱，春天的花，是多么地香，秋天的月，则多么地亮。不，这不是香港传过来的歌的原词。少年的我是多么快乐，美丽的她——沉稳的她、深沉的她、奋斗的她，而且是温柔的她，她是怎么样的呢？她是天使，她是淑女，她是大队长！我们都要长大，我们都会长大，"我们祖国，多么辽阔广大！"我们的年月辽阔光明！真希望自己多做几年无忧无虑的孩子，真希望自己已经是顶天立地的壮士！是个孩子，不是孩子，早已不是孩子，是先锋队、是后备军、是阶级的战士、是投弹手、是国士、是党人，力拔山兮，气盖世！时不利兮骓不逝。骓不逝兮挥长鞭，追风逐电马长翅！

然后我读书，我思索，我总结思想，我读大部头哲学与社会发展史，《资本论》。读通了《资本论》，那时候的刘夏，百战百捷，无敌于天下。

睡觉以前，仍然要到雪地里走一走，至少要跑三千米。

1952年2月29日 星期五 晴

明天就是美妙的三月了，今天太阳特别好，谁都觉得阳光是在把自己照耀，严寒就要消逝，春光正在明媚。为什么小小的、俗俗的春、光、明、媚四个字会让一个猛志入云的青年含泪？当我看到，各处貌似干枯的树枝和树干，它们的叶蕾蓓蓓蓄势待发，已经可以想象满树的桃李杏与樱桃花了。

每年春天都好像特别短，未及受用，匆匆已满。今年可一定要特别认真，注意迎接春天。早晨，做完早操，我跑到胡同空场上大声唱歌，越唱声音越大，我觉得，凌蕊园在她的学校多少也能够听到一点。过了一会儿，小风吹过，我仿佛听见一个嗡嗡的回音，也许那是凌蕊园答复我的歌声吗？我跑着跳着等着回去。到了理论学习时间，我拿起精装厚书《联共（布）党史简明教程》，忽然想象，也许她不那么在意我呢？她可能根本没有想到诗与梦的故事，对于一个学生来说，当然最重要的是考试的分数和体育体能达标。我们的工作在向配合正课学习方向转移，庆祝会、联欢会、开幕式和接二连三地响着吹奏乐送别参军的日子正在收减。我的热情，我的快乐，我的苦恼，岂不都随风飘逝？那太可怕了，那太惨了，我不敢想下去，又忍不住想。就像童年时候等待妈妈回家。天黑了，没回来，是不是被汽车撞了呢？早晨的理论学习没有学下去，无论如何，不能把思想集中到书上。下午开会的时候，脑子也常常开小差。

参加工作以来，从来没有因为什么"个人问题"影响过学习，现在是怎么了呢？我翻开少奇同志的单行本《论共产党员的修养》，我要向"修养"求援，我要向党的教导求助。

1952年3月2日　星期日

从家里吃晚饭回来，团区委办公室只剩下黎银波同志一个人，这个星期日比较空闲，都各自玩去了。银波坐在火炉旁，把电灯拉近，正在看放在膝头上的小说，她的头发湿漉漉的，大概刚洗过。看书当中偶尔用手摆弄头发。她见到我，把书翻过去，问我："回来了？"

"你怎么没和老韩去玩？"我问。

"等着你呢。"

"有事吗？"我赶快脱掉棉军大衣，在她身旁坐下来。"没什么。"她随意地说，问我，"快回来了吧？"（指从区委的中心工作回到团委。）我点点头。"三反"已经进入复查甄别定案总结阶段，快收兵了。

"这一段，真够忙的。"她说。把右腿搭到左腿上。

我觉得，她只是随便找找话说罢了，她正在观察我。

莫非她觉察到了什么？

"小鬼，越来越大了。"她富有深意地说，脸上隐藏着狡猾的笑容。在这敏锐的好心的领导同志面前，我好像有了依靠，动荡的心思初次平静了点，我不能隐瞒也不该隐瞒什么，我向前拉了椅子，叫了一声"银波同志"，她仰起头，凝视着我，默默地等待着。

我慌乱地开始说话，不知道往哪里放我的手。"最近，我好像……我是说，我……常常……"我断断续续讲着。

"说吧。"她轻声劝我，把两手交叉在膝头，耐心倾听。

我鼓起勇气，"银波同志，我……爱她，爱上了凌蕊园。"我终于说了，不知道怎么说的。党员、团干部，还是原来的队干部，银波当然也熟悉。我第一次公开了自己的心事，整个世界完全变了样儿，我豁出去了，我已经做出了重大的决定，我准备迎接命运的恩宠或者嘲笑，抚摸或者一脚踢到腔上，踢出三十里铺——"提起个家来家有名，家住在绥德三十里铺村"，"有心拉上两句话，又怕人笑话"。这样昏沉沉地过了一会儿，睁大了眼，不急促也不眼红，期待着银波的说法。

1952年3月2日　星期日　（又记）

我已经完完全全变成一个大人了。银波同志后来讲了许多，许多我都听不清楚，我只记得她的声调是平和的关切的严肃的。她有好几次叫我小鬼，她用几句话打中了我的心：

"没什么，小鬼。如果爱就爱吧，别怕，别胡思乱想。本来是一件挺好的挺美的事嘛。不过，也许还是可以等等吧，时间，会帮助人。一切的好与不太好，都需要时间的检验。她毕竟还是中学生。是的，我也认为她不一样，她与别的孩子不一样。她能处理一切……她现在，已经是学校的一个管事的主任。你们还小。你还是正在探寻……"

谢谢银波同志，谢谢！

1952年3月3日　星期一

是的，我还小。

如果我的心里有了爱情的种子，那就深深地埋藏起来吧，经过春风化雨，种子就会发芽，也许先静静地等待着。你革命革得很急切，你入党入得很提前，一粒种子，会长出一片、几片、一树的叶子。叶子慢慢生长，从前，以后，后来，终于……成为一株高大的、受得住风吹雨打的苹果树。

何必让瞬间的春风吹乱自己的头发？何必让种子在浮土上太早地发芽？

1952年3月4日　星期二

为什么不能说呢？九岁，我看电影《不求人》，我看到周曼华饰演的角色在类似蒸馒头的家务事中的干练和辛劳，为什么是那样地打动我的心？我忽然想到，我长大了，也会有一个媳妇儿，像周曼华一样，勤劳、俊秀、利索、奉献、长头发，抹着额头汗水，抿着嘴角，招人疼爱，美丽而又辛苦。

不能说的还有刚解放，地下党刚刚公开，团市委刚刚在东长安街8号成立，第一任团市委书记荣高棠号完房子立马调离随军南下，第二任书记刚刚接手，新成立的青年文工团排练歌舞。刚刚调到团市委的我被邀去看彩排，我看见了另一个白净如玉的她，见到了她看着盼着我的微笑……她是燕京大学法语系的党的外围组织成员，她会弹钢琴，她又分配到舞蹈队去了，这次彩排中，她一直对着我笑，再笑，又笑，还笑。我痴想了前后大约三十七个小时，七十二个小时我沉浸在她的笑靥里。然后。我笑了。

还有过一个人，她梳着两个小辫子。一次我突然找借口去找她，在见到后的第一分钟，我也笑了，清爽，如水，如空气，空空如也。

（插话：与她们分手都已经七十多年矣。

不，我不能再告诉自己什么了。我不能再写下什么了。）

晚上六点多钟，我去文具公司买红铅笔。出门了。看见一排女学生迎面而来，忽然听到了她的声音，"刘夏!"

她离开女伴，向我跑来，我被这意外相见的惊喜搅得迷乱，靠在文具店门口的电线杆子上。她穿了一件半新的赭石黄皮夹克，显得英武而俊秀。就是这身衣服，使我没有认出她来。

这一瞬，我似乎，初次正面靠近看清了她的脸，才知道，她多么美丽，她睁大眼睛的时候，出现了双眼皮。她的鼻子匀巧而且清秀。她在微笑的时候，有浅浅的酒窝隐现。从她的脸上看不出丝毫拙笨疑惑琐碎怯懦，像在太多的颇有些畏缩躲藏的少女身上看到的那样。她让人觉得的是毫无保留的友善和透明的纯洁。如果我再多看一会儿，恐怕双脚就支持不住自己的身体了。我转过头，我想是这样的一瞥，有多么暖心、舒心、适意、惬意，你把所有的表达美好心情与深深感动的言辞全部用上吧，把俄罗斯语的"夏思列夫"（幸福）与英语的"孩波伊"（快乐）也都抢出来吧，我永不满足，永不嫌多，永远牢记。

嗫嚅地回答她的招呼——她曾经招呼了你，你却没有回礼。我不知道应该怎样回答你，已经感动得旋天匍地。已经感动得山高水长，已经感动得悄悄哭泣。

"明儿有工夫，我去区委会看你们吧。"她可能好像这样说，我欢喜得声音发颤，忙不迭地说："欢迎，太欢迎了"，我的口齿，怎么似乎不太清楚。除了她的声音，我再也没有力量听别的、想别的、说别的了。

1952年3月5日　星期三

一夜没有合眼，四点钟起了床，给她写了信。

小凌，你走了，我天天想你。

春天就来了，你喜欢春天的草地吗？三月来了，马上会有一片绿草地，大得没有边，我们去玩上一天好不好？我们坐在草地上，我拉手风琴，你唱歌，白云从我们头上飘过。唱完了，我们谈一谈，我要把我关于人生的思想，告诉你。或者你常常思念的是大海吧？我们活了这么大了，没见过海，总会有一天，坐在毛泽东号巡洋舰上，迎着朝阳，一起朗诵着普希金的《致大海》："大海啊，你自由的元素……"浪花飞扬，打湿了我们的衣衫。

还有呢，我们一道去参加青年城的建设，在沙漠上建造花园，有一次你受了凉，生了病，躺在雪白的病床上，我去看你，你睡了，我踮着脚悄悄走过去，带给你一束小红花。

过了好些年，好些日子，再也没有恶霸、间谍、贪污分子了，也用不着在"三反"运动中开夜车了，那时会开一个庆祝共产主义实现的大舞会，几万个红绿灯照着所有的朋友，他们都来参加舞会。我们一起跳舞吧，先跳狐步舞，再跳华尔兹，还要跳探戈、伦巴，当然我是很笨的，常常走错步子。我一定会用心地努力地跳，只和你一个人跳。从黑夜跳到天明，从北京跳到上海，我老是邀请你，邀请你。

你答应吗？

你的朋友刘夏
3月5日

写完信，天还黑。我跑到大门口，悄悄拔下门闩，推开门，看到弯弯的小月，我揣着信，向邮局走。寒风把我的眼泪吹干，在这黑夜的最后一刻，我祝福凌蕊园，祝福银波，祝福吕建群，祝福黄大姐，祝福老周、小李、小周，祝福姐姐和她的朋友，祝福一切为缔造新生活而憔悴了的好人，有一个甜甜的梦。

没想到，今天就接到了她的电话。日记刚写完，电话响了。她的声音十分微弱，像在遥远的地方，她说："今天中午我接到信了。"沉默了一会儿，又说，"你忙吗？"我没言语，沉默了一会儿，她说，"星期六晚上到学校来找我好吗？"我啊了一声，沉默了一大会儿。她说，再见，把电话挂上了。整个接电话的过程中，我竟没有说出一句话来。

我真笨！

为什么她的声音这么小呢？在一个女子中学的宿舍里。可是她那么快就回了电话。

今天是星期三，离星期六还有三天，三天，七十二小时，这是多么漫长。

1952年3月8日　妇女节　星期六

我喜欢三月八日，我喜欢妇女节，它也是我的春天节。许多年在这一天，骑车走过金鳌玉蝀桥，你一定发现了全面的解冻，你看到了满太液池的碧波，你看到有几艘小游艇已经下水。

一直盼望着天黑下，汇报会偏偏开得很长，刘校长一开头就是一个钟头，我简直急得要哭。会散了，我吃了几口饭跑出门，忽然想起自己的头发太乱，又连忙跑回宿舍，生平第一次对着镜子认真拢头发。向晚的街头非常恬美，行人似乎都把羡慕的眼光投向我，我羞了。传达室工友说，凌蕊园在团总支书记的办公室，我进去，发生了意外的事情。

借着昏黄的灯光，我看到她躺在床上，白色的医用棉被齐胸盖着，头上裹着纱布。我进屋的时候她脸向里，我轻咳了一声，她转过头，马上流露出笑容，强作无事，坐了起来。她说："真好笑，晚上我和周露老师（专职团总支书记）一起去吃门钉肉饼，吃完饭在街上溜达，被马给撞了……才破了点头皮，不要紧。"我觉得她是故意说得这样轻松，我怯怯地走近床铺，让她躺下，我的动作不大自然，不知道怎样表达一个男孩的柔情和关心。她没躺，拉过枕头靠上，继续说她被撞的经过。

一个解放军同志骑的马惊了，大家都躲开，我正和团总支书记谈话，说到了区委，说到了黄大姐，说到了你，一下就被撞蒙了。睁开眼，好些人围着，那个解放军同志脸上掉着豆大的汗珠子，我忙说，没撞着，别着急。

她微闭了一下眼，摸了下额头，我退后，在离床一定距离的椅子上坐下。

不知道哪一班，在开周末晚会，有音乐声飘进来，是波兰集体舞曲："有位姑娘去到林中寻找红莓果，寻找红莓果，寻找红莓果……"我轻轻地和着乐曲哼哼了几声。

"疼吗？我指着头问。"她摇摇头。"上课了？"我问。

"早上课了。先生讲得非常好。"沉默了，我又小声问："过得怎么样？"她一笑，过了一会儿，她忽然说："星期二，我看到了你……"

"什么，是……在文具店门口吗？"

"不，那是星期三。星期二，在先农坛。"

"匈牙利！"我们一起喊道。那天有匈牙利文工团的访华演出，最精彩的是他们跳的"瓶舞"，每个女演员头上顶着一个瓶子，唱道："快快和我结婚（梭发米发梭梭）……今天就当新娘，明天就是母亲了，再晚就要变成老太婆（梭梭拉发米瑞多）。"

回忆是美丽的

那时候是一个高潮。"二战"的发生，在法西斯匪徒面前显现了世界各国共产党人的英勇无畏。斯大林格勒的血战，列宁格勒的坚持，中国东北的抗日联军，华北敌后的八路军，土耳其共产党员诗人希克梅特把红旗悬挂在纳粹军人占领的市政厅楼顶上，他的诗句说："中国所有的风帆，都充满了风。"还有西班牙共产党的领导人伊巴露丽。

而中国革命的胜利，更是国际共产主义运动的高潮中的高潮。僵尸化旧中国凤凰涅槃，到处是红旗，到处是秧歌，到处是锣鼓，到处是《喀秋莎》，凌蕊园已经唱过了；还有捷克斯洛伐克的"快把小鼓咚咚地敲起来"，保加利亚的"唉，我们辽阔的原野，辽阔的原野，啊，我们亲爱的巴尔干山"，罗马尼亚的《多瑙河之波》，波兰的"弄脏了泉水就不是好姑娘"，匈牙利的作曲家李斯特和巴托克，阿尔巴尼亚的《你含苞欲放的花》……中华数千年，什么时候那样开放过，打开收音机，就是广播俄语讲座："这是什么？这是书籍，那是什么？那是铅笔……"

文艺的记忆也是历史与地理的记忆，歌舞的演出也是政治格局的花花绿绿，还有爱情、友情呢，你的爱情，你的浪漫，你的人生，来了，去了，起了，伏了，笑了，泪了，小说了，畅销了，丧失了。

仍然相信，仍然想念，仍然难舍，仍然闪光，仍然挥手示意，仍然仍然，明年我将衰老，谁的青春都不是吃素的。

她勇敢地抬起眼睛："我看了你的信。"我怀着紧张的期待注视着。"你写得真好。"她低下头。

这时我多么想，走过去拉住她的手，但是我没有胆量。时间就这样慢慢过去了，我偶尔说两句，她偶尔说两句。我们谈得很轻，很少，我们互相听见了许多许多。在无声中，在窗外传入的不知为何的声响中，在似有似无的谈话中，有一个旋律，有一个鼓点儿，有一支小曲儿，奏响了，唱出了，摇曳着。

我应该是自制而有礼的，于是说，我该走了。她点点头，当我要出去的时候，她叫住了我。

"我的叔叔到北京来了，他说，他要申诉。"

"哦，怎么？"我皱起眉。

"他来找我，我没见他，他又写了信……说是……"她紧紧闭着嘴唇。

想了想，我告诉她："还是应该见他，至少他可以改正错误，做一个好人。斗争是贪污分子的时候，我们是严厉的，对于承认了错误的人，我们其实宽厚而且仁慈。你是他的侄女，为什么不能关心他，帮助他呢？"

她想了想，点点头。

我回到机关。把一切告诉给银波，也告诉小李小周，我一点也不想隐瞒了，我爱得高高兴兴、亮亮堂堂、轰轰烈烈、风风火火。我只愿意得到别人的祝福，今天夜里。凡是听说了我的故事的人，都在笑着，谈论着，找我握手。我回忆着这次见面的经过，努力记住一切，我忽然害怕，如果，有一天，连这样的记忆也会淡漠起来呢？

我更加明白了，一个人在没有去世之前，他当然活生生地欢实；一个记忆在没有消逝之前，它当然刻骨铭心牢记；一团火在熄灭以前，它当然是在呼呼地燃烧。

生活，就是面对。快乐，就是信任。幸福，就是勇气。

1952年3月10日　星期一　晴

今天参加了两个学校的庆祝"三反"胜利大会，会上对这次运动查出来的贪污分子，做了极宽大的处理。这些贪污分子听到，将要宣布对他们的处分的时候，脸唰的一下白了，两腿簌簌发抖。而等他们听到免于法律处分、退赃的标准不按物价上涨的幅度增加的时候，一个个痛哭失声。昼夜不停地干了几个月的"三反"运动，表现了决心，表现了希望，表现了紧张，也表现了宽容。"三反"和"五反"陆陆续续要结束了。由于银波同志与党委交涉的结果，我不等整个工作完了，过两天就离开"节委办"回团区委做我的老工作去了。我有一种即将回家的兴奋感觉，我的新的生活阶段要开始了。我痛切感觉到现在的一切就是在创造自己的一生，我的幸运在于早早地独立地创造生活、创造此生、创造属于自己的选择的人生了。即使是最熟悉的工作，要的是挖掘出自己的全部潜力，努力的人、深爱工作的人、工作中成长和学习的人有福了。

我买了一双新皮鞋。

1952年3月11日　星期二

托人给凌蕊园带去了一个小条：

> 那天晚上以后，我更知道，和你在一起，是多么快活，我恨不得天天和你在一起，看着你，听着你说话。但是，哪能这样呢？你每天上课，学习并不是不吃力，而我，工作又那么多。我说，最好平常我们谁也不要想谁吧，你忙你的，我忙我的，越忙越好，然后见了，我们拿出成绩来，一瞧，都不错啊。

小条最后，我请她星期六晚上，一块看个电影。苏联片《在和平的日子里》，我看到的广告画，是苏联的海军故事。

1952年3月15日　星期六

从早晨我十分焦灼，昨天排了一中午队，买下来大华电影院今晚的两张票，可她来不来呢？我觉得她看了小条，应该回复我，中午给她打电话，叫了好久才通，结果她在开学生会执委会，晚上下班以后再打，仍然没找到。我决定到学校去找她。

这时小李从传达室拿来了她的信，小李举着信逗我开心，非要我答应请客才把信给我。我急得要命，而且好像有点不安，我夺了信，一个人跑到后花园，双杠底下，心跳着拆开信，看了头一句，就慌乱了。

刘夏同志：

　　所有的错，所有的错，全在我。

我的眼花了，从头又看。笔记本上撕下的纸，字迹凌乱，很多修改后加的话，我还没有完全绝望，继续看下去：

　　区委会的相处，你给我的帮助是难以计算的。你写信来了，写得那么高尚，那么真诚，那么温暖。我觉得我收到的不是信，是诗，是闪电，是春天的雨。一个幼稚的、肤浅的、容易冲动的女学生，除了响应你，难道能摇头说"不"吗？我激动起来了，我从来没有收到过，也没有想到过，恐怕今后也收不到这样美好的信笺了。你是写信的专家，你的信无法阻挡。我被大风吹来吹去，来不及思索，愿意一切按你的意思。

　　但是还有时间，过了第一分钟，总还有第二分钟，过了头一小时，总还有另一个钟点。时间帮助了我，唤醒了我，理智比情感更强，我只能说，我不行啊，我怎么行呢？

看到这里，我知道，是不一样的情形了。我困难地读下去：

　　我比不上你，真的，那天知道你比我还小一岁的时候，我无地自容。我是个中学生，和女伴们一起跳集体舞，玩猜领袖，但是，我告诉你，我的日子并不容易过，每时每刻都有一种巨大的羞耻，鞭挞着我。我已经十九岁，才上高中一年级，我的知识贫乏得可怜，我的考试成绩不那么理想，也许可以原谅自己，分出来许多精力，做政治工作。提起政治工作，又怎么能比你呢？这些还好说，最使我不能安宁的，是同学对我的信任和爱，她们什么事都找我，什么话都和我说。有一次，先生出作文题：《我最敬爱的人》，竟有同班同学写了我，在敬爱后边，她写上了我的名字。我觉得深深地对不起她们，昨天一个同学问我一道几何题，我也不会。

　　我常想，幸福还不是我的，现在还不是我的。我没有权利，我没有办法，我没有时间也没有能力，按别的轻松如意的方式想。

我抬起头，看见了黯淡下去的天空，我问，就是因为这个吗？你不行？为什么我觉得你了不起！正如你所讲，同班的同学，已经认定你是她们最敬爱的人。这样的评价，是随意的吗？

  我知道，这样做会使你痛苦，请相信，我也并不好受，但这样更好。
  我想说，你了不起。

天啊，我刚刚自言自语，我在说："你了不起！"这是什么，是同气相应，还是碰巧接上了火？"灵台无计逃神矢"，这回是鲁迅。

  在未来长远的路程上，您一定能做出点什么……生活不会苛待您，您会有更好的朋友和伴侣。那时候，您能够同意我了，至于我，有您的那封无价的信，已经够了。我让它伴随我，一生永世，在我十九岁的时候，收信。
  我已经够开心的了。

凌蕊园

3月14日

就这样，她称呼同志、您，署名凌蕊园，写完了信。

1952年3月16日 星期日 阴风

起风了，北京的春风是可怕的，谁要到街上走一遭，回来满身是土，包括耳朵眼儿、鼻孔与眼角。我回家了，在家里听广播、洗衣服、擀面条、聊天，一切都觉得没意思。妈妈说我脸色不好，我不愿意他们看出来，故意表示高兴，和姐姐弟弟玩扑克，我常常看错了牌。下午，待在家里实在烦闷，去新华书店看书，翻翻这本，翻翻那本，哪本都很好，哪本都看不下去。打开一本《普希金诗集》，莫斯科外国文书籍出版局出版，戈宝权译，有一首叫作《我曾经爱过你》：

  我曾经爱过你，爱情，也许，
  在我的心灵里还没有完全消亡，
  但愿它不会再打扰你……

还有人人会背诵的：

假如生活欺骗了你，

不要悲伤，不要心急……

看了几句，泪珠在眼眶里打转。跑出新华书店，往机关走，等啊等，等到上了电车，车开了，忽然想起背包丢在书店，只好在头一站下了车，重新跑回书店，取了背包，回到机关，一个人也没碰见。我觉得非常疲倦，就到宿舍拉了棉被躺下，一会儿想再写一封信，一会儿自尊心绞痛了，决定不再想她。风一阵阵，越来越大，隔着门缝、窗户缝，撒下一道一道的黄土。

从前的北平——北京

现在很多人不知道了，一九三七年日军与汪伪占领下的北京，是叫作北京。一九四五年，先是美军在天津塘沽登陆，然后开着吉普、道奇大卡车把美军运到了北京，并将日伪时期的靠左行车规则，在二十四小时内改成了美式的靠右行车。接着，"国军"开进，北京改名北平，属于第十一战区，司令孙连仲。

北京的春天风沙极大，小学老师在课堂上就这样讲，北京的市容与天气是："无风三尺土，有雨一街泥。"南社名流黄节诗曰："一尘黄不上丁香，似雪翻风风却黄。日日好春风里过，令人梅雨忆江乡。"

到了二十一世纪的今天，什么都不一样了，除了故宫北海颐和园天坛一些名胜，我已经常常是人在路上，在高楼大厦摩天建筑之中，不知身在何处。

好像地安门大街改的样子稍微少一点。一九四八年年底，地下党给我们支部的任务是以"华北学联"名义组织高中男生数十名，以"童子军"军棍为武器，在解放北平的巷战基本结束、国民党军溃散、解放军尚未接管进驻行使管理之前，要靠我们这些潜伏的革命力量保卫地安门商业街区，避免青黄不接之时，商家遭到暴民恶徒哄抢。

对于地安门大街，我一直是情有独钟，分外在心在意的。

至于前门大街，近年注意恢复古城风貌，甚至恢复了一股节有轨电车，但更给人印象的不是老北京，而是新时代新北京对于老北京的认真追忆，辛苦经营召唤。平安大街更是如此。民国时期的老北平，西城区平安里这个重要的公交车站，并不存在，相当于平安里车站的是太平仓，在平安里南近处，有轨电车从太平仓向东拐，走大约一站路后往北拐弯，进入如今的平安大街，走厂桥、东官房、北海后门、地安门等。平安大街的设计与建设，无声无息。

再回来说北京的风，那时有一种风，老百姓叫作"下黄土"，应该是从境内外的黄土高原吹过来，然后落到许多角落。风带来了无孔不入的黄土，风又使盛开的丁香一黄不染。成也春风，败也春风，净也春风，脏也春风。此诗还证明了那时风大黄土大的时节是四月丁香季。

那时北京的夏天，雨前有燕子与蜻蜓在大街上低飞，雨后更是到处蜻蜓，夜晚是萤火虫打着小灯笼。孩子们称蜻蜓为：留离。冬天，西北风吹过电线，发出的声音鬼哭狼嚎。白天，成大群、结大队，飞满北京天空特别是北海团城一带最多的是大声喧哗的乌鸦。

（王蒙插诗：昨日京城昨日鸦，当年黄土当年沙。七十（载）文字犹激越，雨打陵园不败花。）

黄节的诗我是一九六三年在前辈学者钟敬文教授家悬挂的条幅上看到的，他设宴欢送我远走新疆。他家的墙上与咏风诗并排，还有一幅诗，表达一种含蓄的、类似对于红颜知己的情愫。忘年交黄秋耘大兄见了这另一首诗句，对我不断地说："赵慧文，赵慧文"，说的是拙作《组织部来了个年轻人》中的一个女性角色。

诗语诗人，波流未止。

星星点点亦模糊，犹忆曾然语似珠。日夜七旬东逝水，小王不忘话当初。

1952年3月17日　星期一　晴

真的过去了吗？使我这样激动，使我这样幸福，使我这样痛苦的一切，无声无息无踪影了呢。

怎么那么空啊，好像一所大房子。本来有人、有火炉、有钢琴，有各样的摆设和书画。现在什么都没有了。空空的。没有东西可以填补。

各校团组织，交上本学期工作计划。年轻人，火热的心，跟随着毛泽东前进！我却不能集中精力阅读，我不是个好干部吗？不，不可以这样，绝对不可以。

1952年3月18日　星期二　晴

天好了，天暖了。为了抗拒细菌武器，各地开展了爱国卫生运动。我们今天下午进行了彻底的大扫除，我负责擦玻璃，打了一盆水，揾湿了抹布，使劲擦，站在凳子上，擦高处。一边擦一边哼哼歌，想用歌分散悲伤，想起了那个晚上，说是："又忙又唱歌，真好。"说对了，这就是我们的梦。于是不等这个歌哼完，就哼哼起《白毛女》的插曲，《白毛女》插曲也使人渴望爱情。我的喉咙又哽塞了，赶快转而哼哼我最爱的

《运盐小调》，"捎带上一把南路货，去到那三边把盐驮。哎嗨哟，哎嗨呀"，里面还有一段"额咧咧咧"，是模拟吆喝驴子的声音。这个幽默的歌似乎也不像当初那样使人快活。那个单纯地听边区盐贩吆喝驴的快乐时期，已经一去不复返了。

（插话：已经有许多离别，已经有许多"一鞠躬，再鞠躬，三鞠躬。清明扫墓墓安然，往事多端未可言。此身或旧心难老，姑写小说泪若泉。依旧文章依旧情，他生话旧不朦胧。绵薄难尽雪花舞，孩气童心慰此生"。）

1952年3月20日　星期四

好像不相信那些理由，太暧昧，太过分，我不相信如此丰满的幸福突然变成了弥漫的悲苦。

天气暖得那么早，女学生穿着红毛衣到户外来了。百货公司的货物添了很多新品种，"五反"以后，经济生活更加繁荣兴旺。

1952年3月22日　星期六

和她约会了今晚一谈，在她的一位同学家里，我初次脱下了棉袄，换上春装。周末的街道非常拥挤，无论是坐在新电车上的老头，提着医疗包的妇人，水果摊前大嚼着的孩子，大家都显得满足而快活。在朝鲜战争的炮火和斗争贪污分子的怒吼声中，人民已经感觉到大建设时代就要到来。我也快乐，也许更快乐得多，我为祖国的前进是那样激动，所以，因为，国家民族正在踏开大步前进，我的激动与快乐的心情特别希望与人共享。

她的同学住在国家一个部的宿舍，宿舍盖高楼，有人楼上愁。我首次进入九层楼的宿舍，看到了城市的面面灯火，灯光密密麻麻，令人觉得奇异和感动。这套宿舍是从前兰花饭店旧址，等我找到这个讲究的地方的时候，星星已经出现在暗褐色的天空。我被引导进入一个漂亮的房子，凌蕊园正在沙发上看画报。她介绍说这家同学的父亲是一位大艺术家，名声如雷贯耳，她提到了一些作品标题，我连连点头。然而，现在这里，艺术家的妻子不仅是凌蕊园的要好的同学——也是我认识的一个团干部，不是她的亲生母亲。她的亲生母亲是封建包办婚姻的不幸遗存角色，遗迹消失了，待在他们的家乡广东潮州。女儿与生母相距遥遥。

有些孩子，从小已经是一江春水向东流，同时还是八千里路云和月。

而会客室的墙上挂着一批艺术家与周恩来总理的合影，还有齐白石的画，有秦怡的大照片，有影片《一江春水向东流》的剧照，还有《魂断蓝桥》的主角费雯·玛丽·哈特利的照片，看不出费雯·丽的签名是手写还是印刷。最惊人的是，用相当大的镜框，装着一张小幅炭笔素描，上面的签名，是法国共产党党员，大画家巴勃罗·毕加索。

坐在这里，我有一点点不一样的感觉，我的呼吸平稳了些，表情也雅致了些。

"看了信了吗？"她问。

"看了。"

这是一个高级的会客间，我还没有到过这种地方。是的，人生有很多层级，有更多的故事，留下许多照片，许多动静痕迹。

"你了解我吗？"

"我……不能说不了解。"

"你高兴吗？"

"我们生活在这样的大变化的时代，一切的一切，一日千里！太阳出来了，满呀嘛满山红。我们能不高兴吗？不高兴的倒霉鬼啊，让他们作孽去吧。青年团的任务是学习，学习，还有学习，是培养全面发展的共产主义新人。是的，"我咬了一下嘴唇，"我只知道生活本来有多么的好。"

说话当中，我不觉流露出一种酸涩的味儿，我其实不希望这样。

她觉察了，皱起眉头，阴影从脸上掠过。

她不看我，小声地执拗地开始说："对不起，我知道。我觉得你特别好。'同志'，这个称呼对于有些人，可能无所谓，但是，'同志'是一切话语里最能感动我的。我叫你，刘夏同志，我愿意尽我的微小的力量和你一起，我愿意为你做一些事情。我不知道，比同志更亲密的名词，何况你那么早就参加了工作，你不容易。我接到你的信了，我只有一个想法，你是好的，我不能让你失望，不能使你受伤，我觉得如果不回应你，就违背了我的心，对自己的同志的爱，当然，也许用不着说这些了，有什么可说呢？"

她难过地轻轻地喘气，我慌了，我请求说"原谅我"，我不知为什么，伸手打开了又一个立式的台灯。

她摆一摆手，她说：

"请求原谅的当然是我，虽然我只是一个中学生，对于爱情我不是全无所知，我知道那是多么珍贵多么严肃多么艰难。我得考虑一切，我不能随随便便，为了做出过的应许，我应该献出自己的生命，我能吗？我不能马马虎虎。

"很想和你谈我的过去，只说一点点，我曾经寄住在亲戚家，在我十三岁那一年，我的刚刚四十岁的父亲去世了，妈妈有慢性病，当时说法是我爹患了'猩红热'。有一天听到亲戚与他们家的人说闲话儿，我知道了，他们说我是白吃饭的。当天晚上我离开了亲戚家，在城里转了一宿。我说的是济南，有一条大街叫四大马路。第二天早上，迷迷糊糊经过一个大院子，门框贴着招收童工的告示。于是我当了工人，折页子，干了两年半，直到我叔叔从外地回来，供我继续上学。就是这个叔叔，出了事情。我有时候，执拗得可怕，改不了，现在，我这样一个各方面都差的人，各方面都落在别人后面的人，我觉得是耻辱，人可以不幸，但是不可以耻辱。不，还是说不清我的意思，总而言之，有一个力量命令着我，责备我吧。也许你以为我太不可理解。"

她说不下去了，双手捂住了脸。

她是工人，她是工人阶级，咱们工人有力量！

听着无限诚挚的诉说，坐在这间陌生的屋子的沙发上。我觉得，自己对她的了解，刚刚开始。

不要只知道自己，更要知道别人。

原来以为，一切都明白了，其实一切还都模模糊糊，她的说话，给我的印象，也还不是非常清晰的确定的，但我已经被她执拗的愿望感动，坚决而又美好。她对自己的要求，也正是更炽烈和深厚的，无怪乎同班同学会那样敬爱她。我同情和理解了她本来是个要强的女孩子，甚至于我要说，正因为我喜欢她，就不能不充分尊重她的意愿，不能用自己的表现刺激她。

这时她又问：

"刘夏同志，你说，最重要的是什么呢？"

我不知道，从何回答，反正她的用意是，现在，对于她最重要的是学习，是班上校里的工作，是她叔叔的问题……反正不是爱情。那我还能说什么呢？

我把话题转向了闲聊。聊到天气，聊到新近流行的歌，聊到北海游船下水，很快地我们轻松起来了，话很多，很活泼，就像什么事也没发生一样。我真愿意和她一起聊下去。但是时间大概已经很晚了，她的那个同学敲门走进了屋子，她瘦瘦高高的，广东潮州人，大眼睛，非常明亮。我自惭形秽了。过了一会儿，我和她都向主人告辞。那个同学带我们看了一下楼下的小花园。我们看了，树木已经发芽，同学向我讲述了花开季节会多么美丽，我当然相信也会意。然后离开了这个在我的一生中只有一次机遇逗留的地方。我推着车送凌蕊园走了一段，到了该分手的路口，她叫我快走，她说，"再见"。

我难受了，想起那次在本院里道"再见"来，反身骑上自行车，飞快驶过深夜街头的寂静。

1952年3月23日　星期日

我永远地默默地想着，不再悲苦，不再埋怨，一切都有当然、必然、自然。从她那里知道了同志两个字的价值。最主要的是什么？我懂得她的意思了，你时时刻刻应该思索的正是这个问题，你忘记必须用行动做出回答的正是这个问题。最主要的难道是，一起逛逛公园和看电影，一起吃两个门钉肉饼？最主要的是战斗，是前进，是学习学习再学习，是明天，永远在一起，永远有共同的幻想和忧虑，有共同的奋斗和成果。我希望她好，她希望我好，最主要的是还要加倍努力，最主要的是要活得光彩，不能玷污了我们小小年纪已经经历过、思索过、煎熬过的不幸的但也是崇高的一切。

主要是什么，此生永不能忘。

1952年3月25日　星期二

晚上和银波同志谈了，在她的屋子里，我极力用平静的语调叙述经过，说完，她找出来外国糖果招待我，点着头叹息，又笑起来了。她称赞说："刘夏，你们有点柏拉图的味道。现在，斗争激烈，胜利与建设匆忙，没有留下太多的柏拉图式思考与对话的时间和空间了。很好，你们还有一点，长着头脑的人是幸运的。人要活，还要思考与选择活，还要总结与改进你的活。我们太忙了。说真的，我欣赏你们的多少有一些的柏拉图主义。"

……然后她说："在我十八岁的时候，也无缘无故拒绝了第一个追求者，那是个很好的人，会画画，会法语，比我大许多岁……"

她想起往事来了，迷惘地望着绿色的灯罩，接着说：

"也不是无缘无故，我梦想的是更伟大的事情，我没有准备好。谢冰心说过，她最烦的是《红楼梦》，整天姐姐妹妹，哭天抹泪。不，这与文学史与文学评论不是一回事，冰心有她的时代与个性。我其实也是差不多，我不喜欢《西厢记》的腔调、《牡丹亭》的堆砌、《罗密欧与朱丽叶》的闹腾，不希望爱情来得这样简单，直不棱登。我渴望的是对自己的要求，那时我刚刚参加民族解放先锋队，国家在苦难中。也许，许多时候，许多个姑娘，除了拒绝第一个追求她的人，不能有别的办法吧？日寇长驱直入，你这个时候恋什么爱！也许以后就是以后了。"

她凌乱地说着许多"也许"。我懂了，生活里还有许多也许，当你碰到困惑和艰难的时候，你就想想苏格拉底、柏拉图、亚里士多德，直至车尔尼雪夫斯基他们的追求吧。

银波同志走近我，摸着我的头，又一次说"小鬼大了"。然后说，"你很好，你是个好的党员，可惜有点多愁善感，也许你太文学了，心不仅要像火一样热烈，还要像钢一样坚强。人生的道路上，你还会碰到许多事，应该非常乐观，非常男子气地对待。别害怕不顺利，不顺利使人坚强，刺激人鼓起最大的力量。当然，一切对于你来说，还在未来，你要准备未来，你要创造未来，你要赢得未来……不能让未来的也许是十分伟大的可能性从你的指缝里溜走。"

银波的话使我有点不好意思，从银波的房子里走出来，我好像真的有力多了。个人生活的事情，应该已经不能震撼我。我会跨过它们，我知道生活中，最美的是最初的念想。无论遭到了什么，失去的总是没有得到的多，我已经了解了一些事了，再也不是小孩子了。

回到办公室，拉开灯，拿出各校团组织的工作总结和计划，自言自语地责备自己，工作荒废得够多的了，然后专心致志，一篇一篇地看这些材料，把意见和疑问记录在工作笔记上。

结　语

初恋是珍惜的文物吗？放了一年又一年，呵护了十载又十载，仍不古董，却是新章。初恋是少共CY的成长，是真正的成人节，是更透更彻的而立之年。初恋是海平线上出现的一艘舟船，非雾非云，若隐若现。初恋是第一次高歌，无谱无弦，无伴奏无轻弹，催人泪下，令人无眠。初恋是冲动，是洗礼，是净化，是远离腐恶轻薄的誓言，是决心保证，永远忠诚与贡献，责任与自律、自爱与爱怜。初恋是精神的提升，初恋是朝霞和旭日，是一阵风？是一声"八九"节气带来春光信息的雁唳。初恋是爱的培育，爱的发芽，爱的生根，爱的世界，奠基兴建。

初恋是永远的温习，回味，从最初到最后，从啼哭到哀乐，从做梦到惊醒，从笑笑到酸苦，从泪迹到光照安息。初恋不会遗失，初恋不会失联，初恋不会淡漠，初恋永远陪伴。

成是初恋，不成也仍然是初恋永远。再见了，我的初恋，不会再见了，也是初恋，就算是忘了吧？忘了什么呢？忘的不是别的，只是初恋。

初恋热气腾腾，温柔缱绻，兴高采烈，枝叶纷披，攀缘提升，登峰望远，好云好雨，好人好心，好的故事，好的纪念。

在抬头不见低头见的时候，说过"再见"。再见不是告别，是等待重逢，"你好""早安""别来无恙""同干一杯吧，我的不幸的青春时代的好友"（普希金），欢呼：你丝毫也没有变，"从前这样，现在还是这样！"（苏联电影插曲）

在混乱的箱箧之中，在未知的颠簸飘摇里外，在已经有了许多个告别与痛哭的经验之后，七十年忆龄存货，依然活泼生动，仍然就在眼前。

初恋是一个声音，是电话里的慰安，初恋里还有许多打电话的故事，有些许的私密，下次，等我有了机缘，再专门写给文学的期刊。

特别是，尤其是，在苏联人说是俄罗斯波波夫、意大利人说是意大利马可尼、英国人说是英国亚历山大·贝尔，而美国国会二〇〇二年六月十五日做出269号决议、确认是美国人安东尼奥·穆奇发明了的电话里，稿纸上的主人公相信，仍然会一次次响起你的声音。你的声音在电话里是如此动人，温存，沉稳，不无矜持，略有犹豫，欲说还休，谛听敬肃，心语耳语，有声无声。你的声音在电话里得到了完美无瑕神奇与熨帖的表现。

我想，电话机里的声音的混响，声响的后浪前浪，抵御了战胜了一切的胆怯畏惧试炼袭击磨难。

一只小鹰在天上飞翔，又一只小鹰飞翔，两只小鹰颉颃，小鹰成双，小鹰分开了，再见，不是两两，不再成对成双，仍是一只加一只小鹰飞翔……

一只小鱼在水里游航，又一只小鱼在水里游航，两只小鱼游航，两只小鱼成双，小鱼徜徉，小鱼分别了，再见，不是两两，不再成对成双，也还是一只加一只，在那里游航。

必然，飞跃，成长，有人惦记，有人占据你的前心后心、左脑右脑，有人得到你的赞美追求和欣赏，有人逼迫你变得更好一点更美善光亮。于是，一江春水泛来，却尚未成渠，水到渠未成，成就的是一片生机，一片汪洋，草色遥看近却无，春花秋月永无了，花事无边风光好。

一声咏叹，又一声咏叹，二重唱，小合唱，美声，南梆子，保护了战斗的号角；有掩护的开火，有冲锋的炸药包，有卧倒也有奋起，有礼赞，有微笑，有柏拉图的理性，马克思的科学社会主义，也有文学的多姿，更有狙击手的十环连击，百发百中……

　　　　韶光应是最童真，朝日彩云万物新，
　　　　陶然最乐汗滴土，倜傥应推歌入云。
　　　　风寒苦斗贪污犯，日暖欢拥生动春，
　　　　涤荡污泥与浊水，花红柳绿更欣欣。

　　　　天真孩子稚无眠，热烈青春诗畅酣，
　　　　革命党人期大任，太平百姓盼丰年。
　　　　轻声且问卿心曲，或愿携行我梦圆？
　　　　未敢轻说诚有幸，与君然诺重如山！

几个月后，我想念，我相信，我觉得，我似乎，终于接到她的电话了。有说，其实电话机也是爱迪生发明的，好的，爱得死发明了它？迪迪生也随它去，它值得欢呼赞美。从前，对于爱情最重要的是书信，是旧手帕上题诗，贾宝玉。后来就是电话了。现在是微信。爱情不应该是林黛玉那样艰难，也不应该是微信表情那样便捷轻率。最好的亲近的随时的声音，传递在爱谁谁发明的德律风——telephone——电话机里。

我总坚信记得，你说呢？她在电话中说过：她已经被邀请，九月二十三日凌晨一时三十分，她要上天安门观礼台，参观本年国庆阅兵的预演，包括礼花、礼炮、焰火。她们的集合时间是九月二十二日，二十三点十五分。

我在区里工作，我知道得更多，我知道此后还有第二次预演，还要加上各界群众游行的彩排。不巧的是，我的参观票是二十七日凌晨的，我说。二十三日的预演，观众里没有我，我预祝她看得满意。

在电话里，她笑了，咯咯咯咯。

一！二！三！四！

共和国初年的爱情与生活书写
——评《从前的初恋》

王春林

尽管王蒙自己并没有做出过明确的表达，但依据笔者对他小说创作的总体了解，再结合《从前的初恋》这一小说文本的具体情形，基本上可以断定，作家的写作初衷是要呈现1950年代共和国初期那如火的青春岁月里的一段爱情故事，虽然不无淡淡的忧伤，但其主旨却毫无疑问是要真诚地礼赞那个时代的社会生活。但我们在其中读出的却是在一种社会政治特别强势的状态下，爱情、生活与社会政治某种复杂的缠绕情形。故事是从年轻的"老革命"刘夏与来自女六中的学生干部凌蕊园1952年1月31日在区节约检查工作组的意外重逢开始的。那一天晚上，由于工作过于繁忙，等刘夏回到办公室的时候，已经是次日凌晨的一点多了。没有来得及吃晚饭，同志们给他留下的馒头和熬白菜已经冰凉，他只好准备就那样不管不顾地把饭菜吃下去以便填饱早就在咕咕叫的肚子。但也就在这个时候，他突然听到了一声充满着"快乐"意味且又不失"孩子气"的叫喊："刘夏同志！"却原来，发出"快乐"喊声的，是他此前曾经有所接触的女六中高中一年级的党员、学生会主席凌蕊园。在简单地交代了自己为什么会出现在刘夏面前的事由之后，眼看着摆在刘夏面前的冰冷饭菜，她便自觉地承担了给饭菜加热的使命。就这样，由于尚是高中一年级学生的学生会干部凌蕊园的被临时借调到区节委办工作，此前曾经有过交集的刘夏与凌蕊园之间便开始了一段若即若离的交往。又是在一起唱歌，又是彼此围绕年龄大小展开的"较量"，再加上诸如借书这样的小细节，以及"我每天晚上开会回来，总去看看她，怕打搅她的工作，就站在旁边，烤一烤火"，就在这么一来二往的过程中，心思细腻敏感的刘夏不仅发现了自己心理的微妙变化，而且还把它不无详细地记在日记中。刘夏从表面上看似乎的确写到了那么多的味道，但所有其他味道的书写，实际上都是某种铺垫，都是为了引出凌蕊园身上的发香，或者干脆就是她身上散发出来的一阵香气。要知道，只有在彼此靠得很近的情况下，才可能闻到彼此身上的味道。因为这个时候的刘夏正在和凌蕊园一起散步，所以，一种可能性极大的猜测，就是他们俩肯定靠得比较近。还有就是，此前的刘夏去看凌蕊园时，也会"站在旁边"，但为什么只有到大雪天散步的这个时候才突然闻到了凌蕊园的发香乃至身上的香气？也因此，一种令人信服的结论就是，大概从这个时候开始，刘夏内心深处便对凌蕊园萌生出了朦胧的爱意。很大程度上，正是如此一种朦胧爱意不期然间的萌生，一下子就改变了刘夏的精神状态。

但也就在这个时候，寒假结束的时间到了，在没有当面打招呼的情况下，凌蕊园匆匆归校，临行前给刘夏留下了一张纸条："我走了，再见。书还没有看完，先不看了，谢谢你。／区委会真是个伟大的、难忘的地方。／蕊园，午后"，如此一个小小的纸条，尤其是最后的署名方式，顿时让刘夏激动不已："我一遍又一遍地看着这两行字，从这几十个字里，感觉到她的亲切、成熟和朴素。还有，我能不能说呢？我深深地有了一种感觉叫作亲近。亲近，就是又亲又近……"也正是从这个时候开始，由于突然间的分别，刘夏一时陷入了对凌蕊园狂热的思念之中。他几乎走着站着，白天黑夜，都每时每刻地思念着凌蕊园："几天来，无论什么时候，都想着凌蕊园。""我想她。在火一样的'三反'运动中，我们的心不知不觉地连在一起。饭后三言两语，午夜短促问候，成为艰苦的生活里最宝贵的相互鼓舞和慰安。而我们之间的了解，也好像超过任何长期共事的朋友。她走了，就走了吗？我们长久地见不到面，她念书，我工作，'因公联系'的时候握一握手，是这样吗？"看到长安街上人们在排着长队买电影票，"这时又想起了一直萦绕在心里的凌蕊园，对了，与她一起看一场电影该有多么好！如果和她一起看电影……""还没想下去，这幸福已经使我受不了了。""这是为什么呢？我想着的老是凌蕊园。""紧接着，也许是同时？谁知道那一刹那，万种心思的出现次序呢？三个星期以来，和凌蕊园相处的记忆，像闪电一样迅速地从心中展示，相见、白菜汤和大火炉、瓷缸子、歌——东北风，莱茵河寂寞而幽静，颤抖和微哑的嗓音，第一次散步，胡同口打冰出溜的小孩子，直到最后'告别'的纸条，她在条上写：'谢谢你'，她的署名并没有写姓……十八年来第一次有女生给我写信只签名字，没有写姓，这很重要，我要为之泪下。"好的，到此为止吧，不再抄录了。但我相信，以上的这些抄录，已经足可以形象而生动地传达在 1950 年代共和国初期一代少男少女那特别纯真美好但却不失幼稚的初恋心理。一个少年对一个少女的由衷思恋，一直到今天读来都依然能够打动我们的心灵世界。既没有拥抱，也没有热吻，仅仅是关于一次看电影的想象，或者一张署名时没有写姓的纸条，就可以让男主人公"要为之泪下"，如此一种情形，大约也只有在那样一个特定的时代与社会语境下才会形成。也因此，即使仅仅是从真实记录了一代青年纯真的相思这一点来说，我们也应该感谢王蒙，感谢他的这部中篇小说《从前的初恋》为我们书写了一种生命和情感的真实。

棣棠之约

孙 频

1

多年前，我们三人经常一起结伴去看黄河，就像去看望一个很古老很古老的祖先。

黄河当初从青藏高原上下来便决心去往大海，于是一路东行，经过了黄土高原和河套平原，经过高原、沙漠、绿洲、草原。漫漫时光里，它大部分时间匍匐着走，偶尔会忽然站起来，大概是孤独得太久了，它会以瀑布的姿势大声喧哗几句，唾沫四溅，然后继续匍匐赶路。在水草丰茂的草原上，它会把自己折叠成优美的九曲蛇形；在黄土高原上，它会凶悍磅礴地甩出一个巨大的"几"字形。一条大河孕育出了城邦、村庄、古渡，孕育出仰韶文化中诡异的漩涡花纹和古老的羊皮筏子，还有幽寂绚烂的黄河壁画。

我们三人就在黄河边的峭崖上发现了一处黄河壁画。在绵延几里的赤色峭壁上全是被黄河水冲出的天然石画像，像人在天上，又像神降人间，人、神、花、鸟、兽、山、水，似乎全聚在一起了，分不清哪里是天，哪里是地，哪里是河，只见众神同欢，万物生长，天地间一片混沌。峭壁下是奔流而过的黄河水，再往前便是大石遍布、暗礁林立的碛口，水深浪急，船走到这里就不敢再往前走了，于是很早以前这里就形成了一个黄河古渡头，叫碛口渡。古时，那些从黄河上游满载着毛皮、油料、粮食、盐碱、中药的大船走到这里便无法再前行了，船上的商人们只得弃船走陆路，用骆驼和骡马把船上的货物运出去。所有的商人和驼帮都要从碛口唯一一条青石板路上走过。石板路的另一侧就是黄河，大河日夜不息地流淌，夕阳坠入河中的时候，河水会变成炫目的金色，有月光落在河里，河水就变成了银色，闪着霜一样的清辉。

我和戴南行、桑小军每次都是吃了午饭从学校出发，步行到黄河边的时候，往往夕阳已经开始落山，从两山之间穿过的黄河被染得通体金黄。从山顶上看过去，寸草不生的黄土山，金色的大河，天火般的落日余晖交织在一起，共同构筑成了天地间一座恢宏壮丽的城邦，一座只属于我们三个人的城邦。在这座秘密城邦里，我们观赏过落日焚烧着山河，等待着明月从山间升起，当月光乘着浩荡长风，大河也变得冰清玉洁。到了夜里，有时候我们借宿在碛口渡的窑洞里，有时候干脆躺在河边的巨石上，石上尚有阳光的余温，我们沐着星光，枕着碛声，彻夜聊诗歌、聊文学。

还有的时候，我们会沿着黄河北上，一直走到乾坤湾，那是一段黄河古道，越弯曲的河流便越古老，这种古河道的河岸都是夹心的，一层一层纹理清晰，中间有一层黑色的鹅卵石，而一百多万年前黄河刚形成的时候，这层鹅卵石就是黄河的河床。准确地说，让我们感到震撼的其实是时间，那么古老又苍茫无际的时间，居然被封存在一块块石头里。爬到山顶往下一看，一个形似太极图的大河湾赫然在目，那是真正的鬼斧神工。我们惊叹河流在大地上竟可以行走得如此优美壮阔，只是久久呆立在山顶上，全然忘记了时间和归途。

那是1984年，我们正在读师专。我们那所师专可以算是全中国最偏僻的一所师专了，藏匿在黄土高原深处的褶皱里，向西步行半日就到了黄河边，黄河的对岸就是陕西，两岸的人会划船去对方的地盘上赶集、娶亲。我们师专所在的那座小山城，在汉代曾是匈奴的国都，旁边还有大戎、小戎、西落鬼戎、奔戎这样的部族，所以当地人多有少数民族血统，喜欢吃牛羊肉，喜欢大碗喝酒。就在我上师专的时候，小城街头还时常能看到有骑马当车的人。

初到师专的时候，我感觉自己一下被放逐到了时间的尽头，文明的尽头，华夏文明到此为止，再往前一步，就是异族的文明了。同学里面，如我一般的失落者其实不在少数，居然被贬谪到这样的深山里来上大学，简直去上个课都得骑骆驼，真够复古的。但就是在这样的深山里，在文明的断层处，我居然也结交到了两三知己，戴南行和桑小军就是那时候认识的。

戴南行其实比我们高一届，他本来上的是物理系，因为热爱文学，执意要转到中文系，为此不惜留级一年，于是和刚入校的我们成了同班同学。初见此人是在宿舍里，报到完之后我心情不佳，正在上铺躺着发呆，忽见门里飘进来一个男生，又高又瘦，一头长发，穿着喇叭牛仔裤，尖头皮鞋，巨大的黑框眼镜遮住半张窄脸，这么时髦的打扮在学生中绝无仅有。来人把一卷被褥轻飘飘地扔到了我下铺，巡睃四周，发现上铺还躺着一个人，立刻来了兴趣，他扑到我床边，向我递过一只细长白净的手来，我半天才弄明白，原来他是要和我握手。这么隆重的礼节我还是第一次见。握完手之后，他便把他的头搁在了床边，他个子又高，正好能把一颗头完整地搁在我床边。从我的角度看过去，便觉得是他把自己的头摘下来摆在那里，正喋喋不休地和我说话。那颗头兴奋地问我，你喜欢读谁的诗？我正在思忖是说北岛还是舒婷，那颗长发飘飘的头已经很得意地说，你肯定准备说朦胧诗吧？我喜欢穆旦的诗，他把西欧现代主义和中国传统诗歌结合起来，节奏美，音乐美，建筑美，在穆旦的诗里都能找出来，他是真正的雪莱式的浪漫诗人，我来给你背一段吧：你的眼睛看见这一场火灾，／你看不见我，虽然我为你点燃，／唉，那燃烧着的不过是成熟的年代。／你的，我的。我们相隔如重山。／从这自然的蜕变的程序里，／我却爱了一个暂时的你。／即使我哭泣，变灰，变灰又新生，／姑娘，那只是上帝玩弄他自己。

那是我第一次听说穆旦，心中惊异，连忙从枕头下面抽出自己的几页诗稿递给来人，嘴里说，那你也写诗吗？看看我写的诗怎么样？

我从高中开始悄悄写诗，并经常为自己经营的这片秘密花园感到得意。此人用极为细长的手指接过诗稿，飞快地扫了两页，然后把长发使劲往后一甩，露出眼睛，不屑地对我说，你这也能叫诗？就算是诗吧，一看就是你硬找诗，不是诗来找你，我老家有个老玉匠曾经对我说过，玉石与其他石头相比，里面含有更多的阴气，但玉石认主，愿为其主人舍身破命。好的诗也是这样，会前来认主。

我心中一阵羞恼，忽地坐起，赤脚从上铺跳到了地上，只见来人比我足足高出一头，两条腿像蚱蜢一般又细又长，再加上喇叭牛仔裤的效果，更显得全身上下只有两条腿。我不服气地嚷道，你以为就你懂诗？他的长发一垂下来就把眼睛遮住了，他便又用力把长发往后一甩，让眼睛露出来，他并不厌烦，好像还很享受这个过程。只见他两眼放光，直着脖子说，里尔克说过，如果写得太早了，我们应该用一生之久，尽可能那样久地去等待，为了一首诗，我们必须去感觉鸟怎样飞翔，知道小小的花朵在早晨开放时的姿态，我们必须能够回想异乡的路途，不期的相遇，逐渐临近的别离，回想那还不清楚的童年的岁月，想到父母，想到儿童，想到寂静、沉闷的小屋内的白昼和海滨的早晨，想到许多的海，想到旅途之夜，在这些夜里万籁齐鸣，群星飞舞。可是这还不够，如果这一切都能想得到，我们还必须回忆许多爱情的夜，一夜与一夜不同。

那也是我第一次听到里尔克这个名字，我被镇住了，头耷拉下去，心想，没想到在这山沟沟里，居然也能遇到这等异人。便问他道，你叫什么名字？他龇着牙说，戴南行。我说，怎么起这样一个奇怪的名字？他又笑道，我那父亲一辈子没有去过南方，心之所向，便寄托到我身上来了，结果我不但没去南方，还干脆进这大山里来了。不过，我发现在这大山里也没什么不好，你不要以为这里是边地，这偏僻的地方其实是多种文明的交汇碰撞之地。这山里曾经生活过匈奴、鲜卑、突厥、契丹、吐蕃、回鹘、粟特，至今有蒙古族、独龙族、藏族、东乡族、普米族、锡伯族、哈尼族等民族，在这里能看到文明积淀下来的清晰纹理，所以，这蛮荒之地其实是一座民族博物馆。这么一想，你不觉得这光秃秃的黄土山也很有意思吗？

我惊讶地问，你是怎么知道的？他昂起头，得意地说，如果你无法发现美，那你在哪里都会很痛苦。我断定他的家庭一定和我的不同，便有些羡慕地说，可见你父亲也是文化人了？他像没听见，或者是故意回避这个问题，头发又一甩，把两只眼睛扒拉出来，目光炯炯地看着我说，你除了舒婷北岛还知道谁？你看过聂鲁达的诗吗？我来给你背几句：我喜欢你是寂静的，仿佛你消失了一样。／你从远处聆听我，我的声音却无法触及你。

我有些羞愧，赶紧把话题岔开，说，到饭点了，我都饿了，我们去吃饭吧，我还不知道食堂在哪呢。他的长发掉下来，复又把眼睛埋起来，不满地说，什么食堂，还没盖好呢，连张桌子都没有。我说，那怎么吃饭，你已经去过食堂了？他忽然又凑过来，有些讨好地说，吃饭不着急，我们还是聊聊诗歌吧。我不高兴地说，你不用吃饭？你不吃我还要吃呢，你不去我去了。

于是他在前面带路，我俩结伴去了食堂，一看，果真还没盖好，只有一个窗口供应面条，打了面条的学生就蹲在食堂门口吃，蹲了黑压压一片。我这才知道戴南行已经在这里上了一年物理系了，因为喜欢文学便留了一级，执意要转到中文系。也是后来才慢慢从别人口中得知，他的父母都是大学老师，在省城的一所大学里教书，他是在省城长大的，却跑到这深山里来上大学。不过他对自己这样的家世只字不提，甚至厌烦别人提起，事实上，他对所有精神性之外的事物都只字不提，自动与世俗绝缘，他像一团庞大坚固的气体，一种精神性的存在，而并没有真正的肉身。我时常觉得他属于无形之物，与鬼神、灵魂、时间属于同一物种，它们游荡在难以被肉眼看到的一重神秘领域里。越到后来，这种感觉越强烈，后来，他的肉身彻底委顿，他渐渐变得像幻影，像巫，像宗教。

我们各自打了一碗面条，也蹲在食堂门口的空地上吃了起来。我把脸埋进碗里呼噜呼噜吃面条，戴南行却捧着面条只扒拉了几口便放下，又兴致勃勃地对我说，我觉得吧，写诗还是灵感最重要，柏拉图这样说过，灵感是灵魂在迷狂状态中对于天国或上界事物难得的回忆和观照，没有这种诗神的迷狂，无论是谁，都将永远站在诗歌的门外。

他说话的时候，嗓门特别大，神情又夸张，还辅以各种手势，自带舞台感，所以，无论他在何时何地说话，哪怕是在说悄悄话，也像正在剧场里做演讲。他穿着上鹤立鸡群，我们清一色的中山装和布鞋，个个灰头土脸，只有他一人穿着喇叭牛仔裤和尖头皮鞋，全身上下亮闪闪的，越发像他一人站在舞台的灯光里，而我们都坐在观众席上。他在我旁边若无其事地大声演讲，这既让我感到羞耻，又有几分奇异的荣耀；再加上他读过很多我没有读过的书，又让我一边钦佩他，一边在暗地里还有些怕他。

身边有戴南行这样的人，我生怕被他笑话了，便发奋读书，连初入学时的沮丧也渐渐淡忘了。戴南行很喜欢看书，晚上宿舍熄灯之后，我们躺在床上卧聊一会儿也就各自入睡了，他才点起蜡烛开始郑重其事地看书或写诗，烛光把他的影子投在墙上，石像般庄严，还略带诡异之气，宿舍里每晚萦绕着蜡烛燃烧的香味，以至于我每次半夜醒来，都有一种置身于寺庙里的恍惚感。后来宿舍里有人有了意见，说半夜点着蜡烛睡不好觉，还有人担心他点着蜡烛就睡着了，结果哪天一把火把宿舍给烧没了，八个人烧成一堆骨头，谁是谁都分不出来。这时戴南行又发现了一个新的去处，他发现阶梯教室是可以不熄灯的，于是晚上便跑到阶梯教室，通宵达旦地待在那里看书写诗，等到第二天早晨，我们洗把脸正匆匆往教室赶的时候，他悠然晃回宿舍睡觉去了。他已经发现有些课讲得实在是索然无味，便干脆逃课，并嘱咐我，如果有老师问起，就说他重病在身，没法去上课。我说，你得具体点，你这病到底有多重，我又不会编。他咧开大嘴，很快乐地说，老赵，我就喜欢你这点，连假话都不会说，老实得可爱，你想怎么编就怎么编，半身不遂啊，病入膏肓啊，奄奄一息啊，都行。

后来我又发现，晚上他也不是彻夜待在教室里看书写诗。有一段时间我失眠得厉害，每每睡到半夜醒来就再睡不着了，听着宿舍里此起彼伏的鼾声，只觉得自己独自沉入了一片水底，别人却都在我头顶兴致勃勃地划着船。在床上翻来覆去又怕把别人惊醒，于是，刚刚挨到窗户里的天光泛起一点点青色，我便赶紧穿戴好衣服溜出了宿舍。整个校园还在沉睡，没有一个人影，天地间一片阒寂凛冽，似乎整个世界都变成了废墟，只在东方的尽头燃烧着些微的猩红色。我感到一种前所未有的孤独，正漫无目的地在校园里瞎溜达，忽见明冥交界的晨光里似乎孵出了一个人影，我顿时觉得我和这个人是这世界上唯一的幸存者了，便加快脚步向那个人影走去。

晨光一寸寸地被点亮了，对面的人影也渐渐长出了眉眼、长发、长腿，甚至长出了一副巨大的黑框眼镜。我心想，这人怎么长得这么像戴南行。待到几步之遥的时候，对面的人影忽然伸出细长的手指要和我握手，老赵，你也在漫游啊。除了戴南行还会是谁?! 我说，老戴? 你大半夜去干吗了? 他站定，把长发往后甩了甩，昂首说，漫游去了。我惊异地说，你大半夜去哪漫游了? 他指了指学校外面的后山，我昨日去山上赏落叶，真是好景致，无边落叶萧萧下，因舍不得离去，不知不觉到了天黑，就在山上的那座庙里躺了一宿，真正是好，躺在庙里就能看到月光，身上盖的也是月光，可谓表里俱澄澈，那可真是赏月的好去处啊，再带上一壶酒就好了，可以举杯邀明月。

我倒吸了一口凉气，后山上确实有一座破庙，不知道是哪个朝代留下的，几近坍塌，又紧靠坟地，据说时常有狐妖在庙中出没。我皱着眉头说，就你一个人? 也不害怕? 他诧异地说，害怕? 那么孤绝美好的月光，怎么会害怕呢? 我昨晚在月光下还想出两句诗来：我是大地的守夜人，孤独地守护着大地上的梦。

说到诗歌，我也来了兴致，很想卖弄一下自己最近所读的书，于是两个人便站在半青半白的晨光里谈论起了诗歌。山上入秋早，早晚时分已经有了些寒意，我忍不住缩起脖子，把两只手拢在袖子里，戴南行虽然衣裳单薄，又刚刚在山上冻了一宿，但看起来却仍是器宇轩昂，长发在风中飘扬，挑在细长的脖子上，像面旗帜。他一手插裤兜里，另一只手比画着，一边慷慨激昂地谈论诗歌一边把唾沫星子喷了我一脸。我则一边对答一边不时掏出手帕来擦脸。事实上，在后来的很多年里都是这样，他一边旁若无人地大声演讲，一边把唾沫星子喷到我脸上，喷到我面前的酒杯里、碗里，我则镇定地从口袋里掏出手帕擦脸。后来手帕这东西基本已经绝迹了，我却仍然保留着几块文物一般的手帕，并随时随地携带在身边，以至于我一掏手帕便有人惊呼，你这是手帕? 哪儿来的古董?

我俩站在那里足足争论了有两三个小时，竟不知道天光何时已大亮，直到夹着课本去上课的学生陆陆续续从我们身边走过去，我们才意识到时间，但仍然没有争论出什么结果，谁也说服不了谁，最后戴南行冲我大喝一声，老赵，我要和你绝交。我也大声回应道，好。虽然我们两个人怪模怪样地横在道路中间，戴南行的嗓门又是十里之外都听得清清楚楚，但路过的学生却并不多看我们一眼。因为那实在是一个属于诗歌的时代，走在校园里，迎面而来的每个人都像饱含酒神精神的尼采，即便是校门口卖烧饼的小贩，也能随口和人谈论几句诗歌，以至于到了后来，我们把那个时代神话了，总是动辄缅怀。

过了很久我才慢慢想明白，一个所有人都在谈论诗歌的时代其实并不正常，但像九十年代那样，所有的人都在谈论下海经商显然也不正常，两千年之后，网络加入人世间，社会变得更光怪陆离了一些，却又连八十年代那点可爱的土气也荡然无存了。而戴南行的牛逼之处就在于：八十年代他是个诗人，九十年代还是诗人，两千年之后仍然是个真正的诗人。

他喊完绝交之后就回宿舍睡觉去了，我则跑到教室里去上课。第二天他便忘记了昨日说过绝交的话，站在高低床前，把一颗乱蓬蓬的脑袋搁在我的床板上，得意地把一首新诗递给我看。我说，老戴，咱俩不是已经绝交了吗？戴南行惊讶地看着我，有吗？什么时候的事？我怎么不记得。过不了几日，我们再次因为诗歌发生争执，仍是各执一词，于是他又隆重地向我宣布，老赵，我一定要和你绝交。第二天又颠颠跑过来找我。如此反复多次，到下一次又发生争执的时候，不等他开口，我就主动先替他说出来，老戴，我要和你绝交。也算为他省下了二两力气。

2

不觉就到了新年，刚刚下过一场大雪，放眼望去，整个黄土高原被白雪覆盖，那些干渴的黄土山好像忽然之间燃尽了所有的金色，只剩下一种骨灰般的白，洁净冰凉又无比盛大，连灰蒙蒙的小山城都变得晶莹剔透起来，像童话里的宫殿。在这黄土高原深处，能属于我们的颜色实在太少了，除了黄色就是黄色，于是连冬天都成了我们的节日，因为它会把洁白的大雪馈赠给我们。

新年的晚上，我们八个人聚在宿舍里，从食堂打了一脸盆饺子来，又拿出一包炒花生，一瓶劣质高粱酒，两张破木桌往起一拼，八个人便围成一圈吃喝起来，有的坐床上，有的坐椅子上，眼看还是坐不下，我便干脆坐到了上铺，由他们下面的人给我运输饺子和酒。大家正狼吞虎咽地抢着吃饺子，戴南行忽然起身，像变魔术一样变出了一个铝饭盒，然后打开饭盒，单手托着，一边展览给众人看，一边得意地说，这是戴某人献给大家的新年礼物，人人有份，不能多也不能少。我居高临下地往那饭盒里一瞅，只见饭盒里躺着八只饺子，看起来和脸盆里的没什么不同，心想他又在搞什么鬼。

戴南行给每人分了一只饺子，我也分到一只，也没多想，顺手就塞到了嘴里。一口下去，我在上铺呆住了，下面的几个人也都呆住了，整个宿舍出现了一刹那的冻结，接着就是戴南行的一阵狂笑，他一边笑一边使劲拍着桌子。原来他悄悄把这八只饺子掏空了，把一块巧克力塞了进去，做成巧克力饺子送给我们当礼物。巧克力是我们平时根本吃不到的稀罕物，每个人含在嘴里都不忍心咽下去，我把那块巧克力在舌头下埋了很久，直到它完全化掉。那是我第一次体会到什么叫礼物，在收到礼物的那一刻，忽然有种被自己身体里的蜡烛点亮的感觉。这使我感受到生活竟有它精巧和奇妙的一面，只是那一面不会轻易被人看到。也许别人的感受也和我相似吧，因为多是农家孩子，家境贫寒。出于掩饰，几个人一起动手把他按在了床上，我也从上铺跳下去，一边回味着巧克力的余香，一边喊着，快罚他酒。众人七手八脚地灌了他几杯酒才作罢，半醉的戴南行站起来，站在宿舍中央，使劲把长发往后一甩，昂着头说，还有一件礼物要献给我们的新年，献给节日，因为节日本身就代表着虔诚的祭祀。法国诗人瓦雷里曾这样说过，上帝无偿地赠给我们第一句，而我们必须自己来写第二句。这首诗的第一句正是来自黄土高原，所以我把它也献给黄土高原：

从北上灌木的枯枝
从空无一人的土窑破碎的窗纸
黑色的风呼啸而过
横卧于荒芜之床
承受着时间的鞭刑
我若愚若昏
未来的未来
我的灵魂不断消融
而我的肉身则是一只埋进时光的杯子
期待着载来初春之雨的一朵云

朗诵完毕，他对着我们庄重地鞠了一躬，我们只觉得头皮发麻，便使劲鼓掌。这时候他忽然穿起棉衣，脚步踉跄地往外走，我追了出去，问，老戴你这是要去哪里？戴南行头也不回地说，去看书，天黑了，我的生活才真正开始了，我是大地的守夜人嘛。我在他身后说，你喝了这么多酒还看什么书，快回宿舍睡觉吧。他已飘然而去，只让北风给我捎来几个字，能有什么事。我看着他的背影渐渐消失在黑暗中，忽然觉得这一幕有些似曾相识，确实，我不是第一次见到他这样了，毫无征兆地，忽然从热闹的人群中把自己拔出来，掷向清冷孤独之处。

到了晚上十一点多，宿舍里的其他人因为喝了点酒，基本都睡下了。我喝得最少，躺在床上忽然想起戴南行，心里总觉得有点不踏实，思谋一番，还是穿衣下床，悄悄出了宿舍。月亮高悬在夜空，伴着几颗疏朗的寒星，银色的月光照着地上厚厚的积雪，积雪反射着冷冷的宝石一样的光华，把夜晚照得如同一种白昼，一种很奇异的白昼，更像是白昼落在晚上的一个梦境，一切都发着光，一切都是邈远温柔的。我先是去了阶梯教室，教室里亮着灯，有一个学生在看书，但不是戴南行。我心里咯噔一下，心想他能去哪呢，不会是踏雪去后山的破庙里赏月去了吧。我一边在校园里漫无目的地走着，一边到处找寻他的踪影，走到图书馆前面的空地上，就着月光忽然看到前面似乎躺着一个人影，我赶紧跑过去一看，果然是戴南行。

我连忙拉他起来，他不肯，还要躺在雪地里，我有些急了，说，老戴你躺在雪地里不冷吗？他眼睛仍望着夜空，语气很平静，倒不像是喝醉的样子，只听他说，不冷。我说，你大半夜躺在这里干吗？他虽然能听到我的声音，但似乎并不是在和我对话，仍然对着夜空，温柔平静地说，我在仰望星空，我在寻找那些古老的星座。我说，你快拉倒吧，在这里躺一宿非把你冻死不可。说着又伸手去拉他，他的手已经冰凉，但还是执意不肯起来，一定要坚持躺在雪地里仰望星空，我便连拉带拽地把他硬拖起来，拖回了宿舍。他一边跟跟跄跄地被我拖着走，一边还在严肃地向我抗议，为什么不让我看星星？你说，为什么不让我看星星？星空辽阔灿烂，宇宙的秩序优美而永恒，而我们，我们又算什么？我一想到这里就觉得无比悲伤。

我说，你先不用悲伤，等着明天感冒吧。

果然，第二天戴南行便开始发烧，我请了假在宿舍照顾他。我说，老戴，要不是我半夜三更地出去找你，估计你现在已经变成鬼了，等你好了得请我喝顿酒。

那时候想喝点酒真是不容易，酒都是凭票供应的，也只有在过年的时候才能供应一瓶。为了解决喝酒的问题，戴南行曾试图给我们酿过各种酒。他跑到柳林的黄河滩上，那里种着很多枣树，摘了红枣回来，把枣捣碎，放在一只坛子里，坛子里加点酒曲，然后密封起来等枣发酵，半个月之后，把果汁滤出来再进行第二次发酵，再过个把星期，一坛红枣酒就酿好了。除了红枣酒，他还酿过杏子酒、沙棘酒、山梨酒、野葡萄酒，甚至还把一种叫龙葵的野果采来酿酒，酿好的龙葵酒色如墨汁，蘸着都可以写字，让人望而生畏。戴南行不管，先自斟自饮起来，几杯酒下肚之后，嘴唇和舌头都被染成了黑色的。他趁着酒兴演讲的时候，黑色的舌头在嘴里一闪一闪的，吓得我们都往后退了一圈，空出一个微型广场来。他独自站在广场的中央演讲，黑唇黑舌，激情澎湃，附带着一点果酒的芳香，像一个骄傲而邪恶的国王。

不管怎样，在那个连酒都喝不到的年代里，因为有了戴南行，我们却尝过五光十色的酒，那些酒，有的鲜艳到了恐怖的地步，像毒药。有的具备致幻的功能，因为里面加了曼陀罗花，喝下去之后忽然发现猫变成了老虎，室友都变成了巨人，只有自己变成了小矮人。有的具有强大的麻醉功能，喝了之后可以连睡三天三夜不醒，以至于让别人误以为都可以抬出去下葬了。这些美丽邪恶的酒均出自戴南行之手，到了后来，他手艺越发纯熟，可以把任何一种植物或果实酿成酒，有时候我会觉得，他像个巫师，躲在自己阴暗的城堡里，守着一堆瓶瓶罐罐，配制出各种神奇的魔药，光那些魔药的颜色便足以照亮我们贫寒的师专生涯。

戴南行躺在床上，鼻涕横流，却还是一脸鄙夷地说，我躺在雪地里仰望星空是为了灵感，为了能从宇宙里觅得几首好诗，你坏我的诗兴还没找你算账呢！不过酒还是要请你喝的，我父亲手里还存着两瓶老白汾呢，下学期我拿一瓶过来请你喝。我说，你要偷你老爹的酒啊。他立刻拉下脸来，拧着眉毛说，喝酒是何等风雅的事，怎么能说是偷呢，充其量就是擅自拿出来，等有了好酒，我们拿到后山上，就在那破庙里，你不知道，那真正是个好地方，清净自在，可以在那里一边喝酒一边赏月。

我说，那破庙旁边就是坟地吧，你也不害怕？他淡淡一笑，用纸擦了擦鼻涕，说，所有地方之外的地方，像图书馆、坟地、破庙、半夜的阶梯教室，都是很神奇的地方，我把这些地方统称为异托邦。乌托邦并不是真实存在的，但异托邦却是真实存在的，异托邦其实就是一道有魔法的门，从这里还能去往别处，和别处的别处，但到底会去往哪里，有时候连你自己也无法知道。

我想了想，补充了一句，还有月光下的雪地里。

他抚掌笑道，老赵人虽无趣，但悟性是很好的，又呆又聪明，就像是一种组合动物，比如鸭嘴兽，比如麋鹿，再比如半人马。

我抗议道，你才是鸭嘴兽。

转眼就到了下学期，返校的时候，戴南行果然带来了一瓶瓷瓶装的老白汾，我让他把酒先藏起来，这么珍贵的东西，还是要等到什么重大节日再喝。只见他牛仔裤上突然破了一个大洞，他却浑然不觉，我好心提醒了一下，他却哈哈大笑起来，说，这是我故意剪的，不知道了吧？这是今年最流行的乞丐服。我惊讶道，省城现在流行这种衣服？那直接穿点破衣烂衫不更省事？他不屑再搭话，从包里抽出一个厚厚的信封递与我，我一看，里面装着一沓信，便诧异道，这是给我的？他有些不好意思地说，老赵，这都是寒假里写给你的信，我想和你说话的时候就给你写信，只是没有给你寄出去，现在觉得还是物归原主比较好，这些信一旦写了就是你的了，还给你，不过你看的时候一定要一个人躲起来看，信也是属于魂魄的一种，要护好它，不能让别人看到了。

等他出去了，我才拆开信封，一看，里面共有五封信，清一色用毛笔写的小楷，字体苍劲而不乏秀气，通篇都是在谈论文学、艺术和哲学问题，丝毫不提及他的寒假生活。在最后一封信的结尾处我看到这样一句话："崇高的经验提升了人类精神，使其变得高尚，也巩固了我们作为有道德的生物的尊严。"

至于那瓶酒，我们迟迟没有商量好什么时候把它喝掉，主要是因为太珍贵了，实在不舍得轻易喝掉。他又怂恿我和他步行到杏花村去喝酒，说那里的酒多得可以泡进去洗澡，而且每一种酒都美得像诗。不仅有老白汾，还有玫瑰汾，是把玫瑰花放在汾酒缸中浸泡数月而成，白玉汾则是在汾酒中加入龙眼和紫油桂；还有一种极赏心悦目的酒，叫竹叶青，色泽翠如碧玉，是在汾酒中添入了竹叶、紫檀、公丁香、陈皮、广木香，所谓"兰羞荐俎，竹酒澄芳"说的就是竹叶青。那里方圆十里全是酒香，人们往往还没走到杏花村就醉倒在半路上了。说得我跃跃欲试，但杏花村属于汾阳，地处平原，我们背着凉水和石头饼，光出山就得出几天。

就在这个时候，学校里忽然又冒出一名诗人，叫桑小军，此人刚刚在某文学刊物上发表了几首诗歌，一时在校园里名声大噪。最可气的是，这人还是个理科生，分明是在欺负我们中文系没人。戴南行把那几首诗找来看了，又递给我看，他用一根细长的手指使劲敲着那本杂志，鄙夷地说，你看看这诗写得比我好吗？写诗就写诗，还一定要发表出来，如此张扬，我写那么多诗，你见我发表过一首吗？

我没吭声，因为我知道他偷偷给好几家文学刊物投过稿，只不过都是泥牛入海罢了。我后来想，戴南行一生磊落到了明月刀雪的地步，唯独投稿这件事是背着人做的，可见对此事的在乎与恐惧。

然后他硬要拉着我一起上门叫阵，我推辞道，我笨口拙舌的，还是你去和他单挑吧。但他不由分说把我从上铺拽下来，穿上西服，郑重其事地打了领带，又在身上背了个书包，把那本杂志塞了进去。我们俩便来到数学系的宿舍楼下叫阵，因为无从知道桑小军到底住哪个宿舍，戴南行便在楼下用八字步站定，两手做成喇叭，扯着嗓子往上喊，桑小军，那个叫桑小军的，你给我出来。

正是中午时分，学生大部分都在宿舍里，戴南行叫阵之后，窗户里哗地探出了一大片脑袋，夹杂在挂在窗外的内衣袜子里，纷纷朝着我们张望，我们不但不觉得丢人，反而觉得很荣耀。因为那种弥漫在校园里的酒神精神，我们这些言必谈诗歌和文学的学生倒像是奥林匹斯山上的众神。我们正扬着脑袋往上瞅，楼门的阴影里忽然走出一个男生来，晃着膀子走到我们面前。只见此人个头不高，但体格敦实，上身穿一件洗得发白的中山装，下面是肥大的绿军裤，两只宽肩膀上扛着一颗方形脑袋，面孔黢黑，短发根根竖起，一脸悍气，怎么看都不像个诗人。此人嘴角斜叼着一根纸烟，歪着脑袋打量了一番戴南行身上的西服，劈面问了一句，你他妈谁啊？

戴南行十分气愤，像他这等风流人物，校园里居然有人不认识他？他把那本杂志从书包里抽出来，在桑小军面前晃了晃，倨傲地说，足下的诗我已经拜读了，并不十分欣赏，对诗歌我正好也有点陋见，所以想找足下辩论一番。这时候我们周围已经围了一圈学生，有的拿着空饭盒，有的一边围观我们一边站着吃刚从食堂打来的饭，刚来的不知是怎么回事，探进脑袋来询问可是有人在打架，挤不进来的就在外围拼命踮起脚尖往里瞅，还有的人跳起来往里看。一时人山人海好不热闹。桑小军两口把半根烟抽完，又把烟头碾灭，至此都不曾正眼看过我们，他把两只粗壮的胳膊抱在胸前，环视周围一番，冷冷说，这里人多，不方便说话，找个安静的地方去。戴南行把长发往后一甩，忽然露出了很天真的笑容，他对桑小军说，我想到一个极好的去处，后山上的一株桃树开花了，我前两天刚去赏过花，世上还有什么事情是比桃花盛开更美好的？在桃花下谈诗岂不是人生一大快事？

桑小军斜眼看着他说，你是吃什么长大的，这么阴阳怪气的？戴南行笑道，我们要谈的是诗歌，和吃联系到一起可就俗了。于是我们三人冲出重围，从学校后门出去，上了后山，爬了一段山路，走着走着，光秃秃的山路上忽然杀出了一树桃花，像一大团粉红色的火焰，燃烧得温柔热烈，树下已铺了一层厚厚的落花，深山空谷，花香侵人。桑小军站定，大喝一声，果然是好地方。戴南行得意地做了个邀请的姿势，似乎是到他家门口了，我们三人便盘腿坐在了桃树下。正好一阵山风经过，花瓣像雪一样纷纷扬扬落下来，几乎要把我们埋葬在这里。戴南行先发制人，开口便道，《文心雕龙》里有这样一段话：是以执术驭篇，似善弈之穷数；弃术任心，如博塞之邀遇。故博塞之文，借巧倪来，虽前驱有功，而后援难继。少既无以相接，多亦不知所删，乃多少之并惑，何妍蚩之能制乎。若夫善弈之文，则术有恒数，按部整伍，以待情会，因时顺机，动不失正。

桑小军抽着烟，简短地插了一句，你他妈能不能讲点人话。戴南行不为所动，继续往下说，古人论述文学时讲的道是天地之道，诗更接近于道。桑小军喷了串烟圈，一边欣赏着烟圈套着烟圈一边说，妈的，不管是天道人道，好的诗歌都应该是恢复人的尊严，如果连点尊严都没有，还他妈写什么诗。

戴南行立刻打断了他，滔滔不绝地说，想从人境里找尊严怕是难之又难，依我看，真正的道还是在天地之间，在破庙里，在月光下，在这棵桃树下。别看你今天发表了几首诗，就觉得自己是诗人了，真正的诗人可不是这样的，真正的诗人应该用一生去等待，去采集有光芒的诗句，也许最后能写出十行好诗，也许一辈子连十行都写不出来……

午后的阳光十分煦暖，发酵过的花香产生了一种类似于酒的效果，人闻多了便有了微醺的感觉。我不知不觉躺在桃树下睡着了，等一觉醒来，那两个人还像两个入定老僧在对弈，话题已经从诗歌说到小说了，他们正在讨论阿城的《棋王》、张承志的《北方的河》。显然戴南行是主讲，正说得唾沫飞溅，嘴角还挂着白色的唾沫星子，也顾不得擦，估计已经喷了桑小军一脸了，但桑小军显然并不介意，方形的脑袋微微前倾，貌似正听得津津有味。我便枕着胳膊又睡了过去，又醒来一看，那两个人的姿势动都没有动一下，已经从小说跳到美术了，他们正在说星星美展、罗中立的《父亲》、陈丹青的《西藏组画》，甚至还说到了超现实主义。我听了片刻，再次昏睡过去。

等到再次醒来的时候，是被戴南行叫醒的，他在我耳边大声吆喝着，老赵，快起来喝汾酒。听到汾酒二字，我猛地从地上跳起来，一看，可不，那俩人还是相对而坐，只是中间多了一瓶酒，正是那瓶珍贵的瓷瓶老白汾。我惊呼道，老戴，你怎么舍得把这瓶酒拿出来了！戴南行盘腿而坐，长发上落着一片花瓣，目光似古井，很深很静，他说，我早算好的，今天就是喝掉这瓶酒的好日子，没有下酒的，我们就用这桃花下酒吧，也体验一下《楚辞》中夕餐秋菊的洁净。我真是喜欢这棵桃树，看到桃花落下的时候，我能感觉到，这是植物对大地的一种祭礼，多么隆重优雅的仪式啊，我们有幸参与这样的仪式，应该先向桃树敬杯酒。

把珍贵的酒在桃树下洒了一点，然后我们开始喝酒。没有酒杯，于是我们三人在落花中相对而坐，轮流把一瓶酒传来传去，轮到谁了，便就着瓶口闷一口，用来下酒的，也只能是那些桃花了。直喝到月上中天，山谷积满清辉，遍地桃花似雪，我们三人才相互搀扶着，摇摇晃晃下了山。

3

没想到的是，桑小军不光会写诗，还会打架。我们在桃树下喝完酒才没几天，桑小军就动手打人了。缘由是戴南行又在校园里与人辩论文学，越来越激烈，直至变成争吵，引来不少围观者。戴南行自己倒是拂袖而去了，反正他成天与人辩论，已经是一种享受，辩赢辩输他也不以为意，但桑小军不干了。他在宿舍楼下黑沉沉地蹲了几个钟头，抽了半包烟，等那和戴南行争吵的学生终于露了头，他一声不吭地跳起来，把对方打了一顿。我们这才知道，桑小军在考上师专之前，在山阴一带的牧场上放了好几年的牛。那里已是亚高山草甸，属于苦寒之地，广袤荒凉，几个月都见不到一个人影。他与牛相依为命，经常骑在牛背上看书写诗，有的牛老了就被卖掉了，牛被人牵走的时候，他步行十几里，一路跟在后面为牛送行，手里握着一柄匕首，如果看到买牛的人在路上打牛，他手持匕首就冲过去护牛。我这才有些明白，他身上的悍气是从哪来的。但他的神奇之处在于，他身上的凶悍之气越重，你便越容易触摸到他裹在里面的那颗心脏，纯净，透明，有点像小孩的心脏。

又过了些时日，戴南行决定带头罢食堂，他认为食堂做的饭是用来喂猪的，简直就是把学生们当猪养。主意一定，他便扛着一条舌头开始四处游说，在校园里拉个人就不放过，直说得唾沫飞溅，鼓动学生们都不要去食堂打饭，饿上两顿又饿不死，况且饿死事小失节事大，我们要的是食堂对学生的尊重，我们是大学生，又不是猪。在整个罢食堂的过程中，桑小军虽然一言不发，状如黑塔，却起了很关键的作用。每天中午放学的时候，桑小军早早就守在那条去食堂的必经之路上，他阴沉地横在路中间，嘴里叼着烟，一只手上戴着一只破旧的拳击手套，不知是从哪儿弄来的。学生们走到这里便不敢再往前走了，纷纷掉头而去，有不信邪地坚持要往过走，桑小军吐掉烟头，一拳就挥了过去。坚持了几日，罢食堂小有成果，伙食多少改善了一点。此后，戴南行和桑小军便越走越近，有一段时间二人简直能同穿一条裤子，成为校园里一道新晋的风景，前面走着长发飘飘高谈阔论的戴南行，后面跟着打手保镖一般沉默的桑小军。

周末的时候，我们三人就一起去黄土高原的褶皱里游荡，从一座塬走到另一座塬，从一道梁翻到另一道梁，或者，一直走到黄河边去看黄河。我们还商量着做一条小船，然后随着黄河顺流而下，过临汾、运城、三门峡、洛阳、开封、泰安、济南，最后从东营入海，我们就最终到达大海了。不过我们更好奇的是黄河的上游，仿佛上游才有黄河真正的身世之谜，那些雄壮神秘的雪山、峡谷、沙漠、草原都聚集在黄河的上游，又纷纷把影子投射在黄河当中，让黄河把它们带入大海。所以当我们在下游看到黄河的时候，不仅看到它变得衰老平静，还能从河水中看到它昔日的容颜，看到那些雪山、峡谷、沙漠、草原依稀模糊的影子。

在干旱荒凉的黄土高原上，黄河是唯一经过的大河，只有在河流经过的地方才可能孕育出村庄和城邦，所以黄土高原上的人们，无法不崇拜这条大河。有一次我们正坐在黄河边看着河水流过，戴南行忽然说，如果有一只大雕能把我带到半空中，我敢保证，我一定会看到一幅奇景，因为黄河上布满了各种神奇美丽的漩涡和花纹。你们看这河面，它其实并不是静止的，到处是涡流、回旋、鼓水、漩涡，那种大的漩涡像个黑洞，能把一切吸进去，这要从空中俯视，是何等壮观啊。怪不得那些出土的新石器时代的彩陶上画的都是旋转纹和漩涡纹，我们的祖先多聪明，他们其实是把黄河画到陶器上了，所以盯着那些彩陶上的花纹看久了，就会被吸进去，一直吸到远古时代去。

黄土高原上很少能看到高大的树，却能在沟壑的缝隙间看到一些零散的窑洞，有崖窑，有箍窑，在光滑的黄土峭壁上，会看到窑洞一层摞着一层，像九层宝塔一般。有时候在一块平整的塬上正走着，前面忽然就有一个大土坑从天而降，坑里竟有几孔窑，那是土坑窑。还时常会看到路边有一些很小的窑，那一般是羊窑和柴草窑。戴南行说，窑洞在《诗经》里有一个很优雅的名字，叫陶穴。确实，窑洞在气质上更接近于古典的陶穴，而不是房子，这让黄土高原有一种独立于时光之外的沧桑与神秘。

在行走中，满目都是无边无际的黄土，在吸饱阳光的时候会变成一种纯度极高的金色，近于炫目。我尤其喜欢日落时分，那个时候爬到最高的梁上一眼望去，广袤的黄土高原有一种宫殿式的恢宏壮丽。

我也喜欢文学，也写过不少诗，但性格温和软弱，随遇而安，并无太多野心，平素虽然常和他们俩一起玩，但自觉更像他们的陪衬。他们二人，一个浪漫，一个沉默，却都是自恃能在时代中有一番作为的人。他们二人的性情虽然迥异，却如榫卯结构，居然也能奇异地咬合在一处，而我和他们在一起的时候，觉得自己就像被塞进了两只大柜子里，经常处于隐身的状态，但我喜欢这种隐匿感，可以在幽僻处静静俯视着人间。

转眼就毕业了，我们三人都留了校，我留在中文系代课，他们两人则都被分配做了行政工作。戴南行的痛苦就是从那时候开始的。他很厌恶那些琐碎无聊的行政工作，他说他无法从中找到美感和愉悦。所以偶尔让他去讲一节课的时候，他总是分外珍惜，早早就候在教室里，讲课的时候从头到尾连口水都不喝，抓住每一分每一秒，直讲得口干舌燥唾沫四溅，下面哪怕只坐着一个学生，他也像正站在座无虚席的大剧场里，面对观众激情四射滔滔不绝。多年以后，我每次回想起他当时上课的样子，总觉得他并不是在讲课，包括他极喜欢和人辩论也是如此，他其实是在布道。他是一个有天生的使命感的人，接近于神父，急切地要把他发现的关于这个世界的秘密告诉别人，一来可能是因为孤独，二来则是因为他身上那种与生俱来的宗教气质，他迷恋一切形而上的、精神性的事物。这也是他后来沉迷于《易经》的原因，当他发现与人的对话终究无法解决孤独的问题，便转而开始与天地对话。

下了课他还要给学生布置作业，让学生们写诗，交上来之后他一首一首仔细批改，还把他认为写的好的几个学生叫出来，请他们在校门口的小饭店里吃饭，我们当年把这种奢侈的行为叫"下馆子"。他那点工资不是请学生吃饭就是买酒叫我们一起喝，几乎每个月都是分文不剩。喝酒的时候就在他的单身宿舍里，一张单人床，一张桌子，像个蜗牛壳，我们在蜗牛壳里或坐或卧或光着膀子，自在得很。戴南行极喜欢喝酒，而且几乎不需要下酒菜，可以干喝。事实上，他对吃的兴趣始终是淡漠的，即使是在那个食物并不丰盛的年代里，他对吃也保持着一种奇异的淡漠。我后来想，他之所以喜欢酒，是因为，酒是由粮食的精魂所化，虽貌似液体，但在本质上还是精神性的，也就是说，他喝的其实并不是酒，而是精神。不唯如此，酒精还能帮助唤醒潜藏在他身体里的更多冥想，他曾对我说过一句话，冥想就是对更高级食物的直接摄取。

确实，喝多酒的戴南行会呈现出一种轻盈的悬浮感，暂时离开了大地。他会在月光下给我们跳舞，光着脚，没有音乐，没有节拍，只是踩着月光很随性地跳，有时候会跳整整一个晚上，想怎么跳怎么跳，就像一个古老的巫师。可能因为月光的磁场与酒精属于同一物种，都具有招魂的功能，都能唤醒住在人身体里的魂魄，而他比常人更容易被唤醒。再或者，喝多之后他就去漫游。

事实上，在后来，我认为他是可以被称为漫游家的。在这世界的角落里散布着一些独特而纯粹的族群，即使在无人的角落里，他们也会散发出灿烂而幽寂的光芒，比如孤独家、梦想家、炼字家、爱情家，还有像他这样的漫游家。他的漫游分两种，一种是纯精神性的漫游，在他的蜗牛壳里也可以神游八方，他会滔滔不绝地谈论文学和哲学，从柏拉图到贺拉斯到海德格尔到聂鲁达到尼采到黑格尔，他坐着谈，站着谈，躺在地上谈，不时往后甩着长发，两只手使劲比画着，唾沫四溅，可以不眠不休地谈论整整一宿。而我和桑小军睡了醒醒了睡睡了又醒，有时候轮流和他辩论，有时候两个人不小心都睡过去了，又被他叫醒，反反复复直至天亮。另一种漫游是大地式的漫游，他用他强大的精神携带着肉身，就像在身上绑了两只巨大的翅膀，又像坐在一只独木小舟里，可以在深夜里身轻如燕地游过山河。他喝多了会去往任何一个可能的地方漫游，校园的各个角落里，后山上的破庙里，坟地里，黄河边，或干脆跑到黄土高原的任意一道沟壑里，跑到荒原上灯光到达不了的地方。他说那种地方的月光最为盛大，不像人间，更像神的宴会。

因为夜晚耽溺于漫游和冥想，所以只能白天睡觉。上学的时候，人家去上课了，他一个人回宿舍去睡觉；工作以后，没那么自由了，再加上对琐碎行政工作的厌恶和对抗，他便抓住一切能睡觉的缝隙来睡觉，在办公室的椅子上睡，在开会的时候睡，在领导讲话的时候睡，只有这样，晚上他才能复活过来。我经常在学校的会议上看到他正以各种姿势在睡觉，趴着睡，歪着睡，仰着头睡，或者背挺得直直的，眼睛却闭着。最神奇的是，每次他被校长从睡梦中叫醒发言的时候，他居然还是能口若悬河滔滔不绝，若没有人打断他，他就能一直演讲下去，他一边演讲一边鄙夷地扫视着周围，好像他在睡梦中也能轻而易举地知道他们刚才都说了些什么。

在一起喝酒的时候，他不止一次对我说过同样的话，老赵，我想把这工作辞了，我真的不想干了，你说辞掉工作行不行？我慌忙阻止他，语重心长地说，你可千万别，你说你辞了工作还能干什么？吃什么喝什么？你爹妈都老了，都要靠你养，再说了，你若连个正经工作都没有了，和社会上的盲流有什么区别？

他不吭声了，继续喝酒，几杯酒下去便换了个人，又开始眉飞色舞地谈论文学和哲学问题。

实在心情不好的时候，他会使用一种很奇特的办法来排解，他把自己反锁在办公室里，任是谁来敲门都不开，就是校长在他门口敲上两个小时的门，他都在里面一声不吭，也不开门。他的最高纪录是把自己关在办公室里三天三夜，那三天三夜里谁都找不到他，包括我和桑小军。我白天晚上地去敲他办公室的门，没人开门，甚至里面连一点动静都没有，后来我怀疑他其实根本不在办公室里，他白天晚上躲在办公室里，吃什么喝什么？但桑小军坚持他一定在办公室里，而且说得很笃定。其他老师也都找不到他，后来大家都有些慌了，觉得他是失踪了，商量着要不把门撬开，桑小军挡在门口，坚决不同意，他厉声说，你们是强盗吗？不是强盗凭什么撬人家的门？门都随便被撬，人还有什么尊严可言？其他人只好作罢，还有人去派出所报了案。

三天三夜之后，他办公室的门忽然从里面打开了，戴南行蓬头垢面地走了出来，昂首挺胸地从人们面前走了过去，连个招呼都懒得打。也不知道那三天三夜里他是靠吃什么活下来的，或是根本什么都没吃。我觉得他的真正神奇之处在于，他是确实可以脱离物质，而只靠着啃噬精神存活一段时间的。也是在这个事情之后，我开始意识到，桑小军对他的了解其实要比我更深，不仅是深，还到达了目光到达不了的某种幽微之处，这种幽微之处与月光的场域相似，只供魂魄和精神往返其中。

到了九十年代初，我们仨先后都结婚了，但戴南行的婚姻只维系了两年就结束了。他对于为什么离婚绝口不提，一时之间，众人纷纷揣测，有的说是因为两人性格合不来，有的说是因为戴南行不想要小孩。我们也不问，但我猜测，像戴南行这种依附于精神而存在的人，很容易被婚姻中的庸常琐碎伤害到，不得不早早退出来。与此同时，我们都感觉到了，时代变了，忽然变得和八十年代不一样了。八十年代那种逢人谈论诗歌和文学的酒神精神正从山城上空悄然消退，所有人忽然集体转向，抛弃了不久前的价值观，转向了一种新的价值观，这个过程发生得如此之快之迅速，简直让人措手不及。人们在一起谈论最多的话题是怎么当官和挣钱，怎么炒股和下海。连我们中文系当初留校的一撮老师也耻于再谈论文学，谈的最多的话题是工资太低了，物价又上涨了。一个说，一个大学老师一个月一百多块钱，还不如街上摆摊卖衣服的小贩。一个说，马上又要涨价了，你赶紧多囤点东西哪，可以半年不用进商店。另一个说，几年前我家光小米就囤了十口袋，现在小米都长虫了，爬得满屋子都是，过几天虫子都长出翅膀来到处飞，那就更好看了。明明是同一群人，却忽然之间就面目全非起来，一时竟难以辨认谁是谁了。

多年以后，我回首往事，想起我们在八十年代对文学的热情与真诚才发现，其实那种热情误导了我们，让我们以为会写诗的自己很有用，甚至可以引领一个时代，到了九十年代发现并不是那么回事的时候，又心生恐慌，唯恐跟不上时代，唯恐被时代抛弃。在这个过程中，我可以想象，戴南行和桑小军的痛苦要比我更甚，因为，他们比我自视更高，比我更有抱负，对诗人的荣誉更为看重。从某种程度上讲，我的平庸与随波逐流缓解了我的痛苦，其实也是一种自我保护。

作为反抗和自卫，桑小军不再写诗，也不愿再与任何人谈论诗歌。我想，还有一个原因，他是学数学的，这种并不浪漫的科学在师专时代就教给他一个道理，数学与人们的欲望、志向、痛苦，与人们是否善良是否高尚没有任何一点关系，它告诉人们的只是那些永恒的必然性，这些必然性与时代也没有任何关系，比如日出日落，比如生老病死，再比如，万物都要顺应于必然，顺应于时间。而诗歌却远没有这样的理性，所以当它无法给人慰藉的时候，就会给人带来痛苦。

戴南行也感觉到了时代之变，也开始自卫。他的方式是，坚决不和任何人谈钱，谁要是敢和他谈钱，他一定会指着对方的鼻子，唾沫四溅地迸出两个字，庸俗。如果对方还要不识趣地继续说下去，他一定会跳起来再补充一个字，滚。所以愿意和他一起吃饭一起聊天的人越来越少，他越来越孤独，有时候他买好酒叫几个朋友过来一起喝，最后来的只有我和桑小军。甚至有时连我和桑小军都来不了，因为我们先后有了小孩，每天忙上班忙家庭，可以自由支配的时间越来越少，有时候真是分身乏术。

随着与朋友的聚会越来越少，戴南行对说话的渴望也越来越强烈，只要逮到说话的机会就不肯放过。我们偶尔聚一次，他一定是从头说到尾，一分一秒都不肯浪费，说到激动处会站起来，一边来回踱步一边手舞足蹈地说话，根本不给我和桑小军任何插嘴的机会；也基本不吃东西，只是不停喝酒不停说话，话就是他下酒的东西。我和桑小军自知根本插不上话，也就默默放弃了，于是，从前的辩论彻底变成了他一个人的演讲。当一场演讲终于落幕的时候，我赶紧找个缝隙插进去一句，老戴，你还是少喝点酒吧。他把眼睛一瞪，对我说，你凭什么管我？刚才说到哪了？然后用手帕擦擦嘴角的唾沫，又开始下一场演讲。

半夜，等到我们再次提出该散场的时候，他的演讲终于缓缓刹住，眼神落寞，一只手捧着瓶子里剩下的一点酒，另一只手对我们挥了挥，表示要赶我们走。我们走后，他把剩下的酒喝完，然后便在校园里四处漫游，有时候还会漫游到后山上，在坟地边的破庙里躺半宿，数数星星，有时候还会写首诗出来。等天亮了，别人都开始上班了，他晃回宿舍睡觉去了。

当我后来回首往事的时候，我觉得，戴南行早期的那些漫游其实多少还是带一点表演性质的，一来是自视甚高，不屑向凡俗妥协，二来可能是出于对魏晋士族名士气的仰慕和效仿。但到了九十年代，出于酒神精神的消亡，也出于孤独，于是他又独自向着真正的漫游靠近了一步，而他所有的诗歌皆来自漫游，漫游成为他诗歌的成长与栖息之地。我想，这与莱昂纳德·科恩把诗歌比作灰烬有异曲同工之处，漫游代表着精神的飘逸，代表着由精神反射成的诗歌最终会像灰烬或雪花一样消散。

大约是为了缓解孤独，但我认为更多的是为了抵抗孤独，戴南行开始研究象棋，并以棋士自居。他说，以棋师自居不敢当，若称棋人对自己也是一种辱没，下棋本是雅事，何需摆出一副卑微的姿态。他在象棋界以白丁出身，但对博取功名并无兴趣。开始的时候只是热衷于观棋，为了多观棋路，他经常在上班时间大摇大摆晃出校园，出没在山城的各种犄角旮旯里，只要看见有扎堆的人，他就往里凑，里三层外三层的人夯成人肉墙，墙里包着的，百分之九十是两个正在下棋的干瘪老头。他像蜜蜂采蜜一样，一个人堆一个人堆地凑进去，一局一局地观摩，吸收招数，有时候一天能把大半个山城踏遍。

晚上在宿舍摆开棋谱，在自己对面摆个啤酒瓶子，自己走一步，替啤酒瓶子走一步。好不容易躺在床上了，忽然发现天花板也变成了棋谱，于是躺在床上接着下棋，好不过瘾。如此一段时日后，自觉棋艺大长，便开始挑衅学校里几个善弈的老师。他经常打上门去，不管三七二十一，霸住人家的桌子，昏天黑地地厮杀几盘，最后被人家老婆轰了出去，两个人只好携带残局落荒而逃，复又在校园里的大柳树下厮杀起来。路过的老师学生纷纷驻足观望，一时里三层外三层，摇旗呐喊，地动山摇，好不壮观。我猜测，一定是孤独许久的戴南行忽然在棋局中又找到了当年做风流人物的感觉，又有了站在剧场中央为众人做演讲的尊严感。所以戴南行此后每日就在大柳树下摆擂台，称只与贤人雅士下棋，人品不入流者概不奉陪。

一日，学校里一名姓石的老教师上前叫阵。石老师下棋三十余载，棋风缜密沉稳，极善长考，据说他一长考就是两三个钟头，一个钟头更是家常便饭。开始的时候，石老师气势夺人，棋子拍得啪啪作响，戴南行身轻如燕，棋风细腻。半局之后石老师开始频做长考，果然一个长考就是一两个钟头。两人从上午开始，一直下到太阳落山，都是滴水未进，观众换了一拨又一拨，源源不绝。天黑下来之后，有好事者还在旁边为战事打起了手电筒。下班之后，我也跑过来观战，只见老石已汗流浃背气息奄奄，戴南行则悠然叼着一根烟，跷着二郎腿，一副行到水穷处坐看云起时的自在。我心想，敢和老戴比不吃饭，真正是不想活了，他是能三天三夜不吃一粒米的人，谁能和他比？我观战半日，看出些门道，又希望他们早些结束战事，便在戴南行耳边悄悄说，所谓长考其实就是磨时间，只要他不落子，从今晚磨到明早，你也赢不了！何必呢，快快结束了吃饭去吧。戴南行吐了个烟圈，笑眯眯地说，如果今天输给这等无赖棋术，那我戴某人还活着干什么？不如买块豆腐撞死算了。

一直下到后半夜，只有零星几个观众还在挑灯观战，其他人都回去睡觉了，我在旁边为他们擎着手电筒，几欲站着睡着。正在昏睡之际，忽听啪一声，老石终于被自己三个小时的长考耗尽，甘愿败下阵来。戴南行跷着二郎腿，仍然笑眯眯地说，急什么，日本最长长考记录是十六个小时，你这才几个小时。老石跌跌撞撞地扶墙遁走。回宿舍的路上我埋怨道，下个棋而已，就是个娱乐，你何必这么较真呢？

在黑暗中我也能感觉到他正瞪着我，果然，只听他愤怒地说，对弈是小事？这等风雅的事是小事？投机耍赖可是小事？还要不要一点节操了？这时正好走到了宿舍楼下，我哈欠连天地说，耗了一天神，你赶紧回去睡一觉吧，我也回去睡了。他一把拉住我，不让我走，只见他双眼发亮，两根手指夹着半根烟，神采飞扬地对我说，老赵，我和你说几句话，我现在是越发悟到天人合一之道了。无论是下棋还是写诗，都是要合乎天道才好，真正的棋士当弃术任心，术有恒数，心则可遨游八方；写诗也是如此，弃术任心，不要被那些所谓的技巧拖累，才可能有几句好诗不远千里过来找你。

我困得眼睛都睁不开了，只好说，老戴，我们明天再聊吧，我站着都要睡着了。但戴南行还是不肯放我走，他牢牢抓住我的一条胳膊，怕我跑了，一边喋喋不休地说，老赵啊，下棋其实是伪装起来的数学和哲学，就像大地上的建筑物一样，都是伪装起来的音乐。把数学和哲学叠加起来的游戏，不仅显得高贵，其中还沉淀着一种很深很深的宁静。

说到这里，他又使劲摇晃我的胳膊，让我抬头看满天的星斗，他说，你看那些星辰，在我们头顶组成了一幅地图，在这幅星河地图里，同样有山川河流，有草原荒漠，可能也有你我这样的人生活在其中，和我们头对着头，如果我们做了什么可笑的事，他们都看得到，还会笑话我们。有时候我会听到那些星星在和我说话，它们用的是它们星球上的语言，但我居然也能听明白它们的意思，可见，宇宙之内皆为邻居。

他有时候像个神秘的术士，可以把万事万物轻易唤醒，每条河流，每块石头，每片树林，到了他这里统统都长出了灵魂。

对下棋上瘾之后，他会在开会中间借口去厕所，然后便跑到大柳树下摆擂台；有时候为了不让领导看到，他办公室的门紧紧关着，人家都以为他在里面办公，他却早已跳窗逃走（他的办公室在一楼），撒开两条长腿跑到大柳树下摆棋摊。每日定要厮杀几盘，加上他对精神性事物的迷恋，棋艺日益精进，一时大柳树下血雨腥风白骨累累，再无人敢上前应战。在这种情形下，戴南行成功招安了桑小军，桑小军调到了财务科，更是琐事缠身，但每天晚上一下班他就跑到戴南行的宿舍里，两人一边吞云吐雾，一边挑灯夜战，我每次进去了都找不到人影，只在大雾中听到有棋子敲落的声音，好半天才看清，烟雾里还浮动着两个鬼魂一样的人影。我又是咳嗽又是开窗户，两只鬼根本不为所动，继续猫腰苦思鏖战，我旁观一会儿觉得无趣，给他们打两份炒面做夜宵，便回家睡觉去了。

不料那两只鬼却一直厮杀到东方既白。一夜战事自然辛苦，戴南行拉上窗帘开始睡觉，桑小军却还要按点去上班。三番五次之后，桑小军的老婆半夜打上门来，冲过去把棋盘打翻，把棋子从窗户掷出，然后揪着桑小军的耳朵把他给揪回去了。但过不了几日，桑小军又在晚上偷偷跑出来，为了迷惑敌人，戴南行让自己的宿舍彻夜亮着灯，伪装成现场，然后两人悄悄转移了阵地，跑到大街上，找了盏路灯继续下棋。路灯悲悯地俯视着他们，一束昏黄的灯光里扣着一高一矮两枚人影。

其实作为一个旁观者，我认为桑小军并不是真的迷恋上下棋了，他的理性不允许他轻易迷恋上任何事物，包括诗歌，因为对他来说，那意味着一种软弱。他和戴南行下棋只是为了能陪着他，不至于让他觉得太孤单太落寞。事实上，自从桑小军弃绝写诗之后，他对戴南行更是添了一层爱护，有时候近于宠溺。我想，其中的原因应该是，他抽身退出后，就把对诗歌的感情转移到了戴南行身上，他认为戴南行不只是为自己，也在为他桑小军写诗，戴南行一个人身上其实背负着两个诗人。只要戴南行还在写诗，他桑小军就也还在写诗。

为了能与天下高手下棋，戴南行开始向学校频繁请假，时不时外出下棋，他坐着绿皮火车，漫游到内蒙古、河北、山东，到处找寻棋友。在一个地方厮杀上几天几夜，不吃饭，不睡觉，然后不管输赢，换个地方再战。就这样一路漫游一路下棋，最长的一次居然出去了两个月才回到学校，浑身晒得漆黑如炭，愈加枯瘦，只有眼白和牙齿更白了，在阳光下咧开嘴大笑的时候，那牙齿更是白得惊心动魄，倒像亮出了一种武器。

好在学校的领导在过去多是我们的老师，如今的同事又多是昔日同窗留校的，大家都知道他行为疏狂，桀骜不驯，对他多有担待，所以他一年倒有半年在外下棋，别人也只是睁一只眼闭一只眼，由着他去，只是像提拔啊涨工资啊这类事情压根儿与他无缘。我估计他刚开始的时候也在乎过，尽管他嘴上总说不在乎，但到了后来，我觉得他是真的不在乎了，我能感觉到他离世俗的一切正越来越远。

4

就这么东游西逛地下了几年棋，转眼就到了2000年。过了2000年的新年，人们发现昨天的太阳又升起来了，傍晚又从西边坠下去了，与往昔并没有任何差别，于是关于世纪末的恐慌很快烟消云散，照样日复一日地活着。但不久之后人们又发现，2000年以后和九十年代终究还是不同了。八十年代的热情和真诚像一个饥渴太久的人忽然找到了泉水，于是轰一把大火把自己烧了，九十年代的商业大派对又像一个穷疯了的人忽然捡到了一沓钱，于是又一把大火把自己烧了。到了2000年，八十年代的那把大火和九十年代的那把大火已经先后熄灭下去了，灰烬似记忆中的大雪覆盖一切，整个大地上忽然变得寂静而斑斓，虽然饭店和超市如雨后春笋般冒得遍地都是，整个社会却不复再有八十年代的庄严，甚至也没有九十年代的欲望，诗歌凋零，诸神撤退，个体重归于尘埃。与此同时，新的物种开始侵袭人类，电脑和网络如外星人降落山城，人和人对弈渐少，人和电脑下棋开始风行一时。

戴南行不愿和电脑下棋，他说电脑冰凉冰凉的，没有棋味，下棋就要有闲敲棋子落灯花的恬淡温裕，再不然，就是有老石那样的死皮白赖也是一种棋味，一个长考就是一夜，好歹也是有些趣味的。但和他下棋的人还是越来越少，棋人们都跟电脑下棋去了，后来他干脆在宿舍里摆起棋盘，自己和自己下棋，他时而坐在左边，时而又跑到右边，一晚上腾挪跌宕，把自己活活分裂成两个棋手，外加一群评头论足不时喝彩的观众。

这些年里，和戴南行一起留校的人都评了职称涨了工资，只有戴南行拒绝评职称，嫌这种烦琐之事浪费他的力气。没有职称，工资自然是最低的，他也无所谓。那种无所谓，刚开始的时候还有点遮遮掩掩，到了后来，却渐渐变成了他个人的独特标识，就像在身上佩戴了一枚亮闪闪的徽章。再到后来，不知是不是自己和自己下棋让他感觉到了某种精神分裂的恐惧，他对棋的痴迷渐渐收敛，转而开始迷恋《易经》了。

有一次，他把我拉到他宿舍里，神秘地给我看一本书，我一看，是《易经》，便说，你又转向了？他立刻正色道，你一定要看看，写得真是太好了。怎么说呢，这本书就像在写一种伟大的谜，天地间的谜，人世间所有的秘密都在其中了，读这本书的时候就好像真的触到了天地，你见过天地是什么样子的吗？老赵，读这本书的时候，我真是太快乐了，一半是拼命在破解谜的快乐，一半是无法破解的快乐，而且这种着迷，你知道吗，是最纯粹最典雅的那种着迷，和那些低级信仰不同，人活一世要是没有点真正的痴迷……

我抢着替他把话说完了，那还不如买块豆腐撞死算了。

此后他便日夜研究《易经》，不仅研究，还给自己算卦，连出门吃饭前都要先算一卦，据说他有一次骑着自行车出门，在路上给自己算了一卦，结果是此行不利，他便立刻掉头又回去了，不一会儿工夫，天色骤变，忽然下起了暴雨。他很得意地把这件事告诉了别人，这么一来二去他渐渐开始名声大噪，陆陆续续有人上门请他算卦，还有生意人愿付重金来请一卦。来人若是还有几分风度，不算俗气，他便不推辞，欣然为对方算一卦。但对那些掏钱来算卦的他一律轰走，他鄙夷地对我说，还真当我戴某人是个算卦的？居然还掏钱，笑话，简直是对我的侮辱。我开玩笑道，现在人家都在搞副业，你就那么一点死工资，快连活都活不了了，把算卦当个副业也不错嘛。他瞪起眼睛，愤怒地说，赵志平，我今天一定要和你绝交。

对他痴迷于《易经》，我倒不是很奇怪。只要细细一想就会发现，他早年在月光下星空下的漫游与他对诗歌的热爱，后来对下棋的着迷，再后来对《易经》的兴趣，其实都是一脉相承的，根本上是一回事，都是在试图追寻天人合一之道，只不过这种追寻越来越清晰罢了。当月光的磁场主宰人体的时候，其实是人类触摸到宇宙的一种方式，而无论是写诗、对弈还是研究《易经》，其实都是人类在窥视天地间的某种秘密，在汲取来自天地间的能量。在与天地交流的过程中，人难免会现出一些神性，这也是戴南行在某些瞬间里看上去不大像人类的原因。

因为没钱，一年到头就那么几件衣服换来换去，领口磨得起了毛边儿，想起他当年穿破洞牛仔裤引领风尚，第一个在校园里穿西服打领带，忽然觉得恍如隔世，唏嘘不已。长发早已剪掉，一头短发因为洗得不及时，看上去总有些油腻。诗歌仍然在秘密地写，但写完只给我和桑小军看，并像个特务一样，嘱咐我们看完即焚。我明白他的意思，文字烧成骨灰，只留下一缕诗魂，才是真正的长存。

他彻夜研究《易经》、写诗、独自下棋，白天则在办公室里打瞌睡。学校的领导换了两茬，原来教过我们的老领导基本都退休了，新领导多是外来的，不了解也没心思多了解老师们的个性，见戴南行这般行为疏狂，便对他多有不满和排挤，于是他的岗位被调了又调，越来越边缘化，眼看就要被调进食堂做保管员了。我和桑小军劝他给领导送点东西，并打算去校长那里为他说情，结果被他指着鼻子痛骂了一番，我和桑小军只好作罢。

后来真的被调到了食堂，但他看起来并不在乎，依然器宇轩昂地出入在校园里，开会的时候依然在领导眼皮子底下打瞌睡，叫他起来发言，发完言继续再睡。每个月的工资倒有一大半用于请朋友们喝酒，他点一桌菜，几乎一口不吃，别人吃菜他喝酒，一边喝酒一边唾沫飞溅地演讲。他无比珍惜这为数不多的演讲机会，别人知道他喜欢讲，便由着他唱独角戏。我坐在他旁边，一边吃菜一边镇定地掏出手帕擦脸上的唾沫星子。轮到我们叫他出来喝酒的时候，他总是以奇快的速度立马答应，连个考虑的缝隙都没有，好像生怕别人反悔了一样。挂了电话我一阵心酸，几乎落下泪来。

学校分了一次房，自然是没他的份，他不奇怪，别人也不奇怪，有他倒不正常了。过了几年又分了一次房，这次戴南行居然分到了顶层的一套小房子，六十多平方米，小虽小了点，但那毕竟是自己的房子。再和刚毕业的年轻教师们挤在单身宿舍里，多少都有点像远古文物了。

后来我才知道，戴南行这次之所以能分到房子，是因为桑小军揣着菜刀在校长办公室门口守了一天一夜。

这些年里桑小军再没写过一首诗，他说话倒还是那样，极尽节俭，能用一个字说完，就绝不用两个字。和戴南行在一起的时候，经常是戴南行唾沫飞溅地说九十九句，他简短地补充一句，好像就为了凑个整数。他被提拔之后工作越发忙碌，但有时候还是三更半夜地跑到戴南行的宿舍里下棋，两个人挑灯夜战直至天亮。戴南行开始研究《易经》之后，他便时不时找戴南行给他算一卦，至于他到底信不信，那就只有他自己知道了。除此之外，平时他基本都是隐身的，呈一种藏匿的状态，像条巨鲸一样静静地蛰伏在戴南行身边的水域里。但一旦嗅到危险，他会忽然跃出水面，手持利刃，像侠客一般，吐出封存在他身体里的刀气。

我不知道戴南行是否知道分房的真相，我假装什么都不知道，桑小军则再次沉潜下去，又恢复到木讷寡言的常态。他搬家那天，我和桑小军过去帮忙，发现他的东西少得可怜，除了被褥和几件衣服之外就是书，堆得像小山一样的书。书背在身上很沉很硬，有一种背着骨骼的感觉。他所有的用品都追随着他的性情,肉身陨落,精神畸形的庞大,神秘地参与着天地人之间的能量转换。

搬完家的那天晚上,我们仨在他新家里喝酒一直喝到半夜。都喝得有些醉了,我们便下了楼,踏着月光,脚步踉跄地在校园里漫游,戴南行在月光下作诗一首,并为我们大声吟诵:

> 天之不公,兄弟你何以理解?
> 箫声咽咽。一列火车呼啸着穿过村庄。
> 凡你我生命中最尊敬的人,比如你我的父亲
> 都在这人间遭遇了苦难。
> 兄弟啊,你们还年轻,我们老了,无所谓了。
> 伞下的老人悲伤而平静,目光炯炯
> 雨水打在他身边无数青年的脸上。
> 遥远的地方另一个老人执笔成诗
> 一滴热泪无声落入一杯凉茶。

不觉就又是大半年过去了。这天黄昏,我正在阳台上看书(好不容易有了个阳台,恨不得吃饭睡觉全在这里),忽听有人敲门,开门一看,是桑小军。只见他脸色异样,进了门连拖鞋都不换就一屁股坐在了沙发上。他就那么呆呆地在沙发里足足陷了有五分钟,目光呆滞地盯着茶几上的一只杯子,但显然他根本就没看到这只杯子,因为他的目光是空的。我连忙给他泡茶,小心翼翼把茶杯摆在他面前,他好像忽然被惊醒了,猛地抬起眼睛看着我,目光似刀,锋利异常,吓得我倒退了两步。他舔了舔嘴唇,忽然开口说话了,声音里有一种奇异的沙哑,好像很久很久没喝过水了。他说,老赵,我来问你借点钱,顺便和你道个别。我大惊,问,你要去哪里?他这才把原委粗略地讲了一下,原来他所在的财务科最近在一笔账上出了问题,学校认为是他的问题,怀疑他私下里动了那笔钱。

他又舔了舔并不干枯的嘴唇,阴沉沉地盯着茶杯说,我是有口难辩,这种钱上的事情,怕是跳进黄河也洗不清,我的嫌疑怕是摆脱不了了,所以我准备逃走,去天涯海角躲起来,让他们都找不到我。这下连工作都没了,前路未卜,所以走之前得问你和老戴借点钱,不过我有言在先,如果我日后还能混出个样子来,就把钱还你,如果后半生落魄潦倒了,这借的钱我就不还了。

一听这话,我连忙把家里仅有的一张存折翻出来,只觉得脑子里乱糟糟的,便在屋里来回踱了几圈,方对他说,走,找老戴去。我们二人又去敲老戴的门,老戴正好也在家,憋了满屋子的烟,桌子上摆着棋盘,他在对面摆了只酒瓶,正吞云吐雾地和酒瓶下棋呢。桑小军塌陷在简陋的沙发里,把刚才对我说过的话又对戴南行说了一遍。戴南行

听罢，点了一根烟，并给我和桑小军各递了一根，我们三人相对无言，像三只烟囱一样，默默地抽了会儿烟。半晌，戴南行终于问了一句，小军儿，你给我说实话，你到底动过这钱没有？桑小军冷着脸答了一句，不是人的才动过这钱。戴南行一拍桌子，大声说，好，我信。桑小军深吸一口烟，用烟圈裹着头脸，冷笑着说，你信管屁用，我现在就算浑身是嘴都说不清了，我还是赶紧找个地方躲起来吧。不行的话，我今晚就走，你借我的钱我日后要是能还，一定会还，万一要是落魄了，你也不要怪我。

戴南行碾灭烟头，伸手就去拉桑小军，桑小军慌忙往后躲。戴南行使劲把他拽起来，说，就这屋里的东西，你想拿什么拿什么，包括这房子，随便拿，不过你得先和我去公安局自首去。桑小军使劲挣脱出胳膊，冲戴南行喊道，我又没做犯法的事，凭什么要去自首？戴南行又一把抓住他的胳膊，唾沫飞溅地说，就因为你没犯法才要去自首，我陪你去，清者自清浊者自浊，还自己一个清白日后才能正大光明地做人。你要是找个地方躲起来，一来坐实了你做过不光明的事，二来一辈子躲在暗处和鼠类有什么区别？你觉得这种痛苦就比坐牢好？

经过戴南行一番劝说，最后桑小军同意去公安局自首，我和戴南行一起把他送到了公安局。没想到的是，桑小军居然被判了两年半有期徒刑，并被开除了公职，就在山城边上的第二监狱里服刑。

桑小军进去大概三个月的时候，戴南行去家里找我了，当时我正在备课。这三个月里我俩谁都没有提过桑小军一个字，每次快碰到桑小军三个字的时候，我们就赶紧小心翼翼地绕开。没想到，戴南行开门见山地对我说，老赵，我们俩去监狱里看看小军儿吧。我想到当初正是我俩把桑小军送到公安局自首的，情何以堪，便摇了摇头，说，我不去。戴南行听罢，把手里的半根烟一甩，疾步走到窗前，用力把窗户大打开，然后指着窗户外面，高声对我说，你快从这里跳下去吧，快跳啊。我哭丧着脸说，别人得意的时候我不想凑过去巴结，别人落难的时候我也不想凑过去，免得让人觉得我是在怜悯他，伤人的自尊。戴南行厉声打断我，放屁，无情无义，你就是在给自己找借口。

最终，我和戴南行一起去监狱探视了桑小军。一见桑小军，我吓一跳，他瘦了一圈不说，脸上左一道右一道的伤口，胳膊上还有个很深的牙印，已经发炎了。原来桑小军一进去就受到了里面几个老犯人的欺负，以桑小军的性格哪受得了这个，于是他三番五次和那些老犯人厮打起来。更没想到的是，桑小军见了戴南行，第一句话就是，等我出去了，第一件事就是先杀了你。

我也是后来等桑小军出来才知道的，他进去以后因为不甘被欺侮，几次和一个老犯人打架，把对方打得还不轻，因此受到了惩罚，至于到底是怎么被惩罚的，他只字不提，我当然也不敢多问。

那次我和戴南行回去之后，又是几个月都不敢提桑小军一个字，桑小军三个字成了亘在我俩中间的一口深井。事实上，那几个月的时间里，我俩连见面都很少了，因为熟知戴南行的作息时间，我便有意把时间错开，就是为了能躲着他。从桑小军进去的那天起，我们这个三人团体便残废了。我很久不写诗，也不愿读诗，只日复一日地把自己埋在论文里、琐事里，偶尔拉开存放诗稿的那只抽屉，也只是看一眼就赶紧关上了，心里疼得慌，后来我干脆给这只抽屉上了把锁，因为觉得这抽屉就像一座收留我们三个人的坟墓。在一个空间里，起初只关着物体，慢慢地，物体变成了凝固的时间；再慢慢地，那些凝固的时间会完成向幽灵的转化。也许我哪天再拉开这抽屉的时候，发现里面竟然已经空了。我、戴南行还有桑小军早已遁形而去。

这天晚上，戴南行忽然给我打来电话，叫我去他家里喝酒，说还准备了下酒菜。我犹豫了片刻，还是答应了。然后我起身到校门口的卤肉店里切了两只猪耳朵，又买了一包五香花生米，我对他说的下酒菜不敢轻信，因为他所谓的下酒菜不是两首诗就是一番清谈，最多加一盒香烟，都是形而上的。就着诗歌喝酒，迟早要胃穿孔的。没想到，他居然真的准备了具备肉身的下酒菜，一碟卤牛肉，一碟拍黄瓜，旁边是一瓶三十年的青花瓷。见他如此大宴宾客，我心里暗叫一声不好，估计他这是又要出什么大招了。

果然，两杯酒下去之后，他一边抽烟一边笑眯眯地对我说，老赵啊，今天我也和你道个别，我打算进去陪小军儿去，免得他在里面太孤独，毕竟是个诗人，只怕在里面连个说话谈诗的人都找不到。我大惊，手里的酒杯差点摔到地上，我连忙说，老戴你，你要干什么？戴南行用两根细长的手指夹着香烟，高高端在嘴边，继续笑眯眯地对我说，我想好了，想进去还不容易，杀人放火的事就算了，强奸太猥琐，抢劫太暴力，偷窃个东西当回贼总可以吧。说是偷其实就是借来一用，反正还要物归原主的。我这辈子虽然没偷过，但可以现学啊，反正横竖就这一次嘛，技艺差点也不至于被人耻笑了。只是，偷什么倒是个问题，做贼也要做个雅贼，有点风骨才好，你觉得偷什么最合适？我思来想去，窃古籍最为合适，不仅风雅，还显得我品位不俗。

我从椅子上跳了起来，倒退几步，指着他大喝道，老戴，你是不是喝多了？胡说些什么呢？戴南行悠然往嘴里倒了一杯酒，然后抹抹嘴，又理理头发，庄重地说，我昨日夜里刚作了一首诗，读给你听吧：

如《易经》中的坤卦
凝神倾听乾卦的召唤
如身体里的血液
倾听心脏的搏动

浸入晨光的温泉
融入无限的循环
肉体化为乌有
意念归于自然
与山间小道边的野草

与河流上翻飞的鸟群

与林中小亭、亭中远眺的人

一起，跃入真相涌动的深渊

5

我以为他不过是酒后胡言乱语，并没有放在心上，没想到几日以后，这厮真的从学校图书馆窃了一本古籍出来，是光绪年间的桐城吴先生全书《尺牍补遗》。他还抱着古籍，兴冲冲地跑到我家中向我展示他不俗的品位。他小心翼翼地在我面前翻了两页，咂嘴道，老赵你看看，精写刻字体，字体奇特，有北朝隶楷古韵，开本宏阔，镌刻古拙，有金石味；且吴汝纶的文章既得桐城整饬雅洁之长，又矜炼典雅，意厚气雄，我这段时日里先后对比了《昌黎先生集》《红雪楼九种曲》《顺天府志》，还是最喜欢这本。末了，他又得意地问我，怎么样，我戴某人的品位还是可以的吧？

见他真的偷出了古籍，我急得脸色都变了，催促他赶紧还回图书馆去，现在去还也许还来得及，等到图书馆发现去报了案就麻烦了。他不再多说什么，收起古籍，仰天大笑着出了门。我没想到的是，他并没有去图书馆还书，而是直奔公安局自首去了。因为盗窃的是珍贵古籍，他被判了两年有期徒刑，如愿以偿地进了监狱。

我第一次去监狱探视他的时候，给他带了一条烟一盒巧克力，我们很简短地说了几句话，他不说他在里面过得怎样，也不提有没有见到桑小军，只说他在这里已经写了好几首诗了，都写在烟盒上。我也不知道该说点什么，沉默片刻才安慰他道，那你多写点，等以后出去了就可以出本诗集了。他倨傲地说，你让我自费出本诗集？简直是羞辱我。我想说，你不是一直想有一本自己的诗集吗？但最后只是对他笑了笑。

直到后来桑小军出来后给我讲了个里面的故事，我才知道了我那盒巧克力最后派上了什么用场。桑小军生日那天，在监狱里忽然收到了一份生日礼物，摆在他床铺上，也不知是里面的犯人送的还是管教送的，是一只用报纸叠起来的纸盒子，里面放着十几个洁白精致的饺子，饺子皮是用大米饭做成的，里面包的馅儿竟然是巧克力。听桑小军讲这个故事的时候，我立刻就明白了，这是戴南行的手笔，当年我们读师专的时候，也吃到过一次巧克力饺子，就是出自戴南行之手，当时他想把那盒巧克力分给我们吃，又怕我们自尊心受伤，就想出了那么一个办法，瓜分了那盒珍贵的巧克力。

我猜测，戴南行在里面一定是绞尽了脑汁，最后才想出了这份生日礼物。而且，人难免会模仿自己当年最为得意的手笔。他从自己的伙食里偷偷扣下了大米饭，用这些米饭捏成饺子皮；至于我送给他的那盒巧克力，他没舍得吃，一直留着，留到了桑小军生日那天，做馅儿包进了饺子里。

桑小军出来没几天，学校就给他平反了，说上次财务上的事情已经搞清楚了，不是他的责任，同时把他的工作也恢复了，通知他可以去上班了。我得知这个消息的第一时间就跑去找他，我说，我们得祝贺一下，我请你喝酒吧。他同意了。黄昏的时候，我俩走出学校，找了个僻静的小饭店，在一条巷子里。我点了一大桌菜，点完又有些后悔，这样的补偿方式着实有些拙劣，与他那两年多受的苦相比，更是不值一提。

果然，他对那些菜看都不看一眼，只是大口喝酒，简直像戴南行附体，只差没有唾沫飞溅地演讲了。我便也只是默默陪着他喝，我俩很长时间说不出一句话来，都有相对如梦寐之感。那两年半的时间好像并没有真实地存在过，只是一个梦境或者是比梦境更稀薄的东西，我和他一起喝酒仿佛就是昨天的事情，但我又多少感觉到，他到底还是和从前不同了。倒不是因为他脸上添了两道伤疤的原因，而是，他身上原来封存着的那点刀气忽然被放出来了，这使他整个人身上散发着一种森冷的气息，在那么一两个瞬间里，就着灯光的反射，我甚至能看到他眼睛里闪过的寒气。

后来，我还是小心翼翼地把话题绕到了戴南行身上，我试探着说，再过半年，老戴就也该出来了吧。他不吭声，独自喝了两杯酒，又往嘴里塞了一根烟，一根烟几口就吞下去了，最后他用手指碾灭烟头，终于说了一句，那个二货，谁让他进去的?!我小声说，他进去是为了陪你。他忽然猛地一拍桌子，对我喊道，我说过我需要别人进去陪我了?

我们走出小饭店的时候，夜已深了，居然是满月，银白的月光流了满满一巷子，像一条发光的河流，我俩慢慢蹚着月光往前走，不知是谁家门口，几枝夹竹桃从墙里探出头来，一身妖气地朝着我们张望，粉色的花瓣飘落到我们身上，我们像鱼儿一样在水面上啜食着花瓣，连门口的石礅都在月光下闪闪发光，如水底的贝壳。我忽然觉得，八十年代的漫游之夜在这月光下又复活过来了，那些夜晚，我们在月光下星空下在雪地里漫游、吟诗、冥想。用戴南行的话说，冥想和漫游就是人在不断向神靠近的过程，这个神格化的过程多少可以减轻人的痛苦。

我向桑小军提议道，月光这么好，不能浪费了，我也好久没上后山了，咱们去山上看看吧。他欣然同意，于是，我们俩披挂着一身银霜，抄了一条歪歪斜斜的小径上了山。山上没有一点灯光，月光亮得有些惊心动魄，所到之处，万物度化为安详的银色，如涅槃之境，而在照不到月光的地方，万物又退向了幽暗的深渊。仿佛整个世界只剩下了明暗两种色调，如一只巨大的钢琴，黑白的琴键上甚至能听到天体的音乐。戴南行曾和我说过，我们平时听不到天体的音乐，是因为杂音太多了，但在绝对的寂静中是可以听到的。他就听到过月相盈亏变化时发出的竖琴般的音乐，流星划过夜空时发出沙锤般的音乐，他甚至听到过地球转动的音乐，他说，地球就像一只巨型的木质音乐盒，会发出嘎吱嘎吱的音乐声。

桑小军走在我前面，他时而消融于黑暗，时而又在月光中浮了出来，像个魂魄，又像是他留在梦中的倒影，不真实中带着一点诡异之气，如果他此时回头看我，大约也会有这种不真实感。我们沿着山路一直爬到了山顶，明月高悬于群山之上，离我们如此之近，似乎一步就可以跨进月亮里去。我和桑小军屏息站在山顶上望着月亮，月光净化着一切，万物归于慈悲寂静。我们像是真的又回到了八十年代的月光下，但我和桑小军一句话都没有说，就那么静静地站着。月光从我身体里流过时，我能感觉到体内的血液正像潮汐一样涌动，我忽然明白戴南行为什么喜欢在月光下漫游了，因为，这来自宇宙的光亮本身就是人类肉身的一部分，人与月光其实从不曾真正分离，所以人才会在月光下得到治愈，或发疯、痛哭，或变成狼人。而戴南行只不过先我们一步窥视到了这种宇宙的秘密。

戴南行出狱的时候，是我一个人去接的，我没让桑小军去，他被平反，又恢复了工作，而戴南行出来了连工作都没了，他又是极讲尊严的人，如果这时候见了桑小军，怕他心里多少还是会有些不舒服吧。去监狱的路上，我一路都在盘算，没了工作，像他那种手不能提肩不能挑的文弱书生还能做什么，一分钱难倒英雄汉，总不能到大街上给人算命去。

我把戴南行接回他家里，又帮他收拾了一下屋子，犹豫一番才对他说，老戴，我晚上叫上几个熟人，一起给你接风吧。他正坐在椅子上抽烟，看上去很是枯瘦，坐在椅子上就像一堆干柴架在那里，架着二郎腿，但裤管里空荡荡的，好像里面什么都没有。他一听我这话，慌忙摆手，别别，千万别，我很久没有一个人待着了，晚上睡觉都是多少个人挤在一起，我就想一个人清静几天，你们谁也别烦我。我也点了一根烟，抽了两口，小声说，那个，小军儿比你早出来几天，也就早几天，要不就咱们仨一起喝点酒？我刻意不提桑小军平反和恢复工作的事，我现在要是提这些，简直像在向他炫耀了。他两只手指捏着一只烟屁股，马上就烧到指头了还舍不得扔，他吸着烟屁股，咧嘴笑道，你忘了？他当年说出来第一件事就是先杀了我，我哪敢见他。我夺过他手里的烟屁股扔了，他嘴里哎呀一声，连忙起身又把烟头捡了起来。我的眼泪差点下来了，我又蛮横地抢过烟头，扔到地上，用脚使劲碾灭了。他静静站在我身后，忽然不再说话了。

过了几日，我想他应该也适应得差不多了，便上门去找他。却见门上贴着一张纸条，上面写着"本人去天地间漫游了，勿来寻我"。我敲门，不开，又使劲敲了半天，里面无声无息的，不像有人在的样子，只得走了。第二天第三天我又来敲门，一连敲了七八天的门，里面都是静鸦鸦一片，我心想，莫非这厮真的又去漫游了，他现在连工资都没有，从前也没多少积蓄，能去哪里漫游？

我把这事和桑小军一说，他皱着眉头说，身无分文地去漫游，那和讨饭叫花子有什么区别？说罢找了一张纸，用毛笔在上面写了几个斗大的字，隔着几里地就能看到："戴南行你给我出来，老子还没和你算旧账呢。"他一定想着，以老戴的性情，哪见得了这样的挑衅，即使正藏在火星上也会嗖一下蹦到他面前，唾沫横飞地对他说，我戴某人进去陪你两年，虽说时间不长，但图的就是情义二字，你当戴某是进去逛公园呢？

我们去了戴南行家门口，又敲了半天门，里面依然毫无声息，桑小军刷上糨糊，啪一声把白纸黑字贴在了门上，然后信心满满地对我说，放你的心，不出两天他肯定去学校里找我决斗。

一下又过去十来天，戴南行不但没去学校找桑小军，连他门上贴的那张纸都完好无损。我心想，看来他还真的出去漫游了。又考虑到一个身上没有钱的人不可能走多远，我一有空便在山城的大街小巷里寻找他，看见街上有讨饭的叫花子或摆摊打卦的算命先生，就一定要凑过去看个仔细，唯恐是由戴南行变化而成的。我又把后山上那些他爱去的地方，破庙、坟地、桃树下挨个儿寻了一遍，也不见他的任何踪迹。后来我又去了黄河边，把碛口渡、乾坤湾都找了一遍，也没有他的影子。

这天晚上，我坐在台灯下整理他那些写在烟盒上的诗，这些诗都是他在里面时写的，他一出来就都送给我了。其中一首这样写道：

> 大雪之中的木槿花树在寒风中战栗
> 冻僵的月光如冰块般砸到它的身上
> 父亲暗夜出去，为木槿花树祈福
> 我在暗夜起来，默默为父亲祈福
> 夏天，木槿花盛开。父亲告诉我
> 一朵木槿花，晨起盛开黄昏颓败
> 这是最高意志给出的象征
> 它的时间自成轮回，它对此安之若素

我久久看着最后一句"它的时间自成轮回，它对此安之若素"，忽然有种奇异的感觉，感觉他在里面的时候，心灵并不痛苦，起码不像我想象的那样痛苦。我甚至觉得，在里面那两年时光也许也是他的漫游之一种，与他在雪地里、破庙里、桃树下、黄河边的漫游，本质上并没有多少区别。因为他所有的漫游都是精神性的，空间对他来说并不是真正存在之物，它们只是一种不停幻化的背景。而且，在越是逼仄的空间里，精神越容易被唤醒，甚至，所有精神性的同类也会被一起唤醒，神灵、鬼、巫、魂魄、幻想、诗歌，逼仄的空间变成了歌剧院，变成了神话世界，斑斓、奇幻、辉煌、庄严。我想起他曾在办公室里待了三天三夜，任是谁来敲门都不开，那何曾不是他的一种漫游方式。

想到这里，我脑子里忽然闪过一个念头，会不会是他又故伎重施，而事实上他根本就没有离开他的房子。他喜欢把自己的一些经典桥段第二次、第三次拿出来使用，就像巧克力饺子一样，再次拿出来使用的时候，他会像个导演一样偷偷坐在观众席上，饶有滋味地看戏。看看表，已经半夜一点多了，妻儿早已睡下，我披了件衣服，轻手轻脚地推门出去了。我走到戴南行住的那栋楼下，仰脸一看，果然，他的窗户正孤独地亮着灯光，而其他窗户都黑黢黢的，猛一看，好像他住的那间房子正像鸟窝一样悬浮在半空中。我爬上六楼，桑小军贴上去的那张纸居然还在，只是旧了一点。我横下心来开始敲门，敲了足足半个小时，快把整栋楼里的人都敲醒了，他屋里还是一点动静都没有。我便对着门骂道，姓戴的，你就在里面装死吧，有本事，你就一辈子像蝙蝠一样躲着，算什么英雄好汉。

我骂完片刻，门嘎吱一声开了，一缕灯光泻了出来，灯光里立着一个面目不清的瘦长人影，是戴南行。我进去一看，戴南行顶着一头乱蓬蓬的长发，倒像是回到了他读师专时候的发型，只是白了不少。地上摆着一箱方便面，估计他这段时间就是靠吃这个维生的。桌子上摇摇欲坠地摞着一摞书，几乎顶到了天花板上，简直像在玩杂技，地上、桌子上、椅子上到处是横七竖八的稿纸，我捡起一张看了看，上面龙飞凤舞地写着一首诗。茶几上摊着的棋刚走到一半，好像有两个隐形人正在对弈。

戴南行并不招呼我坐下，自己先坐在了椅子上，背挺得笔直，跷着二郎腿，像从前那样把长发一甩，露出两只眼睛，倨傲地看着我说，老赵，你凭什么说话那么难听？我在自个儿家里漫游，碍着别人什么事了？吃你的还是喝你的了？

我上下打量着他，只见他虽然枯瘦，不过穿戴还算整齐，起码没有在身上胡乱披个麻袋。我走过去，冲着他说，你老这么关着自己，也不怕发霉了？你每天在屋里干吗呢？他往后仰了仰，好像要躲开我的声音，他敲着桌面说，我要做的事实在太多了，漫游、看书、思考、参卦、下棋，有时候一盘棋就能下两天两夜。我说，这屋里除了你连个鬼都没有，谁和你下棋？他用手理了理头发，傲然说，我的影子和我下棋，不可以吗？我愤怒地说，下棋能当饭吃？他把背挺得更直了，昂首挺胸地说，何需吃那么多，吃，本就是个存活的手段，多了就是累赘。

忽然他像想起了什么，眼睛在枯瘦的脸上燃烧起来，倒吓了我一跳，只见他跳起来，从一堆稿纸里刨出一张皱巴巴的纸递给我，说，老赵，忘了给你看这个了，知道这是什么？河图，这可是远古星空啊，你想想，地球上连只猴子都没有的时候，这远古的星空就已经挂在那里不知道多少年了，你不觉得这才叫伟大吗？我第一眼看到这河图的时候，就觉得图里有一种奇特的力量，会让人沉下去，沉到很深很远的地方去，是不是很奇妙？你来看，这河图的黑白点必是由昼夜演化而来，就是阴阳二爻，中间的这个点就是太极，两仪居中，动而辐射四方，故三八居东为少阳，二七居南为老阳，四九居西为少阴，一六居北为老阴。观河图之形，四象既生，两仪乃立，则知两仪之生气未尽，必继续生化出八卦，八卦既生，天地定位，山泽通气，雷风相搏，水火不相射。先天之理，五行万物相生相制，以生发为主，后天之理，五行万物相克相制，以灭亡为主，这就是一生一死。老赵你看明白了吗？我们所有的文明其实都是由远古星象繁衍出来的，我们其实不是大地的子孙，而是星空的子孙，古人祭极星，因为极星代表永恒，现在呢，还有人祭祀明亮与永恒吗？有，热爱文学其实就是一种祭祀，而祭品就是那个作家或那个诗人。

我也被震撼到了，把那张河图铺到桌上，久久地看着。看久了果然会产生一种错觉，这远古的星空从天上掉到了地上，离我咫尺之遥，我可以真实地触摸到它的光芒，可以触摸到宇宙间最古老的秘密。然而，我很快就清醒了，我把目光从河图上移开，走到窗前打开窗户，看着窗外黑黢黢的夜晚我说，老戴，你不能一直这样逃避下去，再这样下去，恐怕你连买袋方便面的钱都没了。人在这世上活着，有些事是躲不过的，你还是得找个谋生的事情做，你自己得好好想想了，我也帮你想着这事，现在不是清高的时候了，现在没人稀罕清高。明晚一起去喝酒吧，我叫上小军儿，就咱们仨。戴南行仰头大笑起来，说，我可不敢，桑小军不是说出来第一件事就是先杀了我吗，哈哈哈哈哈。我打断他，瞪着他说，他要是想杀你不是早就杀了吗，你要是怕被他杀了还会在这里干等着？

说完我走过去，不等他开口就把口袋里的几百块钱加零头全掏了出来，放到桌子上，然后迅速朝门口走去，唯恐被他抓住。我正在下楼梯，忽然见一架纸飞机从上面飞了下来，一头撞在了地上，纸飞机是用百元大钞折成的。随后就是第二架，第三架，第四架，几架纸飞机在我头顶乱飞乱撞，像一场混乱的战争。最后飞过来的是戴南行傲慢的声音，请你们不要随便可怜我，我过得很好，不，是非常好。

6

我把见到戴南行的经过和桑小军说了一下，他大惊，说，那货居然一直就躲在屋里？他要实在不开门，不行就把他的门撬开吧。我听了这话不禁大吃一惊，想起当年戴南行躲在办公室里不出来，我们要撬门，桑小军坚决不同意，他说，你们是强盗吗？不是强盗凭什么撬人家的门？门都随便被撬，人还有什么尊严可言？

真有恍如隔世的感觉。我只好说，快别，我现在觉得老戴其实也不是完全脱俗的，他现在不愿见人，可能因为多少还是有点自卑吧。别人都有正经工作，就他没有，还平白无故地戴了顶刑满释放的帽子，你想如今这社会这么势利，没钱没势的本来就被人小看，再加上刑满释放，人们会怎么看他？他当年进去的时候就是出于哥们儿义气，想着进去陪你两年，大不了到此一游，如今他心里有没有后悔还真不好说，只有他自己知道了。下棋参卦写诗漫游都不是问题，关键是，他一直这样下去，那还不就是等着饿死了？

桑小军咧嘴笑了笑，说，你太小看老戴了。

我忽然像想到了什么，犹豫一番，还是盯着桑小军问了一句，小军儿，你呢？你为什么也不愿意去看老戴？莫非你心里真的对他有了怨恨？

桑小军冷笑一声，你也太小看我了。

过了几日，我下课后正骑着自行车往回走，忽然看见桑小军远远朝我跑过来，在阳光下面孔放光，好像有什么喜事急着要告诉我。他跑到我面前，一把抓住自行车的龙头，像是怕我跑了，然后兴冲冲地对我说，老赵，今晚请你喝酒。我说，有喜事？他一笑，说，我从学校辞职了，目前正在办离职手续。我差点从自行车上摔下去，明白他这是为了陪老戴，心里不免一阵感慨。还不等我开口他又抢着说，你可别以为我是为了老戴啊，是我自己早想辞职了，就那么点工资，还得一天到晚看人眼色，他妈的像施舍叫花子一样，说赶你走就赶你走，说收留你就收留你。他们主动给我恢复工作的时候，你猜我为什么要答应呢？就等这一天了，老子主动辞了工作还多少显得有点风度，以为老子就那么稀罕这破工作？

我叹道，像我们这样的穷书生，又没有谋生的一技之长，离开学校还真的不知道能干什么，老戴还能给人算命打卦，像你我又能做什么？总不能去大街上卖凉粉去。桑小军笑道，那是你还没想明白，自在最重要，大不了我再回山阴放牛去。

我推着自行车，他一定要陪我走一段，走了一段路，却又两个人都沉默着，忽然无话了，只是默默地走。明知道他即使辞职后也还在山城生活，在烧饼大的山城里，见面还是很容易的，我却忽然生出一种生离死别之感，不胜伤感。他一路送我，大约也是因为有同样的伤感吧。

一直走到我楼前的柳树下，我说那我上去了，他却还是不走，拽住我的自行车，一边玩着我自行车上的铃铛，一边慢条斯理地说，你急什么，再说说话呗！这些天我一直在琢磨一件事，老戴对工作的厌恶比我更甚，以前他不止一次和我说过想辞职，说这工作琐碎磨人毫无意义，人际关系也让他受尽折磨，我每次都劝他，总得有个饭碗吧，辞了工作干什么去？要饭去？我能感觉到，越到后来他对工作的厌恶越重，因为这种工作完全背离了他的本性，再加上换了领导之后他不断地被边缘化，已经没有什么尊严可言，但他可能也有点害怕，害怕真的没工作了如何生存下去，总不能去大街上摆摊吧？于是工作完全成了鸡肋，他又是那么高傲的一个人。后来他主动把自己送进监狱，一方面确实是想进去陪我，一个心理上的陪伴，另一方面，你觉不觉得，也许老戴正是趁这个机会故意让自己丢了工作，他以前就想辞职但一直下不了决心，这样一来，他就被外力推着达到了辞职的目的。你想想他是何等人物，怎么可能因为没了工作就自卑到羞于见人？

万千柳条披拂下来，如烟似雾，把我们二人笼罩在其中，像一座泊在这里的孤岛，周围来来往往的人声都被推到了远处，桑小军按铃铛的那只手也忽然停下，一切在瞬间归于寂静。我愣了半天才问他，那你觉得他到底是因为什么不愿意见人？桑小军仰脸看着柳树倒垂的头发，脸上有一种罕见的温柔，我听见他说，我觉得是因为，他本来就不喜欢人，只是他从前自己都不明白，现在，他想明白了。

深夜，我独自枯坐在书房的台灯下，回味着桑小军白天说过的话。台灯里流出来的橘黄色灯光，在黑暗中圈起了一块小小的牧场，牧场里生长着文字、书、钢笔、笔记本电脑，还有一块黄河石，是多年前我在黄河边捡到的。方寸大小的牧场之外，就是巨大的黑暗，在这窗户的外面，则是更加无边无际的黑暗，好像全世界就只剩下这盏孤灯了。我忽然想起多年前戴南行提到过的一个概念，异托邦。异托邦是所有地方之外的地方，是世界之外的世界，通过它还可以去往别的地方。那可不可以说，这盏孤灯也是一处异托邦，通过这里，我可以去往更深邃幽暗的时光深处，甚至可以去往戴南行的世界里。

莫非，监狱对他来说，也是一处异托邦？同图书馆、破庙、坟地根本没有什么不同，时间在这里忽然中断，分叉出多条小径，状如迷宫，而走上其中的任何一条小径，都可能来到另外一个时空里。也许，时空本身就带有随时可以变形的魔法性，它可以幻化作不同的形式，但无论形式如何变幻，内里的东西却是无法改变的。那么，戴南行在监狱里的时候，照样可以漫游、写诗、思考、参卦、和自己的影子下棋，所谓囚禁对他来说只是个形式，并不能真正困住他，和他坐在桃树下是没有什么区别的。那他现在到底是因为什么不愿意见人？真的是因为，他从来就没有真正喜欢过人？

我想起读师专的时候，每次在人最多最热闹的时候，戴南行就会忽然抽身离去，一个人去山上的破庙里躺着，或者干脆躺在雪地里数星星。我又想起他短暂的婚姻，传说离婚的原因之一是他不想要孩子，因为孩子是一个新生的人。我又想起他坐在一桌人里高谈阔论的孤独与凄凉，想起他对于人际周旋的厌恶与痛苦，当他没有办法消化这种痛苦的时候，就把自己关在办公室里，不见任何人。又想起越到后来，他越发与人疏远，却越发与草木鸟兽亲近，每认识一种新的植物，都要兴致勃勃地把名字告诉我，还要给每种植物写首诗。

从我们认识的那天到现在，居然已经过去二十多年了，从八十年代对乌托邦的狂热，到九十年代对商业的狂热，再到两千年之后对网络的狂热。八十年代在一起讨论文学和诗歌的同学，如今有的升官有的发财有的成天在电脑前搞网恋，在网上聊一段时间就去见面，见光死之后又回到电脑前，找下一个目标继续聊。狂热其实从未消退，只是变换了颜色和方向，于是时间变成了一种奇幻的怪兽，每往前奔跑十年，便变幻出一副新的模样，而始始终终其实就是那一只兽。

我纵使随波逐流，紧跟随时代，还时常被老婆斥为无能，因为每月只会拿一份死工资，又因为要评职称而不得不对人低三下四，时常觉得在人世间饱受伤害。我也时常在想，到底什么样的人在这人世间才能不被伤害？如果有的人站在原地不动，只任凭时间像河水一样从他身边流过去，那就会产生一种奇特的效应，这个人的周围就会形成一个黑洞，这个人就变成了一个被包裹在黑洞里的人，时间对于他来说就是失效的。无论时代如何更新迭换，他都岿然不动地站在他自己的浪漫与尊严里。

想到这里，只觉得唏嘘不已，便关掉台灯，只枯坐在一团巨大的黑暗中。那抔橘黄色的灯光倏得消失了，牧场般的异托邦也随之消失，融化在黑暗中。我忽然明白了，一个人是可以创造异托邦的，它们不同于乌托邦的虚幻，它们是实实在在存在于大地之上的，甚至可以成为一个人真正的居所。

又过了几日，我拎了些水果吃食去看戴南行，一路上想着该不该把桑小军辞职的事告诉他。到了他门口只见门上贴了一张新的纸条，上面仍是写着"本人去天地间漫游了，勿来寻我"。我把纸撕了，开始乒乒乓乓地敲门，不开，又敲，还是不开。足足敲了有一个小时，我实在没有耐心了，脑子里又闪过一个念头，那厮会不会是饿死在里面了？连最后一包方便面也吃完了？想到这里，我心里竟有些紧张，最终还是决定打电话让桑小军过来撬门。没想到，这门最后还是被撬了。等到门撬开后，我俩一拥而入，准备惊骇地发现戴南行正倒在地板上或床上，没想到，屋里是空的，别说人，连个鬼影都没有。门后也贴着一张纸条，上面写着一行字：借用结束，房子还给小军，家具和书一并送给小军。我和桑小军看着那张纸都半天说不出一句话来，原来他早知道桑小军为他要房子的事。桑小军走过去，把那张纸条撕了。

什么东西都没少，那些书和诗稿也都放在原处，我拿起最上面的一页诗稿，只见上面用俊秀挺拔的钢笔字写着一首诗：

> 悬浮于你的头顶
> 只见翼，不见翼上的鸟身
> 一片灰羽缓缓落下
> 覆盖大地上的灵魂
> 孤独之茧包裹骨脊山
> 破壳的声音传遍四野
> 你的心日益被落羽填满
> 悬浮的灰翼是如此沉重

桑小军把散落在桌上地上的那些诗稿都整理起来，居然有厚厚一沓，他坐在沙发上一边抽烟，一边一首一首地读那些诗。我则在这套不大的房子里游荡着，从一个角落游荡到另一个角落。因为戴南行的离去，这房子忽然产生了一种失重的效果，房子里的一切器具，锅碗瓢盆、书架上的书、窗台上的花盆、衣架上的衣服，好像都长出了翅膀，几欲飞翔，它们都在寻找戴南行。由于戴南行过于庞大的精神性，使他离开的时候都无法把自己的灵魂全部携带走，多少还留了一部分在这屋里，我能感觉到他的那部分灵魂还在这屋里写诗、下棋、参卦。我打开窗户，一阵穿堂风立刻从我身体里奔跑而过，也像个幽灵。这房子简直像座中世纪的城堡，住满了各种灵魂。包括我自己，在这里竟也变得像个灵魂，脚步无声无息，可以与一切无形之物交流。

我站在窗前迎着风，心中忽然升起了一种隐秘的快乐，他到底还是漫游去了。这次，他离开他熟悉的那些角落，图书馆、破庙、坟地、桃树下，终于去往更广阔之处漫游去了。也许他从前就下过不止一次决心，但这次，总算是实现了。

我下楼买了啤酒、花生米和卤菜，我和桑小军说，我们应该为老戴庆祝一下，庆祝他终于获得自由。等我回到房间，看到坐在沙发上的桑小军正满脸是泪，我有些惊讶，心里似乎明白了什么，但还是问了一句，小军儿，你怎么了？桑小军抹了一把脸，对我笑道，还没来得及和你说呢，我准备贷款买辆大卡车，跑焦煤，听说这个容易赚钱，以后我不是诗人不是大学老师，我就是个货车司机了。你看，我和你和老戴走着走着就走散了。可是我和你说句实话，我一想到我至今还有老戴这样的朋友，我心里就有一种骄傲。

转眼就是一年。在这一年里，我再也没有到处去寻找过戴南行，在街头看见算命打卦的，我也不会凑上去看个仔细，而是远远躲开。我心里有一种奇异的笃定和踏实，一定不会是戴南行。他就是某一天忽然再次出场了，也不会是以这样的方式，他是何等傲慢的人物。某些时候，我会把他和挂在夜幕里的那些星星联系起来，好像那张古老的河图才是他最终的归宿。

这一年里我和桑小军也只见过一次，他果然开始跑货车了，所以他的大部分时间都在货车上吃住，车上带着电饭锅、煤气炉甚至洗衣机。堵车是家常便饭，最长的一次堵车长达一个星期，他就一个星期在车上住着，每天早晨下车做早操洗脸，上午还被人叫过去打会儿麻将，中午逮着什么吃什么，最贵的时候，路边的一个鸡蛋能卖到二十块钱。渐渐地，我们三个人好像真的走散了。

春天再次来到了山城，我站在窗口看到黄土山上栖落着几团粉色的云霞，就知道，是山上的桃花又开了。我找了一个阳光灿烂的午后，独自沿着窄窄的山路往上走，一直走到了那株桃树下。桃花开得正好，有一种沉穆野逸之气，我在桃树下独自赏了一阵桃花，然后便枕着煦暖的春阳盹着了。等醒来的时候已是下午，这才发现自己身上盖了厚厚一层桃花，地上也铺着一层桃花，微风过处，桃花像雪一样漫天飞舞。我脱下外套，包了一包桃花，心想，用这些桃花酿酒就能留住这个春天，储存一坛桃花酒给戴南行留着，这些天地之物与戴南行有着天然的亲缘关系；又想到许久没有他的任何音讯了，他的电话早已停机，我甚至不知道他是不是还活在这个世界上；但又想到他是追逐本性而去，终究去了他该去的地方，心里便又生出一种奇异的安宁与稳妥。

7

这天，我正坐在书桌前看书，忽见窗前站着一只鸽子，过了一会儿一抬头，它还站在那里，没走。我有些好奇，便打开窗户看个究竟，却发现那鸽子腿上居然绑着一封信，竟是一只信鸽。现在居然有人用这么古典的方式给我送信，除了戴南行还有谁。我连忙把信打开，果然是戴南行的字迹，那厮如今连个手机都没有，也只能用信鸽送信了。

老赵，见字如晤。我如今是一名大地上的牧民了，但不是放牛也不是放羊，而是放蜜蜂。因为蜜蜂多数时间都在空中飞行，所以说我是大地上的牧民也不见得合适，但说我是空中牧民更不合适，我毕竟没有翅膀。但放牧蜜蜂和放牧牛羊的差别并不大，除了蜜蜂的性格比牛羊更自律更强硬，它们不放过自己更不放过同类，且不怕死，它们其实更像勇士，千万不要被它们的小个子所迷惑。我一年中的大部分时间都在天南地北地追赶花期，你想想这是一件何等浪漫的事情。而花期其实就是一个变种的时间，追赶花期就是追赶时间，所以在这个过程里，我看到了形形色色的时间。二月份是油菜花，三月份是桃花和杏花，四月份是梨花，五月份是黄刺玫和枣花，六月份是丁香和石榴，七月份是椴树花和槐花，八月份是桂花和向日葵。花蜜的品种也是绚烂至极，花蜜的颜色是在同一个谱系中繁衍出了无数种金色，把它们摆在一起的时候，就会看到，金色在琴键上优雅地流动着。桃花蜜、梨花蜜、槐花蜜、百花蜜，还有一种神秘有趣的花蜜，是花蜜里的女巫，会让人产生幻觉，这种花蜜叫曼陀罗花蜜，哦，它的花粉还能制作蒙汗药。对于我和我的蜜蜂们来说，这些花期就是我们的节日，隆重、盛大、热烈，所以我和蜜蜂们一年到头都奔赴在去往节日的路上，喜气洋洋的。即使换场的时候，亲爱的小蜜蜂们也不会走丢，我赶着马车拉着蜂箱走在大地上，蜜蜂们则在我头顶跟着我飞，我走到哪，它们就跟到哪，蜜蜂要比人类更忠诚勇敢。

等我再抬起头来，那只前来送信的鸽子已不见了踪影，灰蒙蒙的天空里倒是掠过了几只飞鸟的影子，但到底哪只是它就无法知道了。戴南行居然训练了一只信鸽，这信鸽居然还能找到我家，简直有点像魔法世界里的猫头鹰信使，这让我觉得戴南行和我已经不在同一个时空里了，而是在和我平行的另一重古典时空里，那里不用手机，不开汽车，至今人们还在使用马车和信鸽。我又想到了桑小军，他此时可能正拉着一货车焦煤奔跑在千里之外。他和戴南行，一个开着货车拉焦煤，一个驾着马车追赶花期，貌似形式有别，但本质上却十分接近，他们俩其实又成了同一个品种，都属于漫游者的族群。而像我这样终日往返于学校和家中，多数时间坐在书房里的笼中之物反而被他们抛弃了。

本来我想打听一下附近哪里有养蜂人，又觉得我这种寻找，对于一个四处追赶花期的人来说，完全是一种多余，便作罢了。但以后，不管在哪里，只要见到有鸽子飞过，我就要盯着看半天，直到它的身影完全消失在天空里。我在猜测，到底哪一只鸽子是戴南行的？那鸽子平时不送信的时候都在做什么？可它给我送的信如此之少，它会不会觉得闲得发慌？

就这样又过了大约一年，那只鸽子再次来到了我的窗前给我送信，一年不来，它居然还记得路，真是天生的信使。我送走鸽子，连忙打开信。

老赵，见字如晤。我在黄河入海口给你写了这封信，请大莺给你带过去，大莺是我信鸽的名字。我不再放牧蜜蜂了，我卖了蜂蜜买了几张羊皮，做了一只羊皮筏子，我敢说，世界上实在没有比羊皮筏子更可爱的船了。吹起来的羊皮就像一只只羊形的气球，把这些羊形气球赶下水的时候，感觉自己就像在水上牧着一群羊，看来我真是做牧民做出感觉来了。一群羊共同驮着一只木筏，木筏上再驮着我。而且羊皮筏子极轻，轻得根本不像一条船，倒像一根羽毛漂在黄河上，有时候它驮着我，有时候风浪大了就我背着它。羊皮筏子是黄河上最古老的船只，少说也有几千年的历史，我坐在这样的船上，有时候觉得自己要去的不是大海，而是时光的源头。你是否记得，当年我们总是猜测黄河的上游是什么样子的，让我来告诉你吧，黄河的源头在巴颜喀拉山，我从卡日曲河开始漂流，经过了星宿海、鄂陵湖，看到了红嘴野鸭和灰天鹅，我还在甘南州的黄河边上看到了峭壁上的苦行僧，他们在黄河石壁上凿洞静修，一苦修就是几年。我还闯过了拉加峡、羊曲、野狐峡，九死一生，又走过了李家峡、盐锅峡，从兰州穿城而过，然后过乌金峡、黄河石林、黑山峡、黄石漩、青铜峡、塞上江南、河套平原、十二连城，来到晋陕大峡谷，过壶口瀑布，进入黄河下游。黄河在下游无比温顺，像位真正的老母亲。

一路上，我和羊皮筏子绑在一起，黄河站起来，我和筏子也一同站起来，黄河躺下去，筏子和我也躺下去。我准备了一麻袋干馍馍，带了只小煤油炉，我一边在河里走一边放网捕鱼，捕到黄河鲤鱼就煮了鱼汤。有时候岸上人多，我就白天睡觉，晚上走。晚上有月光的时候，整条河都是银色的。你想想看，在黢黑寂静的夜里，一条光灿灿的大河独自在赶路，世界上所有的高山大川都隐匿于黑暗，只有这大河又辉煌又快乐，口袋里装着月亮、星辰、鲤鱼、黄河大铁牛、河神、羊皮筏子、河底的尸体，还有我。如果是满月，那天地间会变得静穆而神圣，大河会与天体对话，会生出更湍急更诡异的漩涡，月光就是它们之间的语言。这群羊形的气球驮着我，越走越开阔，大河在渐渐变宽变胖，最后，就像变魔术一样，大河忽然消失了，我发现我已经进入大海了，果然，在大河消失的地方就是大海。

又过了一年，那只叫大鸢的鸽子给我送来了第三封信。

老赵，见字如晤。到达大海之后，我又回到大地上继续漫游，因为我意识到自己终究不是海洋生物。这一年里，我见到了很多岛屿，不是海洋里的岛屿，是大地上的岛屿，它们散落在大地上，却与大海里的孤岛没有本质上的区别。我曾在一片白桦林中看到了一小片红桦，它们鲜艳得如同雪中红梅，像点燃了一样。我不知道它们是怎么来到一片白桦林中的，又孤独又美艳，它们是森林中的一座孤岛。我在山中行走的时候，曾经过了一个村庄，村庄里有几间快要坍塌的房子，有一个盲眼的老人正在河里洗土豆，整个村里就住着他和他的狗。他看不见却什么都能做，他记下了从房子到河边要走几步，到自己地里要走几步，他会生火做饭，会晒地里的玉米棒子，会躺在河边的草地上晒太阳，他一点都不觉得孤单，甚至很快乐。他一个人就撑起了一座孤岛。我曾漫游到南方的一个小山村里，那里住着十来户人家，村口有一株十几个人都抱不拢的大香樟树，少说也有一千多年了。我发现村人的方言里有一些很古老的发音，他们把"筷子"叫"糜箸"，"晚上"叫"暝"，"故事"叫"古"，"他们"叫"伊人"，"忘记"叫"无忆"，"钱"叫"纸"，不仅古雅，还自有一种清旷的风度，视钱为纸，与芸芸众生背离，多好啊。这个小村庄是一座语言上的孤岛。

我还在途中见过形形色色的孤人，补锅匠、换铁掌的、采香椿的、做火纸的、绞面师、弹棉花的、耍猴的、拉纤的、守墓人、修伞匠、磨刀匠、放排工……他们是人群里的孤岛。大地上的岛屿实在太多太多了，它们藏在大山里、森林里、村庄里、月光里、人群里，藏在语言的尽头、社会的边缘、民谣的褶皱里。大地的斑斓性并不仅在于山川大河，只这些陆上岛屿便足以成为大地上的一种奇观。它们由封闭、自卫、弃绝、怀念和某种傲慢组合而成，主动或被动地远离时代与社会，它们可能最终消失，化为大地上的一把尘土，也可能在最幽暗偏僻的角落里生生不息，繁衍子嗣。无论如何，陆上孤岛的奇异和可爱一点也不亚于大洋里的那些岛屿。写到这里，我忽然发现我落下一个人，我自己，一个漫游者，也是一座孤岛。

转眼之间六年就过去了，在这六年时间里，戴南行每年会给我写一封信，都是让他的鸽子给我送过来的，然后，大鸢连口水都不喝就转身飞走了。那只鸽子看上去一点儿都没有变老，估计，给我送信就是它毕生的使命。我想，就为了让这只鸽子不迷路，我也不能搬家。我并不想搞清楚他信里写的到底是真的，还是只是他的想象，这一点不重要，因为我本来就把那些信当诗歌来读的。

这几年时间里，山城的变化很大，扩建了很多街道，盖起了很多高层楼，我们原来分的房子已经显得老旧了，很多老师都搬进了新的楼房。山城像被吹起来的气球，体积一下膨胀了两三倍，又因为四面被山包围，无论有多少高楼，还是让人觉得在大山里。我经常想，如果站在周围最高的山顶上往下一看，群山之中忽然长出来一丛水泥高楼，终究还是很怪异，山间万物看到了，会不会觉得那像一丛毒蘑菇？学校也盖了新校区，比老校区大了十倍都不止，简直有些浩浩荡荡，我在校园里骑自行车已经骑不动了，改成了电瓶车。过于浩大又过于整洁的校园，使我走在半路上时经常会心生迷惑，怀疑自己是不是走错了地方。

一切物质都在以惊人的速度繁衍，所以看上去周围全是物质，密密麻麻的物质，几乎要把人埋葬起来。手机的屏幕越变越宽，宽得把电脑装进去，把电视装进去，把人装进去，把魔鬼装进去，身上装着一部手机就感觉像扛着一只巨大的口袋，一旦把它丢下又感觉像失了魂魄一般，这才明白，手机那只大魔袋里还装着无数魂魄。

有些东西在加速繁衍，有些东西正渐渐绝迹，一圈人围在一起喝一瓶劣质酒吃一脸盆饺子的时光再没有了，通宵达旦讨论诗歌的时光再没有了，用巧克力和大米饭为对方做一盒饺子的时光再没有了。正因为这种大雪无痕一般的湮灭，和物质太多造成的冰冷与拥挤，我加倍珍惜那只鸽子一年一次的到访，我觉得这是我能拥有的一个最古典最浪漫的秘密，而且这个秘密的另一头牵着戴南行，无论他漫游到何处，我都觉得他像一只风筝一样飘在那些书信的尽头。

偶尔，我和桑小军也会去巷子里的那家小饭店喝点酒，那是真正的喝酒，因为话已经变得很少。我们不谈文学，不谈改成学院的师专，也不谈他的生意，只是默默陪伴着对方，一杯一杯地喝酒。他跑了三年多货车，攒下一点本钱就不跑了，开始与别人合伙开焦煤厂，焦煤的利润惊人，不过几年时间，他已经跻身为山城的富人阶层。数学系的功底再次发挥了作用。听别人讲，刚办焦煤厂的时候，他年底出去要债，身上别着两把大菜刀，进去二话不说就先砍掉对方一根手指，那手指还在桌上蹦了半天。他坐在我对面，身上镀着一层寒光，脸上没有任何表情，话变得比从前更少，多少让我觉得有些害怕。好在他每次叫我喝酒的时候，去的都是从前的那家小饭店，而没有去那些新开的高档酒店，这又让我觉得心安。我每次收到戴南行的信，都会带给他看，他就着灯光把信看了一遍又一遍，然后放在桌子上，倒三杯酒，我们各喝掉一杯，剩下一杯被他倒在了地上。我说，给死人的酒才往地上倒，老戴还活着呢。他撇撇嘴，不以为然地说，他那种人，半人半仙，给他倒天上和倒地下，有什么区别吗？

这种时刻变成了我们三个人之间的一种秘密约会，而与戴南行的约会又让我感觉是在与自然和宇宙秘密约会，在我们周围拥簇着大地上绚烂的花事，满载着月光的大河，燃烧的红桦树，高山峡谷间的小村庄，散落在大地上的古老方言，来自宇宙间的天体音乐，一切变得神秘、辽阔、悠远起来，使我们三个人之间仍然维持着一种无法言说的友谊。只有一次，大约是喝多了，桑小军使劲拍着我的肩膀说，老赵，你给老戴写封信，让那鸽子捎回去，告诉他，什么也别怕，等他老了我养他。我心里一阵发酸，嘴上却奚落道，你敢对老戴说这种话，他不把唾沫星子喷你一脸才怪。

某一天，桑小军忽然拿着一本刚出印刷厂的诗集来家里找我，我一看，竟是戴南行的诗集。桑小军把这些年里戴南行写的诗全部搜集整理出来，自费出了一本诗集。山城中学有个退休老教师就自费出了一本诗集，印了一千本送亲朋好友，日夜送人，连我都送了一本，结果怎么送都送不完，垛在家里又嫌占地方，烧火做饭还被老伴嫌弃不经烧。我一边翻着诗集，一边叮嘱他，以后千万不能告诉老戴，他的诗集是自费出版的，不然他肯定要和你拼命。桑小军把鞋脱了，躺在我家的沙发上，看着天花板说，不自费？不自费谁给你出诗集？想都不用想。老戴早在上师专的时候就想有一本自己的诗集了，他不说就以为别人不知道？我倒是有个设想，我想办一座诗歌博物馆，给咱们大学时候那拨人，你想那时候写诗的人有多少啊，几乎是人人都在写诗，我给他们每人出一本诗集，肯定都是自费的，然后摆在诗歌博物馆里，供人瞻仰凭吊那个诗歌时代，你说好不好？

我笑道，你这就是有两个钱烧的，再说了，大学时候的那些诗人们早都不写诗了，现在你把人家早就作古的诗翻出来，还要出成诗集供起来，你觉不觉得，你说的这诗歌博物馆有一种阴森森的感觉，好像一本诗集就是一座墓碑。凭吊，你这个词倒是用得好。

桑小军往嘴里塞了一根烟，点着了，抽了一口，若有所思地说，那只鸽子，叫什么来着，最近没来给你送信？等它再来了，给它腿上绑一本诗集，让它捎给老戴，不行，太重了，挂脖子上？也不行。要不，在它身上背个背包吧，我动手缝一个，把诗集装进去，给老戴捎过去，让他也高兴高兴。

我说，小军儿，有个事情我一直想问你，你说为什么老戴从监狱里出来之后就再不愿见你了？我原先以为，是因为他从监狱出来后既没了工作，也没了身份，而你出来后却被平反恢复了工作，他心里多少有些不平衡了，可到后来，我又觉得事情并不是这样的。

桑小军盯着天花板吐了两个烟圈，淡淡笑道，你连这个都没想明白啊，老戴一半是因为我进去的，为了进去陪我，另一半是为他自己的自由，他想要真正的自由，老戴是何等人物，他怎么会愿意让我为他感到愧疚和不安呢？我知道，他不想让我看到他后来的样子，他觉得自己不够体面，怕我见了他会难过会不安，所以我也就尽量不去找他，这才是给他自由。

我站在窗前看着远处的金色山峦，久久说不出一句话来。

转眼又到了夏天，这天，大鸢真的又来到了我窗前，捎来了戴南行的一封信。信里画着一张手绘地图，地图上有山峰有河流，河流上标注着碛口渡和乾坤湾，我认出来了，这不是黄河吗？又在河岸上画了一座亭子，旁边标注着二字"鹤亭"。地图背面写着一句话，老赵，邀你来鹤亭喝茶，独自前来便好，勿叫小军。

我大惊，莫非是戴南行回来了？只是那黄河边一片荒芜，没有人烟，更没有见过什么亭子。我没有告诉桑小军，只把那瓶桃花酒背在身上，便独自前往黄河边赴约了。地图上画的，是位于碛口渡与乾坤湾中间的一片河滩，我印象中，那里只长着几丛沙棘树，此外就是无边无际的黄土还有旁边的黄河，别的什么都没有了。我没有坐车，而是像年轻时候一样步行到了黄河边，以作为一种对往昔的缅怀和致敬。爬到最高的一座山梁上往周围一看，夕阳已经开始西下，群山波澜起伏，层层叠叠，山的外面还是山。在群山之间，一条雄壮的大河奔腾而过，一直伸向无限远的地方，夕阳就在那水天交接之处，真正是长河落日圆。不一刻，夕阳的余晖就把西边的天空，把沟壑纵横的黄土高原和九曲蛇形的黄河统统都染成了金色，天地间一片辉煌的肃穆。

我终于找到了，金色的河滩上居然真的孤坐着一座小棚屋，简直像沙漠里的龙门客栈，莫非这就是鹤亭？我慢慢走到那棚屋跟前，心里一阵激动，又疑心这只是一个梦，疑心这棚屋并不是真实存在的，有时候梦境太逼真的时候，我就不愿醒来，情愿在梦里待着。在梦里，总有已经消失的人和事从远方赶来，已经去世的父亲、奶奶、姑姑，穿着喇叭牛仔裤的戴南行，纷纷从远方赶来，不是坐车，不是坐船，他们乘着风，乘着雨滴，乘着梦貘，乘着一切无形之物进入我梦中，与我相会。有时候我觉得，梦境真是人类的一大发明，供无处可去的人们藏身之用。

只见这棚屋很是简陋，是用一些木棍和木板搭建起来的，四处透风，看上去摇摇欲坠，说是"亭"真是有些牵强了。仔细一看，木板上有洞，竟是船木，门口挂着一块木匾，上面刻着两个字"鹤亭"。我走进了屋子里，里面更像一个梦境。没有人，中间有一张桌子，也是用船木做的，桌子上摆着几只陶土做的茶杯和碗，还有一只陶土烛台，有点返回到了石器时代的感觉。除了这一张桌子和两只树根做的凳子，就再没有一件多余的家具了。

一天当中最后的余晖正在迅速消散，屋子里也跟着暗了下去，我这才注意到屋里还是有活物的，墙角有一团蓝色的火苗正在跳动。只见角落里放着半截破陶罐，里面燃着几截木柴，吐出了蓝色火苗，正好当成炉灶，灶上架着一只茶壶正在烧水。借着火光，我看到墙上的木板上有字，是用毛笔写成的王羲之的《兰亭集序》："此地有崇山峻岭，茂林修竹，又有清流激湍，映带左右，引以为流觞曲水，列坐其次。虽无丝竹管弦之盛，一觞一咏，亦足以畅叙幽情。"字体越发俊朗飘逸。又见地上摆着几只歪歪扭扭的土罐，里面种着些花草，我拿起那土罐细细端详，土罐十分粗糙，但自有几分野性之美，我心想这些拙朴的陶器莫非都是戴南行自己烧出来的？他简直变成了一个神奇的吉卜赛人。光线越来越暗了，天火烧尽，群山熄灭下去，整座屋子也向大地深处坠去，与此同时，那团蓝色的火光越发澄净明亮起来，像一种可怕的笑容。

我正盯着那火光发呆，忽然有一个人影飘了进来，我吓了一跳，还未开口，就听见那影子稳稳地叫了一声，老赵。戴南行的声音倒是未老去，我激动地朝那影子扑过去。但戴南行只简单地和我握了握手，然后拿起桌上的半根蜡烛，凑到火光旁边点着了，插在了陶土烛台上。烛光立刻在黑暗中挖出一个洞来，我和戴南行面对面地坐在洞中。我们像退回到了几百万年前的大洪荒时代，正坐在原始人的洞穴里。

只见他苍老了不少，眼窝深陷，颧骨突出，眼角已经有了明显的皱纹，顶着一头胡乱剪过的头发，一大半是灰白的，估计是他自己剪的。不过大体还是七年前的样子，只是老了些，枯了些，比我想象的要好，我以为我会看到一个穿着树叶的野人或者看到一个人留着一部托尔斯泰式的大胡子，又嫌大胡子碍事，便用橡皮筋把这部巨大的胡子扎成辫子。其实老了的何止他一个，这些年我也开始变老了，想起十八九岁刚上师专的时候，我们就以老戴和老赵相称，唯独对桑小军却一直称小军儿，有时候，他越是彪悍，我们就越想把他当小孩子对待，一个戴着面具拎着花锤的小孩子。如今，却是真正的老戴和老赵相对而坐了。

这时候炉子上的水烧开了，咕咚咕咚地响着，倒有了些红泥小火炉的意境。他起身提起水壶给我沏茶，茶倒在我面前的陶土杯里，我有很多话想问他，又不知道该从哪里说起，问他都吃什么喝什么，又唯恐被他嫌恶。只听他很平静地说，老赵，这茶杯和茶壶都是我自己做的，不太美观，凑合着用，来，尝尝我的茶吧，这茶叫月空茶，我曾在福建的深山里寻到一棵千年老茶树，这么老的树其实已经不是树了，已经步入妖的行列了，物老就会成精，这是自然界的规律，我在老树上采了些鲜嫩的叶子，又采了些千里香焙进去，千里香是只在月光下才会开的花，花香吸足了月光，有一种极致的阴柔，喝这样的茶就像喝月光一样静美，让人心里能生出纯白色的光辉。还有这种寒香茶，待会儿也尝尝，是用雪中芭蕉和红梅焙成的，我记得那天行走在江南，积雪初霁，红梅次第开放，雪光中芭蕉掩映着红梅，寒香阵阵，我忽然想到，天下之大，万物之美，什么不可以用来沏一杯茶呢？何必一定要拘泥于某种形式。所以我后来又做了风竹茶，生云茶，冰壶茶，四照茶——四照取义于《山海经》中的那句：招摇之上，其花四照。

他说话的语气实在过于平静，没有伤感，也没有激动，好像我们俩昨天才刚刚面对面喝过茶，但我一个人痛哭流涕地怀旧显得也很滑稽。我喝了一口茶，一股土味，我便问，你用什么水泡茶？他咧嘴一笑，仍然是多年前的那种笑容，近于天真，他说，当然是黄河水。我说，黄河水那么浑，也能喝？他说，黄河的源头本是雪山，纯净的雪山水从卡日曲和约古宗列曲发源后，形成一段极美的河道叫孔雀河，孔雀河向东流淌进入星宿海，再经星宿海流到扎陵湖，是后来经过了沙漠和黄土高原才有了泥沙，再说了，有泥沙怕什么，沉淀一下不就行了，黄河之心其实仍在雪山之上。

我又环顾了一下这间棚屋，说，没有床，你晚上住哪？他又一笑，往门外的黑暗中指了指，说，天地之大，哪里还没有个睡觉的地方，黄河边的石头上，废弃的窑洞里，树上，月光下，或者想在哪里睡了，随便往哪里一躺就是，躺在大地上的时候，人的神经会像植物的根系一样向大地深处生长，所以我能听懂来自大地上的各种声音。我能听到大地上流浪着很多古老神秘的方言，有的方言里飘着雪花，有的方言里落着雨，有的方言从北方一直迁徙到海边，有的方言正在死去，一种方言就是一首诗歌。我能听到黄河走路的声音，听到它在唐乃亥发出的喘息声，听到它在河套平原悠闲地打着口哨。我还能听到群山对话的声音，昆仑山用的是吐蕃语，喜马拉雅山用的是梵语，祁连山用的是蒙古语。

我打断他说，老戴，你这些年到底过得怎么样啊？你终于想起回来了。

他说，我这些年的生活都已经在信里告诉过你了，至于为什么要回来，我想回来看看黄河，看看老朋友。

我说，那你怎么住这里啊？你都吃什么？没水没电的，和原始人差不多，还是回城里住吧。

他说，那天我走到这里的时候，正好看见岸上搁浅着一条老木船，龙骨都断了，早没人要了，我就把它拆了，用船木做了这鹤亭，又做了张桌子，我可以用这桌子喝茶、参卦、写诗。老木船和鲤鱼都是黄河送给我的礼物，我收了它的礼物自然就在这河边住下了。再说了，住在哪里不一样呢？就是睡在床上，床是用树木做的，那同样也是受了大地的馈赠。

我想起他多年前半夜躺在破庙里倾听自然之音，或者躺在雪地里数星星的行为，竟与现在一脉相承，没有半点出入。我想，这也是这么多年里，无论他行为如何疏狂怪诞，我和桑小军都以认识他为骄傲的原因。听到他说还在写诗，我下意识地摸了摸装在身上的那本诗集，犹豫了片刻，还是没敢掏出来。烛光在过于庞大的黑暗中跳动着，赋予这张桌子一种奇异的舞台效果，以至于我们说的话都具有了一种歌剧般的庄重。我努力想打破这种庄重，便笑着说，你这个人哪，又不是没有房子，为什么不回去住呢？回去住多少舒服些。

戴南行起身走到炉前添了把柴，壶里又加了些水，他静静看着火苗舔舐着壶底，对着火光说，你记不记得多多的那首《入屋》，诗里写道：但屋在何处，如无终极，就不必寻找。诗的最后一句是，再次入屋，不为居住。那套房子本来就不属于我，我迟早要把它还给小军儿的，那是他牺牲自己的尊严换来的。

往事在黑暗中一幕幕掠过，我有一种沧海桑田之感。又听到他终于提到桑小军了，心里有些高兴，便赶紧趁机说，老戴，哪天我把小军儿也一起叫来吧。你可能还不知道，他后来从学校辞职了，开了几年货车，拉焦煤，后来自己又做了点小生意，我仨好多年没一起聚过了，哪天一起聚聚吧。

我故意避开不提桑小军现在的经济状况，怕伤他自尊，但转念一想，戴南行要是在乎这种事，那还是戴南行吗？他背对着我又往炉子里添了几根柴，守护着那团小小的火光，好半天才说，老赵，有时候，不见的意义甚于见过，只要我一直还在他想象中的远方，还在写诗，对于他来说，就是一种心灵上的安慰。我知道，自从他不写诗之后，他心里就认为，我写的每一首诗都有一半是属于他的，我不光在为自己写诗，也在为他写诗。如果我再写不出一首诗了，那就是诗人桑小军的死亡之日。可是，我希望那个桑小军活着，那个从他内部分裂出来的桑小军，纯净、柔软、忠诚。尽管，死亡就栖息在所有的诗歌当中。

我想起桑小军和我提到过的那个设想，建一个诗歌博物馆，去祭奠和凭吊那些在岁月里消逝的诗人们，原来他自己也位列其中。只是，自己凭吊自己的时候，会不会陷入一种恍惚当中，究竟哪个自己才是真实的？我的手再次伸进口袋里，摩挲着那本已经被我焐热的诗集。忽然，我心一横，像拔剑一样把那本诗集拔了出来，用力甩到戴南行手中，语气很快地说，这是你的诗集，是桑小军帮你找出版社出的，你写了这么多年诗，也该有自己的一本诗集了。说罢，怕他问我是不是自费出版的，赶紧又说，有本自己的诗集总不是坏事，也算是一种对岁月的见证，我们这些人从八十年代走到九十年代又走到现在，就像坐着过山车一样，一路上什么风景都看过了，现在我们都不年轻了，总要有点见证才算没有白来这世上一趟。

他并没有说话，只是就着火光，认真地翻了几页诗集。这时候桌子上的蜡烛燃尽了，烛光化为一缕青烟，只剩下炉子里的那团火光。我看到火光里的戴南行专注地看着诗集，像一个远古的巫师，而火光照不到的地方则是深不见底的黑暗。忽然，戴南行做了个动作，他把诗集塞进了火光里。红色的火光猛地蹿了起来，在那一瞬间，我看到我和戴南行的影子都被投在了船木上，斑驳阴森，像被沉在水底的魂魄。黑色的纸灰飞起来，又纷纷扬扬落下去，是诗歌们的亡灵。戴南行看着火光说，老赵，其实我早已经有自己的诗集了。你还没有想明白，到底什么才是真正的诗集，春日的雨滴，夏日的蝉鸣，秋日的凉风，冬日的雪花，把这无法留住的一切做成标本，就是诗。每一株植物是诗，每一个星座是诗，跳动的烛光、炉子里的火苗、茶杯里的新茶都是诗，蜜蜂采的蜂蜜是金色的诗，夜是黑色的诗，友谊是血红色的诗，所有的这一切放在一起就是诗集。其实，诗集最古老的定义，就是关于植物的合集。一定要把诗关在这样一本薄薄的册子里，反倒是不给它们自由了。

火光渐弱，我和戴南行走出鹤亭，来到黄河边，坐在一块巨石上，我掏出那瓶桃花酒，我们像多年前一样，一人抱着酒瓶子闷一口，再传给对方。黑色的夜空倒扣在大地上，大地上没有一丝光亮，连河水都是黑色的，从我们脚下流过的时候，带着一种可怖的幽冥之气。而古老的星座像神话一样悬挂在我们头顶，就连我们脚下的巨石也散发出某种精神场域，仿佛天地之间的一切都拥有了自己的灵魂。

不知不觉就把一瓶酒喝完了，我和戴南行躺在巨石上看着星星。我说，老戴，你记不记得上师专的时候，你躺在雪地里数星星，你真是个天生的诗人。半晌，他说，老赵，其实我年轻的时候也不是不想成名成家，也有英雄主义，但我现在已经不想成为什么诗人了，因为，一旦你想成为某个人物，你就不再自由了。我漫游了这么多年才明白了什么是真正的漫游，就是不急着找到终点，也不想快快到达哪里或急于让自己变成什么。而漫游与自由永远是一体的，真正的自由就是，我坐在这河边，看着河水，看着黑夜，数着星星，发现万物静美，内心里温柔宁静，没有一丝恐惧，对我来说已经无所谓得到和失去，现在任何人任何事都勉强不了我。你不要觉得我是因为在人类社会中混得不好，一无所有，所以羞于见人，也不要觉得我是在刻意避世隐居，你这样想都是对我的侮辱。你还没有意识到吗？其实我就坐在某个坐标的正中央，就沉在自我的最深处。

我看着满天星斗，心里忽然感受到一种巨大的纯净与悲怆，差点落下泪来，却一句话都说不出来。

我们就那么躺着，直到月亮从天地相扣的地方升了起来，是一轮有些残缺的下弦月。随着月光涌向大地，河水开始发光发亮，然后，渐渐变成了一条银色的大河，蜿蜒在一片混沌的天地间。银色的波光反射在石头上，还有我们的手上和脸上，好像我们来到了一重奇异的水晶空间里，一切看上去都晶莹剔透。我又想起了戴南行多年前发明的"异托邦"，在所有时间中断的地方，它就出现了，通往神秘和安宁。

戴南行看着河水，忽然对我说，老赵你看，河水开始由阴而阳了，到了明天日落时分，它还会由阳而阴。天地之间，阴阳是随时都在转化的，也就是说，失去的时间其实并没有真正失去，古代和现在就是一回事。我原来以为八十年代的酒神精神和理想主义到了九十年代以后就彻底消失了，为此经常怀念那个时代，后来我想明白了，它们其实并没有消失，只是由阳而阴了，只要时光不灭，人类一息尚存，它们就还会由阴而阳。天地大化，阴阳相合，本就无生无灭，所以，老赵，要是有一天我不再给你写信了，你也别以为我是死了，天地之间本就没有生死，只有过客。还有件事我得嘱托给你，我这几年陆陆续续写了一些诗，有个三四十首吧，我把这些诗留给你，你每年给小军儿一首，就说是我的鸽子给你送来的，这样，我就能再陪你们几十年。你们活到八十，我就能陪你们到八十，你们要是活到一百岁，那我就陪不了你们了，剩下你们两个白胡子老头，下下棋也挺好。

我在黑暗中愣了半天才忽然明白过来，他这是在和我道别了。我猛地从石头上跳起来，一把将他拉了起来，他轻得吓人，我只一只手就把他整个人提了起来。我就着月光端详着他的脸，我刚才怎么没想到呢，他这么多年在外风餐露宿，居无定所，根本吃不到什么像样的东西，身体怎么可能好呢。我有些语无伦次地说，你是不是病了？你得了什么病？走，跟我回去看病去，有病就治，这里治不好还有省城，省城治不好就去北京，总能治好的，我们现在就回去。

然后我拖着他就往前走，在乱石堆里跟跄着走了几步，我们都摔倒了。他倒在地上哈哈大笑起来，说，老赵，你真是白认识我这么多年了，你为什么一定要把我想象成是死了呢？你可以想象我就存在于这黄河中，想象我存在于一朵桃花里，一只蜜蜂身上，存在于太阳从黄土高原升起之时，存在于风中、月光下、夕阳里，存在于一切可能的地方。不要怕看不见，就是无形无相的东西，想得久了便也成了真的，真与假也是相互转化的，一面是时间的阴面，一面是时间的阳面，在你看到那个阳面的时候，那个阴面也是同时存在的，你可以认为一个人死了，也可以认为，他只是存在于一切可能存在的地方了。

我的眼泪哗地流了下来，戴南行和我一起立在河边，只是笑而不语。

那晚，我们就睡在了黄河边的大石上，像多年前那样，枕着碛声，沐着月光，聊着文学和诗歌，聊到后半夜，不知不觉就睡着了。早晨我被淙淙的河流声叫醒才发现，周围已经没有戴南行的影子了。于是我一边沿着河流走，一边四处寻找他。我发现河边的一些大石头上长满了诗歌，有的是完整的一首，有的只有一句，显然是戴南行写上去的。从这些石堆中穿行而过的时候，会产生一种奇妙的感觉，仿佛我不小心又走进了一处异托邦，这里介于图书馆、坟墓、歌剧院和博物馆之间，静穆、安详、神秘。

我沿着黄河走了很久都没有看到戴南行的身影，便又折了回去，鹤亭里是空的，炉火早已熄灭，茶壶里的水尚有余温。然后我看到桌子上放着一沓参差不齐的纸，有信纸、稿纸、包装纸、烟盒、餐巾纸，还有从小学生的田字本里撕下来的纸，每一页纸上都写着一首诗，或长或短。我一页一页地看下去，其中有一首诗名叫《棣棠》。

棣棠
一滴雨珠
又一滴雨珠
因与棣棠花有约
从遥远的晴空
长驱直下
轮椅上的母亲
不让我为她撑伞
她说，她忆起了谁的诗句：
"因为花朵的渴望，
人间才有了春雨。"

从此以后，那只叫大鸢的鸽子也再没有来过我窗前送信。有时候我觉得我再也不会见到戴南行了，还有的时候，我觉得我每天都在和他见面，在夕阳里，在月光下，在每一朵桃花里，在每一片金黄的落叶里。

后来，我自己也养了一只鸽子，和戴南行那只如同孪生兄弟。我训练它送信，只给一个人送信，桑小军。于是，它每年只送一封信，每一封信都是一首戴南信的诗歌，写在信纸、稿纸、包装纸、烟盒、餐巾纸，还有从小学生的田字本里撕下来的纸上。他从没有回过信，只有一次，鸽子回来的时候，腿上绑着一张小纸条，我打开一看，是桑小军的字迹，上面只有一句话：老戴，你在诗歌的尽头等我。

（文中诗歌皆引自Z君，以此致敬。）

手足之情与精神浪子的浪漫书写
——评《棣棠之约》

王春林

　　细细品读《棣棠之约》，即不难发现，从思想内涵的角度来说，小说其实由两部分意涵组构而成。其一，是对三位异姓兄弟之间殷殷手足情义的真切书写。小说标题中的"棣棠"，很显然与小说中戴南行一首题名为"棣棠"的诗歌有关："一滴雨珠／又一滴雨珠／因与棣棠花有约／从遥远的晴空／长驱直下／轮椅上的母亲／不让我为她撑伞／她说，她忆起了谁的诗句：'因为花朵的渴望，／人间才有了春雨。'"一滴又一滴的雨珠从天而降，如约地降落人间。目睹这一情景的母亲，便忆及了"因为花朵的渴望，／人间才有了春雨"这一诗句。春雨对花朵的不离不弃，可以说是这首诗的重点。诗人借此而传达出的，是一种总是会如期而至的践约精神。一种无法被否认的事实是，"棣棠"作为一种花名，很容易就可以让我们联想到字序颠倒后的"棠棣"这一语词。"棠棣"的重要义项之一，就是兄弟间手足之情。而孙频《棣棠之约》重要内涵的一部分，就是对戴南行、桑小军和身兼第一人称叙述者功能的"我"也即赵志平他们三位异姓兄弟之间从八十年代中期的大学时期一直延续到当下的手足之情的描写与记述。大学期间的志同道合且不必说，单只是桑小军为了给戴南行要到住房，竟然揣着菜刀在校长办公室门口守了一天一夜，戴南行为了陪伴已经身陷图圄的桑小军，竟然不惜以身试法，"偷盗"图书馆里的珍贵古籍的情谊就足以令人为之动容。出外漫游的戴南行总是会委派信鸽如期给赵志平送信，以及赵志平对戴南行不离不弃的执意守候与寻找，这样一些令人难忘的细节，都可以被看作他们兄弟之间手足之情的真切见证。

　　其二，是对戴南行这样一位思想定格成形于二十世纪八十年代的精神浪子令人印象深刻的勾勒与塑造。尽管我们很难谈论一个人的天性如何，但在戴南行身上，他那种似乎总是远离包括物质在内的人间世俗烟火生活的超然精神性品格的形成，肯定与他思想的被塑形于八十年代紧密相关。我们注意到，在叙述过程中，孙频曾经借助于叙述者之口以比较的方式谈论过几个不同时代的差异。在指认八十年代是一个诗歌的年代之后，孙频写道："过了很久我才慢慢想明白，一个所有人都在谈论诗歌的年代其实并不正常，但像九十年代那样，所有的人都在谈论下海经商显然也不正常，两千年之后，网络加入人世间，社会变得更光怪陆离了一些，却连八十年代那点可爱的土气也荡然无存了。"在承认以上时代差异存在的同时，我们试图进一步思考追问的一个问题是，人世间是不是果真存在着一个正常的时代。以我愚见，正如同根本就不存在一个绝对正常的理想或者说标准的人一样，事实上，也不可能存在一个绝对正常的理想或者标准的社会与时代。但与此同时，如果联系戴南行，那我们无论如何都得承认，身为精神浪子的戴南行，某种意义上的确应该被视为八十年代那个崇尚浪漫的诗歌年代的产物。无论是为了诗歌写作而执意地从物理系转到中文系读书，还是孤身一人夜宿破庙为大地守夜，还是躺在夜晚的雪地里仰望星空，所凸显出的，全都是大学期间他对精神性的迷恋与向往。身为戴南行好友的赵志平，其实很早就洞察到了他身上的这一特点："事实上，他对所有精神性之外的事物都只字不提，自动与世俗绝缘，他像一团庞大坚固的气体，一种精神性的存在，而并没有真正的肉身。"既如此，这样一位执迷于精神性的诗人，在步入物质的九十年代乃至网络的新世纪之后因其不合时宜而遭遇难以化解的精神痛苦，就是必然的结果。很大程度上，正因为孙频认为即使是乌托邦这样的语词都无法对应说明戴南行的精神构成，所以她才不无巧妙地化用了异托邦这样的语汇："一个人是可以创造异托邦的，它们不同于乌托邦的虚幻，它们是实实在在存在于大地之上的，甚至可以成为一个人真正的居所。"毫无疑问，无论是他对与棋道和《易经》的迷恋，还是更为决绝的干脆在抛弃工作后的四处漫游，所强力凸显出的都依然是戴南行的精神浪子本质。如果允许我稍作发挥，把小说中的人物和作家本人联系起来，我们固然无法简单指认戴南行就是孙频，但二者之间精神气质上某种投契处的存在，却也是难以被否认的一种客观事实。

以上两方面的思想内涵之外，孙频这部《棣棠之约》的另外一个特点，就是艺术书写上浪漫品质的具备。事实上，孙频近期的一些作品中，也都有着浪漫传奇品质的具备。比如《海边魔术师》中关于刘小飞的相关描写，即是如此。具体到《棣棠之约》中的戴南行，无论是他的派遣信鸽大鸢如期而至地给赵志平的递送信件，还是他后期那简直就是回归到原始状态的四处漫游生涯，一种浪漫传奇意味的存在，都是无可置疑的文本事实。请一定不能忽视小说临近结尾处关于戴南行寄居于古老黄河边的这样一些相关描写："没有人，中间有一张桌子，也是用船木做的，桌子上摆着几只陶土做的茶杯和碗，还有一只陶土烛台，有点返回到了石器时代的感觉。除了这一张桌子和两只树根做的凳子，就再没有一件多余的家具了。"到了晚上，"烛光立刻在黑暗中挖出一个洞来，我和戴南行面对面坐在洞中。我们像退回到了几百万年前的大洪荒时代，正坐在原始人的洞穴里。"其实，较之于浪漫书写更为重要的，是孙频近作中为什么总是会出现回归古朴原始时代的相关描写。对此，我觉得，我们恐怕无论如何也都只能从一种对现代性进行深度反思和批判的那种"反现代性"的思想维度上来作出相应的理解和判断。

中关村东路

秦 北

一

　　任大任的目光，如一架反复折叠了许多次的纸飞机，飘飘悠悠地，乘着还没暖透的气流，从东升大厦十八层的落地窗内一跃而下，顺着中关村东路径直朝南扎去。

　　飞机是用A4纸叠的，那纸大概率是从外面那台时常离线的打印机里抽出来的。纸上打着不多的几行字，有感谢也有不得已，当然还有忐忑，否则也不能来回叠了许多次。

　　我也真心祝愿公司在任您的率领下，继续蒸蒸日上，早日成功上市……

　　老板桌那头儿的声音拽回了任大任的目光，他的双眼重新落在对方身上，注视中多了审视。

　　老邝是任大任亲自招揽进公司的第一人。或者说"挖"更准确。因为任大任当时确实出了Pre A轮融资之后他所能给的最高薪，才让老邝从一家已然上市的国内IC（集成电路）设计公司改换门庭来到他这儿。那薪水即便跟那些上市大公司比都不怯。这样的初体验令任大任畅快好几天。

　　撬动老邝的不只是钱，任大任还把芯片设计这块业务都交给他，让他做了部门主管，虽然当时整个芯片设计部门总共才十个人不到。但是，随后又招进来的那十几个人，就全是老邝一个人拍板定夺的了，不管用什么人、给多少钱，到任大任这儿都一律OK。

　　可纵是如此，也依然没挡住老邝转正才半年多，就递交了辞职信。

　　也祝你今后一帆风顺。任大任像在跟面试老邝那天的自己说再见。

　　肯定会再见，没准儿还很快。像老邝这么老成务实的人，绝不可能没找好下家就贸然辞职，更不会离开IC设计这个眼前薪水越涨船越高的风口行业。但令他琢磨不透的是，他都允诺给老邝Pre A+轮融资之后他所能给到的最高薪了，老邝为什么还是婉拒，去意还是如此决绝？

　　你到底为什么辞职？老邝准备起身告辞，兀地又被任大任这句话拽回椅子上。同样的问题，任大任又问了一遍，但这遍一点儿都不震惊，单纯只是好奇，如同三伏天攥着瓶冰镇的北冰洋汽水，眼巴巴望着手握瓶起子的老邝来给他把瓶盖儿起开。

老邝卡顿了似的静止了几秒，最终还是揣起瓶起子，又掏出来刚才那一套：住得太远，开车太贵，地铁太累，年纪大了……

真的吗？我不信。任大任大失所望。

真是年纪大了，跑不动了……老邝肩一塌，一脸爱莫能助。

年纪大了，老邝总爱把这话挂嘴边儿，张嘴闭嘴"我们八〇后都老了"。八〇后确实不年轻了，但任大任自己也是八〇后，还是八五前。

他把管人力资源的小宋叫到办公室，这姑娘也才过试用期。小宋微胖，不笑腮帮上的酒窝儿都不浅。任大任请她关上门，青石板一样拉长的脸还是让小宋脚底下小心翼翼，不由自主地嘬紧肉嘟嘟的两腮，仿佛生怕笑模样儿从酒窝儿里淌出来。

他告诉小宋，老邝刚跟他辞职。小宋没有惊讶，只问什么时候给老邝办手续。

一会儿就办。

执行竞业禁止吗？

天要下雨……任大任望着窗外。

小宋回头。窗外阳光明媚。她回过头来。

不执行。任大任不得不交代明白。

下午还有俩应聘的，让老邝面吗？

我来吧。被一堆事儿紧压着的任大任，又给自己撂了件事儿，跟肩膀上扛多少都能咬牙挺住的苦力似的。

把老邝那职位也挂网上。他又交代。小宋的笑模样儿随即从酒窝儿里淌出来，说正好昨天她刚跟 BOSS 直聘签完合同。

真成"BOSS 直聘"了，任大任苦笑。面试官辞职，面试的人还能长干吗？还有老邝招来那拨人，甚至刚离开他办公室的小宋……

任大任眉头更皱巴。老邝来公司虽然一年不到，但身上担着的事儿可不少，着实替他卸下不少担子，让他少操不少心。也正因如此，老邝突然请辞才打了他个措手不及，要是不能尽快找人接替老邝，后续的设计和验证进度无法按既定 roadmap（路线图）走，那跟投资人可就更不好交代了。

何况他还向投资人保证，年底新一轮融资之前，公司员工总数就算达不到一百也能达到八十，可这才刚冲上五十，就又退回到四十九，缺了的那个"一"，还是名骨干……

不知何时被他拿在手上的辞职信被他叠成了纸飞机，落地窗的窗玻璃也不知何时开始被噼噼啪啪的雨点敲击起来，一声声，跟方才老邝敲门时一模一样。

窗外猛一闪，雨点咔嚓一下串成了线，连成了片，给整面落地窗挂起雨帘。没开灯的办公室晦暗下来。雨帘模糊了窗外的一切。任大任也不再能望得见那条他时常凝望的中关村东路。

春雨贵如油，这会儿却是火上浇油。这雨又似一杯挂壁的苦酒，再难喝，他任大任也得仰头咽下，苦涩也只有天知、地知，以及他知。

纸飞机嗖地掷了出去，抛物线平滑，如箭如矢。也如一饮而尽的酒杯，骤然砸向被大雨浇筑得更加厚实的玻璃窗，誓要冲破那窗玻璃一样。

二

东升大厦附近有两家连锁咖啡店，一家是旁边写字楼里的星巴克，另一家是号称要取代星巴克的本土品牌，就在东升大厦的一层底商。

自从任大任的公司在东升大厦租下办公室，他就再没喝过星巴克，而是每次进电梯之前，都从这家本土品牌买一杯焦糖拿铁带上楼去。他觉得这样很有仪式感，也能激励他自己，因为他要做的，是跟这家本土品牌同样的事情。

或许是心理作用，这家的焦糖拿铁在任大任嘴里总感觉比星巴克更是那味儿，而且还便宜。这家本土品牌自创立之初就对标星巴克，宣称要比星巴克品质更好、价格更低。

任大任觉着，品质是不是更好见仁见智，但价格更低却是实实在在，手机（扫码）可证。所以他也要用实实在在的低价格和高品质去对标他那个行业的"星巴克"——TADI公司。

这就相当于玩儿游戏第一次开档，难度就选了World Class（世界级），因为TADI公司可是全球DSP（数字信号处理器）行业的龙头老大，扛把子，全世界一半以上的市场份额都攥在它掌心里。

这家公司在中国也树大根深，早在二十世纪八十年代初就很有眼光地来华设立办事处，那年刚好任大任出生。

随着中国发展，TADI也跟着发展。现在中国市场流行的大部分DSP芯片都打着TADI的logo（标志），而中国市场的营收也占了TADI总营收的六成多。于是，TADI对中国的重视程度与日俱增，就差把全球总部搬中国来了。

TADI在华设立的第一家办事处如今已是中国区的双总部之一，就坐落在任大任本科母校的大门边上，中关村东路1号的清华科技园里。

硕大的"TADI大厦"立在被它一家占去大半栋楼的写字楼顶，金字招牌在阳光下熠熠生辉，没太阳都晃眼，吸引着一拨拨进出校门的莘莘学子，总有人跟拍"三体"家的智子一样将它收入手机，仿佛在给自己未来的工作单位拍求职照。

任大任当初也没少向这块招牌行注目礼。学他这专业，教材但凡讲DSP就几乎全以TADI的产品系列当案例，样片和开发板也大都从TADI申请，就连面试问的都是熟不熟悉TADI的东西。

用TADI就这样自然而然成了习以为常，行业惯例。

任大任很清楚，要实现对TADI的国产替代，就不光得超越它的产品性能，还得打败用户对它年深日久的使用习惯。大学睡在他上铺的兄弟笑话他所做的事情是蚍蜉撼树，自不量力。可任大任却很认真地反驳，他不是要撼树，而是也要长成一棵大树。

那就祝你早日长成参天大树，Mr.树。

那兄弟在大树底下乘着凉，讲着风凉话。拿RISC-V做DSP，也就卖给高校、研究所。他仍不忘给任大任才刚栽上的小树苗浇冷水。

这么瞧不起RISC-V（一种新兴的精简指令集）？任大任嗤之以鼻。ARM（目前最流行的精简指令集）要不拿知识产权卡客户，RISC-V还真可能成不了气候，问题是知识产权已经武器化了，谁不怕大棒砸自己头上？这就生生给RISC-V砸出一片蓝海出来，你们瞅着不眼红吗？

我们眼红什么？我们有自己的指令集！那兄弟揉揉眼睛。

你们是有自己的指令集，可你们不是"中国芯"啊！

树下那次"互怼"给任大任额外增添了动力。他导师很早之前就常讲，中国人搞芯片绝不能被卡脖子，连卡脚脖子都不行，因为中国人要走自己的路。

所以从几年前RISC-V乏人问津那会儿，通过设计超大规模SoC（系统级芯片）积累了丰富经验的任大任就开始了RISC-V的研究，还跟大神RISC-V基金会的创始人David A. Patterson教授有了交情，不然他也没底气放下所里安稳的工作，带着一帮志同道合的兄弟姐妹出来创业。

在圈内知名度越来越高，市里调研本市RISC-V发展和生态建设，他也受邀作为青年企业家代表去给主要领导做了报告。

领导当时问他东西出来了吗，他说快了。

股东和投资人也经常问他进展如何了，他也说快了。

客户隔三岔五就追着他问东西到底什么时候能出来，他还是说快了。

这一句"快了"顶了快大半年，任大任就快顶不住了。而今终于真的快了，第一批快封的工程批样片今天就将寄到公司，没准儿这会儿已经到了公司附近的快递网点，甚至已经在配送途中。

焦糖拿铁在他嘴里又焦又甜。他在员工面前还得强装淡定。负责供应链的小耿兴冲冲来办公室请他去给样片拆封时，他正按捺着兴奋，听邓肯给他讲一件他做梦都想不到的事情。

邓肯说他刚接了个电话，还以为是骗子，差点儿给挂了。能骗邓肯的骗子不多，他是公司的联合创始人兼COO（首席运营官），管着生产和销售，当初拉他入伙，就是相中他能聊到骗子反过来给他打钱的社交能力。当然还有人脉。在产品、产能双双没到位的情况下，他就已经给公司签下了七八家客户。

但是连邓肯自己都没预料到，全球最大乘用车公司UVW集团的中国子公司"UVW中国"能主动打电话来咨询他DSP芯片。

通常都是骗子才爱拿跨国公司的大名去忽悠人，所以邓肯在感谢垂询之余，故意在话里掺了好几个特别专业的术语，对方居然全明白啥意思，一点儿交流障碍都没有。

就这样邓肯也没完全放心，在对人家问询对答如流的同时，还悄摸拿他另一部手机百度了一下来电的座机号码。

果然是UVW中国！

邓肯说他当时血压就飙了，看东西都有残影儿了，但他脑子没乱，心也没慌，喜悦之情溢于言表地跟人家透露说，公司第一款芯片的工程批样片将于今日如约而至。

邓肯说，对方估计是被他忽悠上头了，跟他深入浅出、东拉西扯、天南海北地聊了一个多小时。临了，对方说要申请样片。邓肯忙说，别呀，费那事干吗？必须当面奉上！所以，他跟对方约好了过几天专程去登门拜访。

一直旁听的小耿本就瞪大的眼睛此刻更如车灯开启了远光。任大任也心潮澎湃，但也深感遗憾地念叨了一句，可惜咱还没做车规认证……

没关系！拜访又不需要车规认证。

任大任忽然有个疑问：他们是怎么知道咱们的？

你忘啦？去年底的RISC-V年会！他们听了你演讲，还从咱展位上拿了资料。

原来如此！那演讲时段买得真值！任大任很振奋，难掩的意气风发。

接下来你更得忙了，市场要全面铺开！他给邓肯压了担子。

必须的！邓肯豪迈地灌下一大口咖啡，状似痛饮壮行酒。

他的咖啡也是焦糖拿铁，也是一层底商买的。走，"开芯"去！邓肯一个勾手，稳稳将空纸杯投进废纸篓。

三

这次寄来的样片有一万多颗，这是一片12英寸晶圆切割出来的芯片数量。任大任对上一次MPW（多项目晶圆）的结果非常满意，样片所有模块的基本功能全都达到预期，所以这次NTO（首次流片）他信心十足，按顶格标准下了单，一口气做了二十五片晶圆的全掩膜，这样切割出来的芯片数量就能达到二十五万多颗，在Foundry（晶圆代工）产能紧张的情势下，也能多些样片可用。

二十五万多颗花了一百多万人民币。这还只是流片，不包括光罩、测试、IP（知识产权）等其他费用。这二十五万多颗本身对于一款准备在公开市场销售的芯片而言不算什么，甚至不够大客户一个月的订单量，但NTO的芯片主要是用作小批量的市场推广，所以这次顺利流片，很及时地为接下来真刀真枪去市场上拼杀准备了充足的弹药。

"弹药"的试用装就摆在会议室的长桌上。十五平方米的小会议室里挤满了人，抬胳膊都不容易，可谁都不愿错过这值得纪念的时刻。

副总乔劭旸举着手机对准正在拆包装的任大任说，师哥，你以后可以给公司带货了，绝对是IC设计行业的颜值担当。

任大任笑了笑。只剩一层包装没拆，他朝师弟举了举，说，见证奇迹的时刻。

收纳盒的盖子终于揭开，嵌在一个个小方格里的样片如同等候检阅的部队，军容齐整，整装待发。任大任取出一颗，捏在指尖，黑色的封装衬托得四边银闪闪的引脚更显锋芒，一连串字母与数字组成的白色代码也格外醒目。

任大任当初决意要找全球最大的晶圆代工企业晶益电子来承制公司的首款芯片，从MPW直至量产，这样做不仅是为了提升芯片研发的成功率，更是为了以最高品质对标TADI的同型号产品。这也很符合任大任的个性，不鸣则已，一鸣惊人。

然而，晶益电子的产能供不应求，全球缺"芯"更是抬高了进入晶益电子生产排期的门槛，也把等待排期的时间拉得更长。

任大任谈了几家专为IC设计企业提供Foundry流片服务的平台公司，都没谈拢。那段时间他焦灼得嘴角起泡。无法从晶益电子流片被他视作重大挫折，不符合他力求完美的倔强性格。

就在他一筹莫展之际，有位姓柴的朋友给他介绍了一家名叫"中关村芯愿景"的平台公司，这家公司也在中关村东路上，跟任大任的公司只隔几个门牌号。

这人能帮你，他跟我也是好朋友。姓柴的朋友把中关村芯愿景老总的微信推给任大任，让任大任自己联系。

中关村芯愿景跟晶益电子是合作多年的老伙伴。任大任终于如愿以偿在晶益电子MPW和NTO。

后来，那柴姓朋友对他讲，你不能再像从前一样只闷头搞研发，你的身份已经不是研究员，而是企业家，所以你得学会交朋友，交更多朋友。这是创业给任大任上的重要一课。老柴后来也成了公司的重要投资人，还给拉来更多的投资者，从Pre A轮开始陪着公司一路走来。

一会儿要给老柴打个电话。还得找老曲。任大任心里给自己排好任务。老曲就是中关村芯愿景那老总，任大任还得再拜托他帮忙推动接下来量产的事。

一想到量产，任大任头围就缩小一码，跟有人给他念咒一样。不过那是下一步，而非此刻。任大任将芯片置于掌心，仔细端详，像在端详襁褓中的婴儿，他从这颗芯片上仿佛见到他儿子刚出产房时的模样。

任大任心头一热。虽然儿子调皮捣蛋经常把他惹火，但从创业那天起，他就没再管过孩子，儿子从吃喝拉撒到上学、放学，再加上课外辅导，全都家人操心。哪怕儿子就读的小学离公司只有几百米，他也从没送过，更没接过。

他很愧疚，对父母妻儿。他恨不得立刻就把手里这颗凝结着心血和智慧的芯片拿给他们，甚至希望他们此刻就在现场，和那些跟他从所里出来创业、奋斗的兄弟姐妹们一起，分享这初战告捷的喜悦。

任总，摆个Pose！邓肯大声招呼。

任大任很配合也很自然地将托着芯片的那只手攥成拳。上一次这样握拳还是入党宣誓。芯片被握在掌心的感觉很真切。掌握核心科技，这是他给公司起名叫"掌芯科技"的由来，也是他这团队所要实现的一个宏愿。

在即兴演说的最后，任大任用力挥了挥拳，话锋一转，就把这简短的庆功会开成了动员会、誓师会。

芯片仍然被紧紧攥着，他动情又满怀激情地说，这款价值百万的"拳头产品"马上就将打入市场，这二十五万多颗芯片将像相等数量的种子一样，撒向广阔无垠的大地，然后等待它们早日破土、茁壮，结出累累硕果，长成参天大树！

任大任没把那颗芯片放回收纳盒，而是单独收好，之后又从收纳盒里另外取出一颗装入衣兜。

接下来还要对样片进行测试，这部分工作将由软件开发部门完成，所以芯片设计部门的人全都回去继续为即将MPW的另一款芯片做准备，其他部门的人也都回到各自工位，各忙各的。

一切都有条不紊，按部就班。这是任大任的行事风格。

连接成功。

烧写成功。

眼见测试顺利展开，任大任放心回办公室了。路过芯片设计部门的工区时，他停下脚步。

下一款芯片流片已经进入倒计时，这会儿正是这个部门最紧张忙碌的时候。

任大任也紧张，虽不像第一次MPW时那样夜不能寐，但闭眼前、睁眼后琢磨的都是这事儿，连睡觉都梦见他亲自把MPW完的样片背回公司，结果到公司才发现背回来的是裸片，一颗都没封装。

老邝走了快一个月了，这个部门的主管还没招到，任大任不得不继续暂代。

四下里望去，这片工区也快坐满了。他这一个月内招进来五个人，可人手仍不够，有一个还是刚出校门没多久的大学生。任大任此刻就站在他身后，像老师检查作业一般。任大任当初考虑是否录用这小伙儿时曾犹豫，但这孩子求职的热切，还是为他争取到了这个工作机会。

他回头瞅了任大任一眼，略显紧张地叫了声任老师。

任大任更喜欢别人叫他"任老师"，跟他从所里出来创业的兄弟姐妹们至今还保持着这个称谓，但老邝来到公司之后，叫他"任总"的人就越来越多了。

想到老邝，任大任稍感不快。也不知道现在在哪儿高就。

许是他语气里带出不快，小伙子答话声有些发颤，任大任便想缓和一下气氛。于是，他给这正盯着后仿真的年轻工程师讲他从前碰上过LVS（版图对比电路原理图验证）报告没问题，结果流片依然失败的惨痛经历。他是当笑话讲的，可小伙子却是当"教训"听的，不仅没笑出来，连鼠标都点不利索了。

任大任拍拍小伙子肩膀。笑话被当成训话，他很无奈。

董事长办公室紧邻芯片设计部门，是用隔断搭成的独立空间。这是专属于任大任的一方天地，虽然才十来平方米，却也足够他从老板的角色里走出来。

任大任换上奶奶亲手缝的"千层底儿"。还是这鞋舒坦，接地气，就算在十八层楼高的地方也能接着。

随后，他从柜子里取出一个做工精细的锦盒。锦盒一尺见方，风格复古，盒身是孔雀蓝的细纹织布，盒面用了象征祥瑞的刺绣云锦。

轻拨开象牙骨针搭扣，一块晶莹剔透的长方形水晶置于锦盒当中。公司logo居中刻在水晶上部，水晶下部则以隶书镌刻着"掌芯科技首款DSP流片成功"，以及该芯片的具体型号"ZHX320F28026"。中部不细瞧都发现不了，还有一个正方形凹槽，由淡淡的细线勾勒出四边，才食指的指甲盖儿大小。

任大任取出水晶，随手一扭，水晶分成上下两片。他从衣兜里掏出那颗特意装起来的芯片，来回吹了吹，又在袖口蹭了蹭，把它正面朝上放进凹槽，将两片水晶重新合而为一。

他拿眼镜布仔细擦净指纹和灰尘，将水晶几乎纤尘不染地放回锦盒。自古红蓝出CP，红黑其实更配，那颗小小的芯片如同一颗黑色钻石，被红色锦缎映衬得更加夺目，闪烁着晶莹剔透的光。

任大任满意地合上锦盒，扣好搭扣。此时，一缕春风拂面而过，在他脸上留下一丝暖意，还有一丝得意。

湛蓝的天空也似织了云锦，舒展在中关村东路上。那是他每天的必经之路。这条路，他来回走了十多年，他这十多年的人生也一直在这条路上。

当初公司扩大，寻址搬家，任大任特意找到东升大厦。这座大厦的大名，任大任久仰多年。二〇〇〇年初，也是他刚考来北京之际，东升大厦里可云集了不少创业的IT公司，俨然中国互联网的地标建筑。

后来，这里果真走出两家至今仍声名赫赫的互联网企业，可其后许多年，却再未有其他公司追随它们的脚步。

就这样，这座大厦慢慢归于沉寂，在周边新建的写字楼一座座拼乐高似的拔地而起之后，更是湮没在岁月和烟尘里。

任大任还是将公司搬进了东升大厦。并不全是因为它便宜。当时有两个选项，他就放弃了楼层更低、租金也更低的那个。

这对一家初创公司来说可不是一个理性选择，尤其芯片这个大把烧钱的行业，哪怕刚拿了大笔投资，都没人敢说自己手头儿富裕。况且，租赁中心的人还特意提醒，如果选十八层，上下班高峰可能一趟电梯就得等半个小时。

可任大任还是执意选了十八层。从这里，他能看到自己本科时的母校，而他曾经发誓，有朝一日也要让母校看到自己。

风还是有点儿凉，任大任关了飘窗。

窗对面的墙上挂着幅字。"宠辱不惊，看庭前花开花落；去留无意，望天上云卷云舒"。字迹洒脱中透着苍劲，一点一画都不落凡俗。这字是他导师亲笔题的，亲手裱的。见字如面，任大任的手不经意间轻轻按在了锦盒上。

四

任大任的手轻轻按在了门铃上。

没响两下，对讲器里就传来师母和蔼的声音。听出是任大任，和蔼中立时又多了慈爱跟亲近，随即啪嗒一声，安全门开了。

这门是新换的，应该也换了有段日子了。任大任上次来导师家，还是去年五一假期之后，他专程来送从老家带回的海鲜。

楼道还是老样子。

这楼也是"八〇后"。外墙体的红砖由于风吹、日晒、雨淋，使它要比后面那几栋外立面砌着水泥的"九〇后"更显老。楼道内的台阶也像年岁大了的牙齿，大多边沿已经磨得很滑溜甚至有缺口，即使那些完整无缺还有棱角的，也是由于水泥修补过。

许是红砖楼越来越少，物以稀为贵，这几栋年久未失修的"八〇后"忽然一夜之间便成了"网红"，每天都有校内外的大学生慕名来打卡，也通过抖音或者快手，向住在这些楼里的老教授、老专家们问好、致敬。

任大任拾阶而上。导师家在顶楼。这种年代久远的老建筑几乎都有一种独特的静谧，而这栋楼里的静谧要更独特一些，任大任每次上下楼，心都格外沉静。

导师家的门也还是老样子。门上贴着导师亲笔题的对联，仿佛导师早已在此等他。任大任知道导师不在家，他下午刚发过微信，导师说在外地开会。

任大任敲开门。师母的皱纹更深，银丝也更浅。他很亲热地叫了声师娘。在导师的众多弟子中，师母最疼他这个关门弟子，读研那会儿总是喊他来家吃饭，那七年时光，这里俨然就是他在北京的家。

毕业后，任大任分到所里工作，也还总隔三岔五来，偶尔还有个和他同一课题组的哥们儿一起来蹭饭，美其名曰向导师讨教学术问题。后来这哥们儿"讨教学术问题"的频率越来越高，有时候任大任不来他都来，再后来他娶了任大任的小师姐，变成了任大任的师姐夫。

师母细细端详任大任，一会儿说你胖了，一会儿又说你瘦了。胖了是跟读研那会儿比，瘦了是跟上次比。

任大任说，您没胖也没瘦，越来越年轻了。

都是这头发显的。师母抚了抚新烫的发型，说这是为拍金婚纪念照特意烫的。

啊呀，我都忘了！任大任拍了拍记性越来越差的脑袋，像在惩罚它。

知道你们忙，就谁都没告诉。师母笑眯眯的，问任大任公司怎么样，是不是比在所里还忙。

任大任把锦盒从手提袋里取出，请师母验收最新成果，说刚好拿这个当作送给她和师父的金婚礼物。

师母面庞有了水晶光泽，钻石般的"中国芯"令她眉开眼笑，乐得合不拢嘴。

任大任被师母由衷的开怀感染了，也感动了。在他心里，师父和师母就是他的亲人，是家人。

留下来吃饭吧。广延今天难得有空儿，带孩子游泳去了，游完也过来。你们俩很久没一起吃饭了吧？

改天吧。任大任婉辞。他告诉师母马上又有芯片要MPW，最近天天加班，今天是专程过来，才特意早下班一次，正好也回家吃顿饭，家里都准备好了已经。

师母没再挽留，送任大任出门，不忘叮嘱，你们这个岁数，正是忙事业的时候，好好干，多给国家做贡献，但是也要注意身体，别累着。广延从前就总是加班，这两年当了副所长，连个正经周末都没有了……

阳台炉灶边隐约有了师母的身影。任大任仿佛闻到了饭菜香，味道还跟许多年前一样。

任大任又回头望了一眼。那几栋红砖楼退隐在暮色里，没有一丝喧嚣能够将它们烦扰，它们是校园里最淡然的存在。

出了清华，重入繁华。

正是下班时间，清华科技园的一栋栋写字楼华灯初上，估计不少还得挑灯夜战。TADI也点亮了招牌，居高临下的"TADI大厦"望上去更具压迫感。

任大任的车不断礼让行人。行人行色匆匆，谁时速都比他快。妻子辛香织刚来电话，问几点到家。任大任估摸说半个小时或者二十分钟？虽然才三公里不到，五个红绿灯。

任大任心里也挺堵。下午给老曲打电话，一是感谢他从MPW到NTO帮了不少忙，另外也拜托他继续帮忙推进量产的事儿。

老曲依然豪爽，让任大任别客气，其他芯片的MPW以及将来NTO他肯定都接着给好好整，但量产这事儿真不好弄。

不是钱的事儿，人家不差钱。老曲也无奈。晶益电子的人早就说过，除非是他们特别感兴趣的制程，否则很难排上期。

28026所需的180纳米eFlash（嵌入式闪存）工艺显然不在此列。但任大任不肯轻易放弃，仍说，我要的不多，每个月五十片就行。

五十片不少了，兄弟。切出来得五十多万颗，一年六百多万，你有那么大出货量吗？

那就二十片，起码今年先这样。

你跟我讨价还价没用，兄弟。能帮你老哥肯定帮，咋可能不帮呢？

当初不是说能在他们那儿量产吗？

当初是当初。

那我直接联系他们呢？任大任不服气，也有些赌气。

老曲在电话那头儿咳嗽两声，说，那他们可能连账户都不给你开。

任大任长吁口气。中关村东路和四环交叉的那个路口，红绿灯更长。他从车里能望见东升大厦十八层的那排窗子全都亮着。

芯片设计部门的人在最后冲刺，软件开发部门的人也在赶测试进度。没能搞定产能，任大任很失落……

老柴要是知道了，肯定也得失落。任大任下午先给老柴打的电话，当时的兴致也跟老柴一样高。

老柴是四川人，讲起话来一股绵长的豆瓣酱味儿，大笑起来更是一股上头的牛油火锅味儿。任大任特爱跟老柴聊，因为这两种味道都是他的心头好。

老柴还懂风水，第一次来公司参观，就说任大任歪打正着租的这大开间财位特正，肯定能招财进宝。

您也是财神爷。任大任顺嘴恭维。

老柴连说不敢当不敢当，说他顶多就是个送财童子。他还想给任大任送更多的财，所以026顺利NTO，他特别兴奋。这是他从投资IT转型投资IC之后的第一个战例，不光要赢，还要赢得漂亮。截至目前，任大任都很令他满意。

搞投资，宏观要跟着国家走，微观要跟着感觉走。老柴甚是得意。知道我为什么投你吗？因为我第一眼见你，就感觉你是个踏实人，不好高骛远，不像那些整天拿PPT忽悠我的，虽然你也拿PPT。

老柴的豆瓣酱味儿打住，又散发出牛油火锅味儿。你当时那个PPT啊，是我见过最差的，哈哈，IC行业整体PPT水平比IT行业差了不是一个数量级，哈哈哈……

量产也得跟上，晶益电子那边没问题吧？牛油火锅味儿还没散尽，老柴就问。

可能会有一些难度，我尽力克服。任大任不是很有底，没把话说满。

让老曲想办法，他肯定有办法。量产搞定了，咱们年底A轮就安逸了。争取明年B轮，后年C轮，大后年科创板——巴适的板，哈哈哈哈……

科创板……任大任感觉好远，就像他当初遥想创业；又感觉很近，就像他家，不堵的话，几脚油门儿就到了。

"庆功宴"已上桌。儿子亲手拿橘子瓣儿摆了个大大的"牛"字。任大任把整头"牛"都吃了。带回来的芯片转眼就被儿子抢走，谁都不给多看一眼。

别弄丢了！他冲儿子喊。

喝一杯吧？他爸问他。

任大任敬全家。鲜啤一入口，绵密的麦芽便生出根来，板结在身上的疲累立时开裂，掉落很大一块在地上。

爸也敬你！老爷子又单独和任大任干了一个，打着酒嗝儿说，真不容易，走到今天！

酒有点儿上头，快溢出眼眶了。是啊，真不容易，就跟当初下决心迈出第一步一样难。任大任放下酒杯，好些事儿全都上来了。

肯定越来越好，越来越顺！他妈也单独跟他喝了一个。老太太当初可不是这态度。

任大任当初也是在饭桌上宣布了他离岗创业的决定。当时他妈筷子像失去重力了一样，悬停在那盘色香味俱全的豆瓣豆腐上，震惊地问，不准备当所长啦？

谁说我要当所长？

研究所将来可不就当所长？

任大任没答话。

当那破玩意儿干吗？操心受累挨人骂。他爸接过话茬儿。

任大任把创业构想用老两口儿能听懂的语言讲了一遍。讲完，他妈说折腾，他爸说折腾挺好。

为啥好好工作不干，非创业呢？他妈追问。

这不你们给我立的人设吗？任大任说，不干点儿大事儿都对不起你们，谁叫你们给我起这名字呢？

你爸起的。他妈埋怨地瞪了他爸一眼。

他爸不服，当初你还说起得好呢！

你也支持他？他妈问一直没吱声的辛香织。

我不反对啊。辛香织给孩子搛着菜，轻描淡写地说。

我也不反对！孩子突然举手，跟抢答问题一样。

你咋不反对呢？他妈一愣，又着急地念叨她儿子，放着好好工作不干，所长都不准备当了……不行，你不能离岗创业！

申请书都交了！任大任也急了。

交了也得要回来！

要回来也没用！已经批了，手续都办了！

气死我了！你咋不拦着呢！他妈又埋怨起儿媳妇……

委屈你了。夜里，任大任安慰妻子。

没事儿，我没往心里去。当妈的肯定都担心儿子。换成你儿子，我肯定也反对……其实我也担心……但是你真想干，我也不能拦着你。不管你干成干不成，干成什么样儿，我都生是你的人……

熟你也是我的人。任大任堵住妻子的嘴。

"庆功宴"持续将近两小时，两斤啤酒下肚跟喝了两斤白酒似的。他爸志得意满地说要把芯片收藏起来，任大任让儿子把芯片给爷爷，儿子支支吾吾，半天才承认，芯片丢了，找不着了。

任大任一听就火冒三丈，不是告诉你别弄丢吗？

儿子哇地哭了。

他爸赶忙说，我去找，在咱家，丢不了！

让他找！任大任没好气地吼道。

别跟孩子喊！吓着孩子了！他妈赶过来护住孙子。

你干吗？吼什么？辛香织从厨房里冲出来。

我管儿子！任大任借酒劲儿跟妻子对吼。

平时你怎么不管？辛香织吼得更大声。

我不管了！你管！任大任气冲冲，"离家出走"。

好好一顿饭，不欢而散。任大任头像灌了铅。

他扫码开了辆共享单车。小蓝车挺好骑，骑起来很治愈。

当年任大任有一辆二六自行车，虽然蹬起来很费劲，但驮着妻子来回在中关村东路上，也骑得很欢乐，有时还骑到中关村南大街上去，那边曾有不少有意思的"吧"，可以喝喝酒、听听歌。

车刚锁好就被人骑走了。骑车的也是加班的。任大任闷头儿跟门卫大爷打了声招呼。大爷正攥着手机闷头儿追剧，头也没抬就问，又加班儿啊？

加班儿。任大任闷声说。

这大爷姓霍，霍元甲的霍。任大任不像很多年轻人，已经不知道霍元甲是谁了，所以霍大爷对任大任印象格外好，还给任大任连唱带比画过"万里长城永不倒／千里黄河水滔滔……"

这大爷可能确曾练过，六十开外了仍身材魁梧。从互联网的"黄金时代"就开始守护这里的这位霍大爷，来去之间，见证过无数个"青铜"，也见识过真正的"王者"。

进到公司，芯片和软件两个部门还在各自忙活。软件部门挨门近，先发现了来"探班"的任大任。守着测试的乔劭旸叫了声师哥，有点儿诧异地问，不是不过来了吗？

任大任什么都没说，手搭在师弟肩上。他俩都是国科大的博士，但导师不同。

乔劭旸汇报起进展，说什么问题都没发现，顺利的话，很快就能全部测完。

任大任低落的"海平面"升高一些。样片回来要做三十几项测试才能入库，他下午还叮嘱乔劭旸抓紧，因为市场翻脸比翻书还快，给客户寄样片，不能一拖再拖了。

欣慰之余，任大任又有点儿过意不去。他让乔劭旸早点儿回去，明天继续。乔劭旸说，时间还早，再测几项。

这小师弟虽然是八〇后的"尾巴尖儿"，从前在所里也没管过人，但当起头儿来有模有样，手底下人也全都听他的，他让干啥就干啥，从不抱怨。他们从不管乔劭旸叫乔总，而是叫他"乔帮主"或者"帮主"，甚至还有女生背地里戏称他"小乔"。

样片入库，一个项目就算正式结束。任大任提醒自己，明天别忘了让财务准备好奖金给大家。他正要去芯片那边转转，却被乔劭旸笑嘻嘻拉住。乔劭旸说，他想买TEG-GER家的emRun（运行时库）库。

用得着吗？emRun库可不便宜，而且都是圈子里那些"大家伙"们在用。

早晚得用，早用早享受。乔劭旸又拿出插科打诨的劲儿。

你先询个价吧。任大任不好驳了师弟面子，但是总有出项、少有进项，也让他花起钱来越发理智和审慎。

转到芯片部门，任大任低落的"海平面"又升高一些。又一款从RTL（寄存器转换级）到GDS（电路版图的一种文件格式）的"作品"即将完成。这边的人都很亢奋，如同等待扬帆出海，乘风破浪。

任大任也拿了包小零食，跟他们一起等后仿真结果。最后一步如果没问题，整个设计流程就将Sign-off（确认设计数据达到交付标准之后的签发），接下来便是导出GDS文件给Foundry，然后静候MPW完成。

管测试的小伙儿一直刷手机，瞧手速应该是在聊天，看表情应该是在和女生聊天。大概率是女朋友，虽然任大任没听说他有女朋友。有女朋友也正常，任大任在他这岁数，已经在国科大校门口儿，一眼相中了那个脉脉含情望着他的女生。

时间过得真快，眼瞅半辈子过去了。那女生也嫁给他十来年了。时至今日，她都不承认跟他是一见钟情，总说她那天没戴眼镜，瞧谁都得目不转睛。

任大任吃方块酥吃出了笑意，像"隐藏款"咀嚼在嘴里。妻子就是这么个犟脾气，能怎么办？谁让他深爱着这个"又香又辣"的女人呢？

方块酥还剩点儿渣渣，任大任倒进嘴里。才倒完，后仿真就完成了，结果跟前仿真一模一样。

方块酥渣渣嚼都没嚼便咽了下去。原来不嚼就咽这么刺嗓子。

一般来说，后仿真结果跟前仿真有差别才正常，一点儿差别都没有反而不正常。肯定是哪儿出问题了，任大任"海平面"骤降到地平线以下。所有聚过来的人都七嘴八舌猜测和分析"事故"原因，管测试的小伙儿一下子陷入重围，动都不敢动。

任大任一脸茫然，脑袋空空。这样的事儿他从没遇见过。眼瞅着MPW"班车"发车在即，如果真有什么差错，那版图就必须返工，再重新生成GDS文件，还得把DRC（设计规则验证）、LVS重跑一遍，然后又是抽取寄生参数，再来一遍后仿真……每一步都得耗费不少时间，可"班车"不等人！

所有人都在等他发话。任大任咽了口唾沫，把方块酥渣渣冲得离喉咙远了一些，立即要求大家分头查资料、想办法，一定要尽快找到"事故"原因。

他自己也回办公室打开电脑，却发起呆来。方寸有点儿乱了，很像酒驾撞见交警。任大任逼自己镇定。这种情况书本上没有，老师也没教，只能去工程师聚集的论坛上碰碰运气。那里尽是各种"涨姿势"的技术帖，包括五花八门的疑难问题和实操性很强的解决方案。

上遍几个知名技术论坛却一无所获。"度娘"和必应也一点儿有用信息都给不了。酒劲儿又上来了。白天剩的半杯咖啡还在桌上，凉冰冰的，被他拿来浇了干巴巴的喉咙，可火苗忽又从心头蹿起，火焰径直烧向那名叫迟志恒的臭小子。

任大任后悔把他招进来。这家伙既不是985、211，又没啥工作经验，还总心不在焉，有事儿没事儿刷手机。这么个人干这么重要的活儿，能不出错吗？

幸好还在试用期，还没转正……走人，让他走人！任大任刚动了辞退迟志恒的念头，迟志恒便送上门来。

任大任运着气，盯着他，看他到底是来认错还是来辞职。

迟志恒脸通红通红，不知是兴奋、着急还是愧疚，竟说他找到解决办法了！

这么快？怎么可能？我都没找到，他能找到？任大任难以置信，将信将疑，看迟志恒递过来的手机。手机里是迟志恒从一个技术博主那儿扒来的帖子，帖子讲述的状况跟刚刚发生的一模一样。

任大任来回确认好几遍。

走，去外面！

帖子里说，之所以后仿真结果跟前仿真一样，是因为操作时漏按了一个键。那位博主还用截图一页一页演示了操作步骤和结果。

真这么简单吗？万一是别的原因呢？要是不行，时间又白白浪费了。

应该是……迟志恒说他的确少摁了那个按键。

目光又集中到任大任身上。任大任不能只听一面之词，但直觉告诉他，这方法可行。

试错成本如南墙，冷眼望着任大任纠结撞还是不撞。

赌一把！他让迟志恒按帖子说的做。

迟志恒轻点鼠标，在Virtuso（一种芯片版图设计工具）的ADE（模拟设计环境）窗口先点了Simulation（仿真）菜单下的Stop（停止）键，然后再点Run（运行）键，开始新一次的后仿真。

还有这种操作。有人嘀咕，语气里夹杂着不屑与不满。任大任无论如何都想象不到，没Stop就直接Run会导致结果无效，这不跟抢跑犯规一样么？

其他人三三两两打卡下班，脸上多少都带着懈怠和疲惫。迟志恒主动留下值班，他要确保后仿真顺利运行。

任大任回屋关门，也关上了灯。脚搭在茶几上，人倒在沙发里，劲头儿顷刻从身内卸载。

对面写字楼的十八层也黑着。此刻是不是也有一个人像他一样，疲惫又惴惴不安？心中刚燃起火焰，就又被阵风吹凉？

如果有，那是不是也把工作当成了生活，把公司当成了家？

他想和那个人通话。只要接通就好。无须说话。

快十二点了。身体都跟他说别再动了，眼皮也急于再次合上，但他还是撑持起来，双脚落回地上。

地毯和脚都软绵绵的。明天还要去所里开会，介绍创业的成功经验。如果不是必须回家换身衣服，今晚肯定就在办公室睡了。

他打了个嗝儿，喷出来的酒气连同胃里的胀气钻入鼻孔，熏得他一阵恶心。衬衣穿了两天，已经有了汗味儿。按照辛香织的标准，衬衣每天都得换，现在超标一倍，她洗衣服肯定又要唠叨。

妻子没给他打电话，也没给他发消息。他一口气喝光一瓶矿泉水，还是感觉浑身上下哪儿都不对劲。

公司除他就只剩迟志恒。小伙子还在那儿盯着电脑，连姿势都几乎没变。

你住哪儿？

挺远的。迟志恒迟疑了一下，才说。

你怎么回去？都这点儿了。

不回去了。我怕再出问题。

任大任也略微迟疑了一下，点点头。

不用一直看着。到门口，他又回过头说。

再见，任老师！您慢走儿！您放心吧！迟志恒朝他挥手。

电梯快得不像话，估计是着急把打搅它休眠的人给送走。平时都延迟两三秒才开的电梯门也快门似的一闪即开，门边不知是杨絮还是柳絮滚成的毛球儿趁机窜进电梯里。

电梯门在身后咣当一声合拢，犹如猛然打了个喷嚏，那响动竟跟任大任小时候住过的平房院门很像。

一晃三十几年了，时间久得让人恍惚。那套院子给任大任家换来两套楼房，爷爷奶奶家一套，他自己家一套。搬进楼房着实让还是孩子的任大任欢天喜地了好一阵子，甚至连那棵跟他同岁、他总是爬上爬下的香椿树都被他丢到脑后。

可近来他口中时常泛起从那棵树上摘下来的香椿芽味道，那味道从大棚里栽的、超市里买的香椿那儿找不回来了。

外面毛球儿更多，也更讨厌，不眠不休地到处滚，仿佛夜间游弋的精灵。

楼下共享单车都被共享光了。网约车也都跑到西二旗那边去接单了。这会儿中关村东路很适合夜跑。当然不能抢跑，任大任等变了绿灯才过四环。

这时的中关村东路也适合独行，所以路边即使有共享单车，他也把它留给了明早上班的人。

不对，是今早。新的一天已然开始，这一天又有许多事要处理。

也不知这次后仿真结果如何。任大任想将它抛诸脑后，可它却始终在脑海里扑腾，时不时溅起浪花。

如果创业也能仿真就好了，他就能知道自己的选择是对是错。他要在今天上午的会上介绍成功经验，可他现在算成功么？到底怎样才算成功？

袭来的困意又将他困住，步子渐渐沉重，眼皮比步子还重。

家人都已入睡，灯还为他亮着。

被子又被儿子蹬到脚下，贴墙放置的小床也不够大了。任大任给儿子盖好被，掖紧在腋下。儿子枕旁有一张从练习本上撕下来的田格纸，撕得一点儿都不齐，被小枕头压着。

纸上写了一行铅笔字，歪歪扭扭，仿佛儿子在亲口对他说：爸爸我cuò了，心片 zhǎo 到了，我自己 zhǎo 的，zhǎo 了好 jiǔ……

字迹越来越模糊，铅灰融进白里。任大任俯身亲了亲儿子。儿子攥着的小拳头朝他微微张开，掌心露出一角镶着银边的黑。

任大任躺到床上，妻子背对他睡着。他转过身去，从后面抱住妻子，他的手找到了妻子的手。妻子的发香令他很快沉沉睡去。他梦见一滴温热，在他手背轻轻坠落。

五

上午的会临时改到了下午，原定两个小时也开了将近三个小时，这多出来的将近一小时成了任大任的专场报告会。

任大任一点儿准备都没有，虽然也专门修改了被老柴 diss 过的那个 PPT。

他早晨不到五点就醒了，心里装的全是后仿真的事儿，生怕半夜里又出什么意外，来回烙了几下饼，还是把微信电话打了过去。

迟志恒不到五秒就接了，声音含混又有些惊慌失措。任大任过意不去地问，吓着你了吧？那头儿迟滞了两三秒才说，没事的，任老师。

后仿真还在正常跑着，迟志恒说他一直盯着，让任大任放心。

任大任稍感安心，对迟志恒的不满没那么大了，嘱咐他抓紧时间眯一会儿。他自己也贴近妻子，又睡了个回笼觉。

再醒就是被儿子摇醒了。儿子朝他晃着失而复得的芯片，让他猜是在哪儿找到的。

在咱家！任大任将儿子抓进怀里，连夜冒出的胡茬儿扎得儿子又笑又躲。

上午还是按正常点儿去了公司。临出门，老爸叮嘱他以后别总跟媳妇儿吵吵，老妈也难得地说了句，你爸说得对。

任大任开车门的时候被毛毛呛到了嗓子眼儿里，直到公司都没咳嗽出来。

乔劢旸问怎么没去开会。任大任咳嗽着说所长临时有会。

乔劢旸赶紧汇报，说他和 TEGGER 的中国区总经理聊到快天亮，人家最终同意打三折把 emRun 库卖给他。

任大任以为听错了，这种打折方式和降价幅度很少出现在高科技界。他问乔劭旸怎么聊那么晚，连觉都不睡了。

乔劭旸说没办法，对方人在地球那边，所以人家上班，他就得加班。他又解释说，人家之所以肯"跳崖价"把东西卖给他，主要是因为 TEGGER 之前做的都是 ARM，RISC-V 这块才刚起步，所以想让客户尽快多起来；另外也是觉得一个初创企业还肯花大价钱去买他们家东西，这本身就是一个很好的营销案例，对他们开拓中国市场很有帮助，因而也乐于促成这笔生意。

当然，打折这事儿人家不让外传，所以咱对外还得说是正价买的。

任大任刚张嘴，嗓子眼儿立马又痒了起来，他不得不使劲儿咽了口唾沫，把话咽了回去。

乔劭旸问他咋了。任大任指指喉头，痒痒，他声音暗哑地说。

我给你拿瓶水去。

任大任摆手，指指自己办公室。他回办公室发现最后一瓶矿泉水昨晚已经被他喝了。他不得不找乔劭旸。乔劭旸把整提矿泉水都给他拎了过来。

买 emRun 库这样的超前消费既是花钱也是省钱，因为价格过于诱人，"双十一""六一八"都不敢比这更便宜，所以买就买吧。

不过，即便打三折也是笔不小的支出，对公司现阶段而言也是种奢侈的"享受"。任大任问财务账上还有多少钱。财务告诉他除了上一轮融资之外，公司目前就一笔中关村给的流片补贴和一笔市经信局给的科技型小微企业的研发支持资金算是大额收入。

日子还过得下去，任大任暂时不必为钱发愁，却也得精打细算，尤其发奖金这事儿，不光关系到员工个人收入，还关系着公司薪资结构。

财务很早之前就找他定分配方案，他挠头了好久，反复斟酌哪些人该多发，该多发多少。现在招人本就很不容易，还得防备同行挖墙角，那些开始搞 IC 的 IT 公司也跑来添乱，一个个都挺财雄势大，出手比地主家的傻儿子还阔绰。因此，公司发展前景、个人发展空间这些就只能拿来当开场白，吸引人、留住人靠的还得是真金白银。

老邝出走也给公司带来不小的冲击，让他担忧起连锁反应。前些天在楼道里偶然听见员工同其他公司暗通款曲，不过那员工截至目前还没辞职，不知是条件没谈妥，还是在等着发奖金。

大概率是在等奖金。所有相关人员都在等，特别是最初追随他出来创业那批人。

这批人当初定的薪资都很低，跟后来招入公司的人存在不小差距。他们当中有人拿着 BOSS 直聘上的招聘启事来找任大任，要求同工同酬。任大任好言安抚，保证绝不让兄弟姐妹们吃亏，年底一定重新调整薪资结构，但眼下只能暂时照旧，先在奖金上给大家找齐。

然而，如此也可能按下葫芦起了瓢，给这拨人奖金定高了，后招进来那些人又该不平衡了。

不患寡而患不均，收入落差势必造成心理落差，心中有了落差，再往后就难以心往一处想，劲儿往一处使。薪资上涨还会带来个税、社保、公积金增长，这些加一起也不少，都会把用人成本垫得更高。

所以，任大任已经很能做到跟所长换位思考。所长在会上也把他当成表扬重点，说他是所里这些创业企业中第一个跑出量来的，所里必须第一个支持。

这个"第一"一下就让大家瞧他的眼神儿不对劲了。任大任连忙低头记笔记，跟他第一次也是唯一一次在课上被点名批评一样。

丁所长很高兴，当场拍板先采购一万颗芯片意思一下，也连带利用所里的关系帮忙推广。他问坐在长桌远端的任大任，有折扣没有？能给打几折？

成本价，成本价。任大任连说两遍。

他的脸红半天了，答话时更像是熟透了的草莓。在座的虽然全是关系不错的同事，但个个也都是专利压身甚至等身的专家。这些人要么资格比他老，要么创业比他早，要么两者兼备，所长单把他拎出来夸，虽然夸的是事实，但事实往往更令人尴尬。

丁所长可不管这些，仿佛有意刺激大家似的，继续脱稿说，大家都要加速产业化，还没产品的尽快把产品推出来，靠paper（论文）打天下都是纸上谈兵。当然靠paper打天下也比靠PPT打天下强，起码还能在论文数量上给国家做贡献，但国家现在更需要能在市场上冲锋陷阵、敢打敢拼的企业和企业家，任大任和他的公司就是很好的例子，给大家树立了榜样，所以在座各位要虚心学习，力争超越……

前面的人都响应所长号召，说要向任大任好好学习。轮到任大任发言，他使劲往回找补，丁所长连说他好几次"别谦虚，要实事求是"。

实事求是地讲，由于我们赛道进入得相对较早，并且用RISC-V基础指令加我们自己写的专用指令，设计了具有自主知识产权的DSP内核，所以投资人和市场反响都比较好。任大任又一次刻意回避，把"第一"换了个说法。

上轮融了多少钱？有人打断他。

三千万。

美元吗？

人民币。

估值多少？

四亿左右。

投前投后？

投后。

下一轮估值呢？

八到十个亿吧。

投前投后？

投前。

连珠炮似的一串提问，那人不再吭气。任大任往下介绍说，我们的DSP能和友商的同型号产品实现Pin to Pin（引脚对引脚）替换，IDE（集成开发环境）界面也和友商没太大差别，代码移植几乎不用改动，这样可以大幅降低用户迁移成本，提高使用意愿。

你说的友商是哪家？TADI吗？

是的。任大任说。

代码一点儿不用改吗？

如果是C语言，99.5%的代码都不用动，只改几个寄存器配置就行。

汇编呢？

汇编改动量还是比较大的，不过用户还是使用C语言的居多。

那你们IDE还是有局限性嘛！那人终于挑着根刺儿。

国内有几家自己做IDE的？大任他们这样已经非常难得了，这才是真正对标国际大厂的做法！丁所长讲了句公道话。

任大任感激地望向领导。我们继续努力，力争做得更好！他说。

除了融资，大家最关心的就是实际性能。除了跑赢TADI的那几个主要参数，还问了不少其他指标的实际表现。

也有人不认可RISC-V架构本身，认为这架构跟ARM比差距还很大，还有人认为DSP竞争不过MCU（微控制器）和FPGA（现场可编程门阵列），本就不大的市场还得被继续挤压和蚕食，任大任于是又耐心解释他们是如何弥补差距的，以及DSP自身的优势在哪儿。

你应该请大伙儿去你公司参观。丁所长让任大任明天送一套芯片和核心板过来，因为马上要有院领导来视察，正好趁这机会推一推，争取得到院里支持。

芯片也拿你定做的那个水晶块块装着，那个做得很不错，很显档次。紧挨着丁所长的汪广延跟大家说，任大任前几天给他岳父送去的样片装得可精致了，跟工艺品一样。

后来有人问什么时候能量产，这一下戳中任大任痛处。任大任据实相告，说晶益电子那边产能很紧张，想量产有难度，他还在想办法推动。

真是因为产能紧张吗？有人冒出来一句。

全球都紧张，你不看新闻啊？丁所长半开玩笑，给撑了回去。

会后有人找任大任拷PPT，说要回去好好学习。

丁所长把任大任拉到一旁，说你别怕人质疑，别人越不服气，你越要让人服气。你走产业化、市场化这条路，将来肯定有更多人质疑你，尤其是同行，得拿着放大镜找你毛病，所以你要经得起同行检验，首先得经得起同事检验，如果连同事的检验都经不起，那你这东西拿到外面去也不会有啥竞争力。

从所里出来快六点半了。临出来前，汪广延找他晚上一起吃饭，就去他俩原来常去的那家烧烤店，说是那家店要搬家了。

汪广延还特意说，没别人，就咱俩，我买单。

任大任说，改天吧，昨晚后仿真出了点儿问题，得回公司处理一下。

汪广延问什么问题。任大任说不是啥大事儿。

公司其他人都下去吃饭了，就迟志恒还在电脑前盯着。

确实是盯着，眼都不眨的那种。任大任觉得他可能是有心事。迟志恒说他白天回了趟家，把铺盖拿来了，他这几天就住在公司，直到后仿真结束。任大任本想说不用这样，可为了以防万一，这话还是没说出口。

这小伙儿要比看上去有责任心得多，真是人不可貌相。任大任看人向来不准，总爱把人往好处想，对人没防备。汪广延当初就告诫过他，你要再这样，将来肯定得吃亏。后来任大任果然吃了不少亏，幸好他从小接受的都是吃亏是福的教育，才保持着比较平和的心态，一直到现在。

任大任现在心态的确平和许多，也不再纠结看人不准这事儿了。人都是复杂多变且多面的，像丁所长那样阅人无数的人，当年看他不也不准么？

丁所长后来跟人讲，万万没想到任大任会找他申请离岗创业，因为任大任在他心里一直是那种"两耳不闻窗外事，一心就想搞科研"的人。

任大任对这样的评价并不陌生，上大学的时候就有人说过类似的话。他还被戏称为"自习室里的花朵"，这个绰号是睡他上铺的束弘赓给他起的。久而久之，"自习室里的花朵"就成了更朗朗上口的"室花"。任大任不介意别人这样叫他，他觉得"孤芳自赏"挺好，因为他确实喜欢一个人安安静静地看书，与世无争，除非别人不爱惜他的书他才会生气，后来只要有人管他借书，他都直接把书送给对方，然后自己再买一本。

束弘赓是唯一管任大任借书，任大任不送的人。他俩是出了名的"好基友"，虽然考进清华的都是人尖子，但束弘赓跟班上其他同学比，尤其是跟任大任比，就不那么拔尖了，大学四年他的主要精力都放在各种社团和学生会上，每次临考试都找任大任帮他突击，尤其考研之前，更是跟任大任形影不离。

任大任当时听说束弘赓要考研，很是高兴，因为束弘赓从前说过一毕业就找工作赚钱，任大任感觉那样挺可惜的。他自己肯定要继续读研，导师也有意把唯一一个保研名额给他，所以他帮束弘赓复习的时间跟他预习研究生课程的时间一样多，结果"推免生"名单下来了，得到那个保研名额的不是他，是束弘赓。

六

"鹰击"系列首款芯片 ZHX320F280040 赶在最后一刻搭上了 MPW 的班车。整个过程可谓"有惊有险"，但既锻炼了队伍，又培养了新人，掌芯科技也向成为一家更成熟的 IC 设计公司前进了一大步，所以在任大任看来，一切都挺值得。

他对迟志恒的态度也发生了扭转。这小伙儿为了确保后仿真万无一失，在公司吃住将近一星期。虽然他自带了铺盖，公司也有折叠床给他睡，但他好几天没洗脚、没洗澡，也忘了拿剃须刀，到最后，他旁边工位的兄弟都说他身上有馊味儿了，任大任瞧他那张脸也觉得像鲁滨孙，充满荒岛求生的意味，想必他自己肯定也难受得很，也是在强忍着。

后仿真一完活儿，任大任就特批他一天带薪假，让他回家休整，主要是把澡洗了，把胡子刮了。

这样的人值得给他一份转正申请，虽然他学历和能力与其他人比起来还稍有差距。

但是责任感这东西就跟天赋一样，有些人天生平庸，有些人很差甚至没有，而有些人则天赋异禀。

那个差错，任大任现在也不觉得是多大事儿了，甚至认为那是成长路上必须交的一笔"过路费"。毕竟老家雀都是小菜鸟熬出来的，任大任自己年轻时也没少走弯路、刷里程，而且那个失误还给大家扫除了一个知识盲点，不光吃一堑长一智了，还活到老学到老了。

还有一个"重大地理发现"，也让任大任好像新大陆遇上了哥伦布。他前些天安排小耿去直接联系晶益电子，小耿开始还有畏难情绪，接连几天都没进展，可是忽然有一天小耿跑来跟他汇报，说晶益电子联系上了，他们华北区办公室就紧挨着中关村东路！

任大任兴奋得直拍桌子，邓肯也激动得搓手说这就叫"山重水复疑无路，柳暗花明中关村"，也叫"踏破铁鞋无觅处，得来不太费工夫"。他俩都让小耿赶紧约时间去拜访，量产绝不能再等了，得赶紧推进。

上次NTO的那批样片抽测全部合格，邓肯已经开始给客户"群发"。虽然要样片的客户络绎不绝，但是每家量都不大，从几十颗到几百颗不等，所里那一万颗目前还是最大一笔订单，而第二大的订单则是任大任小师姐卢茝给的。

卢茝也是国科大的教授，她那天专门打来电话，说听汪广延讲，所里准备采购一万颗芯片支持一下。她说她手里没那么多经费，只能采购一千颗聊表寸心，刚好学生们也需要样片，尤其还是RISC-V架构的。任大任充满感谢，说礼轻情意重。卢茝反问，你觉得礼轻么？任大任连忙改口说，不轻不轻，然后又说他可以买一送一，再附赠十套开发板，也算他给母校做贡献了。

除此之外，就没有其他上K（千）的出货了。邓肯为此想了个办法，跟任大任提议说，他跟一家在线分销商关系不错，可以拉来入伙，成为公司小股东，这样在市场推广上人家就会实打实帮忙，也能很大程度纾解公司销售力量不足的现实困难。另外，他还建议把突破重点放在华南，虽然那边的老板们都不太懂技术，甚至连DSP是啥都不清楚，但只要东西便宜好用，他们才不管是不是TADI的，是ARM还是RISC-V。

没量产真是个大问题。邓肯又强调了一遍。市场对咱这东西是真感兴趣，很多人都来找我问，但是一问"你们现在一个月产能多少"，我就立马没词儿了。人家一看你连量产都没量产，说什么都白搭，就没兴趣继续往下谈了，很多家都是这种情况。所以量产是真等不起了，市场翻脸比翻书还快，今天还邓总、任总地叫咱，明天可能连咱是谁都忘了。

是啊，希望小耿那儿能有好消息……

任大任眉头紧锁。这种情况下，他是真不情愿跟束弘赓去打球。可束弘赓约他好几次了，他一次不去，又怕显出他故意躲着，束弘赓那么鬼精的人肯定又得琢磨为什么。

他俩打壁球的场地在清华科技园某栋大厦的LG层，这里人几乎不断，订场地堪比摇号。束弘赓一见他就问最近怎么忙得连球都不打了。任大任当然不会实话实说，因为束弘赓是TADI中国区的业务发展和产品市场总监，所以他含糊其词地回了句啥都忙，说不像你们兵强马壮，干活儿的人多。

我们也缺人手，也得招人。束弘赓率先发球，球路刁钻。他俩打的是黄点球，束弘赓水平接近专业选手，任大任勉为其难，但束弘赓就是不换球迁就他，还挤对说，你不爱对标吗？那你就得跟得上我的脚步，接得住我的球。

保研之后，俩人虽没断交，但也来往甚少，这种状况持续好几年。束弘赓当时对那事儿的解释是，他也不知道怎么回事儿，可能因为他是学生会干部，也可能因为老师觉得任大任即使自己考也没问题。任大任没求证，也没考本校，而是选择远走中关村东路80号。

后来，他们偶遇在中关村东路。那时束弘赓已硕士毕业，进入TADI工作了好几年，任大任也马上博士毕业，准备去研究所工作。迈上不同人生路也增长不少阅历的两个人，狭路相逢一笑，一起吃了顿烧烤，喝了几斤啤酒，从前的不快便随风飘散了。

不过，任大任创业之后，"好基友"就又变得"亦敌亦友"。束弘赓对任大任创业是很反对的，总说任大任更适合待在研究所。可他分明也嘲笑过任大任进研究所，不敢像他一样去外企，去PK。

人各有志。任大任这样回答过他两次。你也可以出来创业啊。他又反将了束弘赓一军。

束弘赓击球更狠辣了，每一球都极力为难着任大任。任大任很快就气喘吁吁，疲于奔命，好几次都堪堪将球击中，也好几次都差点儿被球击中。

要不要歇歇？歇歇吧？束弘赓嘴上给任大任泄气，手上却更来劲了。可任大任就是不歇息，再狼狈也要把球打回去，直到打不回去。

那球没接着也是有原因的，任大任手机铃响让他分了神。电话是一个上海的陌生号码，任大任喘着气接听之后，差点儿没喘过气来。

是晶益电子打给他的。他高兴得快要飞起。可对方找他说的是MPW，不是MP（量产）。

那人听口音也是上海的，起码是江浙沪包邮区的。他说他IP Merge（模块并入）的时候发现RDL（重分布层）有部分没连，和Database（数据库）里的图形不一致。

任大任打了个激灵。对方是在告诉他，0040的GDSII文件有问题！他浑身的热汗瞬间倒流回体内，仿佛每一个毛孔都注入了冷却液。他强迫自己镇定，哪怕接了半天球的手臂微微颤抖，手机也冰块似的从手上往下溜。

您稍等，我找人处理一下。任大任挂掉电话，很自然地又打给了迟志恒。迟志恒刚从公司出来，听任大任讲完，说他马上回去。

任大任这会儿才反应过来，晶益电子之所以给他打电话，是因为他现在还兼着老邝的工作，联系方式留的是他的。

又是老邝！

等了好一会儿，迟志恒才把电话打回来，还喘着粗气。他说电梯太慢了，他爬的楼梯。任大任告诉了他该怎么做。迟志恒检查之后说，确实缺了块金属，他分析可能是因为属性不对，在做最后一次ECO（工程改动要求）绕线的时候给优化掉了。

补上金属重新导出GDSII再上传肯定来不及。任大任靠着木壁板盘坐在木地板上，腿脚也是木的，可意识却在脑回路上疾速飞驰，找寻着解决办法。

一旁的束弘赓坐姿写意得多，惬意地啜饮着运动饮料，脸上似笑非笑。

没事儿吧？他明知故问。

任大任无暇也无心作答。球场灯光似乎比先前暗了，少掉的那部分亮变成了追光，打在滚到球场另一侧的黄点球上。

那球上的小黄点猛然灵光一闪，瞬间击中任大任的印堂穴。

对啊！缺的不就是那"一小点儿"金属吗？把它补上不就得了！这不就跟随便找个球，在上面点个点儿一样简单吗？

同理，现在缺的就是那块金属的信息，信息量非常少，仅是一个多边形以及层次的信息而已。最佳也是最简单的解决办法，就是把这块金属的GDSII单独导出、上传再并入。

任大任让迟志恒赶快用TCL（工具命令语言）把金属形状写出来，然后新建一个空数据库把写好的命令读进去。这些完成之后，剩下的就都好办了，他放心地交给了迟志恒处理。

又是一件有惊有险、又惊又险的突发事件，虽然包场时间还没到，但任大任已经没了打球的兴致，哪怕束弘赓一劲儿撺掇他再来几局。

束弘赓像发现了什么隐秘，追着任大任问，怎么这种事儿还得你亲自出马？公司没其他人吗？你们官网前阵子还在招设计主管，后来招聘信息就不见了，但是BOSS直聘上还挂着，人到底招到没招到？是不是不好招啊？

要不你来我公司？任大任不胜其烦。

我去可以，但是也得有用武之地呀！你们出货量现在多少？有大客户吗？不会就卖给高校和研究所吧？我打交道的客户可都是每月几KK（百万）起……

直到TADI大厦楼底下，任大任耳根子才清净。束弘赓说他顺路，要开车送任大任。任大任说，不，你不顺路。

束弘赓去而复返，叫住没走出几步远的任大任。任大任以为他还有什么遗言没交代干净，他却从爱马仕包里掏出份请柬。

你要再婚了吗？任大任问。

我再婚你不还得随份子？束弘赓说，这是咱们学校集成电路学院成立仪式的邀请函，石老师特意让我转给你，要你务必参加。

仪式就在后天。到时候看吧，任大任收起请柬，兴致不高。

这时，一个很像老邝的人快步从TADI大厦出来，朝另一个方向匆匆而去。

七

小耿很快拜访了晶益电子的华北区办公室。晶益电子并没像老曲说的那样，连个账户都不给开。对方还惊讶，说一个月要五十片晶圆，产能已经不小了，怎么不直接联系我们？

小耿慢条斯理地转述，不急不徐。

那他们能给产能吗？任大任急切地问。

人家没说能，也没说不能，就说咱们如果不着急，可以等等看。

能不着急吗？邓肯猛插一句。

我也说了，咱们非常着急。人家也说了，他们排期已经排到后年年中，除非中途有企业撤单。但是，排队等替补的公司有一大把，他们也得按顺序来，不可能让咱们加塞，所以等还是不等，全看咱们自己。

见小耿看着自己，任大任无奈地说，等等吧再。

他们也说了，当初要是直接联系他们，或许还能给想想办法，那时候产能还不像现在这么紧张。

别听他们的。邓肯把话驳了回去。他们那么挑客户，就算当初直接找他们，他们也未必瞧得上咱们，这是现在了，看咱们各方面都不错，才这么说。

邓肯这话有理。别说晶益电子，就连任大任自己当初都不敢看好自己，更别提张口就管人家要五十片的月产能。这也就是东西出来了，市场反馈积极，他才有了自信，敢开这口。

可如果当初直接联系一下呢？万一……

要不咱找找关系？五十片量虽然不小，但是也不大，万一能协调出来呢？邓肯又说，小耿联系的就是个普通销售，手里肯定也没这权限，要是能联系上个说话管事的就好了，最好是直接管产能的。

能联系上当然好，可是上哪儿找那样的关系？近水楼台不得月，任大任在会场里独自坐着，独自愁着。

集成电路学院的成立仪式邀请了官产学研的各界宾朋。束弘赓来得比任大任早多了，而且一直没闲着，不是请安、问好，就是换名片、套近乎，还不负光阴地抽空儿找现场服务的小姐姐们撩几句，任大任连问他几句话的工夫都没有。

任大任就这样坐着，看着，跟周围鲜有交流，一个挺漂亮的小姐姐过来给他送了瓶矿泉水，他才说了句谢谢。

老柴说得多交朋友，这种场合最适合社交，说不定能帮忙的人就在这群人里。可是一想到跟这么多人应酬也不一定有收获，他就又没有起来的动力了。

还是束弘赓把他拽了起来。

石老师刚有空儿。从任大任看见他，他就忙前忙后地招呼着、接待着。任大任毕业之后就再没见过他，他现在是集成电路学院的副院长之一，当初以浓茂著称的头发如今已荒疏了许多。

但却让人一点儿觉不出疏远来。他还亲切地叫着大任，怪任大任这么长时间都不来看他。任大任反倒不好意思了，说以后一定常来看您。

听说你自己创业了？量产了吗？

还没有，刚刚NTO。

得抓紧量产。石老师语重心长地说，现在创业的设计公司很多，真正形成产能才能真正站稳脚跟。

任大任连连称是。当着束弘赓，他没多言语。

石老师很热情地攥住他手说，我跟院长请示过了，学院准备从你们公司采购一万颗芯片、一百套开发板，这样既是支持我们自己的学生，也支持了"中国芯"。

所有来宾的发言也都围绕着"中国芯"，都强调人才培养的重要性，都说作为表率的集成电路学院任重道远。

任大任感觉他同样任重道远。越来越多的人知道他任大任正在用RISC-V做国产替代，如果没成功，那丢的就不仅是他任大任自己的人，还有"中国芯"的脸。尤其不能成为束弘赓嘴里的"反例"，就他那嘴，多扎人心窝子的话都能当玩笑开出来。

所以，任大任也是犹豫再三，才决定来参加这盛会，来见多年未见的故人。

在院长和校长之前发言的是同芯半导体的联合CEO赵用心，任大任直到此刻才知道，这位业界名人还有一重身份是微电子系八四级的老学长。

老赵可是红人。束弘赓在任大任耳旁嘀咕。他已经跟赵用心换了名片，也加了微信。还有更多校友通过视频送来祝福，他们也都是半导体业界有头有脸的人物，束弘赓很惋惜这些人没来现场，没被加进他朋友圈。

赵用心说他们14纳米工艺良率已达95%以上，受电动汽车推动，28纳米成熟工艺目前已成为最赚钱制程，虽然面临非常大的困难，但企业仍会继续向前发展，在缺少设备的情况下，也坚决不放弃对先进工艺的研发……

这位赵师兄的发言激起任大任的共鸣与共情，他和他的公司又何尝不是在负重前行？他们这些胸怀"中国芯"的人，不只是在奋斗，更是在战斗。

阳光总在风雨后，不经历风雨，怎么见彩虹？赵用心以两句歌词作为结语，还号召大家携起手来，互相扶持和鼓励，一起奔赴"芯"的未来。

任大任心中一动。仪式结束后，他正要找赵用心，却被束弘赓一把拉去跟石老师道别。石老师要送一位嘉宾，让他俩等一小会儿，先别走，就这一小会儿的工夫，赵用心就消失不见了。

很快，石老师回来了，带了两位姑娘，其中一位就是给任大任送矿泉水那漂亮小姐姐。

她们都是石老师的硕士研究生。石老师让束弘赓和任大任帮两位师妹安排一下实习。束弘赓说，正好他那儿要招实习生，就主动加了她们微信。任大任出于礼貌，也加了微信，但他不认为有谁会放着TADI不去而去他的公司。

就说RISC-V适合高校和研究所吧？你们所里采购了多少？往回走的路上，束弘赓调侃任大任。

任大任斜了他一眼。

咱们学校姑娘的颜值可提高不少啊，当年要这么高，你也不用去别的学校找对象了。

这我可得谢谢你，要不是你，我也遇不见我老婆。

所以你才不恨我了，对吧？

老邝是不是去你那儿了？

谁？

邝斌。

哦……他呀。

你主动联系的他？

我联系他干吗？我知道他是谁啊？

对呀，你怎么知道他是谁的呀？每一个去你们公司的人你都认识吗？

正好他到我手下工作，我才认识的他。

到你手下工作，你不得先面试吗？他的简历你不看吗？怎么不提前告诉我一声？

凭什么提前告诉你？我招谁、用谁还得跟你汇报？再说人家想去哪儿那是人家自由，咱谁都无权干涉。

你这是挖我墙脚呢！

你搞国产替代不也是挖我们墙脚吗？

那不一样！你就是这么对朋友对兄弟的吗？

任大任指地喝斥，声音盖过束弘赓，然后头也不回地跨过成府路。

余怒未消的任大任进电梯忘了按楼层，不得不坐到二十层再走消防通道下到十八层。二十层把着电梯口的也是一家新成立的公司，做互联网金融。任大任上次坐错楼层，这公司还人丁兴旺，午间吃饭总是呼啦啦一大帮人，此时却是人已去楼未空，门上绕着铜锁铁链，门里办公桌椅还在，也不知生意是做大了还是做没了。

消防通道里黑漆漆的，还有烟味儿，抽烟的人应该是没瞧见墙上有禁止吸烟的标识。任大任也没瞧见过，他偶尔也吸烟。

下到十九层，有人在讲话，声音有意压低，像是迟志恒。通道里没灯，只能借每一层楼门里透进来的光才能有点儿亮。果然，迟志恒就在通道与楼层结合处，乍见任大任，像做错事被老师抓到的小学生，怯生生叫了声任老师。

任大任应了句，在这儿呢？迟志恒身旁还有个人，立在暗影里，看不太清。

才进门，邓肯就张着双臂滑翔过来，朝任大任比出一对胜利的手势。任大任有点儿蒙，一向"石佛"一样沉稳的邓肯从没这么雀跃过，不知是不是也受了啥刺激。

刺激大了！邓肯说，UVW中国的人过几天要来公司考察。

这么快？是不是你上回忽悠得用力过猛，人家把你当骗子了，才想赶紧过来实地考察一下？

邓肯大笑，说他也没想到才拜访完一个星期，人家就来回访，所以去深圳出差跟这事儿冲突了，他约了一长串客户要去拜访又没法改行程。

我要是能回来，就咱俩一起接待，我要是回不来，呸，我要是赶不回来，就只能你单独接待了。

行，你放心去吧，但是咱俩得先对对词儿，别你忽悠的跟我说的对不上。

咋叫忽悠呢？我吹出去的牛哪个没实现？

没顾上吃午饭，邓肯就拉着行李箱奔赴机场了。年过四旬的他曾经说过，上一波互联网风口错过了，这波半导体机遇他一定要抓住。

任大任下楼点了碗牛肉面，还点了五个烤串，这是他吃兰州拉面的标配。午饭吃得熨帖，回来本想踏实眯一觉，没承想迟志恒敲门来找他。

迟志恒支支吾吾，说跟您商量个事情，能不能预支我半年薪水。任大任一听，立刻睡意全无，问为什么？干吗使？

迟志恒不肯说，呆呆站着，目光也呆呆的，像是很绝望，却又不肯放弃希望。任大任对他已经很有好感了，但还没好到轻易就能预借他十万八万的地步，何况他还没转正。

对不起，任老师，就当我没说。迟志恒转身便走。

你等等。任大任叫住了他。

八

邓肯还是没能赶在UVW中国的人之前回来，但他故作神秘地预告，这趟深圳之行，他有可能捞到一条big fish。

有多big？任大任问。

前所未有的big。

任大任对接待UVW中国的考察十分重视，特意请大家整理好各自工位，也注意一下当天着装。迟志恒的工位依旧空着，物品还是他上次下班时的样子。任大任让小宋帮忙收拾了一下。

钱到账的第二天，迟志恒就再没来上班，也没请假，已经连着四天了。给他打电话不接，发微信不回，小宋问任大任要不要报警，任大任于是亲自给迟志恒打了电话。迟志恒终于接了，一上来就跟任大任说对不起，说他有不得已的原因才不告而别。

你这已经是诈骗了，知道吗？是犯罪！如果我报警，警察是会抓你的！

我知道，任老师，求您别报警，我不是有意骗您，真的是逼不得已……迟志恒竟然痛哭起来。请您一定相信我……钱我一定还……

任大任也不清楚自己当时为何心软，可能是迟志恒一直叫他老师，他也真把迟志恒当成了学生。

还这么轻信人，学费还没交够吗？任大任嘲笑自己。财务问他这笔钱怎么记账。他说，你随意。

UVW中国一行三人，统一的黑西装和黑皮鞋，统一的双肩背和登机箱，双肩背和登机箱全都是万宝龙，精细地绣着UVW的银白色logo，无处不体现着这家公司的低奢气质。

任大任这次没用被老柴diss过的那个PPT，因为那PPT已经被邓肯用过了。他拿的是FAE（现场技术支持工程师）专门做的PPT，介绍重点也跟PPT一样放在了产品上，从具有自主知识产权的ZHX内核，到数学函数支持能力、实时控制接口、软件开发环境以及可靠性和环境适应能力，尤其是跟TADI同型号产品的全面比对，不管是PPT上的参数对比表，还是三套应用方案的现场对比演示。

采用026的步进电机控制系统、无刷直流电机控制系统和矢量变频伺服控制系统，都依次跟TADI家的对应方案打了擂台，也很争气地每次都比对手转得更快也更稳。这些肉眼可见的战果同样从示波器的屏幕上得到了印证，采用026的方案波形都很规则，且如某巧克力一般令人"纵享丝滑"。

UVW中国的向经理肯定是被甜到了，咂了咂嘴说，听邓总讲，你们这026已经启动AEC-Q 100（车用可靠性测试标准）的认证了？

啊……任大任一时语塞，这词儿邓肯没跟他对。邓肯虽然经常顺嘴跑火车，但这次跑的是高铁，经停了向经理，飞驰到他眼前。

没想到"高铁"自己改道了。向经理紧接着又说，我看你们的工作温度是-40℃到125℃，这已经达到AEC-Q 100的第一级标准了，虽然跟最严格的第0级标准还有差距，第0级最高温度到150℃。

另一位姓项的经理也说，他们现在不严格要求供应商一定都是经过车规认证的了，只要产品性能和可靠性达标，就在他们考虑范围之内。一般这种非车规芯片不会用在涉及驾驶安全的地方，他们做系统设计也会想办法降低对芯片性能的要求，一个保护措施完善且将芯片失效对系统影响降至最低的设计，就能使用非车规芯片做出更好的产品来。

当然，我们毕竟是传统车厂，不会像友商那么激进，全车百分之九十九的高算力芯片都不是车规级，要么工业级要么消费级。他还不忘diss一下竞争对手。

剩下那名姓田的采购工程师补充说，像你们公司这种本土供应商正是我们需要的，我们内部也有一个完全国产化的目标，尤其你们还不存在被"卡脖子"的风险。

连"卡脚脖子"的风险都没有。任大任保证。

田工从前是搞开发的，所以对IDE工具格外感兴趣，他一边试用一边感叹，不能说跟TADI的毫无差别，简直就是一模一样！

面儿上是没差别，为了照顾用户使用习惯。但是我们的IDE有emRun库，TADI的没有，这是巨大差别。乔劭旸略显得意地介绍。

田工甚为惊讶，说没想到你们这么舍得投入，emRun库也就那几家大公司在用。

我们将来也会成为大公司！乔劭旸和任大任相视一笑。

什么时候量产？向经理忽然问。邓总上次跟我说是今年Q3（三季度）或者Q4（四季度），跟晶益电子那边敲定了吗？他们产能可不好拿，有市无价了已经。

还在谈，确实很难拿。任大任勉强讲了句半真半假的话。我们也在和同芯半导体谈，多管齐下。他又加了句真的假话。

同芯半导体的东西我们用不了。向经理直截了当地说。

您放心，我们给客户肯定都合规供货。任大任的喜悦霎时没了踪影。

不知供货问题会给双方合作蒙上多大阴影，这道坎儿有时像城墙，有时像壕沟，总是横亘在面前，不得不面对，也不可能不攻自破。

不过，UVW中国那边的反馈倒是挺积极。事后邓肯专程给向经理打了电话，向经理说他对考察很满意，还说他们很快就会启动供应商认证。

不是应付你吧？任大任问。

应该不是，老向那人挺直的，不行肯定就跟我说不行了。邓肯听着底气不足。不过，他旋即又找回自信说，他跟泰格电子谈得很顺利，026正是他们国产替代所需的产品。

泰格电子就是邓肯从深圳捞回的那条big fish，是深圳当地一家非常知名的上市企业，国内外很多大的家电品牌都由它OEM（代工生产）。任大任不敢想象，这样一家公司会一上来就给他一份每月三十万颗芯片、共计三百万颗的超级大单！

这对人家就是毛毛雨，可对咱是及时雨。邓肯信心十足地说，拿下泰格电子，局面就算真正打开了，其他大客户会一个个跟着来，这就是示范效应。

可是拿啥给人家？

任大任又发愁了。为了产能，他没少托关系，酒没少喝，客没少请，然而求过的那些人不是没办法，就是没回音。

咱要换一家呢？邓肯提议。

那又小半年出去了。万一有点儿什么问题，时间更没谱儿了。

老向说你跟他说，咱们也在跟同芯半导体谈。

我那是应付他的。

咱倒真可以找同芯半导体谈谈，听说他们家55纳米eFlash工艺还可以。

前几天开会，我还见着他们CEO来着，他也是清华毕业的。任大任说。

赵用心吗？邓肯眼中瞬间就有了光。

对，他八四级的。

那是你师兄啊！这一下格局就打开了！

任大任却乐不起来，说，我也考虑来着，问题是找他们做要冒风险，万一牵连咱们怎么办？而且也没法给老向他们这样的客户供货。

邓肯眼里的光暗了下去。没关系。他只能安慰说，反正泰格电子测样片还得段时间，交期他也说了，可能会比较久，他们说没问题，能等。

问题是能等多久……任大任推开飘窗，让暖融融的风多进来一些。

中关村东路上的车停停走走，人也来来往往。应该每个人都有心事吧？不管开心的，还是烦心的。任大任不愿将他的心事冲着人，但是冲向阳光，暖洋洋的。

敲门声打断了他的"日光浴"。小宋正冲着他笑，酒窝里又斟满酒。她说她招到一个清华实习生，还是硕士，仿佛她也捞到了一条 big fish。

确实是条"大鱼"。任大任有点儿意外。清华的学生肯来实习，不说纡尊降贵，起码也是自降身价，将来找工作没准儿还得解释为什么要到这样一家小公司实习。对啊，为什么来实习？因为近吗？TADI可比这儿还近。接过简历，一寸免冠照片里的人有点儿面熟……

谢雨霏？

这姑娘真有意思，石老师都打好招呼了，她还自己投简历，也不提前说一声，哪怕发个微信呢。任大任琢磨，她是有什么想不开，才放着TADI不去而要来这儿吗？还是束弘赓那儿没职位了？没职位也可以去别的公司啊，清华的实习生哪儿不抢着要？他让小宋把面试安排在隔天下午两点。

谢雨霏当天很准时。小宋先把她带到会议室。任大任当时正跟一家科技咨询公司的老板通电话，这公司搞得他很恼火。

之前他跟这家公司签过一份为期三年的框架协议，由这家公司负责代理十二项科技计划或基金的申报工作，这家公司则按每笔拨款实际到账金额的百分之十八一次性收取代理服务费。可是协议执行了一年有余，除了没有资金支持的，这公司一个项目都没申报下来，有些明明符合条件的，也不知道究竟卡在哪里。

昨天晚上，市经信局的廖处长专门给任大任发微信，提醒他"专精特新"已经改为敞口申报。这位廖处长跟任大任是在市里那次RISC-V调研会上认识的，当时任大任表现很好，被市领导点名表扬，廖处长从此之后隔段时间便会主动关心一下。

廖处长跟任大任强调，一定要抓紧申报，因为后续很多扶持政策都会跟"专精特新"挂钩，所以任大任才专门给这咨询公司的老板打电话说这事儿。对方答应得很痛快，但是提出要再签一份补充协议，不光要求收取两万块钱的代理服务费，还要求把后续市级以及国家级专精特新"小巨人"企业的申请也交给他们做，到时候他们再按对他们有利的方式收费。

哪有这种稳赚不赔的买卖？

任大任没好气地问，能保过吗？

这谁也不敢保证。咱又不是卖瓜，敢保熟保甜。

收钱还不保过？那我跟你签协议干吗？

协议肯定得签啊，万一我们干完了，您不给钱，我们不白干了？这钱我们也不白拿，只要没通过，协议就一直有效，这个我可以向您保证。

怎么想怎么亏。任大任说他再考虑考虑。

您也别考虑太久，趁现在"专精特新"还不多，抓紧把"小巨人"申请下来，往后肯定越来越难申请。

如果不是当初不懂行，也苦于没有专人做这事儿，任大任才不会签那协议，还一签三年。又吃一堑长一智。要不还让邓肯干？之前中关村那两笔钱就是邓肯申请下来的。可邓肯现在忙着跑客户，飞得比乔丹还勤，他也不好意思再给邓肯安排这种"琐事"了。

师兄。才进会议室，一阵风铃般悦耳的声音响起。谢雨霏起身，笑吟吟的。

坐。任大任让她别客气。他也给她拿了瓶矿泉水，提前拧开了瓶盖。

谢雨霏很雅致，衣着也说不出的别致，背了个做工精致的包包，是PRADA的，这牌子任大任认识。

她投的是芯片设计工程师，这职位自老邝走后到现在还没招到合适的人，任大任又说宁缺毋滥，所以实习生来了只能他亲自带。任大任没问太多跟专业相关的问题，他更好奇谢雨霏为什么要来他这儿实习。

谢雨霏貌似预先想到任大任会问这个，所以很从容也很坦然地告诉任大任，因为她毕业之后也想创业开公司。

任大任哑然失笑，他也不清楚自己究竟是被这个答案惊到了，还是单纯觉得好笑。开公司可没你想的那么简单，与其毕业就创业，不如先就业积累资源。作为过来人，也作为师兄，他还是善意地给出了他的建议。

我有资源，缺的只是经验，所以才来您这儿学习。

任大任这次确实被惊到了。初生牛犊不仅不怕虎，简直就是披着牛皮的虎！他瞥了眼简历，九八年的。现在年轻人都这么猛吗？没学会走，就想要飞。当然，人家没准儿还觉得他这种一步一个脚印的人是Outman呢，Superman不都是那种一跺脚就能飞出大气层的非人类吗?

任大任忽然感觉自己老了,但他还生怕对方"不听老人言",说开公司不光懂技术、有投资就行……

我在学校听好多人讲起过您,都说您很厉害,所以我要向您好好学习。谢雨霏忽然收起野心和抱负。如果您不要我,那我就只能去束师兄那儿试试了……

正好有个事儿,你可以帮我。不是技术方面的,你可以登录市经信局的网站先了解一下……

任大任把申报"专精特新"的事情安排给谢雨霏。他让她坐到迟志恒的工位上,那个工位已经被小宋提前收拾了出来。

有清华美女要来实习的消息肯定提前走漏了风声。单身的小伙子们今天都格外振奋,着装比UVW中国来考察那天走心多了。任大任挺开心,他希望公司以后还能有更多管他叫师兄的人来,他希望能将这些人都留住。

九

那位向经理果然不是应付,也没食言,没两天就把供应商认证文件发了过来。

一共五份,要填的内容不少,很多都涉及公司具体经营状况,但任大任还是把这项工作交给了谢雨霏,让她有不清楚的就来问自己或去问邓肯。

通过申报"专精特新",他发现谢雨霏做事很细致,也有条理,且头脑灵活。她的人际交往能力还很强,完全不像"理工女",很快就跟财务和出纳两位大姐混熟了,财务和出纳都不厌其烦地给她提供资料,她也请教了许多专业问题,能看出她的确是在用心学,并且一点就通。

企图心真强,真不是一代人了。任大任不由得感慨。

她家里估计挺有钱的。鲜少议论人的乔劭旸也感慨。衣服全是香奈儿,都没重过样儿。

你连自己穿什么都不关心,关心人家穿什么干吗?

任大任取笑乔劭旸,鲜少脸红的乔劭旸竟然脸红了。我就是奇怪。她跟我说她穿的是假货,包也都是高仿,你说奇不奇怪?

任大任奇怪地盯着乔劭旸,好笑地问,难道你怀疑她是商业间谍,来咱们公司刺探机密?

那倒不至于。乔劭旸没顺着谍战小说的思路往下梳理。如果说真有钱吧,那肯定不会买假货;如果假有钱,那肯定也不会承认自己买假货。

还是你更奇怪,突然就变柯南了。

任大任对真假没兴趣,他也不担心谢雨霏泄密,因为实习协议里也有保密条款,更主要的是，他相信谢雨霏。

给泰格电子的样片已经寄出，一共五百片。这五百片如果测试通过，供货协议就将生效。希望一切顺利。任大任还是挺紧张，毕竟这关系到三百万颗芯片的订单，也不止关系到三百万颗芯片的订单。

邓肯如他所说，拉来了那家名叫联大电子的在线分销商的老板。老板姓冷，潮汕人，对人却热情得像潮汕火锅，说话行事也跟吃潮汕火锅一样，不管涮牛肉还是煮牛丸，火候都把握得极好，所以双方相谈甚欢，很快就达成了代理和入股协议。

冷老板也很关注量产问题，说他好几位汽车行业的朋友最近都在找他帮忙扫货，因为大家的芯片都快断供了。他说这对他们是挑战，但对掌芯科技这样的新公司却是机遇，只要手里有货，就有机会打入从前铁板一块的供应链体系。

跟冷老板谈完，任大任第一时间就把会谈结果告诉了老柴。老柴从一开始就乐观其成，他的原则是众人拾柴火焰高，大家一起把掌芯科技这热灶给烧得越旺越好。不过，他的站位要比冷老板更高一些，说全球供应链、产业链都在调整，这就不仅仅是机遇，更是千载难逢的历史机遇，谁能把握这历史机遇，乘势而起，谁就有机会成为中国的TADI甚至Inletam。

所以量产这事儿，时间点你一定得把握好。这波错过了，就真的错过了。你当初怎么跟我承诺的，我就怎么跟别人承诺的，咱可不能让人说咱是大忽悠。老柴又叮嘱。

任大任听出这话里有敲打他的意思。他也有苦难言。谁知道代工产能变得这么吃紧，让全世界都跟着闹"芯"？他是个言出必行的人，甚至一条道走到黑……

天还没黑，然而已经过了放学时间，任大任猛然想起他今天得去接孩子！

要了亲命了！辛香织那气势汹汹的模样令他心惊肉跳，山门正巧跟来办公室找他的谢雨霏撞了个满怀。

谢雨霏找他给UVW的供应商认证文件签字盖章，任大任心急火燎地说，你先放我桌上，等我回来再说……

您干吗去？

回来再说……

任大任冲到电梯间，电梯还在一楼，不知上来还要多久，他火急火燎地冲入消防通道。

几乎是小跑着下到一层。他的小腿已经酸软难耐，却还得争分夺秒地撒开腿继续跑。好久没跑了，从前慢跑的爱好也跟他那双两千块钱的专业跑鞋一起闲置，这会儿猛然快跑，胸腔炸裂一样，口腔也不断泛酸水。

接孩子放学是他主动请缨。他小时候有一回放学，家里就接晚了，让他孤零零在校门口等到天黑。

幸好老师拖堂，虽然迟到几分钟，但是刚刚好。

排队出来的儿子大老远就冲他挥手，像在展示什么，到近前才看清，原来手里攥着瓶涂改液。

儿子说，这是他数、语、英考三百，老师奖他的。

爸爸也奖励你！

任大任又激动又感动，儿子学习这么好，除了老师，全是家人的功劳。

他拉起儿子的小手。儿子问，爸爸，你刚才喘什么啊？任大任说，爸爸锻炼来着。儿子又说，书包我自己背吧，老师让自己的事情自己做。任大任说，还是爸爸背吧，爸爸也想背了。

为什么啊？

因为爸爸好久都没上小学了呀……

日渐西斜，父子俩聊了几百米远。这一小段路比来时又短了很多，爷儿俩的身影全都留在这段路上。

这是任大任第二次带儿子到公司，上一次，公司还没搬家。不少人都放下手里的工作来夸少东家。乔劭旸也特意过来跟小侄子打招呼，他喜欢孩子，可惜还没结婚生子。

任大任问他问题解决怎么样了。乔劭旸耸耸肩。下午做测试，发现程序在RAM（随机存取存储器）运行没问题，可是一烧写到Flash（闪存）就不能正常运行。

没事儿，别急。任大任安慰。他说安顿好孩子就过来。

办公室光线稍微暗了点儿，任大任开了灯。儿子一屁股坐到老板椅里，跷着二郎腿，有模有样。任大任小时候去他老爸单位写作业，也是坐在老爸的椅子上，可是那把粗重的木头椅子即使垫着厚厚的棉垫，也硬硬的，硌屁股。

谢雨霏给孩子捧来一大堆零食。

我还没看。任大任对谢雨霏说。

没事，不急。谢雨霏跟小朋友聊了几句便走了。

任大任惦记着乔劭旸那边，就让儿子老实吃零食，写作业，不许动电脑。儿子痛快答应。出去的时候，他不禁回头看了儿子一眼，如果有朝一日能把一家成功的上市公司交到儿子手里，那么现在无论付出多少都值得。

乔劭旸跟负责嵌入式软件开发的工程师还在寻找问题成因。

任大任问，是不是CMD（定义芯片内硬件资源和分配管理软件代码的配置文件）文件配置不正确？

乔劭旸说，不是。

编译选项呢？

也没问题。

检查Flash寄存器配置了吗？

还没有。乔劭旸指指电脑屏幕。先确定函数调用没问题再说。

问题还真出在函数调用上，原来是一个定义在RAM里的函数没在Flash加载程序之前复制到 RAM 里运行，才让程序跑飞，放飞了自我……

你陪孩子去吧。乔劭旸说，问题找到了，剩下的事儿他来搞定。

任大任的确有点儿不放心儿子自己在办公室，然而刚走出两步去，又被邓肯给叫住。

邓肯把他拉进办公室，关上门，唉声叹气说，晶益电子给咱开不了账户了，小耿刚跟我汇报。

为什么呀？

因为咱股东里有涉及敏感业务的。

你说老尹？

邓肯点点头，愁眉苦脸。

虽然开了账户也不一定能量产，但连账户都开不了更让人泄气。

连个账户都开不了吗？任大任既是在发问，又是在发泄。

除非老尹退股。

那不可能。

任大任立即否决，顿了顿，说，当初天使轮就是人家老尹投的，打钱非常痛快，咱现在干起来了，怎么能过河拆桥，把人家一脚踢开？

在商言商。邓肯劝道，老尹这时候退出也少赚不了，比他当年投的得翻了好几倍了已经。

那也不行。这会儿让老尹撤出去，咱以后还怎么在圈子里混？再说，老尹也不可能咱让撤他就撤，他怎么可能听咱的？

价钱合适可以谈嘛……

任大任陷在椅子里纹丝不动，目光飘忽着，到了天边的那片火烧云卜。

良久，他问，就算价钱合适，老尹的股谁接？有些话一旦说出口，事情就完全不一样了。

邓肯也从椅子里往下出溜了一些。

那晶益电子这边就只能通过老曲了，可是"曲"径不通幽啊……

两人的神色随天色一同暗沉下去。辛香织这时打来电话，催任大任赶紧把孩子送回家。任大任赶忙回办公室，没承想小家伙儿从办公室里出来了，正欢乐地跟漂亮小姐姐玩儿手机呢！

任大任让儿子把手机还给谢雨霏，问她，下班了，怎么还不走？

谢雨霏双眸亮闪闪的，提示灯一样，说，等您签字盖章呢。

马上！任大任重重一拍脑袋，仿佛里面的存储器也出了毛病。

孩子送回来晚了，作业也没写完，妻子一晚上都没给任大任好脸色。等孩子写完作业也睡了，她才愠怒着上了床，一个都不放过地削着手机里的瓜果梨桃。

按惯例，接下来就该进入任大任认错和批评与自我批评环节了。可任大任迟迟不开口，哪怕妻子咳咳咳地清嗓子给他提示音，他都置若罔闻，一点儿也不害怕的样子。

一颗桃子在辛香织指尖一分为二。你是聋了还是哑了？她忍无可忍，靠着床头发起飙来。

任大任猛然一阵"推背感"。他侧靠着床头，以背示妻，仍继续装聋作哑，不为所动得如同四两棉花。

怎么了你？辛香织火儿更大了，质问开"斗气车"的任大任，你是想气死我娶小老婆是吗？

没怎么。任大任这才开口，回过身来，侧对着辛香织。

没怎么你怎么不说话？

累了，不想说话。任大任两眼还盯着手机，却没在看。

别看了！辛香织一巴掌拍在他手机上。到底怎么了？是不是公司有事儿？

公司哪天没事儿？任大任息屏，不再看手机，但也没看辛香织。他发现屋顶上有几条细细的裂纹，弯转曲折，仿佛附着着蛛丝。

你怎么这么反常？辛香织不依不饶。

我就是累了，我不能累吗？

为什么累？

累就是累。

昨天怎么不累？

昨天没这么多事儿啊。

那今天有什么事儿？

你别问了！任大任烦躁起来，像棉花被搓成了火捻儿。

不行！我是你老婆，我就得问！辛香织毫不退让。

你怎么不当警察去？任大任被逼无奈，只得掐灭"火捻儿"，老实交代了晶益电子开不了账户，除非老尹退股的事实。

就为这？

你还想有啥事儿？这就够我头疼了！

我给你揉揉。

不用！任大任扒拉开妻子的手。你这脾气发得越来越炉火纯青了，也试收放自如了吧？

我不是心疼你吗？再生气也得忍住啊！

快拉倒吧！你还心疼我？你整得我心疼！本来就够烦了，你还没完没了，嘚啵嘚，嘚啵嘚！

不嘚啵了，你也别烦了，车到山前必有路。

哪儿有路啊？眼瞅就死胡同了。

换条路呗，找其他家不行吗？

你说换就换啊？有eFlash工艺的就那么几家，除了晶益电子，别人家产能也是满的，这时候谁能腾出产能来给我？而且跟晶益电子都耗这么长时间了，时间也是成本啊！

找老尹商量商量呢？

怎么商量？怎么开口？那不一下就把老尹得罪死了？

别烦了。

睡吧！任大任又背过身去。

辛香织从后面贴上来，温温软软的，说，哪件烦心事儿你没解决好？这事儿肯定也没问题……

第二天一睁眼，任大任眼皮就跳个不停。别人眼皮跳还分左右，到他这儿不管左眼跳还是右眼跳，都肯定没好事儿。

果然，一到办公室，屁股还没坐稳，邓肯就攥着手机一脑门子官司来找他。邓肯说，老向刚才打电话过来特别生气，质问怎么给他的文件被涂得乱七八糟，让他挨了上司一顿骂，还是中外双语。

这又唱哪出儿？任大任近乎绝望。

邓肯给他看手机，手机里是《制造商调查表》扫描件。这也是供应商认证文件之一，上面许多地方都被涂盖住了，有长方形也有正方形，全部横平竖直、工工整整。

任大任太阳穴猛跳了几下，像他儿子在里面调皮捣蛋。

这小子又惹麻烦了！

他有点儿头晕，坐椅子里半天没言语。晕眩好一阵才过去，他稳了稳情绪，告诉邓肯，你现在给老向打电话，我跟他解释。

能听出老向在尽量克制，但有些话说得还是挺刺耳。任大任忍耐着向他道明原委，承认自己疏忽了，对给老向造成的麻烦感到非常非常抱歉，非常非常过意不去。

老向听罢，没再深究，但还是埋怨了一句，这么重要的文件，怎么能落到孩子手里？他还说他会把任大任的原话如实向上司转述，至于接不接受，就不是他能决定的了。

任大任将手机还给邓肯。

邓肯欲言又止。

任大任也欲言又止。

这事儿虽然很让人恼火，但也不能全怪孩子。如果他看一遍文件再盖章，如果谢雨霏看一遍文件再扫描，如果老向看一遍文件再给上级，那这事儿就不会成事儿。

可能是早点吃得不舒服，任大任有点儿烧心。他让谢雨霏重新打印文件，签字盖章再发给老向。

打印机又私自离线，不知脱机去了哪里。任大任再也压制不住怒火，炽焰从他口中喷薄而出，响彻了整个公司：

把它扔了，换个新的！

十

能穿短袖了，肉就藏不住了。任大任把新T恤升了一码，穿起来才不那么显胖。

体胖了，心却没宽。0040的MPW样片虽然回来了，但是026的量产仍旧没着落。

你可得抓紧，这条赛道上不可能永远就你一家在跑。

老柴开始"警告"任大任。他对任大任的不满表达得越发直接，干柴距离烈火可能就只差个小火星儿。

任大任也心火旺盛，那火还总往鼻头儿上蹿，时不时就夺占五官的制高点，盘踞多日不去，任谁都能瞧出他内心的焦灼。

他起泡的嘴上说不考虑其他代工厂是嫌重做光罩时间太长，但其实他等候晶益电子这段日子，也快够找其他Foundry重做一套光罩了。

当然，晶益电子工艺最好、良率最高，迭代也最快，确实是他不忍放弃的最主要原因。创业至今，靠的就是这份无论什么都要做到极致的信念，他怕他妥协了、凑合了，这信念就消失了，气就泄了。

这还只是表面原因。他微妙的心理，也如光罩一样分层，更深层的，还是他的好胜心。

或许称之为虚荣心更确切，因为这已不是不服输、不服气。一定要找晶益电子代工到现在更像是买奢侈品，不管拎手里还是穿身上，更多的还是为了显示给别人看，尤其是束弘赓。

任大任也清楚是这种心理在作祟，但就像他爸那套《王阳明全集》里讲的，"破山中贼易，破心中贼难"。这股劲只要过不去，他就会一直如宿醉之后一样难受。

再难受也得给奶奶祝寿。任大任开车带全家回了趟老家。老太太也跨入"九〇后"高龄，除了背又驼了一些，跟真九〇后区别不大，尤其手捧着任大任给她定做的水晶寿桃时，虽然不知道里面"中国芯"的桃核儿到底是个啥，但只要知道是她大孙子做的就够了，她快乐得也更像真九〇后。

老太太依然心明眼亮，一眼就瞧出孙子心里"难受"。她拉着任大任的手，悄悄地问。任大任不太想说，也不太好说，但他还是当陪老太太聊天，给奶奶讲了个大概。

奶奶可能连个大概都没听懂，但却并不妨碍她一直笑眯眯地边听边点头。

最后，老太太言简意赅地来了句："活人还能让尿憋死？"

是啊，活人还能让尿憋死？奶奶口音极重，却余音绕梁，回味无穷。当任大任从海里冒出头儿来，他忽然想通了。

游出来五六百米，密匝匝的人群已经没了喧嚣。

此刻的宁静专属于他，连海鸥都尽量不来打扰，只偶尔召唤几声，叫他别再往深里游。

的确还想再往远处游，海天一线总是牵引着他再游近一点儿，即便他知道那是永远都游不到的天边。

任大任后仰身体，整个人松弛下来，海水给他扣上降噪耳机，耳机里只有咕咚咚的海水声，像在聆听心跳。

与海重合，与天平行，他终于也有了"望天上云卷云舒"的心境。天高任鸟飞，天也是鸟的大海。任大任合上眼，蔚蓝的天与湛蓝的海瞬时融为一体，他也仿佛悬在空中。

差一点儿睡着猛然将他惊醒，他连蹬几脚才把控住身体。四下里张望，发现回头是岸。还是脚踏实地的感觉更好，任大任远远望见妻儿都在使劲朝他招手，他抡起臂膀，游得更带劲了。

心火被海水熄灭。任大任命人联系其他代工厂。之前都是对方一说没产能，他就没了继续沟通下去的兴趣。

可联系一圈儿依旧一无所获。

能量产的Foundry本就那么几家，各家产能更是早被吃了晶益电子闭门羹的企业瓜分殆尽，排期最近也得今年底、明年初。

这下退而求其次都无路可退，任大任仿佛游了场冬泳，倒希望身体里还能有点儿火，有点儿热。

所以，卢苒来找他聊合作，他都情绪低落，让卢苒误以为他没兴趣。

不是。他连忙向小师姐解释。你说的这"一生一芯"计划我非常希望参与，也肯定会大力支持，这才是解决人才短缺的根本之道。

那你还意兴阑珊？上赶着不是买卖是吧？

不是……任大任在卢苒的伶牙俐齿面前再度词穷。

什么事儿啊到底？卢苒是个急性子，任大任越磨叽，她越着急。你要是缺钱，我可以借你！她迫不及待地说。

不是钱的事儿。任大任哭笑不得。钱能解决的问题就不是问题了，问题是我现在有钱也花不出去。

他把到处找不到产能的困窘和盘托出。找我们家老爷子了吗？卢苒问。

没有。任大任说。

这事儿你怎么不找他？

不想给他添麻烦。

他是你导师！你找他天经地义，他帮你理所应当！

问题是他未必能帮上忙，还得让他为我去求人。

所以求人不如求己是吧？

老师说，自己的事情自己做。任大任想起儿子那天的话。

小学老师才这么说呢！

卢苒白了任大任一眼。好歹他是院士，认识的人多，没准儿能帮上你呢？你要不好意思跟他说，就我跟他说。

别！任大任赶忙阻拦。

你别管！怎么越来越生分了？

不是生分……

那是什么？我就觉得是生分了。也不来我们家吃饭了，留你你都不吃，放下东西就走。

改天……

又是改天，你都改多少天了？一年三百六十五天够你改吗？

闰年三百六十六天。

你再跟我贫？卢苒瞪了任大任一眼。

任大任忙拱手。对这位更像小哥哥的小师姐，他只能说谢谢。

还跟我说谢谢？再说又不是白帮你，你不也得帮我吗？卢苒的话题回到正题。她说她带的这帮孩子都很聪明，理论扎实但缺乏实践，所以希望任大任这儿能变成他们的第二课堂，让他们既能动脑，更能动手，手脑并用，将来毕业工作了，才能成为真正的可用之才。

其实你也是帮我。本来也要招实习生，尤其是高素质实习生。任大任说，就是工位快不够了。

工位不够就换大点儿地儿啊，活人还能让尿憋死？

过了没两天，导师就给任大任发来微信。手机当时不在身旁，任大任过了四十多分钟才瞅见。微信内容很简短：你可联系同芯半导体赵用心总，他愿帮忙。下面紧跟着的，就是赵用心的微信名片。

见字如面。导师一向简洁明了，多余的话不说，多余的事不做，多余的字当然更不写。他帮人也从不喜欢被感谢、被感激，然而这次不止是帮忙，简直是救命，他却依然这么轻描淡写，一笔带过。

任大任当即把电话打了过去，导师没接。听卢苒讲，老爷子最近出差比从前更频繁，各地都请他，他发挥余热的热情也更加高涨，说终于等到了奋起直追的一天，"中国芯"一定能够证明自己不弱于人。

阳光冲破乌云打在墙上，像开了扇窗，金灿灿的，瞧着心里就亮堂。任大任写好问候语，把添加好友的申请给赵用心发了过去。

心情舒畅的任大任小解回来心情更加舒畅，还兴致勃勃地凑到对门健身房门口瞧了一眼。

哥，您是想健身吗？一个年纪同他相仿的大哥立马问。

我就看看。任大任忙说。

现在办卡便宜，七五折。

我就看看。任大任又重复了一遍，感觉有点儿不好意思。

您对门儿的吧？瞅您眼熟呢！

是对门儿的。

那还能便宜，都是邻居，给您六五折！

我考虑考虑，考虑考虑。

任大任讪笑着落荒而逃。

啥时候想健身您就过来……大哥的声音在走廊里回荡。

倒的确想健身了，如果有时间。

等待总能把时间拉长，就像楼下那拉面师傅。当你以为面条已经被他拉得足够长、足够细，结果他又将手里的面条对折，继续拉长，拉得更细，这面条仿佛有使不完的弹性，只要他想，就可以永远拉下去。

任大任忙到很晚才吃了一碗拉面之后又再次感觉到饿了的时候，赵用心才通过了他的好友申请。

漫长的等待已让起初的兴奋归于平静又陷入纠结。

顾虑重新笼罩心头。他还是担心即将引入的不确定性有可能为将来埋下隐患，造成风险，而他至今所做的一切，都是在规避一切隐患和风险，努力将没有任何使用顾虑的产品，交付到客户手中。

夜越深，陷得也越深。手机屏忽地亮了一下，随即熄灭。是任大任看了眼时间。

怎么都睡不着。凌晨三点多正是深夜的谷底，他踽踽独行，仿佛蒙着眼睛踏上独木桥，脚下虽有路，却唯恐稍有不慎，从这万丈深渊之上的唯一出路上跌落下去。

还有工艺本身的问题。如果良率不够高，迭代不够快，那么即使有了出路，这条路也会走得很慢，很难。

Flash寿命？功耗？漏电？还是别的什么？更多担忧接二连三跳了出来，哪一个都有可能变成拦路虎。任大任越琢磨越睡不着。他摸到了妻子的手。攥住。这是他此刻唯一能抓住的确定性，而妻子睡得很香，没被他弄醒。

不知几点才睡着。闹铃强行将他唤醒之后，他也没感觉来到新的一天。

去见赵用心，心里稍有点儿忐忑，毕竟人家是风云人物，而他连个人物都还不是。

赵用心比他所担忧的要平易近人得多，甚至还有种亲近感。并不全然因为他俩毕业于同一所大学，接受过同样的熏陶，有些东西就是天然的，油然而生的，才能一见如故。

任大任轻松不少。虽然不断有人敲门，也不断有电话打进，但每一次赵用心都能把他俩被打断的谈话无缝衔接起来，仿佛他俩之间的谈话远比那些事都重要。

赵用心说他非常敬重卢院士，所以听卢院士讲完任大任的情况，他立马就答应下来。

不过，确实要费些力气，因为同芯半导体的55纳米eFlash工艺已经被国内几家汽车电子厂商吃得差不多了，他得亲自协调，才能拿出产能来给任大任。

好在你量不算大，再大我就也没办法了。

赵用心语气平常，不像是对初次见面、求上门来的小客户，而像是在跟自己的小兄弟交底。

太感谢您了！任大任的感激发自内心。他很清楚做汽车电子芯片的生意，要比做DSP赚钱多不少。不过，他还是问了句，MASK（光罩）要多久？

一个半月，我说的是进厂时间。跟晶益电子比还有差距，但差距不大。

差距确实不大，才只差半个月而已。任大任暗自惊喜，对同芯半导体的制作能力刮目相看。

赵用心似乎察觉到他面部的细微变化，因而微笑着说，良率差距也不大，已经缩小到2%左右了。

同芯半导体的成熟工艺很能打，任大任对此早有耳闻，却没承想这么能打。他忽然感到惋惜，如果不是受限，同芯半导体先进工艺的追赶速度肯定更快。

听说还可能有进一步的限制？任大任脱口而出，随即便意识到自己失言，心中十分懊悔。

担心受影响是吧？赵用心没有表现出不快，至少面上没有。大家都担心，包括我们自己。可担惊受怕有用吗？该来的总会来，只要继续追赶，还想变强大。

他语气淡定，双眸却显露了锋芒。

只要是中国企业，就可能被刁难，包括你的公司，将来要是领先了，也可能被针对。

这很不讲道理。赵用心嘴角轻蔑一翘。我们被限制并不是我们做错了什么，唯一理由就是我们追上来了，只要我们继续追，他们就会继续给我们使绊子，直到我们强大到拿我们没办法了，这些蛮不讲理的手段才会停止，所以没有退路，必须奋斗到底！

当然要奋斗到底！谁也不愿半途而废。所以兵来将挡水来土掩。任大任的车驶离同芯半导体时，心情也坦然下来。

他在车上给老柴打了电话。量产终于有了着落，虽然导入尚需一段时程。

老柴高兴坏了，赵用心亲自出面更令他喜出望外。他说他早就知道任大任能搞定，非叫任大任过去一起去吃牛油火锅庆祝一下。

任大任把车开回公司。大厦前的花坛里栽满月季。这花不似玫瑰，时常被人捧着，但却可以不改颜色地淡定开着。

改天我请，尝尝铜锅涮肉，地道老北京，就在中关村东路上。

任大任对老柴说。

十一

虽然拿到了产能，也有其他平台公司给出更优惠的报价，任大任还是把0040的NTO按顶格标准交给老曲去做。

这笔钱花出去之后，账上资金减少了一位数，任大任身上的压力也随之增加一位数。老柴给他约了红石资本的高管谈融资，任大任越往后翻BP（商业计划书），对方瞧他的表情越不对。他还以为这位夏总也跟老柴一样嫌他PPT做得不够精致，没承想对方忽然打断他说，不好意思，任总，您这PPT我见过，有人拿过几乎一模一样的来找过我。

任大任吃了一惊，老柴更是一脸错愕。任大任问心无愧地迎着夏总质疑的目光还没说什么，老柴就骂骂咧咧说那人绝对是抄袭，之前的版本他手机里还有，说着便找出来给夏总看。

您瞅瞅，从前更不美观，任总就是个干实事儿的人，不屑于把时间浪费在做PPT上。老柴跟夏总打着哈哈，打消了他的疑虑。夏总念了句三字经，说还真是任总的知识产权被侵犯了。

不算侵犯，借鉴而已。任大任轻描淡写地一语带过。夏总眼里多了丝敬佩，当他听老柴说赵用心是任大任师兄，产能是赵用心亲自出面给解决的，眼里的敬佩就更多了。

不久，红石资本便与掌芯科技签订了NDA（保密协议），开启了尽职调查。老柴说，这轮由红石资本领投，他再拉其他投资人进来就更容易，融资规模肯定破亿，然后就可以大展拳脚，不用再束手束脚。他还告诉任大任，老夏说你大气，做企业先做人，看来你已经领悟了真谛。

有钱才是真的，任大任做梦都想这上亿规模的融资尽快到来。未来需要砸钱的地方越来越多，不光产品线要铺开，公司架构也要完善，许多新职位都要设置，起码得先物色一名比老邝高好几个档次的人来当CTO（首席技术官）。

他把配合尽职调查的工作交给谢雨霏。上次申报"专精特新"，谢雨霏 次通过，连廖处都说你们效率够高的，这轮融资之后，你们就可以继续申请市里的"小巨人"了。

不过，配合尽职调查可比申报"专精特新"烦琐得多，不光要提供企业团队、业务、市场、技术、财务、法务等方方面面的资料，还得回答投资人大量的各式各样的问题。

谢雨霏虽然是新手上路，却一点儿畏难情绪都没有，也从未抱怨总给她安排这种事务性工作。任大任发觉这姑娘确实有做企业的天分，对公司业务熟悉起来以后，本就行事干练的她变得越发老练，调动其他人也很有一套，完全看不出她只是名实习生，反而更像是从创业伊始就在的公司元老。

任大任仔细查看谢雨霏整理好的尽调资料，资料比上一轮融资翔实许多。当初画的饼都一张张烙了出来，尤其是有了那两颗芯片打底，不要说画更大的饼，就算让他画比萨，他都一点儿不虚。

他也确实不用虚，泰格电子反馈相当不错，让他心里的石头终于落了地。泰格电子有自己的检测部门，但还是把样片交给一家有长期合作关系的第三方专业机构去做更全面的分析检测。

检测报告显示的结果跟任大任他们提供的测试报告相一致，各项数据也都基本吻合，没有太大偏差，接下来就可以把样片放到泰格电子的产品上试用了。

泰格电子也是TADI的老客户，要用一家名不见经传的新公司取代TADI，虽然只是替代个别产品，在公司内部还是有不少反对声音。好在推进国产替代这事儿是老板亲自过问，主抓的总工程师也对供应链安全非常重视，所以整个过程才得以持续推进。

这些都是邓肯告诉任大任的，任大任为此专门打电话给那位姓章的总工程师表达谢意。章总说，也感谢你们给了我们国产替代的机会，像你们这样拿RISC-V做DSP并且成功量产的供应商真的非常难得，他希望双方合作可以持续下去，026之后接着0040。

看完资料，任大任把他认为存在问题的地方标了高亮，发给谢雨霏去修改，然后给老曲打电话说发票的事情。

他俩之间的不快已经因为0040的NTO订单"一笔勾销"。老曲不知从哪里打听到任大任他们自己联系晶益电子却开不了账户的事情，便跟任大任讲，老哥没骗你吧？你们自己真是连账户都开不了。

这话挺添堵的。好在任大任知道老曲不是那种得便宜卖乖的人，而且能办的事儿绝不推托，所以他问老曲能不能把0040的NTO发票提前开出来，老曲立马答应说没问题，然后才问为什么这么着急。

任大任说是申报市里首轮流片奖励要用。老曲问奖励多少。任大任说，在京流片奖励费用总额的百分之五十，京外流片奖励费用总额的百分之三十。老曲一听就乐了，说幸亏你是跟老哥我合作，要不得少奖你百分之二十，那钱可差老鼻子了！

是啊，我相当于是给你申请，早晚还得进你口袋。

哎哟，那我可得让财务赶紧把发票给开出来，哈哈！

落实完发票，任大任把剩下的工作也交给了谢雨霏。他怕谢雨霏忙不过来，便让小耿配合她。小耿对流片业务更熟，具体事儿都是他经手办的。任大任担心小耿不听使唤，特意把他和谢雨霏叫来办公室，给两人分好工。没想到小耿还挺乐意给谢雨霏打下手，好像这工作是他分内之事一样。

申报窗口开放两周时间，谢雨霏只用两天便基本备齐了申报材料，唯一缺少的是与代工厂之间的相关合同。

由于掌芯科技是通过公共服务平台流片，因此不光要提供公司跟平台之间签订的合同，还要提供平台跟代工厂之间的委托合同，这样逻辑链条才完整，申报也是这样要求的。

跟老曲之间的合同是现成的，老曲跟晶益电子之间的合同就只能再让老曲提供。任大任又找老曲，老曲一听就犯了难，说不是老哥不帮你，主要这里边牵涉到商业机密。

啥商业机密？不就是中间商赚差价吗？这还算机密？任大任让老曲放心，说赚多少都是你应得的，我保证不对外泄露你的"商业机密"。

老曲嗯嗯啊啊了半天才说行，但是又说得先问问晶益电子，征求一下人家意见，毕竟里边也有人家给他的报价，那是人家的商业机密，他不能随意泄露。

任大任说没问题，你问吧，我等你消息。然后老曲就没了消息，也不发朋友圈了，也不到处点赞了，就跟没注册过微信或者把微信注销了一样。

等了一周实在等不及了，任大任又把电话打了过去，老曲好半天才接，一接就说老哥这次帮不了你，晶益电子坚决不同意。

凭啥不同意？我跟客户签的合同都能提供，他们的报价已经是公开的秘密了，至于捂这么紧吗？何况我是把材料交给政府，又不四处乱给，他们有啥不放心？

话是这么个话，理儿也是这么个理儿，我都说得明明白白了，但是人家就是不同意，还能有啥办法？

那以后不从他们那儿做了！

这咱可威胁不了人家，人家最不缺的就是客户。老曲给出了个主意，让任大任去跟廖处商量商量，看能不能通融通融。

实在没办法，任大任把情况反映给廖处。廖处很为难，说不合规矩肯定不行，审计和专家都只认材料不认人。

那算了。任大任不得不放弃，窝火好几天。

谢雨霏从楼下给他带了超大杯的冰拿铁，他不顾已经喝了咖啡，把冰拿铁当灭火剂似的几口就倾泻下去。然后他就感到心慌、没劲儿，连自己讲话的声音都像从很远的地方飘来。

谢雨霏问他怎么了，她来找任大任汇报尽职调查。任大任说没事儿，可能是咖啡喝多了，有点儿低血糖。谢雨霏赶紧捧来一大堆零食，自责地说，都怪我。

不怪你。任大任拆了包奥利奥，咔嚓嚓紧嚼。

谢雨霏怕他有事儿，一直守着他。任大任靠在座椅里，眼神飘忽，聚焦不到一起。

无论考清华还是开公司，都是为了出人头地。当初出人头地是为他自己，现在来看还是为了孩子。那个调皮捣蛋的淘小子前两天又把他惹火了，但慑于辛香织那强大的压迫感，他没敢发作。

辛香织也挺奇妙，他不管孩子她也不管他，他一管孩子她就管他。可能男人在女人眼里永远都是孩子吧，不管多大年纪。老妈也总跟小时候一样说他，别总跟孩子生气，哪家孩子不淘？长大就好了。

是啊，长大就好了，任大任这个当爸的也还在长大。上次儿子拿涂改液"搞破坏"，他回去不就只是批评教育一番，也没朝孩子发脾气啊。

对了，涂改液……纷乱的思绪被他一把抓住，散乱的目光随之聚焦。

手脚也忽然有了力气。任大任兴奋地抓起手机，谢雨霏连忙问，是要叫救护车吗？

不是，找老曲！

老曲也很惊讶，问他，又啥事儿？

还是那事儿。你看这样行不行，你把你认为是商业机密的地方都盖住，在扫描件上，怎么弄都成，只要露着甲乙方和公章，能证明是你们两家签的就成。

我这儿没问题。老曲听了不怎么兴奋，还是说得先问问晶益电子同不同意。

赶紧问吧，没两天了。任大任催促。

谢雨霏提醒说也得问下廖处，任大任便赶紧又给廖处打电话。廖处把电话摁了，过会儿打了过来。任大任把他想到的法子告诉了廖处。廖处说可以，说你们企业认为敏感的信息都可以处理掉，我们不看那些。

任大任松了半口气。时间很紧迫，周五中午十二点之前申报窗口就将关闭，从此刻开始满打满算也就剩二十四个时辰而已。

到傍晚，老曲给他发了两条语音，每条都够六十秒，声音听着也欢实许多。他说昨晚喝了顿大酒，今天一天都跟坐贼船似的，还说他已经跟晶益电子说了，那边得请示之后才能答复，他会盯着。

第二天下午，晶益电子答复来了，说可以，但是处理之后的扫描件得先给他们确认。然后他们就又确认了半天，周五早上任大任让老曲继续催促，他们才说OK没问题。

余下的时间以小时计，谢雨霏要先把申报书的Word版、申报明细表的Excel版和盖章扫描版打包发送到指定邮箱，再把四份合同的扫描件和其他证明材料合成一个PDF，编好页码、目录之后打印三份，并且装订成册。

其中一份在装订之前还要先盖章扫描，因为扫描出来的PDF要跟打包的那仨文件以及申报书的盖章与不盖章版刻到一张光盘里，连同那三份装订成册的申报材料面交到指定地点去。

幸好换了新打印机，不仅能自动扫描，打印速度也不慢。

然而一份材料三百多页，盖章、扫描之后又连打两份还是耗费不少时间。谢雨霏快十一点时才去打印社装订，再给任大任发微信已经过十二点，内容就一个单词：Done。

起了个大早，赶了个晚集，但好歹赶上了。任大任跟着紧张一上午，放下心来顿感格外饿。他问谢雨霏想吃啥，他请客。谢雨霏居然说想吃铜锅涮肉，要去的还是任大任跟老柴提起过的那家。

任大任随口念叨了句，中午吃火锅有点儿赶。

那就算了，吃什么您定。

不，就吃火锅。

三十多度在空调房里涮火锅很解压。这家火锅店牛羊肉都是从锡盟专程运过来的，所以老饕盈门，生意奇好，除了任大任这桌没点菜外，其他桌都满满当当吃半天了，等号的队伍也排到了店外。

谢雨霏是跟束弘赓前后脚进门的。束弘赓身后还紧随着许久未见的老邝。

"冤家路窄"，任大任若无其事，大方招呼束弘赓和老邝他俩过来拼桌。

束弘赓和老邝脸上的尴尬虽然程度不同，但都不约而同把干笑堆在尴尬之上，说话也跟生怕被铜锅子烫到一样，时刻注意避开那令人尴尬的过往。

谢雨霏似乎察觉出了异样，于是主动承担起气氛组的工作，不断张罗这仨男人吃这吃那，还适时抛出避免冷场的各类话题。

所有话题束弘赓都能接住，稳如谢雨霏特意扔给他的飞盘。他不失时机地展示自己的风趣幽默以及他这个年纪男人的成熟魅力，虽然和人家才只第二次见，熟得却比涮肉还快，还力邀谢雨霏过段时间再去他那里实习，说TADI的实习证明可比掌芯科技的值钱多了。

掌芯科技的也很值钱，谢雨霏说，我们在全球范围内都是RISC-V DSP赛道的第一名。

那跟TADI也没法比，束弘赓说，有TADI的实习经历才更容易进入TADI工作，校招的比社招的更受重视。

一直沉默寡言的老邝从旁赔笑，筷子间的手切羊肉在沸滚的高汤里变了颜色。

人家实习可不是为了就业，是为了创业。任大任告诉束弘赓。

你准备毕业自己开公司？束弘赓的反应跟任大任当初一样。

比尔·盖茨和扎克伯格没毕业就创业了。谢雨霏说。

IT跟IC没法比，搞IT有天赋就行，搞IC没经验不行。束弘赓语重心长地教导她。

那就找有经验的人来搞呗。谢雨霏一脸云淡风轻。

到时候你可以去给她打工，她肯定不会亏待你。任大任抢白束弘赓。

束弘赓抿嘴微笑，表情有些复杂。他让服务员再拿一碗麻酱蘸料过来。谢雨霏见任大任碗里也没麻酱了，就让服务员再多拿一份。

服务员端来两碗麻酱。谢雨霏问任大任葱花和香菜都要吗？任大任说，我自己来。谢雨霏说，我来。她还示意束弘赓，您先。

你先。束弘赓又展示了他的绅士风度。

谢雨霏也没客气，纤细的手指捏着瓷白的汤匙扌了一小勺葱花又扌了一小勺香菜，然后用一次性筷子搅拌好轻轻放到任大任面前。

任大任不好意思地说了声谢谢。谢雨霏莞尔一笑，嫣然无方。

束弘赓视若无睹地伸手捏了一大撮葱花又捏了一大撮香菜，撒进麻酱碗里，搅啊搅，一会儿顺时针，一会儿逆时针，结果把沾了麻酱的葱花搅到他修身的纯黑色衬衣上。

纯黑色衬衣上原本只有一只金色小蜜蜂，这小蜜蜂栩栩如生，刚才束弘赓和谢雨霏热聊的时候，都仿佛能听到它嗡嗡嗡地振动翅膀，像要急于飞离它周遭这片枯燥的黑色，飞到谢雨霏那盛开着五颜六色花朵的T恤上面。

可现在，它不仅没飞出去，小脑袋瓜还被黏糊糊的麻酱糊住，这下连眼前都黑乎乎了，它懊恼地想甩却怎么都甩不掉。

这衬衣肯定不便宜。任大任心想，他知道束弘赓从不穿一千块钱以下的衬衣。

束弘赓懊恼地拽过餐巾纸想将麻酱揩拭干净，可这麻酱过于真材实料，即使仔细得如同清理出土文物，却还是在金色的小蜜蜂身上留下了暗黄色的印渍。

不知从哪儿又飞进来一只大个儿绿头苍蝇，也嗡嗡嗡的，看热闹一样在他们这桌盘旋来盘旋去，然后落到束弘赓的筷子头儿上。老邝赶忙轰走苍蝇，给束弘赓换了副筷子。

趁任大任不注意，老邝偷偷把账给结了。人家又买单，又得干洗衣服，任大任特别过意不去。

谢雨霏下午有课，吃完直接回了宿舍，剩下仨人汗流浃背地步行至TADI大厦楼下，一路都没怎么说话。束弘赓叫任大任，聊几句再走？老邝识趣离开。

往前溜达溜达。束弘赓说。

成府路的路对面有家小超市，他俩还上大学那会儿，这家店就已经在了。

束弘赓本想请任大任喝北冰洋，结果只剩芬达、美年达。这次任大任坚持要扫码付款。

束弘赓选了芬达。午后太阳毒辣辣的，能把人晒化在地上。束弘赓还像从前一样躲到大树底下。任大任以为大树的阴凉和芬达的冰凉又得让束弘赓冒出什么风凉话，束弘赓却出乎意料地主动承认，的确是他先联系的老邝，在去年RISC-V年会上。

老邝也确实想来我们公司，他强调。

任大任打了个美年达的嗝儿，吐出羊肉口味儿的二氧化碳。当初在年会上碰见束弘赓，他还挺惊讶，问你一个做ARM的跑RISC-V年会上来逛啥？

刺探军情。束弘赓当时说。

还顺带完成了策反工作。任大任这时想。

为啥跟我说这个？他问束弘赓。

你不也说了嘛，咱俩这么多年兄弟，虽然各为其主，我也不应该挖你墙脚。

良心发现了？束弘赓的坦诚认错居然让任大任有点儿小感动。其实无所谓了，你不也说了嘛，人家想去哪儿是人家的自由，谁都无权干涉。

束弘赓没接话，而是仰起头，望着TADI大厦，指点着说，你看那一道道的，跟梯子似的。

TADI大厦每层窗户下面都有一整道探出来的窗台，横亘在墙体上，的确很像梯子。我现在在那儿，从前在那儿，将来……

束弘赓忽然疲惫地垂下手，手里的饮料向下淌出，仿佛从天而降的激流，冲走了正往树上爬的蚂蚁。

还他妈得继续往上爬，要不就被人踩脚底下了。他扭头问任大任，你懂吗？

任大任没说话。

你肯定不懂。我要是能像你一样就好了……

像我一样有什么好？我也压力山大，经常睡不着觉。

但你有事业了啊，我这，就是个职业。

两个中年男人像两个中学生，一边喝甜水，一边吐苦水。吐干净了，束弘赓瞧上去舒服许多。

任大任一路走回公司。前面的背影很眼熟，竟然是小耿跟小宋。

俩人肩挨得很近，手指还不时地相互触碰。小耿的衣品从前很不稳定，难怪最近变稳定了。任大任故意放慢脚步，不去惊扰。只要不误正业，他才不愿拿公司规定去干涉员工恋爱自由呢。

楼下"便利蜂"有北冰洋，一口下去清清凉凉，格外甜也格外爽。

任大任连喝一个多星期，直到审计人员联系谢雨霏说流片奖励的申报材料出了问题。

也不是什么大问题，只要能证明DSP 1.0和ZHX320F28026是同一款产品就行。当初跟老曲签合同，由于是首款芯片，命名还不规范，所以任大任就听了老邝的，MPW和NTO合同上写的全是DSP 1.0。老曲和晶益电子又根据他们各自的规范给项目命了名，结果仨名字一起出现在他们两家之间的代工合同上，却没有一个写的是ZHX320F28026。

0040就不存在这样的问题，因为后来命名规范了。任大任找老曲开证明，把情况做了说明，可审计人员认为不充分，要求还得提供晶益电子的证明。于是，老曲又不得不去找晶益电子。这回晶益电子回复得很快很明确——

证明开不了，他们没开过也不会开这种证明。

十二

丁所长升到国科大去当领导了，汪广延的排序也前提一位。新所长把离岗创业的相关工作都交由他负责，汪广延因而又成了任大任的主管领导。

任大任给丁所长打电话表示祝贺，丁所长说他听说任大任支持"一生一芯"计划的事儿了，这个计划肯定是他未来主抓的重点，所以希望任大任帮他把工作做好，他对任大任肯定也会不遗余力地支持。

小汪在我面前说过你不少好话，肯定也会继续支持你。丁所长让任大任放心，说他从前最看好的就是任大任和汪广延，认为任大任最适合搞科研，反倒是汪广延更适合离岗创业，到外面去闯一闯。结果，两个人选择的道路都出乎他预料，不过成绩也都超出他预期，他希望自己亲手带来的两个人今后都能发展得更顺利。

任大任对丁所长很感恩，也希望这位老领导能越来越好。没过多久，所里又召集所有离岗创业人员开会，会议由汪广延主持。上次拷走PPT那位老兄私下里跟任大任嘀咕，说这是新领导给自己办的就职典礼。任大任问他融资融得怎么样，他才不好意思地谢谢任大任让他学到很多。

汪广延在会上说，今后将加大对离岗创业人员的支持力度，推动科技成果更加快速有效地完成转化，不过具体有哪些措施他没透露，所以会后又有人担心新领导口惠而实不至，就是开会时说说。

这些议论任大任一点儿都没听进去，倒不是他不关心，而是会议中途他出去接了个电话，接完电话就整个人都不好了，心思也完全离开了会议室。

汪广延会后又叫任大任留下来一起吃晚饭，还是没别人，就他俩，他买单。任大任只能再次推辞说真不行，改天吧，公司真有事儿，他得赶紧回去处理。

你不舒服吗？脸色不太好。汪广延问。

任大任下意识地摸了把脸，真有点儿烫。他说，没事儿，可能有点儿中暑，吃个藿香正气就好了。

他可能的确是中暑了，接完电话头一直晕晕的，连发脾气的力气都没有。

他的手还有点儿抖。泰格电子的章总在电话里说，他完全没想到任大任公司的芯片这么不堪用，五台替换成026样片的洗烘一体机竟有三台不能正常工作，他已经让人把失效的三颗样片连同其余那四百九十七颗一齐打包寄回来了。

邓肯也接到了章总电话，章总跟他通话时火儿更大。他和任大任相对无言地在办公室里呆坐半天，才嗓音干涩地说，怎么别人家样片都没事儿，就他们家样片出事儿了呢？

任大任依旧无言，他最郁闷的也是这点。

这批样片被打回，事关的不止那三百万颗芯片的订单，还有邓肯所说的示范效应。掌芯科技刚刚在业界树立起来的口碑，可能因此毁于一旦。

那么多测试、检测都没测出来。邓肯苦笑又好笑。像芯片失效这种事情，有可能发生在从设计到制造的各个环节，甚至经常是出货之后才出现，任大任他们碰到的就是这种情况，也是最糟的情况。

马上再给泰格电子发一批样片。任大任拿定主意。一片一片测，就算不睡觉也得测完。

是得这么干。邓肯立马赞成。章总也顶了不小压力，咱这是让他打脸了，所以这脸必须帮他找回来。

任大任也要把自己的脸找回来。他去找乔劭旸，乔劭旸正好也要找他。你什么事儿？他问师弟。

乔劭旸少见地面露愁容，连声音都降了调值，踌躇地说，我离岗创业不是马上就满三年了吗，所里催我赶快决定，到底是回所里还是跟所里解除劳动关系。

任大任又被突如其来地撞了一下，恍惚间身体似乎在晃动，耳鸣也更尖锐更刺耳。你怎么打算？他问乔劭旸。

乔劭旸叹了口气，我肯定是想继续干下去，但是忽然就让我放下所里那些，说实话，我心里也挺不得劲儿。

人之常情。任大任体谅地说。他心里不禁叹了口气，连他自己都没底，又怎么劝人家放弃一切、放心大胆继续跟他干？

没事儿，你好好想想，再做决定，就算你回去，我也不怪你。

我不是这意思，师哥……

这个回头再说，现在有件着急的事儿。任大任让乔劭旸赶紧安排人手，从库存里再测五百颗没有任何问题的芯片出来。

必须一颗颗测，一颗都不能漏过。

乔劭旸认识到事态严重，但他人手不够，不得不从别的部门调人。谢雨霏自告奋勇。可能真中暑了，任大任还觉得天旋地转，就下楼去买藿香正气。

藿香正气胶囊已经售罄，他拒绝了藿香正气水而选择了藿香正气滴丸。回来时，楼里电梯又不能用了，一部正在养护，另一部停在十八层一动不动，不一会儿"18"就变成了"ER（错误）"。

消防通道又有人抽烟，任大任忽然很厌烦。地上的烟头令他脚底一滑，黑暗中向后趔趄了几级台阶，险些从楼梯上栽落下去。

他连忙扶住墙，无力地靠在墙上，仿佛紧贴着绝壁，稍微动弹就会坠入深渊。

他喘着粗气，心口咚咚咚地在这片黑寂中捶出巨大声响，每一声都转瞬就被深渊吞噬。

这深渊能吞噬一切，包括他。他已没了退路，包括他的人生。

他和乔劭旸一样，也跟所里签了离岗创业协议，只不过乔劭旸是三年，而他是五年。

可不管三年还是五年，他有另外一种选择吗？

从创业开始的那一刻起，他就已没了退路。

必须向上，向前，哪怕再难，再累。任大任迈开脚步，每一步都踩结实了才迈下一步，一步一个台阶。

乔劭旸他们已经动手测了。既然芯片是通电之后失效的，那么就用最笨的办法，把每一颗芯片都焊接到板子上，上电，检测，没问题再拿热风枪把芯片卸下来，用洗板水清洗干净。

每一道工序都至少一个人在忙，乔劭旸带领的这支"突击队"被临时组装成"流水线"。"流水线"刚开始运转还不顺畅，乔劭旸边忙手里的活儿边调试。作为唯一的女生，谢雨霏被安排在检测环节，她得确认电压和电流都没问题才行。

没多久，"流水线"便运转顺畅了，效率也高了不少，空气里到处弥漫着焊锡的味道，有点儿像战场上的硝烟。

任大任不必亲自上阵，但得留下来督战，跟大家一起奋战。

这真是一场战斗，甚至是攸关生死存亡的决战。虽然挑灯夜战早已是家常便饭，但是这个场景还是熟悉得任大任有点儿恍惚，他说不清是跟从前太像了，还是他确曾经历过。

也可能是药吃多了，他一顿吃了四个成年人的量。毕竟药不是饭，吃多了不仅有不良反应，还不顶饿。晚饭他没吃，但给大家订了吉野家。宵夜他想换个样儿，就上美团、饿了么找他和汪广延原来常去的那家烧烤店。

那家店在两个App里都已暂停营业。任大任咂咂嘴，忽然有点儿想念它家的肉筋和烤翅，但嘴里残存的却只有藿香正气的辛辣和苦涩。

回去睡吧。快十一点的时候，他提醒谢雨霏。谢雨霏说她不困。辛香织打来电话问任大任几点回家，任大任说肯定得明天了。

熬到后半夜，实在撑不住了。乔劭旸看他眼皮子一直打架，便催他回办公室睡会儿，反正已经测完一百来颗，还一颗坏掉的都没碰见。

脑袋里像塞了棉花，听觉也下降许多，唯有耳鸣听得真切，然后任大任就倒在办公室的长沙发里什么都不知道了。

肯定是做梦呢。不知过了多久，他的意识清醒了，虽然他自己还没苏醒。

意识决定存在是错误的。任大任告诉自己。他在体育课上学过的函数知识让他懂得了做人必须言而有信的道理。

肯定是做梦呢。他又提醒自己一遍。如果不是做梦，月亮不可能贴到窗户上还没开美颜，而他清楚记得窗帘是他亲手拉上的，上面还画着PPT版的《清明上河图》。

啊，PPT……居然自动播放着老柴那上头的笑声。铜锅子里牛油滚沸，手切的羊肉载浮载沉。谢雨霏把整盘芯片都下了进去，还说"七上八下"就能吃了。这让束弘赓和老邝笑得很开心，嘴角咧到了耳根子后面。接着，很多人都随他俩笑了起来，这些人任大任都认识，最后连任大任自己也笑了，笑容比谁都狰狞……

怎么哭了？做梦了吧？有个声音疼惜地问。

这声音也是梦里的吗？任大任感觉脸被温温的掌心贴住，指头在他眼下轻轻擦拭。

他的手找到了那双手，还吻了一下，感觉随即变得更真实。

声音大吗？过了会儿，任大任才问，才睁眼。

辛香织正深情地望着他。

不大。辛香织说。门关着，外面听不见，但你表情挺吓人的，是做噩梦了吗？

不记得了，乱七八糟的，睁眼就忘了。任大任问，你怎么来了？

给你们买了早饭。饿不饿？起来吃吧？

任大任不想起。他往里挪了挪，让妻子往里坐了坐，然后将妻子搂到怀里。这回有点儿难办。他把昨晚在电话里不方便讲的都跟辛香织讲了一遍。辛香织说，不怕。

该怎么办怎么办，剩下的交给老天爷，老天爷肯定会保佑你。她声音不大，却很坚定。任大任抱紧妻子，向窗户那儿瞄了一眼。窗帘没拉上，玻璃上映着旭日的红光。

我对你确实是一见钟情。辛香织的呢喃细语涂了一抹晨曦的羞色。

你不是眼神儿不好吗？任大任乐了。

我眼神儿不好不代表我眼光不好。辛香织咬了下任大任的耳朵，任大任感觉像两人第一次一起醒来时那样疼。

五百颗新样片测试完毕，被退回的也已快递到公司，全部一千颗芯片还是只有那三颗坏的。

科学已经无法解释了，只能靠玄学。邓肯又开起玩笑，他说他这就去给章总打电话，也着人尽快给泰格电子重新发货。

任大任也给章总打了电话。章总语气缓和许多，还说类似的事他们也碰到过，气得老板当场把样机全给砸了。

那三颗坏样片还要去做失效分析，所以不能砸。任大任让小耿联系晶益电子，请代工厂也帮忙做一下剖片分析。

过了没两天，汪广延忽然打来电话，问任大任什么时候有空儿回所里一趟。任大任说下午正好有空儿。汪广延说那就下午。俩人约好时间。任大任没问缘由，汪广延也没主动说。

听任大任说要去所里，乔劭旸笑嘻嘻地告诉任大任，他和所里解除劳动关系的手续已经办妥了。

任大任说了声好，去见汪广延也多了份底气。

办公室还是那间。汪广延临时有事，让任大任等了一会儿。等他风风火火从外面回来，一进门就直奔文件柜，从里面取出两份协议递到任大任手上，才找毛巾擦了把脸，抱怨说今天实在是太热了。

这一式两份的协议跟专利所有权有关。任大任没往下看，而是看着汪广延。

看我干吗？看协议呀！汪广延拿了两瓶农夫山泉，给任大任一瓶，又说回去再看也行，反正不用现在就签。

任大任还是简单翻了翻。这份协议明确了离岗创业人员在创业期间所获专利的权属，原单位将不再作为专利权人。

为了鼓励你们多申专利，不用有后顾之忧。汪广延说。

他的话听起来推心置腹，任大任万万没想到丁所长在任都没批的事儿，竟能在汪广延手里通过。

不满意怎的？这可是帮你们增加无形资产呢！

满意！谢谢！除此之外，任大任说不出更多的话。

行，那这事儿过了，咱们接下来说正事儿。汪广延忽然换了领导的语气。

任大任一愣。汪广延笑了，问，什么时候一起吃饭？再一再二不再三，你可不能再找借口。

任大任不是个爱找借口的人，也不许其他人找借口。他要求相关人员一定要把样片失效原因查清楚，虽然新样片重新试用之后没再出任何问题，章总很满意。

剖片分析报告比失效分析报告先做完，报告认为芯片失效是EOS（过度电性应力）损伤造成的，需要检讨电路设计。小耿说不管是不是设计问题，报告肯定都这么写，为了规避责任，避免纠纷。

任大任当然希望不是设计问题，他跟设计人员一起复盘，从前端到后端每个环节都认真检查一遍，也没发现设计方案存在什么缺陷。

检测机构的失效分析报告随后证实了这点。报告上说，芯片内低压MOS器件栅遭击穿，从而触发Latch-up（闩锁效应）才是芯片失效的肇因，建议采取措施降低Latch-up发生的可能性。

任大任问小耿要之前做过的Latch-up检测报告。小耿说报告不在他手上，那家检测机构是老邝直接联系的，检测报告也没给他备份。

任大任不得不亲自到老邝交接工作的文件夹里找，结果一无所获。他不想联系老邝，就让小耿找其他检测机构重做一份。

目前来看，只有那三颗样片发生了Latch-up。也许真就只有那三颗，任大任可以把它当作小概率事件，每次出货都像上次那样一颗颗检测一颗颗过。

还有一个办法，是采用外延片工艺再做一批。采用外延片当衬底，能够显著降低Latch-up发生率。最初的工艺方案由于芯片内部多电源设计，原本也计划使用外延片，但老邝说采用外延片从前比较普遍，现在如果设计没问题，就没必要再用。

还是太信任老邝。任大任当时正忙于找钱融资，老邝看过的他都没再看，老邝说没问题的他就也认为没问题。

然而，采用外延片工艺再做一批也有问题。这笔本不需要支出的费用可能会让股东不满，也可能导致投资人对创业团队不信任。这些任大任都不得不考虑，毕竟他是法人，是创始人，是第一责任人。

问过财务账上还有多少钱，任大任又多了一重顾虑，但也多了一个说服自己的好理由。尤其是红石资本的投资就差临门一脚，任何理性的选择似乎都是确保融资万无一失。

可样片更得万无一失，每次出货都一颗颗检测 ·颗颗过，也不是一家对标TADI的公司该有的样子。

任大任天人交战了好几天，是否重新再做一批，如同拔河一样来回将他拉扯，心理的天平也跷跷板一样反复倾斜。直到某天，他看到儿子暑假作业画的手抄报，上面的他手拿芯片，高高举起，他和芯片都闪闪发光。

既然是法人，是创始人，就得有作为，有担当。任大任让邓肯暂停发货，说没有外延片衬底，他心里没底。他又让小耿去问晶益电子和同芯半导体，如果使用外延片，是否需要修改电路设计。

两家都回复，不用。任大任拿定主意，再做一批。

那这批怎么处理？邓肯还有些恋恋不舍。

可以捐出去，留着教学用。任大任交了创业至今最为昂贵的一笔学费，他也不想浪费。

儿子转眼又开学了，任大任终于实现送孩子上学的愿望。

父子俩在校门口击掌，约定这学期一起努力。望着儿子飞奔的背影，任大任又有了跑步的动力。当晚他就蹬上那双专业跑鞋出门夜跑，从家跑到公司，从公司跑向中关村东路的尽头。

那晚他躺到床上就睡着了，连做梦都在跑步，可终点却忽远忽近，模模糊糊。

老柴没过两天便给他打来电话，一上来就说，红石资本的投资你不用想了。

任大任心里咯噔一下，忙问出了什么状况。

没啥状况，都OK了，所以不用想了。任大任的手机冒出一股牛油火锅味儿。老柴又问他看新闻没有。

啥新闻？

北交所啊！专为"专精特新"量身打造……

……条件够了就马上。廖处也提醒任大任抓紧申请市里的专精特新"小巨人"。

又过了一段时间，泰格电子竟然表达了投资入股的意愿，不久就发来了尽职调查的文件清单……

对门的大开间从开春就开始装修，每天叮叮咣咣，电钻与电锯齐鸣，让任大任不胜其烦又有苦难言。

这大开间是他租下来的，而且还是从开健身房那大哥手里转租过来的。

那天那大哥忽然出现在他办公室门口，把他吓一跳，心想为了让我办卡都找上门来了？

那大哥说，不是找您办卡，这不我不想干了吗，所以过来您这儿问问，能不能把房间转租给您。

任大任当时正为扩大办公场地的事儿发愁，这楼里要没合适的，就只能去别的楼看看了，所以上午这大哥来问他要不要租，他下午就跟人家把合同签了。

得上CRM了今年，还得在深圳和上海设立办事处，配备专门的销售人员和FAE。邓肯向任大任建议，希望把这两项工作也尽快提上日程。

是得抓紧。任大任说，你先去深圳和上海考察考察，看看办公室。而他自己也得先去院里开个会，一个重大课题找到他，掌芯科技有机会参与。

这座楼的电梯又临时停运，但消防通道的灯都亮了。

许是因为看到墙上"禁止吸烟"的标识，地上已经找不见一颗烟头儿。任大任比上次下楼从容许多，也比上次爬楼轻松许多，在"半山腰"，财务给他打来电话。

财务说，账上收到一笔汇款，十一万整，不知是谁打的。

任大任想了想，笑了，说甭管谁打的，收着就好。

财务问怎么记账。他说，你随意。

天还有点儿凉，任大任系上风衣纽扣。车在楼下停着，没停在地下停车场。霍大爷正巧抽烟，两人打了个招呼。

又租办公室了？霍大爷问。

是啊，人多，地儿不够了。

将来把整层都租下来！霍大爷大手一挥，风卷残云。

必须的！任大任开门上车。

天上的云都被霍大爷卷走了。一架纸飞机在蔚蓝的天底下飘飘悠悠从车顶上方掠过，乘着还没暖透的气流向四环方向飞去。任大任望了一眼，像要追赶似的，利落地把车开上中关村东路，快速驶去。

科技强国的曲折与成功
——评《中关村东路》

李晓东

解决芯片等核心科技的"卡脖子"问题，完成关键产品的国有替代，是当前面临的一项全国性的战略任务。许多科技工作者和企业，为此任务呕心沥血、踔厉风发，催生了大量感人的事迹。新时代文学要记录新时代、书写新时代、讴歌新时代，便有责任将这件默默进行的大事和其中的人表现出来。秦北的中篇小说《中关村东路》，就是此中佳作。

作者深谙小说写作之道，中篇小说容量有限而芯片开发曲折复杂，因此，一开篇，即直接出场一次事关芯片开发能否如计划进行下去的巨大危机。而且，还仅仅是开始，此后危机几乎是接踵而来，让公司法人，也是小说主人公任大任应接不暇、身心俱疲。

芯片开发是个负责精密的系统工程，人才、资金、技术、市场，包括时机，缺一不可。任大任和他的公司，却几乎在每一个方面都遇到了危机，还常常是"连环套"。

设计总监老邝突然离职，其实是到同业外企工作，但绝非"挖墙脚"这样简单，也不是任大任和束弘赓两位同学个人品格的高下，而是各为其主，本质上，是芯片国产化，还是继续被外资垄断控制。而这，正是《中关村东路》的核心线索。

工业题材的匮乏，成为小说创作的明显特征，其缺位，似乎通常由报告文学来补足。但相对于实录其事的报告文学，小说虽属虚构，却可以超越具体事例而探寻本质规律和真实。就创业而言，比资金更重要的，是团队。最核心岗位负责人的离去，虽然真实原因尚不清楚，但任大任无疑感觉有问题、非正常。正如小说开头纸飞机的桥段，失去动力，无论飞出什么轨迹，最终一定落入尘埃。于是，他增加了小心，"害人之心不可有，防人之心不可无"，其后的情节里，任大任步步惊心，又步步留心、步步小心。其实，小说还有一条暗线，那就是任大任从科研工作者向创业者，向"企业老板"转型的心路历程。

对人的防备心理，在任大任对迟志恒的态度上表现得最为典型。迟志恒非985、

211高校毕业，在清华出身的任大任心里深处，是很有些看不上的，根本原因，乃在顶尖高校人员的精英意识。比如，《中关村东路》里，无论哪方、什么角色，几乎都是清华、国科大（中国科学院大学）毕业的。迟志恒以自己的责任感和"野路子"，历经曲折，得到了任大任的信任，名校情结在他心中渐渐有所转变。但迟志恒预支半年工资后突然消失，让任大任重回"清华意识"。虽然小说结尾，迟志恒遵守誓言，如数归还了十一万元，但前因后果，却没有交代，从小说脉络中也推测不出来。此后，迟志恒的角色被清华实习生谢雨霏取代了。名校高才生谢雨霏，不仅颜值颇高，工作更是无师自通，智商情商行商三高，成为公司的重要人物和芯片开发成功的关键之一。迟和谢，一男一女，仿佛是相反相成的关系。作者是否有名校情结，我们不得而知，但这一取向，至少在以平民为尚的现当代文学价值系统中，是不常见的。或许，可以成为一个创造。而且，在对迟志恒由不信到轻信的过程，也透露了任大任科研工作者的本色。

人的危机还没有解决，资金问题又来了。创业，资金是最直接的因素，虽然"天使轮""A轮""B轮"等概念叫得很响，似乎遍地是钱，其实不然。"嫌贫爱富""追涨杀跌"始终是资本的本性。用了投资人的钱，就要有相应回报，不然，资金链就可能断裂，多少企业因资金链问题死无葬身之地。苦孩子出身，离开科研所岗位创业的任大任，按照市场规律和行情使用每一分投资，不大手大脚，也不惜钱如命，因为他知道，再有"芯片报国"的情怀，也必须遵循市场经济规则。让读者意外的是，虽然担心资金问题，但事实上并未真的发生什么困难，此类事件，或者小说中常见的情节或曰桥段的缺失，并非作者疏忽，而恰恰说明一个根本问题，即，国产芯片最大的拦路虎不是资金，不在国内因素，而是另外的力量和利益集团。

最大的障碍，在似乎不应该成为障碍的环节上出现了，研发的芯片量产。表面上，无法为任大任公司量产的代工都是中国企业，可原因在于，他们的产能，都被国外品牌占据了。国外研发，国内生产，占领国内市场，在获取利润的同时，把控中国电子产业的核心，也就是"卡脖子"。

关键时刻，任大任的导师伸出援手，雪中送炭。表面上，是解决了芯片研发生产的最后一环，迈出了国产替代的第一步。深层逻辑，却是接续上了大学这一元素。大学—科研所—企业，产学研相结合，是科技企业创业成功的关键要素，缺一不可。

专业性是工业题材小说的一个难点。难能可贵的是，《中关村东路》包含了大量芯片行业的专业术语和知识，以及外国公司的英文简称，虽然对阅读可能会造成微小困难，但却符合芯片和高科技行业人士的话语习惯。新时代文学要记录新时代，就需要更专业的记录和书写，唯有在真实的生活，艺术的提炼，感情的投入上才能更有感染力。

"鹰击长空，鱼翔浅底，万类霜天竞自由"，任大任的芯片，1.0版名"鱼翔"，2.0拟名"鹰击"，源出毛泽东《沁园春·长沙》，寓意国产芯片等高科技产品"连卡脚脖子都不会有"，在未来的天空自由翱翔。

《孟子》云"天将降大任于斯人也，必先苦其心志，劳其筋骨，饿其体肤……所以动心忍性，曾益其所不能"，任大任的事业，没有辜负父亲起的名字，也没有辜负亚圣先贤的教诲和期待。

浮 图

葛 亮

一

　　警员走进来时，看到连粤名正给牛排浇上黑椒汁。他看到警员，并无意外，仍执刀叉慢慢切下一块肉，送到嘴里。

　　连粤名自认是个老饕。按常理，这刁钻的口味，多半是训练而来。而他却是浑然天成。自幼在北角住着，那里先是上海人，后来闽南人排挤而来，便称为"小福建"。

　　他们住过的地方，叫作"春秧街"。据说是因为一个姓郭的福建籍富商命名。这富商是印尼华侨，以制糖起家，致富后想在香港拓展业务。本来是打算兴建炼糖厂。不料填海造地后，海员大罢工和省港大罢工相继爆发，劳工不足，经济萧条，郭氏唯有改作住宅发展，建成四十幢相连的楼房，人们就以"四十间"指称该地，后来政府将四十间所在的街道命名为"春秧街"。

　　连粤名搬出春秧街已很久。自打从南华大学毕业，他便想要离开这里。在澳洲读了博士，回到香港。娶了西半山长大的袁美珍，在薄扶林道买了一个小单位。他才觉得是给自己洗了底，做了真正的香港人。可他一年里，总有三不五时，要做回福建人。多半是因了九十多岁的阿嬷的召唤。每月初一、初八、十五及各神佛圣诞，电话先打过来，要他回到乡会庵堂吃斋。这边稍有犹豫，便是劈头盖脸的一顿骂。有时他因事情去不了，下次见面，得被阿嬷念上十天半月。无非是长房长孙，不肖不贤，愧对先祖之类。直至数到上梁不正下梁歪，就是回忆和女人跑掉的阿公。眼睛一红，便是一把混浊老泪。连粤名心里慌得直叹气。袁美珍一边敷着面膜，在脸上拍打，一边幸灾乐祸地说，你这才真是躲得了初一，躲不了十五。

　　这一天，袁美珍却也跟他来了。只因是大日子，观音诞。只见庵堂里热闹，人头涌涌，犹如置身岁晚的黄大仙祠。香火愈来愈鼎盛，乡会数年前终凑够捐款，置下三个相邻单位，一千余呎，有了小厅和厨房，安好佛像和坛位，让神明在这寸土寸金的香港宜居，夜深出窍施法，亦舒适安稳。

"名仔！"他阿嬷来了香港近五十年，仍然是一口坚硬的乡音。这口乡音被她从福建带来了香港。人人都说入乡随俗。这北角的人，都有这么一段相似故事。二十世纪四十年代，连粤名的阿公和二叔公，跑到印尼讨生活，开理发店，每月寄钱回乡维持家计，和阿嬷相见相会只能约在香港。那时中国大陆与印尼还没建交，香港是个中转站。六十年代，阿嬷带了家当，携父亲和阿公团聚。阿公却没出现过，听闻是和一个外侨女人去了金山。好在有福建乡会帮衬，阿嬷人又争气。在春秧街开了一爿成衣铺，竟然就将几个子女都养大了。立业成家，各有所成。

可阿嬷就偏偏改不了这一口乡音，早年被人讪笑，如今上年纪倒得了气壮。偌大的庵堂，对着连粤名呼呼喝喝。旁人就说，连阿嬷，阿名好歹是个教授，不是青头仔啦。阿嬷便道，教授又如何，还不是我的孙！连粤名坐在乡会的小厅里，看阿嬷一头稀疏白发，露出了红色头皮，坐姿没有老态，竟是雄赳赳的，天然便是领袖模样。手脚竟比一众中年妇人更为麻利。一边包着膶饼，一边和乡里谈笑。又因为耳朵有些背，说话声量就更大了些，洪钟似的。

每到观音诞，这些福建女人日出时分便来到庵堂，掀起大饭盖，准备下锅煮百人斋菜。太阳升起之时，乡里已穿起佛袍，与方丈主持，同赞佛颂文。中段休场，乡亲端上水果、甜汤。倒也有条不紊。

连粤名坐在缭绕的烟火里，看头顶悬着"巍巍堂堂"和"慈航普渡"的牌匾。功德箱上摆着供果和闪烁不定的莲花佛灯。如今都要环保，那灯里装的是电池，是真正长明的。连粤名好像又回到了儿时，跪在蒲团上被阿嬷摁下，纳头拜佛。那时的庵堂，没有现在排场。袁美珍坐在他身边，埋着头，只是一径滑着手机，也不说话。即使来了许多年，也并没有融入妇人的群体。不似连粤名的发小祥仔的老婆，早和老少查某打成一片，按说人家还是个茂名人。阿嬷和这个孙新抱①，表面上客客气气，再也没有多的话讲。既然当自己是客人，便宾主自在好了。

庵堂里竟也有一台电视，放着大陆的电视剧，是个古装片。他是不看电视的人，里头的女明星他竟然也认得，因为偷税漏税，上了八卦报纸和网站的头条。在这个宫斗剧里，演的是个委屈的角色。眼神里却是藏不住的凌厉，不消说，还是要赢到最后的。其实也没什么人看。乡里叔伯，木然对望、闲坐。呆呆的眼神交流，以闽南语交谈，向对方借火，抽一口烟。

"莫再看咯，来啊，来啊，准备绕佛啦！"诵经最后，阿嬷出来对连粤名呼唤，如同命令。倒没正眼看袁美珍。袁美珍将手机收起，站起来，面无表情，跟着连粤名。在场男女老少都要在庵堂绕场数周，脸色端庄肃穆。这是旁人不甚理解的信仰和仪式，积年

---

① 粤语，孙媳妇。

成俗。

连粤名走到了大街上，深深地呼了一口气。他的鼻腔里，残留着很浓重的香火味。自然，他手上还拎着阿嬷亲手制的膶饼和芋粿。走到了春秧街上，他觉得轻松了一些。袁美珍约了旧同学喝茶，他便也不急着回家。先到"同福南货号"买上一斤年糕，顺便问一问大闸蟹上货的档期。眼下香港市面上的蟹，都说是阳澄湖的，自然不可尽信。这间老字号，总还是靠得住。然后呢，便是到隔壁"振南制面厂"，买新造的上海面。如今卖地道上海面的铺头，越来越少。这街上，再有就是对面和"振南"打了数十年擂台的"双喜"。总也不分高下。连粤名是吃惯了"振南"。上海面软滑弹牙，和香港盛行的广东面大相径庭。广东的碱水面硬而干，咬劲足，却不合北角人的口味。他和袁美珍，便吃不到一起去。创办这振南的人叫李昆，其实呢，倒是个地道的广东人。传说青年时曾追随北洋政府的国务总理唐绍仪任侍从官，故熟悉其喜爱的面食。后来在坚拿道东开设"振南"，吸引了一班居港的上海人，便将面厂搬到有"小上海"之称的春秧街，也养刁了后来的福建人的胃口。福建呢，本不是美食之乡，可是有先前上海人的讲究，加上东南亚华侨诡异的洋派。这春秧街上的味道，是断不会寂寞的。上海南货店内有售的咸肉、火腿、咸菜、年糕，闽地有名的鱼丸肉丸、蚵仔、芋粿、绿豆饼，也一应俱全。话说广东菜精致可观，连粤名是在心里头，却另有自己的一番分庭抗礼。这是春秧街几十年的生活，给他锻造出来的。及至这里，他摇摇头，觉得是一条舌头，阻挠自己成为地道的香港人。

这样想着，连粤名一路踱到了马宝道，这里的排档后方兼卖印尼香料杂货。自有一些南亚人的土产。像印尼虾片、千层糕、自家制咖喱、沙哆、辣椒酱、新鲜椰汁马豆糕等。掌铺的已是第三代，是个戴着苹果耳机的年轻人。看连粤名挑拣沙茶酱料，有些不耐烦，说，这些货都是过年时进的，没什么新鲜的了。从里间出了一个妇人，认出了连粤名，说，教授，多时没来了。妇人是印尼本地人，嫁给了这华侨家族，还保留了传统的装束。她絮絮地说着。连粤名自然是识趣的人，便问她生意可好。她便说，这种街坊生意，可谈得上好不好？有口饭吃就是了。

这时候，天有些暗了。连粤名本来已经走到了地铁口，忽然想起了什么，就又折到了英皇道上，走到了一幢大厦前面。他抬头看到"丽宫"二字，晃一晃神，走进去。

二

南华大学，入了黄昏，另有一番热闹，是周末回校的学生们。又有各色的社团散落在校园里，派发着传单，招募新的会员。连粤名穿过黄克竞平台，看这些年轻人的脸上，一径是喜洋洋的，哪怕一些门前寥落的社团。一个武术学会的男孩子，穿着咏春的练功服，向着他跑过来，规规矩矩地鞠了一躬。他并不认识。一问起来，才知是大一的新生，上过他的高分子物理大课。正寒暄，旁边一只毛茸茸的金刚狼，手里拎着一大袋外卖的饭盒，急急匆匆地向cosplay学会摊位走过去。人潮涌动的，是电影协会的，原来正在报名应聘临时演员。听说国际大导演要到"南华"来取景拍戏，拍四十年代的香港校园。自然要一班学生仔扮演大半个世纪前的好男好女。他想他读书的时候，也曾有过的临演的经历，是在香港的著名品牌维他奶广告里。那时青春无敌，他尚有一头茂盛的好头发。他禁不住摸摸自己的头顶，心里苦笑一下。

到了明伦堂跟前，他对着门口的落地玻璃，整理了自己的仪容。他做这里的舍监已经一年有余。因学生出出入入，以身作则已近乎本能。这时候，一个男孩推开门，跶着人字拖，从里头出来，一边打了个悠长的哈欠。抬眼望他，有些措手不及。旁边看更的陈叔便道：路仔，打游戏到成晚，刚刚困醒，这下好给教授撞到正。男孩哈欠打到一半收不回，脸上便是个茫然惊讶的表情。连粤名心里想笑，便也宽宏地说，唔好唔记得食饭。

他随电梯到顶楼，掏了许久找到钥匙，打开门。屋里响着叮叮咚咚的琴声。他知道是女儿回来了。《水边的阿狄丽娜》。他站在门边，略合上眼睛，听了一会儿，不觉间在心里打着拍子。他想，当年思睿赢了全港钢琴大赛的青少年组亚军，就是这支曲子啊。一个硬颈的细路女，手指一触到琴键，就柔软下来了。她是有多久没弹过这首曲子。是的，升了中五，忙于考学，思睿就不怎么碰钢琴，由它蒙尘。最近又捡起来了。她去年刚刚做上执业牙医，连粤名托相熟的中介，为她在北角盘下了一个铺位开诊所。在渣华道，地段好，价钱也算公道。思睿说，做牙医好手势，要灵活。便又开始练琴，锻炼手指关节。她说，一样的轻重缓急，人口中三十二颗牙齿，就是两排琴键。

爸。琴声停了，他睁开眼，思睿站在他面前。女儿眼窝淡淡的青，看上去有些疲惫。收拾得倒很利落，是准备出门的样子。

连粤名说，晚饭不在家里吃？

思睿弓下身，将短靴的拉锁使劲向上拉，一面轻轻应一声。

连粤名将手上的东西放在桌上，说，和林昭？

思睿说，岳安琪回来了。

连粤名说，哪个岳安琪，是那个中学同学？不是全家移民去加拿大了吗？

思睿说，回香港来了。

连粤名愣一愣，说，嗯，吃完饭早点回。对了，给你买了马拉糕，还热着。吃一口再走。

思睿摇摇头，打开门，说，不吃了，太甜。

连粤名看着门带上，把买的东西一样样拿出来。高丽菜，红萝卜，豆干，芽菜，芫荽，冬菇，猪肉，虾米，蚵仔。

这时候听到门一阵闷响，继而听见高跟鞋重重落地的声音。他从厨房里出来，看见袁美珍一言不发，将手提袋扔到了沙发上。待她站起，又好像当他是隐形人，袁美珍径直走到房间，换了衣服就往浴室去。这时她倒看了连粤名一眼，说，又整膶饼。连粤名说，系，观音诞，到底是个节。

浴室里响起哗啦啦的水声。连粤名想一想，从环保袋里拿出那双拖鞋，摆到了擦脚垫上。水红色的鞋，上面镶着花形的水钻，在暗处也熠熠地发着光。

他满意地看一眼，叹口气，回身去厨房。

待浴室里的水声停了，厨房里正溢出馅料爆炒的香气。因为后加了紫姜母，便有一丝清凛气，从满锅的膏腴中破茧而出，激得连粤名打了个喷嚏。他将馅料盛出来，摆到饭桌上。

好大阵味。袁美珍一边快步走过去，将客厅的窗户打开了，一边擦着湿漉漉的头发。她说，风筒时好时坏，唔记得落去俾师傅整。

连粤名说，买个新的喇。

袁美珍不睬他。他看见袁美珍，走到鞋柜跟前，在里头翻找。这才发现她赤着脚。所经之处，地板上是一串浅浅脚印，水淋淋的。

他想一想，说，我买给你新拖鞋哦。

袁美珍回身看一眼，说，几十岁人，着咁样嘅色，发乜姣。

连粤名愣一愣说，我系"丽宫"买嘅。

袁美珍的手停住，抬起头，眼神恍惚一下，说，丽宫？仲未执笠①？

她又重新翻找起来，翻出了一双旧年旅行时在酒店带回的拖鞋，穿上了。

连粤名坐下，将膶饼揭开，包上了馅料。递给袁美珍。袁美珍不接，问他，你唔知我减紧肥？

说完，便回房间去了。连粤名望着妻子略臃肿的体态，消失在走廊尽头。过了一会儿，他听到了一个陌生女人的声音，从房间里传出来。他知道，袁美珍又开始直播了。

袁美珍走进房间时，没忘随手关掉客厅里的大灯。连粤名便坐在黑暗里头，只有房间四角射灯昏黄的光，聚拢在他身上。像个光线诡异的小剧场的舞台，他坐在台中央，抬起手，开始吃那块膶饼。炒得时间长些，馅料气息渗透，五味杂陈。他看射灯的一线光，正照在那双新拖鞋上。方才鲜艳的红，也在暗中收敛了。小颗的水钻，到底是棱体，挣扎着将一些光芒折射出来，微弱而锋利。

连粤名想，丽宫，还没有执笠啊。

那年，他回到香港，给袁美珍买的第一样东西，就是一双丽宫的拖鞋。

说起来，也是少年任气。彼时，他在墨尔本大学已拿到博士学位，便被曼彻斯特的一家汽车公司录取，做了维修工程师。一切都在往好的方向发展，唯有感情一无进展。连粤名是个心里坚定的人，可在男女的事情上，没什么主张。读研究所时，大约在域外

---

① 粤语，今指商铺收摊，引申为倒闭。

的缘故，女人是不缺，澳洲的女子又豪放些。他的室友，是个内地富二代，风流子弟。带着他也算吃了几次"洋荤"。然而，不知是因家庭传统，在感情上是没有投入的，总以为非我族类。他家境又很一般，对讲求现实的华裔女子，也无甚吸引力。后来到了曼城，是个老牌的工业城市，人口众多，气息却阴冷。有凋落的古堡和废弃的仓库。他所住的公寓，是个纺织厂的旧厂房改建的。他住得高，从窗口望出去，能看见默西河与广阔的荒野，河水流得慢，也仿佛是凝滞的。这里的人际便更冷漠些，日常也有着不必要的客气。让他本拘谨的性格，在南半球火热的锻造后，慢慢冷却。对于女人，也一样。性似乎亦无可无不可。他满足于精谨且无聊的工作，就这样过去了两年。若说平日里有什么亟盼，可能是公司出门的第一个街角右转，进入一条后巷，那里有一间中餐厅。老板是成都人，餐厅上写的是京川沪菜馆。对贪新鲜的外国人说，中国的各式菜系，并无太大分别。但大约是原乡的缘故，这家菜的口味十分浓重。对讲究清淡的粤广人说，原本是南辕北辙，但在这冷却的城市，尤其是冬日，这菜馆火热的气息，渐渐让连粤名爱上了。一碗酸辣汤先暖了胃，麻婆豆腐、回锅肉和口水鸡，每一样都是让味蕾有记忆的。吃惯了，久了，他索性懒得自己做，便将这间叫"蓉香"的中餐厅当了食堂。渐渐和魏姓老板熟了，老板便也知他不爱热闹的性格。在他下班前，提前在餐厅最靠里的两人桌上，放上"留位"的牌子，等着他来。但到了节假日，如圣诞，西人举家团圆。因生意冷淡，许多中餐厅便入乡随俗休了业。"蓉香"却还开着，连粤名拒了同事的邀请，没有地方去，仍来了。餐厅里只有两三位客，老板送他一个菜，又递给他一本书。书的装帧很粗糙。他翻开扉页，才看得出是本诗集。他抬起头，老板轻轻说，是我写的。他脸上还未露出恍然神情，去迎接这个满身油烟气的诗人的新身份。对方已满面羞赧，对他使劲摆摆手，让他不要声张。他打开其中一页，上面有一句诗，"思乡的火车开远了，再看不见，我哭了 / 是被空气中的辣椒味，熏的。"

多年后，他对袁美珍提起魏老板的这句诗，她说她已经记不得了。

他和袁美珍，初识在这间中餐厅。照常是热闹的工作日夜晚，他收工，默默地坐在餐厅最里面的小台，吃一碗钟水饺。吃到一半，老板太太走过来，抱歉说，连生，这位小姐等很久了，都没有桌子空出来。能不能和你搭个台？他没说话，头也没有抬，只是将面前的碗盏，向后撤了一撤。就听见有人拉动椅子，然后坐下来。他闻到一种若有若无的香气，不禁仰一下脸。看对面的人，正将一条水红色的围巾取下，小心地叠起来。他听到一把女声，用广东话叫了红油抄手，临了轻轻说了"唔该"。声音明晰利落。这时候，他吃完了，叫老板买单，一边将手绢拿出来，擦擦眼镜上的雾。站起来，余光看到对面客人。是个很年轻的女孩，眉目十分平淡，有粤广女生常有的黄脸色。留着这年纪女生常有的长直发，将眉目又遮住了一些。

过几天的晚上，连粤名正吃着饭。听到有人用英文问，先生，介不介意搭个台？他抬起头，看原来又是前些天的女孩。她将头发束成了一束马尾，戴了副金丝眼镜，穿身黑色套装，人看上去成熟干练一些。若有若无的气息，却还是先前的。

连粤名没有说话，只是将面前碗盏，向后撤了一撤。女孩坐下来，要了一碗宜宾燃面，加了个开水白菜。便开始叮叮当当地涮洗碗筷。连粤名心里暗笑，他想，这多此一举的卫生行为，全世界大约只有老派的广东人才会认起真。自己出国许久，早就忘了。没想到在异国他乡，会看到一个后生女这样。女孩收拾好，给自己倒上一杯茶。沉默了一会儿，忽然问，先生，你吃的是什么？

连粤名愣一下，闷声道，灯影牛肉。

女孩又问，好吃吗？

没等他答，对面竟然伸出一双筷子，夹起了一块牛肉。这突如其来的举动，让连粤名吓了一跳，他一抬眼，皱起眉头，看女孩正咀嚼着那块牛肉，嚼得很仔细。然后她用纸巾擦一擦嘴唇，喝口茶，说出了自己的结论：还不错，就是辣了点。

连粤名没来得及收回自己的目光。女孩说，听先生的口音，是广东人。

他正犹豫要不要答她。女孩却接口道，我来猜一猜，你是，香港人？

连粤名的眼里的一丝光，暴露了心事。女孩兴奋地说，我猜对了吧。

连粤名点点头。她说，香港人的广东话，才有这样的懒音。我大学时读的应用语言学，算是行家呢。

这一刻，她平淡的脸，忽而生动，泛起了红润。就连脸上浅浅的雀斑，也有了生气。然而，很快，她的神情又似乎黯淡下来。这时，她的面来了，她用筷子将面和肉臊拌开，拌匀，拌了许久。却停下筷子，并没有吃。

连粤名吃完了，站起来去买单。忽然听见女孩说，我也是香港人。

连粤名转过身，看一眼，对她说，你点这个牛肉，可以交代厨房少辣。

以后，连粤名再吃饭，便经常有这女孩和他搭台一起吃，即便是在客少的时候。有广东籍的老跑堂，打趣说，袁小姐，又来同连生撑台脚！

连粤名听到，脸上便使劲一红。倒是袁小姐，大大方方地答，系呀！

他便知道，女孩叫袁美珍。从香港到曼城大学读一年制语言教育的MA学位，读完了想要留下来，应聘却屡屡碰壁。用她自己的话说，"在英国教人英语，是要关公门前耍大刀吗？"

她第一次和连粤名说话，自作主张，吃了连粤名的菜，也知造次。那天她应聘了最后一家公司，做好了失败就回港的准备。却不晓得，第二天就收到了录取通知。她的工作，是为来曼城读大学的预科学生，培训英文。她说，连生，你是我的福将。好彩我那天晚上，吃了你的牛肉。

连粤名也知道，这是无根据的恭维话。但不知为何，心里却也隐隐地高兴了。

因是两个人吃饭，大家可以多吃一个菜。花样也就多了，搭配上也就花一些心思。若一个叫了牛佛烘肘，另一个便叫白油豆腐，荤上托素；若一个叫了水煮鱼，另一个便叫樟茶鸭，浓淡总相宜。两人收工的时间不同，若一个先到了，便等另一个，等来等去，总是时间不经济。便又自然留下了联系方式，先到的先点，说了自己想点的，等对方搭上一个。连粤名有时先到了，电话说了自己点的，估摸袁美珍要配上什么。等她说出来，跟自己想的一样，瞬间便生起孩童般的开心；若不一样，那刹那的失落，也是孩子的。

再吃下去，便是默契了。一个可以帮另一个点。晚来的那个，多是工作上有牵绊，便会说给先来的听。一个说，一个听，就着一筷子菜，一口茶水，说说听听，一顿饭也就吃完了。

到了买单时，连粤名有时仍不惯西人作风，心里大男子主义些，觉得自己年长，又工作长些，推推让让自己给付了。女孩却坚持要和他 AA 制，一两次后，竟然发了脾气，将自己的一份钱拍在桌上，扬长而去。一次走得急了，留下了一副毛线手套。连粤名追出去，人已不见了。

晚上，连粤名就着光，看那副手套，已经很旧了，泛起了浅浅的毛球。他将右手伸进去，竟然能戴上，想袁美珍小小的个子，手却不小。只是在食指的指尖位置，有一个小洞，是脱线了。他看着自己的指肚，因为工作磨出的老茧，从这洞里透出来，硬铮铮的。

再一年的除夕，"蓉香"总算歇业了一天。魏老板却将连粤名请到店里，说一起过个节。连粤名说，唔好客气。我是一支公，你们两公婆团圆，我阻手阻脚。

魏老板说，我要回四川了，算给我们饯行吧。电话那头静一静，又笑笑说，你又知道只有我们两公婆？

连粤名走进店里，看见除了魏老板夫妻在，还有袁美珍。只在店中间摆了一台，袁美珍落手落脚，帮前帮后。倒显得只有连粤名一个人，是客。四个人，吃到一半，喝得也微醺。魏老板摇摇晃晃起来，唱"一条大河波浪宽"，又唱"我的中国心"。叫连粤名唱，他推托说不会唱，魏老板举着酒杯，不放过他。他只好也站起来，唱《狮子山下》，可真的五音不全，唱得席上的人都笑起来。袁美珍接着他唱第二段，竟是清亮的嗓，好像甄妮的原声。

魏老板忽然跑到厨房里，又跑出来，手里举着自己的那本诗集，上头都是油烟痕迹。翻到一页便念，恰好念到那句：

"思乡的火车开远了，再看不见，我哭了／是被空气中的辣椒味，熏的。"

这诗歌，被他的四川口音念出来，再加上几分醉意，其实有些滑稽。但忽然，就看见袁美珍的眼睛闪一下，伏在桌上哽咽起来，后来竟哭到失声。魏太太将手放在她肩膀上。魏老板止住她，说，别劝，哭出来，就舒服了。

最后一道菜，是魏老板亲自端上来的，说，这道菜是给我们，也是给你们做的。

连粤名一看，是一盘"夫妻肺片"。

三

这个除夕夜，袁美珍便随连粤名回了公寓。

在灯底下，连粤名看看女孩的脸，终于伸出手去。他先摘掉自己的眼镜，又摘掉女孩的眼镜。没有眼镜，眼前人其实有些模糊了。他捧起了女孩的脸，终于吻上她，唇舌碰上的那一刻，忽然有些热辣的味道，从味蕾渗入。他愣一愣，想起是夫妻肺片的余味。

待事了了，连粤名坐在床上，才觉得赤裸的肩膀有凉意。怀里的女人仍是真实温热的。

他回想，对于床事，袁美珍并不陌生，且相当主动。在身体交缠的细节间，往往知道自己努力争取快乐。待她高潮时，平淡的五官间，便焕发出异样的光彩。这让连粤名既惊且喜。他想，这个女孩好，懂得如何取悦自己，便省去了让别人取悦她的麻烦。

第二天清晨，他醒来，看见女孩穿着他宽大的睡衣，正坐在窗前翻看什么。他看了看，发现是他从家里带来的一本相册。带来了许久，他从未打开过，甚至不知放到哪里去了。但此时，他似乎并不怪袁美珍动了他的私隐，反而觉得她异乎寻常的亲近。他悄悄下了床，打开抽屉。将一副崭新的毛线手套递给了袁美珍。这副手套，上面绣着奔跑的麋鹿。每个指尖上，都有一颗圣诞果。其实他圣诞前就买了，时常放在包里，却一直不知如何拿给她。袁美珍接过来，戴上，将将好。她大概也看见了圣诞果，故意用凉薄的口气说，不知是哪个女人不要的，给了我。连粤名未及辩白，她却扑哧一声笑了，说，多谢。我这倒没有哪个男人不要的，送给你。

他们两个，便依偎在床上，继续看那相册。袁美珍看到一张，是他大学时拍的维他奶广告。那时青春澄澈，尚有一头茂盛的好头发。她伸出手，摸摸连粤名开始稀疏的头顶，他避一下。袁美珍说，怕什么，贵人不顶重发。又看到了一张，指着问连粤名。连粤名看着照片上面相严厉的老人，轻轻说，这是我阿嬷。

袁美珍仔细看了看，说，阿嬷的鞋真好看。

连粤名从未注意过阿嬷穿的是什么鞋。这时看看。是黑底的绣花拖鞋，上头镶着水钻。他看袁美珍看得不转睛，笑笑说，你不嫌老土哦。

袁美珍静静的，半晌才说，老东西好，稳阵。

春节，连粤名第一次给袁美珍整了䭔饼吃。

料自然是东挪西凑的。两人走了几家超市，又跑去了市中心皮卡迪利花园，在唐人街里转了两转，才勉强凑齐了。只是石蚝唯有改用生蚝，桶笋则以佛手瓜勉强代替。

晚上，袁美珍看连粤名用面粉加水，使劲搅打，到了韧劲上来。这才烧上煤气炉，坐上一只小平锅。将那面团在锅底一旋，再一擦，便是一张薄如纸的饼皮。手法娴熟，魔术似的。袁美珍眼睛亮一亮，把他的手拿过来，放在自己膝头，说，没想到啊，连生，这手粗粗大大，倒巧得过女人。

连粤名笑笑，说，我跟阿嬷长大。我们福建人家常东西，自小眼观手做，哪有不会的。

袁美珍便道，坏了，那我要是学不会，将来怕要被你家里怪罪。

连粤名柔声说，我们两个，一个会就行了，另一个负责吃。

同居了一年后，连粤名才知道，袁美珍在西半山长大。待他知道时，她已经决定回香港。

袁美珍是家中长女，母亲早逝，父亲再娶。但辛德瑞拉的古老的桥段不适用她的人生。她早早从甘德道搬离出来，从此靠自己。上学跟政府贷款，留学一路打工。在旁人眼里，类似经历的，总代表对富有家庭的叛离，是所谓"作"。一番辗转，折腾够了，便是尘归尘，土归土。前面的种种，都是为最后的好日子做铺垫。可她并不是，她回到了香港，除了见了病危父亲最后一面，还放弃了继承权。

她对连粤名说，她始终没恨过父亲，也不恨后母。只是，她不理解，阿爸为什么在母亲死后，会娶一个和母亲性情截然不同的女人，并且安然走过这么多年。这是对她阿母的否定，也是对她人生的否定。

尽管，她有着和父亲极其相类的面目，这使得她作为女性，在相貌上从未有过优势。但她很确信，出身寒微的阿母在这个家中，已经了无痕迹。能证明阿母在这个世界上存在过的，唯有她自己。

她给连粤名看母亲的遗物。其中有一枚景泰蓝香盒，外头镶着金丝绕成的枝叶，覆盖着莫可名状的月白花朵。打开来，是张圆形小照。照片很老了，上面印着一抹胭脂。黑白界线已不分明，灰扑扑。但辨得出，相中人不是闽粤女子的面相。很圆润，清秀，倒有几分江南女子的情致。眼里含笑，有主张。

连粤名又闻到香盒里荡漾出一丝气味，和袁美珍身上的，竟是一样。幽远的花香。袁美珍说，这是素馨的气味。母亲一生只用这一种香，应时的花，插在鬓上。谢了，便攒起来，叫人焙干、磨粉，制成香。

如今用香的人，制香的人，都没有了。她要留着母亲的气味。好在 Gucci 推出 A Chant for the Nymph，前调正是素馨。她便一直用这款香水，用了很多年。

母亲是存在过的。她证明的方式，也包括让自己独立艰辛地活着。她说，母亲一生所有，都是她自己挣来的。

连粤名说，那你，愿意回香港了？

袁美珍说，以前，我不回去，是因为没有底。如今有了你，我就有了底。

料理完后事，两个人便在北角租了处唐楼，在明园西街。房子是阿嬷一个同乡老姐妹的，几十年的牌搭子。她老伴儿是上海的工厂主，五十年代来香港。到老了两人整天吵架，不胜其烦。就买了两个相邻单位，除了吃饭，互不打扰，省得两看相厌。三年前老先生寿终正寝，老太太隔壁房子便空着。如今租给连粤名，租金要的很便宜。说是两个年轻人，壮一壮阳气。

两个人住下来。家具都是现成的，虽是老派，酸枝鸡翅木，看着却有说不出的砥实与可靠。连粤名看袁美珍不嫌，便放下心来。他的履历很好，又有留洋经历，未几在母校南华大学谋到助理教授的职位。拿到工资当天，心里也踏实，他陪着袁美珍好好走了一回北角，沿着电器道，一直走到英皇道。一路走，一路讲。哪里是他读过的小学，哪里是他常去的戏院，哪里是他爱吃的大排档。袁美珍望着皇都戏院，斑驳的红墙和浮雕。她说，要说这里也是香港，前许多年，我住过的那个，倒不像香港了。

连粤名带她拐进一处暗巷。巷道悠长，走着走着，整个黑了下去。连粤名就牵上她的手，一片密实的黑里，辨认彼此呼吸的轮廓，向前走。走着走着，豁然开朗，竟是一片温黄的灯光。光里是一面墙，墙上五色纷呈的一片。原来是个单边的横门铺，整面墙都是柜，琳琅的都是鞋。高处四个字"丽宫绣鞋"。连粤名说，阿嬷自打到了香港来，拖鞋都是在这里买的。他拿出那张照片，给老板看。光头老板看一眼他，说，阿名，好耐冇见。都话你读番书唔翻来喇。①

连粤名笑笑说，老板替我挑一对。

老板仔细辨认，说，带水钻嘅，阿嬷呢款唔好揾，俾啲时间我。买多对？

连粤名又笑笑。老板看一眼袁美珍，醒目道，得！少等。

半响，老板出来，捧着一双说，小姐好彩，仲有一对。阿嬷嗰对，鱼戏莲荷。呢对仲好意头，连理枝。

袁美珍脱了鞋，将这对鞋穿上，尺码刚刚好。水红色的缎面上，绣了葱茏的枝叶。将两脚并拢，鞋上的枝条便彼此相连，一体浑然。

从丽宫走出来，袁美珍说，你好嘢，先前送了我手套，如今又送鞋。我上下的手脚，都被你捆住了。

连粤名不说话，只是笑着望她。

回到家，两人心生默契，一拥一抱，便向床上走去。大得不合情理的宁式床，原本在卧室里是突兀的，这时却让他们如鱼得水。转转间，喘息都是炙热。其间起伏与攀升，有些硬的床板，硌着他们的脊背与胸腹，倒有些凌虐的快意。将到高潮处，连粤名忽而抽出身体。袁美珍不情愿地坐起身，看见他急灼灼，从包里拿出那对鞋，给袁美珍穿上。女人净白身体，脚上是艳红的两点。他的欲望顿时膨胀，冲撞间，有些不管不

---

① 粤语，好久不见，都说你去国外读书不回来啦。

顾。动作猛了，鞋便落到了地上，"啪嗒"一声。他没有停，将女人抱起来。却踩到了鞋上，只一滑，鞋飞了出去。琳琅水钻脱落，洒了一地。他怔住，心神一恍，泄了力气，用抱歉眼神看袁美珍。女人没说话，伸出手臂，只管紧紧揽住他的颈。

因为孙住在这里，阿嬷来得便勤。来了，先去探老姐妹，手里捧着一颗柚。

到了连粤名的屋里，看尚算窗明几净、企企理理。这天连粤名去大学教课，只袁美珍一个人。阿嬷含笑看她，温言软语。袁美珍看着这老太太，身腰朗直，样貌和照片很像，可又说不出是哪里不像。阿嬷说了一句，便站起来。一低头，看见床底下的绣花拖鞋，莹莹地，泛着水红的光。另有几星灿然，在最内的深暗处闪一下，又一下，是散落的碎钻。

她便回过头，对自己的老姐妹说，你就好喇。前些年牌桌上输你的钱，几个月租金给你赚回了本。

老姐妹刚想为自己辩白。却见阿嬷改用了莆仙话，说，有手有脚，不出外做事，租金都是我孙一个辛苦挣来。

老姐妹愣住了，却看她脸上并无愠色，相反似是一种欣然神情，像在分享一桩可喜的事情。阿嬷满面含笑，继续说，淡眉眼，高颧骨，是个男人相。名仔命硬，将来少不了苦头吃。

老姐妹怔怔，偷眼望一下近旁的袁美珍，似乎并无反应。她便也以莆仙话，悄然说，不好这么说自己的孙媳妇啦。

阿嬷挑挑眼，微笑道，没过门，算得什么媳妇。

老姐妹看袁美珍笑盈盈，便也大起胆子，一瞥卧室里宁式大床，说，过门儿有什么要紧。我可是听得见，这日日夜夜的，怕是你要先得一个曾孙呢。

阿嬷回过身，用慈爱神情看着袁美珍，说道，我预备摆酒，怕是人家家里无人来。

袁美珍笑着牵起阿嬷手，敬一杯茶。自己捧起另一杯，将一种东西，在自己心底挤压、碾碎，然后就着茶水咽下去。

往后的几十年，阿嬷一直以为袁美珍听不懂她晦涩的家乡话，甚至当着她的面，和别人说些日常体己。那日，袁美珍当真希望不懂。连她都低估了自己的语言天分。回香港的第一个月，她有意无意，听连粤名和阿嬷的几通电话。那天阿嬷微笑看她，说出来的，她听得真金白银，一字一血。

两个月后，袁美珍在港大山下的坚尼地城，看定一个单位。面积很小，租金却贵上许多。二话不说，她便与连粤名搬了过去。阿嬷挽留道，何苦搬去那里。北角多好，一家人多个照应。

袁美珍笑一笑，柔声说，阿嬷放心，我会睇实你嘅孙。

四

这一晚，连思睿回来时，已近午夜。她看见父亲躺靠在客厅的沙发上，知道是在等她。等得久了，人已经睡着。半张着嘴，头发散下来覆盖在眉眼上。在焦黄的灯光里头，一动不动，让她心里无端紧了一下。这时，她看见父亲身体挪动，大约姿态舒服了些，轻声打起了鼾。她才舒了口气。

桌上摆着一盘腽饼，还有已冷却下去的馅料。思睿拿起了馅料里的勺子，勺把也是冰冷的。

连粤名被自己急促的鼾声惊醒。他睁开眼睛，看见女儿坐在桌前，正大口地吃着一块腽饼。再一看，思睿竟是泪流满面。他不禁一慌，将自己坐直了，问，女？

思睿这才发觉，父亲醒过来，忙拉过纸巾擦擦脸，笑笑说，阿爸，咸咗啲哦。

连粤名站起身，给她倒了一杯水。开一开口，还是问，怎么了。

思睿愣一愣，说，岳安琪在"小摩"找了份工。投行真是青春饭，人老得多了。

连粤名说，同佢见面，唔开心？

思睿看他一眼，站起来，说，阿爸，我去冲凉了，好劫①。你都早啲困。

连粤名看她走进浴室，顺脚穿上门口那双绣花拖鞋。水红色的影，在暗处一晃。

连思睿出生在坚尼地城，但在何翠苑长大。何翠苑，是连家购入的第一个物业，那是1999年。"九七"那年，政府刚刚推出"首置贷款计划"与"八万五"，便遇金融风暴。香港楼价插水，两年后每况愈下，新推楼盘无人问津。然而，此时袁美珍却看中了薄扶林道上的"何翠苑"，港大毗邻。连粤名说，这是个豪宅盘，买了要是跌了怎么办。袁美珍看他一眼，说，都像你这么想，永远买不到楼。全球利率下降，有排跌，跌我都认。连粤名看妻子目光坚毅，便点点头。

然而即使市况淡，这楼银码大，首付款并不够。连粤名想去跟阿嬷想办法。袁美珍说不要，何必动人棺材本。她便一个人去了甘德道，回来说，借到，明日去银行办按揭。连粤名看她神情怅然，便说，既如此，当年又何必放弃继承权。

袁美珍抬头望他一眼，说，一码归一码。

他们买进望北小单位，三百八十呎，却有一个大飘窗。一家人坐在窗上，看到山下，目光越过德辅道，便望到海。天高海阔，远远地有船只过往，似听到汽笛鸣响。

谁料到往后几年，楼价攀升，一往无前。时过千禧，他们的房子，价格升过一倍。

---

① 粤语，疲劳，累。

思睿长大，三口人住得逼窄。连粤名升职加薪，想换楼。袁美珍说，仲未得！连粤名以为她妇人保守，便说，地产经纪都话，高处未够高，愈高仲难买。袁美珍说，听我讲。

他们便等。二〇〇三年，SARS暴发，哀鸿遍野。殃及楼市，香港再现负资产。何翠苑亦难独善其身。连粤名叹气，因物业价值缩水。袁美珍却说，出手，换楼。连粤名说，你知"淘大"暴疫情，现时两房单位，五十多万元都无人接手。今日不知明日事，你又知几时轮到我们。袁美珍说，我知。听我讲，换楼。

他们换到了八百呎单位。袁美珍用尽积蓄，兼卖掉手上几只蓝筹股，竟又凑出首期，买了皇后大道上云若大厦一个唐楼单位，夫妇联名。连粤名前所未有与她争吵，说，我日做夜做，也供不了两层楼。袁美珍看他一眼，一弹牙，掷出三个字，"使你供？"转头便找了地产中介，将唐楼租了出去，以租养供。这样租了半年，疫情得控，楼市便回春。势如雨后新笋。两处物业，几个月内账面净升近百万元。身边知情的，纷纷向连粤名贺喜，说嫂夫人这份魄力，当真神勇。连粤名听了，笑笑说，佢啊，得个"勇"字！

以后隔开几年，储够了首期，便买一层楼，都是两人联名。连粤名自觉供得辛苦，但仍说，这样好，好似你对鞋，我哋总算是连理枝。袁美珍愣一愣，道，什么连理枝，这叫"长命契"。谁活得长，将来这楼都归谁。

买到第五层楼，搬到甘德道。她住过的家，如今只住着后母。两处房子，隔一个街口。连粤名说，干吗要买到这里，我们不开车，落去山下也不方便。

袁美珍打开窗子，用手使劲挥上一挥，像是要将夕阳最后的光线扫进来。她说，那女人住得，我阿妈都住得！

她说这话时，一把苍声，徐徐暗哑。不似她平日的开阔激越，倒如他人借她口发出。听得连粤名，后背生出一股凉。

明伦堂竞聘舍监，袁美珍要连粤名申请。连粤名初是不愿的。他刚刚评上了教授，论文与专著，加上教资委的科研项目，前几年殚精竭虑，终于可以松松骨。他便说，我们好不容易凑①大仔女，如今又要凑别人的仔仔女女？

旁边的思睿也帮腔，我刚刚大学毕业，难不成又要住回大学去？

袁美珍不管。舍监可住在舍堂顶楼，千几呎的大单位，免费住。住进去，自己的家便可放租，每个月租金四五万进账，哪有如此好着数！

第二天是周末，连粤名起得很早。近些年，他对睡眠的需求越来越低。即使多晚睡，都会在晨光熹微中醒来。这时打开窗，能看见楼下的体育场，已有晨跑的人。天渐渐亮起，跑道上的人也多起来。自从大学对外开放，这体育场上便多了许多的日常烟火气。

---

① 粤语，照顾、抚养孩子。

周末，甚至能看到举家出游。年轻的父母，年迈的祖父，或躬身，或蹲在跑道上，鼓励着正在蹒跚学步的幼儿。看台的一侧，成了菲佣们周末聚会的场所。远远便可以听到他们嘈嘈切切的谈笑声以及丰富的肢体律动。在任何时候，他们都有难以言喻的欢乐。

这一点感染了连粤名，让他的心情好了一些。但他并未驻足太久，因为他要下山去。这成为他久长的习惯。即使距离他们最初搬来西环的生活，已有二十多年。但是每个周末的早晨，他都会穿过薄扶林道，搭西宝城的电梯，回到坚尼地城。那是他最初的住处。附近的一条暗巷里，有"炳记锅贴店"。

因为油锅架在靠门地方，还未走近，已闻到牛油膏腴的香气。门口排了小小的队，都是附近买早点的街坊。连粤名排到末尾，忽而听到有人唤他"教授"。一看，是"炳记"的老板。原先的老板炳叔年纪大了，已退休。生意传给了他儿子，是个精壮的中年汉子。老板当着众人面向连粤名招手，唤他，反让他有些不好意思。好在很快排到了他，老板说，照例八只牛肉锅贴，两碗酸辣汤？他点点头，拿出钱包。老板连忙一挡，说，教授，多亏你给我馨仔写了推荐信，被圣彼得小学录取了。今日我请。说完，又夹起四只生煎包放进去。

老板顺口对后头的街坊说，你看如今什么世道，申请个小学，都要大学教授写推荐信，才得了一块敲门砖。连粤名一怔，嘴上道"恭喜"，心里也替他高兴，却不禁叹上一口气。近来在网上看到一个词叫"内卷"，才知比起自己半世竞争，如今一代是如何无望。

临了，老板说，教授，我哋做到下个月唔做了。

连粤名也不禁吃惊，因为"炳记"的生意，一直都很好，已成为西环的一块金字招牌。店里贴着复印的报纸，是城中哪个著名的美食节目来采访过；墙上又有数张照片，虽然都满是油烟，但清晰可辨是来帮衬过的明星。比如住在"弘都"的谢宝仪，都是常客。便问他为什么，他搔搔脑袋，说，铺租年年涨，如今银码好犀利，冇的赚啦。我阿姐开了间物流公司，我想去帮手。

连粤名脱口而出，这几十年的好手艺，不是可惜。

老板说，嗨，满汉全席都失传，我哋一行湿湿碎啦。

连粤名回到家，母女两个正在洗漱。连粤名将锅贴和生煎包摆在盘子里，在晨光中，是金灿灿的喜人颜色。酸辣汤也还热腾腾的。他倒上了两碟浙醋，坐下来，满意地叹一口气。

袁美珍匆匆望一眼，说，好油，我减肥。

便去冰箱拿她的营养代餐。都是些菜叶和低卡的糙米。连粤名说，偶尔吃几口，再减不迟。

她摆摆手，用膝盖将冰箱一顶，自顾自就往自己房间走回去。

倒是思睿，一边戴隐形眼镜，一边嗅嗅鼻子，说，炳记？

连粤名点点头，看披散着头发的思睿，穿着睡衣，上面印着明黄色的皮卡丘，不事妆容。眼光有些散，不聚焦，像又回到孩提的稚拙样子。

连粤名见她用手拈起来便吃，本想阻止，但想想却终于没有出声，只看着她吃。女儿吃东西，随他幼时，也有儿童的贪婪相。没有了顾忌与矜持，而有知足独乐的一片天真。

他问，好吃吗？思睿喝了一口酸辣汤，腮帮鼓鼓的，不说话，只点头。

他想起那个遥远的冬夜，在曼彻斯特的偏巷里，叫"蓉香"的川菜馆。他坐在最靠里的一桌，独自吃一只火锅。他用筷子夹起一缕冬粉，吃得呼哧呼哧。近旁传来一个苍老的声音，原来是邻桌的白人老妇。她用英文对他说，孩子，看你吃得这么香，我食欲都好起来了。

他想着，不禁微笑了。倒是对面的思睿停下了筷子，看着他，忧心忡忡的样子。他这才回过神来。思睿问，阿爸，你今天有空吗？

他说，有啊。

女儿将手上纸巾团在一起，旋即又展开，再团起来，掷到了桌上，好像下定一个决心。她说，阿爸，岳安琪约我去看巴塞尔展。她今天有事去不了，要不你陪我去？

连粤名看看女儿，轻轻说，好。

父女二人到了会展中心，大约因为是周末，正是人头攒动。连粤名对各种展览，并不是很感兴趣。在英国这么多年，大英博物馆竟然仅去过一次，而且只看了东方馆。看完并无太多心得，只是感叹所谓文明的迁移。所以，他对经世致用的香港人，居然对现代艺术抱有如此之大的热忱，是有些惊讶的。

入口处巨大的白色机翼，覆盖着厚厚的羽毛，像是一只停驻在半空的积雨云，臃肿沉厚，仿佛随时会坠落下来。下面的鼓风机，喷出微弱的气流，有些羽毛便飘扬起来，随后又落回到了机翼上。但是有一些似乎偏离了轨道，在空气中凝滞瞬间，便游离到了一旁，一片正落在连粤名的脚边。那巨大的翅膀便有几处破败，暴露出了金属的光泽。某处折射了一束光线，正射到连粤名的方向，不经意刺痛了他的眼睛。

展位由不同的艺廊组成，以白色复合板隔断，犹如冰冷而洁净的蜂巢。一些人，是画廊经纪、策展人或驻场的艺术家。他们或坐或站，藏在色泽鲜艳或者晦暗的衣服里，脸上有冷漠得宜的微笑，如人均一只的面具。

他和女儿默默地走着。思睿似乎并无念头在所经之处驻足。但是，间或会有一两个男女，停下来与她打招呼。一个浑身披挂着鲜肉色服饰、戴着头巾的黑女人，以热烈的语气叫住她，拥抱、亲吻，开始热烈地交谈。连粤名有些不适应这种热烈，带着热带的未经修饰的礼仪。他不禁退后一步，这女人便更像一块满是经络的、正待入煎锅的菲力牛排。然而她却流利地说着广东话。因为她太大声，连粤名数次听到了林昭的名字。他看到思睿的眼神终于躲闪了一下，似乎对这场对话已经意兴阑珊，看了一眼父亲，并且压低了声量。

连粤名走开了一些，他站在一幅犹如教堂穹顶的画前。艳异的蓝与黄，一圈又一圈，从稀疏到密集，以一种难以名状的向心力，最内是深不可测的旋涡。这旋涡如一个核心，吸引他，走近去。这才发现，那是一只深蓝色的蝴蝶。他抬起头，忽而发现，整一幅画都是蝴蝶。成千上万的黄色、蓝色的蝴蝶翅膀，被肢解、重组、按照颜色拼嵌成这穹顶一般肃穆的圆周。唯一完整的，是那只深蓝色的蝴蝶尸体，在圆周的核心孤悬。这个意外的发现，有些触目惊心。他不禁躬身，看见旁边的标签，写着 Blue Cube。

这时，他感到肩头被拍了一记。抬起头，看是个西装客。原来是"南华"的同事，音乐系的老李。他说，在这看到你，还真是关公战秦琼。连粤名被这个不伦不类的笑话，弄得不知摆个什么样的表情。说起来，老李可算是他的发小，自小也在春秧街长大，同一所小学。祖籍上海，很早就移民，前些年才回流。便脱去了北角子弟的习气，变得洋派逼人。一年四季都是一身西装。但有趣的是，和很多"番书仔"爱在广东话里夹杂英文不同，他的言谈爱掺着一些国语，还是卷起舌头的京片子。这多是拜他的北京太太所赐。据说这太太是一个相声世家的后人。所以昔日同学小聚，余兴节目便是老李的一段贯口。但连粤名并未见过李太太。此时老李身边一位女士，十分年轻。连粤名想想，究竟没造次。老李哈哈一笑，唔好乱噏！这是电影系的周博士，跟 Professor Perry 研究伯格曼。

这年轻女士对连粤名点点头，说，连教授，您好。

连粤名有点诧异。周博士笑笑，我有个学生，住在明伦堂，说自己舍堂的舍监先生，好得盖世无双。

这曲折而俏皮的恭维话，还是让连粤名心里熨帖了一下，同时佩服她的情商。周博士说，连教授也喜欢 Damien Hirst？

连粤名茫然了一下，刚明白过来。老李煞风景地说，他哪里懂这个。你家里冷气机坏了，跟他说就算找对人。还有，他煎牛排是一把好手，我们在英国时……忽然，他似乎也被面前的一片蓝所吸引，喃喃地说，你说，这么多翘辫子的蝴蝶，就没个环保团体来投诉？

这时，思睿走过来，看见他，便唤，李叔叔。

他先是愣一下，然后上下打量说，Tiffany 长这么大了吗。叫什么，女大十八变。继而眯起眼睛，用欣赏的口气说，还好，还好，长得既不随娘，又不随爹。

因这话突兀而尴尬，周博士脱口而出，打断了他，Leo！

然而一刹那间，在场者都感到了一丝突如其来的暧昧。周博士自己先将声音矮了下去。一刹的安静后，还是老李哈哈大笑，说，看到没？怎么能叫李叔叔呢，活活把我叫老了。都要叫 Leo。

又说了一些闲话，无非是有关大学改制，以及下学期要换校长的传闻。老李与连粤名约了下周末打球，便各奔东西。周博士临走时看向他们，微笑了一下。连粤名和思睿，在这笑中，都捕捉到了些微歉意。父女两个，望向他们的背影，没有说话。

大约又走了一程，思睿忽而停了下来。连粤名先前的预感越来越浓重。他看着思睿，说，女女。

思睿面向一张黑白照片，照片上是一对背靠背的男女。他们的头发绑在了一起，紧紧地。连粤名想起家乡村口两棵枝叶交缠的榕树。某一个夏天，当他陪阿嬷回到莆田，看到其中一棵遭到雷劈，树冠已经焦黑。照片的旁边有一张卡片。阿布拉莫维奇&乌雷，*Relation in Time*，1977。

但是，女儿的目光并不在这照片上。越过层层的白色挡板，与交错的人群，连粤名也看到了远处有个坐在轮椅上的女人。这女人的轮廓让连粤名感到眼熟。思睿看一眼父亲，说，阿爸，你陪我过去。

他们走过去，越来越靠近时，连粤名在空气中闻到了人们重浊的汗味。他渐渐屏住了呼吸，因为他终于认出轮椅上的人的面目，是女儿的男友林昭。

他确认是他。这个曾经常出入于他们家的孩子，与思睿青梅竹马，整洁与安静，有一种难以言喻的、让长辈们心疼的体贴与本分。中学毕业后，林昭去了日本留学，学习艺术管理。再回来时，人长高了。头发也长了，还是很安静。来做客，无很多言语，与思睿坐在一起，仿佛一幅画。是那种日常的、无须多言的画。若是旧人，会以"静好"来形容。一眼可望过几十年，是人近暮年的温暖和砥实。阿嬷也喜欢，说，这孩子的手上，有一根青蓝色的血管，莆仙话叫"老脉"，作为男人，是顶靠得住的。

然而，连粤名已经一年没见到林昭了。思睿说，他经常出差，往返于欧洲和香港两地的艺廊。聚少离多。

他确信他看到的是林昭。但是，面前的这个人，披着斑斓的披肩。脸上有浓重的妆，人极其瘦和单薄，虽然撑持精神，却看出是疲惫的。说话间，头不由自主地耷拉下来，像是一片枯萎的树叶。连粤名看到了他的手，连着一个轮椅上支起的吊瓶。那条青蓝血管，在惨白的手上突起，是蚯蚓样扭曲的叶脉。

连粤名侧过脸，看思睿脸上抽搐了一下。她轻轻说，阿爸，你看得没错。他现在是个女人，就快要成功了，只差一小步。

她默默地收敛了目光。她说，他没法再继续手术了。排异并发症，医生说，他还有四个月的时间。

连粤名感到，女儿将自己的手放在他手里。这手温暖而绵软，同她小时候一样。当她进幼儿园、参加会考，第一次走向钢琴比赛的舞台，她都会将她的手放在父亲手里。但长大以后，她似乎很少这样了。这感觉如此熟悉，连粤名本能一般，将女儿的手紧紧握住了。手心薄薄的汗，发着凉，也因为他的握持重新有了温度。思睿说，阿爸，我有了他的孩子，我要生下来。

对于连粤名的爽约，老李自然是牢骚满腹。因为他一向是个守信的人。

在曼彻斯特时，某周末他们几个人相约远足。清晨下了瓢泼大雨，所有人都默认取消了这次活动。但唯有一个人冒雨到达了集合地点，并且等了将近半个小时，是连粤名。

他接到老李的电话，低头看了眼已经穿好的白色球服。一摊番茄酱，正浓郁地流淌下来。鲜红的，像是含氧量丰沛的血。他伸出手，想拿一块纸巾擦一擦，却没留神，嘴角有突如其来的腥咸，也是血的味道。他望向客厅里的落地镜。他脸颊上如此清晰地，有一道弯折的红。并不恐怖，更似万圣节模样荒诞的偶人。

他去厨房拿过扫帚，将地板上的番茄酱与玻璃渣扫起来。然后抬起眼睛，看一眼袁美珍。袁美珍手还停在空中，似乎因刚才那个投掷的动作而无处安放。她静止地站着，像一尊雕塑，也正望向他。目光也似雕塑一般冰冷，将连粤名对视的眼光冷却、折断。

那一边，是穿着睡衣的思睿。她侧过身体靠在墙上，身上也溅上了番茄酱。睡衣上的皮卡丘，因为一些仓促的褶皱，面目狰狞。

思睿选择了一个不太好的时机，与母亲摊牌。

对于女儿，袁美珍一直心事莫名。这一点在思睿成年后，才慢慢凸显。尤其将儿子思哲送去了英国读中学，她才发现女儿的性情开始显山露水。大概因为思哲鸣放的性格，成了这对儿女的代言。思睿太安静，像一条终日食桑的蚕，你只能听见匀静的沙沙声，却忽略了成长。并且也忽略了她在成长中自我消化了许多东西。待你发现了她的长大，她已经将自己织成了一只茧。这只茧经纬密实，让人无法进入。

在以后的数年，袁美珍将自己锻造如森林中的猎手。她拥有了若兽类的敏锐嗅觉。是那种成熟而敏锐的母兽，可以在气息复杂的空气中，捕捉到极其轻微的荷尔蒙分子。她精确地掌握了思睿的月事，每当某个时候来临，那游动在室内的些微腥气都让她兴奋。

而更让她警惕的，是女儿的脸。女儿在脱去了孩子相之后，长成了一张她熟悉的脸。这张脸，既不像她，也不像连粤名。这张脸柔美，有着似江南人的圆润。眼里含笑，有主张。这是她母亲的脸。

她想，隔了这么久，这张脸终于又从她的生命里浮现出来。如此出其不意，又顺理成章。出于某种本能，她开始想要去呵护。然而，思睿却显然地，对这忽然的接近，存有疑虑。尽管她见过外婆那张模糊的照片，却只当是家庭历史的残迹，更不可想象自己成为一个已逝去者的附着。

思睿对母亲的疏离，与对父亲的亲近与依赖，同奏共聋。这日益成为某种默契。

此时，袁美珍充分地相信，丈夫已和女儿成为共谋。她舔一下干涸的嘴唇，扬了扬手中的验孕报告。这时，空气中不单有番茄酱的腥咸，还有另一种来自雌性的丰熟的气味。她觉得自己的手抖动了一下。

思睿转过脸，轻蔑地看了母亲一眼，开始说话，和盘托出。

袁美珍听着听着，不禁有些走神。因为那丰熟的气味浓重起来，对她构成某种威胁。她看着女儿的口型翕动，但似乎已没有声音。她的目光不禁游离到了很远的地方。厨房的窗户，有暗影掠过。她很确信，那是一只山鹰。他们住在顶楼，有丰满的气流。山鹰不必扇动翅膀，即可翱翔。一圈又一圈地在空中盘旋，远远地飞过去，又飞回来。

忽然，她看见女儿停住了。思睿捂住嘴巴，跑去了洗手间。洗手间里传出一阵阵干呕的声音。袁美珍与连粤名对视了一眼，迅速地走到洗手间门口，将门锁上，抽出了钥匙。思睿开始拍打着门，发出惊天动地的哭喊。袁美珍看着连粤名，用一种渗血的眼神。

连思睿是在第二天的清晨，离开舍堂的。晨跑的学生，看着舍监的女儿走出了大门。他们记起，上次见到她还是在舍堂的 High table dinner。当时她穿了一件宝蓝的晚礼服，仪态万千，坐在舍监的身边，对所有人亲切微笑。他们叫她学姐，因为她毕业于本校的医学院，据说已是令人艳羡的执牌牙医。此时，她低着头，拎着一只行李箱走出来，形容干枯。在她上计程车的一刹那，他们看到她手背上有一块青紫。她拉下衬衫袖子，轻轻盖上了。

五

连粤名是在百年校园的教员餐厅，看到周令仪的。当时他正在吃一客咖喱饭。因为是上下午课程疲惫的间隙，需要这种浓烈的味道来醒神。他见周博士款款地走过来，身影在人群中闪动了一下，即时便不见了。

吃完饭，他走到了梁球踞大楼的平台上，竟然迎面又看见了周博士。她身后跟着几个学生，正在派发传单。这时的周令仪，把头发草草扎成个马尾，和学生们一样穿了件T恤衫，胸前写了个大大的"戏"字。人看起来便格外的年轻。她主动跟连粤名打了个招呼。连粤名低一低头，说，上次真是唔好意思，爽了约，屋企临时有事。

周博士摆一摆手，说，不过是打个球，你也知道 Leo 这人，惯爱虚张声势。

说完，她将一张传单放到他手里，说，下周的彩排，连教授没课就来捧个场。

说完了，利落地一转身。正离开，她忽微笑，轻说，我也喜欢吃咖喱。

连粤名一怔，瞬间便明白了，自己呼吸间残留着南亚气息。他一面有些愧意，却也知道是善意的提醒。因他接下来正要去一个校务委员会的重要会议。这间大学还保持着殖民地文化的某些遗风，些许势利，比如对礼仪的过分注重。

待周令仪走远，他举起那张海报看。上头写："戏中戏——《情，鉴》临演彩排观摩会。"周五下午两点，地点是在陆佑堂。围绕着文字的，是个穿旗袍的女人简笔的侧影，虚虚起伏的轮廓，让他心神漾了一漾。

周五下午，连粤名本来身心俱疲，但还是准时来到了陆佑堂。

这座古老的爱德华式建筑，曾经是南华大学的主楼。自从百年校区投入使用，主楼已渐寥落，学系搬迁，只保留了部分行政部门。红砖和麻石墙上爬满了经年的爬山虎，盛夏时节，宛如一座绿幕。这里便成为本港婚纱摄影的热门打卡点。但因是法定古迹，出于文保的考虑，千禧年后，这些爬山虎便被从墙上除去。却留下了藤蔓的遗迹，深深地蚀进墙体。远看去，是一张错综而斑驳的网，将这幢建筑密实地包裹了进去。

他踏上了十几级阶梯，走到了陆佑堂门口，看见陆佑的铜像。面相庄严，眼眶深陷。百多年前，这个马来富商建立了南华大学。关于这座铜像，流传一则传说。有学生在深夜时，看到铜像的眼睛里默然流出泪水。大约每个有年头的大学，都有一些鬼古。南华大学的尤多。比如某个本港富商，捐助一座大楼，电梯有上无下，据说是为了超度他莫名病故的太太。这些故事的基调往往是阴晦且恐怖的。但是，唯独陆佑的故事，却只让人怅然与伤感。

他走进门去，看见涌涌的都是人。迎面的舞台上，正垂挂着厚厚的紫红色天鹅绒幕布。高大的舍利安那式拱窗，有午后阳光照射进来。一些正照在了眼前，可以看见光线中飞舞的尘。自他毕业后，其实很少来这里。但一切，似乎都没有变。他抬起头，看见战后屋顶修补过的痕迹。这里见证过许多历史的高光时刻。那一年，孙中山卸任了中华民国的总统，重临香江，便在这舞台上发表演说，谈及在此修业，"极望诸生勉之"。更多的人进来了，他想象着幕布后在发生的事。他知道，这里将上演这个国际导演选秀的尾声与高潮。他将一位已故作家的小说情节，重现于她的母校。作家对香港，并无很好的念想。她对这里的一切回忆，与战乱相关。这座大楼曾被征为临时医院，而她不得不和其他女生担任看护，直面生死。他想，当年他选修中文系的课程，有位教授提及这段往事，看了看窗外。于是，他第一次听说了陆佑流泪的故事。

连粤名想象着这一切，在幕布后会有怎样的演绎。然后在礼堂里挑选了一个安静的角落坐下。幕布徐徐拉开，他第一眼就看见了周令仪。她穿了一件碎花的短衫，肩头打着布丁。梳着一条独辫子，脸上却夸张地印了两团胭脂。后面的布景也很粗糙，有着一种粗制滥造的假。纸板裁成的树干，开着一两枝俗艳的桃花，甚至假得有些不合情理。他不禁讶异。他看周令仪，以夸张的形体举止，对一个战士装扮的男人，喁喁地说着话。那男子被化妆得眉目粗黑，脸上也印着胭脂。台下响起了轰然的笑。然而，幕布后走出了更多的年轻人，村姑和战士，都如他们打扮，每个人脸上，都是凝重的表情。台下的人，渐渐也庄重了。随着对话，观众们渐渐明白，这正是导演的用心。这出戏中戏，是二十世纪四十年代的大学生，在母校的舞台上演练爱国话剧。而周令仪的角色，在正式拍摄时，将由女主角所取代。她的存在，是用来甄选适合拍摄的群众演员。然而，这话别的一场，其中的庄重乃至庄严，竟至令台下的观众也感到了悲壮。

连粤名许久不看电影，更无从接触舞台剧。但此刻，舞台上的周令仪，却令他回想起了他的青春。那略懵懂的，在旁人看来可笑的青春。自己又何尝不是郑重其事地度过呢。这其中，也包含了恋爱。想到这里，他回忆起了那个微雨的除夕。他和袁美珍，依偎在狭窄的床上，翻看一本相册。想到这里，他心里一阵酸楚。

演出结束，观众散去。连粤名却觉得脚下如磐石，提不起来。他便索性又坐下来。渐渐地人走干净了。他这才发现，这礼堂前所未有的静和空。这时有人走过来，脚步声竟然远远地有了回响。

这人在他身旁停下。他抬起头，这人却坐下来。周令仪用一张卸妆棉使劲擦着脸上的油彩，一块胭脂突兀地蔓延到了嘴角。

她并没有说话，遥遥地看着台上，几个青年将那些貌似拙劣的布景抬下去。那株桃花斜躺着，枝条无力地垂下来。

连粤名轻轻说，周博士，难为你了。

周令仪侧过脸，看看他，笑问，怎么呢。

他说，这戏演得大智若拙，还得让自己先相信。

周令仪朗声大笑，笑完了，然后说，自己不信，怎么能让别人相信呢。

她开始在脸上拍爽肤水。油彩重浊的味道，渐渐褪去，代之以清凛的薄荷气息。连粤名看着空荡荡的舞台，说，那个时代，人都天真得很。

周令仪沉默了，她摘下那顶假发，将长长的黑色发辫，在手腕缠了一圈又一圈。许久后，她说，连教授，你还好吗？

连粤名微微地眯一眯眼睛，垂下头，将心中一些汹涌的东西按压了下去。他点一点头，说，谢谢。

他们都不再说话。那阔大的窗户，透过的光线也渐渐地黯淡了。但有一种红金色，穿过了这层黯淡，仍然稀疏地一点点地在地板上跳动。或许是远处院落里的棕榈树叶，又或许是花岗岩柱的反光。这光跳着跳着，也隐藏于更深的暗了。

下一周，连粤名出现在了课堂上，讲台上仍然放着那只硕大的保温杯。台下响起了剧烈的笑声。他说，同学们，我已经辞去了校委会的职务。非不能也，是不为也。

这时，校方的调查报告还未对外公布。在众人眼里，他这样做便有了挑衅的意味。他打开了保温杯，喝一口水，然后徐徐地将杯盖盖上。

自己不信，怎么能让别人相信呢。

他的口中漾起了枸杞与桂圆的香气，醇厚得很，让他的心也定了一定。从离家到穿过整个校园，罗汉果在茶里头载浮载沉，味道也渗出得刚刚好。这八宝茶，一清早，他先放上冰糖，除了上几味，还有党参、甘草、冰片和大红枣。用不烫手的茶汤冲上，最后搁上两朵杭白菊。春用福鼎白，夏用安溪铁观音，秋用武夷岩茶。都是福建茶。茶色不同，四时有味，一切都刚刚好。

就在上一周，校委会上，他也这样打开，饮了一口。这只水壶，被主席质询，装有窃听装置。在会议上，他的话向来不多。他张一张口，终于没有说话，只是打开水壶，饮了一口。他知道，这和一个月前校委会会议录音内容被泄露有关。理学院院长催谷副校长人选，唇枪舌战、触目惊心。当晚，这段过程的录音被放上校网，连同全文发表。次日，校委会被学生会代表集结围攻。主席说，与会委员手机上交，请问录音如何泄露。

他在众目睽睽之下，打开水壶，喝了一口。铁观音的味道在口中漫溢开来，连同罗汉果的回甘。醇厚、微涩，一切刚刚好。

这只水壶，被学生拍摄下来，一并贴在了校网上。促狭地取了个标题："一片冰心在玉壶"。他看了看，木然想，哪里有什么冰心，只有冰片。

袁美珍竟然也看见了，与他吵，说，连粤名，我现在出门买餸都被学生仔指指点点。你长得好本事，今天搞窃听，他日就要影人裙底。不如我哋快点离婚，费事下次港闻版见！

袁美珍将水壶扔进垃圾桶。半夜里，他悄没声音，将水壶翻出来，细细地擦干净，收了起来。

那天在陆佑堂，演员谢幕时，他忽然感到口干舌燥。下意识地，在脚边找那只壶，没有摸到。他咽一口唾沫，舔舔自己的嘴唇。

他想起周博士的朗声大笑。自己不信，怎么能让别人相信呢。

这天落了堂，他走在百年校园里。学生们看见连教授。他们想起上个星期，这人还是全校笑柄，为何此时笑不出来。想一想，才发现这男人平日略佝偻的身形，目下竟是挺直的。他直着身体，拎着一只硕大水壶，走在尚算清澈的阳光里头。

连粤名回到办公室，看到桌上有一封 campusmail。没有寄件人，地址来自电影学院。拆开信封，里头竟是一本略发黄的杂志。上面贴着绿色便笺。他打开来，看到是一整页的维他奶广告。一个少年，穿着全身的白色网球服。这少年头发茂盛，微微卷曲。站在阳光底下，无拘束地笑，青春无敌。

六

连思睿到底还是回来，参加了阿嬷的丧礼。

阿嬷走得突然，但算得寿终正寝。前一天，连粤名还去看她。连粤名为她卷腩饼。她连吃下五只，然后骂袁美珍半年没来看过她，越老越唔生性。

吃完了，阿嬷取下嘴上假牙，说话就漏了风。骂人都用的气声，吟吟沉沉①，但中气也是盛的。

可只隔了一晚，人竟然就走了。家佣姐姐都没有听见，走得无声无息。

---

① 粤语，指低声地喃喃自语。

阿嬷生前有交代，不在殡仪馆做追思会。她说如今北角红磡的"大酒店"，什么样的人都去烧。烧了活人都在一起哭。自己的孝子贤孙，都哭给了隔壁灵堂的人，好唔抵！

他们就在北角庵堂设灵，做一场法事。

来的都是相熟的乡亲，老少查某们，照例日出时分便来到庵堂，掀起大饭盖，准备下锅煮百人斋菜。太阳升起之时，乡里穿起佛袍，与方丈主持，同赞佛颂文。中段休场，乡亲端上生果、豆腐汤，有条不紊。乡里叔伯，木然对望、闲坐。呆呆地用眼神交流，以闽南语交谈，向对方借火，抽一口烟。自家老婆心不在焉，偷眼望手机，港股开市了。一切都熟悉。连粤名坐在缭绕的烟火里，看着头顶悬着"巍巍堂堂"和"慈航普渡"的牌匾。木木然，依稀觉得阿嬷还在。阿嬷用莆仙话对他喊，"莫再看咯，来啊，来啊，准备绕佛啦！"

他眼神四围找阿嬷，却再找不见，不禁悲从中来。眼底一酸，却听见周围人轻声议论。他一抬头，看连思睿一身黑，走进来。他看着思睿，眼泪便忘了掉落。思睿走到了灵前，直接跪在了蒲团上。庵堂里一片静寂，连诵念经文的声音，都停下了。

思睿想弯下腰，对灵位磕头，可是太艰难。她于是一手支着身体，一手捧着隆起的腹部，轻轻弯一弯身子，口中说，太嬷嬷走好。你和这个玄外孙，一个太沉住气，一个等不了。哪怕能见一面也好。

说完，便泪流满面。她也不擦，由着不停流，却一边护着肚子，就要站起来。膝盖却动不了。连粤名赶忙就要起身去扶，却被袁美珍一把死死拽住，用的是咬紧牙的劲。

还是旁边两个老妇人，见了便去将她扶起。思睿没有言语，转过身就往外走。这时，恰有一束阳光，打在庵堂里头。她便走进了那束光。身上起了一层毛茸茸的金色轮廓。本是清瘦的人，此时却是个圆润形状。小腿看得见有些肿，走得很慢，步子却笃定。

待女儿走出了庵堂，直到看不见，连粤名才收回眼光。袁美珍拽住他的手，也将将松开。他手腕上却还是生疼的。

四围旁人的眼睛，都长在他们两夫妇身上，针芒一样。

一个月后，思睿顺产了一个男孩。连粤名好说歹说，硬是将她接回了家里坐月子。

到了家门口，思睿和袁美珍，都硬着颈。眼神碰了一下，彼此撞得粉碎。思睿不再愿进门。袁美珍咄咄地望着连粤名，不出声。

但那褓裸里的婴孩不知怎的，这时打了个哈欠，眼睛刚刚睁开，却对着袁美珍的脸，咯咯地笑起来。

袁美珍心神一软，便不再挡着门，转身回房去了。

连粤名将婴孩接过来，抱到怀里，自己都觉得抱得不舒适。孩子却不嫌，依然是冲他笑笑唰。他一阵心酸，想自己的外孙，刚生下来，便已懂得讨好人了。

他亦知道，女儿在给阿嬷奔丧前一个月，才参加了另一个丧礼，是这孩子阿爸的。

连粤名和思睿，都没有带孩子的经验。

好在网上有的是教程，按部就班，亦步亦趋。怎么冲奶粉，怎么换尿片。未免有些七手八脚，半天算是有了一个囫囵。孩子竟然也一直没有哭。喝完了奶，径自睡去了。思睿将孩子轻轻放在婴儿床上。思睿的房，这大半年，还留着她走时的模样。是那种做惯了好学生的少女的房间。企企理理，除了一架钢琴，依墙摆的都是书，整洁紧凑，未有一丝逾矩与懈怠。此时房的正中，多了一只粉色的婴儿床，像是放在现实里的一个梦。连粤名看这婴孩，出生不久，便是一头丰盛乌黑的胎毛，微微卷曲。手长脚长。脸相不算丰腴，大约在母胎中营养都用来发育骨骼。眉目却很柔软，因为额的宽阔，天然是有些和泰的样子。耳垂也厚，不似思睿，也不似自己，是来自另一人的遗传。他见女儿慢慢伸出手，想在那耳垂上摸一摸，却旋即缩回了手。

思睿说，阿爸，你也累了，去歇一阵吧。

连粤名转身，却还是回头看一眼，恋恋地。看那婴孩轻蹙了眉头，嘴唇动一动，大概在发梦。他心头一软，暖暖地化了。思睿又轻轻说，阿爸，得闲为苏哈①起个名字吧。

他点点头。这是他的外孙，身上有自己的血，也有另一人的。他忽而生起些柔情，想要与她分享，一起为孩子命名。

思睿和思哲，是夫妇俩共同取的名。"思"字，是为纪念他未谋面的岳母。这对儿女，由袁美珍一手一脚带大。此刻，她匿在房里不出来。连粤名走到了房门口。

这间房，连粤名通常是不进去的。里面又传出了极其柔美的女声。连粤名知道，是老婆又开了直播。袁美珍在家做带货主播，已有一段时间。这声音出自变声器。袁美珍的声音原是很美的。他还记得，曼彻斯特那个微冷的除夕夜。袁美珍接着他五音不全的声音，唱那首《狮子山下》，清亮的嗓，好像甄妮的原声。如今老了，她的声音变得干涩而严厉，只能运用科技来拯救与改善。除了变声器，还有补光灯和开到最大的美颜。有一回，连粤名申请了一个账号，进入了她的直播室。看到了一个面目陌生的女人，穿着和老婆一样的衣服，在推销一款脱毛器。那衣服是一件蓬蓬裙，袁美珍从海淘买来，质料粗劣。此时却焕发着华丽的丝质光泽。一样焕发光泽的陌生女人，年轻而鲜艳，长着挺秀细巧的鼻梁。连粤名想，真的是魔术啊。袁美珍最不满意的，就是自己扁塌的鼻子，曾经起意去隆鼻，终究被手术费所劝退。原来女人的愿望，如此简单就可实现。屏幕中的女人，用甜美而造作的声音，在谢谢老板。他们为她刷着各种礼物，从火箭、游艇，到玛莎拉蒂。连粤名想，这小小的手机屏幕，是辛德瑞拉午夜十二点前的城堡，是个迷你的仙境。她看着屏幕中的袁美珍，笑得如此由衷而满足。

连粤名曾经问袁美珍，为什么要做直播。袁美珍不屑地望他一眼，说，靠你那点工资过活，指拟你……揸兜都得啦②。

①　粤语，指婴儿。
②　粤语，指望你……不如去要饭。

对这言过其实的话，他习以为常。然而看着屏幕中的妻子，他忽然有些明白。他不禁伸出手指，按下右下方的红心，点了一个赞。然而，一分钟后，他就被踢出了直播室。

此时，房内安静了。他看一看墙上的挂钟，大约是直播结束了。他抬起手，想敲一敲门，但终于还是停下了。忽然，他听到剧烈的孩子的哭声，赶紧跑去了思睿的房间。他看到女儿抱着婴孩，惊惶失措。孩子正在大口地呕奶，刚才哭得声嘶力竭，此时却已有呼吸不畅的声音，气息在一点点弱下去。他也不禁有些慌，对思睿说，使唔使打999？

思睿机械地摇晃着孩子，眼神是乱的，望着外面正黑下去的天，张一张口说，BB唔好喊，唔好喊……

这时，忽然听到门"砰"的一声被打开了。袁美珍气势汹汹地走出来，道，使乜call白车?!

说罢，走到思睿跟前，一把抱过孩子，将他直起身体。对连粤名说，愣住做乜，快攞块毛巾过来。她叫连粤名将毛巾放在她左边肩膀，将孩子的下巴靠在肩头。然后托起孩子的屁股，将手弓起来弯成勺子的形状，开始在他背上轻轻拍打。上上下下，一边画着圆圈，同时身体轻颤，嘴里发出"哦哦"的声音。孩子渐渐安静了，忽然咳一声，打了个响亮的嗝，一边吐出一大口奶。袁美珍没有停止动作，用手刀一下一下地在孩子背上抚弄，为他顺气。一套动作行云流水。孩子仰起脖子，又打了个嗝，这才舒服地埋下头，靠在了袁美珍耳边。紧紧地，慢慢地闭上眼睛，睡着了。

待孩子呼吸匀了。连粤名对思睿眨一眨眼，轻轻说，睇到未，都是阿嬷叻①啩哦。

听到这里，袁美珍忽而变色，大声道，一个野仔，谁要做他阿嬷?!

说罢将孩子往思睿怀里狠狠一塞道，戆鸠②到咁，点做人阿妈！

孩子大约被这动作弄疼了，终于震天响地哭起来。思睿一时气结道，我嘅仔死活，都不要他人理。咁你又过来?

袁美珍冷笑一声，说，我不过来？佢死咗，我间房不是变了凶宅？

连粤名站在原地，愣愣的，一时没反应过来究竟发生了什么事。待他回过神来，听到"砰"的一声响。袁美珍已经将那边的卧室门反锁上了。

孩子还在大哭着。他干干地对思睿一笑，说，你都知你阿妈份人，就是这样……不待他说完，思睿终于也哭了起来，说，阿爸，你唔好再讲了。

思睿将他推了出去，也将门关上了。

连粤名一个人，站在客厅里头，黑着灯。他在黑暗中站了许久，这才慢慢挪动了步

---

① 粤语，指有能力，有本事。
② 粤俚，形容人蠢、智力低下。

子，走到阳台上去。外头黑漆漆的天，有一两点星，闪一闪，便躲到夜霾里去了。他弯下身，在角柜里摸索了一下，摸出了一包"红万"。这包烟是几年前他在角柜里发现的。大概是上一任舍监无意的遗留，只剩下了半包。他没有扔掉，就一直这么留着。这时候从里头抽出一根，就着厨房的火头，竟然点着了。他狠狠地抽了一口。他本是不抽烟的，烟吸到了肺里，来不及吐出来，辛辣地一漾。于是剧烈地咳嗽起来。待咳嗽平息了，他不甘心，又抽了一口，缓缓地，让那温暖在胸腔里停留了一下，这才慢慢地呼出来。这时竟有月亮出来了，月光底下，他面前就出现了一团浅浅的蓝雾。在这缭绕的雾中，他闭上了眼睛。依稀还能听见孩子断续的哭声，可还有别的声音。他辨认了一下，是钢琴声，拉赫曼尼诺夫，《第二钢琴协奏曲》。在这家里，他许久未听到过。此时也是断裂的，将静夜裁切得七零八落。

他在沙发上和衣睡了一夜。第二天清晨，收到了二妹连粤南的短信，让他去收拾阿嬷老屋里的东西。

他走到春秧街上，整条街市刚刚醒来。店铺开了门，照例僭越将摊位摆到车道上，生果档、鱼档，都是新鲜而清凛的味道。赶早市的人也在车道上。电车叮叮当当地开过来，人流便自然分开两边，任由电车开过去，然后又重新汇集起来。并不见一丝慌乱，进退有据，有条不紊。

"振南制面厂"的机器又轰隆作响起来。有些金属的摩擦声音，如同年迈人胸腔的共鸣。往前走几步，就消失在市声中了。连粤名这才觉出了饿来，便在南货店里买了一颗芋粿，一路吃着，一路往楼上走。

打开门，是一股子尘土味。这屋子空了不过一个多月，竟像是尘封了几年。但有一股子腥潮气，证实不久前还有人住过。阳台上，晾晒着女人遗留的衣物。菲佣姐姐来不及收拾清楚，慌张结算了工钱便走了。临走多要了一个月人工，说和个死人老太太睡了整晚上，这笔钱主家要给她冲冲喜。

阿嬷走了，留下了一种气味，那是长年的福鼎白茶浇灌出的。阿嬷说，自己脾气躁，要用白茶平息心火。白茶清冽，所以直到米寿，阿嬷身上也从未有过那种不新鲜的、带着颓败气息的老人味。他一边收拾，一边想。老辈人都惜物爱囤东西，瓶瓶罐罐、胶袋纸皮，尽是多而无当。阿嬷也囤，摞得密密实实。但细看看，竟没有一样是可有可无的。阿嬷房中的大柜，除了衣物，便是六个柜桶。打开来，每只里头都清清楚楚，分门别类。打开一个，便是一满格的记忆。一格里头放着各种票证和存折，还有房契。一格中摆有只蓝罐曲奇铁盒，里头用橡皮筋绑成一摞。连粤名一张一张看。有三叔公七六年抵垒，办的临时身份证。有任剑辉和白雪仙，在新光戏院告别演出的戏票。有九〇年从罗湖坐长途汽车去莆仙的车票，那是连粤名最后一次陪阿嬷返乡。还有一张，打开来是火化证，上头的英文名字是拼音：Lin Tong Bo。连同保。他轻轻念出来，依稀记得这个人的名字。火化证里还夹着一张照片。这照片他没有见过。是一对年轻男女。男的是个文气的样子，五官净朗，笑得不太舒展。他看出了自己眉目的出处；女的一条独辫子，长及胸前。眼很亮，铮铮的笑模样。这张照片泛黄有年头，中间对折过，又展平了。可男女之间还是有一道密密的痕。

"如可赎兮，人百其身。"大柜深处，还有一只包袱。扎得很紧，他费了一些力气才解开。里头有一只褓褓，虽然颜色黯淡，但可以辨得出是自己的。上头绣着石榴与水仙，阿嫲亲自绣的。还有一只虎头帽，眼睛是塑胶的琥珀纽扣，也还是炯炯的。压在最底下的，是一双拖鞋。宝蓝缎的底，鸳鸯戏水。鞋头上已经磨破了，用同色的线补过。大约又被顶开了，还是半个窿。连粤名将这双鞋捧在胸前，心里忽一阵锐痛。

待他收拾好了，背上包就下楼去。到了楼下，才发现外头已经下起了密密的雨。雨越下越大，伴着浅浅的雷声。香港的冬天，很少有这样的雨。他怔怔地看了一会儿，才想起来上楼避一避，却将钥匙忘在了屋里。他正在门口踟蹰，忽然听身后有人轻轻唤，连教授。

他回过头，看到一个女人。女人也没有带伞，正掸着身上的雨滴，手里拎着一只篮子，看样子刚刚买餸回来。连粤名认出来是个街坊，便笑笑说，看我大头虾，将钥匙忘在了门里头。

他往外看去，雨更大了，形成一道帘幕，外头竟然什么也看不清了。女人也看着外面的雨，说，连教授，要不要上我那里避一避雨。

连粤名转过头，想起这个女人叫月华。是个外乡人，却也在这楼里住了十几年了。

她大约是楼上大只荣的续弦。大只荣做鳐夫好多年，待略上了年纪，攒了些钱，就北上做生意。生意并不见得做得有多好，还赔了钱，却从四川带回了这个女人。带回来后，他也并没有在家里待着，考了个两地车牌，给人跑运输。有回在深圳湾遇到了车祸，没来得及送医，当场就死了。旁人都以为，月华要卖了房子回乡下去。她倒没有，守在这，十几年也没跟别人。白天给人当保洁，晚上给人看更。赚的钱，贴补给老人院里大只荣的老窦。只是近年，有一种传说，说她晚上不看更了，做起另一种生意。有一回，住在明园西街的老姐妹，就是连粤名当初的房东，来探阿嫲，说起这桩事，脸上鄙夷而暧昧地笑。没等她说完，阿嫲一拍台面，说，"收声喇，你道是一个女人过得容易？要是你死男人，揸兜都冇人理！"按说，多年的姐妹，何至于此。对方脸上红一下白一下，拂袖而去。阿嫲也便横了一眼在场众人，厉色道，唔好系出边乱噏①！听到未？

女人见他不说话，定定望着门里头，便细声说，阿嫲人善，一路好走。

说罢便转过身去，走了几步，听见连粤名却跟上了她。开了门，走进去。屋里头简素清寒，并无许多过日子的气象。月华走到厨房里，将餸菜搁下。出来，叫连粤名坐，

---

① 粤语，乱说，胡说。

却看到他的目光远远地扫过。那里有些莹莹的小灯泡正闪着光，粉红的、金灿灿的。她于是走过去，将卧室的门轻轻掩上了。她给连粤名倒上茶，自己拿过了一只很大的柚子，用竹刀斜斜砍一下，然后将皮慢慢地剥下来。两个人望着外头的雨，没有要停的意思。从窗口望出去，整个北角都模模糊糊的，陌生得很。连粤名喝一口茶，味道很熟悉，说，福鼎白。月华点点头，还是阿嬷俾我的，从去年中秋喝到现在。这些年，我吃的用的，多亏了阿嬷照应。连教授，你知道吗？我们自贡也产茶，叫"川红"。我们家种，最好的叫"早白尖"。我总想着，要回一趟家，给阿嬷带些来。可是，到现在也没回得成。阿嬷却走了。

月华说到这里，眼睛一红，低低头，沉默住。许久后，将手上剥好的柚子递给连粤名，手背在眼角上靠一靠。连粤名也不知说什么，过一阵，问她，你公公可好？

月华说，还好，就是身边离不开人。别人都不认识了，只认识我。大事小事，都叫"新抱"。老人院的姑娘，天天打电话叫我过去，说他不见我不肯吃饭。胃口倒很好，一个人能吃掉一大碗叉烧饭。

连粤名说，那很好。老不老，都是看胃口。吃不下饭，人才真老了。我阿嬷……

他终于没说下去。月华看出他的黯然，说，阿嬷是好福气的。教出了一个教授，教授又教出了一个医师。街坊多少人羡慕。平日里，阿嬷跟我们谈起你，中气都足了不少。

连粤名笑笑，说，可当着我的面，只是骂。

月华说，慈母多败儿。阿嬷是明事理的人。

这时候雨渐渐小了，连粤名说，我该走了。忙站起来，却碰翻了桌子上的茶，全倒在了身上。连粤名说，我借一下洗手间。

走进去，按一下灯，却不亮。

月华递过一块毛巾，说，唔好意思。坏了好久了，call了很多回师傅。师傅嫌活小，都不肯上门。

连粤名看一眼说，我来试试。

他就搬来一只板凳，一只脚踏在凳上。不够高，他便踩到了浴缸沿子上。将灯拧下来，查看一下，叫月华将电闸关上，说，小问题。过了一会儿，他说，好了。就从凳子上下来。这时碰到什么，是轻柔的织物，在他脸上擦过。有一种柔润的气息，让他脚下软了一下。

月华拉开了电闸，洗手间里透亮的。他看到，原来浴缸的拉杆上，晾了一只胸罩。在灯光底下，是温暖的米白色。

他见到眼前的女人，脸庞也是温暖的米白色。也是一样的气息，瞬间在他的鼻腔里放大了数倍。他踉跄了一下，女人扶住了他。忽而有一种力量，在他体内奔涌了一下，摧枯拉朽般。他一把抱住了面前的女人。

事毕，他仍有些晕眩，看着头顶忽暗忽明、五颜六色的灯仔，疑心是在某个不知来处的圣诞夜，如此虚幻与美好。他闭上眼睛，忽而睁开了。他下床，从包里拿出那双陈旧的丽宫拖鞋，给女人穿上。女人迟疑了一下，还是穿上了。净白的身体，唯有脚上，闪着一两点的珠光，若隐若现。他体会到自己的壮大，在壮大间冲撞着这女人，恶狠狠地，攻城略地。

待他终于彻底地疲惫了，嗅觉却冷静下来。他觉得这室内的气息，无端地有些卑琐。半晌，他问女人，你闻过素馨花的味吗？女人转过头，看他，不知该说什么。他一个人走到洗手间，看到镜子里的自己，有些惊讶。他许久没有这样好好看过自己。镜子里是个半老的秃顶男人，两鬓斑白，双眼无神，有优柔而颓败的表情和体形。刚才，就这样，在一具陌生的也近衰颓的女体上盘桓。甚至，他注意到下体也有了几根白色的毛发。他忽而感到一阵羞愧。

他穿戴整齐，准备离开。想一想，从钱包里掏出了两张千元钞，递给女人。

连粤名说，对不起。

月华说，对不起？本来就是关起门来做生意。不偷又不抢，谁对不起谁。

她将他的手轻轻挡开，说，这些年，阿嬷给我的恩惠，不止这么多。

这时外面的雨，忽而又大起来，伴随狂风呼呼作响，竟把一扇窗户吹开了。月华走过去，将窗子关上。冷冷看了一会儿，回头说，不是我要留你，是天要留。

连粤名便也坐下来，倏然，喃喃说，下雨天留客天留我不留。

月华说，连教授，我读书少，但懂你说的。教我们小学语文的先生，是个大学生，没回城的知青。可巧他给我们讲过这个故事。同样一句话，看怎么说，谁来说，意思就大不同了。既然天留客，也是个缘分，一起吃个午饭吧。

连粤名愣愣地坐着，听到月华在厨房开了火头。不一会儿出来了，端出来一个白灼生菜，淋上蚝油，和一个紫菜蛋汤。又从微波炉里端出了一份烧味饭，外卖烧鹅。饭菜是一个人的量。她取了一只空碗，放在连粤名跟前，拨了大半进去。肉也是整齐的肉，留些边角和骨给自己。她便低头吃起来。连粤名不声不响，终于也吃起来。鹅肉有点老，有些甜腻，但味厚而丰腴，令人满足。连粤名在家，许久未吃过这样的饭。他似乎打破了某种禁忌，大口地吃起来。胃里充盈起来，湿湿的暖。

他回到家，原本准备了一些说辞。但袁美珍并不理睬他，只望他一眼，给股票经纪打电话，又给发货商追款，声音山响。

他轻轻推开思睿的房门，看母子两个都在睡觉。孩子将手指塞在口中，忽而震颤了一下，大概是做了个梦。

晚上，一家人坐在一桌，都不说话。倒是思睿先开了口。她说，爸，我想好了。这孩子，以后就叫林木。

下一个周末，连粤名又说去老屋。袁美珍问，还没收拾完？

他说，阿嬷几十年的东西，一时半会儿怎能收拾完。

他敲开月华的门。月华看一眼，让他进来，说，教授，你落下了一对鞋。

她回里屋，捧出那双鞋。连粤名看到鞋头的窿，已经补上了。用了一块同色的缎，针脚密匝匝。

连粤名看月华脚上，有莹莹的珠光隐现，也是一双缎面拖鞋。

他将手里的东西，放到桌上，说，上次你请我吃了饭，我要还给你一餐。

这狭窄的厨房，因气窗上的排风扇也坏了，前所未有地烟气浓重。

月华看连粤名，利落地将食材拿出来，分门别类摆在碗里。就对他说，看不出连教授，上得课堂，也下得厨房。

连粤名笑笑，我自小跟阿嬷长大，日日看，什么都是看会的。

月华说，那我帮你打打下手。

连粤名推辞。她顿一下，便说，其实做年节，我也帮过阿嬷。看这些食材，大概也知道你要做什么。这道焖豆腐，胡萝卜、火腿、节瓜都要切丁，我总是会的。

连粤名便由她去了。厨房逼仄，两个人就靠得格外近。都不说话，近得能听见彼此的呼吸。月华埋着头洗菜，这时极其微弱的阳光，照进了厨房里。有一道，正落在她的脸上。两个人都不说话，只能听见水声和切菜的声音。久了，竟然听出了一种抑扬顿挫。两个人手势间的默契，倒好像已是相处多年的感觉。顺着那道光，连粤名望见了她眼角浅浅的皱纹。不知怎的，心里漾起了一阵暖。于他而言，这暖意也是久违的了。

待菜摆上了桌，已经是一个多钟后了。因为有道扁食汤。扁肉皮要用刀背将猪肉捶打去筋，再混上番薯粉揉匀，极其考功夫。这一碗盛上来，连粤名让月华尝一尝。月华吃一粒，脱口而出，味道和阿嬷做的一模一样。

连粤名说，我今天做的，都是阿嬷的真传。

月华叹一口气，说，焖豆腐、荔枝肉、海蛎饼，我本以为，阿嬷走后再也吃不上了。

连粤名说，你要喜欢吃，我可以教给你做。

月华说，我别的还好，就是煮糍的手艺不大行。说起来，我倒是最念阿嬷做的膶饼。我看着不大难，教授有空教教我。

连粤名心头无端地痛一下。他想起了二十多年前，他东拼西凑，因陋就简做了一餐膶饼。有个女人，定定看着他说，别的我不管，这膶饼一世你只做给我吃。

许久，他回过神，对月华说，叫我阿名吧。

七

这一年的春天，副校长的任命终于尘埃落定。国际导演也完成了在南华大学的拍摄。据说这部新的影片，将要成为坎城电影节的开幕片，并参与主竞赛单元。

大学于是前所未有地安静了下来。虽是春天，吹面不寒，校园里倒有了一种入秋的萧瑟。

连粤名收到一张婚礼请柬，来自周博士。新郎是个不认识的外国名字。

连粤名想了想，决定还是去。

婚礼在圣约瑟教堂举行，只有一个冷餐会。并没有铺张摆酒，这倒是符合周令仪新派的作风。他原以为，参加婚礼的还有大学的其他同事。然而举目四顾，并没有一个熟悉的人，并且以西人居多。他不禁有些拘束。

新郎新娘来向他敬酒，他立即站起来，说着百年好合之类的客气话。周令仪哈哈大笑起来。新郎显然没有听懂，但也是凑趣地笑，笑得十分憨厚。这是个很俊俏的年轻人，但瞧上去脸相很嫩，是没经过什么历练的样子。能看得出，很爱周令仪。当着连粤名的面，也并不掩饰他的爱。他含情脉脉地望着自己的妻子，并且深深地亲吻。周令仪抱歉地微笑，对连粤名说，意大利人。

然而，后来的仪式上，伴郎发表演说，才知道他们是在艺穗会认识的，在一个朋友的fare well party。那不过是两个月之前的事情。

席间，周令仪单独走过来，看到连粤名又在张望。她敬他一杯酒，轻轻说，连教授，他不会来的，我们分手了。

她说得轻描淡写，如在陈述一个人所共知的事实。倒是连粤名不安起来，好像自己是个泄露秘密的人。周令仪望着他，眼神坦荡荡的。她说，我就要去欧洲定居了。方便的话，帮我跟Leo说一声。我用了一个月的时间，才教会我先生那段他教我的贯口。

说这些时，她始终在微笑。她望一望远处的太平山，说，香港多好啊。说起来，我还真有点舍不得呢。

这年前后，经历了一些动荡。虽未算尘埃落定，但先前的混沌，渐渐显山露水。

院长和连粤名谈话，关于高分子研究所的周年庆典，却问及下一任的系主任人选。他知道自己早已过了少壮年纪，别无所想，只是重复往年一些和事佬的说辞。但是，院长话里话外，却是提醒他老骥伏枥的意思。他笑一笑，说，我最近一个舍监，都当得左支右绌，何谈管一个系。学生来来往往，自然都传开了，我未嫁女儿，却做了外公。屋企正是一地鸡毛。

院长自然是听到了风闻，但从连粤名自己嘴里说出来，心里还是一惊。他想这么个老实人，不声不响。如今不吐不快，却叫人骨鲠在喉。

连粤名从院长办公室走出，周身松泰，步履轻盈。路过教学楼外头的车道正在装修，几个印度裔工人突突地打着电钻，声音震耳。忽然停下来，他才听到一个工人正唱着支小调。大约来自家乡，音节简单，唱得如痴如醉。虽然一句都听不懂，这旋律却在连粤名耳畔萦绕不去。如同一句咒语，回环往复，他也不禁轻声吟唱。

在日复一日的日常里，思睿的孩子也长大了。连粤名未尝初为外祖父的喜悦，只觉自己无端地又老了一些。欣慰的是，家中隐隐地有一种和解的气氛。袁美珍开设了一个新的公号，认证是"育儿专家"。订阅者寥寥无几。她将录制的短片链接发给了连粤名，不着一辞。连粤名打开，看到了袁美珍抱着一个塑胶的婴儿，极其耐心地示范与讲解。短片中的妻子，不再有美颜。面色青黄，眼袋下垂，是这个年纪的女子，通常的老态与臃肿。但却有一种砥实与可靠，是他曾经熟悉的。那眼中的严厉，也柔软下来，甚而有一种母性。目光落在那婴儿公仔上，便是一层暖。

他终于醒悟，于是将链接发给了思睿。Whatsapp并未回复，但显示已读。

这样许多次后，晚饭时，他看到思睿怀抱孩子的姿势，有了些微的改变。他抬起头，袁美珍的目光，也正落在女儿身上。紧蹙的眉头，略略舒展。

在某一个下午，他回到家，打开门，便听到孙儿的哭声。他看到思睿从浴室中出来，正慌乱地擦着湿漉漉的头发。他们同时疾步走到卧室里，却看到阿木已停住哭声，以柔软的姿势，窝在袁美珍的肩头。袁美珍轻轻拍着孩子的背，面容松弛，嘴角有一丝笑意。待看到父女两个，便恢复了一种不耐的神情。看一眼思睿说道，论论尽尽[1]，点做人阿妈！

然而，她说罢，并未将孩子塞到思睿怀里。倒是一边哄着阿木，一边向厅里走去。姿态熟稔而自然，像个平凡而怡然的祖母。最终停在了露台前，指着露台外的鸽子，轻轻唱道，细路乖，睇鸽仔；上下飞，唔返来。

连粤名心头缓缓震动了一下，他回忆起，上次听到袁美珍唱这首童谣，已经是二十余年前了。年轻的母亲，灿然而略羞涩地对着自己第一个孩子。

过往的大半年，连粤名待在自己一手成立的高分子研究所。整合设备，建立团队，申请UGC的项目。虽然疲累，但却有一种淋漓与畅快，也是久违的了。他看着身边的年轻人，闻着仪器的金属味与隐隐的荷尔蒙混合的气息。依稀回到当年，虽无铁马冰河入梦来，但总也有些宏愿与抱负。这些抱负始终未曾有人分享，便逐渐蒙尘，连他自己看着都面目模糊。现在退休之前，院里允他远离政治，埋首这一处学术异托邦，竟让他有青春重回之感，只觉非殚精竭虑，无以为报。

---

[1] 粤语，形容人笨手笨脚，行动不灵活。

某个黄昏，他穿过太古 Pacific Place，看到中庭贴有一张巨幅海报，正是那个国际导演的新片预告。男主角是个华人影帝，女主名不见经传。

谍战与浪漫，都非他兴趣。然而，他愣一愣，不知为何，鬼使神差，竟然买了一张票，走进去。在进入放映厅之前，他被要求查验。工作人员抱歉一笑，说是防止有人将摄影机放在包里偷摄。"毕竟是近三个小时的足本三级片"，工作人员放他进去，却加上这一句。这句话并安慰不到他，反而让他有些心虚。

影片虽长，无冷场，见大师功力。其中必有内容，情事令人面红，谍战令人心跳。但是因为等待，似乎于他并未有强烈的触动。终于出现，是陆佑堂。简陋的舞台，桃花三两枝。他想起那个阳光尚好的下午。台上的人，生死离别，上演革命加爱情的戏码。女主角生涩而美丽的六角形脸庞，在想象中，不断叠合另一张脸。

在漠漠的黑暗中，他大着胆子，端详着银幕上的脸。无助而笃定，天真而勇敢。另一张脸，神情别无二致。但没有憧憬，眼里有光，瞬息烟灭。

他看一对男女真刀真枪，贴身肉搏，无端起了反应。黑暗也掩藏了潮汐的欲望。事毕，他看女主角点起一支烟，着睡衣站在窗前。睡衣上开着大朵的金色鸢尾，缓缓滑下，脊背青白，长而优美的颈。

他回到家，已是夜半。他悄悄开门。思睿房间黑了，照例是睡了。近来他早出晚归，已是常态。无人关心，也无人以之为怪。

卧室里倒有一盏灯。他推开，见袁美珍躺在床上，好像也睡着了。手边摆着一张强积金的宣传单张。这灯便不知是忘了关，还是为他留的。

袁美珍睡着了，人便松弛下来。光的柔和，抚平了脸上的褶皱。还有嘴角的法令纹。这法令纹里，集聚的平日里的一点狠，也隐没了。许久未见这女人的脸上，呈现出了一种憨态。这憨态是对世界不设防的，在香港女人脸上尤其稀见。他心中莫名产生一股柔情，他悄悄地上了床，从背后拥住妻子。这背让他有些许陌生，坚硬而厚实。他犹豫了一下。但是，同时间若有若无的香气，从女人的头发间散出，并渐浓郁。是素馨花的气味。这气息，是女人与自己信守的诺言。如二十多年前，还是让他心驰神往，进而迷离。那已经退潮枯败的欲望，出其不意地泛绿。他将下巴贴到妻子的颈项间，让那气味离自己近一点。热烘烘的，丰熟的，让他有一丝痒。呼吸也重浊。袁美珍并未避开，反而感到一点隐隐的贴近。这对彼此也是久违的。不知为何，刹那间，他心里出现"相濡以沫"这个词。他不再动作了，只想维持这一个静止。

不知过了多久，他几乎昏沉睡去，忽然听到了急促的声音，是一阵杂沓有序的脚步声。这段西班牙踢踏舞者的舞步，被袁美珍用作手机铃声已经多年。

他看见袁美珍"腾"地坐起身来，神经质地将他推开。

她接通电话，旋即便放下。她看着他，眼里有光。

"那个女人终于死了"，她说。同时紧张地搓着手。连粤名看她身体微微颤抖，双颊潮红。

在袁美珍后母的葬礼上，连粤名再次见到了她的家人。上一回还是二十多年前，出现在婚礼上的，只有她同父异母的大弟，袁尊生。

尊生的样子似乎并无变化，那时已是个持重成熟的青年，代表家庭出席长姊的婚礼，于他如同与年龄并不相称的使命。然而，他做得很好。礼貌周到，举止言行均无可指摘。还有一种令人舒服的雍容大气。就连最挑剔的阿嬷，在婚礼结束后，都放下了成见，说袁家大弟"好得、好生性"。他的得体，令众人似乎都忘却婚礼上缺了一方高堂的事实。特别是他代表女方致辞，为连家塑造了一个他们所不熟悉的袁美珍。这个袁美珍，是个独立而低调的都市丽人，不袭家世，溯流而行。他甚至表达了对他已去世的大娘的敬重，完成了他所塑造的完美长姊其来有自的逻辑。听完了这段致辞，众人将目光投向了连粤名，仿佛他是那个入深山得珍宝而不知的樵夫。

在这个过程中，袁美珍只是浅浅微笑，并未对大弟表现出任何言语和神情上的呼应。但连粤名当时想，这或许会是一个节点，代表着她与家庭的和解。

然而，第二天清晨，袁美珍在敬公婆茶之前，对连粤名说，她没有娘家回门的环节。她放弃了对父亲的继承权，袁家便陪她将这场戏做圆。

事实上，袁美珍的确没再回过家。她最后一次与大弟见面，是在西半山附近的一处私人会所。那是一九九九年，袁美珍与他借款，为筹满"何翠苑"的首期。

在丧礼上，连粤名第一次与袁美珍的整个家庭会面。确切地来说，是一个家族。他并未预料，袁美珍拥有一个庞大的家族，并有如此广泛的交游。在过去的这些年，袁美珍除了间或提到尊生这个名字，甚至对其他的弟妹未有只字。而显然，除此之外，她还有至少两位叔父和一个姑姑。这时以一种矜持的神情和她说话，丝毫不理会她身旁的连粤名。对连粤名而言，这是一个完全陌生的环境，这个环境反而让他自在，无须敷衍。他获得一种特权，可以理直气壮地做一个旁观者，环顾周遭。

然而，这个情形未几便被打破了。他看到一个花白头发的男士向他走来。他一眼认出是袁尊生。他似乎没有变，除了头发白了些，脸上还如青年时般光洁红润。举手投足，是优渥生活造就的良好修养。连粤名无法对尊生陌生。因为后者城中名人的身份，每周六十点档——"港人说法"的常驻嘉宾。

他看到这张名人的面庞，穿过陌生的众人的脸，向他飘浮而来。尊生亲切地唤他，姐夫。然后，就近将他介绍给近旁的来宾。他说，姐夫是南华大学的教授，研究高分子物理。然后以征询的目光，看一眼连粤名，说，姐夫，我没有说错吧。这都是你们科学家的事情，平常人哪说得清。

连粤名愣了一愣，恍惚于长久缺席于自己生活的妻弟，昨天是否刚刚见过。他也感到了身上有一些灼人的眼光。意识到，这意味着头发半秃、黑西装上还有褶皱的麻甩佬，忽然被人刮目相看。尊生将他引见给其他人，一如既往得体周到。他不禁也打量。时光荏苒，和这个男人的会面，漫长的空白，竟然是在一个婚礼和一个葬礼之间。那时尊生不过是一个法律系实习生，如今已是国际知名律所KMC的合伙人。即使作为袁家的长子，并未继承家业，但丝毫没影响他的地位。比起二弟正疲于应付商界往来，此时他倒有了一种游刃左右的超然。因为他，这个葬礼未显得过分沉重，更像是带有暖意的追思。

面对宾客致辞，尊生提到了自己的父亲，说到他与母亲的相识。连粤名禁不住看一眼袁美珍。她的神色倒是很平静，一如当年在她自己的婚礼。听的过程中，连粤名有些走神，因为在这致辞中，他感觉到了某种套路和圆滑。这或许是律师的职业品性所致，他想。尊生在致辞中塑造了他父母的婚姻，一如多年前塑造自己同父异母的姐姐。他忽略了这桩婚姻门当户对的功利实质，而凸显了父亲的一往情深。台下的宾客唏嘘。连粤名想，这是多么完美的因势利导的案件重现。

因为走神，连粤名将目光落在尊生身后的遗像。活在袁美珍口中的女人，今天的主角。这是张无法激起他人仇恨的脸，与尊生面目类似，但更为平和，平和至平淡，甚而眼神有些恍惚。连粤名不知道，这是因在袁老先生身后，经受了长年的抑郁症折磨所致。这一点，袁美珍一直未告诉他。她需要她生命中的敌手，始终是个强者。

在致辞的尾声。连粤名看着妻子缓缓站了起来，然后转身，在众目睽睽中离开。尊生似乎停顿了一下，或许并未停顿，仅是连粤名的错觉。致辞便走向了华彩一般的收束。

回到家里，袁美珍立即将自己关在了房间里。隔着门，连粤名听到了一阵号啕，继而安静。

思睿抱着阿木走出来，父女两个站在门口，对望了一眼。连粤名对思睿挥一挥手，让她回房去。在长久的寂然之后，传来极其细隐的啜泣声。

第二天清晨，袁美珍才从房里走出，竟还穿着参加丧仪的黑色套装。连粤名想，尽管袁美珍是个孤寒①的人，却为了后母的丧礼定制了套装。这套装质地精良，剪裁可体，扬长避短。连粤名看妻子穿上套装的那一刻，双眼生辉，如同临阵的武士身着铠甲。

然而此时，穿在同一套衣服里的袁美珍，似乎整个人都坍塌了下去。套装皱巴巴地发着晦暗的黑。脸上的妆，被泪水冲洗得七零八落，冲出两道干枯灰黄的沟壑。她站在门廊处，发现了丈夫和女儿的目光。于是竭力将身形撑持，但似乎自己也感到徒劳，就放弃了。她用手背胡乱在脸上擦一把，掩饰已干涸的泪痕。在桌前坐下，她从连粤名手中抢过一块还未涂好果酱的面包，狠狠地咬了一口，咀嚼几下，然后用含混不清的声音

---

① 粤语，吝啬，形容人过于节省。

说，佢点解要死？

连粤名看着她。她将面包掷在桌上，大声道，那个女人，佢点解要死？

说完这些，她好像泄了气，再一次地失声痛哭起来。

这次回到房间，她没有将门关上。晨光初至，厅里的光线，渐渐亮了起来。一束光沿着露台，投到了餐桌上，桌上有远方在风中摆动的稀疏树影。这光线朗净，似乎划破了令人压抑的安静，让父女俩都松了一口气。

这时，思睿轻声说，爸，孩子大咗，我想回去上班了。家里请个保姆带阿木吧，钱我自己出。

还未等连粤名应她，房间里传出一把嘶哑女声：使乜晒钱请菲佣，我来带！

八

研究所出事，是在两个月后。

旁人都说，早前就有征兆。这高分子研究所的风水不好，前身是嘉风楼的一处货仓。日据时被征用，囚禁过东江纵队的几个队员，在附近行刑，胡乱埋掉了。因为北向，四围寸草不生，是极阴之地。连粤名是不信这个邪的。但先前做过化学系的实验室，莫名发生了爆炸案，有史有据。虽说已是一九六〇年代的事情，至今未调查清缘由，炸死了一个英籍的管理员，是确实的。所以研究所挂牌那一天，听几个老同事的建议，还是点红烛、上高香，摆了切乳猪的仪式。

后来谈起，连粤名自己都觉好笑，说，上香拜祖师爷，倒该有个名目，是拜保罗·弗洛里，还是爱因斯坦？

可就算这么着，还是出了事。

连粤名接到医院的电话，听完，愣愣地一闭眼睛。

许栩是他带的第一个博士生。研究所成立时，已在多伦多大学拿到Tenure①，手中握有三项专利，前途大好。但听说导师需要人手，便毅然请辞，回来母校效力。连粤名看他，毕业多年，还是那个白马轻裘的少年，毫无学院积习带来的圆滑和暮气，不禁欣慰。许栩加入研究所后，未孚众望，短短一年间已申请到两个重点科研项目，发表了数篇SCI论文。长此以往，连粤名是有心让他接下研究所的重任。上回见院长，问及下一任系主任人选，连粤名当时未表态。但事后却专函推荐了许栩。按理说，这有违他低调的作风，但想一想，举贤不避亲。院长再见到他，便说，论学术，你这个学生是真好。

---

① 指"终身教授"，是在美国和加拿大等地的大学里对教授职位的一种保障系统，使得大学教授通过考核期被正式授予终身教授后没有正当法律上的原因其职位不会被终止。

但人事上，不怎么成熟啊。连粤名笑笑说，路遥知马力，多历练就好了。去年和威斯康星的研讨会，他操办的。办得如何，您有数。不像我，就不是管人的材料。

连粤名自然知道院长说的，是许栩张扬的个性，毫无乃师之风。因为恃才傲物，得罪了一些前辈，甚至博士论文答辩时，还被为难过。这些年在学术圈摸爬滚打，褪去了不少脾气，为人圆融了些。但一涉及学问，还是寸土不让的性格。

作为导师，连粤名明里暗里，也为他护航，当初是不想看到初出茅庐的才俊，便被汹涌的暗潮淹没。久了，其实心里有些羡慕，是为这孩子的不变。他总想，只要硬铮铮地硬下去，终有一日，能做那掌舵的人，立于暗潮之上，便无人可奈何了。

但他未免乐观。在周年庆典的前夕，院里的学术委员会收到一封实名举报信。举报人是美国一间社区大学的学者。举报的对象是许栩，直指他去年底发表的一篇 Tier1 Journal 涉嫌抄袭，列出了十多处比对性细节，为证确凿。对方发表的刊物名不见经传，但发表时间比许栩的这篇早了三个月。因这篇论文是研究所去年立项后的重大科研成果之一。兹事体大，学术委员会便成立了调查组，专司此事。

一切发展得太快，连粤名来不及反应。一周之后便要召开听证会。早晨他收到了许栩的邮件，说已经准备好发给文学院的 appealing letter。这十多处引证，有一半以上是来自他在夏威夷年会上发表的论文，他倒要问问这举报人的实验数据从何而来。

不等连粤名动作，院长已找到他，让他说服许栩，压下这封 appealing letter。连粤名道，别的好说，但自证学术清白，有什么商量的余地？院长说，这些都交给委员会。此时自己申诉，无异于飞蛾扑火。

见连粤名茫然，院长犹豫一下，叹口气，你以为这个举报人是什么来头。他是莫里斯以往在密歇根时的学生。

连粤名一怔，脑海中映出一张牛肉色的脸。莫里斯教授是系里的老同事，退休已有四年。据说未拿到荣休资格，和数年前那起风起云涌的学院政治相关。当时物理系的系主任，即是如今的院长。也就是说，此次来者不善，恐怕没那么简单。

院长说，他是冲着我来的。树欲静而风不止，何必殃及池鱼。按住许栩，要保证研究所的周年庆典如期进行。

院长想的是近在眼前的研究所的声誉，许栩想的是学术清誉，似乎都没有错。这时候，连粤名接到老李的电话。老李说，退休生活淡出了鸟来，约他出来喝一杯。

两个人在中环一间居酒屋见了面。老李似乎老了不少，大约是神情里少了许多的意气。但他一见面就嘲笑连粤名的外公相。连粤名看着他拿着酒杯的右手微微抖动，嘴角也有些歪斜。老李年初时小中风了一场，落下了后遗症。连粤名不确定，这是否与周令仪相关。但如今的老李，确不是那个洋气的、浑身散发着古龙水气味的 Leo 了。他身上是件讲究的黑缎唐装，白色袖口上绣了 L.&L.，是他与他太太姓氏的缩写。

连粤名说起近事。老李眯眯眼睛，说，本来我是写一幅字给你共勉，"两只麻甩佬，一对老学究"。如今看，不对。麻甩佬是我，老学究是你。这几年，我还是比你看透多了。我们系里两只乌眼鸡，以往在乐团争首席，后来在大学里争讲座教授。争到一半，死了一个。另一个高处不胜寒，去年也死了。我送他们两个字："挚敌"。

连粤名说，我倒是无所谓。可是老辈的恩怨，应在年轻人身上，还是欠公平。

老李摇摇头，说，儿孙自有儿孙福。不聋不哑，不做翁姑。

连粤名叹口气。老李说，不如我给你讲段古。

连粤名说，我正愁，你仲同我讲古？

老李说，听听无妨。当年我老婆肯嫁给我，上门见家长，没说一句，我岳丈先用这一段来考我。是个单口相声，《解学士》。里头说有个明朝才子，叫解缙。出身寒门，细个时读书好叻。解缙家对面是曹丞相的后花园，门对丞相的竹林。除夕，他就在门上贴了一副春联："门对千棵竹，家藏万卷书。"丞相见了，想他好大口气，就叫人把竹砍掉。解缙呵呵一笑，于上下联各添一字："门对千棵竹短，家藏万卷书长。"丞相更加恼火，这回下令把竹子连根挖掉。解缙不动声色，在上下联又添一字："门对千棵竹短无，家藏万卷书长有。"

连粤名会心说，这个才子，还真会搞搞震。

老李说，我就问你，这才子蚀底没？

连粤名说，佢蚀底？分明占了人便宜。

老李又问，那他得罪了人没？

连粤名说，得罪了？好像又谈不上。

老李说，当年我丈人问我，在这相声里头看到什么。我那阵国语都说不利索，听得半懂不懂，只好说，看到我亲事黄了。他呢，哈哈大笑。说这后生真老实，就把女儿嫁给我了。

连粤名笑说，你要是人老实，猪乸会上树。

然而接下来，他愣一愣，忽而懂了，说，这是个好故事。

连粤名终于没来得及对许栩讲这个故事。他看到了许栩将写给文学院的 appealingletter，电邮抄送给了他。他不禁有些光火，立即打了电话给许栩，但手机关机。

许栩的消息，是第二日清晨传来的。当时连粤名睡眼惺忪，立时间清醒了过来。当他赶到研究所时，空气中似乎还流淌着残余的乌头碱气味。在服毒之前，许栩给自己注射了肌松剂。这样在清洁工人发现他时，他嘴角上扬，脸上竟呈现出了柔美的微笑。

警方很快将凶案定性为自杀。因为在傍晚时，全校师生都收到许栩预定发送的邮件，是他的遗书。这封中英双语的遗书，遣词造句都非常准确，且文采斐然，令人不得不佩服许教授的语文造诣。更难得的是，其中颇有几分举重若轻的幽默，甚至用来陈述自己饱受抑郁症困扰已有六年的事实。

当然，这封信的后半部分，剑锋所向，是"南华"物理系多年的朋党之争，以及隐藏其下的学术腐败与利益输送。这是积重难返的卷裹，似乎少有人能独善其身。在这封信发酵一周之后，理学院院长与物理系系主任，分别递上辞呈。

信的末尾，他说唯一愧对的，是自己的导师。

连粤名再见到许栩，是在一周后，又是个周五。那一天本来是研究所的周年庆典。

已成为植物人的许栩躺在床上，仍然微笑。这笑意或将永恒地凝固在他脸上。连粤名望着他，想，这孩子生前总和自己拗着劲，活得太紧张，总算让自己放松了下来。

他迅速地纠正并说服了自己，说许栩还活着，和他一样活在空气和阳光里头。只不过不用再为生活缠绕，如窗台上的一棵黄金葛。他看着他生动的脸，像是个装睡的人，嘴角憋着一股笑意，时时将要在他面前睁开眼睛。他看得很久了，看到窗外暮色苍茫。这张脸终于成了一张面具，不再是他的学生。与他同存于世，幽明两隔。

走出医院的时候，他遇到了月华。

女人手里拿着一只保温桶，看上去憔悴了些。她说，公公前两天进了一次 ICU，抢救过来了。醒了，连她都不认了。

她遮掩了一下，他还是看到她眼角的伤痕。她的声音很轻，对他说话，神情与问候，也都是浅浅的。

他这才想起，已经许久没去北角了，便也未再见过月华。曾有那么半年的日夜，他们常坐在临窗的桌前，有时吃煲仔饭，有时是豉油鸡，都是味浓质厚的。窗外看出去，是万家灯火。由于楼距近，甚至能听到声响。父母责骂孩子的声音，年轻情侣的嬉闹。对面是新建的公屋，新移民多。这声音里便有南腔北调，共同积聚为浓重的烟火气。近在眼前，又恍如隔世，让他心里砥实。

不知为何，他不再去北角。不去了，便也好像从未发生过，留在了那一时，那一处。

月华于是对他浅浅点一下头，说，连教授，我先走了。

他听得一怔，定在了原地，看女人转身离开，走去了很远，消失在人群里头。他这才想起，她以往是叫他"阿名"。

九

四月时，连粤名送阿嬷骨灰回仙游县。

这是阿嬷生前夙愿。米寿时已经请定了佛塔的位，等着回去。

复活节假期，港人北上出行得多。高铁对面的男人，挈妇将雏，是不胜其烦的样子。那男孩哭闹够了，便看着连粤名。眼睛晶晶亮，又盯着连粤名手中的包裹。尽管连粤名将它包成礼盒模样，他眼睛却挪不开似的。终于问，里头装的是什么？

连粤名笑笑说，朱古力。

孩子便向他索要。

孩子爸爸呵斥，说，冇礼貌。一边对连粤名颔首致歉。

连粤名说，唔紧要。便从背包里真的拿出了一板朱古力，给那孩子。

两下都算亲切，便攀谈起来。男人问他去哪里，他说，去仙游。

男人说，那我们同路。仙游一年一变，你回去怕不认得了。

连粤名说，我有三十年没回去了。

男人笑说，那是变得天翻地覆。我是以往的糖厂子弟，"文革"后跟亲戚去的香港。父母还都在，年年都回去。

连粤名依稀记得听阿嬷说起过糖厂，就问他还在不在。

他说，早就没有了。关了也好，污染得乌烟瘴气。你去看看，如今木兰溪的水，清回去了。

连粤名就印象深刻一些，想起了这条河。想起那回阿嬷急躁躁，颠着小脚，一路骂着他，在乡野小道疾走，走得比他快，终于太阳落山前赶到了坂头村。阿嬷站在大桥上，眯着眼睛向河水上望。河两岸都是成熟的荔枝，红彤彤的一道弧。那时甘蔗也熟了，溪上有木船，运的都是甘蔗。甘蔗绑得密匝匝，船吃水很深。阿嬷说，当年要有咁多甘蔗，无饥荒，你阿公就不用逃去印尼。

那一回，阿嬷买了许多莆田糖厂产的"荔花牌"白砂糖回香港。送遍北角街坊，还有许多存在家里。吃不完，招蚂蚁；雨季招潮，结成块，比砖都结实。还是不肯丢弃。谁要是动，她就骂，骂得震天响。

想到这，连粤名喃喃，怎么就关了呢。

男人跟上他的话说，产业调整呗。九八年停产，一千多个工人下岗。我阿爸办了内退。我让他到香港来，死硬颈，说不甘心，要做糖厂的鬼。就辛苦我们来回跑。

车到了莆田站。

连粤名和男人一家一齐出了站，在站口道别。连粤名站在太阳底下，等了许久，这才拨了电话过去。电话那头气喘吁吁，说，表叔，我的车在高速上被人追尾了。你和祖阿嬷等等啊。

连粤名听到电话那头嘈杂得很，还间或有吵闹声音。忽然间就挂了。

他愣愣站在原地，这时一辆比亚迪在他跟前停住，车窗摇下来，是方才的男人。男人对他说，教授，我载你一程。

连粤名犹豫，说，不用麻烦，我等等。

男人头往后一扬，说，上车吧。送老人回去，耽误不得。

连粤名恍恍惚惚上了车，想起男人的话，问，造次了，你点知嘅？

男人说，谁会这样毕恭毕敬，抱着一盒朱古力？

连粤名嗫嚅道，这怎么好。

男人摆摆手，唔好念多咗。我冇乜忌讳，当年我也是这样送舅公回乡的。

车到仙潭村，已是下傍晚。苍茫暮色。余晖里，连粤名认出村口那两棵枝叶交缠的榕树。他记得其中一棵遭到雷劈，树冠已经焦黑。然而在树干的中段，竟又生出了一丛旁枝，枝叶甚至已经粗壮葱茏。有气根曳曳垂下，已又落地生根。

村口有个黧黑的年轻后生，迎上前，怯怯问，堂叔公？

他茫然，后生说，我是阿胜嘅仔。

后生接过他的行李，道，阿爸的车拖去修，他接了你电话，叫我在村口迎着。

他才恍悟。打量下，后生说，叔公叫我发仔。你上次和祖阿嬷回来，我还没出生。

连粤名想，上次回来时，比这后生大不了多少。如今自己都是半老的人。

他跟着发仔，在村里走，周遭不认识。多了许多二层的小楼，都很排场，墙体用贝雕和蚝壳镶嵌作为装饰。好像也看不到什么田地。连粤名就问，还种不种甘蔗？

发仔说，不种了。我细路那阵时，糖厂就关了。种甘蔗做乜喔。

连粤名问，那还种什么？

发仔说，山上种茶叶，种蜜柚。大棚种巴西菇，都好过种甘蔗。

他们经过一处，门口写了"福胜工艺家具厂"，里头有宽绰的厂房，听得见隆隆机器运转的声音。发仔说，这是阿爸开的厂，我同老婆都在里头做工。

连粤名说，原来阿胜出息做老板了。

发仔挥挥手，谦虚地说，这样的厂，在我们村里有十几家。我们这个算小的。

说话间，就到了阿胜家。也是两层小楼，外头的院墙上也有贝雕装饰。镶拼成了醉八仙的图案，洋洋大观，一团锦簇。仔细一看，张果老却是倒坐在一架屁股喷火的飞机上，不知是谁的创意。

这时有个年轻女人，抱着孩子迎出来，是发仔的老婆招淑。

招淑灵秀模样，与发仔交代两句，便唤他叔公。这一唤，用的莆仙话。他才恍然想起，说，发仔，你先前同我说的广东话哦。

发仔摸摸头，说，我初中毕业，去东莞打工，学识讲广东话。怕叔公不会讲莆仙话了。

连粤名说，我怎会唔识。阿嬷日日夜夜同我讲。

他便改用莆仙话同两夫妇交谈。倾谈过一阵，两下觉得有些词不达意。招淑说，叔公说的是老派莆仙话，这些说法，现今年轻人都不这样讲了。村里老人勉强听得。

连粤名说，阿嬷怎样讲，我就怎样讲。几十年过去，说话学成化石了。

他便跟着发仔上楼去。到了楼上，直进去了一间。里头竟然搭了一个很大的龛。发仔说，阿爸一早给祖阿嬷留了龛位，叫好师傅做了牌。今晚住一夜，明天就送她老人家去广胜寺。

连粤名在牌位前，恭敬放好阿嬷的骨灰坛。牌位上写着"连何氏秀英莲位"。

连粤名知道阿嬷娘家姓何。

何是仙游县的大姓，却来自异乡。传说仙游县以往叫清源，得名自安徽庐江何氏九兄弟为避淮南王刘安叛乱，隐居该县九鲤湖畔，炼丹得道，乘湖中鲤鱼羽化升天。以后就改叫仙游。阿嬷便总说自己是仙人后代。

发仔点上香，要和连粤名一齐拜拜。听到有人杂沓脚步，噔噔上楼来。听人叫他堂叔。回身一看，大头大脑的人，是阿胜。连粤名竟还记得他当年模样。除了老些，并未大变。阿胜不及和他寒暄，便叱责发仔。一边小心上前，将阿公牌位旁的另一牌位撤去。

连粤名看到那牌位上写的是："连荣氏"。

记得阿嬷说，当年她嫁给阿公，旁人都说大吉之姻，莲荷得藕。所以连粤名的阿爸小名叫阿藕。"六七"那年，阿爸出街给英国人乱枪打死。以后家里人便不再吃藕。阿嬷买拖鞋，倒还是爱买"鱼戏莲荷"。可有年始，也不再买，断了念想，以往的鞋也都收埋。后来，连粤名在庵堂听乡党阿金婆说，阿嬷知道阿公回了仙潭，还带了他印尼的老婆。

阿胜连连说，小孩子不懂事，不周到。堂叔和祖阿嬷莫怪罪。

连粤名说，也没什么。都算是团聚了。

阿胜说，不好。至少今晚，让祖阿嬷和太阿公，自己两个说说话。

晚上，连粤名与阿胜一家人吃饭，又来了旁系几个亲戚。

招淑在旁头烧芋粿，包䖙饼。将那面团在锅底一旋，再一擦，便是一张薄如纸的饼皮。手势很娴熟。

阿胜与连粤名喝酒，说，堂叔，我这个唭林姆①，是福安溪潭人。发仔打工认识的。来时上房活儿，蚵仔都不会煎，现在也做得似模似样。

他阿爹祥营，连粤名称堂哥。年近九十，耳朵半聋。大约听懂意思，便大声说，查某就要多做。

他对连粤名说，阿弟，你阿嬷当年在查某里是一等一，能做满堂流水席。你阿爸小我五岁，长在辈上。都还是小孩子，一齐玩到大。那年她刚嫁来，过年我磕头，叫她阿嬷。她笑笑脸就红，说哪来这么大个孙。我阿公长房，当年不放你阿公和四叔公去印尼，是看不得她年轻查某守活寡。多少人出去都回不来。那时还记得她眼湿湿，在屋檐下唤你阿爸回来吃䖙饼。你阿爸吃，我也吃，往后许多年，没吃过这么好味的䖙饼。

连粤名看他纵横老泪，混着醉态。亲戚们方才热闹，此时也就肃然。外头有溪声虫鸣，院落里头一株刺桐，花期将尽，间或簌簌落下，浅浅飘香。香味生涩，醒了醉饮者的心神。连粤名吃一口䖙饼，细细咀嚼，也是五味杂陈。

---

① 莆仙方言，指儿媳。

月色朦胧，人散尽了。送罢了亲戚，连粤名回来，见招淑在堂厅里点一盏灯，上着绷架，俯身在飞针走线。连粤名不禁好奇，问发仔。

发仔说，我老婆是潭溪琴洋人。那整个村子，三百多户，没有查某不会织绣的。福安闽剧团，戏衣旦裙，八成都是这个村里制成。女仔从小眼看手做，绣桌围寿序，个个好身手。嫁给了我也闲不下来，你看这沙发巾，电视罩，都是她绣的。

连粤名这才打量那日常陈设，绣着花果百蝶，针线竟都十分精致。

招淑远望望他，笑笑，说叔公你先去歇着。明天还要早起身。

第二天清早，天蒙蒙亮，送阿嬷去广胜寺。

连粤名将骨坛由龛位取下。招淑从里屋出来，手里捧着一块织物，展开来，竟是金灿灿的一块织锦。

招淑两眼红红，有疲态，说从三个月前就开始织，织好了要上绣。可又有家具厂的工期，就耽搁了。其实只差了一面，昨夜赶工绣了出来。

连粤名端详那织锦，不禁心里一动。原来蓝色织锦正中是一尊金佛，面容慈正。周边是灿灿佛光，肃穆的圆中有圆。然而再仔细看，原来佛光里藏的全是佛手。佛有千手，各执法器，将金佛护于其间。他伸出手，摸那绵密针脚，只觉得这千手之佛，似曾相识。倏忽想起来，原来是早前在巴塞尔展上看到的那张巨大装置，如教堂穹顶。成千上万蝴蝶翅膀，艳异蓝黄，一圈又一圈如涟漪。最内深不可测，似旋涡，孤悬一只深蓝蝴蝶。

织锦正中的佛，面容忽而模糊，让他一阵眩晕。他问，这是什么？

招淑说，我听阿发说，祖阿嬷长年持斋信佛。我们村里的老人上路，都要由家里的媳妇手绣一块佛帐。叔婆是香港人，怕不会绣。祖阿嬷走时快百岁了，只有百岁人，才当得起这块"浮图"。

招淑静静地，用这块织锦，将骨坛裹起来，扎好。说，按规矩，"浮图"送葬不入葬。叔公记得，送祖阿嬷入龛要取下来，带回家里挂上，可为生人添寿。

回途，没有了阿嬷伴着，连粤名孑然一身，却紧紧将背包端放胸前。里头放着那块"浮图"。

然而，他终于没有将浮图挂起来。

回到家里，灯黑着。卧室门反锁。

他敲敲思睿的门，也没有人应。轻轻一推，门开了。

房间里是空的。不是人不在，是所有的东西都搬空了。钢琴、家具、书籍，那些在思睿少女时代便严丝合缝地镶嵌于这房间中的陈设，都没有了。只留下一张床，空荡荡的，上面是一只不甚干净的维尼熊。

他想，这只熊是怎么出现了的。这是思睿当年获得全港钢琴大赛的青少年组亚军时，阿嬷送她的礼物。但中四时，已经找不到了。思睿因此哭了很久。它是怎么又出现在这里的呢。

连粤名退出房间，一点点地。恍惚间，他走到露台上。露台的窗开着，吹来一阵冷风，将他吹醒了。他这才想起，拨通了思睿的电话。

许久，思睿才接了电话。他说，女……你系边？

思睿的声音传来，冷冷的，像从很远的地方飘来。她说，唔使指拟我返去。

连粤名问，点解？

那边是漫长静默。久后，他听到了女儿哽咽的声音，阿爸，她要杀咗我嘅仔，你会唔知？

电话挂了，是嘀嘀长音。再拨过去，已经关机。

连粤名愣愣站在露台上。这时，他听到后面窸窣的声响。他回过头，看见袁美珍坐在黑暗中，正打开桌上他的包裹，从里边取出一块牛蒡饼，嚼食。袁美珍坐在黑暗中，发出咯吱咯吱的声响，平静、规律而细碎。像是一只昼伏夜出的啮齿动物。

他打开灯，看着自己的老婆，披散着头发，穿着已经陈旧发污的睡衣，正不紧不慢地咀嚼，两腮的肌肉机械律动。他走过去，看着她，问，你做咗啲乜？

她的目光落在桌上的一块饼渣。她捡起来，吃掉，然后说，我困唔到，佢好嘈。

连粤名用颤抖的声音问，你给他吃了多少安眠药？

袁美珍看一眼他，说，我想困，困唔到。

她站起身，走出客厅，顺手将灯关上了。连粤名重将灯打开，他拦住了袁美珍，他握住她的肩膀，才发现女人脸上敷了厚厚的一层粉。他狠狠说，你给木仔吃了半瓶药。你知唔知，你谋杀紧你嘅亲外孙。

他摇晃着她的肩膀，看她冷白脸上无表情，甚至皱纹都被白粉所掩盖。双眼的瞳仁却深不见底，空洞无内容。她在他的摇晃间，松弛无力，像一只破败人偶。

半年间，连粤名从未想过，要将袁美珍送往"青山"。

虽然他终于知道，袁美珍母系的精神病史，由来已久。他再次看到那个埋藏在景泰蓝香盒中的女人。所谓多年前的意外亡故，不过是用一条丝袜结果自己。

他打开香盒，看那张圆形小照。照片很老，上面印着一抹胭脂。外头镶着金丝绕成的枝叶，覆盖着莫可名状的月白花朵。不知为何，他忽而觉得此时袁美珍的面目，有些类似这张模糊照片。究竟哪里相像，说不清。

尊生望着他脸上的伤痕，有一种愧意的笑。仿佛是因为多年侥幸的欺瞒。他说，他可以将姐姐接回家里，雇专人照料。连粤名向他摇一摇头，说自己可以。

袁美珍在家中歇斯底里叫喊，终于被学生投诉。因思觉失调伴生脑退化，她数次从家偷跑出去，有次坐在舍堂门廊哭泣，引起校园围观。连粤名辞去了舍监的职务。一年后，又交了提前退休的申请。

他退还了买家订金，卖掉自己一处物业，清偿弟妹的业权份额，独自购下阿嬷的老屋。他和袁美珍搬进了老屋。

妹妹说，阿哥，要不要简单做个装修。去去老尘气。

他说，不用。

他如儿时，重新出没于北角。春秧街上，电车盘桓，两边的果栏小贩，忙着收拾。街面上人潮分开，又聚拢。数次聚拢，一天便过去。

他去坚拿道东"振南面厂"买咸水面；去"同福南货号"买咸肉、火腿、芋粿、绿豆饼；他去马宝道，排档后在卖印尼杂货。老板娘为他留有自家制咖喱。他伸出手付钱。老板娘看他胳膊上有块瘀紫，关切问起。他笑笑，说，唔关事。

以后，他们便也不再问。他们熟悉这样一个连教授，微笑得宜，言辞恳切。总有一些或深或浅的伤痕，有时在脸上，有时在眉间。

他用新出的咖喱，给袁美珍做咖喱鸡。袁美珍安静地吃。吃了几口，笑了。他便也安慰。袁美珍掰下一只鸡腿，沾满了咖喱汁，脸上有孩童的颠顶神情。她拎起鸡腿，认真地看了一会儿，开始在自己的面颊上涂抹。姜黄色的咖喱汁，顺着她的脸颊流淌了下来。涂满了自己的整张脸，或许眼睛有些辣。忽然，她开始抓挠，同时剧烈嘶喊。连粤名知道，这时他才可以动作。他拿起毛巾，在袁美珍脸上擦拭。袁美珍想要推开他，并一口咬在他胳膊上。他皱了一下眉头，未停止动作。他看着自己的妻子，更深地咬下去。疼痛渐渐成为一种麻木。女人似乎也放松。声音渐渐低沉、细隐。喉头含混，如受伤的兽。

他更紧地抱住她，闭上眼睛。室内充盈着浓厚的咖喱气息，馥郁微辛，带一点难以名状的苦涩，不洁净，却有暖意。然而，久后，有另一种气息穿刺了这浓厚，一点点地进入了他的鼻腔。开始极其弱小，但慢慢清凛坚定。他睁开眼睛，才看到是近旁的柜上，有一束素馨花。是他三天前买的，已经有些枯败，星状的花朵边缘，现出铁锈色的红。

及至九月，花期未过。北角街上还有卖素馨花。大约是错落在铺档前的走街小贩，多半是年迈阿婆，绑成一束一束在卖，自己便也在襟头或发髻上插一朵。他看了就买，插在一只"郎酒"的瓶子里。瓶子也是阿嬷留下的，白瓷，觉得好看，与花相辉映。

袁美珍精神好时，看着花，也欢喜。将鼻子凑上前去闻。目光柔软。神志稍混沌时，便撕扯花束，将那花瓣一片片扯下。目光仍是柔软的。

他在旁看着，由她。这时，他觉得这是他们未相识前的袁美珍。目光柔软，清澈温存。

在袁美珍睡着的下午，连粤名请了护工，照顾妻子。然后去阿婆生前常去的庵堂。

他坐在缭绕的烟火里，看着头顶悬着"巍巍堂堂"和"慈航普渡"的牌匾。但他没再听到阿嬷的声音唤他，叫他绕佛。外面阳光朗净，堂内可看见青烟旖旎而上。随师父念大悲咒。念罢，又念往生咒。这时，庵堂信众，多是有年纪的虔静人。空间有回响，如耳语。

再念罢，他坐在厅廊的蒲团上歇息。身旁的人，便开始闲谈。谈家庭，也谈子女。烟茶传递间，谈股票，也谈国是。谈三千烦恼，也谈一念无明。因多用莆仙话，是阿嬷说的那种，古老而诘屈。但始终声调嘈切，底色还是世俗。就为清冷的庵堂，布上一层暖。

这时候，点传师走过来，谢他观音诞上为北郊莲净寺修缮捐赠的香火。因为寄付瞩目，可上功德碑留名。问他镌谁的名，他想一想，报了袁美珍。

他又想一想，打开手机，将他拍下那幅"浮图"给点传师看。师父仔细看一看，说，收好，不宜张挂。

他再想问，点传师合十行礼，退身而去。

他回到家时，是傍晚。家门洞开，他看见袁美珍不在床上。那个护工也不见了，他心头一凛。

他走到了走廊，四处张望。从消防通道上下逡巡。这时候，却看到来电，是月华。

他愣一愣，还是接了。月华说，连教授，阿嫂在我这里。

他上了一层楼，看到那扇斑驳绿漆的安全门，门头上尚贴着已褪色的春联。已很陌生了。住过来这么久，竟好像咫尺天涯。他伸出手，想按那门铃。门却开了。他的手还静止在门铃上。

他想起许多时日前，月华也这样提前为他开了门。她微笑说，认得他的脚步声。

此时，月华只是将他让进门里。他看到袁美珍，正坐在临门的沙发上。电视里翡翠台在播放六点档的卡通片。她目不转睛地看。袁美珍身上穿着一件粉红色的蓬蓬裙。他记得是许久前，她直播时穿过。是从海淘上买的，不知她如何翻找了出来。这件裙子质料粗疏，却是晚装的设计，紧紧裹在她身上，却暴露着肩颈，露出一截皱褶的、橘皮色晦暗皮肤。

连粤名忽而觉得一阵羞愧。月华说，我买菜回来，见阿嫂坐在楼梯口。我想是荡失路，就把她带回来了。

他向她致谢，却跟一句，你认得她？

月华点点头，说，阿嬷给我看过许多次，你们的全家福。

他这才看见，室内堆叠起一些纸箱，除了基本的日常用具，已经没有了多余陈设。

他犹豫一下，问，你要搬？

月华依然点点头。他看一眼袁美珍的方向。这时卡通片结束了，在播一个厨艺节目。主持人师奶模样，教人做芋头扣肉，语调夸张、喧哗，眉飞色舞。袁美珍为她所吸引，也模仿她的动作，兴奋不已。

连粤名终于低声说，没听你说起过。

月华淡淡笑，说，你搬过来，不也没说过？

她走到袁美珍跟前，递给她一只剥开皮的广柑。一边说，上月公公过咗身，我无谓再留下。这里揾食艰难，还是回乡下去。

月华走进厨房，再出来，端着两杯茶。一杯递给连粤名。

教授，坐下喝杯茶吧。她说，我回了一趟自贡。家里还在种"川红"。这"早白尖"，阿嬷没喝上，你代她饮一杯。

连粤名便依窗坐下，喝一口茶。早白尖汤色浓亮，味也是醇厚的。窗外已发黑了，灯火渐成流光。他看到一个老妇，正将身子伸出卧室窗口，拍打窗外晾晒的被子。那被套的颜色灰扑扑的，应该洗过了许多水，也用过不少年头。老妇人用力地拍打。拍完了正面，拍反面，最后一使劲，将被子抱拢起，回到屋里。合上窗子，顺手便将灯关上了。便是一片漆黑。

这一黑，似惊醒了连粤名。他放下茶杯，说，我该走了。

月华说，你等等。

她再回来，手里捧着一双鞋。鞋面黯淡，闪现莹莹珠光。上有经年老绣，是"鱼戏莲荷"。鞋头的窿补得巧。衬了一块同色的缎，针脚密匝匝。月华低声说，你每次来，都不记得带走。

连粤名想接过来，两个人的手，却碰在了一处。都迟钝一下。连粤名在女人手背上轻按上一按，说，保重。

十

那天从春秧街取道回家，连粤名其实是欣喜的。因为"鸿记"的老板，给他留了一块上好牛排。这牛肉经络分明，丰腴鲜嫩，有饱满的汁水。

自袁美珍生病后，她不再节食，也忘记营养师的嘱托。她的口味变得浓厚而饕餮。这让连粤名的厨艺，重新得以施展。他在路上想着，这块牛排，即使原料鲜美，还是浇上黑椒汁，会更为惹味。

他为牛排码上海盐跟粗粒胡椒。胡椒要即磨，才能锁味。然后用手轻轻按摩。他闭上眼睛，感到指尖为滑腻的肉质卷裹，辛香凛冽，冰火两重。

这时，他听到了外面的声响。来不及洗手，急忙走出去。

他先看到袁美珍的背影。她在地上摸索一下，又重新举着一把剪刀，正在剪着什么。剪得十分用力。

他上前，看到是阿嬷的那双拖鞋。一只已经拦腰剪断。而另一只在袁美珍的手中。他见她微笑着，正在用剪刀尖，细心挑起那块补过的鞋头针脚。大约因为补得太密，她挑得艰难。脸上的肌肉也一同绷紧。终于被她挑开。一条跃然的锦鲤，从眼睛处断为两截，身首异处。

连粤名一动未动。此时才想起去阻拦，要从她手中夺过剪刀。

他不记得那一刻是如何发生。他的印象，定格于袁美珍的神情。那是怎样的一张脸。他只记得，当血从她的脖子喷溅而出时，他似乎听到了簌簌的声响。他看到自己的妻子，脸相松弛，如云雾散。

等到袁美珍不再挣扎，他将她摆成了平躺的姿态。但颈项上的缺口，让他觉得触目。他走到卧室里，看见大衣柜的柜桶都敞开着。放着这双鞋的柜桶深处，正安静地摆放着一块织锦。

于是，他将那块"浮图"，铺在妻子的脸上，也遮盖住了她的颈项。他叹了口气，坐在了地上。他看到还是有一些血渗透出来，沿着浮图的圆周，一圈一弧。纷繁的法器，闪现金红，熠熠生辉。靛蓝入紫，正中深不见底的旋涡，一佛孤悬。

连粤名在打通了999后，才开始煎那块牛排。煎至五成，他想已经可以。他粗略地估算过了，这样警察来到时，他刚好可以吃完。

饮食男女：细节里的人世沧桑与小温
——评《浮图》

王金胜

关于饮食和男女情感的体验，是《浮图》描述人物生活世界、生命感受，透视斑驳人性的方式和"内容"。小说以连粤名的经历为主情节线，叙述阿嬷与阿公、连粤名与袁美珍及月华、老李与周令仪等男女的情感故事。饮食也是这篇小说中引人瞩目的内容，作家不厌其烦地描述饮食场景和细节，不仅作用于氛围营造，更意在日常精微之处揭示人的食色本性。小说仿佛不经意间窥见隐秘幽微的内心，见出人性内在的卑琐与善良、孤独与冲突、脆弱与韧性。

葛亮对都市饮食男女琐细生活的选取和处理，与张爱玲、王安忆有相近处。三位作家都表现出对以烦琐的世俗生活和情感为底子的都市日常意趣，不仅是对生活的还原，更是对丰富斑驳的心灵世界的梳理和触抚。尤其是通过细节来勾画饮食和男女之间的情愫与暧昧，捕捉、点染微妙又转瞬即逝的情绪和感觉。《浮图》运用细节、语言的调配呈现由人的本性和原欲支撑的现实，揣度人物隐秘起伏的情感曲线。连粤名与袁美珍相识于异国的中餐店，素馨花香是两人故事的开始。同在异乡的两人借由饮食迅速拉近距离，除夕夜夫妻肺片的热辣不仅是两人的味觉记忆，也延续进两人结合时的欢悦。嗅觉、味觉、触觉与人物的状态、心情的细腻融合，呈现出男女隐秘的情感微澜。连粤名亲手为袁美珍烹制家乡的传统小吃脆饼，赠送给她手套和绣有连理枝的绣花拖鞋……众多物象细节印证着两人的爱恋。但时间的推移，让连理枝终沦为长命契，彼此间多番语言交锋，暗示二人多年以后乏味寡淡的婚姻状态。那时，袁美珍不仅早已忘记两人定情时饭店老板用四川口音念出的令其流泪的诗句，当她看到连粤名再次为她购买的绣鞋时，也只有冷冷的一句："丽宫？仲未执笠？"反复出现的细节，命定般呈现男女主人公在不同时期情感状态的差异。在家庭生活中情感压抑的连粤名与月华邂逅，两个互相取暖的人自然地走到了一起。他们的交往同样围绕食欲与情欲，葛亮同样借助细节，点出幽微。脆饼、绣鞋再度出现。此时连粤名发现妻子的精神疾病后，自觉复归家庭，悉心照料妻子，精心烹制三餐，时常买回她钟爱的素馨花。小说淡墨轻笔描画不起眼的人世生活中人与人的切身又切心的勾连，以及内隐的牵扯不断、欲语还休的情感。

《浮图》中反复出现的有意味的细节，也是独具匠心的意象和将小说连成一体的草蛇灰线。膶饼连接人物在不同时空中的经历、体验与心绪。它是联结连粤名与阿嬷等家人的情感媒质。作为家庭情感的象征，膶饼曾出现在曼城连粤名与袁美珍定情后的春节，又于多年后现身香港两人充斥着冷漠的家庭，还曾出现在月华家暖意氤氲的厨房。绣鞋，也关联袁美珍、月华、阿嬷等女人的情感经历。阿嬷不仅有一双寄寓悲剧性爱情的绣鞋，她对丈夫的思念与恨意也凝结在那张带有折痕的照片上。小说又通过阿嬷，联结起香港与福建两地的记忆。不同于连粤名想要为自己洗底、做真正的香港人，在香港生活了近五十年的阿嬷对家乡仍寄存了极为深切的感情：她近乎偏执的对于家乡口音、风俗及饮食的坚持，最终回归血地，也是其夙愿。在阿嬷身上不仅体现出传统的血缘、亲情，还体现出异乡人坚韧的原乡情感。《浮图》的穿着、饮食、感觉细节，穿引人物情感，使情节发展仿佛漫不经心却又妥帖有序。

小说中另一些无形的感性细节也于悄然间勾画人物。素馨花香伴随袁美珍的出场而出现，这份香味不仅弥漫于她与连粤名的爱恋中，实际也捆绑和影响了袁美珍的一生。袁美珍与其原生家族的交往，在温馨体面背后隐藏冰冷的交易，她看似对家族事务有着果敢洒脱的处理，但母亲与继母却持续、潜隐地影响着她的性格甚至是人生轨迹。她不自觉地将自己代入早逝母亲的角色，并单方面与继母博弈。她为生活独立而做的努力是为祭奠母亲和为母正名。但母亲留给她的不止有素馨花香，还有家族精神病遗传。袁美珍与继母的关系正如老李所说的"挚敌"。得知继母去世后，她再也难敌家族精神病的侵袭。母爱缺失的创伤也使紧张的母女关系延续到袁美珍与女儿思睿的关系中。那份警惕、小心以及迟来的呵护，却让母女越发疏离。小说在表现尖锐的母女冲突时，也写出了袁美珍对外孙的关心，这又何尝不源自对女儿的怜爱。葛亮将袁美珍在各人生阶段不同的状态和心理，通过丈夫连粤名的眼光持续加以呈现。通过其天真、好强、市侩、病态等多面心理、性格，连缀起她执着、要强又脆弱、局限的一生。

葛亮书写饮食、男女，对埋伏在生活和人物表象之下某些尖锐、阴冷心绪的捕捉，与洞悉世态人情的张爱玲有相似之处。但不同于后者的决然苍凉，葛亮从情感、人性区域贴近、探听人物在平淡生活中的微妙感情与思绪波动，表现出对于饮食男女之间自然而然的情感欲望的体认。葛亮探测世道人心的平和，更接近于王安忆对人性人情的温暖理解。《浮图》对于人间情爱的书写，对于人物的选择、遭遇、命运的讲述，沧桑却不苍凉、犀利而不尖刻、冷峭又不冰冷，寄寓着作家的善意与同情，小说舒缓有致的叙述中无声地流动着世俗的小温。

美味佳药

杨知寒

1

　　喉咙里憋着东西，我确定有什么一定憋在那儿，憋住的东西不会顺利往下滑，始终停在一个位置上，掉不下，上不来。这种情况次数太多，小时候我奶认定我是真被什么给卡住了，带去医院，无果，大夫举着刚照完的片子，言语不乏暗示，即大人别对孩子说的话，太往心上放。往后再说憋得慌，就没人信，只有我妈，还会帮我揉肚子，但哪能对症。我渐渐习惯，状况一来，喝上一大口可乐，像给下水管倒溶解剂一样，往死给自己疏通。疏通十来年，还是去照片子，大夫这回告诉的人是我爸，你儿，骨头快碎成渣了，怪不得现在走道费劲。我爸说，不能，他那是胖，压的。又过几年，我在南方上完大学，再回来，家人们围住看我，只觉得惊奇。我瘦得像变成另一个人，虽然还是腿脚不好，一瘸一拐，腿上几个关节总不敢使劲用，用就嘎嘣响。但既然能从胖瘸子变成瘦瘸子，毛病就还是骨头脆的事。毕竟一直我也没停了拿喝可乐，当喝解药用的办法。渐渐别说打嗝，连呼吸，都能闻见自己腔子里的酸。所幸我也不怎么说话，我嫌累挺。

　　始终觉得，别人不喜欢我，不怪自己，怪始终没碰上那些注定和我去将就的人。时间早晚问题，早晚能有结果，如此笃定，原因就在眼前我这群家人身上。从小就没停了研究他们，研究都在内心，但成果颇丰，也形成一套理论：就这些人里，没一个是招人喜欢的。可他们该结婚也结婚，该生子也生子，该有工作也去上班，像我爷和我奶，也能走到相濡以沫。如今他俩坐在桌首，两张老脸往块儿一搁，看着都银发银丝，笑意慈祥，跟礼品店里卖的老夫妻娃娃似的，摇晃着拨浪鼓一样的胖脑袋，在头上飘着一生一世，这样的艺术字祝福语。我爸打三十岁上开始谢顶，坚挺十来年后，终于决心剃了秃瓢。此刻他锃光瓦亮站起身，脚在桌下碰我的坏腿，一块儿往起站。我站了，他祝酒，我附和最后一句，每每如此，感谢二老养育之恩。感谢是得感谢，我一杯搁了，谁也不敢劝一句，他们都有点儿怕我。这种态度打什么时候开始，记不清了，许就是在我咕嘟咕嘟边灌可乐，边脸红脖子粗的时候，齐齐，我姑的女儿，上来要抢，被我一巴掌扇飞开始。这事我记得，当时，我妹哭，我爷骂，我爸指着我鼻子喊犊子，喝完最后一点儿可乐底儿后，我像大力水手刚吃完菠菜，上去给了他个电炮。发现声音居然随后，神奇地集体消失，家人也都丧失了表情。我爷曾在背后，不止一次，小声指着我不利索的腿脚说，纯纯讨债来的。我装没听见，怕再一转头，给他还能活动的那半边身子，也吓瘫痪了。我不怕他瘫痪，怕我奶更不好料理。毕竟她看着傻，实际也真傻，不能多担事儿。

我现在自己住南马路上一套小屋里，带电梯，十一楼。说是小屋，就一个屋，带个厕所。每次回来我奶家这幢小楼，都看不出这里一点儿变化。屋里没一套现成家具，全是在我爷我奶结婚前，我爷托厂里打的，每寸木纹都见包浆，摸着滚滑。客厅餐厅功能两用，灯照永远不亮，一到晚上看得人眼睛发酸，上厕所且得加小心，两三平方米的小方形里，进去还得迈两层门槛。人坐马桶上，会觉得棚顶特别矮。好在小时候用的深粉色卫生纸，如今再见不着，那纸磨屁股。给我爷，我爸磨出两代痔疮来。在用纸上省的钱，远不抵俩人手术费，让我爷懊丧了许久。除去客厅，一个两人并肩就抹不开身的厨房外，还有俩屋，难为怎么设计盖的。每屋都站不下四人，就这还分出了大小。大屋进门一步是床，小屋床沿靠门脚，东西都往床下搁。过去爸妈带我住大屋，墙上挂着一幅海滩风景画，作为屋里唯一的装饰，靠盯着它，我度过了整个童年。从脱色，看到没了色，再看就跟黑白画似的，海不见蓝，沙不见金。我爷我奶住的那屋更局促，常年通风不畅，充斥一股废品站的味儿。全因我爷爱攒东西，听说八几年的报纸都留了两捆。当年不扔，现今认定有历史价值，更死活不肯。连留不留给我爸，都在心里掂量了几十年。

今天这顿饭，在一年前张罗下来，当时我还在南方，听我爸在电话里嘱咐，务必赶回，庆祝我奶七十大寿。我姑和齐齐要坐晚上飞机到，目前她们生活在上海。我姑刚被上海某大学聘为了副教授，出息大到，连我姑父的工作，妹妹的上学，也一块儿都给解决掉。最牛的，住房也安排了一套，虽说没产权，到底是在最繁华城市里落下了脚。我妈透露给我说，你姑在备孕了，要生二胎。今晚我妈来不来，我心里没底。她和我爸，在我上大学后头一年，悄悄离婚，看样子是想瞒我。想起这些，会觉得我妈挺有意思。她总以为我看似冷漠，内心其实软和得跟兔子一样，常对我抱诸多不切实际的希望。都说知儿莫若母，可她知道我，就跟我知道宇宙多大，人类打哪起源似的，似有个见解，其实隔岸观火，看了个大概。快六点钟，桌全摆上，菜色都黑漆漆的，打眼就知道，今天这顿，由我奶出品，除了一道黑白菜，是我做的，还见点儿鲜亮色。老姑一家终于敲门，带进来冰天雪地的白哈气，站门口俩人这顿跺脚。我那不到十五岁，体重已达一百六十斤的妹妹，跺得尤其地动山摇。看她一眼，她不动了，装看不见我，高傲全写在她们母女脑门上。六点过半时，我知道我妈不会来了。她会在每天的六点十五下班，她伺候的那家人，每到六点回来。

杯一齐举到我奶下巴上时，她热泪盈眶，咧一口假牙，手不忘捋上根根白的短头发，准备说生日感言。她会在每个合家团聚的日子里，都不忘感言，常是像现在这样，对一桌饭，模仿《新闻联播》里的领导口气，说她今天如何感动，如何知足。她还会说下面这句，在我第一次看到外国电影里别人家一桌吃饭时，立马联想到她这句话。我奶几乎在进行餐前祷告，充满感恩，又出于国人的朴实，不感谢神，她感谢饭。感动又感谢，我奶抖着手里的酒杯说，能吃上这么一桌丰盛的，美味佳药。她不知道"肴"念几声，谁也没纠正她。我妹嘚瑟想笑，被我斜去一眼，咋不药死你呢。

2

我揣袖子在小区门口站着，周围有几个摊儿，卖冰棍的哗啦啦摆了一地，远看书摊似的，冰棍都放得相当板正，十个一排，共有五排。左边蹲着个大姐，手边放着桶，往里看看，装了两桶冻梨。此刻大姐正跟一对老头老太太砍价，从十个十块，砍到十个八块，十个七块五了，我终于听见头顶有人喊：赵非老师，五楼，把左！喊完，人头迅速从窗里消失，窗关得也快，跟就他知道外边冷似的。我不清楚喊我名的，究竟是等会儿要教的学生，还是学生家长，走过那老两口身后，没忍住我也喊出一个价，七块拿着了。我说完拐腿跑进楼群。

来之前我妈说，这个朱叔，人特别好，先前在单位时，很帮衬她。现在人家有需要，咱互相帮助，还能给我解决工作问题，何乐不为？我没好意思点破，她上那两天班的地方，算不上正经单位，是在我高中食堂里，台北炸鸡柳的铺位后头，给人炸鸡柳，调色素奶茶。朱叔也不过是个承包了二年食堂的过路贩子，第三年就被我们学校开了。毕竟再不开他，直接影响一茬学生的发育，男孩愣拔不上个儿，女孩都胸部奇大，没给他判两年算不错，还帮？我妈在电话里说，他儿子，和你以前情况挺像的。不爱说话，但认学，听话，他爸跟我说，他儿志向可高了。我问，多高？我妈说，和你一边儿高。我在小屋里睡了快一白天，醒来看见地上都是可乐瓶，和外卖吃完没扔的塑料盒，胃里直犯恶心。窗帘整日想不起拉开，人也是等尿憋急了，才起身去回厕所。冷不防看见镜子里自己的脸，总感陌生，就这么睡，还是挂上了一双黑眼圈，在鼻梁上冒出好几个粉刺头儿。不挤，都自由培育吧。挂电话后，我在床沿上干坐，想打开电脑，玩会儿游戏，更想就这么睡死过去。可我睡不死。手机里除了我妈刚打的电话，整日一点响动也没，眼前情形在我从南方回来前，都已考虑过了。同学们都该上班了吧。学文科的男孩，按说也好找工作，可我就是不想工作，想像狗一样万事不忧，先混一阵，解解心乏。学习，上进，立业这些事，我从六岁到十八岁，为之努力，吃过足够多的苦头了，结果证明，学好学赖，对我并无意义。它们毕竟也没让别人许诺给我的梦境，哪怕照射进一点儿现实。

朱叔家也不大，但比我家亮堂，体面得多。我进门时，朱叔已穿上外套，准备出去，一手抓着黑手包，一手给我递拖鞋。小赵，你可来了。他一笑，我跟着笑，我会挤出来相当难看的弧度来，我知道。同寝室的室友四年下来都没适应得了我的笑，说我一笑就让他们想起马加爵。朱叔愣了下，背转进卧室，跟老师开会回来，拍自己班教室门似的，口气带着恫吓，快出来，见人。一个看不出年龄的人挪出身体，我看他，他低头，顿时我一点儿不自卑。他扁肥的脚掌踩在一双粉色棉拖里，两手背腰后，声音沉稳，像唱美声。男孩说，我叫朱怀玉，可以叫我怀玉，请问老师怎么称呼？我说，叫我老师。朱叔拍我肩膀说，一会儿就该熟悉了。小赵，帮我给他补补历史地理两门。他们老师说，这孩子吧，数学英语上想再有个冲刺，费劲了。现在离高考不剩多长时间，抓紧补补能死记硬背的东西，分儿抓点儿是点儿。我这边先走，有事来电话。费用嘛，咱两礼拜一结。朱叔又从冰箱里给我掏出瓶矿泉水，在朱怀玉耳边说了几句，后者一概应承，掂着肥大的脑袋，头不抬一下，声音闷闷的。我喝着水，跟朱怀玉往里屋走，听身后朱叔把门带上，防盗门滋啦一声响。朱怀玉默默引路，他屋里窗帘也没全开，一股烟在头顶缭绕，熏得呛鼻子。反正他爸也走了，我问他，你抽什么牌子烟？挺香啊。

他说，老师开玩笑了，我不吸烟。我说，那这啥意思。他说，刚上完香。说完他世故地点头，就差跟我双手合十，或作个揖了。朱怀玉坐在学习桌前，旁边给我留好一个座位，四下看，发现他屋里还有菩萨，有个龛。拿红布罩三面，龛前放香炉，水果，几串佛珠，地上有蒲团，铺了蓝布，留两个膝盖印儿在上头。一张毛笔字儿贴在前方墙上，写道，知止不殆。除此外，桌上就没几本书，看着书页也崭新。我端详他，朱怀玉侧脸对我，视线正对桌上一本摊开的练习册，神态如对佛经。桌上还有只大录音机，当下我毫不怀疑，按开了，放的绝不会是英语听力，而是大悲咒之类的曲子。他问我，老师，咱怎么开始呢。我回回神儿说，先确认下情况。你这几模，考多些分儿？朱怀玉嘶了口气，没怎么刮的小胡子长得杂乱黢黑，散在两张厚嘴唇上。他脸也是黑堂堂的，和朱叔脸型一致，看年龄也直赶他爸。他想了半天说，不好意思，有点儿惭愧。这小子是真能整景儿，我追问，到底多些？他说，怎么说呢，进步还是容易进步的。我问，空间挺大？他点头，挺大。问他，到四百了吗？朱怀玉摸着嘴上的黑毛，羞愧一笑，快到了，两百六十七。

后面课上，我尽量不问他问题，晃着手里的练习册，我抿嘴笑，张嘴笑，突然对这份工作充满热情和宽容。像是能第一次站在个不一样的台阶上，去看待这世界上比我还弱的人，想观瞧他是如何生存的。可以想象，像朱怀玉这样的人，绝不会只在学习一件事上不如意。在学校，他会受到从同学到老师的全方位欺凌，等被扔进社会——我都迫不及待，想看他那时怎么哭的，情景将会比看到游戏里的怪物剩一丝残血，坠入深渊时，来得更有趣味。从他家出来时，天还没黑，我在北风里走，兴致高昂，敞怀迈瘸步，绕远道回小屋，路上连打几个滑出溜。

晚上我在游戏里虐怪时，我妈电话没到，我爸电话来了，劈头问我，上回啥时候搓的澡？搁平时，我早撂电话，今天还认真想了想，俩月得有。他在电话那头一样热情迸发，鼓动我，现在来他澡堂呗，经理不在，客人也不多，爸给你好好搓一回，奶，酒，都给你拍上，再去大厅看会儿节目，都免费。我咧嘴笑，鼠标又点几下，说，今天我上班了。他不太信，啥工作，这么快？我说，给人补习。他说，行吧，先干着。干好了来爸台里接班，跟你说那个普通话考试，放心上，抓紧考。我乐得更厉害，电话挂了，还没忍住笑。其实，每当我想起，我爸白天在广播里念：我是记者赵博……晚上再到雾气熏腾的澡堂子里给人搓泥灰时，就想乐，比看什么搞笑节目都管用。就我所知，我爸在电台，多年来靠一月两千的工资生存，苟活不见亮儿，不是说不说得好普通话的问题，是他根本就口吃。每回在广播里，除了他第一句说的，我是记者赵博，再没整句子能念完。也许这是他干上十来年，都转不了正式编的原因，也许还有深的理由。初学给人搓澡时，他一脸忍辱负重，当晚我奶直给他烧了一桌菜，望着儿子的秃瓢，她满含深情与悲壮。儿，美味佳药，你啥时吃，啥时有。妈活一天，经管你一天。啊，儿？给人好好搓。记着，出来进去都戴口罩，别被人认出，你是记者赵博。说罢母子垂泪，当时就给我看得，拍桌狂笑。一个四线广播里的编外记者，认啥？认磕巴啊。

3

我给朱怀玉当补习老师，已经当了一个月。学校会在过年期间放十天假，作为高考前最后一个长假期。那十天，我们将朝夕相处。朱叔告诉我，他要回外县老家过年，想把朱怀玉留下补习，让我最好搬来住下，说有我看着，他放心些。我觉得搬不搬不重要，重要的是给他看川子，钱要再加。搬来后第一晚，我在朱怀玉床上睡着，床边放着我带来的行李包，里头装两套衣服，一套牙具，几双袜子几条内裤，再就是一本书。在我睡着前，他还挑灯夜读，我醒来后，就看见朱怀玉站在床头正翻我行李，被我突然睁眼，吓了个好死。不知半夜几点了，我俩僵看对方一阵，终于听清刚才的响动，不是哪个疯子外头燃的炮仗，而是一屋之外，有人咣咣砸门。我问朱怀玉怎么回事，他兴奋异常，居然小跑去开门，语气温柔体恤，没冻着吧，姐？我有些无措，抓过被朱怀玉翻出来的那本《牛虻》，半扣脸上，装在睡觉。

一个穿白羽绒服，戴绒球帽子的女孩走进来，边脱外套，边说她没带钥匙，更打听我是什么人。原以为我是她弟弟同学，朱怀玉说是老师时，女孩半天没动静。我听着周围声音，女孩突然把我脸上书给拿走，我俩便对视了。她挑着细眉毛说，嗯，老师睡眠不好。哪来的老师啊？看着还没我大。书在她手里翻翻，又举给朱怀玉，就教你这个？我摩挲把脸，靠在床背上，也问朱怀玉，这什么人？他说，姐，我亲姐姐。我不太信，朱叔怎么从没提，也没见她来过？女孩把书扔下，抱膀朝我乐，就你还审上人了。我说，是朱叔托付我，这十天照看朱怀玉，我算他十天里的监护人。咋的？她说，不咋，你可以下岗了。接着她脱下毛衣上两只套袖，转身去厕所，放水洗脸，朱怀玉跟随其后拿毛巾，递水杯。我坐在床上，看窗外夜色深沉，周遭楼群里一个个黑洞洞的窗户眼，有点恍惚，没全从睡眠中清醒，不知自己身在何地。我在朱怀玉房间衣柜里翻找，还有没有别的被子，打算搬外头沙发上睡。女孩洗漱好后，嘴里咬着发圈，腾手给披散了的头发重新束好，瞪我一眼，还没走？我说，工钱不是你给我开的，你没资格赶。要么现在给朱叔去电话，他让我回家我就回。大半夜的，哪儿还有车。女孩说，真赖。我说，明早八点，还要给你弟上课，你少废话，我要睡了。女孩气得走进另一个始终屋门紧闭的房间里，我从没进过，也没见有人从里出来过，原来是她的房间。朱怀玉捧一床被子给我送到客厅，解释说，我姐脾气不好，赵老师，别往心里去。我说，你也别废话了。还有，别再动我东西。书可以看，不许折页，不许画线，不许舔吐沫。

早上我被鞭炮轰醒，耳边还有其他动静，阵势不小，像刀枪剑戟齐着舞动，厨房里热火朝天，看表，还不到六点。裹被子坐起来，又一次思考自己在什么地方。显然，这不是我成长中有过的场景，否则我会怀疑仍在梦中，是梦见了过去的片段。我不记得自己具体多少年，没吃过热腾的早饭，常是一瓶牛奶，加半袋吐司面包，揣好在校服袖子里。冬天，用身体焐热，站在人挤人的公交车厢中，随摇晃吃完。经过厨房，看见女孩手拿笊篱，在沸水里掠来掠去，闻见了面味儿。那么她是起早就包了一锅饺子，空气中还有韭菜香，应是韭菜鸡蛋馅。我没吱声，女孩听见我起身，也只将侧脸露出来，没个问候。走进厕所，我拿凉水拍了拍脸，洗漱好后，路过朱怀玉卧室，门还关着，细听，里头呼噜没一个。若是他能每天早起一个点儿来背文科，在这节骨眼上，成绩还能蹿一截，毕竟人清晨记忆力是最好的。他没这么做，也没人提醒，按说我有这个义务，可我又只想做好分内的事。

女孩在厅里支下一张折叠桌，在朱叔布置出的一堂红木家具中，这张桌子显得不伦不类，上了岁数。我不好意思，想动手帮她干点儿，又想自己未必能做好，问她要不要叫朱怀玉起床？女孩说不用。她动作干练，神情冷漠，兀自端一盘饺子，半瓶老醋，一碟萝卜干咸菜上桌，看我一眼说，厨房还有凳子，想吃自己搬。我搬来在桌边坐下，盯着一盘里二十来个饺子，寻思锅里可能还有，是家里没盘子了？她今天穿了件淡蓝色的高领毛衣，牛仔裤，皮肤倒白，脸上细看却有雀斑。身材很瘦，发育一般，见我愣着，将筷子横在碗上，说，没承想你也能这么早起。我得早走，饺子就下一盘，剩下的在屉上，给我弟留的。你要想吃，可以吃两个，但不敢说管饱。我笑了，你家这么招待人？她说，谁说我要招待你了，你又算我什么人。我索性不吃，有点儿憋气，准备看会儿电视，刚按开，她就给我闭了，说怕吵她弟弟睡觉。合着她刚才在厨房里上演全武行，客厅没安门，就为了吵我。我盯着她，她正有滋有味给自己夹饺子，蘸醋，韭菜香从被咬破了的饺子肚里溢出来，她边嚼也边看我，像我就是台无声的电视节目，让她看得很有意思。我问，你是不有点儿毛病呢。她说，我要是你，醒了就该卷包滚了。我爸脑子不好，遗传到我弟都有点儿脑子不好，没看人眼光。雇你要是有用，打开始就别让朱怀玉上学，念私塾多好。我又问，你在哪儿上班。她说，五院。你想咋的？我不信她是大夫，当护士还差不多，得是那种从不给你宽心，添堵才是一绝；扎针一针扎不定，要连戳三四个眼，还埋怨你血管长不好的一类护士。想想，有点儿同情她，但凡有些本事的年轻人，哪有留在这儿的。我是自愿变废，不算。她算自愿在了哪儿？越细看，越得承认，朱怀玉他姐有些姿色。便说不咋的，单纯想认识认识你。

在寒流暖流，德国鲁尔区和南北回归线间回到现实，是正午刚过，我和朱怀玉前后离开书桌，补课不能补一天，他不休息，我也得享受生活。告诉他厨房有饺子，他跟我出来，看我穿鞋说，我姐是真好。我没接茬，外头飘雪，开门能闻见楼道里也有一股火药味儿，除了每年至此的一点儿鞭炮响，你都不能信，其他时间里城市中还藏着这么多的人，各猫在各的屋子里存活。瞧见朱怀玉浓黑的小胡子，问他怎么也不想着刮一刮。他又低头，说他不会。也刮过，刮出许多口子。想到过年朱叔也没把他带回老家一起，他还有个不知打哪儿冒出来的姐姐，我心里生出不少疑团。可估计朱怀玉不会告诉我。这点他和他姐倒像，说话从不走正常神经，一个架着火炮砰砰发射，一个掉着书袋闷闷不吭。到我走的时候，朱怀玉还低着头，似送别好大一团空气。

又一个年到来了。今天除夕，约定好，晚上都在我奶家见面。下午我回家打会儿游戏，睡了一觉，再看外头，已点亮不少红灯。沿结了冰的湖面往我奶家走，一路棉鞋踩得雪地咯吱响，路上过往的脸，无不行色匆匆，各有各自着急赶赴的地方。落座后，是千秋惯例，我爸祝酒，我奶提杯，今年我姑一家没赶回，除了我爷我奶，桌上就我们一家三口。饭是我妈下午过来做好的，一道酱烧鱼，炖好后放我边儿上。他们絮絮谈话，我则一筷头一筷头地分解鱼肉，看电视里无声的春晚表演，花团锦簇，一团下去，一团上来。烟雾和酒味渐渐在桌上缭绕，年年如旧，哭声会埋伏在最后，像颗几乎要被遗忘了的哑弹。我妈开始拿纸巾，点上她两只肿眼泡周围的眼泪。一张小圆脸上，四十米年中，浮现出的永远是低眉顺眼和委屈巴巴，我都看厌了，我爸更是，搡她说，乐意哭，下桌哭去。我奶不说话，有冷眼观瞧的意思，待我妈又哭一阵，我那坐在轮椅上的瘫爷爷干脆把半杯白酒泼过去。我还置身电视节目里，精神被花团锦簇包围着，看一团下去，一团上来，眼花缭乱，感到平静。

我不断抽烟，烟灰掸到脚面上一片灰迹。我爸自己下楼去放炮仗，和十来户从没交集的邻居站一起，从窗上看，他的秃瓢好认，他一人放鞭的架势，也很好认。毕竟别人家都三五成群，有大人，有老人。老人嘱咐小孩别离太近，小孩则不断跑在鞭炮周围，连他们帽子上的绒球，也跟着一跳一跳。让我想到女孩儿的帽子上也带绒球，是粉色的，想到她白色的长款羽绒服，粉白的脖子和手臂。散桌时，不到九点，我走到我爷我奶面前，三人都无话。还是我爷先破题，看啥？你都工作了。我奶劝我，大孙，有句祝福就行，奶奶早包好包儿了。我只说，新年快乐。我爷恼怒地挥手，走，走。我等我妈跟我一块出楼道，我俩将在出小区后的岔路口分离。我不知道她现在住哪儿，但她说有地方住，我也就没细问。烟花在离我俩头顶不远处爆裂开，我瘸着腿在前，半天不见她跟上，回头看，我妈原地仰头，傻看着烟花，两手交叉，都塞进她的套袖里。她薄薄两瓣紫嘴唇全咧开，跟孩子似的，包不住一口四环素牙。临别前，我妈从一只套袖中掏出封红包来。我接了，听她带哭腔说，妈还是希望，你能快乐。

4

我没想到自己今晚会登上这些台阶，来到别人家门口，理由仅是，在这个年与年交接的夜里，不想再独自睡去。门很快开了，开门的是朱怀玉姐姐，张手拉我进，态度与昨晚和今早相比，像变了一人，毫不察觉我此刻心上是多火辣辣的。毕竟，这是有生来，头回有同龄异性亲热待我。她脸上红霞一片，招呼朱怀玉快再添个杯，老师来了，得尊师重道。还喜滋滋地给我展示姐弟俩今晚的伙食，早上剩的饺子，加晚上炖一条鱼，就算家人团聚，大年三十儿。朱怀玉呆瞧着我，他杯里是茶水，颤巍巍给我递上一颗烟，被她姐劈手夺去，离近时，我闻见她身上酒味浓烈，再看桌下，绿瓶子跟保龄球似的列成几行，桌上还剩半瓶白的。便知这姑娘酒量在我之上，一时不敢跟她碰。见我矜持，她用巴掌拍我肩膀，震得我杯里酒撒一半，她说，没想到啊，没想到。风雪之夜，还有客人。怎么称呼啊，贵客？我说，赵乾，乾隆的乾。她说，什么破名，听着追名逐利的样儿。我请问她芳名是怎么脱俗的，女孩双手撑在脸下，摆出个葵花向阳模样，笑嘻嘻说，秀秀，朱秀秀，基本秀色可餐，基本秀外慧中。朱怀玉目不转睛，看着他姐。让我怀疑，我进门前，现场就是这么个现场，在木讷的朱怀玉跟前，朱秀秀一人包揽了春晚上所有节目，从相声到小品，如今又祸祸到歌舞身上。厅里不足十来平方米的面积，成就她扭着秧歌步，一颦一笑，一扭一摇，一手君妃，一手塔山，仿佛登台在维也纳歌剧院，身段儿看不出咋好，嗓门十足亮堂。像在屋里就炸开了几挂鞭。

喝到深夜，我和朱秀秀已亲热地脸贴脸，抱在了一起。朱怀玉始终警惕，留神时间，不知到几点了，他默默捡走桌上碗筷，把酒留下，一人儿在厨房里刷碗。我不敢放掉朱秀秀，放掉这个脱离孤单的机会，虽然理智仍存一线，在和自己说，你并不太中意她。手还是不受控制，往她细瘦的腰身去，上移，下探。她总能在我以为她要醉倒的时刻，如回光返照，给我一个不算羞辱的嘴巴子。抽到五个还是六个的时候，恍惚听见，朱怀玉回到自己房间，放起了佛乐，从他屋里又再飘出，那股熏眼睛的紫烟袅袅。朱秀秀突然问，你觉得我爸人咋样，我弟人咋样。我说，对你爸不了解，对你弟，好奇占比更大。没见过像他这样的小孩儿，说他什么都怕吧，他好像什么都不在乎。说什么都不在乎吧，他好像什么都揣着点儿担心。担心和怕是两码事。因为他信教吗，你爸也信？朱秀秀摇头，不信。她说这是朱怀玉做过的，唯一勇敢的事儿。他只在这件事上一如既往反抗我爸，以此做交换，别的什么他都听我爸的。朱秀秀又笑，说她其实很清楚，自己这一家，在外人眼里，要更为可笑。她说，朱怀玉不会在学业上有什么能耐，他很能坐住凳子，却是空坐。空空如也地坐着，站着，活着，这些他都会做得很好，吸收知识就不行。我想朱秀秀说的是打坐，可难道打坐不用理解教义？朱秀秀告诉我，朱怀玉不是在打坐，也不会念什么经。他每天按点回屋，在蒲团上跪下，念的是阿弥陀佛，对不起。念一遍佛，就像跟佛打了个招呼，再说对不起，是说自己的心里话。他是为我俩的妈，去和佛说对不起。见朱秀秀忧伤起来，我劝她喝酒，轻声问，对不起什么？她说，朱怀玉信，我妈这辈子过得苦，死得早，人生到最后几年成了疯子，都是命里业债。他希望她下辈子能活得好。他还信，自己这辈子让人瞧不上，是上辈子欠下了业。这事儿要怪我妈。我弟从小在她身边长大，那时她就已经疯了的。她告诉朱怀玉，自己身上有债主，他身上也有。我当然都劝过，没什么用，最没办法的时候跟我爸一起，绑过她儿回，想给送医院。但这种病治不好。最后几年里她一人儿被丢在老家，我爸把朱怀玉也从她身边带走了，到市里念书，可带不走朱怀玉已经接受了的童年教育。我还记得啊，有年回老家，看他们娘俩儿的背影，双双跪在菩萨前，低眉，弯背，被紫烟笼罩，看着那么荒唐，可他俩眼里的彼此，又那么相爱。我妈是朱怀玉唯一的知己，哪怕她是疯的。她一走，朱怀玉魂儿也跟着去了，变成个彻底的傻小子，可以被任何人随意指挥，做我爸最忠诚的孝子，接班人。我啊？我爸眼里从来没我。当他后来发现一个他好些年不管不顾的姑娘，长成了大姑娘，和他在同一座城市里狭路相逢时，这老王八蛋简直吓坏了。

朱秀秀贴我耳朵根下，又突然说句话，让我感到喉咙里再度上不下下，卡了枣核，卡了个原子弹。我咳嗽不止，跑到他家冰箱前，想找碳酸饮料喝。幸运的是，还真有瓶大雪碧。不幸则是，在看到我憋成紫色的脸，逐渐被灌进去的汽水拯救，恢复常态后，朱秀秀也恢复常态，再不跟我提，关于睡不睡的事儿。她看看我的瘸腿，又看我的脸，说，原来你毛病不止这点儿，基本废人吧？回到桌上，我杵着自己的脑袋，费劲抬头，看清眼前的朱秀秀，是以怎样眼光看待我。她言下之意，我太过熟悉，和多数人一样，是抱有稍纵即逝的同情，和将长久伴随的印象，即这样个人，活着没大价值，活着拖累旁人。不一样的，是朱秀秀眼神里还有另一层内容，让我感到恐惧，更后知后觉，体会到比睡一睡这件事，深刻得多的兴奋。今晚她给予我很多第一次，让我终于亲耳听到有人对我说出那句等待已久的话：你到底预备在什么时候，把仇恨全给放出来？我们都笑得不行，一屋之外，烟花沸腾，每到年节，总有那个被释放到夜空去的时刻，花团锦簇，一团上，一团下。我抓上朱秀秀的手，告诉她，咱俩都有不小的仇恨。有关我的，具体一切，还没计划好。但如果能有同伙，哪怕拉对方下水，我心也全无愧疚。你可以当我是个自私透顶的人，这点从一开始我就没打算隐藏。你呢？你其实也是。要不，你今晚不会和我说这些。

当晚躺在朱怀玉家的沙发上，我什么也没盖，屋里很热乎，朱秀秀睡了一会儿自己起身回房，把门带上。世界归于安静，我眼前再度出现，出现了无数次的设想：我爷，我奶，我爸，我妈，我小姑，我妹妹，包括我小姑即将到人间的第二个孩子，都会和这夜晚一样，集体安静，灵魂出窍。所有人的世界都会在相近时刻，在一张团圆餐桌上，走入终结。那将他们召集在今生，结为家人的缘故，也会送他们出今生，到下一站地。他们将在站台上整齐地继续等待。到那时，我们都是等车的陌生人了，因客气，对待彼此，反生出许多今生没有的温柔来。

5

我是赵乾，冬天到了，我准备写遗书了。

其实我一直有写点儿什么的习惯，没让别人看过，多是闲愁杂绪，也写过小说，讲一个生来两只眼睛都呈金色的少年英雄，是如何独步武林的。写到最后，英雄茕茕孑立，众叛亲离，脚踏一片寂静江湖，两眼都生了翳。在去南方上学的前一天夜里，我在屋里生了个火盆，把它们全烧了。父母闻见自我屋里散出的浓烟，想确认我是不是抽了一条塔山。是离家前的愁绪吧，大概他们这么安慰彼此，毕竟那一晚，都没人来敲我的门。还记得的，是那晚面对屋里飞烟，我的喉咙从没那么痛快过，是有什么被短暂地给烧灭了活气。说回遗书，此刻坐在电脑前，我用脚拨拉开地上的外卖盒，以及半空的可乐瓶，踌躇了好几个点儿，还踌躇在一个开头上。上学时老师讲作文，强调说开头就要把人拿住，能用排比用排比，给人往蒙了排，阅卷老师一蒙，就容易喜欢。我最终写下的是：生活是一盏灯，我把它灭了，因为它从来就不怎么亮；生活是一盘菜，我把它撤了，因为它从来就不怎么香；生活是一把刀，我把它抽了，因为它扎得从来就不深；生活是一堵墙，我把它推了，因为它立得从来就不稳。

思绪飘回过去家中，自己住的屋里。家里头婆媳战争进展到我上初中时，父母终于取得阶段性胜利，从奶奶家搬出住了，十四岁时，我拥有了第一个属于自己的房间，一个可以不用跟任何人解释，想哭就哭，想笑就笑的窝。我屋里只摆着从奶奶家带过来的一张乌木床，一个爷爷打的铁皮柜子，当柜子，也当桌，弄把椅子来，就能在上面完成我的学习任务，再搁下所有沉甸甸，养人又埋人的练习册。我一直记得那个屋子里所有细节。它的上一家住户是对老夫妻，铜包的窗框，早长满了锈，每块地板之间，都生有半指宽的缝儿，有块地板上恰好有个圆孔，我在里头塞了一颗围棋黑子，十分合适，再也拿不出。屋里有水暖气片，床摆在它旁，半夜冻醒来，我总会摸摸它微温的铁片，就像小时候，和爸妈挤一张床睡觉时，摸见的，不知属于谁的一寸皮肤。屋里墙皮脱落的地方，被我贴上了几张圣斗士星矢的海报，看着它们，我会做拯救世界的美梦。梦里快意恩仇，能用手臂传出光束，一甩开去，消灭学校里所有嘲笑我是瘸子和胖子的声音。我还能用治疗术让妈妈重获新生，长出她没嫁给我爸前，留在照片上的相貌。更能在我爸每次深夜醉酒归来时，扫他的臭嘴，将他震出到百里开外的地方。在那儿，唯一陪伴他的将是我爷。他们会被流放去一片鸟不拉屎的岛，致力于收集所有生活素材，废纸废布废木头，最终无事可做，除了看守他们无用的财宝，幻想他俩是他们世界里的王。

至于我奶，我设想的是，隔一周放她去岛上看望爷俩，给他们做一桌黑漆漆的美味佳药。我爷将吃一口吐一口，吐一口打她一拳；我爸也跟着打，他边打，我奶边哭。三人循环往复，哭声将他们团结在一起。无数个孤单凄惨的夜晚，我靠幻想活，靠仇恨教给自己做人的道理，还靠可乐维持生存，说着说着，我已对排比信手拈来。意识到不能轻易写下去，陈诉痛苦过于容易，而容易不属于复仇的一环。我已蛰伏其中二十三年，因此我决计写下一篇最好的悼文，流传后世，让它出现在每一台教育青年人心理健康的晚会屏幕上，再复印成册，辗转到每一个少年犯手里。当他们读到我写下的遗书时，会在冰冷的看守所里颤颤发抖，热泪奔流，为所有做过和没做过的恶念，给自己下跪，祈祷他们各有的明天。

　　除夕过去，到年初五，朱秀秀基本没出现，回来了也和我没几句话。但我知道，那晚我们说过的一切，都已刻进彼此记忆，不容忘却。有次上完课朱怀玉突然问我，他可以和我聊聊那本我带来的《牛虻》吗？我说，行。看完了？他说，没看完，看到亚瑟回来了，再次见到琼玛，她已认不出来他。我当然记得那本书里所有段落，从翻翻就能掉页和上头遍布的可乐污迹来看，我看过不知多少遍。他说的内容，一度让我非常迷恋，试想复仇最美妙的部分，不就在此，除了主人公自己，无人知晓背后的因果和审判，除了主人公自己，其余人都以为，事情业已过去。我和朱怀玉一起站在他家阳台前，他为我开了窗户，还偷摸吸两口我吐出的烟，滚圆的小肚子在他穿的墨绿色毛衣下，原形毕露，随呼吸一动一动。我说，我看书不多，就这一本，翻来覆去读。其实你该多看看别的书，学习之外的。懂我意思吗？他说，开卷有益，对不？我说，不对。我这话单指你。你就别对学业抱太大希望了，有工夫多看看这世界其他部分。他点头，老师说的有理。其实我也是第一回看小说。我挺惊讶，那你容易迷上，真的。朱怀玉说，我爸总跟我说，少想别的。所以我基本都不想。我会想想的，是我买的老子的《道德经》，话不是都能看懂，但都是字，我也认识字，能看下去。我问，悟了吗？他说，谈不上，我是觉得老子状态挺好。他能想说什么说什么，说完让人费死劲去猜。我一直怀疑，是不是总说让人听不懂的话，人就能高看你一眼？我不知道朱怀玉想的对不对，我有过类似想法，却不是凭借和他在同一年纪里，掌握的其他学问。我曾试图让自己在所有人都竞赛的学业上，一骑绝尘。也真曾做到。可除了让老师不再针对我，让瞧不起我的同学渐渐敬而生畏我，并没换来其他。连我当时喜欢着的班花，也没在我傲人的成绩前，多给我说一句，同学，你好。我的心越来越贴近于牛虻，死心到了南美洲，受尽人间凄苦的牛虻身上。后来他以战斗者的姿态回归故地，看待他人总一派轻蔑，收获了褒贬不一的名声，再无幻想地去做事和做人。牛虻用慢条斯理讲话，来掩盖口吃，用绫罗绸缎的衣裳，掩盖身上的伤口和被人打残了的瘸腿。用恶语伤人，藏住他心里火山喷涌般的热情和执念，更用面具似的嬉笑，藏住他对琼玛的爱，和最后那份善良。我絮絮说了一些，说到朱怀玉眼里放光，我直盯他笑。他或许觉得这是超越了师生关系的友情，于我内心，更像看到了一只家养的猪，表情居然有了属于人的向往，人的热情。

晚饭时朱秀秀意外回来了，羽绒服下还穿着白大褂，头发盘成一团，一个黑夹子竖在脑袋上，没别好，天线似的。那晚我下厨，拿他家冰箱里剩的鸡蛋和青椒，炒了一盘，外卖叫了两碗米饭，正和朱怀玉闷头扒拉，抽空提问他，洪都拉斯首都是哪儿？他被我问得噎住。朱秀秀听见，端出给自己现下的一小锅方便面，加入我俩，坐桌上翻我一眼。安抚弟弟跟安抚儿子似的，说，你赶紧咽，别想别的。她也让他别想别的，朱怀玉笑了。饭后朱秀秀在厨房里刷碗，我假装拿东西，在她身后走来走去。她突然说，不想上班了。我问，是跟我商量呢？她拧紧水龙头，拧不紧，水滴总慢慢积蓄着，她便拿了个不锈钢盆子，接在下头。我不知道她心里正在想什么，但朱秀秀看一滴水，看了很久。她回头说，你的事儿，不许牵扯我弟弟。明不明白？我说，压根扯不上他。你怎么这么说？她又说她不想干了，早有此意。打算高考之后，带朱怀玉上南方。我问，朱叔知道吗？她说，他和我是一个想法，但我们都不会带上彼此。我俩都想带朱怀玉走，不管我俩谁带他走，对他来说都是另一种活法。我问，我一定得支持你吗？朱秀秀一笑，你可以支持我，那样我也会支持你。我知道你想干什么。我追问，我想干什么？对话声都越压越小，朱怀玉在他自己屋，听动静，又念经了。朱秀秀说，她可以帮我，真的，我们可以互相帮一帮。她这些话，让我又想起我妈，女人是不都喜欢互帮互助？还是都只为自己想做的事，去找个合乎理由的借口。朱秀秀和我脸对着脸，她又一次拿走我手里攥成圆桶的一卷书，《高中地理疑难详解》。我现在最大的疑难就是她。听她说，这几天晚上，朱怀玉睡着后，她会把《牛虻》拿来看，跳着看，已经知道结局了。她继续笑，知道你为啥喜欢这本书。我问，为啥。朱秀秀背转我，钢盆里已落进一盆底的水，仍有水滴缓缓在龙头上蓄积，预备一跃加入。她说，因为你和姓牛的，都是瘸子。

6

我爷在瘫痪前，还没这么精神。先前他嗜睡，现在却能瞪直眼睛，在轮椅上耗一整个白天，孜孜不倦，研究晚报上的错别字儿。我疑心别是纠错有奖，我奶告诉我，真有，一字儿一块钱。你爷现在一天往五块钱的指标奔。要是当天没有，他就翻早先的报纸。此刻我爷一人坐在纷繁的纸片前，正搁下放大镜，杵偃横丧，嘴里骂骂咧咧。我奶谄媚地给他递去苹果，他咬了一大口，再度递回，我奶再顺他的牙印儿啃下去。他是因为听见我奶刚才说他被人骂了的事，才不高兴的。原来我爷昨天和我奶去超市，看见卖姜的货摊上立了一块牌子，写，掰姜罚款。他本就哆嗦的手里，正掰好一岔生姜，被售货员逮了正着，罚款五元。我爷张口问候对方祖宗十八代，连祖坟外头的人也没饶了，爹妈奶奶立时飘于半空，盖住了店放的流行歌曲。最后还是在对方诅咒我爷瘸三代人的送别语中，由我奶扔下五块钱，推着老英雄匆匆出战壕。我爷今天立志找出十块钱的错，不然觉都睡不着。我奶没忍住又透露给我这些，被我爷在脑袋上骂出了花。我盯着他，老东西，闭嘴。他也盯回我，泛紫的嘴唇束成小口。我上手去摸他的秃瓢，哄孩子似的，这就对了。被他使狠劲，一巴掌打走，同时嘴里喷口浓痰，向我射来。我没躲开，我奶紧着给我擦。不用她，我起身，去我爷那个各样工具都置备齐全的老屋里，掂出一把钳子来。他口齿不清看着我说，我是你爷，我看你长大。我蹲在他轮椅前头，脸上还挂着他口腔里的味道，憋呼吸说，是，我给你卸个轮子吧。

我给你卸个胳膊腿儿吧。我教你走直线，你倒是走啊。疼？忍就不疼了，我主要就锻炼你个忍。看见饼干就伸手，你就要。那是你姑孝敬我的进口饼干，他妈哭？跟你死妈一个德行，外头号丧去。说完，我爷照着我十一岁的腿骨打去，手里拿着一把钳子，砸，一砸定音，你是瘸子了。

老赵，你这干啥呀，就一个大孙子。好孙儿，不哭，不吱声，咱不理爷爷。奶奶都心疼，好孙儿，再走两步，你不疼，你能走。听话，等你妈回来了不许和她说嗷，不许说是你爷给你打的，说自己摔的，你这么说，奶奶还能疼你。不这么说，就是挑唆我和你妈打仗了。那样的话，你爸妈就得离婚，你就没人要了，嗷？奶奶抱着我的半截身子，看我的两条腿悬在空中，在她的吆喝声下，我上下蹬腿，仿佛空中骑行，的确没有障碍。

我奶扑在轮椅前，不许我卸。按说今天我不该来，但必须来，给他们送上这两包朱秀秀拿给我的，兴安岭小叶木耳。我奶在骂声中送我出来，我俩一起走在除夕当晚，我妈仰头看烟花的那条路上，仍一前一后。不同的是她精神矍铄，一头短促银发，看着都红光满面，比我妈寿数要长。她追上来说，别理你那死爷，他老糊涂了，我都不爱搭理。我两手插进棉袄兜里，默默打量她。记起家里曾说起过，我奶为何要在当年那个波涛浪涌的年代里，下嫁给戴着"臭老九"标签的我爷爷，只为爱他鼻梁上卡着一副眼镜片儿，说它们看着那么透亮，跟着显得镜片后的人，也那么知情。或许人都会在其他地方，收获来自不同人不同的评价。我不想说话，感觉喉咙又发紧。回去一路上，我压步子走，怕速度快了呼吸急。这么做，我才能撑到汽水流进身体的时刻。

回去，见我妈等在楼下，她总是这样，不提前联系我，会突然抵达，好像也对最终能不能见到我，抱随缘心态。她穿着十年前的褐色羽绒服，还是戴双臂的蓝花套袖，棉布口罩将她本就高原红的一张小脸，盖住了三分之二。剩下三分之一，都由那双动物性的眼睛里带出信息，像里头刚下过场雪，还挂着冰霜。我妈每次来，都携带这样的目光，虽然她从没告诉我理由，但其中充盈的，对自己崽子的怜爱，还是每一次都让我感到难受。她说今天下午不用过去给人看孩子了，雇主一家去北京过节，她可以休假一回。说着，她跟着走进我狭小的家，没由我说什么，已经熟练地边撸袖子，边奔去厕所和所有脏污了的地方。我坐在沙发上看电视，看不断重播的春节晚会，有两个瞧着脸熟的笑星，正演出一场喜剧尾巴上的教育课。他俩一时泪水涟涟，都长出我妈的样子来。喝完地上剩的两口可乐，我打出嗝，再从兜里掏出烟，点了一颗。我妈问，你今天什么时候去朱家，他家那个儿子能离开人么？我说，能，不是残废。我妈没说话，半晌她从墙后偷露出半张脸,看我神情如何。我问她,你这活儿,打算干到什么时候?她说,我才刚收拾。我说,说你给那家人干,到什么时候。她想想说,快了,这种主顾,没有长的。她手里的活跟着停下,站在原地,看我抽烟,看我看电视。我瞧她,有话?她点头,愿意跟妈去南方吗?我问,多南?她说,佛山。我挺惊讶她能说出一个具体的地方,看来早有计划。她说,你朱叔跟我说,想去佛山办个厂,要是你愿意,他一块儿安排你。我问,可乐厂啊?我妈说什么工作她没问,但觉得朱叔是真心帮我。我招呼她过来一块坐。

我妈又瘦了,离近看,脸上肉一条一条的。她搓着手上红白不一的皮肤,手背上先前被我爸烫下的几块烟疤,一受冻,就通红成梅花,看着醒目,仿佛受苦的艺术。她转头看我,儿,总得想想你以后。我说不想去。她问为啥?我说,没为啥,去了没意思,不是我想干的。我现在就想待在家。你无非担心我待废了,你没必要。我又没啃老。她说,妈怕别人看不起你。我问谁看不起了,朱叔?她说不是,是我爸,是我爸总在和她说,她把我给惯废了。我说,也许他只是看不得我自在。我比他过得自在多了。她说,天下父母,哪有这么想自己孩子的。把烟掐灭,我严肃看着她,我奶是这么想的,我爷也是这么想。所以让他们儿子,让我爸一辈子活得窝窝囊囊,没大出息。事实不就这样吗?她又有要哭的趋势,我心里烦,别过脸去。再回头,看我妈正从深处呕出一口气,身体前倾,人看着更干瘪了。我想拍拍她后背,或帮她捋一下头发,很难做到。半晌我问,预备什么时候上佛山?从她眼神里,我知道自己说准了,好些事,也叫我猜准了。朱叔人怎么样我不知道,希望能比我爸对她强。我告诉她的是,妈,我去不了,在这儿我有女朋友了。没告诉她的是,妈,其实你也去不了。除非,那天你不来。

7

朱怀玉各门功课都有一定程度的提升,他先前所言非虚,进步空间,的确挺大。他不断和我畅想,关于他毕业后的打算,总而言之,他一定要跟我屁股后头走。照朱秀秀说的,是拿我拜了大哥。殊不知,大哥眼前路并不长,紧着掐算,最多剩两站地。一站是技术关,一站是心理关。我想得已很清楚,只是不能和人商量,心里常憋得慌,面对朱怀玉天真的眼神和劲头,我哼笑,无法陪他沉浸其中,像他也无法,真沉浸于做个好学生的梦。朱怀玉说,他往后想做个手艺人,做微雕,做紫砂壶。还想做和尚,做道人,做个吃斋的好人。有时我会和朱秀秀一起听他讲,眼神偶尔各掠过他头上,默默交织住,再无奈双双看回他,像看回我俩的孩子。老天作证,我真觉得这十天,是我人生里最好的一段时候。我虽没得到爱,也没被爱束缚住,我计划仇恨,又到底还没实践它。我清楚自己的人生会停在具体哪一刻,我看着那个爆炸键,在眼前平稳安放住,随时间慢慢往前耗。一切都不耽误每到晚上,和朱秀秀朱怀玉一双姐弟,看同一场电视节目时的平淡与温情。温情，就是不必开口。情绪流动像小股的电流，它滋滋作响，可不叫人受痛。

我终于和朱秀秀说，请你，教我做道菜。朱怀玉正睡午觉，今天朱秀秀没值班，从早到晚在家。她手刚离了水槽，听我这么说，腰上围裙重新束紧了，也不问什么，将我带到锅台前。我问，家有白菜木耳没，这菜好像就这俩原料。她从冰箱给我拿了半棵白菜，木耳装袋里，往出倒，拿小碗接着，问我使多少？我说，试验品，不用多。她倒了一碗底，接水泡上。我问，木耳泡多久能吃？朱秀秀抱着肩膀，说，半个点儿就行。你是一点生活常识没有，这些年咋过的日子。少爷啊？我心情不错，咧嘴大笑，看表情，朱秀秀也是给吓一跳。于是问她，我笑起来真这么吓人？她说，吓人，跟没笑过似的，连嘴也是现割的。我已经习惯朱秀秀的对话方式，但到底不好意思，看着水盆里的木耳，不用一会儿，它们就从枯叶似的小片儿，膨胀成黑色的肉朵来。朱秀秀默默打量我，不知道她都看到什么，可她神情语气都变了，一声叹息后，手把手教我做菜的一切，热锅凉油，先热锅，再爆锅。噼里啪啦声响，白菜先下，炒软了搁木耳，倒上少许酱油和糖，盐最后放。

我用铲子压锅里的白菜，让它快些干瘪。几滴油迸裂开，跳到脸上，我直龇嘴，被朱秀秀推去身后。说我既然第一回学，还是以观察为主，学她手法看就好。我看着朱秀秀锅台后的腰，多宽，有多宽？两手一块儿差不多，能给抓很紧。她说，让你看，没让你卖呆。去，捡个盘，装菜。就着一盆黑白菜，下午酒，朱秀秀和我又坐在那张浸满油花的圆桌上，听电视音乐台里，放着八十年代琼瑶老歌，无语问苍天，为何满腹柔情尽消磨。她喝着朱叔放家里的白葡萄酒，使白酒盅倒给我。一人一杯，酒香都混了营，中西合璧，格外上头。我掐着自己喉咙，希望它这时候无论如何不要噎，我有话说，我有攒了好久的话想说。朱怀玉却醒了。还是趿着他那双棉拖，步伐沉重，推开屋门，惊讶地发现我俩在喝酒。我说，你不行再睡会儿吧，下午晚点上课。朱秀秀招呼他，弟弟，你来。我手里酒盅顿时千斤重。朱怀玉坐我边上，被我剜去一眼。朱秀秀瞧见，酒盅直冲我，你啥意思？我一口搁了，再看朱怀玉，只说欢迎加入。我还想说，我他妈没话说了。朱秀秀对着朱怀玉，眼含万般柔情，说，后天他就回来了。我们再不能这么逍遥了，是不？朱怀玉说，姐，我还是希望你多回家来。她说，姐会的。姐不想以后，姐想和你说明天。朱怀玉脸上突然有种奇妙的光彩，过去我从未见过，此时他看着就和七八岁大差不多，还脸红，还抿嘴偷笑，不是观察我，就是去观察他姐，更显出一种惶恐。我问明天到底什么日子？朱秀秀说，明天是我弟十八岁生日。他生日大，每年都赶正月里。正月一忙，总被人忘了。今年想好好给他过一回。我说，那停课一天吧。朱秀秀和朱怀玉四掌相击，惹得我也没忍住笑。这回我笑，他俩都在笑，我没引来他们的害怕。过后我想，大约因为情绪相通。人情绪相通的时候，身边便没有异类。

晚上，我去订蛋糕，蛋糕店出门一条街，是我爸干搓澡的地方。那条街上没怎么亮灯，北风刮得凶，人都穿暗色衣裳，看步态，没几个岁数小的。我犹豫要不要过去看一眼。我想起了每一年自己的生日，想起因为和我爸生日相近，每年爷俩都分享同一个蛋糕。先给他过，蛋糕吃完放进老冰箱，制冷效果近乎于无，到给我过时，奶油都放酸了。我突然瞧见了一张很像我爸的脸，戴着包耳朵的棉线帽子，正挑开澡堂的棉门帘，往外走，在夜空中呼出一团白气。有人跟着挑帘，在后头喊他，我爸看来十分热情，笑容憨厚，回身接对方送来的，他先前可能忘在店里的东西，搁回到他自行车的前篮里。那个篮子，还是后编的，为给我放书包用。放了几年，往后他不再送我，我也不再和他于夜晚中照面，除了年节，除了真是被他醉酒吵醒的时候，父子俩失去了独处的时间和缘分。那些夜晚，我总缩在自己房间被子里，没一晚不在睡前反锁屋门，恐惧他来自酒鬼的打扰。现在我爸，早不是记忆中那个样儿。他灌风蹬车子，踩向十字灯岗中，光线越见璀璨，他背影看着越佝偻。我能想到，在他抓着车把的一副棉手套下，每个手指都晕了多少层的皱，人若总在热气里蒸着，是会变得松懈。站着看了一回，扭头往朱怀玉家走，路上收到朱秀秀的信息，奶油要多，水果别放酸的，我弟不吃酸。回她，知道了。我总是羡慕那些在冬天过生日的人，每当头顶像现在这样飘下雪来，我都羡慕生在冬天，死在冬天的人。前者老天给他们放礼花，后者还有老天，给他们撒纸钱。

8

晚上的蛋糕我一口没动，都分给朱怀玉和朱秀秀。他俩都珍惜这一天，感觉不当朱怀玉的生日过，也当个特别日子庆祝，朱怀玉今晚甚至喝了一点酒。奶油沾满他的黑胡子，看着像刮掉它们前，要涂上去的泡沫。朱秀秀送了个檀木手串给他，我送的，则是早想送的电动刮胡刀。朱怀玉木讷地一手拿一件，不知内心都转动什么，随眼眍一点点积蓄。当整点报时的钟声从身后响起时，他人打了个哆嗦，说这会儿该去念经了。话说完他屁股还犹豫在椅子上，是不想走。朱秀秀抱他进怀里说，妈今天不会怪你的。你今天可以好好玩。朱怀玉还是说了声，阿弥陀佛，对不起。天早黑下，外头并不昏暗，有人在楼下放烟花，不远处公园结了冻的湖面上，也能隐约瞧见被灯泡围起的冰场，人影在上头绕圈滑行。我独自站在朱家阳台上抽烟，听见身后，姐弟俩人又抱在一起，哭成一团。我想的是，人都说，儿的生日，娘的难日，从不想，儿到人间第一声就啼哭，是不是也有诸多不情愿。喉咙又不舒服，没忍住，我咳嗽了两声，被朱怀玉听见，他端着可乐杯子过来，看我喝下。身后一片安静，朱秀秀许是醉了。我俩面面相觑，同看晚间的焰火和灯照。他脸上泪痕未干，像个小兽犊子似的问我，赵老师，我到底是不是个废物呢？

我没回答，他胡子上还挂一块奶油，我抹了问他，甜不？朱怀玉点头，他哪胜酒力，两手撑在窗框上，看着像个秤砣，量不清自己人生的分量，更别说，去掂量别人的。朱怀玉突然说起，他在老家度过的童年，和妈妈住在一起，就他们俩，长年累月，谁也不觉得孤独和奇怪，似乎别人家都会是这样过日子。他当然知道爸爸住在城里，也知道他为什么不在家，理由都是妈妈告诉的：你爸变心了，人也变坏了。朱秀秀在十五岁时离开老家，那年朱怀玉九岁，也是在一个过年的夜晚。妈妈在饭桌上监督姐弟俩，分别给朱叔打去电话。她期许地不是看看已拔起个子的大女儿，就是看看虎头虎脑的小儿子，巴望他俩中任何一人，能动用亲情，去帮她勾回失去了的丈夫和旧梦。口水从她嘴角直往下掉，滑成一条银线，无数次落饭桌上头，落在一个个无法接通的嘀声后头。朱怀玉转头看我说，我爸那天没有接电话。我妈实在受不了，抬手掀了年夜饭，人在满地饭菜里打滚，她抓自己，还不断朝空气里磕头。我姐也受不了了。我其实分不清，她那时是在扶妈妈，还是打妈妈。站在当中，我被她俩分别拽住一只手，往两个方向拉。我笑说，你还是个香饽饽呢。朱怀玉跟笑了下，在别的方面我不是。我问，后来呢？朱怀玉说，后来姐姐收拾东西走了，妈妈像找爸爸那样又去找姐姐，那阵子我总一个人在家，晚上面对满墙神佛，很害怕。姐姐一直没回来，我很快也被爸爸接走了。接我走那天，我妈还躺在医院床上，嘴终于不再往外吐沫子，之前她一直吐，一直吐，医院都不爱收拾了，满屋都是农药味。她抓紧我一只手，在我手上扣下五个血道子。朱怀玉把他那只黑胖小手放在身前，让我端详，道子已不十分清晰，内里却还能露出鲜红色，是抓得深透的。我不知道朱秀秀听没听过这一切，朱怀玉说，他姐其实不是护士。她只有初中毕业，进不了城里的医院干。朱秀秀现在一直在药店给人站柜台，有时要值夜班，兼给人打更。爸爸不喜欢她，嫌姐姐没有学历，说她早就是废物了。

　　朱秀秀拿酒瓶磕着我俩身后的门框，示意她醒了，节目继续，进行到哪步了？我一时怀疑，老天爷其实正在满足我一直来的愿望，他不是正给了我两个，愿意和我将就的人吗？天知道，我将做些什么，如果老天一直不把他们派给我，我会做得义无反顾。反正遗书已快写好一半，菜也即将练会，势在必行，只差一个口了了。我们各自把外套、帽子、手套穿戴好，踩得楼道台阶咚咚响，我几乎是跳着走完，有点逞强，但喝醉了的朱怀玉和朱秀秀，此刻都不会比一个熟练的瘸子，将步伐走得更稳重。三人摇摇晃晃，朱怀玉走在当中，被我和朱秀秀各揽着肩膀，向夜色进发，我们都被一样的寒风吹得脸色发红，眼睛发烫。经过公园外的烟花摊儿时，我们买了一些，带进古树参天，人影稀疏的园内岛上。破碎了边角的石砖椅，变作我仨的露营地。朱秀秀在石椅上坐，俯视我和朱怀玉将烟花抱去冰面，选好了头顶一块最安静的天空，正准备燃放。她尖细的嗓子未等花开，已叫嚷不绝，等花真在深蓝色的天空上冒开了，她声音又消止。朱怀玉一眨不眨地仰着头，没人知道他心里想什么。我和朱秀秀都在更早时候，贴近他一侧耳边，说了同样一句话，你不是废物。弟，祝你生日快乐。

　　和朱秀秀坐在石桌旁，我沉默下来，看烟花，再看她的眼睛，发现她看我的时候更多，光照不明，只有一霎的灿烂，能叫我看清她眼里布多少红丝。她说，赵乾，其实我不知道你要干什么，也不想问。但希望你知道，这些日子，我和我弟十分快乐。我说，你可以问。她说，你要杀人。我说，对。再问。她说，你要杀你家里人。我说，又对了。问我原因吧。她低一回头，复又看我，和你的腿有关？我说，不用客气，和我的残疾有关，和我这儿有关。我指指喉咙，从外衣口袋里掏出一瓶两百五十毫升的小可乐，放到了桌子上，说，这是我的心宝，得随身带。我不知道自己什么时候，就会喘不上来一口气。那种感觉习惯了，也永远不可能习惯。朱秀秀说她明白，能试图明白。我也想了想，你知道我为什么不吃蛋糕？和朱怀玉一样，我也没什么机会享用蛋糕，不是没钱，是没人意识到，这是个应该买，应该让我吃到的东西。有一天晚上，家里人都睡了，那已经是我爸生日过完三四天后，快到我的生日了。我家那台冰箱保鲜不了这么久，我也不想再吃酸蛋糕了。所以那天夜里，我从父母房间溜出来，到厨房，打开冰箱，努力不发一点声音，准备用手挖冰箱里的蛋糕吃。不敢开灯，好些奶油都被我糊到鼻子上。可我终于吃到了。朱秀秀笑问，甜吗？我摇头，已经酸了，但我就是忍不住一直吃，我怎么也忍不住。灯很快亮了。是我妹妹，她起夜，见我在厨房，满脸白，以为看见了鬼。她尖叫不休，人都被她叫醒，我爷，我奶，我爸，我妈，我姑。他们团团围着我，除了我妈都在笑。边笑边说我是个心机重的饿死鬼。饿死鬼，还心机重，我只有八岁，我不会是他们想的那样。朱秀秀起来，从身后抱住我。我抓着她胳膊，让她的手背压住我的嘴，我不想再打嗝，再像那晚一样被诅咒似的，在笑声中打嗝，打到我抱头鼠窜，找不到一个安全的角落。我的自尊心，我有自尊心啊，我的自尊心往后被活吊在喉咙里。隔三岔五，要用可乐杀一杀。

朱怀玉喊我们，花都放完了。他不敢走近，面无表情看着我和朱秀秀，像当年他困惑姐姐和妈妈的动作一样，分不清我俩是在彼此拯救还是互相放弃。这种问题的难度，超越他解答的能力。硫黄味儿在岛上窜离，远处，别人的烟花仍继续放出，我们静静观赏，身上已全空无。除了回程路上仍肩并着肩，手连着手，还拥有的，就只剩各自心底，那不能被继续说明的酸楚。

9

我曾问自己，是不是非得如此，没有别的希望在，别的路好走？当然有，我还这么年轻，虽说一直没干正经事，但我信，我会找到工作，来日养活自己，幸运的话，还能组建家庭，担负更多责任。我问自己为什么非得做这样一件事，我能预料它引起的影响，社会上的讨论，和对我的所有谩骂和攻击。孝道，在每个国人基因里刻下的痕迹，是太深，太不讲道理，它长久要求着单方面的容忍，要斑衣戏彩，要卧冰求鲤。我不要求我的家人自我诞生，就非得委屈自己喜欢我。喜欢不能勉强，毕竟我全不是按他们满意的后代模样，来到这个世界的。对他们我同样不能勉强喜欢。是爱，是所谓血缘，将我们组合到一个家庭里，而爱是责任。从小到大，没人教给我责任和爱会有亲密伴随的关系，让我总以为，责任是痛苦，爱又是传说。二十来年，我的活命离不开他们为我尽的责任，可我仍要说，更多是靠自己摸爬滚打过来的。如果一个人仅靠物质满足就能变得幸福，变得珍惜生命，那么大约是，他从来也没养成过珍惜自己精神的习惯。我却不是生活在荒岛之上。在我周围，有许许多多的参照，日复一日向我传达，你缺失，就算你假装不缺失，你低人一等，你努力证明着，不低人一等。若人被剥去骨皮，比试心灵，我很清楚，我会是如何惨败的。更会让你们看到，相比我的瘸腿，我丑陋和讨厌的个性，还更让人恶心的千疮百孔。于是我非得如此，为讨还二十来年生命里遭受的，惩罚伤害我和本该保护我不受伤害的家人们。他们有意也好，无意也罢，都实现了对一个人完整的摧毁，让一个人从生到死，也只能依靠他的亲人（仇人）们，从中去借取能量，而始终也没得到一段友情，爱情，哪怕只一次，得到他人的欣赏。看客要说，可怜人必有可恨之处，还会说，造成今天，也因为他自己。我想回答的是，站在地狱外面看地狱的人啊，你们长久远离烈火，已经不相信火能够烧人身上，将人烧焦。更不知道在东北这样的地方，人们性格多属开朗灵活，个体如何能走不出一场火阵。毕竟这儿有漫长的冬季，和那么乐于让人傻好着活完一生的天然牧场，喂人吃雪，再天生长出，所有降低沸点的粮食。可在我心里，火烧了二十来年，那么也许我，就是老天爷于万千之中，投下一粒恶作剧般的残次品。能信吗？所有见过我，和我说过一两句话的人，你们能信吗？在那个面恶嘴损的赵乾，那个笑容惹人硌硬的赵乾心里，其实藏着漫天野火，和无数举火把的人。你们不信，当你们只是习惯性地忽略灰尘一般，忽略我。

我僵着手，让它不抖，不把字敲得太激烈。手机响了，我挺激动，想许是朱秀秀，其实我叫不清我俩现在的关系，但一定有点儿进展。这种进展总叫我忍不住幻想，更忍不住对自己叫停，总之，千难万难。没想到，却是上海人赵齐齐的信息。齐齐和我有微信，加上后不怎么说话，压根没兄妹情分，现在她能找上我，跟对我跟当头棒喝差不多，让我联想到小时候，多少次为她挨讨的打，遭过的骂，手抖得更厉害。齐齐问我，现在有没有女朋友？我说，不关你事。她回个偷笑的表情，我没理，手机搁桌上，去厕所撒尿。再回来，看她发了个女孩的照片，美颜痕迹明显，下巴跟瓶起子似的，往上直翻卷。她说，这我同学，便宜你了。我发语音过去，不用，爱便宜谁便宜谁。齐齐打字回，我上课呢。告诉你，过这村可没这店了。我问，你才多大啊，你同学多大。齐齐说，上海本地的，家里两套房，就你还想咋的？我说，滚。她发了个翻白眼的表情。看我半天没回，又发张图，还是那个瓶起子下巴，照片上女孩脸也只露出下巴来，再往下，该露的都露了。我点上烟，放大端详一回，没大意思，基本没有发育。齐齐撤回图片，问我，现在愿意处了？我问她，你妈知道你这样吗？她也发了语音，两秒，里头一声轻哼。再回我道，放心，没人会找你麻烦。你和她处呗，反正她啥你都看过了。我说赵齐齐，我能知道为啥吗？她说，因为我恨她。我们都恨她。我想象瓶起子被人扒光在学校某一墙角，拍下照片时的场面，想象她只顾着捂脸，周全不了上身和下身，想象赵齐齐一双铁臂，是怎么重捶她小腹的。刚才那张照片上，女孩小腹几个拳印儿，瞎子才看不见。我感觉自己就差咬碎了牙，想给赵齐齐也扒光，任人观看，更想让朱怀玉这样的小孩儿去踢她肚子，一下一下，踢到她吐。回手我把赵齐齐给删了，看她再发给我的验证消息是，祝你好死。

我乐得嘴缝闭不上，照厕所里的镜子，反复感恩天意。天意让我饱满了我的动机，好妹妹，算你一个吧。高三再度开学，年节彻底结束，和朱怀玉姐弟俩，再不能像那十天里，朝夕共处。我又回到了我的腐烂小屋，回到黑白颠倒，被网瘾和烟瘾两头包容的环境中。照着镜子，我好好收拾了番，冲过澡，刮掉了胡子，再给腋窝里抹点儿花露水，穿上最板正的格衬衫，准备到五点，下楼出门。赴我有生来第一场，可能也是最后一场约会。

在西餐厅吃完一顿提前买好优惠券的晚餐后，夜色将至，我送朱秀秀回药房。她在离药房一拐角的地方，吻我脸上一下。可以说猝不及防，可以说意料之中。我僵着笑容，痴呆儿一样，瞧她全冻红了的脸，和绒帽子下头，没压住的纷飞碎发看。一时非常想伸出手臂，将她拥抱。朱秀秀对我说的是，不剩几个月了，等朱怀玉拿到毕业证，她就带他走。我可以和他们一起走，也可以随后赶上，在南方会合，这样行吗？我伸手碰了一直想碰的，她的白脖子。她撇撇嘴，笑意一掠过去，看我说，你要放弃那些想法，知道吗？从你找我拿木耳，到让我教你做黑白菜，我心里变得一清二楚了。我问，哪些想法？朱秀秀怀哀痛看着我，只能这么形容，她过去伶牙俐齿损尽我八辈祖宗的作风，已在什么时候，随寒冬逝去，一日日变得若隐若现，不再是确定的性格。我低头说，风大，快走吧。她站了一会儿，转头离开。离远看，我第一回发现朱秀秀居然走路内八，也是够古怪的。这发现让我笑得不行，像被人往鼻子里灌进了醋。

秀秀，怀玉，遗书也是信的一种，我最后说给你俩听。怀玉，我不能骗你说，你不是废物。在一百个人眼里，你都是废物，哪怕在你爸眼里，都如此。可你应该还记得牛虻，记得他在琼玛心目中，无论受多少屈辱，都仍是当年的亚瑟，往后的英雄。人的心，是最容易，也最不容易变化的。以你的智力来说，我希望你多听你姐的话，她爱你至深，所有爱你至深的人，都是你一生中可靠的灯照。别信其他，其他你把握不住。秀秀，我爱你。

10

我奶过几分钟就到厨房来，她实不放心，我到底能不能分清，开燃气和闭燃气的开关，是往哪两个方向走。明天到她七十大寿，我说，奶，我没挣下什么钱，也不给人补习了，没能力给你买好东西，当天给你做盘菜吧。我那儿没灶，想在你这儿练练手。我奶说，都行。泡这么些木耳？小盆里的确长满了木耳，她看着直可惜说，一次吃不了这么多，我也知道吃不了，可我就放了这么多。我说，剩下的泡好给你们放冰箱，想着吃啊。我奶歪脑袋寻思，说她好像在哪看过，木耳不能泡太久。我说，那就扔了，明天我过来，再泡一点儿。我爷始终听着厨房里的动静，"扔"是家里不能出现的词，一听到扔，我爷就恨不能给轮椅飙车，赶来阻止。他进来后，嚷着不扔不扔，虽然声大，气势已减弱许多，直躲在我奶身后，暗暗和我眼神交汇。他还没忘了前一阵我试图卸他轮子的事儿。和全已花白的头发和胡子不同，我爷脸上一对眉毛始终黑而浓密，好像一件他自己也知道唬人的武器，除了拧眉，他也使不上别的回击了。

晚上我去我爸澡堂，想在大日子前洗个澡。路上给我姑去了个电话，讲了齐齐找我的事，我姑说她知道了。她那边听起来挺忙的，和我姑，从小到大的关系每每如此，我俩没话，即便她不忙，也没有话。她倒从没对我怎么不好，如果忽视也是不好的一种，那其实，她罪不至死。我已经好几年没见过她，但总会听到关于她的信儿，就像你即便从不出门，也会听到社会上又发明了什么，人类又突破了什么。我姑在家里，代表着永远的向上和高级。她似乎生来就该被崇拜，什么都做得好，很少被责怪，但我总觉得，看到她的每一次，都使我喉咙卡得更厉害。她修剪成利落短发的脑袋，架在身高马大的骨架上，也戴副眼镜，和电视里那些你清楚与自己永无交集的精英一样，即便她是你姑，你也从不该指望，她会把眼神落在你脸上，当真和你说句心里话。今天我能打电话来，她很意外，更意外我张口就说出了赵齐齐的恶行。小时候每当我和齐齐有矛盾，总由爷爷奶奶来裁决，即便是我打了她的那一次，在我姑进门听说后，她也只是安慰女儿，将齐齐穿着粉秋衣的小身体抱进怀里，说姑娘不难过，姑娘别放在心上。她对我的不责备，让我当时恨透了她。像齐齐不是被自己哥哥打了，而是被石头绊了一跤，被风吹出了感冒。我挺想试试的，这次，她总该跟我说点儿什么。

赵乾啊，她说，我姑始终叫我大名，言谈相当客气。不要总是仇恨你妹妹，她还小。我问，事儿你知道了，作为母亲，打算怎么办？我姑又在和边上其他人说话，再次说她知道，她会处理。我问，你其实一点儿不信，对吧？她说，姑明天回去，和你妹一块儿。到时让她和你道歉，这样好吧？我说，那个女孩怎么办，齐齐拍了人家的裸照。我姑一声叹息，你们啊，就是能闹。她再不说什么，我也无话好说，挂电话前，我最后向她确认，你怀孕了？我姑笑起来，啊，是。

澡堂我很少去，所有让我必须赤诚以待的地方，于我都像地狱。何况这里蒸汽腾腾，进了门，非得脱了精光，再剥层皮，才得离开。我倒是第一回看我爸飞着热汗，跟躺椅上的大哥，眉开眼笑，说受累，咱翻个面儿吧？我长久站在一束水流下，默默被浇，看清我爸所有动作，是既熟练又做不好。他不断被客人要求，没吃饭啊，不舍得使劲儿。每当此时，我爸就吞一口气，力量不为人知，全积蓄到澡巾上，犁地一样去开垦陌生男人的皮肤。落下的灰尘，就是他土地里的收获，不当穿，不当吃，还有点儿叫人恶心。如今我也躺去到那张新换了塑料膜的椅子上，趴着，让他先来背部。我爸脱下澡巾，问能不能让他歇歇，今天活儿太多。他到旁边找了个空水龙头，给自己浇。那一刻，他不知道我正起身端详他。我想到的，是记者赵博。想赵博不该出现在这里。他该心怀中央台，惦着利比亚，成为电视里的战地记者，当着万户千家侃侃而谈，没一句磕巴的话。还想起青年赵博在他儿子小时候，对后者信誓旦旦，你参我，力拔山兮气盖世。不比奥特曼能耐？

澡堂里，瓷砖暗黄，白雾腾空。几乎都是老头，都在池子里泡自己，跟泡瑶池似的，幻想益寿延年，更借此逃离现实中种种。我爸冲完水，一鼓作气，搓我的下巴颏，肋骨和大腿。搓着搓着，雾气中问我，还想添点儿服务不。我问有啥，他如数家珍，奶，酒，盐，醋。只有客人想不到，没有老师傅做不到。你又瘦了，咋整得？说着，我爸拍一下他好些年养出来的小肚子，手上缓了缓说，爷们儿，你吃劲儿啊。我说，过去我一百六十斤。我爸说，想不通，咋能减下那些肉的。一直想问你，是不在外地念书那几年，出什么难事了，你总也不说？我向后看他，他没看我，我爸嘴咬开醋包的一角，让我躺平，往下浇开，酸气弥散，到我背上凉凉的。我说，说了有啥意义。他没回答，醋水在他运劲下温柔地包裹着我，从没有过，被他这样柔和去对待。从几岁起，我爸不再抱我，也可能是我主动，先去拒绝了作为父亲的他，每一次笨拙的示好。很长一段时间里，我总恐惧他碰我，看到他的手，会让我神经紧张，毕竟随那只手带起的掌风，曾无数次刮痛我的脸。如今所有我被他清洁着的地方，几乎都没饶过他的揍，饶过他身体力行的教育课。他当时怎么叫我来着，肥猪，大傻儿子？我想起就笑，当他后来再也打不过我，我可以在任何时候想笑就笑。我一笑，他话顿时变得少。

冲冲去吧。他拍我的胳膊，想说记下手牌之类的话，到底没出口，和他并排站在水流里，他的身体，我的身体，两个世界上最大程度相似的灵魂和肉体，永远在面对面时感到尴尬。洗好后，我穿好衣服在外头抽烟等他，他以为我已先走，门帘挑开后看见我，下意识也惊讶去笑。给他递烟过去，他看看烟标，问我，不抽点儿好的？我说，不抽给我。他利落地点上火。借门里一点热乎气儿，我俩僵站在澡堂外头，谁也不知道有什么理由，要让彼此在冰天雪里双双抽完沉默一颗烟。想起来，我问他一嘴，当年你俩离婚，谁先提的？他低头跺脚，不关你事儿。我说，我妈要走了，你知道吧。我爸不信，逗呢，她走得了？我扔掉烟头，给他把车推来，看我爸踩上去，将他泡皴了的两手，前后塞进都破了棉的手套中。踩了踩车链子，他回身嘱咐我，你也干干正事儿吧。就我跟你说的普通话考试，抓紧。趁我还在岗，给你安排进台里完事。我直乐，逗呢？他剜我一眼，骂，小白眼狼。明天你奶生日，早点儿过来。说完，蹬车子，他蹬远了。

11

一桌菜都是黑色，我炒的那盘黑白菜，摆在外围，见点儿鲜亮。在我姑带齐齐也入席后，一家人终于少有的团聚，除了我妈不在，可谁也不觉得多遗憾。我奶刚说完她那句代表性的祝酒，美味佳药，家庭氛围是多么重要啊！重音勾在多么上，抑扬顿挫，定下基调。我爸起身，将放在桌下的寿桃蛋糕拿到厨房去，打算等晚饭吃完，再切它。我奶张罗大家动筷，眼神扫到黑白菜上，咧嘴说，这菜，乾乾做的，咱们今天都多吃，多猛攻它。我说，做的不好，但比较用心。我爸先起筷子，我从没觉得，时间可以这么漫长，一块普普通通的木耳，在他筷头上，被我想象成秤砣，两根木头又如何夹得住，如何能被安稳放进嘴里，滑到胃中？我想克制自己发抖的手，想在他放进嘴的前一刻，抢一句我的祝酒词，或任何能打断他的话。可我还是闭上了眼睛。门铃在响。睁开眼，我爸起身到对讲机前，问对方是谁。听不清答语，他也开了门。门开后，朱秀秀站在那儿。

她手里拎了两盒红通通的保健品，说从自己单位拿的，不成心意，今天贸然来，是想认个门儿。我的家人们，全都不知所措地或站起，或僵着表情，看待这如同天外来客的少女，是如何自来熟地，笑着问这个问那个，问还有凳子不？凳子搬来，她插空坐到我边儿上。我看着朱秀秀，一看到她的眼睛，我就清楚了，她已经找着了我留的信，那封被我在今天出门前打印好，夹在《牛虻》里的信。《牛虻》那一页中，应景写着亚瑟赴刑场前，留给爱人琼玛的话：在你还是一个难看的小姑娘时，我就爱你了。那时你穿着方格花布连衣裙，系着一块皱巴巴的围脖，扎着一根辫子拖在背后。琼玛，我仍然爱你。

朱秀秀总也坐不住，站起来，她拿我的酒杯，先敬我奶。这是奶奶吧？她看向我问，多少不好意思，跟着自我介绍，我叫朱秀秀，叫秀秀就行。我是赵乾对象，今天您过寿，来祝寿星生日快乐。我奶忙不迭跟着站，捧酒杯相碰，姑娘，你真是吗？大家都笑。朱秀秀说，奶，我真是啊，和赵乾，我俩都好多久了。他您还不知道，老藏着不说，今天算他长心，刚才临嘱咐我，也来参加生日呗。我才下了班，寻思没啥带的，拿了点儿壮骨粉和维生素过来，想您和我爷岁数大了，保养自个儿总没有错。我爷想跟着碰杯，有点儿踌躇，憋着不动。只见朱秀秀和我奶一人造了半盅白酒，都客气个没完。我不知道该说什么，朱秀秀带来的寒风，让我从刚刚灼热的呼吸中，暂时解脱，却又晕个不行。我爸在底下捅咕我，小子，行啊。我嗯一声，也喝了半盅。赵齐齐咯咯笑，不住打量朱秀秀。朱秀秀注意到了，隔远给赵齐齐摆摆手，一副待小孩子的和蔼与包容，向我确认，这是妹妹吧？妹啊，老听赵乾说起你，说你学习可好，可聪明。我不信地看向朱秀秀，她还是我认识的那个没好脸儿的朱秀秀吗？来前她还化了妆，没醉脸上就有两块红，化得跟中国娃娃似的，透着喜庆和热乎。像她从来就这么待人接物的，嘴常咧着，不会觉得累。

我爸去和朱秀秀攀话，姑娘，我是赵乾父亲。朱秀秀和我爸跟去一杯，我爸被她吓着，姑娘，不急喝，先捋捋情况。他踹我，快点儿，你介绍介绍。我闷声说，这我对象，在药店上班，处俩月了。我爸摸着他的秃瓢，跟朱秀秀讲，你看叔也没准备。朱秀秀嘴倒是快，爸，不用准备，我们小辈儿的，不给你们添麻烦就行啊。我插话，没到这步，真没到。朱秀秀笑着，赵乾，都是自己家人，你老装啥玩意儿。咱俩的事，你就一点儿没透风？众人再齐齐看我，像我和朱秀秀已该生米成熟饭，已该领证，更该在外有了个孩子。我没比其他人更能摸得清状况，只好说，你来讲。朱秀秀简直英姿飒爽，敬完我奶敬我爷，敬我爸，还敬我姑。姑，你就是姑吧？赵乾最佩服你，说你在上海，老大能耐，有文化，有水平，对他也是没说的，纯纯教诲，不遗余力。赵齐齐说，谆谆，是谆谆。我瞪她，还是应该药死她。朱秀秀给我一下子，斜楞人孩子干啥？妹说得对，嫂子我，是没大文化，但心里热乎。看到你们这家人，我就知道，赵乾所言非虚。再找不着这么相亲相爱的一家了。我一口酒好悬没反出来，拽她一把，坐下吧，倒霉娘们儿，话咋寻思说的呢。

但我也被她怄笑，这种感受前所未有，和设想中看见所有人都死我跟前的震撼，是相差不多。当所有人都怀着，小子，能耐啊，这样的眼神问候过来，酒也让人格外上头。我不敢再看朱秀秀一眼，怕这不过是死后的梦。朱秀秀又张罗吃蛋糕，看到桌上这么满，她自言自语，得找个地儿放啊，蛋糕呢？我说，有，厨房。她端起我那盘黑白菜，问厨房搁哪。所有人都指给她，姑娘，身后就是。我跟她一起到厨房，见朱秀秀以迅雷之势，将我做的菜倒进了垃圾桶。我搡她一把，还想给她一巴掌，我通红眼了，可我知道无论如何，自己也下不去这一巴掌。朱秀秀凛然说，身后可没有子弹等着你。你不是注定上刑场的牛虻，知道吧？我反问，拿你自己当救世主了呗？她说，不和你辩，现在不辩。说完，她像发现新大陆似的发现了厨房里的蛋糕，啊呜一声叫，惹所有人都急着问，赵乾把你咋了？朱秀秀笑嘻嘻地捧出蛋糕，问，为啥不先唱个生日歌，点蜡烛，许愿呢？我再没理她，独自在厨房站着。听外头桌上，大家都跟被下了催眠似的，照朱秀秀吃喝的做。他们拆开了蛋糕外盒，在寿桃周围插下蜡烛，我爸关了灯，好些声部齐着唱起生日歌，由朱秀秀领唱：祝你生日快乐，快乐快乐，多快乐。她还加词，是加了我没能加入的词。片刻静默后，掌声稀落。再片刻，我猴子捞月似的想抓起垃圾里的木耳和白菜，徒劳无功，再也抓不出一盘菜。

全喝多了，除了在沙发看电视的，后来小猪似打起呼噜的赵齐齐，当我再回到饭桌时，看到朱秀秀趴在我爷轮椅上，露半只眼，对我贼笑说，她现在可以回家了。我爷嫌弃得不行，赵乾，快给送走。我挽她走，除了近距离看我的朱秀秀，没人注意到我脸上泪痕新一重，旧一重，哭得眼泡都肿。走出楼房，我俩和还守在窗口看着，一头银发的我奶挥手。我奶喊，吃得咋样？朱秀秀喊，没治了！她靠在我肩上，我俩在路灯下坐下片刻。问她，朱怀玉在哪儿呢。她说，家，准备高考。我说，替我告诉他，放弃数学和英语听力，多背几篇英语范文。她说记下了。我说，好容易准备的菜，就被你这么倒了。她说，我倒了，有谁说了什么吗？我点头，是，没人在乎。朱秀秀转脸一笑，轻声说，那你干吗去在乎？眼前车流和人影都很匆匆，这是第一次有异性靠在我肩膀上，只要靠上，顿觉自己软弱了。软弱，很软弱，我是死过一回的小鬼儿。

12

往后的事，一半在我们设想的美好之中，一半没在，没在的一半，倒像是成全了前头。即我和朱秀秀一块儿去了南方，朱怀玉也顺利地被朱叔和我妈带走，飞到更远的佛山去生活。我已和家里断掉所有联系，似乎合该如此，也是最好的结局。朱秀秀进了杭州一家电子厂，我则进了一所教育机构，我俩活得都不累。每晚回到小出租屋，做饭，看电视，攒钱，计划旅行，日子泡进了令人昏昏欲睡的节奏中。有时晚上醒来，借月光看她，我会忍不住笑。我总想到那晚我奶过七十大寿，她作为一级演员表现出来的样子。毕竟那晚过去后，朱秀秀仍我行我素。当我有时加班回来晚了，她会温柔问候道，还没死呢？

又到一年年底，没考上任何大学的朱怀玉，早给我们来了信儿，说朱叔拧不过他，准备放他从厂里出去，念专门的佛学院。他希望有朝一日，能走进个收容自己的山门，过上真正想过的日子。他学会了发微信和上网，常在网上的社交平台发广告：朱怀玉，男，无不良嗜好，诚征好友。男女不限，贫富，智力不限。我看了和朱秀秀说，你弟还是应该出家。朱秀秀端着一锅没咋热透的紫菜蛋汤，甩狗似的甩给我，说，吃堵不上你嘴。你少影响我弟。朱秀秀和我，渐渐像找着了自己落生来就该留下的荒岛，再多一人就足够，岛上我两人伴随，无须计较男女，贫富，和智力。我已经攒了些钱，辅导了几个家里殷实的高考生，此刻便可以拍胸脯应承她，也应承朱怀玉，北方咱都待够了。什么雪啊，烟花啊，该看看往前没见过的景儿。朱秀秀咬了一嘴紫菜，黑黢黢的，抬眼瞧我，比如？我说，比如大海。她稍纵即逝笑了，我也呼出一口气，说知道，你想看大海。她说，没见过，听我爸讲过。他现在住的地方，离海不远，螃蟹二十买四个。我说，小螃蟹吧，指定没肉。她说，有肉没肉，那是海，是蟹。你咋知道是小螃蟹？我说，我妈学了，那点儿玩意，还不够她塞牙的。

可我还会做噩梦，还会在半夜或什么时候，感到喉咙塞得厉害。我坚持不去医院，朱秀秀这点最好，她从不勉强我，只嘱咐我勤刷牙，多喝水。所有让你感到不舒服的事，解不解决都看自己，不要去影响别人，这样就可以。她有她的善解人意。毕竟在我俩最困难的时候，冰箱里也从没断过碳酸饮料，在我腿疼的时候，她也会边看电视剧，边给我按。有时她看到心潮澎湃了，手下力道也没准，但我受用，疼也是生命的体验。在梦里，关于腿被打折，关于叫我忍耐，关于我爸的掌风，我姑的忽略，当然，还有那个小猪娃娃，赵齐齐的嘲讽，从未消失过，但越来越像一团风。梦里总是颠三倒四吹过去，吹得我于昏睡中也知道，吹风又能把人吹怎么样？可我永远不会说，那都过去了。在接下来的十一月，在和朱怀玉约定好到三亚去见面的飞机上，好容易等着两张打折机票的我和朱秀秀，于起飞前漫长的等待中，开展了一次关乎未来的对话。

朱秀秀第一次坐飞机，看什么都新鲜，什么又都不敢露出觉着新鲜的样子，怕被看低。我替她拉起窗边的遮光板，扣好安全带。她眨着一双单眼皮看了看我，说，我妈也是一辈子没坐过飞机。我说，你还不到一辈子。她低头笑，是，我没到。我说，秀秀，对不起，我不敢结婚。她问，咋了你？我说，一坐飞机，我就想到坠机。我看了太多灾难电影。她说，想点儿好事吧。我说，想了，更不敢想。空姐来提醒说，飞机可能晚点，我们有各种饮料，二位选什么？看着推在过道里的饮品车，我不用选择，要可乐。

空姐给倒了一杯,我接来,问朱秀秀要什么。她跟空姐说,一瓶啤酒,你搁这儿就行,别倒了。我压下朱秀秀的胳膊,和人家说,一杯水,谢谢。朱秀秀不可置信看着走了的空姐和车,问我,凭啥不给,不各种饮料吗?我后来无数次觉得她可爱,她可爱不自知。朱秀秀也有点儿不好意思,啜着纸杯里的水,说,别这么看我。我说,秀秀,我愿意和你永远这样。我不会是个好父亲,所以我们别要孩子了。我把你当女儿养,行吗?她喝着水,乐了。她坐着总是挪来挪去,座椅始终不能调到叫她舒服的角度,掰狠了,被后头人踢了一脚。解开安全带,我起身看后头,后座是个戴眼睛的胖子,和我过去模样差不多。我没说什么,只是笑了一下。胖子却立时转过脸去。快起飞了,朱秀秀忍不住偷摸在我耳边说,你笑就像马加爵,不好看。但是你笑吧,真管用。

没让朱怀玉去机场接我俩,所有难为他的事儿我和他姐都不做,坐车到了朱怀玉住下的酒店,我们敲响他的门。现在不是旺季,这间离海不远的酒店价钱不高,朱怀玉已提前住了两天,给我仨开好一个套房。我和朱秀秀睡里头,朱怀玉在外,这样也不影响他每到钟点就得进行的念佛和打坐。房间里檀烟袅袅,朱怀玉现在蓄了胡子,虽说视频里也见过他这样,再见到,还是吓我一跳,不敢以姐夫身份对他吆五喝六,怀疑他已在哪儿得了道,有了真神通。可朱怀玉还是朱怀玉,还会在给他姐一个僵硬的拥抱后,隔出几步,对我作揖,赵老师。我脱口而出,免礼。朱秀秀骂骂咧咧,边摆弄房间里所有设施,边回身瞪我俩,少丢人吧都。

先前自己来南方,我已见过海,再见到海,还是深深知道,这是不属于我基因里的,异世界的美梦。海滩上人不多,但跑跳着的青年男女,无不让你觉得,他们是真该生活在这儿,享受其中的人。椰林树影,金沙滩,蓝海岸,恍惚中我看到小时候在奶奶家看到的,房间里的塑料贴花,重现眼前。当时何敢料想,有朝一日,我身畔也会有一个姑娘,虽然朱秀秀看不上那些穿比基尼的女郎,只肯穿连体的深色游泳服,可当她走在我躺椅前头,不留神舒展下身体时,还是叫我万分得意。屁股和腰,都是我的,今天明天,都是我的。至于一个女人的子宫和来生,说穿了,我没半点儿兴趣。我深知自己不会做得好,如我深知自己在东北的最后一年,是如何度过去的,对于往后,便看得更清楚。海滩上放着旁边旅客带来的音响旋律,是首英文歌,朱秀秀受教育有限,朱怀玉受教育白费,那么惭愧惭愧,也只有我能懂,虽然我一样叫不清歌手是哪国人,歌属于哪种流派,但就如那年冬天,我仨在一起看到的,视野有限的天空和烟花,何用相识?相识就是旧相识。

> I want to know
> Have you ever seen the rain?
> I want to know
> Have you ever seen the rain coming down on a sunnyday?

我不相信谁都看过，谁都经历过。人的心，是最容易，也是最不容易变化的。

朱怀玉沾了满身沙子走来，我第一次看到他几乎裸体，想给自己眼睛戳瞎了。闭眼再睁开，身边如此真实，还真是金黄沙滩，碧蓝大海，三人都躺在白色沙滩椅上。我突然想阔气一把，跟朱秀秀商量，叫生猛海鲜来吃，叫最顶级厨子给咱做。我已能想到，大个儿的蟹钳肉入口，是什么滋味的。朱秀秀揶揄我，啥都吃，不怕有人给你下毒啊？知道来龙去脉的他俩，对着笑我。我只敢拧朱怀玉的肥脸说，非亲非故，下什么毒？他居然还笑，还能甩脱我手，奋力奔远，挑衅我去追。我当然追，差啥不追。一个瘸子去追一个胖子，对彼此来说，都是痛苦，也都是锻炼。

必须反对惰性道德
——评《美味佳药》

宋　嵩

　　如果说个人是组成人类社会的最小的单元，是"社会原子"，家庭则可以看成是构成社会的最小组织单位。对于每一个中国人来说，"身修而后家齐，家齐而后国治"是从小便被灌输的理念，它概括出了中国人心目中"个人—家庭—国家（社会）"之间的辩证关系。值得注意的是，"修身"无疑是"道德"层面的要求，"国治"则是政治层面的追求，"身修——家齐——国治"的层次递进，意味着"道德"是"政治"的基础，而"家庭"作为介于个人与国家之间的中间环节，也必然兼有其道德诉求与（类）政治需求。在杨知寒的中篇小说《美味佳药》（《山西文学》2022年第4期）中，这种诉／需求被形象地概括为"我"的奶奶在"每个合家团聚的日子里"都不忘发表的"感言"——面对一桌饭，"说她今天如何感动，如何知足"，"感动又感谢，……能吃上这么一桌丰盛的，美味佳药"。于她而言，"合家团聚"是"齐家"的结果和"家齐"的表现，并被具象化为一桌"美味佳药〔肴〕"；而长辈在家庭中的绝对权威与晚辈的绝对孝顺，则是达致和维系这一"理想状态"的道德根源。然而，正如"庆祝我奶七十大寿"的家宴上那些"由我奶出品"的"黑漆漆"的菜肴让人反胃甚至望而生畏，正如"我奶"不知道"肴"念几声而把"美味佳肴"念成"美味佳药"，这种"合家团聚"式的和谐及其背后的道德支撑，在作者戏谑的语言中越发显得可笑与可疑，也就越发变得岌岌可危。

　　美国批评家莱昂内尔·特里林在《惰性的道德》一文中指出了一个我们习焉不察，或者说明知其存在却因为种种原因而不敢承认的事实："人类的种种善举，其实也并非都是出于高尚的为人，而更多的是因为我们碰巧身陷其中！这就是习惯性的道德。"他还借"用自己的叫声拯救了罗马城国会山的鹅"的典故来辅证这一观点：那些鹅之所以能成为城市的拯救者，并不是因为它们真的如此高尚，而是因为它们碰巧出现在那里。特里林将这种习惯性的，或者是生物学意义上的道德称为"惰性道德"，它简单、沉闷、毫不怀疑、消极被动，"甚至具有受虐狂的痕迹"。这种惰性道德往往与"职责"或"责任"联系在一起，却被视为社会基础，起着社会联结作用。"它知道，人们之所以履行自己的职责，只是因为它们是所谓的职责；有时还只是因为行动者无法真正地考虑到任何其他的任务，也可能不敢考虑其他的任务。"显然，这种不需要理性选择和勇敢承担的僵化、麻木的"道德"有很大可能会转向道德的反面，正如特里林认为，美国作家伊迪丝·沃顿笔下的人物伊登·弗洛姆"作为儿子所履行的职责仅仅是出于他为人子女的身份；他作为丈夫所履行的职责也只是因为他是一位丈夫"，因此他的所有行为"都并非出于道德的选择"。而在《美味佳药》中，有一大段对主人公"我"在下定实施复仇计划决心前的心理的描写，我们可以从中提炼出若干关键词，诸如"孝道""容忍""爱""责任"，无一不指涉"道德"，但是当它们被社会道德观念"习惯性"地串联于"我"的家庭中，带来的却是自童年起便伴随着"我"的心灵创伤，也是"我"始终有"喉咙里憋着东西"的感觉之根源。"太不讲道理"的孝道"长久要求着单方面的容忍"，因此，十一岁的"我"接受的是自己的爷爷"忍就不疼了，我主要就锻炼你个忍"这样的教育。而当爷爷用钳子砸碎了"我"的腿骨，奶奶的反应却是"等你妈回来了不许和她说嗷，不许说是你爷给你打的，说自己摔的，你这么说，奶奶还能疼你。不这么说，就是挑唆我和你妈打仗了。那样的话，你爸妈就得离婚，你就没人要了。"这与古人的"斑衣戏彩""卧冰求鲤"没有任何本质上的区别。而造成这一系列家庭悲剧的根源，就是将"爱"与"责任"硬生生地割裂，或者说只承认家庭"责任"而拒绝"爱"。"爱是责任"，但是"从小到大，没人教给我责任和爱会有亲密伴随的关系，让我总以为，责任是痛苦，爱又是传说"。长辈的绝对权威和晚辈的绝对孝顺，都只是"责任"的要求：晚辈"活命"离不开长辈尽的责任，因而也要尽"孝顺"的责任，传统家庭"父严子孝"的"尊严"由此得以维系。在小说中，"我"的父亲赵博作为一个口吃的电台记者，多年来靠 月两丁的工资生存，不得不去澡堂给人搓澡赚取外快，而他的母亲（即"我奶"）对此做出的反应却是"给他烧了一桌菜""满含深情与悲壮"地告诉他"美味佳药，你啥时吃，啥时有。妈活一天，经管你一天。""经管"一词，显然是"责任"使然，但未必有"爱"的成分包含其中。即使如此，她仍然不忘叮嘱儿子要"出来进去都戴口罩，别被人认出，你是记者赵博"，这一细节，不免使人联想到除夕家宴不欢而散之后"我奶劝我，大孙，有句祝福就行，奶奶早包好包儿了"的场景。无论"烧一桌菜""戴口罩"，还是"包红包""求祝福"，抑或当年的"等你妈回来了不许和她说"，都是从早已固化为社会习惯的家庭"责任"出发以谋求"道德"秩序，将其置换为"亲情"的华衮，并从中获得仪式感和尊严感。但就是在这个时时处处强调"责任"乃至道德的家庭中，祖孙三代人，几乎每一个成员都是不道德的："我爷我奶"看不得自己的儿子"自在"，因此"让我爸一辈子活得窝窝囊囊，没大出息"，并将这种"看不得"延续到自己的孙辈，甚至不惜砸断孙子的腿骨；"我爸"赵博则始终认为"我妈""把我给惯废了"，"我"从小就恐惧来自酒鬼父亲的虐待；"我姑"身为上海某大学副教授，却对亲人极端冷漠，而她的女儿、备受"我爷我奶"宠爱的"上海人"赵齐齐则是一个校园霸凌的实施者。主人公"我"虽然自幼便因肥胖和残疾饱受歧视、嘲讽甚至肉体伤害，但也绝非一朵无辜的"白莲花"，畸形的"自尊心"使他在面对处境同样悲惨的朱怀玉时"像是能第一次站在个不一样的台阶上，去看待这世界上比我还弱的人"，并且"迫不及待"地想看到他"被扔进社会"后是怎么哭的，"情景将会比看到游戏里的怪物剩一丝残血，坠入深渊时，来得更有趣味"。这种扭曲得近乎变态的心理，和"我"借做菜投毒复仇的企图一起，证明了"惰性道德"的危害，提醒我们必须反对惰性道德。

《美味佳药》是对特里林从 E.M. 福斯特小说中总结出来的、自霍桑和亨利·詹姆斯传承下来的"道德现实主义"创作传统的又一次重申：道德不仅仅是伦理意义上的简单评判，更是对道德生活本身的危险的洞察；作家应致力于表现生活中善恶共存的事实，探索善恶难辨的模糊和"阴影"地带，裸裎使人进退两难的道德困境与悖论，以此来展示人类生存状况的复杂性和种种可能。因为，"阴影也是现实的一部分，人们也不希望出现一个没有阴影的世界，这样的世界连'真实'都谈不上"（《知性乃道德职责·美国的现实》）。

流淌火
李司平（傣族）

一

全无借力，一条蛇吐着芯子从瓦片的缝隙中探出来，在高高的屋檐上练习飞行。

我看见这条腾空的蛇下落的时候在栏杆上摔断了七寸，肚子上像翻白的鱼一样，闪着鳞光。一只硕大的、黑白相间的老鼠挣破木箱，拖着长长的尾巴，像蛇一样委蛇前行。我还看见另外一只同样硕大的老鼠撞碎墙壁，耳朵毛茸茸的像蒲扇，透着肉色蒙蒙的光，尖尖的嘴巴上两颗门牙长而利，胡须微微颤动，像锃亮的钢丝。老鼠的眼睛似黑葡萄，圆而鼓，透着幽幽的冷光。接着密密麻麻的鼠群、蛇群涌出来，像潮水一样。鼠群在地上流淌，丝滑的毛皮上流动着光泽。而蛇们在鼠背上方昂首耸动，嘶嘶咻咻，那些分叉的、猩红的芯子，像极了一撮一撮的小火焰。

我眼睁睁地看着它们朝我奔涌而来，绷紧了身体，当它们穿过我的身体，我发现自己打了个冷战。

二

五岁那年我意识到撒尿是自己一个人的事情，妈妈已经教过我"男子汉"应该如何自己拉下裤子"自力更生"。六岁依然尿床的我开始意识到那是个极为不雅的毛病，我脸红但又没脸没皮。二十多岁，已经不会脸红了，而是习以为常、灰心丧气，有脸没脸都是一个样儿。尿床其实并不可怕，令人绝望的是每一次尿床都伴随着梦中的蛇群和鼠群，导致我大白天见到老鼠和蛇都会膀胱一松闹出洋相。我生来胆小如鼠吗？可我从小又是我们这片儿天不怕地不怕出了名的"混世魔王"。五岁我拿着"落地响"将幼儿园的小伙伴儿吓得哭爹喊娘；一年级过家家玩打仗，我揣着满兜的小鞭炮和一盒火柴，率领我们一小的孩子向隔壁二小发起猛烈"进攻"。

我妈在洗床单晒褥子的重复操劳中无奈而又委屈，警告我："再敢尿，就把它割下来喂狗。"我怕得一直用手紧紧捂住裤裆，不敢放开。可到晚上该怎么尿还是怎么尿，一三五尿得略黄，二四六尿得其貌不扬，还空出来一天没床单可以换了，我妈给我铺了张塑料薄膜，当晚就被捂出痱子来，于是我住进了医院。护士姐姐很漂亮，看着我留在床单上的"版图"开始还打趣，"啊，这孩子在描绘美好的未来"。后来估计是护士姐姐灵感和耐心双双枯竭了，弹了我一脑瓜崩，凶巴巴地说："再尿，就把小雀雀用橡皮筋扎起来。"那天晚上我终于没尿医院的白床单，而是半夜溜到护士站，尿在了她们的水杯里。

混世魔王是不能有弱点的，况且尿床这毛病侮辱性极强。我妈带我去好多家医院问过诊，十岁之前医生们说可能是因为膀胱太小，吩咐我妈给我灌水训练憋尿。到了十六七岁医生们说这个年纪很正常，不是遗精就是遗尿。后来再去看，医生们饱含同情地说现在的年轻人生活工作压力太大，尿一尿也挺好。求助现代医学无果，其间也找过神婆若干，装神弄鬼请来"仙儿"，"仙儿"翻翻白眼说尿床跟噩梦没关系，而是惹了脏东西得了癔症。随即画符念咒施展法术又唱又跳，请过的"仙儿"都够组一支队伍跳广场舞了，我的"癔症"还是老样子，谁知这"尿床功夫"却被神婆们盯上了。我们这地界上有拿童子尿煮鸡蛋的传统，据说这用童子尿煮出来的鸡蛋滋阴壮阳有大补之功效。而童子尿易得，童子的夜尿难找。夜尿是啥？神婆们神秘地打着噱头说："童子的夜尿是夜老母赏赐的圣水。"小时候放学路上神婆会拉住我，有时塞袋麦丽素，有时塞根火腿肠，随即递过来一个汽水瓶，我盛情难却，将汽水瓶拿回来，调一个半夜的闹钟，到点儿了起来接满。

令我百思不得其解的是，明明半夜起来用瓶子接了，可床单也没有一个早上是干爽的。

这世界上倘若有一千种治疗尿床的偏方，在我这个尿床大王身上至少试验过五百种，皆以失败告终。最早用的偏方是爸从监狱里带回来的，来源于和他一个监室的云南狱友。我对我爸一直没什么好感，出狱回家来的时候我看他就像是在看陌生人。他回来第一件事情就是执着地要治好我的尿床。偏方的宗旨基本上没偏离吃啥补啥的那一套，药基是一只猪尿泡，配合着杂七杂八十几味中药，再添点生姜或者草果引药入经。有时料配得好，味道还挺好，有几分像香卤腱子肉，口感也不错，比猪肚都还要筋道。

后来换了个偏方，还是以猪尿泡为药基，不剖不洗，扎紧尿管盛着猪尿直接放在炭火上炙烤。待到慢火烤至色泽金黄圆滚滚，撒点云南白药作为引子。那味道就实在不敢恭维了，又苦又腥又臊，我捂着鼻子坚决不肯下嘴。

于是我爸妥协，允许蘸点孜然辣椒面。好嘛，口感立马就提升了一个档次，嘎吱嘎吱嘎嘣脆。我爸之所以妥协，是留了后手。这炭烤猪尿泡治疗的偏方还有一个重要环节，那就是要等着尿床者吃得正香之时，趁其不备拎起一只蘸满香油的汤勺抽在嘴上。至于原理，哪会有什么原理。那时候正赶上我换牙，我爸一汤勺挥过来，直接给我干飞了两颗门牙。我疼得捂着嘴巴满地打滚，我妈终于爆发了，撂狠话说："虎毒还不食子呢，别以为坐了几年牢出来真成王八蛋了。"

我爸一再解释说："这是偏方治尿床。"我妈把我护在怀里，警告我爸说："我的儿子，想怎么尿就怎么尿，尿塌了床有我呢。"再无后顾之忧，从此我随心所欲无拘无束肆无忌惮，可总不能一直这么尿下去，大小伙子的多影响个人形象。尿床最直接的后果是，高考后我以还算优异的成绩去读了我们家隔壁专科学校的护理专业。没人理解我到底咋想的，其实隐私这种事也用不着拿出来让别人理解。我总不能去外地念个大学还要天天穿个尿不湿睡觉吧。

上了大学，我作为本地人的优势就充分展现出来了。

我就是那传说中的低调"拆二代"，我们大学的田径场以及毗邻的消防中队，好大一块地，以前都是我们家的。我是不用愁找不到女朋友的。

但轻而易举、轻描淡写的过往多了，总觉得虚无。况且我尿床这事儿在女同学之间已经开始小范围传播，太影响个人形象了。所以我决定找一个真爱，以后本本分分只"尿"她一个。

我找了王晓慧，她是我们的女班长。王晓慧可一点儿都不好追，作风传统正派，冷冰冰的有股子傲气。我也刻苦用心地找她谈了一个学期的学习，期末竟然拿了个优秀学生的红本本，终于有理由请她吃饭，于是跨年夜晚上我和王晓慧水到渠成地达成深入了解的共识。只不过到了半夜我还是"现了原形"，王晓慧把我给揪了起来，一脸严肃地跟我说："这种重要的场合你怎么可以尿床呢？"我像是在会场上遭到了点名批评，又困又无奈还有点儿委屈，说："我都尿十多年了。"王晓慧竟然扑哧一声笑了，亲了我一口说："以后没有我的批准，不准尿。"

我口头答应说"好"，但一夜之间改变真的没可能。我爱王晓慧，王晓慧也爱我。我们确定恋爱关系的第二个月开始同居，地点在学校门口我家的那栋出租房。我们一起在顶楼天台上穿着短裤晒床单被套，顺便看一看楼底下消防中队的消防员上蹿下跳地进行训练。消防中队的训练场紧邻着我们学校的田径场，一三五的早上，消防员们都会到我们学校田径场进行负重体能训练。每个季度消防队都会在训练场进行一场消防大比武，消防实操在中队训练场，负重长跑借用我们学校田径场。那场面难得一见，我家的楼顶是最佳观赏位置。消防员们有时背着灭火器扛着梯子，有时背着消防水管扛着破拆器，有时戴着呼吸器拉练五公里。我们看到他们训练完了扶着田径场边的小树嗷嗷吐，场面很滑稽，我乐呵呵地看热闹，王晓慧一脸认真地看着我，"不准笑，有能耐你也去跑。"

王晓慧不愧是个有责任心的女朋友，她决定对我负责，坚决治好我尿床的毛病，生拉硬拽地带着我去看老中医。那老中医是王晓慧的同乡，店就开在消防中队对面的巷子里，墙上挂满了锦旗，专治疑难杂症。他抬眼皮扫了我一眼就煞有介事地断出了病根，说是肾精不足导致的夜间遗尿。不过他看在王晓慧是他同乡的份儿上没给我大包大包抓药，而是交代王晓慧回去用牛鞭炖当归给我补一补。很神奇，自从王晓慧给我炖了牛鞭之后我的毛病就好了。王晓慧说："感谢我吧，是我亲手治好了你。"我说："宝贝儿你真好。"

治好我的绝不可能是牛鞭汤。为了治我的尿床，我妈早把猪马牛羊鞭都试过了，甚至还曾经托朋友从俄罗斯弄来一罐用熊胆汁泡着的熊鞭。我想，大概是因为王晓慧。一次我们在房间里使用热得快烧水，引起短路着火把窗帘点着了，我看着越蹿越高的火苗被吓得手足无措大呼小叫，王晓慧比我沉着冷静，先跑去关了电闸，然后去楼梯间拿来灭火器对着起火的窗帘一顿喷。火被灭掉以后我才发现自己又湿了裤子，哆哆嗦嗦地依偎在王晓慧怀里，安睡了一夜。早上起床的时候王晓慧说她手麻，而我破天荒地没有尿床。从此睡觉的时候我都抱着她。她紧紧地贴着我，经常在梦中遇到的那些蛇群鼠群没有了踪影。

我又开始尿床是在大学的最后一年。那时候学校组织出去实习，安排了几辆大巴车送我们去广东的电子厂。我们是学护理的，说是实习，其实就是去厂里打螺丝。说是打螺丝，其实是学校那几个脑袋秃得发亮的家伙想要换车子。看得清本质，我肯定是不去的，发不发毕业证无所谓，真要敢给我扣了，我自有本地人的路子。我劝王晓慧也不要去，可她是个有责任心的班长，认死理儿，说她一定要去，帮助组织同学。我愤愤地说："你傻啊，明知道要去打螺丝还要去任人剥削。"王晓慧跟我杠上了，说："你才傻，不实习怎么找工作，你是怕苦怕累还是怕到了那边尿床？"我有些窝火，说："找什么工作，等毕业我就娶你，到时候我养你一辈子。"这可把王晓慧的火儿给点着了，她说："你爱养谁养谁，我什么时候说了要嫁给你？"

认知出现了偏差，冷战了一周，结局就只能是分。王晓慧去广东实习的前一天晚上，我们点了外卖开了瓶红酒，心平气和像谈判一般四目相对，举办一场和平的分手仪式。真要分手了终究还是有点儿舍不得，于是我们又抱在了一起。我全程咬着牙，王晓慧始终抿着嘴，最后的夜晚，王晓慧依然抱着我，我的头依然枕在王晓慧的胸脯上。不多久王晓慧从被窝里跳了起来，甩着手气呼呼地对我吼："你个尿泡子，你就是故意的。"我被彻底激怒了，怒不可遏地扇了她一巴掌，"你给老子滚蛋。"

之后，直至大专毕业我都没有再见到王晓慧，她的毕业证都是托人拿了给她寄过去的。毕业典礼上她成了典型，学校号召说，要向优秀毕业生王晓慧学习，人家实习的时候就被别的大公司重金给挖走了。我毕业回了家，白天帮我妈拎串钥匙抄水电收房租，晚上回去无拘无束地尿床。日子平淡且空虚，每个夜晚都准时来折磨我。

一次次败下阵来，一次次想象王晓慧突然出现。

三

我是在分手的第三年再次遇见王晓慧的，她在我们家对面的消防中队做文职。

当时我蹬着电三轮替我爸去给消防中队的食堂送菜，路过办公大厅的时候一眼就认出了她。王晓慧穿着火焰蓝制服，扎着高高的马尾，化成灰我都认得她。兴许我看愣神儿了，三轮前轮撞上马路牙子仰面朝天地翻了，一旁训练的消防员兄弟就着我的事故即兴开展了一场现场教学。好家伙，其实我只是膝盖擦破点儿皮。一帮大男人围着我，先是对着我来了一套心肺复苏和胸外心脏按压，本来还要人工呼吸的，可没人下得去嘴。然后教学假设我出了严重事故腿被轧断了，要如何对我的断肢进行干燥冷藏保存。

好歹邻居，低头不见抬头见的，其实我跟消防中队这帮家伙早就是老熟人啦。

我不关心王晓慧为什么会回来，但我知道广东的电子厂不是她这么轴的人能待的。重要的是她回来了，我无论如何都要让王晓慧回到我身边来，无论如何。因为我已经病了，我的膀胱经受不住从未间断的折腾，少数时候我的小腹会刺痛难耐，大部分时候我已经面部浮肿。

其间我妈托人给我介绍了几个姑娘相亲，各方面条件都不错，都是奔着继承我妈包租婆的衣钵来的。相亲的流程是一步到位的，喝杯咖啡然后就顺理成章来出租屋做客。可我无比悲伤地发现我那方面也出问题了。往往还没怎样我的尿意就上来了，于是只得喊个暂停，去撒泡尿。几次三番下来严重挫败了我作为男人的尊严，索性我就直接给戒了，往硬处憋，往死里忍。可戒来戒去我才发现王晓慧才是我最大的瘾，那种全身被放空之后的感觉空洞洞、轻飘飘的没着没落。整个屋子里密密麻麻飘满王晓慧，伸手一碰却都是流沙泡影。

我托消防队的哥儿们替我去打探一下王晓慧的情况，她这几年也没闲着，新找了个男朋友，是我们隔壁市消防中队的消防员。这给我气得啊，简直头晕目眩，我都没找，她那么心急火燎要干啥。我在她下班的路上将她堵住，有些气急败坏地质问："你要找新男朋友为啥不提前跟我汇报一声？"

王晓慧白了我一眼，"你以为你是谁呀？我的事情凭什么要跟你汇报？"

王晓慧将我呛得真应不过来，我说："找男朋友也要找个条件好的呀，找个消防员工资能有多少。"

王晓慧斜了我一眼，满脸鄙夷地说："我怎么样你管不着，你好好当你的拆二代公子哥儿包租公，以后请你不要再来打搅我。"我在气头上，但也意识到自己"道德滑坡"，对消防员大不敬。正在窘迫之下，王晓慧已经头也不回地走远了。

城中村土著的日子也没想象的那么好，本来是城乡接合部靠种地活命的农民，没了土地光靠收点儿房租谋生。按我爸的话说，一次性补千八百万的总会有花完的一天，农民没有了土地就没有了根，往后子孙后代都是无土之木无根之水。况且我们家的情况还有些特殊，当年北市区扩过来要征收土地的时候我爸刚从监狱服刑回来，我家的那块地，也就是现在盖了消防队办公大楼的那块，我爸一根筋地决定要无偿捐赠给消防队。消防队当然不敢要，再说土地本来就是国家的，说捐赠也不太合理。最终是土地征收款下来了，我爸全部拿出来给消防队捐了云梯消防车。那云梯消防车价格可真贵得离谱，我家的全部动迁款只够买一辆半，另外半辆是消防队出的钱。当年我爸花重金给消防队捐设备这事儿还上过各大报纸和电视台，市政府专门给我爸颁了个年度道德模范的荣誉奖章。他并没有去领这个道德模范奖章，报社电视台的记者一大堆人找上门来的时候，我爸玩起了失踪，避开风头的他成了街头巷尾纷纷议论的"傻缺"暴发户，实际上他是去云南给我求治疗尿床的偏方了。后来我专门找当年各大报纸的报道看过，基本上都是瞎编。那些记者各自发挥想象力，将铺天盖地的溢美之词堆砌在一起，主题却很一致：我市一个神秘的老板做好事不留名，号召全市的企业家学习，树立高度的社会责任感，先富带动后富。

其实我爸就是个普通的郊区农民，主营业务是骑着三轮卖土豆茄子大白菜，偶尔也跟城管斗智斗勇"打游击"。进监狱前干这个，出来了还是干这个，挣不挣钱倒也次要，总要干点儿自己能干的。北市区还没扩过来的时候，我们村里就开始对外出租屋子，那会儿主要租给外省人加工家具。北市区扩过来之后就更不得了了，我们村里的人一夜之间全都翻了身，算是跻身我们市的"先富"行列。家家一大笔征地补偿款暂且不说，房租也一下子水涨船高，村里的出租房供不应求。说到租房，还把我爸"租"到牢里去了，也没必要藏着掖着。

那时候北市区规划刚出来，划了一块地给消防中队。消防中队的办公楼断断续续盖了四五年，实在等不得，只好先将训练塔弄起来好让消防指战员们将就着开展训练。当时消防队有个教官叫马森凯，刚从武警部队那边转过来。为了方便驻训，马森凯带着他老婆就租住在我们家。当时我们家的房子还是普通的农村合院，青砖白瓦，马森凯和他老婆就租住在我家偏房。偏房是两层的砖混结构，举架很高，马森凯两口子租的是二楼。偏房原本是一家温州人租了做沙发的，后来温州人破产退租走人，一楼就一直堆着些做沙发的海绵、布料和人造皮革。尽管那时候我还很小，不过我记得马森凯老婆的样子，唇红齿白，长长的头发烫着波浪卷，睫毛翘翘的，漂亮得像个洋娃娃。刚搬来的时候她已经怀了孩子，我看着她穿着白色的睡裙，肚子一天天鼓起来。她挺着肚子扶着腰站在二楼阳台喊我小可爱，下楼来的时候给我一颗大白兔奶糖，跟我抱怨说："刚给弟弟缝了个肚兜，买个菜回来就被你家的老鼠给咬破了。"我嘴里嚼着奶糖，说："该死的老鼠。"

偏房着火的时候，我就在楼下呆呆地站着。火焰从滚滚浓烟中蹿出来，舌头般一舔一舔的。我还没有反应过来到底发生了什么，或者说我直接被吓傻了，先是听到剧烈的咳嗽声，然后是骇人的尖叫，最后是火和火碰在一起的时候撞得噼啪响。我被人抱走的时候，天与地打了个旋儿，我哭晕了过去。

马森凯的老婆就是这么在这场大火中丧生的，连同她肚子里的孩子。其实浓烟起来的时候，旁边驻训的消防官兵发现情况集合冲过来了。马森凯带着几个兄弟背着灭火器率先赶到火场的时候，大火已经将整个房屋吞没。马森凯奋不顾身想要冲进去救出他老婆的时候被拉住了。火场内部发生了剧烈的爆燃，当时整个房子抖了一下，马森凯跪在地上眼睁睁看着二层的小楼一屁股朝下垮了下来。消防车在城中村狭窄拥挤的道路中被卡得死死的，等到清出消防通道，赶到现场的时候，已经晚了。灭火只用了十分钟，但是大火整整烧了一个小时。我爸骑着三轮车冲回来的时候火势已经铺开了，三轮车上装着一车刚从批发市场批回来的西瓜，他随即带领着一起救火的街坊往火场里扔西瓜。火场轰然垮塌下来的时候我爸急火攻心呕出了一摊血，在医院醒来之后就直接去了派出所。失火罪成立，我爸被判了四年。在法庭上做最后陈述的时候我爸说："一尸两命，判四年太短了，请求法官直接枪毙。"火场痕迹鉴定还原起火原因，初步推定为自燃。自燃物是堆在一楼的那堆沙发废料。火势失控的主要原因是我爸为了方便给三轮车加油，私自囤积了几桶汽油放在旁边。

我爸踩了四年的缝纫机出来，本想着学成出师开个门脸裁裤脚换拉链的。可牢里边和外边完全是两种概念，牢里边缝纫机踩得火花带闪电，到了外边就不行了，看见针线就手犯哆嗦眼睛花。最终他还是得干回老本行，骑着三轮和城管打游击也是个充分体现勇气和智慧的活儿。反正不为了挣钱，穷挣钱富打发。他出来的第三年，用动迁补偿款给消防队捐了一辆半的云梯车后，消防队的领导感动得热泪盈眶，说："要充分给予改过自新重新做人的机会，以后消防队的食堂就你来承包吧。"于是我爸给消防队干了两年的食堂，不挣钱，还往里贴钱，我爸雇了最好的厨子用最好的食材给消防队做了最便宜的饭菜。按照我妈的说法，这食堂纯粹就是干了个寂寞。我爸一脸认真，说："欠消防队的，该还的。"

其实我和我妈都知道，我爸不欠消防队什么的，他欠着的人是消防队的马森凯，我们家欠着马森凯一尸两命。最终我爸不再往消防队贴钱，也是因为马森凯。当时马森凯已经成了消防中队的副队长，他找到我爸说："意思到了就行了，你这样老往队里贴钱，容易违反规定。"我爸说："我有钱，我愿意。"马森凯犹豫了一会儿，说："其实以前的事情，我没有怪过你。"往后，消防队食堂改革，请了厨师自己经营。消防队跟我爸重新签了合同，专门给他们做蔬菜配送。这么些年来，我爸跟马森凯的关系很奇怪。算是老朋友了，可相处起来的样子看上去又很陌生。正如朝着一堆荆棘拥抱，然后痛得惺惺相惜。他们每周都要约在一起喝一顿酒，就是单纯地喝酒，闷声喝，人生百般滋味全都融进了辛辣的白酒中。抿上一口酒然后痛快地咂咂舌，有时候呼吸深长，有时红了眼眶。

马森凯在火灾之后便孑然一身，把消防队当成了家，出任务的时候是出了名的不要命。有一年马森凯救一个要跳楼的女孩儿，抱着那女孩儿从十八楼的空调外挂台一直坠到了二楼，幸亏腰上系着安全绳。下坠的时候马森凯紧紧将女孩儿护在怀里，安全绳上的两人摆了个弧线撞在楼房外墙上，马森凯的半张脸在急速下坠的时候被擦得血肉模糊。后来整形医生从马森凯肚子上取了几块皮补在脸上，效果不尽如人意，算半毁容，笑起来半张脸皮拧在一起。伤愈出院，他还是跟我爸喝酒。一碟花生米，两瓶牛二，有一搭没一搭就喝大了。俩人毫无征兆就动起手来，我爸打了他一拳，他回我爸一拳。反复几次，打得气喘吁吁。我爸骂他说："你总是想找死。"马森凯眼眶红红的，嘴角还有血，说："我早就死了，可还活着。"这场面可把我妈吓坏了，她冲上前去护着我爸哭天抢地说："他坐够牢了，你有什么仇啊恨的冲我来。"马森凯立即酒醒了一半，愣了一下，摸了摸我的头嘴角一咧说："嫂子，我们闹着玩儿呢。"

四

为了让王晓慧再次回到我的身边，我主动担负起了每天往消防队送菜的任务。我爸对此表示诧异，说："你个懒人送什么菜。"王晓慧始终躲着我，但我又是门儿清，只要她还在消防中队，我就能堵到她。几次三番下来王晓慧歇斯底里了，朝我吼："求你了，不要再来骚扰我。"

王晓慧对我使用了"骚扰"一词，我听着心里总觉得怪怪的不是滋味。这绝对是用词不当，我又不是调戏良家妇女的纨绔子弟。这事儿闹到马森凯那儿去了，他现在是消防中队的中队长，我也喊他马队。马队也很为难，对我说："收敛收敛，别那么明目张胆。"然后对王晓慧说："别理他就好了。"马队的话让王晓慧很委屈，"我没理他，是他成天来堵我。"马队最终不让我给他们消防中队送菜了，于是我坐在我爸三轮车兜里跟着去搬筐。

我成天去堵王晓慧还有一个重要的原因，不过这涉及我的个人隐私。每天能看见一次王晓慧，我白天滴水不漏尿不出来的毛病莫名其妙就好了。消防中队的便池刷得锃亮，我哗哗地尿得痛快极了。消防中队的人都算是我的老熟人了，可见我一来二去频繁借着送菜的由头堵王晓慧，他们也不爱理我了，路上见个面都是假客套。

原因很简单，我是后知后觉的。王晓慧的现任男朋友也是个消防员，我横插一脚要抢他们战友的女朋友，实在是没有任何道义可言。我说王晓慧是我前女友，消防员们一脸鄙夷，说："以前是以前，过去的都过去了。"王晓慧的现任男友正在想办法把王晓慧弄到他们队里，如果王晓慧真走了，煮熟的鸭子不就飞了吗。所以我觉得有必要找她男朋友谈一谈，我当时的想法特简单，反正他们还没登记结婚，公平竞争嘛。她男朋友缺的只是个老婆，而王晓慧却是我的命根子。我无时无刻不在设想，若是没有王晓慧，我这辈子算没指望了。不是白天被尿憋死，就是晚上把自己淹死。我找王晓慧的男朋友谈，面对面谈判是不可能的，他们消防员体能那么好，万一没忍住将我暴揍一顿划不来。我决定先在电话里谈，主打感情牌，晓之以理动之以情，充分表现出王晓慧于我性命攸关。

电话号码费了很大的劲儿才弄来，嘟嘟几声电话接通了，那头的声音磁性很强弄得我很慌张，我问："你是王晓慧的男朋友吗？"那头顿了一下，说："嗯，我是晓慧的男朋友。"往下我嗓子眼儿就堵住了，我有点儿莫名的胆怯，不敢再往下说了。这个时候我听见电话那头响起了急促的警铃，然后就是一串脚步声，她男朋友语气急促地说："不好意思，我出任务了，结束再给你回。"电话被挂断后，手机里的一阵忙音让我心里空落落的。

当天晚上，王晓慧给我打来电话，语气严厉地说："我想跟你谈谈。"

我心里咯噔一下，有些气短，"谈，谈什么？"本来我说去咖啡店坐一下，王晓慧站着就不动，说就在消防中队门口。王晓慧一上来就开门见山地问："你是不是给我男朋友打骚扰电话了？"

我先是一愣，然后吞吞吐吐说不出话来，本来我想撒谎说没有，但是脸上的表情早已表明了一切。王晓慧这次没有激动更没有打算朝我吼，她出乎意料地平静，冷冰冰地跟我说："你配吗？你不配。"

我哼唧了一声："配，配什么？""你就是个垃圾。"后来我才听说，那天她男朋友挂了电话就去出任务，使切割机的时候不慎切断了一根手指。她男朋友可是全省消防技能大赛冠军，能在气球上切肉丝，在灯泡上切割铁丝。

王晓慧撂下我头也不回地走的时候，我就有答案了。我站在原地想，我完了，王晓慧她确实找到了一个好男人。

往后几日，我在家一直没敢出门。我有点儿害怕会遇上王晓慧，害怕她眼睛里的寒光，很锋利地就能将我剖得一干二净。其间王晓慧男朋友真给我回电话了，手机在桌子上呜呜振动，我看着来电显示的电话号码忐忑不安，最后还是接了。电话那头王晓慧的男朋友还是那充满磁性的声音，问："前几天你打电话问我是不是王晓慧男朋友，是有什么事情吗？"我慌极了，撒着声儿瞎编，"我们联通大厅做活动，情侣绑卡套餐优惠，流量八折。"电话那头沉默了，好一会儿才拖着声儿回了我一句"哦"。我顺着话茬儿把戏做足，说："联通营业厅很高兴为您服务。"其实打这通电话的时候，电话两边都已经是在心照不宣地明知故问了，想表明的也不过是各自的态度。男人之间的较量有时就是一瞬间，他留有余地地向我宣示主权，然后我就不动声色地不战自溃。

放下电话我已经一头一脸都是汗水，这汗出的跟胆怯无关，我只觉得心里空落落的后背直发凉。良心这玩意儿我还是有的，尽管害良心的事儿也没少干。

不见王晓慧的日子里，我的毛病又犯了。溜进消防中队借厕所，也尿不出来。尿不出来总憋着，憋得面目狰狞小腹刺痛腰杆发麻。到医院做了一个全套检查，啥毛病没有。没办法了，医生也挠挠头说，那就先插导尿管救急。

到了晚上，我梦中经常出现的那些蛇群鼠群都快成我的宠物了，我尿得哗哗的。可很快我就发现了大问题，我梦中多了王晓慧男朋友的声音，那磁性十足的声音在我梦里重复回响："我是王晓慧男朋友，我才是王晓慧的男朋友。"我从梦中一次次被惊醒，看着湿漉漉的床单上竟然留着一丝一丝的红褐色的，黏稠血迹。

我不由得悲观地猜想，活人被尿给憋死，那我一定是这个世界上最悲伤的鬼。我的膀胱已经开始出血，说不定会爆炸。

我必须得回到王晓慧身边，她王晓慧能去消防中队做文职，我为啥不能，必须能。

恰逢那几天消防中队发布了招聘消防行政执法辅助人员的公告，学历专科以上，性别要求男，本地户籍优先考虑。这样的条件不正是冥冥之中为我量身打造的吗，况且马队跟我这层关系，偶尔走走后门更亲近。我把我的决定告诉爸妈，我妈的反应倒还行，一只手搓着麻将，另一只手挥了挥，"去吧去吧，我看消防队有几个小姑娘挺标致，最好娶一个回来给你洗床单。"我爸的反应就有些激烈了，黑着脸说："家里到揭不开锅的时候了？那么危险，你去干啥？"我极力解释说："消防队文职就是做文字工作的，坐坐办公室不出现场。"

我爸很固执也很坚定，"敢去，老子就打断你的腿！"最终我还是去消防队报名了，我是大小伙子了，再也拉不下脸来向我爸解释我的个人问题。没承想一个小小的消防队文职竞争还那么激烈，先笔试然后面试，最后还要进行体测。大学生乳臭未干，笔试的时候都是考神，但我还是在面试的时候以高分被录取。有必要说明的是，我绝对没有走后门。我确实是想走来着，还专门找过马队。马队狐疑地瞅了我几眼摇摇头，"王晓慧过几个月就要走了，你没机会的。"我极力保证说："真不是为了王晓慧。"实际上，这次消防中队文职招聘是有针对性的，大队领导专门讨论过，原则上是只要有本地人报名，那基本上就是内定了。而我，凑巧正是那个唯一报名的本地人。

原因很简单，防火的战斗要深入人民群众中去。换个不严谨的说法，这防火的战斗要从"敌人"的内部开始瓦解。我这样的城中村土著，必须是可遇不可求的人选。这些年来，北市区大兴土木，我们城中村自然而然成了打工仔集散地，出租房供不应求后，各种形式的私搭乱建将我们村变成了一个巨大且复杂的蚂蚁窝。消防安全问题一直是消防队久攻不下的顽疾，事故频出，市委市政府正加大力度督办。

消防中队先后几次的消防隐患排查行动收效都不算大。一方面，他们在城中村错综复杂的巷子沟渠里绕得晕头转向。另一方面，那些小餐馆小旅店老板的糖衣炮弹很难挨得住，中队已经开除了好几个收受红包的消防文职人员了。最重要的一点，就是城中村不乏刁蛮之人，拉帮结伙一致对外，说了不听听了不改，消防队拿他们这些"老油条"没有一点儿办法。我进消防中队做文职，大队长特意找我谈话，说："城中村的消防隐患管理，有你在，我放心。"我说："我懂，战术是从敌人的内部瓦解。"大队长愣了一下，笑了笑说："差不多是这个意思。"我接着跟大队长保证："用我就对了，本地人熟门熟路。其次我好歹是城中村土著，不差那千儿八百的，糖衣炮弹也没用。谁说了不听听了不改，我这个土著有的是办法收拾他。"大队长起身拍了拍我肩膀说："好小子。"

于是我抓准时机赶紧接茬儿提条件，说："我想跟中队的王晓慧在一组工作。"

消防文职最大的好处就是朝九晚五，不需要全天候战备，正好我可以回家睡觉避免尴尬。正式进入消防中队工作之前，先得进行为期一周的军训。进入消防队后，我白天尿不出来的毛病竟然又好了，该尿就尿，尿得踏实有着落。军训的时候马队喊着号令，我们稍息立正向右看齐，然后齐步走、正步走。训练强度不大，但是枯燥。我时不时溜号去办公室找王晓慧，美其名曰提前熟悉工作环境。自从她男朋友出事以后，她对我冷漠到了极点。我厚着脸皮去烦她，她盯着电脑桌面不给我正脸。

实在被烦够了，王晓慧俩手一摊气呼呼地说："有意思吗？"

我说："没意思。"王晓慧问："那你是什么意思？"我十分认真地说："以后我是你的同事，也是你的新搭档。"王晓慧气愤了，说："过几个月我就走了，难道这也不能让你死心？"

因为我跟大队长提过条件，王晓慧也从文职转到行政执法辅助岗位上来了。王晓慧只要一天不离开我们中队，那她注定就是我的搭档。马队一脸严肃地交代王晓慧，"这小子新来，你要多带带他。"王晓慧委屈地说："带，怎么带？"

我们这个岗位不怎么坐办公室，经常出外勤。主要是对建筑工程进行消防管理、防火检查和开业前消防检查。分着片区，挨家挨户去。马队带着我们转了几天熟悉工作流程后，就带队出任务去了。防火参谋老刘带我们继续转，老刘是我们中队指导员。

消防队是一个城市的创可贴，大到火灾、洪涝、塌方、车祸现场，小到马蜂、毒蛇、钥匙扣卡手、下水道卡腰，都需要消防队的及时救援。按照马队的总结，一座城市每天都会有那么几个人要死，也会有那么几个人想着法儿地去死。消防队披星戴月轮班干了，可还是有那么多死掉的人要去收回来，还是有那么多想死的人要去拽·一把鼓励他好好活下去。往后一个月里，刘指导员外出学习，大部分时候只有我和王晓慧出外勤。这当然是有违工作制度的，没有防火参谋主检，我们做编外辅助的没有执法权，所以刘指导只是跟我们说："盯紧了。"盯紧了，其实也就是"探子"，就转一转看一看，实在突出的情况就张嘴纠正两声。刘指导员走的时候吩咐说遇到一般情况自行处置，特殊情况打电话给马队。至于什么情况一般什么情况特殊，刘指导员没有特别交代，所以按照我的理解，只要不出现火星子，索性都按照一般情况处理。

五

消防隐患里的一般情况，就是主观上的情有可原，可处理也可以不处理的情况。

关键在于可见，或者不可见。通常是指消防通道堵塞、消防措施缺失、灭火器没气儿等此类显而易见容易被抓住把柄的地方。私搭乱建的城中村，一般情况并不算罕见。这些一般情况真到了哪一天发展成了特殊情况，那就是摧枯拉朽不可想象的。

我和王晓慧两个生瓜蛋子，只好硬着头皮去做工作。王晓慧比我有素养，做工作的时候晓之以理动之以情，讲条例摆法规，然后换回来唾沫星子满天飞。人们当着王晓慧的面就直接做出总结："你这娘儿们，较真儿。"王晓慧听了先是一怔，然后抬手指着城中村的私搭乱建，指头一抖一抖的，说："要是城中村着起来，肯定是连片地烧，后果无法想象。"得到的回应永远只有一个："那又能怎样呢？不是还没烧起来吗？"

我就没王晓慧那么好的修养了。那些临街开餐馆的防火检查不合格拒不改正的，我处理的办法首选是涨房租。消防措施不完善的小旅馆，我软硬兼施给两个选择，要不就是改，要不我断你水电。尽管房子不是我们家的，但城中村的老户谁和谁不是沾点儿亲带点儿故呢。外地人多过本地人的城中村，来村里做生意的外地娘儿们总站在我背后骂街，"房东崽子都是他大爷的。"王晓慧为此批评过我很多次，"别以为你有点儿臭钱就了不起，我们消防中队的工作还是要讲究纪律。"我也撑过王晓慧，"要是你们的工作纪律能把事情干下来，就不会聘用我这个本地人了。"因为我去消防中队工作这事，我爸整整一个月没跟我说过一句话。在我把城中村搅得鸡犬不宁之后，我爸喝得酩酊大醉，对我破口大骂，喷着酒气直呼我的大名"江海河"，"你六岁时候我给你改的名儿，你小子生来就缺水，还敢去消防队工作？"我妈在一旁拉着我爸护着我，"你爸的意思是，都是街坊邻居的，你要注意工作态度。别什么时候出了问题，你就成了背锅的。"

王晓慧跟我一起出外勤，对我爱搭不理，直接把我当空气。我们一前一后在城中村转啊转，我边走边帮她回忆美好的曾经，"我们在这家吃过夜宵，在那家喝过奶茶，我们在这家亲过嘴儿，在那家开过房。"王晓慧忍不住了，朝我吼："别说了，丢人现眼。"我就纳闷了，说："怎么就丢人现眼了？"我发现王晓慧这家伙竟然随身带着把改锥，她磨刀霍霍地警告我说："要是你敢做出工作之外的举动，我就把你扎成马蜂窝。"我抬手相拒，说："不敢，不敢。"我是真的不敢，能待在王晓慧身边其实我已经很满足了，好歹我视王晓慧为第二命根子。我心里掂量着一笔账，要是我再敢有一点儿过分，我这个活人真会被尿给憋死。王晓慧就是我的一味"药"，尽管这药理是个未解之谜。自从跟王晓慧一块儿工作，我不仅白天尿得出了，到了晚上也睡得踏实了。这样的感觉很奇怪，就像是在海上漂泊数日抓到了一根稻草。

几乎每一次出外勤，王晓慧都被我气得够呛。今时不同往日，恋爱那会儿插科打诨的嘴皮子功夫现在拿出来，就是对过去彻底的否定和批判，也是对现状的无情嘲弄与讥讽。王晓慧下班的时候一个人躲在办公室边给她男朋友打电话边哭，我回办公室取东西的时候恰好在门外听到。王晓慧抽噎着问："我什么时候才能去跟你一起，我快要熬不住了。"电话那头她男朋友问："我正在跟中队长申请岗位。是不是那王八蛋又欺负你了？"王晓慧呜咽着说："那倒是没有，不过我这样天天跟他在一块儿工作，对你不公平。"

我只能悄无声息地退了回来，嘴颊酸溜溜的。我还从来没有想过，我会给王晓慧带来这么大的痛苦。原来我就是个极度自私自利的完蛋货。

再出外勤，我注意保持和王晓慧的距离。患得患失的感觉真会要人命，我得彻底斩断对王晓慧的一切幻想，甚至打了退堂鼓想要从消防中队撤退。我旁敲侧击地跟马队说过想辞职不干了，马队横了我一眼，"真当消防中队是你家？想来就来想走就走。"幸亏刘指导员外出学习回来带着我们俩一起出外勤，我和王晓慧之间多了一个刘指导员，我基本上可以做到一天不和王晓慧说一句话。刘指导员自然看得出我和王晓慧之间有端倪，不好点破，于是说："战友之间还是要注意保持团结。"我嘴贱的毛病又犯了，"我和王晓慧战友已经团结过很多次了。"王晓慧甩给我一大白眼，"呸"了一声，说："臭流氓。"

我们去城中村出外勤很频繁，马队和刘指导员共同带队。据说市里正在筹备开展一场针对城中村的消防大整改行动，这个行动是马队最先提出来的，其间经过了很激烈的讨论。否了又提，提了又否。反对的意见认为，开展一场消防大整改行动太劳心费神，干脆来个一劳永逸的办法，已经把城中村拆迁纳入规划编制。马队激动地说："城中村没等拆迁就烧起来，谁来负责？"于是城中村消防大整改还是被提上日程，市委领导吩咐马队前期先摸清楚情况，好进一步因地制宜制定整改方案。

其间我又和王晓慧吵过一次，其实我没想跟她吵。本来是她男朋友消防中队那边出任务，前往邻省的洪涝灾害现场参与救援，这一去就失踪一个多月没给王晓慧打电话。回来联系上以后她男朋友告诉她，消防中队文职岗位还是没有申请下来。王晓慧是小姑娘嘛，难免有点儿情绪，埋怨她男朋友一点儿都不在乎她。我用跟马队学来的大义凛然外加我的油腔滑调，一本正经地给王晓慧做思想工作，"你也在消防，你什么时候看见过我们的消防员有闲着的一天，不是在出任务就是在出任务的路上。所以你一定要做一个称职的消防员的好妻子。"大概我把话说得腔调十足，于是王晓慧只能冷冷地横了我一眼，带着哭腔说："要你管。"

下班的路上王晓慧把她的愤怒一股脑儿地朝我倾泻，我略感委屈，说："难道我们就不能和平相处？"王晓慧说："不能。"然后她接着骂："你个尿泡子，都分手几年了还阴魂不散。"我也被勾起火了，没见过这么侮辱人的。本来想给她一巴掌然后喊她滚的，抬到半空滞住了，可王晓慧不依不饶翘起下巴把脸凑过来，"有种你打啊。"我只好把巴掌轻轻落到自己脸上，啪，"我没种。"我气呼呼转身就走，王晓慧蹲在地上呜呜哭起来了。

我挺想转回身去安慰她的，唉，想想还是算了吧。我跟马队请了三天假，我有点儿没脸再见王晓慧，尽管这次招惹她的不是我，我觉得。其实主要还是想试一试没有王晓慧的日子里我会不会老毛病复发。结局自然是肯定的。我郁郁寡欢到酒吧喝了一个通宵的酒，天亮的时候回家睡觉。翻来覆去睡不着，尿急了却尿不出来，于是开始憋。最后耐不住了，憋得腰杆酸麻小腹刺痛，于是我不得不回消防中队。去的路上在消防中队门口撞上提着豆浆啃着油条来上班的王晓慧，她瞅着我，说："前几天的事情是我不对，我跟你道歉。"我当时已经憋得面目狰狞走路打飘，被她这么一说反而松懈了。刺啦一下，裆下一片温热迅速散开来。我再无工夫搭理她，边往中队卫生间跑边应着："暂且接受。"

尿裤子这事儿还是被王晓慧发现了，我往中队卫生间跑的时候其实裤子就已经湿了一大片。下班的时候王晓慧悄悄跟我说："我看见了。"我问："看见什么了？"王晓慧瞅了我一眼，声气有点儿大，说："你尿裤子，我看见了。"我急忙作势要伸手去捂王晓慧的嘴，"你不说出来能死？"王晓慧扑哧笑了，跟我提条件说："以后你再敢图谋不轨，我就跟整个中队说你尿裤子。"我愣怔了下，没想到王晓慧会跟我来这一出儿，于是我摊了摊手妥协说："好，我们以后和平相处。"其实我的妥协是完全没有必要的，王晓慧她啥没见过，爱咋咋的，反正我这个尿床大王脸皮早已厚成了鞋底子。只不过我决不会告诉她，我为啥天天缠着她。

我很清楚王晓慧始终会有离开我的一天，靠她是靠不住的，我再一次去了医院，发了狠必须把病根儿给找出来。到了医院仍旧是那套查不出任何问题的大检查，医生也直摇头，叹了口气建议说："要不转去精神疾病科看一看？"犹豫再三我还是去了那医生给我推荐的心理咨询中心，医生是个很漂亮的少妇，三十来岁。我吞吞吐吐好半天才跟她说清楚病情，少妇莞尔一笑说："你有病。"然后初步诊断说："依赖型人格障碍。"我半信半疑。

于是心理医生对我进行了一场催眠治疗，治疗室的躺椅很舒服，枕头很软和，卡着脖子头深深地陷下去。治疗室里放着德彪西的《月光》，心理医生一直说让我放松，再放松。她身上的香水很好闻，我感觉身体越来越轻。再次醒来的时候，不出所料我尿床了。不过这不是重点，重点是医生在催眠结束之后趁热打铁问我："你睡着的时候一直在喊好多蛇和好多老鼠，小时候被蛇和老鼠吓到过？"我摇摇头，"想不起来了，我从小胆子就大，怎么可能会怕老鼠或者蛇？"然后我想了想又说，"不过从六岁开始我就不停地梦到好多老鼠和好多蛇，然后尿床尿到现在。"她若有所思地点点头做出推论，"可能是童年创伤引起的依赖型人格障碍。"这话就让我听得愣了，我问："还有得治吗？"医生摆出一副职业笑容，说："其实也不难，一周来我这里做一次心理治疗，循序渐进，就是需要时间有点长。"我问："关键是现在咋办呢？白天尿不出晚上又尿床，这毛病令人头疼。"她摆摆手说："依赖谁那就先暂时依赖着呗，总不能把自己憋死。"所以我对王晓慧已别无他求，只希望能够一直跟她一块儿工作，痛痛快快撒尿就很满足。别人的女朋友就是别人的女朋友，我拍着良心要做一个正直的人。现在我对王晓慧最好的爱，大概只有尽快摆脱我对她的依赖。

之后我再也不敢招惹王晓慧了，总感觉对不住她，其实我没什么地方对不住她。上班的时候王晓慧每一次喊我名字，我都会心惊肉跳不敢看她的正脸。王晓慧说我这是做贼心虚，我偶尔反驳说我不做亏心事不怕鬼敲门。当然了，我也不再去做心理辅导了。我感觉那少妇就是虎狼，怎么能将我的生理和心理都交付给她死死拿捏呢。我开始认真反思我梦中重复出现的那些蛇群和鼠群，它们应该是我尿床的病根儿。不过我总想不起来蛇群鼠群是在什么时候出现的。童年的记忆像一张张幻灯片，有的清晰有的像永远对不住焦距。用心理医生的专业术语来说，这叫选择性失忆。

六

王晓慧男朋友休假来看她的时候，我们正好出外勤。

马队带领着我们消防和城管联合执法，在城中村对那些"握手楼"进行重点整顿。城管执法队负责督促拆除那些私搭乱建的阳台和遮阳棚，我们消防重点检查楼里的排烟道和飞线。对城中村的消防整改行动就这么悄然开始了，阵仗不算大，持久战，讲究个循序渐进一步一个脚印地来。不过处罚的力度倒是挺大的，该罚款就罚款，该停业整顿就停业整顿。为此，好多被罚款的商户找了我爸，托我爸找马队说说情少罚一点儿。不过在这一点上我爸是立场坚定的，说："消防措施做不好，被罚了活该。"我爸得罪了人，于是黑历史被重新翻出来，人说："好意思教育别人防火，当年你不也烧死过人。"尤其是我爸没事儿跟在马队后边分发防火宣传单的时候，身后一片指指点点，老城中村人没有办法不想起马队的老婆。

王晓慧的那个消防员男朋友叫李海成，我第一次见到他的那天刚好是情人节。为什么这么记忆犹新呢，因为那几天马队他们出任务出得很勤，大都是因为失恋跳楼的、跳河的、想办法要找死的。在这个节点消防中队的警铃呜哇呜哇聒噪极了。马队吩咐我和王晓慧常去城中村做消防检查，城中村那些打工仔表白时摆玫瑰点蜡烛容易引发火灾。

李海成捧着一束玫瑰花悄然而至，要给王晓慧制造一个浪漫的惊喜。

这天我和王晓慧出完外勤准备下班的时候，又热又渴，正好遇到一家冰激凌店开业酬宾，买一送一。我一只手拿着一个冰激凌，问王晓慧："来一个？"

王晓慧白了我一眼，"不吃。"我说："再不吃就化了，浪费可耻。"王晓慧勉强地接了过去。于是我们正蹲在那里吃冰激凌。

这个关键时刻李海成捧着一束玫瑰花出现在巷子口，一瞬间空气僵滞住了，六目相对。李海成看了我一眼，然后略过我，捧着花喊了声："晓慧。"王晓慧呆愣住了，语气略带责备地说："你怎么一声招呼不打就来了。"好在王晓慧反应过来之后，瞅了我一眼跟李海成介绍说："这是我的同事，我们刚结束外勤。"李海成看我一眼笑了笑，说："我知道。"我跟李海成假模假样地寒暄，他看着跟王晓慧挺般配的，个子高挑形象干练，理着一个清爽的寸头，笑起来露出洁白的牙齿。李海成笑得很坦然，我倒莫名有些心虚。

晚饭是一起吃的，本来我坚决不去，电灯泡就不当了。谁知李海成一再坚持说，遇上就是朋友，一起吃个饭顺便聊聊。没承想这时候王晓慧冷不丁来一句"不做亏心事不怕鬼敲门"。那我也只能说"必须去，身正不怕影子斜"。情人节的食客们成双成对，只有我们是两男一女。服务员上来推荐情侣套餐，再看看我们仨的组合立即捂住了嘴。吃饭的时候，我看见李海成那根出任务时被切割机切断的手指接上去了，不过已经名存实亡，没有办法正常弯曲。

场面一度僵滞，李海成在努力维持，干脆给我们讲了个笑话，说："几个月前遇到个傻缺，给我打电话问我是不是晓慧的男朋友。我说是。然后那傻缺拿着移动的电话号码跟我推销联通公司的套餐。"出于礼貌，我咧着嘴红口白牙配合着哈哈笑。

转移尴尬的重任最终还是落在了酒上，我和李海成决定喝点儿。王晓慧在一旁捅了一下李海成，说："你不能喝酒，影响训练。"然后王晓慧斜了我一眼说："他酒量不行，别喝。"我结结巴巴会意，说："要不还是别喝了。"李海成声气大了，说："这酒得喝，因为高兴。"

于是我在和李海成不是较量的较量中，终于赢了一次。如果说较量是为了王晓慧，那我肯定输，因为我没有任何底气也不占理儿。若是较量只是为了高兴，我城中村土著不是白叫的。李海成果真如王晓慧所说，酒量不行，端着杯子推了几手太极说话就开始夹舌了，面颊绯红，眼睛血红。王晓慧在桌子底下踩了我好几脚，暗示不能再喝了。可李海成不依不饶，端起酒杯就跟我干了，干了一杯之后我就恍恍惚惚看见他脑袋歪了。

李海成颤颤巍巍伸出手来跟我握手，看看王晓慧又看看我，喊我"兄弟"，然后说："我知道你和晓慧以前的事情……"

我刚要做出解释，李海成又堵了我的话接着说："不过这不是重点，重点是我觉得你能给晓慧更好的爱，我可以选择放手。"

我头一回遭遇到这样的情况，脑子发蒙，我说："过去的就不提了，你们好好的就行。"

李海成继续坚持，认真地说："我这个做消防员的，成天火里冲水里蹚，亏欠晓慧的太多太多。我感觉你跟晓慧更适合……"

李海成这么一说，我就不敢接了，我心里怪不是滋味的，甚至有些生气，我站起身来就要走，"神经病啊，你们谈你们的恋爱，跟我有毛关系。"

我走的时候王晓慧在身后喊我："江海河，你个王八蛋。"

我转过身看着趴在桌上嗷嗷吐的李海成，对王晓慧交代说："照顾好你男朋友。"

李海成这时候抬起头来，看着我说："我是认真的，晓慧跟你更适合。"于是我摆了摆手，酒劲儿冲上来，"去你妈的，不带这么玩的。"

这一夜我睡得很踏实。城中村的烂仔们大半夜放烟花表白的时候把楼下的垃圾堆点燃了，消防中队半夜出任务灭火都没把我吵醒。我竟然没有尿床。

难道我尿床的毛病就这么好啦？我不得其解，而且像一个正常人一样起床直奔厕所痛痛快快地解决了所有问题。

算啦算啦，不想了，脑瓜子嗡嗡的。去消防队上班的时候，开早会，马队专门将昨晚城中村的火情提上来，将我和王晓慧两人严厉批评了一顿，说我们俩吃闲饭，对城中村消防检查粗心大意。本来我想反驳两句的，那帮烂仔放烟花引发的火情，要找就找城管或者派出所去。不过我扫了一眼王晓慧，她大概是一夜没睡无精打采的，就忍住没说。

李海成休假期间一共来看了王晓慧五天，五天里有三天都在我们中队吃食堂。本来马队想抓着他这个消防技能冠军给我们消防员上几节课，传授一点儿切割机的使用技巧。可李海成向马队展示了他的手指，说："使不了，握不动啦，以后就是压水管的命啦。"李海成和王晓慧成双成对的几天里，我是没脸在队里待，我跟王晓慧的事情整个中队都知道。

我想我在他们眼里，就是动物世界里那只求偶失败的鬣狗，夹着尾巴落魄而逃。既然城中村垃圾堆着火这事儿马队点名批评了，我就得主动承担起隐患整顿工作，也好离中队远远的，眼不见心不烦。整顿工作就是联系居委会把城中村那几堆易燃的、可能会自燃的垃圾清理掉。这个工作并不好做，关键是人家居委会可以不配合，那垃圾堆了好几年，我完全没必要多管闲事。最终还是我爸帮了忙，他刚选上了居委会主任。他在连日的城中村消防大整改中和城管一笑泯恩仇，决定不再骑着三轮跟城管大队的同志斗智斗勇。于是我爸提供三轮，组织了居委会一帮人手。人们看着垃圾堆一点点清理干净，恍然大悟似的想起来，"当年就是老江家垃圾自燃，烧死了马队的老婆孩子。"我爸基本不放在心上，说烦了他怒目相对，"闭上你狗嘴，再吵吵烧死你全家。"有时候针尖儿对麦芒杠上了，人家会愤愤说："要烧，也是马队烧了你全家。"这时我爸整个人都会在战栗中迅速萎靡下来。李海成回去之后，马队把王晓慧调去办公室写文件。马队在做出决定之前还专门找我聊过，东拉西扯大半天才讲到重点，问我："给你换一个搭档，有没有其他意见？"我摆了摆手说："求之不得。"李海成走后，我和王晓慧心照不宣地将彼此视为陌生人，互相绕着走，正面遇上了绕不开，那也要侧着身子偏着头走。我们都想把彼此当作空气，但是我们彼此的存在又是那样合理。不过经过李海成来的这一出，我尿的这个毛病奇迹般好转了很多，白天有没有王晓慧我都尿得出，到了晚上也形势一片大好。

城中村的消防整改工作也在有序推进，基本上已经把外围工作拿下了。接下来就是细化成专项的内部检查，消防通道、消防器械、违规电路、排烟管道等，慢工出细活儿。马队给我分配的新搭档是个新来的青瓜蛋子，刚大学毕业，叫宝来。他自我介绍的时候说："我宝来，名字取得像把火。"我调侃说："我叫江海河，那就是一汪水了。"马队说："甭管一把火还是一摊水，今后你们要相互学习取长补短。"

宝来这小子虎背熊腰傻了吧唧的，但是纯洁可爱像个孩子，整天没事儿就江哥长江哥短的。我对他实在没多大兴趣，我对任何事都提不起热情来。没有插科打诨，没有互掐斗嘴，没有王晓慧，没有色彩，没有滋味。幸亏宝来这傻小子不仅踏实还懂事儿，再出外勤，我都鼓动他率先冲在前头。我甚至都已经想好了，等宝来工作上手对马队有个交代以后，我就要撤了。我现在已经算是摆脱了依赖王晓慧才能尿得出的魔咒，那我还待在这里干啥，回我的城中村当我吃喝不愁的收租公去。

那天刘指导员出任务去火场痕检去了，就我和宝来出外勤搞消防检查。紧赶慢赶，一个餐馆的厨房出现了火情还是被我们给赶上了，远远地就看见浓烟滚滚冲出来。老板着急忙慌跑了出来，浑身沾满了灭火器的干粉，只看得清一条鲜红的舌头在嘴里边搅边说："油锅炝着了火，液化气罐还没关。"我当时的第一个反应是，终于遇到马队说的特殊情况了，接下来的流程该是赶快掏出手机给中队接警室打电话让他们赶来处置火情。我一掏电话把老板给干蒙了，老板满脸疑惑地看着我，"你干啥?"

我说："我报火警啊!"老板一脸不可思议地看着我说："你不就是消防员?"我这时才有点儿反应过来，说："哦，我是消防员。"那老板又看我，"那你还愣着干啥?"我愕然，说："我，我报火警。"当我还在思索我应该如何突破我和老板刚制造的逻辑怪圈，一旁的傻小子宝来站不住了。他把外套脱下来，在路边的臭水沟里浸湿了罩在头上，不管不顾地冲进了滚滚浓烟中。

我有点儿被这情形吓到了，冲着浓烟喊："宝来你个大傻子，不要命啦?"

我喊，老板也跟着喊，喊出了颤颤巍巍的戏剧腔，"果然英雄出少年……"

老板感叹的腔调尾巴还没收干净，宝来就已经抱着液化气罐从浓烟中冲了出来。他满头满脸被熏得黢黑，只剩眼白和牙齿还是雪白的，抱着一大个液化气罐，罐口还不停地往外喷着火。宝来冲出来的阵仗着实骇人，液化气罐上长长地吐出来一条火舌，朝我的面门就舔过来。我下意识后退了几步，脚后跟撞到路沿，我一屁股瘫坐在地上，后脑勺发麻，脊背凉飕飕的，软绵绵地朝宝来喊："宝来你个灰孙。"

屁股着地的时候我打了个冷战，按照那老板后来传扬的说法——我被吓尿了。

宝来抱着液化气罐冲到一块空地上放稳了，解下罩在头上的湿衬衫往出气阀一盖，火焰就灭了，然后拧紧气阀，危机就解决了。一套操作行云流水，从冲进火场到处理掉火情，前后不过一两分钟。他龇着一口白牙向我走来，居高临下向我伸出手说："江哥，我扶你起来。"我没脸去拉宝来的手，颤颤巍巍试了好几次才站了起来。其实是不想站起来，可这地上也没留个缝儿让我钻。火情被迅速处理，一批围观的人关注的重点是我抖得像筛糠般的双腿，以及我身下湿漉漉那一摊。要脸有一个前提，那就是得有脸，我是彻底没了脸了。

七

大傻子宝来成了城中村人们眼中的英雄，代价是抱液化气罐的时候脖子被火焰舔了几下，起了一大片火燎泡，从医院回来的时候敷着黑乎乎一层烧伤膏。马队板着张脸盯着宝来，严厉批评："你个愣头青有几条命，竟敢擅自行动。"刘指导员则是器重地拍了拍宝来的肩膀，"好小子，有我当年的风范。"宝来傻呵呵地憨笑，"我感觉火情不严重，能处理就尽快处理。"宝来对火有着超乎常人的认识，他的父亲是位烈士，老消防员，早些年扑救一场山火，侦查烟点的时候遇到了爆燃。

宝来傻笑的时候我抬起头，我又看见了他那口洁白的牙齿。宝来仍旧喊我江哥，我嘴唇抖了几下，没好答应他。我没有办法不正视他全部的脸，这次他的脸上真的很有面儿。是我尖酸，是我刻薄，宝来不是什么大傻子，我才是。火情之后防火参谋进驻现场进行痕检和险情评估。首先是那老板扯了谎，起火的原因是他私自搭了几条飞线导致的短路起火；其次是宝来冲进火场抱出了液化气罐，将火灾损失降到了理论上的最低。起火餐馆的楼上住了两个无法自主撤离的瘫痪老人，如果液化气罐发生爆炸，后果将不堪设想。

马队又满脸愁容地看着我，拍了拍我的肩膀，安慰道："你也不要有什么心理负担。"马队转身走了，我仍丢了魂似的戳在原地。我那天在火场尿裤子的事情早就传遍了整个中队。刘指导员专门提出过要求，不允许议论。我知道没人议论，但是我也看得见整个中队的人看我的眼睛里都装了扫描仪，他们没有办法不重新打量一下我。当然，除了王晓慧。在食堂吃午饭的时候王晓慧主动跟我说了自李海成走了之后的第一句话，她端着餐盘看着我，小心翼翼地问："你，还好吧？"我对着餐盘扒了几口饭，下巴抖了几下说："没。"

我又开始陷入无休无止的梦境，梦中的场景不断地被充实。浓烟滚滚是绝对的黑暗，密密麻麻的鼠群和蛇群从浓烟中涌出来将我吞噬。梦中的浓烟令我产生窒息感，我混迹于鼠群和蛇群之中，后背被烈火灼烧，前头被浓烟扑面，我无法动弹。我尿床的老毛病又犯了，一泡接着一泡，尿到天亮尿不出了，身体却还保持着战栗感。白昼如同夜晚，我丢了三魂七魄步入混淆，眼前一片混沌分不清现实和梦境。下班的时候路过一个爆米花摊儿，我杵在旁边盯着烤爆米花的炉子看。高压炉放气爆开的时候一声巨响，我的身体跟着抖了一下——在大庭广众之下尿了裤子。

人们在我身上有了惊奇的发现，他们几乎是惊呼："快看，这不是那个被吓尿裤子的消防员吗？"

在快要被一片嘻嘘声淹没的时候，王晓慧拨开人群冲进来脱下外套系在我腰上。我木然地被王晓慧拽着走，边走边听到王晓慧咬牙切齿地说："看什么看，再看把你眼珠挖出来。"王晓慧不放心，坚持把我送到家。到了家门口我把她拦在了门外，我摔上门听见王晓慧在门外喊："不要胡思乱想，没事的。"我没有回应她，迅速退守到床上，盖起被子蒙着头。

我很有必要离开消防中队，而且理由已经足够充分。

我是我，消防中队是消防中队。这个很关键，绝对要区分开来。我在消防中队工作了大半年，我也该知道有一种东西叫作集体荣誉感。那个在火场被吓尿裤子的人是我，我们消防中队的战士个个都有胆，起码他们绝对不会尿裤子。可是因为有我抹黑，我们中队的消防员都像会尿裤子似的。事情不该是这个样子。

我卧床不出门的日子里马队来看我，我胆怯地透过门缝告诉马队其实我很好，没必要来看我。于是我爸他们又喝了一场大酒，他们在一楼喝酒，我在二楼尿床。我听见他们喝酒的声气越来越大，最后我爸朝着马队激动地喊："你当初就不该让他去消防队。"马队说："我也没想到会这样。"我爸更激动了，朝着马队吼："你答应过我的，绝对不能把我儿子拖向火。"马队说："我从来没有想过。"

第二天我跟马队递交辞职报告，马队没批。马队找我谈，他表情是严肃的，其实我还看见他眼里充满了担忧。马队长呼了口气跟我说："我当消防员第一次出任务，高空火灾救援，我们被困在楼梯间里，上天不能落地不可。门板被烧得殷红的时候我联想起焖炉烤鸡，我们几个消防员都会被焖死在小房间里。那次我也尿了，真的是要生死由命就管不了啥屎尿了，可尿完之后抖抖擞擞还不是汉子一个活过来了。"

我说："这不一样。"马队摆了摆手，笑着说："这有什么不一样？"我失魂落魄但也很坚定地说："这本来就不一样。"这一天是我二十五岁生日，我浅薄的阅历总算够我拿来捋一捋活着与死去的本质区别。其实我是捋不清楚的，这样的命题对我而言还太难。飞蛾扑火和凤凰涅槃这两个词其实近义，不过飞蛾和凤凰中间还夹着个胆小的老鼠。我是个只会尿床的胆小鬼。

马队还是没给我批离职报告，他说："自己的命根子，自己要把得住。"

我不肯定也不否定，点点头有了主见，说："可这里是消防队，我尿的不是地方。"

马队拍了拍我的肩膀，意味深长地说："我多想往你的命根子上，贴个创可贴。"

消防中队季度大比武又如期举行，我仍旧窝在家里思考如何重整旗鼓再出门。马队没给我批辞职报告，给我一个月权当休假。马队说："我们都先别忙着作决定。"马队先后来找过我爸好几次，都是谈城中村的消防整改问题。我听过他们的对话，我爸有点儿埋怨马队，"我儿子的辞职报告，你怎么不批呢？"马队犹豫了一会儿，说："难道让他尿一辈子？"于是我爸不说话了。在我家楼下的田径场，这次比武比起以往的比武更加喧嚣。田径场的鼓劲声和嘘声山呼海啸，我拉开窗帘斜着眼睛往下看。这次比武有点儿别开生面，马队把宝来也放了进去。某种程度上而言，这场比武关乎我们内部文职和专职消防员的尊严。原因其实很简单，宝来这条大鲇鱼被马队放进了沙丁鱼堆里，作用是激发沙丁鱼的活力。宝来短衣短袖站在田径场上，看上去傻乎乎的，专职消防员们多少有些轻敌。我看见宝来脸上有了我从未见过的认真。发令枪响起的时候，宝来豹子一般率先冲了出去。负重短跑和爬楼梯两个项目遥遥领先，最令人称奇的是五千米空呼机长跑，宝来甩开了后面整整一圈。穿脱战斗服负重一百米和一人两盘水带连接这两个项目就弱一点儿，宝来吃亏在他对设备的穿戴不熟悉。比武前没人能想到宝来会赢，宝来赢了的时候专职消防员们击鼓搒胸对自己发出唏嘘，说宝来这家伙果然是条鲇鱼，跑起来的时候不需要用肺呼吸。宝来赢了，我拍着栏杆为他欢呼："宝来你个灰孙真是好样的！"我不确定我站在窗户前拍栏杆的声响有多大，反正应该不大。我看见在比武现场戴着袖标维持秩序的王晓慧抬头往我这边看了一眼。

中队的警铃响起来的时候比武才进行到一半，战备状态的消防员迅速出警，比武继续。可没一会儿，中队的警铃声大作，比武现场的消防员浑身抖了一下就放下手头一切事情往消防站奔过去，整顿了没一会儿，整个中队的消防员全都杀了出去。

常识告诉我，这种场面叫作情况特别紧急。我打开手机的时候正好弹出一条快讯，我们邻市的一个化工厂发生严重事故，火势还未得到有效控制，其间火场内部发生几次小规模爆炸，几个率先冲进火场的消防员已经不幸牺牲。邻近的几个地级市的消防队正在开着泡沫车火速赶往事故现场进行支援。这条信息让我的心一下子揪了起来，我的脑中立刻浮现出李海成的身影。不出意料的话，李海成现在肯定在事故现场。我拨了李海成的电话，无人接听，然后我打了王晓慧的电话，还是无人接听。我有点儿坐不住了，穿上拖鞋就往中队办公室跑。

中队办公室里的电视机正在播放着事故现场先前的航拍画面，隔着电视屏幕都能感受事故的严重程度。浊白的浓烟中时不时地响起隆隆的爆炸声，鲜红的火焰从浓烟中蹿出来。王晓慧坐在电视机前，双手合十夹着手机作祈祷状。宝来比武时穿的短裤都没换下来，一身臭汗地在电视机前踱步。

宝来嘴拙还是要安慰王晓慧，他不停地跟王晓慧念叨："没事的，没事的，你别多想。"

我出现在王晓慧面前的时候，王晓慧从呆愣的状态中抖了一下，面皮有些松动，大颗大颗的眼泪迸了出来，泣不成声地说："海成他不接我电话。"

我说："可能是他有其他事情。"可这时候宝来极不应景地补充了一句，"出任务的时候哪里有空管手机。"这话一出来，王晓慧浑身颤了一下，绝望地抽泣起来。

我瞪着宝来，"你个灰孙赶紧闭嘴。"宝来傻乎乎地回嘴，"本来就是。"其实我们都知道李海成如果出任务，只能是去了电视机上那炼狱般的现场。我们一直坐在办公室的电视机前，通过一切手段去获取事故现场的最新情况。可从手机或者电脑上获取的信息是有限的，电视上的报道也是。我们分别给邻市的所有朋友挨个打去电话，得到的反馈都差不多。消防救援车排成长龙进驻了现场，火场外围的居民全部被疏散，隔着老远都能听到发生事故的化工厂传来隆隆的爆炸声。王晓慧还在执着地一个接一个地给李海成拨电话，一直拨到手机没电关机了，电话却始终拨不通。王晓慧哭肿了眼睛绝望地看着我，愤愤地说："海成这家伙竟然敢不接老娘的电话，下次见面我不抽死他。"

其实这个时候我们都确认了，李海成去了现场，不过目前情况不明。

天亮了，电视上才播出火灾被扑灭的消息。后来我听赶去支援的消防员说，其实火情上半夜就被控制住了，下半夜主要是搜寻牺牲的消防员以及遇难的化工厂工人，画面骇人不宜播出。电视新闻的航拍画面中，整个事故现场还看得见氤氲的水汽，俨然成为一片废墟。

刘指导员到办公室的时候脸皮绷得死紧，他走向王晓慧，犹豫了好一会儿才说："晓慧，收拾一下坐我的车走。"王晓慧呆着，没反应过来。我问："去哪里？"

刘指导员说："去邻市，马队刚给我打电话让我带你过去。"

王晓慧这时抬起头来，吸了吸鼻子说："去干吗？我不去。"

刘指导员眼眶红红的，欲言又止，说："晓慧。"王晓慧朝着指导员歇斯底里地喊："都说了我不去，不去！"

海成牺牲了，牺牲了也就是不在了，永远不在了。这时候海成正在殡仪馆的巨幅遗像上，冲着我们微笑。为了保护李海成最后的尊严，我们都没能够见到他最后一面，包括王晓慧，包括李海成那伤心欲绝的父母。我想海成也不愿意让活着的人看到他最后的样子，他要永远有脸有面地存在于这个世界，而不是以蜷缩成一团焦炭的模样离开。在消防中队工作见过太多现场照片，其实我们完全能够想象，只不过不敢去想，不能够去想。

火葬场偌大的烟囱吹得呼呼响，把人变作黑色的颗粒呼呼地送到天上去。

海成的母亲是个坚强的老太太，她肿着眼流着泪浑身打着摆子愣是没有哭出声来。老太太一再要求带海成回家去，海成已经被火炼过一次，不能把海成再次推到火中去。接待室被哭声淹没，我们最后一次看见海成，他已经变作了灰色的骨块，被盛放在小小的木头匣子中。合上盖子的时候，海成的母亲一直紧绷着的那根弦断了，瘫坐在地上号啕大哭。王晓慧在这个时候不得不打起精神来，她抱住海成母亲的时候喊了一声："妈。"

王晓慧已经有了海成的孩子，两个月。她抱着海成的母亲发誓："我要把海成的孩子生下来。"海成的母亲眼中闪着泪花，点点头然后又摇摇头，"闺女，你糊涂哇！傻闺女。"

王晓慧告诉我，她第一次认识海成是在广东，那时候海成还在那边做消防员。

王晓慧大学毕业被大公司挖走其实纯属瞎扯淡，到了那个公司她才发现公司是打着成功学的噱头做传销的。王晓慧后知后觉，可无论怎么洗脑训练就是练不会怎么去骗人，于是只能自己骗自己。自己将自己骗得不仅一无所有，还欠下了一大笔网贷。当时她真觉得走投无路了，于是就决定走个捷径求个解脱。解脱的方式是站在高高的阳台上飞下去，刚准备好了往下跳，海成如同神兵天降般从更高处系着安全绳跳下来将王晓慧紧紧地抱住。王晓慧因紧张就朝海成的胳膊狠狠地咬了下去，海成紧咬牙关强忍着说："只要你好过，你就咬。"

那天王晓慧真的将海成胳膊上的肉生生咬下来一小块儿。

海成牺牲之后，他的战友告诉我，其实海成本来是可以不用牺牲的。

爆炸发生的时候他们四个消防员趴在外围窗台上以阻隔冲击波，海成一条胳膊肌肉损伤，还废了一根手指头。战友说："他根本抓不住，他应该抓住的，可他没有抓住。"

我如遭雷劈，僵在当场，我知道海成废掉的那根指头意味着什么，那就是一根棺材钉，不仅带走了海成，还带走了我，它将永远深深地钉在我的心口。我的身子瞬间变得松散，再也无法有效站立。

我一屁股瘫坐在地上。

再一次不争气地尿了裤子。我不想对海成有一丝不敬，于是起身往外走。每一步都挪动得很艰难，湿的裤子冰一样寒冷且锋利。

我行尸走肉般回到第一次见到海成的那个巷子口，海成捧着一束玫瑰花站在那里，笑起来的时候牙齿很白。

八

海成被盖着国旗送回老家那天我没去送他。我退守到被窝里，尿多了身子就虚，我发了很严重的高烧，没日没夜做噩梦，梦中的蛇群鼠群山呼海啸乌压压向我涌来，鼠群啃食我的四肢，蛇群缠得我一阵一阵地窒息。

我还梦到王晓慧送海成回家的场景：王晓慧和海成牵着手走在无边的旷野中，后面跟着乌泱泱排成长龙的送葬队伍……

我想王晓慧这次走了，也许我再也见不到她了。往后的日子里，我眼中的世界是没有色彩的。我开始喜欢呆呆地坐在训练场边上看中队的消防员训练，他们在各种障碍物之间来回穿梭，翻飞跳跃。其实我是看不出具体内容来的，我看到两个海成在空呼机长跑结束后趴在田径场边上嗷嗷吐，我还看到一个班的海成出任务回来的时候浑身烟熏火燎，只剩着眼白一眨一眨。

宝来问我："你亲眼见过从火场抬出来的尸体吗？"我摇摇头说："没有。"宝来说："我见过，我亲眼见过从火场抬下来的尸体。"我问："谁？"宝来说："我父亲。一米八的个子被烧成了一米不到，胳肢窝夹着衣服碎片，四肢成了焦炭，蜷缩在担架上用白布盖着……"

我不得不从宝来的描述中再一次想起海成，我莫名其妙有些恼怒，冲着宝来吼："你个灰孙给老子闭嘴！"其实我很想跟宝来说，我见过的。只不过我不能说。我亲眼见过从火场抬出来的马队的老婆，以及她肚子里的孩子。只不过那是一种很怪异的蜷缩，双手环抱着肚子，膝盖弯上来顶着，肚子是个圆圆的膨胀的球，裂开一个小嘴儿般鲜红的口子。尽管那个时候我被捂住了眼睛，不过我还是看见了。

宝来想当消防员，宝来也建议我跟他一块儿去，这个时候我们中队正招专职消防员。我摆摆手说："我不行，我这体格就不去给消防队伍丢脸了。"其实我也有过当消防员的想法，只不过想了想当了消防员要住在宿舍随时战备我就放弃了。海成牺牲之后我尿床的老毛病犯得很严重，我想消防中队并不需要一个穿着纸尿裤打仗的兵。我实在弄不明白宝来的脑子是否是肉长的，从他父亲牺牲的噩梦中还没醒，就敢毅然决然踏进另一个噩梦中。宝来跟我说："承认怕，就是因为决定好不想再怕，要面对它。"

宝来说从父亲牺牲以后他就一心想着当消防员，高中练习小三科体育，大学的专业是长跑。他的母亲不想他重蹈父亲的悲剧，只想宝来毕业了能当个体育老师就万事大吉。所以宝来在来消防中队的路上很曲折，他采取了迂回战术，先报了消防队的文职，寻着机会就做专职消防员。宝来有他自己的概率学理论，说，假如火场是个形象化的人或者鬼，先头已经带走了他的父亲，之后选择带走他的概率并不大，据此可推出他牺牲的概率微乎其微。

宝来恢复了单纯，傻傻地说："火场，就应该让我这种死不了的人去闯。"

宝来是马队一心想要的兵，身手好还够机灵。中队计划要组建一个消防特勤小组，就是要招一批宝来这样的好苗子。宝来报名专职消防员，他的母亲红着眼眶来中队，进了马队的办公室哭得惊雷滚滚。宝来母亲和马队是老熟人了，马队当武警那会儿跟宝来的父亲是一个连队的。隔着门，我们听见宝来的母亲跟马队哭诉："宝来他爹已经牺牲了，难道还要让他儿子宝来也搭进去？"就在马队要向宝来妈妥协的时候，宝来打开门进去，差点儿磕到脑袋。宝来站在宝来妈面前像个刚干完坏事还不服气的孩子，拖着长音喊了声"妈"，然后下定决心说："我就想当消防员，从我爸牺牲的那天起我就想当消防员。"宝来妈当场就怔住了，惊诧地看着宝来，就好像看着宝来一点一点从她的儿子蜕成了另一个陌生人，失魂落魄地边转身边说："这些年我都白教你了，就连你都要抛下我去找你那死鬼父亲……"宝来激动了，"不许这么说我爸爸。"宝来妈没有搭理宝来的话，轻飘飘地移着步子朝办公室外挪去。宝来呆愣愣杵在原地。马队瞅了他一眼，"还不快去追你妈。"

宝来一个激灵，"哦"了一声缓过来，追了出去。办公室就剩我和马队了，马队沉着脸在原地踱步。我杵在那儿尴尬极了，留也不是走也不是。马队抬起头朝我扫了一眼，说："不走，还站在那里干什么，难道你也想报名当消防员？"我被马队惊了一下，鬼使神差地说："嗯，我也想报名。"其实我刚说完这话就后悔了，我也闹不清楚我怎么会说这样的话。马队在我的回答结束之后愣怔了三秒，然后嘴唇颤了三秒，说："就你？开什么国际玩笑。"

马队的质疑似乎给了我一点儿血性，我说："我怎么，我怎么就不能当消防员？"

马队撇了撇嘴欲言又止，最后说："你给我滚出去。"宝来和宝来妈在回去之后就是否当消防员这事赌了一次，听天由命的办法是在他父亲的遗像前抛硬币。字是报名，花就是不报名，规则是五局三胜。连抛了五次都是字，宝来妈怀疑宝来作弊，换了个硬币重新抛，七局四胜。当重新再抛了七次字后，宝来妈终于妥协了，给宝来他父亲上了一炷香，能做的以及能说的就只有祈祷，"你在天有灵一定要保佑宝来好好的。"宝来说那天他晃了眼，看见他爸在相框里对他眨巴眼。

我拿着专职消防员报名表到马队办公室的时候，报名表已经被捏得皱巴巴的全是汗水。在此之前我从未告诉任何人我这个决定，包括宝来以及我爸妈。马队拿着我的报名表端详了有十来分钟，其实就那几行身份信息完全没必要看这么长时间。马队终于放下报名表，抬头问我："真下定决心了？再考虑考虑。"我愣了一下，然后点点头，"嗯。"其实我也不知道自己是不是真的下定了决心，只不过心里一直有个声音不停地提醒我，我应该这样做。这个声音有时候是我的，有时候是宝来的，大部分时候是海成的。

马队问我："那你爸能同意?"我摇摇头,有些泄气地说:"不知道,还没跟他说。"于是马队看着我,犹豫了一会儿,说:"先不着急,听听你爸的意见。"我爸的态度和宝来妈如出一辙,只不过我爸更为激动。我爸没听我汇报完毕就激动得要原地爆炸,挥起来的巴掌滞在半空要求我闭嘴,然后朝我吼:"我太知道人是怎么被烧死的了。"我低着头嗫嚅了一声,"所以才需要消防员。"于是我爸气呼呼掀了桌子,"当初就不该让你去消防队。"

我爸被我气得肺炸,我呆愣着杵在原地的时候我爸气冲冲出了门。

马队在办公室很沉着地坐着,似乎都在他意料之中,他淡淡地说:"消防员不是说当就能当的。"我爸早已先入为主,现在偏着头瞪着马队,"老马你就是故意的。欠你的我一直都在想着法儿还,何必再把我儿子也拉下水呢?他不懂事难道你也不懂事?"

我知道我爸欠着老马什么,还不清的,尽管我也知道我爸一直都在还。马队正在措辞的时候我插了一句,说:"我就是想当消防员,我就是想做点儿现在我觉得应该做的事。"见我爸作势准备阻断我的时候,我更歇斯底里了,"火里闯水里蹚又怎么了,活着有作为,死了是牺牲,这个世界上没多少人能够死得其所。"

我在说这句话的时候满脑子都是海成,或者说我觉得我就是海成。

我爸怔住了,答不上话来,咽了几口唾沫。我至今没法形容我爸当时的表情,不是愤怒,惊诧中带着一丝莫名的东西。沉默了片刻,他努力给自己制造台阶,弱弱地说:"可是你尿床,尿床怎么做消防员?"

我说,其实几乎是吼:"不了,不会再尿了!永远不会了!"

我在自己的吼声中看见父亲以肉眼可见的速度在衰老。他耷拉着眼皮看着马队,摊了摊手说:"父债子偿。对,就这样。"马队怔了一下,嗓子被堵住了似的说:"我从来没想过要你们还。"

入职前,我们得去省消防总队训练一年。严格来说,培养一个合格的消防员最少要两年。两年时间太漫长,所以先填鸭学了把式,然后下到各个中队接着练。参训之前我担心尿床会熏了室友,特意准备了尿不湿,可真到了训练开始的时候才发现完全是多余。总队新来了个黑脸教官,以前是个武警特战。黑脸教官管体能,全程板着张脸,说:"在我手上除了训练,吃喝拉撒都是多余。"我们酝酿出一个词汇,说:"这有违人道。"可这又能怎样?

黑脸教官说:"充沛的体能,可以救人,关键时候也可以保住小命。"高强度训练了一天下来,一个刚大学毕业的小伙子尿床了。原因是练了一天骨头散架,睡在床上懒得动弹。一沾枕头天就亮了,再没有什么东西能够闯进我的梦中来。

总队的训练场大得有些骇人,黑黢黢的柏油跑道打着旋涡似的一圈就是一公里。教官立得笔直给我们打预防针:"你们将在这个怪圈上反反复复跑到怀疑人生,以至怀疑自己的选择。"田径场旁边是一片烂尾楼似的建筑,那是消防训练塔。有几栋砖混的,真是烂尾。还有一栋是钢架结构,钢质的楼梯,上下跑起来打架子鼓似的咣咣响,我们叫这栋楼"老铁"。

六点起床出早操，七点半整理内务吃早餐，八点体能训练，十二点唱歌吃午饭。下午两点半开始各种操法训练。七点看《新闻联播》，七点半接着训练，晚十点交接岗哨熄灯睡觉。

教官好心提醒我们，"奉劝你们不要睡得太死，半夜还有紧急出警训练。"

队列训练——齐步、跑步、正步、四面转法、跨立、立正稍息、敬礼、队形转换、步法转换、出列、请示报告；体能训练——长跑五千、三千、一千五、中短跑、俯卧撑、仰卧起坐、单杠、双杠、障碍板、蛙跳、蛇形跑、负重跑；消防基本业务训练——水带操、百米翻越板障、穿着消防服战斗、穿着空气呼吸器、穿着防化服、二节拉梯登楼、挂钩梯登楼、消防水带连接、消防射水；消防专业业务训练，消防车操、消防车驾驶员专业训练、特勤消防员训练、消防电话员业务训练、消防供水员业务训练，还有心理训练、消防业务理论学习、消防基本情况熟悉和预案演习……

高强度的训练是帮助我们在火场中活下来，可在训练中我们理解最多的是在火场中会怎么死。在五十摄氏度的环境中，消防员在负荷快速奔跑时，一旦超过五分钟，收缩压将达到一百九十毫米汞柱，我们或许会死于心脏衰竭或者脑出血。在高温环境下持续工作二十分钟，直肠温度上升一点五摄氏度。在火灾高温环境下穿着防护服实施救援，会大量出汗，即使坚持摄入水分，出入火场四五次后，平均的脱水量也会达到身体重量的百分之一，这个时候我们会四肢肌肉痉挛，气短，胸腹疼痛，五脏六腑像被拧在一起。

最恐怖的还是坠楼，训练之前，教官站在训练塔塔顶，往地上扔下来一个西瓜。

那西瓜落地的时候砸得四分五裂，我们不约而同地联想到肩膀上的脑袋。教官喊我们对已经稀碎的西瓜进行收殓，分开存放。皮是皮，瓤是瓤，红白相间。

我一一列举，并不是想证明我们的训练到底有多艰苦。只是我有点儿不相信我都扛过来了，教官说这叫突破自我极限。

总队训练室搭了块黑板，美其名曰"龙虎榜"，那是专门给我们参训人员打分的。理论上是黑板上的分扣光了就说明不适合干这个，立马卷铺盖走人。可实际上没人的分会被扣光，教官总会想办法不让你的分被扣得太难看。

有志于消防并且通过筛选到这儿参训的人，起码精神是可贵的。

宝来这家伙长期盘踞"龙虎榜"榜首，我则永远是气喘吁吁跟在队伍尾巴上的吊车尾。宝来从"龙虎榜"掉下来过几期，全都是因为跑到队伍尾巴拽着我。负重五千米对于我而言绝对是一场噩梦，这场噩梦里没有令人毛骨悚然的蛇群鼠群，有的只是疲软、虚幻和上气不接下气的窒息感。我总在五公里出发的时候后悔脑子进水了才会来这个地方受这罪，我总会在最后一圈冲刺的时候听见海成在我耳边一遍遍喊我兄弟，我总能透过眼角的汗珠看见王晓慧站在终点线上等着我。

其实这个时候我已经不是自己了，浑身的骨头都被拆散之后只剩下机械地恍惚向前。冲刺的时候，宝来又蹦蹦跶跶地滑到队伍的尾巴上跟我保持同步。

在我喘得恨不得把肺挖出来直接插上呼吸泵的时候，宝来凑过来在我耳边喊："王晓慧。"

我没工夫搭理他，宝来继续喊："王晓慧，王晓慧她又回中队了。"

我咬紧牙关往终点冲，过了终点线才栽在地上四仰八叉大口呼吸着说："那又关我什么事。"

九

王晓慧又回中队做文职，这个时候已经生下了小海成。

我和宝来从总队受训回来专门去看望，小家伙吮吸着奶嘴躺在婴儿车里笑呵呵，鼻子和眼睛都像从海成那儿翻的模。王晓慧带着孩子和海成的母亲租住在城中村。本来我说可以住我家的房子，反正我家那么多出租房。王晓慧看着我笑了笑，然后摇摇头，"不了。"其实我知道王晓慧是害怕我不收她的房租，从她决定选择坚强的时候她已经不再需要任何形式的施舍。我让我妈少打麻将，没事儿就炖只鸡送过去照看照看孩子，顺便跟海成母亲唠唠嗑。我妈说："你倒是发善心，人家晓慧又不是你媳妇，生的也不是你的孩子。"我认真地跟我妈说："那是我战友的老婆，以及我战友的孩子。"我妈看着我怔了一下，轻叹了一声说："好好好，我儿子总算也有懂事的一天。"

在总队训练的一年里我拥有了一个全新的概念，那就是战友。战友，就是并肩作战的时候你可以成为他，他可以成为你。宝来跟我说："战友，就是随时可以为你赴汤蹈火的人。"

海成的母亲没事总是呆呆地站在阳台上朝着消防中队的训练场凝望，我们都知道她在望什么，消防中队的训练场上，上蹿下跳训练的消防员都是她的儿子。我提着奶粉纸尿裤去看王晓慧的孩子频繁了，过度的热情让海成的母亲有些不适应。我跟王晓慧那段青春的过往其实已经不是什么秘密，有时候海成母亲会拉着我的手长吁短叹跟我唠："晓慧这苦命的孩子连婚都没结，糊涂哇，是我们家亏待她了。"我知道她想表达什么，于是我一再解释："我和晓慧只是同事，我和海成是战友。"海成母亲怔了下，又说："晓慧还是得有个依靠。"往下我就没敢再接她的话。回来的时候王晓慧送我到楼下，犹豫了一会儿跟我说："海成牺牲的事不单单是谁的原因，以后你还是别来了，影响不好。"我沉默了一会儿，说："好。"

我转身要走的时候王晓慧又叫住我，叮嘱我说："好好训练，注意安全。"

我郑重地点了点头，我还想说点儿什么，但说不出来。本来烈属是可以直接安排进事业单位工作的，可王晓慧和海成的关系有些特殊。海成牺牲的时候还没有结婚，王晓慧也不算是海成的妻子。那就补办个手续呗，但也总不能海成都牺牲了还给他补一个结婚证吧？为了王晓慧的安置问题，海成所在的中队以及马队先后跑了很多单位，嘴巴都磨起泡了还是办不成。最后没办法，要了个烈属安置名额给了海成的弟弟海杰。可总归要给王晓慧一个交代吧，最后只剩下两个选择，要么去海成的原中队做文职，要么回我们中队做文职。最终王晓慧又回了我们中队，马队把王晓慧的工作调到办公室做他的助理，这样月工资绩效会高一点儿。消防文职的工资少得可怜，马队说亏了谁也不能亏待了烈士的家人。

我去省总队训练的一年里，我爸没有给我打任何一个电话。或者说，是我当儿子的没能如他的意。这一年里我爸又进了一趟派出所，原因是打架斗殴。我妈说是马队跑上跑下把他捞出来的，其实并不是，马队只不过是做通了被打者的工作，赔了点儿钱私了。打架斗殴的起因是我爸配合消防队做城中村的消防专项整改工作，清理消防通道的时候拖走了几辆电动车。于是矛头都指向了我爸，先是说我爸犟驴一样太轴，我爸没有搭理。于是矛头从我爸身上转向了我这个儿子身上，取笑我说："尿泡子当了消防员，尿裤子尿到了省上去。"

我从省总队受训回来的时候，我爸看着我欲言又止，最终还是问了一句："你相信宿命吗？"

我愣了下，"不信。"我爸"哦"了一声，接着说："我信宿命，所以我不想你当消防员。我们家欠着消防队一尸两命，我总担心会有偿还的一天。"

我咂了咂嘴，说："信则有，不信则无。"

我爸爸起身拍了拍我的肩膀，说："好样的，不过要注意安全。"

我和宝来以及其他十余名同期的消防员在总队受训回来，到中队报到，马队放下手头所有工作亲自带着我们搞训练。回了中队也就意味着我们即将步入实战阶段，往往在火场最容易出事的就是我们这些刚学了点儿三脚猫功夫的青瓜蛋子。马队说："别以为在总队受训拿了优秀有多了不起，真正的火场的情况不知道比训练场复杂几万倍，随时随地都要人命。"回中队的第一节课是在室内上的，没收了手机以及一切电子设备，观看一些内部的事故现场影像资料。其实马队是在打擦边球了，事故现场的照片图像属于绝密资料，拿出来做警示教育当然是最好的教材，可认真追究下来也违规。马队一再警告："出了门，嘴上就忘了，心里一定要记得。"

马队教育我们说："我们消防员要救人，首先要知道人可能会怎么死。"警示教育进行到一半，已经有新消防员忍不住捂着嘴冲去卫生间吐了，吐完又接着回来眯着眼睛东倒西歪地坐着。我还好，胃里翻涌了几次还是强忍下去了。可马队还在继续，我从未感到过一堂课会是如此漫长。马队的语气越来越严厉，"如果我们消防员能准时到位，很多这样的场面是可以避免的。"接下来马队的语气就是在警告了，"如果我们消防员不听指挥，业务不熟练操作不标准，下场也这样。你们以为牺牲是什么？牺牲了就是死了，死了就是永远不在了。"马队说这句话的时候我又开始伤感，想起了海成。马队的警示图片还在放，其实这个时候我们好多人都已经眯起了眼。马队敲了敲桌子提醒我们睁开眼，这次的图片是一具烧得蜷缩的尸体，我一眼就辨出了那是谁：蜷缩的尸体的腹部膨胀得圆鼓鼓的——那是马队的老婆和孩子。

我的心猛地遭了一击，刺啦一声我只感觉后背凉得发麻。我触电般从座位上弹了起来，我几乎是惊叫："马森凯，你个神经病！"

马队一眼扫过来，"出去！"我逃离似的朝着门口奔，其实从座位上弹起来的瞬间我就尿了裤子。我听见马队在我背后继续警示道："这是我老婆，以及我老婆肚子里我的孩子。"一旦揭了秘，我听见台下的消防员感同身受般倒吸着寒气。

马队无比懊丧地接着说："如果当时消防检查到位一点，如果消防通道不堵塞，或者我们消防员能早到一分钟，就不会这个样子……"

很久以后，我们消防员再次回忆起这入队第一课时，仍旧记忆犹新。我们一直不敢去想象马队到底要有多么强大的内心，才能把他最痛苦的东西拿出来反复回忆。

答案？是没有答案的。我们只知道马队是一心想让我们好好的。

回中队的头三个月里，队里基本没遇到什么特别紧急的任务。就算有火警，也是老消防员出动就解决。我们新消防员按部就班地进行着训练，上午练体能，下午练各种消防操。练得疲乏了，马队半夜三更在消防训练塔里点了几把火，然后紧急把我们喊起来突击演习。其间马队也带着我们出过几个小任务，比如贪玩的小学生把脑袋卡在栅栏里了，我们去把栅栏锯开。比如商场门口筑了一窝马蜂，蜇了好几个人，我们打开高压水枪给滋了下来。再比如我们遇到过一个刚失恋哭哭啼啼要跳楼的小伙子，我们气喘吁吁在楼下把气垫都充好了，这家伙接了个电话，然后跟我们说他突然又不想死了。宝来快被这琐碎折磨得要疯了，警铃一响他就兴奋，出任务后希望却一次次落空。那架势如同刚学会了绝世武功，可是又找不到一个像样的对手。孤独，寂寞，百无聊赖。马队自然要干预一下，说："宝来，我看你整天不盼点儿好的，就盼着哪里着火。"宝来笑得红口白牙的，说："绝对没有。"马队看着宝来点点头，长叹了口气说："我是舍不得让你们进火场啊，火场是什么，火场就是地狱。怎么能把人往地狱里推呢？"宝来说："那总要有进去的一天，不然当啥消防员。"

后来我们出了几次火警，传帮带，主要是跟在老消防员后头打下手。每一次都是刘指导员负责指挥调度，马队不放心，要亲自带队。往往我们跟在后边水带都还没铺展开，火势就被率先进入火场的老消防员背着灭火器给突突了。不过宝来就不同，他一见到火情，就三步并作两步率先突进火场。为此他被马队严肃批评了好几次，"灭火需要团队协作以及战术配合，个人英雄主义不仅会害死你自己，还会害死你的战友。"每一次宝来总是咧着嘴憨笑，"下次注意，下次注意。"可真到了下次，宝来还是犯老毛病。其实宝来已经改了，只不过他那身手即便放慢了，整个中队还是没人能追得上他的节奏。寻遍整个中队，宝来都没有合适的搭档。于是我这个最弱的，以柔克刚，成了宝来的搭档。原因很简单，整个中队就我喊宝来这个灰孙喊得最大声。我总在对讲机里叫喳喳地喊："宝来你个灰孙跑慢点儿。""宝来你个灰孙赶紧把门撞开。""宝来你个灰孙赶紧把栅栏掰断。"

就算是睡觉做噩梦的时候我也喊:"宝来你个灰孙赶紧帮我把这些蛇和老鼠撵开。"

自从在消防中队和宝来上下铺了以后,我尿床的毛病成了过去式。不可否认,我对宝来产生依赖了。在我这里,宝来和王晓慧其实没什么区别。

我又陷入噩梦中跟蛇群鼠群进行纠缠,我习惯性喊:"宝来赶快来帮我。"

可这天晚上回应我的却是宝来重重的一耳刮子,我捂着脸从床上弹了起来,怒不可遏地叫:"宝来你个灰孙。"定了定神,我听见耳边响起急促的警铃声,宝来一边往身上穿戴一边催促我:"愣着干啥,出任务了,快!"

十

四十五秒之后我们已经完成了登车,然后我们出发。我洋相百出地在车上费力地往上拽裤头以及整理防火服上衣的穿脱拉链。直觉告诉我,其实也不用直觉,我们都知道我们遇到了严峻的任务。火光早已冲天,正朝着天上噼里啪啦地喷射着燃烧的碎屑——鸡窝一样的城中村终究没能逃过失火的命运。

意外是真够意外,不过我们就是这么一支应对意外的队伍,一切意外都不是意外。

城中村的失火是在预料之中,但没人愿意接受。城中村就在消防中队门口,这火着得充满了讽刺性。初步探明原因是一个黑网吧私搭电路导致起火,网吧旁边是个小诊所。诊所下班前刚用医用酒精全面消毒,隔壁的火蔓延过来的时候,诊所内挥发的酒精气体发生了爆燃。我们抵达现场的时候,消防通道仍旧堵塞,这是个疑难杂症。居委会的人正在帮忙挪动那些堵在路中间的电动车,可是时间不等人。火已经借着风势铺展开,连片地烧了起来。好几栋出租房已经被吞噬在火中,被困在楼上下不来的人正趴在窗户上疯狂地挥舞毛巾求救。我爸爸哇呀呀叫骂着那些乱停车的家伙,轰隆隆开来一辆铲车从路口推着进去。

还是我们中队的老规矩,先是建立现场指挥部,刘指导员外围坐镇指挥,马队率领攻坚组深入。我们在火点正面架设水枪阵地控制火势蔓延,升起云梯车对被困在楼上的人实施救援,同时还分出人手对火场外围的群众进行紧急疏散。马队率领攻坚小组在水枪的掩护下,深入火场内部进行人员搜救。与此同时,外围观察哨侦查的时候报告了一个令人头皮发麻的消息,火势马上就要蔓延至城中村丁字路口。那里有一家烟花爆竹专卖店,仓库囤积着大量易燃易爆品。于是再次分出宝来他们小组火速前往丁字路口架设移动水炮阵地,对正在朝着烟花爆竹专卖店蔓延的火势进行堵截。

只听轰隆隆几声,爆炸还是发生了。高温顺着城中村那些串联在一块儿的铁皮屋顶缝隙窜到烟花仓库。只觉得整个火场抖了一下,火焰停滞了三秒,然后烧得更加旺盛。这样的爆炸并不同于一般的爆炸,它是噼里啪啦连续不断的,能听得出先是小鞭噼啪响，高升炮咻咻尖叫，然后是二踢脚砰砰的，最后是绚烂的烟花集中爆发，咻咻咻地带着优美的图案和色彩从各个窗户冲了出来。各种烟花爆竹的混响集中起来的时候，就是轰隆隆的巨响。那声音有点儿像矿场爆破，闷沉沉的，威力巨大。

爆破发生的时候，整栋楼前后左右晃动了几下，然后一屁股就栽坐了下来。

我能清晰地听到我的心跳，我朝着爆炸发生的方向喊："宝来你个灰孙。"

其实我是听不到我在喊什么的，我的耳朵在蜂鸣般尖叫。

探照灯下，我在烟尘弥漫的废墟中看见了宝来，他从一堆碎砖头的缝隙中艰难地挣出来。宝来满脸都是厚厚的烟尘，双眼通红，眼角渗着血渍。宝来颤颤巍巍站了起来对我做了个鬼脸，指着身后的废墟艰难地说："快救人。"然后宝来转身跟跟跄跄朝着废墟走了几步，他不自量力地想搬起一块砖头，弯下腰的时候哐当一声整个人栽了下去。爆炸发生的时候，高速飞行的物体击中了宝来的头盔。我歇斯底里地朝宝来喊："宝来你个灰孙！"喊得有些泄气，两腿有些发软，不过这次我站得踏实没有一屁股坐下，因为我知道还有事情没干完。爆炸的发生，加快了火势蔓延的速度，半个城中村已是一片火海。

附近几个消防救援站的战友也赶过来支援，几十辆消防车将城中村围住，架设水炮为城中村制造了一场倾盆大雨。马队率领内攻的攻坚小组呼吸器告急，退出来换人，火场内部的高温已经让攻坚小组的组员脱水几近休克。参谋长指挥说："江河海，你们小组顶上。"我斩钉截铁说："保证完成任务！"马队更换了呼吸器之后坚持还是由他带队，参谋长瞪大眼睛说："老马，你不要命了？"马队斩钉截铁地说："还是我带队，我熟悉情况，以防他们进去之后瞎摸。"于是我们拖着水枪跟着马队开始了第二轮战斗，内攻的任务其实已经交给了赶来支援的其他消防救援站的战友。马队在无线对讲时下达的任务是深入火场开辟通道，挨个楼层挨个房间搜救被困群众。不恋战，讲究快和准。

搜救过程中我们遇到被困的王晓慧一家，海成的母亲在隔壁楼着火的时候打开窗户查看情况，被从隔壁楼窗口喷出来的火焰燎伤了眼睛看不见了。王晓慧先把孩子送下楼之后再回去背她婆婆，从六楼背到四楼的时候往下的通道就被火势堵死了，恰好遇到我们开辟通道的搜救组。我卸下呼吸器戴在海成母亲的鼻息处，弯腰就要背她下楼。可海成母亲不让，眯着眼睛摸着我的脸说："别管我，先去救其他人。"这时候我才顾不了那么多，扛起海成母亲就往楼下走。送至楼下，我立即转身要返回火场的时候，王晓慧喊我："江河海，我在这里等你回来。"我想转身回答一声，但是我没有转身也没有回答，我的战友还在火场中战斗。

我们攻坚小组的搜救工作进行到六楼的时候，水枪里的水呛了几下忽然就停了。无线电对讲中得知是因为一楼发生垮塌压住了水管，目前正在组织清理。没有了水枪，楼内部的火势又迅速蹿了上来，马队呼叫了支援，率领我们从楼道暂时退到了房间。

这个时候建筑北侧凹字形的底部中间位置发生液化气罐爆炸，又是轰隆一声碎裂响动，西北角的阁楼坍塌。我们攻坚小组被困在了六楼房间，扒拉着墙壁随着楼房一同倾斜。马队又在对讲机上呼叫了好几次紧急支援，得到的答复却是消防通道被垮塌的房子堵着，云梯车进不来，最好的方式是撤离到楼顶天台等待救援直升机。可往楼顶天台撤离的通道早已经是一片火海，房间的门锁因为高温的缘故根本打不开。况且如果将门打开，门外的火势蹿进来遇到氧气，又是一场剧烈的爆燃。

所以最好的方式只剩一个，那就是在原地等待，第三轮内攻救援小组正在赶来。

我们在房间里搜寻一切可用的物件用来堵门缝中不断冒进来的烟，可堵来堵去还是徒劳无功，更多的浓烟来自天花板。我们想扒在窗口呼吸，可城中村这该死的握手楼，窗对面那栋楼也在剧烈燃烧，浓烟滚滚正朝着我们的房间灌。吱呀一声，那是火烧塌了承重墙，楼房的倾斜还在一点点加大，在噼里啪啦的燃烧中我们可以听见混凝土内部钢筋崩断的声音。

我们攻坚小组在楼房的三角区挤在一块儿，能见度其实已经很低了，我们趴在楼板上脸贴着地才能勉强看清彼此的轮廓。我的耳朵贴着马队的呼吸器面罩，我听见马队对着对讲机断断续续说："用干粉，不能再用水浇了，否则这楼随时会散架。"

其实这个时候我觉得我有必要提醒马队："你那对讲机早就在卧倒的时候摔成了八瓣。"

可一切都只能是潜意识，我压根说不出话来。说话是一件很费氧气的事，我的空呼机在卸下来给海成母亲戴的时候就已经报了警，现在早已经成了摆设。我的大脑在缺氧状态下早就一片空白，这样的空白是悬浮着的，身子轻得可以飘起来，脑袋坠在地上足有千斤重。

这一年多来消防训练所接收到的常识在重复警告我——你就要死了，无论你接受与否。

我在意识完全丧失之前艰难而缓慢地朝着马队扭过头来，拼尽全力说："马队，我对不起你。"

我想这是我最后做的一件有良心的事。

我坠在地上的脑袋也轻飘飘地升了起来，我以为我死了。

死了，就换了个环境。起码这个环境里不再有带毒的浓烟和稀薄的氧气，当呼吸不再是奢侈，我张开鼻息大口大口地呼吸。然后我再次坠入梦中，梦中还是有那么多蛇群和鼠群，它们从烈火和浓烟中涌出来。它们在我面前急停，然后我们进入持久的对峙。我都已经死了，再无恐惧，我歇斯底里地喊着："来呀，都来吧！"一张一张的鼠头蛇脸都幻化成我的样子，鼠头露着龅牙，蛇脸吐着芯子，我也无比嫌弃我这张丑脸。我有点儿后悔死前没有留下遗言，如果能留，那肯定是追悼会上无须瞻仰我的遗容，因为那真的是不好看。

我挥起拳头向鼠群和蛇群发起了冲击，"我早就不怕你们了。"

击退了蛇群和鼠群，其实也就击碎了一个漫长的梦境。梦境被击碎的时候，我在医院的病床上醒来。床单白得灼眼，我偏了偏头望向另一侧的心电监测仪。几条曲折的线条一波跟着一波往前走，这个时候我只想随便抓个什么人过来，问问我为什么还没死。实际上我是没办法做到的，我感觉全身的骨头都被擂碎了，稍有动作就锥心刺骨般疼。

感受到疼，我确认我没死。

我没死，可是马队死了，准确地说，是壮烈牺牲永远不在了。

我让人推着我去看了他最后一眼，火场的高温使得马队植上去的半张脸皮起了卷儿，殡仪馆为他修整遗容的时候留下的针脚像是爬了一脸的蜈蚣。我稍有好转之后躺在病床上见人就咆哮："我这条贱命都能救回来，怎么马队就死了呢！"好几次我把照料我的小护士给吼哭了，我知道我不该这样的，她们把我归为英雄，每时每刻悉心照料。

于是我只能对着中队的人吼，终于还是吼来了真相。刘指导员淌着泪水，浑身颤抖着说："马队，马队把他的呼吸机摘了罩在你脸上了。"这样的真相，其实等同于让我死。既然我还苟活，那肯定是生不如死。王晓慧抱着小海成来医院看望我的时候我已经能下床走动了，她进了病房我俩相对无言，直到小海成用哭闹打破沉默，王晓慧才红着眼眶看着我，"马队的事大家都很伤心，你也想开点儿。"我喉头耸了几下说不出话来，我把注意力转移到小海成那儿，我朝着小海成伸出手，"让叔叔抱一下。"小海成伸出娇嫩的小手抓了抓我的脸，我在想如果这小家伙会说话，他肯定会对我说："你走开，我才不要你抱。"

我和王晓慧去看宝来的时候，我把小海成抱在脖子上骑马玩，小家伙尿了我一身。王晓慧急忙把小家伙抱过去，"怎么能在叔叔头上撒尿呢。"我乐呵呵地傻笑，"没事，童子尿大补。"宝来这家伙属蟑螂的，送往医院的时候脑出血，心脏停了两分钟，起搏无效后医生都掐着表等着给他宣判死刑，这家伙愣是重新活了过来。只不过宝来再也干不了消防员了，伤了大脑之后，动作略显笨拙，手脚不协调。我们去看他的时候，他正站在墙根捧着一块镜子练习大笑。不知是哪个医生支的招儿，说大笑可以刺激大脑产生脑啡肽。宝来笑着对我们说："我就说我被阎王爷收走的概率低吧。"我咧了咧嘴哽咽了一下没搭话。我们离开宝来房间的时候，宝来继续捧着镜子大笑，笑着笑着突然开始号啕。

烟花仓库爆炸的时候，整个突击小组就宝来一个人活了下来。

烈士回家的那天，几乎整个城市的人都自发地赶到灵车必经的路段肃穆相送，这一天我第一次看见我爸哭。他胸脯剧烈起伏，咬紧牙关呼吸急促，眼泪大颗大颗从眼眶迸出来。我妈买了一货车元宝纸钱准备烧了让马队带下去花，我爸怒目圆睁朝着我妈吼："就别拿活人的那套去硌碜死人！"

马队的遗像被挂在我家墙上，头七那晚上我和我爸在河边给他放河灯。河面上来风的时候，莲花状的河灯打着旋儿越漂越远，河面上闪烁的烛光星星点点。

我爸跟我说："我们欠他的，永远还不清的。"我沉默了很久，说："我知道，我是还不清的。"河面上的风刮着刮着夹杂了沙，我的脸上挂满了泪水。我的梦境逐渐清晰了起来，这梦漫长极了，一做就是二十年。梦里有蛇群鼠群，还有王晓慧、李海成、马队，还有我们整个中队战友们出操时候的火焰蓝。其实我是不善于抒情的，其实我知道这并不是梦，那都是我一直在逃避的残酷现实。我想起来了，其实我从来没有忘记。

我一直以为我忘记了。

马队的老婆挺着肚子上楼回屋的时候，我一个人待在院子里玩。一楼的仓房窜出来几只大老鼠，其中一只嘴里还叼着一颗刚偷来的大白兔奶糖。我说："该死的老鼠快滚开。"一只老鼠停了下来，回头挑衅似的望了我一眼。我那个气啊，从兜里掏出几个小鞭点着了朝老鼠扔过去。

小鞭一共扔了四个或者五个，砰砰砰响了三声。一楼的那堆杂物冒烟的时候我抬起头，一条蛇率先从屋檐逃逸，舞着S形的优美曲线从我的头顶飞跃而过，重重地摔在地上蜷缩成一团，翻了肚白。冒起的浓烟越来越白，越来越白，扑哧一声橙色的火焰蹿了出来，越烧越大。所有隐匿在屋里的老鼠一股脑儿从浓烟中惊慌逃出，地上全是密密麻麻移动的黑点。一只老鼠的脚心踩过我的脚背，凉冰冰的。我听见浓烟之中有剧烈的咳嗽，然后转作声嘶力竭的呼喊。我抬起头的时候整栋小楼都被大火淹没在其中，我看呆了，或者我根本没意识到发生了什么。

在马队牺牲后的很多日子里，我问过我爸爸很多次："马队知道吗？因为我。"

我爸说："当然。"

从"纵火者"到救火者：爱与奉献中的救赎
——评《流淌火》

安殿荣

作为九六年出生的傣族作家，李司平的小说处女作《猪嗷嗷叫》甫一刊出，便以其诙谐的写作手法和对当下生活的深刻认知引起了广泛关注，还被王蒙先生点赞，称"嗷嗷叫"是奇文，李司平是怪杰。处女作即获如此高的赞誉，难免让人忧心其后续创作出现乏力现象。《流淌火》可以说给关注他的读者吃了颗定心丸，不但在题材上有所拓展，将视野转向具有很强专业性的消防行业，同时仍然保持了具有李司平特点的充满野生力量的行文风格。

《流淌火》将故事发生地设置在人员复杂、到处私搭乱建的城中村。小说开篇，一个二十几岁还会尿床的混世魔王出场，作者用很大篇幅写尿床对"我"和家人的折磨，并以"我"的故事为主线，穿插交织着消防队马森凯队长、"我"的前女友王晓慧及她的现男友消防员李海成，以及"我"的战友宝来等人物的经历。作家对英雄人物的书写没有采取正面强攻，正如小说的标题——《流淌火》——以水的姿态来命名火，整篇小说的讲述也呈现这样一种反差：以主人公混不论的处世态度写消防事业的严肃；依靠消防员舍生忘死的英雄气概来治愈尿床青年的内心隐疾，既写了主人公的个人成长史和精神救赎史，又塑造了平凡中见伟大的消防队伍，刻画了可亲、可爱、可敬的消防英雄。

在短视频大行其道的直播时代，整个世界都变成了一个超级文本，每个人都可以成为时代的记录者，这给作家创作带来极大的挑战。"太阳底下无新事"，那么如何讲述，以及传递什么样的价值观念，对于作家来说就变得尤为重要。谢有顺先生在其批评文章《内在的人》中谈道："现代小说和传统小说不同，它深入的是现代人的内心世界，写的是人类内心那种极为隐秘而细微的经验，那种不安、恐惧、绝望，根植于内在的人——这个内在的人，是一种新的存在经验，也是现代小说最重要的主角。在这个内在的人里，作家追问存在本身，看到自己的限度，渴望实现一种存在的超越，并竭力想把自己从无能、绝望、自我沦陷的存在境遇里拯救出来。而如何才能获得救赎，这就不仅是一个文学话题，也是一个宗教话题。"小说《流淌火》的主人公诚如上文所言，是个内心深植绝望，而又表现得玩世不恭、企望获得救赎的青年，这个形象的设计也是小说的巧妙所在。当主人公混不论的处世态度迎面遇到消防员们大无畏的牺牲精神，就产生了神奇的化学反应——救赎的光亮正来自消防英雄的谅解和牺牲，唯有爱和奉献可以疗愈主人公的心理隐疾。

小说里对消防队有个形象贴切的比喻——创可贴。"消防队是一个城市的创可贴，大到火灾、洪涝、塌方、车祸现场，小到马蜂、毒蛇、钥匙扣卡手、下水道卡腰，都需要消防队的及时救援。"这是消防队之于城市的功能，然而对于主人公来说，消防队在"我"精神隐疾的治愈上也产生了创可贴的效能，当马森凯队长看到"我"走不出尿床（心理隐疾）的困扰，感叹道："我多想往你的命根子上，贴个创可贴。"事实上，不断走近消防队，直至成为其中一员，让主人公得到了治愈，成为一名正式的消防员后，他尿床的毛病成了过去式……主人公被逐渐治愈的过程，是沉睡迷茫的内在不断苏醒的过程，是从纨绔生活转向有意义的生存的过程，是不断靠近和融入消防队伍的过程，是一个由异质化到同质化的过程。这个过程其实也为我们了解一个普通消防战士的成长提供了某种参照。结尾城中村的大火，掀起了小说的高潮。宝来还是那个最勇往直前的冲锋者，"我"也跟随小组进入了火海，还把呼吸器让给了海成的母亲，在"我"奄奄一息的时候，马队又舍命救下了"我"……小说结尾谜底也终于揭晓，原来爆发在"我"童年的那场大火，是因为"我"点小鞭炮驱赶老鼠酿成的，也因此造成租户消防队马队长身怀六甲的妻子葬身火海，"我"的父亲因失火罪入狱，而"我"却对这段经历选择了逃避，但始终被尿床的毛病折磨着。小说其实提出一个非常宏大的话题，即面对死亡如何活着。在死亡的逼视下苟活变得没有尊严，寻找价值感才是活着的意义。因此，历经二十年的时间，主人公从一个无心的"纵火者"成长为一个消防队员，在爱与奉献中完成对自己的救赎。

小说的动人之处还在于刻画了消防英雄群像。消防队的队长马森凯，带兵严格，出任务时是出了名的不要命，"有一年马森凯救一个要跳楼的女孩儿，抱着那女孩儿从十八楼的空调外挂台一直坠到了二楼，幸亏腰上系着安全绳。下坠的时候马森凯紧紧将女孩儿护在怀里，安全绳上的两人摆了个弧线撞在楼房外墙上，马森凯的半张脸在急速下坠的时候被擦得血肉模糊。"在城中村的大火中，马队把生的机会留给了"我"，自己壮烈牺牲了；还有王晓慧的男朋友李海成，在出任务时被切割机切断了手指，因为自己成天火里冲水里蹚，觉得亏欠晓慧，甚至想将晓慧让给我照顾，后来牺牲在化工厂的大火之中；还有宝来，他曾亲眼看见烧焦的消防员父亲被抬出火海，但仍然选择当一名消防英雄，在危险关头，他总是冲在队伍最前面；还有很多无名的消防员，他们每天进行着紧张的体能训练、定期开展消防大比武，看"我"摔了一跤，嬉闹着围上来开展现场教学，练习心肺复苏……这些淳朴、可爱、勇敢、无畏的消防员，时刻准备着为保护人民的生命财产安全奉献自己的一切，包括生命……他们是《流淌火》留给我们的难忘形象。

明日派对

周嘉宁

后来我的很多朋友都会记得二○○○年九月八日，罗大佑的大陆首场演唱会在上海举办。据说北京有几千人南下，包揽了前一夜的K13号列车。列车上，青年彻夜长谈，站在接缝处的风口抽烟。多年以来，这番集体记忆不定期回涌，那天和谁在一起，坐在体育场的哪个位置，散场以后去哪里迎来清晨。然而在当时，我和我的那些朋友，谁都还不认识谁。

那天我本该去大学报到，却因为收到电台寄来的演唱会门票而推迟了报到时间。我填报的第一志愿是上海大学计算机系，等了两拨通知书都没有我，第三拨的时候收到了，被调剂到南京一所学校的通信专业。这个结果虽然比预想的更为糟糕，却也合情合理。最后一个学期我的成绩徘徊于年级下游，表面还保持平静和努力，内心早已处于随波逐流的状态。夜晚等家人入睡，我便拨号上网，游荡在各种聊天室和论坛。有时候早晨醒来已经过了学校的出操时间。那段时间午夜电台开播一档新的音乐节目，片头一段海菲兹演奏的幻想曲序章之后，主持人说："一道浪总是连接着下一道浪。我是你们的朋友张宙。"我每天都听到尾声，有时感觉自己是唯一接收到电波的人。

拿到录取通知书的晚上我给张宙写信至凌晨，但具体写了什么印象全无。两星期以后我收到来自电台的回信，信封极为单薄，打开以后里面放着一张罗大佑演唱会门票，我把信封里里外外看了好几遍，很遗憾，没有找到任何其他信息和字迹。票是最便宜的，舞台侧面的二楼山顶。我第一次去体育场，走错看台，翻山越岭找到自己的座位，坐下不久，旁边挨着的女孩核对暗号似的问我："你也是张宙的听众吗？"

"是啊！"我高兴地说，立刻和她握手。

"我叫王鹿。"王鹿说着从自己的手腕摘下一根荧光环，扣在我的手腕上。舞台的灯光亮了几次，又暗下去，呼喊声便像浪一样涌来涌去。突然响起钢琴声，罗大佑出现在舞台一角，我们从山顶看下去，他在一小片白色光斑中，黑衣黑裤，而他的影像被投射在半空巨大的屏幕上，旁边是天空里一轮真实的月亮。前排一个人突然流泪到簌簌发抖。我和王鹿抬起手来，我们手腕上的荧光环是粉色和蓝色的，像两片浅浅的星云。

散场以后我和王鹿被人群冲散，又在出口相遇。我问她怎么回去，她说走回去。她在戏剧学院念三年级，走得快一点，一个小时能回到宿舍。于是我和她一起走。从体育场出来的人正倾巢往衡山路迁徙，我们一会儿走在这群人中间，一会儿走在那群人中间，前前后后的人扛着成箱成箱的啤酒，背着吉他和音箱，如过境的候鸟，最终消散在沿途的酒吧和卡拉OK里。过了衡山路以后没多久，深夜的林荫路上只剩下我和王鹿。

"你也给张宙写信了吗？"我问王鹿。

"是啊。我大部分同学都跟着剧组在外地拍戏，我没戏拍，成天在宿舍听电台。"王鹿说。

"你是表演系的？"

"我看起来太普通，总有人感到吃惊。"

"不不。"

"中戏的导师说我在精神面貌方面和章子怡很像。"王鹿自嘲。然而事实完全不是这样。王鹿比我高一大截，卷发柔软蓬松，五官浅浅的，脖子很长，像辽阔的草原上罕见的动物。穿着牛仔裤和短袖衬衫，脖子和手腕上系着钥匙链、手机链、五颜六色的小珠子、编织带和丝带。她的气质复杂混乱，举手投足间却没有一样多余的动作。我根本不好意思盯着她看，又忍不住一再看她。她是我见过的最好看的人，仿佛穿越虫洞突然坠入我这一边的世界。

"我打算明年去考中戏的研究生。"王鹿又说。

"你要去北京吗？"

"是啊。反正我毕业以后也没其他事可干。"

"我从没去过北京。"

"那你得去去，北京就相当于是旧金山。"王鹿相当确定地说。

我们在戏剧学院门口道别，交换了手机号码。之后我赶上了末班车，回到家里已经凌晨一点，打开收音机时发现张宙的节目结束了，轻柔的室内音乐将一直播放到清晨。我身体疲惫，精神亢奋，整晚做着光怪陆离的浅梦，直到第二天清晨被我爸喊起来，他从单位借了辆面包车送我去南京报到。我坐在后座，旁边绑着我的自行车。出了高速收费站不久，我意识到这是我第一次离开上海，但内心毫无波澜，很快睡着了。半途醒来，看到发电站遍山的白色风车，昨夜王鹿给的荧光环还扣在我的手腕上，但已经不再发光，只是一个黯淡的圆环。

我们在中午前到达南京，学校在玄武湖旁边，挨着老火车站，很小，只有一栋教学楼，没有操场，从外表看不过是个普通的机关办事处。我爸本想陪我待一晚，但我不想伤感，报到完毕便赶他返程，独自回到宿舍。晚上我像往常一样塞好耳机，打开随身听，然而同样的波段上没有海菲兹的序曲，只有空洞遥远的沙沙声。我才想起来，在南京接收不到上海的电台，张宙的电波被阻隔了。我在黑暗中给王鹿发了一条短信："救命啊，我被流放了。"

收到我的求救之后，王鹿断断续续为我录下张宙的节目，攒到一定数量便寄到南京。每盒磁带侧面都贴着标签，认真写有日期。王鹿写的字，笔画的折角像昆虫细小的关节。这些磁带成为我最珍视的东西，我将它们整整齐齐摆在床头，想象自己正在为几百年后人类文明的考古保存下声音的碎片，我和王鹿也因此缔结了坚固的友谊。

之后王鹿去了好几趟北京，参加中戏举办的讲座和戏剧工作坊，联络导师，准备冬天的研究生考试。中戏附近都是和她一样在等待和寻找机会的人，她在那里结交了一群浪漫的朋友，令我相当羡慕。我们有时在MSN上聊天，她行踪不定，常常连续几天杳无音信，再出现时往往刚从有趣的地方回来。水库，山，草原。她还在郊外的派对上遇见过王朔和崔健。这些事情我愿意听她讲上几天几夜，但中间总被打断，有男孩来找她借书，或者有男孩来找她听音乐。我不知道那是否是同一个男孩，我问过，却记不得她是怎么回答的，我想她同时在和好几个男孩谈恋爱。

为了与王鹿聊天，我每天都去隔壁网吧，时间一久便与管理员潇潇成了朋友。潇潇原本是邮电学院的，退学以后白天在网吧做管理员，晚上在俱乐部打工，同时还在准备托福考试。有时我和他一起乘车去山里，坐在被雨水侵蚀的石桌边聊天，天总是很快就黑了。再后来即便去上课我也忍不住半途逃跑，和潇潇去山边或者城墙。我们像恋爱一样相处，但因为潇潇计划第二年去美国念书，所以谁都没有明确这段关系。我偶尔和王鹿说起潇潇，并且忍不住把自己废物般的生活描述得更具诗意。

王鹿好几次喊我去北京找她。冬天的时候她说去什刹海滑冰，春天的时候她说飞檐走壁的朋友们在四合院的屋顶烧烤。我内心憧憬，却始终没有行动。我们再次见面已经是一年后，暑期结束，王鹿从北京回上海，顺道来南京逗留一晚。我问潇潇如果有朋友来南京，应该带她去哪里玩。

"上海来的朋友吗？女孩吗？好看吗？"潇潇问我。

"戏剧学院表演系的，你说好看不好看吧。"

"趁天还没凉下来，你们去紫霞湖公园游泳吧。"

"去游泳？"

"你去了就知道。我向你保证，你和你的朋友会永远难忘。"

我带着王鹿在宿舍放下行李以后，去军人俱乐部玩，从第一家音像店一直看到最后一家，避开了白天最热的时间。然后我们买了便宜的游泳衣，坐公交车来到中山陵。按照潇潇的说法，我想当然地以为紫霞湖公园里面有一个露天游泳池，结果尾随两个戴泳帽的老头沿小道进了公园，惊讶地看见巨大一面绿色的湖。四面环树，背后靠山，体力好的青年赤条条爬上湖边的水塔，挨个往水里跳，溅起朵朵水花。而湖面上起起伏伏的，都是五颜六色的泳帽，和划动的手臂。我和王鹿高兴到大声叹息。

我们在干净的公共厕所里换好了泳衣，绕着湖走了半圈，找到一小块平坦的草地，放下书包和脱下来的衣物，迫不及待地下水。脚底的石子尖利，淤泥温暖，王鹿蹬出两朵大水花潇洒地游了出去，溅我一头水，我也赶紧跟上。水温比我想象中低，但是阳光照在肩膀上还是烫的。我在水里笨拙地伸展身体，重新适应新的视平线。亭子里有人在拉手风琴，树上挂着白色的鸟，不时浮起一层金色的水雾。

我游泳很烂，只会狗刨，无论多么奋力地蹬腿，却总在相同的地方打转。王鹿就厉害多了，她爬到水塔上往水里跳了两次，第一次是抱膝跳，第二次是并拢双臂俯冲入水，像一头捕食的水鸟。等我气喘吁吁爬上岸以后，环顾湖面找她，她正眯起眼睛仰面浮着，不时抬起一侧手臂往后画出一道弧线，长长一次呼吸之后，再抬起另外一侧的手臂，朝着湖心的方向缓缓漂流。

太阳落山前，我和王鹿在厕所的洗手池里冲了头发，洗了泳衣，然后找到一棵不高不矮的树，把泳衣平摊在树杈上。空气仍然温暖，四周笼罩着一层极其不真实的浅色霞光。半空中绿色的小虫和嗡嗡的蚊子成团成团撞到我们身上，我们不停拍打着双腿和胳膊。游泳的人陆陆续续从水里出来，坐在岸边休息，铺着塑料布打牌。我和王鹿都饥肠辘辘，去小卖部买了酸奶和蛋糕，大口吃完，仰面靠在书包上，等炙热的风吹过来，把头发和泳衣一起吹干。

"你是怎么找到这个好地方的？"王鹿问我。

"潇潇告诉我的。"

"潇潇现在算是你的男朋友吗？"

"我也不知道，情况总是有些不清不楚。"

"但是他知道这么好的地方，一定会是很好的男朋友啊。"王鹿说着又想起重要的事情，从书包里掏出一本《音像世界》来，翻到最后一页给我看。是广播电台青年主持人比赛的启事，规则很简单，录制一段二十分钟的节目，主题不限，和报名表一起寄到电台。

"我们一起参加吧，我一看到这个就想到你，我们就像平常那样聊聊音乐。"王鹿说。

"但是我做不好。"我虽然这样说，却把那则启事看了一遍又一遍。王鹿很快说服了我。天黑以后，我们收拾好东西，在山里走了长长一段路，坐公交车去潇潇打工的俱乐部借录音机。起了一点风，风依然是烫的，把头发和皮肤都吹得干燥清洁。等车的时候，王鹿从裤子口袋里摸出一包中南海，给了我一根，潮潮的。我没抽过烟，那个时候却因为心里涌动着的热情，觉得非抽不可。后来我们站在车厢靠窗的位置吹风，穿过隧道以后，是月光下的玄武湖。我趴在栏杆上，感觉自己在一场梦里，我想这是因为王鹿，似乎与王鹿在一起，四周万物也随之如梦如幻。

防风林说是在南大隔壁，其实坐车到南大门口还要再走上二十分钟，在一个居民小区里。经过夜晚芬芳的植物，以及一段混合着霉味和湿气的地下通道，便是防风林。这里一半在地下，一半在地面，原本是仓库，被改造成了俱乐部，走进去便是缓坡，摆放的东西和人都处于随时会倾塌的状态，直到坡底有一个小小的舞台，放着一套蒙灰的鼓架，看样子很久没有正经演出了。我只在刚认识潇潇的时候跟着他来过一次，当时有两三桌人围在一起打扑克和喝啤酒，潇潇说他们都是老板的朋友，一群诗人和导演。但是在我看来，那里烟雾腾腾，和棋牌室没有两样，后来就再没去过。

然而和王鹿一起就不一样了。等我们的视线适应了昏暗，王鹿便置身于一堆破烂中间热情惊叹："这里好像后海。好像伍德斯托克。"我和潇潇明明知道这里和后海或者伍德斯托克毫无关系，但我们看到王鹿高兴，也都不由自主地高兴起来，就好像自己也和平时不一样了，自己成了后海、伍德斯托克的主人。

但是潇潇那天晚上确实看起来有所不同。不是说他的外貌，他还是那样，理着过时的郭富城头，身上所有的衣服和裤子都嫌短，像是从别人那里借来临时穿一下的旧衣服，但是干净平整，连同他的球鞋，都像是洗过很多遍。我分辨不清是因为王鹿的存在，还是我以王鹿的眼光来重新审视他，觉得他一贫如洗，又绝对纯洁。连同周围的环境也变得不同。我挪开几个潮湿的靠垫，找到一块干燥的地方坐下。风扇吹出的热风把墙上糊着的报纸吹得哗哗响，视平线上方有一排扁扁的窗户对着外面的街沿，从那里透进夜晚微弱的光。

我告诉潇潇我们要参加电台主持人比赛，潇潇也很来劲，他从破烂堆里找出一台双卡录音机帮我们录音，多年没人用过，但插上电源以后功能完好。虽然录出来的音质糟糕，充满环境噪音，但潇潇认为很酷，表现出青年的风貌。后来我们一起看了一九九四年的香港红磡体育馆演唱会。这场演唱会潇潇和王鹿都断断续续看过好几遍，只有我第一回看，感动得浑身起鸡皮疙瘩。

"我在杂志上见过一张照片，他们演出完了从香港坐飞机回来，个个意气风发，在飞机上抽烟喝酒，东倒西歪。"潇潇说。

"飞机上也能抽烟喝酒吗？"王鹿问。

"我没坐过飞机。但那是一九九四年啊，我觉得一九九四年你想做什么都行。"潇潇说。

"这张碟很难找，我以前是在学校资料室里看的，你是从哪里找到的？"王鹿问潇潇。

"朋友离开南京前给我的，他送给了我一箱影碟、唱片和一件皮夹克。这个朋友后来去了上海的电台就再也没联络过。不知道你们有没有听说过张宙。"潇潇说。

"张宙啊！"我和王鹿惊呼。

"他那么有名吗？"潇潇也吓了一跳。

"也不完全是这样。"王鹿说。

"张宙在南京待过吗？"我问。

"他当时在艺校当文化课老师，每天晚上都来防风林。"潇潇说。

"那是什么时候？"我问。

"三年前。我刚刚来到南京。"潇潇说。

我和王鹿还有更多问题，然而潇潇使劲回忆了一番，也没什么可说的。

"他对任何事都不太积极参与，纯粹在这里耗着。但我想他也做了一些努力。"潇潇说。

"什么努力啊？"我们问。

"努力摆脱颓废和高兴的气氛。我也不知道我想的对不对。"潇潇回答。

一个月以后，我和王鹿出乎意料地收到来自电台的复赛通知，复赛在电台进行，当场抽签决定主题，十五分钟即兴主持。复赛当天我和王鹿在广播大厦门口见面，换取了临时出入证以后，按照指示来到一个椭圆形会议室里等待。会议室里摆着沉重的桌椅，沉闷严肃，和普通办公楼没有两样。之后陆陆续续来了二十个人，年龄相仿，聊起来全是电台迷。有位男孩背着吉他一路从西北赶来，他辗转各地参加比赛，风尘仆仆，滔滔不绝。我们好几个人一起溜出去找地方抽烟，推开防火门以后来到楼角的露台。从那里能看见高架上转弯的车辆，一大片绿化带，一大片工地。我们站在大风里，现实退得远远的，大家趴在栏杆上，突然都有些感慨，谁都没再说话。

回来的时候我放慢脚步走在他们后面，走廊的对面是几间录音室，亮着工作中的红色指示灯。那里的光线更为深沉，空气的质感和频率也都有细微的变化。后来的复试在其中一间录音室里进行，玻璃对面坐着三位面试老师。我从耳返里听到自己的声音，第一次感到心中有了不想失去的东西。原本十五分钟的限定时间，我和王鹿超时十分钟，才终于被坐在左侧的主审老师打断。那位老师辨认不出年纪，穿着男式工作夹克，看起来既像是科考队员，又像是吉卜赛人。整个过程中她始终与我们保持着眼神接触，又温柔又坚决。之后她又特意起身来到门口，郑重地与我们握手道别。

离开广播大厦的时候外面下着秋天的雨，地铁工地的巨型挖掘机器都停工了，灰尘伴随雨水落下。我和王鹿皮肤发烫，心里怀着脆弱的希望，谁都不敢说出来。我们在雨里走了很长的路，来到王鹿的宿舍，擦干了头发。王鹿泡了速溶咖啡，剥开橘子，打算整夜与我聊天。临近午夜我们坐在窗边，一边抽烟一边听张宙的节目，王鹿的眼睛里充满奇想和果断，我的心里也迸发着同样的情感。然后我们谈论起张宙的事情。他的年龄，他的身份，他在南京的情形，他曾经的和现在的生活。其实以上这些我们一无所知，像谈论虚构一样地谈论他，其实更像是在谈论我们自己。

"我这个人，从没有过什么好运。"我说。

"别这么说，我想所谓好运，就是专心致志的愿望终于得到来自宇宙的回应。"王鹿回答。

然而我和王鹿没能再等来好运。不久我在新一期的《音像世界》杂志上看到比赛的结果，那位西北男孩得了第一名。另外附有一篇关于他的采访。采访中提到比赛结束后电台给了他一档真正的电台节目，让他担任主持。但是他离开上海以后去了北京，跟随一支纪录片摄制组深入内蒙古草原，将在那里游历半年，因此没有回来领奖，并且放弃了节目。

我给王鹿发去长长的消息，她接连几天都没有再回复我。倒是潇潇考完了托福，打算回到青岛的老家准备签证资料，顺便去青岛玩两天。他问我要不要一起去。我立刻答应了。几天以后我们上了火车，我的书包里带着几盒张宙的磁带，一盒讲披头士，一盒讲库斯图里卡，一盒讲一九六八年登月。我听了一路，潇潇则和邻座大哥下了整晚的象棋。后半夜的窗外什么都看不见，我和潇潇来到车厢的衔接处抽烟，模仿在飞机上抽烟的摇滚明星，却被列车员阻止了两回。

到了青岛以后潇潇带我去了朋友家。朋友和女友住在工厂宿舍楼里，他们几个都是高中同学，那两个人高大好看，像谢霆锋和张柏芝。下午潇潇和男孩们去参加厂里的足球比赛，女友骑车载我去啤酒厂玩。整个城市像是建造在连绵起伏的山上，大雾缭绕，遇见上坡就跳下来推车，爬到坡顶再俯冲直下。路上她和我说起不少中学往事，她说没有人会不喜欢潇潇。我们在短暂的时间里变得很亲密，回来的路上两个人都已经喝了不少啤酒，还买了扇贝和螃蟹，全是活的。

傍晚男孩们也回家了，他们洗澡，洗衣服，洗菜，吵吵闹闹，像过节一样。我们用芝麻酱和芥末蘸蔬菜和贝肉，刚炸好的小鱼，脆脆的，裹着椒盐。电脑音箱里播放着粤语流行歌曲，我听他们叙旧，讲厂区里精彩纷呈的江湖斗争。宿舍已经开始供暖，吃着喝着不得不把窗户打开，还是觉得很热。于是我们轮流去楼下小卖部买啤酒，啤酒从桶里直接灌进塑料袋提上来。我和潇潇一起去，要穿过煤渣操场，空气又冷又干净。我们各自提着一袋啤酒，泡沫细小洁白。

后来大家都喝多了，却浑然不觉，每个人说话的语气都认真缓慢，真诚无比。潇潇担忧9·11对签证的影响，又花了很长时间讲述他的计划，但因为这些事情日后无一实现，以至于我全都没有记住。只是当时的气氛难忘。我们四个人促膝坐在一盏小小的灯泡下面。他们问我，潇潇去美国以后，我要怎么办。这样的关切是具体和实在的，令我的消沉化为乌有。

第二天醒来是下午三点，房间已经收拾得干干净净。他俩去上班了，我和潇潇决定出去看海。外面刚刚散去一场雾，又湿又冷。我们缓缓骑着自行车，半途看到路边有辆面包车的车窗上竖着的牌子上，写着崂山水库，潇潇停下来问司机去不去水库。

"你们要去水库玩？"司机探出脑袋打量我俩。

"是啊。去转转。"潇潇说。

"天冷了没人去水库啊。"司机说。

"那你做什么生意呢？"潇潇说。

"到那里都超过五点了，天黑了，什么都看不到。明天早上再去吧。"司机说。

"明天还有明天的安排。"潇潇说。

"那就下次再去啊。等夏天再去。有什么可担心的，水库总是在的啊。我给你们留个联系方式，你们下次来了就找我，我带你们去一些只有我知道的好地方。"司机说着，递给我们一人一张名片。我们把名片收好，又继续骑车，翻过一个陡坡以后突然来到海边栈道。太冷了，只有我们两个人走在栈道上，四面八方都是海，岸边的浪泛着白色的泡沫。这是我第一次看到海，然而我不知怎么的，感觉乏味，不为所动。

"你去过水库吗?"我问潇潇。

"小时候每年暑假我爸都会带我去水库游泳。"

"和紫霞湖比起来怎么样?"

"水库比紫霞湖美多了。"

"不会吧!"

"那里过去是很深的山谷,后来放水淹了,露出水面的只有一小部分山峰和礁石,而深深的水底下全部都是山体和巨石。你能想象吗?"

"哇。那不是水底亚特兰蒂斯吗?"

"差不多就是那个意思吧。"

我们路过小卖部,潇潇停下来买了烟和一小袋槟榔。然后我们在礁石堆的尽头找到一块干燥平坦的地方坐下,抽烟,嚼槟榔。很多人提着水桶在退潮的泥滩上捡海带和搁浅的贝类。有一小束太阳光突然穿过云层落在海面。我感到暖和了一些,于是花了很多时间,想着水底的事情。

晚上我们四个又见面了,找到一间人满为患的小饭馆吃了晚饭,潇潇特意点了新鲜的海带给我品尝,其他每样东西也都相当好吃。吃完饭以后男孩们提出要去海里游泳,走到海边又觉得水温太低。我们在黑暗的礁滩上站了一会儿,很快被迅速涨起来的潮水逼得节节败退。

从青岛回来以后我消沉了好几天,再去网吧才发现王鹿给我留了十几条消息,我的手机欠费停机,她一直没能找到我。王鹿解释,电台的欧老师联络了我们,就是那位在录音室门口和我们握手道别的老师。得奖的西北男孩离开以后,留下一档节目的主持人空缺,电台试了几个备选方案,皆不理想。欧老师说这期间她曾数次想到我和王鹿,但是各方面的不确定性又让她不断打消这个念头,最终是什么促使她联络了我们,我想她一定排除了众多阻碍。她的说法是,"比赛的结果非常可惜,之后我思虑许久,始终难以忘记你们两个人。"王鹿反复向我转述这句话,认为这是她听过的最动人的评语,我也是这样想的。

欧老师冒险将那档节目托付给我和王鹿。我们将作为客座,从新年的第一个星期开始主持节目,每周一傍晚首播,周四早晨重播。节目是录播,欧老师担任监制。接下来我们得在元旦之前录制完成三期节目,因此还剩下不到一个月的准备时间。潇潇听到这个消息非常激动,当天晚上便回到防风林把张宙留下的一箱唱片整理出来,转赠给我。两天之后我回到上海,而这箱唱片成为我们节目最初的曲库。

接下来的两个星期我住在王鹿的宿舍,用电脑光驱播放和选择音乐,决定主题,写稿,反反复复将时间与声音的匹配精确到秒,这期间还夹杂了好几次令人难忘的长谈。王鹿表现出强悍的专注,而我应该也产生了同样的精神热度,以此来抵御无时不在的自我怀疑。外面经历了一场寒流,我们靠着一台巴掌大的取暖器,不眠不休,像鸟一样吃一点点东西。

录制当天我和王鹿提前去找欧老师，她的办公室在广播大厦六楼拐角处，资料和文件堆成山，每座都在崩塌的边缘。欧老师不知从哪个角落钻出来迎接我们，依然披头散发地穿着工作服，像是很久没有休息过，却热忱地张开双臂欢迎我们。她这样的人啊，应该出现在旷野。我忍不住快步走上前去，拥抱了她。

之后我们在录音室和剪辑房里度过了艰难的十二个小时，完成三期录制，这期间欧老师和上次一样，全程坐在玻璃的另外一边。休息间歇我们三个人一起在露台抽烟，底下的城市像一部庞大优美的机器，四周办公楼的玻璃反射出不同层次的光，直到高架桥的路灯在五点准时亮起。难以想象，我们未经训练的声音和想法将被传播到如此坚固有序的城市里。

"我俩是因为张宙的节目认识的。"王鹿说。

"张宙啊——这么一说，完全不意外。"欧老师笑起来。

"但我们说好了不要在风格上受到他的影响。"我说。

"哈哈。我不是这个意思。张宙这人是个散漫分子，和他约好见面的时间总是见不到，跟他一起工作令人非常困扰，我在生活中对这样的人避之不及。但他确实有迷人的地方，我认为他可以说是在创造自己广播语言的人，这一点我尊重他。你们也是这样的人，在创造着广播语言，但你们现在肯定还没有意识到。"欧老师说。

"你说的广播语言是什么？"我问。

"广播是音乐、人声和其他声音的结合。文字的逻辑经过声音过滤之后形成新的语言，至今为止这种语言也没有被标准化，所以没有规则需要遵循。在使用这种语言的人都应该去实践新的可能性。以达到——其实我也不知道要达到什么。"欧老师说。

"感人。"我和王鹿说。

"我听你们的比赛录音，被你们无意识使用着的语言感动，感到青春珍贵。所以你们会拥有自己的听众，他们也会产生和我相同的感受，这方面，我非常相信自己的判断。张宙也是这样被我找到的，我们在南京的一个俱乐部里见面，他那时正下定决心要改变生活。"欧老师说。

"你也去过防风林吗?!"我叫起来。

"哦，那个跟棋牌室一样的地方。"欧老师说。

"哈哈哈。"我们都笑。

"你们来参加比赛不会是为了见到张宙吧？"欧老师说。

"不不。我没有想过要见他。"我说。

"我也没有。"王鹿说。

"张宙这个人啊——"欧老师在思考着用什么样的形容词。

"他对我们来说，就像是没有形态的波段。"王鹿这么说，我却觉得她像是在描述她自己。

离开广播大厦的时候是晚上十点，寒流已经过去了，天气稍稍回暖。我和王鹿筋疲力尽，说不出话，但精神亢奋，没法就这样分开，于是沿着夜晚的高架桥往市中心走。整条淮海路的车停滞不前，我们才意识到这已经是一年的最后一天，大家正从四面八方去新天地参加新年倒数。树木上悬挂的灯，响亮的噪音，巨大的霓虹，现实世界如此强烈地唤回我们身体的知觉。饿坏了。我和王鹿在便利店里买了关东煮和饮料，坐在路旁吃。

　　"我以后都不会再去北京了。"王鹿告诉我。

　　"为什么，因为电台的事情吗？"我很吃惊。

　　"不不。是导师把名额给了其他人，之前说好的事情突然变了卦。"

　　"这是什么时候的事情？"

　　"复赛之后不久就接到了导师的通知，我又去了一次北京，但其实无济于事。他说今年的情况比较特殊，希望我能理解，如果我能等到明年的话，他一定把名额替我留好。"

　　"你是怎么想的？"

　　"我想啊，去他的吧。"

　　"是啊。去他的。"

　　"但从北京回来我还是消沉了一阵，也没有回复你的消息，直到接到欧老师的电话。"

　　"我明白。我在想不知道张宙那时遇见了什么样的事情，下定决心要改变生活。"

　　几个要去狂欢的男孩从便利店出来，站在路边和我们搭话，打断了我们的交谈。他们分给我们啤酒和烟，问我们要不要一起去倒数。但我和王鹿都心不在焉，想着其他更为重要的事情。王鹿将一只耳机塞进我的耳朵里。

　　"调响一点，听不见。"我说。

　　王鹿把随身听的音量调到最大——张宙在电波里说："将过去的留在过去，明年见。"

　　我们的第一期节目播出当天，我返回南京办理退学事宜。鉴于我的成绩和考勤，在办公室里说出我的想法时，我想在座的几位老师也终于松了口气。接下来的退学手续办得相当顺利，直到全部处理完毕我才告诉家人，我的父母在电话里叹息一番，我想妈妈应该还是哭了。事情是如何发展到这个地步的，我其实一点也不想去探究。最后我们都平静下来，商量好了回家的时间。当天晚上我去防风林找潇潇。防风林里正在播一部法语黑白电影，讲两个男孩爱上同一个女孩，字幕配得牛头不对马嘴，但画面很美，有海，有石头雕像，后来他们三个人在山坡散步，高高的草长到他们的腰间，被风吹得倒来倒去。我和潇潇吃了泡面，因为没有其他客人在，于是把这部电影看了两遍。

　　我把退学的事情告诉了潇潇，他大惊小怪地说："你干吗学我？"

　　"别自以为是。"

　　"那为什么退学？"

"你那时不也非要退学不可？"

"我以前是一个非常愤怒的人。"

"哈哈哈。"

"你笑什么？"

"因为我一点都没感觉到。"

"你这个人粗心大意，你能感觉到什么。"

"我感觉你又温柔又脆弱。"

"听起来都不是好的形容词。"潇潇想了想说，"你是来道别的吗？"

"算是吧。"我也想了想。

"我有个礼物要送给你。"潇潇起身，拖出十几个纸板箱，里面塞满不知哪个年代的印刷物、信件、照片、杂志和书，唱片和影碟全部没有塞在正确的纸套里，拨开这些，还有棋盘，模型，印章，昆虫标本，鸟的骨骼。潇潇解释说都是客人们留在这里的，从来没有被处理过。他在遗迹般的垃圾里找了很久，最后找出一沓装在信封里的照片。照片是在一场冬季的烧烤派对上拍的，应该就在五台山体育场后面的荒地里。天色昏暗，每个人都穿得很多，炭火的火星被风吹得到处跑。

"这里。你看。"潇潇从里面抽出一张照片递给我。

"这是张宙。那天晚上也下雪。他从很远的地方过来，来的时候已经喝了很多酒，不知道为了什么事情特别高兴，脱了衣服在雪地里跑了一大圈。"潇潇说。照片里的那个人穿着牛仔裤，光着上半身，站在一盏灯下。灯光在他的头顶形成一抹光晕，盖住了他的整张脸。

"怎么样，和你想象中一样吗？"潇潇问我。

"你是说这个看不见脸的人吗？"

"我很难形容，但是他确实就是这个样子的。"

"嗯。我明白。"我想确实就是这样。

几天之后爸爸开车过来接我回家，进入上海之前，我们在高速休息站停下来买水和面包，坐在车里吃。爸爸打开收音机，我猝不及防地从电波里听到了自己的声音。我的声音清脆果决，与想象中完全不同。我和爸爸都没有说话，两边的重型卡车从我们身边开过去，天暗了下来，车前灯照着道路两侧墨色的冬青树。我怀里抱着书包，张宙的照片被我夹在一本书中，放在包里。我感激爸爸的沉默，我和他一起听完节目，中间放了一首王菲的歌，爸爸也跟着轻轻哼唱。

再次回到电台时，欧老师从桌子底下拖出一只装满信件的纸箱，里面的信件都是节目播出以后听众写给我和王鹿的。于是我们抱着纸箱，找到一个没有人的会议室坐下，面对面拆信，再互相交换，气氛既忐忑又动人，一直持续到黄昏。这些信热忱奇异，推荐新的唱片，讲述恋爱和日常生活，毫不吝啬地表达喜好和憎恶，大言不惭地谈论美和哀愁，并且邀请我们同游。我们各自彻夜回复，第二天去台里，又收到更多。

不久之后我和王鹿从网上搜索节目的相关反馈，发现有人为节目制作了一个网站。所谓网站其实只有一张静态页面，点击进入以后是论坛，没有分区，所有帖子都堆积在同一个页面。网站的建立者和管理员叫小皮，他的头像是一只穿着皮夹克的卡通松鼠。我和王鹿立刻注册了 ID，我没有用节目里的名字，也没有用自己的名字，那段时间我热衷于在不同的地方给自己起不同的名字。而王鹿无论在哪里都叫王鹿，我想那是因为她原本的名字就像是虚构出来的。最初论坛里活跃的用户没有几个，常常只有我、王鹿还有小皮同时在线。小皮给我们的节目提了不少有用的建议，并且畅想以后论坛会成为安迪·沃霍的工厂。我和王鹿都没听说过，小皮解释说就是一个收容各色人等的地方，把每天都过成一场派对。我没参加过任何派对，却觉得这个想法很动人。之后我们三个人在论坛里越聊越多，越耗越晚，天总是早早就亮了，窗外的空气里都是初春植物的甜味。我睡觉的时间很少，却精神抖擞。有时候半途醒来再进入论坛看看，那里空空荡荡，所有的话题却都停留在我们离开的时候，一句话都没有消失。于是我继续睡，感觉我们的友谊热烈深沉。

等天气稍微暖和了一些，王鹿提议一起去见小皮。我们对于现实中的小皮所知甚少。他在上海大学的理科试验班读三年级，比我小一岁，中学时期连跳两级，在编程比赛拿过冠军，是不常见的天才少年。以上便是所有信息。但谈论抽象的事物恰恰是我和王鹿所擅长的。其实我们对小皮都有所期待，却彼此不好意思承认。但王鹿比我更喜欢小皮一些，她对小皮怀有显而易见的遐想，她忍不住一再向我提起他。我想他们之间有一些我所不知道的连接，无论王鹿在北京失去了什么，正在缓缓修复。

我们约在戏剧学院门口见面，小皮从一辆出租车里钻出来，站在马路对面，毛茸茸的短发，穿着黑色羽绒服和蓝色球鞋，害羞地低着头，左右张望，脚步却毫不迟疑地朝我们走来。我和王鹿笑起来，我们谁都没有想到，小皮是一个女孩。

我们和小皮都花了一些时间去适应彼此在现实中的面貌，但我想谁都没有感觉失望，很快便恢复了忘我的交谈。小皮过分宽大的羽绒服不时轻轻擦到我或者王鹿，与我们之间建立起来的一切相比，误解和错位实在微不足道。而小皮依然是小皮，无论如何都很吸引人，我想王鹿肯定也已经感受到。

我们跟随小皮坐轻轨来到杨浦的厂区，她要带我们去排练房认识几个朋友。从轻轨站出来以后，无遮无拦的马路两旁，吊车像巨型雕塑一样肃穆。我们走了很久，来到化工厂附近一处防空掩体的入口，斜坡粉刷成浅绿色，又深又宽，卡车都能开得进来，拐过直角弯道之后才真正来到地下。走廊两边是方形隔间，大小不均，或明或暗，被用作职工宿舍，网吧，台球厅，卡拉 OK，VCD 出租摊。空气潮湿，墙壁发霉，地面渗水，每次以为走到尽头，就会在直角转弯之后来到另外一片一模一样的区域。有一间服装厂占据了好几间房间，成百台缝纫机同时工作，发出近乎轰鸣的噪音。作战指挥部便在服装厂的后面。

"作战指挥部"是一块手写的牌子，推开三四十厘米厚的石门，是一间一百平方米的房间。不见天日，没有任何分隔，里面除了乐器和音箱外，还有一台少见的PS2游戏机，摆着两张行军床，电炉和电饭锅，很多书和唱片，几箱啤酒，几箱方便面和几箱卫生纸。墙上留有二十世纪六十年代的保卫标语，也贴着二十一世纪的唱片海报。两个男孩从成捆的电线后面钻出来，都留着不长不短的头发，穿紧身牛仔裤和球鞋。他们见到小皮很高兴，大呼小叫着互相比画了几个武打动作，打闹了一番。小皮介绍说他们是京和陈浩。

　　京在莫斯科大学念书，但这个学期没有回去，他的宿舍遭了火灾。楼太旧了啊，每天都有很多事情要担心，他说。他在莫斯科有一个女友，可能是北方人，也可能是俄罗斯人，他自己不肯谈论这些，即便问他他也不说。反正他不打算再回莫斯科，文凭也不要了。他想去暖和的地方，广州或者东南亚。他有一点生意头脑，想去亚热带地区做生意。而且他高大好看，常常遇见好事，他自己也知道。我很羡慕他，我对莫斯科毫无概念，但我对冷的地方总是充满想象。陈浩普通得多，他从美院毕业以后没有去搞艺术，而是在一间动画公司上班，工作枯燥重复，但是对此他毫无怨言。大部分时间他沉默寡言甚至显得闷闷不乐，但我想他只是对大部分事物缺乏兴致。他对摇滚极有钻研，知道不少冷门知识，但每次突然摘下他的耳机，会发现他其实都在听张震岳。他还养着一只漂亮的绿色小鸟，小鸟正自由自在地在我们脚边走动。

　　"这里总有很多人，朋友带来朋友。有时候我过来，推开门谁都不认识。"小皮说。

　　"你们怎么找到这个地方的？"王鹿显然已经被指挥部迷住了。

　　"我们本来在旁边的厂里排练，我有个亲戚在那里上班，得根据他的时间进出。后来厂里保安租了防空洞做二房东，拉我们过来看看。我们刚来的时候，这里整片区域还是空的，这间房间面积最大，还保留着整片区域的防空地图和资料，关上门以后与世隔绝，月租只要三百块。"京说。

　　"哇——"我们感叹。

　　"我们还在这里做过演出，没开始就被举报了。"京说。

　　"突然拥进来一百来个像你们这样的人，换谁都会举报。"小皮说。

　　"我们啊，算是社会上最无害的那种人了。"京说。

　　"要是从这里一直往深处走，最后会走到哪里？"我问。

　　"据说整个上海地下的区域与区域之间都是相互连通的，理论上可以走到任何想去的地方。也有人说从这里往南走的话，最终会来到龙华机场，是战备时期的撤离路线。"京说。

　　"你们就不想走去那里看看吗？"我问。

　　"走着走着就没法再走了，前面的路用水泥封起来了。"京说。

　　"其实再往深处走也都差不多，没有什么稀奇的。"陈浩说着，伸出手去，小鸟跳进他的手心，然后他让小鸟站在王鹿的肩膀上，又切开一片橙子让王鹿拿在手上喂它。接着京和陈浩玩了一会儿乐器，王鹿也加入他们的和弦，在电子键盘上弹奏，出人意料的动听。不知什么时候京和陈浩都停了下来。于是我们所有人一动不动地听王鹿弹琴，小鸟依偎在她的颈窝，用毛茸茸的额头蹭她的脸。

见过小皮之后，我和王鹿几乎每天都去指挥部。那段时间里陈浩公司的日本老板突然跑路，他假装上班，实际每天从家里跑到指挥部，打游戏，逗鸟和炖肉。陈浩炖肉特别了不得，撒很多香料，再放萝卜、土豆和白菜，炖很长时间，配一大锅米饭，或者用剩下的汤汁煮面条，在场的人都能分得到。等他一开锅，行军床上睡着的人便醒过来，随便摸一件其他人的外套穿上。我想压根就没人排练，所有人只是借此耗在一起，将私心杂念抛于脑后，共同度过一些坦率而毫不拘泥的时光。偶尔大家也倾巢出动，通常是去大自鸣钟淘唱片，去五角场看演出，或者去公园里打枪战。每天我从那里离开，坐上公交车，打开车窗，含一颗薄荷糖，想尽量散去身上的烟味，其实根本没用。想到第二天又会见到所有人，依然在同一个地方，不由感到既厌倦又快乐。

"为什么我感到那么开心啊！"王鹿常常感慨。

"因为你向来热爱脱离现实的集体生活。"我想，后海也好，防风林也好，指挥部也好，自足且浪荡，对王鹿来说没有根本性的区别。我还想，一旦陷入这种快乐，再想摆脱似乎非常困难。

但我确实在指挥部接受了填鸭式的摇滚教育，我们有时会连续几个小时听唱片，总有人在中间急切地插话——"嘘嘘，听这里，我觉得这里是特别好的一段"——我们为了一些不知是否存在的细节把音量一再调大，再怎么噪，地面上的人也不会听见。我开始将国外音乐网站上面的资讯翻译成中文，起初只是为了在论坛和指挥部里分享，后来在欧老师的推荐下给《音像世界》杂志写专栏。我写得不好，主要是没有什么值得一说的想法，相当羞愧。但当时我和王鹿都太穷了，虽然有电台的工作，却都不是正式员工。每期节目的酬劳是固定的，一百二十八元，两个人每月一共能赚五百块。不管怎么说，写稿的收入能让我们多买几张唱片。

我们那段时间总是在讨论钱，所有事情都需要钱。有一天陈浩在轻轨下面的电子市场看上一台调音台，他回来告诉我们，他还想要配齐话筒、耳机和卡座，有了这些设备之后便可以自己录制样带，林林总总要三千块钱。他要出去赚三千块，就撺掇小皮和他一起出去赚钱。他们打了一圈电话联络朋友，没几天就找到了工作。两个人爬在梯子上画马路边的宣传壁画，五米高，每天从早画到晚，一个月以后赚到五千块。拿的是现金，装在信封里。

京每天决心十足地出门寻找机会，但我们知道他只是在游荡和结交新的朋友，他擅长与各种人打交道，过分热情，很容易被卷入各种没谱的事情，全情投入着，耗费大部分精神。偶尔赚到一些钱，他便毫不在意地挥霍，他买昂贵的日本牛仔裤和乔丹球鞋，也买二手的进口乐器。全部都是一时兴起。指挥部里有很多他的东西，他买了放在那里，不久就忘记了。他最有钱的时候买回一台最新型号的苹果电脑，我们十分震惊，因为他根本不用电脑，而且指挥部也没有网络。我们有时候用那台电脑打游戏，但很快就没人再愿意打开它。后来机箱发霉了，被当作茶几，放烟灰缸和杯子。

情况最严峻的是王鹿，她即将毕业，没法再继续住在宿舍里，看了几处房子之后索性放弃，开始像筑巢的鸟一样，不时搬运一些东西到指挥部，不知不觉地在指挥部住了下来。然而我们有一段时间谁都没意识到王鹿住在指挥部，她几乎没有生活必需品，也不占据空间，而且不久之后，她在京的介绍下加入一支乐队担任键盘手，很快因为技术出众而声名在外，被好几支乐队争抢。于是她同时加入了三支不同风格的乐队，从一个排练房赶往另外一个排练房，迅速建立起另外一种我所不了解也未曾参与的生活。接着王鹿跟随乐队去北京、南京和西安演出，我们在录音室见面，她常常从很远的地方回来，风尘仆仆，神采奕奕，在节目里讲述山脚下的音乐节和五湖四海的新朋友。我和听众全都听得入迷。我们的节目一期一期地持续着，在电台年中发布的收听率排行榜上，奇迹般地在流行音乐类别中位列第三。

我和王鹿得到一大笔奖金，这确实让我们都松了一口气，除此之外，欧老师还为我们拉来一笔赞助做听友见面会。我和王鹿想借此机会举办一场演出。这个想法在指挥部引起轰动，我想令我们多数人神往的并不是演出本身，而是与朋友们一起度过法外之徒的时光。在山里，在海边，飞沙走石，彻夜狂欢。

"我们的演出可不可以叫明日派对？"王鹿问我们意见。

这个名字立刻打动了所有人，而且一旦有了名字，原本模糊的愿望便显现出具体的形状。京联络了六支乐队，跑了好几个排练房拼凑出整套现场音箱设备。陈浩与土鹿分头从各自学校的舞美班找同学帮忙搭建舞台和布置灯光。而最困难的任务是寻找合适的场地。小皮从家里弄来一辆铃木小货车，接下来每天开车载着我们出去，越开越远。有几次我在车的后座睡着了，醒来的间歇，干燥温暖的风从四周涌进来，男孩们手肘撑在车窗外面抽烟，远处工厂的烟囱喷出洁白的烟雾。最终我们在长江口找到一片湿地，那里旁边是弃用的学农基地，里面有操场和营房，操场的领操台虽然风吹雨淋，底下木质结构疏松溃烂，却足以改造成舞台。而且这片地方足够遥远，需要费一番工夫才能到达，无论做什么都不会被干扰和限制。

基本问题解决以后，我和王鹿向电台报备演出方案，联络学农基地所属单位租借场地。单位隶属政府部门，我们通过欧老师以电台的名义出面交涉，没想到对方极为热忱，除了不收取场地费用之外，还主动提出要派遣几名工人帮我们搭建舞台，铺设电路和搬运垃圾。唯一的要求是将他们作为活动的协作单位。我和王鹿怕他们反悔，赶紧答应下来。八月连续两场热带风暴。我们在暴雨中去基地看场地，如我们所担忧，树木被吹倒一片，操场变成沼泽。回到指挥部以后，我们熬过了两个担惊受怕的夜晚，等台风过境，我们重回场地。现场一片植物和泥沙的残骸，但是阳光干燥，操场的水塘闪闪发光。第二天凌晨，陈浩和京与工人一起搭载卡车运送器材入场。

接下来的一个星期，我们每天清晨出门，各自带着清洁工具，在指挥部见面，再一起坐小货车去基地。最后连营房的公共厕所都用消毒水冲刷了一遍。傍晚等工人撤走以后，男孩们在煤渣操场上踢足球。后来电源接通了，几盏卤素大灯砰砰作响，放出白色的光，音箱将电流的声音放大至半空。我想造梦也不过如此。

派对前最后一天的傍晚，万事俱备，我们几个人离开基地，来到湿地的深处，成片成片的芦苇像迷宫的墙，江面上庞大的货轮如史前动物般寂静无声地移动。京提议烧烤，于是他和陈浩掏出随身携带的小刀钻进树丛，很快便在空地里围起石头和树枝，升出一小堆篝火。我们其实根本没有食物，但火苗蹿得很高，我伸手抚摸空气的热流，感觉脱离现实。之后男孩们带着bb弹手枪钻进树丛里枪战，小皮也加入其中，我和王鹿留在火堆旁用随身听听音乐。他们偶然从树丛里跑出来，在枯叶里翻滚，我们在远处看得出神。后来小皮回到我们身边，头发上和衣服上沾着草和泥土。我们用篝火点烟，同时往火里扔各种东西，树枝，草皮，笔记本上撕下来的纸，仔细观察火的形状和灰烬消逝的过程。我想我们似乎都借此终结一些事物，但具体是什么却说不出来。然后我们像往常在论坛里那样，进行了更为深入的对话。直到男孩们玩累了，从小皮的货车里拖出来两箱不知道放了多久的炮仗。我们来到江边浅滩，几次就快要被大风吹倒。天色暗了，还有最后一缕粉红色的霞光。我们面对黑暗的水面，将点燃的爆竹抛向空中，又将小小的焰火攥在手里。

王鹿说这时应该许下愿望，京嘲笑她，但其实我们都认真地静默了片刻。我心中没有什么具体的愿望，我希望美好的时光与友谊一样长存。这时沉闷的巨响伴随迎面一股有力的气流，我几乎往后退了一小步，江面的浅浪似乎都被击碎，耳膜的振动又持续了几秒，然后现实世界的声音才渐渐地再次清晰起来。

"×。是谁放的炮？"京绊倒在地，破口大骂。

"这箱是什么破炮。我刚刚是不是差点死了?!"陈浩还在震惊中。

"哪有那么容易死啊。"小皮说着，找到了爆炸物的残骸。陈浩刚刚点了一个雷王。我们缓过来，开始大笑，无论如何也停不下来，笑到纷纷倒在地上。远处我们的音箱在空无一人的操场播放舒曼，既颓废又灿烂。

明日派对在暑假的最后一天如期举行，学农基地的上级单位特意安排了一辆大巴往返公交车站接送。从中午开始大巴陆陆续续送来两百多个人。起初大家都有些拘谨和羞涩，彼此保持着一段距离，站得笔直，又因为难以压抑的热情而轻轻晃动身体。但这个地方衰败迷人，植物烂漫芬芳，令人不知不觉成为乐园的一部分。随着日照温度渐渐退去，气氛松动起来，不少人核对暗号，报出论坛的ID，在树林边和操场上握手相认，交换唱片和书籍。我和王鹿也见了好几位未曾谋面的论坛好友，他们和我们分享带来的食物，传递香烟和啤酒，进行更为深入和专注的交谈。我们得以在现实中见面，却仿佛置身于比抽象更为抽象的地方。

夏日最后一缕阳光消失以后，舞台两旁的大灯砰地打开，照向黑黝黝的树木和深蓝色的天空。京和陈浩的乐队做了暖场表演，人群迅速聚拢到舞台周围。我站在远处看，他们在那里就仿佛光线中的几个白点。

第三支乐队登场的时候，欧老师来了。她从电台过来，还带着孩子。我和王鹿都没想过欧老师有一个孩子，或者说我们都没有想过欧老师有另外一种生活。孩子沿途收集白色的圆石，跑到树林旁边，将石头一颗颗投掷到树林里。欧老师有时转头望着孩子，我发现她有种我不曾见过的忧虑神情。之后王鹿去后台和乐队准备压轴演出，我带着欧老师和孩子离开操场，穿过树林，来到浅滩。

"我以前读书的时候来附近的农场参加劳动，摘了两个星期棉花。我也和同学溜到外面，跑了很远，怎么就没能找到这么好的地方。"欧老师感慨。

"我们的运气好罢了。"我回答，"我总在想眼前的一切会不会只是因为我们的好运。"

"我见过不少好运的人，好运也不会凭空而来啊。"

"你见过的那些人，他们的好运都持续了多久啊？"

"你为什么要在意这些呢。你千万不要对眼前的快乐怀有负罪感。"欧老师转头看着孩子，孩子似乎对人一点也不感兴趣，他在浅滩上找到更多美丽的石头，然后又将石头投掷到黑暗的水中。

我们重新回到操场的时候，第五支乐队刚刚结束表演，远处有人在放孔明灯，无规则运动的光点在热气中迅速升入夜空，欧老师要我赶紧回到朋友中间去。不久之后王鹿的乐队便登场了。主唱像是二十世纪六十年代嬉皮士聚会上的男孩，歌词很感人，唱得也很好，几乎每首歌的结尾他都倒在地上。于是操场上的人更加躁动，前排在原地撞来撞去，后排也使劲往前面拥，被白色的灯光照着，形成一片片的浪。而王鹿仿佛浪间的礁石，保持着稳定的节奏与姿态，那么动人。我渐渐逆着人浪退到外面，看见一个男孩在操场的边缘跳舞，形成一片完全属于他自己的空地。男孩穿着极其招摇的夏威夷衬衫和百慕大短裤，短发染成浅浅的稻草色，一手拿着可乐一手夹着烟，旁若无人，令我也很想加入其中。

乐队返场三次，最后一次返场，全场点着打火机大合唱之际，京突然侧身撑手跳上舞台，打开一瓶矿泉水浇在自己身上，然后助跑几步以后转身张开手脚，俯冲坠入人群中，没有被接住。前排的人顿时惊慌地彼此推搡，朝舞台右侧挤去，底下那些腐烂的木板在冲击下终于断裂塌陷，音箱倒地以后舞台电源被拉断。刹那间只剩下月光。我立刻往京摔下来的地方跑，其他人已经围住了他，他四仰八叉躺在煤渣地上，满口脏话，应该没大碍。但无论如何派对结束了，大家在黑暗的操场上徘徊，直到确信不会再有更好的事情发生，才陆陆续续散开，前往停车场和交通站。

王鹿陪京去了医院，我们其他人留下来扫尾。最后一班大巴离开以后，操场上还有一些不愿意离开的人在黑暗中席地而坐，想要进行持续到清晨的交谈。外面一片狼藉，我踢着空易拉罐，听它们滚动的声音，第一次体会到派对结束以后无边无际的伤感。我们在营房过夜，铺开睡袋，太累了，陈浩很快就找到一个角落，面对墙壁打起了鼾。我抽了很多烟，直到开始感觉恶心，旁边有一个女孩在和其他人讲云南见闻，我断断续续地听，非常精彩。后来隔壁营房有人弹吉他，小皮说要去那里看看，她走了以后便没有再回来。

夜晚有很多蚊子，我睡得很浅，天没亮就醒了，来到操场，工人们都还没有回来，只有昨晚的夏威夷衬衫男孩，他戴着耳机，拖着垃圾袋，一边听音乐一边弯腰拾垃圾。见到我以后，他摘下耳机和我招呼，问我想不想一起去看看日出。我们穿过树林，往浅滩走去，在水边等了一段时间以后，天彻底亮了，看不见太阳，白色的水鸟从树林里往外飞。夏威夷衬衫男孩从口袋里掏出一包饼干和一包烟给我。

"谢谢，但我再也不想抽烟了。"我说。

"我也不抽烟，烟是我捡来的，想着其他人可能会需要。"他说。

我接过了饼干，并且看清楚了他的模样。他其实没那么年轻，不能算是男孩，戴着一副塑料框的眼镜，鼻梁的镜架处粘着胶带。见我盯着他看，他推推眼镜说："上个星期和朋友去森林公园烧烤，我凑在那里仔细看炭的燃烧，结果等反应过来的时候，眼镜架都熔化了。哈哈哈哈。"他自己高高兴兴地笑起来。

"我们前几天也在这里生了火。"

"哦哦。你和你的朋友很会找地方。"

"我的朋友——"

"昨晚跳海的那位怎么样了？"

"他需要躺一段时间，但没什么大事。"

"跳海不能那么跳，得要看准时机。"他煞有介事地说。

"你怎么能叫一个跳海的人看准时机啊。哈哈哈。"我们笑了一会儿，分吃完一包饼干，回到操场。工人已经回来了，其他人也陆陆续续醒来，来到操场上活动身体。我们分配了劳动，女孩们打扫营房，男孩们在操场上与工人一起干活。后来卡车过来拖走了音箱和灯光设备，我和小皮坐在营房外面的遮阴处休息和喝水，看男孩们和工人一起收拾最后的建筑垃圾。

"京昨晚的情绪那么激烈是因为王鹿在派对开始前和他分手了。"小皮说。

"他们在谈恋爱？我一点也不知道。"

"王鹿昨天告诉我的。我也很吃惊，没有人看得出来。她希望我能去安慰京。"

"我以为他们都更爱集体生活。"

"他们确实都更爱集体生活，而且也不想破坏这种气氛。王鹿是这样说的。"

"我大概可以理解。希望京能好起来。"

"刚开始听你们节目的时候，我自己正在一段失恋期的末尾。"小皮沉默片刻说。

"你从没说过。"

"对方是一年多以前在ICQ英语聊天室里认识的女孩，英语非常好，我起初以为她也是大学生。很长一段时间以后才知道她在武汉念高三。她总在聊天室里待着是因为她不用参加高考，过完暑假就要去美国念书。我想她以为我是男孩，我总是给人这样的印象。"

"嗯。"

"我们开始网恋，而且约好在暑假见面。见面的事情我们计划了很久。"

"你们的计划是什么？"

"我去武汉找她，然后我们一起去附近的山里玩几天。是那种没有手机信号的山里。"

"浪漫。"

"是啊，浪漫。"

"她后来知道你是女孩吗？"

"我们从来没有确切地说起过这件事情，而且我们只在聊天室和MSN交谈，单纯的文字的交谈。但我想她是知道的，因为后来她消失了。在我们约定见面的前两天，她再也没有回复过消息，也没有出现在聊天室。我还是去了武汉，又像说好的那样去了她学校附近的肯德基，在那里等了三天，用各种方式试图联络她。后来她的手机终于接通了，接电话的是她妈妈，她妈妈让我不要再骚扰她。"

"太过分了。"

"我也能理解。因为我是陌生人，而且因为我是女孩。我的生活困难重重。"

"这不会是女孩自己的意愿，她肯定被家里人阻隔。"

"我也是这样想的。"

"后来你们见面了吗？"

"没有，那已经是去年夏天的事情啦。现在她肯定已经在美国了。"

"那她已经自由了。"

"我从来没有和别人说过这件事情，昨天我想告诉王鹿，但我也没能在那个时候告诉她，她有自己的事情要思考，我想以后我也不会再说。"

"你最喜欢她什么？"

"你说的是谁？王鹿？"

"不不。那个女孩。"

"美丽的大脑和敏感的心。以前我以为那是独一无二的，但现在我认识了更多朋友，你和王鹿也都是这样的人。"小皮这么说，我捏了捏她的手指。后来陈浩来找我们，手里拿着撕下来的海报和树林里捡的松果。我们都坐上最后一班返程大巴，发车前我四处寻找夏威夷衬衫男孩，我想问问他在论坛的ID，但是他不见踪影。我有些遗憾，却很快忘记了他，和朋友们回到了指挥部。王鹿和京已经从医院回来了。王鹿像是几天几夜没有睡觉，枕着书包，轻轻打呼。而小鸟依偎在她头发做成的窝里，偶尔轻轻抖动一下翅膀。

派对过后的相关讨论在论坛里持续了很长时间，大家反复回忆和调侃那一天的种种细节，总有新的瞬间成为更高光的时刻。我也不可避免地和其他人一样，想要不断延续集体幻觉，甚至还写了一篇文章发表在《音像世界》杂志上，后来却再也没有敢重读，我想那是因为被反复揣摩的快乐最终却结晶为近乎哀伤的记忆。网站的注册人数也在那段时间里激增，连续好几天的在线人数都维持在一万以上。小皮说那是一个技术性错误造成的，并非同时在线人数，而是当天在线人数的总和。但原先的免费论坛空间无论如何也已经捉襟见肘，小皮在线上发起一场募捐，没想到得到踊跃回应，我们几个也都或多或少地凑了钱，小皮用这笔钱租用了独立服务器，并且趁此机会升级了论坛。自此论坛被分隔成几个版块，不再只是简陋的聊天室。但实际上我们习惯了混乱，并没有人仔细遵循版块划分的规则。

我们节目的收听率在此之后攀升至小小高峰，自十月开始改为直播。我和王鹿原本想在第一期直播中请指挥部的各位一起来节目里做嘉宾，但是京在九月底便来到指挥部和我们道别。他终于谈成一笔大生意，要去深圳，从那里倒卖一批电子产品去莫斯科，等赚到钱以后他要去东南亚的海边生活，泡妞和冲浪——"应该是再也不会回来了"。他是这样说的。但陈浩和我们其他人打赌，下了很大的赌注。陈浩说京会在冬天到来前回来，他绝对无法再在莫斯科熬过一个冬天。

京离开之后不久，王鹿也下定决心从指挥部里搬了出来。当时小皮家里空出一间出租房，原本租给饭店的女工当宿舍，那间饭店倒闭以后便空着。房子在杨浦大桥脚下的新村里，有卫生间，煤气灶在公共过道里，租金非常合适，而且被之前居住的女孩们维护得干净整洁。王鹿搬家那天，我们其他人也都去帮忙，除尘，粉刷阳台，更换灯泡。阳台外面有一大片树木，大风刮过，便发出巨大的声响。我们劳动至深夜，坐出租车去了通宵营业的大型超市。超市里除了我们没有其他夜游的人，明亮到几乎产生回声。我们推着购物车，穿梭在庞大整齐的货架之间，随意浪费时间，反复挑选便宜坚固的物品。我也不知道这样说是否确切，但我想京的离开让我们每个人都对原有的一些想法产生了动摇，想要去终结或者开始一些事情。

因为京的缺席，我和王鹿取消了原本的安排，像平常录节目一样做了第一期直播。我们在论坛里做了主题征集，打算在之后的节目中完整回顾二十世纪摇滚乐历史。大家纷纷提供素材，有人给我们寄来稀缺珍贵的正版唱片。第一期直播做得相当顺利，我们在中途接听了两位听众来电，直到楼下监管部门的领导突然闯入录音室，厉声呵斥："你们放的是什么垃圾，立刻停止，节目停播整改。"

当时电波里正在播放的是音速青年乐队同名唱片中的一首歌。我完全不清楚发生了什么，大脑空白，眼看着王鹿果断地把音乐调低，然后用极其冷静的声音对着话筒说："对不起，刚才大家听到的不是垃圾或者单纯的噪音，而是二十世纪最重要的简约派音乐家的作品。我们无法再继续播放，再见，了不起的二十世纪。"欧老师等到王鹿把这句话说完，才彻底切断了直播，我的耳返里响起轻柔的室内音乐。我这才意识到，王鹿在哭。她用手肘撑住桌子，肩膀剧烈起伏，哭得毫不掩饰。

当天晚上小皮把事情的始末整理出来发布在论坛上，几小时之后，底下的跟帖滚动了几十页，又真诚又炽热。我和王鹿守在电脑跟前，不断刷新页面，回复消息。后半夜的论坛里，大家接连放歌，井然有序，讨论摇滚的每一波浪潮。我那么感动，却也第一次感觉到沉重的东西压在心头。到了第二天，各地的摇滚论坛都过去观摩，参与讨论，新注册用户剧增。几大门户网站的音乐频道都报道了这场风波，他们用的标题是——"这是大陆摇滚青年在虚拟世界中的第一次大型会面。"

"我们接下来会怎么样？"我问王鹿。

"节目停播。我想最坏也不过如此。"

"如果停播，整个论坛的人都要去电台门口游行。"

"感人。"

"我觉得那场游行会像伍德斯托克一样。"

"我不应该在录音室里哭。我总是这样，太软弱了。"

"不是这样的。你说的那句话激动人心，大家都会记得。"

"其实就算现在被停播也没有什么，现在结束，可能是最浪漫的。"

"嗯。就像是在战场上突然死去的年轻人。"

然而一个星期以后，我和王鹿回到电台，想象中的事情一件都没有发生。直播正常进行，除了唱片被没收之外，我们没有受到任何惩罚，也没有任何人找我们谈话。相反，不久之后，台湾的联谊电台邀请两位主持人去台北和几位年轻音乐人做一期节目，聊聊两岸摇滚乐的近年发展，欧老师决定将我和王鹿派去台湾。这期间，我们有好几次想找欧老师谈谈，但欧老师或许是完全忘记，或许是认为不值一提。有时候我们说起，她想一想，似乎并不理解我们在说什么。我想不是她不愿意与我们交谈，而是她心里想着其他事情，却不想向我们提及。直播一期期继续，再也没有陌生人闯进录音室，但我想，无论是我还是王鹿，都在等待着这样的事情再次发生。与此同时，台湾的签证流程极其复杂，但我们积极准备材料，不厌其烦地在各种机构排队，最终得以在十二月底成行。

我和王鹿提前一周来到台北，住在西门町的青年旅馆。同住的还有一对来自台南的情侣，两个日本学生，以及一个看起来已经逗留很久的美国人。旅馆便宜整洁，仅有的问题是半夜摩托车的啸叫，以及派对归来的人外放的摇滚和饶舌音乐。其他人抱怨连连，只有我和王鹿感到一切都是新鲜的，不为任何事情感到困扰。

我们每天早晨先在门口便利店买两个饭团，然后坐捷运去师大附近淘唱片。那片区域有不少开在地下室或者阁楼的二手唱片店，老板普遍为人宽厚，除了特别珍贵的版本不能拿出来，多数唱片可以试听。我们坐在地上，抱着纸板箱，各自戴着耳机，找到好东西就互相交换。电台给的津贴相当有限，我们精打细算，拿在手里的唱片都舍不得放下，常常从狭窄的楼梯爬出来，外面天光已暗，而马路上游荡着成群结队的年轻人，看起来全都像是张震岳歌里唱的那样。晚上如果不下雨，我和王鹿就带上啤酒和可乐，去旅社的露台聊天。天气不冷也不热，有些潮湿，旁边有橄榄树、柚子树和榕树。我们仔细回顾白天听过的唱片，总在懊悔没有买下的那一张，叹息着发誓，明天醒来便立刻回到店里去。

工作完成得很顺利，我和王鹿在电台节目中结交了乐队的新朋友，一个吉他手兼主唱、一个鼓手和一个什么都会的女孩。他们邀请我们去看他们的演出。演出在大安森林公园，我们早早来到公园门口与其他人会合，有点冷，但是他们扛着设备和一箱啤酒，男孩都穿夏威夷衬衫和拖鞋，女孩穿低腰牛仔裤，扎着头巾。傍晚的公园非常热闹，一大群人聚集在同一棵大树底下看鸟，我们也跟着驻足观望，有个阿伯给我望远镜，解释说一只小鸟正要破壳而出，我接过望远镜看了很久，什么都没看见。乐队演出在水池旁边的一片水泥空地，几个人分工明确，动作利落，很快就搭建好了设备，女孩摇着沙铃，塑料桶也成为打击乐，歌曲旋律无忧无虑，整伙人仿佛常年流浪的马戏团，是我和王鹿从没经历过的气氛，又朴素又疯癫。四周鸟语花香，这时候天也暗下来，看鸟的人从树下散开，又聚拢到舞台周围，台上台下的人都在喝啤酒，跟随节奏晃肩膀和抖脚，这样没出半个小时就引来两位警察。然而两位警察态度温柔，循循善诱，非但不着急赶人，反而也跟着一起晃肩膀和抖脚。于是乐队又格外卖力地演唱了两首歌才散场，把周围的垃圾都收拾得干干净净，警察和我们其他人也一起帮忙。

第二天下午他们三个骑着摩托来旅馆接我们去看飞机降落。我和王鹿坐在男孩的车后面，女孩则带着一只小狗。我第一次坐摩托车，克服了最初的紧张以后，周围风景浮光掠影，感到我和朋友都像是青春片里的人。我们在松山机场后面的荒地里打转，往返几次错过极其不起眼的标识，之后经过一条颠簸的小道驶入停机坪背后腹地，直到被铁丝网和植物挡住去路。路边零零散散站着一些等待的人。风很大，把树枝、野草和人都吹得东倒西歪。他们说天不好，云层太厚。很快所有人都朝一个方向仰起头来，有第一架飞机出现。先是远处云层里闪烁的机翼灯，接着飞机慢慢显出形状，不疾不缓地朝我们的方向接近，是一架小型的螺旋桨飞机，在大风中左右摆动着保持平衡。从头顶低低掠过时，我不由自主地俯了俯身。后来我们纷纷拿出零钱来打赌，从机翼灯来判断是大飞机还是小飞机。有时一架庞大的空中客机轰鸣着降落，大家都张大嘴巴，默不作声，仿佛置身于抹香鲸的肚子底下。

晚上我们一起去了乐队排练房。排练房在普普通通的居民楼里，电梯很窄，只能面对面容下四个人，提着乐器和音箱的话就得分批乘坐。那里原本是鼓手自己家的屋子，走廊里堆满东西，得侧身挤过，窗户和门都加厚了，四面墙壁和天花板贴满吸音棉。冰箱里都是啤酒，地上都是烟屁股。我和王鹿坐在窗边，对面的楼房窗户闪烁着各种霓虹灯广告，贷款的、卖机票的、辅导功课的。他们排练的新歌和昨天在公园的演出完全不同，随手拿起来的生活用品都被当作打击乐器，相当朋克，又极其嬉皮。窗门紧闭，噪音轰鸣，我很快就热得透不过气来，并且感到整栋楼都在摇晃。等吉他暂停的间歇，我们才反应过来，外面的人已经快把门砸烂了。开门以后外面又站着一位警察。

"你们到底什么时候才去参加比赛？又有人报警。"警察问他们。

"下个月。放心吧，等我们赢到奖金以后就去租真正的排练房。"鼓手说。

"其实我们有时候也会去乐器行排练，但那里计时收费，而且还得排档期。"吉他手说。

"你们要注意音量啊，练得那么辛苦，总被开罚单得不偿失。"警察说着开出一张罚单。他们接过罚单，然后女孩从冰箱里拿出一罐啤酒给警察，警察摆摆手和他们道别。

"我们正在准备参加一个乐队比赛，要是得到大奖，扣税以后会有十七万台币的奖金。我们每个人分一万块钱，剩下的就可以存起来当作乐队的基金。等你们再来的时候，我们肯定已经找到了更稳定的排练房。"吉他手转身告诉我们。

"你们好像赏金猎人。"王鹿说。

"这个称呼好酷。"女孩说。然后他们关闭了效果器，打开窗户。外面是马路上摩托车的洪流，他们在音箱里放起轻柔的古典音乐。

"我一点也不想回去。"我告诉王鹿。

"我也一样。"她回答。

我和王鹿在新年第一天离开台北，第二天回到电台开会。广播大厦门口全是人，保安说昨天他们也聚集在这里，不知道发生了什么。很冷，但人群安安静静的，穿得很多，席地而坐，带着吉他、海报和花，给往来的工作人员让出行走通道。欧老师在会议开始前找到我和王鹿，告诉我们张宙的节目停播了。除了持续低迷的收听率之外，主要的原因是从今年起，所有节目都将实行广告自营，简单说来，以后只有能拿到广告赞助的节目才有资格继续生存下去。欧老师向来未雨绸缪，从索尼公司为我们和张宙以及她所负责的其他几个节目拉来第一笔赞助，但是张宙在此之前已经决意离开。我们非常吃惊，因为我和王鹿依然在等待处理结果，始终认为被停播的应该是我们的节目。

"张宙接下来要去哪里？"王鹿问。

"他要和朋友去边境办学校。但他对不同的人有不同的说法。"欧老师说。

"哪里的边境？"王鹿继续问。

"我不清楚。他没有说。也可能他只是喜欢边境这个意象，他就是这样的。"欧老师说。

"外面的人是来和他道别的啊。"我说。

"没想到他有那么多听众。"王鹿感慨。

"新年夜就已经有人等在了外面，张宙的节目那天播出最后一期。但他已经走了，他早就做好了决定，之前没有和其他任何人说。"欧老师说。

"我不理解他为什么要主动结束节目，总有办法继续做下去。"我说。

"我也不能完全理解他。"欧老师说。

"我们还没见过他——"王鹿说。

"你们见过他。在你们的派对上，那天他也去了。"欧老师打断我们。

"他来参加了我们的派对?"我和王鹿都很吃惊。

"凡是派对，跋山涉水他都会去的。他很喜欢你们，和你们各自聊了天。"欧老师说。

"我想起来了。他来舞台边找我，在京摔下来之前。"王鹿说。我也想起来了，那个夏威夷衬衫男孩。

"你们聊了些什么?"我赶紧问王鹿。

"摇滚乐之类的。"王鹿说。

"还有呢? 再想想。"我继续追问。

"我那时在想着其他事情，没法专心和他讲话。他能感觉到，但似乎也并不在意。"王鹿说。

"你呢?"王鹿问我。

"朋友。我们聊了朋友和友谊。"我现在又想起更多。我们在水边，在浅滩上，太阳迟迟没有升起来，那真的是很长一段时间。我们始终都在交谈，有时候是他在讲，有时候是我在讲，一点都没有厚此薄彼。水面吹过干净的风，虽然有很多云，但光线透亮。我的饼干渣都掉在地上，麻雀过来，在我们脚边走动。后来张宙说起京的跳海，于是我断断续续地说着我的朋友，怀着显而易见的骄傲和快乐，他也说起他的朋友，但不是某个具体的人，而是一段胡作非为的被荒废的时光。

我和王鹿走出广播大厦的时候，外面的人群仍然没有散去，还不断有人加入进来。下班的人和放学的人，他们把包放下，坐在台阶上。于是我们也加入他们，气氛轻松散漫，不像是道别，却仿佛所有人都在等待一场冬日派对来拉开序幕。这时有人拨开人群，张开双臂朝我和王鹿大步走来。

"潇潇!"王鹿大叫，继而跳起来抱住潇潇。天冷得要命，潇潇只穿着运动衫和牛仔外套，和我们最后一次见面时一模一样，一贫如洗又绝对纯洁，本该出现在美国，而不是这里。我也想拥抱潇潇，但我迟疑了，然后那个时刻便过去了。潇潇坐下，从口袋里掏出烟分给我们。

"我那天听完张宙的节目就跑来电台了，想要当面和他道个别，但我想他应该是已经离开了。"潇潇说。

"这几天你一直都在这里?"王鹿问。

"前天来了，昨天也来了，今天刚刚过来。我想即便见不到张宙，也能见到你们。"潇潇说。

"我不知道你来上海了。"我说。

"说来话长。你们知道防风林转手了吗?"潇潇说。

"谁要接手那样的地方啊。"我说。

"有说要改造成书店，也有说要改造成游戏厅。"潇潇说。

"里面那些人都去哪里了？"我问。

"他们中间不少人已经离开南京了，而且他们总有可以去的地方。"潇潇说。"你呢？"我问。

"防风林的老板搞到一笔日本人的投资，在上海开了一个演出俱乐部，设备和技术人员都是从日本运过来的。我跟着他来到上海，已经是去年夏天的事情。你走之后，我就去北京了，在那里待着等签证，但那段时间里，送到美领馆的签证整个房间都被拒签。我颓废了很久。后来就来了上海。"潇潇说。

"你早就可以联络我们的。"我说。

"我知道。来到上海以后，张宙的节目和你们的节目，我一期都没错过。"潇潇回答。

"张宙在节目里最后说了什么？"王鹿问。

"他说再见。"潇潇说。

"没了？"王鹿问。

"没啦。但他那样说，你会觉得，你们再也不会再见。"潇潇说。

"其实我们都没再继续听张宙的节目了，不知道从什么时候开始的。"我说。

"那真不错。我想是因为你俩已经度过了最困难的那段时间。"潇潇说。

"是吗？"我问。

"那你接下来怎么办呢？"王鹿问。

"我嘛——我想先对生活负起责任来。"潇潇这么说，怀着乐观和忧患。我想他和以前多么不同，他在担心很多事情，但我又想，他只是在说梦话。

我们三个离开广播大厦以后一起走了很长的路，我感到潇潇走在我身边又长高了一截，也可能是更瘦了，肩膀撑住薄薄的外套，看起来像是那种随处可见的忧心忡忡的年轻人。某些时刻或者角度，非常不像他。但我想，我不应该总是拿过去的事情作为参照物，而且我很久没见到潇潇，变得陌生，也是极其自然的。后来我们来到河边。风无遮无拦，又野蛮又刺骨。我们遇见桥就翻过去，一会儿在岸的这一边，一会儿在岸的另一边。有些地方极其破败，防洪堤底下散发着尿味，天稍稍暗下来以后，水鸟和蝙蝠便在低空徘徊。路上结冰，我们走得极其小心，而且总是被棚屋、绿化带以及突然出现的路障阻断，不得不绕过小片小片的居民区，再想方设法回到河边。河流湍急，眼睛就能看见浅浅的浪和旋涡。我们交谈得越来越投入，对于周边事物变得毫不在意。

河对岸的楼房渐渐亮起灯，枯萎的芦苇大片大片倒在河边，我们在中间穿来穿去，又累又渴，终于不得不停下来，坐在防洪堤上喝水和抽烟。风小了，气温却变得更低，空气里始终有冰冷的泥煤味。我们不时站起来，跺脚，原地转圈，跳来跳去，不让自己冻僵。附近不知道哪里有篮球场，能听到叫喊和球撞击水泥地的声音，还有夜钓的人在电鱼，啪啪直响。

"苏州河里有人游泳吗?"潇潇问。

"从没见过。以前河水太脏了,现在慢慢好起来了。"王鹿说。

"那有人划船吗?"潇潇问。

"没有。"王鹿说。

"皮划艇呢?"潇潇继续问。

"你的想法都过分浪漫了。"我打断了他。

"据说有游船码头,船会沿河道行驶一段,但没人见过,也不知道是哪一段。"王鹿说。

"我们也可以这样做,自己划船,游览两岸风景,我肯定没人这么干过。"潇潇憧憬,"小时候我家有个充气艇,用打气筒充气的那种。你还记得以前有段时间吗,好像人人家里都有充气艇,暑假里我爸和我带着充气艇去水库,特别管用。"

"河里可以划船吗?"我问。

"不知道,没人想过这样的问题。"王鹿说。

"我不是在说着玩,我是认真的。"潇潇说。

"我知道。你想要对生活负起责任。"我这么说,像是在嘲讽他,但其实完全没有。

"是啊。我也觉得艰难,但我会这样去做的。"潇潇说着,似乎下了很大的决心。而我看着河水,感到就快下雪了,河面有些地方结起薄薄的冰。我不知道潇潇为什么要强调这个,他又陷入忧心忡忡的状态,为了一些我所不能理解的事情。但是我对他说:"我明白。我理解你,我也是这样想的。"

五点半以后天便彻底暗了,我们爬下防洪堤,穿过瓦砾和杂草,在附近的公交站等车。我们不知道自己到底走了多远,站牌上都是不认识的路线。随意跳上一辆开往人民广场的车以后,车上没什么人,我们占据了整个后半部分的车厢。沿途荒芜,一路都是巨大厂房,衬托着冬日的无边无际。司机有时候接连几站都不停,有时候又在一站停很久。车再次停下的时候,潇潇突然跳起来,说他要下车,然后他便真的下车了。下车以后他没走,车也没有开,我觉得那是非常漫长的一段时间。我和王鹿看着车窗外面,除了夜晚宽阔的沥青道路,和几株不知是否能熬过冬天的小小树苗,什么都没有。我想潇潇根本不住在这里,他只是非常擅长以各种方式道别。后来车终于开了,引擎震动着,潇潇站在原地点了一根烟,朝我和王鹿挥手。我又扭头看他,很快就看不见了。

春节之后我和王鹿振作起来,试图自己去解决广告和钱的问题。然而这次面对的困难与以往不同,我们向来对更为庞大的系统和结构不屑一顾,缺乏基本认知,因此付出的努力毫无章法和方向,幼稚可笑。每次与专业人士沟通之后,挫败感都在加剧,写给各类唱片公司和文化公司的邮件也没有得到任何有效的回复。我们陆陆续续去了一些酒吧和俱乐部,有时与那里的人开怀畅聊,结果他们往往比我们更需要钱和帮助。这种情况持续着,直到潇潇工作的俱乐部正式开张,邀请王鹿和乐队去演出,回来以后他们对那里赞不绝口。据说俱乐部老板野心勃勃，想大干一场，一口气签了不少乐队，给的条件相当优厚。他对我们的节目也很感兴趣，说好等到三月份，日本那边的投资人过来，我们再一起谈谈赞助的事情。但他希望我们在此之前能做出两期分量重的节目，作为谈判的筹码。

我和王鹿不喜欢准备筹码或者被人当作筹码，但张宙的节目停播激励了我们，怀着决心，与沉重的东西作战，无论如何都要坚持下去。正逢罗大佑在广州开完演唱会以后来到上海，三月初要在同济和华东师范大学做两场音乐讲座。我们向欧老师申报了选题，同时联络唱片公司进行采访。

采访被安排在同济讲座之前，我和王鹿提前到达，在教学楼的一间会议室里等待。罗大佑准时推门而入，跟随着两三位工作人员。他穿着朴素的深色夹克，精神抖擞，两手空空，我却立刻辨别出一些难忘的东西。他坐下之后又起身，打开窗户，窗户对着操场，他问我们能不能去那里采访。

于是他撇下工作人员，和我们一起穿过操场，在领操台上方的看台坐下。我和王鹿重新支好了录音设备，从耳返里能听见远远的欢呼声和口哨声。罗大佑说话的声音像一只从低空掠过的大鸟，舒展着翅膀。那段时间他搬到北京居住，往返于北京和香港之间。王鹿和他聊起北京的事情，城中村的奇崛，四处都在挖掘和建造的大型工地，但是冬天的北海公园总是那么美。说到这里，我们每个人都点了一根烟。风有一点料峭，有一点暖和。

"你还记得二○○一年上海的那场演唱会，结束之后你做了什么吗？"我问罗大佑。

"我坐车回酒店，经过衡山路，听到路边有人在合唱《未来的主人翁》，非常想要加入其中。"他回答。

"我俩是在那天认识的，在那场演唱会上。"我说。

"真的吗？友谊万岁。"罗大佑说。

"友谊万岁啊。"我们说。

直到我和王鹿离开学校，才感到自己做了一场庞大的好梦。我们内心澎湃，无法平静，于是回到电台彻夜剪辑录音素材，最终剪出上中下三集节目。除了有罗大佑的采访之外，我们还将在台湾录制的素材也加入其中。那些素材里有大安森林公园里的演出片段，朋友们在排练房和露台的聊天记录，音像店里播放的二十世纪八十年代和九十年代民谣，荒野里飞机引擎的轰鸣。等我和王鹿从剪辑室出来，清晨的马路上空空荡荡。我们在高架桥下走了一段路，没有车，工地的机器仍然在休眠中，王鹿大声唱着——

飘来飘去，就这么飘来飘去。

飘来飘去，就这么飘来飘去。

这期节目在全国广播大奖赛中获得了十佳节目的奖项。小皮将节目压制以后上传到论坛，在其他各个网站和论坛间被转载无数。有一间新成立的唱片公司因为从节目里听到台湾乐队的小样，通过我们联络他们，很快与他们签订了唱片合约。正好他们没能在那场重要的乐队比赛中获得头奖，与奖金失之交臂，于是干脆卖掉了摩托车，三个人搬到了北京，住进鼓楼附近的胡同，一边录制唱片，一边演出。正好我和王鹿要去北京领奖，便和他们说好在北京见面。

然而到了四月，SARS在北京全面暴发，学校停课，部分工厂停工，颁奖晚会取消了。接下来上海也受到了影响，政府借此对全市防空洞进行整治，扫除顽疾，驱逐了大量地下人口和设施。服装厂因为非法运营和劳工问题被整个端掉，一百台缝纫机一夜间消失得无影无踪。陈浩趁机用极其低廉的价格盘下服装厂被清空的几间房间，改造成排练房。他预言从现在起，直到奥运会，将迎来一场文艺复兴。

然而不久上海所有乐队的演出和排练都停了下来，不少俱乐部和酒吧因为生意惨淡而歇业，也包括潇潇工作的俱乐部。据说日本方面已经撤资，值钱的设备被连夜运走，之前签下的乐队除了预付款之外，没有拿到任何演出费用，滞留的员工也被拖欠了两个月工资。王鹿和其他几支乐队接连几天去俱乐部催讨演出费，但老板始终不见踪影。僵持几天之后，大家撬开了酒柜，合力喝空了那里最贵的几瓶酒。

我和王鹿也失去了原本说好的广告赞助机会，但电台领导依然重视节目所得到的奖项，几次找我和王鹿交谈数个小时，讨论未来构想。我们做出一些计划，结果却并不理想。我想，在与商业和体制的冲撞中，我们完全暴露出最软弱和虚幻的部分。不久之后，电台做出决定。首先，加大投入，将节目打造成电台青春品牌。从暑期开始，每周一三五在黄金时段直播。其次，由广告部专门负责节目的广告合作和冠名。并且，与王鹿签署正式员工合同，接下来会有另外一位有经验和声誉的主持人与她搭档。与我的临时合约将在八月底节目改版前到期，之后我不会再参与节目的制作。在正式发布通告之前，欧老师将这个决定转述给我和王鹿。她的表达相当谨慎，不断停顿，但我感激她没有对我表现出遗憾或者同情，她的温柔和决断一如既往。

"我们其实早就讨论过关于结束节目的事情。但不是以这样的方式。"王鹿说。

我和欧老师都保持着沉默。我突然意识到，我们的节目凭借好运，横冲直撞，不知不觉已经穿过重重险滩。然而我们所以为的无畏无阻终究还是幻觉和扯淡。

"是因为钱的问题吗？"王鹿问。

"钱肯定是一部分原因，还有其他考虑。"欧老师说。

"什么样的考虑？"王鹿肯定不愿罢休。

"我和你一样，不认同这个决定。但我是站在节目的角度去思考这个问题的。电台想要打造的是一个青春品牌，却在决策的过程中切割掉了青春中重要的部分。摇摆，傲慢，对具体事物的漠视，还有自蹈死地的热情。这样是不对的。"欧老师说。

"那个切割掉的部分，你说的是我吗？"我说。

"我说的是你们啊。但我想，对于你们个人来说，这样的决定无所谓好坏。你们可以再考虑一下，然后再做出你们自己的决定。"欧老师说。

"你们还记得那个得一等奖的西北男孩吗？"我问她们。

"记得啊。"王鹿说。

"有时候我遇见困难，便想象他去的地方，想象人生的其他可能性。风是怎么样的，草又如何翻滚成浪。但我现在觉得，我其实从没遇见过真正的困难。或者也有可能，最困难的时候确实已经过去了啊。"我这么说，想要安慰她们。

"你知道所有的事情都是阶段性的吧。困难啊快乐啊。"欧老师说。

"是的。我明白。"我回答。

SARS的阴影消失殆尽之后，陈浩的预言得到应验。那段时间各地疯狂举办音乐节，新组建的乐队前赴后继，他刚刚改造完成的两间排练房突然档期全满。排练房虽然装修简易，但设施齐备。一部分是京留下的，一部分是从eBay买的，都是便宜的二手进口乐器，对没有演出经验的年轻乐队来说已经足够。四十块钱一小时，学生有折扣，比在外面唱卡拉OK便宜很多。

小皮在论坛上开设了一个租赁版块，交换排练房的租赁信息，询问价格和设备。置顶的帖子里强调了排练房的规则，禁止吸烟，禁止明火，禁止私拉电线，禁止留宿。其实根本不管用。后来有昆山和苏州的乐队坐火车过来排练，一百块通宵。排练房里终日乌烟瘴气，留宿着各种流浪儿。防空洞的气氛很快变了，涂鸦覆盖了通道，更不用说遍地的烟头和啤酒瓶。有时候我们早晨回到指挥部，要穿过外面的呕吐物和烂醉的乐手。有过几次斗殴，最严重的一次从地下打到地面，招来警察和救护车。渐渐论坛里有人称陈浩为地下摇滚教父，后来大家见面都这么叫他，我们也跟着叫，觉得又好笑又讽刺。

后来有记者过来采访，拍了很多照片，让陈浩谈谈将来的规划。陈浩白嘲，说他不要做教父，他要做防空洞国王。记者也采访了其他人，但我们每个人都在扯淡。他问我们是否知道情境主义，没人听说过，以为是一种环保概念。他解释说在二十世纪六十年代的欧洲，年轻人放下各种社会关系，在城市和乡村中进行漂移实践的活动——"但这里的人不是什么主义，他们只是耗着，等待可能根本不存在的建议。"陈浩打断他。我能理解他在说什么。那段时间里我和王鹿始终回避说起与节目相关的事情，不断推迟做出决定的时间，并且不约而同地开始重听张宙的磁带。

采访接近尾声时，整片区域停电。外面哄闹叫嚣，大家打着手电，陆陆续续从防空洞里出来。我们送走记者，买了一个西瓜，坐在马路旁边吃。小皮提起她收到一份工作的录取邀请，我们都有些意外。应届毕业生受到SARS影响找工作都很困难，招聘会全部取消了，小皮其实已经有一段时间没有再投放任何简历。

"有几个程序员正在一起开发一个新的网站。如果真的做出来可能会非常了不起。所有音乐、书和电影，都能够在上面搜索到条目，也能够分享自己的感受。"小皮说。

"牛啊。你还迟疑什么。"陈浩说。

"因为办公在北京。过完暑假我就要去北京了。"小皮说。

"这样啊。"陈浩说。

"你还记得你和我们打的赌吗？冬天早就过去啦。"小皮对陈浩说。

"京嘛，这个混蛋。"陈浩说。

"我也很想他啊。我们应该给他打个电话。"小皮说。

"俄罗斯现在几点？"陈浩问。

没有人知道，但我们还是给京打了电话，那头立刻就接了起来。

"×。"京骂骂咧咧。

"你在干吗？"我们问。

"我刚刚起床，在做早饭呢。"京说。

"你早饭吃什么呢？"我们又问。

"香肠，面包，腌蘑菇和酸奶油。"他说。

"那你吃完了要去哪里？"我们继续问。"我要和朋友去贝加尔湖，我们要去裸泳。"京说。

"有女孩吗？"陈浩问。

"废话。"京说。

"哈哈哈。吹牛。"陈浩说。我想象夏天的贝加尔湖，一道浪总是连接着另一道浪，感到心都要碎了。

　　录制最后一期节目前的一天，我和王鹿打电话给潇潇，约在人民广场见面。之后我们辗转几间大型体育用品商店，终于买到一艘充气艇，热心的店员询问我们要去哪里，又附赠了划桨和救生衣。我们从出租车下来，拖着充气艇，穿过一片建筑工地，来到苏州河拐弯处一小片杳无人烟的绿汀。时间还早，我们翻过桥到对岸踩点，观察水的流向，规划了线路，给小艇充气，然后等待天黑。水鸟也陆陆续续从四处飞回，扑进水里捕捉小鱼，站在树枝上吃，不久便纷纷消失在树荫里。

"今天的天气好像我们去紫霞湖的那天。"我说。

"是啊。我最近常常想起那天。"王鹿说。

"我告诉过你们，你们永远不会忘记那一天。"潇潇说。

"那天是我人生中第一次知道什么是高兴。"王鹿说。

"那竟然是你最高兴的一天。太可悲了。"潇潇说。

"不是最高兴，是从那一天起知道什么是高兴，知道了以后，就再也不想不高兴了。为了不要不高兴，我想我关闭了与其他很多人共情的通道。"王鹿说。

"你怎么会发现那么好的地方？"我问潇潇。

"紫霞湖吗？张宙带我去的，我没告诉过你们吗？"潇潇说。

"没有。你还有多少事情没告诉我们？"我和王鹿说。

"张宙当时就住在距离紫霞湖两公里的地方，有一天我和防风林里另外一个人去他家里找他，忘记为了什么。晚上十一点多从他家里出来，他带着我们去紫霞湖游泳。也是现在的季节，风都是烫的。湖里就我们三个人，灌木丛里都是萤火虫，头顶能看到银河。另外那个人好像是诗人之类的，所以张宙一直在和他谈论诗歌。我一个人游泳，没有加入他们的对话。上岸的时候，我的一只鞋在草丛里找不到了，可能被狗叼走了。我光着脚走下山，坐公交车回到学校宿舍。你们说，经历过这样的夜晚，是不是会对人生造成一些影响。"潇潇说。

"当然了。"我说。

"我也希望夜晚再去一次。"王鹿说。

"别说过去的事情了，今天可能也是永恒的一天啊。"潇潇说。

于是我们在岸边等到晚上十点，直到对岸楼房里的灯渐渐熄灭，穿上救生衣，脱下鞋子，一起将充气艇推入河道。潇潇先跳了上去，然后是王鹿和我。小艇剧烈晃动，等我们调整好自己的位置。接着潇潇执桨，很快便找到了节奏和方向，带起有力的波纹，小艇笔直驶向河道。夜晚的水流相比白天更浑浊和湍急，我们三个的重量把小艇压得不堪重负，船舷紧紧贴着水面，小小的浪就能把外面的水灌进来。两岸是低矮的仓库和厂房，我们经过一座桥，被台风刮断的树还没有来得及被拖走，遒劲粗大的树枝卡在桥墩底下，一艘河道垃圾清洁快艇驶过我们身边，停了下来，甲板上堆着从河里捞出来的水草，堆成一个个小坡。工人蹲在船舷抽烟，招呼我们说："你们从哪里搞来这玩意儿？"

"买来的。"潇潇说。

"可真不错。"他说着，驾驶员也探出脑袋，朝我们嘿嘿直乐。

"那边的人好像是在喊你们。"工人伸出手臂，左侧的岸边有人打着手电照向我们。但是光束太微弱，中途便消逝在黑暗的河面，只能看到两枚白色光点在灌木里舞动。有人朝我们喊话，但快艇的马达太响了，我们也得扯着嗓子彼此说话。

"他们在喊什么？"王鹿问。

"喊你们回去。可能是警察，那你们就惨了。"工人说。

"不是警察，是联防队的。你们得回去，河上不让划船。"驾驶员又探出脑袋来。

"我们也没看到告示啊。"潇潇说。

"你们要去哪里？"工人问。

"前面是哪里？"潇潇说。

"吴淞，然后从苏州进入钱塘江。但是你们这船不行，去不了远的地方。"工人说。

"我们没打算去那里，我们看看风景。"我们纷纷解释。

"晚上涨潮，你们当心。我们收工了。"工人弹出烟头。

"回见啊。"我们大声说。

快艇的马达轰鸣，拖出白色的浪，潇潇叼着烟，偶尔拨动一下桨。岸边的手电筒又多出几束光，但联防队员似乎也不再着急，只是在岸边跟着我们慢慢走。有时绕过棚屋和绿化带，消失片刻，又继续出现在前方。我们停下来，他们也停下来。我们抽烟，他们也抽烟。河面的风温暖湿润，远处有一些明亮的高楼，我们被蚊子和夜晚的水雾包围，忧心忡忡，像三个劫后余生的人。刚刚逃出一场灾难，休息着，毫不费力地顺流而下，直到前方出现一个荒凉的游船码头。水里立着褪色的罗马柱，栈板腐烂了，成为水鸟休憩的地方。

"靠岸吧。"王鹿坚决地说。

"这里吗?"潇潇问。

"明天我们不是还有一场派对吗?"王鹿回答。

于是我们奋力将小艇划向岸边，潇潇探身抓住栈板的缆绳。我们三个扔下充气艇，蹚过一小段柔软的淤泥，亮晶晶的，埋着易拉罐、硬币、树叶、死去的鸟。直到终于踩在结实的地面，我心里涌起感激，回头望向河的对岸，那里有十几束手电的光，照在水里，照在树叶上。我们朝他们挥手，吹口哨，我想他们什么都看不见，但其实我们都能听见那边，也传来欢呼的声音。

书写青春的共同波段
——评《明日派对》

王秀涛

　　《明日派对》对二十一世纪初的讲述，由"我"在罗大佑的大陆首场演唱会上遇见一个美丽敏感的女孩开始。戏剧学院表演系的王鹿，正像一头草原上的鹿，无拘无束地跑进坚固有序的城市，闯入"我"十八岁离家远行的青春。王鹿和"我"因为同为张宙的节目听众而成为朋友，被动的"我"也因她逃离了原本平庸的生活。二人参加电台主持人比赛，虽未能获奖，却在机缘巧合下被选中做音乐节目，成了张宙的同行。在激情的浇灌下，王鹿和"我"迅速拥有了自己的听众，有关电台文化的书写徐徐展开，读者也和她们一起经历了一场又一场幻梦般的狂欢。

　　在荒芜又充满创造力的二十一世纪初，年轻的朋友们共享相同的波段。小说开篇的演唱会不仅连接了虚构与现实，也承载着因音乐而聚拢在一起的青年们的共同记忆。当然，《明日派对》仅仅选取了彼时无数共同体中的一小撮青年进行描摹，并用细腻的叙述将他们的生活高度提纯。摇滚乐的曲调通过稳定的无线电传向四面八方，开始普及的互联网论坛则为音乐青年们搭建了彻夜交流的阵地。在小说里，这个群体中的大多数人始终沉默，却一起见证了电台音乐节目的发展历程。高潮时刻，他们加入一场名为"明日派对"的音乐会，天亮时丢下一地狼藉意犹未尽地散去；落潮时分，他们守候在广播大厦门口，带着吉他、海报和花，气氛轻松地与业已离去的张宙道别。不难发现，这个青年共同体的具体组成是模糊的，他们背景未知，年龄不同，职业各异，像一群无根的人——即使聚焦小说中有名姓的人物，也很难发现他们成长的轨迹。《明日派对》显然无意于书写音乐青年们的"前史"，他们仿佛被定型在世纪初的一幅幅画面里，置身于历史之中却并不自觉。除了弥漫着音符的精神世界和因此而生的友谊，似乎没有值得他们一再关心的东西。

　　坚信"我"和王鹿能够"创造一种广播语言"的欧老师，是他们与现实为数不多的联系。与若隐若现的灵魂人物张宙不同，她在现实中现身，包容这些悬浮的青年，并替他们架起一座与外界沟通、和解的桥梁。在小说克制的书写中，已经成家育子却仍有澄澈内心的欧老师是一个格外通透的人，对她来说，坚持追求理想与理性成熟的生活并不是非此即彼。温柔有决断的欧老师似乎暗示着"我"和朋友们未来的一种理想样态，不过，她们尚需要时间的打磨才能领悟这种可能——在小说的"此刻"，"我"与王鹿仍然兴致勃勃。

"明日派对"后，集体幻觉仍在延续，"我"和王鹿前往台湾，留下难忘的音乐记忆，采访罗大佑，斩获十佳节目的奖项，好运似乎没有尽头。然而，与她们相隔近二十年的读者，却总是忍不住担忧。对我们而言，监制闯入，切断节目的意外已是山雨欲来，对"沉重的东西"轻描淡写的放过则恍若回光返照。彩云易散琉璃脆，无畏无惧的青春在SARS的突然暴发和商业体制的不断健全下屡屡碰壁，节目改制、"我"被撤换甚至远早于电台文化的衰微。"我"与王鹿坚持保留青春中最重要的部分——"摇摆，傲慢，对具体事物的漠视，还有自蹈死地的热情"，付出的代价自然是停播，她们仅剩最后一期节目用来告别。

若在这里结束，《明日派对》似乎只是在哀悼青春的短促易逝。周嘉宁在回望过去时流露的一丝伤感也加强了这种感觉——那些颓废和空虚、消沉与无力，虽然是每一代青年都有的共性，却也有告别了青春、预知了未来的作者的无奈叹息。但是，周嘉宁并不让"同代人"的感情泛滥，也不审判青年与时代之间的是非博弈，只是尽量如实地还原了他们热忱与虚无同在的心理状态。因此，小说最动人的部分或许不在于对千禧年代的怀旧，而在于青年对生命的坦然与真诚。在倒映银河的紫霞湖里游泳，点燃一堆篝火后观察火的形状与灰烬的消逝，搭乘机车去看飞机降落……在这些触动读者的纯洁时刻，耽于眼前快乐的青年，无需欧老师提点，也不会怀有多少负罪感。

故事的结尾，在南京"防风林"、上海"防空指挥部"中先后留下足迹的男孩们大多散去，他们从空中落到地面，开始学着对生活负起责任。女孩中最像男孩的小皮，也北上京城，投身未来名为"豆瓣"的文艺青年新聚集地的开创工程之中。"我"、王鹿、潇潇则再次相聚，要一起实践在苏州河里划船这个"以前从未有人想过的问题"。我们不确定这是一次蓄谋已久的漂流还是临时起意的冒险，回过神来时却和作者一样，"主人公已经划着皮划艇到达了河的对岸"。

在对《明日派对》的评论里，经常出现对"黄金时代"的感叹。除了当下，似乎过去的不同时间段，都有可能成为不同人、不同意义上的"黄金时代"。这或许是因为，在过去，一切都耗得起，一切都无所畏惧，一切还有无尽的可能性。小说中世纪初的青年能够肆无忌惮地谈论音乐，选择退学，加入乐队，四处奔忙，未来人生的答案还在风中飘扬。尽管明日之后，被音乐联结在一起的人们即将涌入人海、远隔山岳，但因为顺流而下后的坚决靠岸，青春仍然有着向上的明亮色彩。何况，对岸依旧有善良的人们点亮手电一路跟随，为素不相识的人们的成功上岸而大声欢呼。正因如此，青春的共同波段在宇宙间消散后，青年人却开始描绘独属自己的波段形态。"我"，或说"我们"这群人，依然有志同道合的理想，却不再迷恋于停留在完美的浪尖之上，而是在目睹人事变迁之后，纵身跃入现实生活的海潮。而如何让他们在周身浪涌时不被吞没，或许是周嘉宁必须要面对的创作话题。

王不见王

杨少衡

一

据我们所知，刚开始时王文章总说"五百年前是一家"，甜言蜜语跟王均套近乎，热切得就像恨不得再成一家。可惜彼王不是此王，人家王均有定力，洞若观火，始终对王文章之流保持高度警惕，予以有效钳制。

王均初到任时，有一天在大会场开会，会间她在台上侧身，指指台下第一排偏中位置一个男子，低声问坐在身旁的县长娄士宗："那位是谁？"娄说明："林耀，建设局局长。"王点头，忽然举手轻拍，命坐在另一侧、正在念稿的县委副书记陈冬木暂停片刻。场上大小官员一时惊讶，不知女书记忽然有何见教。当时大家除了知道她是目前木县老大，名字比较中性不像通常女名，但是长相宜人外，其他的都不甚了解。这时就听王均点名，要台下第一排林耀局长站起来。林耀没料到竟是自己中了头奖，急忙听命起立，站得笔直，却不知道究竟是哪里长得好，忽然就给领导看中了。王均也不说话，伸出手，拿食指与中指比个夹东西的动作。众人诧异，随即一起恍然大悟：原来是指抽烟。那时林耀右手持一支笔，左手夹一支烟，正一边做记录，一边吞云吐雾。

林耀顿时红脸，像是业余小偷被抓了现行。他赶紧把香烟扔在会议桌下边地上，拿鞋尖踩灭。而后王均比了比，示意他坐下，命陈冬木继续。

那时场上很安静。

说起来，林耀这个头奖中得有点冤：室内公共场所禁止吸烟早已归为常识，本会场却由于某个特殊历史原因属于另类，其时场上星星点点，各角落有若干轻烟隐然升腾，此起彼伏，并非只有林耀一个在抽。虽然吸烟有害健康，毕竟还有相当比例烟民在为国家烟草税做贡献。这些烟民会犯烟瘾，时候到了就跟鸦片鬼一样直打哈欠。开会听报告长时间保持注意力不容易，有时难免感觉疲劳，这时候来支烟可以提神，有助于认真学习会议精神。这么说是不是歪理？无论如何，显然人家王均书记并不认同。林耀的倒霉在于所掌管单位比较重要，开会位置靠前，让王均一眼盯住，用两根指头夹起来修整一番，以警示场上其他烟民。其实林耀胆敢公然于领导鼻子底下抽烟，也属事出有因：那时候可不仅台下若干下属抽烟学习重要精神，主席台上领导也有，就在县长娄士宗身边，离王均不过两个位置。该领导面前有位牌，身材瘦长，就是王文章。距离如此之近，无须侧身观察，烟味肯定已经对王均有所骚扰，她不会不知道身边这位"五百年前是一家"正在干啥。但是她作视而不见状，没有命王文章当众站起来，因为人家毕竟是常务副县长，在党政两套班子里都有名字，排位仅次于陈冬木，应当得到足够尊重，给他留点面子。这个时候活该林耀被当众收拾，那其实也是做给王文章看的。林耀把香烟往地上一丢，王文章手上那支烟忽也不翼而飞，不知道去了哪里。

会后，王文章表扬王均，说王书记堪比当年林则徐，举重若轻。林则徐钦差大人虎门销烟声势浩大，使尽九牛二虎之力。王均书记会场禁烟没多说话，只盯住一个人，用了两根手指头。

王均询问："王副像是有点看法？"

王文章表示并无看法，百分之百拥护。他还借机做了点说明，称多年前本县人大即已制定、颁布公共场所禁烟规定。当时他就下决心响应号召，公文包里塞满戒烟糖。后来发现不行，糖比尼古丁还有杀伤力，为防止血糖过高，不得已继续"吸毒"。本来也还注意点影响，尽量低调，找个没人的旮旯儿，背地里用力猛抽几口，依依不舍赶紧扔掉，叫作"秒吸"，偷偷摸摸，做贼心虚。没料时来运转，遇上了张书记。张书记在王书记之前，掌握本县大政近一届。这位领导烟瘾不一般，他在台上作报告时，台子左边放茶杯，右边放烟灰缸，一口水一口烟，喝水抽烟两不耽误，从容不迫，公共非公共场所无差别，全县大同。张书记任上烟民们感觉特别宽松，特别有尊严，老大抽，大家跟着抽，主席台上互相扔烟，自由自在，其乐融融，没有谁敢来干涉。所谓"上有所好，下必甚焉"，第一把手就是这么厉害，率领本县成为禁烟另类。岂料好景不长，张书记忽然出事了，虽然出的事与抽烟没有直接关系，毕竟也造成了本县香烟环境历史性改变。现在王均来当书记，会场上林耀那些人吞云吐雾，主要还是习惯驱动，下意识而已，并不是有意冒犯领导，他们没那个胆子。

王均说："抽烟不是问题，是非才是问题。"

"当然。明白。"

女书记是非观念很强，什么对，什么不对，眼睛里有条线。她敢拉下脸，时候到了绝不含糊，难得的亦能掌握分寸，让人不容小视。该书记来历比较特殊，"五百年前是一家"私下调侃，把她称为"伞兵"也就是"空降兵"，指其从外边下到本县任职。事实上由于干部交流力度大，加上任职回避制度要求，如今县区一级党政主官基本都是外地人，从本地成长起来的很少，因而所谓"空降"概念普遍适用，不同的只是降落高度有所区别。有的书记县长是从邻近县区提过来的，那是低空跳伞；有的是从市直下来，可以算是中空；最厉害的是高空跳伞，也就是从省里直接下到县里任职，这种领导自高处而来，见过大世面，非王文章一类井底之蛙可比。从省里下来的人当然也有区别，其中来自几大部门的尤其厉害，因为素质、历练与环境有别。王均下来前是省纪委一个处长，那个地方哪有等闲之辈？王还有基层工作经历，曾在省城城区一个街道办事处当过书记，后来成为区纪委书记，再到省纪委，此刻派来本县掌管一方，级别上是平级调动，明摆的是重视、培养，来日方长，未来不可限量，本县肯定只是她履历记录的一个小站点而已。以她这种来历，特别是在前任书记出事后从省纪委直下本县，不说所谓"有点事"的官员心里害怕，自认为"没啥事"的也不敢乱来。

"禁烟"事件过后没几天，女书记下乡调研，去了岭脚镇，刚刚开始看点，陈冬木突然来电话，报告了一起意外事件：本县北岗乡发生一起车祸，一辆卡车在一条乡际公路陡坡处倾覆，摔到沟底，车上人员非死即伤，目前已确认死亡四人，送院抢救七人，其中三名垂危。事件发生后，当地政府与相关部门迅速展开救援并立即向县里报告，分管安全的谢副县长正召集应急局等部门人员赶往北岗乡。这种规模的事故，按规定必须立刻报知书记、县长，亦须报告市里。当天王均下乡，县长到市里开会，副书记陈冬木管家，得知情况后陈亲自给王均打电话，询问可有什么指示。

王均问："伤员送县医院抢救吗？"

北岗乡与县城距离较远，交通比较差，现场救援人员担心时间和伤情不允许，先把伤员就近送到北岗卫生院抢救，视情况与需要再考虑转院。县政府已命卫健委通知县医院做相应准备。

王均要陈冬木做好调度，此刻最重要的是救命，想尽一切办法保住伤员性命。事故情况按规定该怎么上报就赶紧上报。她还交代："有什么变化及时告诉我。"

"明白。"

接电话时，王均一行在岭脚镇区附近察看蔬菜基地，那里有大片塑料大棚，当地书记、镇长陪同王均视察。王均放下手机后扭头看了一眼，指着大棚区背后那片大山问了一句："这个方向往哪里？"

那座山就是北岗，土话称"北岭"。岭脚镇位于北岗山前低岭丘陵地带，北岗乡则在山那边。准确说不需要翻过山，眼睛所见，低山部分属岭脚，高处那些地盘就归入北岗乡地界了。

"近在咫尺啊。"王均下了决心，"去。"

她决定临时调整日程，立刻前往北岗，亲自探望伤员，督促救治。随同调研的县委办主任吴平赶紧劝说，称北岗看近实远，"望山跑死马"，加上路不好，车跑不快，挺费时间。车祸死人这种事，谢副县长赶去处置足够了，不需要一把手亲自到场。王书记百忙之中，打打电话提提要求就已经表示非常重视了。

王均笑笑："打电话有你就足够了。"

她执意前往，说走就走，吴平哪里拦得住。一行人离开岭脚不久，新消息再次传到：送北岗卫生院救治的三名垂危者中，有一人已经不治。这位伤员不幸离世也造成本次事故不幸升格，以死亡五人进入了"较大安全事故"范围。

那一段路果然难走，曲折而坎坷，路面破损严重，呈所谓"畸肩"状，好比人的肩膀一高一低。这条路"畸"点相同，都是下行侧低破，上行侧略好。驾驶员说这是大车运石头压坏的。北岗石头好，以往吃石头，这条路上全是运石大卡车，下山是满载，重车，上山是空车，来来去去，那一侧路面就给压"畸"了。采石叫停后卡车少了，路也没钱修了。驾驶员本人出自北岗，情况了解，路况熟悉，技术也过硬，"畸肩"难不倒，全程四十来分钟完成。他们突然到达乡卫生院时，现场人员个个措手不及，这是因为动身前王均特意交代不许提前通知，保证当地人员专心救援，不需要分心筹划如何接待不期而至的王均一行。这么考虑貌似有道理，其实不合常规，县委书记驾到，哪有不提前通知的？但是人家王均就这样，或许是想趁众人对她了解尚少之际，来一次突然袭击，看看下边这些人在突发事件中表现如何？

没料到他们撞进了一场吵闹。吵闹发生于卫生院门诊楼一楼，挂号室对门的一间办公室里，该室房门紧闭。王均一行匆匆到达时，在挂号室了解车祸伤员此刻何在，值班人员指着走廊后边，报称都在手术室。一行人赶紧转身往那边走，突然一旁屋子传出怒骂，还有大喝："快去！猪啊！"一行人诧异之际，紧闭的房门突然打开，一个人从里边踉跄而出，显然是被从后边推了一把，后边那个人可厉害，他不光推，还抬起一条腿，似乎要加踢一脚，只是动作没有完成，戛然而止。

有一两秒意外静场，然后是一声招呼，非常惊讶："王书记！"

竟是王文章，他非常及时地把一条长腿收了回去。被推出门挡在他前边差点挨一脚的那个人是郑光辉，本乡乡长，此刻满脸尴尬。

王均问："怎么啦？"

王文章笑笑："王书记亲临现场，真快！"

他立刻命郑光辉赶紧带路，随同王均去手术室慰问伤员。

王均问："情况怎么样？"

王文章报告说，重伤三人走了一个，另两个目前还撑着，情况依然危急。乡卫生院抢救条件不足，却又担心伤员死在运送路上。他考虑不能再等，得博一下。已经命救护车紧急出动，送两个重伤号到县医院，医生随行护送，随时处理紧急状况。其他伤员生命无忧，就在乡里治疗观察。

"王书记有什么指示？"他问。

王均说："你安排。"

他们匆匆去了手术室。手术室外急救通道上，救护车已经到位，警示灯闪烁。乡卫生院院长和医生们以及若干乡干部都在那里忙碌。一听来的这位竟是本县新任女书记，大家一时紧张不已。王均说："别慌，做你们该做的。"

她在那里待了半个来小时，慰问伤员，听取汇报，提出若干要求，而后离开。王文章一直紧随左右，直到把王均送上轿车。

上车后王均才问了一句："怎么是王副呢？"

陈冬木曾明确报告由谢副县长前来应急，怎么忽然变成王副县长了？王文章虽是常务副县长，此时还应由分管安全的县领导出场才是。另一个疑问是王文章怎会如此神速？王均从近在咫尺的岭脚镇赶来尚需一点时间，王文章怎么可能比王均还快？不仅提前到，指挥安排之余，还能把郑光辉叫到房间里闭门谈话，怒骂，又推又踢，如此了得。难道他搭了架直升机？

吴平立刻打电话，一问明白了：此刻谢副和他那队人马还在路上，正在爬北岗山呢。王文章跑到现场发号施令应是自行应急介入，就好比王均自己从岭脚跑到北岗。作为常务副县长，本县排名第四的领导，听到出事消息特意赶来了解并现场指挥救援也属正常，不算越权。至于王文章哪里搭的直升机，吴平提出一个合理解释：王文章是北岗人，其母住在乡下老家，今天是周六，估计是昨晚回家探母，住了一夜，今晨听到消息便就近赶了过来。

王均问："'嘎林内'是什么？"

吴平张口结舌，不知道王均问个啥。王均提到了刚才王文章与郑光辉在屋子里吵，她听到了一连串"嘎林内"，那是讲啥呢？吴平"啊"一声，明白了，连说那是土话，粗话，不太好听的，骂人的。

"不是骂猪的？"

王文章在房间里骂猪，那应当也属骂人，把郑光辉骂为猪。至于"嘎林内"的准确意思，还真不好直接对王均翻译。吴平拐弯抹角解说，土话"林"即"你"，"内"则是"娘"，"嘎"其实就是"干"。是啊，就是那个意思。

王均一撇嘴："该去刷刷牙。"

那意思是嘴臭，尽粗话。

她还问了一个问题："这里有个'游客服务中心'？"

"有的。"吴平回答，"在建重点项目。"

"有多远？"

吴平答不出来，前排驾驶员替主任回答："还有五公里多。"

"知道路吗？"

"知道。"

"去看看。"

王均怎么会提起这么一个中心？主要是刚才郑光辉汇报，出车祸的卡车是游客服务中心工地运输车，死伤的都是工地民工。卡车载石头到工地，返程是空车，民工下班，图方便，爬上卡车跟着下山。货车车斗载人是违规的，司机可能还属疲劳驾驶，结果在陡坡上反应失当，摔了，司机本人也丧生了。

王均要去游客服务中心，并非拟勘察车祸现场，确定事故原因，这种工作归专业人员，即便是县委书记也未必能干。王均想看的只是工地，以对该服务中心有个大体印象，之所以想去留个印象，与车祸无关，另有缘故。

他们在那条路上走了近半个小时。路很窄，路面更差，有众多陡坡，若干地段已经被施工车辆轧出深深车辙。翻过一个山坡，眼前突然开阔，一片工地赫然展现在前方半山坡上，这就是在建的游客服务中心，属于本地"莲花山风景区"。工地范围不小，包括在建的一座大楼及其附属设施，还有一个大广场。大楼还在脚手架包围中，看上去有三层左右。大楼周边地形高高低低，有各种施工车辆在工地上穿梭。

按照王均的要求，驾驶员在坡顶停车，没有直接开进工地。王均下车，站在山头上观看工地。吴平紧随。

王均问："怎么会在这里搞这个项目？"

吴平有些支吾："是……那个……张拍的板。"

"总指挥是王文章？"

"是……是的。"

在建的项目颇具规模，大楼及其附属设施加上广场出现在这一片山地间，某种程度上可称气势不凡，问题却也显而易见：号称游客服务中心，而游客在哪里？谁来让本中心提供服务？即便"莲花山风景区"内容无限丰富，就目前而言，不说四面八方的游客拥在曲折难行的北岗乡际"畸肩"路上通行困难，仅从乡集到工地车辙遍布的这五公里路，就接连几个陡峭地段令人印象无比深刻，复制刚刚发生的"较大安全事故"无不条件充分。有哪些浑身是胆的游客敢来一试身手？交通状况所限，此间一座宏伟壮观的游客服务中心岂不是注定成为摆设？巨大投资岂不是注定去打水漂？

王均表情严肃，但是没有公开发表意见。看过工地后，一行人动身离开，再经北岗公路，回到了岭脚镇，继续她在该镇的调研活动。

两天后，王均在办公室接到王文章电话，后者请求王均安排个时间，想向她汇报一些工作。王说："来吧。"

王文章是特意来做解释的。原来他母亲早在半年前就被他接到县城，帮助管他儿子。王那天去北岗不是因私探亲，是专程察看游客服务中心工地。该工地近期施工进度不太理想，他很不放心。他在周五晚间到北岗，第二天上午叫了郑光辉一起上山，本来也打算把乡书记叫上，不巧那位回县城，不在下边，只抓住一个郑光辉。刚到半路，忽然听到车祸消息，王文章临时改变行程，带着郑去了卫生院。

"跟王书记不期而遇，哈。"王文章打哈哈。

"遇得挺突然。"王均忽然问一句，"那个郑光辉还行吧？"

这回王文章可没拿嘴踢，他满口好话，夸奖郑光辉是把好手。北岗现任书记是机关出身，基层经验少，比较弱，目前该乡工作主要靠郑撑着。游客服务中心那一摊子，王文章挂总指挥，现场具体问题还是靠郑去解决。

"我听说王副对这个项目还是很上心的。"王均说。

王文章称自己是北岗人，家乡难得开建一个重点项目，当然得多关心。但是项目总指挥是前任张书记硬要他干的，以熟悉本乡本土情况好协调为理由。他本人倒是真不愿意，本乡本土，有些事情反而不好处理，叫"本地猪屎厚沙"。

王均没听明白："什么'厚'？"

是土话，俗话，所谓"厚沙"就是多沙。说的是本地猪拉的屎里尽是沙，不像外边的猪屎干净，意思是本地事情难缠。说来也真是，例如征地搬迁，游客服务中心那片工地迁了一个自然村，平了两个小山头，那山头上全是当地百姓的祖坟，干这种事哪会不挨骂？有人骂王文章是本乡人祸害本乡，"汉奸"，骂得他就像当年那个汪精卫。郑光辉也是北岗人，同样挨骂，"小汪精卫"。

"郑光辉其他方面怎么样？"王均还问。

王文章知道王均问的当然不是郑光辉颜值几分。他解释，郑光辉那个事他原本不知道。那种事一向都是你知我知，没有谁会自己说出去，就好比前任张书记"与多位女性发生不正当男女关系"，得等涉案出事才给曝出来。郑光辉乡长当了一届多，几年间换了三任书记，就是没用他，着急了，想提拔，也想调到外边条件好的乡镇任职，便利用春节拜年，请求"领导关心"，给张送软包中华烟两条，礼金四万元。张出事后交代出来，郑被办案人员叫去做了认定。送钱这种事无论什么理由都不应该，还好数额不算大，是从郑妻储蓄卡上领出来拿去送的，来路还清楚，不是受贿所得。郑肯定要因此受个处分，暂时提拔无望，看起来他还经得起，目前工作依然很努力。

"当时他只找过张？"

当时郑也找过王文章，只是大家都清楚，这种事别人只能帮助说几句话，解决问题还得找老大。而且王文章不主张郑光辉离开北岗，总让郑老老实实待在那边干，郑不敢跟他多说。相求时郑也送了一条烟，没送钱，因为王不收钱，郑也不需要送。算起来，他俩属远亲，比"五百年前"还近一点。郑是王文章外婆那个村子的人，辈分更高，王文章得称他"表舅"。由于这层关系，有时候王会跟郑开开玩笑，彼此"阿猫阿狗"什么的。

显然他想对那天与郑光辉的吵闹略做解释，但是只谈阿猫阿狗，小心地不再提猪，也不谈什么"嘎林内"。这位表外甥与他表舅间的瓜葛哪会这么简单。那一天王均亲眼所见，王文章真是火大了，如果不是外边有人，王文章那一脚肯定踢到郑光辉屁股上，一点都不会客气，那可不是"外甥打灯笼——照舅"。此刻王文章一味掩饰，只说好话，轻描淡写，王均也不多问，转口了解另外一个情况。

"我记得张的案子里也有跟游客服务中心项目相关的。"她说。

据王文章所知，游客中心工程招标时，中标单位给张送过钱，具体数额有好几种版本，准确数据多少，得等案情公布才清楚。如今一个项目特别是重点建设项目涉及方方面面，程序特别复杂。论证、立项、设计、征迁、招标、施工，很多环节都牵扯利益，需要领导拍板。张本人喜欢抓权，大事都得他定，一些利益方通过各种方式，拐弯抹角重点进攻他，他自己把握不住，就出了事。不过张的事情主要出在县城城区改造的几大项目上，这头油水大。莲花山风景区游客中心项目没有多少肥肉。

"你呢？当时也有人进攻吗？"

"免不了。"

王文章称自己胆小。农家子弟，出自一条大山沟，靠早起晚睡努力读书，好不容易考上大学，成为公务员，祖坟冒青烟了。一路摸爬滚打，终于当了这么个小官，很不容易，得特别珍惜。不敢说没有半点问题，人情往来，一盒茶一条烟什么的，都有，钱绝对不碰。有人怀疑他跟早先那位张书记之间有问题，其实他跟张的主要个人往来就是扔一支烟，点一次火。张腐败是张的事，他没跑去合伙。张涉案后交代了一堆人和事，除了郑光辉等一批科级干部，班子里也有多人被叫去问，传闻纷纷，他并不在其中，不是吗？张对他不错，放手使用，主要因为他肯做事，也能做点事而已。

"也想跟王书记提个要求，要个事做。"他忽然表示，"王书记刚来不久，本来不该给书记出题目。只怕别人赶到前边了，先容我说一说可行？"

"说。"

原来是涉及"客专"项目。该项目是近年本省交通建设一大重点，设计线路经过本县。该"客专"一期工程也即东段工程两年前开工，目前已接近完工，二期也就是西段工程已经提上议事日程。本县路段属二期工程，按上级要求，沿线各县需要成立相应机构，确立负责领导，协调各方，配合建设部门做工程。王文章提出让他来管这个事，理由是这条"客专"经过本县的路段，大多位于北岗乡，他来处理比别人有利。于他本人而言，为家乡做点事也属应该。

"都是出于公心？"

王文章嘿嘿一笑，承认也有点私心，也许能在家乡留个好名声，不能总是什么汉奸汪精卫。搞得好，也许还能有一些意外好处，比如来日有机会让儿子挤进"客专"线，当个车站售票员什么的。哈哈，开玩笑。

王均说："主动要求挑重担很好，具体还得研究。"

"主要看王书记态度。"

王均直截了当："我觉得你不必多考虑这个。"

"书记认为不合适？"

"像你自己说的，那叫什么？猪屎沙多？"

王文章干笑："哈，也是。"

王均告诉他，据她了解，前任那位张的案子尚未结案，案情可能还会发展，还可能牵扯到一些人和事。她很希望除了目前已经涉案的那几个，本县干部特别是班子里的同志不要再被牵扯，都能平安过关。但是也不能心存侥幸，如果确实有些事情，还是主动向上级交代为好，不要等人家说出来，被叫去查问才坦白，那就被动了，只怕悔之莫及。这一点，她曾经在班子里讲过，王文章想必还有印象。

王文章笑笑："感觉像是指着我说的。"

"我更希望像你自己说明的那样，什么事都没有。"

王均还强调，身为县领导，除了廉政大事，其他方面也不是不需要注意。比如文明规范，讲话做事多注意为好。也就是所谓牙刷干净。调侃也要适当，避免不良影响。例如"空降兵""跳伞""五百年前是一家"什么的，尽管并无恶意，难免也会被人解读出其他意味，不如不讲，该严肃要严肃。实际上她也是拿这些与大家共勉，并不是指着哪一个说的。

"明白。"

都说到这种程度了，还能不明白吗？

二

王文章决意走为上。以我们观察，这个决心于他下之不易。

时下官员所谓"走为上"，常被理解为不告而别，"跑路"，潜逃。这种情况早几年不时有见，跑得远者会偷越国境，几经潜行，远赴国外藏匿，有的后来进入"红通"名单被遣返，有的则不知所终。凡此跑远路官员无不属于"有事"，且都"有大事"，涉及大案要案。王文章不属于这种，至少目前看起来不像。他并没有涉案，即便如人们怀疑与前任张某案子有牵扯，看起来似也不是扯得很深，数额不可能太巨大，与那些跑路者相比，只属小巫见大巫，否则他早给办案部门控制起来，不会放任他在县城和游客服务中心工地间晃来晃去。以他这种情况，毫无模仿"跑路"之必要。

事实上人家王文章所谓"走为上"是另一种类型，并非不告而别，非法潜逃。他考虑的是合法途径，离开一段时间，暂避。为什么做此考虑？主要因为王均。

那时候王文章已经不讲"五百年前是一家"，因为王均有提醒，也因为事实上确与"一家"相去甚远，尽管县委班子里姓王的只有他俩。私下里王文章自嘲，叫作"王不见王"，这位女书记很厉害，好比林则徐，禁烟坚决，不容置疑，烟鬼们怎么办？只好避之。这当然只是调侃。王文章还自嘲有时开玩笑不够严肃，与王书记性格不合，说得就像打离婚官司的夫妻在法庭陈述理由似的，实际上摆出的都是鸡毛蒜皮。关键还在于王均是女上司，女上司往往有洁癖，是非观比较清晰，王文章自知此王不是彼张，自己很难让她放心，特别是人家目光炯炯，于王文章经常如芒在背，这种目光下小日子不太好过，似也不容易做成事，以长远计不如先躲一躲。出于个人情况，王文章很难远走高飞另谋高就，必须以暂离而非长久甚至永久离开为基本选择。

那时候发生了一个意外情况：刘兴玉在西藏出了事情。刘兴玉是本县县委常委、统战部部长，数月前刚成为本市四位援藏干部之一，加入本省本批援藏干部队伍，去了西藏对口支援县，在那里担任县委副书记兼副县长，仅次于担任县委书记的本市另一位援藏干部。按照现行办法，刘去西藏后与本县工作脱钩，但是原职务依然保留，以利两地配合。刘进藏后工作非常努力，不料却在下乡调研时遭遇山石崩塌，刘在同车人员保护下跳车，逃生中被飞石砸中，腿部重伤，所幸被及时救出，性命无虞。由于伤情较重，养伤需要较长时间，恰本期援藏工作刚刚开始，为保证任务完成，本省援藏领队建议迅速更换人员，经省领导同意，本市奉命挑选接任人选。理论上说，这位继任人选应在全市范围内挑选。由于刘兴玉出自本县，其援藏后，本县上下发动，在支持项目、筹措资金上多方努力，以支持刘完成本期援藏任务，为保证这些项目资金落实到位，眼下由本县选派人员接替刘，比从其他县区挑选更为有利。这一考虑使选派范围和竞争大大缩小，被王文章视为机会。一届援藏为期三年，目前仅余两年多，算来不长，归来后有一定选择余地，回到本县相对方便，职务还有望上升。这两年多时间里本县情况可能还会有些变化，例如王书记可能高升，换来个汪书记，虽然不能指望姓汪的就不是林则徐，毕竟王不见王还是值得期待。

问题是此王要走，也还得过彼王一关。

他找王均谈了话，请求书记支持。

王均问："感觉你很迫切，为什么？"

王文章说："机会难得。"

"你说想为家乡做点事，忽然又动心其他机会？"

王文章表示，可以先去为西藏人民做点事，回来再为家乡做点事。

他当然必须这么说。什么"王不见王"之类，只供私下调侃，实上不了台面。

王均不含糊，表态明确：援藏很重要，任务很艰巨，有时候可能还会遇险，好比刘兴玉。王文章愿意去接手，必然反复考虑过，对困难和危险有足够思想准备，也属勇挑重担。这件事的推荐权在市里，决定权在省里，如果征求她的意见，她会支持。

从王均那里讨到这句话，王文章信心倍增。他写了一份申请报告，亲送市委主要领导，并做当面请求。他还利用开会之机到省里找够得着的上级领导做工作，请求给予支持。而后他开了一份书单，从县图书馆借来一大堆与西藏有关的书籍，关在办公室，通宵达旦阅读，恶补西藏知识，志在必得。应当说王文章争取这一机会很有利，首先是内定挑选范围限于本县，几乎去掉百分之九十的竞争者。其次是王文章本人资历胜人一筹，比刘兴玉都有资格。刘是在确定援藏后才提任县委常委的，而王是现职常务副县长，此前还当过两年副县长。以这样的资历，他不争取便罢，一旦真想去，且不要求提拔，别人很难跟他争。加上王被认为是"肯做事，能成事"，这就更其有利，把握性比较大。综合各方面因素分析，王文章此番"走为上"确实可期，眼看轮到他去"高空跳伞"了。问题是空降都是从高处往低处跳，西藏位于世界屋脊，海拔那么高，从本县前往，还不如说是坐上火箭，"嗖"地一蹿直冲云端。

王文章想坐火箭也还有若干不确定因素，其中最具威胁力的还是其干净程度。王文章曾为涉案的那位张重用，令人有所存疑。该案是省纪委办的，王文章到底有没有问题，可不可以让他坐火箭，要上级才能把握。

那一天王均命人通知王文章，让后者于第二天上午去岭脚镇参加一个现场会，商讨该镇防洪堤改造项目。岭脚镇镇区挨着清溪河，现有防洪堤建于二十世纪末，当时经费紧张，项目标准较低，而作为北岗山区降水下泄主通道的清溪河夏秋水量集中，堤坝存在隐患。王均上次到岭脚调研时听到了这方面的反映，认为关乎民生和人民生命财产安全，须全力推进堤坝改造。那天现场会去了几大县领导，王文章虽不管水利，却因常务副县长分管财政，需要参与。

王文章给王均打了个电话，表示完全赞成改造岭脚镇区防洪堤，财政方面是县长一支笔，他协助分管，党政两位主官决定的事，他完全照办。现场会他可不可以请假呢？不凑巧他明天得到省城去一趟，是约好的事情，昨天他已经跟县长请过假了。

王均问："公事吗？"

王文章略支吾："也是准备援藏吧。"

"不是还没定吗？"

王文章忽然转口："最近岭脚那条路不太好走啊。"

"比你那个游客服务中心难走？"

"那倒不是。"王文章说，"这几天天气特别不好。"

"这不是更需要吗？"

王文章笑笑："不说了，听书记安排。"

王文章所谓"天气不好"指的是下雨，时逢雨季，近段时间本地降雨集中，气象预报明日亦有大雨。王均所谓"更需要"说的是这种时候到现场看洪水更直观，更明白堤坝改造非常必要，刻不容缓。

不料出师不顺，王文章乌鸦嘴竟一叫灵验：第二天上午，一行人被大水阻挡在岭脚镇外两公里处。

这里有一条小溪，是清溪河的支流，小溪上有一个小水电站，建有一条水坝，该水坝同时亦为过溪通道，有一条村道从水坝上通过。这条村道比北岗游客服务中心那五公里山路当然好多了，平坦，弯道亦不急促，平时车辆也不多。近日由于镇区公路改造，通行车辆暂时改走这条村道，水坝便成为车辆进出镇区的必经之路。由于连日降雨，小溪水面暴涨，此刻竟至淹没水坝。从河岸上看，只见一片大水，有一座建筑孤零零立于水中，那是电站的泄洪闸装置，下部已经被淹没。隐隐约约，还可见两道横栏在水线上下起伏，那是堤坝两侧的矮道栏。

当天上午两王同行，两辆越野车一前一后停在河岸边。王文章下了车，从后边跑到前边王均这辆车旁。

"不能过，危险。"他对王均说，"恐怕得考虑改期。"

此刻除了这条洪水淹没的村道，再无另外通道可达岭脚镇区。从降雨情况判断，几小时内洪水只会更大，不会消退，因此坐等亦没有意义。这时还能怎么办？王均坐在车里，眼睛盯着那片大水。凭着水面上那座建筑和隐约浮现的道栏，可以大体判断堤坝走向。水虽然淹过堤坝，似乎还没涨到足以淹没越野车的车轮、车头，理论上车还可以涉水而过。问题是谁也不知道会不会车行一半突然没水熄火。且上游洪水还在下泄，情况瞬息有变。半个多小时前，娄士宗与陈冬木刚刚从这里过去，到岭脚镇打前站，当时还什么情况都没有，岂料转眼水就没过堤坝。此时冒险过河，弄不好突然有更大水头来袭，没准车会给推倒，甚至会连车带人给洪水推过道栏，滚入堤下，被洪水卷得不知去向。这时还能怎么办呢？没有其他选择，只能如王文章建议，打道回府，另择吉时。明天有一位市领导到本县调研，王均需要陪同，接下来还有其他急迫工作日程，现场会少说也得推到一周之后，甚至更长时间，这于王均是个大问题。

她问驾驶员："这层水开得过去吗？"

驾驶员看看前方，再往上游看一眼，口气不太确定："应该……可以。"

"那么走。"王均下了决心。

没有什么事比水火更急迫。面对大水，尤其感觉此间防洪堤建设之重要，王均决意冒险，涉水前进。驾驶员听命发动，车刚缓慢开出，突然外边有人用力拍打车身，"砰砰砰"一阵响，急促之至。

竟是王文章。他站在一旁等王均他们掉头，不料一看这个车居然往前拱，他着急，扑上前就拍打车身。

驾驶员停了车，打开车门问："王副怎么啦？"

王文章张嘴就骂："嘎林内！你找死啊！"

驾驶员支吾道："这是……这是领导……"

王文章当然知道，没有王均下令，驾驶员哪敢擅自往水里开。这个时候他也不跟王均说，只是挡在车头前，转身朝后边招手。眨眼间，他那辆车开了过来。

"不许急，我先过。"他命令王均的驾驶员，"好好看着。不行了我会退回来。如果过去了，你再跟。"

然后他上了他的车，命司机往水里开。

几分钟后他们越过了河道中线。

王均下令："跟上去。"

两部车过了河，安然无恙，人车平安。

到了岭脚镇政府，下车后王均问王文章："你就这么敢，当着我的面骂我的司机？"

王文章检讨，称自己并非胆大包天，也没骂人，只是着急了，土话随口而出。如果眼睁睁站在一边，看着女领导给洪水冲走，他没法交代，还会永远被人耻笑，一辈子抬不起头，那样的话还不如自己给冲走。

"要是王书记给冲走了，我怎么办？"他说，"我还有求于王书记呢。"

"有吗？"

他再次提到请王支持，听说最近市里将做推荐人选决定。

王均没有吭声。

现场会后，王均找娄士宗了解情况，问的是王文章请假的细节。通知王参会时，王报称拟往省城办事。他是不是真的跟县长请过假，以什么理由？

　　王文章主要工作在政府那头，一般事项请假直接找娄士宗即可。娄确认，王文章所报属实，说是约了一个医生，专家，要带儿子去省城看医生。当时县长不清楚王均有意让王文章参加现场会，电话里就同意他走。带儿子看医生这种事完全就是私事，怎么说"也是准备援藏"？绕个弯差不多也可以算一点：此去两年，一跑远在天边，事前有必要把后院事务安排清楚，例如给老娘买件棉袄，给老婆买包面膜，给儿子配副近视眼镜。虽都属私事，可视为预备远行。

　　王均还是那句话："不是还没定吗？"

　　几天后，王均到市里开会，市委书记和组织部长一起找她谈话，就援藏干部继任人选正式征求她的意见。王均明确表态，建议由陈冬木去接替刘兴玉。陈冬木是现任县委副书记，挑选他能体现本市对援藏工作的重视，也有利于本期援藏任务的顺利完成。

　　组织部长很含蓄地提了一句："王文章好像很迫切。"

　　王均回答说，王文章曾找过她，当时她也曾明确表态，可以支持他去。但是现在考虑，还是推荐陈冬木更合适。

　　王均回到县里，立刻通知王文章到她办公室。也就几分钟，王文章赶了过来，脸上带着笑，或许认为已经心想事成。显然他一直关注着事情的进展，也有渠道打听到市领导找王均谈话的动态，不需要多久，谈话的具体情况可能也会传到他耳朵里。王均不等别人去告诉他，直接找他来，亲口相告。

　　王文章呆若木鸡。

　　"我只是表示了我的态度。如果市里决定还是你，我会服从。"王均说。

　　王文章干笑一声："书记这一巴掌把我拍死了。"

　　"你不是还坐在这里吗？"

　　"没戏了。"王文章不满，"王书记答应过的。"

　　"我改主意了。"

　　"为什么？"

　　王均问："王不见王什么意思？王容不得王？"

　　王文章不吭声，起身离去。

　　几天后，市里上报推荐人选，果然是陈冬木，王文章出局。王均作为县委书记，她的意见无疑分量独具，上级领导当然也自有把握。由于这一回王文章努力争取，动静有点大，很多人有所耳闻，且都认为十拿九稳。大家都传说这家伙志在必得，除了"恶补"西藏知识，也在努力"恶补"身体素质，"为进藏做点准备"。西藏海拔高，氧气稀薄，沿海低地的人乍一去可能会有高原反应，据说严重的还挺可怕。但是有一种"红景天"可以帮助人克服高原反应，那是一种中药，可煎服，亦有以此加工而成的饮品，装进饮料瓶，好比瓶装凉茶，饮用比较方便。王文章弄来一箱这种凉茶，每饭必喝，想必他身体里的抗高原反应因子正在迅速积累，应当已经具备了一飞冲天的条件。忽然间没戏了，定的是陈冬木，此王未遂，"恶补"种种，尽属白干。

这是为什么呢？悄悄地便有些议论在县里县外传开，比较具体的猜测还是涉张，也就是跟那位前任张书记的案子牵涉了。王文章为什么急于远走高飞？所谓"王不见王"只是表面原因，及早逃避才是内在驱动。只要能够走成，即使张案终于扯到他身上，只要情节不是特别严重，办案部门不太可能跑到西藏去把他抓回来，那样的话对本省本市声誉会有影响，也必然对本期援藏任务的完成造成不利。因此最大可能是暂挂，待他回来后再收拾。这就是说王文章为自己争取了两年多时间，他可以在这段时间里内外兼修，有关系跑关系，没关系找关系，待到一朝凯旋，时过境迁，问题可能变小了，过关就相对容易。王文章的如意算盘大约就是这么打的。可惜他碰上王均，上级领导当然也掌握了若干情况，该算盘终于给打翻在地，接下来自有好戏，可以拭目以待，看王文章那些事还怎么收场。

果然，不到一周时间，市委组织部干监科通知王文章前去，领导要找他谈话。王文章按要求到达，才发现谈话领导竟有两位，除了组织部一位副部长，还有一位市纪委副书记。这是一次两家联合进行的干部约谈，这种谈话通常出自市委主要领导要求，对相关干部某些问题进行了解。以组织部为主，表明问题暂时还没达到交纪委调查的程度，但是约谈与交代过程中如有新的发现，也可能非常迅速地发展成案件。

两位领导给了王文章一份单子，列有十几条他们要了解的问题。王文章必须做当面汇报，还需要写出书面说明。

王文章看了那个单子，说："有几个是老问题，以前做过说明了。"

"可以再做说明，也可以进一步补充。"领导说。

问题集中在王文章近些年负责的一些项目的立项、招标、用地、开支等方面，其中包括莲花山风景区游客服务中心项目。两位领导要求王文章谈谈该项目情况，王文章还是那三段落：前任书记拍板，总指挥硬安给他的，他本人没有利用以牟取私利。

"这个项目一直有反映。"领导说。

"我知道。"王文章说，"当时有人骂我汉奸，现在还有人骂。"

"你没觉得项目有问题吗？"

王文章沉默片刻，突然改口："我还是直说吧。"

或许因为正式约谈开不得玩笑，也可能因为自知真实情况摆在那里，上级总会掌握，不能总是推三推四。王文章干脆直接都揽到自己身上，承认这个项目，包括此前的"莲花山风景区"，都是他全力推上去的。起初几乎所有人都不认为项目搞得起来，包括那个张。是王文章千方百计运作，组织专家调研认证，提出建设规划，具体组织设计、争取省市项目经费支持、开展招商，一直到组织招投标，项目落地施工，所有环节都是他为主操作，他为之不遗余力。为什么？因为他是总指挥，更因为他是北岗人。总指挥表面上是张硬要他干，实际上是他跟张直接讨要，只是请张帮他做个姿态，这样接手有利于避嫌减骂。他之所以力推这个项目，主要是考虑家乡条件不好，产业薄弱，百姓贫穷。北岗石产业曾经兴旺过十几年，打石锯石运石卖石，搞得山疤路破河流污染，终因环境破坏严重被叫停。石产业下马后，北岗百姓还能吃什么？不能都出去打工吧？他考虑还是靠山吃山，开发旅游是可行的一项，毕竟有山有水，大树参天，奇石遍地，可登山、可漂流。人文资源也丰富，例如有一座秀才楼，一家三代出秀才。有一园石牌坊，大大小小树了二十几座。

"是不是还有一个土匪洞？"

确实有。该"土匪洞"常被人拿来调侃，视为王文章的忽悠瞎搞。这些人其实是不了解情况。北岗民间有句谚语"莲花山土匪洞"，莲花山说的是那儿的主峰加周边山岭看上去像是观音菩萨的莲花座。那一带山岭地貌独特，有大量石洞群，只要识路，从山腰石洞钻进去，可以从山顶钻出来，还可以钻到周边山岭去。因为易守难攻，早年间曾有多股土匪盘踞，前前后后匪患闹了百年，所以才有"土匪洞"之名。在"莲花山风景区"规划里，土匪洞成为当地十大景观之一，改名为"剿匪洞"。这不是乱改，是有历史依据。解放初，北岗一带聚集近千土匪，四处流窜，危害严重，解放军派了一个团兵力，加上县大队、区小队、民兵，在北岗剿匪三个月。由于地形复杂，土匪剽悍，仗打得很艰苦，解放军、民兵加起来牺牲了三十多，终于彻底清除百年匪患。事后当地修了烈士墓，立了"剿匪胜利纪念碑"，现在都成了资源，既是自然，也是人文。规划风景区时，王文章提出可以借助这一资源，搞一个剿匪野战游戏项目，到时候让几组游客分别扮演土匪、剿匪部队和民兵，给他们发游戏枪，定几条规则，安排合适路径，在保证安全前提下，让他们钻进山洞，乒乒乓乓打个痛快。有人讥笑这是"王氏土匪游戏"，他认账，确实是他提出来并列入风景区旅游规划，他相信如果能办起来，该项目一定红火。还有人举报他以开发旅游为名，坑蒙拐骗偷，靠欺瞒忽悠把上级扶持资金、银行贷款和开发商资金骗到老家北岗山沟里打水漂，他认为说得对，也不对。如果继续坚持，把项目办起来，那就是一片新天地。如果项目中途下马，给搅黄了，所有努力包括金钱就打了水漂。

"你担心这个吗？"

王文章承认，前任张书记出事给带走后，他就预感游客服务中心项目可能会遇到波折，那段时间隔两天他就要抽空去工地一趟，有时是半夜三更赶回来，催迫施工单位全速赶工。这也是想搞出既成事实。一般而言，投入越多，中止或者回头就越难。另外工程上也需要有一个段落，例如那座主楼，如果在封顶前停工，雨季一到，缺乏防护的墙体有可能被雨水渗透受损，严重的话将导致整个儿垮塌，那就前功尽弃。把封顶完成，就可以有效保护墙体，哪怕工程意外中止，东西还在那里，不会倒掉。出于这些考虑，他才拼命催促。千不该万不该，工地上居然出了事，而且是他最痛恨的车祸事故，一翻车死亡五人，列入较大安全事故，还引发更多注意和质疑。他真是气死了。郑光辉不检讨现场监管失职，反抱怨赶工太紧导致大家都受不了，所以才发生事故。他听了恼怒不已，一怒之下差点拿脚去踢郑光辉。

"我对其他人很少动粗，当然更不会动手。"王文章解释，"郑光辉不一样。"

有什么不一样？还是那个说法：他俩是远亲，外甥打灯笼——照舅，阿猫阿狗从小一起长大。郑光辉还是因为王文章一再力挺，才能够一步步上来成为乡长。因为这种关系，别的可以不论，郑光辉绝对不该让工地出那种大事。

"现在主楼封顶了没有？"

"已经完成。"王文章说，"终于松了口气。"

他觉得工程中止已经迫在眉睫。新书记王均到任后，面对各种质疑之声，必定会下决心重新开展论证。既然无法继续推进，他还不如暂时避开。他相信无论请什么专家来论证，都不可能一边倒，都还会有保留意见。特别是工程投入已经那么大，谁敢一句话拿几包炸药"轰隆"炸光，背起一堆债务？最不利的情况就是烂尾两三年，待他援藏归来，时过境迁，或许就能继续开始。

"现在火箭坐不成了。"他自嘲，"红景天喝了一堆，全白干。剩下大半箱只好塞到床铺底下，人家陈冬木不要那个。"

"很遗憾？"

他觉得也好，也许莲花山工程不用再等两三年。

"你在这个项目里没有经济方面的问题吗？"

王文章说，哪怕他是个大贪、巨贪，也不会在家乡这种项目上贪半分钱。

"那么你在其他项目上怎么贪？"

王文章立即修改自己的说法，发誓迄今为止没在任何项目上贪过半分钱。

这种事能靠赌咒发誓解决吗？几天后，一组精干人员从市里悄悄进驻本县，加上本县配合人员，一起对王文章相关问题进行初查。调查人员了解的范围跨越十来年，从王当副乡长起，直到当下，王管的项目几乎都给问了个遍，整整查了十来天。

然后王均找王文章谈了一次话。王均告诉王文章，经请示市委领导同意，决定免掉王文章"莲花山风景区游客服务中心"项目总指挥一职，工程暂停，重新组织专家论证，以便做出科学决策。

王文章不吭气，好一会儿才表示："我预料到了。"

王均要求王文章正确对待。她还说，尽管有不同看法，王文章所做的大量工作和努力还是得到公认，总体尚好，骂王文章"汉奸汪精卫"绝对是定性错误。

第二条王文章也预料到了：干部群众反映王文章存在若干问题，其中收受、转送高档香烟问题比较突出。要求王本人认真整改。

王文章感叹："不如直接要求我戒了。"

"做得到吗？"

王文章摇头，称有时候人还得靠点什么，比如他得靠一支烟。

最后一条可称好消息：根据调查人员反馈，外界所反映的王文章几大问题，特别是所谓"涉张"事项，经查，暂未发现其违法违规的确凿证据。类似调查的结果通常直接报告上级，无须向相关对象反馈，但是可以给当地主要领导通点气，由其把握。鉴于王文章的情况，王均认为可以对本人有所告知。

王文章笑了："是不是出乎王书记预料？"

这话有点张狂了。

王均回答："在我预料之中。"

王文章惊讶。

"但是我需要确认。"她说。

王均不讳言，王文章确实做过不少事，所谓"肯做事，能成事"，但是针对他的举报与议论也不少。市委领导对此很重视，她也认为有必要搞清楚，所以才会有相关查核。现在确认了，看来这个王在这方面也还可以放心。王均感到高兴。

问题是机会已经不再，王文章床铺底下大半箱红景天已经用不上了。

王均提起一件事：按照上级要求，县里正在考虑成立"客专"项目配合指挥机构，需要确定负责领导。她个人意见，要王文章来承担。她记得王曾经跟她提过这件事，不过今天还需要正式征求王本人意见。如果王还愿意，她就准备按程序正式提出。

"你也可以不干。"她说。

王文章喜出望外："真的吗?!"

"你说呢？"

"谢谢王书记信任！"

"但是呢？"

王文章明确表示："没有但是。"

"需要再表演一回，表明是我硬要你干的吗？"

"不需要了。"

三

"客专"是个啥？那就是一条铁路，或称高速铁路、高铁。"客专"的全称是"客运专线"，表明了这条高铁的特定性。

本县目前没有一寸铁路。直到被"客专"线工程设计师画上一条虚线，才一举跻身未来的全国高铁网，也进入本省的"一横"之中。本省高铁规划通俗称之为"三纵三横"，"客专"属于中间那一横，其东端为本省省城，西端则穿越省界，接入国家高铁网中一条连接几座大城市的骨干线路，本省省会将通过"客专"与它们连成一线。本县有幸为"客专"途经，完全因为地理位置：这块地盘恰属本县，你不想经过也得经过。同样的原因，这条线只能走本县的北岗乡，难以另谋高就，因为北岗在本县海拔最高，地理上属于本省中部一座山脉的余脉，而"客专"大体沿该山脉南坡而行。高铁有其缺点，没法像村道一样忽上忽下，得讲究高度坡降，当然也得考虑巨大成本。数年前"客专"规划刚刚披露，本县便有大量反映，希望此段线路南移，从本县县城至少从岭脚一带经过。经多方努力，未遂，高铁还是高高在上，唯青睐北岗。线路难以调整，只能退而求其次谋求"设站"，这一艰巨任务非王文章莫属。

所谓"设站"指建一个火车站。"客专"线原本规划于本市地界设一个站点，具体位置有东、西两方案，尚未最后确定。原因是本市北部三个县都属途经，三县都想争取，但是又各有想法，所谓"各怀鬼胎"，原因相同：线路只在山区一线通过，离县城都有一定距离，三个县不约而同，都想争取线路南移并于靠近县城位置设站，结果无一成功。由于本县在三县位置居中，且途经线路最长，设站理由更为充分，却因为北岗离县城太远，设站牵扯大量土地和资金投入，利用价值和性价比似乎不高，意见分歧较大。王文章从一开始就力主争取，建议千方百计让站点落在北岗，为此他列举了很多理由，其中有一条最核心的却没在其中，那就是他本人。王文章是北岗人，如果"客专"线只是途经他的家乡北岗，那么北岗人在付出土地、劳动之后，可以幸福地"看到铁路修到我家乡"，却难以获得更多利益。如果有一个车站设在北岗，情况顿时大变，必定会有一条连接车站与县城的高等级新公路作为配套项目提上议事日程，这将根本改变目前的交通状况，"畸肩"路将从此进入历史，北岗将从一个偏远闭塞之地一变而为本县铁路、公路结合的新兴交通枢纽，必定极大促进各相关产业发展，这便是全盘皆活。不说别的，王文章全力以赴的莲花山风景区及其游客服务中心，忽然就不再是"坑蒙拐骗偷"的打水漂项目，而是极富远见的产业发展措施了。

王文章当年就是拿"客专"线和设站作为重大利好，促成了"游客服务中心"项目的确立。时"客专"线还在酝酿规划中，不免有人怀疑，如果到头来这条线不修，或者本地不设车站，那么王文章的鼓吹谋划全得死个直挺挺，包括"游客服务中心"，当然也包括他自己。为什么王均甫一上任，王文章就迫不及待请求把"客专"事项交给他？那不仅是勇挑重担，更是救命之策。这个项目谁都可以来牵头，但是肯定没有谁会比王文章更切身、更上心、更急迫。王均改变主意，把王文章从火箭发射场扣下来，把"客专"任务交给他，可谓看得很准。当然，如她这种有洁癖的领导，更强调委以重任之际，需要确认此人手脚基本干净。

王文章发表体会："女领导有两种，一种很一般，一种很厉害。女领导一旦厉害起来，真是没有哪个男领导可比。"

下级表扬上级，可以不吝美言。王文章表扬王均是数十年里最好的第一把手，一举为本县注入了未来发展的强大动力。其实王这么表述也属自我表扬。王文章当然也自认跟王均没法比。女领导是老大，他只排名第四。女领导高屋建瓴，他满裤管泥巴。最重要的是女领导出于公心，而他私心重重。作为本地人，他自知将终老本地，如果只为自己捞取好处而不为家乡干些事情，本地人骂娘会骂进他的骨髓，让他来日躲进骨灰盒都不得安宁。眼下他在台子上，人们只能在背后骂他汉奸，一朝下台了，满街的人都会当面吐他口水，他可不想享受这种美好待遇。无论如何，他必须为家乡做点好事，留点美名。王均是省里派下来的，根本不需要考虑这个，只需多说少做平稳过渡，不必计较干过些啥，不出大事就好。时候一到，照样提拔走人，无须在意这个地方又怎么啦，谁会在这里想念或者骂娘。但是王均就是不一样，与本县干部群众同心同德，敢于面对巨大困难，不惜付出艰辛努力，任职一方造福一方，办实事办大事，绝不敷衍。本县干部群众看在眼里，铭刻在心，永不忘记。

王均问："这些话跟以前那个张书记也说过吧？"

王文章脸皮结实，面不改色："他喜欢听。"

"打包带走，去跟他说。"

这个重要指示贯彻落实不太容易。

虽然从此不再"高屋建瓴"，王文章倒也不负所望。这个人确有能力，加上有一股劲，如他自嘲，拿出当初"坑蒙拐骗偷"那些招数，加上"好工"，也就是锲而不舍，不达目的誓不罢休，难题被一一破解，"客专"站点终于最后敲定，设于北岗乡，定名为"莲花山站"。这一过程中，前台上蹿下跳是王文章，后台遥控指挥是王均，后者起的作用可称巨大，不仅在于对前者的支持，还在于王均直接处理了几大审批难题。她在省直部门工作多年，上边的人头路径熟悉，知道什么事可以找谁，从省里相关部门到省领导，绿灯逐一被她打开。直到这个时候，王文章才感叹幸亏有这么大号一个"空降兵"，否则只靠一两串井底之蛙，不知还要费多少周折。

半年多后，"客专"线和车站项目开始征地搬迁，王文章奉命常驻于北岗项目指挥部，紧盯不放，没有特别重要的事项不得离开。王均自己隔三岔五上山检查督促，确保项目按计划顺利进行。

那时出了件事情，有一天下午，县统计局局长丁家声匆匆上山，面见王文章，报告了一个急迫事项："截止期马上就要到了，怎么办王副？"

王文章问："截止哪个钟点？"

是今天下午五点半，本周最后一个工作日下班时间截止。

王文章不吭气了。

丁家声匆匆前来，牵扯到一份重要报表，涉及上年度本县GDP的确定。GDP通常称为国内生产总值，它很重要，能反映经济发展，也能表现政绩，因此也可能被造假或注水。本县在前任张书记手上，曾接连数年GDP增长排名全市第一，这得益于争取的一些重点项目和招商项目接连落地，但是也有相当部分的浮夸，也就是数据水分。比如北岗乡，原先石产业产值耀眼，治理整顿后石厂倒光了，产值数据却不能少，必须以每年百分之几增长。王均到任后发现了这个问题，提出要挤水分，把数据做实。今年年初，县统计部门按照她的要求，组织力量细致工作，提出了一组新的统计数据，比之原数据有相当比例降幅。这份新数据当即被王文章压住，命统计部门先不要拿出来。

从担任常务副县长那时起，王文章一直分管统计部门，本县GDP那些事，没有谁比王文章更心知肚明。王文章向王均做了一次个别汇报，建议慎重处理。压水分搞准数据肯定是对的，却也得防止连锁问题发生。如果按照统计部门提供的新数据，那么本县发展增速将从当年全市前列一变而为倒数第一。

王均说："这不是问题。该是多少就是多少。"

"但是也会直接影响全市统计数据。"

本县调低数据后，全市的数据也将跟着相应下调，如果幅度过大，本市在全省内的排名会因之生变。这件事不仅影响本县，还影响全市。王文章建议可由书记县长一起去向市主要领导和分管领导汇报，然后再定。

王均听进去了，与县长娄士宗一起去市里汇报了情况。市长把统计部门领导叫来一起研究，最终同意本县对数据做一定调整，但是不同意一步压到位，因为牵动太大，产生的数字缺口难以填补，只能视情况逐步消化。根据市领导的这个意见，县统计局做了一个新的上报方案，称之为B方案，比之前那个大压水分的A方案有较大回调。因为事关重大，王文章对丁家声强调，上报该方案务必直接请示王均。王均对该方案很不满意，一直压着不让报，直到截止期临近。

丁家声上山时，公文包里放着那份B方案。他告诉王文章，近日曾通过各种方式多次请示，王均一直不表态。昨日王均去省城开会，行前丁再次找她报告，她还让等。可能是想借在省城开会之机向上级领导反映，争取再压一点。问题是今天下午下班之前务必报送数据。丁家声给王均打电话，未联系上，可能因为会场不能开机。后来又发了短信，未见回复。无奈，只能上山面见王文章，请示怎么办。

王文章问："你请示过娄县长吗？"

请示过了。娄士宗说这个事只能请王均拍板。

"既然这样，干吗还找我？"

"王副分管啊。"

"我还能管过书记县长？"

丁家声一时语塞，什么话都说不出来。

王文章问了一个问题，就丁家声经验，此刻王均还有争取余地没有？丁家声直截了当回答："已经到了这个时候，不可能。"

"哪怕误期，到头来她还非得在你这张表上签字，是这样吗？"

"恐怕是的。"

"这好比你抓了只绿头大苍蝇，她得生吞下去，不吞还不行。是吗？"

"我哪敢啊。"

王文章叹口气，称王均那样有洁癖的领导哪会心甘情愿活吞苍蝇。与其大家合伙，逼人家女领导痛不欲生自己去生吞，不如找个消化功能更强大的人替她吞了，然后还可以帮她出一口恶气。这个人该是谁？不就是活该分管王副吗？

他在那张报表上签了名，还有"同意上报"四字。丁家声拿回报表，却不离开，手发抖，脸发白，说不出话。王文章问："你是怕王书记回来后撤你职？"

他点头。

"我来跟她报告，没你事。"

丁家声走后，王文章给王均发了一条短信，称由于王均在会场无法联络，时间不允许再等，他已经以分管领导身份签字，命统计局将"B方案"报送，特此报告。

王均怒不可遏，当晚从省城给王文章打来电话，命王文章立刻去把数据报表撤回来，待研究后另行上报。

王文章说："王书记尽管批评我，事情不好再变了。"

王均摔了电话。

如果王均坚持，这份数据当然可以设法先撤下来，但是撤回本身马上会成为一大问题，其后果可能更难承受。王均作为第一把手，对此肯定心知肚明。基于这个判断，王文章才敢擅自做主，造成既定事实，让她不得不接受了事。

王均回到县城后，王文章在第一时间前去听训。王均冷若冰霜，劈头盖脸又是一顿怒批。所谓"替女领导吞苍蝇，还帮她出一口恶气"原来是这么回事，果然一如王文章事前所预料。王文章的消化功能确实强大，当场仅虚心听取批评，绝不多做解释。王均这种厉害领导明察秋毫，她哪里会看不明白，实无须王文章喋喋不休自我表白。他只检讨自己存有私心，从前任张开始，统计名义上由他分管，实际张本人总是亲自过问干预关键数据的确定与上报，不容他人多嘴。但是现在如果追究，张得负领导责任，王作为分管也跑不掉。张已经涉案给抓了，王还在，一旦惊动上级，王文章便首当其冲了。出于这种顾忌，王文章很希望数据水分慢慢消化掉，平稳消解，不要闹大。

"即便需要我承担责任，也希望能缓一缓，日后再追究不迟，眼下不是时候。"王文章说，"难得王书记信任支持，让我能为家乡做点事。'客专'项目进展正在节骨眼上，那比什么A方案B方案要紧。"

王均不吭声，明显那股气一点也没消。

几天后王文章在北岗接到了县政府一份传真件，就领导分工调整征求意见。他注意到统计局已经划到别的领导名下，不再由他分管。

娄士宗打电话做了说明："是王书记的意见。说是让你专心去做'客专'。"

"感谢，这是书记县长对我的关心支持，完全拥护。"王文章表示。

事情悄然而过。王文章专注于北岗，王均时时过问，一切似乎都恢复正常，但是他们彼此清楚，这件事谁也不会忘记。

夏日里，"客专"莲花山站隆重奠基，举办了一个奠基仪式。按照"隆重简朴"要求，仪式定于上午九点进行。王均早早地，七点就亲临现场，恰巧又遇上王文章声色俱厉发飙，骂的居然还是郑光辉。

"到时候少放一颗，"他吼叫，"老子砍了你！"

王均脸一拉:"又怎么啦?"

其实没什么,王文章命郑光辉安排于会场四周悬挂四串大鞭炮,准备四个人,四个打火机。刚才一检查,所准备的打火机里有一个打不了火。还有供嘉宾奠基用的八把"锅铲"也就是铲土的铲子,王文章发觉其中有一把铲口有缺损,因此怒骂。

此刻郑光辉已经接任北岗书记,表外甥对他可丝毫没有更谦恭,不同的只是当众没见抬脚。王均一到,王文章马上变脸,夸奖郑光辉总是知错就改,少了个打火机,居然把王文章口袋里那个掏去凑数。

王均没多说,即开始检查。她天不亮动身,驱车近两小时,提前赶到北岗,是因为今天的奠基仪式虽然规模不大,于本市本县却属意义不凡,本市分管副市长将亲自出席以示重视,必须确保无误。王均察看现场,检查各种细节,包括王文章的状态。

"怎么人不人鬼不鬼?"她不满。

王文章称已经备好一件"戏服",放在指挥部里,到时候一换就成。

他所谓戏服即正装、西装,正式场合目前需要那个。此刻没到时候,他身上是一件夹克,也还算齐整,只是这里一斑那里一点有不少烟洞,显示资深烟民地位。王均嫌他不人不鬼,主要是他灰头土脸,头发乱,脸色发黑,表情躁。

他说:"工地上待着,人就躁了。"

王均听汇报,看现场,走了一个多小时。王文章紧随,寸步不离。王均注意到他的动作有些怪异,左手总插在裤兜里,从不拿出来,却又动个不停。起初王均没太在意,后来越看越觉得刺眼,忍不住问一句:"你那个手怎么啦?受伤了?"

"没有。"

他把手从裤兜里掏出来,拍一下,表明一切正常。

但是剪彩时出了意外:郑光辉的四挂鞭炮放得山响,一颗不缺全给点着,供嘉宾铲土的八把铲子把把完好,不见差错,掉链子的竟是王文章自己。他换了"戏服",站在王均身旁,为左侧最后一位剪彩嘉宾。动剪时他用左手抓着彩条,右手持剪刀,居然两手发抖,接连几剪,没有哪刀能剪到底。一旁王均发现不对,看了他一眼,他低声喊了一句:"王书记帮我。"

王均即接过他的剪刀,只一下,刀到带断,干脆利落。

简短仪式结束,送走市领导,王均看到王文章又把左手伸进裤兜里。

"到底是什么?"她眉头一皱问。

"没什么。"

"掏出来。"

王文章把东西从裤兜里掏出来。原来就是一盒烟,已经给捏成一团烟渣,一把杂碎。烟盒皮、过滤嘴、烟丝、烟纸,啥都有,就是没有一根完整的。

也许是一团烟渣够刺激,他忽然崩溃了,当众仰头,大张嘴巴,打了个漫长的哈欠,长如百年。居然还流了点口水,丑态百出。

是犯瘾了。为了准备奠基，他已经三个晚上没睡完整觉。他不怕熬夜，只要有烟。今天上午没办法克服，陪同王均抽不得烟，搞得人不人鬼不鬼，剪刀都拿不稳，瘾急了只好拿手指头在裤兜里解决，把一盒香烟一根根捏碎。

王均问："谁有烟?"

郑光辉赶紧掏口袋。

"给他。"

没再多说话，女书记上车离去。

事后王文章调侃：经过成功举办"客专"莲花山站奠基活动，不仅本县交通和产业发展迎来历史性时刻，本县良好香烟环境也在开始恢复。

一星期后，市里考核组来到本县，一直深入到北岗工地。这个考核组考核对象仅一员，却是王文章。不久王文章被任命为县委副书记。本县原专职副书记陈冬木援藏去了，保留本地职务，归来后肯定另有重用。因工作需要，王文章被增补为副书记，接手陈冬木原分管的那些事务。

自始至终，王均没跟王文章谈这件事，但是显然她是关键，没有她力荐不可能有这个安排。这位领导很公正，该批评敢拉下脸，该关心照样关心。

王文章升职后继续驻扎于北岗，主要任务依然是"客专"项目，以及游客服务中心。后者经过了专家论证，在"客专"动工设站之后，重新上马已经没有疑义。王文章没再兼总指挥，只是一并管了起来。

然后有一个报信电话打到王文章手机上，消息惊人："听说搞到林则徐了!"

是林耀，县建设局局长，曾经被王均拿两根指头夹起来示众过。他说的"林则徐"是谁? 知道的就是机关里若干烟鬼，其发明专利还归王文章。当年林则徐禁烟获罪，被大清皇帝贬到新疆。眼下王均的事与禁烟无关，一星半点火苗都没有，只涉及一些数字。数字并不是易燃品，却可能意外自燃，一旦数字像汽油一样猛烈燃烧起来，其后果非常严重。此刻这些燃烧的数字竟是本县GDP数据，涉及年初那份"B方案"。时间已经过去近一年，那些数字像是已经进了垃圾箱，谁知道竟会突然起火：有人举报本县数据不实，涉嫌造假，恰又赶上省内一起类似案件被上级查究、曝光，省领导高度重视，批示督办，省、市统计部门的联合调查组突然来到本县。

林耀听说事情可能会"搞到"林则徐那里，却不知道王文章才是最可能被"搞到"的那一个。如今类似调查都是所谓"问题导向"，任务只在查问题，不是来发红包。本县GDP的问题实不难查，曾经有过的一份"A方案"很能说明情况，找到那东西毫不困难。一旦问题查实，责任人必受处理。这种事的处理不同于贪污受贿，平常情况下不一定很重，撞到风头上就不好说了，严重的话会伤筋动骨掉几顶乌纱帽。具体而言，王均作为第一责任人要承担责任，王文章是分管领导，过去注水有一份，如今还一再主张不要急压，且涉嫌擅自做主，情节如此亮眼，更是跑都没处跑。

王文章骂了一句："该死。"

他把自己关在指挥部办公室里，整整待了一个上午，自称"考虑问题"，命众人不得干扰。实际上他是在里边抽烟，打主意，图谋自救。等到他出门时，那里是一屋子混沌，像是被一颗烟雾弹直接命中。

王文章直奔县城，途中给陈雄挂了一个电话。陈雄是市统计局局长，此刻与省统计局调查组一起下到本县，驻扎于县宾馆。王文章报称自己有重要情况要向调查组和陈雄报告，请陈安排时间听取。王文章自称清楚调查组刚刚进驻，工作正在有序开展。王曾分管统计，必定会被列为调查对象，可以等待调查组按既定工作安排，通知他后再来汇报。只因为近段时间他负责"客专"等重点工程，常驻于北岗，那边任务很紧，事情很多，只怕到时候调查组有请，他却被缠住了，弄不好会影响调查进展。今天恰好到县城处理一些事务，还有一点时间可以利用，这才主动联系，请求汇报。

"谁让你找我们？"陈雄很警觉，"你们王书记吗？"

王文章称自己没有跟王均报告，他也不会报告。所谓"王不见王"，王均让他守在北岗，不要到处乱跑，调查组到来这件事也还没有通知他。要是他向王均报告，那就是给自己找事了，因为他要反映举报的也包括王均的一些问题。

陈雄动作迅速，即与调查组负责人沟通，几分钟后便通知同意王文章前去。

王文章向调查组呈送了一份《情况说明》，作为书面依据，同时亦做当面口头汇报。有关"A方案""B方案"的过程被他完整介绍，只是隐掉一个细节，就是他曾建议书记县长向市领导汇报，他们也真的去汇报并得到了一些指示。说出这些无异于举报反映，相当于把责任推到上级那里，使事情扩大化复杂化，因此王文章不谈。这是不是隐瞒真相？可以斟酌。该情况别的人或许不知道，陈雄本人非常清楚，根本无须王文章举报。是不是需要向调查组报告，怎么报告，陈雄自有把握。王文章也报告了自己擅自做主签字上报报表的过程，并不讳言如此大胆的原因就是害怕承担分管责任。王文章强调两大要点，一是此前本县数据水分，主要责任是那位出事的张，王文章作为分管领导只能听从。二是王均到任之后高度重视实化数据，"B方案"已经有所体现。未能全部压实有具体原因，非王均所能为。王文章在王均未曾同意的情况下，出于个人考虑擅自做主报送不实数据，主要责任在他本人，不在王均。

他不是自称要举报吗？这么举报算个啥？无异于见义勇为，或者不如说是投案自首。调查组最关注的其实就是所谓"举报"。为什么人家愿意在既定安排之外，先听这个王反映问题？因为他提到举报"包括王均的一些问题"，这是调查组需要的线索与要害。王文章知道怎么才能引起他们的注意，果然一语中的。

王文章还是举报了一个问题，就是王均没有针对问题做严肃处理。数据造假祸国殃民，擅自做主违反规定，都是此风不可长。但是王均只是严肃批评，没有给任何人任何处分。包括对王文章本人，也只是重新调整分工，不再让他分管统计局了事。

这是举报个啥？有如给领导提意见："一心工作太不注意身体了。"变种拍马而已。不同的只是王文章自我揽责加自请处分，表现得更为充分。

王文章报告完情况，即驱车返回北岗，谁也不找，谁也不说。隔日，王均给他打了个电话，张嘴就批。

"谁让你那么干！"她怒气冲冲，"我不需要！"

"王书记不需要，王副书记需要。"王文章回答。

王文章需要什么？他解释：眼下他最怕王均离开本县，无论是出事还是高升。他曾突然梦到本县书记姓汪了，当即吓醒，发觉只是个梦，如释重负。他跟调查组谈的都是实情，所做的表示也都发自内心。

调查组在本县工作了两周时间，终拿出一份调查报告，而后相关人员根据他们所负责任受到了相应处理，王均以负有领导责任被通报批评，而王文章受到严重警告处分。身处风头，这样的处分可算相当温和。另外还有一项众人均意料不到的结果，就是王均所希望的"压水分"竟通过这些处分得以实现。

王文章自嘲称，投案自首果然有助减轻处罚。处分是应该的，只要帽子还在，就可以继续做事。他自感得意的是有王均陪斩，一个小通报对王均不算什么，却可能让她无法那么快提拔走人。她在本县多留一点时间，于本县人民、"客专"等重点项目、他的家乡北岗以及他本人都是巨大福气。

有天中午，王均只带一个随员，突然光临北岗，事前没有通知。时值午饭饭点，王文章蓬头垢面，不人不鬼，被抓个现行：他在指挥部，身边围着几个人，一人一个饭盒，一边吃饭一边开碰头会。王文章吃饭时居然还能抽烟，一支香烟在烟灰缸上袅袅冒气，下边是满满一缸烟灰。王边吃边抽，物质精神两不误，拿尼古丁当下饭菜。他本人背心短裤拖鞋，包装得就像个包工头，身边围着的都是小工头。

王均驾到，大家一时慌了手脚，王文章赶紧招呼给王书记搬凳子卜茶水，一边拿条裤子往腿上套。王均没多理睬他们，眼睛转向房间另一个角落，盯着看，离不开。

这里竟是另一个风光：有一张小桌，小桌后边坐着一个小男孩，大约十岁模样，长相清秀，满面阳光，非常招人喜欢。小男孩面前放着个饭盆，还有厚厚的一本书。他在一边吃饭一边看书，对屋子里大人的喧闹充耳不闻。

"这孩子是谁？"王均发问。

王文章招呼："小章，过来问书记好。"

男孩闻声而动，王均顿时心里一紧：小桌后边不是椅子，是一辆轮椅。男孩推着轮椅滑过来，动作轻盈纯熟。他问了声："书记阿姨好！"童声清脆。

王均笑笑："好孩子真有礼貌。"

她让男孩去吃饭，好好吃，细嚼慢咽，不要光顾着看书。

这孩子是王文章的儿子，放暑假在家。王文章的妻子在银行工作，近日行里安排业务培训，去省城，儿子在家没人管，他把他带回北岗，跟他一起住指挥部。

"孩子奶奶呢？"

这段时间也在北岗老家，住在王文章大妹家中。

王均说："我要跟你谈件事。"

王均此来必有要事，因为很突然，很意外。近期北岗的几大项目进展顺利，铁路路基施工已经全线拉开，隧洞桥梁齐头并进，施工单位都是国字号大公司，本县主要是提供保障，配合处理涉及地方的各种事务。由本市和本县为主承建的"莲花山站"主体建筑、广场和配套建筑都已开建，配套公路设计方案已经通过，动工可期。"游客服务中心"主楼也开始内装修。这些情况，王文章都及时向王均汇报过，没有什么可让她不放心的，无须她突然赶来。此刻会是什么事呢？王文章赶紧命人打开会议室空调，把王均请到里边，单独谈。

很意外：王均考虑让王文章走人，离开他现在正在负责的重点项目，离开家乡北岗，也离开本县，去当"空降兵"，做一次"低空跳伞"。

这事怎么提起？明年是换届年，市里着手考虑换届干部事项，市委组织部长通知王均，让她下周一到市里，部长要陪同市委书记跟她一起研究本县领导层人员的去留升退，让她提一个初步建议。王均考虑王文章是本地人，不能在本县当县长、书记，只能提人大主任或政协主席，本县现任那两位都可以再干一届，轮到王文章至少在五年之后，从长远考虑，不如择机离开。由于前些时候统计数据不实的那个处分，目前他还不能提拔，可以考虑先平调到比较重要的县、区去，日后再谋求发展。王均想向市委建议让王文章去城中区，该区地位重要，是市机关所在地，人口与经济总量在全市排头。该区有几个重点项目要上，王文章抓项目有经验，能力强，非常适合。如果王文章去，很快就能进步，一段时间后，顺利的话可接任区长，提拔到其他县区也有可能。那就打开了大的发展空间，日后有望从县区长到书记，直到进入市级领导层。这种事当然也有很多不确定性，靠自身努力，也要看机遇。王均觉得有必要先与王文章沟通，听听王个人的意见，她本人倾向于让王离开。

王文章"啊"了一声："很意外。非常意外。"

"你留在这里继续抓这些项目当然很好，换谁也不如你。"王均说，"但是机会难得，错过就可能耽误了。"

王文章问："王书记是不是听到什么反映，感觉我有问题？"

王均说，任何事情都有正反两面，有一利必有一弊。本乡本土固然有利，也有所谓"猪屎沙多"之说。王文章抓"客专"项目以来，成效显著，大家有目共睹，存在若干争议也属难免，目前并不构成问题。她之所以考虑让王文章离开，确实也想让他避开日后可能遇到的某些问题，主要的还是希望为他争取一个发展空间。

"明白了。谢谢王书记。"

王文章道谢，然后断然拒绝。他说，如果是他有问题有所不宜，无须调离，可以就地免职，就地调查处理。如果不是这样，那就让他留在这里继续做这些事情，无须考虑他日后如何。就他本人情况，把他提到北京去当个部长，也不如让他留在本地当包工头。他早就清楚自己不能有任何奢望，只能选择终老家乡，死了就埋在这里。

"为什么?"

因为孩子,王均已经看到了。这孩子是王文章的一块心病。孩子原本很健康,很聪明,人见人爱。上小学一年级那年,也是暑假,由于工作忙,顾不上,他把孩子送到北岗,交给母亲照料。孩子调皮,与村中小朋友打打闹闹,跑到公路上,不幸被一辆拉石头卡车撞到,从此有赖于轮椅。王文章悔恨自责,他的脾气和烟瘾都是那以后上来的。从此他也最痛恨车祸,谁要在他面前谈论车祸,谁就像是跟他有仇。王文章平时打哈哈开玩笑,什么"空降兵""汪精卫"的,更多的只是排遣,苦中作乐。孩子已经成为残疾,可以想见一生的艰难。做父亲的希望让他尽量生活得好一点,父母在时有人照料,父母不在了也能有人关照,死死待在家乡可能是最有利的选择。

"到其他地方孩子就没人管了?"

当然没那么绝对。如果调到区里工作,可以把家安在市区,对孩子的教育和成长也许更有利。如果职务还能继续向上,掌握一定权力,想必还会有更多人来关心这孩子。但是总归不是自己的乡土,自己只算那里的过客,没办法指望太多。时候到了,身边的人一哄而散,丢下个残疾孩子怎么办?留在本县,再不济也还有七大姑八大姨可以指靠,顾念旧情的肯定也会更多,只要他多做好事。这么些年来,他在家乡做过的事情有好有坏。当乡书记时发展石产业,破坏环境有责任。当副县长时坐镇北岗治理采石,关厂炸设备,打掉了多少饭碗,骂声不绝,却是正确的。现在的"客专"线和风景区建设对本县特别是北岗太重要了,视同做功德。做好这件事,家乡人们就会记住他。他们会说:"那个人虽然挖过人家祖坟,也还是做过一些好事。"这可能有助于他的孩子日后过得更好一点。

王均批评:"井底之蛙。"

她问了一件往事:有一回她让王文章随同去岭脚镇开现场会,涉险过洪水,后来才听说他原本要带儿子去省城看医生,那是准备去看什么医生?王文章回答,确实是约了一个专家,不是看眼睛配眼镜,是看神经内科,据说那位主任能治他孩子这种病。那一天没去成,隔了一周又去了,最终还是白走,孩子站不起来,已经无药可治。

"刚才谈到的事情,你是不是愿意再考虑一下?"王均问。

"王书记的好意我心领了,但是请千万不要提出来。王书记一定要答应,日后我和我的家人,包括儿子都会感恩不尽。"

王均摇摇头:"好自为之吧。"

下午两点,王均动身返回,行前在指挥部大厅四处张望。

"孩子呢? 睡了吗?"

王文章吼了一声:"小章,出来。"

眨眼间,小轮椅"忽"地从一根柱子后边闪现,在厅里轻快地转了半圈,停在王均和王文章面前。

王均说:"哎呀,小朋友这是骑滑板啊。"

小男孩快活地笑。他告诉王均，他能用轮椅踢足球，班里还没有谁踢得过他。

王均摸了摸小男孩的头，说了句："这孩子真不容易。"

她的眼眶竟然悄悄一红。

王均没有孩子。她丈夫在省城一所大学做行政工作。不知是因为工作忙，耽误了，还是从一开始就打定主意丁克，总之二人没有孩子。但是她喜欢孩子，毕竟是女人。

一个月后，本市传出爆炸性消息：王均调任城中区区委书记。

原来她找王文章谈话另有由头，并不只是她说的那样。一个县委书记即便要推荐手下干部，最多也就是提出那个姓王的可以平调出去任职，不可能具体到建议调城中区干个啥，想这么做必有特殊前提。显然王均知道自己即将调任该区，有意让王跟她过去抓重点项目，甚至考虑日后提起来做搭档，真是极其看重。她不能提前透露自己的变动，王文章不知底细，谢绝她的好意。不过即使她把底细和盘托出，王文章似也很难下决心死在本县之外。

王均这一调任别有意味：城中区地位特别重要，历任区委书记都是高配，同时任市委常委，或副市长。王均则是平级调动，没有提拔。或许因为不久前刚因数据风波受到处理，尽管很轻微，却不好立刻就提，只能分步走。无论如何，把这么重要一个地方交给她，表明了对她的看重，该女领导果然厉害，如王文章所评价。但是王文章也有看走眼的地方，例如他断定王均能在本县多留几年，结果被证明是错了，人家转眼就用这种方式"跳伞"而去。

这个结果对王文章极其震撼，如五雷轰顶。

四

那天市里会议结束时，王均把娄士宗叫住，问了些情况，提到了王文章。

"这个王胆子大。"王均说，"有一回当着我的面骂我的驾驶员，你知道吧？"

娄士宗嘿嘿一笑："这家伙是有毛病。"

"帮我带个话，让他好自为之。"王均说，"我都记着呢。"

这一重要指示于当天晚间即传达给王文章，未曾过夜，原因是市里的书记会议很重要，本县连夜开会传达，王文章被叫出北岗参会听精神。娄士宗把王均的话带到，王文章听罢眨了一下眼睛，脱口道："不会吧？"

"你去问她。"

王文章自嘲："虽然我表现还行，挡不住女领导爱记仇。"

王均调离本县后，"王不见王"，城中区委王书记管不着本县王副书记了。不料该局面只维持了半年，王均提升一级，被任命为市委常委，进入市委领导班子，虽然主要工作还在城中区，但就领导层次而言又成了王文章的上级。娄士宗在王均走后接任本县书记，娄个头瘦小，心眼也比较小，记仇水平不逊于女领导。当年本县书记姓张时，娄一直受压制，张喜欢瘦高不爱瘦小，没把县长放在眼里，却重用王文章，时常越过娄直接给王下指令，搞得常务副县长比县长还牛，娄士宗不知道的事，王文章知道。娄士宗能忍，表面上逆来顺受，心里当然满肚子火，直到张出事才感觉出了口气。王均到任后，县里屡有人质疑王文章"涉张"，娄士宗实有所推动。幸而王均客观公正，查无问题，该用就用，让王文章过了一段舒心日子。当时娄士宗审时度势，跟王均保持一致，对王文章也比较客气，彼此相安无事。王均对娄、王之间的内情心知肚明，她临离开时想把王文章调离，可能也因为担心日后不是王不见王，是娄不容王。不料王文章死心眼，放弃大好机会，铁定要死在本县。娄士宗成为第一把手后延续王均做法，让王文章继续驻守北岗抓重点项目，那些事确实没有谁比他更合适。但是应该让副书记知道的事情、参与的决策，却不时让王文章待一边去，有时开会都不通知。王文章自嘲这样最好，专职山大王，死心塌地坚守"土匪洞"做功德。王文章并非真的"王不见王"，他不时会给王均打个电话，也曾借机到区委大楼当面汇报，把北岗山上的各重要进展报告给王均，虽然人家如今不管那些事了，王文章始终不曾怠慢。汇报中王文章从不提个人事情，也不谈娄士宗，王均却很清楚，毕竟主政过本县，她有多条渠道了解。此次让娄士宗带话，她知道娄肯定会以最快速度完成任务。因为她是市领导，也因为娄乐意对王实施敲打。

第二天一早，王均准时到达区委大楼的办公室，她所谓"准时"就是提前半小时，这是她的习惯，除非遇到特殊情况。已经有一个人等候于门外，是王文章。事前他没有电话联系，直接闯上门来，提前半小时，他对王均的作息规则了如指掌。

王均没有显出意外。她命跟在身后的区委办随员给王文章倒杯茶，同时通知原定于八点召开的一个会议后延，推迟半个小时。

"我要听听王副书记都有什么要说。"她说。

随员给两位领导都倒了杯茶，起身离开，轻轻带上办公室门。

"王书记一定有重要事情要提醒我。"王文章直截了当，"请明示。"

王均反问："有吗？"

王文章记得王均在调任区委书记前，曾专程上山，跟他谈过一次话，当时就说过"好自为之"。直到王均调任，王文章才明白那是什么意思。现在王均带话，重提旧指示，一定是又发生了什么。估计除了重要，还很急迫，同时电话不宜，只能用这种方式提醒王文章注意。所以王才会在最短时间内直接上门面见领导，请求面示。

王均不置可否："你一定有些猜想、估计吧？"

"会不会是郑光明的事情？"王文章问。

"你说一说。"

王文章报告：郑光明是郑光辉的堂弟，实为亲兄弟，郑光辉本人过继给叔叔当儿子，所以两郑又亲又堂。按辈分王文章得叫郑光辉表舅，那么郑光明也算。郑光明当了多年村长、村支书，办石厂赚过些钱。禁止采石后，郑的公司改行做土方工程，拥有钩机、铲车等一批施工设备，在游客服务中心、"客专"线路和配套公路工程中都揽到一些业务。前些时候郑光明突然被带走，县委班子开会时曾简要通报，称郑利用金钱权势，以威胁、人身伤害等非法手段，企图垄断北岗土方市场，涉嫌黑恶，正在接受调查。其后不久，郑案被列为省、市扫黑除恶专项斗争的一个重点案件，挂牌督办。外界传闻纷纷，指郑光明背后有两根黑保护伞，小一点的那根是其亲堂兄，乡党委书记郑光辉，大的那根就是王文章。

"你是吗?"

"领导放心，我不是。"

所谓"本地猪屎厚沙"，王文章在本地负责工程，乡里乡亲众目睽睽，不能不特别小心，秉持公正。王均早就提醒过，任何事情都有正反两面，本乡本土固然有利，也会有相应问题，"好自为之"，对此王文章记得很牢。郑光明为人比较霸道，手脚也不干净，王文章一直对他很警惕。当年王当乡书记时，就曾查过郑光明一些事，给过留党察看处分，撤掉了村书记职务。那一回工地上出车祸，王文章查问时得知出事的卡车属于郑光明那家公司，是通过郑光辉进工地的，气得差点一脚踢翻郑光辉，刚好被王均撞见。但是郑的公司通过合法招标争取工程，王文章并不干涉，因为当年是王文章下令关掉他的石厂，之后还得给人家留条出路。那时候郑光明转行搞土方工程，需要过审批一关，王文章还曾帮助给相关部门领导打过电话，除此之外再无什么瓜葛。王文章心里有数，无论人们怎么议论，一概一笑置之。

真的如此坦然吗?其实未必。为什么王均给王文章带话，他立马赶来面见，而且主动提及郑光明一案?显然该案不可能如太平洋海沟里的一条疑似泥鳅一样与他毫无干系。说来王文章也属足够敏感，娄士宗话一带到，他脱口称，"不会吧?"为什么有这种感觉?因为他知道王均不可能因当年驾驶员挨骂如此记仇。那件事的要害不是王文章刷牙不挤牙膏，拿本地粗话怒骂驾驶员，是他把王均的车挡在身后，自己先下水蹚路，不惜替王均让洪水冲走。当时王文章出于本能，并不是刻意表演，王均都看在眼里，她的看法其实是在那一刻改变的。此前王文章于她可有可无，爱走走吧，高空跳伞坐火箭悉听尊便，她不阻挡。那一天之后不是了，她把王文章扣留下来，先查案底，查无问题即予重用。这个变化她自己从不提起，王文章却知道就那回事。因此王均忽然提起骂人，不是记仇，仅是让娄士宗带话的由头，要提醒的肯定不是让王文章多挤牙膏刷牙，那么会是什么?显然有要紧事，很急迫，此刻除了郑光明一案，似无其他。所以王文章才匆匆赶来面见。王均为什么不能说明白点，或者干脆直接给王文章打电话，命其前来听训话或直接相告?显然有所不宜。这种事很严重，很敏感，不比身上夹克尽是烟洞，不人不鬼那么寻常。

王均问了一个问题:"当年你帮助郑光明过审批关，收受过他什么好处?"

王文章一口咬定没有。对此他非常谨慎。

"你跟他没有任何经济来往？"

"除了有时碰面抽他一两根烟，再无其他。"

"金钱呢？"

"没有。"

"股份？"

"王书记听到什么了吗？"

王均不加解释，只命一条：王文章必须放弃一切侥幸心理，立刻前往市纪委投案自首，把自己与郑光明的所有私人经济往来交代清楚。

"我已经说了，没有这种往来。"王文章强调。

"真的吗？"

王文章还是一口咬定。他说，王均到任不久就曾查过他，事实证明他不是那种手脚不干净的人。单只是为了儿子日后生存，他也不会干那种事。

"郑光明已经交代了。白纸黑字，你有股份。"

"不可能！"王文章叫道，"这是谁说的？"

这还用问？王均怎么可能把信息来源告诉他？王均虽是市领导，目前主要工作却在区里，她不管办案，也管不到王文章，无论王涉嫌腐败还是黑恶，都是相关部门的事情，王均无权过问。但是显然她有信息渠道，以她的身份经历，上层、中层、下层都可能有渠道。她从某一个甚至某几个渠道得知了消息，这消息可以说跟她没有半毛钱关系，完全可以置之不理，但是她没有坐视发展，而是用这种特殊方式让王文章过来，问了情况，指出了要害。她告诉王文章，别管是谁跟她说，怎么说，事情究竟如何，王文章问自己就好。她警告说，此刻一味否认无助于事，以她判断，王文章的时间已经不多。赶紧投案自首，争取减轻处罚，也许还来得及。如果没有足够把握，她不会跟王文章说这些话。她不希望在王文章儿子非常需要的时候，他出了大事。

"真的不是那样！"

这种情况王均见过很多了。初涉案时，几乎每一个"对象"都坚称自己清白。但是案子办下来，最终还是全部承认，几乎没有例外。

"不应该这样对我的！"

王文章叫屈，称自己有幸得王均信任，负责惠及家乡的几大重点项目，他自感不能对不起乡亲和领导，确实是没日没夜，累死累活，不计得失，没有功劳有苦劳。在王均调任，失去强有力支持的情况下，他忍辱负重，依然坚持不懈，因为他不是在为哪一位领导干活，是为家乡百姓，当然也为自己。私下里总是自嘲，劳碌委屈不算什么，只要好事做成，让人记挂，日后有助残疾儿子活好一点就可以。现在几大项目都起来了，一天一个样子，眼见胜利在望，他也没敢松懈，毕竟工程还没全部完成，还有很多事需要去做。哪里想到忽然自己成了黑恶保护伞，还腐败了？他不是那种人，别人不了解，王均最清楚。无论如何，万万不能这样，他无法接受。

"王书记得帮帮我！"

"我是在帮助你。"王均下令，"现在谈那些没有意义了。"

她命王文章不要申辩，按她要求去做，马上。

"王书记！你得相信我！"

王均站起身："你走吧。我要开会了。"

"真的……"

"去跟他们说。"

离开区委大楼，王文章去了附近街上一个牛肉面馆，在那里要了一碗牛肉面。当天早起赶路，他还没吃早饭。由于不想让行踪为人注意，他没用公车，是叫了出租。

他对老板指了指墙上的禁烟标志："抽一支行吗？"

老板略勉强："抽，抽吧。"

于是一支接一支，直到衣袋里那包烟抽光。这个时段小面馆生意清淡，只卖出他一碗面，老板对污染环境暂予容忍，未强烈干预。

然后王文章拦了一辆出租车，踏上归途。车刚刚从收费口进入高速公路，司机陡然紧张：坐在后排的王文章动静异常，从后视镜上看，他低下头，脑袋顶住前排副驾座的背靠，肩膀剧烈晃动，伴着一串奇怪的"啾啾"声。

司机忍不住问："这位客人，身体不舒服吗？"

他没回答。

"要不要……"

王文章头也不抬，顶着前排椅背低声回答："掉头吧。"

"什么？"

"掉头。"

那时他才抬起头看一眼车窗外。司机大吃一惊：该客竟泪流满面。

高速公路上怎么掉头？只能到下一个收费站口，出站再倒回。半个多小时后，王文章进了市纪委大楼。

事到此际实已无救。如果王文章不于现在自己走进这座大楼，接下来必然就是让这座楼里的工作人员带走。从王均谈话的严厉程度，可知事已急迫，迫在眉睫。如果刚才王文章没有让出租车掉头，而是返回家里躺平，等到人家把他带走，结果会是如何？几乎可以肯定会有"一二三四"，身败名裂，罕见例外，比之他人或许只会少了所谓"与多位女性保持不正当男女关系"而已。但是王文章自己走进来投案又能改变什么？与被带到"规定地点"如数交代，本质上并无区别，不外只是认罪方式不同。自首或许有助于减轻处罚，却不能改变其案性质。因此结果都一样，从此再也没有王副书记，再也无缘"客专""游客服务中心"。多年之后，会不会有人说："那个王虽然腐败黑恶，也还是做了点事？"恐怕未必，无须期待。多年努力，一朝尽去，屈辱无尽，可想而知，再无面目见江东父老，特别是自己的残疾儿子了。

王文章是什么人？这种状况下，居然不服，竟另有图谋。我们都知道他有前科，擅长"投案自首"，当年遭遇数据风波，他把自己关起来闭门抽烟，带着一屋子烟雾余味前去"自首"外加"举报"。这一回涛声依旧，他把人家牛肉面馆污染一番之后，打车中途含泪折返，故技重演主动上门，却与上一回南辕北辙。

他一张嘴就表示："有一位领导要求我来投案自首。"

跟他谈话的市纪委管办案的副书记即追问："哪位领导？"

王文章回答："不敢说是投案，我是来说明情况的。"

对方即叫来一个干部旁听、记录。此时此地可不容开玩笑。

王文章谈了与郑光明的过往关系，一五一十，什么情况，有何事迹，核心是强调自己清白，与郑没有任何经济往来，没有一分钱，没有一点股份。

"谁跟你说起股份？"对方突然问起具体情节。

王文章称郑光明出事后，县里传闻很多，他多多少少听到一些。

"关于股份他们怎么说？"

"讲得比较含糊。因为确实没有，传闻都出于猜测。"

"你可以谈得清楚一点，不要这么含糊。"

人家问的不是传言多含糊，而是具体人，是哪一个把含糊传闻传递给了王文章？

"主要是有，或者没有。"王文章强调，"确实是没有。"

对方不纠缠有无，唯盯紧人物："是哪位领导要你来投案自首？"

"她肯定也是听到了一些传闻。"

"到底是谁？"

"是王书记。"

王文章直接供出了王均。以职务层次，现在或应称"王常委"，王文章习惯称她"王书记"。王文章报告说，今天上午他到区委办公室拜访王均，汇报"客专"项目近期进展，事前没有电话预约，主要是不想干扰领导既定工作安排。不料刚一见面，王均就追问他与郑光明的关系，明确要求，如果有问题，必须立刻前往市纪委投案自首。他当面报告，没问题。他本人不是郑光明的黑保护伞，以往与现在跟郑都是"没有""没有""没有"。王均没有消除怀疑，依然强调让他去纪委自首。因此他来了，郑重申诉：所传问题确实不存在，请纪委领导深入细致了解，不要让他无辜蒙冤。

"你知道，你要对自己的话负责的。"对方警告。

"确实是没有。"

对方让王文章稍候，不要离开，自己站起身走了出去。

他肯定是去请示主管领导，也就是将情况报告给市纪委书记。而后他们会迅速研究一个处置意见，立刻向市委书记报告。

情况相当反常。眼下涉案官员投案自首，或者主动前来报称没有，做个人申诉，都很正常，不算奇怪，像王文章这种方式却不多见：说是来投案，却坚称无辜，而且有意抬出一位市级领导。如果他是一时失言说及，或者迫于讲清楚的要求而不得不交代出王均，那还比较正常。他不是，一张嘴就声称某位领导要他投案，明摆的是在做铺垫，引发注意，随时准备抛出。否则他完全可以回避，无须谈及领导，不必扯到五百年前，哪怕就说是七大姑八大姨命他前来自首，实也无妨。时下一些犯案官员为了立功减罪，在案件办理过程中检举揭发上级领导，也属常见。王文章却不同，他自称清白，又何需要举报王均以求立功受奖？应当说他提及王均也颇费苦心，细致拿捏分寸，例如他描述过程，表明不是王通知他来谈事，是他主动找王报告时谈及郑光明一案。王均虽是市领导，主要工作在区里，管不了王文章，也不管办案，只因在本县当过书记，本县相关案件的传闻传到她那里，这不奇怪。恰王文章自己跑来拜见，出于不希望原手下干部下场太可悲，她严厉敲打，要求王正视自己的问题，在还来得及的情况下投案自首，这没什么不对，可以视为要求相关人员配合办案，不同于泄露案情干扰办案。但是王文章如此这般，有意地、公然地把上级领导抬出来，扯进自己的事情里，就显得极不寻常。他有什么必要这么做？莫非他想把王均变成一面挡箭牌，替他抵挡即将到来的危险，这能行吗？无论行或不行，王文章实在非常不应该。王均待王文章不薄，不说以往，就说当下，在完全可以置之不理之际，她好心提醒，试图拉王一把，哪知道转眼就被王文章抛了出去。当年王文章曾经把王均的车挡在身后，自己替领导下去蹚洪水。这一次他反其道而行，为求自保拿领导顶在前边，无异于把人家拖下水。如此行径，即便达不到汉奸汪精卫水准，实也类同于出卖。

接下来会怎么样？如王均自己说的，没有足够把握，她不会跟王文章谈那些事。作为市领导，王均绝对不是从菜市场某位卖肉小贩那里听到什么传闻，其消息必是来自内部。因此至少可以推断：王文章在郑光明的企业里有股份，该情况已经被郑光明自己交代出来，至于数额有多少，是值一个亿还是一百元，目前不得而知，郑光明肯定已经如数交代，王均或许也已经知道，但是她不能跟当事者说，也无须说，这种事还有谁比当事者自己更清楚？显而易见王文章不值一个亿，却也不会只值一百元，否则也无须劝他去自首。根据王均的严厉警告，可推知对王文章的调查已经启动，采取组织措施已迫在眉睫。王文章心知肚明，却执迷不悟，人已经到了纪委，嘴巴还喊清白。接下来呢？最大可能就是既来之则安之，进去吧，到里边去说清楚。

一小时后，王文章离开市纪委，获准返回。没有顺便"进去"，只是受命深刻反省，随时准备配合组织调查。

他回到北岗，时"客专"项目工程正进入攻坚。北岗区域内两条隧道已全线贯通，一座控制性桥梁全力赶工，本段铁路路基已基本成形。"游客服务中心"工程则进入扫尾阶段，即将大功告成。王文章在他满是烟雾的办公室里发号施令，带着各路人马在工地上周旋，一如既往，不同的只是每一天清晨的太阳于他不再意味着新的开始，而可能是结束。郑光明黑恶案如滚雪球般不断发展，先是郑光辉给带走了，继而轮到北岗乡派出所所长和县公安局一位副局长，该副局此前也曾任北岗乡派出所所长。然后是县建设局局长林耀、现任县政法委书记吴平，黑保护伞之宽广令人瞠目。而最招人热切眼球的王副书记却一直未传佳音，老在北岗山上晃来晃去，令人大惑不解。随着案情发展和四起流言，王文章的每一次公开露面都有了某种戏剧性，人们交头接耳，总问该王怎么还在这儿？

"毕竟工作需要。"王文章自嘲，"可见肯做事错不了。"

实际上只是时候未到而已，与做事无关。这个世界不缺事，不缺人，当然也不缺领导。少了王文章就没了"客专"和"游客服务中心"吗？当然不是。无论缺了谁，地球照样转，总有那些事要人去做，也总有领导前仆后继。

一个多月后尘埃落定，王文章被宣布停职检查，从此于活跃多年的各种主席台上消失不见，也不再现身于北岗工地。停职不就是个开场吗？接下来该轮到表外甥跟着表舅等人前去"规定地点"了吧？人们拭目以待，却总是没有等到正式消息传来，而此起彼伏的传闻总是被确认为误传。王文章居然始终没有"进去"，直到郑光明案结案，相关人员判的判关的关，王文章也终于修成正果，仅以对郑光明黑恶案以及郑光辉腐败案负有重要领导责任被撤职，降两级，改任北岗乡政府副主任科员。

那时候有关他的一些消息才被慢慢知晓。原来王文章涉案的要害确实就是股份，他在郑光明的公司里确有股份，是当年他出面帮助该公司通过审批后，郑送给他的干股。虽然没有上亿元，连本加上数年分红累计也达近百万元。蹊跷的是王文章竟然没有从中拿过一分钱，甚至不知道自己有这么巨大的一笔名誉财产。这个事的始作俑者却是大表舅郑光辉，他自己从郑光明手上拿了钱，叫作"亲兄弟明算账"，日后他给某位张书记送过四万元礼金，张出事后，郑光辉供称礼金是从老婆银行卡上拿出来的，不是受贿所得，其实是瞎话，出水者同样是郑光明。当年郑光辉替郑光明游说王文章，请王帮助打几个电话，让郑光明的公司顺利通过审批，事后大表舅命小表舅给表外甥划一块干股，称会私下告诉王，眼下不必拿，日后用得着。不料日后果然有用，郑光明于案发后把它交代出来，写于白纸黑字，这行字差点就把王文章送"进去"，一举葬送。据称当时对王文章采取组织措施的纪要件已经送交负责领导，签了字即刻实施，这时王文章突然跑到纪委"投案自首"并坚称清白，事发意外且情节比较特殊，相关领导很重视，迅速碰头研究，决定暂缓一步，先把情况搞具体搞准确，再来动这个王。结果从郑光辉那里核对出细节，发觉郑对这笔股份一直"按下不表"，没跟王文章明说，想待"时机成熟"，因此王文章疑似无辜。问题在于王文章目前虽不知情，但确实也有一份干股在他名下。如果郑光明不出事，他的公司垄断北岗土方工程，一直做大，王文章名下这笔钱就会越滚越多，一待时机成熟，例如王文章的残疾儿子成人了，需要用钱时，表舅兄弟奉上这笔股金，表外甥不会打灯笼笑纳吗？这种怀疑无疑具有合理性，但是办案只认证据。现有证据表明王文章目前不知情，且这笔干股随着案发已经成了泡影，那也就无须在调查过程中硬要王文章收下。

王文章没像其他人那样翻船沉没，关键却在王均。如果不是她及时严令王文章投案自首，恐怕一两天后王文章就会从北岗山上被直接带走，匆忙间只能往衣袋里塞一包烟。王文章到纪委投案却不认罪，那时候完全可以做自投罗网处理，直接宣布带走，为什么没有？原因也在王均：王文章把王均抬出来顶在前边当挡箭牌，使问题复杂化了。王均为什么要如此帮助王？不可能仅因为王曾是其部下。她部下还少吗，哪里能这么管？莫非王均在郑光明一案中也有牵扯？还有一个疑问：王均的信息是从什么渠道得到的？为什么郑光明刚在"里边"白纸黑字交代出王文章的股份，相关部门刚准备采取措施，王均就知道了？难道仅仅是通过外界传闻，以及她自己的经验判断？这里边是不是存在漏洞，例如个别办案人员有意无意泄露案情？这些问题一定得了解、搞清，这就免不了要询问王均本人。但她是市级领导，省管干部，就本案触及她需要报告市委主要领导，通过相关程序。如果上升到查她，权限在省委，更非本市所能决定。事情从涉及王文章变成涉及王均，这就更需要慎重，更要求准确，更得把握好。因此王文章才得以暂时获准离开纪委大楼，逃过迫在眉睫的危险。这居然就成了他的一个转机，其后幸得办案人员细致，弄清该股份由来，王文章终未翻船落水，只是从一条中型帆船掉到了一条小舢板上。

投案之前，王文章在市区一家牛肉面馆接连抽了一包香烟，显然所有前因后果都被他从香烟里抽出来，吐在满屋子烟雾里。那时他还下不了决心，只在高速公路上痛哭一场之后，才决意实施。他哭个啥呢？遭遇波折？悔不当初？愧对乡人？或者竟是因为即将走出的这一步？无论如何，落水沉没绝对不在他的选项中，因为他自认无辜，也因为其儿子。这残疾孩子还没长成，作为父亲，他还没来得及为儿子谋一个赖以谋生的位置，哪怕是他曾提起的"客专车站售票员"。他一定要有个脱身办法，首先必须逃过迫在眉睫的被带走。如果有其他选择，他不会去伤及王均，但是显然他已经走投无路了。尽管抬出王均并不一定有效，技穷之际也只能一试。王均对王文章可谓仁至义尽，他为了自救居然出手把人家抬去挡箭，无论会不会给王均造成重大伤害，对王文章都一样，此生怕是再也难逃"汉奸汪精卫"之名了。

因此唯有痛哭。

五

"莲花山站"举办落成典礼，王均作为首席嘉宾隆重光临。此时她已经卸任城中区区委书记，调到市里担任常务副市长。本站是她在县委书记任上争取下来并由市、县为主开建的，当年奠基时她亲自参加，此刻大功告成，落成典礼由她代表市委、市政府出席当然最为合适。落成典礼依然只能"隆重简朴"，却丝毫不减其意义重大。

那天王均提前到达北岗，一如既往。娄士宗率本县一众负责官员早早在现场迎候。下车时她环顾众人，忽然问了一句："那个谁，王文章不在吗？"

王文章还健在，未曾英年早逝，此刻虽未曾在现场晃动，其身份依然还是北岗乡政府副主任科员。值此重大活动于本乡举办之际，按常规王文章应当在这里承担相关接待工作，但却销声匿迹。说来也属正常：如果不是王均光临，是其他某位市领导欣然出席，王文章跑出来摇头晃脑，即使官小帽子轻，也不算太有碍观瞻。王均来了就不一样，王文章曾经为求自保恩将仇报不惜伤及王均，该感人情节多为人所传，谁不知道？这个时候谁敢"叫王见王"？即便县、乡领导没留意，当事者王文章自己怎么敢不记仇？这可不是胆大包天出来露一脸勾起领导美好回忆的合适时候，此刻不说躲远一点，能躲到十八层地狱之下，王文章都会撒腿往那里跑的。说来也好笑，这一切似乎冥冥中早有安排：当年举办奠基礼时，王文章空揣着一口袋烟渣，拿着剪刀打哆嗦，几刀剪不断彩带，只好求助王均，岂不早在预示这家伙到头来只好远远躲开？

不料王均竟主动问及，或许重回故地让她不免怀旧？这于远远躲开的王文章当然不算好事，于现场县、乡领导也有些敏感。娄士宗字斟句酌，小心翼翼地向她报告情况，称王文章降职处分后安排在北岗，是出于其本人请求，当时王提出希望能继续参与家乡重点项目建设，将功补过。县里考虑这边几大项目一直是他在跟进，没有谁比他更熟悉，让他来配合，帮助出出点子，解决一些具体问题，对工作也有利，便同意了。根据反映，王文章回乡以来总的还是努力的，没有躺平，但是工作中也还有些问题，例如脾气大，话粗，有时还像当初当总指挥一样。这些问题县、乡领导都及时给他指出，要求改进。今天落成典礼因为要求"隆重简朴"，现场出席人员不能太多，因而没安排他。

"是没安排，还是他不来？"王均问。

"这个这个……"

"让他来。"

娄士宗命乡里赶紧通知，要王文章马上到现场。可以先在指挥部待命，等仪式结束后再聆听王均重要指示。

"不。让他马上来见我。"王均明确表示。

这就有些棘手了。既然王均本人要求，把王文章叫来跟她见见何妨？问题是盛典在即，让它顺利完成最重要，此刻必须减少不必要的干扰，以免出意外搞坏情绪。王均提出见见王文章，属于突然起意，否则她早会交代。在北岗这里忽然记起王文章很正常，发令召来之动因就比较复杂。王文章给王均留下的记忆不会全属负面，但是最后沦为"汉奸汪精卫"比什么都恶劣，足以抹除此前所有。或许王均始终搞不明白王文章怎么敢那么干。她需要一个道歉，至少一个解释。也可能这个解释对她根本不重要，但是仍然有必要让王文章再长点记性，让他来，或轻或重点他几句，有助于让他永生不忘。哪怕一句不说，如此见面于他至少已经是一番羞辱。可是此刻即使有谁在现场猛踢王文章一脚，让王均非常解气，但毕竟与落成庆典所需气氛有违，此刻营造热烈祥和为上，不宜仇人相见分外眼红，只能等庆典过了，该骂再骂，该踢再踢。

乡党委书记匆匆去打电话，几分钟后他报告称，王文章手机关机，人不知去了哪里，一时无法联系上。娄士宗赶紧请示王均，称已命乡派出所民警协助，务必尽快把王文章叫来。此刻庆典时间将近，可否请王均先入场就位？

王均摆摆手："等。"

举重若轻，就一个字。她什么意思？如果不把王文章像犯人一般带到现场，她就不准备入场了？落成庆典就不能按时进行了？王均是现场最高领导，这种事只能听她的，她不开口，戏还怎么唱？

于是王文章便从十八层地狱之下给抓了出来。他被带到王均面前时，离预定的庆典时间只差十分钟。

从那一次区委大楼拜访，直到此刻，始终"王不见王"。忽然重逢于北岗，按照常规似乎得握个手，但是王均没伸手，王文章也只能把右手藏在身旁。他很客气很恭敬地一句问安："王市长好！"人家领导有水平有高度，她不回答也不问候，只是指着王文章的上身问了一句："还是那件吧？"

她是说衣服。当年举办奠基仪式前，王文章身着一件满是烟洞的夹克，被王均嫌为"不人不鬼"，王文章即去换了一件"戏服"也就是正装上场。此刻王文章看上去依旧那么瘦长，脸上有点风霜，却着装正式，身上似乎就是当年那件"戏服"。

王文章回答称，没有人要求他穿得正式点，他也没有预想到王均会召见，只因为今天这个日子比较特殊，他自觉换了装。在今天这个特殊日子看到王均，心情特别激动，要感谢王均对他的关心帮助，不好之处也请王均多批评指正。

他或许是在用这种方式表达某种迟到的歉意，与当初出租车上的痛哭遥相呼应。

王均说："你可以先抽一支烟，平静一下。"

王文章称早已戒了。从那时候起，痛下决心，痛改前非。

"你儿子呢？都好？"

他儿子已经上中学了。他戒烟后，孩子居然随之变了个样子，如今越发懂事，学习很自觉。王文章已经提升了对儿子未来的预期，觉得可以去考大学，至少是二本。或许到时候可以考一本执照，去当"客专"线上的列车司机？电气化列车，应该不需要靠脚去踩刹车，轮椅推上列车也早就不是问题。估计目前轮椅列车司机还不曾有，如果他儿子能开一先河，那就牛了，名闻天下。

王均一笑："告诉他，书记阿姨祝他心想事成。"

场上娄士宗诸位这才放下心来。如此看来庆典氛围情绪不受威胁，无须担心仇人相见分外眼红了。不料王均一开口又出了一个巨大难题。

"去给他准备一把剪刀。"她交代。

给谁？王文章！王均下令把王文章抓捕到案，既不是要叫来羞辱，也不是让他当观众看热闹热烈鼓掌，居然是让他上台参加剪彩。这显然是不合适的。按现任职务大小排，至少得多加十几二十把剪刀，这才轮得到王文章。问题是王均提出来了，娄士宗怎么办？看到娄面有难色，王均笑笑，问是不是剪刀不够用？不够没关系，她那把可以让出来。

于是只能照办。

落成仪式落下帷幕，圆满成功。

"王又见王"这幕场景迅速流传，令我们大感意外。根据王文章对"客专"项目做过的努力，论功行赏，往他手里塞一把剪刀，虽说出格也还可以理解，王均亲自来递这把剪刀就隆重得过于刺眼。人可以不记仇，却总得记点好歹吧？对王文章这种"汉奸汪精卫"不往七寸里打就属功德无量，何须如此高看？

这里边是不是另有缘故？

有一种最具颠覆性的见解，认为连王文章都自惭形秽、躲在出租车里痛哭的"汉奸"出卖行径，人家王均并不那么看。该领导高瞻远瞩、胸怀宽广且是非分明。她早就说过，王文章总体尚好，骂他"汉奸汪精卫"绝对是定性错误。也许当初她命王文章投案之际，心中已然有数，并不担心王文章怎么说，相反，她把王文章逼去自首，就是准备让他说出去。王均对王文章有一个基本判断，嘴上严厉，心里却不排除他可能确实没有问题。如果他真是拿人钱财股份，命其自首有助于减轻处罚；如果没有问题，他自会极力叫屈，拼命挣扎，在落水前抓住任何一根稻草。如果王文章把她当一根稻草，那就让他抓，她自有处理的办法与把握。敢把王文章逼上梁山，还怕他说？或许他这一说，王均才好对王文章的事情发表一些看法，提供一点个人意见。毕竟她是老领导，对这个人比较了解。王文章早已不归她直接领导，办案人员不来相问，她实无资格对王及其案子说三道四，王文章扯出她倒是让她有了机会。问题是王文章算个啥？值得她如此在意吗？涉案官员好比麻风病人，让人避之唯恐不及。王均不避涉嫌，不惜伤及自身，只管伸出手去，为什么呢？顾念王文章有功劳有苦劳？记起王文章曾见义勇为？或者竟是因为一个能用轮椅踢足球的男孩？王均在跟王文章严厉谈话时提到过他儿子，说她不希望在那孩子非常需要的时候，他出了大事。显然她一直记着那个小男孩。小小年纪不幸致残的孩子应该得到帮助，对他来说，父亲出事会比天空塌陷还要严重。王均跟那孩子其实只见过一面，那是一个忙碌的中午，一个满面阳光、快乐活泼的小男孩把一辆轮椅当作滑板，轻快地滑行到她面前，说了声，"书记阿姨好！"童声清脆。

孩子的声音无疑最具穿透力。

无论是什么，"王不见王"已成过去。"客专"线现已通车，"莲花山风景区"游人如织，当年曾沦为笑柄的王氏"剿匪野战"游戏正在那些山洞里打得如火如荼，众多年轻游客乐此不疲。

权谋与真情

——评《王不见王》

李　敏

　　杨少衡堪称写官场小说的高手，这首先源于他拥有得天独厚的官场经验，对杨少衡而言，"源于生活"是可以通过他的人生经历来加以验证的，他写这类小说总是格外得心应手。而在长期的创作过程中，"高于生活"也通过对复杂人物形象的塑造、对如何才是一个好官员的思考而落到了实处。发表于2022年的中篇小说《王不见王》是一篇充分体现了杨少衡官场小说特点的优秀作品，小说写出了两个"王"的不同特点，作为女性，作为上级，王均是有"洁癖"的，她自身是干净清爽的，对下级也要求严格，但并非铁板一块；王文章却如同泥沙俱下的河流，看起来浑浊，却更深厚地滋养着土地。小说同时写出了两个"王"的共同特点，他们都是擅长权谋的人，同时也是怀有真情的人，杨少衡在他们身上寄托了对一名好官员的想象。

　　官场从来都离不开权谋，权力有大有小，谋略却不可缺席。在通常的意义上，权谋是略微含有贬义的，然而在《王不见王》中，善于谋划则是智慧的标志，区别或许就在于"弄权"和"用权"上。王均和王文章都是在有效地利用权力的人，而且他们的谋划全部是为了当地的发展，所以他们的每一次成功都让人惊喜。小说中最精彩的片段是王均在得知王文章可能涉嫌涉黑案件之后向王文章示警，她知道如何最快地通知到他，他也确实在第一时间接收到信息，迅速做出正确的反应。她让县书记给王文章带句话，说一直记着他曾经当面责骂过她的司机，信息的编码过程包括王均对县书记娄士宗的了解，他的偏狭和对王文章的嫉恨；也包括她对王文章的了解。解码的过程包括王文章对当时事件的判断，以及他对王均的了解，这是两个聪明人的彼此信任和对话。小说里王均的谋略总是不动声色的，她对王文章从怀疑到信任，再到重用和保护自然有她的考量，但小说很少涉及她内心的想法。在塑造王文章时，则用了大量的笔墨去写他的内心戏，在推动莲花风景区的建设过程中，他加班加点赶工只为了造成既定事实；在做主报送有水分的统计数据时，他敢作敢当的背后是对局势的各种推演；在去纪委交代问题之前，他对所有可能发生的情况进行了预判，他巧妙地利用了王均提供的信息，为自己也为当地正在进行的工程项目赢得了时间。他知道如何跟各种人打交道，他知道见什么人说什么话，他能与王均惺惺相惜；他也能得到贪腐上级的信任，虽然他自己绝不贪腐；他还能得到工人们的认可，扑倒身子干工作，与工人们打成一片。他在复杂的社会现实中挣扎，想为家乡的发展做点实事，虽然不时遭遇困境，但最终都能够化险为夷，这既是因为他的良知，也因为他实在是一个聪明人。小说中多次写他在大事面前做决断的思考，读来令人叹服不已。

《王不见王》同时强调了王均和王文章的重情重义，王均按照王文章所需要的方式重用了他，在得知自己要调走的时候试图拉他一起调离，在明知要被他利用的时刻甘愿被他利用，在他被贬之际仍然坚持当众表达对他的信任和敬意，都是重情之举。王文章作为小说真正的主人公，他的任情任性得到了更充分的表达。他愤怒过，在工地上发生重大事故的时候，他骂人，甚至要动手打人；在王均执意让司机冒险开车涉过一片大水的时候，他又骂了人，用身体挡住了车子，然后让自己的车在前面探路；他悲痛过，尤其是在决意利用王均的时刻，他在小饭店里抽烟，在出租车里痛哭失声；他愧疚过，面对残疾的儿子，面对父老乡亲，他深知过度开采石材对当地道路和生态造成的破坏里，自己有责任，这愧疚感或许是他建设北岗乡的最大的动力。他烟瘾很大，他收受过下属的烟酒，他看起来口无遮拦，他粗鲁，他行事上常常露出破绽，但是他有担当，有原则，懂得变通。为王均探路不仅是出于下属的自觉，也是出于男人的自觉；拒绝了王均为他安排的大好前程，是出于对家乡的责任和爱；在关键的时刻把王均当成救命稻草交代出去，不仅为了自保，也是为了争取更多的时间完成工程建设，毕竟，有更大的领导牵涉其中，甚至纪委内部都要调查泄密问题，组织上只能更加慎重。小说最后，王文章负责的项目都完成了，也都取得了预想的效果，这是权谋的胜利，也是真情的胜利。

《王不见王》通过权谋写官场，通过赋予人物真情而使他们立体与复杂，他们首先是人，是拥有人之常情的人，所以王均看到王文章残疾的儿子会心疼，王文章在决定利用王均的时候会痛哭；其次才是官员，是必须拥有智慧护体的人。前者保证了他们是好人，后者保证了他们是能做成好事的好人。在杨少衡看来，这就是一个好官员的标准。《王不见王》是他诸多官场小说中的一部，保持了他一贯的创作水准。有评论者多年前曾经对杨少衡的创作提出过一些质疑，"成问题的也许还不是作品间的人物相互之间有太多的叠影，而是过分出现的有心戏拟让他们集聚的话，不小心会露出雷同的尾巴"①，在我看来，这质疑是有合理性的，单独阅读《王不见王》的确可以体会它的魅力，它是好看的有张力的有内涵的小说，但是将其置入杨少衡的官场系列之中的话，这种魅力有可能会被损耗。如何能够超越自我，写出同样好看但是又能超出前作的小说，是杨少衡需要面对的问题，也可能是很多中国作家需要面对的问题。

---

① 程德培：《置身波澜不惊的诡秘心迹——杨少衡小说的讲述策略》，《文学报》2006年12月14日。

长篇小说评论

序 言

心游万仞冈峦，笔绘千里江山
——中国小说学会2022年度好小说·长篇小说综述

宋　嵩

2004年，莫言先生为《长篇小说选刊》创刊题词："长度、密度和难度，是长篇小说的标志，也是这伟大文体的尊严。"此"三度"，确乎精准地概括出了长篇小说这一文体的基本特征，亦是当代长篇小说创作所必须发力的三大向度。时光荏苒，将近二十年过去，随着新时代的步入和新征程的开启，新的美学原则也在悄然崛起。阅读登上中国小说学会"2022年度好小说"榜单的五部长篇小说作品，我们便可明显地感受到，新时代的中国长篇小说，除了在长度、密度和难度上继续发力，久久为功，还逐渐呈现出崭新的风貌。古人曾云，"文以气为主"，但所谓"气之清浊有体，不可力强而致"，更多的是指作家个人的气质；而由这五部长篇小说作品所代表的2022年度中国长篇小说创作，体现出的却是一个时代、一个民族、一个国家的"气象"，笔者斗胆将其概括为"游万仞冈峦，绘千里江山"的新时代长篇小说"气度"，它已然成为继"长度、密度、难度"之后的又一个创作维度。

精骛八极，心游万仞；思接千载，视通古今。贾平凹的《秦岭记》，以"笔记小说"而成"长篇"，凭芥子之微容纳宇宙，借志怪杂俎气吞八荒，当是这一"气度"最令人讶异，也最令人折服的体现。《秦岭记》写秦岭这座混沌而磅礴的山，自然以"山"为"骨"，其间却又处处体现出"海风"；"海风山骨"是贾平凹几十年来为文的精髓，也是中华民族数千年来精神风貌的象征。同时，他借助"笔记小说"这一古老的形式描绘秦岭山间的万物生灵，将孕育在千沟万壑中的轶事传奇一一记录，于拙厚、古朴、旷远的文字中氤氲着境界开阔的汉唐气象。《秦岭记》中的若干故事，以现代思维观之，殊不可解，难以把握；唯有回归蕴含着中华民族思维方式"全息"的《山海经》、回归那部同样"海风山骨"的神秘大书，重拾一个多世纪以来在泰西文明冲击下已分崩离析、逐渐式微的属于中国人的空间观与时间观，像书中最后一则里的青年立水那样在以秦岭为缩影的天地间"仰观象于玄表，俯察式于群形"，才能体会出贾平凹笔下那些摇曳生姿的神怪故事的妙处，才能拂去"遮望眼"的浮云迷雾而洞悉世界的本质。此等气度，非常人所能轻易达到。

位列本次榜单之首的《千里江山图》，无论是在近年来的长篇小说创作领域还是在作者孙甘露本人的创作生涯中，均堪称"别有根芽"。二十世纪八十年代"先锋小说"的领军人物，写起惊心动魄的谍战故事来居然也游刃有余，使人读之欲罢不能。难怪此"图"甫一问世，世间无限丹青手，一片羞惭愧不如。一部好的谍战题材作品，绝非仅凭惊险情节和英雄主义强力之"功"所带来的感官刺激就能"立得住""传得开""留得下"。沈从文读《史记》，曾感慨"事功为可学，有情则难知"，而《千里江山图》呈现给读者的，在"事功"之外，是孙甘露秉持着现实主义立场对历史细节的竭力还原，秉持着理想主义立场对先烈们坚定不移的革命信念的彰显，以及秉持着人性主义立场对地下工作者们身为"普通人"的情感世界的如实写照。在党组织受到国民党当局的严重破坏、中央有关领导将从上海撤离转移到瑞金这一党的历史上危急存亡的关头，以陈千里为代表的地下党员们以家国天下和民族命运为己任，前赴后继献身于打通秘密交通线的悲壮使命。在此过程中，忠诚与背叛同在，阴谋与爱情共存，这些充满理想情怀的青年人除了义无反顾地为了信仰而牺牲，还要凭借智慧和勇气同打入组织内部的国民党特务展开斗争。因此，《千里江山图》又是一次"有情"与"智性"交织的写作。这种融汇"事功""有情"与"智性"的写作，澄明而有大气魄，只有凭借作者的一腔浩然之气贯穿始终，方能驾驭。

近些年来，我们读到了太多的脱贫攻坚和乡村振兴题材的长篇小说，情节的疑似雷同和情感的异常充沛难免会带来审美疲劳。就在这个时候，付秀莹的《野望》出现了。从"小寒"起笔，至"冬至"终结，全书二十四章按照二十四节气的顺序展开叙事，时间（一年）、地点（一个村庄"芳村"）、主题（农村日常生活）的"三一律"，以及《红楼梦》式的人物塑造手法、世情小说启发下的情节安排，似乎处处凸显着《野望》的"古典主义"气质；然而，在作者的精心安排下，全书却又处处涌动着变动的激情："时间"上由传统的循环观念转为持续前行的"新时代"；"地点"由闭塞的乡村扩展到整个华北平原乃至更阔大的"世界"；更令人阅后难忘的是"主题"的跃迁——在看似琐碎的日常生活之下，难掩时代巨变的悸动，一代新人在田间地头、在锅灶之间、在村庄里婚丧嫁娶的吹打乐声中渐渐蜕变。千里江山，只此青绿；阳气生发，良苗怀新。正如书名"野望"所暗示的，这是华北平原充满了希望的田野，这是孕育在田野之上的无尽希望。

一个值得关注的现象是，本次上榜的五部作品，除了《野望》聚焦当下的生活，其他四部作品都不约而同地将关注的目光投向或近或远的历史。这也从一个侧面证明，当下的长篇小说创作，需要依靠中国文化的重"史"传统、借助"文史互鉴"的经验来注入悠长气韵。厚圃的《拖神》书写清末潮汕地区的族群记忆，以现实与魔幻交织的艺术手法，彰显充沛浓郁的开拓进取意志、同舟共济患难与共的平民情感、至死不渝寻找"大同世界"和"乐土"的理想主义情怀，以及面对殖民者的侵略时血荐轩辕的斗争精神。小说既可以看作一部风格独特的潮汕平原"创业史"，又以其绵密扎实的风俗风情描写建构起一部潮汕文化的百科全书。叶弥的《不老》，则将时间设置于1978年10月至11月之间的二十五天内，亦即十一届三中全会召开前夕。在粉碎"四人帮"、重大变革即将到来的历史背景下，孔燕妮这位亲身经历了新中国若干重大历史事件的极富个性的女性，深切地体会到了涌动于全社会的种种明浪暗潮。孔燕妮热爱但不耽于世俗生活，大胆追求物质却又不沉溺其中，与一段时间以来弥漫于长篇小说中的那种对庸常生活的麻木感相比，她身上体现出一种名为"不老"的气质，正如小说中借他人之口对孔燕妮的评价，"你老了，可是你不服老，你要证明自己不老"，"你有一副好心情，你是不老的小星星"。"不老"的不只是孔燕妮，还有我们这个伟大的民族和伟大的国家，岁月的沧桑有可能改变她的容颜，却无法改变她"不老"的心态和气度；而且，越是过尽千帆，这种年轻、进取之心会跃动得越发有力。《不老》复活了一个我们似曾相识，却又湮灭许久的形象；她的问世，洋溢着时代前进的蓬勃朝气，也为长篇小说创作领域吹来了一股清朗之气。

归来依旧是少年
——文学史视野中的《千里江山图》

吴义勤

  孙甘露是我极为喜欢的先锋作家，他在小说语言本体化方面的成就在中国当代作家中可谓首屈一指，但他产量极低，长篇《呼吸》之后就几乎鲜有小说问世，这让我一直对他保持着期待。2022年，他终于不孚众望，令人"惊艳"地推出了长篇小说《千里江山图》，并一炮打响成了现象级的作品。我是在一个星期天从上午到晚上两点一口气读完这部作品的。小说开门见山，叙事节奏精妙，反转、暗扣，暗流涌动，悬念迭起，步步惊心，毫不拖泥带水，最后是戛然而止。语言简洁、干净、利落，白描、水墨、留白，点到即止，无一处冗笔闲笔。人物命运令人揪心，信仰、崇高、智慧、勇气感人至深。读完躺在床上久久不能入睡，书中的人物和历史场景一直挥之不去。真是"归来仍然是少年"，孙甘露就是孙甘露，好久没有这么奇妙的阅读感受了。

  《千里江山图》是一部关联经典革命历史小说、新历史小说、谍战小说（新革命历史小说）乃至先锋小说等"多部小说"的作品，是孙甘露"力图提高或更新文学的实践"。这部小说意义表述的方式和具体做法，包含其与"多部小说"意义表述方式的比较对照。尤其是当它所关涉的"多部小说"已经模式化、惯例化时，《千里江山图》是否与其构成了一种有针对性的内在紧张，是评价小说是否具有个人化创造性的重要标尺。

  《千里江山图》重述革命历史，以另类的姿态和精神根性写作，溢出了潮流性的无根的怀旧型想象，破坏了怀旧型书写的貌似神秘实则夸饰空洞的仪式感，他通过生活的日常性与历史的革命性实践的糅合，通过社会、政治、经济特别是革命者的地下斗争，重塑了一种具有历史沉重感和纵深感的小说叙事美学。

  《千里江山图》没有采取时下流行的民间史和个人生活史的写法，它不以民间或日常性视角和立场观史、写史。那类作品揭示不为正史所重的个人生活和民间生活，隐含反思乃至解构正史叙事的意图，具有不可低估的历史和美学意义。但孙甘露却并未将此作为重述历史的选择。当民间史、生活史成为一种"新潮流"和"新范式"

时，孙甘露对特定历史题材的选择仿佛又回归"旧传统"，面临被"旧模式"窒息的危险。

不过，《千里江山图》既不遵从既定的革命历史叙事规范，也不戏仿它们。独特的时空设置，是《千里江山图》构造新型历史叙事的一个有效途径。1933年农历新年前后的上海，是小说的叙事时间与空间的鲜明标识。波澜壮阔的现代中国革命史被浓缩在这一有限的时空内。在上海这个独特空间内，作者以城市街道、建筑、商场店铺等铺展了一幅清明上河图式的人世场景，将其作为现代历史展示的舞台、布景；将出场人物的对话、活动及政治集团的大的行动，作为一幅更广阔的千里江山进行细致的描画。但《千里江山图》终究不是张择端和王希孟这两位北宋画家两幅名画的叠印，不是市井生活场景和自然山水风光的交融，"千里江山图行动"是党中央转移行动的代号，是一场震撼中外的现代历史事件。历史的阴云笼罩着市井和江山，历史的光辉穿透了阴云，照射着市井和江山。《千里江山图》历史叙事的新意，就源自对既有历史叙事成规的空间化"改造"和转换。

首先，对1950至1960年代经典革命历史小说的"改造"。经典革命历史小说通过新／旧社会和国家的对比，建立一种历史本质论和必然论的规律性叙述。这类小说将抽象的超验性话语做一种形象化经验化的演绎。从旧民主主义革命到新民主主义革命再到社会主义革命，构成了一个秩序井然的完整发展链条，过去（旧社会旧中国）—现在（社会主义新中国）—未来（共产主义）呈现为历史的有机的发展。经典革命历史小说是一种阐释本质的叙事，也是一种逐渐发现和建构本质性的叙事。本质性的获得是一个历史的过程，是一个历史在其发展中动态生成的过程。因此，革命历史小说便是一种形象演示这一过程的"过程性"写作（尽管本质早已被"规律"规定）。这一点从《保卫延安》《红旗谱》到《红岩》及其被接受的状况，可以看出。类似情况也存在于从《三里湾》到《山乡巨变》《创业史》再到《艳阳天》《金光大道》等作品中。历史唯物主义、唯物主义辩证法是此类小说的哲学基础，历史主义哲学决定了它们创作和发展上的历史化特征。所谓史诗性便来自这一历史主义信念。时间／历史维度决定了小说的情节性戏剧性追求，而对于那些可能滞缓情节动态发展的静态因素如空间（个人心理空间、外在社会空间），则往往被排除在外。

相比之下，《千里江山图》在保留时间／历史维度，突出历史的动态发展的同时，容纳了更多的非历史化的空间。苏区、国民党统治区，上海、广州，城市街头巷尾，影剧院、图书馆、饭店、药铺、咖啡馆，构成了历史叙事的空间化语境。这些空间并非如《创业史》《上海的早晨》《红岩》那样完全被历史化和同质化，而是保留了充分的"生活"和"人性""人生"内容。由此，小说借平常而繁复的空间设置，呈现了历史（叙事）的复杂性。

其次，对带后现代色彩的空间化历史叙事的"再造"。1990年代以来盛行的新历史小说总体上具有空间化叙事色彩。它打破历史必然性逻辑链之后，非历史反历史的时间凝结为空间化片段。这些片段失去了历史的关联，取消了历史的深度，而它对人性的片面性解读也无可避免地陷入停滞机械的模式陷阱。《千里江山图》凸显空间因素化解旧模式，却并不沿袭新套路。小说并不将时间与空间截然分立，而是调和历史世界和"生活世界"、历史时间与日常时间，以历史事件为中心，却将其聚焦在为数不多的各有其职业、公开身份、经历和性格、心理的人物身上，让他们走出龙华看守所的狭窄空间（小说中有小组成员被捕后被抓入龙华看守所，又被特务机构假意释放，以达到放长线钓大鱼的目的），穿行于城市（上海、广州、南京）的街巷、店铺。这打破了《红岩》中革命者被牢狱囚禁的封闭性叙事结构，将更广阔的世界呈现出来，同时也展现了历史时间与生活世界相纠缠的复杂性，使严酷紧迫的历史画面与充满世俗烟火气和丰富人性内涵的生活画面，同步呈现出来。

《千里江山图》淡化阶级意识，对敌我双方未如以往那样做非此即彼的道德化、脸谱化描写或者理念性的阐释与图解，而是注重人性、人格的挖掘与较量，在革命者生活、情感、个性等方面倾注了更多笔墨，人物刻画得简练灵活，体现了对"人"和"文学"的理解与尊重。在陈千里、陈千元之间，陈千里与叶桃、陈千元与董慧文、凌汶与龙冬之间，存在的不仅是志同道合的革命者关系，陈氏兄弟血浓于水的亲情，恋人们对美好幸福生活的向往，构成小说感人至深的部分。

《千里江山图》中饱满的生活世界、情感生活和人性空间，并不妨碍小说历史感的传达，在人物形象身上，作家寄寓了理想主义、英雄主义和自由、民主、平等的价值内涵。小说借此实现历史的救赎和当代人的精神、灵魂的救赎，同时也以审美创造补救当下历史叙事精神空洞化和审美模式化、浅表化之弊。

贯穿始终的故事主线，轮番出场或同站一台的敌对性人物，情节交错缠绕却又或缓或急的复杂性，思想和情感的丰富性，人物心理的微妙，突如其来的偶发事件，密集在极为有限的时空内，使小说在结构、场景、情节、节奏、氛围等方面颇富戏剧性和传奇性。而这只是《千里江山图》叙述特征的一个方面，它还有另一个突出特点——孙甘露在这部小说中重新发现和描写社会生活和情感生活的现在进行时的细致。这一发现，源自作家对日常生活世界的热情和熟稔，来自他作为一个1980年代"极端的先锋作家"出色的形式感。这使他能够在浩荡的历史激流中冷静地观察和体验历史的瞬间，将其做慢镜头或短暂定格的处理，或者说，他将通常的历史感受转化为个人化的具体的现在的时间，从而使历史叙事走出了其难以摆脱的戏剧性窠臼。

《千里江山图》蕴含具体的历史事件、历史时刻以及那个历史时期的政治、经济、文化等方方面面的信息，尤其是提供和重构了能够帮我们理解它所表现的那个时代的想象性再现方式，从这一点上看，它有鲜明的现实主义文本特质。但同时，小说又拥有作为一个文学文本的自身法则，在一定程度上体现了审美自治性和形式自律性，具有现代主义或先锋小说的气质和意味。

1980年代的先锋作家们意识到现实主义的规约，现代主义小说、文学的自治性和自律性成为其突破现实主义成规的资源借助、审美标尺。但"反小说"在展示小说文体实验极限的同时，也耗尽了实验可能性，显示出一种力求挣脱束缚和控制的消极自由的局限。在此脉络中，可以看出《千里江山图》在种种规约中"自我立法"的自觉。作家意识到并领受作品所承受的种种先在的制约，同时也意识到这种现实制约并不等同于作品对现实的表现和反映。1930年代国共两党的政治斗争，中共临时中央的转移行动，行动小组极为有限的活动空间，1930年代上海的城市的建设发展和历史文化等，都是《千里江山图》创作的限制性因素，但孙甘露的小说并不是"反映"这些因素，而是把这些限制性因素转化成自我创造的素材。《千里江山图》将不可回避的前提化为艺术创造的条件，在各种规约造就的有限空间内，将这些前提和规约转化叙述"材料"，遵从艺术自身的逻辑和必然性，从而成就了孙甘露式的独特先锋性。

《千里江山图》在历史真实性的追求与充满想象力的艺术创造之间保持了必要的平衡，显示了现实主义的潜力与小说形式创新的可能性。对于孙甘露来说，这种可能性的实现来自他对现实主义与现代主义、先锋小说的双重反思：现实主义作为一种现代历史叙事的总体性与可为性、开放性、变易性，以及现代主义的"整体性"。

《千里江山图》的先锋性，不在于对欧美现代主义或1980年代先锋小说的挪用，这部小说很谨慎地保持了与既往经典之作的距离，避免从他人的角度来看待上海这个城市、看待我们自身。在全球／本土、民族／世界的无止息的相互影响和塑造的往复中，孙甘露看到，"本土"和"传统"更多时候实为"全球"和"世界"生产出来的所指暧昧不明、游移不定的能指。他意识到，在历史被认为是一种叙述之后，反讽性地重述历史并非首务。每一个有想法有作为的作家，都应身在当下而对当下保持一份清醒，都应以个体经验为依据而对个体葆有一份反思，都应意识到无法摆脱潮流而又不随波逐流。对于孙甘露来说，在自我内部建立一种反思性机制，是获得重述历史有效性的前提。

《千里江山图》以人为中心和界面，构造了彼此连通的两个世界——外部世界与内部世界。由社会、历史构成的"外部世界"，是一个融合物质性和精神性因素的有意义的世界，与此相连的"内部世界"同样是一个意义饱满的世界。

"内部世界"包括主体意义上的个人与文学本体意义上的形式。就前者而言，以"人"沟通历史与文学，走出"形式"陷阱。如果说，后现代历史编纂学在叙事层面上沟通乃至混淆了历史与文学之间的界限，那么这一点恰恰是孙甘露所要规避的，虽然他未必不能接受后现代史学的某些观点。在这部小说中，他要做的首先是如何穿透各种关于历史的浮华修饰而获得历史原初的在场性和本真性。为此，他建立了历史与文学沟通的"人"之路径。《千里江山图》对历史与人的关系的处理，在情感和心理层面上有着清晰的体现，即小说主要人物如陈千年、叶桃、陈千元、凌汶、董慧文、老方、卫达夫等人的心理、情感。小说不仅保持了对个人主体世界的尊重，注重描述日常的和人性的一面，而且展示了作家对历史的个人化介入方式。历史在小说中不仅体现为行动小组奉命转移临时中央的外部行动，它同样被转换和提升到人的内心事件的范畴。这典型地体现在凌汶、龙冬与易君年（即打入组织内部的国民党间谍卢忠德）的关系中。凌汶始终无法相信龙冬已被杀害的传言，却又无法得到确切消息，她长时间陷入往事回想和爱情怀恋中。小说写凌汶的心理和情感，用意不止在表现女性人物情感的深挚，亦在描述革命过程与波折，在此过程中简要描画不同革命者形象。而在叙述层面，这也是一条贯穿性线索，直至凌汶被易君年杀害以及后者间谍面目的彻底暴露，斗争形势出现重大转机。小说同时描述了凌汶在与其上级易君年接触时的心理感受和活动，包括时常浮现于凌汶心里的易君年与龙冬的对比，也暗示了易君年真实身份和来路究竟如何地可疑。外部的历史情境化为人的心理世界，历史事件转化为内心事件，同样体现在行动小组成员对"究竟谁是叛徒"的困惑和揭秘中，叶桃与陈千里的爱情这一私人情感领域，也始终隐含着"外部世界"，贯穿着历史事件，叶桃即牺牲于获取广州地下党领导人是否叛变投敌这一重要情报的过程中。《千里江山图》没有停留于外部世界和历史事件的细腻客观的描绘，亦未耽于人的内心表现，它联系和沟通了公共／私人、外部／内部、历史／内心、历史／人这些似乎有着彼此对立、无法弥合之裂隙的世界。

《千里江山图》自有政治立场和道德立场上的判断，而且在政治评判和道德评判的关联上，在某种程度上延续了中国传统的政治道德化和道德政治化的影响，如在叶启年、游天啸和卢忠德形象塑造上，但并未完全恪守传统原则，而是做出一定微调，如叶启年对女儿叶桃近乎偏执的感情，卢忠德对小凤凰不乏真挚的感情。但小说重点与作家理解历史人物的方式却并不停留在将人物形象做善恶融合的复杂化处理上，而在寻求其行为背后的情感与动机，尤其是行动小组完成自身所承担的任务或者说党中央所交给的使命的历史过程中，小组成员所关心的问题，他们的担忧，以及他们生活与行动中的经验和智慧。《千里江山图》以近乎实证的精神进入历史，又超越对历史实体世界的实证主义的认识，以严肃谨严的态度把握其精神内核，以创造性的想象力和突出的共感能力，在文学的人学维度上完成了历史重述。

《千里江山图》延续了先锋小说的文学性或文学自治性诉求。《千里江山图》的形式感由直观的外显转为内在的隐含，从先锋性的反小说和语言的诗性弥散，转换为朴素简洁的写实性。《千里江山图》文学先锋性诉求的另一表现是，在密集设置时间标识的同时，在局部采用否定时间性的策略。否定时间性是现代主义小说寻求艺术自治的方法之一，其表现是以个体感觉的方式传递静态经验。所谓静态经验就是说时间被祛除了原因目的和过程，存在于这种时间中的人物和事物，在一个视角到另一个视角的移动中，自发地运动。这种视角的移动（运动），替代了现实主义小说中事件的发展和运动。孙甘露的先锋小说，便体现了这种通过否定时间性以求艺术自治的努力。《千里江山图》一开始对市井街头场景的描述，也明显具有以视角运动否定时间性的先锋意味。但与先锋小说最根本的区别在于，这种视角的运动，很快就被事件运动所取代，同时动态的历史经验也覆盖和取代了静态经验，而个人化的感觉和直觉却被保留下来，并在总体上赋予小说某种独特的先锋质感和现代意味。

可以说，《千里江山图》是一部局部采用现代主义小说技法的具有先锋气质的现实主义小说，写实性、历史性与先锋性、个体感受性，有机融合在《千里江山图》之中。

故事梗概

本作品是著名作家孙甘露酝酿多年、潜心创作的长篇小说，取材于国共两党之间发生的真实故事。1933年，共产党为了安全转移到瑞金，需要建立绝密交通线，上海特别行动小组制订了"千里江山图计划"，与之相关，发生了一场艰难危险的地下斗争。

陈千里同志在这一任务中担任重要指挥，负责转移行动。欧阳民作为广州地下党负责人，调配龙冬来到上海，因为他的叛变，国民党特工部头目叶启年才知道龙冬计划的详细情况，于是派遣卢忠德杀害龙冬后顺利冒名顶替，以易君年的身份潜入共产党地下组织中。

叶启年之前在学生中挑选一些人组建自己的秘密组织，作为国民党的特务，捕杀共产党员。女儿叶桃是共产党员，为陈千里的政治立场指明了方向，她潜伏在国民党党务调查科，遭到了父亲怀疑，在送情报的时候，替陈千里挡下了子弹，惨死在父亲下属枪下。

正是由于叶启年特务机关情报网的不断加强，使陈千里等人在队伍中对各个同志进行暗查分析和设局捉奸。陈千里从戏班台柱子小凤凰嘴里套出了易君年的真实身份，为了保证计划顺利进行，没有直接揭露对方，将计就计与敌人周旋，在极短的时间内突破重重限制，最后在船上把卢忠德踢进了黄浦江，凭借敏捷和智慧最终成功揪出、处置了内鬼。

在历次行动中，同志们拼尽自己的全部智慧与气力，甚至不惜付出生命的代价，如凌汶、陈千元等。也有让自己成为钓饵，去诱惑敌人，结果敌人的生动案例。卫达夫就是其中一个。最后中共地下组织成员成功营救了党中央的重要领导人浩瀚同志，实现中央机关的转移，出色地完成了任务。

为了革命的成功，除了"千里江山图"的计划，他们还有更多的千里需要跋涉，还有更多的计划需要执行，也会涌现出千千万万个王千里，郑千里……为着同一个目标奋勇前进。

"笔记体"小说《秦岭记》的叙事诗学
——评《秦岭记》

陈振华

　　《秦岭记》某种程度回归了前现代的混沌思维、圆形思维，超越了现代性而进入到生活、世界本身的无限丰富、复杂、错综甚至悖谬中，进入到天地人的境界。其叙事诗学对于当下中国小说、中国叙事具有重要的启示意义。

　　其一，文本叙述将传奇性的人物、故事、物象、传说、奇人异事融入秦岭的人伦日常、山川风物，将古代笔记小说的传奇休和笔记体深度融会。"笔记小说古已有之，鲁迅曾将这种内容驳杂、写法较为自由的文类分为'志人'和'志怪'两种。《秦岭记》两者兼有。行文貌似实访照录，本事趋于志异奇谈。"《秦岭记》将古典笔记小说的传奇体与笔记体完美、深度地有机交融，实现了二者的艺术辩证平衡。从总体格调上看，《秦岭记》真正回到了"笔记"的原初品格，以简约的叙事、凝练的语言、白描的手法状写自然气候、山川河流、动物植物、风土人情、日常人伦，尤其是语言，极具笔记体的简约、精练、白描的特色，在娓娓叙述中，自然而然糅进各种神奇、怪诞、神秘、灵异的传说、掌故或者奇闻逸事。这些传奇性的因素并不是突兀地楔入文本叙述，而是本身就是秦岭世界的一部分，是百姓生活的有机组成。《秦岭记》共五十六节，或者说是五十六篇笔记的连缀。它们是一个有机整体，涵纳了秦岭世界的多重面相，而这些传奇性的故事、人物、现象就散落在多数章节里。小说笔记体的叙述看似不是刻意为之，而是自然而然地随着空间的位移貌似实录，实则是贾平凹艺术构思的精心营构。它改变了既往笔记小说或偏向于传奇或偏向于日常世态人情的有意侧重，而是取更为自然的形态。

　　其二，"阅微杂览"笔记体带来丰赡的思想意蕴。卷首语这样描述："阅微杂览间，隐约可见生存的时变境迁之痕、风俗的滤浊澄清之势，以及山地深处的人生底细和生活况味。""阅微杂览"是新笔记小说的基本特征，这里的"微""杂"各有侧重。"微"侧重于生活、世界中的细微、琐碎、日常的存在，它们（他们）的存在体现在生活中"泼烦"的细部和些微处。"杂"则侧重于不同维度、多个方面、多种生存状态的杂糅、错综复杂的关系所形成的世界样貌或生命样态。而"阅""览"就是审美关注和凝视，在莽苍的秦岭中，发现"存在"的真、善、美和诗意，当然也包括"阅览"生存的残酷、伤痛、缺憾甚至死亡。"微"到蚂蚁、湿湿虫的爬动，"微"到一片落叶的飘零，"微"到稻草人的头多用葫芦做成。而在细微的"存在"场景或生命悸动的细节中，秦岭的"时间""历史""日子"在悄悄地流逝，小说不再如《山本》关注"革命""暴力""杀戮"等历史断裂、残忍的一面，而是将笔墨用于描摹生存的渐变和岁月变迁的痕迹。小说不仅在细微处呈现时间的意义、历史的痕迹，也在驳杂斑斓中呈现自然存在的丰富、文化的多面、风俗的变迁以及山地民众生活的原生情状。自然存在的丰富体现为小说所写的秦岭的日月星辰、风雨雷电、山川沟壑、动物植物，物象极为丰富。不仅是秦岭的自然生存，秦岭世界也是文化的产物，儒家、道家、道教、佛家、佛教、原始巫术、阴阳家、伊斯兰教、基督教等诸多传统文化思想和西方宗教思想在现实的秦岭世界和生活世界中都有丰富的遗存，体现在山民的日常生活状态、生存形式和心理特征上。"阅微杂览"的笔记体叙事确实给文本的思想蕴含带来了前所未有的丰赡，也进一步夯实了包罗万象的百科全书式的秦岭书写。

其三，多个维度的传统性和现代性的深度融合。《秦岭记》从多个维度"复活"了小说叙事的传统，并植入现代性因素。首先，小说的地域性和民间性图景。《秦岭记》某种意义上就是文学地理学。秦岭既是中国久负盛名的山脉，也是贾平凹文学叙事现代性的生产与建构，更是贾平凹"地方感"文学地理的编码与想象。弗罗斯特曾经说过："人的个性的一半是地域性"，言下之意，地域对作家创作个性的形塑是非常重要的甚至是本源性的，这里的地域不仅是地理性的环境、气候，更是后天形成的地域性的人文、语言、历史、民族、风情、习俗等对作家创作潜移默化的影响。《秦岭记》从秦岭起源写起，以笔记体的审美书写，遍及秦岭上的各类草木、秦岭深处的各种生活况味、各种风俗人情的岁月流变。其次，与地域性相关的就是民间性。秦岭的山地人家，尽管岁月流转，他们的生活似乎并没有太多的变化，小说有意凸显山地人家"恒常""绵远"的生存状态。这种状态就是远离意识形态，远离喧嚣世俗的自在自为自足的生存方式。小说里的山川草木、动物植物、房舍庙宇、道观教堂，都是秦岭的"存在者"，并没有刻意突出作为"人"存在的主体性。最后，小说对传统文化有丰富的文学摹写。民间传说、地域风情、乡野习俗、巫术阴歌、神仙鬼怪、儒家、道家、道教、佛教等多种传统思想及其生活在秦岭的山民生存实践中都有广泛的遗留。《秦岭记》有很多乡野、民间、传统以及现实的气息，但作家不是为了传统而传统，而是以现代意识、现代性的视野聚焦当代生活中的传统因子，以期在历史、时间的链条中，展示生存、生命的其来有自。

总而言之，小说貌似实录，实则是取法自然，摒弃了先验的认知框架与经验结构，彻底向秦岭幽邃恒长绵远的自然世界和生活世界敞开。秦岭的自然世界、人文世界和生活世界，从历史的长镜头来看，似乎就是秦岭的自然选择或文化无意识作用的结果。

故事梗概

　　《秦岭记》是贾平凹笔记体小说的集大成之作，完成了从传统笔记小说到新笔记小说的叙事位移，体现出新笔记小说独有的诗学风貌，同时也实现了笔记体小说叙事经验与逻辑的当下呈现。文本叙述没有贯穿始终的人物、无主导性的一以贯之的线索，也无明显的叙述重心或中心。小说类似于关于秦岭的博物志、逸闻志、百姓的生活志或地方的风物志，因此这种无中心线索、无主导情节、无主要人物、无连贯故事、无核心地点、无因果命运的叙述形式迥异于贾平凹之前的笔记体小说。小说更侧重于"天""地""人"一体的审美追求，侧重于对于秦岭世界和人的整体感知，侧重于对传统文化的归根复命，侧重于对审美对象的"通观""达观"。小说就是以秦岭的一切"存在者"和他们（它们）的"存在"为审美对象，这些存在者之间没有等级差异，它们都是世界的存在，而"人"作为特殊的存在者只是在秦岭世界中"存在"而已，并没有刻意彰显其存在的主体性。他们的生存、思维、活动、情感以及生命的全部是秦岭世界的一部分，甚至许多章节里草木、山川成为叙述的核心内容，"人"压根就没有出现，它们取得了和"人"同样的叙述地位。茶棚沟、亮马河、法显寺、红豆杉、野鸡、黄柏岔、黑镇、青龙谷，无论自然抑或人文，无论天地抑或人类，无论无机抑或有机，无论死灵抑或生灵，"郁郁黄花无非般若，青青翠竹皆是法身"。《秦岭记》超越了欲求、求实、道德的境界，直抵天地境界，人在天地境界中和天地感应交汇，和自然万物融为一体，重返了中国古典思想的"天人合一"和"物我合一"。这样的审美书写，显然超越了前期诸多有关秦岭大地的书写，展现了新的审美气象与世界认知。小说在写实的铺陈中，试图进入到"虚"的境界，这也是在现代性的叙事中融入古典小说的虚实相生。这显然也与贾平凹认知结构的逐渐完善，精神境界的提升以及年龄岁月的磨洗不无关系。这种书写一定程度上摆脱了现代性所带来的一系列焦虑，告别了早期二元对立思维的粗陋，也缓解了世俗化年代人文精神陨落所带来的思想困境。

诗性乡土的再临
——评《野望》

杨　辉

　　开篇那一日，是小寒，援引《月令七十二候集解》曰："小寒，十二月节。月初寒尚小。月半则大矣。"另有元稹《咏廿四气诗》，中有"莫怪严霜凝，春冬正月交"句，差不多可以说明彼时书中核心人物翠台的境遇——儿子大坡与媳妇闹别扭，生生牵扯得翠台心焦不已。是日用罢早饭，翠台离家，要去看她独居的父亲。芳村不大，抬脚就到，但翠台沿途所见，信息却可谓繁多——这差不多奠定了《野望》的叙事基调，以翠台的"眼光"，移步换景，去呈现芳村的人、事和风景。人皆是普通人，事也不是大事，不外邻里纠葛、妇姑勃谿，翠台或看在眼里，或身在其中，也不过闪转腾挪，尽是些小小心思。日子如常行进，烦忧亦复不少，翠台如此，大坡如此，那些生活于芳村内外的各色人等，也不过如此。

　　然日常生活虽琐碎烦乱，时风浩荡，芳村也深着时代的色彩，村委会大喇叭时常广播，谈保护环境与经济发展的关系，谈开发乡村自然资源，谈如何把绿水青山这个最大的自然优势转化为经济优势……有严重污染的小工厂必须关停，若干人物生计受到影响，一时也有些不解，弄出些不必要的声响，但乡村发展过程中也可能有"必要的丧失"。革除旧见，以来新意，是必经的道路。《野望》写出了这一些人物观念、情感的转换，写出了时代之"大"中普通人生活之"小"，以及小大交相互动中乡村世界的"常"与"变"。由此，大时代的广阔风景成为芳村日常并不遥远的背景，细腻可感，如在目前。

　　芳村，芳村，景如其名，也真是春有百花秋有月，夏有凉风冬有雪。这风景也不是文人雅士眼中悬隔日常劳作的艰难而人为创制的艺术之境，而是扎根于日常，于实在中生长的风景。"太阳渐渐落山了。翠台拎着一袋子蔬菜往回走。风从田野深处吹过来，把豆子啊，玉米啊弄得哗啦啦作响。棉田里开着粉的白的黄的花，颤巍巍的，在风里摇啊摇。人家的篱笆上爬满了牵牛花，一朵一朵张着小嘴儿，纷纷紫紫一片。走着走着，脚下一绊，却是一只北瓜，圆圆的，长着一道一道好看的花纹。"即便是云舒云卷，映现的也是地上风物:"天蓝得要拧出水来,云彩一大朵一大朵,棉花似的,在天上翻卷着,一会儿像是一匹马,一会儿又像是一只狗,眨眼之间,再抬头看时,又变成一头肥猪的样子,哼哧哼哧跑得飞快……"

哪有纯粹的风景,都是人心人情的映现,心之不同,则目之色异,临近结尾了,大坡生计有了着落,爱梨脸上就多有笑容,翠台纠结年余的矛盾一当破除,看什么都美都好。这一日晚间,"风从村庄深处吹过,把天上的星星都吹落了,星星点点,落在村庄的大街小巷上,却原来是路灯,闪闪烁烁的,在夜色里一亮一亮。月亮弯弯的,金色镰刀一样,挂在天边,把温柔的月光洒在窗台上,半个屋子都恍恍惚惚的"。翠台心中欢喜,睡不着,心思真如根来所说,"光景好了,心里都亮堂了"。亮堂的不只翠台,不只根来,也不只返乡创业的二妞和她的同代人,还有芳村之外,翠台们的生活时时映衬的阔大世界。

颇有意味的是,日常的杂乱逼迫久了,翠台也偶或遁入梦中。是个晚上,月亮挺好,银河清清楚楚似乎触手可及。一个白衣人在前飘飞,引导着翠台翻山涉水,到了那仙气缭绕的仙家居所,颇有些宝玉梦游太虚幻境的意思,也不乏警示和训诫的意味。仙家有言:"世事如此,天下熙熙,皆为利来,天下攘攘,皆为利往。你一个弱女子,心性高强,奈何命运不济。为人生儿育女,半生操劳,遍尝艰难顿挫,不正是为了一个钱字?家宅平安,光景顺遂,都少不得一个钱字做底子。谁知世间红尘万丈,功名利禄如过眼烟云,是非成败转瞬成空。至于那为情所困,为恨所苦者,比比皆是。若非那翻过跟头来的,总难悟透看破。"这话委实迂阔,翠台不是王熙凤,无力也不能承载出入进退、离合悲欢的人生大问题。她的心思是小的,如一棵小麦一株玉米,是从土里生长出来的。"人这一辈子,还图个什么呢。荣华富贵,她倒没有妄想过。一个庄稼主子,不就图个家宅平安么,图个一家子骨肉圆全,过太平日子么。她儿女双全,四代同堂。又正赶上好世道,有奔头有念想,这样的光景,还有什么不足的呢。"一些小说中津津乐道肆意铺陈的爱恨情仇、得失荣辱,教人甘愿为之生为之死的名与利,在芳村,在翠台这里,皆不足论。翠台和她的乡亲生活的美与好,也不是自外而内的,不是另一种目光另一种视野中的美与好,而是乡村人、事和自然风物本身自具且不断壮阔的美与好,是人心、人情、人性升腾出的美与好。因此芳村的世界就是芳村本身,一如翠台就是翠台,她不是也不必是贾宝玉、王熙凤,即便他们的梦境不乏相似相通之处。《野望》是风吹万物奏响的诗篇,是紧贴大地的动人旋律,它的姿态是低的,是小的。但低与小之中,仍蕴含着不容忽视的大美。

读《野望》,极易想到《秦腔》,同样是鸡毛蒜皮的泼烦日子,也绝少重大事件的纷纷扰扰。《秦腔》中其乱如麻的生活故事仍在,却因感染了新的时代气息而格外荡漾着不同的韵致。这韵致既来自作者用心经营的于琐屑庸常中升腾的诗性的气息,也来自人物和他的生活世界本身自具的峥嵘气象。当然,最为紧要的是,这些日常气息内蕴着大时代鼓荡出的浩瀚之气,如野马尘埃,积蓄既久扶摇直上幻化出教人心醉神迷的时代风景。琐琐碎碎的事件可谓波澜不惊，也鲜有动人心魄处，但是呢，一篇读罢，恍然惚然，觉得仿佛过了一生。翠台生活的世界，那个芳村，有生有死，有来有去，有得有失，有荣有辱，如庭前花草树木，依四时节气流转，好也罢，了也罢，喜也罢，忧也罢，琐屑、庸常却也真实可感。这样一些人物，曾从《边城》《长河》中走过，也必然历经《暴风骤雨》的洗礼，有过颇为艰难却极具意味的《创业史》，吼过《秦腔》，而今于芳村《野望》，大地苍茫，四时风物与人事风景汇于一处，叫人心生欢喜："翠台一看，冬日暖阳下的田野，烟霭淡淡的村庄，楼房的尖顶，树木的枝丫，蓝天上白云乱飞。叫了声老天爷，这是咱芳村？跟画里一样样！中树说，新时代，新农村么，笑嘻嘻的。"过了一日，翠台再看田野，野蒿子遍地生长，看吧，"等转过年来，腊尽春回，一场春风春雨"，这野蒿子就迫不及待地疯长起来，"长它个满村满野。长它个铺天盖地"，把芳村装扮成一个生机勃勃的全新世界。

故事梗概

《野望》聚焦于芳村翠台一家人的日常生活，以新时代乡村振兴战略的提倡为背景，以翠台一家人的生活为轴心辐射，穿插着四时流转中芳村村民的日常起居、婚丧嫁娶、风俗习惯、人情往来。农村养猪、制皮革、搞运输、开饭店等产业的兴衰，以及环境保护、扶贫攻坚、乡村振兴等宏观政策在芳村引发的种种变化等，一一涌现笔端。翠台一家是个四世同堂的农村家庭，上有老下有小。临近过年，翠台的儿子大坡与儿媳爱梨因挣钱多少引发矛盾，大坡工作无着，儿媳爱梨闹离婚跑回娘家。于是翠台找小别扭媳妇通灵求启，先后派邻里臭菊和小鸾，亲戚香罗和跟莲去爱梨家说和，去土地庙拜观音，最后爱梨腊月二十六从娘家回到了婆家。女儿二妞放假回家，一家人过了个团圆的新年。然而妹妹素台一家新年过得并不顺利，因妹夫增志的厂子被客户骗钱跑路，陷入困境，夫妻吵闹不停。元宵节后学生辈返校学习，青年辈进城务工创业，中年辈忙着农业生产，在乡镇工厂流水线工作。这期间，难看饭馆关张，新饭馆小鸾私厨开张，红红火火。跟莲的丈夫有子因赌博输钱被赌场扣留，香罗等人拿钱将有子赎了回来，有子娘承受不住打击过世。大坡去外地打工，爱梨跟着小闺去厂里上班，翠台在家带孩子，等到送孙女去幼儿园后也开始找活做，一家人的生活渐入正轨。然而根来的养猪场因瘟疫"塌火"，根来一蹶不振，后来在政府政策的引导下，从家庭养猪厂谋划参与新型养殖模式，即公司和农户联合规模经营，由大公司提供猪仔、药品、饲料、场地和职业培训。大坡失业后也积极参与到培训当中，一改往前颓废的啃老生活，逐渐有了责任和担当。增志的工厂也寻求归入工业园区，实施规模化和科学化经营，缓解了之前的资金紧张问题。有子赌博输钱后醒悟过来，将买下的棋牌室改为书吧经营，开始正常的生活。临近第二年冬天，二妞告知家里人决定毕业后回到农村工作，喜针读博的外甥也要返乡工作，田庄破锣家小子大学毕业后要回田庄办艺术培训班，大学生返乡成为一股趋势。新农村建设如火如荼，乡村振兴的实践即将大规模展开，芳村的未来值得期待。

月光洒肩头，仿佛自由人
——评《不老》

张　涛

　　叶弥在新书《不老》中塑造了一个特立独行的女性形象——孔燕妮。她像月光一样轻盈，像风一般自由，即使她已经35岁了，可是她精神不老，永远不老。这样一个气质优雅、眼神清澈、真实自由又多情的角色，在文学史上也是一个少有的存在。

　　叶弥在孔燕妮身上倾注了大量的感情。她特意选在1978年这个时代变革的节点，所有故事的发展，所有人物的生发、消匿都浓缩在孔燕妮等待张风毅出狱前的这25天里。围绕在孔燕妮身边形形色色的人，有爱慕者，有激进者，有投机者，也有憎恶者……爱她的人把她奉为永远高不可攀的月亮，恨她的人恨不得对她拳打脚踢外加言语侮辱，但孔燕妮的内心和她的外表一样美好。

寻　魂

　　20世纪70年代末，在社会大变革前夕，孔燕妮这样一个用爱去拥抱他人、不现实的女人显得如此格格不入。

　　从出生起，因祥云铺满，孔燕妮的身上就蒙上一层神秘的光环，从小就被称为"仙女"。虽然家庭条件优渥，但是父母离异，15岁时被体育老师侵犯，去农村中学教书行医，还有过割腕自杀的经历。也因为姣好的容貌和恋爱的风流韵事，在小城流传之广，孔燕妮一路被人骂着长大。孔燕妮的身上背负着时代、社会、家庭、贞洁等一系列对于女性的观念束缚和现实负担，即便如此，孔燕妮依旧牢记柳爷爷的教诲，女人要为自己而活。初次出现在孔燕妮梦里的老和尚曾责备她："你们都是无根之花啊！"

　　孔燕妮确实是"无根之花"。在事业和情感上，她进退两难，内心涌动着一股别人都看不见的暗流；时代、社会变革，这些宏大的叙述都与她无关，她的灵魂既没和张风毅在一起，也没和俞华南在一块。她的思想、情感、工作等都在十字路口，都是摇摆不定的。所以孔燕妮一方面想要被人拯救，另一方面又想拯救别人。她的灵魂好像被搁置在某处，处处是矛盾的。

无根之花要寻根，孔燕妮要寻魂。当孔燕妮的人生出现需要做出抉择时，老和尚总会正好出现在梦里，为她指点迷津。在现实中的昙花寺，孔燕妮居然发现了和梦里的老和尚长相一模一样的和尚，他叫不老。

不老和尚住在昙花寺里。

昙花一现，定格在刹那永远。

叶弥似乎在有意为之。肉体、世间万物都会老的，唯有思想"不老"，肉体、物质终是昙花一现，会消逝在云烟深处，而思想、精神是不会老的。这是叶弥在对孔燕妮和读者的一次暗示。这种精神的"不老"不断推进孔燕妮了悟，尤其在青云岛上遇到如明师父后，孔燕妮真正悟出了精神轮回之道：

"我懂了。她是肉身轮回。我一次又一次地恋爱，是一种精神轮回。我要在精神轮回里保持年轻，而不是在执念和自由的平衡里保持年轻。因为平衡会被轻易地打破，但轮回是坚固的，是精神的真正跋涉。我跋涉了千山万水，何必在意意识平衡？"

在如明师父"寻魂"的"游戏"引导下，孔燕妮好像找到了自己，爱情的绳索脱落，她不再计较得失，卸下了压力。梦里的不老和尚，也从梦中的死亡转为安逸，预示着孔燕妮的心境发生了巨大改变。

孔燕妮终于在一次次爱的接受与馈赠中，收获了比失去更多的东西。在孔燕妮的人生中，她永远当生活的主人，而不当思想的奴隶。所以即便孔燕妮最后失去了俞华南的爱情，她并不怅然，她的精神内核、她的思想、她的性格，都代表一种女性的自我觉醒，她寻觅半生的"魂"找到了，她将和时代一起，走在觉醒后新生的道路上。

病人

"人生来就有缺陷和脆弱，精神上的疾患就是放大了这种缺陷和脆弱。"

"经过了那些荒唐岁月，许多人都成了病人。"

孔燕妮的朋友王来恩、老隐（王仁平），男友俞华南都因20世纪60年代的严重精神刺激患上了精神类疾病，甚至孔燕妮自己，也沉溺在精神世界里，只要一谈恋爱，就会失去理性，变成了"爱情中的神经病"。她曾出现焦虑时啃手指甲等症状，还被外界谣传得了精神病。时代带给了这些病人难以愈合的伤痛，因为无法被自我拯救，所以陷入灵魂的泥淖里，"放大了自身的特点，暴躁的变成狂暴症，幻想的变成妄想症，不安的变多动症，喜欢权力的变成控制狂，内向的走向抑郁，悲观的成了厌世者，孤独的变成自闭，缺爱的变得滥交……"

孔燕妮的父亲孔朝山是著名精神病医生，曾爱慕过张柔和。叶弥对她笔下的张柔和、孔燕妮无疑是同情的，她借着俞华南的口道出了："精神病院里女人很多，她们大部分都是想做坏女人的好女人。"

张柔和，一个热情如火、泼泼辣辣的女性，在经历爱情失败、婚姻不幸、儿子痴呆、弟弟入狱，尤其是人生的意义被否定后，也彻底疯了。外人看来的疯疯癫癫，何尝不是她躲入精神的幻境中，彻底获得了自由……倒是像孔朝山这样注重物质生活和谢燕兵这种唯利是图的人，应该是不会有精神疾病的困扰的。

孔燕妮的初恋杜克死于精神病人的谋杀，而孔燕妮的母亲谢小达和杜克其实都有些是理想到激进的狂热分子，死在了社会变革前。即便如坚强克己的俞华南也在妹妹死后患上了抑郁和躁狂双重精神障碍，清醒时的俞华南曾问孔燕妮说："我知道这样的人很多。新的时代会很不容易，要拖着这么多病人朝前走……"俞华南身上的神秘色彩来源于他的病，他没有停息他对时代的追索和探求，他身上始终流淌着知识分子对未来的热望……

《不老》里的病人很多，"神经病""精神病"等相关词汇出现的频率尤其高。孔燕妮和她身后《清明上河图》般的人物风情画，共同构成了1978年时代巨大变革中的社会群像。这些在精神里放空、得到灵魂自由的病人，背后隐藏的是过去时代的伤痛，也是一个新时代的开始。

故事梗概

1978年的一天，吴郭城里张柔和的豆腐摊上，张柔和在等待一个女子，她就是吴郭城的第一美人，当过军医学校和农村中学老师的孔燕妮。

孔燕妮来了，她今年35岁了，行事光明磊落，不畏人言，自在如风。她和张柔和的弟弟张风毅是吴郭城里人人称羡的一对传奇情侣。张风毅还有25天就出狱了，孔燕妮坐在豆腐摊边，静静望着大运河对岸的监狱，一边思虑，一边等待。她从来没把张风毅当作未婚夫，他们约好，不约束彼此，尊重彼此。在这三年里，孔燕妮已经谈了两个男朋友，她刚和第二任分手，就被传言"她要在未婚夫出狱之前再谈一个男朋友"。

虽然只是传言，却似乎很快成真了。

老朋友黄阿兴带来了一位从北京来的"调研员"俞华南。俞华南比孔燕妮小七八岁，俊逸非凡，神秘博学，孔燕妮对俞华南一见倾心。在陪着俞华南在吴郭走访的日子里，他们慢慢接触，探讨国家命运，彼此爱慕。二人终于决定在张风毅出狱前，谈一场有始有终、只有19天的恋爱。

张风毅出狱在即。孔燕妮邀请吴郭城各色新朋旧知参加18号在青云岛为张风毅准备的宴席。其间，俞华南和孔燕妮二人针对变革时代的种种问题进行讨论，若即若离，却始终心有灵犀。

新时代即将来临，孔燕妮的身边人离开的离开，归隐的归隐——初恋杜克被杀；孔燕妮的母亲谢小达喝了酒，被人推下了河；张柔和在省城看病；林纳德和闻德好离开了吴郭城；冯春霖不能见了……孔燕妮也在社会变革期慢慢解开了自己人生的结……

1978年11月17日夜里11点55分，孔燕妮在俞华南抑郁和躁狂双重精神障碍发作前的最后一刻把他送进了招待所。孔燕妮站在门口，犹豫不定，在草药和抑郁症的双重影响下，俞华南和孔燕妮25天的相处记忆全部归零。25天，是俞华南的遗忘周期。俞华南望着眼前"陌生"的孔燕妮，说了他25天前说的那句话："你是谁？你为什么一只脚在里面，一只脚在外面？站在那里，既不进来，也不出去。"

18日的凌晨终于来了。张风毅要出狱了，不老的孔燕妮要去白鹭村开始新的一天了……

"新南方"的宏大叙事
——评《拖神》

张元珂

　　《拖神》以其鲜明的地方性、深刻的思想性、不俗的艺术创造力而成为"独特的这一个"。

　　首先,《拖神》是后圃献给故乡、致敬经典的一部长篇力作,是粤港澳大湾区文学和"新南方写作"的重要收获。小说讲述疍族、畲族、潮州人之间既冲突又融合的族群故事,书写潮汕商埠的生成史、商人的创业史及其文化的兴衰史,是一部彰显大气度、大格局的宏大叙事小说。

　　其次,《拖神》是一部有爱有情、有道有义、深触人心的抒情小说。对人间至情至性的表达,对神格、鬼情的表现,以及人、神、鬼之间的情义之辩,是这部长篇小说最感人肺腑、发人深省、颇费思量的主题实践向度。在小说中,从单恋、多角恋到中西之恋,从痴恋、绝恋到颠覆人伦之恋,从人之恋、鬼之恋到人、鬼、神彼此间的跨界之恋,各种爱情形态、情爱关系以及置身其中的人之命运遭际,都被予以全面建构、充分表达、深刻呈示。由此,我们可以看到,以爱情为中心编织起了丰富而复杂的人物关系网,并以此建构起了小说的主体架构。

　　最后,《拖神》也是一部带有鲜明潮汕风情、海洋风韵,彰显野性风格的粤地小说。自然风景、地方风物风俗,以及人与自然的共生关系,在小说中都被作了浓墨重彩的描写。江湾的海潮、潮汕的吃食、南洋的风波、山间的鬼火、开花的樟树、以"樟树"命名的村庄与埠口,以及民间的崇神传统、敬神仪式、游神活动……作为一种背景、内容或表现对象直接赋予小说以浓厚的地方风采;围绕拓荒、造大船、下南洋、建商埠、创商行、上花艇、斗海贼等活动上演的种种故事、所次第出场的形形色色的人物及其关系,其原型都为潮汕平原所独有;围绕清代"海上丝绸之路"的生成过程,小说以陈鹤寿、林昂、温鹏程为中心,讲述了他们经略南洋的传奇故事,不仅涉及对南洋环境、空间、商贸、海贼活动等清代海洋状况及其文明史的深描,更对在此境遇中人的生活、命运、精神作了充分表现。

《拖神》在艺术上的探索与实践为当代小说提供了新经验、新启示。

其一，贴着人物写并把塑造典型人物作为长篇小说写作的重中之重。它所塑造的陈鹤寿、暖玉、雅茹、麦青、林昂等人物形象都是"独特的这一个"。几十个人物各个不同，虽有明显的轻重之别，但绝无概念化、脸谱化之嫌；若干人物形象鲜明，个性十足，内涵丰富，初显经典人物之相。其中，作为樟树村和樟树埠的拓荒牛，早年以"造大船，寻乐土"为理想，后来通过下南洋、建商队、开商行立下不朽功业的英雄人物陈鹤寿，其不羁的性格、丰满的形象、开放的思想、跌宕起伏的命运、多角的情史，以及由此所折射出的关涉历史与文化的多元而丰厚的形象内涵，都给人留下了极为深刻的印象。陈鹤寿是近年来中国当代小说人物画廊中难得一见的典型形象。

其二，继承并革新经典小说艺术传统。继承并弘扬现实主义宏大叙事传统，同时充分吸纳类似《百年孤独》那种"魔幻现实主义"写法，在此基础上建构适合自己的一套叙述法则、审美范式、小说样式，从而成就了《拖神》在艺术实践上的创造性、独特性。

在语式上，采用多视点交叉讲述模式，侧重营构一种亦真亦幻、神秘莫测的审美世界。在这部小说中，万物有灵，世间事，人鬼情，彼此交融，不仅彻底打破了鬼界、神界、人界之间的区隔，还将历史、现实、神话、梦境融为一体，从而生成了一种五彩斑斓、意味无穷的艺术效果。由人、鬼、神联袂演绎，他们互为视角、彼此审视、交叉言说，共同制造了"多音齐名""众生喧哗"的文本景观。

在结构上，建构奇偶交叉、共生共营的小说形式。奇数章（共7章）以鬼神（第一人称）为视角，由其述说神界或鬼界动态，并以互文方式关涉或审视人间万象；偶数章（共6章）以第三人称全知视角主述人间世态、世事、世情，不仅书写种种人物波澜壮阔的传奇与生命景观，也间接展现大历史起起伏伏的演进史。这就在奇数章之间、偶数章之间、奇偶章之间形成了一种彼此既可独立存在，又能互文互构的意义生成模式，从而使得小说讲述本身成为"有意味的形式"。

在语言上，有限度地使用粤方言、方腔，让"幼妹"、"阿公"、"衰仔"、"姿娘仔"、"孥仔"、"吹水"（聊天）、"揾工"（找工作）、"花脚蚊"（花心）、"惜命命"（极度疼爱）等一大批潮汕方言语汇以括号内注解方式进入小说，以弥补普通话写作所带来的语言上的单调性；在微观修辞上，绵密的细节描写，细致的风景描写，以及有意味的意象建构（比如巨舟、鬼火灯笼），都极具韵味，耐人咀嚼。

在虚构和想象上，这部长篇小说也甚为独特。从常规的以实写虚、变真为幻的艺术实践，到反常的从虚中生实、无中生有的艺术建构，《拖神》都显得特立独行、意蕴丰满。比如，就前者而言，陈鹤寿率众造巨舟和后来驾巨舟在江湾入海处迎战外侮入侵的经历，以及陈鹤寿的创神故事和发动"拖神"的运动，其隐喻与象征耐人寻味；就后者而言，小说中人物可在他人梦中自由出入，特别是以入梦、托梦方式书写陈鹤寿、暖玉等人物在现实界中的活动，以及对"捉鬼火""思乡症"（陈鹤寿从南洋带来的一种传染病）所作的真幻难辨的描写，都以魔幻、荒诞、夸张、变形手法直呈某种真实。这些构思都让人耳目一新。

故事梗概

偶数章

陈兴邦因犯事出逃。逃至绿云村，与朋友的表妹暖玉一见钟情。为逃避惩罚，两人乘马车一路狂奔，来到一个后来被命名为"樟树湾"的地方。

陈鹤寿在此开始"创业"。凭着非凡的智商、口才，干练的举动和长于货物交易的本领，陈鹤寿在疍、畲两族之间周旋，逐渐树立起自己的威信。

陈鹤寿自创了水流神。在后来的岁月中，水流神逐渐成为当地主神。

陈鹤寿萌生出"造大船，寻乐土"的理想，于是率众开启了造巨舟的梦想行动。

多情郎陈鹤寿除暖玉外，还与柳三娘、麦青往来，并建立爱情关系。柳三娘生下一子，即后来海贼温兆吉；陈鹤寿后又私上花艇，对花娘麦青一见钟情。

对于陈鹤寿的"乱情"，暖玉很心痛。为自我释怀、救赎，她时常托梦于鬼神世界。在陈鹤寿神秘失踪期间，暖玉独自守护家业，生下一子，即老大桑田。

史家姑娘雅茹先后与水手黄志扬、传教士魏德新热恋。后生下一女，取名赛英。魏德新一心向教，不可能娶雅茹为妻。于是，石槌自愿以丈夫名义担负起了养育母女俩的重任。

赛英爱上了桑田。桑田为义舍情，暗暗加入了民间反清组织。桑田与戏班一帮人在丰顺县一场战斗中全部牺牲。

陈家老二浩云喜欢上赛英，但迫于伦理，暖玉死不同意。浩云继承了其父的精神意志，走南闯北，在汕头埠开办第一家船厂，在曼谷、西贡、香港等地开办新型米厂。

强人、能人陈鹤寿一生屡遭磨难，但每逢低谷或迷途，总有高人暗中指点或帮扶。他以个人能力和威信一步步成为樟树埠、商帮行会当家人。

在陈鹤寿远走南洋几年间，巨商林昂是樟树埠最显赫的人物，是商帮行会的当家人。他花重金赎回麦青并纳其为妻。汕头开埠后，他转而为洋人做事，后被温兆吉秘密绑架并杀害。

　　面对腐败落后的清政府，老二浩云积极支持孙中山及其革命活动。

　　温兆吉和他的青云帮威震潮汕，后被捉并判处极刑。

　　林昂死后，麦青把财物散给了下人，将过去的秘密压在舌头底下，到水仙庵削发为尼。

　　暖玉死后，葬于莲花山后腰早就筑好的"生居"。

　　大先生比陈鹤寿早走了十年。

　　陈鹤寿去世时，人类刚好迎来了新世纪的第一个春天。

奇数章

　　孤魂、三山国王、天妃娘娘等众鬼神言说彼此瓜葛，俯瞰人间百态，评述众生遭际。

网络小说评论

序 言

承续传统　观照现实　畅想未来
——中国小说学会2022年度好小说·网络小说综述

肖惊鸿

2022年度，网络文学重数量更重质量、既要正能量也要大流量的精品化叙事成为共识。国家导向引领创作风潮，"90后"创作者成长为中坚力量，多元化创作选题、精细化风格技巧得到网络作家普遍重视。网络文学行业向外寻求突破、对内深化运营，聚焦精品化策略，内容垂类开发成为常态。

玄幻、言情、历史等传统题材推陈出新，现实题材增长加速，科幻题材势头旺盛，"脑洞文"引领创作潮流。中华优秀历史文化得以弘扬，创作生态不断优化，题材多元、突出现实与科幻的整体创作格局正在形成。

10部本年度完结网络小说入选中国小说学会好小说上榜作品，一定程度上折射出网络文学年度创作的基本风貌。

现实题材创作加速增长，小故事折射新时代

基层写实与行业文成为年度现实题材创作主流，基调健康、乐观向上，以小故事折射新时代，展现了人民群众的获得感、幸福感和安全感，时代、奋斗、职场、婚姻等成为年度现实题材创作关键词。

卓牧闲的《老兵新警》（起点中文网发表）是一部致敬人民卫士的厚重之作，在一众现实题材网络小说中表现优异。男主角不想退役却脱下军装，没想当警察竟穿上警服，想驻守边境却被调回老家。从老兵到新警，青春绽放新华章，于基层的琐碎中显艰辛，于写实的平凡中见伟大。另一部都市题材作品是竹已的《折月亮》（晋江文学城发

表），书写了佛系女主与冷颜男主之间一场女追男的动心爱情。在这一题材惯有的青春昂扬、愉悦甜蜜之外，小说融合新媒体主播、虚拟体验馆、校园生活和万众创业等时尚元素，彰显了年度都市言情文的现实特点。

玄幻题材铸牢传统根基，创意出新技巧精细

年度玄幻题材铸牢传统根基，突出创作特征，在世界观架构中重视创意出新，风格技巧更为精细化，提升了传统玄幻题材的创作质量和艺术品质。

青鸾峰上的《一剑独尊》（纵横中文网发表），描写本是世子的青城少年，奈何遭到暗算，丹田破碎修道无望众叛亲离，但他毫不退缩。少年以剑为丹田，开启神奇的全新修行之路，在创意出新中引领了流量潮流。老鹰吃小鸡的《星门：时光之主》（起点中文网发表），讲述古文明人族后人为追逐真相，从银月出发，打开星门得见新世界，寻觅传说中人王的脚步，为人类新生而战，以绵密节奏与叙事技巧光大了传统玄幻文的恢宏斗志与热血传奇。

历史题材彰显唯物史观，体现当代价值

年度历史题材网络小说将架空、穿越手法融进历史发展的逻辑，彰显唯物史观，在丰富翔实的细节中拓展了题材的宽度与广度，为历史题材赋予了当代价值。

堵上西楼的《公子凶猛》（中文在线发表），以架空手法讲述穿越到地主家的主角的"另类"人生——不想混吃等死，随意做了些事不料影响巨大。在上至朝廷远至异邦的无数诱惑中，主角却只想当个守住田园梦想的地主。故事开脑洞、吸眼球，充满新奇幽默。另一部历史题材作品是龙渊的《大明第一狂士》（掌阅小说网发表），在穿越而来的县丞之子侦破各种历史奇案的过程中，代入大明万历年间的真实历史事件和人物事迹，真实与虚构交织，险象与悬疑不断，以缜密的构思与严正的史观为历史题材网络小说树立了样板。

科幻题材新作频出，脑洞模式引领潮流

本年度科幻文表现抢眼，新人辈出，"脑洞文"风行，成为网络文学主要创作类型之一。《从红月开始》《月球之子》《黎明之剑》《我们生活在南京》等作品表现突出，各具特色。

黑山老鬼的《从红月开始》（起点中文网发表），以男主角的身世之谜串起一桩桩神秘事件。在女主角带领下，超能力团队执行任务，抓捕一个个精神怪物，将悬疑与幻想融为一体，小切口大事件与小人物大英雄融汇交织，突出了故事的独特性和差异性。另一部悬疑幻想作品是童童的《月球之子》（掌阅小说网发表），从月球表面发生的一起离奇谋杀案入手，直面硬科幻真实推演，展现新一代月球出生的年轻人与传统社会的矛盾与冲突，悬疑为表思辨为里，于宏观视野中描绘微观世界，实验性地探讨了人类文明的出路。

远瞳的《黎明之剑》（创世中文网发表），讲述主角闯入异世界，化身王国公爵，见证人类文明崛起。在多元宇宙异域文明里，展现生死存亡中的勇敢与拼搏。世界观设定广阔，思想厚重，情节丰富多彩，风格幽默轻松，在众多"传统"科幻文中具有代表性。天瑞说符的《我们生活在南京》（起点中文网发表）构思奇巧，讲述2019年南京市的一名高三男生，和他通过无线电联系上的2040年的本地女生，面对末日天灾一起求生的故事。作品描绘了现代繁花似锦以及未来杳无人烟，书写主角在绝望中孕育的希望，传递出温暖向上的人类对未来的信念，在"末日文"科幻题材中具有典型意义。

当前，网络文学作品总量超过3200万部，高质量发展成为新时代网络作家的共同追求。年度优秀作品"乱花渐欲迷人眼"，层出不穷、数不胜数。新生代网络作家勇于探索艺术手法，反套路、类型融合成为创作新范式。笔者列举以上10部作品，试图以极小示例得以管中窥豹、披沙拣金，对年度网络文学创作的整体风貌做一浮光掠影式扫描。而我们有理由相信，更多更好的网络文学作品就在那里，等待评说。

为无名英雄立传
——评《老兵新警》

许苗苗　　李梦菲

　　《老兵新警》是起点中文网大神作家卓牧闲于 2022 年完成的一部网络小说。擅长现实题材写作的卓牧闲继《超级警监》《韩警官》《朝阳警事》后，又一次将目光锁定在警务题材上，书写边防退役的缉毒战士韩昕转制成为民警的故事，将以往作品已经充分展示的民警生活与更凶险特殊的禁毒缉毒联系，可称作一部缉毒英雄的传记。

　　卓牧闲创作警务小说的初衷源自于一份责任感，他看到人们对警察职业"因为不了解，所以不理解；因为不理解，所以有误解"，因此在《老兵新警》中，卓牧闲对人物的塑造颇费心思。作者对主角韩昕的描摹有两个重点：其一是弱化了"金手指"的凡人英雄，其二是多维的"新人"形象。

　　纵览卓牧闲的警察系列小说，会发现从具有特异功能的韩均（《超级警监》）、重生的韩博（《韩警官》），再到基层民警韩朝阳（《朝阳警事》），最后到《老兵新警》中的缉毒警察韩昕，主角的"金手指"越来越弱，"普通人"的气质越发突出。《老兵新警》中韩昕的形象甚至设定为一个身高长相都不突出、只有初中学历的昔日小混混，常被书中其他角色吐槽"气质不像当过兵的"，然而没有"金手指"的韩昕却善于抓住机遇，在不利的条件下创造机会，依靠主观能动性成为优秀的缉毒英雄。韩昕的人物塑造抛却了一般影视作品中全能警察的"神性"，渲染出时代中凡人英雄的"人性"。卓牧闲在职业共性之中抓住人物的个性，他笔下的韩昕才能够既具有网文男主开挂似的爽感，又展现出普通人踏实奋斗的魅力，承载住读者的热爱与向往。

　　此外，对于韩昕在警察岗位"新人"形象的设定，卓牧闲也进行了多维的深度刻画。他特别规避了对"小白"的单一刻板印象，注重描写人物面对复杂现实生活时的多样性和艰难性。比如韩昕职业转换初期心中充满不解，在发现自己学历过低，在新单位无事可做时，更是感到自卑，这些心结在老领导为他分析利害关系后才慢慢消散；再比如回到家乡后，韩昕不得不面对父母各自的重组家庭，在亲情关系中经历了一段磨合期；后期被授予二级英模时，韩昕第一反应并不是高兴，而是认为自己不适合当干部，一时间不知如何自处……作者在推动情节的同时着重关注了"新人"韩昕内心的思考和顾虑,没有过于拔高韩昕的崇高性,而是给予角色成长的空间,让观众同韩昕一同体验人生的高光和低谷。通过对韩昕"弱化金手指的凡人英雄"和"多维新人"的人物塑造,《老兵新警》成功做到了"爽感"的娱乐性和文学的艺术性的平衡、审美意义与社会意义的兼顾。

卓牧闲谦虚地将自己视作"讲故事的人"而非作家。故事讲得动人,才能从如云的网络小说中突出重围,抓住读者的心。《老兵新警》故事的精彩之处,首先在于主旋律大叙事和烟火气小叙事的结合。作为"警务小说"门派的开创者,卓牧闲在《老兵新警》中仍将大方向定位于展现时代中警察职业的向上力量,文中渗透着国家方针下的"大行动""大精神":比如主角韩昕在国家新政策下从边防战士转制为缉毒警察、几次跨越边境的缉毒专项行动、帮助纪检委对公安系统内部保护伞进行纠察等,铺展出宏大的格局,引领着读者的精神方向。而在此框架下,又填充着接地气、有温度的小叙事:韩昕成长在普通的小城镇中,他回到家乡陵海后也只是在禁毒中队处理一些琐碎的案件,点滴累积起"缉毒明星"的称号;同事们最初认为韩昕是个给人找麻烦的"坑王",后来在共同完成任务中逐渐认可他、接受他;韩昕面对爱情时也会小鹿乱撞……充实的细节构筑起丰满的人物性格,使人物与情节丝丝入扣,主题和叙事相辅相成。在小叙事中,韩昕脱离了主流背景下的符号化人设,而变成贴近读者情感体验的"活生生的人"。

《老兵新警》之所以"抓人",还有赖于作者对情节的特殊处理。现实题材写作并非与社会事件和行业生活"照镜子",《老兵新警》巧妙取得了故事性和严谨性、趣味性和科普性的平衡,在硬核行业文写作中融入了网络游戏的表现方式来引发读者兴趣。《老兵新警》的主角是较为特殊的警种,与作者前几本书中的社区民警不同,缉毒警的工作内容对大多数读者来说比较陌生,因此故事中不乏专业的知识科普。借韩昕之口,卓牧闲向读者介绍了不同毒品的主要成分、检测试剂的项目种类、各种藏毒手段以及量刑等级等。新奇而硬核的行业内容无疑满足了读者的求知欲,但容易因过于严肃而阻碍阅读,因此卓牧闲以"系统升级"式的情节弥补这一点。"系统升级"是网络游戏的一种套路,主角打怪积攒经验值,通过换地图战斗的方式不断得到能力的提升。《老兵新警》中,韩昕的初始状态是毫无经验的新警察,他最开始只是处理陵海辖区内复吸毒品者的小线索(打小怪),被借调到市区后追踪大毒枭及跨国电信诈骗案,在城市和边境、境内和境外之间穿插办案(换地图、打大怪),经历几次动人心魄的抓捕行动后被授予二级英模,晋升一级警司(进阶成长)。一波三折、不断升级的情节颇能戳中读者的"爽点",专业知识科普也可视作主角系统升级中的补充备注,在贴近现实这一初衷下,卓牧闲最大限度地把握住"严肃"和"有趣"的尺度,实现了网络文学文化价值与社会价值的融合释放。

《老兵新警》无疑是一部与时代脉搏同频、极具现实意义的小说。书中涉及疫情形势下办案的特殊性、缅北电信诈骗在我们日常生活中的渗透、黑暗势力在公安系统内部的保护伞等，说明作者卓牧闲并没有囿于一成不变的警务小说套路，他对社会时事高度关注并将其投射于小说的写作中，这让读者总能在书中找到与自己相似的社会经验。而读者们在阅读中达到最深层的心灵共振，还是落于对缉毒警的尊重与崇敬。一般的文艺作品中，人们常给予英雄主角最热忱的赞美，冠之以盛大的加冕仪式，然而《老兵新警》中，缉毒警们侦破重大案件后，都未以宏大张扬的表彰作为收束，而是平淡地转向新的线索。每每读到此，读者心中都会唤起曾经在宣传片中看到过的缉毒警形象，更加强化了向上向善的精神追求，加深了对缉毒工作的理解与敬佩。透过韩昕，就仿佛看到了新闻报道中面目模糊不清的缉毒警的样子，为无名的英雄们立传，正是《老兵新警》的使命所在。

故事梗概

屡破大案的边防缉毒战士韩昕，因身份不慎泄露而受到境外在逃毒贩的威胁报复，被迫从边防退伍，转制回老家成为刑警大队民警。然而从"橄榄绿"转变成"藏青蓝"的日子并不那么顺利。韩昕所在的刑警大队四中队定位尴尬且缺乏警力，虽被称作禁毒中队，却多从事禁毒宣传工作而非毒品案件侦办，这让韩昕感到自己的专业在新的岗位上毫无用武之地。心思灵活的韩昕想到利用禁毒中队的名号，从参与抽检吸毒前科人员这一活动入手，迂回地介入到辖区派出所的缉毒事务中。老家陵海与边境相比毒案较少，在缉毒工作上难有更大的突破，但凭借在缉毒一线积累的丰富实战经验，韩昕很快发现了陵海复吸检测时间过于固定、检测项目不够全面等问题，他从看似正常的毒品检测结果中找到漏洞，迅速锁定了一名复吸人员，又根据此人提供的线索向上溯源，追查到一条打着销售戒毒药的幌子贩卖毒品的交易链。此案被纳入到区禁毒委的禁毒专项行动中，韩昕成功打开了在禁毒中队的缉毒道路。此后，韩昕又协助其他部门相继破获了大麻饼干案、3·13山城吸毒逃犯案等，成为陵海警察系统中有名的"人形缉毒犬"。

在成为缉毒明星的同时，韩昕也惹出不少麻烦。做惯了办案独行侠的他一开始并不适应家乡警察系统内复杂的关系，因此与辖区派出所、治安大队、城区中队等单位联合办案时常出状况，被戏称为"坑王"。随着被借调到市局参与缉毒专业队，韩昕进一步在人性与人情的纠葛中思考如何成为一名优秀的人民警察。

韩昕借调后连破几起大案，还重回当初战斗过的边境，联合边境省市的同行，抓回三个躲在境外的大毒枭。韩昕的出色表现受到市局领导的赏识，将他调到禁毒支队担任毒品案件侦查大队情报中队的中队长。此时，之前躲在境外的毒贩吴守义正悄悄谋划对韩昕展开报复。为保护韩昕安全，领导安排他专心收集情报线索，不再参加公开的抓捕活动。在吴守义落网后，韩昕仍从事情报侦查工作，他的业务领域不再局限于缉毒，同时还参与打击电信网络诈骗。突如其来的疫情加重了办案难度，疫情期间，韩昕赴边境参与打击跨境电诈犯罪专项行动，他深入缅北，伪装潜入犯罪团伙内部，然而在实施抓捕行动中不慎受伤，命悬一线。从鬼门关走过一遭的韩昕被公安部授予全国公安系统二级英雄模范称号，破格晋升一级警司，在情报指挥中心担任副主任，成为滨江市局刑侦系统中的中坚力量。

　　短短两年内，韩昕从老兵到新警，不但完成事业上的成功转型，在人生的其他方面也均有进展：他修复了与家人的关系，结交了一群挚友，受到师傅和各位前辈的爱护，还迎娶了美丽警花。故事末尾，韩昕又将重拾学业，在时代浪潮中抓住新的机遇，谱写老兵新警的下一篇章。

构建独特的玄幻剑修体系

——评《一剑独尊》

周志雄　杨春燕

　　《一剑独尊》是青鸾峰上连载于纵横中文网的网络玄幻小说，全书3040章，950万字，总点击量超过4亿，仅是纵横中文网讨论该作品的帖子就超26万条，由此可见该作品的读者喜爱度之深、影响力之大。作为一部"超长篇"网络小说，《一剑独尊》的世界观非常宏大，各项设定极其复杂，单是人物实力的境界划分就高达一百八十余种，从最开始的淬体境、练力境到之后的至神境、道法境，这其实是对传统玄幻修仙小说中炼气、筑基、化神等境界的细化。从境界设定可以看出，作者始终根植于中国传统民族文化，以儒释道为创作根基，如入道境、自在境、因果境、轮回境，个人修炼与道法自然、生死轮回相结合，这在很大程度上顺应了读者的民族文化认同心理。《一剑独尊》在地图设定上也颇为新奇，故事起源于一个名为"青仓界"的小世界，该世界有无数小国家，也有各大修仙势力，所有势力都在明争暗斗，抢夺有限的修炼资源，这和传统玄幻修仙小说的设定大同小异。正当读者以为小说还是传统的中国古代修仙背景时，作者并未局限于此，而是将地图板块扩充至维度宇宙乃至超维度宇宙，主角由三维宇宙升至四维宇宙、五维宇宙、六维宇宙……多维宇宙空间概念的引入，大大拓宽了作者的想象边界，也使得各类元素的杂糅显得顺理成章，例如剑修、武道文明、宇宙星舰、现代科技等元素的共同出现。玄幻小说的主要描述对象是幻想世界，这个世界并非凭空捏造，而是基于现实基础进行的合理想象。作者将世界观设定为多维宇宙，但是描写十分接地气，书中人物的生活习惯、社交礼仪和我们的日常生活相差并不大，读者很容易代入其中。

　　《一剑独尊》是典型的男频爽文，它遵循了玄幻爽文的基本情节模式：落魄被打压—获金手指实力变强—打脸敌人守护亲友。主角叶玄本是叶家世子，一朝丹田被毁，世子之位也被人轻松夺去，而后凭借母亲留下的界狱塔（金手指）修炼并打脸敌人。作者青鸾峰上很善于抓住读者的爽感期待，几乎每几章就有一个打脸的情节，小说中主角每到一处就会被人追杀，实力不足的他只能逃亡，逃走后得到指点实力突飞猛进，然后再杀回去越级挑战，并且一剑就杀死实力远超自己的敌人。小说最大的爽点莫过于主角背后强大的靠山，不论叶玄去往何处，面对何种险境，神秘女子青儿都能凭借强大的实力一剑破之，哪怕后期主角升至观玄宇宙，青儿依旧是战力巅峰，除了青儿，叶玄身后还有当世最强者之一的父亲杨叶和大哥逍遥子保驾护航。每当叶玄遇到境界远超自己的强者，他背后的靠山就会出现，无怪乎有读者称叶玄为"最强二代""真正的靠山王"。然而"靠山王"的调侃之后，我们不得不思考叶玄究竟有何魅力，能够吸引如此多的强者为他奔走杀敌？毫无疑问，作者将叶玄塑造得极为出彩，他具备大多数玄幻小说男主的优点：勤奋努力、智勇双全，但是最为关键的一点是他心怀天下、坚守仁义。玄幻修仙小说宣扬的多是个人与天争、强者为尊的价值观，极端利己主义弥漫，修仙者们往往抛却世俗道德，视众生为蝼蚁，叶玄最为可贵的就是始终坚守自己作为"人"的底线，他认为修炼是为求大道，亦是为众生，若是修炼到极致便可以漠视普通人的生命，那么修炼又有何意义呢？因此，叶玄一次次选择站到宇宙生灵这一方，守护他爱着的这片宇宙。正是因为他的坚持，才让无数强者心甘情愿跟随他左右。此外，叶玄还有极为独特的属性——宠妹狂魔，无论是前世将仅剩的粮食给妹妹青儿，还是今生誓死保护病弱妹妹叶灵，叶玄属实担得上"宠妹狂魔"的称号。整部作品中，叶玄和妹妹的亲情线最为感人，兄妹二人双向奔赴，彼此都将对方视作心中最重要的人，愿意为对方献出全部乃至生命。兄妹俩的深厚感情造就了叶玄最大的靠山，护佑着叶玄一路成长。

《一剑独尊》的一大亮点是"燃"，正如小说简介"生死看淡，不服就干。诸天神佛仙，不过一剑间"所传达的，叶玄从不畏畏缩缩，只要自己的家人朋友受到欺辱，他绝不善罢甘休，哪怕付出生命，因此小说中常常出现叶玄一言不合以命相搏的场景，如叶玄一剑杀死叶家长老报辱妹之仇。小说中有很多大开大合的战斗场面，例如在青仓界与护界盟战斗时，护界盟主上现身以虚幻的巨掌笼罩于叶玄等人上空，剑玄等人或以身化剑，或以拳印相抗，仅是这一段描写，就能让读者热血沸腾。青鸾峰上的创作有一特点，即节奏非常快，情节往往是一波未平一波又起，这种快节奏的情节模式吊足了读者的胃口，也放大了小说的"燃"。主角经常刚消灭一拨敌人就又要面临更强的敌人，这使得危机感始终如影随形，超燃的战斗场面也接连不断。

《一剑独尊》体量之大、内容之丰富在"超长篇"集聚的玄幻小说中是十分少见的，从这部小说我们可以看到作者的野心和诚意，他想以家族史的写法构建独属于他的玄幻剑修体系。如果说前作《无敌剑域》是青鸾峰上"剑修宇宙"的开山之作，《一剑独尊》则代表着其"剑修宇宙"的成熟，相比于《无敌剑域》，《一剑独尊》的世界观设定更加完善，价值理念更为宏大，对人性的思考更为深入，作者对主要角色的性格塑造和情节的把控程度也更为成熟。从上述几点来说，《一剑独尊》的意义无可置疑。

故事梗概

　　叶玄本是青城叶家世子，为叶家立下无数功劳，却遭受了不公正的待遇，被废去世子之位，妹妹也被族人欺辱虐打。暴怒之下，叶玄打伤了叶家长老，救下体弱多病的妹妹。与叶家撕破脸后，叶玄无意间发现当年母亲留下的戒指中有一名为"界狱塔"的黑塔，内有十二楼，前九楼关押着极为强大的存在，塔顶竖立着三柄气息恐怖的剑，此外塔内还有一神秘女子。神秘女子教叶玄修炼隐藏境界，并要其寻找"道则"，只有道则才能压制界狱塔，否则界狱塔崩坏，叶玄必死无疑。依靠神秘女子教授的剑术，叶玄顺利成为一名剑修，报复了所有曾经欺辱过他们兄妹俩的人，然后带着妹妹踏出小小的青城，步入了无垠的剑修世界。在青仓界，叶玄结识了安澜秀、姜九等好友，解决了母国姜国的灭国危机，寻找到了两个道则，并且粉碎了护界盟企图盗取青州世界本源的阴谋。随后他来到未央星域，却因身怀至宝被各方势力追杀，追杀者中甚至包括自己的舅舅和外公。一次意外，他在无间炼狱见到了被囚禁的母亲，原来母亲多年前为了保护他和妹妹，才离开的叶家，也知道了自己的金手指界狱塔来自父亲，而父亲神秘莫测，可能是一位绝世剑修。随后叶玄来到未央星域，他逐渐意识到宇宙的广阔，自己所在的星域只是四维宇宙中的一个小宇宙，四维宇宙之上还有五维宇宙。在神秘女子青儿和好友们的帮助下，叶玄逃过了一次次追杀，自身实力得到不断提升，最终以界狱塔为介质来到了五维宇宙。五维宇宙里，叶玄找到了已恢复前世记忆成为修罗女帝的叶灵，帮助其守护了修罗地狱，而后叶玄在万维书屋中继承了先知留下的万维书屋，然而此宝再一次引起了各方势力的关注。为留住万维书屋和对抗即将到来的五维劫，叶玄努力提升自我境界，同时积极联系背后势力。这一过程中，叶玄的身世也浮出水面，原来一直帮助自己的神秘女子青儿乃是前世的妹妹，绝世强者杨叶（界狱塔塔顶三剑之一的主人）是自己的父亲。经历一系列战斗之后，叶玄突破了五维宇宙，来到六维宇宙、九维宇宙乃至观玄宇宙，并成为观玄宇宙新的领导核心，然而危机从未解除，更强大的敌人已经出现，叶玄再次踏上了新的征程。

扭曲下的怪诞，正常里的疯狂
——评《从红月开始》

孙凯亮

　　《从红月开始》是黑山老鬼在起点中文网连载的一本诡异流科幻悬疑小说，小说在上架后长期位于起点月票榜前五名的位置。小说的世界设定是红月亮事件之后的废土世界。2030 年红月亮事件之后，世界上 70% 的人都因为遭遇了强烈的精神污染而成了疯子。剩下的人则聚集起来躲进了高墙之中，并逐渐建立了新的文明，却还时时受到无处不在的精神污染的影响。

　　这部小说体现出了扭曲下的怪诞，正常里的疯狂的特点。小说中描绘了形形色色的怪物和诡异事件。秦燃事件里"无止境复仇"的诡异事件，工厂事件里不分昼夜工作的工人和被忙于工作的父亲疏忽的小女孩，恐惧笼罩的小区，红玫瑰事件，红月的凝视，回城后抓捕幽灵任务及真实家乡怪物，红兜帽怪物，头和身子彼此厌恶的车头，拉提琴的大脑，被人忽略就会消失的迷藏，灾厄博物馆，眼虫污染，人鱼的诅咒，被偷走了睡眠的城市，稻草人的眼神，生活在记忆的空白里的双头老人，地狱胚胎，深渊蠕虫都展示了存在于现实和深渊之中的形形色色的怪物。这些怪物虽千奇百怪，但都映射于世道人心，隐有所指，引人遐想。

　　小说的主人公陆辛是一个小型商务公司的职员（加入青港特清部后晋升为主管），每天最幸福的事情就是下班后回到家中和家人待在一起安静用餐。但坐在餐桌边安静用餐的一家人却各有各的诡异之处：喜欢吊在天花板上荡来荡去的妹妹喜欢把玩具熊撕裂后再缝合起来，还喜欢声音怪异的惨叫鸡。总是穿着一身白色羊毛衫或者白色礼服的妈妈总是在打电话，然后还喜欢拿着剪刀找人讲道理。一直待在厨房里，不许家人进来的父亲总是在剁着怎么也剁不完的骨头和肉，却从不给家人吃①。最诡异之处还在于小说的主角陆辛，只有他才能看到家人的存在，其他人都看不到。也因此，主角陆辛和家人之间的关系成为笼罩了小说从开头到结尾的最大看点，吸引着读者不停地追更。

---

① 参考了四柚一木在帖子 https：／／www.yousuu.com／book／249149／?type=&page=1 中的发言。

说三个家人是陆辛人格分裂的产物吧，但他们既无法被其他人看到，也无法被精神检测仪检测到。说三个家人是陆辛自身精神异变分裂出去的三种异能吧，但他们既拥有自己的独立意识又能独立外出完成任务[①]。虽然在后文中作者承认了三个家人都是独立存在的精神体，但主角和三个家人之间的关系状态还是吸引着读者追踪下去。直到小说快要结束的部分，作者才道出妈妈一开始是第一代研究员派来监视陆辛的，最后时刻还为了亲情而反水牺牲。只有妹妹是陆辛在极端状态下分裂出来的一个人格，但却是一个独立的精神体。

这种正常里的疯狂是小说吸引人追读的一个很重要的原因。主角的正常与家人的不正常形成了鲜明的对比和反差。越是强调主角的正常，读者越会感觉到其中的不正常，从而加深对红月世界的理解和认识。

小说的另一大看点是陆辛与孤儿院院长王景云之间的关系。在小说的前半部分王院长是作为陆辛的成长引路人角色出现的，而到了后半部分王院长则出现了成为反派的反转，而且是小说中最大的反派——想要献祭整个红月世界，从而重返红月前文明的危险人物。最早发现王院长的危险并发出预警信息的是妈妈。小说中最早出现的反派是水牛城的黑台桌，他们为了顺应神的降临，以务实的精神打造了神之大脑。然后是火种城的地狱设计师。他要将整座火种城打造成迎接藏杖人和精神怪物降临的"地狱"。再后面是高山实验室的第一代研究员，他们在实验的过程中打造了深渊，还意外地触发了红月亮事件。最后出现的反派就是危害最大也埋藏最深的王景云院长。小说中反派的设置基本都符合科幻小说中常见的"疯狂科学家"设定。这些反派人物在暴露出自己的反派面目前都显得非常理性。黑台桌是务实的理性，地狱设计师是计划的理性，第一代研究员是工具上的理性，王院长则是目的上的理性。这些不同的"理性"都是作者想要批判的对象。与此形成鲜明对照的则是主角陆辛反复强调的"规则"和"秩序"。在"第六百八十四章 红月俱乐部聚会正式开始"的开头部分里陆辛之所以详细数落了火种城所犯下的诸多错误就在于火种城破坏了陆辛对于"规则"的坚持和认知。陆辛对于秩序也非常看重。陆辛和月蚀研究院调查员夏虫经常用来互相打气的暗号便是"为了世界的文明和秩序"，在小说中陆辛也经常表露出自己对于红月亮事件前那个秩序井然的世界的向往。由此可见，相对于"理性"，作者明显更偏向于信任"规则"和"秩序"。与此相关，作者在小说中便总是热衷于表现种种理性下的疯狂。

小说的主线是"七个台阶"理论，某种程度上也暗合于老院长的"七个试炼"任务："生之试炼""痛之试炼""欲之试炼""识之试炼""力之试炼""心之试炼""神之试炼"。小说按照陆辛一个台阶一个台阶走上成神之路的线索发展，同时这一过程也是陆辛一步步完成老院长的试炼任务并最终粉碎老院长的阴谋的艰辛历程。

---

① 参考了三闲一易：《新奇有趣的废土流小说，神作无疑！》，豆瓣读书，https://book.douban.com/review/14733509/。

小说的空间设置也很有意思。小说的主要故事空间发生在一栋老楼里。之前是一片体育场，一夜之间出现了一栋老楼。主人公陆辛一家居住在四零一室，其他房间都是空置的。在小说的后面部分，作者揭示出老楼其实是陆辛的精神宫殿，是陆辛迈上第五个台阶的象征，也是陆辛自身精神能力的外化。

值得一提的是，主角和家人在小说中的能力设定过于强大，过于无敌，以至于小说的恐怖感和末世氛围有所淡化，算是小说的一点美中不足吧。

总而言之，《从红月开始》的世界观设定新奇，人物设定丰富而新颖，小说主线明晰，叙事节奏张弛有度，开篇惊艳，画面感强，极富悬念，是一部不可多得的科幻悬疑佳作。

故事梗概

为了"对抗神"，第一代研究员制作了创世硬盘并筛选出了唯一意识进入最初。成功后陆天明的意识想要反噬他们，被杀死后诞生了十三终极。"神"被杀死后所产生的愤怒被红月研究院收集后放入陆辛体内，从而成为幼年"暴君"。幼年"暴君"在月蚀研究院生活，之后同一些重要资料和实验品一起被老院长王景云携带到青港，被称为"逃走的实验室"事件。老院长创办红月亮孤儿院，陆辛（代号"九号实验体"）在"孤儿院逃跑"事件中失控，杀死了孤儿院几乎所有的实验体（后部分被老院长救活）和人。后被陆天明带到老楼，开始和"看不见"的家人一起生活，过上了普通人的生活。

在一家小型商务公司上班的陆辛刚加入青港市特殊污染清理部（代号"单兵"），就接连遭遇人形果实树事件、无头骑士案、血色玫瑰事件、集体哭墙事件、精神污染炸弹危机、"真实家乡"神秘组织清理事件、红兜帽怪物事件等一系列诡异事件，在完成任务的过程中，主角及家人的能力逐渐解密，陆辛也顺利晋升第二阶段能力者。陆辛在中心城探亲活动中遭遇拉提琴的大脑、十万量级血肉怪物，在S级禁区清理任务中遭遇灾厄博物馆，在青港的天国计划第一阶段实验中充当保安，遭遇黑沼城污染事件。主角加入"红月俱乐部"，在火种城先后遭遇"苍白之手""地狱军团""红沙发怪物""神之梦魇""地域胚胎""藏杖人"。在与"地狱设计师"斗智斗勇的过程中，顺利晋升第五台阶"幻想国度"。在对抗午夜法庭的审判力量的过程中陆辛完成老院长制订的"七个试炼"计划之一的"力之试炼"。在研究院旧址调查活动和与第一代研究员的对抗过程中成功完成老院长的"心之试炼"，并成功进入第六台阶"真实造物"。"妈妈"（窥命师）本来是第一代研究员派来监视和控制陆辛的，却在陆辛与第一代研究员对抗的危急关头反水，救了陆辛。"父亲"（夜之囚徒）也在陆辛和"妈妈"的陪伴下来到海边小镇取回了自己作为"夜之君王"的权柄。

根据"妈妈"留下的消息，陆辛开始联络孤儿院的其他同学。在红月第三次降临事件中，和二号、三号、五号、八号、十四号、小十九等孤儿院同学一起组建"暴君"小队处理幽灵火车、人脸蝙蝠群、蠕动肉团等全球各种污染事件。在高山实验室收到老院长的邀请函并和孤儿院同学一起前往科技教会所在的生命之城参加聚会。为了阻止老院长献祭红月后世界以重塑红月前文明的疯狂计划，陆辛孤身走向最初。战胜最初后自红月归来，成了红月世界的新神——文明的守护者，最后在众人的祝福下同娃娃结了婚。

现代文明的赞歌
——评《公子凶猛》

王玉玉

　　《公子凶猛》是 17k 小说网签约作家堵上西楼的成名作，堵上西楼长于历史穿越题材，尤善描写势力关系复杂的权谋斗争。其人大器晚成，在写出《公子凶猛》之前，已创作小说 300 万字，却都未能成功，作品屡屡被拒签。直到 2020 年 7 月开始动笔创作的《公子凶猛》签约 17k 后很快成为 17k 2021 年度渠道历史榜第一，拥有超过 536 万读者，一战成名，全书共计 300 余万字，至 2022 年 10 月连载完结。堵上西楼虽是刚刚成名，但笔法已相当成熟，对于人物与情节的掌控游刃有余，《公子凶猛》中主人公傅小官的政策推进有条不紊，权谋斗争悬念迭起。

　　《公子凶猛》讲述现代军人死后穿越至架空古代王朝虞朝，成为临江小地主傅小官后的传奇人生。与其说傅小官是一个偶然穿越至古代社会的现代人，不如说他是一个现代文明的人形压缩包，从农业育种到冶铁炼钢，从治水修路到制枪造炮，从市场经济到股票基金，从依法治国到民主分权，他都能讲得明白、做得地道。傅小官凭一己之能，培养出一大批思想革新的青年实干官员和技术人才，带领东方之国大夏，抢在西方之前完成两次工业革命，抢占世界市场，甚至基本建立了现代君主立宪制。与傅小官所携带的现代文明相对，虞、武诸国则被设置为最纯粹、最典型的中国古代封建社会：重农抑商、闭关锁国、君主专制、男尊女卑。作品完全不考虑历史的复杂性，诸历史制度的现实合理性，以及古代社会中本就存在的技术进步、商业发展、民权思想乃至资本主义萌芽，而将其简单处理为现代社会的绝对反面。傅小官的现代技术、经济思想、立法设计在这个古代社会中畅行无阻，受到君主与百姓的一致欢迎，所到之处，社会风貌皆能焕然一新，人民富足而心怀希望，学子赤诚为民而能格物求真，战士训练有素、装备先进故而战无不胜。所有人都相信"天不生傅小官，人间万古如长夜"，这句原本被用在孔夫子身上的评价被移给了傅小官，只不过，傅小官带来的照亮长夜的光，不是君子之道，而是蒸汽机与发电机，是现代化的启蒙之光。

　　显而易见，这是对历史发展的极大简化，但就在这个似乎过分理想化的故事之中，读者却能够以最直观的方式感受到我们身处现代社会而习焉不察的现代文明所带来的堪称奇迹的发展速度，以及进入现代社会以来的数百年间人类社会发生的翻天覆地的变化。读者再一次重温现代文明的最光明、最强劲的力量，再一次沉浸于启蒙理性所许诺的无限进步的乐观豪情之中。在今天这个对现代文明的反思日益成为人类迫在眉睫的议题的时代，这样的故事显得有些"不合时宜"但同时又殊为珍贵。

大体来讲，《公子凶猛》所复制的，是西方式的现代化道路，从重商主义、自由市场到世界贸易，但也并不尽然。在这个故事中，我们可以明显看到一种中国式的高效的大政府通过五年发展规划等宏观政策，以及国家主导的大规模基础建设、乡村振兴等举措引领国家的发展方向。因而在这一意义上，故事中的现代化又渗透着中国经验，朝向了一条中国式的现代化道路。

傅小官的技术革新与经济政策几乎所向披靡，施行之时毫无阻碍，未尝败绩。与之相对的，政治和思想的变革就显得困难许多。封建君主制下根深蒂固的利益结构挑动着人们心底深处的贪婪与执念，前朝后宫之中，每个人的目的与身份都隐藏在重重面具之后，敌友莫辨。一场场政治倾轧带来的血雨腥风每每超出傅小官的预期，而这是傅小官在其他领域鲜少遇到的情形。如果说经济与技术的变革只需"喻之以利"，那么政治、文化和思想的变革就还需要"晓之以义"，相比于前者，这是一个更加艰难、更加漫长的过程。直到傅小官于而立之年让位于长子武天赐，这个跟在傅小官身边习政一年的新皇也无法接受傅小官主导定立的以人人平等、分权制衡为主旨的宪法，渴望重新掌控九五至尊的绝对权威。就如大夏的肱骨之臣燕熙文所说，如傅小官这样丝毫不贪恋权力的人是极少见的。对权力的执念是一座樊笼，禁锢着每一个入局者不得自由。因此，思想的进步必须与制度的保障相辅相成，宪法赋予官僚机构弹劾皇帝的权力，而燕文熙等人又有勇气为了他们与傅小官共同的信念拿起弹劾这一政治武器，武天赐的复辟之梦才终究落空。

即使不同方向的改革在速度上略有参差，但傅小官所主导的这样一场历时十余年，涉及技术、经济、政治、文化、思想等各个方面，包含了当代中国经验的现代化变革，几乎是以我们关于现代化进程所能构想的最理想的方式与节奏大步向前，但在故事的结尾处，终于揭开的神庙之谜却又给这个晴朗的故事染上一丝阴霾。已经毁灭的未来世界人类，带着先进的技术来到这片荒芜的大陆，重新播撒人类的种子，物种繁衍、文明发展，才有了傅小官所见所历的虞、武诸国。而那个未来世界，显然是傅小官前世所处世界的未来，也就是傅小官所携带的现代文明的终点。凯歌高奏的现代文明走向了灭亡的道路，那么傅小官按照同样的道路创造的大夏呢？这是一个没有现成答案的问题——无论是对于故事中的傅小官而言，还是对于故事外的读者而言。《公子凶猛》的故事至此戛然而止，因为傅小官所走的，是我们的先辈已经走过的路，站在过去与未来的交汇点上，悬而未决的明天需要由故事外的我们去思考、抉择和创造。

《公子凶猛》毫无保留地赞扬了人类走过的现代化征程，却并未延续启蒙时代对于人类社会随着技术发展而无限进步的乐观信念，这正是《公子凶猛》的当下性所在。这个实际上大体继承了既往历史穿越小说类型套路的作品，因而带上了独属于当代人，特别是经历了经济腾飞、民族复兴的当代中国人的荣光与犹疑，在这个百年未有之大变局的宏阔时代，引起无数读者的共鸣。

故事梗概

为祖国而战的现代军人死后意外穿越至古代架空王朝虞朝，成为临江城大地主傅大官的独子傅小官，由此开启了身为临江小地主的崭新人生。傅小官将自己的现代技术，科学知识与民主、人权、平等思想带到虞朝，改良农种、发展工业，又凭借前世背诵的诗词文章，一跃而为天下文人之首，得到虞朝宣帝的赏识，入朝为官。此时虞朝积贫积弊、世家坐大，看似太平，实则大厦将倾。傅小官力挽狂澜，通过重商开放、技术改良、兴建学校、改善民生、完善法律、训练现代军队、选拔实干人才、削弱世家大族等一系列举措，帮助虞朝革弊重生。与此同时，傅小官也被卷入虞朝的夺嫡之争和前朝余党拜月教的阴谋之中。在各方势力风云诡谲的政治斗争中，傅小官得到道院的支持得以自保，也渐渐看清诸方势力的真相。

前往武朝参加文会，傅小官得知原来自己竟然是武朝文帝的长子，而傅大官则是文帝的兄长。文帝扫除一切障碍册封傅小官为太子，却在祭天时遭遇雪崩，只有傅小官死里逃生，回到虞朝。

傅小官舍不得这个水文地理与自己前世祖国极为相似的虞朝，决定待虞朝在沃丰道的改革试点步入正轨，再回武朝继位。但宣帝猜忌之心日重，欲除傅小官。傅小官一战而平四国，建立了与前世中国版图相似的新国家——大夏。

傅小官在虞朝、武朝培养的一群青年实干官员成长起来，成为大夏的栋梁之臣，一系列现代化改革在这个新生的国家迅速推进，在政治上立法分权、人人平等，在技术上推动了第一次、第二次工业革命，同时修路造船、扩展航线，领先西方率先开始地理大发现，通过全球贸易实现了国富民丰。

在傅小官再世为人的整个过程中，穿越之谜一直萦绕在心，预言书、神庙等种种证据表明，他并非唯一的穿越者。这也是这个世界留给傅小官的最后一个谜团。傅小官将皇位传给长子武天赐后，本想前往天机阁第十八层揭开真相，却不想武天赐不甘心成为一个处处受制的皇帝而率先进入神庙。傅小官得知神庙实则是一处未来人类留下的核基地，且已经发生了核泄漏，为救武天赐，傅小官前往神庙，与未来文明的最后遗迹展开对决。

为了大众的"小白"
——评《星门：时光之主》

吉云飞

在2018—2022年间，网络文学的领域中横亘着一个新名字，几乎所有的作者和评论者都不得不对他加以关注。结果是，即便是最不喜欢他的小说的人，也很难不对这个颇为随意的笔名保持相当的敬意。这个名字就是老鹰吃小鸡。在这五年里，他以《全球高武》《万族之劫》和《星门：时光之主》，确立了自己新一代"小白文之王"的位置。

在这几个短暂、激烈又像谜一般的年头中，现实的世界里涌起惊涛骇浪，而在网文的园地之中究竟发生了什么事？是一种"克苏鲁"式的世界观的降临？人们认识到并学会接受，世界的本质就是混乱与不可名状的恐怖？还是悬疑惊悚故事的流行？通过对某种不幸、狂暴和令人困惑的疯狂的展示，给我们带来美和恐惧交织的效果？

无论如何，这些变化同样显示出一种对确定性的特别追求。即使是"克苏鲁"和悬疑小说中的恐怖，也为治愈人心而来。只是有一个前提需要再次确证：美好的东西时刻处在危险中。只有穿梭于危险之中，拥有直面恐惧的勇气，才能收获最丰饶的欢乐，才能让自己的生存成为一种美。就此而言，对"深渊"的描绘就关乎如何克服追求美的路途上必须面对的恐惧。在这个越发不确定的世界中，它也以此见证美好并治愈人心。

但是，对更多的读者来说，他们不能或不愿直面"深渊"，渴求的是一种更加明朗的"日神"般纯粹的理性世界。外界越是动荡和变幻，大众就越是需要简单的爽、朴素的正义和日常的获得感。什么样的作品给足了这一切，就能长久地处于畅销榜和月票榜的最前列。老鹰吃小鸡的三部小说就把这些读者最想要的东西，以他们最想要的方式给到了。尽管，简单有时就难免浅薄，朴素可能会突然化为野蛮，日常也必然充满重复。这些缺陷是明显的，但若因此就停留在对它的批判和否定中，早已是远远不够的了。

《星门：时光之主》展示了"小白文"是如何臻于"完全体"的，并又一次在其上烙下一种独特的个人风格。它不仅要与同期的更显高雅或玄妙、复杂乃至精密的作品比较，更必须置于"小白文"的发展序列中，尤其是老鹰吃小鸡自《全球高武》开始的"玄幻三部曲"中考察。

唐家三少是第一位公认的"小白文之王"。在他转向出版市场，并携纯熟的网文套路成为儿童文学市场销量最高的作家之后，虽然"小白文"作为最大刚需仍不断孕育新的畅销作家，但无人能被视为"新王"。直到老鹰吃小鸡的出现。从2018年6月到2022年5月，不到四年的时间里，他更新了2300多万字。在平均日更近两万字的情况下，小说质量丝毫不差，也特别受读者欢迎，其中《万族之劫》不但获得2020年的年度月票总冠军，还收获了单月九连冠。这不是单凭一个商业作家的努力和天分就能做到的，更不是网络文学质量差和读者无品位的证明，而首先是"小白文"套路和市场彻底成熟的表征。

　　要做一个熟练的流水线工人并不简单，前提是有一个成熟的工业体系，中国的文化产业最缺的就是完整的工业体系。保持近四年的日更两万字，产出的还是让小白满意、老白也能下口的"干粮"，不但是逼近了以码字为生的劳动者的体能极限，更是需要一整套成熟的网络文学工业作为支撑。没有早已积累完成的丰富套路和桥段，是不可能以如此速度持续产出堪称精良的作品的。

　　其实，老鹰吃小鸡不是不知道小说还可以写得更好，甚至不是没有能力写得更好，而是选择了"不进步"——虽会不断微调以迎合读者喜好的变化，但整体是停在付费读者最广的层次上，也留在了最大公约数之中。几乎不会触碰任何暧昧和幽微难明的东西，也不把自身置于任何一种价值观冲突的危险中，这对任何一位有抱负的作者来说都是痛苦的，却是"小白文"的本分。

　　在"小白文"共同分有的诸多特质之外，《星门》仍有一种专属气质，这是至关重要的。这一带有个人签名的风格化有两个特质。其一是自都市入玄幻。小说仍以更加细腻和贴近现实的都市生活起笔，并落在大学生或初入职场的年轻人面对的常见境遇中，从这样一种心境和处境出发，并逐渐上升至宇宙神灵。既能写细腻微妙的场景和心理，也可以写一种更加粗犷强烈也略显空洞的战斗、升级的激情，以及宏大壮阔却颇为空疏的星辰大海。能大能小，可粗可细，并非易事。

　　万字大章是《星门》的另一个奥秘，老鹰吃小鸡日更一般也是两章，但一章不是三千字，而是上万字。万字大章的好处有二：一是读者对"水文"的感受力会更迟钝，因此忍耐程度也会更高。不管是三千字还是一万字，读者对一个完整章节的期待和要求大致是相同的，最好要有情节的明显推进，至少是有比较丰富的信息含量。万字的章节显然是可以在相对更细腻的情况下，仍满足读者的这一基本阅读期待。这是老鹰虽然多用对话推进故事并营造氛围，但很少被认为节奏太慢乃至水文的秘密。

　　二是可以在单次阅读活动中，实现较完整的起伏，甚至是多次的情节转向，大大增强阅读爽感。对追更的读者来说，每日等更新是既快乐又煎熬的，如果当天的节奏较慢，煎熬又要加倍。一个有起有落的小情节一次看完，和间隔几天分几次读完，爽感是不同的。以往，读者往往需要攒肥再杀，但这也很容易导致读着读着就把小说忘了。老鹰吃小鸡一天的更新顶许多作者一周的量，读起来是既不用攒，也不会像读完本作品那样会太累。

可以说，老鹰的创作水平，以及《星门：时光之主》的小说质量，并未明显超过其他的"小白文"大神。故此，必须在网络文学工业的逻辑中才能一窥其流行的奥秘。这本小说常常会让人觉得内容无甚出奇，乃至有不少与真正的文学及其标准背道而驰的因素，而这时却往往突然有某种非常重要、极其严肃的东西出现了。这些东西关乎如何理解绝大多数人当下想要什么，以及想如何要，并让我们进一步觉察到，存在于我们身上的，并不外于大多数人的对于"小白文"的真实渴望。

故事梗概

在一方大世界内，帝尊"战天"开创时光大道穿梭古今未来，在留下时光星辰后离世。他的遗赠使大世界不断拓展，演化出名为"新武"的强大文明，而"银月"作为新武大世界下属的一方小世界，因新武和"红月"世界的战火波及而被封闭星门，断绝大道。李皓是银月世界中一介普通人，因亲友之死卷入超能复苏的浪潮，他逐渐掌握了家传"星门剑"中蕴含的神秘力量，并发现自己是留守银月的新武后人，亲友因被汲取血脉而身亡。自此，李皓怀揣复仇的执念不断磨练自身，从银城、白月城走向中心的天候城，探索出有别于新武年代的独特修炼体系。而李皓的崛起离不开自己和新武文明的接触，他先是复苏了战天帝遗留的"战天城"，从中领悟战天剑意，又陆续发掘诸多遗迹，与画地为牢的上古强者们交易以应对敌人。

在此过程中，李皓一面潜心修道，开发大道宇宙，捕捉到时光星辰的踪迹；一面了解到银月幕后的势力角逐：入侵的红月帝尊和叛变的新武家族谋求吞噬银月；新武血帝尊则希望借力复活苍帝投影。为摆脱幕后强者的操纵，李皓先是在统一天星王朝后征战四方，又接着血战古城叛军，以遏制第二次超能复苏，延缓幕后强者的出世。随着实力的不断增强，李皓迎来和幕后各派势力的正面战斗，他利用其互相制衡的态势，借时光星辰之力连续扭转战局，最终斩杀各派余孽，成功复仇，并初步掌握时光之力。

银月太平后，李皓为了应对未来风险打开封闭的星门，使银月连接至混沌空间。混沌之中帝尊强者如林，乱战不休，李皓凭借时光之力异军突起，实力一路飙升，与新武合作征战四方。然而时光之力沾染因果，李皓只能不断提升自我来偿还，他持续厮杀，接连入侵多个大世界，以推动自身万道合一的进程。

有感于混沌的混乱无序，李皓计划创造"伪混沌"重建秩序，他将自身大道融入混沌，以时光之力为基础构建虚拟道场。在虚拟道场中，各域强者坐而论道，与李皓同游过去，窥见消失于宇宙中的九阶强者们的谋划。百万年前，九阶帝尊接连涌现，耗尽混沌灵性；他们因而被迫蛰伏，只有借成熟的时光之力才能再度降临。现世强者虽志在联手对抗九阶们，但因各自大道相冲，终究不能齐心。时光之力再度成为掣肘各方的焦点，李皓借时光星辰周旋各方，终于创造出能自行运转的"伪混沌"。

"伪混沌"成熟后，时光之力复现，九阶们回归混沌空间以延续己道，其中最强者天方之主意在使极致的时空之力对撞，创造没有混乱的绝对时空。李皓在与天方的决战中领悟到时光的本质力量在于平凡的岁月流逝，于是以化凡之力重启混沌。帝尊们在平凡世界中找到归宿，天方则因力量消退而老死。李皓达成了复活亲友的心愿，自此隐遁于凡世间。

月光中的时代与青春
——评《折月亮》

王文静

  月亮是一个具有悠久传统和丰富含义的文学意象，特别是在中国文化语境中，月亮既是女性和母亲的代表，同时又象征着爱、美和永恒。一代又一代的作家和诗人们在关于"月"的描述中，表达着对爱情、理想、人生甚至永恒宇宙的思考和喟叹。然而，在以故事和人设为重心的网络小说叙事中，设置一个具有传统意味的意象，不仅挑战着网文"短平快"的"爽文"机制，同时也在小说整体的叙事构架上提升了难度：这意味着作者不能再单纯为了读者的爽感而在每个章节中任性埋梗，而是要服从于"月亮"这个中心意象，用戏剧冲突和情节发展来诠释"月亮"的含义和主题。

  竹已的《折月亮》讲述的是当代青年在互联网背景的现实世界中求学、恋爱与心灵成长的故事，现代色彩是小说的突出特征。作为一部爱情甜宠文，《折月亮》在爱情故事之外有着强烈的时代感，并借由大量的青年文化要素和现代生活符号让小说实现了与现实的同步。女主人公云厘既是西伏科技大学计算机专业的学生，又是一个拥有百万级粉丝的科学流女主播。毕业后对无人机等人工智能技术的专注使她不仅想要深度参与AR企业的社会实践，还义无反顾地报考了南芜理工大学的研究生。她自少年时就仰慕同为一所高中的校友、师兄傅识则，却又只能在屏幕上、网页上、学校的荣誉墙上注视自己的"白月光"。毕业实习时的邂逅惊醒了这个内向又执拗的少女，她大胆地搭讪，勇敢地接近，努力缩小"丑小鸭"与"天才少年"之间的距离，一步步迈向美好的爱情。在这样的情感故事脉络中，人工智能、游戏开发、AR体验、考研、up主、勇敢表达爱情等现代生活中的新元素，成为激活读者共情体验的新点位，而这些众所周知的当代经验正是爱情题材和都市题材必须面对和梳理的社会现实。在青年男女的爱情图鉴之外，小说把情感月光与时代气息相勾连，让甜宠文和都市范儿多了烟火气，而战队队徽上的那枚月亮也以理想之名与迅猛发展的网络社会相呼应，成为年青一代成长历程的流行底色。

  尽管是甜宠文，小说也并没有完全沉溺于情节上的重复"撒糖"，而是试图结合人设的命运轨迹进行"抽丝剥茧式"的倒推，寻找造成傅识则性格"急转弯"的人生转折点。与小说《偷偷藏不住》《难哄》等作品的写法不同，竹已在《折月亮》的立意和叙事上进行了更多设计，不再仅仅为迎合读者去每个章节中任意埋下爽文的"梗"，而是以更加从容自信的"长线讲法"诠释青春故事，体现了网络小说在文学表现上的自觉，也为当代的都市甜宠文带来了一定的审美质感。

在小说的前半部分，云厌的主动出击尽管引起了傅识则的注意，但是他对这个外表柔弱、内心坚韧的女孩产生的所有兴趣最终都表现为面如平湖、波澜不惊，甚至可以说是难以理解的冷静、冷峻与冷漠。但这种所谓的"酷"又不是"霸道总裁式"的"装"与"作"，反复缠绕他的噩梦、难以继续读下去的博士学位以及不能轻易提起的战队往事，既支撑着傅识则性格突变的情节，也成为吸引读者阅读和想象的悬念。随着谜面逐步揭开，让傅识则逃避生活、逃避未来的真相越来越近，学长江渊的自杀才是傅识则逃避现实的原因所在。这个他学术上的引路人、生活上的好哥们的猝然离世，给他带来的除了深厚情感的割裂感，更有因江渊父母的误解和他的敏感自责导致的负罪感。此去经年，往事伤痛非但没有减轻，"因自己而死"却成为傅识则内心每日都要面对的道德审判和情感惩罚，也成为他原地封闭自己、拒绝生活、拒绝爱情的根源。可见，作者没有满足于讲故事，而是从情节向人设的深层追溯，最终止于人物精神成长中的坎坷与救赎。

"我为你写过圆满或是萎缩的月亮，为你写过坍塌又起伏的银河。我把鲜妍的山茶花栽种在瞳孔里，多少次静默望向你，希望你看到团团花朵盛放。"伴随作者清丽文笔的，是傅识则和云厌浪漫又不断成长的爱情。他们的青春之爱并不是纨绔子弟和富家小姐的"架空"恋爱，而是让读者产生充分代入感的生活投射。作品在对爱情进行定位时，选择了一种更加积极向上的价值观，那就是：因为喜欢对方，就去变成更好的自己，并帮助对方成为更好的自己。由于误会分手的两人在遗憾之余并不是颓废自弃，傅识则选择回到西科大继续读博，云厌则远赴英国深造。而当再次重逢，云厌发现傅识则内心并没有解开心结时，又想尽一切方法帮他找到了江渊生前的日记，证明导师的学术暴力和精神欺凌才是压倒他的最后一根稻草，阳光终于照进了傅识则积年阴霾的心灵。此外，云厌爸爸简单粗暴的父爱，傅识则从小被外婆带大的特殊情感，高中同学屈明欣对云厌的嫉妒和揶揄等细节都是同时代的同龄人共有的情感体验，这让小说在"甜"中拥有了"真"的感觉，也反映出作者对现实生活的关注。

作者在小说中努力挖掘月亮的多义性，它既是西科大无人机 Unique 战队的徽章，凝聚着男主傅识则对于计算机控制和人工智能行业的极致追求，同时又代表着轻度社恐的女主云厌对傅识则的崇拜和凝视，以及温柔而坚定的支持，那种带着一丝自卑又混合着几分坚韧的情愫，正如月光一般洒在他们身上，引领他们与生活讲和，与未来相遇，与爱情邂逅，并不断实现自己关于幸福和理想的追求。

故事梗概

当月亮以折纸的形式放在恋人随身携带的卡包时，它是青春的"白月光"，是心所向往的甜美之境；当它以徽章的样子出现在西科大无人机战队的队徽上时，它又是当代青年对科学、对未来、对事业的纯粹追求。小说讲述的是大学毕业的云厘实习期间邂逅少年时的偶像、科技天才傅识则，二人走进对方世界的同时也抚慰与救赎彼此伤痛过往的故事。

作为西科大控制学院计算机专业的毕业生，云厘从中学时就仰慕天才少年傅识则，这位既是师兄又是校友、生活在学校荣誉榜和每一届同学的传说中的"跳级王子"，对有点轻度社恐和内向的少女云厘而言，只是可望不可即的偶像。大学毕业后，云厘当上了网络主播，成为拥有百万粉丝的科技"up主"，然而虚拟世界无法帮助她打开脆弱而敏感的内心，她不仅无法梳理自己一团糟的原生家庭矛盾，也无法与一个仅有右耳听力的自己相安无事。

在EAW公司的实习，不仅让云厘打开了AR等人工智能技术在游戏产业中的新视野，也让她与心中的月亮傅识则再次相遇。心动的重逢重启了少女探索世界的勇气，一出"女追男"的戏码下，云厘不断试探，傅识则步步后退，那个品学兼优、阳光积极的学霸与眼前这个冷漠颓废到似乎生无可恋的男孩再也无法联系。在云厘大胆的追求和不断深入的工作中，傅识则渐渐放下盔甲，半路杀出来的尹昱呈造成的误会让傅识则认清了自己内心的选择，也开始正视自己面对云厘的感情，准备打开自己的心扉。

二人渐入佳境的情感与傅识则讳莫如深的过往成为小说中最引人入胜的线索，也必然是傅识则性格大变的谜底。就在此时，云厘家中变故，傅识则因外婆去世和胃溃疡手术未能及时到场，又一次误会让二人分开。云厘远赴英国求学，傅识则继续攻读博士，从未放下彼此的两个人在时空拉开之后不断沉淀、成长并再度走到一起。此时，兰心蕙质的云厘却看出恋人如今的积极向上、开朗乐观很大程度上是一种表演，多方了解后得知队友江渊的自杀是傅识则心里迈不过的坎儿，云厘费尽周折找到了江渊当年的日记，证明了他的自杀源于导师的学术暴力而并非对傅识则的嫉妒，二人在生命的转弯处最温暖和坚定的陪伴成为这部甜宠小说征服读者的秘密武器。

"性善论"与"互助论"的"光明森林"
——评《黎明之剑》

夏　烈　刘西竹

　　《黎明之剑》是起点科幻区"白金大神"远瞳的第三部作品,共610万字,与他之前的两部作品《希灵帝国》《异常生物见闻录》同属"希灵宇宙"世界观。远瞳创作以漫画式夸张的写作风格和充满想象力的世界观构思著称,被视为起点"二次元""轻小说"领域的重要代表,也是起点科幻分区里最具人气和影响力的头部作者之一。

《黎明之剑》与远瞳的创作系谱

　　说到远瞳,"科幻"和"二次元"是两个绕不开的标签。

　　起点中文网的科幻小说,十多年来,总是免不了被质疑乃至诋毁的声音。作为整个科幻分区当之无愧的扛把子,远瞳成名作《希灵帝国》,居然不是靠纯粹的科幻属性,而是靠"擦版权边"的"综漫"情节,才在当年的"二次元"爱好者中获得了出圈级别的人气。在那些冲着《三体》《基地》来的"原教旨主义"科幻迷眼中,这恐怕令人大跌眼镜。然而,对绝大多数一般读者而言,科学知识的"软硬"本身其实并不构成衡量科幻作品质量的主要甚至唯一标准。远瞳的小说,在某种意义上继承了以《格列佛游记》为代表的旧时代冒险小说的核心精神:探索未知,发现新知;开阔眼界,丈量世界。有人觉得远瞳笔下的人物过于脸谱化,但我们认为,在他的世界里,真正的主角从来不是个人,而是文明、是自然、是"世界"本身。

　　另外,即使从《希灵帝国》到《深海余烬》,远瞳书中显而易见的"二次元"元素其实在逐渐减少,他在"起点"远超一般"宅文""轻小说"作者的地位,也足以引起许多不同角度或程度的观察或思考。邵燕君认为,以2015年《异常生物见闻录》的出现为代表的2010年代"二次元"网文的热潮,标志着国内网络小说的主流价值观正由东浩纪所称的"拟宏大叙事"全面转向"大型非叙事",本质即后现代解构主义、虚无主义逻辑的进一步强化、深化。对这种观点，我们并不完全同意。一方面，与其说包括《异常生物见闻录》在内的新时代"宅文"代表了整个网文界都在经历的"大势所趋"，倒不如说，在经历了智能手机引发的"产业革命"、移动阅读带来的高速发展之后，2010年代后半段的"起点"网文，正逐渐回归PC阅读时期重视多样性、"作者性"的发展大方向，而"二次元"，从来只是这"百花齐放"中的一枝。另一方面，赞同邵的部分则在于，正如日本泡沫经济破裂后，随着社会生产由上升变为停滞，文艺作品的思考与创作方向也逐渐由"外求"转向"内求"——国产"轻小说"受众的日益扩大，某种程度上也呼应了现实中越来越多年轻人渴望"躺平"、追求"小确幸"的愿望。而《异常生物见闻录》正是这样一部小说：出门是诸天万界、星辰大海，回家是柴米油盐、人间烟火。

互联网时代的"性善论"和"互助论"之思

《黎明之剑》着重展现了远瞳的世界观、宇宙观中最核心、最显著、最持久的底层逻辑之一，那便是"神性本善"。无论这样的主题立意本身，还是远瞳围绕其设计的主线情节，都与以孟子为代表的中国古代主流人性论若合一契。《黎明之剑》中，万物终亡会的女祭司贝尔提拉曾不择手段，残害生灵，但其初衷不过是唤回神灵、重建信仰。而当她被高文接纳后，也最终回归正途，成了联结洛伦星与诺伊星的索林巨树，为两个文明抵御魔潮做出了不可或缺的贡献。将罪不至死的反派"洗白""再利用"的经典桥段，在受日本ACG文化影响的"二次元"作品中屡见不鲜。而将人与人、凡人与神灵的主要矛盾归结为"误会""迷失"，并通过犯错方的"理解""觉悟"将其和平解决，也是远瞳作品一以贯之的"传统艺能"。在我们看来，它也更像是某种习焉不察的古老传统、隐性基因在当代创作者身上不由自主、发自本能的表达与再现。

同时，在以不同主体间的互相误解作为线索贯穿全文的前提下，远瞳总是将"互助"作为破除误会、达成理解的不二法门，以及解决矛盾、推进情节的核心动力。在他的作品中，不论主线支线、主角配角，对互助精神的推崇与实践几乎无处不在。《异常生物见闻录》中，王大全曾说，如果人类放弃互相伤害，而把目光投向整个太阳系的资源，便能飞向星辰大海。渡鸦12345也曾以人类史上无数纷争的影像让两个猎魔人放弃了种族主义偏见。若要追溯这种理念的历史渊源，我便不由得想到克鲁泡特金的"互助论"。与社会达尔文主义不同，克氏认为"互助"才是生物进化到高级阶段的最显著特征，他因此旗帜鲜明地反对"社达"（社会达尔文主义）者们崇拜强权的思想与行为，宣扬民间互助的无政府主义精神。

而到了《黎明之剑》时期，远瞳对这一主题又多了一个全新角度的理解与阐释：倘若神灵、先进文明是"父母"，而凡人、落后文明是"子女"，那么，坦然接受子女的叛逆与攻击，才是为人父母最高的觉悟、最大的成长。在洛伦世界，当科学取代宗教成为文明发展的原动力时，凡人便要弑神，否则神灵一旦发疯，便将与整个文明同归于尽。多年前，龙族弑神失败，龙神恩雅为了保全自身，全力保佑龙族的国度在物质上极大丰富，却也锁死了其发展科技、探索宇宙的上限。直到高文协助龙族第二次弑神，再度重生的恩雅（或许也代表了已然结婚生子的远瞳本人）方才明白，"儿孙自有儿孙福，莫为儿孙作马牛"。

故事梗概

高文穿越了，却没有马上"投胎"，而是以一颗人造卫星的视角观察了身下的大陆几万年，才正式转生为一个躺在坟墓里的骑士——七百年前的"南境开拓者"高文·塞西尔。此时，原主的后代瑞贝卡和赫蒂，以及盗墓为生的半精灵琥珀正准备将他唤醒，以对抗七百年前毁灭刚铎帝国的元凶——"魔潮"产生的"畸变体"。

在击退畸变体的过程中，高文意外注意到这个世界的自然条件与地球在许多方面存在不同，例如"太阳"不是恒星，而是一颗气态巨行星。不久后，他们又通过一个野法师遗留的笔记，发现了魔力的本质是"波动"。于是他们走上了一边"攀科技树"发明各种新式武器装备，一边开疆拓土、招贤纳士的"种田"道路。随后，一系列稀奇古怪的队友纷纷加入，高文的势力日渐壮大，不仅科研事业蒸蒸日上，领地人民的生活也越来越好。同时，塞西尔领先进的生产力与坚船利炮引起了安苏王国其他贵族的强烈不满。于是，高文与朝中落后腐朽势力的战争一触即发。前者最终获得了胜利，将安苏王国改为塞西尔帝国。

在探索旧刚铎帝国的遗迹时，高文引起了"万物终亡会""永眠者"等古老邪教的注意。在与其斗智斗勇的过程中，高文发现，在刚铎因魔潮而灭亡时，他们信奉的神灵也相继死去或消失。万物终亡会制造的伪神，最终被塞西尔帝国的机动化部队击溃。而永眠者用魔法构建的虚拟世界，更是揭露了一个天大的秘密：并非神灵创造了人类，而是人类的信仰催生了神灵本身。

后来，塞西尔帝国与精灵、巨龙、海妖等族群建立了伙伴关系，高文也顺势拜访了他们的国度。在巨龙之城，高文发现自己曾经附身的卫星来自一个名为"启航者"的宇宙文明。为了帮助文明进步到科技时代，启航者一次次杀死了这个星球的众神，还留下了一系列制约神灵的强大武器。然而死而复生的龙神恩雅却比以往更加强大，将龙族打造成了一个赛博朋克式的乌托邦社会。不久后，高文研发的高科技武器改变了战争的方式，令战神陷入疯狂，落入凡间而死。龙族也趁机杀死了龙神，完成了文明的"成年礼"。

在启航者留下的经验帮助下，高文最终发现，文明"成熟"的本质不是消灭神灵，而是切断神与凡人间的"信仰锁链"，否则每逢社会巨变，"神灾"便注定发生。同时，塞西尔帝国还与同样受惠于启航者的诺伊星人取得了联系，与之交流技术、经验，共同对抗即将到来的魔潮。

故事的最后，塞西尔不仅平安渡过了魔潮的冲击，还顺利踏入太空，成为与启航者无二的星际文明。

"硬核"科幻与情感"破防"

——评《我们生活在南京》

桫 椤

　　科幻小说作为古今中外文学创作中的重要类型，近几年来社会影响力不断攀升，也成为网络文学创作与阅读中的趋势性潮流。"根据阅文集团数据，2021年科幻作品新增数量位居全品类TOP5，科幻已成网络文学五大品类之一"，"从内容上看，科幻网文已经成为了科幻小说本土化的重要路径之一，是中国科幻故事的重要组成部分"（中国社科院文学所《2021年中国网络文学发展研究报告》），一大批科幻读者游走在《小兵传奇》《死在火星上》《地球纪元》《希灵帝国》等作品创造出的想象世界里。这其中，2021年下半年以来，《我们生活在南京》（作者天瑞说符）以其"仿真"化的世界设定、专业的科技知识和缜密的时空物理逻辑，以及浪漫想象和对人类未来的忧思，迅速博得"科幻迷"们的青睐，当之无愧地成为现象级作品。小说所显现出的科技美感、想象之力和内含的严肃主题，特别是凸显出的人本主义立场上的批判精神，在阅读快感体验中给人以温暖的启迪。

　　中国现代科幻小说有着自身的传统，从梁启超的《新中国未来记》到吴妍人的《新石头记》，在人类科技发展水平之上做合理想象，倚重科技知识塑造想象世界的"硬科幻"叙事是其突出特征。到了网络文学中，将科幻与神魔、修仙等小说结合起来的"科玄合流"作品则大行其道，这成为科幻小说发展中的重大转向。但是，《我们生活在南京》却不顾网络的时尚潮流，而是回归到传统之中，继续利用"硬核"科技知识建构幻想世界。这也显示出作者对现实和未来世界的独特理解，同样的情况也出现在《死在火星上》和《泰坦无人声》等作者其他的同类题材作品中。在《我们生活在南京》中，作者运用大量的无线电、天体物理、核物理、航天乃至植物生态学的专业知识，为小说中的人物创设出活动空间，尤其是在指挥半夏改造中继电台、解锁核弹，以及发射火箭等情节中。小说中的叙事空间由两部分构成，一部分是白杨、赵博文等生活的现实的南京，时间点定位在2019年；一部分则是2040年半夏所生活的南京，她已经是地球上唯一的人类。这两个世界遵循自身的物理规律：构成现实世界的理论基础仍然是牛顿力学，而半夏所住的未来世界则是广义相对论都无法解释的超现代物理学原理，在认知和实践上克服不同时空的错位构成了推进故事的力量和矛盾看点。以数据和科技专有名词形成的叙述话语让本就与现实世界只存在时间距离的科幻世界极具逼真感，这为末世关怀主题的表达提供了坚实的物质和逻辑基础。从这一点上说，小说虽然是科幻类型，但却采用了扎实的现实主义叙事手法；尽管其语言风格带有幽默、调侃和戏谑，但从叙事策略上却是严肃的。

很显然，科幻小说不是科学工程，它并不以建立一个以科学为基础的幻想世界为目标，而是要在其中表达人的思想和情感——当这个幻想世界作为客观世界的对应物而出现时，个体的思考很容易将全人类当作想象的共同体。这部小说有着鲜明的人本主义立场，即站在人类的价值立场上去思考万物。在作者笔下，一方面人是宇宙的尺度，半夏的形象是整个人类族群的象征：宇宙灾难降临摧毁了人类文明，她成为末世时代唯一幸存的人，从而代替全人类去经历未来的苦难和孤独；而未来世界也被描述成一个残破不堪、迅速被各种植物和野生动物占领的蛮荒之地，以警示人类破坏环境、无节制开发的恶行。这其中蕴含着人文价值的批判。另一方面，小说对科技理性怀有一种矛盾的心情，人类凭借科技的力量发现了半夏所处的未来世界，同样运用科技武器去试图拯救半夏，尽管并未成功但却了解了灾难来临时的信息——但黑月和"大眼睛"刀客定位地球位置、以"观察者即是被观察者"的方式找到并"收割"人类，也是人类科技进步的结果："当你获取到刀客信息的同时刀客也获取了你的信息，当你知道刀客位置的时候刀客也知道了你的位置。"也正是因为这个原因，最终赵博文才建议停止3V超级望远镜观测计划，以避免被外星文明发现。小说的故事逻辑建立在宇宙的可认知性这一理性主义基础上，但又对这一观念在某种层面上进行批判，表现了人类面对自身命运和未知世界时的迷茫心态。这些观念在霍金等科学家的观点中是能找到根据的。

小说对人类命运的终极关怀，被具体化为以白杨为代表的现实世界对半夏的感情，二者之间存在象征关系。白杨接收到半夏的信号后，起初出于好奇，但随着交往的深入，定时的电台呼叫和等待已经成为二人之间的默契与期盼。尽管之后埋制和递送时间胶囊、探索实现"时光慢送"的条件、制作传输图片的设施、搭建图片传输链路等任务一个接一个出现，但并非只是对人类科技力量的验证与探索，其行动背后始终隐藏着一个强大的动力，那就是为了抚慰半夏的心灵和情感，帮助她解决困难。特别是当白杨知道半夏身在二十年后自己所住的这间房子里、使用着同一台无线电台，内心顿生出极为复杂的感情。不知不觉间，他们已经结成了一个命运共同体，共同接受着世界的考验。特别是每当白杨无法呼叫到半夏时，他们急切、焦躁的心情暗示了对对方的感情依赖。而在小说的结尾部分，半夏在无数"大眼珠"的追踪下进入基地，启动电源按钮将基地记录的信息传回现实世界，最后帮助人类实现愿望时，他们之间的情感毫无疑问得到了升华。半夏被塑造成了一个拯救人类的神话般的英雄，并不仅仅因为她的勇敢，更是因为对白杨、对整个人类饱含的爱。

科幻文学深受科技发展和社会科技活动的影响，《我们生活在南京》与《三体》《流浪地球》等作品的流行一道，都是我国科技实力逐步提升的结果。而其中所展现出的中国智慧、中国力量和中国形象，也使得作品具有了典型的中国叙事特征。

故事梗概

南京高中生白杨在家庭的熏陶下成为一名无线电爱好者，父亲白震曾是北海舰队的通信兵，家里有一台老式电台。白杨突然收到了一个莫名的信号，联系上了一个不懂无线电活动规则的女孩半夏。二人住在南京同一街区，但彼此在约定的时间和地点都没有等到对方。半夏说自己在2040年，这引起了白杨的怀疑。于是通过埋置时间胶囊的办法验证了半夏所说的是真实的，她是末世之后人类唯一的幸存者。白杨的发现震惊了父亲和他的朋友赵博文、王宁，他们按照白杨总结出的"时光慢递"的规则重复了验证的过程。在他们的策划指导下，白杨通过电台指挥并不懂物理知识的半夏，利用人类遗存的设备搭建了移动中继台和数据传输链路，使两个不同时空可以传递更多信息。在赵博文的呼吁下，事件引起了国家的重视，并收走了电台用于研究。

但很快，电台被送了回来。因为研究人员发现，这台电台在其他地方并无法与另一个时空联系，因为半夏在二十年后的时空中所用的是同一台电台。国家相关方面参与进来拟定了拯救人类的计划。他们发现半夏记忆中的"黑月"是给地球带来灾难的天体，而它所释放出的一个名为"大眼珠"的外星智能生物（或机械）是把人类当成"庄稼"一样进行收割的凶手。而此时，"大眼珠"正在想方设法寻找半夏。国家在南京地下设置了两座基地以记录地球灾难的发生过程；通过"东方红"计划发射侦察卫星，拍摄"大眼珠"的图像帮助半夏躲避；谋划使用核武器来除掉"大眼珠"；并准备建立地球公转轨道视界望远镜计划（简称3V计划）以观测宇宙的奥秘。核弹"邱小姐"发射升空二十年后重新降落在了地球上，半夏找到了启动的密钥将其引爆。但她惊恐地发现，一只"大眼珠"虽然被除掉了，但是却引来了无数个同类！她冒着生命危险找到了基地，利用最后的机会向从前的人类发送了信息。

半夏的命运成了一个令人心痛的谜。黑月和大眼珠所遵循的"观察者即被观察者"、信息改变现实的超现代物理学原理会给人类带来灾难，人类决定无限期停止3V计划。人们在对半夏的怀念和对未来的担忧中获得启发，时间也好、城市也好、历史也好，一切的一切都可以改变，"但爱永恒"。

以天下为棋，落子无悔

——评《大明第一狂士》

王玉玊

　　穿越历史小说《大明第一狂士》的作者龙渊，是掌阅历史类最畅销的作者之一，曾创作《猎魔仙师》《东北寻宝往事》《南宋第一卧底》（下文简称《南宋》）等多部网文作品，凭借《南宋第一卧底》一跃成为2019年掌阅历史新晋大神。《大明第一狂士》（下文简称《大明》）是龙渊继《南宋》之后的又一部穿越历史小说力作，讲述自现代穿越而来的少年沈渊在明万历年间破奇案、中状元、改写大明历史的传奇故事。编剧出身的龙渊有着出色的情节结构能力，叙事节奏恰到好处，伏笔与悬念环环相扣，这一点突出体现在作品前半部分沈渊屡破奇案的悬疑推理故事中。

　　作为一个过度发达的题材类型，悬疑推理小说已经积累了太多经典作品珠玉在前，到今天，基于现实设定的探案故事，无论是猎奇的犯罪手法还是反转不断的推理过程，都已经很难带给读者足够的新鲜感。但《大明》仍能另辟蹊径，写出不落俗套的情节。案件本身的复杂离奇与推理过程的逻辑严谨自不必说，《大明》的独特之处在于，身为侦探的沈渊的最终目的并不仅仅是寻找真相，而是要抢先看破局中诸方角色的目的与动向，随后料敌先机、因势利导，达成自己的目的。

　　以"檀香尸扇"案为例，弥勒庙庙祝夫妇被杀与崇王爱女、县主朱羽棋失踪，两起看似无关的事件却意外交汇于弥勒庙，引出了弥勒像内暗藏十七名少女碎尸的骇人悬案。三起交错的案件却又是互不相识的三个（组）人因为不同的动机犯下的。在众人之前抢先一步厘清真相的沈渊意识到，襄城伯府次子李域与朱羽棋串谋，借碎尸案伪造线索诬陷襄城伯府长子李堪。伯爵府上的夺嫡之争远非尚属布衣之身的沈渊所能涉足，此时沈渊的目的已不仅是找出真凶、营救县主，而是在"真实推理"的基础上完成一套天衣无缝的"虚构推理"，在让碎尸案真凶伏法的同时从伯爵府争中全身而退，再顺水推舟帮助人品心性远胜长子的李域继承爵位，让朱羽棋成为自己的同盟。"夜行海棠"案更是如此，沈渊从一开始就对作恶多端、奴役玉工、谄媚宦官的扬州玉工大工坊主石康之死乐见其成。他的目的从来就不是让真凶伏法，而是借查案之机巧设新局，创造出一套完美无缺的"周灵王杀人"故事顶替真相，掩护那三个替天行道、惩奸除恶的英雄，让案件以无人被捕的方式圆满解决；进而解放被剥削奴役的劳苦玉工，让他们可以堂堂正正地凭手艺赚钱养家。

与其说沈渊是一个侦探，倒不如说他像一个下棋的人，总能凭借蛛丝马迹，看清方寸棋盘间所有的尔虞我诈、虚实相生，然后借势，落子，稳操胜券。

沈渊所求，并不仅仅是真相，这是因为熟读历史的他在穿越之初就已意识到，自己所抵达的万历三十五年，正是大明由盛转衰的关键时刻，君臣离心、吏治腐败、官官相护、司法废弛，在这样的世道之中，恶不能惩、善未有偿，仅靠求真，是不能改变社会现实、还生民以公道的。沈渊心中自有一把标的善恶是非的尺，他要做的，是维护大明律法已无力维护的朴素正义。

越是与社会中形形色色的人相接触，沈渊就越是坚定了自己的信念：王朝腐朽则生民多艰，他想要凭一己之力，改写大明王朝的历史命运。于是他经由科举之路，走出扬州，走向大明的权力中心，他的棋盘已不是一个个具体的案件，而是整个天下气运。

《大明》的故事，力求还原明代万历年间的真实图景，不仅涉及许多真实的历史人物与历史事件，而且对于官僚体系、政治局势的诸多分析也都以明史研究中的一些结论和观点作为依托，颇有实感。特别是"明亡于崇祯，实亡于万历"这一明史论断，成为整个故事的基点。因而在沈渊的身上，既有一个身处万历社会的有识之士的正义之心，也有一个熟读明史的现代人，面对曾经强盛无匹的大明王朝对内走向衰败，对外落后于地理大发现与工业革命的世界浪潮时的怅惘与遗憾。这是沈渊的心结，或许也是作者的心结，沈渊成为作者的替身，获得了重回大明的机会，带着他博古通今、算无遗策的天赋才华，改写历史的走向。

如许许多多的穿越前辈一样，沈渊选择的道路也是整顿吏治，擢拔实干官员，广开商贸，发展科技，抢先完成工业革命，从而主导世界贸易，绕过中国近代史的百年屈辱，以故事中的盛世想象连通今日中国大国崛起的民族自豪感。整体来看，《大明》后半段的叙事逻辑，与大多数同类穿越救国小说没有太大区别，但明确的史观与对重要史实的贴切把握赋予作品一份厚重而真实的情感，或许正是这份真诚，引起了许许多多读者的深切共鸣。

无论是以布衣之身屡破奇案的沈渊，还是于朝堂波诡之中革弊立新的沈渊，始终有着坚定的济世之心与苍生之念，没有一刻犹疑迷惘，是以落子无悔。

故事梗概

现代人穿越成为明万历三十五年的少年沈渊，凭借前世积累的经验、智慧与知识，先后在江南和京师屡破奇案、广交好友，平灭江南邪教，并在江南大叛乱中，将野心家煽动的叛军清扫一空。"檀香尸扇""夜行海棠""垒尸及顶"等案件案情奇异、头绪繁多，沈渊每每快人一步、洞悉全局，再因势利导，把控事件走向。苏小棠、蓝姑娘、吴六狗、情僧妙莲等奇异人士感佩于沈渊的智慧与善良，逐渐聚集在他身边，成为他的助力。

在查案过程中，沈渊也逐渐意识到，看似繁华的大明朝实际上已然根基衰朽，吏治腐败、宦官专权、民怨渐积、外敌将至。前世便喜爱历史的沈渊决定奋力一搏、复兴大明。沈渊从扬州城出发，通过科举成为状元，走向大明朝的权力中心，平邪教、荡官场、逐倭寇、兴科技、建工厂，在大明由盛转衰的十字路口力挽狂澜，改写了朝代命运。特别是赴任广东期间，沈渊迅速清扫官场蛀虫，带领一群有为实干的年轻官员打击倭寇、处理民间恶霸、发展实业，经营有方、政绩卓著。

放眼世界，此时正是欧洲诸国在文艺复兴中崛起、在地理大发现中强盛、在科技飞跃中走上快速发展道路的时期。沈渊凭借历史的"后见之明"，抢先发展海外贸易，率领蒸汽舰队远征欧洲，击败列强，解放殖民地，将殖民地归还给各国人民。在沈渊强大军事力量的震慑下，公正平等的世界商贸秩序建立起来，世界格局为之一变。

沈渊的好友、瑞王朱常浩在沈渊的辅佐下成为大明的新帝，却又死于政敌的阴谋，临终前将大明江山交托到沈渊手上。朱常浩的遗愿与沈渊的梦想合二为一——要开创物阜民丰、四海归心的太平盛世。

拯救自我与人类，探索意义与未来
——评《月球之子》

王　颖

今天我们谈论中国科幻，绕不过去的是《三体》，大刘的作品，还有几个时间节点。2015 年《三体》获雨果奖。2019 年《流浪地球 1》问世，被称为中国科幻元年，打开了中国科幻的大门。四年后的今天《流浪地球 2》问世。2023 年伊始，是中国科幻迷最高兴的日子，《流浪地球 2》热映，真人电视剧《三体》中央八台热播，连着两部重量级的作品把气氛烘托起来了，中国科幻的里程碑也树立起来了。今年又被称作了科幻年。科幻题材受到重视和人们的喜爱，读者阅读科幻的兴致浓厚，年轻作者对创作科幻也充满热情，都为科幻题材的蓬勃发展创造了良好的环境。科幻可以承载年轻人活跃的思想，突破狭隘的现实空间，展现青春的活力，年轻人的愿望，旺盛的想象力，因此，科幻网文在作者读者和题材内容都呈现了年轻化的趋势。

这些，是作者"是童童吖"创作《月球之子》的时代背景。科技、文化、工业，现代化以及整个国力的强大，是中国科幻慢慢发展起来且会越来越好的现实背景。正像大刘所说，如果 30 年前，我们去拍科幻，一个是不敢拍还没有这个实力，一个是拍了别人也不会信。而如今，国家强大了，也就有了这个底气。

无论如何，星辰大海离我们越来越近。

何谓科幻，如何定义好的科幻作品？科幻，又叫科学幻想，最初存在于小说，反映的是当时科学技术发展对于社会和个人造成的冲击所带来的日益强烈的矛盾心态。其中运用了天马行空的想象，来表达对未来的探索，对文明的反思，表达了人们内心深处渴望用另一种维度再次认识自己的过程。科幻作为一种类型为人所知是在科幻诞生了 100 年之后的事了。1818 年玛丽·雪莱的《弗兰肯斯坦》（又名《科学怪人》）被后世认为是世界上第一部科幻小说，但在当时及很长一段时间这种写作类型都被归类为幻想文学。真正出现科幻定义时已经到了 1926 年，雨果·根斯巴克创办了第一本真正的科幻杂志《惊奇故事》，首次提出了科幻这种文学概念。科幻发展这些年，我们有过 70 多年前科幻文学的黄金年代。然而回过头看，凡尔纳《海底两万里》时的想象，和今时今日我们的想象，早已产生了翻天覆地的变化。这当然与时代科技、社会发展翻天覆地的变化有关。在所有文学作品中，科幻是最紧跟时代步伐的，并且具有前瞻性，而优秀的科幻作品，还要有反思、诘问的能力。最后，还要有审美体验。

当下一部好的科幻作品，首先要有一个新颖且有力的科幻设定，而这个作品的底层逻辑能对照人类最真实赤裸的现实主义中的问题。一方面是向外看，向外探索；另一方面是向内看，审视自我。这是我们如此热爱科幻类型的原因之一。

具体到《月球之子》，无论在科幻意识还是在现实层面，其表现都还是不错的。虽然还不构成一部史诗级的作品，但是有作者的新意，也写出了一定的力度。故事层面，作者找到了"月球之子"这个虽然小，但新颖的开口。太阳危机之后，人类为了避免毁灭，转而开发月球，大力兴建了月球之城"新长安城"，成为人类走向宇宙的第一步，人类第一次在地球之外拥有了自己的生存基地。2045年第一个婴儿在月球诞生，成为和平的象征，象征着苦难、战争、折磨将成为过去，人类将迎来辉煌的时代。然而，随着月球上的第一批孩子长大成人，他们与地球上的人们在三观上都有着巨大的差异，他们的生活环境、教育背景等使得他们已经成为一种不同以往"旧人类"的"新人类"。以前，人们还不太想正视这种不同。时间来到2066年，在距地球三十八万公里高、"新长安城"六十公里外的荒芜月面，发生了一桩轰动全城离奇古怪的谋杀案"伽叶少女案"，揭开了再也无法掩盖的真相。悬案迟迟未破，月球之子的支持者和反对者在"虚境"和现实都泾渭分明吵个不休，引发许多暴力事件，处理不好将会引起战争。整个案件看上去像是针对月球之子的阴谋，每揭开一点真相，就能得到拼图的一小块，只是每一步都障碍重重，行进间非常吃力，兜兜转转，最后又回到了原点。直至小说行进一半，凶器才被曝光，"代行者"又被牵扯出来，像《三体》里的ETO组织一般，整个事件被塑造得扑朔迷离。原来，死者爱丽丝和另一位曾被怀疑是犯罪嫌疑人的安心羽，在月球之子中深具领袖魅力拥趸无数，两个年轻人凭借非凡的实力探索出了宇宙的奥秘，但是做出了不同的选择。一个选择了涅槃，一个选择了改变。

归根结底，小说写的是人性。即便科学技术突飞猛进，人类文明进入了一个新的时期，但斗争和丑恶却并未消失，阶级之间的差异依旧那么明显，平等与自由依然是奢望。随着月球被开发，月球移民前的一代被认为是失败的一代，然而用大量资金和技术研究开发"虚境"，使反月主义也甚嚣尘上。月球的崛起让有些人忘了地球的荣光，但也有些人认为是月球持续不断的吸血，才导致地球的贫穷和萧条，造成其失败的人生。而所有人类的故乡，是那个蔚蓝色的美丽星球。可无论在地球还是月球，对于在贫苦线挣扎的人们来说，一切都如此疲惫，天空永远这么昏沉，只有彼此靠近时的些微暖意，才能令人感觉是活着。在他们的世界里，没有公平正义可言，谈不上怜悯与善良，只是卑微地生存着。被雇用的地球杀手因为沉到底的人生，受刺激产生了杀人的冲动，他代表了一类思想，人类中的大部分人已经完了，没有希望，没有尊严，只如行尸走肉。所有财富被富人吞没，有了自动化机器人之后劳动更是被剥夺，他们被抛弃了。就算在月球开创的虚境仍旧没有公平，富人可以得到更多的虚拟现实，穷人只有基础款。这种矛盾如何解决？世界将走向何方？矛盾会引起世界毁灭吗？毁灭人类的究竟是自我还是外界？回归到科幻的核心主题，是人与技术的关系问题。技术是把双刃剑，用得好与不好，决定人的命运。随着AI等技术的不断发展，回到现实还是去虚拟世界，在今天已成为严肃的问题。

这部小说涉及许多前沿性的科幻元素还是值得鼓励的。叠加态，多面位，虚境，人工智能，时间旅行等都创造了一个生动的世界。作者用扎实的语言和叙述，一步步营造了迫切真实的科幻感，我们仿若身临其境了一般，融入这个科幻的设定中，生活在月球，共同经历着主人公的命运，同悲同喜。小说也有部分哲学思考，可惜未能进一步深入，触及超越性的精神内核，引发更深刻宏大的探讨。

好的科幻文学能够在令读者增长科学知识的同时，还领悟到宇宙的浩瀚、生命的绚美，最终提升思维境界。这部小说最感人的地方是告诉我们，人类最珍贵的是对这个世界的感受，最美好的莫过于爱他人，被人爱。因此，这是一部真诚的满怀情感的作品，让我们看到了科幻的希望和未来。

故事梗概

《月球之子》是是童童吖的一部以科幻为题材的小说。作者是番茄中文网签约作家，目前已出版数十部小说。代表作有《学神恋爱攻略》等，以浪漫甜宠现代言情题材为主，这是她的一部网络科幻作品，十分有新意。

小说主要讲述的是月球上发生的故事。因为太阳危机，地球上的资源逐渐耗尽，人口膨胀的压力不堪重负，人类为了找寻生路，躲避危险，跨出了迈向太空的第一步，开启了兴建月球居住基地的计划。人类在月球上凭空而建拔地而起了一座城池，从无到有，从一个实验室开始，到如今四百万人的规模，用了整整30年的时光，用了两代人的努力，月球作为人类向外探索的第一个坚实脚印，人类漂亮地完成了这份答卷。这座富饶平静安全的新兴城市，名为新长安城，这里生活着第一批地球移民，半机械改造的人类，和逐渐出生在月球上的孩子。平时因为治理得当犯罪率极低，但却在时隔六百多天后发生了一桩离奇古怪的谋杀案，颇为轰动，被命名为"伽叶少女案"。

治安官德尔森开始了破案。他因为之前的危机受伤，已是一个半机械改造的人，经他调查，逐渐掀开了月球之子的秘密。第一批在月球上出生的孩子已经成年，他们与生活在地球上的旧居民，迁移到月球上的老一辈都存在着在世界观人生观价值观上的巨大差异，随着这批孩子的成年，造成了大部分治安案件。妙龄少女死于非命，一开始调查的方向都是他杀，然而，随着线索的一点点更新，治安官之子也牵涉其中，因此丧命。后来，科学家加入，案情一点点抽丝剥茧，内情远比想象的复杂。最高行政官，治安官和副手，死者的男友和朋友，这几位主人公或主动或被动地成立了拯救世界小分队，一边在侦破案情探索真相的路上，一边担负起拯救世界的使命。

原来，少女爱丽丝精心策划了一场"华丽且荒诞的自杀"，当时她肉身虽死，精神却还存在，之后她平静地供述了这是她利用时间能力选择的涅槃。另一位曾被怀疑为犯罪嫌疑人的月球之子实权人物安心羽，则选择了改变。然而这两位掌握时间旅行秘密的人，最终都没有毁灭世界，人类幸存了。

然而，幸存的人类，还是原来的人类吗？